四大名著導讀本

下冊

清

曹雪芹

中華教育

目錄

《第八十一回》

占旺相四美釣游魚
奉嚴詞兩番入家塾

> 迎春在孫紹祖家受盡凌辱，引得寶玉和黛玉為其傷心落淚，而作為娘家的賈府卻對此無能為力，迎春的命運不知會怎樣。

　　且說迎春歸去之後，邢夫人像沒有這事，倒是王夫人撫養了一場，卻甚實傷感，在房中自己歎息了一回。只見寶玉走來請安，看見王夫人臉上似有淚痕，也不敢坐，只在旁邊站着。王夫人叫他坐下，寶玉才�上炕來，就在王夫人身旁坐了。

　　王夫人見他呆呆的瞅着，似有欲言不言的光景，便道：「你又為甚麼這樣呆呆的？」寶玉道：「並不為甚麼，只是昨兒聽見二姐姐這種光景，我實在替他受不得。雖不敢告訴老太太，卻這兩夜只是睡不着。我想咱們這樣人家的姑娘，那裏受得這樣的委屈？況且二姐姐是個最懦弱的人，向來不會和人拌嘴，偏偏兒的遇見這樣沒人心的東西，竟一點兒不知道女人的苦處。」說着，幾乎滴下淚來。

　　王夫人道：「這也是沒法兒的事。俗語說的『嫁出去的女孩兒潑出去的水』，叫我能怎麼樣呢？」寶玉道：「我昨兒夜裏倒想了一個主意：咱們索性回明了老太太，把二姐姐接回來，還叫他紫菱洲住着，仍舊我們姐妹弟兄們一塊兒吃，一塊兒玩，省得受孫家那混賬行子的氣。等他來接，咱們硬不叫他去。由他接一百回，咱們留一百回，只說是老太太的主意。這個豈不好呢？」

　　王夫人聽了，又好笑，又好惱，說道：「你又發了呆氣了，混說的是甚麼？大凡做了女孩兒，終久是要出門子的，嫁到人家去，娘家那裏顧得？也只好看他自己的命運，碰得好就好，碰得不好也就沒法兒。你難道沒聽見人

說，『嫁雞隨雞，嫁狗隨狗』，那裏個個都像你大姐姐做娘娘呢？況且你二姐姐是新媳婦，孫姑爺也還是年輕的人，各人有各人的脾氣，新來乍到，自然要有些彆扭的。過幾年大家摸着脾氣兒，生兒長女以後，那就好了。你斷斷不許在老太太跟前提起半個字，我知道了是不依你的。你去幹你的去罷，別在這裏混說了。」說得寶玉也不敢作聲，坐了一回，無精打采的出來了。憋着一肚子悶氣，無處可泄，走到園中，一徑往瀟湘館來。剛進了門，便放聲大哭起來。

黛玉正在梳洗才畢，見寶玉這個光景，倒唬了一跳，問：「是怎麼了？和誰慪了氣了？」連問幾聲。寶玉低着頭，伏在桌子上，嗚嗚咽咽的，哭的說不出話來。黛玉便在椅子上怔怔的瞅着他，一會子問道：「到底是別人和你慪了氣了，還是我得罪了你呢？」寶玉搖手道：「都不是。」黛玉道：「那麼着為甚麼這麼傷起心來？」寶玉道：「我只想着咱們大家越早些死的越好，活着真真沒有趣兒！」黛玉聽了這話，更覺驚訝，道：「這是甚麼話，你真正發了瘋了不成！」寶玉道：「也並不是我發瘋，我告訴你，你也不能不傷心。前兒二姐姐回來的樣子和那些話，你也都聽見看見了。我想人到了大的時候，為甚麼要嫁出去，受人家這般苦楚？還記得咱們初結『海棠社』的時候，大家吟詩做東道，那時候何等熱鬧。如今寶姐姐家去了，連香菱也不能過來，二姐姐又出了門子了，幾個知心知意的人都不在一處，弄得這樣光景。我原打算去告訴老太太接二姐姐回來，誰知太太不依，倒說我呆、混說，我又不敢言語。這不多幾時，你瞧瞧，園中光景已經大變了。若再過幾年，又不知怎麼樣了。故此越想不由的人不心裏難受起來。」黛玉聽了這番言語，把頭漸漸的低了下去，身子漸漸的退至炕上，一言不發，歎了口氣，便向裏躺下去了。

紫鵑剛拿進茶來，見他兩個這樣，正在納悶。只見襲人來了，進來看見寶玉，便道：「二爺在這裏呢，老太太那裏叫呢。我估量着二爺就是在這裏。」黛玉聽見是襲人，便欠身起來讓坐。黛玉的兩個眼圈兒已經哭的通紅了。寶玉看見道：「妹妹，我剛才說的不過是些呆話，你也不用傷心了。你要想我的話時，身子要緊。歇歇兒罷，老太太那邊叫我，我看看去就來。」說着，往外走了。襲人悄問黛玉道：「你兩個人又為甚麼？」黛玉道：「他為他二姐傷心；我是剛才眼睛發癢揉的，並不為甚麼。」襲人也不言語，忙跟了寶玉出來，各自散了。寶玉來到賈母那邊，賈母卻已經歇晌，只得回到怡紅院。

　　到了午後，寶玉睡了中覺起來，甚覺無聊，隨手拿了一本書看。襲人見他看書，忙去沏茶伺候。誰知寶玉拿的那本書卻是《古樂府》，隨手翻來，正看見曹孟德「對酒當歌，人生幾何」一首，不覺刺心。因放下這一本，又拿一本看時，卻是晉文，翻了幾頁，忽然把書掩上，托着腮，只管痴痴的坐着。襲人倒了茶來，見他這般光景，便道：「你為甚麼又不看了？」寶玉也不答言，接過茶來喝了一口，便放下了。襲人一時摸不着頭腦，也只管站在旁邊，呆呆的看着他。忽見寶玉站起來，嘴裏咕咕噥噥的說道：「好一個『放浪形骸之外』！」襲人聽了，又好笑，又不敢問他，只得勸道：「你若不愛看這些書，不如還到園裏逛逛，也省得悶出毛病來。」寶玉一面口中答應，只管出着神往外走了。

　　一時走到沁芳亭，但見蕭疏景象，人去房空。又來至蘅蕪院，更是香草依然，門窗掩閉。轉過藕香榭來，遠遠的只見幾個人在蓼漵一帶欄杆上靠着，有幾個小丫頭蹲在地下找東西。寶玉輕輕的走在假山背後聽着。只聽一個說道：「看他浮上來不浮上來。」好似李紋的語音。一個笑道：「好，下去了。我知道他不上來的。」這個卻是探春的聲音。一個又道：「是了。姐姐你別動，只管等着，他橫豎上來。」一個又說：「上來了。」這兩個是李綺邢岫煙的聲兒。

　　寶玉忍不住，拾了一塊小磚頭兒，往那水裏一撂，咕咚一聲，四個人都嚇了一跳，驚訝道：「這是誰這麼促狹？唬了我們一跳。」寶玉笑着從山子後直跳出來，笑道：「你們好樂啊，怎麼不叫我一聲兒？」探春道：「我就知道再不是別人，必是二哥哥這麼淘氣。沒甚麼說的，你好好兒的賠我們的魚罷。剛才一個魚上來，剛剛兒的要釣着，叫你唬跑了。」寶玉笑道：「你們在這裏玩，竟不找我，我還要罰你們呢。」大家笑了一回。

　　寶玉道：「咱們大家來釣魚，占占誰的運氣好。看誰釣得着，就是他今年的好運氣；釣不着，就是他今年運氣不好。咱們誰先釣？」探春便讓李紋，李紋不肯。探春笑道：「這樣就是我先釣。」回頭向寶玉說道：「二哥哥，你再趕走了我的魚，我可不依了。」寶玉道：「頭裏原是我要唬你們玩，這會子你只管釣罷。」探春把絲繩拋下，沒一會兒工夫，就有一個楊葉竄兒[1]吞着鈎子，

---

1)　楊葉竄兒：一種常在水面竄動狀似楊柳樹葉的小魚。

把漂兒墜下去。探春把竿一挑，往地下一撩，卻是活逬的。侍書在滿地上亂抓，兩手捧着，擱在小磁罈內清水養着。

探春把釣竿遞與李紋。李紋也把釣竿垂下，但覺絲兒一動，忙挑起來，卻是個空鈎子。又垂下去，半晌鈎絲一動，又挑起來，還是空鈎子。李紋把那鈎子拿上來一瞧，原來往裏鈎了。李紋笑道：「怪不得鈎不着。」忙叫素雲把鈎子敲好了，換上新蟲子，上邊貼好了葦片兒。垂下去一會兒，見葦片直沉下去，急忙提起來，倒是一個二寸長的鯽瓜兒[2]。李紋笑着道：「寶哥哥釣罷。」寶玉道：「索性三妹妹和邢妹妹釣了我再釣。」岫煙卻不答言。只見李綺道：「寶哥哥先釣罷。」說着水面上起了一個泡兒。探春道：「不必盡着讓了。你看那魚都在三妹妹那邊呢，還是三妹妹快釣罷。」李綺笑着接了釣竿兒，果然沉下去就釣了一個。

然後岫煙也釣着了一個，隨將竿子仍舊遞給探春，探春才遞與寶玉。寶玉道：「我是要做姜太公[3]的。」便走下石磯，坐在池邊釣起來。豈知那水裏的魚看見人影兒，都躲到別處去了。寶玉掄着釣竿等了半天，那釣絲兒動也不動。剛有一個魚兒在水邊吐沫，寶玉把竿子一晃，又唬走了。急的寶玉道：「我最是個性兒急的人，他偏性兒慢，這可怎麼樣呢？好魚兒，快來罷！你也成全成全我呢。」說得四人都笑了。一言未了，只見釣絲微微一動。寶玉喜極，用力往上一兜，把釣竿往石上一碰，折作兩段，絲也振斷了，鈎子也不知往那裏去了。眾人越發笑起來。探春道：「再沒見像你這樣鹵人。」

正說着，只見麝月慌慌張張的跑來說：「二爺，老太太醒了，叫你快去呢。」五個人都唬了一跳。探春便問麝月道：「老太太叫二爺甚麼事？」麝月道：「我也不知道。就只聽見說是甚麼鬧破了，叫寶玉來問，還要叫璉二奶奶一塊兒查問呢。」嚇得寶玉發了一回呆，說道：「不知又是那個丫頭遭瘟了。」探春道：「不知甚麼事，二哥哥你快去，有甚麼信兒，先叫麝月來告訴我們一聲兒。」說着，便同李紋李綺岫煙走了。

寶玉走到賈母房中，只見王夫人陪着賈母摸牌。寶玉看見無事，才把心

---

2)　　鯽瓜兒：小鯽魚。

3)　　要做姜太公：相傳姜太公在渭水邊釣魚，魚鈎是直的且懸在水面上，所以有「姜太公釣魚願者上鈎」的諺語。

放下了一半。賈母見他進來，便問道：「你前年那一次得病的時候，後來虧了一個瘋和尚和個癩道士治好了的。那會子病裏，你覺得是怎麼樣？」寶玉想了一回，道：「我記得病的時候，好好的站着，倒像背地裏有人把我攔頭一棍，疼的眼睛前頭漆黑，看見滿屋子裏都是些青面獠牙拿刀舉棒的惡鬼。躺在炕上，覺得腦袋上加了幾個腦箍似的。以後便疼的任甚麼不知道了。到好的時候，又記得堂屋裏一片金光直照到我房裏來，那些鬼都跑着躲避，便不見了，我的頭也不疼了，心上也就清楚了。」賈母告訴王夫人道：「這個樣兒，也就差不多了。」

說着鳳姐也進來了，見了賈母，又回身見過了王夫人，說道：「老祖宗要問我甚麼？」賈母道：「你前年害了邪病，你還記得怎麼樣？」鳳姐兒笑道：「我也不很記得了。但覺自己身子不由自主，倒像有些鬼怪拉拉扯扯要我殺人才好，有甚麼，拿甚麼，見甚麼，殺甚麼。自己原覺很乏，只是不能住手。」賈母道：「好的還記得麼？」鳳姐道：「好的時候好像空中有人說了幾句話似的，卻不記得說甚麼來着。」賈母道：「這麼看起來竟是他了。他姐兒兩個病中的光景和才說的一樣。這老東西竟這樣壞心，寶玉枉認了他做乾媽。倒是這個和尚道人，阿彌陀佛，才是救寶玉性命的，只是沒有報答他。」鳳姐道：「怎麼老太太想起我們的病來呢？」

賈母道：「你問你太太去，我懶待說。」王夫人道：「才剛老爺進來說起寶玉的乾媽，竟是個混賬東西，邪魔外道的。如今鬧破了，被錦衣衞[4]拿住送入刑部監，要問死罪的了，前幾天被人告發的。那個人叫做甚麼潘三保，有一所房子賣與斜對過當鋪裏。這房子加了幾倍價錢，潘三保還要加，當鋪裏那裏肯？潘三保便買囑了這老東西，因他常到當鋪裏去，那當鋪裏人的內眷都與他好的。他就使了個法兒，叫人家的內人便得了邪病，家翻宅亂起來。他又去說這個病他能治，就些神馬紙錢燒獻了，果然見效。他又向人家內眷們要了十幾兩銀子。豈知老佛爺有眼，應該敗露了。這一天急要回去，掉了一個絹包兒。當鋪裏人撿起來一看，裏頭有許多紙人，還有四丸子很香的香。正詫異着呢，那老東西倒回來找這絹包兒。這裏的人就把他拿住，身邊

---

4)　　　錦衣衞：明朝專門設立的特務機構，專管巡察緝捕。

一搜，搜出一個匣子，裏面有象牙刻的一男一女，不穿衣服，光着身子的兩個魔王，還有七根朱紅繡花針。立時送到錦衣衛去，問出許多官員家大戶太太姑娘們的隱情事來。所以知會了營裏，把他家中一抄，抄出好些泥塑的煞神，幾匣子悶香。炕背後空屋子裏掛着一盞七星燈，燈下有幾個草人，有頭上戴着腦箍的，有胸前穿着釘子的，有項上拴着鎖子的。櫃子裏無數紙人兒，底下幾篇小賬，上面記着某家驗過，應找銀若干。得人家油錢香分也不計其數。」

鳳姐道：「咱們的病，一準是他。我記得咱們病後，那老妖精向趙姨娘處來過幾次，要向趙姨娘討銀子，見了我，便臉上變貌變色，兩眼鸒雞似的[5]。我當初還猜疑了幾遍，總不知甚麼原故。如今說起來，卻原來都是有因的。但只我在這裏當家，自然惹人恨怨，怪不得別人治。寶玉可和人有甚麼仇呢？忍得下這麼毒手。」賈母道：「焉知不因我疼寶玉不疼環兒，竟給你們種了毒了呢。」王夫人道：「這老貨已經問了罪，決不好叫他來對證。沒有對證，趙姨娘那裏肯認賬？事情又大，鬧出來，外面也不雅，等他自作自受，少不得要自己敗露的。」

賈母道：「你這話說的也是，這樣事，沒有對證，也難作準。只是佛爺菩薩看的真，他們姐兒兩個，如今又比誰不濟了呢？罷了，過去的事，鳳哥兒也不必提了。今日你和你太太都在我這邊吃了晚飯再過去罷。」遂叫鴛鴦琥珀等傳飯。鳳姐趕忙笑道：「怎麼老祖宗倒操起心來！」王夫人也笑了。只見外頭幾個媳婦伺候。鳳姐連忙告訴小丫頭子傳飯：「我和太太都跟着老太太吃。」正說着，只見玉釧兒走來對王夫人道：「老爺要找一件甚麼東西，請太太伺候了老太太的飯完了自己去找一找呢。」賈母道：「你去罷，保不住你老爺有要緊的事。」王夫人答應着，便留下鳳姐兒伺候，自己退了出來。

回至房中，和賈政說了些閑話，把東西找了出來。賈政便問道：「迎兒已經回去了，他在孫家怎麼樣？」王夫人道：「迎丫頭一肚子眼淚，說孫姑爺兇橫的了不得。」因把迎春的話述了一遍。賈政歎道：「我原知不是對頭，無奈大老爺已說定了，教我也沒法。不過迎丫頭受些委屈罷了。」王夫人道：「這還是新

---

5)　　兩眼鸒（lí）雞似的：指眼色不寧，有猜疑驚恐的神氣。

媳婦，只指望他以後好了好。」說着，嗤的一笑。

賈政道：「笑甚麼？」王夫人道：「我笑寶玉，今兒早起特特的到這屋裏來，說的都是些孩子話。」賈政道：「他說甚麼？」王夫人把寶玉的言語笑述了一遍。賈政也忍不住的笑，因又說道：「你提寶玉，我正想起一件事來。這小孩子天天放在園裏，也不是事。生女兒不得濟，還是別人家的人；生兒若不濟事，關係非淺。前日倒有人和我提起一位先生來，學問人品都是極好的，也是南邊人。但我想南邊先生性情最是和平，咱們城裏的孩子，個個踢天弄井，鬼聰明倒是有的，可以搪塞就搪塞過去了；膽子又大，先生再要不肯給沒臉，一日哄哥兒似的，沒的白耽誤了。所以老輩子不肯請外頭的先生，只在本家擇出有年紀再有點學問的請來掌家塾。如今儒大太爺雖學問也只中平，但還彈壓的住這些小孩子們，不至以顢頇[6]了事。我想寶玉閑着總不好，不如仍舊叫他家塾中讀書去罷了。」

王夫人道：「老爺說的很是。自從老爺外任去了，他又常病，竟耽擱了好幾年。如今且在家學裏温習温習，也是好的。」賈政點頭，又說些閑話，不提。

且說寶玉次日起來，梳洗又畢，早有小廝們傳進話來說：「老爺叫二爺說話。」寶玉忙整理了衣服，來至賈政書房中，請了安站着。

賈政道：「你近來作些甚麼功課？雖有幾篇字，也算不得甚麼。我看你近來的光景，越發比頭幾年散蕩了，況且每每聽見你推病不肯唸書。如今可大好了，我還聽見你天天在園子裏和姊妹們玩玩笑笑，甚至和那些丫頭們混鬧，把自己的正經事，總丟在腦袋後頭。就是做得幾句詩詞，也並不怎麼樣，有甚麼稀罕處！比如應試選舉，到底以文章為主，你這上頭倒沒有一點兒工夫。我可囑咐你：自今日起，再不許做詩做對的了，單要習學八股文章[7]。限你一年，若毫無長進，你也不用唸書了，我也不願有你這樣的兒子了。」遂叫李貴來，說：「明兒一早，傳焙茗跟了寶玉去收拾應唸的書籍，一齊拿過來

---

6)　　顢頇（mān hān）：糊塗；不明事理。

7)　　八股文章：明清科舉所使用的文章形式。一篇文章中間主要部分基本分為八股，開始有破題、承題、起講等名稱，有非常繁瑣而且嚴格的規定。這裏賈政要寶玉專學八股文章，以應付科舉考試。

我看看，親自送他到家學裏去。」喝命寶玉：「去罷！明日起早來見我。」寶玉聽了，半日竟無言可答，因回到怡紅院來。

襲人正在着急聽信，見說取書，倒也歡喜。獨是寶玉要人即刻送信與賈母，欲叫攔阻。賈母得信，便命人叫過寶玉來，告訴他說：「只管放心先去，別叫你老子生氣。有甚麼難為你，有我呢。」寶玉沒法，只得回來囑咐了丫頭們：「明日早早叫我，老爺要等着送我到家學裏去呢。」襲人等答應了，同麝月兩個倒替着醒了一夜。

次日一早，襲人便叫醒寶玉，梳洗了，換了衣服，打發小丫頭子傳了焙茗在二門上伺候，拿着書籍等物。襲人又催了兩遍，寶玉只得出來過賈政書房中來，先打聽「老爺過來了沒有？」書房中小廝答應：「方才一位清客相公請老爺回話，裏邊說梳洗呢，命清客相公出去候着去了。」寶玉聽了，心裏稍稍安頓，連忙到賈政這邊來。恰好賈政着人來叫，寶玉便跟着進去。賈政不免又囑咐幾句話，帶了寶玉上了車，焙茗拿着書籍，一直到家塾中來。

早有人先搶一步回代儒說：「老爺來了。」代儒站起身來，賈政早已走入，向代儒請了安。代儒拉着手問了好，又問：「老太太近日安麼？」寶玉過來也請了安。賈政站着，請代儒坐下，然後坐下。賈政道：「我今日自己送他來，因要求託一番。這孩子年紀也不小了，到底要學個成人的舉業，才是終身立身成名之事。如今他在家中只是和些孩子們混鬧，雖懂得幾句詩詞，也是胡謅亂道的；就是好了，也不過是風雲月露，與一生的正事毫無關涉。」代儒道：「我看他相貌也還體面，靈性也還去得，為甚麼不唸書，只是心野貪玩。詩詞一道，不是學不得的，只要發達了以後，再學還不遲呢。」賈政道：「原是如此。目今只求叫他讀書、講書、作文章。倘或不聽教訓，還求太爺認真的管教管教他，才不至有名無實的白耽誤了他的一世。」說畢，站起來又作了一個揖，然後說了些閑話，才辭了出去。代儒送至門首，說：「老太太前替我問好請安罷。」賈政答應着，自己上車去了。

代儒回身進來，看見寶玉在西南角靠窗戶擺着一張花梨小桌，右邊堆下兩套舊書，薄薄兒的一本文章，叫焙茗將紙墨筆硯都擱在抽屜裏藏着。代儒道：「寶玉，我聽見說你前兒有病，如今可大好了？」寶玉站起來道：「大好了。」代儒道：「如今論起來，你可也該用功了。你父親望你成人懇切的很。你且把從前唸過的書，打頭兒理一遍。每日早起理書，飯後寫字，晌午講

書，唸幾遍文章就是了。

　　寶玉答應了個「是」，回身坐下時，不免四面一看。見昔時金榮輩不見了幾個，又添了幾個小學生，都是些粗俗異常的。忽然想起秦鐘來，如今沒有一個做得伴說句知心話兒的，心上淒然不樂，卻不敢作聲，只是悶着看書。代儒告訴寶玉道：「今日頭一天，早些放你家去罷。明日要講書了。但是你又不是很愚夯的，明日我倒要你先講一兩章書我聽，試試你近來的工課何如，我才曉得你到怎麼個分兒上頭。」說得寶玉心中亂跳。欲知明日講解何如，且聽下回分解。

💬 **延伸思考**

　　寶玉再一次進了學堂，與上一次不同，這次他不是自願的，更沒有秦鐘那樣的學友陪伴。學堂中會發生甚麼？這個懸念是引起下一回的過渡情節。

《 第八十二回 》

精讀 老學究講義警頑心
病瀟湘痴魂驚惡夢

襲人想着自己的心事，於是要試探一下黛玉。她會跟黛玉說甚麼，黛玉又會如何反應呢？

　　話說寶玉下學回來，見了賈母。賈母笑道：「好了，如今野馬上了籠頭了。去罷，見見你老爺，回來散散兒去罷。」寶玉答應着，去見賈政。賈政道：「這早晚就下了學了麼？師父給你定了工課沒有？」寶玉道：「定了。早起理書，飯後寫字，晌午講書唸文章。」賈政聽了，點點頭兒，因道：「去罷，還到老太太那邊陪着坐坐去。你也該學些人功道理，別一味的貪玩。晚上早些睡，天天上學早些起來。你聽見了？」寶玉連忙答應幾個「是」，退出來，忙忙又去見王夫人，又到賈母那邊打了個照面兒。趕着出來，恨不得一走就到瀟湘館才好。

　　剛進門口，便拍着手笑道：「我依舊回來了！」猛可裏倒唬了黛玉一跳。紫鵑打起簾子，寶玉進來坐下。黛玉道：「我恍惚聽見你唸書去了。這麼早就回來了？」寶玉道：「噯呀，了不得！我今兒不是被老爺叫了唸書去了麼？心上倒像沒有和你們見面的日子了。好容易熬了一天，這會子瞧見你

們，竟如死而復生的一樣，真真古人說『一日三秋[1]』，這話再不錯的。」黛玉道：「你上頭去過了沒有？」寶玉道：「都去過了。」黛玉道：「別處呢？」寶玉道：「沒有。」黛玉道：「你也該瞧瞧他們去。」寶玉道：「我這會子懶待動了，只和妹妹坐着說一會子話兒罷。老爺還叫早睡早起，只好明兒再瞧他們去了。」黛玉道：「你坐坐兒，可是正該歇歇兒去了。」寶玉道：「我那裏是乏，只是悶得慌。這會子咱們坐着才把悶散了，你又催起我來。」黛玉微微的一笑，因叫紫鵑：「把我的龍井茶給二爺沏一碗。二爺如今唸書了，比不的頭裏。」紫鵑笑着答應，去拿茶葉，叫小丫頭子沏茶。

寶玉接着說道：「還提甚麼唸書，我最厭這些道學話。更可笑的是八股文章，拿他誆功名混飯吃也罷了，還要說代聖賢立言。好些的，不過拿些經書湊搭湊搭還罷了；更有一種可笑的，肚子裏原沒有甚麼，東拉西扯，弄的牛鬼蛇神，還自以為博奧。這那裏闡發聖賢的道理。目下老爺口口聲聲叫我學這個，我又不敢違拗，你這會子還提唸書呢。」黛玉道：「我們女孩兒家雖然不要這個，但小時跟着我們雨村先生唸書，也曾看過。內中也有近情近理的，也有清微淡遠的。那時候雖不大懂，也覺得好，不可一概抹倒。況且你要取功名，這個也清貴些。」

寶玉聽到這時，覺得不甚入耳，因想黛玉從來不是這樣人，怎麼也這樣勢慾熏心起來？又不敢在他跟前駁回，只在鼻子眼裏笑了一聲。正說着忽聽外面兩個人說話，卻是秋紋和紫鵑。只聽秋紋道：「襲人姐姐叫我老太太那裏接去，誰知卻在這裏。」紫鵑道：「我們這裏才沏了茶，索性讓他喝了再去。」說着，二人一齊進來。寶玉和秋紋笑道：「我就過去，又勞動你來找。」秋紋未及答言，只見紫鵑道：「你

---

1)　　一日三秋：《詩經》上說，「一日不見，如三秋兮。」意思是說一天沒見面，好像隔了三年似的。

快喝了茶去罷，人家都想了一天了。」秋紋啐道：「呸，好混賬丫頭！」說的大家都笑了。寶玉起身才辭了出來。黛玉送到屋門口兒，紫鵑在台階下站着，寶玉出去，才回房裏來。

卻說寶玉回到怡紅院中，進了屋子，只見襲人從裏間迎出來，便問：「回來了麼？」秋紋應道：「二爺早來了，在林姑娘那邊來着。」寶玉道：「今日有事沒有？」襲人道：「事卻沒有。方才太太叫鴛鴦姐姐來吩咐我們：如今老爺發狠叫你唸書，如有丫鬟們再敢和你玩笑，都要照着晴雯司棋的例辦。我想，伏侍你一場，賺了這些言語，也沒甚麼趣兒。」說着，便傷起心來。寶玉忙道：「好姐姐，你放心。我只好生唸書，太太再不說你們了。我今兒晚上還要看書，明日師父叫我講書呢。我要使喚，橫豎有麝月秋紋呢，你歇歇去罷。」襲人道：「你要真肯唸書，我們伏侍你也是歡喜的。」

寶玉聽了，趕忙吃了晚飯，就叫點燈，把唸過的《四書》翻出來。只是從何處看起？翻了一本看去，章章裏頭，似乎明白；細按起來，卻不很明白。看着小注，又看講章，鬧到起更以後了，自己想道：「我在詩詞上覺得很容易，在這個上頭竟沒頭腦。」便坐着呆呆的呆想。襲人道：「歇歇罷，做工夫也不在這一時的。」寶玉嘴裏只管胡亂答應。麝月襲人才伏侍他睡下，兩個才也睡了。及至睡醒一覺，聽得寶玉炕上還是翻來覆去。襲人道：「你還醒着呢麼？你倒別混想了，養養神明兒好唸書。」寶玉道：「我也是這樣想，只是睡不着。你來給我揭一層被。」襲人道：「天氣不熱，別揭罷。」寶玉道：「我心裏煩躁的很。」自把被窩褪下來。襲人忙爬起來按住，把手去他頭上一摸，覺得微微有些發燒。襲人道：「你別動了，有些發燒了。」寶玉道：「可不是。」襲人道：「這是怎麼說呢！」寶玉道：「不怕，是我心煩的原故。你別吵嚷，省得老爺知道了，必說我裝病逃學，不然怎麼病的這樣巧。明兒好了，原到學裏去就完事了。」襲人也覺得可憐，說道：「我靠着你睡罷。」便和寶玉捶了

一回脊樑，不知不覺大家都睡着了，直到紅日高升，方才起來。寶玉道：「不好了，晚了！」急忙梳洗畢，問了安，就往學裏來了。

代儒已經變着臉，說：「怪不得你老爺生氣，說你沒出息。第二天你就懶惰，這是甚麼時候，才來！」寶玉把昨兒發燒的話說了一遍，方過去了，原舊唸書。到了下晚，代儒道：「寶玉，有一章書你來講講。」寶玉過來一看，卻是「後生可畏」章。寶玉心上說：「這還好，幸虧不是『學』『庸』。」問道：「怎麼講呢？」代儒道：「你把節旨[2]句子細細兒講來。」

寶玉把這章先朗朗的唸了一遍，說：「這章書是聖人勉勵後生，教他及時努力，不要弄到……」說到這裏，抬頭向代儒一瞧。代儒覺得了，笑了一笑道：「你只管說，講書是沒有甚麼避忌的。《禮記》上說『臨文不諱[3]』，只管說，『不要弄到』甚麼？」寶玉道：「不要弄到老大無成。先將『可畏』二字激發後生的志氣，後把『不足畏』二字警惕後生的將來。」說罷，看着代儒。代儒道：「也還罷了。串講呢？」寶玉道：「聖人說，人生少時，心思才力，樣樣聰明能幹，實在是可怕的。那裏料得定他後來的日子不像我們今日。若是悠悠忽忽到了四十歲，又到了五十歲，既不能夠發達，這種人雖是他後生時像個有用的，到了那個時候，這一輩就沒有人怕他了。」

代儒笑道：「你方才節旨講的倒清楚，只是句子裏有些孩子氣，『無聞』二字不是不能發達做官的話。『聞』是實在自己能夠明理見道，就不做官也是有『聞』了，不然，古聖

---

2)　　節旨：明清時期為應科舉考試所讀的「四書」「五經」，在字句注解之外，每節（段落）還有總講大意的話，稱為節旨。

3)　　臨文不諱：封建時代不能稱君、父的名字，常改變讀音或改寫筆劃，叫避諱。臨文不諱是號稱在寫、讀、講經典、文章時，不能因私人的名諱而有所更改。

賢有遁世不見知的，豈不是不做官的人，難道也是『無聞』麼？『不足畏』是使人料得定，方與『焉知』的『知』字對針，不是『怕』的字眼。要從這裏看出，方能入細。你懂得不懂得？」寶玉道：「懂得了。」代儒道：「還有一章，你也講一講。」代儒往前揭了一篇，指給寶玉。寶玉看是「吾未見好德如好色者也。」

寶玉覺得這一章卻有些刺心，便陪笑道：「這句話沒有甚麼講頭。」代儒道：「胡說！譬如場中出了這個題目，也說沒有做頭麼？」寶玉不得已，講道：「是聖人看見人不肯好德，見了色便好的了不得。殊不想德是性中本有的東西，人偏都不肯好他。至於那個色呢，雖也是從先天中帶來，無人不好的。但是德乃天理，色是人慾，人那裏肯把天理好的像人慾似的。孔子雖是歎息的話，又是望人回轉來的意思。並且見得人就有好德的，好的終是浮淺，直要像色一樣的好起來，那才是真好呢。」

代儒道：「這也講的罷了。我有句話問你：你既懂得聖人的話，為甚麼正犯着這兩件病。我雖不在家中，你們老爺也不曾告訴我，其實你的毛病我卻盡知的。做一個人，怎麼不望長進？你這會兒正是『後生可畏』的時候，『有聞』『不足畏』全在你自己做去了。我如今限你一個月，把唸過的舊書全要理清，再唸一個月文章。以後我要出題目叫你作文章了。如若懈怠，我是斷乎不依的。自古道：『成人不自在，自在不成人。』你好生記着我的話。」寶玉答應了，也只得天天按着功課幹去。不提。

且說寶玉上學之後，怡紅院中甚覺清淨閑暇。襲人倒可做些活計，拿着針線要繡個檳榔包兒，想着如今寶玉有了工課，丫頭們可也沒有饑荒了。早要如此，晴雯何至弄到沒有結果？兔死狐悲，不覺滴下淚來。忽又想到自己終身，本不是寶玉的正配，原是偏房。寶玉的為人，卻還拿得住，只怕娶了一個利害的，自己便是尤二姐香菱的後身。素來看着賈

點評

母王夫人光景及鳳姐兒往往露出話來，自然是黛玉無疑了。那黛玉就是個多心人。想到此際，臉紅心熱，拿着針不知戳到那裏去了，便把活計放下，走到黛玉處去探探他的口氣。

黛玉正在那裏看書，見是襲人，欠身讓坐。襲人也連忙迎上來問：「姑娘這幾天身子可大好了？」黛玉道：「那裏能夠，不過略硬朗些。你在家裏做甚麼呢？」襲人道：「如今寶二爺上了學，房中一點事兒沒有，因此來瞧瞧姑娘，說說話兒。」說着，紫鵑拿茶來。襲人忙站起來道：「妹妹坐着罷。」因又笑道：「我前兒聽見秋紋說，妹妹背地裏說我們甚麼來着。」紫鵑也笑道：「姐姐信他的話！我說寶二爺上了學，寶姑娘又隔斷了，連香菱也不過來，自然是悶的。」襲人道：「你還提香菱呢，這才苦呢，撞着這位太歲奶奶，難為他怎麼過！」把手伸着兩個指間道：「說起來，比他還利害，連外頭的臉面都不顧了。」黛玉接着道：「他也夠受了。尤二姑娘怎麼死了！」襲人道：「可不是。想來都是一個人，不過名分裏頭差些，何苦這樣毒？外面名聲也不好聽。」黛玉從不聞襲人背地裏說人，今聽此話有因，便說道：「這也難說。但凡家庭之事，不是東風壓了西風，就是西風壓了東風。」襲人道：「做了旁邊人，心裏先怯了，那裏倒敢去欺負人呢？」

說着，只見一個婆子在院裏問道：「這裏是林姑娘的屋子麼？那位姐姐在這裏呢？」雪雁出來一看，模模糊糊認得是薛姨媽那邊的人，便問道：「作甚麼？」婆子：「我們姑娘打發來給這裏林姑娘送東西的。」雪雁道：「略等等兒。」雪雁進來回了黛玉，黛玉便叫領他進來。那婆子進來請了安，且不說送甚麼，只是覷着眼瞧黛玉，看的黛玉臉上倒不好意思起來，因問道：「寶姑娘叫你來送甚麼？」婆子方笑着回道：「我們姑娘叫給姑娘送了一瓶兒蜜餞荔枝來。」回頭又瞧見襲人，便問道：「這位姑娘不是寶二爺屋裏的花姑娘麼？」

● 襲人也好，黛玉也好，她們從未曾背地裏談論過別人的是非，這一處對話實際上是互相試探，句句有深意。

襲人笑道：「媽媽怎麼認得我？」婆子笑道：「我們只在太太屋裏看屋子，不大跟太太姑娘出門，所以姑娘們都不大認得。姑娘們碰着到我們那邊去，我們都模糊記得。」說着，將一個瓶兒遞給雪雁，又回頭看看黛玉，因笑着向襲人道：「怨不得我們太太說這林姑娘和你們寶二爺是一對兒，原來真是天仙似的。」襲人見他說話造次，連忙岔道：「媽媽，你乏了，坐坐吃茶罷。」那婆子笑嘻嘻的道：「我們那裏忙呢，都張羅琴姑娘的事呢。姑娘還有兩瓶荔枝，叫給寶二爺送去。」說着，顫顫巍巍告辭出去。黛玉雖惱這婆子方才冒撞，但因是寶釵使來的，也不好怎麼樣他。等他出了屋門，才說一聲道：「給你們姑娘道費心。」那老婆子還只管嘴裏咕咕噥噥的說：「這樣好模樣兒，除了寶玉，甚麼人擎受的起。」黛玉只裝沒聽見。襲人笑道：「怎麼人到了老來，就是混說白道的，叫人聽着又生氣，又好笑。」一時雪雁拿過瓶子來與黛玉看。黛玉道：「我懶待吃，拿了擱起去罷。」又說了一回話，襲人才去了。

一時晚妝將卸，黛玉進了套間，猛抬頭看見了荔枝瓶，不禁想起日間老婆子的一番混話，甚是刺心。當此黃昏入靜，千愁萬緒，堆上心來。想起自己身子不牢，年紀又大了。看寶玉的光景，心裏雖沒別人，但是老太太舅母又不見有半點意思。深恨父母在時，何不早定了這頭婚姻。又轉念一想道：「倘若父母在時，別處定了婚姻，怎能夠似寶玉這般人材心地，不如此時尚有可圖。」心內一上一下，輾轉纏綿，竟像轆轤一般。歎了一回氣，掉了幾點淚，無情無緒，和衣倒下。

不知不覺，只見小丫頭走來說道：「外面雨村賈老爺請姑娘。」黛玉道：「我雖跟他讀過書，卻不比男學生，要見我作甚麼？況且他和舅舅往來，從未提起，我也不便見的。」因叫小丫頭回覆身上有病不能出來，與我請安道謝就是了。小丫頭道：「只怕要與姑娘道喜，南京還有人來接。」

● 下面幾段是黛玉的夢境。這個夢透露了她的心意，父親如果真得到升遷應該是喜事，但夢裏的黛玉根本就不高興，可見她不想離開賈府，不想離開從小一起長大的寶玉。

說着，又見鳳姐同邢夫人、王夫人、寶釵等都來笑道：「我們一來道喜，二來送行。」黛玉慌道：「你們說甚麼話。」鳳姐道：「你還裝甚麼呆。你難道不知道林姑爺升了湖北糧道，娶了一位繼母，十分合心合意。如今想着你擱在這裏，不成事體，因託了賈雨村作媒，將你許了你繼母的甚麼親戚，還說是續弦，所以着人到這裏來接你回去。大約一到家中就要過去的，都是你繼母作主。怕的是道兒上沒有照應，還叫你璉二哥哥送去。」說得黛玉一身冷汗。

黛玉又恍惚父親果在那裏做官的樣子，心上急着硬說道：「沒有的事，都是鳳姐姐混鬧。」只見邢夫人向王夫人使個眼色兒，「他還不信呢，咱們走罷。」黛玉含着淚道：「二位舅母坐坐去。」眾人不言語，都冷笑而去。

黛玉此時心中乾急，又說不出來，哽哽咽咽。恍惚又是和賈母在一處的似的，心中想道：「此事唯求老太太，或還可救。」於是兩腿跪下去，抱着賈母的腰說道：「老太太救我！我南邊是死也不去的！況且有了繼母，又不是我的親娘。我是情願跟着老太太一塊兒的。」但只見賈母歎道：「這個不干我的事。」黛玉哭道：「老太太，這是甚麼事呢。」老太太道：「續弦也好，倒多一副妝奩。」黛玉哭道：「我若在老太太跟前，決不使這裏分外的閑錢，只求老太太救我。」賈母道：「不中用了。做了女人，終是要出嫁的，你孩子家，不知道，在此地終非了局。」黛玉道：「我在這裏情願自己做個奴婢過活，自做自吃，也是願意，只求老太太作主。」老太太總不言語。黛玉抱着賈母的腰哭道：「老太太，你向來最是慈悲的，又最疼我的，到了緊急的時候怎麼全不管？不要說我是你的外孫女兒，是隔了一層了。我的娘是你的親生女兒，看我娘分上，也該護庇些。」說着，撞在懷裏痛哭。

賈母道：「鴛鴦，你來送姑娘出去歇歇。我倒被他鬧乏了。」黛玉情知不是路了，求去無用，不如尋個自盡，站起

來往外就走。深痛自己沒有親娘，便是外祖母與舅母姊妹們，平時何等待的好，可見都是假的。又一想：「今日怎麼獨不見寶玉？或見一面，看他還有法兒？」便見寶玉站在面前，笑嘻嘻地說：「妹妹大喜呀。」黛玉聽了這一句話，越發急了，也顧不得甚麼了，把寶玉緊緊拉住說：「好，寶玉，我今日才知道你是個無情無義的人了！」寶玉道：「我怎麼無情無義？你既有了人家兒，咱們各自幹各的了。」黛玉越聽越氣，越沒了主意，只得拉着寶玉哭道：「好哥哥，你叫我跟了誰去？」寶玉道：「你要不去，就在這裏住着。你原是許了我的，所以你才到我們這裏來。我待你是怎麼樣的，你也想想。」

黛玉恍惚又像果曾許過寶玉的，心內忽又轉悲作喜，問寶玉道：「我是死活打定主意的了。你到底叫我去不去？」寶玉道：「我說叫你住下。你不信我的話，你就瞧瞧我的心。」說着，就拿着一把小刀子往胸口上一劃，只見鮮血直流。黛玉嚇得魂飛魄散，忙用手握着寶玉的心窩，哭道：「你怎麼做出這個事來，你先來殺了我罷！」寶玉道：「不怕，我拿我的心給你瞧。」還把手在劃開的地方兒亂抓。黛玉又顫又哭，又怕人撞破，抱住寶玉痛哭。寶玉道：「不好了，我的心沒有了，活不得了。」說着，眼睛往上一翻，咕咚就倒了。

黛玉拚命放聲大哭。只聽見紫鵑叫道：「姑娘，姑娘，怎麼魘住了？快醒醒兒脫了衣服睡罷。」黛玉一翻身，卻原來是一場惡夢。喉間猶是哽咽，心上還是亂跳，枕頭上已經濕透，肩背身心，但覺冰冷。想了一回，「父親死得久了，與寶玉尚未放定[4]，這是從那裏說起？」又想夢中光景，無倚無靠，再真把寶玉死了，那可怎麼樣好？一時痛定思痛，神

---

4)　　放定：舉行訂婚手續的一種禮節。

點評

魂俱亂。又哭了一回，遍身微微的出了一點汗，掙扎起來，把外罩大襖脫了，叫紫鵑蓋好了被窩，又躺下去。翻來覆去，那裏睡得着？只聽得外面淅淅颯颯，又像風聲，又像雨聲。又停了一會子，又聽得遠遠的吆呼聲兒，卻是紫鵑已在那裏睡着，鼻息出入之聲。自己扎掙着爬起來，圍着被坐了一會，覺得窗縫裏透進一縷涼風來，吹得寒毛直豎，便又躺下。正要朦朧睡去，聽得竹枝上不知有多少家雀兒的聲，啾啾唧唧，叫個不住。那窗上的紙，隔着屜子，漸漸的透進清光來。

黛玉此時已醒得雙眸炯炯，一回兒咳嗽起來，連紫鵑都咳嗽醒了。紫鵑道：「姑娘，你還沒睡着麼？又咳嗽起來了，想是着了風了。這會兒窗戶紙發清了，也待好亮起來了。歇歇兒罷，養養神，別盡着想長想短的了。」黛玉道：「我何嘗不要睡，只是睡不着。你睡你的罷。」說了又嗽起來。紫鵑見黛玉這般光景，心中也自傷感，睡不着了。聽見黛玉又嗽，連忙起來，捧着痰盒。這時天已亮了。黛玉道：「你不睡了麼？」紫鵑笑道：「天都亮了，還睡甚麼呢。」黛玉道：「既這樣，你就把痰盒兒換了罷。」

紫鵑答應着，忙出來換了一個痰盒兒，將手裏的這個盒兒放在桌上，開了套間門出來，仍舊帶上門，放下撒花軟簾，出來叫醒雪雁。開了屋門去倒那盒子時，只見滿盒子痰，痰中好些血星，唬了紫鵑一跳，不覺失聲道：「嗳喲，這還了得！」黛玉裏面接着問是甚麼，紫鵑自知失言，連忙改說道：「手裏一滑，幾乎撂了痰盒子。」黛玉道：「不是盒子裏的痰有了甚麼？」紫鵑道：「沒有甚麼。」說着這句話時，心中一酸，那眼淚直流下來，聲兒早已岔了。黛玉因為喉間有些甜腥，早自疑惑，方才聽見紫鵑在外邊詫異，這會子又聽見紫鵑說話聲音帶着悲慘的光景，心中覺了八九分，便叫紫鵑「進來罷，外頭看涼着。」紫鵑答應了一聲，這一聲更比頭裏淒慘，竟是鼻中酸楚之音。黛玉聽了，涼了

● 長期鬱鬱之下，黛玉的病情越發加重。

● 黛玉已經意識到自己的病情，她自己心涼了，卻並沒有多說甚麼，反而關心紫鵑別着涼。這一句十分簡單的關心話，流露出黛玉的善良以及她和紫鵑之間特別深厚的情義。

半截。看紫鵑推門進來時，尚拿手帕拭眼。黛玉道：「大清早起，好好的為甚麼哭？」紫鵑勉強笑道：「誰哭來，早起起來眼睛裏有些不舒服。姑娘今夜大概比往常醒的時候更大罷，我聽見咳嗽了大半夜。」黛玉道：「可不是，越要睡，越睡不着。」紫鵑着：「姑娘身上不大好，依我說，還得自己開解着些。身子是根本，俗語說的，『留得青山在，依舊有柴燒』。況這裏自老太太、太太起，那個不疼姑娘。」只這一句話，又勾起黛玉的夢來。覺得心頭一撞，眼中一黑，神色俱變，紫鵑連忙端着痰盒，雪雁捶着脊樑，半日才吐出一口痰來。痰中一縷紫血，簌簌亂跳，紫鵑雪雁臉都唬黃了。兩個旁邊守着，黛玉便昏昏躺下。紫鵑看着不好，連忙努嘴叫雪雁叫人去。

雪雁才出屋門，只見翠縷翠墨兩個人笑嘻嘻的走來。翠縷便道：「林姑娘怎麼這早晚還不出門？我們姑娘和三姑娘都在四姑娘屋裏講究四姑娘畫的那張園子景兒呢。」雪雁連忙擺手兒，翠縷翠墨二人倒都嚇了一跳，說：「這是甚麼原故？」雪雁將方才的事，一一告訴他二人。二人都吐了吐舌頭兒說：「這可不是玩的！你們怎麼不告訴老太太去？這還了得！你們怎麼這麼糊塗。」雪雁道：「我這裏才要去，你們就來了。」正說着，只聽紫鵑叫道：「誰在外頭說話？姑娘問呢。」三個人連忙一齊進來。翠縷翠墨見黛玉蓋着被躺在床上，見了他二人便說道：「誰告訴你們了？你們這樣大驚小怪的。」翠墨道：「我們姑娘和雲姑娘才都在四姑娘屋裏講究四姑娘畫的那張園子圖兒，叫我們來請姑娘來，不知姑娘身上又欠安了。」黛玉道：「也不是甚麼大病，不過覺得身子略軟些，躺躺兒就起來了。你們回去告訴三姑娘和雲姑娘，飯後若無事，倒是請他們來這裏坐坐罷。寶二爺沒到你們那邊去？」二人答道：「沒有。」翠墨又道：「寶二爺這兩天上了學了，老爺天天要查功課，那裏還能像從前那麼亂跑呢。」黛玉聽了，默然不言。二人又略站了一回，都悄

悄的退出來了。

　　且說探春湘雲正在惜春那邊論評惜春所畫《大觀園圖》，說這個多一點，那個少一點，這個太疏，那個太密。大家又議着題詩，着人去請黛玉商議。正說着，忽見翠縷翠墨二人回來，神色匆忙。湘雲便先問道：「林姑娘怎麼不來？」翠縷道：「林姑娘昨日夜裏又犯了病了，咳嗽了一夜。我們聽見雪雁說，吐了一盒子痰血。」探春聽了詫異道：「這話真麼？」翠縷道：「怎麼不真。」翠墨道：「我們剛才進去瞧了瞧，顏色不成顏色，說話兒的氣力兒都微了。」湘雲道：「不好的這麼着，怎麼還能說話呢。」探春道：「怎麼你這麼糊塗，不能說話不是已經——」說到這裏卻嚥住了。惜春道：「林姐姐那樣一個聰明人，我看他總有些瞧不破，一點半點兒都要認起真來。天下事那裏有多少真的呢。」探春道：「既這麼着，咱們都過去看看。倘若病的利害，咱們好過去告訴大嫂子回老太太，傳大夫進來瞧瞧，也得個主意。」湘雲道：「正是這樣。」惜春道：「姐姐們先去，我回來再過去。」於是探春湘雲扶着小丫頭，都到瀟湘館來。進入房中，黛玉見他二人，不免又傷起心來。因又轉念想起夢中，連老太太尚且如此，何況他們？況且我不請他們，他們還不來呢。心裏雖是如此，臉上卻礙不過去，只得勉強令紫鵑扶起，口中讓坐。探春湘雲都坐在床沿上，一頭一個。看了黛玉這般光景，也自傷感。探春便道：「姐姐怎麼身上又不舒服了？」黛玉道：「也沒甚麼要緊，只是身子軟得很。」

　　紫鵑在黛玉身後偷偷的用手指那痰盒兒。湘雲到底年輕，性情又兼直爽，伸手便把痰盒拿起來看。不看則已，看了唬的驚疑不止，說：「這是姐姐吐的？這還了得！」初時黛玉昏昏沉沉，吐了也沒細看，此時見湘雲這麼說，回頭看時，自己早已灰了一半。探春見湘雲冒失，連忙解說道：「這不過是肺火上炎，帶出一半點來，也是常事。偏是雲丫頭，不拘甚麼，就這樣蠍蠍螫螫的！」湘雲紅了臉，自悔失言。

　　探春見黛玉精神短少，似有煩倦之意，連忙起身說着：「姐姐靜靜的養養神罷，我們回來再瞧你。」黛玉道：「累你二位惦着。」探春又囑咐紫鵑好生留神伏侍姑娘，紫鵑答應着。探春才要走，只聽外面一個人嚷起來。未知是誰，下回分解。

💡 精華賞析

　　如果說前文中展示了襲人一心為寶玉着想、細心賢德的特點，那麼試探黛玉的行為則表露了襲人的心機。這份私心才是她細心賢德的根本原因，也正為此，她還會在寶玉的婚事上使出更多心計，讓事情按照自己希望的方向發展。

《第八十三回》

省宮闈賈元妃染恙
鬧閨閫薛寶釵吞聲

> 不僅是黛玉病情加重，元春也生病了，大家忙着進宮探病。
> 與此同時，夏金桂也鬧得更加厲害，真是家宅不寧！

　　話說探春湘雲才要走時，忽聽外面一個人嚷道：「你這不成人的小蹄子！你是個甚麼東西，來這園子裏頭混攪！」黛玉聽了，大叫一聲道：「這裏住不得了。」一手指着窗外，兩眼反插上去，哭的過去了。紫鵑只是哭叫：「姑娘怎麼樣了，快醒轉來罷。」探春也叫了一回。半晌，黛玉回過這口氣，還說不出話來，那隻手仍向窗外指着。

　　探春會意，開門出去，看見老婆子手中拿着拐棍趕着一個不乾不淨的毛丫頭道：「我是為照管這園中的花果樹木來到這裏，你做甚麼來了！等我家去打你一個知道。」這丫頭扭着頭，把一個指頭探在嘴裏，瞅着老婆子笑。探春罵道：「你們這些人如今越發沒了王法了，這裏是你罵人的地方兒嗎！」老婆子見是探春，連忙陪着笑臉兒說道：「剛才是我的外孫女兒，看見我來了，他就跟了來。我怕他鬧，所以才吆喝他回去，那裏敢在這裏罵人呢。」探春道：「不用多說了，快給我都出去。這裏林姑娘身上不大好，還不快去麼！」老婆子答應了幾個「是」，說着一扭身去了，那丫頭也就跑了。

　　探春回來，看見湘雲拉着黛玉的手只管哭，紫鵑一手抱着黛玉，一手給黛玉揉胸口，黛玉的眼睛方漸漸的轉過來了。探春笑道：「想是聽見婆子的話，你疑了心了麼？」黛玉只搖搖頭兒。探春道：「他是罵他外孫女兒，我才剛也聽見了。這種東西說話再沒有一點道理的，他們懂得甚麼避諱。」黛玉聽了點點頭兒，拉着探春的手道：「妹妹……」叫了一聲，又不言語了。探春又

道：「你別心煩。我來看你是姊妹們應該的，你又少人伏侍。只要你安心肯吃藥，心上把喜歡事兒想想，能夠一天一天的硬朗起來，大家依舊結社做詩，豈不好呢。」

湘雲道：「可是三姐姐說的，那麼着不樂？」黛玉哽咽道：「你們只顧要我喜歡，可憐我那裏趕得上這日子，只怕不能夠了！」探春道：「你這話說的太過了。誰沒個病兒災兒的，那裏就想到這裏來了。你好生歇歇兒罷，我們到老太太那邊，回來再看你。你要甚麼東西，只管叫紫鵑告訴我。」黛玉流淚道：「好妹妹，你到老太太那裏只說我請安，身上略有點不好，不是甚麼大病，也不用老太太煩心的。」探春答應道：「我知道，你只管養着罷。」說着，才同湘雲出去了。

這裏紫鵑扶着黛玉躺在床上，地下諸事，自有雪雁照料，自己只守着旁邊，看着黛玉，又是心酸，又不敢哭泣。那黛玉閉着眼躺了半晌，那裏睡得着？覺得園裏頭平日只見寂寞，如今躺在床上，偏聽得風聲，蟲鳴聲，鳥語聲，人走的腳步聲，又像遠遠的孩子們啼哭聲，一陣一陣的聒噪的煩燥起來，因叫紫鵑放下帳子來。雪雁捧了一碗燕窩湯遞與紫鵑，紫鵑隔着帳子輕輕問道：「姑娘喝一口湯罷？」黛玉微微應了一聲。紫鵑復將湯遞給雪雁，自己上來攙扶黛玉坐起，然後接過湯來，擱在唇邊試了一試，一手摟着黛玉肩臂，一手端着湯送到唇邊。黛玉微微睜眼喝了兩三口，便搖搖頭兒不喝了。紫鵑仍將碗遞給雪雁，輕輕扶黛玉睡下。靜了一時，略覺安頓。只聽窗外悄悄問道：「紫鵑妹妹在家麼？」雪雁連忙出來，見是襲人，因悄悄說道：「姐姐屋裏坐。」襲人也便悄悄問道：「姑娘怎麼着？」一面走，一面雪雁告訴夜間及方才之事。襲人聽了這話，也咤怔了，因說道：「怪道剛才翠縷到我們那邊，說你們姑娘病了，唬的寶二爺連忙打發我來看看是怎麼樣。」

正說着，只見紫鵑從裏間掀起簾子望外看，見襲人點頭兒叫他。襲人輕輕走過來問道：「姑娘睡着了嗎？」紫鵑點點頭兒，問道：「姐姐才聽見說了？」襲人也點點頭兒，蹙着眉道：「終久怎麼樣好呢！那一位昨夜也把我唬了個半死兒。」紫鵑忙問怎麼了，襲人道：「昨日晚上睡覺還是好好兒的，誰知半夜裏一疊連聲的嚷起心疼來，嘴裏胡說白道，只說好像刀子割了去的似的。直

鬧到打亮梆子[1]以後才好些了，你說唬人不唬人？今日不能上學，還要請大夫來吃藥呢。」正說着，只聽黛玉在帳子裏又咳嗽起來。紫鵑連忙過來捧痰盒兒接痰。黛玉微微睜眼問道：「你和誰說話呢？」紫鵑道：「襲人姐姐來瞧姑娘來了。」說着，襲人已走到床前。黛玉命紫鵑扶起，一手指着床邊，讓襲人坐下。襲人側身坐了，連忙陪着笑勸道：「姑娘倒還是躺着罷？」黛玉道：「不妨，你們快別這樣大驚小怪的。剛才是說誰半夜裏心疼起來？」襲人道：「是寶二爺偶然魘住了，不是認真怎麼樣。」

黛玉會意，知道是襲人怕自己又懸心的原故，又感激，又傷心。因趁勢問道：「既是魘住了，不聽見他還說甚麼？」襲人道：「也沒說甚麼。」黛玉點點頭兒，遲了半日，歎了一聲，才說道：「你們別告訴寶二爺說我不好，看耽擱了他的工夫，又叫老爺生氣。」襲人答應了，又勸道：「姑娘還是躺躺歇歇罷。」黛玉點頭，命紫鵑扶着歪下。襲人不免坐在旁邊，又寬慰了幾句，然後告辭，回到怡紅院，只說黛玉身上略覺不受用，也沒甚麼大病。寶玉才放了心。

且說探春湘雲出了瀟湘館，一路往賈母這邊來。探春因囑咐湘雲道：「妹妹，回來見了老太太，別像剛才那樣冒冒失失的了。」湘雲點頭笑道：「知道了，我頭裏是叫他唬的忘了神了。」說着，已到賈母那邊，探春因提起黛玉的病來。賈母聽了自是心煩，因說道：「偏是這兩個玉兒多病多災的。林丫頭一來二去的大了，他這個身子也要緊。我看那孩子太是個心細。」眾人也不敢答言。賈母便向鴛鴦道：「你告訴他們，明兒大夫來瞧了寶玉，就叫他到林姑娘那屋裏去。」鴛鴦答應着，出來告訴了婆子們，婆子們自去傳話。這裏探春湘雲就跟着賈母吃了晚飯，然後同回園中去。不提。到了次日，大夫來了，瞧了寶玉，不過說飲食不調，着了點兒風邪，沒大要緊，疏散疏散就好了。這裏王夫人鳳姐等一面遣人拿了方子回賈母，一面使人到瀟湘館告訴說大夫就過來。紫鵑答應了，連忙給黛玉蓋好被窩，放下帳子。雪雁趕着收拾房裏的東西。一時賈璉陪着大夫進來了，便說道：「這位老爺是常來的，姑娘們不用回避。」老婆子打起簾子，賈璉讓着進入房中坐下。賈璉道：「紫鵑姐姐，你先把姑娘的病勢向王老爺說說。」王大夫道：「且慢說。等我診了脈，聽我說了看是對

---

1)　　　亮梆子：天將亮時所打的末次巡夜梆子。

不對，若有不合的地方，姑娘們再告訴我。」紫鵑便向帳中扶出黛玉的一隻手來，擱在迎手[2]上。紫鵑又把鐲子連袖子輕輕的擼起，不叫壓住了脈息。

那王大夫診了好一回兒，又換那隻手也診了，便同賈璉出來，到外間屋裏坐下，說道：「六脈皆弦，因平日鬱結所致。」說着，紫鵑也出來站在裏間門口。那王大夫便向紫鵑道：「這病時常應得頭暈，減飲食，多夢，每到五更，必醒個幾次。即日間聽見不干自己的事，也必要動氣，且多疑多懼。不知者疑為性情乖誕，其實因肝陰虧損，心氣衰耗，都是這個病在那裏作怪。不知是否？」紫鵑點點頭兒，向賈璉道：「說的很是」。王太醫道：「既這樣就是了。」說畢起身，同賈璉往外書房去開方子。

小廝們早已預備下一張梅紅單帖，王太醫吃了茶，因提筆先寫道：「六脈弦遲，素由積鬱。左寸無力，心氣已衰。關脈獨洪，肝邪偏旺。木氣不能疏達，勢必上侵脾土，飲食無味，甚至勝所不勝，肺金定受其殃。氣不流精，凝而為痰；血隨氣湧，自然咳吐。理宜疏肝保肺，涵養心脾。雖有補劑，未可驟施。姑擬『黑逍遙』以開其先，復用『歸肺固金』以繼其後。不揣固陋，俟高明裁服。」又將七味藥與引子[3]寫了。賈璉拿來看時，問道：「血勢上沖，柴胡使得麼？」王大夫笑道：「二爺但知柴胡是升提之品，為吐衄所忌。豈知用鱉血拌炒，非柴胡不足宣少陽甲膽之氣。以鱉血製之，使其不致升提，且能培養肝陰，制遏邪火。所以《內經》說：『通因通用，塞因塞用。』柴胡用鱉血拌炒，正是『假周勃以安劉』的法子。」賈璉點頭道：「原來是這麼着，這就是了。」王大夫又道：「先請服兩劑，再加減或再換方子罷。我還有一點小事，不能久坐，容日再來請安。」說着，賈璉送了出來，說道：「舍弟的藥就是那麼着了？」王大夫道：「寶二爺倒沒甚麼大病，大約再吃一劑就好了。」說着，上車而去。

這裏賈璉一面叫人抓藥，一面回到房中告訴鳳姐黛玉的病原與大夫用的藥，述了一遍。只見周瑞家的走來回了幾件沒要緊的事，賈璉聽到一半，便說道：「你回二奶奶罷，我還有事呢。」說着就走了。

---

2)　　迎手：為臂肘倚靠的方枕叫迎手。這裏指診脈時拿迎手當安放病人手腕的「脈枕」。

3)　　引子：中醫處方，在正藥之外所加導引藥性的幾味藥，叫「引子」。

　　周瑞家的回完了這件事，又說道：「我方才到林姑娘那邊，看他那個病，竟是不好呢。臉上一點血色也沒有，摸了摸身上，只剩得一把骨頭。問問他，也沒有話說，只是淌眼淚。回來紫鵑告訴我說：『姑娘現在病着，要甚麼自己又不肯要，我打算要問二奶奶那裏支用一兩個月的月錢。如今吃藥雖是公中的，零用也得幾個錢。』我答應了他，替他來回奶奶。」鳳姐低了半日頭，說道：「竟這麼着罷，我送他幾兩銀子使罷，也不用告訴林姑娘。這月錢卻是不好支的，一個人開了例，要是都支起來，那如何使得呢？[4]你不記得趙姨娘和三姑娘拌嘴了，也無非為的是月錢。況且近來你也知道，出去的多，進來的少，總繞不過彎兒來。不知道的，還說我打算的不好；更有那一種嚼舌根的，說我搬運到娘家去了。周嫂子，你倒是那裏經手的人，這個自然還知道些。」周瑞家的道：「真正委屈死人！這樣大門頭兒，除了奶奶這樣心計兒當家罷了。別說是女人當不來，就是三頭六臂的男人，還撐不住呢。還說這些個混賬話。」說着，又笑了一聲，道：「奶奶還沒聽見呢，外頭的人還更糊塗呢。前兒周瑞回家來，說起外頭的人打諒着咱們府裏不知怎麼樣有錢呢。也有說『賈府裏的銀庫幾間，金庫幾間，使的傢夥都是金子鑲了玉石嵌了的。』也有說『姑娘做了王妃，自然皇上家的東西分了一半子給娘家。前兒貴妃娘娘省親回來，我們還親見他帶了幾車金銀回來，所以家裏收拾擺設的水晶宮似的。那日在廟裏還願，花了幾萬銀子，只算得牛身上拔了一根毛罷咧。』有人還說『他門前的獅子只怕還是玉石的呢。園子裏還有金麒麟，叫人偷了一個去，如今剩下一個了。家裏的奶奶姑娘不用說，就是屋裏使喚的姑娘們，也是一點兒不動，喝酒下棋，彈琴畫畫，橫豎有伏侍的人呢。單管穿羅罩紗，吃的戴的，都是人家不認得的。那些哥兒姐兒們更不用說了，要天上的月亮，也有人去拿下來給他玩。』還有歌兒呢，說是『寧國府，榮國府，金銀財寶如糞土。吃不窮，穿不窮，算來⋯⋯』」說到這裏，猛然嚥住。

　　原來那時歌兒說道是「算來總是一場空。」這周瑞家的說溜了嘴，說到這裏，忽然想起這話不好，因咽住了。鳳姐兒聽了，已明白必是句不好的話了。也不便追問，因說道：「那都沒要緊。只是這金麒麟的話從何而來？」周

4)　鳳姐辦事能夠公私相濟。若在平時，這點錢根本不算甚麼，如今卻不能隨意支取，也從側面說明了賈府如今日子過得愈加艱難了。

瑞家的笑道：「就是那廟裏的老道士送給寶二爺的小金麒麟兒。後來丟了幾天，虧了史姑娘撿着還了他，外頭就造出這個謠言來了。奶奶說這些人可笑不可笑？」鳳姐道：「這些話倒不是可笑，倒是可怕的。咱們一日難似一日，外面還是這麼講究。俗語兒說的『人怕出名豬怕壯』，況且又是個虛名兒，終久還不知怎麼樣呢。」周瑞家的道：「奶奶慮的也是。只是滿城裏茶坊酒鋪兒以及各胡同兒都是這樣說，並且不是一年了，那裏握的住眾人的嘴？」鳳姐點點頭兒，因叫平兒稱了幾兩銀子，遞給周瑞家的，道：「你先拿去交給紫鵑，只說我給他添補買東西的。若要官中的，只管要去，別提這月錢的話。他也是個伶透人，自然明白我的話。我得了空兒，就去瞧姑娘去。」周瑞家的接了銀子，答應着自去，不提。

　　且說賈璉走到外面，只見一個小廝迎上來回道：「大老爺叫二爺說話呢。」賈璉急忙過來，見了賈赦。賈赦道：「方才風聞宮裏頭傳了一個太醫院御醫、兩個吏目去看病，想來不是宮女兒下人了。這幾天娘娘宮裏有甚麼信兒沒有？」賈璉道：「沒有。」賈赦道：「你去問問二老爺和你珍大哥。不然，還該叫人去到太醫院裏打聽打聽才是。」賈璉答應了，一面吩咐人往太醫院去，一面連忙去見賈政賈珍。賈政聽了這話，因問道：「是那裏來的風聲？」賈璉道：「是大老爺才說的。」賈政道：「你索性和你珍大哥到裏頭打聽打聽。」賈璉道：「我已經打發人往太醫院打聽去了。」一面說着，一面退出來，去找賈珍。只見賈珍迎面來了，賈璉忙告訴賈珍。賈珍道：「我也為聽見這話，來回大老爺二老爺去的。」於是兩個人同着來見賈政。賈政道：「如係元妃，少不得終有信的。」說着，賈赦也過來了。到了晌午，打聽的尚未回來。門上人進來，回說：「有兩個內相在外要見二位老爺呢。」賈赦道：「請進來。」門上的人領了老公進來。賈赦賈政迎至二門外，先請了娘娘的安，一面同着進來，走至廳上讓了坐。老公道：「前日這裏貴妃娘娘有些欠安。昨日奉過旨意，宣召親人四人進裏頭探問。許各帶丫頭一個，餘皆不用。親丁男人只許在宮門外遞個職名[5]，請安聽信，不得擅入。准於明日辰巳時進去，申酉時出來。賈政賈赦等站着聽了旨意，復又坐下，讓老公吃茶畢，老公辭了出去。

5)　　遞個職名：遞，呈上。職名，這裏指書寫官職、姓名的「名帖」。一般的名帖也借稱職名。

　　賈赦賈政送出大門，回來先稟賈母。賈母道：「親丁四人，自然是我和你們兩位太太了。那一個人呢？」眾人也不敢答言，賈母想了想，道：「必得是鳳姐兒，他諸事有照應。你們爺們兒各自商量去罷。」賈赦賈政答應了出來，因派了賈璉賈蓉看家外，凡文字輩至草字輩一應都去。遂吩咐家人預備四乘綠轎，十餘輛大車，明兒黎明伺候。家人答應去了。賈赦賈政又進去回明老太太，辰巳時進去，申酉時出來，今日早些歇歇，明日好早些起來收拾進宮。賈母道：「我知道，你們去罷。」赦政等退出。這裏邢夫人王夫人、鳳姐兒也都說了一會子元妃的病，又說了些閑話，才各自散了。次日黎明，各間屋子丫頭們將燈火俱已點齊，太太們各梳洗畢，爺們亦各整頓好了。一到卯初，林之孝和賴大進來，至二門口回道：「轎車俱已齊備，在門外伺候着呢。」不一時，賈赦邢夫人也過來了。大家用了早飯。鳳姐先扶老太太出來，眾人圍隨，各帶使女一人，緩緩前行。又命李貴等二人先騎馬去外宮門接應，自己家眷隨後。文字輩至草字輩各自登車騎馬，跟着眾家人，一齊去了。賈璉賈蓉在家中看家。

　　且說賈家的車輛轎馬俱在外西垣門口歇下等着。一回兒，有兩個內監出來說：「賈府省親的太太奶奶們，着令入宮探問；爺們俱着令內宮門外請安，不得入見。」門上人叫快進去。賈府中四乘轎子跟着小內監前行，賈家爺們在轎後步行跟着，令眾家人在外等候。走近宮門口，只見幾個老公在門上坐着。見他們來了，便站起來說道：「賈府爺們至此。」賈赦賈政便挨次立定。轎子抬至宮門口，便都出了轎。早有幾個小內監引路，賈母等各有丫頭扶着步行。至元妃寢宮，只見奎璧輝煌，琉璃照耀。又有兩個小宮女兒傳諭道：「只用請安，一概儀注都免。」賈母等謝了恩，來至床前請安畢，元妃都賜了坐。賈母等又告了坐。元妃便向賈母道：「近日身上可好？」賈母扶着小丫頭，顫顫巍巍站起來，答應道：「託娘娘洪福，起居尚健。」元妃又向邢夫人王夫人問了好，邢王夫人站着回了話。元妃又問鳳姐家中過的日子若何，鳳姐站起來回奏道：「尚可支持。」元妃道：「這幾年來難為你操心。」鳳姐正要站起來回奏，只見一個宮女傳進許多職名，請娘娘龍目。元妃看時，就是賈赦賈政等若干人。那元妃看了職名，心裏一酸，止不住流下淚來。宮女兒遞過絹子，元妃一面拭淚，一面傳諭道：「今日稍安，令他們外面暫歇。」賈母站起來，又謝了恩。元妃含淚道：「父女弟兄，反不如小家子得以常常親近。」

賈母等都忍着淚道：「娘娘不用悲傷，家中已託着娘娘的福多了。」元妃又問：「寶玉近來若何？」賈母道：「近來頗肯唸書。因他父親逼得嚴緊，如今文字也都做上來了。」元妃道：「這樣才好。」遂命外宮賜宴，便有兩個宮女兒、四個小太監引了到一座宮裏，已擺得齊整，各按坐次坐了。不必細述。

　　一時吃完了飯，賈母帶着他婆媳三人謝過宴，又耽擱了一回，看看已近酉初，不敢羈留，俱各辭了出來。元妃命宮女兒引道，送至內宮門，門外仍是四個小太監送出。賈母等依舊坐着轎子出來，賈赦等接着，大夥兒一齊回去。到家又要安排明後日進宮，仍令照應齊集。不提。

　　且說薛家夏金桂趕了薛蟠出去，日間拌嘴沒有對頭，秋菱又住在寶釵那邊去了，只剩得寶蟾一人同住。既給與薛蟠作妾，寶蟾的意氣又不比從前了，金桂看去更是一個對頭，自己也後悔不來。一日，吃了幾杯悶酒，躺在炕上，便要借那寶蟾做個醒酒湯兒，因問着寶蟾道：「大爺前日出門，到底是到那裏去？你自然是知道的了。」寶蟾道：「我那裏知道。他在奶奶跟前還不說，誰知道他那些事？」金桂冷笑道：「如今還有甚麼奶奶太太的，都是你們的世界了。別人是惹不得的，有人護庇着，我也不敢去虎頭上捉虱子。你還是我的丫頭，問你一句話，你就和我摔臉子，說摁話[6]。你既這麼有勢力，為甚麼不把我勒死了，你和秋菱不拘誰做了奶奶，那不清淨了麼！偏我又不死，礙着你們的道兒。」

　　寶蟾聽了這話，那裏受得住，便眼睛直直的瞅着金桂道：「奶奶這些閑話只好說給別人聽去！我並沒和奶奶說甚麼。奶奶不敢惹人家，何苦來拿着我們小軟兒出氣呢。正經的，奶奶又裝不聽見，『沒事人一大堆』了。」說着，便哭天哭地起來。金桂越發性起，便爬下炕來，要打寶蟾。寶蟾也是夏家的風氣，半點兒不讓。金桂將桌椅杯盞，盡行打翻，那寶蟾只管喊冤叫屈，那裏理會他半點兒。豈知薛姨媽在寶釵房中聽見如此吵嚷，叫香菱：「你去瞧瞧，且勸勸他。」寶釵道：「使不得，媽媽別叫他去。他去了豈能勸他，那更是火上澆了油了。」薛姨媽道：「既這麼樣，我自己過去。」寶釵道：「依我說媽媽也不用去，由着他們鬧去罷。這也是沒法兒的事了。」薛姨媽道：「這

---

6)　　摁話：堵塞人、搶白人的硬話。

那裏還了得！」說着，自己扶了丫頭，往金桂這邊來。寶釵只得也跟着過去，又囑咐香菱道：「你在這裏罷。」母女同至金桂房門口，聽見裏頭正還嚷哭不止。薛姨媽道：「你們是怎麼着，又這樣家翻宅亂起來，這還像個人家兒嗎！矮牆淺屋的，難道都不怕親戚們聽見笑話了麼？」金桂屋裏接聲道：「我倒怕人笑話呢！只是這裏掃帚顛倒豎，也沒有主子，也沒有奴才，也沒有妻，沒有妾，是個混賬世界了。我們夏家門子裏沒見過這樣規矩，實在受不得你們家這樣委屈了！」

寶釵道：「大嫂子，媽媽因聽見鬧得慌，才過來的。就是問的急了些，沒有分清『奶奶』『寶蟾』兩字，也沒有甚麼。如今且先把事情說開，大家和和氣氣的過日子，也省的媽媽天天為咱們操心。」那薛姨媽道：「是啊，先把事情說開了，你再問我的不是還不遲呢。」金桂道：「好姑娘，好姑娘，你是個大賢大德的。你日後必定有個好人家，好女婿，決不像我這樣守活寡，舉眼無親，叫人家騎上頭來欺負的。我是個沒心眼兒的人，只求姑娘，我說話別往死裏挑撿！我從小兒到如今，沒有爹娘教導。再者我們屋裏老婆漢子大女人小女人的事，姑娘也管不得！」寶釵聽了這話，又是羞，又是氣；見他母親這樣光景，又是疼不過。因忍了氣說道：「大嫂子，我勸你少說句兒罷。誰挑撿你？又是誰欺負你？不要說是嫂子，就是秋菱，我也從來沒有加他一點聲氣兒的。」金桂聽了這幾句話，更加拍着炕沿大哭起來，說：「我那裏比得秋菱，連他腳底下的泥我還跟不上呢！他是來久了的，知道姑娘的心事，又會獻勤兒；我是新來的，又不會獻勤兒，如何拿我比他，何苦來。天下有幾個都是貴妃的命，行點好兒罷！別修的像我嫁個糊塗行子守活寡，那就是活活兒的現了眼了！」薛姨媽聽到那裏，萬分氣不過，便站起身來道：「不是我護着自己的女孩兒，他句句勸你，你卻句句慪他。你有甚麼過不去，不要尋他，勒死我倒也是希鬆的。」寶釵忙勸道：「媽媽，你老人家不用動氣。咱們既來勸他，自己生氣，倒多了一層氣。不如且出去，等嫂子歇歇兒再說。」因吩咐寶蟾道：「你可別再多嘴了。」跟了薛姨媽出得房來。

走過院子裏，只見賈母身邊的丫頭同着秋菱迎面走來。薛姨媽道：「你從那裏來，老太太身上可安？」那丫頭道：「老太太身上好，叫來請姨太太安，還謝謝前兒的荔枝，還給琴姑娘道喜。」寶釵道：「你多早晚來的？」那丫頭道：「來了好一會子了。」薛姨媽料他知道，紅着臉說道：「這如今我們家裏

鬧得也不像個過日子的人家了，叫你們那邊聽見笑話。」丫頭道：「姨太太說那裏的話，誰家沒個碟大碗小磕着碰着的呢。那是姨太太多心罷咧。」說着，跟了回到薛姨媽房中，略坐了一回就去了。寶釵正囑咐香菱些話，只聽薛姨媽忽然叫道：「左肋疼痛的很。」說着，便向炕上躺下，唬得寶釵香菱二人手足無措。要知後事如何，下回分解。

 精華賞析

....

　　賈元春身為妃子，是賈府的重要靠山。元春生病，預示着賈府的這座靠山也開始動搖了。

《 第八十四回 》

精讀 試文字寶玉始提親
探驚風賈環重結怨

賈政和賈母談起了寶玉的婚事，他們各自都是怎麼想的呢？他們的想法究竟會不會影響到寶玉的婚姻？

卻說薛姨媽一時因被金桂這場氣惱得肝氣上逆，左肋作痛。寶釵明知是這個原故，也等不及醫生來看，先叫人去買了幾錢鈎藤來，濃濃地煎了一碗，給他母親吃了。又和秋菱兩個給薛姨媽捶腿揉胸，停了一會兒，略覺安頓。

薛姨媽只是又悲又氣，氣的是金桂撒潑，悲的是寶釵見涵養，倒覺可憐。寶釵又勸了一回，不知不覺的睡了一覺，肝氣也漸漸平復了。寶釵便說道：「媽媽，你這種閑氣不要放在心上才好。過幾天走的動了，樂得往那邊老太太姨媽處去說說話兒，散散悶也好。家裏橫豎有我和秋菱照看着，諒他也不敢怎麼樣。」薛姨媽點點頭道：「過兩日看罷了。」

且說元妃疾癒之後，家中俱各喜歡。過了幾日，有幾個老公走來，帶着東西銀兩，宣貴妃娘娘之命，因家中省問勤勞，俱有賞賜。把物件銀兩一一交代清楚。賈赦賈政等稟明了賈母，一齊謝恩畢，太監吃了茶去了。大家回到賈母房中，說笑了一回。外面老婆子傳進來說：「小廝們來回道，那邊有人請大老爺說要緊的話呢。」賈母便向賈赦道：「你去罷。」賈赦答應着，退出來自去了。

這裏賈母忽然想起，和賈政笑道：「娘娘心裏卻甚實惦

記着寶玉，前兒還特特的問他來着呢。」賈政陪笑道：「只是寶玉不大肯唸書，辜負了娘娘的美意。」賈母道：「我倒給他上了個好兒，說他近日文章都做上來了。」賈政笑道：「那裏能像老太太的話呢。」賈母道：「你們時常叫他出去作詩作文，難道他都沒作上來麼？小孩子家慢慢的教導他，可是人家說的，『胖子也不是一口兒吃的』。」賈政聽了這話，忙陪笑道：「老太太說的是。」賈母又道：「提起寶玉，我還有一件事和你商量。如今他也大了，你們也該留神看一個好孩子給他定下。這也是他終身的大事。也別論遠近親戚，甚麼窮啊富的，只要深知那姑娘的脾性兒好模樣兒周正的就好。」賈政道：「老太太吩咐的很是。但只一件，姑娘也要好，第一要他自己學好才好，不然不稂不莠[1]的，反倒耽誤了人家的女孩兒，豈不可惜！」賈母聽了這話，心裏卻有些不喜歡，便說道：「論起來，現放着你們作父母的，那裏用我去操心。但只我想寶玉這孩子從小兒跟着我，未免我多疼他一點兒，耽誤了他成人的正事也是有的。只是我看他那生來的模樣兒也還齊整，心性兒也還實在，未必一定是那種沒出息的，必至糟蹋了人家的女孩兒。也不知是我偏心，我看着橫豎比環兒略好些，不知你們看着怎麼樣？」

　　幾句話說得賈政心中甚實不安，連忙陪笑道：「老太太看的人也多了，既說他好有造化的，想來是不錯的。只是兒子望他成人性兒太急一點，或者竟和古人的話相反，倒是『莫知其子之美』了。」一句話把賈母也惱笑了，眾人也都陪着笑了。賈母因說道：「你這會子也有了幾歲年紀，又居着官，自然越歷練越老成。」說到這裏，回頭瞅着邢夫人和王夫人笑道：「想他那年輕的時候，那一種古怪脾氣，比寶

---

1)　　不稂（láng）不莠（yǒu）：稂是長不成的穀子粒，莠是混在禾苗中的野草。明、清時期也用「不郎不秀」一語來指子弟的不成材。二語經常混用。這裏是說寶玉不成材、沒出息。

玉還加一倍呢。直等娶了媳婦，才略略的懂了些人事兒。如今只抱怨寶玉，這會子我看寶玉比他還略體些人情兒呢。」說的邢夫人王夫人都笑了。因說道：「老太太又說起逗笑兒的話兒來了。」

說着，小丫頭子們進來告訴鴛鴦：「請示老太太，晚飯伺候下了。」賈母便問：「你們又咕咕唧唧的說甚麼？」鴛鴦笑着回明了。賈母道：「那麼着，你們也都吃飯去罷，單留鳳姐兒和珍哥媳婦跟着我吃罷。」賈政及邢王二夫人都答應着，伺候擺上飯來，賈母又催了一遍，才都退出各散。卻說邢夫人自去了。賈政同王夫人進入房中。賈政因提起賈母方才的話來，說道：「老太太這樣疼寶玉，畢竟要他有些實學，日後可以混得功名，才好不枉老太太疼他一場，也不至糟蹋了人家的女兒。」王夫人道：「老爺這話自然是該當的。」賈政因着個屋裏的丫頭傳出去告訴李貴道：「寶玉放學回來，索性吃飯後再叫他過來，說我還要問他話呢。」李貴答應了「是」。至寶玉放了學剛要過來請安，只見李貴：「二爺先不用過去。老爺吩咐了，今日叫二爺吃了飯再過去呢。聽見還有話問二爺呢。」寶玉聽了這話，又是一個悶雷。只得見過賈母，便回園吃飯。三口兩口吃完，忙漱了口，便往賈政這邊來。

賈政此時在內書房坐着，寶玉進來請了安，一旁侍立。賈政問道：「這幾日我心上有事，也忘了問你。那一日你說你師父叫你講一個月的書就要給你開筆，如今算來將兩個月了，你到底開了筆了沒有？」寶玉道：「才做過三次。師父說且不必回老爺知道，等好些再回老爺知道罷。因此這兩天總沒敢回。」賈政道：「是甚麼題目？」寶玉道：「一個是《吾十有五而志於學》，一個是《人不知而不慍》，一個是『則歸墨』三字。」賈政道：「都有稿兒麼？」寶玉道：「都是作了抄出來師父又改的。賈政道：「你帶了家來還是在學房裏呢？」寶玉道：「在學房裏呢。」賈政道：「叫人取

了來我瞧。」寶玉連忙叫人傳話與焙茗：「叫他往學房中去，我書桌上抽屜裏有一本薄薄兒竹紙本子，上面寫着『窗課』兩字的就是，快拿來！」

　　一回兒焙茗拿了來遞給寶玉，寶玉呈與賈政。賈政翻開看時，見頭一篇寫着題目是《吾十有五而志於學》。他原本破的「聖人有志於學，幼而已然矣。」代儒卻將幼字抹去，明用「十五」。賈政道：「你原本『幼』字便扣不清題目了。『幼』字是從小起至十六以前都是『幼』。這章書是聖人自言學問工夫與年俱進的話，所以十五、三十、四十、五十、六十、七十俱要明點出來，才見得到了幾時有這麼個光景，到了幾時又有那麼個光景。師父把你『幼』字改了『十五』，便明白了好些。」看到承題，那抹去的原本云：「夫不志於學，人之常也。」賈政搖頭道：「不但是孩子氣，可見你本性不是個學者的志氣。」又看後句「聖人十五而志之，不亦難乎」，說道：「這更不成話了。」然後看代儒的改本云：「夫人孰不學，而志於學者卒鮮。此聖人所為自信於十五時歟。」便問：「改的懂得麼？」寶玉答應道：「懂得。」

　　又看第二藝，題目是《人不知而不慍》，便先看代儒的改本云：「不以不知而慍者，終無改其說樂矣。」方覷着眼看那抹去的底本，說道：「你是甚麼？——『能無慍人之心，純乎學者也。』上一句似單做了『而不慍』三個字的題目，下一句又犯了下文君子的分界。必如改筆才合題位呢。且下句找清上文，方是書理。須要細心領略。」寶玉答應着。賈政又往下看，「夫不知，未有不慍者也；而竟不然。是非由說而樂者，曷克臻此。」原本末句「非純學者乎」。賈政道：「這也與破題同病的。這改的也罷了，不過清楚，還說得去。」第三藝是《則歸墨》，賈政看了題目，自己揚着頭想了一想，因問寶玉道：「你的書講到這裏了麼？」寶玉道：「師父說，《孟子》好懂些，所以倒先講《孟子》，大前日才講完了。如今講『上論語』呢。」賈政因看這個破承倒沒大

改。破題云:「言於舍楊之外,若別無所歸者焉。」賈政道:「第二句倒難為你。」「夫墨,非欲歸者也;而墨之言已半天下矣,則舍楊之外,欲不歸於墨,得乎?」賈政道:「這是你做的麼?」寶玉答應道:「是。」賈政點點頭兒,因說道:「這也並沒有甚麼出色處,但初試筆能如此,還算不離。前年我在任上時,還出過《唯士為能》這個題目。那些童生都讀過前人這篇,不能自出心裁,每多抄襲。你唸過沒有?」寶玉道:「也唸過。」賈政道:「我要你另換個主意,不許雷同了前人,只做個破題也使得。」

寶玉只得答應着,低頭搜索枯腸。賈政背着手,也在門口站着作想。只見一個小廝往外飛走,看見賈政,連忙側身垂手站住。賈政便問道:「作甚麼?」小廝回道:「老太太那邊姨太太來了,二奶奶傳出話來,叫預備飯呢。」賈政聽了,也沒言語。那小廝自去了。誰知寶玉自從寶釵搬回家去,十分想念,聽見薛姨媽來了,只當寶釵同來,心中早已忙了,便乍着膽子回道:「破題倒作了一個,但不知是不是。」賈政道:「你唸來我聽。」寶玉道:「天下不皆士也,能無產者亦僅矣。」賈政聽了,點着頭道:「也不使得。以後作文,總要把界限分清,把神理想明白了再去動筆。你來的時候老太太知道不知道?」寶玉道:「知道的。」賈政道:「既如此,你還到老太太處去罷。」寶玉答應了個「是」,只得拿捏着慢慢的退出,剛過穿廊月洞門的影屏,便一溜煙跑到老太太院門口。急得焙茗在後頭趕着叫:「看跌倒了!老爺來了。」寶玉那裏聽得見。剛進得門來,便聽見王夫人、鳳姐、探春等笑語之聲。

丫鬟們見寶玉來了,連忙打起簾子,悄悄告訴道:「姨太太在這裏呢。」寶玉趕忙進來給薛姨媽請安,過來才給賈母請了晚安。賈母便問:「你今兒怎麼這早晚才散學?」寶玉悉把賈政看文章並命作破題的話述了一遍。賈母笑容滿面。寶玉因問眾人道:「寶姐姐在那裏坐着呢?」薛姨媽笑

道：「你寶姐姐沒過來，家裏和香菱作活呢。」

寶玉聽了，心中索然，又不好就走。只見說着話兒已擺上了飯來，自然是賈母薛姨媽上坐，探春等陪坐。薛姨媽道：「寶哥兒呢？」賈母忙笑說道：「寶玉跟着我這邊坐罷。」寶玉連忙回道：「頭裏散學時李貴傳老爺的話，叫吃了飯過去。我趕着要了一碟菜，泡茶吃了一碗飯，就過去了。老太太和姨媽姐姐們用罷。」賈母道：「既這麼着，鳳丫頭就過來跟着我。你太太才說他今兒吃齋，叫他們自己吃去罷。」王夫人也道：「你跟着老太太姨太太吃罷，不用等我，我吃齋呢。」於是鳳姐告了坐，丫頭安了杯箸，鳳姐執壺斟了一巡，才歸坐。

大家吃着酒，賈母便問道：「可是才姨太太提香菱，我聽見前兒丫頭們說『秋菱』，不知是誰，問起來才知道是他。怎麼那孩子好好的又改了名字呢？」薛姨媽滿臉飛紅，歎了口氣道：「老太太再別提起。自從蟠兒娶了這個不知好歹的媳婦，成日家咕咕唧唧，如今鬧的也不成個人家了。我也說過他幾次，他牛心不聽說，我也沒那麼大精神和他們盡着吵去，只好由他們去。可不是他嫌這個丫頭的名兒不好改的。」賈母道：「名兒甚麼要緊的事呢。」薛姨媽道：「說起來我也怪臊的，其實老太太這邊有甚麼不知道的。他那裏是為這名兒不好，聽見說他因為是寶丫頭起的，他才有心要改。」賈母道：「這又是甚麼原故呢？」

薛姨媽把手絹子不住地擦眼淚，未曾說，又歎了一口氣，道：「老太太還不知道呢，這如今媳婦子專和寶丫頭慪氣。前日老太太打發人來看我去，我們家裏正鬧呢。」賈母連忙接着問道：「可是前兒聽見姨太太肝氣疼，要打發看去，後來聽見說好了，所以沒着人去。依我，勸姨太太竟把他們別放在心上。再者，他們也是新過門的小夫妻，過些時自然就好了。我看寶丫頭性格兒溫厚和平，雖然年輕，比大人還強幾倍。前日那小丫頭子回來說，我們這邊還都讚歎了

● 前面賈母和賈政剛討論過寶玉的婚姻大事，這裏又極力稱讚寶釵，這兩者之間有甚麼關係嗎？

他一會子。都像寶丫頭那樣心胸兒脾氣兒，真是百裏挑一的。不是我說句冒失話，那給人家作了媳婦兒，怎麼叫公婆不疼，家裏上上下下的不賓服呢。」

寶玉頭裏已經聽煩了，推故要走，及聽見這話，又坐了呆呆的往下聽。姨媽道：「不中用。他雖好，到底是女孩兒家。養了蟠兒這個糊塗孩子，真真叫我不放心，只怕在外頭喝點子酒，鬧出事來。幸虧老太太這裏的大爺二爺常和他一塊兒，我還放點兒心。」寶玉聽到這裏，便接口道：「薛姨媽更不用懸心。薛大哥相好的都是些正經買賣大客人，都是有體面的，那裏就鬧出事來。」薛姨媽笑道：「依你這樣說，我敢只不用操心了。」說話間，飯已吃完。寶玉先告辭了，晚間還要看書，便各自去了。

這裏丫頭們剛捧上茶來，只見琥珀走過來向賈母耳朵旁邊說了幾句，賈母便向鳳姐兒道：「你快去罷，瞧瞧巧姐兒去罷。」鳳姐聽了，還不知何故，大家也怔了。琥珀遂過來向鳳姐道：「剛才平兒打發小丫頭子來回二奶奶，說巧姐兒身上不大好，請二奶奶忙着些過來才好呢。」賈母因說道：「你快去罷，姨太太也不是外人。」鳳姐連忙答應，在薛姨媽跟前告了辭。又見王夫人說道：「你先過去，我就去。小孩子家魂兒還不全呢，別叫丫頭們大驚小怪的，屋裏的貓兒狗兒，也叫他們留點神兒。盡着孩子貴氣，偏有這些瑣碎。」鳳姐答應了，然後帶了小丫頭回房去了。這裏薛姨媽又問了一回黛玉的病。賈母道：「林丫頭那孩子倒罷了，只是心重些，所以身子就不大很結實了。要賭靈性兒，也和寶丫頭不差甚麼；要賭寬厚待人裏頭，卻不濟他寶姐姐有耽待、有盡讓了。」薛姨媽又說了兩句閑話兒，便道：「老太太歇着罷。我也要到家裏去看看，只剩下寶丫頭和香菱了。打那麼同着姨太太看看巧姐兒。」賈母道：「正是。姨太太上年紀的人看看是怎麼不好，說給他們，也得點主意兒。」薛姨媽便告辭，同着王夫人出來，往鳳姐院裏去了。

　　卻說賈政試了寶玉一番，心裏卻也喜歡，走向外面和那些門客閑談。說起方才的話來，便有新近到來最善大棋的一個王爾調名作梅的說道：「據我們看來，寶二爺的學問已是大進了。」賈政道：「那有進益，不過略懂得些罷咧，『學問』兩個字早得很呢。」詹光道：「這是老世翁過謙的話。不但王大兄這般說，就是我們看，寶二爺必定要高發的。」賈政笑道：「這也是諸位過愛的意思。」那王爾調又道：「晚生還有一句話，不揣冒昧，和老世翁商議。」賈政道：「甚麼事？」王爾調陪笑道：「也是晚生的相與，做過南韶道的張大老爺家有一位小姐，說是生得德容功貌俱全，此時尚未受聘。他又沒有兒子，家資巨萬。但是要富貴雙全的人家，女婿又要出眾，才肯作親。晚生來了兩個月，瞧着寶二爺的人品學業，都是必要大成的。老世翁這樣門楣還有何說。若晚生過去，包管一說就成。」賈政道：「寶玉說親卻也是年紀了，並且老太太常說起。但只張大老爺素來尚未深悉。」詹光道：「王兄所提張家，晚生卻也知道。況和大老爺那邊是舊親，老世翁一問便知。」

　　賈政想了一回，道：「大老爺那邊不曾聽得這門親戚。」詹光道：「老世翁原來不知，這張府上原和邢舅太爺那邊有親的。」賈政聽了，方知是邢夫人的親戚。坐了一回，進來了，便要同王夫人說知，轉問邢夫人去。誰知王夫人陪同了薛姨媽到鳳姐那邊看巧姐兒去了。那天已經掌燈時候，薛姨媽去了，王夫人才過來了。賈政告訴了王爾調和詹光的話，又問巧姐兒怎麼了。王夫人道：「怕是驚風的光景。」賈政道：「不甚利害呀？」王夫人道：「看着是搐風的來頭，只還沒搐出來呢。」賈政聽了，便不言語，各自安歇。一宿晚景不提。卻說次日邢夫人過賈母這邊來請安，王夫人便提到張家的事，一面回賈母，一面問邢夫人。邢夫人道：「張家雖係老親，但近年來久已不通音信，不知他家的姑娘是怎麼樣的。倒是前日孫親家太太打發老婆子來問安，卻說起張家

的事，說他家有個姑娘，託孫親家那邊有對勁的提一提。聽見說只這一個女孩兒，十分嬌養，也識得幾個字，見不得大陣仗兒，常在房中不出來的。張大爺又說，只有這一個女孩兒，不肯嫁出去，怕人家公婆嚴，姑娘受不得委屈，必要女婿過贅在他家，給他料理些家事。」賈母聽到這裏，不等說完便道：「這斷使不得。我們寶玉別人伏侍他還不夠呢，倒給人家當家去。」邢夫人道：「正是老太太這個話。」

　　賈母因向王夫人道：「你回來告訴你老爺，就說我的話，這張家的親事是作不得了。」王夫人答應了。賈母便問：「你們昨日看巧姐兒怎麼樣？頭裏平兒來回我說很不大好，我也要過去看看呢。」邢王二夫人道：「老太太雖疼他，他那裏耽的住。」賈母道：「卻也不止為他，我也要走動走動，活活筋骨兒。」說着，便吩咐：「你們吃飯去罷，回來同我過去。」邢王二夫人答應着出來，各自去了。

　　一時吃了飯，都來陪賈母到鳳姐房中。鳳姐連忙出來接了進去。賈母便問巧姐兒到底怎麼樣。鳳姐兒道：「只怕是搐風的來頭。」賈母道：「這麼着，還不請人趕來瞧！」鳳姐道：「已經請去了。」賈母因同邢王二夫人進房來看，只見奶子抱着，用桃紅綾子小綿被兒裹着，臉皮趣青[2]，眉梢鼻翅微有動意。賈母同邢王二夫人看了看，便外間坐下。正說間，只見一個小丫頭回鳳姐道：「老爺打發人問姐兒怎麼樣。」鳳姐道：「替我回老爺，就說請大夫去了。一會兒開了方子，就過去回老爺。」賈母忽然想起張家的事來，向王夫人道：「你該就去告訴我老爺，省得人家去說了回來又駁回。」又問邢夫人道：「你們和張家如今為甚麼不走了？」邢夫人因又說：「論起那張家行事，也難和咱們作親，太嗇克，沒的玷辱了寶玉。」鳳姐聽了這話，已知八九，便問

---

2)　　趣青：很青。

道：「太太不是說寶兄弟的親事？」邢夫人道：「可不是麼。」賈母接着因把剛才的話告訴鳳姐。鳳姐笑道：「不是我當着老祖宗太太們跟前說句大膽的話，現放着天配的良緣，何用別處去找？」賈母笑問道：「在那裏？」鳳姐道：「一個『寶玉』。一個『金鎖』，老太太怎麼忘了？」賈母笑了一笑，因說：「昨日你姑媽在這裏，你為甚麼不提？」鳳姐道：「老祖宗和太太們在前頭，那裏有我們小孩子家說話的地方兒。況且姨媽過來瞧老祖宗，怎麼提這些個，這也得太太們過去求親才是。」賈母笑了，邢王二夫人也都笑了。賈母因道：「可是我背晦了。」

　　說着，人回：「大夫來了。」賈母便坐在外間，邢王二夫人略避。那大夫同賈璉進來，給賈母請了安，方進房中。看了出來，站在地下躬身回賈母道：「妞兒一半是內熱，一半是驚風。須先用一劑發散風痰藥，還要用四神散才好，因病勢來得不輕。如今的牛黃都是假的，要找真牛黃方用得。」賈母道了乏，那大夫同賈璉出去開了方子，去了。鳳姐道：「人參家裏常有，這牛黃倒怕未必有，外頭買去，只要是真的才好。」王夫人道：「等我打發人到姨太太那邊去找找。他家蟠兒是向與那些西客們做買賣，或者有真的也未可知。我叫人去問問。」正說話間，眾姊妹都來瞧了，坐了一回，也都跟着賈母等去了。這裏煎了藥，給巧姐兒灌了下去，只見喀的一聲，連藥帶痰都吐出來，鳳姐才略放了一點兒心。只見王夫人那邊的小丫頭拿着一點兒的小紅紙包兒說道：「二奶奶，牛黃有了。太太說了，叫二奶奶親自把分兩對準了呢。」鳳姐答應着接過來，便叫平兒配齊了真珠、冰片、朱砂，快熬起來。自己用戥子按方秤了，攬在裏面，等巧姐兒醒了好給他吃。

　　只見賈環掀簾進來說：「二姐姐，你們巧姐兒怎麼了？媽叫我來瞧瞧他。」鳳姐見了他母子便嫌，說：「好些了。你回去說，叫你們姨娘想着。」那賈環口裏答應，只管各處瞧

看。看了一回，便問鳳姐兒道：「你這裏聽的說有牛黃，不知牛黃是怎麼個樣兒，給我瞧瞧呢。」鳳姐道：「你別在這裏鬧了，妞兒才好些。那牛黃都煎上了。」賈環聽了，便去伸手拿那銚子瞧時，豈知措手不及，沸的一聲，銚子倒了，火已潑滅了一半。賈環見不是事，自覺沒趣，連忙跑了。

鳳姐急的火星直爆，罵道：「真真那一世的對頭冤家！你何苦來還來使促狹！從前你媽要想害我，如今又來害妞兒。我和你幾輩子的仇呢？」一面罵平兒不照應。正罵着，只見丫頭來找賈環。鳳姐道：「你去告訴趙姨娘，說他操心也太苦了。巧姐兒死定了，不用他惦着了！」平兒急忙在那裏配藥再熬。那丫頭摸不着頭腦，便悄悄問平兒道：「二奶奶為甚麼生氣？」平兒將環哥弄倒藥銚子說了一遍。丫頭道：「怪不得他不敢回來，躲了別處去了。這環哥兒明日還不知怎麼樣呢。平姐姐，我替你收拾罷。」平兒說：「這倒不消。幸虧牛黃還有一點，如今配好了，你去罷。」丫頭道：「我一準回去告訴趙姨奶奶。也省得他天天說嘴。」

丫頭回去果然告訴了趙姨娘。趙姨娘氣的叫：「快找環兒！」環兒在外間屋子裏躲着，被丫頭找了來。趙姨娘便罵道：「你這個下作種子！你為甚麼弄灑了人家的藥，招的人家咒罵。我原叫你去問一聲，不用進去。你偏進去，又不就走，還要虎頭上捉虱子。你看我回了老爺，打你不打！」這裏趙姨娘正說着，只聽賈環在外間屋子裏更說出些驚心動魄的話來。未知何言，下回分解。

精華賞析

這一回中，寶玉的婚事正式提上了日程。從前，無論是賈母、鳳姐還是薛姨媽，都明裏暗裏提到過寶玉跟黛玉的親密關係，但鳳姐最終還是將這段姻緣引到了「金玉良緣」的路上。這其中的原因很多，其一，寶釵懂得如何討賈母歡心，而她的溫婉賢德也最符合封建禮教的要求；其二，寶釵是王夫人和鳳姐的娘家親戚，她們更願意讓寶釵正式成為賈府的媳婦；其三，也是相當重要的一點，寶釵有管家的才能，這對賈府來說相當關鍵，同時也是黛玉最缺乏的才能。

《第八十五回》

精讀 賈存周報升郎中任
薛文起復惹放流刑

賈政升了官，這本是件值得慶祝的好事，可是薛姨媽剛回到家就聽見一個壞消息——薛蟠真是本性難改，他又打死了人，但再也沒有像上一次那樣輕鬆逃脫。

話說趙姨媽正在屋裏抱怨賈環，只聽賈環在外間屋裏發話道：「我不過弄倒了藥銚子，灑了一點子藥，那丫頭子又沒就死了，值得他也罵我，你也罵我，賴我心壞，把我往死裏糟蹋。等着我明兒還要那小丫頭子的命呢？看你們怎麼着！只叫他們提防着就是了。」那趙姨娘趕忙從裏間出來，握住他的嘴說道：「你還只管信口胡唚，還叫人家先要了我的命呢！」娘兒兩個吵了一回。趙姨娘聽見鳳姐的話，越想越氣，也不着人來安慰鳳姐一聲兒。過了幾天，巧姐兒也好了。因此兩邊結怨比從前更加一層了。

一日林之孝進來回道：「今日是北靜郡王生日，請老爺的示下。」賈政吩咐道：「只按向年舊例辦了，回大老爺知道，送去就是了。」林之孝答應了，自去辦理。不一時，賈赦過來同賈政商議，帶了賈珍、賈璉、寶玉去與北靜王拜壽。別人還不理論，唯有寶玉素日仰慕北靜王的容貌威儀，巴不得常見才好，遂連忙換了衣服，跟着來到北府。賈赦賈政遞了職名候諭。不多時，裏面出來一個太監，手裏掐着數珠兒，見了賈赦賈政，笑嘻嘻的說道：「二位老爺好？」賈

赦賈政也都趕忙問好。他兄弟三人也過來問了好。那太監道：「王爺叫請進去呢。」於是爺兒五個跟着那太監進入府中，過了兩層門，轉過一層殿去，裏面方是內宮門。剛到門前，大家站住，那太監先進去回王爺去了。這裏門上小太監都迎着問了好。一時那太監出來，說了個「請」字，爺兒五人肅敬跟入。只見北靜郡王穿着禮服，已迎到殿門廊下。賈赦賈政先上來請安，挨次便是珍、璉、寶玉請安。那北靜郡王單拉着寶玉道：「我久不見你，很惦記你。」因又笑問道：「你那塊玉兒好？」寶玉躬着身打着一半千兒回道：「蒙王爺福庇，都好。」北靜王道：「今日你來，沒有甚麼好東西給你吃的，倒是大家說說話兒罷。」說着，幾個老公打起簾子，北靜王說「請」，自己卻先進去，然後賈赦等都躬着身跟進去。先是賈赦請北靜王受禮，北靜王也說了兩句謙辭，那賈赦早已跪下，次及賈政等挨次行禮，自不必說。

那賈赦等復肅敬退出。北靜王吩咐太監等讓在眾戚舊一處好生款待，卻單留寶玉在這裏說話兒，又賞了坐。寶玉又磕頭謝了恩，在挨門邊繡墩上側坐，說了一回讀書作文諸事。北靜王甚加愛惜，又賞了茶，因說道：「昨兒巡撫吳大人來陛見，說起令尊翁前任學政時，秉公辦事，凡屬生童，俱心服之至。他陛見時，萬歲爺也曾問過，他也十分保舉，可知是令尊翁的喜兆。」寶玉連忙站起，聽畢這一段話，才回啟道：「此是王爺的恩典，吳大人的盛情。」正說着，小太監進來回道：「外面諸位大人老爺都在前殿謝王爺賞宴。」說着，呈上謝宴並請午安的帖子來。北靜王略看了一看，仍遞給小太監，笑了一笑說道：「知道了，勞動他們。」那小太監又回道：「這賈寶玉，王爺單賞的飯預備了。」北靜王便命那太監帶了寶玉到一所極小巧精緻的院裏，派人陪着吃了飯，又過來謝了恩。北靜王又說了些好話兒，忽然笑說道：「我前次見你那玉倒有趣兒，回來說了個式樣，叫他們也作了一塊來。今日你來得正好，就給你帶回去玩罷。」因

命小太監取來，親手遞給寶玉。寶玉接過來捧着，又謝了，然後退出。北靜王又命兩個小太監跟出來，才同着賈赦等回來了。賈赦便各自回院裏去。這裏賈政帶着他三人回來見過賈母，請過了安，說了一回府裏遇見的人。寶玉又回了賈政吳大人陞見保舉的話。賈政道：「這吳大人本來咱們相好，也是我輩中人，還倒是有骨氣的。」又說了幾句閑話兒，賈母便叫「歇着去罷。」賈政退出，珍、璉、寶玉都跟到門口。賈政道：「你們都回去陪老太太坐着去罷。」說着，便回房去。剛坐了一坐，只見一個小丫頭回道：「外面林之孝請老爺回話。」說着，遞上個紅單帖來，寫着吳巡撫的名字。賈政知是來拜，便叫小丫頭叫林之孝進來。賈政出至廊簷下。林之孝進來回道：「今日巡撫吳大人來拜，奴才回了去了。再奴才還聽見說，現今工部出了一個郎中缺，外頭人和部裏都吵嚷是老爺擬正[1]呢。」賈政道：「瞧罷咧。」林之孝又回了幾句話，才出去了。

　　且說珍、璉、寶玉三人回去，獨有寶玉到賈母那邊，一面述說北靜王待他的光景，並拿出那塊玉來。大家看着笑了一回。賈母因命人：「給他收起去罷，別丟了。」因問：「你那塊玉好生帶着罷？別鬧混了。」寶玉在項上摘了下來，說：「這不是我那一塊玉，那裏就掉了呢。比起來，兩塊玉差遠着呢，那裏混得過。我正要告訴老太太，前兒晚上我睡的時候把玉摘下來掛在帳子裏，他竟放起光來了，滿帳子都是紅的。」賈母說道：「又胡說了，帳子的簷子是紅的，火光照着，自然紅是有的，」寶玉道：「不是。那時候燈已滅了，屋裏都漆黑的了，還看得見他呢。」邢王二夫人抿着嘴笑。鳳姐道：「這是喜信發動了。」寶玉道：「甚麼喜信？」賈母道：「你不懂得。今兒個鬧了一天，你去歇歇兒去罷，

---

1)　　擬正：古代官吏代理或試任職務後，正式任命，叫擬正。

別在這裏說呆話了。」寶玉又站了一回兒，才回園中去了。
這裏賈母問道：「正是。你們去看薛姨媽說起這事沒有？」
王夫人道：「本來就要去看的，因鳳丫頭為巧姐兒病着，耽
擱了兩天，今日才去的。這事我們都告訴了，姨媽倒也十分
願意，只說蟠兒這時候不在家，目今他父親沒了，只得和他
商量商量再辦。」賈母道：「這也是情理的話。既這麼樣，
大家先別提起，等姨太太那邊商量定了再說。」不說賈母處
談論親事，且說寶玉回到自己房中，告訴襲人道：「老太太
與鳳姐姐方才說話含含糊糊，不知是甚麼意思。」襲人想
了想，笑了一笑道：「這個我也猜不着。但只剛才說這些話
時，林姑娘在跟前沒有？寶玉道：「林姑娘才病起來，這些
時何曾到老太太那邊去呢。」正說着，只聽外間屋裏麝月與
秋紋拌嘴。襲人道：「你兩個又鬧甚麼？」麝月道：「我們兩
個鬥牌，他贏了我的錢他拿了去，他輸了錢就不肯拿出來。
這也罷了，他倒把我的錢都搶了去了。」寶玉笑道：「幾個
錢甚麼要緊，傻丫頭，不許鬧了。」說的兩個人都咕嘟着嘴
坐着去了。這裏襲人打發寶玉睡下。不提。卻說襲人聽了寶
玉方才的話，也明知是給寶玉提親的事。因恐寶玉每有痴
想，這一提起不知又招出他多少呆話來，所以故作不知，自
己心上卻也是頭一件關切的事。夜裏躺着想個主意，不如
去見見紫鵑，看他有甚麼動靜，自然就知道了。次日一早起
來，打發寶玉上了學，自己梳洗了，便慢慢的去到瀟湘館
來。只見紫鵑正在那裏掐花兒呢，見襲人進來，便笑嘻嘻的
道：「姐姐屋裏坐。」襲人便問道：「妹妹掐花兒呢嗎？姑娘
呢？」紫鵑道：「姑娘才梳洗了完，等着溫藥呢。」

　　紫鵑一面說着，一面同襲人進來。見了黛玉正在那裏
拿着一本書看。襲人陪着笑道：「姑娘怨不得勞神，起來就
看書。我們寶二爺唸書若能像姑娘這樣，豈不好了呢。」黛
玉笑着把書放下。雪雁已拿着個小茶盤裏托着一杯藥，一杯
水，小丫頭在後面捧着痰盒漱盂進來。原來襲人來時要探探

口氣，坐了一回，無處入話，又想着黛玉最是心多，探不成消息再惹着了他倒是不好，又坐了坐，搭訕着辭了出來了。

　　將到怡紅院門口，只見兩個人在那裏站着呢。襲人不便往前走，那一個早看見了，連忙跑過來。襲人一看，卻是鋤藥，因問：「你作甚麼？」鋤藥道：「剛才芸二爺來了，拿了個帖兒，說給咱們寶二爺瞧的，在這裏候信。」襲人道：「寶二爺天天上學，你難道不知道，還候甚麼信呢？」鋤藥笑道：「我告訴他了。他叫告訴姑娘，聽姑娘的信呢」。襲人正要說話，只見那一個也慢慢的蹭了過來，細看時，就是賈芸，溜溜湫湫往這邊來了。襲人見是賈芸，連忙向鋤藥道：「你告訴說知道了，回來給寶二爺瞧罷。」那賈芸原要過來和襲人說話，無非親近之意，又不敢造次，只得慢慢踱來。相離不遠，不想襲人說出這話，自己也不好再往前走，只好站住。這裏襲人已掉背臉往回裏去了。賈芸只得快快而回，同鋤藥出去了。

　　晚間寶玉回房，襲人便回道：「今日廊下小芸二爺來了。」寶玉道：「作甚麼？」襲人道：「他還有個帖兒呢。寶玉道：「在那裏？拿來我看看。」麝月便走去在裏間屋裏書橱子上頭拿了來。寶玉接過看時，上面皮兒上寫着「叔父大人安稟」。寶玉道：「這孩子怎麼又不認我作父親了？」襲人道：「怎麼？」寶玉道：「前年他送我白海棠時稱我作『父親大人』，今日這帖子封皮上寫着『叔父』，可不是又不認了麼？」襲人道：「他也不害臊，你也不害臊。他那麼大了，倒認你這麼大兒的作父親，可不是他不害臊？你正經連個……」剛說到這裏，臉一紅，微微的一笑。寶玉也覺得了，便道：「這倒難講。俗語說：『和尚無兒，孝子多着呢。』只是我看着他還伶俐得人心兒，才這麼着；他不願意，我還不希罕呢。」說着，一面拆那帖兒。襲人也笑道：「那小芸二爺也有些鬼鬼頭頭的。甚麼時候又要看人，甚麼時候又躲躲藏藏的，可知也是個心術不正的貨。」寶玉只顧拆開看那

字兒，也不理會襲人這些話。襲人見他看那帖兒，皺一回眉，又笑一笑兒，又搖搖頭兒，後來光景竟不大耐煩起來。襲人等他看完了，問道：「是甚麼事情？」寶玉也不答言，把那帖子已經撕作幾段。襲人見這般光景，也不便再問，便問寶玉吃了飯還看書不看。寶玉道：「可笑芸兒這孩子竟這樣的混賬。」襲人見他所答非所問，便微微的笑着問道：「到底是甚麼事？」寶玉道：「問他作甚麼，咱們吃飯罷。吃了飯歇着罷，心裏鬧的怪煩的。」說着叫小丫頭子點了一個火兒來，把那撕的帖兒燒了。一時小丫頭們擺上飯來。寶玉只是怔怔的坐着，襲人連哄帶慪催着吃了一口兒飯，便擱下了，仍是悶悶的歪在床上。一時間，忽然掉下淚來。此時襲人麝月都摸不着頭腦。麝月道：「好好兒的，這又是為甚麼？都是甚麼芸兒雨兒的，不知甚麼事弄了這麼個浪帖子來，惹的這麼傻了的似的，哭一會子，笑一會子。要天長日久鬧起這悶葫蘆來，可叫人怎麼受呢。」說着，竟傷起心來。襲人旁邊由不得要笑，便勸道：「好妹妹，你也別慪人了。他一個人就夠受了，你又這麼着。他那帖子上的事難道與你相干？」麝月道：「你混說起來了。知道他帖兒上寫的是甚麼混賬話，你混往人身上扯。要那麼說，他帖兒上只怕倒與你相干呢。」襲人還未答言，只聽寶玉在床上噗哧的一聲笑了，爬起來抖了抖衣裳，說：「咱們睡覺罷，別鬧了。明日我還起早唸書呢。」說着便躺下睡了。一宿無話。

次日寶玉起來梳洗了，便往家塾裏去。走出院門，忽然想起，叫焙茗略等，急忙轉身回來叫：「麝月姐姐呢？」麝月答應着出來問道：「怎麼又回來了？」寶玉道：「今日芸兒要來了，告訴他別在這裏鬧，再鬧我就回老太太和老爺去了。」麝月答應了，寶玉才轉身去了。剛往外走着，只見賈芸慌慌張張往裏來，看見寶玉連忙請安，說：「叔叔大喜了。」那寶玉估量着是昨日那件事，便說道：「你也太冒失了，不管人心裏有事沒事，只管來攪。」賈芸陪笑道：「叔

點評

● 寶玉的婚事不僅家裏主事的人知道，就連賈芸這樣比較邊緣的人也都知道了，只是寶玉這個當事人還被蒙在鼓裏。

叔不信只管瞧去，人都來了，在咱們大門口呢。」寶玉越發急了，說：「這是那裏的話！」正說着，只聽外邊一片聲嚷起來。賈芸道：「叔叔聽這不是？」寶玉越發心裏狐疑起來，只聽一個人嚷道：「你們這些人好沒規矩，這是甚麼地方，你們在這裏混嚷。」那人答道：「誰叫老爺升了官呢，怎麼不叫我們來吵喜呢。別人家盼着吵還不能呢。」寶玉聽了，才知道賈政升了郎中了，人來報喜的。心中自是甚喜。連忙要走時，賈芸趕着說道：「叔叔樂不樂？叔叔的親事要再成了，不用說是兩層喜了。」寶玉紅了臉，啐了一口道：「呸！沒趣兒的東西！還不快走呢。」賈芸把臉紅了道：「這有甚麼的，我看你老人家就不⋯⋯」寶玉沉着臉道：「就不甚麼」？賈芸未及說完，也不敢言語了。

寶玉連忙來到家塾中，只見代儒笑着說道：「我才剛聽見你老爺升了。你今日還來了麼？」寶玉陪笑道：「過來見了太爺，好到老爺那邊去。」代儒道：「今日不必來了，放你一天假罷。可不許回園子裏玩去。你年紀不小了，雖不能辦事，也當跟着你大哥他們學學才是。」寶玉答應着回來。剛走到二門口，只見李貴走來迎着，旁邊站住笑道：「二爺來了麼，奴才才要到學裏請去。」寶玉笑道：「誰說的？」李貴道：「老太太才打發人到院裏去找二爺，那邊的姑娘們說二爺學裏去了。剛才老太太打發人出來叫奴才去給二爺告幾天假，聽說還要唱戲賀喜呢，二爺就來了。」說着，寶玉自己進去。進了二門，只見滿院裏丫頭老婆都是笑容滿面，見他來了，笑道：「二爺這早晚才來，還不快進去給老太太道喜去呢。」

寶玉笑着進了房門，只見黛玉挨着賈母左邊坐着呢，右邊是湘雲。地下邢王二夫人。探春、惜春、李紈、鳳姐、李紋、李綺、邢岫煙一干姐妹，都在屋裏，只不見寶釵、寶琴、迎春三人。寶玉此時喜的無話可說，忙給賈母道了喜，又給邢王二夫人道了喜，一一見了眾姐妹，便向黛玉笑道：

「妹妹身體可大好了？」黛玉也微笑道：「大好了。聽見說二哥哥身上也欠安，好了麼？」寶玉道：「可不是，我那日夜裏忽然心裏疼起來，這幾天剛好些就上學去了，也沒能過去看妹妹。」黛玉不等他說完，早扭過頭和探春說話去了。鳳姐在地下站着，笑道：「你兩個那裏像天天在一處的，倒像是客一般，有這些套話，可是人說的『相敬如賓』了。」說的大家一笑。黛玉滿臉飛紅，又不好說，又不好不說，遲了一回兒，才說道：「你懂得甚麼？」眾人越發笑了。鳳姐一時回過味過，才知道自己出言冒失，正要拿話岔時，只見寶玉忽然向黛玉道：「林妹妹，你瞧芸兒這種冒失鬼……」說了這一句，方想起來，便不言語了。招的大家又都笑起來，說：「這從那裏說起？」黛玉也摸不着頭腦，也跟着訕訕的笑。寶玉無可搭訕，因又說道：「可是剛才我聽見有人要送戲，說是幾時兒？」大家都瞅着他笑。鳳姐兒道：「你在外頭聽見，你來告訴我們。你這會子問誰呢？」寶玉得便說道：「我外頭再去問問去。」賈母道：「別跑到外頭去，頭一件看報喜的笑話，第二件你老子今日大喜，回來碰見你，又該生氣了。」寶玉答應了個「是」，才出來了。這裏賈母因問鳳姐誰說送戲的話，鳳姐道：「說是舅太爺那邊說，後兒日子好，送一班新出的小戲兒給老太太、老爺、太太賀喜。」因又笑着說道：「不但日子好，還是好日子呢。」說着這話，卻瞅着黛玉笑。黛玉也微笑。王夫人因道：「可是呢，後日還是外甥女的生日呢。」賈母想了一想，也笑道：「可見我如今老了，甚麼事都糊塗了。虧了有我這鳳丫頭是我個『給事中[2]』。既這麼着，很好，他舅舅家給他們賀喜，你舅舅家就給你做生日，豈不好呢。」說的大家都笑起來，說道：「老祖宗說句話兒都是上篇上論的，怎麼怨得有這麼

點 評

● 「相敬如賓」是形容夫妻和睦的詞，鳳姐明明知道黛玉和寶釵已經定了婚事，還故意這樣開玩笑，有刻意隱瞞和誤導當事人的用意。

---

2)　　　給事中：古代官職名稱，這裏借喻「得力的幫手」。

點評

大福氣呢。」說着，寶玉進來，聽見這些話，越發樂的手舞足蹈了。一時，大家都在賈母這邊吃飯，甚熱鬧，自不必說。飯後，那賈政謝恩回來，給宗祠裏磕了頭，便來給賈母磕頭，站着說了幾句話，便出去拜客去了。這裏接連着親戚族中的人來來去去，鬧鬧攘攘，車馬填門，貂蟬滿座，真是：花到正開蜂蝶鬧，月逢十足海天寬。

如此兩日，已是慶賀之期。這日一早，王子騰和親戚家已送過一班戲來，就在賈母正廳前搭起行台。外頭爺們都穿着公服陪侍，親戚來賀的約有十餘桌酒。裏面為着是新戲，又見賈母高興，便將琉璃戲屏隔在後廈，裏面也擺下酒席。上首薛姨媽一桌，是王夫人寶琴陪着；對面老太太一桌，是邢夫人岫煙陪着；下面尚空兩桌，賈母叫他們快來。

一回兒，只見鳳姐領着眾丫頭，都簇擁着林黛玉來了。黛玉略換了幾件新鮮衣服，打扮得宛如嫦娥下界，含羞帶笑的出來見了眾人。湘雲、李紋、李紈都讓他上首座，黛玉只是不肯。賈母笑道：「今日你坐了罷。」薛姨媽站起來問道：「今日林姑娘也有喜事麼？」賈母笑道：「是他的生日。」薛姨媽道：「咳，我倒忘了。」過來說道：「恕我健忘，回來叫寶琴過來拜姐姐的壽。」黛玉笑說「不敢」。大家坐了。那黛玉留神一看，獨不見寶釵，便問道：「寶姐姐可好麼？為甚麼不過來？」薛姨媽道：「他原該來的，只因無人看家，所以不來。」黛玉紅着臉微笑道：「姨媽那裏又添了大嫂子，怎麼倒用寶姐姐看起家來？大約是他怕人多熱鬧，懶待來罷。我倒怪想他的。」薛姨媽笑道：「難得你惦記他。他也常想你們姊妹們，過一天我叫他來，大家敘敘。」

說着，丫頭們下來斟酒上菜，外面已開戲了。出場自然是一兩齣吉慶戲文，乃至第三齣，只見金童玉女，旗幡寶幢，引着一個霓裳羽衣的小旦，頭上披一條黑帕，唱了一回

● 薛姨媽的虛偽在這句謊言中暴露無遺。從前，也是她主動說起黛玉和寶玉的婚事，而現在她卻背着黛玉為寶釵謀劃婚姻了。

兒進去了。眾皆不識，聽見外面人說：「這是新打³的《蕊珠記》裏的《冥升》。小旦扮的是嫦娥，前因墮落人寰，幾乎給人為配，幸虧觀音點化，他就未嫁而逝，此時升引月宮。不聽見曲裏頭唱的『人間只道風情好，那知道秋月春花容易拋，幾乎不把廣寒宮忘卻了』。」第四齣是《吃糠》，第五齣是達摩帶着徒弟過江回去，正扮出些海市蜃樓，好不熱鬧。眾人正在高興時，忽見薛家的人滿頭汗闖進來，向薛蝌說道：「二爺快回去，並裏頭回明太太也請速回去，家中有要事。」薛蝌道：「甚麼事？」家人道：「家去說罷。」薛蝌也不及告辭就走了。薛姨媽見裏頭丫頭傳進話去，更駭的面如土色，即忙起身，帶着寶琴，別了一聲，即刻上車回去了，弄得內外愕然。賈母道：「咱們這裏打發人跟過去聽聽，到底是甚麼事，大家都關切的。」眾人答應了個「是」。

不說賈府依舊唱戲，單說薛姨媽回去，只見有兩個衙役站在二門口，幾個當鋪裏夥計陪着，說：「太太回來自有道理。」正說着，薛姨媽已進來了。那衙役們見跟從着許多男婦簇擁着一位老太太，便知是薛蟠之母。看見這個勢派，也不敢怎麼，只得垂手侍立，讓薛姨媽進去了。

那薛姨媽走到廳房後面，早聽見有人大哭，卻是金桂。薛姨媽趕忙走來，只見寶釵迎出來，滿面淚痕，見了薛姨媽，便道：「媽媽聽了先別着急，辦事要緊。」薛姨媽同着寶釵進了屋子，因為頭裏進門時已經走着聽見家人說了，嚇的戰戰兢兢的了，一面哭着，因問：「到底是和誰？」只見家人回道：「太太此時且不必問那些底細，憑他是誰，打死了總是要償命的，且商量怎麼辦才好。」薛姨媽哭着出來道：「還有甚麼商議？」家人道：「依小的們的主見，今夜打點銀兩同着二爺趕去和大爺見了面，就在那裏訪一個有斟酌

---

3)　　打：指排演。

的刀筆先生，許他些銀子，先把死罪撕擄開，回來再求賈府去上司衙門說情。還有外面的衙役，太太先拿出幾兩銀子來打發了他們。我們好趕着辦事。」薛姨媽道：「你們找着那家子，許他發送銀子，再給他些養濟銀子，原告不追，事情就緩了。」寶釵在簾內說道：「媽媽使不得。這些事越給錢越鬧的兇，倒是剛才小廝說的話是。」薛姨媽又哭道：「我也不要命了，趕到那裏見他一面，同他死在一處就完了。」寶釵急的一面勸，一面在簾子裏叫人：「快同二爺辦去罷。」丫頭們攙進薛姨媽來。薛蝌才往外走，寶釵道：「有甚麼信打發人即刻寄了來，你們只管在外頭照料。」薛蝌答應着去了。

這寶釵方勸薛姨媽，那裏金桂趁空兒抓住香菱，又和他嚷道：「平常你們只管誇他們家裏打死了人一點事也沒有，就進京來了的，如今攛掇的真打死了人了。平日裏只講有錢有勢有好親戚，這時候我看着也是唬的慌手慌腳的了。大爺明兒有個好歹兒不能回來時，你們各自幹你們的去了，撂下我一個人受罪！」說着，又大哭起來。這裏薛姨媽聽見，越發氣的發昏。寶釵急的沒法。正鬧着，只見賈府中王夫人早打發大丫頭過來打聽來了。寶釵雖心知自己是賈府的人了，一則尚未提明，二則事急之時，只得向那大丫頭道：「此時事情頭尾尚未明白，就只聽見說我哥哥在外頭打死了人被縣裏拿了去了，也不知怎麼定罪呢。剛才二爺才去打聽去了，一半日得了準信，趕着就給那邊太太送信去。你先回去道謝太太惦記着，底下我們還有多少仰仗那邊爺們的地方呢。」那丫頭答應着去了。薛姨媽和寶釵在家抓摸不着。

過了兩日，只見小廝回來，拿了一封書交給小丫頭拿進來。寶釵拆開看時，書內寫着：「大哥人命是誤傷，不是故殺。今早用蝌出名，補了一張呈紙進去，尚未批出。大哥前頭口供甚是不好，待此紙批准後再錄一堂，能夠翻供得好，便可得生了。快向當鋪內再取銀五百兩來使用。千萬莫遲。並請太太放心。餘事問小廝。」寶釵看了，一一唸給薛

姨媽聽了，薛姨媽拭着眼淚說道：「這麼看起來，竟是死活
不定了。」寶釵道：「媽媽先別傷心，等着叫進小廝來問明
了再說。」一面打發小丫頭把小廝叫進來。薛姨媽便問小廝
道：「你把大爺的事細說與我聽聽。」未知小廝說出甚麼話
來，下回分解。

《第八十六回》

受私賄老官翻案牘
寄閑情淑女解琴書

薛蟠打死人被關進監牢，薛家忙着打點營救。知縣到底會怎樣了結這場官司？

話說薛姨媽聽了薛蝌的來書，因叫進小廝問道：「你聽見你大爺說，到底是怎麼就把人打死了呢？」小廝道：「小的也沒聽真切。那一日大爺告訴二爺說。」說着回頭看了一看，見無人，才說道：「大爺說自從家裏鬧的特利害，大爺也沒心腸了，所以要到南邊置貨去。這日想着約一個人同行，這人在咱們這城南二百多地住。大爺找他去了，遇見在先和大爺好的那個蔣玉菡帶着些小戲子進城。大爺同他在個鋪子裏吃飯喝酒，因為這當槽兒[1]的盡着拿眼瞟蔣玉菡，大爺就有了氣了。後來蔣玉菡走了。第二天，大爺就請找的那個人喝酒，酒後想起頭一天的事來，叫那當槽兒的換酒，那當槽兒的來遲了，大爺就罵起來了。那個人不依，大爺就拿起酒碗照他打去。誰知那個人也是個潑皮，便把頭伸過來叫大爺打。大爺拿碗就砸他的腦袋一下，他就冒了血了，躺在地下，頭裏還罵，後頭就不言語了。」薛姨媽道：「怎麼也沒人勸勸嗎？」那小廝道：「這個沒聽見大爺說，小的不敢妄言。」薛姨媽道：「你先去歇歇罷。」小廝答應出來。這裏薛姨媽自來見王夫人，託王夫人轉求賈政。賈政問了前後，也只好含糊應了，只說等薛蝌遞了呈子，看他本縣怎麼批了再作道理。

這裏薛姨媽又在當鋪裏兌了銀子，叫小廝趕着去了。三日後果有回信。薛姨媽接着了，即叫小丫頭告訴寶釵，連忙過來看了。只見書上寫道：「帶去

---

1)　　當槽兒的：酒店裏的堂倌。

銀兩做了衙門上下使費。哥哥在監也不大吃苦，請太太放心。獨是這裏的人很刁，屍親見證都不依，連哥哥請的那個朋友也幫着他們。我與李祥兩個俱係生地生人，幸找着一個好先生，許他銀子，才討個主意，說是須得拉扯着同哥哥喝酒的吳良，弄人保出他來，許他銀兩，叫他撕擄。他若不依，便說張三是他打死，明推在異鄉人身上，他吃不住，就好辦了。我依着他，果然吳良出來。現在買囑屍親見證，又做了一張呈子。前日遞的，今日批來，請看呈底便知。」

因又唸呈底道：「具呈人某，呈為兄遭飛禍代伸冤抑事。竊生胞兄薛蟠，本籍南京，寄寓西京。於某年月日備本往南貿易。去未數日，家奴送信回家，說遭人命。生即奔憲治，知兄誤傷張姓，及至囹圄。據兄泣告，實與張姓素不相認，並無仇隙。偶因換酒角口，生兄將酒潑他，恰值張三低頭拾物，一時失手，酒碗誤碰凶門身死。蒙恩拘訊，兄懼受刑，承認鬥毆致死。仰蒙憲天仁慈，知有冤抑，尚未定案。生兄在禁，具呈訴辯，有干例禁。生念手足，冒死代呈，伏乞憲慈恩准，提證質訊，開恩莫大。生等舉家仰戴鴻仁，永永無即矣。激切上呈。」批的是：「屍場檢驗，證據確鑿。且並未用刑，爾兄自認鬥殺，招供在案。今爾遠來，並非目睹，何得捏詞妄控。理應治罪，姑念為兄情切，且恕。不准。」

薛姨媽聽到那裏，說道：「這不是救不過來了麼？這怎麼好呢？」寶釵道：「二哥的書還沒看完，後面還有呢。」因又唸道：「有要緊的問來使便知。」薛姨媽便問來人，因說道：「縣裏早知我們的家當充足，須得在京裏謀幹得大情，再送一份大禮，還可以複審，從輕定案。太太此時必得快辦，再遲了就怕大爺要受苦了。」

薛姨媽聽了，叫小廝自去，即刻又到賈府與王夫人說明原故，懇求賈政。賈政只肯託人與知縣說情，不肯提及銀物。薛姨媽恐不中用，求鳳姐與賈璉說了，花上幾千銀子，才把知縣買通。薛蝌那裏也便弄通了。然後知縣掛牌坐堂，傳齊了一干鄰保證見屍親人等，監裏提出薛蟠。刑房書吏俱一一點名。知縣便叫地保對明初供，又叫屍親張王氏並屍叔張二問話，張王氏哭稟道：「小的的男人是張大，南面鄉裏住，十八年前死了。大兒子二兒子也都死了，光留下這個死的叫張三，今年二十三歲，還沒有娶女人呢。為小人家裏窮，沒得養活，在李家店裏做當槽兒的。那一天晌午，李家店裏打發人來叫俺，說『你兒子叫人打死了』。我的青天老爺，小的就唬死了。跑到那裏，看見我兒子頭破血

出的躺在地下喘氣兒，問他話也說不出來，不多一會兒就死了。小人就要揪住這個小雜種拚命。」眾衙役吆喝一聲。張王氏便磕頭道：「求青天老爺伸冤，小人就只這一個兒子了。」知縣便叫下去。

又叫李家店的人問道：「那張三是你店內傭工的麼？」那李二回道：「不是傭工，是做當槽兒的。」知縣道：「那日屍場上你說張三是薛蟠將碗砸死的，你親眼見的麼？」李二說道：「小的在櫃上，聽見說客房裏要酒。不多一回，便聽見說『不好了，打傷了』。小的跑進去，只見張三躺在地下，也不能言語。小的便喊稟地保，一面報他母親去了。他們到底怎樣打的，實在不知道，求太爺問那喝酒的便知道了。」知縣喝道：「初審口供，你是親見的，怎麼如今說沒有見？」李二道：「小的前日唬昏了亂說。」衙役又吆喝了一聲。知縣便叫吳良問道：「你是同在一處喝酒的麼？薛蟠怎麼打的，據實供來。」吳良說：「小的那日在家，這個薛大爺叫我喝酒。他嫌酒不好要換，張三不肯。薛大爺生氣把酒向他臉上潑去，不曉得怎麼樣就碰在那腦袋上了。這是親眼見的。」知縣道：「胡說。前日屍場上薛蟠自己認拿碗砸死的，你說你親眼見的，怎麼今日的供不對？掌嘴。」衙役答應着要打，吳良求着說：「薛蟠實沒有與張三打架，酒碗失手碰在腦袋上的。求老爺問薛蟠便是恩典了。」

知縣叫提薛蟠，問道：「你與張三到底有甚麼仇隙？畢竟是如何死的，實供上來。」薛蟠道：「求太老爺開恩，小的實沒有打他。為他不肯換酒，故拿酒潑他，不想一時失手，酒碗誤碰在他的腦袋上。小的即忙掩他的血，那裏知道再掩不住，血淌多了，過一回就死了。前日屍場上怕太老爺要打，所以說是拿碗砸他的。只求太爺開恩。」知縣便喝道：「好個糊塗東西！本縣問你怎麼砸他的，你便供說惱他不換酒才砸的，今日又供是失手碰的。」知縣假作聲勢，要打要夾，薛蟠一口咬定。知縣叫仵作將前日屍場填寫傷痕據實報來。仵作稟報說：「前日驗得張三屍身無傷，唯囟門有磁器傷長一寸七分，深五分，皮開，囟門骨脆裂破三分。實係磕碰傷。」知縣查對屍格[2]相符，早知書吏改輕，也不駁詰，胡亂便叫畫供。張王氏哭喊道：「青天老爺！前日聽見還有多少傷，怎麼今日都沒有了？」知縣道：「這婦人胡說，現有屍格，你不

---

2)　　屍格：仵作驗屍時，對屍身狀態所填的記錄表格。也叫「屍單」。

知道麼？」叫屍叔張二便問道：「你姪兒身死，你知道有幾處傷？」張二忙供道：「腦袋上一傷。」知縣道：「可又來。」叫書吏將屍格給張王氏瞧去，並叫地保屍叔指明與他瞧，現在屍場親押證見俱供並未打架，不為鬥毆。只依誤傷吩咐畫供。將薛蟠監禁候詳，餘令原保領出，退堂。張王氏哭着亂嚷，知縣叫眾衙役攆他出去。

張二也勸張王氏道：「實在誤傷，怎麼賴人？現在太老爺斷明，不要胡鬧了。」薛蝌在外打聽明白，心內喜歡，便差人回家送信，等批詳回來，便好打點贖罪，且住着等信。只聽路上三三兩兩傳說，有個貴妃薨了，皇上輟朝三日。這裏離陵寢不遠，知縣辦差墊道，一時料着不得閑，住在這裏無益，不如到監告訴哥哥安心等着，「我回家去，過幾日再來。」薛蟠也怕母親痛苦，帶信說：「我無事，必須衙門再使費幾次，便可回家了。只是不要可惜銀錢。」薛蝌留下李祥在此照料，一徑回家，見了薛姨媽，陳說知縣怎樣徇情，怎樣審斷，終定了誤傷，將來屍親那裏再花些銀子，一准贖罪，便沒事了。薛姨媽聽說，暫且放心，說：「正盼你來家中照應。賈府裏本該謝去，況且周貴妃薨了，他們天天進去，家裏空落落的。我想着要去替姨太太那邊照應照應作伴兒，只是咱們家又沒有人，你這來的正好。

薛蝌道：「我在外頭原聽見說是賈妃薨了，這麼才趕回來的，我們元妃好好兒的，怎麼說死了？」薛姨媽道：「上年原病過一次，也就好了。這回又沒聽見元妃有甚麼病。只聞那府裏頭幾天老太太不大受用，合上眼便看見元妃娘娘。眾人都不放心，直至打聽進來，又沒有甚麼事。到了大前兒晚上，老太太親口說是『怎麼元妃獨自一個人到我這裏』，眾人只道是病中想的話，總不信。老太太又說『你們不信，元妃還與我說是榮華易盡，須要退步抽身。』眾人都說：『誰不想到？這是有年紀的人思前想後的心事。』所以也不當件事。恰好第二天早起，裏頭吵嚷出來說娘娘病重，宣各誥命進去請安。他們就驚疑的了不得，趕着進去。他們還沒有出來，我們家裏已聽見周貴妃薨逝了。你想外頭的訛言，家裏的疑心，恰碰在一處，可奇不奇？」寶釵道：「不但是外頭的訛言舛錯，便在家裏的，一聽見『娘娘』兩個字，也就都忙了，過後才明白。這兩天那府裏這些丫頭婆子來說，他們早知道不是咱們家的娘娘。我說：『你們那裏拿得定呢？』他說道：『前幾年正月，外省薦了一個算命的，說是很準。那老太太叫人將元妃的八字夾在丫頭們八字裏頭，送出去叫

他推算。他獨說這正月初一日生日的那位姑娘只怕時辰錯了，不然真是個貴人，也不能在這府中。老爺和眾人說，不管他錯不錯，照八字算去。』那先生便說：『甲申年正月丙寅這四個字內有傷官敗財，唯申字內有正官祿馬，這就是家裏養不住的，也不見甚麼好。這日子是乙卯，初春木旺，雖是比肩，那裏知道愈比愈好，就像那個好木料，愈經斫削，才成大器』。獨喜得時上甚麼辛金為貴，甚麼巳中正官祿馬獨旺，這叫作飛天祿馬格。又說甚麼日祿歸時，貴重得很，天月二德坐本命，貴受椒房之寵，這姑娘若是時辰準了，定是一位主子娘娘。這不是算準了麼？我們還記得說，可惜榮華不久，只怕遇着寅年卯月的，這就是比而又比，劫而又劫，譬如好木，太要做玲瓏剔透，本質就不堅了。他們把這些話都忘記了，只管瞎忙。我才想起來告訴我們大奶奶，今年那裏是寅年卯月呢？」

寶釵尚未說完，薛蝌急道：「且不要管人家的事，既有這樣個神仙算命的，我想哥哥今年甚麼惡星照命，遭這麼橫禍，快開八字與我給他算去，看有妨礙麼？」寶釵道：「他是外省來的，不知如今在京不在了。」

說着，便打點薛姨媽往賈府去。到了那裏，只有李紈探春等在家接着，便問道：「大爺的事怎麼樣了？」薛姨媽道：「等詳上司才定，看來也到不了死罪了。」這才大家放心。探春便道：「昨晚太太想着說，上回家裏有事，全仗姨太太照應，如今自己有事，也難提了。心裏只是不放心。」薛姨媽道：「我在家裏也是難過。只是你大哥遭了事，你二兄弟又辦事去了，家裏你姐姐一個人，中甚應用？況且我們媳婦兒又是個不大曉事的，所以不能脫身過來。目今那裏知縣也正為預備周貴妃的差事，不得了結案件，所以你二兄弟回來了，我才得過來看看。」李紈便道：「請姨太太這裏住幾天更好。」薛姨媽點頭道：「我也要在這邊給你姐妹們作作伴兒，就只你寶妹妹冷靜些。」惜春道：「姨媽要惦着，為甚麼不把寶姐姐也請過來？」薛姨媽笑着說道：「使不得。」惜春道：「怎麼使不得？他先怎麼住着來呢？」李紈道：「你不懂的，人家家裏如今有事，怎麼來呢？」惜春也信以為實，不便再問。正說着，賈母等回來。見了薛姨媽，也顧不得問好，便問薛蟠的事。薛姨媽細述了一遍。寶玉在旁聽見甚麼蔣玉菡一段，當着人不問，心裏打量是「他既回了京，怎麼不來瞧我」。又見寶釵也不過來，不知是怎麼個原故。心內正自呆呆的想呢，恰好黛玉也來請安。寶玉稍覺心裏喜歡，便把想寶釵來的念頭打斷，同着姊妹們在老太太那

裏吃了晚飯。大家散了，薛姨媽將就住在老太太的套間屋裏。

寶玉回到自己房中，換了衣服，忽然想起蔣玉菡給的汗巾，便向襲人道：「你那一年沒有繫的那條紅汗巾子還有沒有？」襲人道：「我擱着呢，問他做甚麼？」寶玉道：「我白問問。」襲人道：「你沒有聽見，薛大爺相與這些混賬人，所以鬧到人命關天。你還提那些作甚麼？有這樣白操心，倒不如靜靜兒的唸唸書，把這些個沒要緊的事撇開了也好。」寶玉道：「我並不鬧甚麼，偶然想起，有也罷，沒也罷，我白問一聲，你們就有這些話。」襲人笑道：「並不是我多話。一個人知書達理，就該往上巴結才是。就是心愛的人來了，也叫他瞧着喜歡尊敬啊。」寶玉被襲人一提，便說：「了不得，方才我在老太太那邊，看見人多，沒有與林妹妹說話。他也不曾理我，散的時候他先走了，此時必在屋裏。我去就來。」說着就走。襲人道：「快些回來罷，這都是我提頭兒，倒招起你的高興來了。」寶玉也不答言，低着頭，一徑走到瀟湘館來。只見黛玉靠在桌上看書。寶玉走到跟前頭，笑說道：「妹妹早回來了。」黛玉也笑道：「你不理我，我還在那裏做甚麼！」寶玉一面笑說：「他們人多說話，我插不下嘴去，所以沒有和你說話。」一面瞧着黛玉看的那本書。書上的字一個也不認得，有的像「芍」字，有的像「茫」字，也有一個「大」字旁邊「九」字加上一勾，中間又添個「五」字，也有上頭「五」字「六」字又添一個「木」字，底下又是一個「五」字，看着又奇怪，又納悶，便說：「妹妹近日愈發進了，看起天書來了。」

黛玉嗤的一聲笑道：「好個唸書的人，連個琴譜[3]都沒有見過。」寶玉道：「琴譜怎麼不知道，為甚麼上頭的一個字也不認得？妹妹你認得麼？」黛玉道：「不認得瞧他做甚麼？」寶玉道：「我不信，從沒有聽見你會撫琴。我們書房裏掛着好幾張，前年來了一個清客先生，叫做甚麼嵇好古，老爺煩他撫了一曲。他取下琴來說，都使不得，還說：『老先生若高興，改日攜琴來請教。』想是我們老爺也不懂，他便不來了。怎麼你有本事藏着？」

黛玉道：「我何嘗真會呢。前日身上略覺舒服，在大書架上翻書，看有一

---

3)　琴譜：指七弦古琴的譜，是將每彈一聲應有的動作，如左手按第幾徽，右手彈第幾弦，以及怎樣按法和怎樣彈法，都用符號和數字表示，每一聲的符號、數字合寫在一起，形狀很像一個方塊字。「對牛彈琴」是諷刺不知音的人的一個諺語，所以下文寶玉自己用「不管牛不牛」來取笑。再下文「猗蘭操」是一個琴曲名。第八十七回「無射（yì）律」是十二律之一。變徵（zhǐ）是徵調的變調，能表現淒厲的情緒。

套琴譜，甚有雅趣，上頭講的琴理甚通，手法說的也明白，真是古人靜心養性的工夫。我在揚州也聽得講究過，也曾學過，只是不弄了，就沒有了。這果真是『三日不彈，手生荊棘』。前日看這幾篇沒有曲文，只有操名。我又到別處找了一本有曲文的來看着，才有意思。究竟怎麼彈得好，實在也難。書上說的師曠鼓琴能來風雷龍鳳；孔聖人尚學琴於師襄，一操便知其為文王；高山流水，得遇知音。」說到這裏，眼皮兒微微一動，慢慢的低下頭去。寶玉正聽得高興，便笑道：「好妹妹，你才說的實在有趣，只是我才見上頭的字都不認得，你教我幾個呢。」黛玉道：「不用教的，一說便可以知道的。」寶玉道：「我是個糊塗人，得教我那個『大』字加一勾，中間一個『五』字的。「黛玉笑道：「這『大』字『九』字是用左手大拇指按琴上的九徽，這一勾加『五』字是右手鈎五弦。並不是一個字，乃是一聲，是極容易的。還有吟、揉、綽、注、撞、走、飛、推等法，是講究手法的。」寶玉樂得手舞足蹈的說：「好妹妹，你既明琴理，我們何不學起來。」

　　黛玉道：「琴者，禁也。古人制下，原以治身，涵養性情，抑其淫蕩，去其奢侈。若要撫琴，必擇靜室高齋，或在層樓的上頭，在林石的裏面，或是山巔上，或是水涯上。再遇着那天地清和的時候，風清月朗，焚香靜坐，心不外想，氣血和平，才能與神合靈，與道合妙。所以古人說『知音難遇』。若無知音，寧可獨對着那清風明月，蒼松怪石，野猿老鶴，撫弄一番，以寄興趣，方為不負了這琴。還有一層，又要指法好，取音好，若必要撫琴，先須衣冠整齊，或鶴氅，或深衣，要如古人的像表，那才能稱聖人之器，然後盥了手，焚上香，方才將身就在榻邊，把琴放在案上，坐在第五徽的地方兒，對着自己的當心，兩手方從容抬起，這才心身俱正。還要知道輕重疾徐，捲舒自若，體態尊重方好。」寶玉道：「我們學着玩，若這麼講究起來，那就難了。」

　　兩個人正說着，只見紫鵑進來，看見寶玉笑說道：「寶二爺，今日這樣高興。」寶玉笑道：「聽見妹妹講究的叫人頓開茅塞，所以越聽越愛聽。」紫鵑道：「不是這個高興，說的是二爺到我們這邊來的話。」寶玉道：「先時妹妹身上不舒服，我怕鬧的他煩。再者我又上學，因此顯着就疏遠了似的。」紫鵑不等說完，便道：「姑娘也是才好，二爺既這麼說，坐坐也該讓姑娘歇歇兒了，別叫姑娘只是講究勞神了。」寶玉笑道：「可是我只顧愛聽，也就忘了妹妹勞神了。」黛玉笑道：「說這些倒也開心，也沒有甚麼勞神的。只是怕我只管說，

你只管不懂呢。」寶玉道：「橫豎慢慢的自然明白了。」說着，便站起來道：「當真的妹妹歇歇兒罷。明兒我告訴三妹妹和四妹妹去，叫他們都學起來，讓我聽。」黛玉笑道：「你也太受用了。既如大家學會了撫起來，你不懂，可不是對……」黛玉說到那裏，想起心上的事，便縮住口，不肯往下說了。寶玉便笑道：「只要你們能彈，我便愛聽，也不管牛不牛的了。」黛玉紅了臉一笑。紫鵑雪雁也都笑了。

於是走出門來，只見秋紋帶着小丫頭捧着一小盆蘭花來說：「太太那邊有人送了四盆蘭花來，因裏頭有事沒有空兒玩，叫給二爺一盆，林姑娘一盆。」黛玉看時，卻有幾枝雙朵兒的，心中忽然一動，也不知是喜是悲，便呆呆的呆看。那寶玉此時卻一心只在琴上，便說：「妹妹有了蘭花，就可以做《猗蘭操》了。」

黛玉聽了，心裏反不舒服。回到房中，看着花，想到「草木當春，花鮮葉茂，想我年紀尚小，便像三秋蒲柳。若是果能隨願，或者漸漸的好來，不然，只恐似那花柳殘春，怎禁得風催雨送？」想到那裏，不禁又滴下淚來。紫鵑在旁看見這般光景，卻想不出原故來。方才寶玉在這裏那麼高興，如今好好的看花，怎麼又傷起心來？正愁着沒法兒勸解，只見寶釵那邊打發人來。未知何事，下回分解。

💬 **延伸思考**

寶玉與黛玉討論琴譜，兩人情投意合。而賈母已經定下了寶釵為自己的孫媳婦，所有人都下意識不讓寶玉和黛玉知道這個消息。他們的反應說明了甚麼？

💡 **精華賞析**

薛蟠打死了人本應該是死罪，自古就有「殺人償命，欠債還錢」的道理。然而薛家託人買通了知縣，把死罪變成了活罪，這裏不免也有賈政的功勞。

《第八十七回》

精讀　感秋深撫琴悲往事
　　　坐禪寂走火入邪魔

> 　　寶釵已經知道自己將嫁給寶玉，所以避諱着不再到賈家來，但她還記掛着黛玉，所以派人給黛玉送來書信。她在信中懷念起從前大家結詩社的情景，更覺得孤獨淒涼。這封信對黛玉的孤苦充滿同情，真讓人動容！可是寶釵的這封信卻恰巧沒有提及她與寶玉的婚事。

　　卻說黛玉叫進寶釵家的女人來，問了好，呈上書子。黛玉叫他去喝茶，便將寶釵來書打開看時，只見上面寫着：

　　妹生辰不偶，家運多艱，姊妹伶仃，萱親衰邁。兼之猇聲狺語，旦暮無休。更遭慘禍飛災，不啻驚風密雨。夜深輾側，愁緒何堪。屬在同心，能不為之惻惻乎？回憶海棠結社，序屬清秋，對菊持螯，同盟歡洽。猶記『孤標傲世偕誰隱，一樣花開為底遲』之句，未嘗不歎冷節餘芳，如吾兩人也。感懷觸緒，聊賦四章，匪日無故呻吟，亦長歌當哭之意耳。

　　悲時序之遞嬗兮，又屬清秋。感遭家之不造兮，獨處離愁。北堂有萱兮，何以忘憂？無以解憂兮，我心咻咻！

　　雲憑憑兮秋風酸，步中庭兮霜葉乾。何去何從兮，失我故歡！靜言思之兮惻肺肝！

　　唯鮞有潭兮，唯鶴有梁。鱗甲潛伏兮，羽毛何長！搔首問兮茫茫，高天厚地兮，誰知余之永傷。

　　銀河耿耿兮寒氣侵，月色橫斜兮玉漏沉。憂心炳炳兮發我哀吟，吟復吟兮寄我知音。

黛玉看了，不勝傷感。又想：「寶姐姐不寄與別人，單寄與我，也是惺惺惜惺惺的意思。」

正在沉吟，只聽見外面有人說道：「林姐姐在家裏呢麼？」黛玉一面把寶釵的書疊起，口內便答應道：「是誰？」正問着，早見幾個人進來，卻是探春、湘雲、李紋、李綺。彼此問了好，雪雁倒上茶來，大家喝了，說些閑話。因想起前年的菊花詩來，黛玉便道：「寶姐姐自從挪出去，來了兩遭，如今索性有事也不來了，真真奇怪。我看他終久還來我們這裏不來！」探春微笑道：「怎麼不來，橫豎要來的。如今是他們尊嫂有些脾氣，姨媽上了年紀的人，又兼有薛大哥的事，自然得寶姐姐照料一切，那裏還比得先前有工夫呢。」

正說着，忽聽得唿喇喇一片風聲，吹了好些落葉，打在窗紙上。停了一回兒，又透過一陣清香來。眾人聞着，都說道：「這是何處來的香風？這像甚麼香？」黛玉道：「好像木樨香。」探春笑道：「林姐姐終不脫南邊人的話，這大九月裏的，那裏還有桂花呢。」黛玉笑道：「原是啊，不然怎麼不竟說是桂花香只說似乎像呢。」湘雲道：「三姐姐，你也別說。你可記得『十里荷花，三秋桂子』？在南邊，正是晚桂開的時候了。你只沒有見過罷了，等你明日到南邊去的時候，你自然也就知道了。」探春笑道：「我有甚麼事到南邊去？況且這個也是我早知道的，不用你們說嘴。」李紋李綺只抿着嘴兒笑。

黛玉道：「妹妹，這可說不齊。俗語說，『人是地行仙』，今日在這裏，明日就不知在那裏。譬如我，原是南邊人，怎麼到了這裏呢？」湘雲拍着手笑道：「今兒三姐姐可叫林姐姐問住了。不但林姐姐是南邊人到這裏，就是我們這幾個人就不同。也有本來是北邊的；也有根子是南邊，生長在北邊的；也有生長在南邊，到這北邊的，今兒大家都湊在一處。可見人總有一個定數，大凡地和人總是各自有緣分的。」眾人聽了都點頭，探春也只是笑。又說了一會子閑

● 這一段對話引出人生的多變，也預示着探春的人生將不會如現在這般持續下去。

話兒，大家散出。黛玉送到門口，大家都說：「你身上才好些，別出來了，看着了風。」

於是黛玉一面說着話兒，一面站在門口又與四人殷勤了幾句，便看着他們出院去了。

進來坐着，看看已是林鳥歸山，夕陽西墜。因史湘雲說起南邊的話，便想着「父母若在，南邊的景致，春花秋月，水秀山明，二十四橋，六朝遺跡。不少下人伏侍，諸事可以任意，言語亦可不避。香車畫舫，紅杏青簾，唯我獨尊。今日寄人籬下，縱有許多照應，自己無處不要留心。不知前生作了甚麼罪孽，今生這樣孤凄。真是李後主說的『此間日中只以眼淚洗面』矣！」一面思想，不知不覺神往那裏去了。

紫鵑走來，看見這樣光景，想着必是因剛才說起南邊北邊的話來，一時觸着黛玉的心事了，便問道：「姑娘們來說了半天話，想來姑娘又勞了神。剛才我叫雪雁告訴廚房裏給姑娘作了一碗火肉白菜湯，加了一點兒蝦米兒，配了點青筍紫菜。姑娘想着好麼？」黛玉道：「也罷了。」紫鵑道：「還熬了一點江米粥。」黛玉點點頭兒，又說道：「那粥該你們兩個自己熬了，不用他們廚房裏熬才是。」紫鵑道：「我也怕廚房裏弄的不乾淨，我們各自熬呢。就是那湯，我也告訴雪雁和柳嫂兒說了，要弄乾淨着。柳嫂兒說了，他打點妥當，拿到他屋裏叫他們五兒瞅着燉呢。」黛玉道：「我倒不是嫌人家骯髒，只是病了好些日子，不周不備，都是人家。這會子又湯兒粥兒的調度，未免惹人厭煩。」說着，眼圈兒又紅了。紫鵑道：「姑娘這話也是多想。姑娘是老太太的外孫女兒，又是老太太心坎兒上的。別人求其在姑娘跟前討好兒還不能呢，那裏有抱怨的。」黛玉點點頭兒，因又問道：「你才說的五兒，不是那日和寶二爺那邊的芳官在一處的那個女孩兒？」紫鵑道：「就是他。」黛玉道：「不聽見說要進來麼？」紫鵑道：「可不是，因為病了一場，後來好了才要進來，正是晴雯他們鬧出事來的時候，也就耽擱住了。黛玉

道：「我看那丫頭倒也還頭臉兒乾淨。」說着，外頭婆子送了湯來。雪雁出來接時，那婆子說道：「柳嫂兒叫回姑娘，這是他們五兒作的，沒敢在大廚房作，怕姑娘嫌腌臢。」雪雁答應着接了進來。

黛玉在屋裏已聽見了，吩咐雪雁告訴那老婆子回去說，叫他費心。雪雁出來說了，老婆子自去。

這裏雪雁將黛玉的碗箸安放在小几兒上，因問黛玉道：「還有咱們南來的五香大頭菜，拌些麻油醋可好麼？」黛玉道：「也使得，只不必累贅了。」一面盛上粥來，黛玉吃了半碗，用羹匙舀了兩口湯喝，就擱下了，兩個丫鬟撤了下來，拭淨了小几端下去，又換上一張常放的小几。黛玉漱了口，盥了手，便道：「紫鵑，添了香了沒有？」紫鵑道：「就添去。」黛玉道：「你們就把那湯和粥吃了罷，味兒還好，且是乾淨。待我自己添香罷。」兩個人答應了，在外間自吃去了。

這時黛玉添了香，自己坐着。才要拿本書看，只聽得園內的風自西邊直透到東邊，穿過樹枝，都在那裏唏里嘩喇不住的響，一會兒，簷下的鐵馬也只管叮叮當當的亂敲起來。

一時雪雁先吃完了，進來伺候。黛玉便問道：「天氣冷了，我前日叫你們把那些小毛兒衣服晾晾，可曾晾過沒有？」雪雁道：「都晾過了。」黛玉道：「你拿一件來我披披。」雪雁走去將一包小毛衣服抱來，打開氈包，給黛玉自揀。只見內中夾着個絹包兒，黛玉伸手拿起打開看時，卻是寶玉病時送來的舊手帕，自己題的詩，上面淚痕猶在，裏頭卻包着那剪破了的香囊扇袋並寶玉通靈玉上的穗子。原來晾衣服時從箱中撿出。紫鵑恐怕遺失了，遂夾在這氈包裏的。

這黛玉不看則已，看了時也不說穿那一件衣服，手裏只拿着那兩方手帕，呆呆的看那舊詩。看了一回，不覺的簌簌淚下。

紫鵑剛從外間進來，只見雪雁正捧着一氈包衣裳在旁邊呆立，小幾上卻擱着剪破的香囊，兩三截兒扇袋和那鉸折

了的穗子，黛玉手中自拿着兩方舊帕，上邊寫着字跡，在那裏對着滴淚。正是：失意人逢失意事，新啼痕間舊啼痕。

　　紫鵑見了這樣，知是他觸物傷情，感懷舊事，料道勸也無益，只得笑着道：「姑娘還看那些東西作甚麼？那都是那幾年寶二爺和姑娘小時一時好了，一時惱了，鬧出來的笑話兒。要像如今這樣廝抬廝敬，那裏能把這些東西白糟蹋了呢。」紫鵑這話原給黛玉開心，不料這幾句話更提起黛玉初來時和寶玉的舊事來，一發珠淚連綿起來。紫鵑又勸道：「雪雁這裏等着呢，姑娘披上一件罷。」那黛玉才把手帕撂下。紫鵑連忙拾起，將香袋等物包起拿開。

　　這黛玉方披了一件皮衣，自己悶悶的走到外間來坐下。回頭看見案上寶釵的詩啟尚未收好，又拿出來瞧了兩遍，歎道：「境遇不同，傷心則一。不免也賦四章，翻入琴譜，可彈可歌，明日寫出來寄去，以當和作。」便叫雪雁將外邊桌上筆硯拿來，濡墨揮毫，賦成四疊。又將琴譜翻出，借他《猗蘭》《思賢》兩操，合成音韻，與自己做的配齊了，然後寫出，以備送與寶釵。又即叫雪雁向箱中將自己帶來的短琴拿出，調上弦，又操演了指法。黛玉本是個絕頂聰明人，又在南邊學過幾時，雖是手生，到底一理就熟。撫了一番，夜已深了，便叫紫鵑收拾睡覺。不題。

　　卻說寶玉這日起來梳洗了，帶着焙茗正往書房中來，只見墨雨笑嘻嘻的跑來迎頭說道：「二爺今日便宜了，太爺不在書房裏，都放了學了。」寶玉道：「當真的麼？」墨雨道：「二爺不信，那不是三爺和蘭哥兒來了。」寶玉看時，只見賈環賈蘭跟着小廝們，兩個笑嘻的嘴裏咕咕呱呱不知說些甚麼，迎頭來了。見了寶玉，都垂手站住。寶玉問道：「你們兩個怎麼就回來了？」賈環道：「今日太爺有事，說是放一天學，明兒再去呢。」

　　寶玉聽了，方回身到賈母賈政處去稟明了，然後回到怡紅院中。襲人問道：「怎麼又回來了？」寶玉告訴了他，只坐

了一坐兒，便往外走。襲人道：「往那裏去，這樣忙法？就放了學，依我說也該養養神兒了。」寶玉站住腳，低了頭，說道：「你的話也是。但是好容易放一天學，還不散散去，你也該可憐我些兒了。」襲人見說的可憐，笑道：「由爺去罷。」正說着，端了飯來。寶玉也沒法兒，只得且吃飯，三兩口忙忙的吃完，漱了口，一溜煙往黛玉房中去了。走到門口，只見雪雁在院中晾絹子呢。寶玉因問：「姑娘吃了飯了麼？」雪雁道：「早起喝了半碗粥，懶待吃飯。這時候打盹兒呢。二爺且到別處走走，回來再來罷。」寶玉只得回來。

　　無處可去，忽然想起惜春有好幾天沒見，便信步走到蓼風軒來。剛到窗下，只見靜悄悄一無人聲。寶玉打諒他也睡午覺，不便進去。才要走時，只聽屋裏微微一響，不知何聲。寶玉站住再聽，半日又拍的一響。寶玉還未聽出，只見一個道：「你在這裏下了一個子兒，那裏你不應麼？」寶玉方知是下棋呢，但只急切聽不出這個人的語音是誰。底下方聽見惜春道：「怕甚麼，你這麼一吃我，我這麼一應，你又這麼吃，我又這麼應。還緩着一着兒呢，終久連得上。」那一個又道：「我要這麼一吃呢？」惜春道：「阿嗄，還有一着『反撲』在裏頭呢！我倒沒防備。」

　　寶玉聽了，聽那一個聲音很熟，卻不是他們姊妹。料着惜春屋裏也沒外人，輕輕的掀簾進去。看時不是別人，卻是那櫳翠庵的檻外人妙玉。這寶玉見是妙玉，不敢驚動。妙玉和惜春正在凝思之際，也沒理會。寶玉卻站在旁邊看他兩個的手段。只見妙玉低着頭問惜春道：「你這個『畸角兒』不要了麼？」惜春道：「怎麼不要，你那裏頭都是死子兒，我怕甚麼。」妙玉道：「且別說滿話，試試看。」惜春道：「我便打了起來，看你怎麼樣。」妙玉卻微微笑着，把邊上子一接，卻搭轉一吃，把惜春的一個角兒都打起來了，笑着說道：「這叫做『倒脫靴勢』」。

　　惜春尚未答言，寶玉在旁情不自禁，哈哈一笑，把兩

● 惜春不願與賈府諸人往來，卻與妙玉來往甚為密切。從她們二人的交談中我們能感覺到，彼此交情十分親厚，再聯想到妙玉與人結交時十分挑剔，就能知道，惜春與妙玉在某些方面投緣。

個人都唬了一大跳。惜春道：「你這是怎麼說，進來也不言語，這麼使促狹唬人。你多早晚進來的？」寶玉道：「我頭裏就進來了，看着你們兩個爭這個『畸角兒』。」說着，一面與妙玉施禮，一面又笑問道：「妙公輕易不出禪關，今日何緣下凡一走？」

妙玉聽了，忽然把臉一紅，也不答言，低了頭自看那棋。寶玉自覺造次，連忙陪笑道：「倒是出家人比不得我們在家的俗人，頭一件心是靜的。靜則靈，靈則慧。」寶玉尚未說完，只見妙玉微微的把眼一抬，看了寶玉一眼，復又低下頭去，那臉上的顏色漸漸的紅暈起來。寶玉見他不理，只得訕訕的旁邊坐了。

惜春還要下子，妙玉半日說道：「再下罷。」便起身理理衣裳，重新坐下，痴痴的問着寶玉道：「你從何處來？」寶玉巴不得這一聲，好解釋前頭的話，忽又想道：「或是妙玉的機鋒。」轉紅了臉答應不出來。妙玉微微一笑，自和惜春說話。惜春也笑道：「二哥哥，這甚麼難答的，你沒的聽見人家常說的『從來處來』麼？這也值得臉紅了，見了生人的似的。」

妙玉聽了這話，想起自家，心上一動，臉上一熱，必然也是紅的，倒覺不好意思起來。因站起來說道：「我來得久了，要回庵裏去了。」惜春知妙玉為人，也不深留，送到門口。妙玉笑道：「久已不來這裏，彎彎曲曲的，回去的路頭都要迷住了。」寶玉道：「這倒要我來指引指引何如？」妙玉道：「不敢，二爺前請。」

於是二人別了惜春，離了蓼風軒，彎彎曲曲，走近瀟湘館，忽聽得叮咚之聲。妙玉道：「那裏的琴聲？」寶玉道：「想必是林妹妹那裏撫琴呢。」妙玉道：「原來他也會這個，怎麼素日不聽見提起？」寶玉悉把黛玉的事述了一遍，因說：「咱們去看他。」妙玉道：「從古只有聽琴，再沒有『看琴』的。」寶玉笑道：「我原說我是個俗人。」說着，二人

走至瀟湘館外，在山子石坐着靜聽，甚覺音調清切。

只聽得低吟道：「風蕭蕭兮秋氣深，美人千里兮獨沉吟。望故鄉兮何處，倚欄杆兮涕沾襟。」

歇了一回，聽得又吟道：「山迢迢兮水長，照軒窗兮明月光。耿耿不寐兮銀河渺茫，羅衫怯怯兮風露涼。」

又歇了一歇。妙玉道：「剛才『侵』字韻是第一疊，如今『陽』字韻是第二疊了。咱們再聽。」

裏邊又吟道：「子之遭兮不自由，予之遇兮多煩憂。之子與我兮心焉相投，思古人兮俾無尤。」

妙玉道：「這又是一拍。何憂思之深也！」寶玉道：「我雖不懂得，但聽他音調，也覺得過悲了。」裏頭又調了一回弦。妙玉道：「君弦太高了，與無射律只怕不配呢。」裏邊又吟道：「人生斯世兮如輕塵，天上人間兮感夙因。感夙因兮不可惙，素心如何天上月。」妙玉聽了，呀然失色道：「如何忽作變徵之聲？音韻可裂金石矣。只是太過。」寶玉道：「太過便怎麼？」妙玉道：「恐不能持久。」正議論時，聽得君弦蹦的一聲斷了。妙玉站起來連忙就走。寶玉道：「怎麼樣」？妙玉道：「日後自知，你也不必多說。」竟自走了。弄得寶玉滿肚疑團，沒精打采的歸至怡紅院中不表。

單說妙玉歸去，早有道婆接着，掩了庵門，坐了一回，把「禪門日誦」唸了一遍。吃了晚飯，點上香拜了菩薩，命道婆自去歇着，自己的禪床靠背俱已整齊，屏息垂簾，跏趺坐下，斷除妄想，趨向真如。坐到三更過後，聽得屋上骨碌碌一片瓦響，妙玉恐有賊來，下了禪床，出到前軒，但見雲影橫空，月華如水。那時天氣尚不很涼，獨自一個憑欄站了一回，忽聽房上兩個貓兒一遞一聲廝叫。

那妙玉忽想起日間寶玉之言，不覺一陣心跳耳熱。自己連忙收攝心神，走進禪房，仍到禪床上坐了。怎奈神不守舍，一時如萬馬奔馳，覺得禪床便恍蕩起來，身子已不在庵中。便有許多王孫公子要求娶他，又有些媒婆扯扯拽拽扶他

點評

● 這正是「過猶不及」的含義。但妙玉在這裏用了一個帶有暗示性的引申義，來預示黛玉「不能持久」。

上車，自己不肯去。一回兒又有盜賊劫他，持刀執棍的逼勒，只得哭喊求救。

　　早驚醒了庵中的女尼道婆等眾，都拿火來照看，只見妙玉兩手撒開，口中流沫。急叫醒時，只見眼睛直豎，兩顴鮮紅，罵道：「我是有菩薩保佑，你們這些強徒敢要怎麼樣！」眾人都唬的沒了主意，都說道：「我們在這裏呢，快醒轉來罷。」妙玉道：「我要回家去，你們有甚麼好人送我回去罷。」道婆道：「這裏就是你住的房子。」說着，又叫別的女尼忙向觀音前禱告，求了簽，翻開簽書看時，是觸犯了西南角上的陰人。就有一個說：「是了。大觀園中西南角上本來沒有人住，陰氣是有的。」一面弄湯弄水的在那裏忙亂。

　　那女尼原是自南邊帶來的，伏侍妙玉自然比別人盡心，圍着妙玉，坐在禪床上。妙玉回頭道：「你是誰？」女尼道：「是我。」妙玉仔細瞧了一瞧，道：「原來是你。」便抱住那女尼嗚嗚咽咽的哭起來，說道：「你是我的媽呀，你不救我，我不得活了。」那女尼一面喚醒他，一面給他揉着。道婆倒上茶來喝了，直到天明才睡了。

　　女尼便打發人去請大夫來看脈，也有說是思慮傷脾的，也有說是熱入血室的，也有說是邪祟觸犯的，也有說是內外感冒的，終無定論。後請得一個大夫來看了，問：「曾打坐過沒有？」道婆說道：「向來打坐的。」大夫道：「這病可是昨夜忽然來的麼？」道婆道：「是。」大夫道：「這是走魔入火的原故。」眾人問：「有礙沒有？」大夫道：「幸虧打坐不久，魔還入得淺，可以有救。」寫了降伏心火的藥，吃了一劑，稍稍平復些。

　　外面那些遊頭浪子聽見了，便造作許多謠言說：「這樣年紀，那裏忍得住。況且又是很風流的人品，很乖覺的性靈，以後不知飛在誰手裏，便宜誰去呢。」過了幾日，妙玉病雖略好，神思未復，終有些恍惚。

　　一日惜春正坐着，彩屏忽然進來回道：「姑娘知道妙玉

師父的事嗎？」惜春道：「他有甚麼事？」彩屏道：「我昨日
聽見邢姑娘和大奶奶那裏說呢。他自從那日和姑娘下棋回
去，夜間忽然中了邪，嘴裏亂嚷說強盜來搶他來了，到如今
還沒好。姑娘你說這不是奇事嗎。」惜春聽了，默默無語，
因想：「妙玉雖然潔淨，畢竟塵緣未斷。可惜我生在這種人家
不便出家。我若出了家時，那有邪魔纏擾，一念不生，萬緣
俱寂。」想到這裏，驀與神會，若有所得，便口占一偈云：
「大造本無方，云何是應住。既從家中來，應向家中去。」

　　占畢，即命丫頭焚香。自己靜坐了一回，又翻開那棋
譜來，把孔融、王積薪等所著看了幾篇。內中「茂葉包蟹
勢」「黃鶯搏兔勢」，都不出奇；「三十六局殺角勢」，一時
也難會難記；獨看到「十龍走馬」，覺得甚有意思。正在那
時作想，只聽見外面一個人走進院來，連叫「彩屏」。未知
是誰，下回分解。

💬 **延伸思考**

....

　　惜春歎息自己生錯了家庭，不然她一定會出家，而且會萬緣俱寂。
對此你是如何看待惜春的想法？試分析惜春的性格。

💡 **精華賞析**

....

　　惜春的內心也是孤獨淒苦的，她對於賈家虛榮的生活已經厭
倦，想解脫卻又無能為力，歎息自己生錯了家庭，不然，出家一定
是她最好的歸宿。迎春已經成為了封建專制制度下包辦婚姻的犧牲
品，惜春也被封建專制制度束縛而不能解脫，除了吃飯、睡覺外只
好用棋譜來打發日子。賈府中的女子表面上看起來榮華富貴，實際
上格外空虛。

《第八十八回》

精讀 博庭歡寶玉讚孤兒
正家法賈珍鞭悍僕

> 賈芸又來求鳳姐，想要個掙錢的差事。但這一次沒有從前那麼順利，鳳姐找了一大堆理由，拒絕了他。

　　卻說惜春正在那裏揣摩棋譜，忽聽院內有人叫彩屏，不是別人，卻是鴛鴦的聲音。彩屏出去，同着鴛鴦進來。那鴛鴦卻帶着一個小丫頭，提了一個小黃絹包兒。惜春笑問道：「甚麼事？」鴛鴦道：「老太太因明年八十一歲，是個暗九。許下一場九晝夜的功德，發心要寫三千六百五十零一部《金剛經》。這已發出外面人寫了。但是俗說《金剛經》就像那道家的符殼，《心經》才算是符膽。故此《金剛經》內必要插着《心經》，更有功德。老太太因《心經》是更要緊的，觀自在又是女菩薩，所以要幾個親丁奶奶姑娘們寫上三百六十五部，如此又虔誠，又潔淨。咱們家中除了二奶奶，頭一宗他當家沒有空兒，二宗他也寫不上來，其餘會寫字的，不論寫得多少，連東府珍大奶奶姨娘們都分了去，本家裏頭自不用說。」

　　惜春聽了，點頭道：「別的我做不來，若要寫經，我最信心的。你擱下喝茶罷。」鴛鴦才將那小包兒擱在桌上，同惜春坐下。彩屏倒了一杯茶來。惜春笑問道：「你寫不寫？」鴛鴦道：「姑娘又說笑話了。那幾年還好，這三四年來姑娘見我還拿了拿筆兒麼？」惜春道：「這卻是有功德的。」鴛鴦道：

「我也有一件事：向來服侍老太太安歇後，自己唸上米佛[1]，已經唸了三年多了。我把這個米收好，等老太太做功德的時候，我將他襯在裏頭供佛施食，也是我一點誠心。」惜春道：「這樣說來，老太太做了觀音，你就是龍女了。」鴛鴦道：「那裏跟得上這個分兒。卻是除了老太太，別的也服侍不來，不曉得前世是甚麼緣分兒。」說着要走，叫小丫頭把小絹包打開，拿出來道：「這素紙一札是寫《心經》的。」又拿起一子兒[2]藏香道：「這是叫寫經時點着寫的。」惜春都應了。

鴛鴦遂辭了出來，同小丫頭來至賈母房中，回了一遍。看見賈母與李紈打雙陸[3]，鴛鴦旁邊瞧着。李紈的骰子好，擲下去把老太太的錘打下了好幾個去。鴛鴦抿着嘴兒笑。

忽見寶玉進來，手中提了兩個細篾絲的小籠子，籠內有幾個蟈蟈兒，說道：「我聽說老太太夜裏睡不着，我給老太太留下解解悶。」賈母笑道：「你別瞅着你老子不在家，你只管淘氣。」寶玉笑道：「我沒有淘氣。」賈母道：「你沒淘氣，不在學房裏唸書，為甚麼又弄這個東西呢？」寶玉道：「不是我自己弄的。今兒因師父叫環兒和蘭兒對對子，環兒對不來，我悄悄的告訴了他。他來孝敬老太太的。」賈母道：「他沒有天天唸書麼，為甚麼對不上來？對不上來就叫你儒大爺爺打他的嘴巴子，看他臊不臊。你也夠受了，不記得你老子在家時，一叫做詩詞，唬的倒像個小鬼兒似的，這會子又說嘴了。那環兒小子更沒出息，求人替做了，就變着方兒打點人。這麼點子孩子就鬧鬼鬧神的，也不害臊，趕大了還不知是個甚麼東西呢。」說的滿屋子人都笑了。

---

1)　　　唸上米佛：唸佛時用米計數，唸一聲佛號數一粒米。

2)　　　一子兒：一束。

3)　　　雙陸：一種遊戲，又名雙鹿。放一種特製的盤子，二人各用十六枚棒槌形的馬立在自己一邊，然後擲骰子二枚，按點數在盤子上佔步數，先走到對方的就算勝利。

賈母又問道：「蘭小子呢，做上來了沒有？這該環兒替他了，他又比他小了。是不是？」寶玉笑道：「他倒沒有，卻是自己對的。」賈母道：「我不信，不然就也是你鬧了鬼了。如今你還了得，『羊羣裏跑出駱駝來了，就只你大。』你又會做文章了。」寶玉笑道：「實在是他作的。師父還誇他明兒一定大有出息呢。老太太不信，就打發人叫了他來親自試試，老太太就知道了。」賈母道：「果然這麼着我才喜歡。我不過怕你撒謊。既是他做的，這孩子明兒大概還有一點兒出息。」因看着李紈，又想起賈珠來，「這也不枉你大哥哥死了，你大嫂子拉扯他一場，日後也替你大哥哥頂門壯戶。」說到這裏，不禁流下淚來。

李紈聽了這話，卻也動心，只是賈母已經傷心，自己連忙忍住淚笑勸道：「這是老祖宗的餘德，我們託着老祖宗的福罷咧。只要他應得了老祖宗的話，就是我們的造化了。老祖宗看着也喜歡，怎麼倒傷起心來呢。」因又回頭向寶玉道：「寶叔叔明兒別這麼誇他，他多大孩子，知道甚麼？你不過是愛惜他的意思，他那裏懂得，一來二去，眼大心肥，那裏還能夠有長進呢。」賈母道：「你嫂子這也說的是。就只他還太小呢，也別逼⁴緊了他。小孩子膽兒小，一時逼急了，弄出點子毛病來，書倒唸不成，把你的工夫都白糟蹋了。」賈母說到這裏，李紈卻忍不住撲簌簌掉下淚來，連忙擦了。

只見賈環賈蘭也都進來給賈母請了安。賈蘭又見過他母親，然後過來在賈母旁邊侍立。賈母道：「我剛才聽見你叔叔說你對的好對子，師父誇你來着。」賈蘭也不言語，只管抿着嘴兒笑。鴛鴦過來說道：「請示老太太，晚飯伺候下了。」賈母道：「請你姨太太去罷。」琥珀接着便叫人去王夫人那邊請薛姨媽。這裏寶玉賈環退出。

---

4)　　逼：逼迫。

　　素雲和小丫頭們過來把雙陸收起。李紈尚等着伺候賈
母的晚飯，賈蘭便跟着他母親站着。賈母道：「你們娘兒兩
個跟着我吃罷。」李紈答應了。一時擺上飯來，丫鬟回來稟
道：「太太叫回老太太，姨太太這幾天浮來暫去，不能過來
回老太太，今日飯後家去了。」於是賈母叫賈蘭在身旁坐
下，大家吃飯，不必細述。

　　卻說賈母剛吃完了飯，盥漱了，歪在床上說閑話兒。
只見小丫頭子告訴琥珀，琥珀過來回賈母道：「東府大爺請
晚安來了。」賈母道：「你們告訴他，如今他辦理家務乏乏
的，叫他歇着去罷。我知道了。」小丫頭告訴老婆子們，老
婆子才告訴賈珍。賈珍然後退出。

　　到了次日，賈珍過來料理諸事。門上小廝陸續回了幾
件事，又一個小廝回道：「莊頭送果子來了。」賈珍道：「單
子呢？」那小廝連忙呈上。賈珍看時，上面寫着不過是時鮮
果品，還夾帶荣蔬野味若干在內。賈珍看完，問向來經管的
是誰。門上的回道：「是周瑞。」便叫周瑞：「照賬點清，
送往裏頭交代。等我把來賬抄下一個底子，留着好對。」又
叫：「告訴廚房，把下荣中添幾宗給送果子的來人，照常賞
飯給錢。」

　　周瑞答應了。一面叫人搬至鳳姐兒院子裏去，又把莊
上的賬同果子交代明白。出去了一回兒，又進來回賈珍道：
「才剛來的果子，大爺曾點過數目沒有？」賈珍道：「我那裏
有這個工夫點這個呢。給了你賬，你照賬點就是了。」周瑞
道：「小的曾點過，也沒有少，也不能多出來。大爺既留下
底子，再叫送果子來的人問問，他這賬是真的假的？」賈珍
道：「這是怎麼說，不過是幾個果子罷咧，有甚麼要緊。我
又沒有疑你。」

　　說着，只見鮑二走來，磕了一個頭，說道：「求大爺原
舊放小的在外頭伺候罷。」賈珍道：「你們這又是怎麼着？」
鮑二道：「奴才在這裏又說不上話來。」賈珍道：「誰叫你說

話？」鮑二道：「何苦來，在這裏作眼睛珠兒。」周瑞接口道：「奴才在這裏經管地租莊子，銀錢出入每年也有三五十萬來往，老爺太太奶奶們從沒有說過話的，何況這些零星東西。若照鮑二說起來，爺們家裏的田地房產都被奴才們弄完了。」賈珍想道：「必是鮑二在這裏拌嘴，不如叫他出去。」因向鮑二說道：「快滾罷。」又告訴周瑞說：「你也不用說了，你幹你的事罷。」二人各自散了。

賈珍正在廂房裏歇着，聽見門上鬧的翻江攪海。叫人去查問，回來說道：「鮑二和周瑞的乾兒子打架。」賈珍道：「周瑞的乾兒子是誰？」門上的回道：「他叫何三，本來是個沒味兒的，天天在家裏喝酒鬧事，常來門上坐着。聽見鮑二與周瑞拌嘴，他就插在裏頭。」賈珍道：「這卻可惡。把鮑二和那個甚麼何幾給我一塊兒捆起來！周瑞呢？」門上的回道：「打架時他先走了。」賈珍道：「給我拿了來！這還了得了！」眾人答應了。

正嚷着，賈璉也回來了，賈珍便告訴了一遍。賈璉道：「這還了得！」又添了人去拿周瑞。周瑞知道躲不過，也找到了。賈珍便叫都捆上。賈璉便向周瑞道：「你們前頭的話也不要緊，大爺說開了，很是了。為甚麼外頭又打架！你們打架已經使不得，又弄個野雜種甚麼何三來鬧，你不壓伏壓伏他們，倒竟走了。」就把周瑞踢了幾腳。賈珍道：「單打周瑞不中用。」喝命人把鮑二和何三各人打了五十鞭子，攆了出去，方和賈璉兩個商量正事。

下人背地裏便生出許多議論來：也有說賈珍護短的；也有說不會調停的；也有說他本不是好人，前兒尤家姊妹弄出許多醜事來，那鮑二不是他調停着二爺叫了來的嗎，這會子嫌鮑二不濟事，必是鮑二的女人伏侍不到了。人多嘴雜，紛紛不一。

卻說賈政自從在工部掌印，家人中盡有發財的。那賈芸聽見了，也要插手弄一點事兒，便在外頭說了幾個工頭，

講了成數，便買了些時新繡貨，要走鳳姐兒門子。鳳姐正在房中聽見丫頭們說：「大爺二爺都生了氣，在外頭打人呢。」

鳳姐聽了，不知何故，正要叫人去問問，只見賈璉已進來了，把外面的事告訴了一遍。鳳姐道：「事情雖不要緊，但這風俗兒斷不可長。此刻還算咱們家裏正旺的時候兒，他們就敢打架。以後小輩兒們當了家，他們越發難制伏了。前年我在東府裏，親眼見過焦大吃的爛醉，躺在台階子底下罵人，不管上上下下一混湯子的混罵。他雖是有過功的人，到底主子奴才的名份，也要存點兒體統才好。珍大奶奶不是我說是個老實頭，個個人都叫他養得無法無天的。如今又弄出一個甚麼鮑二，我還聽見是你和珍大爺得用的人，為甚麼今兒又打他呢？」賈璉聽了這話刺心，便覺訕訕的，拿話來支開，借有事，說着就走了。

小紅進來回道：「芸二爺在外頭要見奶奶。」鳳姐一想，「他又來做甚麼？」便道：「叫他進來罷。」小紅出來，瞅着賈芸微微一笑。賈芸趕忙湊近一步問道：「姑娘替我回了沒有？」小紅紅了臉，說道：「我就是見二爺的事多。」賈芸道：「何曾有多少事能到裏頭來勞動姑娘呢？就是那一年姑娘在寶二叔房裏，我才和姑娘……」小紅怕人撞見，不等說完，趕忙問道：「那年我換給二爺的一塊絹子，二爺見了沒有？」

那賈芸聽了這句話，喜的心花俱開，才要說話，只見一個小丫頭從裏面出來，賈芸連忙同着小紅往裏走。兩個人一左一右，相離不遠，賈芸悄悄的道：「回來我出來，還是你送出我來。我告訴你，還有笑話兒呢。」小紅聽了，把臉飛紅，瞅了賈芸一眼，也不答言。同他到了鳳姐門口，自己先進去回了，然後出來，掀起簾子點手兒，口中卻故意說道：「奶奶請芸二爺進來呢。」

賈芸笑了一笑，跟着他走進房來，見了鳳姐兒，請了安，並說：「母親叫問好。」鳳姐也問了他母親好。鳳姐道：

點評

「你來有甚麼事？」賈芸道：「姪兒從前承嬸娘疼愛，心上時刻想着，總過意不去。欲要孝敬嬸娘，又怕嬸娘多想。如今重陽時候，略備了一點兒東西。嬸娘這裏那一件沒有，不過是姪兒一點孝心。只怕嬸娘不肯賞臉。」鳳姐兒笑道：「有話坐下說。」賈芸才側身坐了，連忙將東西捧着擱在旁邊桌上。鳳姐又道：「你不是甚麼有餘的人，何苦又去花錢。我又不等使。你今日來意是怎麼個想頭兒，你倒是實說。」賈芸道：「並沒有別的想頭兒，不過感念嬸娘的恩惠，過意不去罷咧。」說着微微的笑了。鳳姐道：「不是這麼說。你手裏窄，我很知道，我何苦白白兒使你的？你要我收下這個東西，須先和我說明白了。要是這麼含着骨頭露着肉的，我倒不收。」

賈芸沒法兒，只得站起來陪着笑兒說道：「並不是有甚麼妄想。前幾日聽見老爺總辦陵工，姪兒有幾個朋友辦過好些工程，極妥當的，要求嬸娘在老爺跟前提一提。辦得一兩種，姪兒再忘不了嬸娘的恩典。若是家裏用得着，姪兒也能給嬸娘出力。」鳳姐道：「若是別的我卻可以作主，至於衙門裏的事，上頭呢，都是堂官司員定的；底下呢，都是那些書辦衙役們辦的。別人只怕插不上手。連自己的家人，只不過跟着老爺伏侍伏侍。就是你二叔去，亦只是為的是各自家裏的事，他也並不能攙越公事。論家事，這時是踩一頭兒撬一頭兒的，連珍大爺還彈壓不住，你的年紀兒又輕，輩數兒又小，那裏纏的清這些人呢。況且衙門裏頭的事差不多兒也要完了，不過吃飯瞎跑。你在家裏甚麼事作不得，難道沒了這碗飯吃不成？我這是實在話，你自己回去想想就知道了。你的情意我已經領了，把東西快拿回去，是那裏弄來的，仍舊給人家送了去罷。」

正說着，只見奶媽子一大起帶了巧姐兒進來。那巧姐兒身上穿得錦團花簇，手裏拿着好些玩意兒，笑嘻嘻走到鳳姐身邊學舌。賈芸一見，便站起來笑盈盈的趕着說道：「這

● 鳳姐從前也曾經把家裏的事情鬧到衙門裏，也曾經管過別人打官司的事情，這一次她卻駁回了賈芸的請求，這些理由其實只是搪塞罷了。

就是大妹妹麼？你要甚麼好東西不要？」那巧姐兒便啞的一聲哭了。賈芸連忙退下。鳳姐道：「乖乖不怕。」連忙將巧姐攬在懷裏道：「這是你芸大哥哥，怎麼認起生來了。」賈芸道：「妹妹生得好相貌，將來又是個有大造化的。」那巧姐兒回頭把賈芸一瞧，又哭起來，疊連幾次。

賈芸看這光景坐不住，便起身告辭要走。鳳姐道：「你把東西帶了去罷。」賈芸道：「這一點子媳娘還不賞臉？」鳳姐道：「你不帶去，我便叫人送到你家去。芸哥兒，你不要這麼樣，你又不是外人，我這裏有機會，少不得打發人去叫你，沒有事也沒法兒，不在乎這些東東西西上的。」賈芸看見鳳姐執意不受，只得紅着臉道：「既這麼着，我再找得用的東西來孝敬媳娘罷。」鳳姐兒便叫小紅拿了東西，跟着賈芸送出來。

賈芸走着，一面心中想道：「人說二奶奶利害，果然利害，一點兒都不漏縫，真正斬釘截鐵，怪不得沒有後世。這巧姐兒更怪，見了我好像前世的冤家似的。真正晦氣，白鬧了這麼一天。」小紅見賈芸沒得彩頭，也不高興，拿着東西跟出來。賈芸接過來，打開包兒揀了兩件，悄悄的遞給小紅。小紅不接，嘴裏說道：「二爺別這麼着，看奶奶知道了，大家倒不好看。」賈芸道：「你好生收着罷，怕甚麼，那裏就知道了呢。你若不要，就是瞧不起我了。」小紅把臉又飛紅了。賈芸也笑道：「我也不是為東西，況且那東西也算不了甚麼。」說着話兒，兩個已走到二門口。

賈芸把下剩的仍舊揣在懷內。小紅催着賈芸道：「你先去罷。有甚麼事情，只管來找我。我如今在這院裏了，又不隔手。」賈芸點點頭兒，說道：「二奶奶太利害，我可惜不能長來。剛才我說的話，你橫豎心裏明白，得了空兒再告訴你罷。」小紅滿臉羞紅，說道：「你去罷，明兒也長來走走。誰叫你和他生疏呢。」賈芸道：「知道了。」賈芸說着出了院門。這裏小紅站在門口，悵悵的看他去遠了，才回來了。

● 賈芸將對鳳姐的怨恨轉移到巧姐身上，為後面的故事埋下伏筆。

卻說鳳姐在房中吩咐預備晚飯，因又問道：「你們熬了粥了沒有？」丫鬟們連忙去問，回來回道：「預備了。」鳳姐道：「你們把那南邊來的糟東西弄一兩碟來罷。」秋桐答應了，叫丫頭們伺候。平兒走來笑道：「我倒忘了，今兒晌午奶奶在上頭老太太那邊的時候，水月庵的師父打發人來，要向奶奶討兩瓶南小菜，還要支用幾個月的月銀，說是身上不受用。我問那道婆來着：『師父怎麼不受用？』他說：『四五天了，前兒夜裏因那些小沙彌小道士裏頭有幾個女孩子睡覺沒有吹燈，他說了幾次不聽。那一夜看見他們三更以後燈還亮着呢，他便叫他們吹燈，個個都睡着了，沒有人答應，只得自己親自起來給他們吹滅了。回到炕上，只見有兩個人，一男一女，坐在炕上。他趕着問是誰，那裏把一根繩子往他脖子上一套，他便叫起人來。眾人聽見，點上燈火一齊趕來，已經躺在地下，滿口吐白沫子，幸虧救醒了。此時還不能吃東西，所以叫來尋些小菜兒的。』我因奶奶不在房中，不便給他。我說：『奶奶此時沒有空兒，在上頭呢，回來告訴。』便打發他回去了。才剛聽見說起南菜，方想起來了，不然就忘了。」

鳳姐聽了，呆了一呆，說道：「南菜不是還有呢，叫人送些去就是了。那銀子過一天叫芹哥來領就是了。」又見小紅進來回道：「才剛二爺差人來，說是今晚城外有事，不能回來，先通知一聲。」鳳姐道：「是了。」

說着，只聽見小丫頭從後面喘吁吁的嚷着直跑到院子裏來，外面平兒接着，還有幾個丫頭們咕咕唧唧的說話。鳳姐道：「你們說甚麼呢？」平兒道：「小丫頭子有些膽怯，說鬼話。」鳳姐叫那一個小丫頭進來，問道：「甚麼鬼話？」那丫頭道：「我才剛到後邊去叫打雜兒的添煤，只聽得三間空屋子裏嘩喇嘩喇的響，我還道是貓兒耗子，又聽得噯的一聲，像個人出氣兒的似的。我害怕，就跑回來了。」鳳姐罵道：「胡說！我這裏斷不興說神說鬼，我從來不信這些個

話。快滾出去罷。」那小丫頭出去了。鳳姐便叫彩明將一天零碎日用賬對過一遍，時已將近二更。大家又歇一回，略說些閑話，遂叫各人安歇去罷。鳳姐也睡下了。

　　將近三更，鳳姐似睡不睡，覺得身上寒毛一乍，自己驚醒了，越躺着越發起滲[5]來，因叫平兒秋桐過來作伴。二人也不解何意。那秋桐本來不順鳳姐，後來賈璉因尤二姐之事不大愛惜他了，鳳姐又籠絡他，如今倒也安靜，只是心裏比平兒差多了，外面情兒。今見鳳姐不受用，只得端上茶來。鳳姐喝了一口，道：「難為你，睡去罷，只留平兒在這裏就夠了。」秋桐卻要獻勤兒，因說道：「奶奶睡不着，倒是我們兩個輪流坐坐也使得。」鳳姐一面說，一面睡着了。平兒秋桐看見鳳姐已睡，只聽得遠遠的雞叫了，二人方都穿着衣服略躺了一躺，就天亮了，連忙起來伏侍鳳姐梳洗。

　　鳳姐因夜中之事，心神恍惚不寧，只是一味要強，仍然扎掙起來。正坐着納悶，忽聽個小丫頭子在院裏問道：「平姑娘在屋裏麼？」平兒答應了一聲，那小丫頭掀起簾子進來，卻是王夫人打發過來找賈璉，說：「外頭有人回要緊的官事。老爺才出了門，太太叫快請二爺過去呢。」鳳姐聽見，唬了一跳。未知何事，下回分解。

💡 **精華賞析**

　　水月庵本應該是個清修之地，但那裏的師傅卻差點被害死。從前面的故事裏我們已經瞭解到，水月庵與賈府關係匪淺，這個情節對整個故事的發展有甚麼作用？

---

5)　　滲（shèn）：悚懼的感覺。

《第八十九回》

人亡物在公子填詞
蛇影杯弓[1] 顰卿絕粒

> 黛玉的心事一天比一天重，病情也在惡化，想到自己沒有爹娘的苦處就暗自落淚，紫鵑也不敢多勸。尤其是黛玉聽到關於寶玉娶親的事，她不見寶釵來探望更是疑心，索性一心等死。

卻說鳳姐正自起來納悶，忽聽見小丫頭這話，又唬了一跳，連忙問道：「甚麼官事？」小丫頭道：「也不知道。剛才二門上小廝回進來，回老爺有要緊的官事，所以太太叫我請二爺來了。」鳳姐聽是工部裏的事，才把心略略的放下，因說道：「你回去回太太，就說二爺昨日晚上出城有事，沒有回來。打發人先回珍大爺去罷。」那丫頭答應着去了。

一時賈珍過來見了部裏的人，問明了，進來見了王夫人，回道：「部中來報，昨日總河奏到河南一帶決了河口，淹沒了幾府州縣。又要開銷國帑，修理城工。工部司官又有一番照料，所以部裏特來報知老爺的。」說完退出，及賈政回家來回明。從此直到多間，賈政天天有事，常在衙門裏。寶玉的工課也漸漸鬆了，只是怕賈政覺察出來，不敢不常在學房裏去唸書，連黛玉處也不敢常去。

那時已到十月中旬，寶玉起來要往學房中去。這日天氣陡寒，只見襲人早已打點出一包衣服，向寶玉道：「今日天氣很冷，早晚寧使暖些。」說着，把衣服拿出來給寶玉挑了一件穿。又包了一件，叫小丫頭拿出交給焙茗，囑

---

1) 蛇影杯弓：古代故事：一人飲酒，見杯中的弓影，以為是一條蛇，疑心成病。後來證明是弓影，病才痊癒。

咐道：「天氣涼，二爺要換時，好生預備着。」焙茗答應了，抱着氈包，跟着寶玉自去。

　　寶玉到了學房中，做了自己的工課，忽聽得紙窗呼喇喇一派風聲。代儒道：「天氣又發冷。」把風門推開一看，只見西北上一層層的黑雲漸漸往東南撲上來。焙茗走進來回寶玉道：「二爺，天氣冷了，再添些衣服罷。」寶玉點點頭兒。只見焙茗拿進一件衣服來，寶玉不看則已，看了時神已痴了。那些小學生都巴着眼瞧，卻原是晴雯所補的那件雀金裘。寶玉道：「怎麼拿這一件來！是誰給你的？」焙茗道：「是裏頭姑娘們包出來的。」寶玉道：「我身上不大冷，且不穿呢，包上罷。」代儒只當寶玉可惜這件衣服，卻也心裏喜他知道儉省。焙茗道：「二爺穿上罷，着了涼，又是奴才的不是了。二爺只當疼奴才罷。」寶玉無奈，只得穿上，呆呆的對着書坐着。

　　代儒也只當他看書，不甚理會。晚間放學時，寶玉便往代儒託病告假一天。代儒本來上年紀的人，也不過伴着幾個孩子解悶兒，時常也八病九痛的，樂得去一個少操一日心。況且明知賈政事忙，賈母溺愛，便點點頭兒。

　　寶玉一徑回來，見過賈母王夫人，也是這樣說，自然沒有不信的，略坐一坐便回園中去了。見了襲人等，也不似往日有說有笑的，便和衣躺在炕上。襲人道：「晚飯預備下了，這會兒吃還是等一等兒？」寶玉道：「我不吃了，心裏不舒服。你們吃去罷。」襲人道：「那麼着你也該把這件衣服換下來了，那個東西那裏禁得住揉搓。」寶玉道：「不用換。」襲人道：「倒也不但是嬌嫩物兒，你瞧瞧那上頭的針線也不該這麼糟蹋他呀。」寶玉聽了這話，正碰在他心坎兒上，歎了一口氣道：「那麼着，你就收起來給我包好了，我也總不穿他了。」說着，站起來脫下。襲人才過來接時，寶玉已經自己疊起。襲人道：「二爺怎麼今日這樣勤謹起來了？」寶玉也不答言，疊好了，便問：「包這個的包袱呢？」麝月連忙遞過來，讓他自己包好，回頭卻和襲人擠着眼兒笑。

　　寶玉也不理會，自己坐着，無精打采，猛聽架上鐘響，自己低頭看了看錶，針已指到酉初二刻了。一時小丫頭點上燈來。襲人道：「你不吃飯，喝一口粥兒罷。別淨餓着，看仔細餓上虛火來，那又是我們的累贅了。」寶玉搖搖頭兒，說：「不大餓，強吃了倒不受用。」襲人道：「既這麼着，就索性早些歇着罷。」於是襲人麝月鋪設好了，寶玉也就歇下，翻來覆去只睡不着，將及黎

明，反朦朧睡去，不一頓飯時，早又醒了。

　　此時襲人麝月也都起來。襲人道：「昨夜聽着你翻騰到五更多，我也不敢問你。後來我就睡着了，不知到底你睡着了沒有？」寶玉道：「也睡了一睡，不知怎麼就醒了。」襲人道：「你沒有甚麼不受用？」寶玉道：「沒有，只是心上發煩。」襲人道：「今日學房裏去不去？」寶玉道：「我昨兒已經告了一天假了，今兒我要想園裏逛一天，散散心，只是怕冷。你叫他們收拾一間房子，備下一爐香，擺下紙墨筆硯。你們只管幹你們的，我自己靜坐半天才好。別叫他們來攪我。」麝月接着道：「二爺要靜靜兒的用工夫，誰敢來攪。」襲人道：「這麼着很好，也省得着了涼。自己坐坐，心神也不散。」因又問：「你既懶待吃飯，今日吃甚麼？早說好傳給廚房裏去。」寶玉道：「還是隨便罷，不必鬧的大驚小怪的。倒是要幾個果子擺在那屋裏，借點果子香。」襲人道：「那個屋裏好？別的都不大乾淨，只是晴雯起先住的那一間，因一向無人，還乾淨，就是清冷些。」寶玉道：「不妨，把火盆挪過去就是了。」襲人答應了。

　　正說着，只見一個小丫頭端了一個茶盤兒，一個碗，一雙牙箸，遞給麝月道：「這是剛才花姑娘要的，廚房裏老婆子送了來了。」麝月接了一看，卻是一碗燕窩湯，便問襲人道：「這是姐姐要的麼？」襲人笑道：「昨夜二爺沒吃飯，又翻騰了一夜，想來今日早心裏必是發空的，所以我告訴小丫頭們叫廚房裏作了這個來的。」襲人一面叫小丫頭放桌兒，麝月打發寶玉喝了，漱了口。只見秋紋走來說道：「那屋裏已經收拾妥了，但等着一時炭勁過了，二爺再進去罷。」寶玉點頭，只是一腔心事，懶怠說話。

　　一時小丫頭來請，說筆硯都安放妥當了。寶玉道：「知道了。」又一個小丫頭回道：「早飯得了。二爺在那裏吃？」寶玉道：「就拿了來罷，不必累贅了。」小丫頭答應了自去。一時端上飯來，寶玉笑了一笑，向襲人麝月道：「我心裏悶得很，自己吃只怕又吃不下去，不如你們兩個同我一塊兒吃，或者吃的香甜，我也多吃些。」麝月笑道：「這是二爺的高興，我們可不敢。」襲人道：「其實也使得，我們一處喝酒，也不止今日。只是偶然替你解悶兒還使得，若認真這樣，還有甚麼規矩體統呢。」說着三人坐下。寶玉在上首，襲人麝月兩個打橫陪着。吃了飯，小丫頭端上漱口茶，兩個看着撤了下去。寶玉因端着茶，默默如有所思，又坐了一坐，便問道：「那屋裏收拾妥了麼」麝月道：「頭裏就回過了，這回子又問。」

寶玉略坐了一坐，便過這間屋子來，親自點了一炷香，擺上些果品，便叫人出去，關上了門。外面襲人等都靜悄無聲。寶玉拿了一幅泥金角花的粉紅箋出來，口中祝了幾句，便提起筆來寫道：「怡紅主人焚付晴姐知之，酌茗清香，庶几來饗。」其詞云：「隨身伴，獨自意綢繆。誰料風波平地起，頓教軀命即時休。孰與話輕柔。東逝水，無復向西流。想像更無懷夢草，添衣還見翠雲裘。脈脈使人愁！」

寫畢，就在香上點個火焚化了。靜靜兒等着，直待一炷香一點盡了，才開門出來。襲人道：「怎麼出來了？想來又悶的慌了。」寶玉笑了一笑，假說道：「我原是心裏煩，才找個地方兒靜坐坐兒。這會子好了，還要外頭走走去呢。」

說着，一徑出來，到了瀟湘館，在院裏問道：「林妹妹在家裏呢麼？」紫鵑接應道：「是誰？」掀簾看時，笑道：「原來是寶二爺。姑娘在屋裏呢，請二爺到屋裏坐着。」寶玉同着紫鵑走進來。黛玉卻在裏間呢，說道：「紫鵑，請二爺屋裏坐罷。」寶玉走到裏間門口，看見新寫的一副紫墨色泥金雲龍箋的小對，上寫着：「綠窗明月在，青史[2]古人空。」寶玉看了，笑了一笑，走入門去，笑問道：「妹妹做甚麼呢？」黛玉站起來迎了兩步，笑着讓道：「請坐。我在這裏寫經，只剩得兩行了，等寫完了再說話兒。」因叫雪雁倒茶。寶玉道：「你別動，只管寫。」

說着，一面看見中間掛着一幅單條，上面畫着一個嫦娥，帶着一個侍者；又一個女仙，也有一個侍者，捧着一個長長兒的衣囊似的，二人身邊略有些雲護，別無點綴，全仿李龍眠白描筆意，上有「鬥寒圖」三字，用八分書寫着。寶玉道：「妹妹這幅《鬥寒圖》可是新掛上的？」黛玉道：「可不是。昨日他們收拾屋子，我想起來，拿出來叫他們掛上的。」寶玉道：「是甚麼出處？」黛玉笑道：「眼前熟得很的，還要問人。」寶玉笑道：「我一時想不起，妹妹告訴我罷。」黛玉道：「豈不聞『青女素娥[3]俱耐冷，月中霜裏鬥嬋娟』？」寶玉道：「是啊。這個實在新奇雅緻，卻好此時拿出來掛。」說着，又東瞧瞧，西走走。

---

2) 　青史：古代寫書用竹簡，寫前要將青竹片烤乾並刮去青皮，叫作汗青或殺青。青史是指在汗青或殺青的竹簡上寫成的史書，後來用作歷史記載的泛稱。

3) 　青女素娥：青女，神話中主管霜雪的女神；素娥，即嫦娥，月中女神。

　　雪雁沏了茶來，寶玉吃着。又等了一會子，黛玉經才寫完，站起來道：「簡慢了。」寶玉笑道：「妹妹還是這麼客氣。」但見黛玉身上穿着月白繡花小毛皮襖，加上銀鼠坎肩；頭上挽着隨常雲髻，簪上一枝赤金匾簪，別無花朵；腰下繫着楊妃色繡花綿裙。真比如：亭亭玉樹臨風立，冉冉香蓮帶露開。

　　寶玉因問道：「妹妹這兩日彈琴來着沒有？」黛玉道：「兩日沒彈了。因為寫字已經覺得手冷，那裏還去彈琴。」寶玉道：「不彈也罷了。我想琴雖是清高之品，卻不是好東西，從沒有彈琴裏彈出富貴壽考來的，只有彈出憂思怨亂來的。再者彈琴也得心裏記譜，未免費心。依我說，妹妹身子又單弱，不操這心也罷了。」黛玉抿着嘴兒笑。寶玉指着壁上道：「這張琴可就是麼？怎麼這麼短？」黛玉笑道：「這張琴不是短，因我小時學撫的時候別的琴都夠不着，因此特地做起來的。雖不是焦尾枯桐[4]，這鶴山鳳尾還配得齊整，龍池雁足高下還相宜。你看這斷紋不是牛旄似的麼？所以音韻也還清越。」

　　寶玉道：「妹妹這幾天來做詩沒有？」黛玉道：「自結社以後沒大作。」寶玉笑道：「你別瞞我，我聽見你吟的甚麼『不可惙，素心如何天上月』，你擱在琴裏覺得音響分外的響亮。有的沒有？」黛玉道：「你怎麼聽見了？」寶玉道：「我那一天從蓼風軒來聽見的，又恐怕打斷你的清韻，所以靜聽了一會就走了。我正要問你：前路是平韻，到末了兒忽轉了仄韻，是個甚麼意思？」黛玉道：「這是人心自然之音，做到那裏就到那裏，原沒有一定的。」寶玉道：「原來如此。可惜我不知音，枉聽了一會子。」黛玉道：「古來知音人能有幾個？」

　　寶玉聽了，又覺得出言冒失了，又怕寒了黛玉的心，坐了一坐，心裏像有許多話，卻再無可講的。黛玉因方才的話也是衝口出，此時回想，覺得太冷淡些，也就無話。寶玉一發打量黛玉設疑，遂訕訕的站起來說道：「妹妹坐着罷。我還要到三妹妹那裏瞧瞧去呢。」黛玉道：「你若是見了三妹妹，替我問候一聲罷。」寶玉答應着便出來了。

---

4)　　焦尾枯桐：《後漢書》說有一個人用枯了的桐樹來燒飯，蔡邕通過火聲辨別出這是塊好木材，可以做琴，於是便把它要來，做成一把聲音很好的七弦琴。因為末端有燒焦的痕跡，所以叫它焦尾琴。後來就用焦尾枯桐來稱讚好的琴。下文的鶴山鳳尾、龍池雁足是琴上幾個部分的專名。琴上鬆漆的裂紋叫作斷紋，斷紋如牛旄（毛）的屬於上品。

　　黛玉送至屋門口，自己回來悶悶的坐着，心裏想道：「寶玉近來說話半吐半吞，忽冷忽熱，也不知他是甚麼意思。」正想着，紫鵑走來道：「姑娘，經不寫了？我把筆硯都收好了。」黛玉道：「不寫了，收起去罷。」說着，自己走到裏間屋裏床上歪着，慢慢的細想。紫鵑進來問道：「姑娘喝碗茶罷？」黛玉道：「不喝呢。我略歪歪兒，你們自己去罷。」

　　紫鵑答應着出來，只見雪雁一個人在那裏發呆。紫鵑走到他跟前問道：「你這會子也有了甚麼心事了麼？」雪雁只顧發呆，倒被他唬了一跳，因說道：「你別嚷，今日我聽見了一句，我告訴你聽，奇不奇。你可別言語。」說着，往屋裏努嘴兒。因自己先行，點着頭兒叫紫鵑同他出來。

　　到門外平台底下，悄悄兒的道：「姐姐你聽見了麼？寶玉定了親了！」紫鵑聽了，唬了一跳，說道：「這是那裏來的話？只怕不真罷。」雪雁道：「怎麼不真，別人大概都知道，就只咱們沒聽見。」紫鵑道：「你是那裏聽來的？」雪雁道：「我聽見侍書說的，是個甚麼知府家，家資也好，人才也好。」紫鵑正聽時，只聽得黛玉咳嗽了一聲，似乎起來的光景。紫鵑恐怕他出來聽見，便拉了雪雁搖搖手兒，往裏望望，不見動靜，才又悄悄兒的問道：「他到底怎麼說來？」雪雁道：「前兒不是叫我到三姑娘那裏去道謝嗎？三姑娘不在屋裏，只有侍書在那裏。大家坐着，無意中說起寶二爺的淘氣來，他說寶二爺怎麼好，只會玩兒，全不像大人的樣子，已經說親了，還是這麼呆頭呆腦。我問他定了沒有，他說是定了，是個甚麼王大爺做媒的。那王大爺是東府裏的親戚，所以也不用打聽，一說就成了。」紫鵑側着頭想了一想，「這句話奇！」又問道：「怎麼家裏沒有人說起？」雪雁道：「侍書也說的是老太太的意思。若一說起，恐怕寶玉野了心，所以都不提起。侍書告訴了我，又叮囑千萬不可露風，說出來只道是我多嘴。」把手往裏一指，「所以他面前也不提。今日是你問起，我不犯瞞你。」

　　正說到這裏，只聽鸚鵡叫喚，學着說：「姑娘回來了，快倒茶來！」倒把紫鵑雪雁嚇了一跳，回頭並不見有人，便罵了鸚鵡一聲，走進屋內，只見黛玉喘吁吁的剛坐在椅子上，紫鵑搭訕着問茶問水。黛玉問道：「你們兩個那裏去了？再叫不出一個人來。」說着便走到炕邊，將身子一歪，仍舊倒在炕上，往裏躺下，叫把帳子撩下。紫鵑雪雁答應出去。他兩個心裏疑惑方才的話只怕被他聽了去了，只好大家不提。

　　誰知黛玉一腔心事，又竊聽了紫鵑雪雁的話，雖不很明白，已聽得了七八分，如同將身摺在大海裏一般。思前想後，竟應了前日的夢中之讖，千愁萬恨，堆上心來。左右打算，不如早些死了，免得眼見了意外的事情，那時反倒無趣。又想到自己沒了爹娘的苦，自今以後，把身子一天一天的糟蹋起來，一年半載，少不得身登清淨。打定了主意，被也不蓋，衣也不添，竟是合眼裝睡。紫鵑和雪雁來伺候幾次，不見動靜，又不好叫喚。晚飯都不吃。點燈以後，紫鵑掀開帳子，見已睡着了，被窩都蹬在腳後。怕他着了涼，輕輕兒拿來蓋上。黛玉也不動，單待他出去，仍然褪下。

　　那紫鵑只管問雪雁：「今兒的話到底是真的是假的？」雪雁道：「怎麼不真。」紫鵑道：「侍書怎麼知道的？」雪雁道：「是小紅那裏聽來的。」紫鵑道：「頭裏咱們說話，只怕姑娘聽見了，你看剛才的神情，大有原故。今日以後，咱們倒別提這件事了。」說着，兩個人也收拾要睡。紫鵑進來看時，只見黛玉被窩又蹬下來，復又給他輕輕蓋上。一宿晚景不提。

　　次日，黛玉清早起來，也不叫人，獨自一個呆呆地坐着。紫鵑醒來，看見黛玉已起，便驚問道：「姑娘怎麼這麼早？」黛玉道：「可不是，睡得早，所以醒得早。」紫鵑連忙起來，叫醒雪雁，伺候梳洗。那黛玉對着鏡子，只管呆呆的自看。看了一回，那淚珠兒斷斷連連，早已濕透了羅帕。正是：瘦影正臨春水照，卿須憐我我憐卿。

　　紫鵑在旁也不敢動，只怕倒把閑話勾引舊恨來。遲了好一會，黛玉才隨便梳洗了，那眼中淚漬終是不乾。又自坐了一會，叫紫鵑道：「你把藏香點上。」紫鵑道：「姑娘，你睡也沒睡得幾時，如何點香？不是要寫經？」黛玉點點頭兒。紫鵑道：「姑娘今日醒得太早，這會子又寫經，只怕太勞神了罷。」黛玉道：「不怕，早完了早好。況且我也並不是為經，倒藉着寫字解解悶兒。以後你們見了我的字跡，就算見了我的面兒了。」說着，那淚直流下來。紫鵑聽了這話，不但不能再勸，連自己也掌不住滴下淚來。

　　原來黛玉立定主意，自此以後，有意糟蹋身子，茶飯無心，每日漸減下來。寶玉下學時，也常抽空問候，只是黛玉雖有萬千言語，自知年紀已大，又不便似小時可以柔情挑逗，所以滿腔心事，只是說不出來。寶玉欲將實言安慰，又恐黛玉生嗔，反添病症。兩個人見了面，只得用浮言勸慰，真真是親極反疏了。

那黛玉雖有賈母王夫人等憐恤，不過請醫調治，只說黛玉常病，那裏知他的心病。紫鵑等雖知其意，也不敢說。從此一天一天的減，到半月之後，腸胃日薄，一日果然粥都不能吃了。黛玉日間聽見的話，都似寶玉娶親的話，看見怡紅院中的人，無論上下，也像寶玉娶親的光景。薛姨媽來看，黛玉不見寶釵，越發起疑心，索性不要人來看望，也不肯吃藥，只要速死。睡夢之中，常聽見有人叫寶二奶奶的。一片疑心，竟成蛇影。一日竟是絕粒，粥也不喝，懨懨一息，垂斃殆盡。未知黛玉性命如何，且看下回分解。

💡 精華賞析

隨着賈府的敗象顯露，黛玉的境遇也更加淒涼。她唯一的希望就是與寶玉的婚事，但在賈府眾人的謀劃與欺瞞下，她的希望徹底落空了。

《第九十回》

失綿衣貧女耐嗷嘈
送果品小郎驚叵測

> 黛玉的心情與病情都隨着寶玉的婚事而變化，就因為賈母說了一句「親上加親」的話，黛玉又萌生了求生意志。

　　卻說黛玉自立願自戕之後，漸漸不支，一日竟至絕粒。從前十幾天內，賈母等輪流看望，他有時還說幾句話；這兩日索性不大言語。心裏雖有時昏暈，卻也有時清楚。賈母等見他這病不似無因而起，也將紫鵑雪雁盤問過兩次，兩個那裏敢說？便是紫鵑欲向侍書打聽消息，又怕越鬧越真，黛玉更死得快了，所以見了侍書，毫不提起。那雪雁是他傳話弄出這樣緣故來，此時恨不得長出百十個嘴來說「我沒說」，自然更不敢提起。到了這一天黛玉絕粒之日，紫鵑料無指望了，守着哭了會子，因出來偷向雪雁道：「你進屋裏來好好兒的守着他。我去回老太太、太太和二奶奶去，今日這個光景大非往常可比了。」雪雁答應，紫鵑自去。

　　這裏雪雁正在屋裏伴着黛玉，見他昏昏沉沉，小孩子家那裏見過這個樣兒，只打諒如此便是死的光景了，心中又痛又怕，恨不得紫鵑一時回來才好。正怕着，只聽窗外腳步走響，雪雁知是紫鵑回來，才放下心了，連忙站起來掀着裏間簾子等他。只見外面簾子響處，進來一個人，卻是侍書。那侍書是探春打發來看黛玉的，見雪雁在那裏掀着簾子，便問道：「姑娘怎麼樣？」雪雁點點頭兒叫他進來。侍書跟進來，見紫鵑不在屋裏，瞧了瞧黛玉，只剩得殘喘微延，唬的驚疑不止，因問道：「紫鵑姐姐呢？」雪雁道：「告訴上屋裏去了。」

　　那雪雁此時只打諒黛玉心中一無所知了，又見紫鵑不在面前，因悄悄的

拉了侍書的手問道：「你前日告訴我說的是甚麼王大爺給這裏寶二爺說了親，是真話麼？」侍書道：「怎麼不真。」雪雁道：「多早晚放定的？」侍書道：「那裏就放定了呢。那一天我告訴你時，是我聽見小紅說的。後來我到二奶奶那邊去，二奶奶正和平姐姐說呢，說那都是門客們藉着這個事討老爺的喜歡，往後好拉攏的意思。別說大太太說不好，就是大太太願意，說那姑娘好，那大太太眼裏看的出甚麼人來！再者老太太心裏早有了人了，就在咱們園子裏的。大太太那裏摸的着底呢。老太太不過因老爺的話，不得不問問罷咧。又聽見二奶奶說，寶玉的事，老太太總是要親上作親的，憑誰來說親，橫豎不中用。」

雪雁聽到這裏，也忘了神了，因說道：「這是怎麼說，白白的送了我們這一位的命了！」侍書道：「這是從那裏說起？」雪雁道：「你還不知道呢。前日都是我和紫鵑姐姐說來着，這一位聽見了，就弄到這步田地了。」侍書道：「你悄悄兒的說罷，看仔細他聽見了。」雪雁道：「人事都不省了，瞧瞧罷，左不過在這一兩天了。」正說着，只見紫鵑掀簾進來說：「這還了得！你們有甚麼話，還不出去說。還在這裏說。索性逼死他就完了。」侍書道：「我不信有這樣奇事。」紫鵑道：「好姐姐，不是我說，你又該惱了。你懂得甚麼呢！懂得也不傳這些舌了。」

這裏三人正說着，只聽黛玉忽然又嗽了一聲。紫鵑連忙跑到炕沿前站着，侍書雪雁也都不言語了。紫鵑彎着腰，在黛玉身後輕輕問道：「姑娘喝口水罷。」黛玉微微答應了一聲。雪雁連忙倒了半杯滾白水，紫鵑接了托着，侍書也走近前來。紫鵑和他搖頭兒，不叫他說話，侍書只得嘁住了。站了一回，黛玉又嗽了一聲。紫鵑趁勢問道：「姑娘喝水呀？」黛玉又微微應了一聲，那頭似有欲抬之意，那裏抬得起？紫鵑爬上炕去，爬在黛玉旁邊，端着水試了冷熱，送到唇邊，扶了黛玉的頭，就到碗邊，喝一口。紫鵑才要拿時，黛玉意思還要喝一口，紫鵑便托着那碗不動。黛玉又喝了一口，搖搖頭兒不喝了，喘了一口氣，仍舊躺下。

半日，微微睜眼說道：「剛才說話不是侍書麼？」紫鵑答應道：「是。」侍書尚未出去，因連忙過來問候。黛玉睜眼看了，點點頭兒，又歇了一歇，說道：「回去問你姑娘好罷。」侍書見這番光景，只當黛玉嫌煩，只得悄悄的退出去了。

　　原來那黛玉雖則病勢沉重，心裏卻還明白。起先侍書雪雁說話時，他也模糊聽見了一半句，卻只作不知，也因實無精神答理。及聽了雪雁侍書的話，才明白前頭的事情原是議而未成的，又兼侍書說是鳳姐說的，老太太的主意親上做親，又是園中住着的，非自己而誰？因此一想，陰極陽生，心神頓覺清爽許多，所以才喝了兩口水，又要想問侍書的話。

　　恰好賈母、王夫人、李紈、鳳姐聽見紫鵑之言，都趕着來看。黛玉心中疑團已破，自然不似先前尋死之意了。雖身體軟弱，精神短少，卻也勉強答應一兩句了。鳳姐因叫過紫鵑問道：「姑娘也不至這樣，這是怎麼說，你這樣唬人」。紫鵑道：「實在頭裏看着不好，才敢去告訴的，回來見姑娘竟好了許多，也就怪了。」賈母笑道：「你也別怪他，他懂得甚麼。看見不好就言語，這倒是他明白的地方，小孩子家，不嘴懶腳懶就好。」說了一回，賈母等料着無妨，也就去了。正是：心病終須心藥治，解鈴還是繫鈴人[1]。

　　不言黛玉病漸減退，且說雪雁紫鵑背地裏都唸佛。雪雁向紫鵑說道：「虧他好了，只是病的奇怪，好的也奇怪。」紫鵑道：「病的倒不怪，就只好的奇怪。想來寶玉和姑娘必是姻緣，人家說的『好事多磨』，又說道：『是姻緣棒打不回』。這樣看起來，人心天意，他們兩個竟是天配的了。再者，你想那一年我說了林姑娘要回南去，把寶玉沒急死了，鬧得家翻宅亂。如今一句話，又把這一個弄得死去活來。可不說的三生石上[2]百年前結下的麼？」說着，兩個悄悄的抿着嘴笑了一回。

　　雪雁又道：「幸虧好了。咱們明兒再別說了，就是寶玉娶了別的人家兒的姑娘，我親見他在那裏結親，我也再不露一句話了。」紫鵑笑道：「這就是了。」不但紫鵑和雪雁在私下裏講究，就是眾人也都知道黛玉的病也病得奇怪好也好得奇怪，三三兩兩，唧唧噥噥議論着。不多幾時，連鳳姐兒也知道了，邢王二夫人也有此疑惑，倒是賈母略猜着了八九。

---

1)　　解鈴還是繫鈴人：這是說一件事情出了問題，仍需要原來做的人自己去解決。佛教禪宗的書中記錄：法眼和尚有一次問大家，虎頸項繫的金鈴誰能夠去解下來？大家答不出。有一個泰欽和尚剛巧走來，法眼也把這問題問他，他說掛的人能去解下來。

2)　　三生石上：佛教禪宗相傳的一個故事：唐代李源與僧圓澤是好友，圓澤臨死和他口頭相約，十二年後在杭州重見。後來李源到杭州，遇見一個牧童唱歌道：「三生石上舊精魂，賞月吟風不要論，慚愧情人遠相訪，此身雖異性長存。」這裏是借指所謂「前世姻緣」。

那時正值邢王二夫人鳳姐等在賈母房中說閑話，說起黛玉的病來。賈母道：「我正要告訴你們，寶玉和林丫頭是從小兒在一處的，我只說小孩子們，怕甚麼？以後時常聽得林丫頭忽然病，忽然好，都為有了些知覺了。所以我想他們若盡着攔在一塊兒，畢竟不成體統。你們怎麼說？」王夫人聽了，便呆了一呆，只得答應道：「林姑娘是個有心計兒的。至於寶玉，呆頭呆腦，不避嫌疑是有的，看起外面，卻還都是個小孩兒的形象。此時若忽然或把那一個分出園外，不是倒露了甚麼痕跡了麼？古來說的：『男大須婚，女大須嫁。』老太太想，倒是趕着把他們的事辦辦也罷了。」

賈母皺了一皺眉，說道：「林丫頭的乖僻，雖也是他的好處，我的心裏不把林丫頭配他，也是為這點子。況且林丫頭這樣虛弱，恐不是有壽的。只有寶丫頭最妥。」王夫人道：「不但老太太這麼想，我們也是這樣。但林姑娘也得給他說了人家兒才好，不然女孩兒家長大了，那個沒有心事？倘或真與寶玉有些私心，若知道寶玉定下寶丫頭，那倒不成事了。」賈母道：「自然先給寶玉娶了親，然後給林丫頭說人家，再沒有先是外人後是自己的。況且林丫頭年紀到底比寶玉小兩歲。依你們這樣說，倒是寶玉定親的話不許叫他知道倒罷了。」

鳳姐便吩咐眾丫頭們道：「你們聽見了，寶二爺定親的話，不許混吵嚷。若有多嘴的，提防着他的皮。」賈母又向鳳姐道：「鳳哥兒，你如今自從身上不大好，也不大管園裏的事了。我告訴你，須得經點兒心。不但這個，就像前年那些人喝酒耍錢，都不是事。你還精細些，少不得多分點心兒，嚴緊嚴緊他們才好。況且我看他們也只就還服你。」鳳姐答應了。娘兒們又說了一回話，方各自散了。

從此鳳姐常到園中照料。一日，剛走進大觀園，到了紫菱洲畔，只聽見一個老婆子在那裏嚷。鳳姐走到跟前，那婆子才瞧見了，早垂手侍立，口裏請了安。鳳姐道：「你在這裏鬧甚麼？」婆子道：「蒙奶奶們派我在這裏看守花果，我也沒有差錯，不料邢姑娘的丫頭說我們是賊。」鳳姐道：「為甚麼呢？」婆子道：「昨兒我們家的黑兒跟着我到這裏玩了一回，他不知道，又往邢姑娘那邊去瞧了一瞧，我就叫他回去。今兒早起聽見他們丫頭說丟了東西了。我問他丟了甚麼，他就問起我來了。」鳳姐道：「問了你一聲，也犯不着生氣呀。」婆子道：「這裏園子到底是奶奶家裏的，並不是他們家裏的。我們都是奶奶派

的，賊名兒怎麼敢認呢？」鳳姐照臉唾了一口，厲聲道：「你少在我跟前嘮嘮叨叨的！你在這裏照看，姑娘丟了東西，你們就該問問，怎麼說出這些沒道理的話來？把老林叫了來，攆出他去！」丫頭們答應了。

只見邢岫煙趕忙出來，迎着鳳姐陪笑道：「這使不得，沒有的事，事情早過去了。」鳳姐道：「姑娘，不是這個話。倒不講事情，這名分上太豈有此理了。」岫煙見婆子跪在地下告饒，便忙請鳳姐到裏邊去坐。鳳姐道：「他們這種人我知道，他除了我，其餘都沒上沒下的了。」岫煙再三替他討饒，只說自己的丫頭不好。鳳姐道：「我看着邢姑娘的分上，饒你這一次。」婆子才起來，磕了頭，又給岫煙磕了頭，才出去了。

這裏二人讓了坐。鳳姐笑問道：「你丟了甚麼東西了？」岫煙笑道：「沒有甚麼要緊的，是一件紅小襖兒，已經舊了的。我原叫他們找，找不着就罷了。這小丫頭不懂事，問了那婆子一聲，那婆子自然不依了。這都是小丫頭糊塗不懂事，我也罵了幾句，已經過去了，不必再提。」鳳姐把岫煙內外一瞧，看見雖有些皮綿衣服，已是半新不舊的，未必能暖和。他的被窩多半是薄的。至於房中桌上擺設的東西，就是老太太拿來的，卻一些不動，收拾的乾乾淨淨。

鳳姐心上便很愛敬他，說道：「一件衣服原不要緊，這時候冷，又是貼身的，怎麼就不問一聲兒呢。這撒野的奴才了不得了！」說了一回，鳳姐出來，各處去坐了一坐，就回去了。到了自己房中，叫平兒取了一件大紅洋縐的小襖兒，一件松花色綾子一斗珠兒的小皮襖，一條寶藍盤錦鑲花綿裙，一件佛青銀鼠褂子，包好叫人送去。

那時岫煙被那老婆子聒噪了一場，雖有鳳姐來壓住，心上終是不安。想起「許多姊妹們在這裏，沒有一個下人敢得罪他的，獨自我這裏，他們言三語四，剛剛鳳姐來碰見。」想來想去，終是沒意思，又說不出來。

正在吞聲飲泣，看見鳳姐那邊的豐兒送衣服過來。岫煙一看，決不肯受。豐兒道：「奶奶吩咐我說，姑娘要嫌是舊衣裳，將來送新的來。」岫煙笑謝道：「承奶奶的好意，只是因我丟了衣服，他就拿來，我斷不敢受。你拿回去千萬謝你們奶奶，承你奶奶的情，我算領了。」倒拿個荷包給了豐兒。那豐兒只得拿了去。不多時，又見平兒同着豐兒過來，岫煙忙迎着問了好，讓了坐。平兒笑說道：「我們奶奶說，姑娘特外道的了不得。」岫煙道：「不是外

道，實在不過意。」平兒道：「奶奶說，姑娘要不收這衣裳，不是嫌太舊，就是瞧不起我們奶奶。剛才說了，我要拿回去，奶奶不依我呢。」岫煙紅着臉笑謝道：「這樣說了，叫我不敢不收。」又讓了一回茶。

平兒同豐兒回去，將到鳳姐那邊，碰見薛家差來的一個老婆子，接着問好。平兒便問道：「你那裏來的？」婆子道：「那邊太太姑娘叫我來請各位太太、奶奶、姑娘們的安。我才剛在奶奶前問起姑娘來，說姑娘到園中去了。可是從邢姑娘那裏來麼？」平兒道：「你怎麼知道？」婆子道：「方才聽見說。真真的二奶奶和姑娘們的行事叫人感念。」平兒笑了一笑說：「你回來坐着罷。」婆子道：「我還有事，改日再過來瞧姑娘罷。」說着走了。平兒回來，回覆了鳳姐。不在話下。

且說薛姨媽家中被金桂攪得翻江倒海，看見婆子回來，述起岫煙的事，寶釵母女二人不免滴下淚來。寶釵道：「都為哥哥不在家，所以叫邢姑娘多吃幾天苦，如今還虧鳳姐姐不錯。咱們底下也得留心，到底是咱們家裏人。」說着，薛蝌進來說道：「大哥哥這幾年在外頭相與的都是些甚麼人，連一個正經的也沒有，來一起子，都是些狐羣狗黨。我看他們那裏是不放心，不過來探探消息兒罷咧。這兩天都被我趕出去了。以後吩咐了門上，不許傳進這種人來。」薛姨媽道：「又是蔣玉菡那些人那？」薛蝌道：「蔣玉菡卻倒沒來，倒是別人。」

薛姨媽聽了薛蝌的話，不覺又傷心起來，說道：「我雖有兒，如今就像沒有的了，就是上司准了，也是個廢人。你雖是我姪兒，我看你還比你哥哥明白些，我這後輩子全靠你了。你自己從今更要學好。再者，你聘下的媳婦兒，家道不比往時了。人家的女孩兒出門子不是容易，再沒別的想法，只盼着女婿能幹，他就有日子過了。若邢丫頭也像這個東西……」說着把手往裏頭一指，道，「我也不說了。邢丫頭實在是個有廉恥有心計兒的，又守得貧，耐得富。只是等咱們的事情過去了，早些把你們的正經事完結了，也了我一宗心事。」薛蝌道：「琴妹妹還沒有出門子，這倒是太太煩心的一件事。至於這個，可算甚麼呢。」大家又說了一回閑話。

薛蝌回到自己房中，吃了晚飯，想起邢岫煙住在賈府園中，終是寄人籬下，況兼又窮，日用起居，不想可知。況兼當初一路同來，模樣兒性格兒都知道的。可知天意不均：如夏金桂這種人，偏教他有錢，嬌養得這般潑辣；

邢岫煙這種人，偏教他這樣受苦。閻王判命的時候，不知如何判法的？想到悶來也想吟詩一首，寫出來出出胸中的悶氣。又苦自己沒有工夫，只得混寫道：「蛟龍失水似枯魚，兩地情懷感索居。同在泥塗多受苦，不知何日向清虛！」

寫畢看了一回，意欲拿來粘在壁上，又不好意思。自己沉吟道：「不要被人看見笑話。」又唸了一遍，道：「管他呢，左右粘上自己看着解悶兒罷。」又看了一回，到底不好，拿來夾在書裏。又想自己年紀可也不小了，家中又碰見這樣飛災橫禍，不知何日了局，致使幽閨弱質，弄得這般淒涼寂寞。

正在那裏想時，只見寶蟾推門進來，拿着一個盒子，笑嘻嘻放在桌上。薛蝌站起來讓坐。寶蟾笑着向薛蝌道：「這是四碟果子，一小壺兒酒，大奶奶叫給二爺送來的。」薛蝌陪笑道：「大奶奶費心。但是叫小丫頭們送來就完了，怎麼勞動姐姐呢？」寶蟾道：「好說。自家人，二爺何必說這些套話？再者我們大爺這件事，實在叫二爺操心，大奶奶久已要親自弄點甚麼兒謝二爺，又怕別人多心。二爺是知道的，咱們家裏都是言合意不合，送點子東西沒要緊，倒沒的惹人七嘴八舌的講究。所以今日些微的弄了一兩樣果子，一壺酒，叫我親自悄悄兒的送來。」說着，又笑瞅了薛蝌一眼，道：「明兒二爺再別說這話，叫人聽着怪不好意思的。我們不過也是底下的人，伏侍的着大爺，就伏侍的着二爺，這有何妨呢？」

薛蝌一則秉性忠厚，二則到底年輕，只是向來不見金桂和寶蟾如此相待，心中想到剛才寶蟾說為薛蟠之事也是情理，因說道：「果子留下罷，這個酒兒，姐姐只管拿回去。我向來的酒上實在很有限，擠住了，偶然喝一杯，平日無事是不能喝的。難道大奶奶和姐姐還不知道麼？」寶蟾道：「別的我作得主，獨這一件事，我可不敢應。大奶奶的脾氣兒，二爺是知道的，我拿回去，不說二爺不喝，倒要說我不盡心了。」薛蝌沒法，只得留下。寶蟾方才要走，又到門口往外看看，回過頭來向着薛蝌一笑，又用手指着裏面說道：「他還只怕要來親自給你道乏呢。」薛蝌不知何意，反倒訕訕的起來，因說道：「姐姐替我謝大奶奶罷。天氣寒，看涼着。再者，自己叔嫂，也不必拘這些個禮。」寶蟾也不答言，笑着走了。

薛蝌始而以為金桂為薛蟠之事，或者真是不過意，備此酒果給自己道乏，也是有的。及見了寶蟾這種鬼鬼祟祟不尷不尬的光景，也覺了幾分。卻

自己回心一想：「他到底是嫂子的名分，那裏就有別的講究了呢。或者寶蟾不老成，自己不好意思怎麼樣，卻指着金桂的名兒，也未可知。然而到底是哥哥的屋裏人，也不好。」忽又一轉念：「那金桂素性為人毫無閨閣理法，況且有時高興，打扮得妖調非常，自以為美，又焉知不是懷着壞心呢？不然，就是他和琴妹妹也有了甚麼不對的地方兒，所以設下這個毒法兒，要把我拉在渾水裏，弄一個不清不白的名兒，也未可知。」想到這裏，越發怕起來了。正在不得主意的時候，忽聽窗外撲哧的笑了一聲，把薛蝌倒唬了一跳。未知是誰，下回分解。

💡　**精華賞析**

....

> 　　黛玉雖然有賈母疼愛，但她在賈府始終是個寄居者，心中倍感淒涼。在這種情況下，寶玉的愛成了黛玉心中唯一的精神支柱，佔據了她的整個心靈。為了寶玉的愛，她勇敢地與封建包辦婚姻制度相抗爭。但她的力量太微弱，她的才情和獨樹一幟都讓這個聰慧美麗的女孩兒成為封建禮教的犧牲者。

《第九十一回》

縱淫心寶蟾工設計
佈疑陣寶玉妄談禪

薛蟠遭了官司，夏金桂在家裏卻鬧出許多不堪的事情。這還不要緊，薛蟠的官司又有變化，還需要銀子，這官司到底能不能了結？又會如何了結？

　　話說薛蝌正在狐疑，忽聽窗外一笑，唬了一跳，心中想道：「不是寶蟾，定是金桂。只不理他們，看他們有甚麼法兒。」聽了半日，卻又寂然無聲。自己也不敢吃那酒果。掩上房門，剛要脫衣時，只聽見窗紙上微微一響。薛蝌此時被寶蟾鬼混了一陣，心中七上八下，竟不知是如何是好。聽見窗紙微響，細看時，又無動靜，自己反倒疑心起來，掩了懷，坐在燈前，呆呆的細想；又把那果子拿了一塊，翻來覆去的細看。猛回頭，看見窗上紙濕了一塊，走過來覷着眼看時，冷不防外面往裏一吹，把薛蝌唬了一大跳。聽得吱吱的笑聲，薛蝌連忙把燈吹滅了，屏息而臥。只聽外面一個人說道：「二爺為甚麼不喝酒吃果子，就睡了？」這句話仍是寶蟾的語音。薛蝌只不作聲裝睡。又隔有兩句話時，又聽得外面似有恨聲道：「天下那裏有這樣沒造化的人！」薛蝌聽了是寶蟾又似是金桂的語音。這才知道他們原來是這一番意思，翻來覆去，直到五更後才睡着了。

　　剛到天明，早有人來扣門。薛蝌忙問是誰，外面也不答應。薛蝌只得起來，開了門看時，卻是寶蟾，攏着頭髮，掩着懷，穿一件片錦邊琵琶襟小緊身[1]，上面繫一條松花綠半新的汗巾，下面並未穿裙，正露着石榴紅灑花夾褲，

---

1)　琵琶襟小緊身：清代便服的一種。緊身即是背心。琵琶襟，指大襟邊不到腋下，自「二紐」處直通向下的樣式。

一雙新繡紅鞋，原來寶蟾尚未梳洗，恐怕人見，趕早來取傢夥。

　　薛蝌見他這樣打扮，便走進來，心中又是一動，只得陪笑問道：「怎麼這樣早就起來了？」寶蟾把臉紅着，並不答言，只管把果子折在一個碟子裏，端着就走。薛蝌見他這般，知是昨晚的原故，心裏想道：「這也罷了。倒是他們惱了，索性死了心，也省得來纏。」於是把心放下，喚人舀水洗臉。自己打算在家裏靜坐兩天，一則養養心神，二則出去怕人找他。

　　原來和薛蟠好的那些人因見薛家無人，只有薛蝌在那裏辦事，年紀又輕，便生許多覬覦之心。也有想插在裏頭做跑腿的；也有能做狀子認得一兩個書辦，要給他上下打點的；甚至有叫他在內趁錢的；也有造作謠言恐嚇的；種種不一。薛蝌見了這些人，遠遠躲避，又不敢面辭，恐怕激出意外之變，只好藏在家中，聽候轉詳。不提。

　　且說金桂昨夜打發寶蟾送了些酒果去探探薛蝌的消息，寶蟾回來將薛蝌的光景一一的說了。金桂見事有些不大投機，便怕白鬧一場，反被寶蟾瞧不起，欲把兩三句話遮飾改過口來，又可惜了這個人，心裏倒沒了主意，怔怔的坐着。

　　那知寶蟾亦知薛蟠難以回家，正欲尋個頭路，因怕金桂拿他，所以不敢透漏。今見金桂所為先已開了端了，他便樂得借風使船，先弄薛蝌到手，不怕金桂不依，所以用言挑撥。見薛蝌似非無情，又不甚兜攬，一時也不敢造次。後來見薛蝌吹燈自睡，大覺掃興，回來告訴金桂，看金桂有甚方法，再作道理。及見金桂怔怔的，似乎無技可施，他也只得陪金桂收拾睡了。

　　夜裏那裏睡得着？翻來覆去，想出一個法子來：不如明兒一早起來，先去取了傢夥，卻自己換上一兩件動人的衣服，也不梳洗，越顯出一番嬌媚來。只看薛蝌的神情，自己反倒裝出一番惱意，索性不理他。那薛蝌若有悔心，自然移船泊岸，不愁不先到手。及至見了薛蝌，仍是昨晚這般光景，並無邪僻之意，自己只得以假為真，端了碟子回來，卻故意留下酒壺，以為再來搭轉之地。

　　只見金桂問道：「你拿東西去有人碰見麼？」寶蟾道：「沒有。」金桂道：「二爺也沒問你甚麼？」寶蟾道：「也沒有。」金桂因一夜不曾睡着，也想不出一個法子來，只得回思道：「若作此事，別人可瞞，寶蟾如何能瞞？不如我分惠於他，他自然沒有不盡心的。我又不能自去，少不得要他作腳，倒不如和

他商量一個穩便主意」。因帶笑說道：「你看二爺到底是個怎麼樣的人？」寶蟾道：「倒像個糊塗人。」金桂聽了笑道：「你如何說起爺們來了？」寶蟾也笑道：「他辜負奶奶的心，我就說得他。」金桂道：「他怎麼辜負我的心，你倒得說說。」寶蟾道：「奶奶給他好東西吃，他倒不吃，這不是辜負奶奶的心麼？」說着，卻把眼溜着金桂一笑。金桂道：「你別胡想。我給他送東西，為大爺的事不辭勞苦，我所以敬他；又怕人說瞎話，所以問你。你這些話向我說，我不懂是甚麼意思。」

　　寶蟾笑道：「奶奶別多心，我是跟奶奶的，還有兩個心麼？但是事情要密些，倘或聲張起來，不是玩的。」金桂也覺得臉飛紅了，因說道：「你這個丫頭就不是個好貨！想來你心裏看上了，卻拿我作筏子，是不是呢？」寶蟾道：「只是奶奶想罷咧，我倒是替奶奶難受。奶奶要真瞧二爺好，我倒有個主意。奶奶想，那個耗子不偷油呢？他不過怕事情不密，大家鬧出亂子來不好看。依我想，奶奶且別性急，時常在他身上不周不備的去處張羅張羅。他是個小叔子，又沒娶媳婦兒，奶奶就多盡點心兒和他貼個好兒，別人也說不出甚麼來。過幾天他感奶奶的情，他自然要謝候奶奶。那時奶奶再備點東西兒在咱們屋時，我幫着奶奶灌醉了他，怕跑了他？他要不應，咱們索性鬧起來，就說他調戲奶奶。他害怕，他自然得順着咱們的手兒。他再不應，他也不是人，咱們也不至白丟了臉面。奶奶想怎麼樣？」金桂聽了這話，兩顴早已紅暈了，笑罵道：「小蹄子，你倒偷過多少漢子的似的，怪不得大爺在家時離不開你。」寶蟾把嘴一撇，笑說道：「罷喲，人家倒替奶奶拉縴，奶奶倒往我們說這個話咧。」從此金桂一心籠絡薛蝌，倒無心混鬧了。家中也少覺安靜。

　　當日寶蟾自去取了酒壺，仍是穩穩重重一臉的正氣。薛蝌偷眼看了，反倒後悔，疑心或者是自己錯想了他們，也未可知。果然如此，倒辜負了他這一番美意，保不住日後倒要和自己也鬧起來，豈非自惹的呢？過了兩天，甚覺安靜。薛蝌遇見寶蟾，寶蟾便低頭走了，連眼皮兒也不抬；遇見金桂，金桂卻一盆火兒的趕着。薛蝌見這般光景，反倒過意不去。這且不表。

　　且說寶釵母女覺得金桂幾天安靜，待人忽親熱起來，一家子都為罕事，薛姨媽十分歡喜，想到必是薛蟠娶這媳婦時沖犯了甚麼，才敗壞了這幾年。目今鬧出這樣事來，虧得家裏有錢，賈府出力，方才有了指望。媳婦兒忽然安靜起來，或者是蟠兒轉過運氣來了，也未可知，於是自己心裏倒以為希有

之奇。這日飯後扶了同貴過來，到金桂房裏瞧瞧。走到院中，只聽一個男人和金桂說話。同貴知機，便說道：「大奶奶，老太太過來了。」說着已到門口。只見一個人影兒在房門後一躲，薛姨媽一嚇，倒退了出來。金桂道：「太太請裏頭坐。沒有外人，他就是我的過繼兄弟，本住在屯裏，不慣見人，因沒有見過太太。今兒才來，還沒去請太太的安。」薛姨媽道：「既是舅爺，不妨見見。」金桂叫兄弟出來，見了薛姨媽，作了一個揖，問了好。薛姨媽也問了好，坐下敘起話來。

薛姨媽道：「舅爺上京幾時了？」那夏三道：「前月我媽沒有人管家，把我過繼來的。前日才進京，今日來瞧姐姐。」薛姨媽看那人不尷尬，於是略坐坐兒，便起身道：「舅爺坐着罷。」回頭向金桂道：「舅爺頭上末下[2]的來，留在咱們這裏吃了飯再去罷。」金桂答應着，薛姨媽自去了。金桂見婆婆去了，便向夏三道：「你坐着，今日可是過了明路的了。省得我們二爺查考你。我今日還叫你買些東西，只別叫眾人看見。」夏三道：「這個交給我就完了。你要甚麼，只要有錢，我就買得來。」金桂道：「且別說嘴，你買上了當，我可不收。」說着，二人又笑了一回，然後金桂陪夏三吃了晚飯，又告訴他買的東西，又囑咐一回，夏三自去。從此夏三往來不絕。雖有個年老的門上人。知是舅爺，也不常回，從此生出無限風波。這是後話。不表。

一日薛蟠有信寄回，薛姨媽打開叫寶釵看時，上寫：「男在縣裏也不受苦，母親放心。但昨日縣裏書辦說，府裏已經准詳，想是我們的情到了。豈知府裏詳上去，道裏反駁下來。虧得縣裏主文相公好，即刻做了回文頂上去了。那道裏卻把知縣申飭。現在道裏要親提，若一上去，又要吃苦。必是道裏沒有託到。母親見字，快快託人求道爺去。還叫兄弟快來，不然就要解道。銀子短不得！火速，火速！」

薛姨媽聽了，又哭了一場，自不必說。薛蝌一面勸慰，一面說道：「事不宜遲。」薛姨媽沒法，只得叫薛蝌到縣照料，命人即便收拾行李，兌了銀子，家人李祥本在那裏照應的，薛蝌又同了一個當中夥計連夜起程。

那時手忙腳亂，雖有下人辦理，寶釵又恐他們思想不到，親來幫着，

直鬧至四更才歇。到底富家女子嬌養慣的，心上又急，又苦勞了一會，晚上就發燒。到了明日，湯水都吃不下。鶯兒去回了薛姨媽。薛姨媽急來看時，只見寶釵滿面通紅，身如燔灼，話都不說。薛姨媽慌了手腳，便哭得死去活來。寶琴扶着勸薛姨媽。秋菱也淚如泉湧，只管叫着。寶釵不能說話，手也不能搖動，眼乾鼻塞。叫人請醫調治，漸漸甦醒回來。薛姨媽等大家略略放心。早驚動榮寧兩府的人，先是鳳姐打發人送十香返魂丹來，隨後王夫人又送至寶丹來。賈母邢王二夫人以及尤氏等都打發丫頭來問候，卻都不叫寶玉知道。一連治了七八天，終不見效，還是他自己想起冷香丸，吃了三丸，才得病好。後來寶玉也知道了，因病好了，沒有瞧去。

　　那時薛蝌又有信回來，薛姨媽看了，怕寶釵耽憂，也不叫他知道。自己來求王夫人，並述了一會子寶釵的病。薛姨媽去後，王夫人又求賈政。賈政道：「此事上頭可託，底下難託，必須打點才好。」王夫人又提起寶釵的事來，因說道：「這孩子也苦了。既是我家的人了，也該早些娶了過來才是，別叫他糟蹋壞了身子。」賈政道：「我也是這麼想。但是他家亂忙，況且如今到了冬底，已經年近歲逼，無不各自要料理些家務。今冬且放了定，明春再過禮，過了老太太的生日，就定日子娶。你把這番話先告訴薛姨太太。」王夫人答應了。

　　到了明日，王夫人將賈政的話向薛姨媽述了。薛姨媽想着也是。到了飯後，王夫人陪着來到賈母房中，大家讓了坐。賈母道：「姨太太才過來？」薛姨媽道：「還是昨兒過來的。因為晚了，沒得過來給老太太請安。」王夫人便把賈政昨夜所說的話向賈母述了一遍，賈母甚喜。說着，寶玉進來了。賈母便問道：「吃了飯沒有？」寶玉道：「才打學房裏回來吃了，要往學房裏去，先見見老太太。又聽見說姨媽來了，過來給姨媽請請安。」因問：「寶姐姐可大好了？」薛姨媽笑道：「好了。原來方才大家正說着，見寶玉進來，都煞住了。寶玉坐了坐，見薛姨媽情形不似從前親熱，「雖是此刻沒有心情，也不犯大家都不言語。」滿腹猜疑，自往學中去了。

　　晚間回來，都見過了，便往瀟湘館來。掀簾進去，紫鵑接着，見裏間屋內無人，寶玉道：「姑娘那裏去了？」紫鵑道：「上屋裏去了。知道姨太太過來，姑娘請安去了。二爺沒有到上屋裏去麼？」寶玉道：「我去了來的，沒有見你姑娘。」紫鵑道：「這也奇了。」寶玉道：「姑娘到底那裏去了？」紫鵑道：「不定。」寶玉往外便走。剛出屋門，只見黛玉帶着雪雁，冉冉而來。寶

玉道：「妹妹回來了。」縮身退步進來。

　　黛玉進來，走入裏間屋內，便請寶玉裏頭坐。紫鵑拿了一件外罩換上，然後坐下，問道：「你上去看見姨媽沒有？」寶玉道：「見過了。」黛玉道：「姨媽說起我沒有？」寶玉道：「不但沒有說起你，連見了我也不像先時親熱。今日我問起寶姐姐病來，他不過笑了一笑，並不答言。難道怪我這兩天沒有去瞧他麼？」黛玉笑了一笑道：「你去瞧過沒有？」寶玉道：「頭幾天不知道；這兩天知道了，也沒有去。」黛玉道：「可不是。」寶玉道：「老太太不叫我去，太太也不叫我去，老爺又不叫我去，我如何敢去？若是像從前這扇小門走得通的時候，要我一天瞧他十趟也不難。如今把門堵了，要打前頭過去，自然不便了。」黛玉道：「他那裏知道這個原故。」寶玉道：「寶姐姐為人是最體諒我的。」黛玉道：「你不要自己打錯了主意。若論寶姐姐，更不體諒，又不是姨媽病，是寶姐姐病。向來在園中，做詩賞花飲酒，何等熱鬧，如今隔開了，你看見他家裏有事了，他病到那步田地，你像沒事人一般，他怎麼不惱呢？」寶玉道：「這樣難道寶姐姐便不和我好了不成？」黛玉道：「他和你好不好我卻不知，我也不過是照理而論。」

　　寶玉聽了，瞪着眼呆了半晌。黛玉看見寶玉這光景，也不睬他，只是自己叫人添了香，又翻出書來看。看了一會，只見寶玉把眉一皺，把腳一跺道：「我想這個人生他做甚麼！天地間沒有了我，倒也乾淨！」黛玉道：「原是有了我，便有了人；有了人，便有無數的煩惱生出來，恐怖，顛倒，夢想，更有許多纏礙。——才剛我說的都是玩話，你不過是看見姨媽沒精打采，如何便疑到寶姐姐身上去？姨媽過來原為他的官司事情心緒不寧，那裏還來應酬你？都是你自己心上胡思亂想，鑽入魔道裏去了。」

　　寶玉豁然開朗，笑道：「很是，很是。你的性靈比我竟強遠了，怨不得前年我生氣的時候，你和我說過幾句禪語[3]，我實在對不上來。我雖丈六金身，還借你一莖所化。」黛玉乘此機會說道：「我便問你一句話，你如何回答？」寶玉盤着腿，合着手，閉着眼，噓着嘴道：「講來。」黛玉道：「寶姐姐和你好你

---

3)　　幾句禪語：佛教禪宗常通過問答方式來測驗對宗教道理的理解程度，這種問答語句叫「機鋒語」。大多數借各種比喻來表達。語言形式用散句也用詩句。下邊寶玉和黛玉問答的話都屬於這種。

怎麼樣？寶姐姐不和你好你怎麼樣？寶姐姐前兒和你好，如今不和你好你怎麼樣？今兒和你好，後來不和你好你怎麼樣？你和他好他偏不和你好你怎麼樣？你不和他好他偏要和你好你怎麼樣？」寶玉呆了半晌，忽然大笑道：「任憑弱水三千，我只取一瓢飲。」黛玉道：「瓢之漂水奈何？」寶玉道：「非瓢漂水，水自流，瓢自漂耳！」黛玉道：「水止珠沉，奈何？」寶玉道：「禪心已作沾泥絮，莫向春風舞鷓鴣。」黛玉道：「禪門第一戒是不打誑語的。」寶玉道：「有如三空。」黛玉低頭不語。

　　只聽見簷外老鴰呱呱的叫了幾聲，便飛向東南上去，寶玉道：「不知主何吉凶？」黛玉道：「人有吉凶事，不在鳥音中」。忽見秋紋走來說道：「請二爺回去。老爺叫人到園裏來問過，說二爺打學裏回來了沒有。襲人姐姐只說已經來了。快去罷。」嚇得寶玉站起身來往外忙走，黛玉也不敢相留。未知何事，下回分解。

 精華賞析

> 　　賈母雖然疼愛黛玉，也對黛玉的心事心知肚明，但在寶玉的婚事上賈母絲毫沒有考慮黛玉的感情。

《第九十二回》

評女傳巧姐慕賢良
玩母珠賈政參聚散

賈府的敗象越來越明顯，迫使鳳姐為家族的徹底衰落做起了打算。

　　話說寶玉從瀟湘館出來，連忙問秋紋道：「老爺叫我作甚麼？」秋紋笑道：「沒有叫，襲人姐姐叫我請二爺，我怕你不來，才哄你的。」寶玉聽了才把心放下，因說：「你們請我也罷了，何苦來唬我！」

　　說着，回到怡紅院內。襲人便問道：「你這好半天到那裏去了？」寶玉道：「在林姑娘那邊，說起薛姨媽寶姐姐的事來，便坐住了。」襲人又問道：「說些甚麼？」寶玉將打禪語的話述了一遍。襲人道：「你們再沒個計較，正經說些家常閑話兒，或講究些詩句，也是好的，怎麼又說到禪語上了？又不是和尚。」寶玉道：「你不知道，我們有我們的禪機，別人是插不下嘴去的。」襲人笑道：「你們參禪參翻了，又叫我們跟着打悶葫蘆了。」寶玉道：「頭裏我也年紀小，他也孩子氣，所以我說了不留神的話，他就惱了。如今我也留神，他也沒有惱的了。只是他近來不常過來，我又唸書，偶然到一處，好像生疏了似的。」襲人道：「原該這麼着才是。都長了幾歲年紀了，怎麼好意思還像小孩子時候的樣子。」

　　寶玉點頭道：「我也知道。如今且不用說那個。我問你，老太太那裏打發人來說甚麼來着沒有？」襲人道：「沒有說甚麼。」寶玉道：「必是老太太忘了。明兒不是十一月初一日麼，年年老太太那裏必是個老規矩，要辦消寒會，齊打夥兒坐下喝酒說笑。我今日已經在學房裏告了假了，這會子沒有信兒，明兒可是去不去呢？若去了呢，白白的告了假；若不去，老爺知道了又

說我偷懶。」襲人道：「據我說，你竟是去的是。才唸的好些兒了，又想歇着。依我說也該上緊些才好。昨兒聽見太太說，蘭哥兒唸書真好，他打學房裏回來，還各自唸書作文章，天天晚上弄到四更多天才睡。你比他大多了，又是叔叔，倘或趕不上他，又叫老太太生氣。倒不如明兒早起去罷。」

麝月道：「這樣冷天，已經告了假又去，叫學房裏說：既這麼着就不該告假呀，顯見的是告謊假，脫滑兒。依我說落得歇一天。就是老太太忘記了，咱們這裏就不消寒了麼？咱們也鬧個會兒不好麼？」襲人道：「都是你起頭兒，二爺更不肯去了。」麝月道：「我也是樂一天是一天了，比不得你要好名兒，使喚一個月再多得二兩銀子！」襲人啐道：「小蹄子，人家說正經話，你又來胡拉混扯的了。」麝月道：「我倒不是混拉扯，我是為你。」襲人道：「為我甚麼？」麝月道：「二爺上學去了，你又該咕嘟着嘴想着，巴不得二爺早一刻兒回來，就有說有笑的了。這會子又假撇清[1]，何苦呢！我都看見了。」

襲人正要罵他，只見老太太那裏打發人來說道：「老太太說了，叫二爺明兒不用上學去呢。明兒請了姨太太來給他解悶，只怕姑娘們都來，家裏的史姑娘，邢姑娘、李姑娘們都請了，明兒來赴甚麼消寒會呢。」寶玉沒有聽完便喜歡道：「可不是，老太太最高興的，明日不上學是過了明路的了。」襲人也便不言語了。那丫頭回去，寶玉認真唸了幾天書，巴不得玩這一天。又聽見薛姨媽過來，想着：「寶姐姐自然也來」。心裏喜歡，便說：「快睡罷，明日早些起來。」於是一夜無話。

到了次日，果然一早到老太太那裏請了安，又到賈政王夫人那裏請了安，回明了老太太今兒不叫上學，賈政也沒言語，便慢慢退出來，走了幾步，便一溜煙跑到賈母房中。

見眾人都沒來，只有鳳姐那邊的奶媽子帶了巧姐兒，跟着幾個小丫頭過來，給老太太請了安，說：「我媽媽先叫我來請安，陪着老太太說說話兒。媽媽回來就來。」賈母笑着道：「好孩子，我一早就起來了，等他們總不來，只有你二叔叔來了。」那奶媽子便說：「姑娘，給叔叔請安。」巧姐便請了安，寶玉也問了一聲「妞妞好」。巧姐兒道：「我昨夜聽見我媽媽說，要請二叔叔去說話。」寶玉道：「說甚麼呢？」巧姐兒道：「我媽媽說，跟着李媽認了幾

---

1)　　假撇清：假裝清白。

年字，不知道我認得不認得。我說都認得，我認給媽媽瞧。媽媽說我瞎認，不信，說我一天盡玩，那裏認得。我瞧着那些字也不要緊，就是那《女孝經》也是容易唸的。媽媽說我哄他，要請二叔叔得空兒的時候給我理理。」

賈母聽了，笑道：「好孩子，你媽媽是不認得字的，所以說你哄他。明兒叫你二叔叔理給他瞧瞧，他就信了。」寶玉道：「你認了多少字了？」巧姐兒道：「認了三千多字，唸了一本《女孝經》，半個月頭裏又上了《列女傳》。」寶玉道：「你唸了懂得嗎？你要不懂，我倒是講講這個你聽罷。」賈母道：「做叔叔的也該講給姪女兒聽聽。」寶玉道：「那文王后妃是不必說了，想來是知道的。那姜后脫簪待罪和齊國的無鹽雖醜能安邦定國，是后妃裏的賢能的。」巧姐聽了，答應個「是」。寶玉又道：「若說有才的是曹大姑、班婕妤、蔡文姬、謝道韞諸人。」巧姐問道：「那賢德的呢？」寶玉道：「孟光的荊釵布裙，鮑宣妻的提甕出汲，陶侃母的截髮留賓，這些不厭貧的，就是賢德了。」巧姐欣然點頭。寶玉道：「還有苦的，像那樂昌公主破鏡，蘇蕙的回文。那孝的是更多了，木蘭代父從軍，曹娥投水尋屍等類也難盡說。」巧姐聽到這些，卻默默如有所思。寶玉又講那曹氏的引刀割鼻及那些守節的，巧姐聽着更肅敬起來。

寶玉恐他不自在，又說：「那些豔的，如王嬙、西子、樊素、小蠻、絳仙、文君、紅拂，都是女中的⋯⋯」尚未說出，賈母見巧姐默然，便說：「夠了，不用說了。你講的太多，他那裏還記得？」巧姐兒道：「二叔叔才說的，也有唸過的，也有沒唸過的。唸過的二叔叔一講，我更知道好處了。」寶玉道：「那字是自然是認得的了，不用再理了。」巧姐兒道：「我還聽見我媽媽昨兒說，我們家的小紅，頭裏是二叔叔那裏的，我媽媽要了來，還沒有補上人呢。我媽媽想着要把甚麼柳家的五兒補上，不知二叔叔要不要？」寶玉聽了更喜歡，笑道：「你聽，你媽媽的話！要補誰就補誰罷咧，又問甚麼要不要呢？」因又向賈母笑道：「我瞧大妞妞這個小模樣兒，又有這個聰明兒，只怕將來比鳳姐姐還強呢，又比他認的了字。」賈母道：「女孩兒家認得字呢也好，只是女工針黹倒是要緊的。」巧姐兒道：「我也跟着劉媽媽學着做呢。甚麼扎花兒咧，拉鎖子[2]咧，我雖弄不好，卻也學着會做幾針兒。」賈母道：「咱

---

2)　拉鎖子：一種刺繡技術。刺繡時逐步將線編成鎖鏈式的結子，並用它組成各種圖案。比一般絲繡堅實耐久。

們這樣人家固然不仗着自己做，但只到底知道些，日後才不受人家的拿捏。」巧姐兒答應着「是」，還要寶玉解說《列女傳》，見寶玉呆呆的，也不好再說。

你道寶玉呆的是甚麼？只因柳五兒要進怡紅院，頭一次是他病了不能進來，第二次王夫人攆了晴雯，大凡有些姿色的，都不敢挑。後來又在吳貴家看晴雯去，五兒跟着他媽給晴雯送東西去，見了一面，更覺嬌娜嫵媚。今日虧得鳳姐想着，叫他補入小紅的窩兒，竟是喜出望外了。所以呆呆的呆想。

賈母等着那些人，見這時候還不來，又叫丫頭去請。回來李紈同着他妹子、探春、惜春、史湘雲、黛玉都來了，大家請了賈母的安，眾人廝見。獨有薛姨媽未到，賈母又叫請去。果然姨媽帶着寶琴過來。寶玉請了安，問了好。只不見寶釵邢岫煙二人。黛玉便問起「寶姐姐為何不來」，薛姨媽假說身上不好。邢岫煙知道薛姨媽在坐，所以不來。寶玉雖見寶釵不來，心中納悶，因黛玉來了，便把想寶釵的心暫且擱開。不多時，邢王二夫人也來了。鳳姐聽見婆婆們先到了，自己不好落後，只得打發平兒先來告假，說是正要過來，因身上發熱，過一回兒就來。賈母道：「既是身上不好，不來也罷。咱們這時候很該吃飯了。」丫頭們把火盆往後挪了一挪兒，就在賈母榻前一溜擺下兩桌，大家序次坐下。吃了飯，依舊圍爐閒談，不須多贅。

且說鳳姐因何不來？頭裏為着倒比邢王二夫人遲了，不好意思；後來旺兒家的來回說：「迎姑娘那裏打發人來請奶奶安，還說並沒有到上頭，只到奶奶這裏來。」鳳姐聽了納悶，不知又是甚麼事，便叫那人進來，問：「姑娘在家好？」那人道：「有甚麼好的，奴才並不是姑娘打發來的，實在是司棋的母親央我來求奶奶的。」鳳姐道：「司棋已經出去了，為甚麼來求我？」

那人道：「自從司棋出去，終日啼哭。忽然那一日他表兄來了，他母親見了恨得甚麼似的，說他害了司棋，一把拉住要打。那小子不敢言語。誰知司棋聽見了，急忙出來老着臉和他母親道：『我是為他出來的，我也恨他沒良心。如今他來了，媽要打他，不如勒死了我罷。』他母親罵他：『不害臊的東西，你心裏要怎麼樣？』司棋說道：『一個女人嫁一個男人。我一時失腳上了他的當，我就是他的人了，決不肯再跟着別人的。我只恨他為甚麼這麼膽小，一身作事一身當，為甚麼脫逃了呢？就是他一輩子不來，我也一輩子不嫁人的。媽要給我配人，我原拚着一死的。今兒他來的，媽問他怎麼樣。若是他不改心，我在媽跟前磕了頭，只當是我死了，他到那裏，我跟到那裏，

就是討飯吃也是願意的。』他媽氣得了不得，便哭着罵着說：『你是我的女兒，我偏不給他，你敢怎麼着？』那知道那司棋這東西糊塗，便一頭撞在牆上，把腦袋撞破，鮮血直流，竟碰死了。他媽哭着救不過來，便要叫那小子償命。他表兄也奇，說道：『你們不用着急。我在外頭原發了財，因想着他才回來的，心也算是真了。你們若不信，只管瞧。』說着，打懷裏掏出一匣子金珠首飾來。他媽媽看見了便心軟了，說：『你既有心，為甚麼總不言語？』」他外甥道：『大凡女人都是水性楊花，我若說有錢，他就是貪圖銀錢了，如今他只為人，就是難得的。我把首飾給你們，我去買棺盛殮他。那司棋的母親接了東西，也不顧女孩兒了，便由着外甥去。那裏知道叫人抬了兩口棺材來。司棋的母親看見詫異，說：『怎麼棺材要兩口？』他外甥笑道：『一口裝不下，得兩口才好。』司棋的母親見他外甥又不哭，只當是他心疼的傻了。豈知他忙着把司棋收拾了，也不啼哭，眼錯不見，把帶的小刀子往脖子裏一抹，也就抹死了。司棋的母親懊悔起來，倒哭得了不得。如今坊裏知道了，要報官。他急了，央我來求奶奶說個人情，他再過來給奶奶磕頭。」

　　鳳姐聽了，詫異道：「那有這樣傻丫頭，偏偏的就碰見這個傻小子！怪不得那一天翻出那些東西來，他心裏沒事人似的，敢只是這麼個烈性孩子。論起來，我也沒這麼大工夫管他這些閒事，但只你才說的叫人聽着怪可憐見兒的。也罷了，你回去告訴他，我和你二爺說，打發旺兒給他撕攞就是了。」鳳姐打發那人去了，才過賈母這邊來。不提。

　　且說賈政這日正與詹光下大棋，通局的輸贏也差不多，單為着一隻角兒死活未分，在那裏打結。門上的小廝進來回道：「外面馮大爺要見老爺。」賈政道：「請進來。」小廝出去請了。馮紫英走進門來，賈政即忙迎着，馮紫英進來在書房中坐下，見是下棋，便道：「只管下棋，我來觀局。」詹光笑道：「晚生的棋是不堪瞧的。」馮紫英道：「好說，請下罷。」賈政道：「有甚麼事麼？」馮紫英道：「沒有甚麼話。老伯只管下棋，我也學幾着兒。」賈政向詹光道：「馮大爺是我們相好的，既沒事，我們索性下完了這一局再說話兒。馮大爺在旁邊瞧着。」馮紫英道：「下采不下采？」詹光道：「下采的。」馮紫英道：「下采的是不好多嘴的。」賈政道：「多嘴也不妨，橫豎他輸了十來兩銀子，終久是不拿出來的。往後只好罰他做東便了。」詹光笑道：「這倒使得。」馮紫英道：「老伯和詹公對下麼？」賈政笑道：「從前對下，他輸了；如今讓他

兩個子兒，他又輸了。時常還要悔幾着，不叫他悔他就急了。」詹光也笑道：「沒有的事。」賈政道：「你試試瞧。」大家一面說笑，一面下完了。做起棋來，詹光還了棋頭，輸了七個子兒。馮紫英道：「這盤終吃虧在打結裏頭。老伯結少，就便宜了。」

　　賈政對馮紫英道：「有罪，有罪。咱們說話兒罷。」馮紫英道：「小姪與老伯久不見面，一來會會，二來因廣西的同知進來引見，帶了四種洋貨，可以做得貢的。一件是圍屏，有二十四扇櫊子，都是紫檀雕刻的。中間雖說不是玉，卻是絕好的硝子石³，石上鏤出山水人物樓台花鳥等物。一扇上有五六十個人，都是宮妝的女子，名為《漢宮春曉》。人的眉目口鼻以及出手衣褶，刻得又清楚又細膩。點綴佈置都是好的。我想尊府大觀園中正廳上卻可用得着。還有一個鐘錶，有三尺多高，也是一個小童兒拿着時辰牌，到了甚麼時候他就報甚麼時辰。裏頭也有些人在那打十番的。這是兩件重笨的，卻還沒有拿來。現在我帶在這裏兩件卻有些意思兒。」就是身邊拿出一個錦匣子，用幾重白綾裹着，揭開了綿子，第一層是一個玻璃盒子，裏頭金托子大紅縐綢托底，上放着一顆桂圓大的珠子，光華耀目。馮紫英道：「據說這就叫做母珠。」因叫拿一個盤兒來。詹光即忙端過一個黑漆茶盤，道：「使得麼？」馮紫英道：「使得。」便又向懷裏掏出一個白絹包兒，將包兒裏的珠子都倒在盤裏散着，把那顆母珠擱在中間，將盤置於桌上。看見那些小珠子兒滴溜滴溜滾到大珠身邊來，回來把這顆大珠子抬高了，別處的小珠子也一顆不剩，都粘在大珠上。詹光道：「這也奇怪。」賈政道：「這是有的，所以叫做母珠，原是珠之母。」

　　那馮紫英又回頭看着他跟來的小廝道：「那個匣子呢？」小廝趕忙捧過一個花梨木匣子來。大家打開看時，原來匣內襯着虎紋錦，錦上疊着一束藍紗。詹光道：「這是甚麼東西？」馮紫英道：「這叫做鮫綃帳。」在匣子裏拿出來時，疊得長不滿五寸，厚不上半寸，馮紫英一層一層地打開，打到十來層，已經桌上鋪不下了。馮紫英道：「你看裏頭還有兩折，必得高屋裏去才張得下。這就是鮫絲所織，暑熱天氣張在堂屋裏頭，蒼蠅蚊子一個不能進來，又輕又亮。」

---

3)　　硝子石：近似玉類的石頭。

賈政道：「不用全打開，怕疊起來倒費事。」詹光便與馮紫英一層一層折好收拾。馮紫英道：「這四件東西價兒也不很貴，兩萬銀他就賣。母珠一萬，鮫綃帳五千，《漢宮春曉》與自鳴鐘五千。」賈政道：「那裏買得起？」馮紫英道：「你們是個國戚，難道宮裏頭用不着麼？」賈政道：「用得着的很多，只是那裏有這些銀子？等我叫人拿進去給老太太瞧瞧。」馮紫英道：「很是。」

賈政便着人叫賈璉把這兩件東西送到老太太那邊去，並叫人請了邢王二夫人鳳姐兒都來瞧着，又把兩樣東西一一試過。賈璉道：「他還有兩件：一件是圍屏，一件是樂鐘。共總要賣二萬銀子呢。」鳳姐兒接着道：「東西自然是好的，但是那裏有這些閑錢？咱們又不比外任督撫要辦貢。我已經想了好些年了，像咱們這種人家，必得置些不動搖的根基才好，或是祭地，或是義莊，再置些墳屋。往後子孫遇見不得意的事，還是點兒底子，不到一敗塗地。我的意思就是這樣，不知老太太、老爺、太太們怎麼樣。若是外頭老爺們要買，只管買。」賈母與眾人都說：「這話說的倒也是。」賈璉道：「還了他罷。原是老爺叫我送給老太太瞧，為的是宮裏好進。誰說買來擱在家裏？老太太還沒開口，你便說了一大堆喪氣話！」

說着，便把兩件東西拿出去了，告訴了賈政，只說老太太不要。便與馮紫英道：「這兩件東西好可好，就只沒銀子。我替你留心，有要買的人，我便送信給你去」。馮紫英只得收拾好，坐下說些閑話，沒有興頭，就要起身。賈政道：「你在我這裏吃了晚飯去罷」。馮紫英道：「罷了，來了就叨擾老伯嗎！」賈政道：「說那裏的話。」正說着，人回：「大老爺來了」。賈赦早已進來。彼此相見，敍些寒溫。不一時擺上酒來，餚饌羅列，大家喝着酒。至四五巡後，說起洋貨的話，馮紫英道：「這種貨本是難銷的，除非要像尊府這種人家，還可銷得，其餘就難了。」賈政道：「這也不見得」。賈赦道：「我們家裏也比不得從前了，這回兒也不過是個空門面。」馮紫英又問：「東府珍大爺可好麼？我前兒見他，說起家常話兒來，提到他令郎續娶的媳婦，遠不及頭裏的那位秦氏奶奶了。如今後娶的到底是那一家的，我也沒有問起。」賈政道：「我們這個姪孫媳婦兒，也是這裏大家，從前做過京畿道的胡老爺的女孩兒。」紫英道：「胡道長我是知道的。但是他家教上也不怎麼樣。也罷了，只要姑娘好就好。」

賈璉道：「聽得內閣裏人說起，賈雨村又要升了。」賈政道：「這也好，

不知準不準。」賈璉道：「大約有意思的了。」馮紫英道：「我今兒從吏部裏來，也聽見這樣說。雨村老先生是貴本家不是？」賈政道：「是。」馮紫英道：「是有服的還是無服的？」

賈政道：「說也話長。他原籍是浙江湖州府人，流寓到蘇州，甚不得意。有個甄士隱和他相好，時常周濟他。以後中了進士，得了榜下知縣，便娶了甄家的丫頭。如今的太太不是正配。豈知甄士隱弄到零落不堪，沒有找處。雨村革了職以後，那時還與我家並未相識，只因舍妹丈林如海林公在揚州巡鹽的時候，請他在家做西席，外甥女兒是他學生。因他有起復的信要進京來，恰好外甥女要上來探親，林姑老爺便託他照應上來的，還有一封薦書，託我吹噓吹噓。那時看他不錯，大家常會。豈知雨村也奇，我家世襲起，從代字輩下來，寧榮兩宅人口房舍以及起居事宜，一概都明白，因此遂覺得親熱了。」因又笑說道：「幾年間門子也會鑽了。由知府推升轉了御史，不過幾年，升了吏部侍郎，署兵部尚書。為着一件事降了三級，如今又要升了。」

馮紫英道：「人世的榮枯，仕途的得失，終屬難定。」賈政道：「天下事都是一個樣的理唎。比如方才那珠子，那顆大的，就像有福氣的人似的，那些小的都託賴着他的靈氣護庇着，要是那大的沒有了，那些小的也就沒有收攬了。就像人家兒當頭人有了事，骨肉也都分離了，親戚也都零落了，就是好朋友也都散了。轉瞬榮枯，真似春雲秋葉一般。你想做官有甚麼趣兒呢？像雨村算便宜的了。還有我們差不多人家兒，就是甄家，從前一樣功勳，一樣世襲，一樣起居，我們也是時常往來。不多幾年，他們進京來差人到我這裏請安，還很熱鬧。一回兒抄了原籍的家財，至今杳無音信，不知他近況若何？心下也着實惦記着。」賈赦道：「甚麼珠子？」賈政同馮紫英又說了一遍給賈赦聽。賈赦道：「咱們家是沒有事的。」馮紫英道：「果然，尊府是不怕的。一則裏頭有貴妃照應，二則故舊好親戚多，三則你家自老太太起至於少爺們，沒有一個刁鑽刻薄的。」賈政道：「雖無刁鑽刻薄，卻沒有德行才情。白白的衣租食稅，那裏當得起？」賈赦道：「咱們不用說這些話，大家吃酒罷。」大家又喝了幾杯，擺上飯來。吃畢，喝茶。

馮家的小廝走來輕輕的向紫英說了一句，馮紫英便要告辭了。賈赦賈政

道：「你說甚麼？」小廝道：「外面下雪，早已下了梆子[4]了。」賈政叫人看時，已是雪深一寸多了。賈政道：「那兩件東西你收拾好了麼？」馮紫英道：「收好了。若尊府要用，價錢還自然讓些。」賈政道：「我留神就是了。」紫英道：「我再聽信罷。天氣冷，請罷，別送了。」賈赦賈政便命賈璉送了出去。未知後事如何，下回分解。

 精華賞析

　　司棋一直就與其他丫頭十分不同。搜檢大觀園的時候她東窗事發，卻絲毫沒有畏怯，表現得大義凜然，而她的死也是這般轟轟烈烈。司棋與潘又安也是一對有情人，卻被封建禮教殘酷地奪取了幸福和生命。比起寶玉和黛玉的愛情，他們的故事不過是被作者一筆帶過，只是由一個旁觀者交代了結局，可這一點交代卻帶來了不小的震撼效果。

---

4)　　下了梆子：報更的梆子開始敲起，也就是交了初更，叫下了梆子。

《第九十三回》

精讀▀▀甄家僕投靠賈家門
水月庵掀翻風月案

水月庵可真是不太平，前不久庵裏的師傅差點被人殺死，現在又出了別的事端。

　　卻說馮紫英去後，賈政叫門上的人來吩咐道：「今兒臨安伯那裏來請吃酒，知道是甚麼事？」門上的人道：「奴才曾問過，並沒有甚麼喜慶事。不過南安王府裏到了一班小戲子，都說是個名班。伯爺高興，唱兩天戲請相好的老爺們瞧瞧，熱鬧熱鬧。大約不用送禮的。」說着，賈赦過來問道：「明兒二老爺去不去？」賈政道：「承他親熱，怎麼好不去的？」說着，門上進來回道：「衙門裏書辦來請老爺明日上衙門，有堂派¹的事，必得早些去。」賈政道：「知道了。」說着，只見兩個管屯裏地租子的家人走來，請了安，磕了頭，旁邊站着。賈政道：「你們是郝家莊的？」兩個答應了一聲。賈政也不往下問，竟與賈赦各自說一回話兒散了。家人等秉着手燈送過賈赦去。

　　這裏賈璉便叫那管租的人道：「說你的。」那人說道：「十月裏的租子奴才已經趕上來了，原是明兒可到。誰知京外拿車，把車上的東西不由分說都掀在地下。奴才告訴他說是府裏收租子的車，不是買賣車。他更不管這些，奴才叫車

────────
1)　　堂派：指堂官（衙門的長官）交派要辦的事。

夫只管拉着走，幾個衙役就把車夫混打了一頓，硬扯了兩輛車去了。奴才所以先來回報，求爺打發個人到衙門裏去要了來才好。再者也整治整治這些無法無天的差役才好。爺還不知道呢，更可憐的是那買賣車，客商的東西全不顧，掀下來，趕着就走。那些趕車的但說句話，打的頭破血出的。」賈璉聽了，罵道：「這個還了得！」立刻寫了一個帖兒，叫家人：「拿去向拿車的衙門裏要車去，並車上東西。若少了一件，是不依的。快叫周瑞。」周瑞不在家。又叫旺兒，旺兒晌午出去了，還沒有回來。賈璉道：「這些忘八羔子，一個都不在家！他們終年家吃糧不管事。」因吩咐小廝們：「快給我找去。」說着，也回到自己屋裏睡下。不題。

且說臨安伯第二天又打發人來請。賈政告訴賈赦道：「我是衙門裏有事，璉兒要在家等候拿車的事情，也不能去。倒是大老爺帶着寶玉應酬一天也罷了。」賈赦點頭道：「也使得。」賈政遣人去叫寶玉，說：「今兒跟大爺到臨安伯那裏聽戲去。」寶玉喜歡的了不得，便換上衣服，帶了焙茗、掃紅、鋤藥三個小子出來，見了賈赦，請了安，上了車，來到臨安伯府裏。門上人回進去，一會子出來說：「老爺請。」於是賈赦帶着寶玉走入院內，只見賓客喧闐。賈赦寶玉見了臨安伯，又與眾賓客都見過了禮。

大家坐着說笑了一回。只見一個掌班拿着一本戲單，一個牙笏[2]，向上打了一個千兒，說道：「求各位老爺賞戲。」先從尊位點起，挨至賈赦，也點了一齣。那人回頭見了寶玉，便不向別處去，竟搶步上來打個千兒道：「求二爺賞兩齣。」寶玉一見那人，面如傅粉，唇若塗朱，鮮潤如出水芙蕖，飄揚似臨風玉樹。原來不是別人，就是蔣玉菡。前日聽得他帶了小戲兒進京，也沒有到自己那裏。此時見了，又不

---

2)　　牙笏：古代官吏上朝時手持的象牙長板。舊時戲班常把戲目寫在笏上，請觀者點戲。

好站起來，只得笑道：「你多早晚來的？」蔣玉菡把手在自己身子上一指，笑道：「怎麼二爺不知道麼？」寶玉因眾人在坐，也難說話，只得胡亂點了一齣。蔣玉菡去了，便有幾個議論道：「此人是誰？」有的說：「他向來是唱小旦的，如今不肯唱小旦，年紀也大了，就在府裏掌班。頭裏也改過小生。他也攢了好幾個錢，家裏已經有兩三個鋪子，只是不肯放下本業，原舊領班。」有的說：「想必成了家了。」有的說：「親還沒有定。他倒拿定一個主意，說是人生婚配關係一生一世的事，不是混鬧得的，不論尊卑貴賤，總要配的上他的才能，所以到如今還並沒娶親。」寶玉暗忖度道：「不知日後誰家的女孩兒嫁他？要嫁着這樣人材兒，也算是不辜負了。」那時開了戲，也有崑腔，也有高腔，也有弋腔、平腔，熱鬧非常。

　　過了晌午，便擺桌子吃酒。又看了一回，賈赦便欲起身。臨安伯過來留道：「天色尚早，聽見說蔣玉菡還有一齣《佔花魁》，他們頂好的首戲。」寶玉聽了，巴不得賈赦不走，於是賈赦又坐了一會。果然蔣玉菡扮着秦小官伏侍花魁醉後神情，把這一種憐香惜玉的意思，做得極情盡致。以後對飲對唱，纏綿繾綣。

　　寶玉這時不看花魁，只把兩隻眼睛獨射在秦小官身上。更加蔣玉菡聲音響亮，口齒清楚，按腔落板，寶玉的神魂都唱的飄蕩了。直等這齣戲進場後，更知蔣玉菡極是情種，非尋常戲子可比。因想着《樂記》上說的是「情動於中，故形於聲；聲成文，謂之音」。所以知聲，知音，知樂，有許多講究。聲音之原，不可不察。詩詞一道，但能傳情，不能入骨，自後想要講究講究音律。寶玉想出了神，忽見賈赦起身，主人不及相留。寶玉沒法，只得跟了回來。

　　到了家中，賈赦自回那邊去了，寶玉來見賈政。賈政才下衙門，正向賈璉問起拿車之事。賈璉道：「今兒門人拿帖兒去，知縣不在家。他的門上說了：這是本官不知道的，

並無牌票出去拿車，都是那些混賬東西在外頭撒野擠訛頭³。既是老爺府裏的，我便立刻叫人去追辦，包管明兒連車連東西一併送來，如有半點差遲，再行稟過本官，重重處治。此刻本官不在家，求這裏老爺看破些，可以不用本官知道更好。」賈政道：「既無官票，到底是何等樣人在那裏作怪？」賈璉道：「老爺不知，外頭都是這樣。想來明兒必定送來的。賈璉說完下來，寶玉上去見了。賈政問了幾句，便叫他往老太太那裏去。賈璉因為昨夜叫空了家人，出來傳喚，那起人多已伺候齊全。賈璉罵了一頓，叫大管家賴升：「將各行檔的花名冊子拿來，你去查點查點。寫一張諭帖，叫那些人知道：若有並未告假，私自出去，傳喚不到，貽誤公事的，立刻給我打了攆出去！」賴升連忙答應了幾個「是」，出來吩咐了一回。家人各自留意。

過不幾時，忽見有一個人頭上載着氈帽，身上穿着一身青布衣裳，腳下穿着一雙撒鞋，走到門上向眾人作了個揖。眾人拿眼上上下下打量了他一番，便問他是那裏來的。那人道：「我自南邊甄府中來的。並有家老爺手書一封，求這裏的爺們呈上尊老爺。」眾人聽見他是甄府來的，才站起來讓他坐下道：「你乏了，且坐坐，我們給你回就是了。」門上一面進來回明賈政，呈上來書。賈政拆書看時，上寫着：「世交夙好，氣誼素敦。遙仰襜帷，不勝依切。弟因菲材獲譴，自分萬死難償，幸邀寬宥，待罪邊隅，迄今門戶凋零，家人星散。所有奴子包勇，向曾使用，雖無奇技，人尚愨實。倘使得備奔走，糊口有資，屋烏之愛，感佩無涯矣。專此奉達，餘容再敍。不宣。年家眷弟甄應嘉頓首。」賈政看完，笑道：「這裏正因人多，甄家倒薦人來，又不好卻的。」吩咐門上：「叫他見我。且留他住下，因材使用便了。」

---

3)　撒野擠訛頭：撒野，野蠻不規矩的行為；擠訛頭，訛詐強索。

點評

● 真心待人本應該得到回報，但包勇的話告訴我們一個訊息，甄家的老爺正是因為對人太真心，才遭到不幸。這暗示了甚麼？

● 甄寶玉和賈寶玉做了同樣的夢，但結果卻不同。甄寶玉從此改了脾性，而賈寶玉卻更加「頑劣」，兩人互補，可以說甄、賈兩位寶玉正體現了人的兩面性。

門上出去，帶進人來。見賈政便磕了三個頭，起來道：「家老爺請老爺安。」自己又打個千兒說：「包勇請老爺安。」賈政回問了甄老爺的好，便把他上下一瞧。但見包勇身長五尺有零，肩背寬肥，濃眉爆眼，磕額長髯，氣色粗黑，垂着手站着。便問道：「你是向來在甄家的，還是住過幾年的？」包勇道：「小的向在甄家的。」賈政道：「你如今為甚麼要出來呢？」包勇道：「小的原不肯出來。只是家爺再四叫小的出來，說是別處你不肯去，這裏老爺家裏只當原在自己家裏一樣的，所以小的來的。」賈政道：「你們老爺不該有這事情，弄到這個田地。」包勇道：「小的本不敢說，我們老爺只是太好了，一味的真心待人，反倒招出事來。」賈政道：「真心是最好的了。」包勇道：「因為太真了，人人都不喜歡，討人厭煩是有的。」賈政笑了一笑道：「既這樣，皇天自然不負他的。」

包勇還要說時，賈政又問道：「我聽見說你們家的哥兒不是也叫寶玉麼？」包勇道：「是。」賈政道：「他還肯向上巴結麼？」包勇道：「老爺若問我們哥兒，倒是一段奇事。哥兒的脾氣也和我家老爺一個樣子，也是一味的誠實。從小兒只管和那些姐妹們在一處玩。老爺太太也狠打過幾次，他只是不改。那一年太太進京的時候兒，哥兒大病了一場，已經死了半日，把老爺幾乎急死，裝裹都預備了。幸喜後來好了，嘴裏說道，走到一座牌樓那裏，見了一個姑娘領着他到了一座廟裏，見了好些櫃子，裏頭見了好些冊子。又到屋裏，見了無數婦子，說是多變了鬼怪似的，也有變做骷髏兒的。他嚇急了，便哭喊起來。老爺知他醒過來了，連忙調治，漸漸的好了。老爺仍叫他在姐妹們一處玩去，他竟改了脾氣了，好着時候的玩意兒一概都不要了。唯有唸書為事。就有甚麼人來引誘他，他也全不動心。如今漸漸能夠幫着老爺料理些家務了。」賈政默然想了一回，道：「你去歇歇去罷。等這裏用着你時，自然派你一個行次兒。」包勇答應着

退下來，跟着這裏人出去歇息不提。

一日賈政早起剛要上衙門，看見門上那些人在那裏交頭接耳，好像要使賈政知道的似的，又不好明回，只管咕咕唧唧的說話。賈政叫上來問道：「你們有甚麼事，這麼鬼鬼祟祟的？」門上的人回道：「奴才們不敢說。」賈政道：「有甚麼事不敢說的？」門上的人道：「奴才今兒起來開門出去，見門上貼着一張白紙，上寫着許多不成事體的字。」賈政道：「那裏有這樣的事，寫的是甚麼？」門上的人道：「是水月庵裏的腌臢話。」賈政道：「拿給我瞧。」門上的人道：奴才本要揭下來，誰知他貼得結實，揭不下來，只得一面抄一面洗。剛才李德揭了一張給奴才瞧，就是那門上貼的話。奴才們不敢隱瞞。」說着呈上那帖兒，賈政接來看時，上面寫着：「西貝草斤年紀輕，水月庵裏管尼僧。一個男人多少女，窩娼聚賭是陶情。不肖子弟來辦事，榮國府內好聲名！」賈政看了，氣得頭昏目暈，趕着叫門上的人不許聲張，悄悄叫人往寧榮兩府靠近的夾道子牆壁上再去找尋。隨即叫人去喚賈璉出來。

賈璉即忙趕至。賈政忙問道：「水月庵中寄居的那些女尼女道，向來你也查考查考過沒有？」賈璉道：「沒有。一向都是芹兒在那裏照管。」賈政道：「你知道芹兒照管得來照管不來？」賈璉道：「老爺既這麼說，想來芹兒必有不妥當的地方兒。」賈政歎道：「你瞧瞧這個帖兒上寫的是甚麼！」賈璉一看，道：「有這樣事麼！」正說着，只見賈蓉走來，拿着一封書子，寫着「二老爺密啟」。打開看時，也是無頭榜一張，與門上所貼的話相同。賈政道：「快叫賴大帶了三四輛車子到水月庵裏去，把那些女尼女道士一齊拉回來。不許泄漏，只說裏頭傳喚。」賴大領命去了。

且說水月庵中小女尼女道士等初到庵中，沙彌與道士原係老尼收管，日間教他些經懺。以後元妃不用，也便習學得懶惰了。那些女孩子們年紀漸漸的大了，都也有些知覺

了。更兼賈芹也是風流人物，打量芳官等出家只是小孩子性兒，便去招惹他們。那知芳官竟是真心，不能上手，便把這心腸移到女尼女道士身上。因那小沙彌中有個名叫沁香的，和女道士中有個叫做鶴仙的，長得都甚嬌嬈，賈芹便和這兩個人勾搭上了。閑時便學些絲弦，唱個曲兒。那時正當十月中旬，賈芹給庵中那些人領了月例銀子，便想起法兒來，告訴眾人道：「我為他們領月錢不能進城，又只得在這裏歇着。怪冷的，怎麼樣？我今兒帶些果子酒，大家吃着樂一夜好不好？」那些女孩子都高興，便擺起桌子，連本庵的女尼也叫了來，唯有芳官不來。賈芹喝了幾杯，便說道要行令。沁香等道：「我們都不會，到不如搳拳罷。誰輸了喝一杯，豈不爽快？」本庵的女尼道：「這天剛過晌午，混嚷混喝的不像。且先喝幾盅，愛散的先散去，誰愛陪芹大爺的，回來晚上盡子喝去，我也不管。」

　　正說着，只見道婆急忙進來說：「快散了罷，府裏賴大爺來了。」眾女尼忙亂收拾，便叫賈芹躲開。賈芹因多喝了幾杯，便道：「我是送月錢來的，怕甚麼！」話猶未完，已見賴大進來，見這般樣子，心裏大怒。為的是賈政吩咐不許聲張，只得含糊裝笑道：「芹大爺也在這裏呢麼？」賈芹連忙站起來道：「賴大爺，你來作甚麼？」賴大說：「大爺在這裏更好。快快叫沙彌道士收拾上車進城，宮裏傳呢。」賈芹等不知原故，還要細問。賴大說：「天已不早了，快快的好趕進城。」眾女孩只得一齊上車，賴大騎着大走騾，押着趕進城，不題。卻說賈政知道這事，氣得衙門也不能上了，獨坐在內書房歎氣。賈璉也不敢走開。忽見門上的進來稟道：「衙門裏今夜該班是張老爺，因張老爺病了，有知會來請老爺補一班。」賈政正等賴大回來要辦賈芹，此時又要該班，心裏納悶，也不言語。賈璉走上去說道：「賴大是飯後出去的，水月庵離城二十來里，就趕進城也得二更天。今日又是老爺的幫班，請老爺只管去。賴大來了，叫他押着，也別聲

張，等明兒老爺回來再發落。或芹兒來了，也不用說明，看他明兒見了老爺怎麼樣說。」賈政聽來有理，只得上班去了。

賈璉抽空才要回到自己房中，一面走着，心裏抱怨鳳姐出的主意，欲要埋怨，因他病着，只得隱忍，慢慢的走着。

且說那些下人一人傳十傳到裏頭。先是平兒知道，即忙告訴鳳姐。鳳姐因那一夜不好，懨懨的總沒精神，正是惦記鐵檻寺的事情。聽說外頭貼了匿名揭帖的一句話，嚇了一跳，忙問貼的是甚麼。平兒隨口答應，不留神就錯說了道：「沒要緊，是饅頭庵裏的事情。」鳳姐本是心虛，聽見饅頭庵的事情，這一唬直唬怔了，一句話沒說出來，急火上攻，眼前發暈，咳嗽了一陣，便歪倒了，兩隻眼卻只是發怔。平兒慌了，說着：「水月庵裏不過是女沙彌女道士的事，奶奶着甚麼急呢？」鳳姐聽是水月庵，才定了定神，說道：「呸，糊塗東西，到底是水月庵呢，是饅頭庵呢？」平兒笑道：「是我頭裏錯聽了是饅頭庵，後來聽見不是饅頭庵，是水月庵。我剛才也就說溜了嘴，說成饅頭庵了。」鳳姐道：「我就知道是水月庵，那饅頭庵與我甚麼相干！原是這水月庵是我叫芹兒管的，大約克扣了月錢。」平兒道：「我聽說不像月錢的事，還有些腌臢話呢。」鳳姐道：「我更不管那個。你二爺那裏去了？」平兒說：「聽見老爺生氣，他不敢走開。我聽見事情不好，我吩咐這些人不許吵嚷，不知太太們知道了沒有。但聽見說老爺叫賴大拿這些女孩子去了。且叫個人前頭打聽打聽。奶奶現在病着，依我竟先別管他們的閑事。」

正說着，只見賈璉進來。鳳姐欲待問他，見賈璉一臉的怒氣，暫且裝作不知。賈璉飯沒吃完，旺兒來說：「外頭請爺呢，賴大回來了。」賈璉道：「芹兒來了沒有？」旺兒道：「也來了。」賈璉便道：「你去告訴賴大，說老爺上班兒去了。把這些個女孩子暫且收在園裏，明日等老爺回來送進宮去。只叫芹兒在內書房等着我。」旺兒去了。

賈芹走進書房，只見那些下人指指點點，不知說甚

麼。看起這個樣兒來，不像宮裏要人。想着問人，又問不出來。正在心裏疑惑，只見賈璉走出來。賈芹便請了安，垂手侍立，說道：「不知道娘娘宮裏即刻傳那些孩子們做甚麼？叫姪兒好趕！幸喜姪兒今兒送月錢去，還沒有走，便同着賴大來了。二叔想是知道的。」賈璉道：「我知道甚麼？你才是明白的呢！」賈芹摸不着頭腦兒，也不敢再問。賈璉道：「你幹得好事，把老爺都氣壞了！」賈芹道：「姪兒沒有幹甚麼。庵裏月錢是月月給的，孩子們經懺是不忘記的。」賈璉見他不知，又是平素常在一處玩笑的，便歎口氣道：「打嘴的東西，你各自去瞧瞧罷！」便從靴掖兒裏頭拿出那個揭帖來，扔與他瞧。賈芹拾來一看，嚇得面如土色，說道：「這是誰幹的！我並沒得罪人，為甚麼這麼坑我？我一月送錢去，只走一趟，並沒有這些事。若是老爺回來，打着問我，姪兒就屈死了！我母親知道，更要打死。」說着，見沒人在旁邊，便跪下央及道：「好叔叔，救我一救兒罷！」說着，只管磕頭，滿眼淚流。

賈璉想道：「老爺最惱這些，要是問準了有這些事，這場氣也不小。鬧出去也不好聽，又長那個貼帖兒的人的志氣了。將來咱們的事多着呢。倒不如趁着老爺上班兒，和賴大商量着，若混過去，就可以沒事了。現在沒有對證。」想定主意，便說：「你別瞞我，你幹的鬼鬼祟祟的事，你打諒我都不知道呢，若要完事，除非是老爺打着問你，你一口咬定沒有才好。沒臉的，起去罷！」叫人去喚賴大。

不多時，賴大來了。賈璉便與他商量。賴大說：「這芹大爺本來鬧的不像了。奴才今兒到庵裏的時候，他們正在那裏喝酒呢。帖兒上的話，一定是有的。」賈璉道：「芹兒，你聽！賴大還賴你不成？」

賈芹此時紅漲了臉，一句也不敢言語。還是賈璉拉着賴大，央他：「護庇護庇罷，只說是芹哥兒在家裏找來的，你帶了他去，只說沒有見我。明日你求老爺也不用問那些

女孩子了，竟是叫了媒人來，領了去一賣完事。果然娘娘再要的時候兒，咱們再買。」賴大想來，鬧也無益，且名聲不好，就應了。賈璉叫賈芹：「跟了賴大爺去罷，聽着他教你。你就跟着他。」說罷，賈芹又磕了一個頭，跟着賴大出去。到了沒人的地方兒，又給賴大磕頭。賴大說：「我的小爺，你太鬧的不像了。不知得罪了誰，鬧出這個亂兒來。你想想誰和你不對罷。」賈芹想了一會子，並無不對的人，只得無精打采，跟着賴大走回。未知如何抵賴，且聽下回分解。

💡 **精華賞析**

....

　　賈璉為人圓滑，在賈政面前一副嘴臉，在賴大和賈芹面前又是另一副嘴臉，兩面都顯得他這人正派、體面。對此你是怎樣看賈璉這個人？請分析賈璉的性格。

《第九十四回》

宴海棠賈母賞花妖
失寶玉通靈知奇禍

> 　　　一株已死的海棠花在秋天盛開，這一奇景引得大家前來觀賞。但這時，寶玉那塊貼身帶着的玉竟然丟失了，賈府上下亂作一團，四處尋找。

　　話說賴大帶了賈芹出來，一宿無話，靜候賈政回來。單是那些女尼女道重進園來，都喜歡的了不得，欲要到各處逛逛，明日預備進宮。不料賴大便吩咐了看園的婆子並小廝看守，唯給了些飲食，卻是一步不准走開。那些女孩子摸不着頭腦，只得坐着等到天亮。園裏各處的丫頭雖都知道拉進女尼們來預備宮裏使喚，卻也不能深知原委。

　　到了明日早起，賈政正要下班，因堂上發下兩省城工估銷冊子立刻要查核，一時不能回家，便叫人回來告訴賈璉說：「賴大回來，你務必查問明白。該如何辦就如何辦了，不必等我。」

　　賈璉奉命，先替芹兒喜歡，又想道：「若是辦得一點影兒都沒有，又恐賈政生疑，不如回明二太太討個主意辦去，便是不合老爺的心，我也不至甚擔干係。」主意定了，進內去見王夫人，陳說：「昨日老爺見了揭帖生氣，把芹兒和女尼女道等都叫進府來查辦。今日老爺沒空問這種不成體統的事，叫我來回太太，該怎麼便怎麼樣。我所以來請示太太，這件事如何辦理？」王夫人聽了，詫異道：「這是怎麼說！若是芹兒這麼樣起來，這還成咱們家的人了麼？但只這個貼帖兒的也可惡，這些話可是混嚼說得的麼？你到底問了芹兒有這件事沒有呢？」賈璉道：「剛才也問過了。太太想，別說他幹了沒有，就是幹了，一個人幹了混賬事也肯應承麼？但只我想芹兒也不敢行此事，知道

那些女孩子都是娘娘一時要叫的，倘或鬧出事來，怎麼樣呢？依姪兒的主見，要問也不難，若問出來，太太怎麼個辦法呢？」王夫人道：「如今那些女孩子在那裏？」賈璉道：「都在園裏鎖着呢。」王夫人道：「姑娘們知道不知道？」賈璉道：「大約姑娘們也都知道是預備宮裏頭的話，外頭並沒提起別的來。」

王夫人道：「很是。這些東西一刻也是留不得的。頭裏我原要打發他們去來着，都是你們說留着好，如今不是弄出事來了麼？你竟叫賴大帶了去，細細的問他的本家有人沒有，將文書查出。花上幾十兩銀子，僱隻船，派個妥當人送到本地，一概連文書發還了，也落得無事。若是為着一兩個不好，個個都押着他們還俗，那又太造孽了。若在這裏發給官媒，雖然我們不要身價，他們弄去賣錢，那裏顧人的死活呢？芹兒呢，你便狠狠的說他一頓。除了祭祀喜慶，無事叫他不用到這裏來，看仔細碰在老爺氣頭兒上，那可就吃不了兜着走了。也說與賬房兒裏，把這一項錢糧檔子銷了。還打發個人到水月庵，說老爺的諭：除了上墳燒紙，若有本家爺們到他那裏去，不許接待。若再有一點不好風聲，連老姑子一併攆出去。」

賈璉一一答應了，出去將王夫人的話告訴賴大，說：「是太太主意，叫你這麼辦去。辦完了，告訴我去回太太。你快辦去罷。回來老爺來，你也按着太太的話回去。」賴大聽說，便道：「我們太太真正是個佛心。這班東西着人送回去，既是太太好心，不得不挑上好人。芹哥兒竟交給二爺開發了罷。那個貼帖兒的，奴才想法兒查出來，重重的收拾他才好。」賈璉點頭說：「是了。」即刻將賈芹發落。賴大也趕着把女尼等領出，按着主意辦去了。

晚上賈政回家，賈璉賴大回明賈政。賈本是省事的人，聽了也便撂開手了。獨有那些無賴之徒，聽得賈府發出二十四個女孩子出來，那個不想？究竟那些人能夠回家不能，未知着落，亦難虛擬。且說紫鵑因黛玉漸好，園中無事，聽見女尼等預備宮內使喚，不知何事，便到賈母那邊打聽打聽，恰遇着鴛鴦下來，閑着坐下說閑話兒，提起女尼的事。鴛鴦詫異道：「我並沒有聽見，回來問問二奶奶就知道了。」

正說着，只見傅試家兩個女人過來請賈母的安，鴛鴦要陪了上去。那兩個女人因賈母正睡晌覺，就與鴛鴦說了一聲兒回去了。紫鵑問：「這是誰家差來的？」鴛鴦道：「好討人嫌。家裏有了一個女孩兒生得好些，便獻寶的似的，常常在老太太面前誇他家姑娘長得怎麼好，心地兒怎麼好，禮貌上

又好，說話兒又簡絕，做活計兒手兒又巧，會寫會算，尊長上頭最孝敬的，就是待下人也是極和平的。來了就編這麼一大套，常常說給老太太聽。我聽着很煩。這幾個老婆子真討人嫌！我們老太太偏愛聽那些個話。老太太也罷了，還有寶玉，素常見了老婆子便很厭煩的，偏見了他們家的老婆子便不厭煩。你說奇不奇？前兒還來說，他們姑娘現有多少人家兒來求親，他們老爺總不肯應，心裏只要和咱們這種人家作親才肯。一回誇獎，一回奉承，把老太太的心都說活了。」紫鵑聽了一呆，便假意道：「若老太太喜歡，為甚麼不就給寶玉定了呢？」鴛鴦正要說出原故，聽見上頭說：「老太太醒了。」鴛鴦趕着上去。

　　紫鵑只得起身出來，回到園裏。一頭走，一頭想道：「天下莫非只有一個寶玉，你也想他，我也想他。我們家的那一位越發痴心起來了，看他的那個神情兒，是一定在寶玉身上的了：三番五次的病，可不是為着這個是甚麼？這家裏金的銀的還鬧不清，若添了一個甚麼傅姑娘，更了不得了。我看寶玉的心也在我們那一位的身上，聽着鴛鴦的說話竟是見一個愛一個的。這不是我們姑娘白操了心了嗎？」紫鵑本是想着黛玉，往下一想，連自己也不得主意了，不免掉下淚來。要想叫黛玉不用瞎操心呢，又恐怕他煩惱；若是看着他這樣，又可憐見兒的。左思右想，一時煩躁起來，自己啐自己道：「你替人耽甚麼憂！就是林姑娘真配了寶玉，他的那性情兒也是難伏侍的。寶玉性情雖好，又是貪多嚼不爛的。我倒勸人不必瞎操心，我自己才是瞎操心呢。從今以後，我盡我的心伏侍姑娘，其餘的事全不管！」這麼一想，心裏倒覺清淨。回到瀟湘館來，見黛玉獨自一人坐在炕上，理從前做過的詩文詞稿。抬頭見紫鵑來，便問：「你到那裏去了？」紫鵑道：「今兒瞧了瞧姐妹們去。」黛玉道：「可是找襲人姐姐去麼？」紫鵑道：「我找他做甚麼。」黛玉一想，這話怎麼順嘴說出來了呢？反覺不好意思，便啐道：「你找誰與我甚麼相干！倒茶去罷。」

　　紫鵑也心裏暗笑，出來倒茶。只聽見園裏的一疊聲亂嚷，不知何故，一面倒茶，一面叫人去打聽。回來說道：「怡紅院裏的海棠本來萎了幾棵，也沒人去澆灌他。昨日寶玉去睡，見枝頭上好像有了骨朵兒似的。人都不信，沒有理他。忽然今日開得很好的海棠花，眾人詫異，都爭着去看。連老太太、太太都哄動了，來瞧花兒呢。所以大奶奶叫人收拾園裏敗葉枯枝，這些人在那裏傳喚。」黛玉也聽見了，知道老太太來，便更了衣，叫雪雁去打聽，「若

是老太太來了，即來告訴我。」雪雁去不多時，便跑來說：「老太太，太太好些人都來了，請姑娘就去罷。」黛玉略自照了一照鏡子，掠了一掠鬢髮，便扶着紫鵑到怡紅院來。

已見老太太坐在寶玉常臥的榻上，黛玉便說道：「請老太太安。」退後，便見了邢王二夫人，回來與李紈、探春、惜春、邢岫煙彼此問了好。只有鳳姐因病未來；史湘雲因他叔叔調任回京，接了家去；薛寶琴跟他姐姐家去住了；李家姐妹因見園內多事，李嬸娘帶了在外居住；所以黛玉今日見的只有數人。大家說笑了一回，講究這花開得古怪。賈母道：「這花兒應在三月裏開的，如今雖是十一月，因節氣遲，還算十月，應着小陽春的天氣，因為和暖，開花也是有的。」王夫人道：「老太太見的多，說得是。也不為奇。」邢夫人道：「我聽見這花已經萎了一年，怎麼這回不應時候兒開了？必有個原故。」李紈笑道：「老太太和太太說得都是。據我的糊塗想頭，必是寶玉有喜事來了，此花先來報信。」探春雖不言語，心內想：「必非好兆。大凡順者昌，逆者亡。草木知運，不時而發，必是妖孽。」但只不好說出來。

獨有黛玉聽說是喜事，心裏觸動，便高興說道：「當初田家有荊樹一棵，三個弟兄因分了家，那荊樹便枯了。後來感動了他弟兄們仍舊歸在一處，那荊樹也就榮了。可知草木也隨人的。如今二哥哥認真唸書，舅舅喜歡，那棵樹也就發了。」賈母王夫人聽了喜歡，便說：「林姑娘比方得有理，很有意思。」

正說着，賈赦、賈政、賈環、賈蘭都進來看花。賈赦便說：「據我的主意，把他砍去，必是花妖作怪。」賈政道：「見怪不怪，其怪自敗。不用砍他，隨他去就是了。」賈母聽見，便說：「誰在這裏混說！人家有喜事好處，甚麼怪不怪的。若有好事，你們享去；若是不好，我一個人當去。你們不許混說。」賈政聽了，不敢言語，訕訕的同賈赦等走了出來。

那賈母高興，叫人傳話到廚房裏，快快預備酒席，大家賞花，叫「寶玉、環兒、蘭兒各人做一首詩誌喜。林姑娘的病才好，不要他費心，若高興，給你們改改」。對着李紈道：「你們都陪我喝酒。」李紈答應了「是」，便對探春笑道：「都是你鬧的。」探春道：「饒不叫我們做詩，怎麼我們鬧的？」李紈道：「海棠社不是你起的麼？如今那棵海棠也要來入社了。」大家聽着都笑了。一時擺上酒菜，一面喝着，彼此都要討老太太的歡喜，大家說些興頭話。寶玉上來，斟了酒，便立成了四句詩，寫出來唸與賈母聽道：「海棠何事

忽摧蹌，今日繁花為底開？應是北堂增壽考，一陽旋復占先梅。」

　　賈環也寫了來唸道：「草木逢春當茁芽，海棠未發候偏差。人間奇事知多少，冬月開花獨我家。」

　　賈蘭恭楷謄正，呈與賈母，賈母命李紈唸道：「煙凝媚色春前萎，霜泡微紅雪後開。莫道此花知識淺，欣榮預佐合歡杯。」

　　賈母聽畢，便說：「我不大懂詩，聽去倒是蘭兒的好，環兒做得不好。都上來吃飯罷。」

　　寶玉看見賈母喜歡，更是興頭，因想起：「晴雯死的那年海棠死的，今日海棠復榮，我們院內這些人自然都好。但是晴雯不能像花的死而復生了。」頓覺轉喜為悲。忽又想起前日巧姐提鳳姐要把五兒補入，或此花為他而開，也未可知，卻又轉悲為喜。依舊說笑。

　　賈母還坐了半天，然後扶了珍珠回去了。王夫人等跟着過來。只見平兒笑嘻嘻的迎上來說：「我們奶奶知道老太太在這裏賞花，自己不得來，叫奴才來伏侍老太太、太太們，還有兩匹紅送給寶二爺包裹這花，當作賀禮。」襲人過來接了，呈與賈母看。賈母笑道：「偏是鳳丫頭行出點事兒來，叫人看着又體面，又新鮮，很有趣兒。」襲人笑着向平兒道：「回去替寶二爺給二奶奶道謝。要有喜大家喜。」賈母聽了笑道：「噯喲我還忘了呢，鳳丫頭雖病着，還是他想到得，送得也巧。」一面說着，眾人就隨着去了。平兒私與襲人道：「奶奶說，這花開得奇怪，叫你鉸塊紅綢子掛掛，便應在喜事上去了。以後也不必只管當作奇事混說。」襲人點頭答應，送了平兒出去，不題。

　　且說那日寶玉本來穿着一裹圓[1]的皮襖在家歇息，因見花開，只管出來看一回，賞一回，歎一回，愛一回的，心中無數悲喜離合，都弄到這株花上去了。忽然聽說賈母要來，便去換了一件狐腋箭袖，罩一件玄狐腿外褂，出來迎接賈母。匆匆穿換，未將通靈寶玉掛上，及至後來賈母去了，仍舊換衣。襲人見寶玉脖子上沒有掛着，便問：「那塊玉呢？」寶玉道：「剛才忙亂換衣，摘下來放在炕桌上，我沒有帶。」襲人回看桌上並沒有玉，便向各處找尋，蹤影全無，嚇得襲人滿身冷汗。寶玉道：「不用着急，少不得在屋裏的，問他們

---

1)　　一裹圓：一種冬天的便服，即長皮襖。清代禮服的袍子，前後開衩。便服左右有開衩而前後沒有，所以稱為「一裹圓」。婦女的便服四面都沒有開衩，也稱「一裹圓」。

就知道了。」

襲人當作麝月等藏起嚇他玩，便向麝月等笑着說道：「小蹄子們，玩呢到底有個玩法。把這件東西藏在那裏了？別真弄丟了，那可就大家活不成了。」麝月等都正色道：「這是那裏的話！玩是玩笑是笑，這個事非同兒戲，你可別混說。你自己昏了心了，想想罷，想想擱在那裏了。這個子又混賴人了。」襲人見他這般光景，不像是玩話，便着急道：「皇天菩薩小祖宗，到底你擺在那裏去了？」寶玉道：「我記得明明放在炕桌上的，你們到底找啊。」襲人、麝月、秋紋等也不敢叫人知道，大家偷偷兒的各處搜尋。鬧了大半天，毫無影響，甚至翻箱倒籠，實在沒處去找，便疑到方才這些人進來，不知誰撿了去了。襲人說道：「進來的誰不知道這玉是性命似的東西呢，誰敢撿了去呢？你們好歹先別聲張，快到各處問去。若有姐妹們撿着嚇我們玩呢，你們給他磕頭要了回來；若是小丫頭偷了去，問出來也不回上頭，不論做些甚麼送他，換了出來都使得的。這可不是小事，真要丟了這個，比丟了寶二爺的還利害呢！」麝月秋紋剛要往外走，襲人又趕出來囑咐道：「頭裏在這裏吃飯的倒先別問去，找不成再惹出些風波來，更不好了。」麝月等依言分頭各處追問。人人不曉，個個驚疑。二人連忙回來，俱目瞪口呆，面面相窺。寶玉也嚇怔了。襲人急的只是乾哭。找是沒處找，回又不敢回，怡紅院裏的人嚇得個個像木雕泥塑一般。

大家正在發呆，只見各處知道的都來了。探春叫把園門關上，先命個老婆子帶着兩個丫頭，再往各處去尋去；一面又叫告訴眾人：若誰找出來，重重的賞銀。大家頭宗要脫干係，二宗聽見重賞，不顧命的混找了一遍，甚至於茅廁裏都找到了。誰知那塊玉竟像繡花針兒一般，找了一天，總無影響。

李紈急了，說：「這件事不是玩的，我要說句無禮的話了。」眾人道：「甚麼呢？」李紈道：「事情到了這時，也顧不得了。現在園裏除了寶玉，都是女人，要求各位姐姐、妹妹、姑娘都要叫跟來的丫頭脫了衣服，大家搜一搜。若沒有，再叫丫頭們去搜那些老婆子並粗使的丫頭。」大家說道：「這話也說的有理，現在人多手亂，魚龍混雜，倒是這麼一來，你們也洗洗清。」探春獨不言語。那些丫頭們也都願意洗淨自己。

先是平兒起，平兒說道：「打我先搜起。」於是各人自己解懷，李紈一氣兒混搜。探春嗔着李紈道：「大嫂子，你也學那起不成材料的樣子來了。那個

人既偷了去，還肯藏在身上？況且這件東西在家裏是寶，到了外頭，不知道的是廢物，偷他做甚麼？我想來必是有人使促狹。」眾人聽說，又見環兒不在這裏，昨兒他滿屋裏亂跑，都疑到他身上，只是不肯說出來。探春又道：「使促狹的只有環兒。你們叫個人去悄悄的叫了他來，背地裏哄着他，叫他拿出來，然後嚇着他，叫他別聲張，就完了。」大家點頭。

李紈便向平兒道：「這件事還是得你去才弄得明白。平兒答應，就趕着去了。不多時同了環兒來了。眾人假意裝出沒事的樣子，叫人沏了碗茶擱在裏間屋裏，眾人故意搭上走開。原叫平兒哄他，平兒便笑着向環兒道：「你二哥哥的玉丟了，你瞧見了沒有？」賈環便急得紫漲了臉，瞪着眼說道：「人家丟了東西，你怎麼又叫我來查問，疑我！我是犯過案的賊麼？」平兒見這樣子，倒不敢再問，便又陪笑道：「不是這麼說，怕三爺要拿了去嚇他們，所以白問問瞧見了沒有，好叫他們找。」賈環道：「他的玉在他身上，看見不看見該問他，怎麼問我？捧着他的人多着喇！得了甚麼不來問我，丟了東西就來問我！」說着，起身就走。

眾人不好攔他。這裏寶玉倒急了，說道：「都是這勞什子鬧事，我也不要他了。你們也不用鬧了。環兒一去，必是嚷得滿院裏都知道了，這可不是鬧事了麼？」襲人等急得又哭道：「小祖宗，你看這玉丟了沒要緊，若是上頭知道了，我們這些人就要粉身碎骨了！」說着，便嚎啕大哭起來。

眾人更加傷感，明知此事掩飾不來，只得要商議定了話，回來好回賈母諸人。寶玉道：「你們竟也不用商議，硬說我砸了就完了。」平兒道：「我的爺，好輕巧話兒！上頭要問為甚麼砸的呢？他們也是個死啊！倘或要起砸破的碴兒來，那又怎麼樣呢？」寶玉道：「不然便說我前日出門丟了。眾人一想，這句話倒還混得去，但是這兩天又沒上學，又沒往別處去。寶玉道：「怎麼沒有，大前兒還到南安王府裏聽戲去了呢，便說那日丟的。」探春道：「那也妥。即是前兒丟的，為甚麼當日不來回？」

眾人正在胡思亂想，要裝點撒謊，只聽見趙姨媽的聲兒哭着喊着走來說：「你們丟了東西自己不找，怎麼叫人背地裏拷問環兒。我把環兒帶了來，索性交給你們這一起沵上水的，該殺該剮，隨你們罷。」說着，將環兒一推說：「你是個賊，快快的招罷！」氣得環兒也哭喊起來。

李紈正要勸解，丫頭來說：「太太來了。」襲人等此時無地可容，寶玉等

趕忙出來迎接。趙姨娘暫且也不敢作聲，跟了出來。王夫人見眾人都有驚惶之色，才信方才聽見的話，便道：「那塊玉真丟了麼？」眾人都不敢作聲，王夫人進屋裏坐下，便叫襲人。慌得襲人連忙跪下，含淚要稟。王夫人道：「你起來快快叫人細細找去，一忙亂倒不好了。」襲人哽咽難言。

寶玉生恐襲人真告訴出來，便說道：「太太，這事不與襲人相干。是我前日到南安王府那裏聽戲，在路上丟了。」王夫人道：「為甚麼那日不找呢？」寶玉道：「我怕他們知道，沒有告訴他們。我叫焙茗等在外頭各處找過的。」王夫人道：「胡說！如今脫換衣服，不是襲人他們伏侍的麼？大凡哥兒出門回來，手巾荷包短了，還要個明白，何況這塊玉不見了！難道不問麼？」寶玉無言可答。

趙姨娘聽見，便得意了，忙接過口道：「外頭丟了東西，也賴環兒……」話未說完，被王夫人喝道：「這裏說這個，你且說那些沒要緊的話！」趙姨娘便不敢言語了。還是李紈探春從實的告訴了王夫人一遍，王夫人也急得淚如雨下，索性要回明賈母，去問邢夫人那邊跟來的這些人去。

鳳姐病中也聽見寶玉失玉，知道王夫人過來，料躲不住，便扶了豐兒來到園裏。正值王夫人起身要走，鳳姐嬌怯怯的說：「請太太安。」寶玉等過來問了鳳姐好。王夫人因說道：「你也聽見了麼？這可不是奇事嗎？剛才眼錯不見就丟了，再找不着。你去想想，打從老太太那邊丫頭起至你們平兒，誰的手不穩，誰的心促狹。我要回了老太太，認真的查出來才好。不然是斷了寶玉的命根子了。」鳳姐回道：「咱們家人多手雜，自古說的『知人知面不知心』，那裏保得住誰是好的？但是一吵嚷已經都知道了，偷玉的人若叫太太查出來，明知是死無葬身之地，他着了急，反要毀壞了滅口，那裏可怎麼處呢。據我的糊塗想頭，只說寶玉本不愛他，撂丟了，也沒有甚麼要緊。只要大家嚴密些，別叫老太太老爺知道。這麼說了，暗暗的派人去各處察訪，哄騙出來，那時玉也可得，罪名也好定。不知太太心裏怎麼樣？」

王夫人遲了半日，才說道：「你這話雖也有理，但只是老爺跟前怎麼瞞的過呢？」便叫環兒過來道：「你二哥哥的玉丟了，白問了你一句，怎麼你就亂嚷，若是嚷破了，人家把那個毀壞了，我看你活得活不得！」賈環嚇得哭道：「我再不敢嚷了。」趙姨娘聽了，那裏還敢言語？王夫人便吩咐眾人道：「想來自然有沒找到的地方兒，好端端的在家裏的，還怕他飛到那裏去不成？只是

不許聲張。限襲人三天內給我找出來，要是三天找不着，只怕也瞞不住，大家那就不用過安靜的日子了。」說着，便叫鳳姐兒跟到邢夫人那邊，商議踩緝不題。

這裏李紈等紛紛議論，便傳喚看園子的一干人來，叫把園門鎖上，快傳林之孝家的來，悄悄兒的告訴了他，叫他吩咐前後門上，三天之內，不論男女下人從裏頭可以走動，要出時一概不許放出，只說裏頭丟了東西，等這件東西有了着落，然後放人出來。林之孝家的答應了「是」，因說：「前兒奴才家裏也丟了一件不要緊的東西，林之孝必要明白，上街去找了一個測字的，那人叫甚麼劉鐵嘴，測了一個字，說的很明白，回來依舊一找便找着了。」襲人聽見，便央及林家的道：「好林奶奶，出去快求林大爺替我們問問去。」邢林之孝家的答應着出去了。

邢岫煙道：「若說那外頭測字打卦的，是不中用的。我在南邊聞妙玉能扶乩，何不煩他問一問。況且我聽說這塊玉原有仙機，想來問得出來。」眾人都詫異道：「咱們常見的，從沒有聽他說起。」麝月便忙問岫煙道：「想來別人求他是不肯的，好姑娘，我給姑娘磕個頭，求姑娘就去，若問出來了，我一輩子總不忘你的恩。說着，趕忙就要磕下頭去，岫煙連忙攔住。黛玉等也都慫恿着岫煙速往櫳翠庵去。

一面林之孝家的進來說道：「姑娘們大喜。林之孝測了字回來說，這玉是丟不了的，將來橫豎有人送還來的。」眾人聽了，也都半信半疑，唯有襲人麝月喜歡的了不得。探春便問：「測的是甚麼字？」林之孝家的道：「他的話多，奴才也學不上來，記得是拈了個賞人東西的『賞』字。那劉鐵嘴也不問，便說：『丟了東西不是？』」李紈道：「這就算好。」林之孝家的道：「他還說，『賞』字頭上一個『小』字，底下一個『口』字，這件東西很可嘴裏放得，必是個珠子寶玉。」眾人聽了，誇讚道：「真是神仙。往下怎麼說？」林之孝家的道：「他說底下『貝』字，拆開不成一個『見』字，可不是『不見』了？因上頭拆了『當』字，叫快到當鋪裏找去。『賞』字加一『人』字，可不是『償』字？只要找着當鋪就有人，有了人便贖了來，可不是償還了嗎？」眾人道：「既這麼着，就先往左近找起。橫豎幾個當鋪都找遍了，少不得就有了。咱們有了東西，再問人就容易了。」李紈道：「只要東西，那怕不問人都使得。林嫂子，煩你就把測字的話快去告訴二奶奶，回了太太，先叫太太放心，就叫

二奶奶快派人查去。」林家的答應了便走。

　　眾人略安了一點兒神，呆呆的等岫煙回來。正呆等，只見跟寶玉的焙茗在門外招手兒，叫小丫頭快出來。那小丫頭趕忙的出去了。焙茗便說道：「你快進去告訴我們二爺和裏頭太太奶奶姑娘們，天大喜事！」那小丫頭子道：「你快說罷，怎麼這麼累贅。」焙茗笑着拍手道：「我告訴姑娘，姑娘進去回了，咱們兩個人都得賞錢呢。你打量是甚麼事情？寶二爺的那塊玉呀，我得了準信兒來了。」未知如何，下回分解。

精華賞析

　　正是寶玉的玉引起了《紅樓夢》故事的開端，而這時玉的丟失也是推動情節發展的一個重要情節。因為帶着這塊玉，賈寶玉至少有兩次化險為夷，現在玉不在了，也就意味着往後的日子不會那麼容易躲過劫難了。

知識拓展

小陽春

　　小陽春是指南方的農曆十一月，北方的農曆十月，從立多到小雪兩個節氣之間的這段時間。我國古代很長的時期裏，人們習慣上使用夏曆，所以將每年的農曆十一月當成一年的開始，稱為「陽」。因為這時的氣候與陽春三月非常相似，一些在早春開花的果樹有可能再次開花，因此人們就稱這段時間的氣候為「小陽春」。因為秋冬季節裏北方的氣候比南方寒冷，因此北方的十月與南方的十一月氣候相似，「小陽春」因南北而異，在時間上有所差別。

《第九十五回》

因訛成實元妃薨逝
以假混真寶玉瘋癲

丟了玉的寶玉不像從前那麼機靈了，經常傻呆呆的。與此同時，賈元春突然生了重病，沒幾天就一命嗚呼了。

話說焙茗在門口和小丫頭子說寶玉的玉有了，那小丫頭急忙回來告訴寶玉。眾人聽了，都推着寶玉出去問他，眾人在廊下聽着。寶玉也覺放心，便走到門口問道：「你那裏得了？快拿來。」焙茗道：「拿是拿不來的，還得託人做保去呢。」寶玉道：「你快說是怎麼得的，我好叫人取去。」焙茗道：「我在外頭知道林爺爺去測字，我就跟了去。我聽見說在當鋪裏找，我沒等他說完，便跑到幾個當鋪裏去。我比給他們瞧，有一家便說有。我說給我罷，那鋪子裏要票子。我說當多少錢，他說三百錢的也有，五百錢的也有。前兒有一個人拿這麼一塊玉當了三百錢去，今兒又有人也拿一塊玉當了五百錢去。」寶玉不等說完，便道：「你快拿三百五百錢去取了來，我們挑着看是不是。」

裏頭襲人便啐道：「二爺不用理他！我小時候兒聽見我哥哥常說，有些人賣那些小玉兒，沒錢用便去當。想來是家家當鋪裏有的。」眾人正在聽得詫異，被襲人一說，想了一想，倒大家笑起來，說：「快叫二爺進來罷，不用理那糊塗東西了。他說的那些玉，想來不是正經東西。」

寶玉正笑道，只見岫煙來了。原來岫煙走到櫳翠庵見了妙玉，不及閑話，便求妙玉扶乩。妙玉冷笑幾聲，說道：「我與姑娘來往，為的是姑娘不是勢利場中的人。今日怎麼聽了那裏的謠言，過來纏我？況且我並不曉得甚麼叫扶乩。」說着，將要不理。岫煙懊悔此來，知他脾氣是這麼着的，「一時我已說出，不好白回去，又不好與他質證他會扶乩的話。」只得陪着笑將襲人

等性命關係的話說了一遍，見妙玉略有活動，便起身拜了幾拜。妙玉歎道：「何必為人作嫁？但是我進京以來，素無人知，今日你來破例，恐將來纏繞不休。」岫煙道：「我也一時不忍，知你必是慈悲的。便是將來他人求你，願不願在你，誰敢相強？」

妙玉笑了一笑，叫道婆焚香，在箱子裏找出沙盤乩架，書了符，命岫煙行禮，祝告畢，起來同妙玉扶着乩。不多時，只見那仙乩疾書道：「噫！來無跡，去無蹤，青埂峯下倚古松。欲追尋，山萬重，入我門來一笑逢。」

書畢，停了乩。岫煙便問請是何仙，妙玉道：「請的是拐仙。」岫煙錄了出來，請教妙玉解識。妙玉道：「這個可不能，連我也不懂。你快拿去，他們的聰明人多着哩。」

岫煙只得回來。進入院中，各人都問怎麼樣了。岫煙不及細說，便將所錄的乩語遞與李紈。眾姊妹及寶玉爭看，都解的是：「一時要找是找不着的，然而丟是丟不了的，不知幾時不找便出來了。但是青埂峯不知在那裏？」李紈道：「這是仙機隱語，咱們家裏那裏跑出青埂峯來，必是誰怕查出，摺在有松樹的山子石底下，也未可定。獨是『入我門來』這句，到底是入誰的門呢？」黛玉道：「不知請的是誰！」岫煙道：「拐仙。」探春道：「若是仙家的門，便難入了。」

襲人心裏着忙，便捕風捉影的混找，沒一塊石底下不找到，只是沒有。回到院中，寶玉也不問有無，只管傻笑。麝月着急道：「小祖宗！你到底是那裏丟的，說明了，我們就是受罪也在明處啊！」寶玉笑道：「我說外頭丟的，你們又不依。你如今問我，我知道麼？」李紈探春道：「今兒從早起鬧起，已到三更來的天了。你瞧林妹妹已經掌不住，各自回去了。我們也該歇歇兒了，明兒再鬧罷。」說着，大家散去。寶玉即便睡下。可憐襲人等哭一回，想一回，一夜無眠。暫且不提。

且說黛玉先自回去，想起金玉的舊話來，反自喜歡，心裏說道：「和尚道士的話真不信得。果真金玉有緣，寶玉如何能把這玉丟了呢？或者因我之事，拆散他們的金玉，也未可知。」想了半天，更覺安心，把這一天的勞乏竟不理會，重新倒看起書來，紫鵑倒覺身倦，連催黛玉睡下。黛玉雖躺下，又想到海棠花上，說：「這塊玉原是胎裏帶來的，非比尋常之物，來去自有關係。若是這花主好事呢，不該失了這玉呀？看來此花開的不祥，莫非他有不

吉之事？」不覺又傷起心來，又轉想到喜事上頭，此花又似應開，此玉又似應失：如此一悲一喜，直想到五更，方睡着。

次日，王夫人等早派人到當鋪裏去查問，鳳姐暗中設法找尋。一連鬧了幾天，總無下落。還喜賈母賈政未知。襲人等每日提心吊膽，寶玉也好幾天不上學，只是怔怔的，不言不語，沒心沒緒的。王夫人只知他因失玉而起，也不大着意。

那日正在納悶，忽見賈璉進來請安，嘻嘻的笑道：「今日聽得雨村打發人來告訴二老爺說，舅太爺升了內閣大學士，奉旨來京，已定明年正月二十日宣麻[1]，有三百里的文書去了。想舅太爺晝夜趲行，半個多月就要到了。姪兒特來回太太知道。」王夫人聽說，便歡喜非常。正想娘家人少，薛姨媽家又衰敗了，兄弟又在外任，照應不着。今日忽聽兄弟拜相回京，王家榮耀，將來寶玉都有倚靠，便把失玉的心又略放開了些。天天專望兄弟來京。

忽一天，賈政進來，滿臉淚痕，喘吁吁的說道：「你快去稟知老太太，即刻進宮。不用多人的，是你伏侍進去。因娘娘忽得暴病，現在太監在外立等，他說太醫院已經奏明痰厥[2]，不能醫治。」王夫人聽說，便大哭起來。賈政道：「這不是哭的時候，快快去請老太太，說得寬緩些，不要嚇壞了老人家。」賈政說着，出來吩咐家人伺候。王夫人收了淚，去請賈母，只說元妃有病，進去請安。賈母唸佛道：「怎麼又病了！前番嚇的我了不得，後來又打聽錯了。這回情願再錯了也罷。」王夫人一面回答，一面催鴛鴦等開箱取衣飾穿戴起來。王夫人趕着回到自己房中，也穿戴好了，過來伺候。一時出廳上轎進宮，不題。

且說元春自選了鳳藻宮後，聖眷隆重，身體發福，未免舉動費力。每日起居勞乏，時發痰疾。因前日侍宴回宮，偶沾寒氣，勾起舊病。不料此回甚屬利害，竟到痰氣壅塞，四肢厥冷。一面奏明，即召太醫調治。豈知湯藥不進，連用通關之劑，並不見效。內官憂慮，奏請預辦後事。所以傳旨命賈氏椒房進見。賈母王夫人遵旨進宮，見元妃痰塞口涎，不能言語，見了賈母，

---

1)　　宣麻：唐代任命宰相時，用麻紙寫詔書，當朝宣讀，表示徵詢百官對這人的意見，叫作宣麻，
　　　　然後正式舉行任命的典禮。這裏用典故來借稱任命內閣大學士的手續。

2)　　痰厥：中醫名詞，一種痰壅昏迷的症狀。

只有悲泣之狀，卻沒眼淚。賈母進前請安，奏些寬慰的話。少時賈政等職名遞進，宮嬪傳奏，元妃目不能顧，漸漸臉色改變。內宮太監即要奏聞，恐派各妃看視，椒房姻戚未便久羈，請在外宮伺候。賈母王夫人怎忍便離，無奈國家制度，只得下來，又不敢啼哭，唯有心內悲感。朝門內官員有信。不多時，只見太監出來，立傳欽天監。賈母便知不好，尚未敢動。稍刻，小太監傳諭出來說：「賈娘娘薨逝。」是年甲寅年十二月十八日立春，元妃薨日是十二月十九日，已交卯年寅月，存年四十三歲。賈母含悲起身，只得出宮上轎回家。賈政等亦已得信，一路悲戚。到家中，邢夫人、李紈、鳳姐、寶玉等出廳分東西迎着賈母請了安，並賈政王夫人請安。大家哭泣。不題。

次日早起，凡有品級的，按貴妃喪禮，進內請安哭臨。賈政又是工部，雖按照儀注辦理，未免堂上又要周旋他些，同事又要請教他，所以兩頭更忙，非比從前太后與周妃的喪事了。但元妃並無所出，唯諡曰「賢淑貴妃」。此是王家制度，不必多贅。

只講賈府中男女天天進宮，忙的了不得。幸喜鳳姐近日身子好些，還得出來照應家事，又要預備王子騰進京接風賀喜。鳳姐胞兄王仁知道叔叔入了內閣，仍帶家眷來京。鳳姐心裏喜歡，便有些心病，有這些娘家的人，也便撂開，所以身子倒覺比前好了些。王夫人看見鳳姐照舊辦事，又把擔子卸了一半；又眼見兄弟來京，諸事放心，倒覺安靜些。

獨有寶玉原是無職之人，又不唸書，代儒學裏知他家裏有事，也不來管他；賈政正忙，自然沒有空兒查他。想來寶玉趁此機會，竟可與姊妹們天天暢樂，不料他自失了玉後，終日懶怠走動，說話也糊塗了。並賈母等出門回來，有人叫他去請安，便去；沒人叫他，他也不動。襲人等懷着鬼胎，又不敢去招惹他，恐他生氣。每天茶飯，端到面前便吃，不來也不要。襲人看這光景不像是有氣，竟像是有病的。襲人偷着空兒到瀟湘館告訴紫鵑，說的「二爺這麼着，求姑娘給他開導開導。」紫鵑雖即告訴黛玉，只因黛玉想着親事上頭一定是自己了，如今見了他，反覺不好意思：「若是他來呢，原是小時在一處的，也難不理他；若說我去找他，斷斷使不得。」所以黛玉不肯過來。襲人又背地裏去告訴探春。那知探春心裏明明知道海棠開的怪異，「寶玉」失的更奇，接連着元妃姐姐薨逝，諒家道不祥，日日愁悶，那有心腸去勸寶玉？況兄妹們男女有別，只好過來一兩次。寶玉又終是懶懶的，所以也不大常來。

　　寶釵也知失玉。因薛姨媽那日應了寶玉的親事，回去便告訴了寶釵。薛姨媽還說：「雖是你姨媽說了，我還沒有應准，說等你哥哥回來再定。你願意不願意？」寶釵反正色的對母親道：「媽媽這話說錯了。女孩兒家的事情是父母做主的。如今我父親沒了，媽媽應該做主的，再不然問哥哥。怎麼問起我來？」所以薛姨媽更加愛惜他，說他雖是從小嬌養慣的，卻也生來的貞靜，因此在他面前，反不提起寶玉了。寶釵自從聽此一說，把「寶玉」兩字自然更不提起了。如今雖然聽見失了玉，心裏也甚驚疑，倒不好問，只得聽旁人說去，竟像不與自己相干的。只有薛姨媽打發丫頭過來了好幾次問信。因他自己的兒子薛蟠的事焦心，只等哥哥進京便好為他出脫罪名；又知元妃已薨，雖然賈府忙亂，卻得鳳姐好了，出來理家，也把賈家的事撂開了。

　　只苦了襲人，雖然在寶玉跟前低聲下氣的伏侍勸慰，寶玉竟是不懂，襲人只有暗暗的着急而已。

　　過了幾日，元妃停靈寢廟，賈母等送殯去了幾天。豈知寶玉一日呆似一日，也不發燒，也不疼痛，只是吃不像吃，睡不像睡，甚至說話都無頭緒。那襲人麝月等一發慌了，回過鳳姐幾次。鳳姐不時過來，起先道是找不着玉生氣，如今看他失魂落魄的樣子，只有日日請醫調治。煎藥吃了好幾劑，只有添病的，沒有減病的。及至問他那裏不舒服，寶玉也不說出來。

　　直至元妃事畢，賈母惦記寶玉，親自到園看視。王夫人也隨過來。襲人等忙叫寶玉接去請安。寶玉雖說有病，每日原起來行動，今日叫他接賈母去，他依然仍是請安，唯是襲人在旁扶着指教。賈母見了，便道：「我的兒，我打量你怎麼病着，故此過來瞧你。今你依舊的模樣兒，我的心放了好些。」王夫人也自然是寬心的。但寶玉並不回答，只管嘻嘻的笑。賈母等進屋坐下，問他的話，襲人教一句，他說一句，大不似往常，直是一個傻子似的。賈母愈看愈疑，便說：「我才進來看時，不見有甚麼病，如今細細一瞧，這病果然不輕，竟是神魂失散的樣子。到底因甚麼起的呢？」

　　王夫人知事難瞞，又瞧瞧襲人怪可憐的樣子，只得便依着寶玉先前的話，將那往南安王府裏去聽戲時丟了這塊玉的話，悄悄的告訴了一遍。心裏也彷徨的很，生恐賈母着急，並說：「現在着人四下裏找尋，求籤問卦，都說在當鋪裏找，少不得找着的。」賈母聽了，急得站起來，眼淚直流，說道：「這件玉如何是丟得的！你們忒不懂事了，難道老爺也是撂開手的不成！」王夫人

知賈母生氣，叫襲人等跪下，自己斂容低首回說：「媳婦恐老太太着急老爺生氣，都沒敢回。」賈母咳道：「這是寶玉的命根子。因丟了，所以他是這麼失魂喪魄的。還了得！這玉是滿城裏都知道的，誰撿了去肯叫你們找出來麼？叫人快快請老爺，我與他說。」

那時嚇得王夫人襲人等俱哀告道：「老太太這一生氣，回來老爺更了不得了。現在寶玉病着，交給我們盡命的找來就是了。」賈母道：「你們怕老爺生氣，有我呢。」便叫麝月傳人去請，不一時傳進話來，說：「老爺謝客去了。」賈母道：「不用他也使得。你們便說我說的話，暫且也不用責罰下人，我便叫璉兒來寫出賞格，懸在前日經過的地方，便說有人撿得送來者，情願送銀子一萬兩；如有知人撿得送信找得者，送銀五千兩。如真有了，不可吝惜銀子。這麼一找，少不得就找出來了。若是靠着咱們家幾個人找，就找一輩子，也找不着的。」王夫人也不敢直言。賈母傳話告訴賈璉，叫他速辦去了。賈母便叫人：「將寶玉動用之物都搬到我那裏去，只派襲人秋紋跟過來，餘者仍留園內看屋子。」寶玉聽了，終不言語，只是傻笑。

賈母便攜了寶玉起身，襲人等攙扶出園。回到自己房中，叫王夫人坐下，看人收拾裏間屋內安置，便對王夫人道：「你知道我的意思麼？我為的園裏人少，怡紅院裏的花樹忽萎忽開，有些奇怪。頭裏仗着一塊玉能除邪祟，如今玉丟了，只怕邪氣易侵，故我帶他過來一塊兒住着。這幾天也不用叫他出去，大夫來，就在這裏瞧。」王夫人聽說，便接口道：「老太太想的自然是。如今寶玉同着老太太住了，老太太的福氣大，不論甚麼都壓住了。」賈母道：「甚麼福氣，不過我屋裏乾淨些，經卷也多，都可以唸唸定定心神，你問寶玉好不好？」那寶玉見問，只是笑。襲人叫他說「好」，寶玉也就說「好」。王夫人見了這般光景，未免落淚，在賈母這裏，不敢出聲。賈母知王夫人着急，便說道：「你回去罷，這裏有我調停他。晚上老爺回來，告訴他不必來見我，不許言語就是了。」王夫人去後，賈母叫鴛鴦找些安神定魄的藥，按方吃了，不題。

且說賈政當晚回家，車內聽見道兒上人說道：「人要發財，也容易的很。」那個問道：「怎麼見得？」這個人又道：「今日聽見榮府裏丟了甚麼哥兒的玉了，貼着招帖兒，上頭寫着玉的大小式樣顏色，說有人撿了送去，就給一萬兩銀子；送信的還給五千呢。」賈政雖未聽得如此真切，心裏詫異，急忙趕

回，便叫門上的人問起那事來，門上的人稟道：「奴才頭裏也不知道，今兒晌午璉二爺傳出老太太的話，叫人去貼帖兒，才知道的。」賈政便歎氣道：「家道該衰，偏生養這麼一個孽障！才養他的時候滿街的謠言，隔了十幾年略好了些，這會子又大張曉諭的找玉，成何道理！」說着忙走進裏頭去問王夫人。王夫人便一五一十的告訴。賈政知是老太太的主意，又不敢違拗，只抱怨王夫人幾句。又走出來，叫瞞着老太太，背地裏揭了這個帖兒下來。豈知早有那些遊手好閒的人揭了去了。

　　過了些時，竟有人到榮府門上，口稱送玉來的。家人們聽見，喜歡的了不得，便說：「拿來，我給你回去。」那人便懷內掏出賞格來，指給門上人瞧，「這不是你府上的帖子麼？寫明送玉來的給銀一萬兩。二太爺，你們這會子瞧我窮，回來我得了銀子，就是個財主了。別這麼待理不理的。」門上人聽他話頭來得硬，說道：「你到底略給我瞧一瞧，我好給你回去。」那人初倒不肯，後來聽人說得有理，便掏出那玉，托在掌中一揚說：「這是不是？」眾家人原是在外服役，只知有玉，也不常見，今日才看見這玉的模樣兒了。急忙跑到裏頭，搶頭報似的。

　　那日賈政賈赦出門，只有賈璉在家。眾人回明，賈璉還細問真不真。門上人口稱：「親眼見過，只是不給奴才，要見主子，一手交銀，一手交玉。」賈璉卻也喜歡，忙去稟知王夫人，即便回明賈母。把個襲人樂得合掌唸佛。賈母並不改口，一疊連聲：「快叫璉兒請那人到書房內坐下，將玉取來一看，即便送銀。」賈璉依言，請那人進來當客待他，用好言道謝：「要借這玉送到裏頭，本人見了，謝銀分厘不短。」那人只得將一個紅綢子包兒送過去。賈璉打開一看，可不是那一塊晶瑩美玉嗎？賈璉素昔原不理論，今日倒要看看，看了半日，上面的字也仿佛認得出來，甚麼「除邪祟」等字。賈璉看了，喜之不勝，便叫家人伺候，忙忙的送與賈母王夫人認去。

　　這會子驚動了合家的人，都等着爭看。鳳姐見賈璉進來，便劈手奪去，不敢先看，送到賈母手裏。賈璉笑道：「你這麼一點兒事還不叫我獻功呢。」賈母打開看時，只見那玉比先前昏暗了好些，一面擦摸，鴛鴦拿上眼鏡兒來，戴着一瞧，說：「奇怪，這塊玉倒是的，怎麼把頭裏的寶色都沒了呢？」王夫人看了一會子，也認不出，便叫鳳姐過來看。鳳姐看了道：「像倒像，只是顏色不大對。不如叫寶兄弟自己一看就知道了。」襲人在旁也看着未必是那

一塊，只是盼得心盛，也不敢說出不像來。

　　鳳姐於是從賈母手中接過來，同着襲人拿來給寶玉瞧。這時寶玉正睡着才醒。鳳姐告訴道：「你的玉有了。」寶玉睡眼朦朧，接在手裏也沒瞧，便往地下一摔道：「你們又來哄我了。」說着只是冷笑。鳳姐連忙拾起來，道：「這也奇了，怎麼你沒瞧就知道呢。」寶玉也不答言，只管笑。王夫人也進屋裏來了，見他這樣，便道：「這不用說了。他那玉原是胎裏帶來的一種古怪東西，自然他有道理。想來這個必是人見了帖兒照樣做的。」大家此時恍然大悟。

　　賈璉在外間屋裏聽見這話，便說道：「既不是，快拿來給我問問他去，人家這樣事，他敢來鬼混。」賈母喝住道：「璉兒，拿了去給他，叫他去罷。那也是窮極了的人沒法兒了，所以見我們家有這樣事，他就想着賺幾個錢也是有的。如今白白花了錢，弄了這個東西，又叫咱們認出來了。依着我，倒別難為他，把這玉還他，說不是我們的，賞給他幾兩銀子。外頭的人知道了，才肯有信兒就送來呢。若是難為了這一個人，就有真的，人家也不敢拿來了。」賈璉答應去。那人還等着呢，半日不見人來，正在那裏心裏發虛，只見賈璉氣忿走出來了。未知如何，下回分解。

💡 **精華賞析**

　　　　那邊王子騰升任了內閣大學士，這邊賈貴妃去世。王家得到升遷，賈家卻徹底倒了後台，這樣的對比更顯現出賈家的衰敗。

《第九十六回》

精讀　瞞消息鳳姐設奇謀
泄機關顰兒迷本性

賈政也要到外地上任，賈母覺得應該把寶玉的親事辦了，沖沖喜。寶玉和黛玉之間的情意是個大麻煩，為此鳳姐想出個瞞天過海的主意。但黛玉還是無意中得知了寶玉要與寶釵成婚，這個消息真如五雷轟頂，讓她只求速死。

　　話說賈璉拿了那塊假玉忿忿走出，到了書房。那個人看見賈璉的氣色不好，心裏先發了虛了，連忙站起來迎着。剛要說話，只見賈璉冷笑道：「好大膽，我把你這個混賬東西！這裏是甚麼地方兒，你敢來掉鬼！」回頭便問：「小廝們呢？」外頭轟雷一般幾個小廝齊聲答應。賈璉道：「取繩子去捆起他來。等老爺回來問明了，把他送到衙門裏去。」眾小廝又一齊答應：「預備着呢。」嘴裏雖如此，卻不動身。

　　那人先自唬的手足無措，見這般勢派，知道難逃公道，只得跪下給賈璉碰頭，口口聲聲只叫：「老太爺別生氣。是我一時窮極無奈，才想出這個沒臉的營生來。那玉是我借錢做的，我也不敢要了，只得孝敬府裏的哥兒玩罷。」說畢，又連連磕頭。賈璉啐道：「你這個不知死活的東西！這府裏希罕你的那浪東西！」正鬧着，只見賴大進來，陪着笑向賈璉道：「二爺別生氣了。靠他算個甚麼東西，饒了他，叫他滾出去罷。」賈璉道：「實在可惡。」賴大賈璉作好作歹，眾人在外頭都說道：「糊塗狗攮的，還不給爺和賴

大爺磕頭呢。快快的滾罷，還等窩心腳呢！」那人趕忙磕了兩個頭，抱頭鼠竄而去。從此街上鬧動了「賈寶玉弄出『假寶玉』」來。

且說賈政那日拜客回來，眾人因為燈節底下，恐怕賈政生氣，已過去的事了，便也都不肯回。只因元妃的事忙碌了好些時，近日寶玉又病着，雖有舊例家宴，大家無興，也無有可記之事。

到了正月十七日，王夫人正盼王子騰來京，只見鳳姐進來回說：「今日二爺在外聽得有人傳說，我們家大老爺趕着進京，離城只二百多里地，在路上沒了。太太聽見了沒有？」王夫人吃驚道：「我沒有聽見，老爺昨晚也沒有說起，到底在那裏聽見的？」鳳姐道：「說是在樞密張老爺家聽見的。」王夫人怔了半天，那眼淚早流下來了，因拭淚說道：「回來再叫璉兒索性打聽明白了來告訴我。」鳳姐答應去了。王夫人不免暗裏落淚，悲女哭弟，又為寶玉耽憂。如此連三接二，都是不隨意的事，那裏攔得住，便有些心口疼痛起來。又加賈璉打聽明白了來說道：「舅太爺是趕路勞乏，偶然感冒風寒，到了十里屯地方，延醫調治。無奈這個地方沒有名醫，誤用了藥，一劑就死了。但不知家眷可到了那裏沒有？」

王夫人聽了，一陣心酸，便心口疼得坐不住，叫彩雲等扶了上炕，還扎掙着叫賈璉去回了賈政，「即速收拾行裝迎到那裏，幫着料理完畢，即刻回來告訴我們。好叫你媳婦兒放心。」賈璉不敢違拗，只得辭了賈政起身。賈政早已知道，心裏很不受用；又知寶玉失玉以後神志昏憒，醫藥無效；又值王夫人心疼。那年正值京察[1]，工部將賈政保列一等。二月，吏部帶領引見。皇上念賈政勤儉謹慎，即放了江西糧道。即日謝恩，已奏明起程日期。雖有眾親朋賀喜，賈

點評

● 王子騰升遷，卻樂極生悲。這正應了之前《好了歌》的主題——榮華富貴都是過眼雲煙，到頭來都是一場空。

---

1)　京察：清代對官吏的考績，三年舉行一次，分別升降。京官的這種考績叫京察；外地官員的考績叫大計。

政也無心應酬，只念家中人口不寧，又不敢耽延在家。正在無計可施，只聽見賈母那邊叫「請老爺」。

賈政即忙進去，看見王夫人帶着病也在那裏。便向賈母請了安。賈母叫他坐下，便說：「你不日就要赴任，我有多少話與你說，不知你聽不聽？」說着，掉下淚來，賈政忙站起來說道：「老太太有話只管吩咐，兒子怎敢不遵命呢？」

賈母哽咽着說道：「我今年八十一歲的人了，你又要做外任去，偏有你大哥在家，你又不能告親老[2]。你這一去了，我所疼的只有寶玉，偏偏的又病得糊塗，還不知道怎麼樣呢！我昨日叫賴升媳婦出去叫人給寶玉算算命，這先生算得好靈，說要娶了金命的人幫扶他，必要沖沖喜才好，不然只怕保不住，我知道你不信那些話，所以教你來商量。你的媳婦也在這裏，你們兩個也商量商量，還是要寶玉好呢，還是隨他去呢？」

賈政陪笑說道：「老太太當初疼兒子這麼疼的，難道做兒子的就不疼自己的兒子不成麼？只為寶玉不上進，所以時常恨他，也不過是恨鐵不成鋼的意思。老太太既要給他成家，這也是該當的，豈有逆着老太太不疼他的理？如今寶玉病着，兒子也是不放心。因老太太不叫他見我，所以兒子也不敢言語。我到底瞧瞧寶玉是個甚麼病？」王夫人見賈政說着也有些眼圈兒紅，知道心裏是疼的，便叫襲人扶了寶玉來。

寶玉見了他父親，襲人叫他請安，他便請了個安。賈政見他臉面很瘦，目光無神，大有瘋傻之狀，便叫人扶了進去，便想到：「自己也是望六的人了，如今又放外任，不知道幾年回來。倘或這孩子果然不好，一則年老無嗣，雖說有孫子，到底隔了一層；二則老太太最疼的是寶玉，若有差錯，可不是我的罪名更重了？」瞧瞧王夫人，一包眼淚，又

---

2)　告親老：封建時代的官員，如果父母年邁，家中又無兄弟，可以告假離職，回家養親，這叫告親老。

想到他身上，復站起來說：「老太太這麼大年紀，想法兒疼孫子，做兒子的還敢違拗？老太太主意該怎麼便怎麼就是了。但只姨太太那邊不知說明白了沒有？」王夫人便道：「姨太太是早應了的。只為蟠兒的事沒有結案，所以這些時總沒提起。」賈政又道：「這就是第一層的難處。他哥哥在監裏，妹子怎麼出嫁？況且貴妃的事雖不禁婚嫁，寶玉應照已出嫁的姐姐有九個月的功服，此時也難娶親。再者我的起身日期已經奏明，不敢耽擱，這幾天怎麼辦呢？」

　　賈母想了一想：「說的果然不錯。若是等這幾件事過去，他父親又走了。倘或這病一天重似一天，怎麼好？只可越些禮辦了才好。」想定主意，便說道：「你若給他辦呢，我自然有個道理，包管都礙不着。姨太太那邊我和你媳婦親自過去求他。蟠兒那裏我央蝌兒去告訴他，說是要救寶玉的命，諸事將就，自然應的。若說服裏娶親，當真使不得。況且寶玉病着，也不可教他成親，不過是沖沖喜，我們兩家願意，孩子們又有金玉的道理，婚是不用合的了。即挑了好日子，按着咱們家分兒過了禮。趕着挑個娶親日子，一概鼓樂不用，倒按宮裏的樣子，用十二對提燈，一乘八人轎子抬了來，照南邊規矩拜了堂，一樣坐床撒帳，可不是算娶了親了麼？寶丫頭心地明白，是不用慮的。內中又有襲人，也還是個妥妥當當的孩子。再有個明白人常勸他更好。他又和寶丫頭合的來。再者姨太太曾說，寶丫頭的金鎖也有個和尚說過，只等有玉的便是婚姻，焉知寶丫頭過來，不因金鎖倒招出他那塊玉來，也定不得。從此一天好似一天，豈不是大家的造化？這會子只要立刻收拾屋子，鋪排起來。這屋子是要你派的。一概親友不請，也不排筵席，等待寶玉好了，過了功服，然後再擺席請人。這麼着都趕的上。你也看見了他們小兩口的事，也好放心的去。」

　　賈政聽了，原不願意，只是賈母做主，不敢違命，勉強陪笑說道：「老太太想的極是，也很妥當。只是要吩咐家

下眾人，不許吵嚷得裏外皆知，這要耽不是的。姨太太那邊，只怕不肯；若是果真應了，也只好按着老太太的主意辦去。」賈母道：「姨太太那裏有我呢。你去吧。」賈政答應出來，心中好不自在。因赴任事多，部裏領憑，親友們薦人，種種應酬不絕，竟把寶玉的事，聽憑賈母交與王夫人鳳姐兒了。唯將榮禧堂後身王夫人內屋旁邊一大跨所二十餘間房屋指與寶玉，餘者一概不管。賈母定了主意叫人告訴他去，賈政只說很好。此是後話。

　　且說寶玉見過賈政，襲人扶回裏間炕上。因賈政在外，無人敢與寶玉說話，寶玉便昏昏沉沉的睡去。賈母與賈政所說的話，寶玉一句也沒有聽見。襲人等卻靜靜兒的聽得明白，心裏雖也聽得些風聲，只不見寶釵過來，卻也有些信真。今日聽了這些話，心裏方才水落歸漕，倒也喜歡。心裏想道：「果然上頭的眼力不錯，這才配得是。我也造化。若他來了，我可以卸了好些擔子。便是這一位的心裏只有一個林姑娘，幸虧他沒有聽見，若知道了，又不知要鬧到甚麼分兒了。」

　　襲人想到這裏，轉喜為悲，心想：「這件事怎麼好？老太太、太太那裏知道他們心裏的事？一時高興，說給他知道，原想要他病好。若是他還像頭裏的心：初見林姑娘便要摔玉砸玉；況且那年夏天在園裏把我當作林姑娘，說了好些私心話；後來因為紫鵑說了句玩話兒，便哭得死去活來。若是如今和他說要娶寶姑娘，竟把林姑娘撂開，除非是他人事不知還可，若稍明白些，只怕不但不能沖喜，竟是催命了！我再不把話說明，那不是一害三個人了麼？」襲人想定主意，待等賈政出去，叫秋紋照看着寶玉，便從裏間出來，走到王夫人身旁，悄悄的請了王夫人到屋裏去說話。賈母只道是寶玉有話，也不理會，還在那裏打算怎麼過禮[3]，怎麼娶親。

● 襲人終於要將實情說破。她之前曾經很用心地要拆散寶玉和黛玉，這時候為何又改變心意了？她是真的想幫助黛玉嗎？

---

3)　　過禮：封建時代的訂婚禮，男方給女方送定聘的禮物，女方也送回禮，這叫過禮。

那襲人同了王夫人到了後間，便跪下哭了。王夫人不知何意，把手拉着他說：「好端端的，這是怎麼說？有甚麼委屈，起來說。」襲人道：「這話奴才是不該說的，這會子因為沒有法兒了。」王夫人道：「你慢慢的說。」襲人道：「寶玉的親事老太太、太太已定了寶姑娘了，自然是極好的一件事。只是奴才想着，太太看去寶玉和寶姑娘好，還是和林姑娘好呢？」王夫人道：「他兩個因從小兒在一處，所以寶玉和林姑娘又好些。」襲人道：「不是好些。」便將寶玉素與黛玉這些光景一一的說了，還說：「這些事都是太太親眼見的，獨是夏天的話，我從沒敢和別人說。」

王夫人拉着襲人道：「我看外面兒已瞧出幾分來了。你今兒一說，更加是了。但是剛才老爺說的話想必都聽見了，你看他的神情兒怎麼樣？」襲人道：「如今寶玉若有人和他說話他就笑，沒人和他說話他就睡。所以頭裏的話卻倒都沒聽見。」王夫人道：「倒是這件事叫人怎麼樣呢？」襲人道：「奴才說是說了，還得太太告訴老太太，想個萬全的主意才好。」王夫人便道：「既這麼着，你去幹你的，這時候滿屋子的人，暫且不用提起，等我瞅空兒回明老太太，再作道理。」說着，仍到賈母跟前。

賈母正在那裏和鳳姐兒商議，見王夫人進來，便問道：「襲人丫頭說甚麼？這麼鬼鬼崇崇的。」王夫人趁問，便將寶玉的心事，細細回明賈母。賈母聽了，半日沒言語。王夫人和鳳姐也都不再說了。只見賈母歎道：「別的事都好說。林丫頭倒沒有甚麼；若寶玉真是這樣，這可叫人作了難了。」

只見鳳姐想了一想，因說道：「難倒不難。只是我想了個主意，不知姑媽肯不肯。」王夫人道：「你有主意，只管說給老太太聽，大家娘兒們商量着辦罷了。」鳳姐道：「依我想，這件事只有一個掉包兒的法子。」賈母道：「怎麼掉包兒？」鳳姐道：「如今不管寶兄弟明白不明白，大家吵嚷

點評

● 黛玉的孤獨感並不是多心，從賈母這一句話中我們得知，情急之下賈母心中只在乎寶玉的情況，至於黛玉的死活，她根本沒有放在心上。

起來，說是老爺做主，將林姑娘配了他了，瞧他的神情兒怎麼樣。要是他全不管，這個包兒也就不用掉了。若是他有些喜歡的意思，這事卻要大費周折呢。」王夫人道：「就算他喜歡，你怎麼樣辦法呢？」

鳳姐走到王夫人耳邊，如此這般的說了一遍。王夫人點了幾點頭兒，笑了一笑說道：「也罷了。」賈母便問道：「你娘兒兩個搗鬼，到底告訴我是怎麼着呀？」鳳姐恐賈母不懂，露泄機關，便也向耳邊輕輕的告訴了一遍。賈母果真一時不懂，鳳姐笑道又說了幾句。賈母笑道：「這麼着也好，可就只忒苦了寶丫頭了。倘或吵嚷出來。林丫頭又怎麼樣呢？」鳳姐道：「這個話原只說給寶玉聽，外頭一概不許提起，有誰知道呢？」

正說間，丫頭傳進話來說：「璉二爺回來了。」王夫人恐賈母問及，使個眼色與鳳姐。鳳姐便出來迎着賈璉，努了個嘴兒，同到王夫人屋裏等着去了。一回兒王夫人進來，已見鳳姐哭的兩眼通紅。賈璉請了安，將到十里屯料理王子騰的喪事的話說了一遍，便說：「有恩旨賞了內閣的職銜，謚了文勤公，命本家扶柩回籍，着沿途地方官員照料。昨日起身，連家眷回南去了。舅太太叫我回來請安問好，說如今想不到不能進京，有多少話不能說。聽見我大舅子要進京，若是路上遇見了，便叫他來到咱們這裏細細的說。」王夫人聽畢，其悲痛自不必言。鳳姐勸慰了一番，「請太太略歇一歇，晚上來再商量寶玉的事罷。」說畢，同了賈璉回到自己房中，告訴了賈璉，叫他派人收拾新房，不題。

一日，黛玉早飯後帶着紫鵑到賈母這邊來，一則請安，二則也為自己散散悶。出了瀟湘館，走了幾步，忽然想起忘了手絹子來，因叫紫鵑回去取來，自己卻慢慢的走着等他。剛走到沁芳橋那邊山石背後，當日同寶玉葬花之處，忽聽一個人嗚嗚咽咽在那裏哭。黛玉煞住腳聽時，又聽不出是誰的聲音，也聽不出哭着叨叨的是些甚麼話。心裏甚是疑

惑，便慢慢的走去。及到了跟前，卻見一個濃眉大眼的丫頭在那裏哭呢。黛玉未見他時，還只疑府裏這些大丫頭有甚麼說不出的心事，所以來這裏發洩發洩；及至見了這個丫頭，卻又好笑，因想到：這種蠢貨有甚麼情種，自然是那屋裏作粗活的丫頭受了大女孩子的氣了。細瞧了一瞧，卻不認得。

那丫頭見黛玉來了，便也不敢再哭，站起來拭眼淚。黛玉問道：「你好好的為甚麼在這裏傷心？」那丫頭聽了這話，又流淚道：「林姑娘你評評這個理。他們說話我又不知道，我就說錯了一句話，我姐姐也不犯就打我呀。」黛玉聽了，不懂他說的是甚麼，因笑問道：「你姐姐是哪一個？」那丫頭道：「就是珍珠姐姐。」黛玉聽了，才知他是賈母屋裏的，因又問：「你叫甚麼？」那丫頭道：「我叫傻大姐兒。」黛玉笑了一笑，又問：「你姐姐為甚麼打你？你說錯了甚麼話了？」那丫頭道：「為甚麼呢，就是為我們寶二爺娶寶姑娘的事情。」

黛玉聽了這句話，如同一個疾雷，心頭亂跳。略定了定神，便叫了這丫頭。「你跟了我這裏來。」那丫頭跟着黛玉到那畸角兒上葬桃花的去處，那裏背靜。黛玉因問道：「寶二爺娶寶姑娘，他為甚麼打你呢？」傻大姐道：「我們老太太和太太二奶奶商量了，因為我們老爺要起身，說就趕着往姨太太商量把寶姑娘娶過來罷。頭一宗，給寶二爺沖甚麼喜，第二宗……」說到這裏，又瞅着黛玉笑了一笑，才說道：「趕着辦了，還要給林姑娘說婆婆家呢。」黛玉已經聽呆了。這丫頭只管說道：「我又不知道他們怎麼商量的，不叫人吵嚷，怕寶姑娘聽見害臊。我白和寶二爺屋裏的襲人姐姐說了一句：『咱們明兒更熱鬧了，又是寶姑娘，又是寶二奶奶，這可怎麼叫呢？』林姑娘，你說我這話害着珍珠姐姐甚麼了嗎？他走過來就打了我一個嘴巴，說我混說，不遵上頭的話，要攆出我去，我知道上頭為甚麼不叫言語呢？你們又沒告訴我，就打我。」說着，又哭起來。

　　那黛玉此時心裏，竟是油兒醬兒糖兒醋兒倒在一處的一般，甜苦酸鹹，竟說不上甚麼味兒來了。停了一會兒，顫巍巍的說道：「你別混說了。你再混說，叫人聽見又要打你了。你去罷。」說着，自己移身要回瀟湘館去。那身子竟有千百斤重的，兩隻腳卻像踩着棉花一般，早已軟了，只得一步一步慢慢的走將來。走了半天，還沒到沁芳橋畔，原來腳下軟了。走的慢，且又迷迷痴痴，信着腳從那邊繞過來，更添了兩箭地的路。這時剛到沁芳橋畔，卻又不知不覺順着堤往回裏走起來。

　　紫鵑取了絹子來，卻不見黛玉。正在那裏看時，只見黛玉顏色雪白，身子恍恍蕩蕩的，眼睛也直直的，在那裏東轉西轉。又見一個丫頭往前頭走了，離的遠，也看不出是那一個來。心中驚疑不定，只得趕過來輕輕的問道：「姑娘怎麼又回去？是要往那裏去？」黛玉也只模糊聽見，隨口應道：「我問問寶玉去。」紫鵑聽了，摸不着頭腦，只得攙着他到賈母這邊來。

　　黛玉走到賈母門口，心裏微覺明晰，回頭看見紫鵑攙着自己，便站住了問道：「你作甚麼來的？」紫鵑陪笑道：「我找了絹子來了。頭裏見姑娘在橋那邊呢，我趕着過去問姑娘，姑娘沒理會。」黛玉笑道：「我打量你來瞧寶二爺來了呢，不然怎麼往這裏走呢？」紫鵑見他心裏迷惑，便知黛玉必是聽見那丫頭甚麼話了，唯有點頭微笑而已。只是心裏怕他見了寶玉，那一個已經是瘋瘋傻傻，這一個又這樣恍恍惚惚，一時說出些不大體統的話來，那時如何是好？心裏雖如此想，卻也不敢違拗，只得攙他進去。

　　那黛玉卻又奇怪，這時不似先前那樣軟了，也不用紫鵑打簾子，自己掀起簾子進來，卻是寂然無聲。因賈母在屋裏歇中覺，丫頭們也有脫滑玩去的，也有打盹兒的，也有在那裏伺候老太太的。倒是襲人聽見簾子響，從屋裏出來一看，見是黛玉，便讓道：「姑娘屋裏坐罷。」黛玉笑着道：「寶

二爺在家麼？」襲人不知底裏，剛要答言，只見紫鵑在黛玉身後和他努嘴兒，指着黛玉，又搖搖手兒。襲人不解何意，也不敢言語。黛玉卻也不理會，自己走進房來。看見寶玉在那裏坐着，也不起來讓坐，只瞅着嘻嘻的傻笑。黛玉自己坐下，卻也瞅着寶玉笑。兩個人也不問好，也不說話，也無推讓，只管對着臉傻笑起來。襲人看見這番光景，心裏大不得主意，只是沒法兒。忽然聽着黛玉說道：「寶玉，你為甚麼病了？」寶玉笑道：「我為林姑娘病了。」襲人紫鵑兩個嚇得面目改色，連忙用言語來岔。兩個卻又不答言，仍舊傻笑起來。

襲人見了這樣，知道黛玉此時心中迷惑不減於寶玉，因悄和紫鵑說道：「姑娘才好了，我叫秋紋妹妹同着你攙回姑娘，歇歇去罷。」因回頭向秋紋道：「你和紫鵑姐姐送林姑娘去罷，你可別混說話。」秋紋笑着，也不言語，便來同着紫鵑攙起黛玉。

那黛玉也就站起來，瞅着寶玉只管笑，只管點頭兒。紫鵑又催道：「姑娘回家去歇歇罷。」黛玉道：「可不是，我這就是回去的時候兒了。」說着，便回身笑着出來了，仍舊不用丫頭們攙扶，自己卻走得比往常飛快。紫鵑秋紋後面趕忙跟着走。黛玉出了賈母院門，只管一直走去。紫鵑連忙攙住叫道：「姑娘，往這麼來。」黛玉仍是笑着，隨了往瀟湘館來。離門口不遠，紫鵑道：「阿彌陀佛，可到了家了！」只這一句話沒說完，只見黛玉身子往前一栽，哇的一聲，一口血直吐出來。未知性命如何，且聽下回分解。

點 評

● 黛玉和寶玉在痴呆之中真情流露，絲毫不受外界干擾。封建勢力可以阻礙他們的婚姻，卻不能阻斷他們之間的愛情。

精華賞析

一邊是寶玉和黛玉在精神上享有的愛情，另一邊是嚴酷的現實環境，二者形成鮮明對比和激烈衝突。請你對此進行分析。

《第九十七回》

精讀「林黛玉焚稿斷痴情
薛寶釵出閨成大禮

> 　　寶玉和黛玉之間的感情已經挑明，但沒有得到賈府上下人等的顧念。鳳姐想了個偷天換日的辦法，仍然讓寶玉娶了寶釵。與此同時，黛玉受不了這個打擊，對生命徹底絕望了。

　　話說黛玉到瀟湘館門口，紫鵑說了一句話，更動了心。一時吐出血來，幾乎暈倒。虧了還同着秋紋，兩個人挽扶着黛玉到屋裏來。那時秋紋去後，紫鵑雪雁守着，見他漸漸甦醒過來，問紫鵑道：「你們守着哭甚麼？」紫鵑見他說話明白，倒放了心了，因說：「姑娘剛才打老太太那邊回來，身上覺着不大好，唬的我們沒了主意，所以哭了。」黛玉笑道：「我那裏就能夠死呢。」這一句沒完，又喘成一處。

　　原來黛玉因今日聽得寶玉寶釵的事情，這本是他數年的心病，一時急怒，所以迷惑了本性。及至回來吐了這一口血，心中卻漸漸的明白過來，把頭裏的事一字也不記得。這會子見紫鵑哭，方模糊想起傻大姐的話來，此時反不傷心，唯求速死，以完此債。這時紫鵑雪雁只得守着，想要告訴人去，怕又像上次招得鳳姐兒說他們失驚打怪的。

　　那知秋紋回去，神情慌遽。正值賈母睡起中覺來，看見這般光景，便問怎麼了。秋紋嚇的連忙把剛才的事回了一遍。賈母大驚說：「這還了得！」連忙着人叫了王大夫鳳姐過來，告訴了他婆媳兩個。鳳姐道：「我都囑咐到了，這是

甚麼人去走了風呢？這不更是一件難事了嗎！」

　　賈母道：「且別管那些，先瞧瞧去是怎麼樣了。」說着便起身，帶着王夫人鳳姐等過來看視。見黛玉顏色如雪，並無一點血色，神氣昏沉，氣息微細。半日又咳嗽了一陣，丫頭遞了痰盒，吐出都是痰中帶血的。大家都慌了。只見黛玉微微睜眼，看見賈母在他旁邊，便喘吁吁的說道：「老太太，你白疼了我了！」賈母一聞此言，十分難受，便道：「好孩子，你養着罷，不怕的。」黛玉微微一笑，把眼又閉上了。外面丫頭進來回鳳姐道：「大夫來了。」於是大家略避。王大夫同着賈璉進來，診了脈，說道：「尚不妨事。這是鬱氣傷肝，肝不藏血，所以神氣不定。如今要用斂陰止血的藥，方可望好。」王夫人說完，同着賈璉出去開方取藥去了。

　　賈母看黛玉神氣不好，便出來告訴鳳姐等道：「我看這孩子的病，不是我咒他，只怕難好。你們也該替他預備預備，沖一沖。或者好了，豈不是大家省心。就是怎麼樣，也不至臨時忙亂。咱們家裏這兩天正有事呢。鳳姐兒答應了。賈母又問了紫鵑一回，到底不知是那個說的。賈母心裏只是納悶，因說：「孩子們從小兒在一處兒玩，好些是有的。如今大了，懂的人事，就該要分別些，才是做女孩兒的本分，我才心裏疼他。若是他心裏有別的想頭，成了甚麼人了呢！我可是白疼了他。你們說了，我倒有些不放心。」

　　因回到房中，又叫襲人來問。襲人仍將前日回王夫人的話並方才黛玉的光景述了一遍。賈母道：「我方才看他卻還不至糊塗，這個理我就不明白了。咱們這種人家，別的事自然沒有的，這心病也是斷斷有不得的。林丫頭若不是這個病呢，我憑着花多少錢都使得。若是這個病，不但治不好，我也沒心腸了。」鳳姐道：「林妹妹的事老太太倒不必掛心，橫豎有他二哥哥天天同着大夫瞧。倒是姑媽那邊的事要緊。今日早起聽見說，房子不差甚麼就妥當了，竟是老太太、太太到姑媽那邊，我也跟了去，商量商量。就只一件，姑娘家

點評

裏有寶妹妹在那裏，難以說話，不如索性請姑媽晚上過來，咱們一夜都說結了，就好辦了。」賈母王夫人都道：「你說的是。今日晚了，明日飯後咱們娘兒們就過去。」說着，賈母用了晚飯。鳳姐同王夫人各自歸房，不提。

且說次日鳳姐吃了早飯過來，便要試試寶玉，走進裏間說道：「寶兄弟大喜，老爺已擇了吉日要給你娶親了。你喜歡不喜歡？」寶玉聽了，只管瞅着鳳姐笑，微微的點點頭兒。鳳姐笑道：「給你娶林妹妹過來好不好？」寶玉卻大笑起來。鳳姐看着，也斷不透他是明白是糊塗，因又問道：「老爺說你好了才給你娶林妹妹呢，若還是這麼傻，便不給你娶了。」寶玉忽然正色道：「我不傻，你才傻呢。」說着，便站起來說：「我去瞧瞧林妹妹，叫他放心。」鳳姐忙扶住了說：「林妹妹早知道了。他如今要做新媳婦了，自然害臊，不肯見你的。」寶玉道：「娶過來他到底是見我不見？」鳳姐又好笑，又着忙，心裏想：「襲人的話不差。提了林妹妹，雖說仍舊說些瘋話，卻覺得明白些。若真明白了，將來不是林姑娘，打破了這個燈虎兒，那饑荒才難打呢。」便忍笑說道：「你好好兒的便見你，若是瘋瘋顛顛的，他就不見你了。」寶玉說道：「我有一個心，前兒已交給林妹妹了。他要過來，橫豎給我帶來，還放在我肚子裏頭。」鳳姐聽着竟是瘋話，便出來看着賈母笑。賈母聽了，又是笑，又是疼，便說道：「我早聽見了。如今且不用理他，叫襲人好好的安慰他。咱們走罷。」

說着王夫人也來。大家到薛姨媽那裏，只說惦記着這邊的事來瞧瞧。薛姨媽感激不盡，說些薛蟠的話。喝了茶，薛姨媽才要叫人告訴寶釵，鳳姐連忙攔住說：「姑媽不必告訴寶妹妹。」又向薛姨媽陪笑說道：「老太太此來，一則為瞧姑媽，二則也有句要緊的話特請姑媽到那邊商議。」薛姨媽聽了，點點頭兒說：「是了。」於是大家又說些閑話便回來了。

　　當晚薛姨媽果然過來，見過了賈母，到王夫人屋裏來，不免說起王子騰來，大家落了一回淚。薛姨媽便問道：「剛才我到老太太那裏，寶哥兒出來請安還好好兒的，不過略瘦些，怎麼你說得很利害？」鳳姐便道：「其實也不怎麼樣，只是老太太懸心。目今老爺又要起身外任去，不知幾年才來。老太太的意思，頭一件叫老爺看着寶兄弟成了家也放心，二則也給寶兄弟沖沖喜，借大妹妹的金鎖壓壓邪氣，只怕就好了。」薛姨媽心裏也願意，只慮着寶釵委屈，便道：「也使得，只是大家還要從長計較計較才好。」

　　王夫人便按着鳳姐的話和薛姨媽說，只說：「姨太太這會子家裏沒人，不如把妝奩一概蠲免。明日就打發蝌兒去告訴蟠兒，一面這裏過門，一面給他變法兒撕擄官事。」並不提寶玉的心事，又說：「姨太太，既作了親，娶過來早好一天，大家早放一天心。」正說着，只見賈母差鴛鴦過來候信。薛姨媽雖恐寶釵委屈，然也沒法兒，又見這般光景，只得滿口應承。鴛鴦回去回了賈母。賈母也甚喜歡，又叫鴛鴦過來求薛姨媽和寶釵說明原故，不叫他受委屈。薛姨媽也答應了。便議定鳳姐夫婦作媒人。大家散了。王夫人姊妹不免又絮了半夜話兒。

　　次日，薛姨媽回家將這邊的話細細的告訴了寶釵，還說：「我已經應承了。」寶釵始則低頭不語，後來便自垂淚。薛姨媽用好言勸慰解釋了好些話。寶釵自回房內，寶琴隨去解悶。薛姨媽才告訴了薛蝌，叫他明日起身，「一則打聽審詳的事，二則告訴你哥哥一個信兒，你即便回來。」

　　薛蝌去了四日，便回來回覆薛姨媽道：「哥哥的事上司已經准了誤殺，一過堂就要題本了，叫咱們預備贖罪的銀子。妹妹的事，說『媽媽做主很好的，趕着辦又省了好些銀子，叫媽媽不用等我，該怎麼着就怎麼辦罷』。」薛姨媽聽了，一則薛蟠可以回家，二則完了寶釵的事，心裏安放了好些。便是看着寶釵心裏好像不願意似的，「雖是這樣，他

點評

● 王夫人的話裏暗含着要挾，這邊寶釵過門了，那邊才能幫助薛蟠脫罪。換言之，如果薛姨媽不答應這門婚事，那麼賈府也不會為薛蟠的官司幫忙。

是女兒家，素來也孝順守禮的人，知我應了，他也沒得說的。」便叫薛蝌：「辦泥金庚帖，填上八字，即叫人送到璉二爺那邊去。還問了過禮的日子來，你好預備。本來咱們不驚動親友。哥哥的朋友，是你說的『都是混賬人』；親戚呢，就是賈王兩家，如今賈家是男家，王家無人在京裏。史姑娘放定的事，他家沒有來請咱們，咱們也不用通知。倒是把張德輝請了來，託他照料些，他上幾歲年紀的人，到底懂事。」薛蝌領命，叫人送帖過去。

次日賈璉過來，見了薛姨媽，請了安，便說：「明日就是上好的日子，今日過來回姨太太，就明日過禮罷。只求姨太太不要太挑飭就是了。」說着，捧過通書來。薛姨媽也謙遜了幾句，點頭應允。賈璉趕着回去回明賈政。賈政便道：「你回老太太說，既不叫親友們知道，諸事寧可簡便些。若是東西上，請老太太瞧了就是了，不必告訴我。」賈璉答應，進內將話回明賈母。

這裏王夫人叫了鳳姐命人將過禮的物件都送與賈母過目，並叫襲人告訴寶玉。那寶玉又嘻嘻的笑道：「這裏送到園裏，回來園裏又送到這裏。咱們的人送，咱們的人收，何苦來呢。」賈母王夫人聽了，都喜歡道：「說他糊塗，他今日怎麼這麼明白呢。」

鴛鴦等忍不住好笑，只得上來一件一件的點明給賈母瞧，說：「這是金項圈，這是金珠首飾，共八十件。這是妝蟒四十四。這是各色綢緞一百二十四。這是四季的衣服共一百二十件。外面也沒有預備羊酒，這是折羊酒的銀子。」賈母看了，都說「好」，輕輕的與鳳姐說道：「你去告訴姨太太說：不是虛禮，求姨太太等蟠兒出來慢慢的叫人給他妹妹做來就是了。那好日子的被褥還是咱們這裏代辦了罷。」鳳姐答應了，出來叫賈璉先過去，又叫周瑞旺兒等，吩咐他們：「不必走大門，只從園裏從前開的便門內送去，我也就過去。這門離瀟湘館還遠，倘別處的人見了，囑咐他們不用

● 他們既然不顧及黛玉的感情，為何又要刻意躲避呢？

在瀟湘館裏提起。」眾人答應着送禮而去。

　　寶玉認以為真，心裏大樂，精神便覺得好些，只是語言總有些瘋傻。

　　那過禮的回來都不提名說姓，因此上下人等雖都知道，只因鳳姐吩咐，都不敢走漏風聲。

　　且說黛玉雖然服藥，這病日重一日。紫鵑等在旁苦勸，說道：「事情到了這個分兒，不得不說了。姑娘的心事，我們也都知道。至於意外之事是再沒有的。姑娘不信，只拿寶玉的身子說起，這樣大病，怎麼做得親呢。姑娘別聽瞎話，自己安心保重才好。」黛玉微笑一笑，也不答言，又咳嗽數聲，吐出好些血來。紫鵑等看去，只有一息奄奄，明知勸不過來，唯有守着流淚，天天三四趟去告訴賈母。鴛鴦測度賈母近日比前疼黛玉的心差了些，所以不常去回。況賈母這幾日的心都在寶釵寶玉身上，不見黛玉的信兒也不大提起，只請太醫調治罷了。

　　黛玉向來病着，自賈母起，直到姊妹們的下人，常來問候。今見賈府中上下人等都不過來，連一個問的人都沒有，睜開眼，只有紫鵑一人。自料萬無生理，因扎掙着向紫鵑說着：「妹妹，你是我最知心的，雖是老太太派你伏侍我這幾年，我拿你就當我的親妹妹。」說到這裏，氣又接不上來。紫鵑聽了，一陣心酸，早哭得說不出話來。遲了半日，黛玉又一面喘一面說道：「紫鵑妹妹，我躺着不受用，你扶起我來靠着坐坐才好。」紫鵑道：「姑娘的身上不大好，起來又要抖摟着了。」黛玉聽了，閉上眼不言語了。一時又要起來。紫鵑沒法，只得同雪雁把他扶起，兩邊用軟枕靠住，自己卻倚在旁邊。

　　黛玉那裏坐得住，下身自覺硌的疼，狠命的掙着，叫過雪雁來道：「我的詩本子⋯⋯」說着又喘。雪雁料是要他前日所理的詩稿，因找來送到黛玉跟前。黛玉點點頭兒，又抬眼看那箱子。雪雁不解，只是發怔。黛玉氣的兩眼直瞪，

又咳嗽起來，又吐了一口血。雪雁連忙回身取了水來，黛玉
漱了，吐在盒內。紫鵑用絹子給他拭了嘴。黛玉便拿那絹子
指着箱子，又喘成一處，說不上來，閉了眼。紫鵑道：「姑
娘歪歪兒罷。」黛玉又搖搖頭兒，紫鵑料是要絹子，便叫雪
雁開箱，拿了一塊白綾絹子來。黛玉瞧了，擱在一邊，使勁
說道：「有字的。」紫鵑這才明白過來，要那塊題詩的舊帕，
只得叫雪雁拿出來遞給黛玉。紫鵑勸道：「姑娘歇歇罷，何
苦又勞神，等好了再瞧罷。」只見黛玉接到手裏，也不瞧
詩，扎掙着伸出那隻手來狠命的撕那絹子，卻是只有打顫的
分兒，那裏撕得動？紫鵑早已知他是恨寶玉，卻也不敢說
破，只說：「姑娘何苦自己又生氣！」黛玉點點頭兒。掖在
袖裏。便叫雪雁點燈。雪雁答應，連忙點上燈來。

　　黛玉瞧瞧，又閉了眼坐着，喘了一會子，又道：「籠上
火盆。」紫鵑打量他冷，因說道：「姑娘躺下，多蓋一件罷。
那炭氣只怕耽不住。」黛玉又搖頭兒。雪雁只得籠上，擱在
地下火盆架上。黛玉點頭，意思叫挪到炕上來。雪雁只得端
上來，出去拿那張火盆炕桌。那黛玉卻又把身子欠起，紫鵑
只得兩隻手來扶着他。黛玉這才將方才的絹子拿在手中，瞅
着那火點點頭兒，往上一擱。紫鵑唬了一跳，欲要搶時，兩
隻手卻不敢動。雪雁又出去拿火盆桌子，此時那絹子已經燒
着了。紫鵑勸道：「姑娘這是怎麼說呢？」黛玉只作不聞，
回手又把那詩稿拿起來，瞧了瞧又擱下了。紫鵑怕他也要
燒，連忙將身倚住黛玉，騰出手來拿時，黛玉又早拾起，擱
在火上。此時紫鵑卻夠不着，乾急。雪雁正拿進桌子來，看
見黛玉一擱，不知何物，趕忙搶時，那紙沾火就着，如何能
夠少待，早已烘烘的着了。雪雁也顧不得燒手，從火裏抓起
來擱在地下亂踩，卻已燒得所餘無幾了。那黛玉把眼一閉，
往後一仰，幾乎不曾把紫鵑壓倒。紫鵑連忙叫雪雁上來將黛
玉扶着放倒，心裏突突的亂跳。欲要叫人時，天又晚了；欲
不叫人時，自己同着雪雁和鸚哥等幾個小丫頭，又怕一時有

甚麼原故。好容易熬了一夜。

　　到了次日早起，覺黛玉又緩過一點兒來。飯後，忽然又嗽又吐，又緊起來。紫鵑看着不好了，連忙將雪雁都叫進來看守，自己卻來回賈母。那知到了賈母上房，靜悄悄的，只有兩三個老媽媽和幾個做粗活的丫頭在那裏看屋子呢。紫鵑因問道：「老太太呢？」那些人都說不知道。紫鵑聽這話詫異，遂到寶玉屋裏去看，竟也無人。遂問屋裏的丫頭，也說不知。紫鵑已知八九，<u>「但這些人怎麼竟這樣狠毒冷淡！」</u>又想到黛玉這幾天竟連一個人問的也沒有，越想越悲，索性激起一腔悶氣來，一扭身便出來了，自己想了一想，「今日倒要看看寶玉是何形狀！看他見了我怎麼樣過的去！那一年我說了一句謊話，他就急病了，今日竟公然做出這件事來！可知天下男子之心真真是冰寒雪冷，令人切齒的！」一面走，一面想，早已來到怡紅院。只見院門虛掩，裏面卻又寂靜的很。紫鵑忽然想到：「他要娶親，自然是有新屋子的，但不知他這新屋子在何處？」

　　正在那裏徘徊瞻顧，看見墨雨飛跑，紫鵑便叫住他。墨雨過來笑嘻嘻的道：「姐姐在這裏做甚麼？」紫鵑道：「我聽見寶二爺娶親，我要來看看熱鬧兒。誰知不在這裏，也不知是幾時。」墨雨悄悄的道：「我這話只告訴姐姐，你可別告訴雪雁他們。上頭吩咐了，連你們都不叫知道呢。就是今日夜裏娶，那裏是在這裏，老爺派璉二爺另收拾了房子了。」說着又問：「姐姐有甚麼事麼？」紫鵑道：「沒甚麼事，你去罷。」墨雨仍舊飛跑去了。紫鵑自己也發了一回呆，忽然想起黛玉來，這時候還不知是死是活。因兩淚汪汪，咬着牙發狠道：「寶玉，我看他明兒死了，你算是躲的過不見了！你過了你那如心如意的事兒，拿甚麼臉來見我！」一面哭，一面走，嗚嗚咽咽的自回去了。

　　還未到瀟湘館，只見兩個小丫頭在門裏往外探頭探腦的，一眼看見紫鵑，那一個便嚷道：「那不是紫鵑姐姐來了

點評

● 賈府中只有紫鵑對黛玉付出了真心，也只有她不依照賈母的態度來對待黛玉。因此在她看來，賈府的人都過於冷漠、狠毒。

嗎？」紫鵑知道不好了，連忙擺手兒不叫嚷，趕忙進去看時，只見黛玉肝火上炎，兩顴紅赤。紫鵑覺得不妥，叫了黛玉的奶媽王奶奶來。一看，他便大哭起來。這紫鵑因王奶奶有些年紀，可以仗個膽兒，誰知竟是個沒主意的人，反倒把紫鵑弄得心裏七上八下。忽然想起一個人來，便命小丫頭急忙去請。你道是誰，原來紫鵑想起李宮裁是個孀居，今日寶玉結親，他自然回避。況且園中諸事向係李紈料理，所以打發人去請他。

李紈正在那裏給賈蘭改詩，冒冒失失的見一個丫頭進來回說：「大奶奶，只怕林姑娘不好了，那裏都哭呢。」李紈聽了，嚇了一大跳，也不及問了，連忙站起身來便走，素雲碧月跟着。一頭走着，一頭落淚，想着：「姐妹在一處一場，更兼他那容貌才情，真是寡二少雙，唯有青女素娥可以仿佛一二，竟這樣小小的年紀，就作了北邙鄉女[1]！偏偏鳳姐想出一條偷樑換柱之計，自己也不好過瀟湘館來，竟未能少盡姊妹之情。真真可憐可歎。」一頭想着，已走到瀟湘館的門口。裏面卻又寂然無聲，李紈倒着起忙來，想來必是已死，都哭過了，那衣衾未知裝裹妥當了沒有？連忙三步兩步走進屋子來。

裏間門口一個小丫頭已經看見，便說：「大奶奶來了。」紫鵑忙往外走，和李紈走了個對臉。李紈忙問：「怎麼樣？」紫鵑欲說話時，唯有喉中哽咽的分兒，卻一字說不出。那眼淚一似斷線珍珠一般，只將一隻手回過去指着黛玉。

李紈看了紫鵑這般光景，更覺心酸，也不再問，連忙走過來。看時，那黛玉已不能言。李紈輕輕叫了兩聲，黛玉卻還微微的開眼，似有知識之狀，但只眼皮嘴唇微有動意，口內尚有出入之息，卻要一句話一點淚也沒有了。

---

1)　　北邙鄉女：北邙，在洛陽北郊，是古代貴族、官僚的葬地，後來也用作一般葬地的代稱。這裏說黛玉做了死葬異鄉的女子了。

　　李紈回身，見紫鵑不在跟前，便問雪雁。雪雁道：「他在外頭屋裏呢。」李紈連忙出來，只見紫鵑在外間空床上躺着，顏色青黃，閉了眼只管流淚，那鼻涕眼淚把一個砌花錦邊的褥子已濕了碗大的一片。李紈連忙喚他，那紫鵑才慢慢的睜開眼欠起身來。李紈道：「傻丫頭，這是甚麼時候，且只顧哭你的！林姑娘的衣衾還不拿出來給他換上，還等多早晚呢？難道他個女孩兒家，你還叫他赤身露體，精着來光着去嗎？」紫鵑聽了這句話，一發止不住痛哭起來。李紈一面也哭，一面着急，一面拭淚，一面拍着紫鵑的肩膀說：「好孩子，你把我的心都哭亂了，快着收拾他的東西罷，再遲一會子就了不得了！」

　　正鬧着，外邊一個人慌慌張張跑進來，倒把李紈唬了一跳，看時卻是平兒。跑進來看見這樣，只是呆磕磕的發怔。李紈道：「你這會子不在那邊，做甚麼來了？」說着，林之孝家的也進來了。平兒道：「奶奶不放心，叫來瞧瞧。既有大奶奶在這裏，我們奶奶就只顧那一頭兒了。」李紈點點頭兒。平兒道：「我也見見林姑娘。」說着，一面往裏走，一面早已流下淚來。這裏李紈因和林之孝家的道：「你來的正好，快出去瞧瞧去，告訴管事的預備林姑娘的後事。妥當了叫他來回我，不用到那邊去。」林之孝家的答應了，還站着。

　　李紈道：「還有甚麼話呢？」林之孝家的道：「剛才二奶奶和老太太商量了，那邊用紫鵑姑娘使喚使喚呢。」李紈還未答言了，只見紫鵑道：「林奶奶，你先請罷。等着人死了我們自然是出去的，那裏用這麼……」說到這裏卻又不好說了，因又改說道：「況且我們在這裏守着病人，身上也不潔淨。林姑娘還有氣呢。不時的叫我。」李紈在旁解說道：「當真這林姑娘和這丫頭也是前世的緣法兒。倒是雪雁是他南邊帶來的，他倒不理會。唯有紫鵑，我看他兩個一時也離不開。」

　　林之孝家的頭裏聽了紫鵑的話，未免不受用，被李紈

這番一說，卻也沒的說，又見紫鵑哭得淚人一般，只好瞅着他微微的笑，因又說道：「紫鵑姑娘這些閑話倒不要緊，只是他卻說得，我可怎麼回老太太呢？況且這話是告訴得二奶奶的嗎？」

正說着，平兒擦着眼淚出來道：「告訴二奶奶甚麼事？」林之孝家的將方才的話說了一遍。平兒低了一回頭，說：「這麼着罷，就叫雪姑娘去罷。」李紈道：「他使得嗎？」平兒走到李紈耳邊說了幾句，李紈點點頭兒道：「既是這麼着，就叫雪雁過去也是一樣的。」林之孝因問平兒道：「雪姑娘使得嗎？」平兒道：「使得，都是一樣。」林家的道：「那麼姑娘就快叫雪姑娘跟了我去。我先回了老太太和二奶奶，這可是大奶奶和姑娘的主意。回來姑娘再各自回二奶奶去。」李紈道：「是了。你這麼大年紀，連這麼點子事還不耽呢。」林家的笑道：「不是不耽，頭一宗這件事老太太和二奶奶辦的，我們都不能很明白；再者又有大奶奶和平姑娘呢。」說着，平兒已叫了雪雁出來。

原來雪雁因黛玉這幾日嫌他小孩子家懂得甚麼，便也把心冷淡了。況且聽是老太太和二奶奶叫，也不敢不去。連忙收拾了頭，平兒叫他換了新鮮衣服，跟着林家的去了。隨後平兒又和李紈說了幾句話。李紈又囑咐平兒打那麼[2]催着林之孝家的叫他男人快辦了來。平兒答應着出來，轉了個彎子，看見林家的帶着雪雁在前頭走呢，趕忙叫住道：「我帶了他去罷，你先告訴林大爺辦林姑娘的東西去罷。奶奶那裏我替回就是了。」那林家的答應着去他。這裏平兒帶了雪雁到了新房子裏回明了，自去辦事。

卻說雪雁看見這般光景，想起他家姑娘，也未免傷心，只是在賈母鳳姐跟前不敢露出。因又想道：「也不知用

---

2)　　那麼：這裏作「那邊」講。

我做甚麼，我且瞧瞧。寶玉一日家和我們姑娘好的蜜裏調油，這時候總不見面了，也不知是真病假病。怕我們姑娘不依，他假說丟了玉，裝出傻子樣兒來，叫我們姑娘寒了心，他好娶寶姑娘的意思。我索性看着他，看他見了我傻不傻。難道今兒還裝傻麼？」一面想着，已溜到裏間屋子門口，偷偷兒的瞧。這時寶玉雖因失玉昏憒，但只聽見娶了黛玉為妻，真乃是從古至今天上人間第一件暢心滿意的事了，那身子頓覺健旺起來，只不過不似從前那般靈透，所以鳳姐的妙計百發百中，巴不得就見黛玉，盼到今日完姻，真樂得手舞足蹈，雖有幾句傻話，卻與病時光景大相懸絕了。雪雁看了，又是生氣，又是傷心。他那裏曉得寶玉的心事？便各自走開。

　　這裏寶玉便叫襲人快快給他裝新，坐在王夫人屋裏。看見鳳姐尤氏忙忙碌碌，再盼不到吉時，只管問襲人道：「林妹妹打園裏來，為甚麼這麼費事，還不來？」襲人忍着笑道：「等好時辰呢。」回來又聽鳳姐與王夫人道：「雖然有服，外頭不用鼓樂，咱們南邊規矩要拜堂的，冷清清使不得。我傳了家內學過音樂管過戲子的那些女人來吹打，熱鬧些。」王夫人點頭說：「使得。」

　　一時大轎從大門進來，家裏細樂迎出去，十二對宮燈，排着進來，倒也新鮮雅緻。儐相請了新人出轎。寶玉見喜娘披着紅，扶着新人，蒙着蓋頭。下首扶新人的你道是誰？原來就是雪雁。寶玉看見雪雁，猶想：「因何紫鵑不來，倒是他呢？」又想道：「是了，雪雁原是他南邊家裏帶來的，紫鵑仍是我們家的，自然不必帶來。」因此見了雪雁竟如見了黛玉的一般歡喜。儐相唱禮，拜了天地。請出了賈母受了四拜，後請賈政夫婦等登堂，行禮畢，送入洞房。還有坐床撒帳等事，俱是按金陵舊例。賈政原為賈母作主，不敢違拗，不信沖喜之說。那知今日寶玉居然像個好人一般，賈政見了，倒也喜歡。那新人坐了床便要揭起蓋頭的，鳳姐

● 鳳姐的計謀得逞，寶玉果然信以為真。

早已防備，故請賈母王夫人等進去照應。

　　寶玉此時到底有些傻氣，便走到新人跟前說道：「妹妹身上好了？好些天不見了。蓋着這勞什子做甚麼？」欲待要揭去，反把賈母急出一身冷汗來。寶玉又轉念一想道：「林妹妹是愛生氣的，不可造次了。」又歇了一歇，仍是按捺不住，只得上前揭了蓋頭。喜娘接去，雪雁走開，鶯兒等上來伺候。寶玉睜眼一看，好像寶釵，心裏不信，自己一手持燈，一手擦眼，一看，可不是寶釵麼！只見他盛妝艷服，豐肩軟體，鬟低鬢嚲，眼瞤息微。論淡雅，似荷粉露垂；看嬌羞，真是杏花煙潤了。寶玉發了一回怔，又見鶯兒立在旁邊，不見了雪雁，此時心無主意，自己反以為是夢中了，呆呆的只管站着。眾人接過燈去，扶了寶玉仍舊坐下，兩眼直視，半語全無。

　　賈母恐他病發，親自扶他上床。鳳姐尤氏請了寶釵進入裏間床上坐下。寶釵此時自然是低頭不語。

　　寶玉定了一回神，見賈母王夫人坐在那邊，便輕輕的叫襲人道：「我是在那裏呢？這不是做夢麼？」襲人道：「你今日好日子，甚麼夢不夢的混說！老爺可在外頭呢！」寶玉悄悄兒的拿手指着道：「坐在那裏這一位美人兒是誰？」襲人握了自己的嘴，笑的說不出話來，歇了半日才說道：「那是新娶的二奶奶。」眾人也都回過頭去，忍不住的笑。寶玉又道：「好糊塗，你說二奶奶到底是誰？」襲人道：「寶姑娘。」寶玉道：「林姑娘呢？」襲人道：「老爺作主娶的是寶姑娘，怎麼混說起林姑娘來？」寶玉道：「我才剛看見林姑娘了麼，還有雪雁呢。怎麼說沒有？你們這都是做甚麼玩呢？」鳳姐便走上來輕輕的說道：「寶姑娘在屋裏坐着呢。別混，回來得罪了他，老太太不依的。」

　　寶玉聽了，這會子糊塗更利害了。本來原有昏憒的病，加以今夜神出鬼沒，更叫他不得主意，便也不顧別的了，口口聲聲只要找林妹妹去。賈母等上前安慰，無奈他只

是不懂。又有寶釵在內，又不好明說。知寶玉舊病復發，也不講明，只得滿屋裏點起安息香來，定住他的神魂，扶他睡下。眾人鴉雀無聞，停了片時，寶玉便昏沉睡去。賈母等才得略略放心，只好坐以待旦，叫鳳姐去請寶釵安歇。寶釵置若罔聞，也便和衣在內暫歇。

　　賈政在外，未知內裏原由，只就方才眼見的光景想來，心下倒放寬了。恰是明日就是起程的吉日，略歇了一歇，眾人賀喜送行。賈母見寶玉睡着，也回房去暫歇。

　　次早，賈政辭了宗祠，過來拜賈母，稟稱：「不孝遠離，唯願老太太順時頤養。兒子一到任所，即修稟請安，不必掛念。寶玉的事，已經依了老太太完結，只求老太太訓誨。」賈母恐賈政在路不放心，並不將寶玉復病的話說起，只說：「我有一句話，寶玉昨夜完姻，並不是同房。今日你起身，必該叫他遠送才是。他因病沖喜，如今才好些，又是昨日一天勞乏，出來恐怕着了風。故此問你，你叫他送呢，我即刻去叫他；你若疼他，我就叫人帶了他來，你見見，叫他給你磕頭就算了。」賈政道：「叫他送甚麼，只要他從此以後認真唸書，比送我還喜歡呢。」

　　賈母聽了，又放了一條心，便叫賈政坐着，叫鴛鴦去如此如此，帶了寶玉，叫襲人跟着來。鴛鴦去了不多一會，果然寶玉來了，仍是叫他行禮。寶玉見了父親，神志略斂些，片時清楚，也沒甚麼大差。賈政吩咐了幾句，寶玉答應了。賈政叫人扶他回去了，自己回到王夫人房中，又切實的叫王夫人管教兒子，斷不可如前嬌縱。明年鄉試，務必叫他下場。王夫人一一的聽了，也沒提起別的。即忙命人扶了寶釵過來，行了新婦送行之禮，也不出房。其餘內眷俱送至二門而回。賈珍等也受了一番訓飭。大家舉酒送行。一班子弟及晚輩親友，直送至十里長亭而別。

　　不言賈政起程赴任。且說寶玉回來，舊病陡發，更加昏憒，連飲食也不能進了。未知性命如何，下回分解。

精華賞析

　　在這場瞞天過海的婚姻裏，賈府中人們的冷酷無情暴露無遺。賈母毫不顧及寶黛二人的感情，王夫人為了娶到寶釵為兒媳婦，不惜以薛蟠的官司要挾薛姨媽，鳳姐為了討好長輩而設計了這場陰謀。可是我們應該注意，這場包辦婚姻的受害者不僅是黛玉和寶玉，寶釵同樣也迫於無奈。我們看到寶玉如今已經痴傻，賈府也已經衰落，況且寶釵對寶黛間的情感糾葛十分瞭解，寶玉並不是她理想的夫婿。但薛姨媽已經答應了這門婚事，受封建禮教熏染的寶釵只能落淚，卻無法反抗。寶玉、黛玉和寶釵三個人的婚姻悲劇已經注定，在封建家族的陰謀裏，他們根本沒有反抗的機會。

《第九十八回》

苦絳珠魂歸離恨天
病神瑛淚灑相思地

> 娶寶釵進門本來是為了沖喜，但寶玉發現新娘不是黛玉，病情反而更加嚴重，而當他知道黛玉的死訊後，又會如何呢？

話說寶玉見了賈政，回至房中，更覺頭昏腦悶，懶待動彈，連飯也沒吃，便昏沉睡去。仍舊延醫診治，服藥不效，索性連人也認不明白了。大家扶着他坐起來，還是像個好人。

一連鬧了幾天，那日恰是回九¹之期，若不過去，薛姨媽臉上過不去，若說去呢，寶玉這般光景。賈母明知是為黛玉而起，欲要告訴明白，又恐氣急生變。寶釵是新媳婦，又難勸慰，必得姨媽過來才好。若不回九，姨媽嗔怪。便與王夫人鳳姐商議道：「我看寶玉竟是魂不守舍，起動是不怕的。用兩乘小轎叫人扶着從園裏過去，應了回九的吉期，以後請姨媽過來安慰寶釵，咱們一心一計的調治寶玉，可不兩全？」王夫人答應了，即刻預備。幸虧寶釵是新媳婦，寶玉是個瘋傻的，由人撥弄過去了。寶釵也明知其事，心裏只怨母親辦得糊塗，事已至此，不肯多言。獨有薛姨媽看見寶玉這般光景，心裏懊悔，只得草草完事。

回家，寶玉越加沉重，次日連起坐都不能了。日重一日，甚至湯水不進。薛姨媽等忙了手腳，各處遍請名醫，皆不識病源。只有城外破寺中住着個窮醫，姓畢，別號知庵的，診得病源是悲喜激射，冷暖失調，飲食失時，憂忿滯中，正氣壅閉：此內傷外感之症。於是度量用藥，至晚服了，二更後

果然省些人事，便要水喝。賈母王夫人等才放了心，請了薛姨媽帶了寶釵都到賈母那裏暫且歇息。

寶玉片時清楚，自料難保，見諸人散後，房中只有襲人，因喚襲人至跟前，拉着手哭道：「我問你，寶姐姐怎麼來的？我記得老爺給我娶了林妹妹過來，怎麼被寶姐姐趕了去了？他為甚麼霸佔住在這裏？我要說呢，又恐怕得罪了他。你們聽見林妹妹哭得怎麼樣了？」

襲人不敢明說，只得說道：「林姑娘病着呢。」寶玉又道：「我瞧瞧他去。」說着，要起來，那知連日飲食不進，身子豈能動轉？便哭道：「我要死了！我有一句心裏的話，只求你回明老太太：橫豎林妹妹也是要死的，我如今也不能保，兩處兩個病人都要死的，死了越發難張羅。不如騰一處空房子，趁早將我同林妹妹兩個抬在那裏，活着也好一處醫治伏侍，死了也好一處停放。你依我這話，不枉了幾年的情分。」襲人聽了這些話，又急，又笑，又痛。

寶釵恰好同了鶯兒過來，也聽見了，便說道：「你放着病不保養，何苦說這些不吉利的話。老太太才安慰了些，你又生出事來，老太太一生疼你一個，如今八十多歲的人了，雖不圖你的封誥，將來你成了人，老太太也看着樂一天，也不枉了老人家的苦心。太太更是不必說了，一生的心血精神，扶養了你這一個兒子，若是半途死了，太太將來怎麼樣呢？我雖是命薄，也不至於此。據此三件看來，你便要死，那天也不容你死的，所以你是不能死的，只管安穩着，養個四五天後，風邪散了，太和正氣一足，自然這些邪病都沒有了。」寶玉聽了，竟是無言可答，半晌方才嘻嘻的笑道：「你是好些時不和我說話了，這會子說這些大道理的話給誰聽？」

寶釵聽了這話，便又說道：「實告訴你說罷，那兩日你不知人事的時候，林妹妹已經亡故了。」寶玉忽然坐起來，大聲詫異道：「果真死了嗎？」寶釵道：「果真死了。豈有紅口白舌咒人死的呢。老太太、太太知道你姐妹和睦，你聽見他死了，自然你也要死，所以不肯告訴你。」寶玉聽了，不禁放聲大哭，倒在床上。

忽然眼前漆黑，辨不出方向，心中正自恍惚，只見眼前好像有人走來，寶玉茫然問道：「借問此是何處？」那人道：「此陰司泉路。你壽未終，何故至此？」寶玉道：「適聞有一故人已死，遂尋訪至此，不覺迷途。」那人道：「故人是誰？」寶玉道：「姑蘇林黛玉。」那人冷笑道：「林黛玉生不同人，死不

同鬼，無魂無魄，何處尋訪！凡人魂魄，聚而成形，散而為氣，生前聚之，死則散焉。常人尚無可尋訪，何況林黛玉呢？汝快回去罷。」寶玉聽了，呆了半晌道：「既云死者散也，又如何有這個陰司呢？」那人冷笑道：「那陰司說有便有，說無就無。皆為世俗溺於生死之說，設言以警世，便道上天深怒愚人，或不守分安常，或生祿未終自行夭折，或嗜淫慾尚氣逞兇無故自隕者，特設此地獄，囚其魂魄，受無邊的苦，以償生前之罪。汝尋黛玉，是無故自陷也。且黛玉已歸太虛幻境，汝若有心尋訪，潛心修養，自然有時相見。如不安生，即以自行夭折之罪囚禁陰司，除父母外，圖一見黛玉，終不能矣。」那人說畢，袖中取出一石，向寶玉心口擲來。寶玉聽了這話，又被這石子打着心窩，嚇的即欲回家，只恨迷了道路。

正在躊躇，忽聽那邊有人喚他。回首看時，不是別人，正是賈母、王夫人、寶釵、襲人等圍繞哭泣叫着，自己仍舊躺在床上。見案上紅燈，窗前皓月，依然錦繡叢中，繁華世界。定神一想，原來竟是一場大夢。渾身冷汗，覺得心內清爽。仔細一想，真正無可奈何，不過長歎數聲而已。

寶釵早知黛玉已死，因賈母等不許眾人告訴寶玉知道，恐添病難治。自己卻深知寶玉之病實因黛玉而起，失玉次之，故趁勢說明，使其一痛決絕，神魂歸一，庶可療治。賈母王夫人等不知寶釵的用意，深怪他造次。後來見寶玉醒了過來，方才放心。立即到外書房請了畢大夫進來診視。那大夫進來診了脈，便道：「奇怪，這回脈氣沉靜，神安鬱散，明日進調理的藥，就可以望好了。」說着出去。眾人各自安心散去。

襲人起初深怨寶釵不該告訴，唯是口中不好說出。鶯兒背地也說寶釵道：「姑娘忒性急了。」寶釵道：「你知道甚麼好歹！橫豎有我呢。」那寶釵任人誹謗，並不介意，只窺察寶玉心病，暗下針砭。

一日，寶玉漸覺神志安定，雖一時想起黛玉，尚有糊塗。更有襲人緩緩的將「老爺選定的寶姑娘為人和厚；嫌林姑娘秉性古怪，原恐早夭；老太太恐你不知好歹，病中着急，所以叫雪雁過來哄你」的話時常勸解。寶玉終是心酸落淚。欲待尋死，又想着夢中之言，又恐老太太、太太生氣，又不能撩開。又想黛玉已死，寶釵又是第一等人物，方信金石姻緣有定，自己也解了好些。

寶釵看來不妨大事，於是自己心也安了，只在賈母王夫人等前盡行過家庭之禮後，便設法以釋寶玉之憂。寶玉雖不能時常坐起，亦常見寶釵坐在床

前，禁不住生來舊病。寶釵每以正言勸解，以「養身要緊，你我既為夫婦，豈在一時」之語安慰他。那寶玉心裏雖不順遂，無奈日裏賈母王夫人及薛姨媽等輪流相伴，夜間寶釵獨去安寢，賈母又派人服侍，只得安心靜養。又見寶釵舉動溫柔，也就漸漸的將愛慕黛玉的心腸略移在寶釵的身上。此是後話。

　　卻說寶玉成家的那一日，黛玉白日已昏暈過去，卻心頭口中一絲微氣不斷，把個李紈和紫鵑哭的死去活來。到了晚間，黛玉卻又緩過來了，微微睜開眼，似有要水要湯的光景。此時雪雁已去，只有紫鵑和李紈在旁。紫鵑便端了一盞桂圓湯和的梨汁，用小銀匙灌了兩三匙。黛玉閉着眼靜養了一會子，覺得心裏似明似暗的。此時李紈見黛玉略緩，明知是回光返照的光景，卻料着還有半天耐頭，自己回到稻香村料理了一回事情。

　　這裏黛玉睜開眼一看，只有紫鵑和奶媽並幾個小丫頭在那裏，便一手攥了紫鵑的手，使着勁說道：「我是不中用的人了。你伏侍我幾年，我原指望咱們兩個總在一處。不想我……」說着，又喘了一會子，閉了眼歇着。紫鵑見他攥着不肯鬆手，自己也不敢挪動，看他的光景比早半天好些，只當還可以回轉，聽了這話，又寒了半截。半天，黛玉又說道：「妹妹，我這裏並沒親人。我的身子是乾淨的，你好歹叫他們送我回去。」說到這裏，又閉了眼不言語了。那手卻漸漸緊了，喘成一處，只是出氣大入氣小，已經促疾的很了。

　　紫鵑忙了，連忙叫人請李紈。可巧探春來了。紫鵑見了，忙悄悄的說道：「三姑娘，瞧瞧林姑娘罷。」說着，淚如雨下。探春過來，摸了摸黛玉的手已經涼了，連目光也都散了。探春紫鵑正哭着叫人端水來給黛玉擦洗，李紈趕忙進來了。三個人才見了，不及說話。剛擦着，猛聽黛玉直聲叫道：「寶玉，寶玉，你好……」說到「好」字，便渾身冷汗，不作聲了。紫鵑等急忙扶住，那汗愈出，身子便漸漸的冷了。探春李紈叫人亂着攏頭穿衣，只見黛玉兩眼一翻，嗚呼！「香魂一縷隨風散，愁緒三更入夢遙！」

　　當時黛玉氣絕，正是寶玉娶寶釵的這個時辰。紫鵑等都大哭起來。李紈探春想他素日的可疼，今日更加可憐，也便傷心痛哭。因瀟湘館離新房子甚遠，所以那邊並沒聽見。一時大家痛哭了一陣，只聽得遠遠一陣音樂之聲，側耳一聽，卻又沒有了。探春李紈走出院外再聽時，唯有竹梢風動，月影移牆，好不淒涼冷淡！一時叫了林之孝家的過來，將黛玉停放畢，派人看守，等明早去回鳳姐。

　　鳳姐因見賈母王夫人等忙亂，賈政起身，又為寶玉昏憒更甚，正在着急異常之時，若是又將黛玉的凶信一回，恐賈母王夫人愁苦交加，急出病來，只得親自到園。到了瀟湘館內，也不免哭了一場。見了李紈探春，知道諸事齊備，便說：「很好。只是剛才你們為甚麼不言語，叫我着急？」探春道：「剛才送老爺，怎麼說呢？」鳳姐道：「還倒是你們兩個可憐他些。這麼着，我還得那邊去招呼那個冤家呢。但是這件事好累墜，若是今日不回，使不得；若回了，恐怕老太太擱不住。」李紈道：「你去見機行事，得回再回方好。」鳳姐點頭，忙忙的去了。

　　鳳姐到了寶玉那裏，聽見大夫說不妨事，賈母王夫人略覺放心，鳳姐便背了寶玉，緩緩的將黛玉的事回明了。賈母王夫人聽得都唬了一大跳。賈母眼淚交流說道：「是我弄壞了他了。但只這個丫頭也忒傻氣！」說着，便要到園裏去哭他一場，又惦記着寶玉，兩頭難顧。王夫人等含悲共勸賈母不必過去，「老太太身子要緊。」賈母無奈，只得叫王夫人自去。又說：「你替我告訴他的陰靈：『並不是我忍心不來送你，只為有個親疏。你是我的外孫女兒，是親的了，若與寶玉比起來，可是寶玉比你更親些。倘寶玉有些不好，我怎麼見他父親呢？』」說着，又哭起來。

　　王夫人勸道：「林姑娘是老太太最疼的，但只壽夭有定，如今已經死了，無可盡心，只是葬禮上要上等的發送。一則可以少盡咱們的心，二則就是姑太太和外甥女兒的陰靈兒，也可以少安了。」賈母聽到這裏，越發痛哭起來。鳳姐恐怕老人家傷感太過，明仗着寶玉心中不甚明白，便偷偷的使人撒個謊兒哄老太太道：「寶玉那裏找老太太呢。」賈母聽見，才止住淚問道：「不是又有甚麼緣故？」鳳姐陪笑道：「沒甚麼緣故，他大約是想老太太的意思。」賈母連忙扶了珍珠兒，鳳姐也跟着過來。

　　走至半路，正遇王夫人過來，一一回明了賈母。賈母自然又是哀痛的，只因要到寶玉那邊，只得忍淚含悲的說道：「既這麼着，我也不過去了。由你們辦罷，我看着心裏也難受，只別委屈了他就是了。」王夫人鳳姐一一答應了。賈母才到寶玉這邊來，見了寶玉，因問：「你做甚麼找我？」寶玉笑道：「我昨日晚上看見林妹妹來了，他說要回南去。我想沒人留的住，還得老太太給我留一留他。」賈母聽着，說：「使得，只管放心罷。」襲人因扶寶玉躺下。

　　賈母出來，到寶釵這邊來。那時寶釵尚未回九，所以每每見了人倒有些

含羞之意。這一天見了賈母滿面淚痕，遞了茶，賈母叫他坐下。寶釵側身陪着坐了，才問道：「聽得林妹妹病了，不知他可好些了？」賈母聽了這話，那眼淚止不住流下來，因說道：「我的兒，我告訴你，你可別告訴寶玉。都是因你林妹妹，才叫你受了多少委屈。你如今作媳婦了，我才告訴你。這如今你林妹妹沒了兩三天了，就是娶你的那個時辰死的。如今寶玉這一番病還是為着這個，你們先都在園子裏，自然也都是明白的。」寶釵把臉飛紅了，想到黛玉之死，又不免落下淚來。賈母又說了一回話兒去了。自此寶釵千回萬轉，想了一個主意，只不肯造次，所以過了回九才想出這個法子來。如今果然好些，然後大家說話才不至似前留神。

　　獨是寶玉雖然病勢一天好似一天，他的痴心總不能解，必要親去哭他一場。賈母等知他病未除根，不許他胡思亂想，怎奈他鬱悶難堪，病多反復。倒是大夫看出心病，索性叫他開散了。再用藥調理，倒可好得快些。寶玉聽說，立刻要往瀟湘館來。賈母等只得叫人抬了竹椅子過來，扶寶玉坐上。賈母王夫人即便先行。到了瀟湘館內，一見黛玉靈柩，賈母已哭得淚乾氣絕。鳳姐等再三勸住。王夫人也哭了一場。李紈便請賈母王夫人在裏間歇着，猶自落淚。

　　寶玉一到，想起未病之先來到這裏，今日屋在人亡，不禁嚎啕大哭。想起從前何等親密，今日死別，怎不更加傷感。眾人原恐寶玉病後過哀，都來解勸，寶玉已經哭得死去活來，大家攙扶歇息。其餘隨來的，如寶釵，俱極痛哭。獨是寶玉必要紫鵑來見，問明姑娘臨死有何話說。紫鵑本來深恨寶玉，見如此，心裏已回過來些，又見賈母王夫人都在這裏，不敢灑落寶玉，便將林姑娘怎麼復病，怎麼燒毀帕子，焚化詩稿，並將臨死說的話，一一的都告訴了。寶玉又哭得氣噎喉乾。探春趁便又將黛玉臨終囑咐帶柩回南的話也說了一遍。賈母王夫人又哭起來。多虧鳳姐能言勸慰，略略止些，便請賈母等回去。寶玉那裏肯捨，無奈賈母逼着，只得勉強回房。

　　賈母有了年紀的人，打從寶玉病起，日夜不寧，今又大痛一陣，已覺頭暈身熱。雖是不放心惦着寶玉，卻也掙扎不住，回到自己房中睡下。王夫人更加心痛難禁，也便回去，派了彩雲幫着襲人照應，並說：「寶玉若再悲戚，速來告訴我們。」寶釵是知寶玉一時必不能捨，也不相勸，只用諷刺的話說他。寶玉倒恐寶釵多心，也便飲泣收心。歇了一夜，倒也安穩。明日一早，眾人都來瞧他，但覺氣虛身弱，心病倒覺去了幾分。於是加意調養，漸漸的

好起來。賈母幸不成病，唯是王夫人心痛未痊。那日薛姨媽過來探望，看見寶玉精神略好，也就放心，暫且住下。

一日，賈母特請薛姨媽過去商量說：「寶玉的命，都虧姨太太救的，如今想來不妨了，獨委屈了你的姑娘。如今寶玉調養百日，身體復舊，又過了娘娘的功服，正好圓房。要求姨太太作主，另擇個上好的吉日。」薛姨媽便道：「老太太主意很好，何必問我？寶丫頭雖生的粗笨，心裏卻還是極明白的。他的情性老太太素日是知道的。但願他們兩口兒言和意順。從此老太太也省好些心，我姐姐也安慰些，我也放了心了。老太太便定個日子，還通知親戚不用呢？」賈母道：「寶玉和你們姑娘生來第一件大事，況且費了多少周折，如今才得安逸，必要大家熱鬧幾天。親戚都要請的。一來酬願，二則咱們吃杯喜酒，也不枉我老人家操了好些心。」

薛姨媽聽說，自然也是喜歡的，便將要辦妝奩的話也說了一番。賈母道：「咱們親上做親，我想也不必這些。若說動用的，他屋裏已經滿了。必定寶丫頭他心愛的要你幾件，姨太太就拿了來。我看寶丫頭也不是多心的人，不比的我那外孫女兒的脾氣，所以他不得長壽。」說着，連薛姨媽也便落淚。恰好鳳姐進來，笑道：「老太太姑媽又想着甚麼了？」薛姨媽道：「我和老太太說起你林妹妹來，所以傷心。」鳳姐笑道：「老太太和姑媽且別傷心，我剛才聽了個笑話兒來了，意思說給老太太和姑媽聽。」賈母拭了拭眼淚，微笑道：「你又不知要編派誰呢，你說來我和姨太太聽聽。說不笑我們可不依。」只見那鳳姐未從張口，先用兩隻手比着，笑彎了腰了。未知他說出些甚麼來，下回分解。

💡 精華賞析

　　寶玉娶親十分熱鬧，而黛玉死前卻只得到李紈、探春的關懷。黛玉臨死前抱着對寶玉的絕望，實際上是對愛情的絕望，更是對封建家族生活的絕望。她的才情與反抗精神使她不被容於這個社會和家族，只有一個寶玉具有同樣的默契，沒有寶玉，她便孤獨得沒有立足之地了。黛玉之死不僅是一個生命的絕望，也是一種精神的絕望。

《第九十九回》

精讀 守官箴惡奴同破例
閱邸報老舅自擔驚

想起黛玉的病逝，賈母和薛姨媽不免傷心，但是鳳姐提到了寶玉新婚後的情況，這兩人就露出了笑容。

話說鳳姐兒見賈母和薛姨媽為黛玉傷心，便說：「有個笑話兒說給老太太和姑媽聽，」未從開口，先自笑了，因說道：「老太太和姑媽打諒是那裏的笑話兒？就是咱們家的那二位新姑爺新媳婦啊。」賈母道：「怎麼？」鳳姐拿手比着道：「一個這麼坐着，一個這麼站着。一個這麼扭過去，一個這麼轉過來。一個又……」說到這裏，賈母已經大笑起來，說道：「你好生說罷，倒不是他們兩口兒，你倒把人慪的受不得了。」薛姨媽也笑道：「你往下直說罷，不用比了。」

鳳姐才說道：「剛才我到寶兄弟屋裏，我看見好幾個人笑。我只道是誰，巴着窗戶眼兒一瞧，原來寶妹妹坐在炕沿上，寶兄弟站在地下。寶兄弟拉着寶妹妹的袖子，口口聲聲只叫：『寶姐姐，你為甚麼不會說話了？你這麼說一句話，我的病包管全好。』寶妹妹卻扭着頭只管躲。寶兄弟卻作了一個揖，上前又拉寶妹妹的衣服。寶妹妹急得一扯，寶兄弟自然病後是腳軟的，索性一撲，撲在寶妹妹身上了。寶妹妹急得紅了臉，說道：『你越發比先不尊重了』。」說到這裏，賈母和薛姨媽都笑起來。鳳姐又道：「寶兄弟便立起身來笑道：『虧了跌了這一交，好容易才跌出你的話來了。』」

薛姨媽笑道：「這是寶丫頭古怪。這有甚麼的，既作了兩口兒，說說笑笑的怕甚麼？他沒見他璉二哥和你。」鳳姐兒笑道：「這是怎麼說呢，我饒說笑話給姑媽解悶兒，姑媽反倒拿我打起卦來了。」賈母也笑道：「要這麼着才好，夫妻固然要和氣，也得有個分寸兒。我愛寶丫頭就在這尊重上頭。只是我愁着寶玉還是那麼傻頭傻腦的，這麼說起來，比頭時竟明白多了。你再說說，還有甚麼笑話兒沒有？」鳳姐道：「明兒寶玉圓了房，親家太太抱了外孫子，那時候不更是笑話兒了麼。」

賈母笑道：「猴兒，我在這裏同着姨太太想你林妹妹，你來惱個笑兒還罷了，怎麼臊起皮來了。你不叫我們想你林妹妹，你不用太高興了，你林妹妹恨你，將來不要獨自一個到園裏去，提防他拉着你不依。」鳳姐笑道：「他倒不怨我。他臨死咬牙切齒倒恨着寶玉呢。」賈母薛姨媽聽着，還道是玩話兒，也不理會，便道：「你別胡拉了。你去叫外頭挑個很好的日子給你寶兄弟圓了房兒罷。」鳳姐去了，擇了吉日，重新擺酒唱戲請親友，這不在話下，

卻說寶玉雖然病好復原，寶釵有時高興翻書觀看，談論起來，寶玉所有眼前常見的尚可記憶，若論靈機，大不似先。連他自己也不解。寶釵明知是通靈失去，所以如此。倒是襲人時常說他：「你何故把從前的靈機都沒有了？倒是忘了舊毛病也好，怎麼脾氣還照舊，獨道理上更糊塗了呢？」寶玉聽了並不生氣，反是嘻嘻的笑。有時寶玉順性胡鬧，多虧寶釵勸說，諸事略覺收斂些。襲人倒可少費些唇舌，唯知悉心伏侍。別的丫頭素仰寶釵貞靜和平，各人心服，無不安靜。

只有寶玉到底是愛動不愛靜的，時常要到園裏去逛。賈母等一則怕他招受寒暑，二則恐他睹景傷情，雖黛玉之柩已寄放城外庵中，然而瀟湘館依然人亡屋在，不免勾起舊病來，所以也不使他去。況且親戚姊妹們，薛寶琴已回到薛姨媽那邊去了；史湘雲因史侯回京，也接了家去了，又有了出

● 曾經熱鬧的大觀園裏已經一片沉寂，在這裏生活過的每個人都走向了新的命運。可以說，黛玉是《紅樓夢》裏的靈魂人物之一，她的死給賈府中年輕女子們的歡樂畫上了一個句號。

嫁的日子，所以不大常來，只有寶玉娶親那一日與吃喜酒這天來過兩次，也只在賈母那邊住下，為着寶玉已經娶過親的人，又想自己就要出嫁的，也不肯如從前的詼諧談笑，就是有時過來，也只和寶釵說話，見了寶玉不過問好而已；那邢岫煙卻是因迎春出嫁之後隨着邢夫人過去；李家姊妹也另住在外，即同着李嬸娘過來，亦不過到太太們與姐妹們處請安問好，即回到李紈那裏略住一兩天就去了；所以園內的只有李紈、探春、惜春了。賈母還要將李紈等挪進來，為着元妃薨後，家中事情接二連三，也無暇及此。現今天氣一天熱似一天，園裏尚可住得，等到秋天再挪。此是後話，暫且不提。

且說賈政帶了幾個在京請的幕友，曉行夜宿，一日到了本省，見過上司，即到任拜印受事，便查盤各屬州縣糧米倉庫。賈政向來作京官，只曉得郎中事務都是一景兒[1]的事情，就是外任，原是學差，也無關於吏治上。所以外省州縣折收糧米勒索鄉愚這些弊端，雖也聽見別人講究，卻未嘗身親其事。只有一心做好官，便與幕賓商議出示嚴禁，並諭以一經查出，必定詳參揭報。

● 封建社會中官官相護是平常事，官員的手下人仗勢欺人、聚斂財富也是一個公開的祕密。而賈政古板正直，也不縱容手下，這使他成為當時官場中的異類。他不會籠絡官員，不會欺上瞞下，這也是賈府衰敗的重要原因之一。

初到，果然胥吏畏懼，便百計鑽營，偏遇賈政這般古執。那些家人跟了這位老爺在都中一無出息，好容易盼到主人放了外任，便在京指着在外發財的名頭向人借貸，做衣裳裝體面，心裏想着，到了任，銀錢是容易的了。不想這位老爺呆性發作，認真要查辦起來，州縣饋送一概不受。門房簽押[2]等人心裏盤算道：「我們再挨半個月，衣服也要當完了。債又逼起來，那可怎麼樣好呢？眼見得白花花的銀子，只是不能到手。」那些長隨也道：「你們爺們到底還沒花甚麼本錢來的。我們才冤，花了若干的銀子打了個門子，來了

---

1)　　一景兒：一宗事情，這裏指同一類的事情。

2)　　簽押：清代衙門辦理公文的處所，稱為簽押房。簽押指在簽押房辦事的人。下文「簽押上」，如同說「簽押房方面」。

一個多月，連半個錢也沒見過。想來跟這個主兒是不能撈本兒的了。明兒我們齊打夥兒告假去。」次日果然聚齊，都來告假。賈政不知就裏，便說：「要來也是你們，要去也是你們。既嫌這裏不好，就都請便。」那些長隨怨聲載道而去。

只剩下些家人，又商議道：「他們可去的去了，我們去不了的，到底想個法兒才好。」內中有一個管門的叫李十兒，便說：「你們這些沒能耐的東西，着甚麼忙！我見這長字號兒的在這裏，不犯給他出頭。如今都餓跑了，瞧瞧你十太爺的本領，少不得本主兒依我。只是要你們齊心，打夥兒弄幾個錢回家受用，若不隨我，我也不管了，橫豎拚得過你們。」眾人都說：「好十爺，你還主兒信得過。若你不管，我們實在是死症了。」李十兒道：「不要我出了頭得了銀錢，又說我得了大分兒了。窩兒裏反起來，大家沒意思。」眾人道：「你萬安，沒有的事，就沒有多少，也強似我們腰裏掏錢。」

正說着，只見糧房書辦走來找周二爺。李十兒坐在椅子上，蹺着一隻腿，挺着腰說道：「找他做甚麼？」書辦便垂手陪着笑說道：「本官到了一個多月的任，這些州縣太爺見得本官的告示利害，知道不好說話，到了這時候都沒有開倉。若是過了漕，你們太爺們來做甚麼的？」李十兒道：「你別混說。老爺是有根蒂的，說到那裏是要辦到那裏。這兩天原要行文催兑，因我說了緩幾天，才歇的。你到底找我們周二爺做甚麼？」書辦道：「原為打聽催文的事，沒有別的。」李十兒道：「越發胡說，方才我說催文，你就信嘴胡謅。可別鬼鬼祟祟來講甚麼賬，我叫本官打了你，退你！」書辦道：「我在這衙門內已經三代了。外頭也有些體面，家裏還過得，就規規矩矩伺候本官升了還能夠，不像那些等米下鍋的。」說着，回了一聲：「二太爺，我走了。」李十兒便站起，堆着笑說：「這麼不禁玩，幾句話就臉急了。」書辦道：「不是我臉急，若再說甚麼，豈不帶累了二太爺的清名呢？」李十兒過來拉着書辦的手說：「你貴姓啊？」書辦道：

「不敢，我姓詹，單名是個『會』字，從小兒也在京裏混了幾年。」李十兒道：「詹先生，我是久聞你的名的。我們弟兄們是一樣的，有甚麼話晚上到這裏咱們說一說。」書辦也說：「誰不知道李十太爺是能事的，把我一詐就嚇毛了。」大家笑着走開。那晚便與書辦咕唧了半夜，第二天拿話去探賈政，被賈政痛罵了一頓。

隔一天拜客，裏頭吩咐伺候，外頭答應了。停了一會子，打點已經三下了，大堂上沒有人接鼓。好容易叫個人來打了鼓。賈政踱出暖閣，站班喝道的衙役只有一個。賈政也不查問，在墀下上了橋，等轎夫又等了好一回。來齊了，抬出衙門，那個炮只響得一聲，吹鼓亭的鼓手只有一個打鼓，一個吹號筒。賈政便也生氣說：「往常還好，怎麼今兒不齊集至此。」抬頭看那執事，卻是攙前落後。勉強拜客回來，便傳誤班的要打，有的說因沒有帽子誤的，有的說是號衣當了誤的，又有的說是三天沒吃飯抬不動。賈政生氣，打了一兩個也就罷了。隔一天，管廚房的上來要錢，賈政帶來銀兩付了。

以後便覺樣樣不如意，比在京的時候倒不便了好些。無奈，便喚李十兒問道：「我跟來這些人怎樣都變了？你也管管。現在帶來銀兩早使沒有了，藩庫俸銀尚早，該打發京裏取去。」李十兒稟道：「奴才那一天不說他們，不知道怎麼樣這些人都是沒精打采的，叫奴才也沒法兒。老爺說家裏取銀子，取多少？現在打聽節度衙門這幾天有生日，別的府道老爺都上千上萬的送了，我們到底送多少呢？」賈政道：「為甚麼不早說？」李十兒說：「老爺最聖明的。我們新來乍到，又不與別位老爺很來往，誰肯送信？巴不得老爺不去，便好想老爺的美缺。」賈政道：「胡說，我這官是皇上放的，不與節度做生日便叫我不做不成！」李十兒笑着回道：「老爺說的也不錯。京裏離這裏很遠，凡百的事都是節度奏聞。他說好便好，說不好便吃不住。到得明白，已經遲了。就是

老太太、太太們，那個不願意老爺在外頭烈烈轟轟的做官呢？」

賈政聽了這話，也自然心裏明白，道：「我正要問你，為甚麼不說起來？」李十兒回說：「奴才本不敢說。老爺既問到這裏，若不說是奴才沒良心，若說了少不得老爺又生氣。」賈政道：「只要說得在理。」李十兒說道：「那些書吏衙役都是花了錢買着糧道的衙門，那個不想發財？俱要養家活口，自從老爺到了任，並沒見為國家出力，倒先有了口碑載道。」賈政道：「民間有甚麼話？」李十兒道：「百姓說，凡有新到任的老爺，告示出得愈利害，愈是想錢的法兒。州縣害怕了，好多多的送銀子。收糧的時候，衙門裏便說新道爺的法令，明是不敢要錢，這一留難�蹬，那些鄉民心裏願意花幾個錢早早了事，所以那些人不說老爺好，反說不諳民情。便是本家大人是老爺最想好的，他不多幾年已巴到極頂的分兒，也只為識時達務能夠上和下睦罷了。」

賈政聽到這話，道：「胡說，我就不識時務嗎？若是上和下睦，叫我與他們貓鼠同眠嗎？」李十兒回說道：「奴才為着這點忠心兒掩不住，才這麼說。若是老爺就是這樣做下去，到了功不成名不就的時候，老爺又說奴才沒良心，有甚麼話不告訴老爺了。」賈政道：「依你怎麼做才好？」李十兒道：「也沒有別的。趁着老爺的精神年紀，裏頭的照應，老太太的硬朗，為顧着自己就是了。不然到不了一年，老爺家裏的錢也都貼補完了，還落了自上至下的人抱怨，都說老爺是做外任的，自然弄了錢藏着受用。倘遇着一兩件為難的事，誰肯幫着老爺？那時辦也辦不清，悔也悔不及。」

賈政道：「據你一說，是叫我做貪官嗎？送了命還不要緊，必定將祖父的功勳抹了才是？」李十兒回稟道：「老爺極聖明的人，沒看見舊年犯事的幾位老爺嗎？這幾位都與老爺相好，老爺常說是個做清官的，如今名在那裏！現有幾位親戚，老爺向來說他們不好的。如今升的升，遷的遷。只在

要做的好就是了。老爺要知道，民也要顧，官也要顧。若是依着老爺不准州縣得一個大錢，外頭這些差使誰辦？只要老爺外面還是這樣清名聲原好，裏頭的委屈只要奴才辦去，關礙不着老爺的。奴才跟主兒一場，到底也要掏出忠心來。」賈政被李十兒一番言語，說得心無主見，道：「我是要保性命的，你們鬧出來不與我相干。」說着，便踱了進去。

李十兒便自己做起威福，鈎連內外一氣的哄着賈政辦事，反覺得事事周到，件件隨心。所以賈政不但不疑，反多相信。便有幾處揭報，上司見賈政古樸忠厚，也不查察。唯是幕友們耳目最長；見得如此，得便用言規諫，無奈賈政不信，也有辭去了，也有與賈政相好在內維持的。於是漕務事畢，尚無隕越。

一日，賈政無事，在書房中看書，簽押上呈一封書子，外面官封，上開着「鎮守海門等處總制公文一角，飛遞江西糧道衙門。」賈政拆封看時，只見上寫道：「金陵契好，桑梓情深。昨歲供職來都，竊喜常依座右，仰蒙雅愛，許結朱陳，至今佩德勿諼。只因調任海疆，未敢造次奉求，衷懷歉仄，自歎無緣。今幸棨戟遙臨，快慰平生之願。正申燕賀，先蒙翰教，邊帳光生，武夫額手。雖隔重洋，尚叨樾蔭。想蒙不棄卑寒，希望蔦蘿之附。小兒已承青盼，淑媛素仰芳儀。如蒙踐諾，即遣冰人。途路雖遙，一水可通。不敢云百輛之迎，敬備仙舟以俟。茲修寸幅，恭賀升祺，並求金允。臨穎不勝待命之至。世弟周瓊頓首。」

賈政看了，心想：「兒女姻緣果然有一定的。舊年因見他就了京職，又是同鄉的人，素來相好，又見那孩子長得好，在席間原提起這件事。因未說定，也沒有與他們說起。後來他調了海疆，大家也不說了。不料我今升任至此，他寫書來問。我看起門戶卻也相當，與探春倒也相配。但是我並未帶家眷，只可寫字與他商議。」正在躊躇，只見門上傳進一角文書，是議取到省會議事件。賈政只得收拾上省，候節

度派委。

　　一日在公館閑坐，見桌上堆着許多邸報，賈政一一看去，見刑部一本：「為報明事，會看得金陵籍行商薛蟠⋯⋯」賈政便吃驚道：「了不得，已經提了！」隨用心看下去，是「薛蟠毆傷張三身死，串囑屍證捏供誤殺一案。」賈政一拍桌道：「完了！」只得又看，底下是：「據京營節度使咨稱：緣薛蟠籍隸金陵，行過太平縣，在李家店歇宿，與店內當槽之張三素不相認，於某年月日薛蟠令店主備酒邀請太平縣民吳良同飲，令當槽張三取酒。因酒不甘，薛蟠令換好酒。張三因稱酒已沽定難換。薛蟠因伊倔強，將酒照臉潑去，不期去勢甚猛，恰值張三低頭拾箸，一時失手，將酒碗擲在張三囟門，皮破血出，逾時殞命。李店主趨救不及，隨向張三之母告知。伊母張王氏往看，見已身死，隨喊稟地保赴縣呈報。前署縣詣驗，仵作將骨破一寸三分及腰眼一傷，漏報填格，詳府審轉。看得薛蟠實係潑酒失手，擲碗誤傷張三身死，將薛蟠照過失殺人，准鬥殺罪收贖等因前來。臣等細閱各犯證屍親前後供詞不符，且查《鬥殺律》注云：『相爭為鬥，相打為毆。必實無爭鬥情形，邂逅身死，方可以過失殺定擬。』應令該節度審明實情，妥擬具題，今據該節度疏稱：薛蟠因張三不肯換酒，醉後拉着張三右手，先毆腰眼一拳。張三被毆回罵，薛蟠將碗擲出，致傷囟門深重，骨碎腦破，立時殞命。是張三之死實由薛蟠以酒碗砸傷深重致死，自應以薛蟠擬抵。將薛蟠依《鬥殺律》擬絞監候，吳良擬以杖徒。承審不實之府州縣應請⋯⋯」以下注着「此稿未完。」賈政因薛姨媽之託曾託過知縣，若請旨革審起來，牽連着自己，好不放心。即將下一本開看，偏又不是。只好翻來覆去將報看完，終沒有接這一本的。心中狐疑不定，更加害怕起來。

　　正在納悶，只見李十兒進來：「請老爺到官廳伺候去，大人衙門已經打了二鼓了。」賈政只是發怔，沒有聽見。李

● 薛家花了很多錢疏通關係，而且賈家也幫了忙，但薛蟠的官司並沒有了結。他曾經與馮家爭買香菱，打死了人卻沒人追究，但這一次卻被揪住不放，說明了甚麼？

十兒又請了一遍。賈政道:「這便怎麼處?」李十兒道:「老爺有甚麼心事?」賈政將看報之事說了一遍。李十兒道:「老爺放心。若是部裏這麼辦了,還算便宜薛大爺呢。奴才在京的時候聽見,薛大爺在店裏叫了好些媳婦,都喝醉了生事,直把個當槽兒的活活打死的。奴才聽見不但是託了知縣,還求璉二爺去花了好些錢各衙門打通了才提的。不知道怎麼部裏沒有弄明白。如今就是鬧破了,也是官官相護的,不過認個承審不實革職處分罷,那裏還肯認得銀子聽情的話呢?老爺不用想,等奴才再打聽罷,倒不要誤了上司的事。」賈政道:「你們那裏知道,只可惜那知縣聽了一個情,把這個官都丟了,還不知道有罪沒有罪!」李十兒道:「如今想他也無益,外頭伺候着好半天了,請老爺就去罷。」賈政不知節度傳辦何事,且聽下回分解。

💬 **延伸思考**

本回中詳盡展示了一個小人物 —— 李十,描寫了他如何欺上瞞下、陽奉陰違。請你說說這個人物在故事中的作用。

破好事香菱結深恨
悲遠嫁寶玉感離情

節度使找到賈政，為總制求親，求的正是探春。賈府中的眾
位姐妹已經分散，現在探春也即將遠嫁，寶玉為此悲傷不已。

　　話說賈政去見節度，進去了半日不見出來，外頭議論不一。李十兒在外頭也打聽不出甚麼事來，便想到報上的饑荒，實在也着急。好容易聽見賈政出來，便迎上來跟着，等不得回去，在無人處便問：「老爺進去這半天，有甚麼要緊的事？」賈政笑道：「並沒有事。只為鎮海總制是這位大人的親戚，有書來囑託照應我，所以說了些好話。又說我們如今也是親戚了。」李十兒聽得，心內喜歡，不免又壯了些膽子，便竭力縱恿賈政許這親事。賈政心想薛蟠的事到底有甚麼掛礙，在外頭信息不通，難以打點，故回到本任來便打發家人進京打聽，順便將總制求親之事回明賈母，如若願意，即將三姑娘接到任所。家人奉命趕到京中，回明了王夫人，便在吏部打聽得賈政並無處分，唯將署太平縣的這位老爺革職，即寫了稟帖安慰了賈政，然後住着等信。

　　且說薛姨媽為着薛蟠這件人命官司，各衙門內不知花了多少銀錢，才定了誤殺具題。原打量將當鋪折變給人，備銀贖罪。不想刑部駁審，又託人花了好些錢，總不中用，依舊定了個死罪，監着守候秋天大審。薛姨媽又氣又疼，日夜啼哭。寶釵雖時常過來勸解，說是：「哥哥本來沒造化。承受了祖父這些家業，就該安安頓頓的守着過日子。在南邊已經鬧的不像樣，便是香菱那件事情就了不得，因為仗着親戚們的勢力，花了些銀錢，這算白打死了一個公子。哥哥就該改過做起正經人來，也該奉養母親才是，不想進了京仍是這樣。媽媽為他不知受了多少氣，哭掉了多少眼淚。給他娶了親，原想大家

安安逸逸的過日子，不想命該如此，偏偏娶的嫂子又是一個不安靜的，所以哥哥躲出門的。真正俗語說的『冤家路兒狹』，不多幾天就鬧出人命來了。媽媽和二哥哥也算不得不盡心的了，花了銀錢不算，自己還求三拜四的謀幹。無奈命裏應該，也算自作自受。大凡養兒女是為着老來有靠，便是小戶人家還要掙一碗飯養活母親，那裏有將現成的鬧光了反害老人家哭的死去活來的？不是我說，哥哥的這樣行為，不是兒子，竟是個冤家對頭。媽媽再不明白，明哭到夜，夜哭到明，又受嫂子的氣，我呢，又不能常在這裏勸解，我看見媽媽這樣，那裏放得下心？他雖說是傻，也不肯叫我回去。前兒老爺打發人回來說，看見京報唬的了不得，所以才叫人來打點的。我想哥哥鬧了事，擔心的人也不少。幸虧我還是在跟前的一樣，若是離鄉調遠聽見了這個信，只怕我想媽媽也就想殺了。我求媽媽暫且養養神，趁哥哥的活口現在，問問各處的賬目。人家該咱們的，咱們該人家的，亦該請個夥計來算一算，看看還有幾個錢沒有。」

薛姨媽哭着說道：「這幾天為鬧你哥哥的事，你來了，不是你勸我，便是我告訴你衙門的事。你還不知道，京裏官商的名字已經退了，兩個當鋪已經給了人家，銀子早拿來使完了。還有一個當鋪，管事的逃了，虧空了好幾千兩銀子，也夾在裏頭打官司。你二哥哥天天在外頭要賬，料着京裏的賬已經去了幾萬兩銀子，只好拿南邊公分裏銀子並住房折變才夠。前兩天還聽見一個荒信，說是南邊的公當鋪也因為折了本兒收了。若是這麼着，你娘的命可就活不成的了。」說着，又大哭起來。

寶釵也哭着勸道：「銀錢的事，媽媽操心也不中用，還有二哥哥給我們料理。單可恨這些夥計們，見咱們的勢頭兒敗了，各自奔各自的去也罷了，我還聽見說幫着人家來擠我們的訛頭。可見我哥哥活了這麼大，交的人總不過是些個酒肉弟兄，急難中是一個沒有的。媽媽若是疼我，聽我的話，有年紀的人，自己保重些。媽媽這一輩子，想來還不致挨凍受餓。家裏這點子衣裳傢夥，只好聽憑嫂子去，那是沒法兒的了。所有的家人婆子，瞧他們也沒心在這裏，該去的叫他們去。就可憐香菱苦了一輩子，只好跟着媽媽過去。實在短甚麼，我要是有的，還可以拿些個來，料我們那個也沒有不依的。就是襲姑娘也是心術正道的，他聽見咱們家的事，他倒提起媽媽來就哭。我們那一個還打諒沒事的，所以不大着急，若聽見了也是要唬個半死兒的。」薛姨媽

不等說完，便說：「好姑娘，你可別告訴他。他為一個林姑娘幾乎沒要了命，如今才好些。要是他急出個原故來，不但你添了一層煩惱，我越發沒了依靠了。」寶釵道：「我也是這麼想，所以總沒告訴他。」

正說着，只聽見金桂跑來外間屋裏哭喊道：「我的命是不要的了！男人呢，已經是沒有活的分兒了。咱們如今索性鬧一鬧，大夥兒到法場上去拚一拚。」說着，便將頭往隔斷板上亂撞，撞的披頭散髮。氣得薛姨媽白瞪着兩隻眼，一句話也說不出來。還虧得寶釵嫂子長、嫂子短，好一句、歹一句的勸他。金桂道：「姑奶奶，如今你是比不得頭裏的了。你兩口兒好好的過日子，我是個單身人兒，要臉做甚麼！」說着，便要跑到街上回娘家去。虧得人還多，扯住了，又勸了半天方住。把個寶琴唬的再不敢見他。若是薛蝌在家，他便抹粉施脂，描眉畫鬢，奇情異緻的打扮收拾起來，不時打從薛蝌住房前過，或故意咳嗽一聲，或明知薛蝌在屋，特問房裏何人。有時遇見薛蝌，他便妖妖喬喬、嬌嬌痴痴的問寒問熱，忽喜忽嗔。丫頭們看見，都趕忙躲開。他自己也不覺得，只是一意一心要弄得薛蝌感情時，好行寶蟾之計。那薛蝌卻只躲着；有時遇見，也不敢不周旋一二，只怕他撒潑放刁的意思。更加金桂一則為色迷心，越瞧越愛，越想越幻，那裏還看得出薛蝌的真假來，只有一宗，他見薛蝌有甚麼東西都是託香菱收着，衣服縫洗也是香菱，兩個人偶然說話，他來了，急忙散開，一發動了一個「醋」字。欲待發作薛蝌，卻是捨不得，只得將一腔隱恨都擱在香菱身上。卻又恐怕鬧了香菱得罪了薛蝌，倒弄得隱忍不發。

一日，寶蟾走來笑嘻嘻的向金桂道：「奶奶看見了二爺沒有？」金桂道：「沒有。」寶蟾笑道：「我說二爺的那種假正經是信不得的。咱們前日送了酒去，他說不會喝；剛才我見他到太太那屋裏去，那臉上紅撲撲兒的一臉酒氣。奶奶不信，回來只在咱們院門口等他，他打那邊過來時奶奶叫住他問問，看他說甚麼。」金桂聽了，一心的怒氣，便道：「他那裏就出來了呢。他既無情義，問他作甚麼！」寶蟾道：「奶奶又迂了。他好說，咱們也好說，他不好說，咱們再另打主意。」金桂聽着有理，因叫寶蟾：「瞧着他，看他出去了。」寶蟾答應着出來。金桂卻去打開鏡盒，又照了一照，把嘴唇兒又抹一抹，然後拿一條灑花絹子，才要出來，又似忘了甚麼的，心裏倒不知怎麼是好了。只聽寶蟾外面說道：「二爺今日高興呵，那裏喝了酒來了？」金桂聽

了，明知是叫他出來的意思，連忙掀起簾子出來。只見薛蝌和寶蟾說道：「今日是張大爺的好日子，所以被他們強不過吃了半盅，到這時候臉還發燒呢。」一句話沒說完，金桂早接口道：「自然人家外人的酒比咱們自己家裏的酒是有趣兒的。」薛蝌被他拿話一激，臉越紅了，連忙走過來陪笑道：「嫂子說那裏的話。」寶蟾見他二人交談，便躲到屋裏去了。

　　這金桂初時原要假意發作薛蝌兩句，無奈一見他兩頰微紅，雙眸帶澀，別有一種謹願可憐之意，早把自己那驕悍之氣感化到爪窪國去了，因笑說道：「這麼說，你的酒是硬強着才肯喝的呢。」薛蝌道：「我那裏喝得來？」金桂道：「不喝也好，強如像你哥哥喝出亂子來，明兒娶了你們奶奶兒，像我這樣守活寡受孤單呢！」說到這裏，兩個眼已經乜斜了，兩腮上也覺紅暈了。薛蝌見這話越發邪僻了，打算着要走。

　　金桂也看出來了，那裏容得，早已走過來一把拉住。薛蝌急了道：「嫂子放尊重些。」說着渾身亂顫。金桂索性老着臉道：「你只管進來，我和你說一句要緊的話。」正鬧着，忽聽背後一個人叫道：「奶奶，香菱來了。」把金桂唬了一跳，回頭瞧時，卻是寶蟾掀着簾子看他二人的光景，一抬頭見香菱從那邊來了，趕忙知會金桂。金桂這一驚不小，手已鬆了。薛蝌得便脫身跑了。那香菱正走着，原不理會，忽聽寶蟾一嚷，才瞧見金桂在那裏拉住薛蝌往裏死拽。香菱卻唬的心頭亂跳，自己連忙轉身回去。這裏金桂早已連嚇帶氣，呆呆的瞅着薛蝌去了。怔了半天，恨了一聲，自己掃興歸房。從此把香菱恨入骨髓。那香菱本是要到寶琴那裏，剛走出腰門，看見這般，嚇回去了。

　　是日，寶釵在賈母屋聽得王夫人告訴老太太要聘探春一事。賈母說道：「既是同鄉的人，很好。只是聽見說那孩子到過我們家裏，怎麼你老爺沒有提起？」王夫人道：「連我們也不知道。」賈母道：「好便好，但是道兒太遠。雖然老爺在那裏，倘或將來老爺調任，可不是我們孩子太單了嗎？」王夫人道：「兩家都是做官的，也是拿不定。或者那邊還調進來；既不然，終有個落葉歸根。況且老爺既在那裏做官，上司已經說了，好意思不給麼？想來老爺的主意定了，只是不敢做主，故遣人來回老太太的。」賈母道：「你們願意更好。只是三丫頭這一去了，不知三年兩年那邊可能回家？若再遲了，恐怕我趕不上再見他一面了。」說着，掉下淚來。

　　王夫人道：「孩子們大了，少不得總要給人家的。就是本鄉本土的人，

除非不做官還使得，若是做官的，誰保得住總在一處？只要孩子們有造化就好。譬如迎姑娘倒配得近呢，偏是時常聽見他和女婿打鬧，甚至不給飯吃。就是我們送了東西去，他也摸不着。近來聽見益發不好了，也不放他回來。兩口子拌起來，就說咱們使了他家的銀錢。可憐這孩子總不得個出頭的日子。前兒我惦記他，打發人去瞧他，迎丫頭藏在耳房裏不肯出來。老婆子們必要進去，看見我們姑娘這樣冷天還穿着幾件舊衣裳。他一包眼淚的告訴婆子們說：『回去別說我這麼苦，這也是命裏所招，也不用送甚麼衣服東西來，不但摸不着，反要添一頓打。說是我告訴的。』老太太想想，這倒是近處眼見的，若不好更難受。倒虧了大太太也不理會他，大老爺也不出個頭！如今迎姑娘實在比我們三等使喚的丫頭還不如。我想探丫頭雖不是我養的，老爺既看見過女婿，定然是好才許的。只請老太太示下，擇個好日子，多派幾個人送到他老爺任上。該怎麼着，老爺也不肯將就。」

賈母道：「有他老子作主，你就料理妥當，揀個長行的日子送去，也就定了一件事。」王夫人答應着「是」。寶釵聽得明白，也不敢則聲，只是心裏叫苦：「我們家裏姑娘們就算他是個尖兒，如今又要遠嫁，眼看着這裏的人一天少似一天了。」見王夫人起身告辭出去，他也送了出來，一徑回到自己房中，並不與寶玉說話。見襲人獨自一個做活，便將聽見的話說了。襲人也很不受用。

卻說趙姨娘聽見探春這事，反歡喜起來，心裏說着：「我這個丫頭在家忒瞧不起我，我何從還是個娘？比他的丫頭還不濟。況且汰上水護着別人。他擋在裏頭，連環兒也不得出頭。如今老爺接了去，我倒乾淨。想要他孝敬我，不能夠了。只願意他像迎丫頭似的，我也稱稱願。」一面想着，一面跑到探春那邊與他道喜說：「姑娘，你是要高飛的人了，到了姑爺那邊自然比家裏還好。想來你也是願意的。便是養了你一場，並沒有借你的光兒。就是我有七分不好，也有三分的好，總不要一去了把我擱在腦杓子後頭。」探春聽着毫無道理，只低頭作活，一句也不言語。趙姨娘見他不理，氣忿忿的自己去了。

這裏探春又氣，又笑，又傷心，也不過自己掉淚而已。坐了一回，悶悶的走到寶玉這邊來。寶玉因問道：「三妹妹，我聽見林妹妹死的時候你在那裏來着。我還聽見說，林妹妹死的時候，遠遠的有音樂之聲。或者他是有來歷的也未可知。」探春笑道：「那是你心裏想着罷了。只是那夜卻怪，不像人家鼓樂的聲兒。你的話或者也是。」寶玉聽了，更以為實，又想前日自己神魂飄

蕩之時，曾見一人，說是黛玉生不同人，死不同鬼，必是那裏的仙子臨凡。忽又想起那年唱戲做的嫦娥，飄飄豔豔，何等風緻。

過了一回，探春去了。因必要紫鵑過來，立刻回了賈母去叫他。無奈紫鵑心裏不願意，雖經賈母王夫人派了過來，也就沒法，只是在寶玉跟前，不是嘔聲，就是歎氣的。寶玉背地裏拉着他，低聲下氣要問黛玉的話，紫鵑從沒好話回答。寶釵倒背地裏誇他有忠心，並不嗔怪他。那雪雁雖是寶玉娶親這夜出過力的，寶釵見他心地不甚明白，便回了賈母王夫人，將他配了一個小廝，各自過活去了。王奶奶養着他，將來好送黛玉的靈柩回南。鸚哥等小丫頭仍伏侍了老太太。寶玉本想念黛玉，因此及彼，又想跟黛玉的人已經雲散，更加納悶。悶到無可如何，忽又想起黛玉死得這樣清楚，必是離凡返仙去了，反又歡喜。

忽然聽襲人和寶釵那裏講究探春出嫁之事，寶玉聽了，啊呀的一聲，哭倒在炕上。唬得寶釵襲人都來扶起說：「怎麼了？」寶玉早哭的說不出來，定了一回子神，說道：「這日子過不得了！我姊妹們都一個一個的散了！林妹妹是成了仙去了。大姐姐呢，已經死了，這也罷了，沒天天在一塊兒。二姐姐呢，碰着一個混賬不堪的東西。三妹妹又遠嫁，總不得見的了。史妹妹又不知要到那裏去？薛妹妹是有了人家的。這些姐姐妹妹，難道一個都不留在家裏，單留我做甚麼？」襲人忙又拿話解勸。寶釵擺着手說：「你不用勸他，讓我來問他。」因問着寶玉道：「據你的心裏，要這些姐妹都在家裏陪到你老了，都不要為終身的事嗎？若說別人，或者還有別的想頭。你自己的姐姐妹妹，不用說沒有遠嫁的；就是有，老爺作主，你有甚麼法兒！打量天下獨是你一個人愛姐姐妹妹呢，若是都像你，就連我也不能陪你了。大凡人唸書，原為的是明理，怎麼你益發糊塗了。這麼說起來，我同襲姑娘各自一邊兒去，讓你把姐姐妹妹們都邀了來守着你。」寶玉聽了，兩隻手拉住寶釵襲人道：「我也知道。為甚麼散的這麼早呢？等我化了灰的時候再散也不遲。」襲人掩着他的嘴道：「又胡說。才這兩天身上好些，二奶奶才吃些飯。若是你又鬧翻了，我也不管了。」

寶玉慢慢的聽他兩個人的說話都有道理，只是心上不知道怎樣才好，只得強說道：「我卻明白，但只是心裏鬧的慌。」寶釵也不理他，暗叫襲人快把定心丸給他吃了，慢慢的開導他。襲人便欲告訴探春說臨行不必來辭，寶釵

道：「這怕甚麼。等稍停幾日，待他心裏明白，還要叫他們多說句話兒呢。況且三姑娘是極明白的人，不像那些假惺惺的人，少不得有一番箴諫。他以後便不是這樣了。」正說着，賈母那邊打發過鴛鴦來說，知道寶玉舊病又發，叫襲人勸說安慰，叫他不要胡思亂想。襲人答應了。鴛鴦坐了一會子去了。那賈母又想起探春遠行，雖不備妝奩，其一應動用之物俱該預備，便把鳳姐叫來，將老爺的主意告訴了一遍，即叫他料理去，鳳姐答應。不知怎麼辦理，下回分解。

💡 精華賞析

在封建制度的壓迫下，賈府中那些鮮活的女孩們或死去，或出家，或陷入悲劇的婚姻中。寶玉為此悲傷和不平，沒有黛玉在，他也無比孤獨，在別人眼裏是個痴傻的呆子，他無力擺脫，更無力改變這一切。

《第一百零一回》

大觀園月夜警幽魂
散花寺神籤占異兆

> 王熙鳳到廟中求籤，籤上寫着「王熙鳳衣錦還鄉」。這籤文
> 是甚麼意思？鳳姐原來根本不信鬼神，為何又去求籤呢？

　　卻說鳳姐回到房中，見賈璉尚未回來，便分派那管辦探春行李妝奩事
的一干人。那天已有黃昏以後，因忽然想起探春來，要瞧瞧他去，便叫豐兒
與兩個丫頭跟着，頭裏一個丫頭打着燈籠。走出門來，見月光已上，照耀如
水。鳳姐便命打燈籠的：「回去罷。」因而走至茶房窗下，聽見裏面有人喊喊
喳喳的，又似哭，又似笑，又似議論甚麼的。鳳姐知道不過是家下婆子們又
不知搬甚麼是非，心內大不受用，便命小紅進去，裝做無心的樣子細細打聽
着，用話套出原委來。小紅答應着去了。

　　鳳姐只帶着豐兒來至園門前，門尚未關，只虛虛的掩着。於是主僕二人
方推門進去，只見園中月色比外面更覺明朗，滿地下重重樹影，杳無人聲，
甚是淒涼寂靜。剛欲往秋爽齋這條路來，只聽唿的一聲風過，吹的那樹枝上
落葉滿園中喇喇喇的作響，枝梢上吱嘍嘍發哨，將那些寒鴉宿鳥都驚飛起
來。鳳姐吃了酒，被風一吹，只覺身上發噤。那豐兒也把頭一縮說：「好冷！」
鳳姐也掌不住，便叫豐兒：「快回去把那件銀鼠坎肩兒拿來，我在三姑娘那裏
等着。」豐兒巴不得一聲，也要回去穿衣裳來，答應了一聲，回頭就跑了。

　　鳳姐剛舉步走了不遠，只覺身後咈咈哧哧，似有聞嗅之聲，不覺頭髮
森然直豎起來。由不得回頭一看，只見黑油油一個東西在後面伸着鼻子聞他
呢，那兩隻眼睛恰似燈光一般。鳳姐嚇的魂不附體，不覺失聲的咳了一聲，
卻是一隻大狗。那狗抽頭回身，拖着一個掃帚尾巴，一氣跑上大土山上，方

站住了，回身猶向鳳姐拱爪兒。

　　鳳姐兒此時心跳神移，急急的向秋爽齋來。已將來至門口，方轉過山子，只見迎面有一個人影兒一恍。鳳姐心中疑惑，心裏想着必是那一房裏的丫頭，便問：「是誰？」問了兩聲，並沒有人出來，已經嚇得神魂飄蕩。恍恍忽忽的似乎背後有人說道：「嬸娘連我也不認得了！」鳳姐忙回頭一看，只見這人形容俊俏，衣履風流，十分眼熟，只是想不起是那房那屋裏的媳婦來。只聽那人又說道：「嬸娘只管享榮華受富貴的心盛，把我那年說的『立萬年永遠之基』都付於東洋大海了。」鳳姐聽說，低頭尋思，總想不起。那人冷笑道：「嬸娘那時怎樣疼我了，如今就忘在九霄雲外了？」

　　鳳姐聽了，此時方想起來是賈蓉的先妻秦氏，便說道：「噯呀，你是死了的人哪，怎麼跑到這裏來了呢？」啐了一口，方轉回身，腳下不防一塊石頭絆了一跤，猶如夢醒一般，渾身汗如雨下。雖然毛髮悚然，心中卻也明白，只見小紅豐兒影影綽綽的來了。鳳姐恐怕落人的褒貶，連忙爬起來說道：「你們做甚麼呢，去了這半天。快拿來我穿上罷。」一面豐兒走至跟前伏侍穿上，小紅過來攙扶。鳳姐道：「我才到那裏，他們都睡了。咱們回去罷。」一面說，一面帶了兩個丫頭急急忙忙回到家中。賈璉已回來了，只是見他臉上神色更變，不似往常，待要問他，又知他素日性格，不敢突然相問，只得睡了。

　　至次日五更，賈璉就起來要往總理內庭都檢點太監裘世安家來打聽事務。因太早了，見桌上有昨日送來的抄報，便拿起來閑看。第一件是雲南節度使王忠一本，新獲了一起私帶神槍[1]火藥出邊事，共有十八名人犯。頭一名鮑音，口稱係太師鎮國公賈化家人。第二件蘇州刺史李孝一本，參劾縱放家奴，倚勢凌辱軍民，以致因姦不遂殺死節婦一家人命三口事，兇犯姓時名福，自稱係世襲三等職銜賈範家人。賈璉看見這兩件，心中早又不自在起來，等待要看第三件，又恐遲了不能見裘世安的面，因此急急的穿了衣服，也等不得吃東西，恰好平兒端上茶來，喝了兩口，便出來騎馬走了。

　　平兒在房內收拾換下的衣服。此時鳳姐尚未起來，平兒因說道：「今兒夜裏我聽着奶奶沒睡甚麼覺，我這會子替奶奶捶着，好生打個盹兒罷。」鳳姐

---

1)　　神槍：指用火藥放射的火槍，在明清時代是先進的武器。

半日不言語。平兒料着這意思是了，便爬上炕來坐在身邊輕輕的捶着。才捶了幾拳，那鳳姐剛有要睡之意，只聽那邊大姐兒哭了。鳳姐又將眼睜開，平兒連向那邊叫道：「李媽，你到底是怎麼着？姐兒哭了，你到底拍着他些。你也忒好睡了。」那邊李媽從夢中驚醒，聽得平兒如此說，心中沒好氣，只得狠命拍了幾下，口裏嘟嘟噥噥的罵道：「真真的小短命鬼兒，放着屍不挺，三更半夜嚎你娘的喪！」一面說，一面咬牙便向那孩子身上擰了一把。那孩子哇的一聲大哭起來。鳳姐聽見，說：「了不得！你聽聽，他該挫磨孩子了。你過去把那黑心的養漢老婆下死勁的打他幾下子，把妞妞抱過來罷。」平兒笑道：「奶奶別生氣，他那裏敢挫磨姐兒，只怕是不提防錯碰了一下子也是有的。這會子打他幾下子沒要緊，明兒叫他們背地裏嚼舌根，倒說三更半夜打人。」

鳳姐聽了，半日不言語，長歎一聲說道：「你瞧瞧，這會子不是我十旺八旺的呢！明兒我要是死了，剩下這小孽障，還不知怎麼樣呢！」平兒笑道：「奶奶這怎麼說！大五更的，何苦來呢？」鳳姐冷笑道：「你那裏知道，我是早已明白了。我也不久了。雖然活了二十五歲，人家沒見的也見了，沒吃的也吃了，也算全了。所有世上有的也都有了。氣也算賭盡了，強也算爭足了，就是壽字兒上頭缺一點兒，也罷了。」平兒聽說，由不的滾下淚來。鳳姐笑道：「你這會子不用假慈悲，我死了你們只有歡喜的。你們一心一計和和氣氣的，省得我是你們眼裏的刺似的。只有一件，你們知好歹只疼我那孩子就是了。」平兒聽說這話，越發哭的淚人似的。鳳姐笑道：「別扯你娘的臊了，那裏就死了呢，哭的那麼痛！我不死還叫你哭死了呢。」平兒聽說，連忙止住哭，道：「奶奶說得這麼傷心。」一面說，一面又捶，半日不言語，鳳姐才朦朧睡着。

平兒方下炕來要去，只聽外面腳步響。誰知賈璉去遲了，那裴世安已經上朝去了，不遇而回，心中正沒好氣，進來就問平兒道：「他們還沒起來呢麼？」平兒回說：「沒有呢。」賈璉一路摔簾子進來，冷笑道：「好啊！這會子還都不起來，安心打擂台打撒手兒！」一疊聲又要吃茶。平兒忙倒了一碗茶來。原來那些丫頭老婆見賈璉出了門又復睡了，不打諒這會子回來，原不曾預備。平兒便把温過的拿了來。賈璉生氣，舉起碗來，嘩啷一聲摔了個粉碎。

鳳姐驚醒，唬了一身汗，嗳喲一聲，睜開眼，只見賈璉氣狠狠的坐在旁邊，平兒彎着腰拾碗片子呢。鳳姐道：「你怎麼就回來了？」問了一聲，半日

不答應，只得又問一聲。賈璉嘆道：「你不要我回來，叫我死在外頭罷？」鳳姐笑道：「這又是何苦呢？常時我見你不像今兒回來的快，問你一聲，也沒甚麼生氣的。」賈璉又嘆道：「又沒遇見，怎麼不快回來呢！」鳳姐笑道：「沒有遇見，少不得耐煩些，明兒再去早些兒，自然遇見了。」賈璉嘆道：「我可不吃着自己的飯替人家趕獐子呢。我這裏一大堆的事沒個動秤兒的²，沒來由為人家的事，瞎鬧了這些日子，當甚麼呢！正經那有事的人還在家裏受用，死活不知，還聽見說要鑼鼓喧天的擺酒唱戲做生日呢。我可瞎跑他娘的腿子！」一面說，一面往地下啐了一口，又罵平兒。

　　鳳姐聽了，氣的乾咽，要和他分證，想了一想，又忍住了，勉強陪笑道：「何苦來生這麼大氣，大清早起和我叫喊甚麼？誰叫你應了人家的事？你既應了，就得耐煩些，少不得替人家辦辦。也沒見這個人自己有為難的事還有心腸唱戲擺酒的鬧！」賈璉道：「你可說麼，你明兒倒也問問他！」鳳姐詫異道：「問誰？」賈璉道：「問誰！問你哥哥。」鳳姐道：「是他嗎？」賈璉道：「可不是他，還有誰呢？」鳳姐忙問道：「他又有甚麼事叫你替他跑？」賈璉道：「你還在罈子裏呢。」鳳姐道：「真真這就奇了，我連一個字兒也不知道。」賈璉道：「你怎麼能知道呢，這個事連太太和姨太太還不知道呢。頭一件怕太太和姨太太不放心，二則你身上又常嚷不好，所以我在外頭壓住了，不叫裏頭知道的。說起來真真可人惱！你今兒不問我，我也不便告訴你。你打諒你哥哥行事像個人呢，你知道外頭人都叫他甚麼？」鳳姐道：「叫他甚麼？」賈璉道：「叫他甚麼，叫他『忘仁』！」鳳姐撲哧的一笑：「他可不叫王仁叫甚麼呢。」賈璉道：「你打諒那個王仁嗎」是忘了仁義禮智信的那個『忘仁』哪！」

　　鳳姐道：「這是甚麼人這麼刻薄嘴兒糟蹋人！」賈璉道：「不是糟蹋他呀！今兒索性告訴你，你也不知道知道你那哥哥的好處，到底知道他給他二叔做生日啊！」鳳姐想了一想道：「噯喲！可是呵，我還忘了問你，二叔不是多天的生日嗎？我記得年年都是寶玉去。前者老爺升了，二叔那邊送過戲來，我還偷偷兒的說，二叔為人是最嗇刻的，比不得大舅太爺。他們各自家裏還烏眼雞似的。不麼，昨兒大舅太爺沒了，你瞧他是個兄弟，他還出了個頭兒攬

---

2)　　動秤兒的：方言。指開始做，做實事。

了個事兒嗎！所以那一天說，趕他的生日咱們還他一班子戲，省了親戚跟前落虧欠。如今這麼早就做生日，也不知道是甚麼意思。」

賈璉道：「你還作夢呢。他一到京，接着舅太爺的首尾就開了一個吊，他怕咱們知道攔他，所以沒告訴咱們，弄了好幾千銀子。後來二舅嗔着他，說他不該一網打盡。他吃不住了，變了個法兒，指着你們二叔的生日撒了個網，想着再弄幾個錢，好打點二舅太爺不生氣。也不管親戚朋友冬天夏天的，人家知道不知道，這麼丟臉！你知道我起早為甚麼？這如今因海疆的事情御史參了一本，說是大舅太爺的虧空，本員已故，應着落其弟王子勝、姪王仁賠補。爺兒兩個急了，找了我給他們託人情。我見他們嚇的那麼個樣兒，再者又關係太太和你，我才應了。想着找找總理內庭都檢點老裘替辦辦，或者前任後任挪移挪移。偏又去晚了，他進裏頭去了，我白起來跑了一趟。他們家裏還那裏定戲擺酒呢。你說說，叫人生氣不生氣！」

鳳姐聽了，才知王仁所行如此。但他素性要強護短，聽賈璉如此說，便道：「憑他怎麼樣，到底是你的親大舅兒。再者，這件事死的大太爺活的二叔都感激你。罷了，沒甚麼說的，我們家的事，少不得我低三下四的求你了，省的帶累別人受氣，背地裏罵我。」說着，眼淚早流下來，掀開被窩一面坐起來，一面挽頭髮，一面披衣裳。賈璉道：「你倒不用這麼着，是你哥哥不是人，我並沒說你呀。況且我出去了，你身上又不好，我都起來了，他們還睡覺。咱們老輩子有這個規矩麼？你如今作好好先生不管事了。我說了一句，你就起來，明兒我要嫌這些人，難道你都替了他們麼？好沒意思喲！」鳳姐聽了這些話，才把淚止住了，說道：「天呢不早了，我也該起來了。你有這麼說的，你替他們家在心的辦辦，那就是你的情分了。再者也不光為我，就是太太聽見也喜歡。」賈璉道：「是了，知道了。『大蘿蔔還用屎澆』[3]。」

平兒道：「奶奶這麼早起來做甚麼，那一天奶奶不是起來有一定的時候兒呢？爺也不知是那裏的邪火，拿着我們出氣。何苦來呢，奶奶也算替爺掙夠了，那一點兒不是奶奶擋頭陣？不是我說，爺把現成兒的也不知吃了多少，這會子替奶奶辦了一點子事，況且關會着好幾層兒呢，就是這麼拿糖作醋的

---

3)　　大蘿蔔還用屎澆：種大蘿蔔不需要大糞肥料澆灌。這裏是一句詼諧的俗語。澆的諧音是教 (jiāo)，意思是：高明的人那裏還用得着愚拙的人來教導？

起來，也不怕人家寒心。況且這也不單是奶奶的事呀！我們起遲了，原該爺生氣，左右到底是奴才呀！奶奶跟前盡着身子累的成了個病包兒了，這是何苦來呢。」說着，自己的眼圈兒也紅了。那賈璉本是一肚子悶氣，那裏見得這一對嬌妻美妾又尖利又柔情的話呢，便笑道：「夠了，算了罷。他一個人就夠使的了，不用你幫着。左右我是外人，多早晚我死了，你們就清淨了。」鳳姐道：「你也別說那個話，誰知道誰怎麼樣呢。你不死我還死呢，早死一天早心淨。」說着，又哭起來。平兒只得又勸了一回。那時天已大亮，日影橫窗。賈璉也不便再說，站起來出去了。

這裏鳳姐自己起來，正在梳洗，忽見王夫人那邊小丫頭過來道：「太太說了，叫問二奶奶今日過舅太爺那邊去不去？要去，說叫二奶奶同着寶二奶奶一路去呢。」鳳姐因方才一段話，已經灰心喪意，恨娘家不給爭氣；又兼昨夜園中受了那一驚，也實在沒精神，便說道：「你先回太太去，我還有一兩件事沒辦清，今日不能去。況且他們那又不是甚麼正經事。寶二奶奶要去各自去罷。」小丫頭答應着，回去回覆了。不在話下。

且說鳳姐梳了頭，換了衣服，想了想，雖然自己不去，也該帶個信兒。再者，寶釵還是新媳婦，出門子自然要過去照應照應的。於是見過王夫人，支吾了一件事，便過來到寶玉房中。只見寶玉穿着衣服歪在炕上，兩個眼睛呆呆的看寶釵梳頭。鳳姐站在門口，還是寶釵一回頭看見了，連忙起身讓坐。寶玉也爬起來，鳳姐才笑嘻嘻的坐下。寶釵因說麝月道：「你們瞧着二奶奶進來也不言語聲兒。」麝月笑着道：「二奶奶頭裏進來就擺手兒不叫言語麼。」鳳姐因向寶玉道：「你還不走，等甚麼呢？沒見這麼大人了還是這麼小孩子氣的。人家各自梳頭，你爬在旁邊看甚麼？成日家一塊子在屋裏還看不夠？也不怕丫頭們笑話。」說着，哧的一笑，又瞅着他咂嘴兒。寶玉雖也有些不好意思，還不理會，把個寶釵直臊的滿臉飛紅，又不好聽着，又不好說甚麼，只見襲人端過茶來，只得搭訕着自己遞了一袋煙。鳳姐兒笑着站起來接了，道：「二妹妹，你別管我們的事，你快穿衣服罷。」

寶玉一面也搭訕着找這個，弄那個。鳳姐道：「你先去罷，那裏有個爺們等着奶奶們一塊兒走的理呢。」寶玉道：「我只是嫌我這衣裳不大好，不如前年穿着老太太給的那件雀金呢好。」鳳姐因慪他道：「你為甚麼不穿？」寶玉道：「穿着太早些。」鳳姐忽然想起，自悔失言，幸虧寶釵也和王家是內親，

只是那些丫頭們跟前已經不好意思了。襲人卻接着說道:「二奶奶還不知道呢,就是穿得,他也不穿了。」鳳姐兒道:「這是甚麼原故?」襲人道:「告訴二奶奶,真真是我們這位爺的行事都是天外飛來的。那一年因二舅太爺的生日,老太太給了他這件衣裳,誰知那一天就燒了。我媽病重了,我沒在家。那時候還有晴雯妹妹呢,聽見說病着整給他補了一夜,第二天老太太才沒瞧出來呢。去年那一天上學天冷,我叫焙茗拿了去給他披披。誰知這位爺見了這件衣裳想起晴雯來了,說了總不穿了,叫我給他收一輩子呢。」

　　鳳姐不等說完,便道:「你提晴雯,可惜了兒的,那孩子模樣兒手兒都好,就只嘴頭子利害些。偏偏兒的太太不知聽了那裏的謠言,活活兒的把個小命兒要了。還有一件事,那一天我瞧見廚房裏柳家的女人他女孩兒,叫甚麼五兒,那丫頭長的和晴雯脫了個影兒似的。我心裏要叫他進來,後來我問他媽,他媽說是很願意。我想着寶二爺屋裏的小紅跟了我去,我還沒還他呢,就把五兒補過來。平兒說太太那一天說了,凡像那個樣兒的都不叫派到寶二爺屋裏呢。我所以也就擱下了。這如今寶二爺也成了家了,還怕甚麼呢,不如我就叫他進來。可不知寶二爺願意不願意?要想着晴雯,只瞧見這五兒就是了。」寶玉本要走,聽見這些話已呆了。襲人道:「為甚麼不願意,早就要弄了來的,只是因為太太的話說的結實罷了。」鳳姐道:「那麼着明兒我就叫他進來。太太的跟前有我呢。」寶玉聽了,喜不自勝,才走到賈母那邊去了。

　　這裏寶釵穿衣服。鳳姐看他兩口兒這般恩愛纏綿,想起賈璉方才那種光景,好不傷心,坐不住,便起身向寶釵笑道:「我和你向老太太屋裏去罷。」笑着出了房門,一同來見賈母。

　　寶玉正在那裏回賈母往舅舅家去。賈母點頭說道:「去罷,只是少吃酒,早些回來。你身子才好些。」寶玉答應着出來。剛走到院內,又轉身回來向寶釵耳邊說了幾句不知甚麼。寶釵笑道:「是了,你快去罷。」將寶玉催着去了。

　　這賈母和鳳姐寶釵說了沒三句話,只見秋紋進來傳說:「二爺打發焙茗轉來,說請二奶奶。」寶釵說道:「他又忘了甚麼,又叫他回來?」秋紋道:「我叫小丫頭問了,焙茗說是『二爺忘了一句話,二爺叫我回來告訴二奶奶:若是去呢,快些來罷;若不去呢,別在風地裏站着。』」說的賈母鳳姐並地下站着的眾老婆子丫頭都笑了。寶釵飛紅了臉,把秋紋啐了一口說道:「好個糊塗東

西！這也值得這樣慌慌張張跑了來說。」秋紋也笑着回去叫小丫頭去罵焙茗。那焙茗一面跑着，一面回頭說道：「二爺把我巴巴的叫下馬來，叫回來說的。我若不說，回來對出來又罵我了。這會子說了，他們又罵我。」那丫頭笑着跑回來說了。賈母向寶釵道：「你去罷，省得他這麼記掛。」說的寶釵站不住，又被鳳姐慪他玩笑，沒好意思，才走了。

　　只見散花寺的姑子大了來了，給賈母請安，見過了鳳姐，坐着吃茶。賈母因問道：「這一向怎麼不來？」大了道：「因這幾日廟中作好事，有幾位誥命夫人不時在廟裏起坐，所以不得空兒來。今日特來回老祖宗，明兒還有一家作好事，不知老祖宗高興不高興，若高興也去隨喜隨喜。」賈母便問：「做甚麼好事？」大了道：「前月為王大人府裏不乾淨，見神見鬼的，偏生那太太夜間又看見去世的老爺。因此昨日在我廟裏告訴我，要在散花菩薩跟前許願燒香，做四十九天的水陸道場，保佑家口安寧，亡者升天，生者獲福。所以我不得空兒來請老太太的安。」

　　卻說鳳姐素日最厭惡這些事的，自從昨夜見鬼，心中總是疑疑惑惑的，如今聽了大了這些話，不覺把素日的心性改了一半，已有三分信意，便問大了道：「這散花菩薩是誰？他怎麼就能避邪除鬼呢？」大了見問，便知他有些信意，說道：「奶奶今日問我，讓我告訴奶奶知道。這個散花菩薩來歷根基不淺，道行非常。生在西天大樹園中，父母打柴為生。養下菩薩來，頭長三角，眼橫四目，身長八尺，兩手拖地。父母說這是妖精，便棄在冰山背後了。誰知這山上有一個得道的老猴猻出來打食，看見菩薩頂上白氣沖天，虎狼遠避，知道來歷非常，便抱回洞中撫養。誰知菩薩帶了來的聰慧，禪也會談，與猴猻天天談道參禪，說的天花散漫繽紛。至一千年後飛升了。至今山上猶見談經之處天花散漫，所求必靈，時常顯聖，救人苦厄。因此世人才蓋了廟，塑了像供奉着。」

　　鳳姐道：「這有甚麼憑據呢？」大了道：「奶奶又來搬駁了。一個佛爺可有甚麼憑據呢？就是撒謊，也不過哄一兩個人罷咧，難道古往今來多少明白人都被他哄了不成？奶奶只想，唯有佛家香火歷來不絕，他到底是祝國祝民，有些靈驗，人才信服。」鳳姐聽了大有道理，因道：「既這麼，我明兒去試試。你廟裏可有籤？我去求一籤。我心裏的事，籤上批的出來，我從此就信了。」大了道：「我們的籤最是靈的，明兒奶奶去求一籤就知道了。」賈母

道：「既這麼着，索性等到後日初一你再去求。」說着，大了吃了茶，到王夫人各房裏去請了安，回去不提。

這裏鳳姐勉強扎掙着，到了初一清早，令人預備了車馬，帶着平兒並許多奴僕來至散花寺。大了帶了眾姑子接了進去。獻茶後，便洗手至大殿上焚香。那鳳姐兒也無心瞻仰聖像，一秉虔誠，磕了頭，舉起籤筒默默的將那見鬼之事並身體不安等故祝告了一回，才搖了三下，只聽的唰的一聲，筒中擲出一支籤來。於是叩頭拾起一看，只見寫着「第三十三籤，上上大吉。」大了忙查籤簿看時，只見上面寫着「王熙鳳衣錦還鄉」。鳳姐一見這幾個字，吃一大驚，驚問大了道：「古人也有叫王熙鳳的麼？」大了笑道：「奶奶最是通今博古的，難道漢朝的王熙鳳求官的這一段事也不曉得？」周瑞家的在旁笑道：「前年李先兒還說這一回書來着。我們還告訴他重着奶奶的名字，不要叫呢。」鳳姐笑道：「可是呢，我倒忘了。」說着，又瞧底下的，寫的是：「去國離鄉二十年，於今衣錦返家園。蜂採百花成蜜後，為誰辛苦為誰甜？行人至，音信遲，訟宜和，婚再議。」

看完也不甚明白。大了道：「奶奶大喜。這一籤巧得很，奶奶自幼在這裏長大，何曾回南京去過？如今老爺放了外任，或者接家眷來，順便還家，奶奶可不是『衣錦還鄉』了？」一面說，一面抄了個籤經交與丫頭。鳳姐也半疑半信的。大了擺了齋來，鳳姐只動了一動，放下了要走，又給了香銀。大了苦留不住，只得讓他走了。鳳姐回至家中，見了賈母王夫人等，問起籤來，命人一解，都歡喜非常，「或者老爺果有此心，咱們走一趟也好。」鳳姐兒見人人這麼說，也就信了。不在話下。

卻說寶玉這一日正睡午覺，醒來不見寶釵，正要問時，只見寶釵進來。寶玉問道：「那裏去了？半日不見。」寶釵笑道：「我給鳳姐姐瞧一回籤。」寶玉聽說，便問是怎麼樣的。寶釵把籤帖唸了一回，又道：「家中人人都說好的。據我看，這『衣錦還鄉』四字裏頭還有緣故，後來再瞧罷了。」寶玉道：「你又多疑了，妄解聖意。『衣錦還鄉』四字從古至今都知道是好的，今兒你偏生看出緣故來了。依你說，這『衣錦還鄉』還有甚麼別的解說？」寶釵正要解說，只見王夫人那邊打發丫頭過來請二奶奶。寶釵立刻過去。未知何事，下回分解。

精華賞析

賈府繁盛的時候，鳳姐為所欲為，根本不信鬼神報應。如今她也去求簽問卜，說明心裏已經不似先前有底氣了，換言之，給她撐腰的賈府已經不那麼可靠了。

《第一百零二回》

寧國府骨肉病災襟
大觀園符水驅妖孽

> 　　賈政在外任上算是克制節儉，但還是被手下人設計糊弄，又被人參了一本，連降三級。

　　話說王夫人打發人來喚寶釵，寶釵連忙過來，請了安。王夫人道：「你三妹妹如今要出嫁了，只得你們作嫂子的大家開導開導他，也是你們姊妹之情。況且他也是個明白[1]孩子，我看你們兩個也很合的來。只是我聽見說寶玉聽見他三妹妹出門子，哭的了不的，你也該勸勸他。如今我的身子是十病九痛的，你二嫂子也是三日好兩日不好。你還心地明白些，諸事該管的也別說只管吞着，不肯得罪人。將來這一番家事，都是你的擔子。」寶釵答應着。

　　王夫人又說道：「還有一件事，你二嫂子昨兒帶了柳家媳婦的丫頭來，說補在你們屋裏。」寶釵道：「今日平兒才帶過來，說是太太和二奶奶的主意。」王夫人道：「是呦，你二嫂子和我說，我想也沒要緊，不便駁他的回。只是一件，我見那孩子眉眼兒上頭也不是個很安頓的。起先為寶玉房裏的丫頭狐狸似的，我攆了幾個，那時候你也自然知道，才搬回家去的。如今有你，固然不比先前了。我告訴你，不過留點神兒就是了。你們屋裏，就是襲人那孩子還可以使得。」寶釵答應了，又說了幾句話，便過來了。飯後到了探春那邊，自有一番殷勤勸慰之言，不必細說。

　　次日，探春將要起身，又來辭寶玉。寶玉自然難割難分。探春便將綱常

---

[1]　　王夫人這一番囑託正好暴露了她極力主張迎娶寶釵的真實意圖。她需要有一個「明白人」，一個恪守封建禮制的人幫她做事。

大體的話，說的寶玉始而低頭不語，後來轉悲作喜，似有醒悟之意。於是探春放心，辭別眾人，竟上轎登程，水舟車陸而去。

先前眾姊妹們都住在大觀園中，後來賈妃薨後，也不修葺。到了寶玉娶親，林黛玉一死，史湘雲回去，寶琴在家住着，園中人少，況兼天氣寒冷，李紈姊妹、探春、惜春等俱挪回舊所。到了花朝月夕，依舊相約玩耍。如今探春一去，寶玉病後不出屋門，益發沒有高興的人了。所以園中寂寞，只有幾家看園的人住着。

那日尤氏過來送探春起身，因天晚省得套車，便從前年在園裏開通寧府的那個便門裏走過去了。覺得淒涼滿目，台榭依然，女牆一帶都種作園地一般，心中悵然如有所失，因到家中，便有些身上發熱，扎掙一兩天，竟躺倒了。日間的發燒猶可，夜裏身熱異常，便譫語綿綿。賈珍連忙請了大夫看視，說感冒起的，如今纏經入了足陽明胃經，所以譫語不清，如有所見；有了大穢，即可身安。尤氏服了兩劑，並不稍減，更加發起狂來。

賈珍着急，便叫賈蓉來打聽外頭有好醫生再請幾位來瞧瞧。賈蓉回道：「前兒這位太醫是最興時的了。只怕我母親的病不是藥治得好的。」賈珍道：「胡說！不吃藥難道由他去罷？」賈蓉道：「不是說不治。為的是前日母親從西府去，回來是穿着園子裏走來家的，一到了家就身上發燒，別是撞客着了罷？外頭有個毛半仙，是南方人，卦起的很靈，不如請他來占卦占卦。看有信兒呢，就依着他，要是不中用，再請別的好大夫來。」賈珍聽了，即刻叫人請來；坐在書房內喝了茶，便說：「府上叫我，不知占甚麼事？」賈蓉道：「家母有病，請教一卦。」毛半仙道：「既如此，取淨水洗手，設下香案。讓我起出一課來看就是了。」一時下人安排定了。他便懷裏掏出卦筒來，走到上頭恭恭敬敬的作了一個揖，手內搖着卦筒，口裏唸道：「伏以太極兩儀，絪縕交感，圖書出而變化不窮，神聖作而誠求必應。茲有信官賈某，為因母病，虔請伏羲、文王、周公、孔子四大聖人，鑒臨在上，誠感則靈，有凶報凶，有吉報吉。先請內象三爻。」說着，將筒內的錢倒在盤內，說：「有靈的，頭一爻就是交。」拿起來又搖了一搖，倒出來說是單。第三爻又是交。檢起錢來，嘴裏說是：「內爻已示，更請外象三爻，完成一卦。」起出來，是「單拆單」。

那毛半仙收了卦筒和銅錢，便坐下問道：「請坐，請坐，讓我來細細的看看。這個卦乃是『未濟』之卦。世爻是第三爻，午火兄弟劫財，晦氣是一定該

有的。如今尊駕為母問病，用神是初爻，真是父母爻動出官鬼來。五爻上又有一層官鬼，我看令堂太夫人的病是不輕的。還好，還好，如今子亥之水休囚，寅木動而生火。世爻上動出一個子孫來，倒是克鬼的。況且日月生身，再隔兩日，子水官鬼落空，交到戌日就好了。但是父母爻上變鬼，恐怕令尊大人也有些關礙。就是本身世爻，比劫過重，到了水旺土衰的日子也不好。」說完了，便撅着鬍子坐着。

　　賈蓉起先聽他搗鬼，心裏忍不住要笑，聽他講的卦理明白，又說生怕父親也不好，便說道：「卦是極高明的，但不知我母親到底是甚麼病？」毛半仙道：「據這卦上世爻午火變水相克，必是寒火凝結。若要斷得清楚，撲著也不大明白，除非用大六壬才斷得準。」賈蓉道：「先生都高明的麼？」毛半仙道：「知道些。」賈蓉便要請教，報了一個時辰。毛先生便畫了盤子，將神將排定算去，是戌上白虎。「這課叫做『魄化課』。大凡白虎乃是凶將，乘旺象氣受制，便不能為害。如今乘着死神死煞及時令囚死，則為餓虎，定是傷人。就如魄神受驚消散，故名『魄化』。這課象說是人身喪鬼，憂患相仍，病多喪死，訟有憂驚。按象有日暮虎臨，必定是傍晚得病的。象內說，凡占此課，必定舊宅有伏虎作怪，或有形響。如今尊駕為大人而占，正合着虎在陽憂男，在陰憂女，此課十分凶險呢。」賈蓉沒有聽完，唬得面上失色道：「先生說得很是。但與那卦又不大相合，到底有妨礙麼？」毛半仙道：「你不用慌，待我慢慢的再看。」低着頭又咕噥了一會子，便說：「好了，有救星了！算出巳上有貴神救解，謂之『魄化魂歸』。先憂後喜，是不妨事的。只要小心些就是了。」

　　賈蓉奉上卦金，送了出去，回稟賈珍，說是：「母親的病是在舊宅傍晚得的，為撞着甚麼伏屍白虎。」賈珍道：「你說你母親前日從園裏走回來的，可不是那裏撞着的！你還記得你二嬸娘到園裏去，回來就病了。他雖沒有見甚麼，後來那些丫頭老婆們都說是山子上一個毛烘烘的東西，眼睛有燈籠大，還會說話，他把二奶奶趕了回來，唬出一場病來。」賈蓉道：「怎麼不記得！我還聽見寶叔家的焙茗說，晴雯是做了園裏芙蓉花的神了，林姑娘死了半空裏有音樂，必定他也是管甚麼花的。想這許多妖怪在園裏，還了得！頭裏人多陽氣重，常來常往不打緊。如今冷落的時候，母親打那裏走，還不知蹚了甚麼花兒呢，不然就是撞着那一個？那卦也還算得準的。」賈珍道：「到底說

有妨礙沒有呢？」賈蓉道：「據他說，到了戌日就好了，只願早兩天好，或除兩天才好。」賈珍道：「這又是甚麼意思？」賈蓉道：「那先生若是這樣準，生怕老爺也有些不自在。」

正說着，裏頭喊說：「奶奶要坐起到那邊園裏去，丫頭們都按捺不住」。賈珍等進去安慰定了。只聞尤氏嘴裏亂說：「穿紅的來叫我，穿綠的來趕我。」地下這些人又怕又好笑。賈珍便命人買些紙錢送到園裏燒化，果然那夜出了汗，便安靜些。到了戌日，也就漸漸的好起來。

由是一人傳十，十人傳百，都說大觀園中有了妖怪。唬得那些看園的人也不修花補樹，灌溉果蔬。起先晚上不敢行走，以致鳥獸逼人，甚至日裏也是約伴持械而行。過了此時，果然賈珍患病，竟不請醫調治，輕則到園化紙許願，重則詳星拜斗。賈珍方好，賈蓉等相繼而病。如此接連數月，鬧得兩府懼怕。從此風聲鶴唳，草木皆妖。園中出息，一概全蠲，各房月例重新添起，反弄得榮府中更加拮據。那些看園的沒有了想頭，個個要離此處，每每造言生事，便將花妖樹怪編派起來，各要搬出，將園門封固，再無人敢到園中，以致崇樓高閣，瓊館瑤台，皆為禽獸所棲。

卻說晴雯的表兄吳貴正住在園門口，他媳婦自從晴雯死後，聽見說作了花神，每日晚間便不敢出門。這一日吳貴出門買東西，回來晚了。那媳婦子本有些感冒着了，日間吃錯了藥，晚上吳貴到家，已死在炕上。外面的人因那媳婦子不大妥當，便都說妖怪爬過牆來吸了精去死的。於是老太太着急的了不得，另派了好些人將寶玉的住房圍住，巡邏打更。這些小丫頭們還說，有的看見紅臉的，有的看見很俊的女人的，吵嚷不休，唬得寶玉天天害怕。虧得寶釵有把持，聽得丫頭們混說，便唬嚇着要打，所以那些謠言略好些。無奈各房的人都是疑人疑鬼的不安靜，也添了人坐更，於是更加了好些食用。

獨有賈赦不大很信，說：「好好園子，那裏有甚麼鬼怪！」挑了個風清日暖的日子，帶了好幾個家人，手內持着器械，到園踹看動靜。眾人勸他不依。到了園中，果然陰氣逼人。賈赦還扎掙前走，跟的人都探頭縮腦的。內中有個年輕的家人，心內已經害怕，只聽唿的一聲，回過頭來，只見五色燦爛的一件東西跳過去了，唬得噯喲一聲，腿子發軟，就栽倒了。

賈赦回身查問，那小子喘嘘嘘的回道：「親眼看見一個黃臉紅鬍子綠衣裳一個妖精走到樹林子後頭山窟窿裏去了。」賈赦聽了，便也有些膽怯，問道：

「你們都看見麼？」有幾個推順水船兒的回說：「怎麼沒瞧見，因老爺在頭裏，不敢驚動罷了。奴才們還掌的住。」說得賈赦害怕，也不敢再走，急急的回來，吩咐小子們：「不要提及，只說看遍了，沒有甚麼東西。」心裏實也相信，要到真人府裏請法官驅邪。豈知那些家人無事還要生事，今見賈赦怕了，不但不瞞着，反添些穿鑿，說得人人吐舌。

　　賈赦沒法，只得請道士到園作法事驅邪逐妖。擇吉日先在省親正殿上鋪排起壇場，上供三清聖像，旁設二十八宿並馬、趙、溫、周四大將，下排三十六天將圖像。香花燈燭設滿一堂，鐘鼓法器排兩邊，插着五方旗號。道紀司派定四十九位道眾的執事，淨了一天的壇。三位法官行香取水畢，然後擂起法鼓，法師們俱戴上七星冠，披上九宮八卦的法衣，踏着登雲履，手執牙笏，便拜表請聖。又唸了一天的消災驅邪接福的《洞元經》，以後便出榜召將。榜上大書「太乙混元上清三境靈寶符錄演教大法師行文敕令本境諸神到壇聽用。」

　　那日兩府上下爺們仗着法師擒妖，都到園中觀看，都說：「好大法令！呼神遣將的鬧起來，不管有多少妖怪也嚇跑了。」大家都擠到壇前。只見小道士們將旗幡舉起，按定五方站住，伺候法師號令。三位法師，一位手提寶劍拿着法水，一位捧着七星皂旗，一位舉着桃木打妖鞭，立在壇前。只聽法器一停，上頭令牌三下，口中唸起咒來，那五方旗便團團散佈。法師下壇，叫本家領着到各處樓閣殿亭、房廊屋舍、山崖水畔灑了法水，將劍指畫了一回，回來連擊牌令，將七星旗祭起，眾道士將旗幡一聚，接下打妖鞭望空打了三下。本家眾人都道拿住妖怪，爭着要看，及到跟前，並不見有甚麼形響。只見法師叫眾道士拿取瓶罐，將妖收下，加上封條。法師朱筆書符收禁，令人帶回在本觀塔下鎮住，一面撤壇謝將。

　　賈赦恭敬叩謝了法師。賈蓉等小弟兄背地都笑個不住，說：「這樣的大排場，我打量拿着妖怪給我們瞧瞧到底是些甚麼東西，那裏知道是這樣收羅，究竟妖怪拿去了沒有？」賈珍聽見罵道：「糊塗東西，妖怪原是聚則成形，散則成氣，如今多少神將在這裏，還敢現形嗎？無非把這妖氣收了，便不作祟，就是法力了。」

　　眾人將信將疑，且等不見響動再說。那些下人只知妖怪被擒，疑心去了，便不大驚小怪，往後果然沒人提起了。賈珍等病癒復原，都道法師神

力。獨有一個小子笑說道：「頭裏那些響動我也不知道，就是跟着大老爺進園這一日，明明是個大公野雞飛過去了，拴兒嚇離了眼，說得活像。我們都替他圓了個謊，大老爺就認真起來。倒瞧了個很熱鬧的壇場。」眾人雖然聽見，那裏肯信？究無人敢住。

一日，賈赦無事，正想要叫幾個家下人搬住園中，看守房屋，唯恐夜晚藏匿奸人。方欲傳出話去，只見賈璉進來，請了安，回說今日到他大舅家去聽見一個荒信，「說是二叔被節度使參進來，為的是失察屬員，重徵糧米，請旨革職的事。」賈赦聽了吃驚道：「只怕是謠言罷。前兒你二叔帶書子來說，探春於某日到了任所，擇了某日吉時送了你妹子到了海疆，路上風恬浪靜，合家不必掛念，還說節度認親，倒設席賀喜，那裏有做了親戚倒提參起來的？且不必言語，快到吏部打聽明白就來回我。」

賈璉即刻出去，不到半日回來便說：「才到吏部打聽，果然二叔被參。題本上去，虧得皇上的恩典，沒有交部，便下旨意，說是『失察屬員，重徵糧米，苛虐百姓，本應革職，姑念初膺外任，不諳吏治，被屬員蒙蔽，着降三級，加恩仍以工部員外上行走，並令即日回京』。這信是準的。正在吏部說話的時候，來了一個江西引見知縣，說起我們二叔，是很感激的，但說是個好上司，只是用人不當，那些家人在外招搖撞騙，欺凌屬員，已經把好名聲都弄壞了。節度大人早已知道，也說我們二叔是個好人。不知怎麼樣這回又參了。想是忒鬧得不好，恐將來弄出大禍，所以借了一件失察的事情參的，倒是避重就輕的意思也未可知。」賈赦未聽說完，便叫賈璉：「先去告訴你嬸子知道，且不必告訴老太太就是了。」賈璉去回王夫人。未知有何話說，下回分解。

💡 **精華賞析**

　　往昔熱門的大觀園裏可謂人去園空，變得十分荒涼。賈政被貶官，大觀園裏捉鬼，此時的賈府不僅僅是敗象顯露，而是明顯地走向了絕境。

《第一百零三回》

施毒計金桂自焚身
昧真禪雨村空遇舊

　　薛蟠犯案收監，夏金桂一直在家裏胡作非為，現在她又設計想害死香菱，沒想到卻害死了自己。這就是「多行不義必自斃」！

　　話說賈璉到了王夫人那邊，一一的說了。次日到了部裏打點停妥，回來又到王夫人那邊，將打點吏部之事告知。王夫人便道：「打聽準了麼？果然這樣，老爺也願意，合家也放心。那外任是何嘗做得的！若不是那樣的參回來，只怕叫那些混賬東西把老爺的性命都坑了呢！」賈璉道：「太太那裏知道？」王夫人說：「自從你二叔放了外任，並沒有一個錢拿回來，把家裏的倒掏摸了好些去了。你瞧那些跟老爺去的人，他男人在外頭不多幾時，那些小老婆子們便金頭銀面的妝扮起來了，可不是在外頭瞞着老爺弄錢？你叔叔便由着他們鬧去，若弄出事來，不但自己的官做不成，只怕連祖上的官也要抹掉了呢。」賈璉道：「太太說的很是。方才我聽見參了，嚇的了不得，直等打聽明白才放心。也願意老爺做個京官，安安逸逸的做幾年，才保得住一輩子的聲名。就是老太太知道了，倒也是放心的，只要太太說得寬緩些。」王夫人道：「我知道。你到底再去打聽打聽。」

　　賈璉答應了，才要出來，只見薛姨媽家的老婆子慌慌張張的走來，到王夫人裏間屋內，也沒說請安，便道：「我們太太叫我來告訴這裏的姨太太，說我們家了不得了，又鬧出事來了。」王夫人聽了，便問：「鬧出甚麼事來？」那婆子又說：「了不得，了不得！」王夫人哼道：「糊塗東西！有要緊事你到底說啊！」婆子便說：「我們家二爺不在家，一個男人也沒有。這件事情出來怎麼辦！要求太太打發幾位爺們去料理料理。」王夫人聽着不懂，便急着道：「究

竟要爺們去幹甚麼事？」婆子道：「我們大奶奶死了。」王夫人聽了，便啐道：
「這種女人死就死了罷咧，也值得大驚小怪的！」婆子道：「不是好好兒死的，
是混鬧死的。快求太太打發人去辦辦。」說着就要走。

　　王夫人又生氣，又好笑，說：「這婆子好混賬。璉哥兒，倒不如你過去瞧
瞧，別理那糊塗東西。」那婆子沒聽見打發人去，只聽見說別理他，他便賭氣
跑回去了。這裏薛姨媽正在着急，再等不來，好容易見那婆子來了，便問：
「姨太太打發誰來？」婆子歎說道：「人最不要有急難事，甚麼好親好眷，看來
也不中用。姨太太不但不肯照應我們，倒罵我糊塗。」薛姨媽聽了，又氣又急
道：「姨太太不管，你姑奶奶怎麼說了？」婆子道：「姨太太既不管，我們家的
姑奶奶自然更不管了。沒有去告訴。」薛姨媽啐道：「姨太太是外人，姑娘是
我養的，怎麼不管！」婆子一時省悟道：「是啊，這麼着我還去。」

　　正說着，只見賈璉來了，給薛姨媽請了安，道了惱，回說：「我嬸子知道
弟婦死了，問老婆子，再說不明，着急得很，打發我來問個明白，還叫我在
這裏料理。該怎麼樣，姨太太只管說了辦去。」薛姨媽本來氣得乾哭，聽見賈
璉的話，便笑着說：「倒要二爺費心。我說姨太太是待我最好的，都是這老貨
說不清，幾乎誤了事。請二爺坐下，等我慢慢的告訴你。」便說：「不為別的
事，為的是媳婦不是好死的。」賈璉道：「想是為兄弟犯事怨命死的？」薛姨
媽道：「若這樣倒好了。前幾個月頭裏，他天天蓬頭赤腳的瘋鬧。後來聽見你
兄弟問了死罪，他雖哭了一場，以後倒擦脂抹粉的起來。我若說他，又要吵
個了不得，我總不理他。有一天不知怎麼樣來要香菱去作伴，我說：『你放着
寶蟾，還要香菱做甚麼？況且香菱是你不愛的，何苦惹氣呢？』他必不依，我
沒法兒，便叫香菱到他屋裏去，可憐香菱不敢違我的話帶着病就去了。誰知
道他待香菱很好，我倒喜歡。你大妹妹知道了，說：『只怕不是好心罷。』我
也不理會。頭幾天香菱病着，他倒親手去做湯給他吃，那知香菱沒福，剛端
到跟前，他自己燙了手，連碗都砸了。我只說必要遷怒在香菱身上，他倒沒
生氣，自己還拿笤帚掃了，拿水潑淨了地，仍舊兩個人很好。昨兒晚上，又
叫寶蟾去做了兩碗湯來，自己說同香菱一塊兒喝，隔了一會子，聽見他屋裏
鬧起來，寶蟾急的也亂嚷着，以後香菱也嚷着，扶着牆出來叫人。我忙着看
去，只見媳婦鼻子眼睛裏都流出血來，在地下亂滾，兩手在心口亂抓，兩腳
亂蹬，把我就嚇死了！問他也說不出來，只管直嚷，鬧了一回就死了。我瞧

那光景是服了毒的。寶蟾便哭着來揪香菱，說他拿藥藥死了奶奶。我看香菱也不是這麼樣的人，再者他病的起還起不來，怎麼能藥人呢？無奈寶蟾一口咬定。我的二爺，這叫我怎麼辦？只得硬着心腸叫老婆子們把香菱捆了，交給寶蟾，便把房門反扣了。我同你二妹妹守了一夜，等府裏的門開了才告訴去的。二爺你是明白人，這件事怎麼好？」賈璉道：「夏家知道了沒有？」薛姨媽道：「也得撕擄明白了才好報啊。」賈璉道：「據我看起來，必要經官才了得下來。我們自然疑在寶蟾身上，別人便說寶蟾為甚麼藥死他奶奶，也是沒答對的。若說在香菱身上，竟還裝得上。」

正說着，只見榮府女人們進來說：「我們二奶奶來了。」賈璉雖是大伯子，因從小兒見的，也不回避。寶釵進來見了母親，又見了賈璉，便往裏間屋裏同寶琴坐下。薛姨媽也將前事告訴一遍。寶釵便說：「若把香菱捆了，可不是我們也說是香菱藥死的了麼？媽媽說這湯是寶蟾做的，就該捆起寶蟾來問他呀。一面便該打發人報夏家去，一面報官的是。」薛姨媽聽見有理，便問賈璉。賈璉道：「二妹子說得很是。報官還得我去，託了刑部裏的人，相驗問口供的時候，方有照應。只是要捆寶蟾放香菱倒怕難些。」薛姨媽道：「並不是我要捆香菱，我恐怕香菱病中受冤着急，一時尋死，又添了一條人命，才捆了交給寶蟾，也是一個主意。」賈璉道：「雖是這麼說，我們倒幫了寶蟾了。若要放都放，要捆都捆，他們三個人是一處的。只要叫人安慰香菱就是了。」薛姨媽便叫人開門進去，寶釵就派了帶來幾個女人幫着捆寶蟾。只見香菱已哭得死去活來，寶蟾反得意洋洋。以後見人要捆他，便亂嚷起來。那禁得榮府的人吆喝着，也就捆了。竟開着門，好叫人看着。這裏報夏的人已經去了。

那夏家先前不住在京裏，因近年消索，又記掛女兒，新近搬進京來。父親已沒，只有母親，又過繼了一個混賬兒子，把家業都花完了，不時的常到薛家。那金桂原是個水性人兒，那裏守得住空房，況兼天天心裏想念薛蝌，便有些飢不擇食的光景。無奈他這一干兄弟又是個蠢貨。雖也有些知覺，只是尚未入港。所以金桂時常回去，也幫貼他些銀錢。這些時正盼金桂回家，只見薛家的人來，心裏就想又拿甚麼東西來了。不料說這裏姑娘服毒死了，他便氣得亂嚷亂叫。金桂的母親聽見了，更哭喊起來，說：「好端端的女孩兒在他家，為甚麼服了毒呢？」哭着喊着的，帶了兒子，也等不得僱車，便要走

來。那夏家本是買賣人家，如今沒了錢，那顧甚麼臉面？兒子頭裏就走，他跟了一個破老婆子出了門，在街上啼啼哭哭的僱了一輛車，一直跑到薛家。

　　進門也不打話，便兒一聲肉一聲的鬧起。那時賈璉到刑部託人，家裏只有薛姨媽、寶釵、寶琴，何曾見過這個陣仗兒，都嚇得不敢則聲。便要和他講理，他們也不聽，只說：「我女孩兒在你家得過甚麼好處？兩口朝打暮罵的，鬧了幾時，還不容他兩口子在一處。你們商量着把女婿弄在監裏，永不見面。你們娘兒們仗着好親戚受用也罷了，還嫌他礙眼，叫人藥死了他，倒說是服毒！他為甚麼服毒？」說着，直奔着薛姨媽來。薛姨媽只得後退，說：「親家太太且請瞧瞧你女兒，問問寶蟾，再說歪話不遲呢！」

　　那寶釵寶琴因外面有夏家的兒子，難以出來攔護，只在裏邊着急。恰好王夫人打發周瑞家的照看，一進門來，見一個老婆子指着薛姨媽的臉哭罵。周瑞家的知道必是金桂的母親，便走上來說：「這位是親家太太麼？大奶奶自己服毒死的，與我們姨太太甚麼相干？也不犯這麼糟蹋呀！」那金桂的母親問：「你是誰？」薛姨媽見有了人，膽子略壯了些，便說：「這就是我親戚賈府裏的。」金桂的母親便說：「誰不知道，你們有仗腰子的親戚，才能夠叫姑爺坐在監裏。如今我的女孩兒倒白死了不成？」說着，便拉薛姨媽說道：「你到底把我女兒怎樣弄殺了？給我瞧瞧！」周瑞家的一面勸說：「只管瞧去，用不着拉拉扯扯。」便把手一推。夏家的兒子便跑進來不依道：「你仗着府裏的勢頭兒來打我母親麼？」說着，便將椅子打去，卻沒有打着。

　　裏頭跟寶釵的人聽見外頭鬧起來，趕着來瞧，恐怕周瑞家的吃虧，齊打夥的上去半勸半喝。那夏家的母子索性撒起潑來，說：「知道你們榮府的勢頭兒。我們家的姑娘已經死了，如今也都不要命了！」說着，仍奔薛姨媽拚命。地下的人雖多，那裏擋得住，自古說的「一人拚命，萬夫莫當」。

　　正鬧到危急之際，賈璉帶了七八個家人進來，見是如此，便叫人先把夏家的兒子拉出去，便說：「你們不許鬧，有話好好兒的說。快將家裏收拾收拾，刑部裏頭的老爺們就來相驗了。」金桂的母親正在撒潑，只見來了一位老爺，幾個在頭裏吆喝，那些人都垂手侍立。

　　金桂的母親見這個光景，也不知是賈府何人，又見他兒子已被眾人揪住，又聽見說刑部來驗，他心裏原想看見女兒屍首先鬧了一個稀爛再去喊官去，不承望這裏先報了官，也便軟了些。薛姨媽已嚇糊塗了，還是周瑞家的

回說：「他們來了，也沒有去瞧他姑娘，便作踐起姨太太來了。我們為好勸他，那裏跑進一個野男人，在奶奶們裏頭混撒村混打，這可不是沒有王法了！」賈璉道：「這回子不用和他講理，等一會子打着問他，說：男人有男人的所在，裏頭都是些姑娘奶奶們。況且有他母親還瞧不見他們姑娘麼？他跑進來不是要打搶來了麼！」家人們做好做歹壓伏住了。

　　周瑞家的仗着人多，便說：「夏太太，你不懂事，既來了，該問個青紅皂白。你們姑娘是自己服毒死了，不然便是寶蟾藥死他主子了，怎麼不問明白，又不看屍首，就想訛人來了呢？我們就肯叫一個媳婦兒白死了不成？現在把寶蟾捆着，因為你們姑娘必要點病兒，所以叫香菱陪着他，也在一個屋裏住，故此兩個人都看守在那裏，原等你們來眼看看刑部相驗，問出道理來才是啊！」

　　金桂的母親此時勢孤，也只得跟着周瑞家的到他女孩兒屋裏，只見滿臉黑血，直挺挺的躺在炕上，便叫哭起來。寶蟾見是他家的人來，便哭喊說：「我們姑娘好意待香菱，叫他在一塊兒住，他倒抽空兒藥死我們姑娘。」那時薛家上下人等俱在，便齊聲吆喝道：「胡說，昨日奶奶喝了湯才藥死的，這湯可不是你做的！」寶蟾道：「湯是我做的，端了來我有事走了，不知香菱起來放些甚麼在裏頭藥死的。」金桂的母親沒聽完，就奔香菱。眾人攔住。薛姨媽便道：「這樣子是砒霜藥的，家裏決無此物。不管香菱寶蟾，終有替他買的，回來刑部少不得問出來，才賴不去。如今把媳婦權放平正，好等官來相驗。」眾婆子上來抬放。寶釵道：「都是男人進來，你們將女人動用的東西檢點檢點。」只見炕褥底下有一個揉成團的紙包兒。金桂的母親瞧見便拾起，打開看時，並沒有甚麼，便撩開了。寶蟾看見道：「可不是有了憑據了。這個紙包兒我認得，頭幾天耗子鬧得慌，奶奶家去與舅爺要的，拿回來擱在首飾匣內，必是香菱看見了拿來藥死奶奶的。若不信，你們看看首飾匣裏有沒有了？」

　　金桂的母親便依着寶蟾的所在取出匣子，只有幾支銀簪子。薛姨媽便說：「怎麼好些首飾都沒有了？」寶釵叫人打開箱櫃，俱是空的，便道：「嫂子這些東西誰拿去，這可要問寶蟾。」金桂的母親心裏也虛了好些，見薛姨媽查問寶蟾，便說：「姑娘的東西他那裏知道？」周瑞家的道：「親家太太別這麼說呢。我知道寶姑娘是天天跟着大奶奶的，怎麼說不知道？」這寶蟾見問得緊，又不好胡賴，只得說道：「奶奶自己每每帶回家去，我管得麼？」眾人

便說：「好個親家太太！哄着拿姑娘的東西，哄完了叫他尋死來訛我們。好罷咧！回來相驗，就是這麼說。」寶釵叫人：「到外頭告訴璉二爺說，別放了夏家的人！」

裏面金桂的母親忙了手腳，便罵寶蟾道：「小蹄子別嚼舌頭了！姑娘幾時拿東西到我家去？」寶蟾道：「如今東西是小，給姑娘償命是大。」寶琴道：「有了東西，就有償命的人了。快請璉二哥哥問準了夏家的兒子買砒霜的話，回來好回刑部裏的話。」金桂的母親着了急道：「這寶蟾必是撞見鬼了，混說起來。我們姑娘何嘗買過砒霜？若這麼說，必是寶蟾藥死了的。」寶蟾急的亂嚷說：「別人賴我也罷了，怎麼你們也賴起我來呢？你們不是常和姑娘說，叫他別受委屈，鬧得他們家破人亡，那時將東西捲包兒一走，再配一個好姑爺。這個話是有的沒有？」金桂的母親還未及答言，周瑞家的便接口說道：「這是你們家的人說的，還賴甚麼呢？」金桂的母親恨的咬牙切齒的罵寶蟾說：「我待你不錯呀，為甚麼你倒拿話來葬送我呢？回來見了官，我就說是你藥死姑娘的！」寶蟾氣得瞪着眼說：「請太太放了香菱罷，不犯着白害別人。我見官自有我的話。」

寶釵聽出這個話頭兒來了，便叫人反倒放開了寶蟾，說：「你原是個爽快人，何苦白冤在裏頭。你有話索性說了，大家明白，豈不完了事了呢？」寶蟾也怕見官受苦，便說：「我們奶奶天天抱怨說：『我這樣人，為甚麼碰着這個瞎眼的娘，不配給二爺，偏給了這麼個混賬東西。要是能夠和二爺過一天，死了也是願意的。』說到那裏，便恨香菱。我起初不理會，後來看見和香菱好了，我只道是香菱怎麼哄轉了，不承望昨兒的湯不是好意。」金桂的母親接說道：「益發胡說了，若是要藥香菱，為甚麼倒藥了自己呢？」寶釵便問道：「香菱，昨日你喝湯來着沒有？」香菱道：「頭幾天我病得抬不起頭來，奶奶叫我喝湯，我不敢說不喝，剛要扎掙起來；那碗湯已經灑了，倒叫奶奶收拾了個難受，我心裏很過不去。昨兒聽見叫我喝湯，我喝不下去，沒有法兒正要喝的時候兒呢，偏又頭暈起來。只見寶蟾姐姐端了去。我正喜歡，剛合上眼，奶奶自己喝着湯，叫我嘗嘗，我便勉強也喝了兩口。」

寶蟾不待說完，便道：「是了，我老實說罷。昨兒奶奶叫我做兩碗湯，說是和香菱同喝。我氣不過，心裏想着香菱那裏配我做湯給他喝呢。我故意的一碗裏頭多抓了一把鹽，記了暗記兒，原想給香菱喝的。剛端進來，奶奶

卻攔着我到外頭叫小子們僱車，說今日回家去。我出去說了，回來見鹽多的
這碗湯在奶奶跟前呢，我恐怕奶奶喝着鹹，又要罵我。正沒法的時候，奶奶
往後頭走動，我眼錯不見就把香菱的這碗湯換了過來。也是合該如此，奶奶
回來就拿了湯去到香菱床邊，喝着說：『你到底嘗嘗。』那香菱也不覺鹹，兩
個人都喝完了。我正笑香菱沒嘴道兒，那裏知道這死鬼奶奶要藥香菱，必定
趁我不在將砒霜撒上了，也不知道我換碗，這可就是『天理昭彰，自害其身』
了。」於是眾人往前後一想，真正一絲不錯，便將香菱也放了，扶着他仍舊睡
在床上。

　　不說香菱得放，且說金桂母親心虛事實，還想辯賴。薛姨媽等你言我
語，反要他兒子償還金桂之命。正然吵嚷，賈璉在外嚷說：「不用多說了，快
收拾停當，刑部老爺就到了。」此時唯有夏家母子着忙，想來總要吃虧的，
不得已反求薛姨媽道：「千不是萬不是，終是我死的女孩兒不長進，這也是自
作自受。若是刑部相驗，到底府上臉面不好看。求親家太太息了這件事罷。」
寶釵道：「那可使不得，已經報了，怎麼能息呢？」周瑞家的等人大家做好做
歹的勸說：「若要息事，除非夏親家太太自己出去攔驗，我們不提長短罷了。」
賈璉在外也將他兒子嚇住，他情願迎到刑部具結攔驗[1]。眾人依允。薛姨媽命人
買棺成殮，不提。

　　且說賈雨村升了京兆府尹兼管稅務，一日出都查勘開墾地畝，路過知機
縣，到了急流津。正要渡過彼岸，因待人夫，暫且停轎。只見村旁有一座小
廟，牆壁坍頹，露出幾株古松，倒也蒼老。雨村下轎，閑步進廟，但見廟內
神像金身脫落，殿宇歪斜，旁有斷碣，字跡模糊，也看不明白。意欲行至後
殿，只見一翠柏，下蔭着一間茅廬，廬中有一個道士合眼打坐。雨村走近看
時，面貌甚熟，想着倒像在那裏見來的，一時再想不出來。從人便欲吆喝，
雨村止住，徐步向前叫一聲：「老道。」那道士又眼微啟，微微的笑道：「貴官
何事？」雨村便道：「本府出都查勘事件，路過此地，見老道靜修自得，想來
道行深通，意欲冒昧請教。」那道人說：「來自有地，去自有方。」雨村知是
有些來歷的，便長揖請問：「老道從何處修來，在此結廬？此廟何名？廟中共

---

1)　　具結攔驗：古代的封建意識，以為脫衣檢驗對死者是羞辱。由屍親具結表示對死因不懷疑，也
　　　不再告發，出具保結來攔阻對死者的檢驗。

有幾人？或欲真修，豈無名山；或欲結緣，何不通衢？」那道人道：「葫蘆尚可安身，何必名山結舍？廟名久隱，斷碣猶存。形影相隨，何須修募？豈似那『玉在櫝中求善價，釵於奩內待時飛』之輩耶？」

雨村原是個穎悟人，初聽見「葫蘆」兩字，後聞「玉釵」一對，忽然想起甄士隱的事來。重復將那道士端詳一回，見他容貌依然，便屏退從人，問道：「君家莫非甄老先生麼？」那道人從容笑道：「甚麼真，甚麼假！要知道真即是假，假即是真。」雨村聽說出賈字來，益發無疑，便從新施禮道：「學生自蒙慨贈到都，託庇獲雋公車，受任貴鄉，始知老先生超悟塵凡，飄舉仙境。學生雖溯洄思切，自念風塵俗吏，未由再睹仙顏。今何幸於此處相遇，求老仙翁指示愚蒙。倘荷不棄，京寓甚近，學生當得供奉，得以朝夕聆教。」那道人也站起來回禮道：「我於蒲團之外，不知天地間尚有何物。適才尊官所言，貧道一概不解。」說畢，依舊坐下。

雨村復又心疑：「想去若非士隱，何貌言相似若此？離別來十九載，面色如舊，必是修煉有成，未肯將前身說破。但我既遇恩公，又不可當面錯過。看來不能以富貴動之，那妻女之私更不必說了。」想罷又道：「仙師既不肯說破前因，弟子於心何忍！」正要下禮，只見眾人進來，稟說天色將晚，快請渡河。雨村正無主意，那道人道：「請尊官速登彼岸，見面有期，遲則風浪頓起。果蒙不棄，貧道他日尚在渡頭候教。」說畢，仍合眼打坐。

雨村無奈，只得辭了道人出廟。正要過渡，只見一人飛奔而來。未知何事，下回分解。

💬 **延伸思考**

找出賈雨村與甄士隱在廟中偶然相遇的段落，請分析這個情節在全書中的意義。

《第一百零四回》

精讀　醉金剛小鰍生大浪
痴公子餘痛觸前情

倪二喝醉酒阻攔了賈雨村的轎子，被關進大牢，賈芸因為早年受過倪二救濟，滿口答應幫他脫罪。可是賈芸並沒有在賈府中找到一個能幫忙的人，反而被倪二誤會為不盡力、不講義氣。自此，倪二與賈府結了仇。

點評

話說賈雨村剛欲過渡，見有人飛奔而來，跑到跟前，口稱：「老爺，方才逛的那廟火起了！」雨村回首看時，只見烈火燒天，飛灰蔽目。雨村心想，「這也奇怪，我才出來，走不多遠，這火從何而來？莫非士隱遭劫於此？」欲待回去，又恐誤了過河；若不回去，心下又不安。想了一想，便問道：「你方才見這老道士出來了沒有？」那人道：「小的原隨老爺出來，因腹內疼痛，略走了一走。回頭看見一片火光，原來就是那廟中火起，特趕來稟知老爺，並沒有見有人出來。」雨村雖則心裏狐疑，究竟是名利關心的人，那肯回去看視？便叫那人：「你在這裏等火滅了進去瞧那老道在與不在，即來回稟。」那人只得答應了，伺候。雨村過河，仍自去查看，查了幾處，遇公館處便自歇下。

明日又行一程，進了都門，眾衙役接着，前呼後擁的走着。雨村坐在轎內，聽見轎前開路的人吵嚷，雨村問是何事。那開路的拉了一個人過來跪在轎前稟道：「那人酒醉不知回避，反衝突過來。小的吆喝他，他倒恃酒撒潑，躺在街

● 賈雨村本來受過甄士隱的恩惠，可是面對被拐賣的英蓮（香菱）時並沒有出手相救，反而為了自己的仕途對官司草草了事。這一次他看見廟中起火，也並沒有回去救自己的恩人，此人的冷漠和唯利是圖暴露無遺。

心，說小的打了他了。」雨村便道：「我是管理這裏地方的。你們都是我的子民，知道本府經過，喝了酒不知退避，還敢撒賴！」那人道：「我喝酒是自己的錢，醉了躺的是皇上的地，便是大人老爺也管不得！」雨村怒道：「這人目無法紀，問他叫甚麼名字。」那人回道：「我叫醉金剛倪二。」雨村聽了生氣，叫人：「打這東西，瞧他是金剛不是！」手下把倪二按倒，着實打了幾鞭。倪二負痛，酒醒求饒。雨村在轎內笑道：「原來是這麼個金剛麼。我且不打你，叫人帶進衙門慢慢的問你。」眾衙役答應，拴了倪二，拉着便走。倪二哀求，也不中用。

雨村進內覆旨回曹，那裏把這件事放在心上。那街上看熱鬧的三三兩兩傳說：「倪二仗着有些力氣，恃酒訛人，今兒碰在賈大人手裏，只怕不輕饒的。」這話已傳到他的妻女耳邊。那夜果等倪二不見回家，他女兒便到各處賭場尋覓，那賭博的都是這麼說，他女兒哭了。眾人都道：「你不用着急。那賈大人是榮府的一家。榮府裏的一個甚麼二爺和你父親相好，你同你母親去找他說個情，就放出來了。」倪二的女兒聽了，想了一想，「果然我父親常說間壁賈二爺和他好，為甚麼不找他去。」趕着回來，即和母親說了。

娘兒兩個去找賈芸。那日賈芸恰在家，見他母女兩個過來，便讓坐。賈芸的母親便倒茶。倪家母女即將倪二被賈大人拿去的話說了一遍，「求二爺說情放出來」。賈芸一口應承，說：「這算不得甚麼，我到西府裏說一聲就放了。那賈大人全仗我家的西府裏才得做了這麼大官，只要打發個人去一說就完了。」倪家母女喜歡，回來便到府裏告訴了倪二，叫他不用忙，已經求了賈二爺，他滿口應承，討個情便放出來的。倪二聽了也喜歡。

不料賈芸自從那日給鳳姐送禮不收，不好意思進來，也不常到榮府。那榮府的門上原看着主子的行事，叫誰走動才有些體面，一時來了他便進去通報；若主子不大理了，不

點評

論本家親戚，他一概不回，支了去就完事。那日賈芸到府上說：「給璉二爺請安。」門上的說：「二爺不在家，等回來我們替回罷。」賈芸欲要說：「請二奶奶的安」，生恐門上厭煩，只得回家。又被倪家母女催逼着說：「二爺常說府上是不論那個衙門，說一聲誰敢不依。如今還是府裏的一家，又不為甚麼大事，這個情還討不來，白是我們二爺了。」賈芸臉上下不來，嘴裏還說硬話：「昨兒我們家裏有事，沒打發人說去，少不得今兒說了就放。甚麼大不了的事！」倪家母女只得聽信。

豈知賈芸近日大門竟不得進去，繞到後頭要進園內找寶玉，不料園門鎖着，只得垂頭喪氣的回來。想起「那年倪二借錢與我，買了香料送給他，才派我種樹。如今我沒有錢去打點，就把我拒絕。他也不是甚麼好的，拿着太爺留下的公中銀錢在外放加一錢，我們窮當家兒，要借一兩也不能。他打諒保得住一輩子不窮的了！那知外頭的名聲兒很不好。我不說罷了，若說起來，人命官司不知有多少呢！」

一面想着，來到家中，只見倪家母女都等着。賈芸無言可支，便說道：「西府裏已經打發人說了，只言賈大人不依。你還求我們家的奴才周瑞的親戚冷子興去才中用。」倪家母女聽了說：「二爺這樣體面爺們還不中用，若是奴才，是更不中用了。」賈芸不好意思，心裏發急道：「你不知道，如今的奴才比主子強多着呢。」倪家母女聽來無法，只得冷笑幾聲說：「這倒難為二爺白跑了這幾天，等我們那一個出來再道乏罷。」說畢出來，另託人將倪二弄了出來，只打了幾板，也沒有甚麼罪。

倪二回家，他妻女將賈家不肯說情的話說了一遍。倪二正喝着酒，便生氣要找賈芸，說「這小雜種，沒良心的東西！頭裏他沒有飯吃要到府內鑽謀事辦，虧我倪二爺幫了他。如今我有了事他不管。好罷咧，若是我倪二鬧出來，連兩府裏都不乾淨！」他妻女忙勸道：「噯！你又喝了黃湯，

● 冷子興這個人物再次出現，這是對之前哪個情節的呼應？

就是這麼有天沒日頭的，前兒可不是醉了鬧的亂子，捱了打還沒好呢，你又鬧了！」倪二道：「捱了打便怕他不成，只怕拿不着由頭！我在監裏的時候，倒認得了好幾個有義氣的朋友，聽他們說起來，不獨是城內姓賈的多，外省姓賈的也不少。前兒監裏收下好幾個賈家的家人，我倒說，這裏的賈家小一輩子並奴才們雖不好，他們老一輩的還好，怎麼犯了事呢？我打聽打聽，說是和這裏賈家是一家，都住在外省，審明白了解進來問罪的，我才放心。若說賈二這小子他忘恩負義，我便和幾個朋友說他家怎樣倚勢欺人，怎樣盤剝小民，怎樣強娶有男婦女，叫他們吵嚷出來，有了風聲到了都老爺耳朵裏，這一鬧起來，叫你們才認得倪二金剛呢！」他女人道：「你喝了酒睡去罷！他又強佔誰家的女人來了？沒有的事你不用混說了。」倪二道：「你們在家裏那裏知道外頭的事。前年我在賭場裏碰見了小張，說他女人被賈家佔了，他還和我商量，我倒勸他才了事的。但不知這小張如今那裏去了，這兩年沒見。若碰着了他，我倪二出個主意叫賈老二死，給我好好的孝敬孝敬我倪二太爺才罷。你倒不理我了！」說着，倒身躺下，嘴裏還是咕咕噥噥的說了一回，便睡去了。他妻女只當是醉話，也不理他。明日早起，倪二又往賭場中去了，不題。

　　且說雨村回到家中，歇息了一夜，將道上遇見甄士隱的事告訴了他夫人一遍。他夫人便埋怨他：「為甚麼不回去瞧一瞧，倘或燒死了，可不是咱們沒良心！」說着，掉下淚來。雨村道：「他是方外的人了，不肯和咱們在一處的。」正說着，外頭傳進話來，稟說：「前日老爺吩咐瞧那廟裏失火去的回來了。」雨村踱了出來。那衙役打千請了安，回說：「小的奉老爺的命回去，也不等火滅，便冒火進去瞧那個道士，豈知他坐的地方都燒了，小的想着那道士必定燒死了。那燒的牆屋往後塌去，道士的影兒都沒有，只有一個蒲團、一個瓢兒還是好好的。小的各處找尋他的屍首，連骨頭

都沒有一點兒。小的恐老爺不信，想要拿這蒲團瓢兒回來做個證見，小的這麼一拿，誰知都化成了灰了。」雨村聽畢，心下明白，知士隱仙去，便把那衙役打發出去了。回到房中，並沒提起士隱火化之言，恐他婦女不知，反生悲感，只說並無形跡，必是他先走了。

雨村出來，獨坐書房，正要細想士隱的話，忽有家人傳報說：「內廷傳旨，交看事件。」雨村疾忙上轎進內，只聽見人說：「今日賈存周江西糧道被參回來，在朝內謝罪。」雨村忙到了內閣，見了各大人，將海疆辦理不善的旨意看了，出來即忙找着賈政，先說了些為他抱屈的話，後又道喜，問：「一路可好？」賈政也將違別以後的話細細的說了一遍。雨村道：「謝罪的本上了去沒有？」賈政道：「已上去了，等膳後下來看旨意罷。」

正說着，只聽裏頭傳出旨來叫賈政，賈政即忙進去。各大人有與賈政關切的，都在裏頭等着。等了好一回方見賈政出來，看見他帶着滿頭的汗。眾人迎上去接着，問：「有甚麼旨意？」賈政吐舌道：「嚇死人，嚇死人！倒蒙各位大人關切，幸喜沒有甚麼事。」眾人道：「旨意問了些甚麼？」賈政道：「旨意問的是雲南私帶神槍一案。本上奏明的是原任太師賈化的家人，主上一時記着我們先祖的名字，便問起來。我忙着磕頭奏明先祖的名字是代化，主上便笑了，還降旨意說：『前放兵部後降府尹的不是也叫賈化麼？』」那裏雨村也在旁邊，倒嚇了一跳，便問賈政道：「老先生怎麼奏的？」賈政道：「我便慢慢奏道：『原任太師賈化是雲南人，現任府尹賈某是浙江人。』主上又問『蘇州刺史奏的賈範，是你一家子麼？』我又磕頭奏道：『是』。主上便變色道：『縱使家奴強佔良民妻女，還成事麼？』我一句不敢奏。主上又問道：『賈範是你甚麼人？』我忙奏道：『是遠族。』主上哼了一聲，降旨叫出來了。可不是詫事！」

眾人道：「本來也巧，怎麼一連有這兩件事。」賈政道：

「事到不奇，倒是都姓賈的不好。算來我們寒族人多，年代久了，各處都有。現在雖沒有事，究竟主上記着一個賈字就不好。」眾人說：「真是真，假是假，怕甚麼？」賈政道：「我心裏巴不得不做官，只是不敢告老。現在我們這家兩個世襲，這也無可奈何的。」雨村道：「如今老先生仍是工部，想來京官是沒有事的。」賈政道：「京官雖然無事，我究竟做過兩次外任，也就說不齊了。」眾人道：「二老爺的人品行事我們都佩服的。就是令兄大老爺，也是個好人。只要在令姪輩身上嚴緊些就是了。」賈政道：「我因在家的日子少，舍姪的事情不大查考，我心裏也不甚放心。諸位今日提起，都是至相好，或者聽見東宅的姪兒家有甚麼不奉規矩的事麼？」眾人道：「沒聽見別的，只有幾位侍郎心裏不大和睦，內監裏頭也有些。想來不怕甚麼，只要囑咐那邊令姪諸事留神就是了。」眾人說畢，舉手而散。

　　賈政然後回家，眾子姪等都迎接上來。賈政迎着，請賈母的安，然後眾子姪俱請了賈政的安，一同進府。王夫人等已到了榮禧堂迎請。賈政先到了賈母那裏拜見了，陳述些違別的話。賈母問探春的消息。賈政將許嫁探春的事都稟明了，還說：「兒子起身急促，難過重陽，雖沒有親見，聽見那邊親家的人來說的極好。親家老爺太太都說請老太太的安；還說今冬明春大約還可調進京來，這便好了。如今聞得海疆有事，只怕那時還不能調。」賈母始則因賈政降調回來，知探春遠在他鄉，一無親故，心下不悅。後聽賈政將官事說明，探春安好，也便轉悲為喜，便笑着叫賈政出去。然後弟兄相見，眾子姪拜見，定了明日清晨拜祠堂。

　　賈政回到自己屋內，王夫人等見過，寶玉賈璉替另[1]拜見。賈政見了寶玉果然比起身之時臉面豐滿，倒覺安靜，並

---

1)　　替另：個別地、重另、重新的意思。

不知他心裏糊塗，所以心甚喜歡，不以降調為念，心想「幸虧老太太辦理的好。」又見寶釵沉厚更勝先時，蘭兒文雅俊秀，便喜形於色。獨見環兒仍是先前，究不甚鍾愛。歇息了半天，忽然想起：「為何今日短了一人？」王夫人知是想着黛玉。前因家書未報，今日又初到家，正是喜歡，不便直告，只說是病着。豈知寶玉的心裏已如刀絞，因父親到家，只得把持心性伺候。王夫人家筵接風，子孫敬酒。鳳姐雖是姪媳，現辦家事，也隨了寶釵等遞酒。賈政便叫：「遞了一巡酒都歇息去罷。」命眾家人不必伺候，待明早拜過宗祠，然後進見。分派已定，賈政與王夫人說些別後的話，餘者王夫人都不敢言。倒是賈政先提起王子騰的事來，王夫人也不敢悲戚。賈政又說蟠兒的事，王夫人只說他是自作自受，趁便也將黛玉已死的話告訴。賈政反嚇了一驚，不覺掉下淚來，連聲歎息。王夫人也掌不住，也哭了。旁邊彩雲等急忙拉衣，王夫人止住，重又說些喜歡的話，便安寢了。

　　次日一早，至宗祠行禮，眾子姪都隨往。賈政便在祠旁廂房坐下，叫了賈珍賈璉過來，問起家中事務，賈珍揀可說的說了。賈政又道：「我初回家，也不便來細細的查問。只是聽見外頭說起你家裏更不比往前，諸事要謹慎才好。你年紀也不小了，孩子們該管教管教，別叫他們在外頭得罪人。璉兒也該聽聽。不是才回家便說你們，因我有所聞，所以才說的，你們更該小心些。」賈珍等臉漲通紅的，也只答應個「是」字，不敢說甚麼。賈政也就罷了。回歸西府，眾家人磕頭畢，仍復進內，眾女僕行禮，不必多贅。

　　只說寶玉因昨日賈政問起黛玉，王夫人答以有病，他便暗裏傷心。直待賈政命他回去，一路上已滴了好些眼淚。回到房中，見寶釵和襲人等說話，他便獨坐外間納悶。寶釵叫襲人送過茶去，知他必是怕老爺查問功課，所以如此，只得過來安慰。寶玉便借此過去向寶釵說：「你今夜先睡，我要定定神。這時更不如從前了，三言倒忘兩

語，老爺瞧着不好。你先睡，叫襲人陪我略坐坐。」寶釵不便強他，點頭應允。

寶玉出來便輕輕和襲人說，央他把紫鵑叫來，有話問他：「但是紫鵑見了我，臉上總是有氣，須得你去解勸開了他來才好。」襲人道：「你說要定神，我倒喜歡，怎麼又定到這上頭了？有話你明兒問不得？」寶玉道：「我就是今晚得閑，明日倘或老爺叫幹甚麼，便沒空兒。好姐姐，你快去叫他來。」襲人道：「他不是二奶奶叫是不來的。」寶玉道：「所以得你去說明白了才好。」襲人道：「叫我說甚麼？」寶玉道：「你還不知道我的心和他的心麼？都為的是林姑娘。你說我並不是負心。我如今叫你們弄成了一個負心人了！」

說着這話，便瞧瞧裏頭，用手一指說：「他是我本不願意的，都是老太太他們捉弄的，好端端把個林妹妹弄死了。就是他死，也該叫我見見，說個明白，他死了也不怨我嗄。你是聽見三姑娘他們說的，臨死恨怨我。那紫鵑為他姑娘，也是恨的我了不得。你想我是無情的人麼？晴雯到底是個丫頭，也沒有甚麼大好處，他死了，我老實告訴你罷，我還做個祭文去祭他。那時林姑娘還親眼見的。如今林姑娘死了，莫非倒不如晴雯麼？死了連祭都不能祭一祭。況且林姑娘死了還有靈聖的，他想起來不更要怨我麼？」襲人道：「你要祭便祭去，誰攔着你呢！」

寶玉道：「我自從好了起來，就想要做一篇祭文，不知道如今怎麼一點靈機兒都沒有了。要祭別人，胡亂還使得，祭他，是斷斷粗糙不得一點兒的。所以叫紫鵑來問他姑娘的心，他打從那裏看出來的。我沒病的頭裏還想得出來，病後都不記得了。你倒說林姑娘已經好了，怎麼忽然死的？他好的時候我不去，他怎麼說來着？我病的時候他不來，他又怎麼說來着？所有他的東西，我誆過來，你二奶奶總不叫我動，不知甚麼意思？」襲人道：「二奶奶唯恐你傷心罷了，還有甚麼呢！」寶玉道：「我不信。林姑娘既是念我，為甚

麼臨死把詩稿燒了，不留給我作個紀念？又聽見說天上有音樂響，必是他成了神或是登了仙去。我雖見過了棺材，倒底不知道棺材裏有他沒有？」襲人道：「你這話益發糊塗了，怎麼一個人不死就擱上一個空棺材當死了人呢？」寶玉道：「不是嘎！大凡成仙的人，或是肉身去的，或是脫胎去的。好姐姐，你倒底叫了紫鵑來，我問問。」襲人道：「如今等我細細的說明了你的心，他要肯來還好，要不肯來，還得費多少話。就是來了，見你也不肯細說。據我的主意，明後日等二奶奶上去了，我慢慢的問他，或者倒可仔細。遇着閑空兒，我再慢慢的告訴你。」寶玉道：「你說的也是。你不知道我心裏的着急。」

正說着，麝月出來說：「二奶奶說，天已四更了，請二爺進去睡罷。襲人姐姐必是說高了興了，忘了時候兒了。」襲人聽了道：「可不是，該睡了，有話明兒再說罷。」寶玉無奈，只得進去，又向襲人耳邊道：「明兒不要忘了。」襲人笑說：「知道了。」麝月抹着臉笑道：「你們兩個又鬧鬼兒了。為甚麼不和二奶奶說明了，就到襲人那邊睡去？由着你們說一夜，我們也不管。」寶玉擺手道：「不用言語。」襲人恨道：「小蹄子兒，你又嚼舌根！看我明兒撕你的嘴！」回頭對寶玉道：「這不是二爺鬧的？說了四更天的話。」一面說，一面送寶玉進屋，各人散去。

那夜寶玉無眠，到了明日，還思這事，只聞得外頭傳進話來說：「眾親朋因老爺回家，都要送戲接風。老爺再四推辭，說『唱戲不必，竟在家裏備了水酒，倒請親朋過來大家談談。』於是定了後兒擺席請人，所以進來告訴。」不知所請何人，下回分解。

💡 精華賞析

　　賈政回京後就受到皇帝的問訊，皇帝一連問出的幾件案子都與姓賈的人有關。表面上看是因為賈家親族太多，無法管束，但實際上是賈府等望族勢力太過強大，已經受到皇帝的忌憚，而賈雨村也因此心驚膽戰。從前，賈雨村以攀附上賈府的勢力為榮，而如今卻害怕被賈府連累，這一關係的前後變化昭示了其同賈府已走上陌路。

《第一百零五回》

精讀▸ 錦衣軍查抄寧國府
驄馬使彈劾平安州

> 賈政回到家裏，大家正設宴為他接風洗塵。忽然間來了一羣人奉旨查抄賈府。賈府的榮華富貴終於走到了盡頭。

　　話說賈政正在那裏設宴請酒，忽見賴大急忙走上榮禧堂來回賈政道：「有錦衣府堂官趙老爺帶領好幾位司官，說來拜望。奴才要取職名來回，趙老爺說：『我們至好，不用的。』一面就下了車，走進來了。請老爺同爺們快接去。」賈政聽了，心想：「和老趙並無來往，怎麼也來？現在有客，留他不便，不留又不好。」正自思想，賈璉說：「叔叔快去罷，再想一回，人都進來了。」正說着，只見二門上家人又報進來說：「趙老爺已進二門了。」賈政等搶步接去。只見趙堂官滿臉笑容，並不說甚麼，一徑走上廳來。後面跟着五六位司官，也有認得的，也有不認得的，但是總不答話。賈政等心裏不得主意，只得跟着上來讓坐。眾親友也有認得趙堂官的，見他仰着臉不大理人，只拉着賈政的手，笑着說了幾句寒溫的話。眾人看見來頭不好，也有躲進裏間屋裏的，也有垂手侍立的。

　　賈政正要帶笑敘話，只見家人慌張報道：「西平王爺到了。」賈政慌忙去接，已見王爺進來。趙堂官搶上去請了安，便說：「王爺已到，隨來的老爺們就該帶領府役把守前後門。」眾官應了出去。賈政等知事不好，連忙跪接。西平

郡王用兩手扶起，笑嘻嘻的說道：「無事不敢輕造，有奉旨交辦事件，要赦老接旨。如今滿堂中筵席未散，想有親友在此未便，且請眾位府上親友各散，獨留本宅的人聽候。」趙堂官回說：「王爺雖是恩典，但東邊的事，這位王爺辦事認真，想是早已封門。」眾人知是兩府干係，恨不能脫身。只見王爺笑道：「眾位只管就請，叫人來給我送出去，告訴錦衣府的官員說，這都是親友，不必盤查，快快放出。」那些親友聽見，就一溜煙如飛的出去了。獨有賈赦賈政一干人唬得面如土色，滿身發顫。

不多一回，只見進來無數番役，各門把守。本宅上下人等，一步不能亂走。趙堂官便轉過一副臉來回王爺道：「請爺宣旨意，就好動手。」這些番役撩衣勒臂，專等旨意。西平王慢慢的說道：「小王奉旨帶領錦衣府趙全來查看賈赦家產。」賈赦等聽見，俱俯伏在地。王爺便站在上頭說：「有旨意：『賈赦交通外官，依勢凌弱，辜負朕恩，有忝祖德，着革去世職。欽此。』」趙堂官一疊聲叫：「拿下賈赦，其餘皆看守。」

維時賈赦、賈政、賈璉、賈珍、賈蓉、賈薔、賈芝、賈蘭俱在，唯寶玉假說有病在賈母那邊打鬧，賈環本來不大見人的，所以就將現在幾人看住。趙堂官即叫他的家人：「傳齊司員，帶同番役，分頭按房抄查登賬。」這一言不打緊，唬得賈政上下人等面面相看，喜得番役家人摩拳擦掌，就要往各處動手。西平王道：「聞得赦老與政老同房各爨的，理應遵旨查看賈赦的家資，其餘且按房封鎖，我們覆旨去再候定奪。」趙堂官站起來說：「回王爺，賈赦賈政並未分家，聞得他姪兒賈璉現在承總管家，不能不盡行查抄。」西平王聽了，也不言語。趙堂官便說：「賈璉賈赦兩處須得奴才帶領去查抄才好。」西平王便說：「不必忙，先傳信後宅，且請內眷回避，再查不遲。」

一言未了，老趙家奴番役已經拉着本宅家人領路，分

頭查抄去了。王爺喝命：「不許囉唣！待本爵自行查看。」說着，便慢慢的站起來要走，又吩咐說：「跟我的人一個不許動，都給我站在這裏候着，回來一齊瞧着登數。」正說着，只見錦衣司官跪稟說：「在內查出御用衣裙並多少禁用之物，不敢擅動，回來請示王爺。」一回兒又有一起人來攔住西平王，回說：「東跨所[1]抄出兩箱子房地契，又一箱借票，都是違例取利的。」老趙便說：「好個重利盤剝！很該全抄！請王爺就此坐下，叫奴才去全抄來再候定奪罷。」說着，只見王府長史來稟說：「守門軍傳進來說，主上特命北靜王到這裏宣旨，請爺接去，」趙堂官聽了，心裏喜歡說：「我好晦氣，碰着這個酸王。如今那位來了，我就好施威。」一面想着，也迎出來。

只見北靜王已到大廳，就向外站着，說：「有旨意，錦衣府趙全聽宣。」說：「奉旨意：『着錦衣官惟提賈赦質審，餘交西平王遵旨查辦。欽此。』」西平王領了，甚實喜歡，便與北靜王坐下，着趙堂官提取賈赦回衙。裏頭那些查抄的人聽得北靜王到，俱一齊出來，及聞趙堂官走了，大家沒趣，只得侍立聽候。

北靜王便揀選兩個誠實司官並十來個老年番役，餘者一概逐出。西平王便說：「我正與老趙生氣。幸得王爺到來降旨，不然這裏很吃大虧。」北靜王說：「我在朝內聽見王爺奉旨查抄賈宅，我甚放心，諒這裏不致荼毒。不料老趙這麼混賬。但不知現在政老及寶玉在那裏？裏面不知鬧到怎麼樣了？」眾人回稟：「賈政等在下房看守着，裏面已抄得亂騰騰的了。」西平王便吩咐司員：「快將賈政帶來問話。」眾人命帶了上來。

賈政跪了請安，不免含淚乞恩。北靜王便起身拉着，

---

1)　　跨所：即跨院。

說：「政老放心。」便將旨意說了。賈政感激涕零，望北又謝了恩，仍上來聽候。王爺道：「政老，方才老趙在這裏的時候，番役呈稟有禁用之物並重利欠票，我們也難掩過。這禁用之物，原備辦進貴妃用的，我們聲明也無礙。獨是借券，想個甚麼法兒才好。如今政老且帶司員實在將赦老家產呈出，也就完事，切不可再有隱匿，自干罪戾。」賈政答應道：「犯官再不敢。但犯官祖父遺產並未分過，唯各人所住的房屋有的東西便為已有。」兩王便說：「這也無妨，唯將赦老那一邊所有的交出就是了。」又吩咐司員等依命行去，不許胡亂混動。司官領命去了。

　　且說賈母那邊女眷也擺家宴，王夫人正在那邊說：「寶玉不到外頭，恐他老子生氣。」鳳姐帶病哼哼唧唧的說：「我看寶玉也不是怕人，他見前頭陪客的人也不少了，所以在這裏照應也是有的。倘或老爺想起裏頭少個人在那裏照應，太太便把寶兄弟獻出去，可不是好？」賈母笑道：「鳳丫頭病到這地位，這張嘴還是那麼尖巧。」正說到高興，只聽見邢夫人那邊的人一直聲的嚷進來說：「老太太、太太，不……不好了！多多少少的穿靴帶帽的強……強盜來了，翻箱倒籠的來拿東西！」

　　賈母等聽着發呆。又見平兒披頭散髮拉着巧姐哭啼啼的來說：「不好了，我正與姐兒吃飯，只見來旺被人拴着進來說：『姑娘快快傳進去，請太太們回避，外頭王爺就進來查抄家產了。』我聽了幾乎唬死，正要進房拿要緊東西，被一夥子人渾推渾趕出來了。這裏該穿該帶的快快收拾罷。」王邢二夫人等聽得，俱魂飛天外，不知怎樣才好。獨見鳳姐先前圓睜兩眼聽着，後來一仰身栽到地下。賈母沒有聽完，便嚇得涕淚交流，連話也說不出來。那時一屋子人拉這個，扯那個，正鬧得翻天覆地。又聽見一疊聲嚷說：「叫裏面女眷們回避，王爺進來了！」

　　可憐寶釵寶玉等正在沒法，只見地下這些丫頭婆子亂

點評

● 賈府被查抄以前就開始敗落了，很多年來入不敷出。但從查抄出的財物來看，仍舊奢華無比，可見這次抄家才是真正的釜底抽薪。

抬亂扯的時候，賈璉喘吁吁的跑進來說：「好了，好了，幸虧王爺救了我們了！」眾人正要問他，賈璉見鳳姐死在地下，哭着亂叫，又怕老太太嚇壞了，也回不過氣來，更是着急，還虧平兒將鳳姐叫醒，令人扶着。老太太也甦醒了，又哭得氣短神昏，躺在炕上。李紈再三寬慰。然後賈璉定神，將兩王恩典說明，唯恐賈母邢夫人知道賈赦被拿，又要唬死，暫且不敢明說，只得出來照料自己屋內。

一進屋門，只見箱開櫃破，物件搶得半空。此時急得兩眼直豎，泅淚發呆。聽見外頭叫，只得出來。見賈政同司員登記物件，一個報說：「伽楠壽佛一尊，伽楠觀音像一尊，佛座一件，伽楠念珠二串，金佛一堂，鍍金鏡光九件，玉佛三尊，玉壽星八仙一堂，伽楠金玉如意各二柄，古磁瓶爐十七件，古玩軟片共十四箱，玉缸一口，小玉缸二件，玉盤二對，玻璃大屏二架，炕屏二架，玻璃盤四件，玉盤四件，瑪瑙盤二件，淡金[2]盤四件，金碗六對，金搶碗八個，金匙四十把，銀大碗銀盤各六十個，三鑲金牙筯四把，鍍金執壺十二把，折盂三對，茶托二件，銀碟銀杯一百六十件，黑狐皮十八張，貂皮五十六張，黃白狐皮各四十四張，猞猁猻皮十二張，雲狐筒子二十件，海龍二十六張，海豹三張，虎皮六張，麻葉皮[3]三張，獺子皮二十八張，絳色羊皮四十張，黑羊皮六十三張，香鼠筒子二十件，豆鼠皮二十四方，天鵝絨四卷，灰鼠二百六十三張，倭緞三十二度，洋呢三十度，嗶嘰三十三度，姑絨四十度，綢緞一百三十卷，紗綾一百八十卷，線縐三十二卷，羽緞羽紗各二十二卷，氆氌[4]三十卷，妝蟒緞十八卷，各色布三十捆，皮衣一百三十二件，綿夾單紗絹衣三百四十件，帶頭兒九副，銅錫等物五百

---

2)　　淡金：顏色淡、成色較次的金子。

3)　　麻葉皮：一種粗的草狐皮，也叫芝麻葉子。

4)　　氆氌（pǔ lǔ）：西藏出產的一種毛織衣料，也可做鋪墊等物。

餘件，鐘錶八十件，朝珠[5]九掛，珍珠十三掛，赤金首飾一百二十三件，珠寶俱全，黃緞十二卷，潮銀[6]七千兩，淡金一百五十二兩，錢七千五百串。」一切動用傢夥及榮國賜第，一一開列。房地契紙，家人文書，亦俱封裹。

　　賈璉在旁邊竊聽，只不聽見報他的東西，心裏正在疑惑。只聞兩家王爺問賈政道：「所抄家資，內有借券，實係盤剝，究是誰行的？政老據實才好。」賈政聽了，跪在地下碰頭說：「實在犯官不理家務，這些事全不知道。問犯官姪兒賈璉才知。」賈璉連忙走上，跪下稟說：「這一箱文書既在奴才屋內抄出來的，敢說不知道麼？只求王爺開恩。奴才叔叔並不知道的。」兩王道：「你父已經獲罪，只可併案辦理。你今認了，也是正理。如此叫人將賈璉看守，餘俱散收宅內。政老，你須小心候旨，我們進內覆旨去了。這裏有官役看守。」說着，上轎出門。賈政等就在二門跪送。北靜王把手一伸，說：「請放心。」覺得臉上大有不忍之色。

　　此時賈政魂魄方定，猶是發怔。賈蘭便說：「請爺爺進內瞧老太太，再想法兒打聽東府裏的事。」賈政疾忙起身進內。只見各門上婦女亂糟糟的，都不知要怎樣。賈政無心查問，一直到賈母房中，只見人人淚痕滿面，王夫人寶玉等圍住賈母，寂靜無言，各各掉淚，唯有邢夫人哭作一團。因見賈政進來，都說：「好了，好了！」便告訴老太太說：「老爺仍舊好好的進來了，請老太太安心罷。」賈母奄奄一息的，微開雙目說：「我的兒，不想還見得着你！」一聲未了，便嚎咷的哭起來。於是滿屋裏人俱哭個不住。賈政恐哭壞老母，即收淚說：「老太太放心罷。本來事情原不小，蒙主上天恩，兩位王爺的恩典，萬般軫恤。就是大老爺暫時拘質，

5)　　朝珠：清代制度，具有一定品級或職務的官員，項上掛一百零八顆的佛珠，叫朝珠。這是官服中特定的一個組成部分。

6)　　潮銀：成色不足、質量不夠的銀子。

等問明白了，主上還有恩典。如今家裏一些也不動了。」賈母見賈赦不在，又傷心起來，賈政再三安慰方止。

眾人俱不敢走散，獨邢夫人回至自己那邊，見門總封鎖，丫頭婆子亦鎖在幾間屋內。邢夫人無處可走，放聲大哭起來，只得往鳳姐那邊去。見二門旁邊也上了封條，唯有屋門開着，裏頭嗚咽不絕。邢夫人進去，見鳳姐面如紙灰，合眼躺着，平兒在旁暗哭。邢夫人打諒鳳姐死了，又哭起來。平兒迎上來說：「太太不要哭，奶奶才抬回來，像是死了的。歇息了一會子，甦過來，哭了幾聲，這會子略安一安神。太太也請定定神兒罷。但不知老太太怎樣了？」邢夫人也不答言，仍走到賈母那邊。見眼前俱是賈政的人，自己夫子被拘，媳婦病危，女兒受苦，現在身無所歸，那裏止得住悲痛？眾人勸慰。李紈等令人收拾房屋，請邢夫人暫住，王夫人撥人服侍。

賈政在外，心驚肉跳，拈鬚搓手的等候旨意。聽見外面看守軍人亂嚷道：「你到底是那一邊的？既碰在我們這裏，就記在這裏冊上。拴着他，交給裏頭錦衣府爺們！」賈政出外看時，見是焦大，便說：「怎麼跑到這裏來？」焦大見問，便號天蹈地的哭道：「我天天勸，這些不長進的爺們，倒拿我當作冤家！連爺還不知道焦大跟着太爺受的苦！今朝弄到這個田地！珍大爺蓉哥兒都叫甚麼王爺拿了去了，裏頭女主兒們都被甚麼府裏衙役搶得披頭散髮，圈在一處空房裏；那些不成材料的狗男女都像豬狗似的攔起來了。所有的都抄出來攤着，木器釘得破爛，磁器打得粉碎。他們還要把我拴起來。我活了八九十歲，只有跟着太爺捆人的，那裏倒叫人捆起來的！我說我是西府裏的，就跑出來。那些人不依，押到這裏，不想這裏也是這麼着。我如今也不要命了，和那些人拚了罷！」說着撞頭。眾役見他年老，又是兩王吩咐，不敢發狠，便說：「你老人家安靜些，這是奉旨的事，你且這裏歇歇，聽個信兒再說。」賈政聽明，雖不理他，但

是心裏刀攪一般，便道：「完了，完了，不料我們一敗塗地如此！」

正在着急聽候內信，只見薛蝌氣噓噓的跑進來說：「好容易進來了！姨父在那裏呢？」賈政道：「來得好！外頭怎麼放進來的？」薛蝌道：「我再三央說，又許他們錢，所以我才能夠出入的。」賈政便將抄去之事告訴了他，便煩去打聽打聽，說：「別的親友，在火頭兒上，也不便送信，是你就好通信了。」薛蝌道：「這裏的事我倒想不到，那邊東府的事我已聽見說了。」賈政道：「究竟犯甚麼事？」薛蝌道：「今朝為我哥哥打聽決罪的事，在衙門內聽見有兩位御史，風聞是珍大爺引誘世家子弟賭博，這款還輕；還有一大款是強佔良民之妻為妾，因其不從，凌逼致死。那御史恐怕不準，還將咱們家的鮑二拿去，又還拉出一個姓張的來。只怕連都察院都有不是，為的是姓張的起先告過。」賈政尚未聽完，便跺腳道：「了不得！罷了，罷了！」歎了一口氣，撲簌簌的掉下淚來。

薛蝌寬慰了幾句，即便又出去打聽，隔了半日，仍舊進來說：「事情不好。我在刑科裏打聽，倒沒有聽見兩王覆旨的信，但聽得說李御史今早參奏平安州奉承京官，迎合上司，虐害百姓，好幾大款。」賈政慌道：「那管他人的事，到底打聽我們的怎麼樣？」薛蝌道：「說是平安州就有我們，那參的京官就是大老爺。說的是包攬詞訟，所以火上澆油。就是同朝這些官府，俱藏躲不迭，誰肯送信？即如才散的這些親友們，有的竟回家去了，也有遠遠兒的歇下打聽的。可恨那些貴本家便在路上說，『祖宗撈下的功業，弄出事來了，不知道飛到那個頭上去呢，大家也好施為施為……』」賈政沒有聽完，復又頓足道：「都是我們大爺忒糊塗！東府也忒不成事體！如今老太太與璉兒媳婦是死是活還不知道呢。你再打聽去，我到老太太那邊瞧瞧。若有信，能夠早一步才好。」

● 這裏接上了前文埋下的伏筆——鳳姐算計尤二姐、挑唆張華告狀一事已經過去了很久，現在總算是東窗事發了。鳳姐依仗賈府的勢力作威作福，卻給她的靠山製造了一條嚴重的罪狀。

正說着，聽見裏頭亂嚷出來說：「老太太不好了！」急得賈政即忙進去。未知生死如何，下回分解。

💬 延伸思考

....

賈府中平日做過的壞事都一一開始被清算，但為何此前沒有人過問？請你仔細想想這其中有哪些原因。

王熙鳳致禍抱羞慚
賈太君禱天消禍患

> 賈赦的家產被抄沒，女婿孫紹祖不但不接濟還上門來討債，再加上鳳姐性命垂危，真是雪上加霜。好在其他的財產都還了回來，賈府還可以勉強支撐。

　　話說賈政聞知賈母危急，急忙進去看視。見賈母驚嚇氣逆，王夫人鴛鴦等喚醒回來，即用疏氣安神的丸藥服了，漸漸的好些，只是傷心落淚。賈政在旁勸慰，總說是「兒子們不肖，招了禍來累老太太受驚。若老太太寬慰些，兒子們尚可在外料理；若是老太太有甚麼不自在，兒子們的罪孽更重了。」賈母道：「我活了八十多歲，自作女孩兒起到你父親手裏，都託着祖宗的福，從沒有聽見過這些事。如今到老了，見你們倘或受罪，叫我心裏過去得麼？倒不如合上眼隨你們去罷了。」說着，又哭。

　　賈政此時着急異常，又聽外面說：「請老爺，內廷有信。」賈政急忙出來，見是北靜王府長史，一見面便說：「大喜」。賈政謝了，請長史坐下，「請問王爺有何諭旨？」那長史道：「我們王爺同西平郡王進內覆奏，將大人懼怕之心、感激天恩之話都代奏過了。主上甚是憫恤，並念及貴妃薨逝未久，不忍加罪，着加恩仍在工部員外上行走。所封家產，唯將賈赦的入官，餘俱給還。並傳旨令盡心供職。唯抄出借券，令我們王爺查核，如有違禁重利的一概照例入官，其在定例生息的，同房地文書盡行給還。賈璉着革去職銜，免罪釋放。」賈政聽畢，即起身叩謝天恩，又拜謝王爺恩典。「先請長史大人代為稟謝，明晨到闕謝恩，並到府裏磕頭。」那長史去了。少停，傳出旨來。承辦官遵旨一查清，入官者入官，給還者給還，將賈璉放出，所有賈赦名下男

婦人等造冊入官。

可憐賈璉屋內東西除將按例放出的文書發給外，其餘雖未盡入官的，早被查抄的人盡行搶去，所存者只有傢夥物件。賈璉始則懼罪，後蒙釋放已是大幸，及想起歷年積聚的東西並鳳姐的體己不下七八萬金，一朝而盡，怎得不痛？且他父親現禁在錦衣府，鳳姐病在垂危，一時悲痛。

又見賈政含淚叫他，問道：「我因官事在身，不大理家，故叫你們夫婦總理家事。你父親所為。固難勸諫，那重利盤剝究竟是誰幹的？況且非咱們這樣人家所為。如今入了官，在銀錢是不打緊的，這種名聲出去還了得嗎？」賈璉跪下說道：「姪兒辦家事，並不敢存一點私心。所有出入的賬目，自有賴大、吳新登、戴良等登記，老爺只管叫他們來查問。現在這幾年，庫內銀子出多入少，雖沒貼補在內，已在各處做了好些空頭，求老爺問太太就知道了。這些放出去的賬，連姪兒也不知道那裏的銀子，要問周瑞旺兒才知道。」賈政道：「據你說來，連你自己屋裏的事還不知道，那些家中上下的事更不知道了。我這回也不來查問你，現今你無事的人，你父親的事和你珍大哥的事還不快去打聽打聽嗎？」

賈璉一心委屈，含着眼淚答應了出去。賈政歎氣連連的想道：「我祖父勤勞王事，立下功勳，得了兩個世職，如今兩房犯事都革去了。我瞧這些子姪沒一個長進的。老天哪，老天哪！我賈家何至一敗如此！我雖蒙聖恩格外垂慈，給還家產，那兩處食用自應歸並一處，叫我一人那裏支撐的住？方才璉兒所說更加詫異，說不但庫上無銀，而且尚有虧空。這幾年竟是虛名在外，只恨我自己為甚麼糊塗若此？倘或我珠兒在世，尚有膀臂；寶玉雖大，更是無用之物。」想到那裏，不覺淚滿衣襟。又想：「老太太偌大年紀，兒子們並沒有能奉養一日，反累他嚇得死去活來。種種罪孽，叫我委之何人？」

正在獨自悲切，只見家人稟報各親友進來看候。賈政一一道謝，說起：「家門不幸，是我不能管教子姪，所以至此。」有的說：「我久知令兄赦大老爺行事不妥，那邊珍哥更加驕縱。若說因官事錯誤得個不是，於心無愧，如今自己鬧出的，倒帶累了二老爺。」有的說：「人家鬧的也多，也沒見御史參奏，不是珍老大得罪朋友，何至如此！」有的說：「也不怪御史，我們聽見說是府

上的家人同幾個泥腿[1]在外頭哄嚷出來的。御史恐參奏不實，所以誆了這裏的人去才說出來的。我想府上待下人是最寬的，為甚麼還有這事。」有的說：「大凡奴才們是一個養活不得的。今兒在這裏都是好親友我才敢說，就是尊駕在外任，我保得你是不愛錢的，那外頭風聲也不好，都是奴才們鬧的。你該提防些。如今雖說沒有動你的家，倘或再遇着主上疑心起來，好些不便呢。」賈政聽說，心下着忙道：「眾位聽見我的風聲怎樣？」眾人道：「我們雖沒聽見實據，只聞外面人說你在糧道任上怎麼叫門上家人要錢。」賈政聽了，便說道：「我是對得天的，從不敢起這要錢的念頭。只是奴才在外招搖撞騙，鬧出事來我就吃不住了。」眾人道：「如今怕也無益，只好將現在的管家們都嚴嚴的查一查，若有抗主的奴才，查出來嚴嚴的辦一辦。」賈政聽了點頭。

便見門上進來回稟說：「孫姑爺那邊打發人來說，自己有事不能來，着人來瞧瞧。說大老爺該他一項銀子，要在二老爺身上還的。」賈政心內憂悶，只說：「知道了。」眾人都冷笑道：「人說令親孫紹祖混賬，果然有的。如今丈人抄了家，不但不來瞧着幫補照應，倒趕忙的來要銀子，真真不在理上。」賈政道：「如今且不必說他。那頭親事原是家兄配錯了的。我的姪女兒的罪已經受夠了，如今又找上我來了。」正說着，只見薛蝌進來說道：「我打聽錦衣府趙堂官必要照御史參的辦去，只怕大老爺和珍大爺吃不住。」眾人都道：「二老爺，還得是你出去求求王爺，怎麼挽回挽回才好。不然這兩家就完了。」賈政答應致謝，眾人都散。

那時天已點燈時候，賈政進去請賈母的安，見賈母略略好些。回到自己房中，埋怨賈璉夫婦不知好歹，如今鬧出放賬取利的事情，大家不好，心裏很不受用。只是鳳姐現在病重，況他所有什物盡被抄搶，心裏自然難受，一時也未便說他，暫且隱忍不言。一夜無話。

次早賈政進內謝恩，並到北靜王府西平王府兩處叩謝，求兩位王爺照應他哥哥姪兒。兩位應許。賈政又在同寅相好處託情。

且說賈璉打聽得父兄之事不很妥，無法可施，只得回到家中。平兒守着鳳姐哭泣，秋桐在耳房中抱怨鳳姐。賈璉走近旁邊，見鳳姐奄奄一息，就有

---

1)　泥腿：無賴、二流子。

多少怨言，一時也說不出來。平兒哭道：「如今事已如此，東西已去不能復來。奶奶這樣，還得再請個大夫瞧瞧才好啊。」賈璉啐道：「呸！我的性命還不保，我還管他呢！」鳳姐聽見，睜眼一瞧，雖不言語，那眼淚流個不盡，見賈璉出去，便和平兒道：「你別不達事務了，到了這個田地，你還顧我做甚麼？我巴不得今兒就死才好！只要你能夠眼裏有我，我死之後，你扶養大了巧姐兒，我在陰司裏也感激你的情。」平兒聽了，越發抽抽搭搭的哭起來了，鳳姐道：「你也不糊塗。他們雖沒有來說我，必是抱怨我的。雖說事是外頭鬧起，我不放賬，也沒有我的事。如今枉費心計，掙了一輩子的強，偏偏兒的落在人後頭了。我還恍惚聽見珍大爺的事，說是強佔良民妻子為妾，不從逼死，有個姓張的在裏頭，你想想還有誰？要是這件事審出來，咱們二爺是脫不了的，我那時候兒怎麼見人呢？我要立刻就死，又耽不起吞金服毒的。你還要請大夫，這不是你疼我，反倒害了我了麼！」平兒愈聽愈慘，想來實在難處，恐鳳姐自尋短見，只得緊緊守着。

　　幸賈母不知底細，因近日身子好些，又見賈政無事，寶玉寶釵天天在旁不離左右，略覺放心。素來最疼鳳姐，便叫鴛鴦：「將我體己東西拿些給鳳丫頭，再拿些銀錢交給平兒，好好的伏侍好了鳳丫頭，我再慢慢的分派。」又命王夫人照看了邢夫人。又加了寧國府第入官，所有財產房地等並家奴等俱造冊收盡。這裏賈母命人將車接了尤氏婆媳等過來。可憐赫赫寧府，只剩得他們婆媳兩個並佩鳳偕鴛二人，連一個下人沒有。賈母指出房子一所居住，就在惜春所住的間壁。又派了婆子四人、丫頭兩個伏侍。一應飲食起居在大廚房內分送，衣裙什物又是賈母送去。零星需用亦在賬房內開銷，俱照榮府每人月例之數。那賈赦賈珍賈蓉在錦衣府使用，賬房內實在無項可支。如今鳳姐一無所有，賈璉外頭債務滿身，賈政不知家務，只說已經託人，自有照應。賈璉無計可施，想到那親戚裏頭，薛姨媽家已敗，王子騰已死，餘者親戚雖有，俱是不能照應的，只得暗暗差人下屯，將地畝暫賣了數千金作為監中使費。賈璉如此一行，那些家奴見主家勢敗，也便趁此弄鬼，並將東莊租稅也就指名借用些。此是後話，暫且不提。

　　且說賈母見祖宗世職革去，現在子孫在監質審，邢夫人尤氏等日夜啼哭，鳳姐病在垂危，雖有寶玉寶釵在側，只可解勸，不能分憂，所以日夜不寧，思前想後，眼淚不乾。一日傍晚，叫寶玉回去，自己掙扎坐起，叫鴛鴦

等各處佛堂上香，又命自己院內焚起斗香[2]，用拐拄着出到院中。琥珀知是老太太拜佛，鋪下大紅猩氈拜墊。賈母上香跪下，磕了好些頭，唸了一回佛，含淚祝告天地道：「皇天菩薩在上：我賈門史氏，虔誠禱告，求菩薩慈悲。我賈門數世以來，不敢行兇霸道。我幫夫助子，雖不能為善，亦不敢作惡。必是後輩兒孫驕奢淫佚，暴殄天物，以致合府抄檢。現在兒孫監禁，自然凶多吉少，皆由我一人罪孽，不教兒孫，所以至此。我今即求皇天保佑：在監逢凶化吉，有病的早早安身。縱有合家罪孽，情願一人承當，只求饒恕兒孫。若皇天見憐，念我虔誠，早早賜我一死，寬免兒孫之罪。」默默說到此，不禁傷心，嗚嗚咽咽的哭泣起來。鴛鴦珍珠一面解勸，一面扶進房去。

只見王夫人帶了寶玉寶釵過來請晚安，見賈母悲傷，三人也大哭起來。寶釵更有一屋苦楚：想哥哥也在外監，將來要處決，不知可能減等；公婆雖然無事，眼見家業蕭條；寶玉依然瘋傻，毫無志氣。想到後來終身，更比賈母王夫人哭得悲痛。寶玉見寶釵如此大慟，他也有一番悲戚。想着「老太太年老不得安心，老爺太太見此光景不免悲傷，眾姐妹風流雲散，一日少似一日。追想在園中吟詩起社，何等熱鬧；自從林妹妹一死，我鬱悶到今，又有寶姐姐過來，未便時常悲切；況他憂兄思母，日夜難得笑容。」今日看他悲哀欲絕，心裏更加不忍，竟嚎啕大哭起來。

鴛鴦、彩雲、鶯兒、襲人看見，也各有所思，便都抽抽搭搭的。餘者丫頭們看的傷心，不覺也都哭了，竟無人解慰。滿屋中哭聲驚天動地，將外頭上夜婆子嚇慌，急報於賈政知道。那賈政正在書房納悶，聽見賈母的人來報，心中着忙，飛奔進內。遠遠聽得哭聲甚眾，打諒老太太不好，急得魂魄俱喪。急忙進來，只見坐着啼哭，才放下心來，便道：「老太太傷心，你們該勸解才是啊，怎麼打夥兒哭起來了？」眾人這才急忙止哭，大家對面發怔。賈政上前安慰了老太太，又說了眾人幾句。都心裏想道：「我們原怕老太太悲傷，所以來勸解，怎麼忘情，大家痛哭起來？」

正自不解，只見老婆子帶了史侯家的兩個女人進來，請了賈母的安，又向眾人請安畢，便說道：「我們家的老爺、太太、姑娘打發我來，說聽見府裏

---

2)　　斗香：一種特製的佛香。若干股香重疊攢聚在一個香斗內，焚燒起來，煙火旺盛，是用來表示最大虔誠的宗教儀物之一。

的事原沒有甚麼大事，不過一時受驚。恐怕老爺太太煩惱，叫我們過來告訴一聲，說這裏二老爺是不怕的了。我們姑娘本要自己來的，因不多幾日就要出閣，所以不能來了。」賈母聽了，不便道謝，說：「你回去給我問好。這是我們的家運合該如此。承你老爺太太惦記，改日再去道謝。你們姑娘出閣，想來姑爺是不用說的了。他們的家計如何呢？」兩個女人回道：「家計倒不怎麼着，只是姑爺長的很好，為人又和平。我們見過好幾次，看來與這裏寶二爺差不多兒，還聽得說文才也好。」

賈母聽了，喜歡道：「咱們都是南邊人，雖在這兒住久了，那些大規矩還是從南方禮兒，所以新姑爺我們都沒見過。我前兒還想起我娘家的人來，最疼的就是你們家姑娘，一年三百六十天，在我跟前的日子倒有二百多天，混得這麼大了。我原想給他說個好女婿，又為他叔叔不在家，我又不便作主。他既造化配了個好姑爺，我也放心。月裏頭出閣，我原想過來吃杯喜酒，不料我們家鬧出這樣事來，我的心就像在熱鍋裏熬的似的，那裏能夠再到你們家去？你回去說我問好，我們這裏的人都請安問好。你替另告訴你們姑娘，不要把我放在心上。我是八十多歲的人了，就死也算不得沒福了。只願他過了門，兩口兒和和順順的百年到老，我便心安了。」說着，不覺掉下淚來。那女人道：「老太太也不必傷心。姑娘過了門，等回了九，少不得同姑爺過來請老太太的安，那時老太太見了才喜歡呢。」賈母點頭。

那女人出去，別人都不理論，只有寶玉聽了發了一回怔，心裏想道：「為甚麼人家養了女兒到大了必要出嫁呢？一出了嫁就改換了一個人似的。史妹妹這樣一個人又被他叔叔硬壓着配了人了。他將來見了我，必是也不理我了。我想一個人到了這個沒人理的分兒，還活着做甚麼？」想到這裏，又是傷心。見賈母此時才安，又不敢哭泣，只得悶坐着。

一時賈政不放心，又進來瞧瞧老太太，見是好些，便出來傳了賴大，叫他將合府裏管事家人的花名冊子拿來，一齊點了一點，除去賈赦入官的人，尚有三十餘家，共男女二百十二名。賈政叫現在府內當差的男人共四十一名進來，問起歷年居家用度，共有若干出去。該用若干出去。那管總的家人將近來支用簿子呈上。賈政看時，所入不敷所出，又加連年宮裏花用，賬上多有在外浮借的。再查東省地租，近年所交不及祖上一半，如今用度比祖上加了十倍。

賈政不看則已，看了急得跺腳道：「這了不得？我打諒璉兒管事，在家

自有把持，豈知好幾年頭裏，已就寅年用了卯年的，還是這樣裝好看！竟把世職俸祿當作不打緊的事，有甚麼不敗的呢？我如今要就省儉起來，已是遲了。」想到那裏，背着手踱來踱去，竟無方法。

眾人知賈政不知理家，也是白操心着急，便說道：「老爺也不用心焦，這是家家這樣的。若是統總算起來，連王爺家還不夠過的呢！不過是裝着門面，過到那裏是那裏罷咧。如今老爺到底得了主上的恩典，才有這點子家產，若是一併入了官，老爺就不用過了不成？」賈政嗔道：「放屁！你們這班奴才最沒良心的，仗着主子好的時候兒任意開銷，到弄光了，走的走，跑的跑，還顧主子的死活嗎？如今你們說是沒有查抄，你們知道嗎？外頭的名聲，連大本兒都保不住了，還攔得住你們在外頭支架子說大話誆人騙人？到鬧出事來往主子身上一推就完了。如今大老爺與珍大爺的事，說是咱們家人鮑二吵嚷的，我看這人口冊上並沒有鮑二，這是怎麼說？」眾人回道：「這鮑二是不在檔子上的。先前在寧府冊上。為二爺見他老實，把他們兩口子叫過來了。後來他女人死了，他又回寧府去。後來老爺衙門有事，老太太們爺們往陵上去，珍大爺替理家事帶過來的，以後也就去了。老爺數年不管家務事，那裏知道這些事呢？老爺打量冊上沒有名字的就只這個人，不知一個人手下親戚們也有，奴才還有奴才呢。」賈政道：「這還了得！」想來一時不能清理，只得喝退眾人，早打了主意在心裏了，且聽賈赦等的官事審得怎樣再定。

一日正在書房籌算，只見一人飛奔進來說：「請老爺快進內廷問話。」賈政聽了心下着忙，只得進去。未知凶吉，下回分解。

💡 精華賞析

　　在前面的故事裏，賈母基本上只是個高高在上、成日就知道享樂的老太太，她愛熱鬧、奉行封建禮教，有時候也顯得無情。這一回中賈府遭到巨大的變故，這位老太太傷心之餘卻能沉着地料理好各種事務，合理地分配住所和財物。在關鍵時刻，古稀之年的賈母表現出了一個大家族首領的應變能力，這是值得佩服的。這一點在下一回中表現得更加突出，請你在閱讀下文時找到相關的情節。

《第一百零七回》

散餘資賈母明大義
復世職政老沐天恩

> 　　包勇是個仗義卻沒有城府的人，他聽說是賈雨村使了壞才導致賈府被抄，就當街叫罵。賈府的人正好嫌棄包勇沒有規矩，索性向賈政告發了此事，賈政不明就裏，派他看守已經荒蕪的大觀園去了。

　　話說賈政進內，見了樞密院各位大人，又見了各位王爺。北靜王道：「今日我們傳你來，有遵旨問你的事。」賈政即忙跪下。眾大人便問道：「你哥哥交通外官，恃強凌弱，縱兒聚賭，強佔良民妻女不遂逼死的事，你都知道麼？」賈政回道：「犯官自從主恩欽點學政，任滿後查看賑恤，於上年冬底回家，又蒙堂派工程，後又往江西糧道，題參回都，仍在工部行走，日夜不敢怠惰。一應家務並未留心伺察，實在糊塗，不能管教子姪，這就是辜負聖恩。亦求主上重重治罪。」

　　北靜王據說轉奏，不多時傳出旨來。北靜王便述道：「主上因御史參奏賈赦交通外官，恃強凌弱。據該御史指出平安州互相往來，賈赦包攬詞訟。嚴鞫賈赦，據供平安州原係姻親來往，並未干涉官事。該御史亦不能指實。唯有倚勢強索石呆子古扇一款是實的，然係玩物，究非強索良民之物可比。雖石呆子自盡，亦係瘋傻所致，與逼勒致死者有間。今從寬將賈赦發往台站[1]效力贖罪。所參賈珍強佔良民妻女為妾不從逼死一款，提取都察院原案，看得

---

1)　　台站：指清代在邊疆設置軍事上防守、調度的機構，稱為軍台，亦稱台站。這裏「發往台站效力贖罪」等於充軍的處罰。

尤二姐實係張華指腹為婚未娶之妻，因伊貧苦自願退婚，尤二姐之母願結賈珍之弟為妾，並非強佔。再尤三姐自刎掩埋並未報官一款，查尤三姐原係賈珍妻妹，本意為伊擇配，因被逼索定禮，眾人揚言穢亂，以致羞忿自盡，並非賈珍逼勒致死。但身係世襲職員，罔知法紀，私埋人命，本應重治，念伊究屬功臣後裔，不忍加罪，亦從寬革去世職，派往海疆效力贖罪。賈蓉年幼無干，省釋。賈政實係在外任多年，居官尚屬勤慎，免治伊治家不正之罪。」

賈政聽了，感激涕零，叩首不及，又叩求王爺代奏下忱。北靜王道：「你該叩謝天恩，更有何奏？」賈政道：「犯官仰蒙聖恩不加大罪，又蒙將家產給還，實在捫心惶愧，願將祖宗遺受重祿積餘置產一併交官。」北靜王道：「主上仁慈待下，明慎用刑，賞罰無差。如今既蒙莫大深恩，給還財產，你又何必多此一舉？」眾官也說不必。賈政便謝了恩，叩謝了王爺出來。恐賈母不放心，急忙趕回。

上下男女等不知傳進賈政是何吉凶，都在外頭打聽，一見賈政回家，都略略的放心，也不敢問。只見賈政忙忙的走到賈母跟前，將蒙聖恩寬免的事，細細告訴了一遍。賈母雖則放心，只是兩個世職革去，賈赦又往台站效力，賈珍又往海疆，不免又悲傷起來。邢夫人尤氏聽見那話，更哭起來。賈政便道：「老太太放心。大哥雖則台站效力，也是為國家辦事，不致受苦，只要辦得妥當，就可復職。珍兒正是年輕，很該出力。若不是這樣，便是祖父的餘德，亦不能久享。」說了些寬慰的話。賈母素來不大喜歡賈赦，那邊東府賈珍究竟隔了一層。只有邢夫人尤氏痛哭不已。

邢夫人想着：「家產一空，丈夫年老遠出，膝下雖有璉兒，又是素來順他二叔的，如今是都靠着二叔，他兩口子更是順着那邊去了。獨我一人孤苦伶仃，怎麼好。」那尤氏本來獨掌寧府的家計，除了賈珍也算是唯他為尊，又與賈珍夫婦相和，「如今犯事遠出，家財抄盡，依住榮府，雖則老太太疼愛，終是依人門下。又帶了偕鸞佩鳳，蓉兒夫婦又是不能興家立業的人」。又想着「二妹妹三妹妹俱是璉二叔鬧的，如今他們倒安然無事，依舊夫婦完聚。只留我們幾人，怎生度日」！想到這裏，痛哭起來。

賈母不忍，便問賈政道：「你大哥和珍兒現已定案，可能回家？蓉兒既沒他的事，也該放出來了。」賈政道：「若在定例，大哥是不能回家的。我已託人徇個私情，叫我們大老爺同姪兒回家好置辦行裝，衙門內業已應了。想來

蓉兒同着他爺爺父親一起出來。只請老太太放心，兒子辦去。」賈母又道：「我這幾年老的不成人了，總沒有問過家事。如今東府裏抄了去了，房子入官不用說。你大哥那邊，璉兒那裏，也都抄了。咱們西府裏的銀庫和東省地土，你知道到底還剩了多少？他兩個起身，也得給他們幾千銀子才好。」

　　賈政正是沒法，聽見賈母一問，心想着：「若是說明，又恐老太太着急；若不說明，不用說將來，只現在怎樣辦法呢？」想畢，便回道：「若老太太不問，兒子也不敢說。如今老太太既問到這裏，現在璉兒也在這裏，昨日兒子已查了，舊庫的銀子早已虛空，不但用盡，外頭還有虧空。現今大哥這件事，若不花銀託人，雖說主上寬恩，只怕他們爺兒兩個也不大好。就是這項銀子尚無打算。東省的地畝早已寅年吃了卯年的租兒了，一時也算不過來，只好盡所有蒙聖恩沒有動的衣服首飾拆變了，給大哥珍兒作盤費罷了。過日子的事只可再打算。」

　　賈母聽了，又急得眼淚直淌，說道：「怎麼着，咱們家到了這樣田地了麼？我雖沒有經過，我想起我家向日比這裏還強十倍，也是擺了幾年虛架子，沒有出這樣事，已經塌下來了，不消一二年就完了。據你說起來，咱們竟一兩年就不能支了。」賈政道：「若是這兩個世俸不動，外頭還有些挪移。如今無可指稱，誰肯接濟？」說着，也淚流滿面，「想起親戚來，用過我們的，如今都窮了；沒有用過我們的，又不肯照應。昨日兒子也沒有細查，只看家下的人丁冊子，別說上頭的錢一無所出，那底下的人也養不起許多。」

　　賈母正在憂慮，只見賈赦、賈珍、賈蓉一齊進來給賈母請安。賈母看這般光景，一隻手拉着賈赦，一隻手拉着賈珍，便大哭起來。他兩人臉上羞慚，又見賈母哭泣，都跪在地下哭着說道：「兒孫們不長進，將祖上功勛丟了，又累老太太傷心，兒孫們是死無葬身之地的了！」滿屋中人看這光景，又一齊大哭起來。賈政只得勸解：「倒先要打算他兩個的使用，大約在家只可住得一兩日，遲則人家就不依了。」老太太含悲忍淚的說道：「你兩個且各自同你們媳婦們說說話兒去罷。」又吩咐賈政道：「這件事是不能久待的，想來外面挪移恐不中用，那時誤了欽限 [2] 怎麼好？只好我替你們打算罷了。就是家中

_____

2)　　欽限：皇帝指定的限期。

如此亂糟糟的，也不是常法兒。」一面說着，便叫鴛鴦吩咐去了。

這裏賈赦等出來，又與賈政哭泣了一會，都不免將從前任性、過後惱悔、如今分離的話說了一會，各自夫妻們那邊悲傷去了。賈赦年老，倒也拋的下；獨有賈珍與尤氏怎忍分離！賈璉賈蓉兩個也只有拉着父親啼哭。雖說是比軍流減等，究竟生離死別，這也是事到如此，只得大家硬着心腸過去。

卻說賈母叫邢王二夫人同了鴛鴦等，開箱倒籠，將做媳婦到如今積攢的東西都拿出來，又叫賈赦、賈政、賈珍等，一一的分派說：「這裏現有的銀子，交給賈赦三千兩，你拿二千兩去做你的盤費使用，留一千給太太另用。這三千給珍兒，你只許拿一千去，留下二千交你媳婦過日子。仍舊各自過日子。房子還是在一處，飯食各自吃罷。四丫頭將來的親事，還是我的事，只可憐鳳丫頭操心了一輩子，如今弄得精光，也給他三千兩，叫他自己收着，不許叫璉兒用。如今他還病得神昏氣喪，叫平兒來拿去。這是你祖父留下來的衣服，還有我少年穿的衣服首飾，如今我也用不着了。男的呢，叫大老爺、珍兒、璉兒、蓉兒拿去分了。女的呢，叫大太太、珍兒媳婦、鳳丫頭拿了分去。這五百兩銀子交給璉兒，明年將林丫頭的棺材送回南去。」

分派定了，又叫賈政道：「你說現在還該着人的使用，這是少不得的。你叫拿這金子變賣償還。這是他們鬧掉了我的。你也是我的兒子，我並不偏向。寶玉已經成了家，我剩下這些金銀等物，大約還值幾千兩銀子，這是都給寶玉的了。珠兒媳婦向來孝順我，蘭兒也好，我也分給他們些。這便是我的事情完了。」賈政見母親如此明斷分晰，俱跪下哭着說：「老太太這麼大年紀，兒孫們沒點孝順，承受老祖宗這樣恩典，叫兒孫們更無地自容了！」賈母道：「別瞎說，若不鬧這個亂兒，我還收着呢。只是現在家人過多，只有二老爺是當差的，留幾個人就夠了。你就吩咐管事的，將人叫齊了，他分派妥當。各家有人便就罷了。譬如一抄盡了，怎麼樣呢？我們裏頭的，也要叫人分派，該配人的配人，賞去的賞去。如今雖說這房子不入官，你到底把這園子交了才是呢。那些田畝還交璉兒清理，該賣的賣，留的留，斷不要支架子做空頭。我索性說了罷，江南甄家還有幾兩銀子，二太太那裏收着，該叫人就送去罷。倘或再有點事出來，可不是他們躲過了風暴又遇了雨了麼？」

賈政本是不知當家立計的人，一聽賈母的話，一一領命，心想：「老太太實在真真是理家的人，都是我們這些不長進的鬧壞了。」賈政見賈母勞乏，

求着老太太歇歇養神。賈母又道：「我所剩的東西也有限，等我死了做結果我的使用，餘的都給我伏侍的丫頭。」賈政等聽到這裏，更加傷感。大家跪下：「請老太太寬懷，只願兒子們託老太太的福，過了些時都邀了恩眷。那時兢兢業業的治起家來，以贖前愆，奉養老太太到一百歲。」賈母道：「但願這樣才好，我死了也好見祖宗。你們別打諒我是享得富貴受不得貧窮的人哪，不過這幾年看着你們轟轟烈烈，我落得都不管，說說笑笑養身子罷了，那知道家運一敗直到這樣！若說外頭好看裏頭空虛，是我早知道的了。只是『居移氣，養移體』，一時下不了台。如今藉此正好收斂，守住這個門頭兒，不然叫人笑話。你還不知，只打諒我知道窮了便着急的要死，我心裏是想着祖宗莫大的功勳，無一日不指望你們比祖宗還強，能夠守住也就罷了。誰知他們爺兒兩個做些甚麼勾當！」

賈母正自長篇大論的說，只見豐兒慌慌張張的跑來回王夫人道：「今早我們奶奶聽外頭的事，哭了一場，如今氣都接不上來。平兒叫我來回。」豐兒沒有說完，賈母聽見，便問：「到底怎麼樣？」王夫人便代回道：「如今說是不大好。」賈母起身道：「噯，這些冤家竟要磨死我了！」說着，叫人扶着，要親自去看。賈政即忙攔住勸道：「老太太傷了好一回的心，又分派了好些事，這會該歇歇。便是孫子媳婦有甚麼事，該叫媳婦瞧去就是了，何必老太太親身過去呢？倘或再傷感起來，老太太身上要有一點兒不好，叫做兒子的怎麼處呢？」賈母道：「你們各自出去，等一會子再進來。我還有話說。」賈政不敢多言，只得出來料理兄姪起身的事，又叫賈璉挑人跟去。這裏賈母才叫鴛鴦等派人拿了給鳳姐的東西跟着過來。

鳳姐正在氣厥。平兒哭得眼腫腮紅，聽見賈母帶着王夫人、寶玉、寶釵過來，急忙出來迎接。賈母便問：「這會子怎麼樣了？」平兒恐驚了賈母，便說：「這會子好些。老太太既來了，請進去瞧瞧。」他先跑進來輕輕的揭開帳子。鳳姐開眼瞧着，只見賈母進來，滿心慚愧。先前原打算賈母等惱他，不疼的了，是死活由他的，不料賈母親自來瞧，心裏一寬，覺那擁塞的氣略鬆動些，便要扎掙坐起。賈母叫平兒按着，「不要動，你好些麼？」鳳姐含淚道：「我好些了，只是從小兒過來，老太太、太太怎麼樣疼我。那知我福氣薄，叫神鬼支使的失魂落魄，不但不能夠在老太太跟前盡點孝心，討個好兒。還這樣把我當人，叫我幫着料理家務，被我鬧的七顛八倒，我還有甚麼

臉兒見老太太、太太呢？今日老太太、太太親自過來，我更當不起了，恐怕該活三天的又折上兩天去了！」說着，悲咽。

賈母道：「那些事原是外頭鬧起來的，與你甚麼相干？就是你的東西被人拿去，這也算不了甚麼呀！我帶了好些東西給你，你瞧瞧。」說着，叫人拿上來給他瞧瞧。鳳姐本是貪得無厭的人，如今被抄盡淨，自然愁苦，又恐人埋怨，正是幾不欲生的時候。今見賈母仍舊疼他，王夫人也不嗔怪，過來安慰他，又想賈璉無事，心下安放好些，便在枕上與賈母磕頭，說道：「請老太太放心。若是我的病託着老太太的福好了，我情願自己當個粗使丫頭，盡心竭力的伏侍老太太、太太罷！」賈母聽他說得傷心，不免掉下淚來。

寶玉是從來沒經過這大風浪的，心下只知安樂、不知憂患的人，如今碰來碰去都是哭泣的事，所以他竟比傻子尤甚，見人哭他就哭。

鳳姐看見眾人憂悶，反倒勉強說幾句寬慰賈母的話，求着：「請老太太、太太回去，我略好些過來磕頭。」說着，將頭仰起。賈母叫平兒：「好生服侍，短甚麼到我那裏要去」。說着，帶了王夫人將要回自己房中。只聽見兩三處哭聲，賈母實在不忍聞見，便叫王夫人散去，叫寶玉：「去見你大爺大哥，送一送就回來。」自己躺在榻上下淚。幸喜鴛鴦等能用百樣言語勸解，賈母暫且安歇。

不言賈赦等分離悲痛。那些跟去的人，誰是願意的？不免心中抱怨，叫苦連天。正是生離果勝死別，看者比受者更加傷心。好好的一個榮國府，鬧到人嚎鬼哭。賈政最循規矩，在倫常上也講究的，執手分別後，自己先騎馬趕至城外舉酒送行，又叮嚀了好些國家軫恤勛臣，力圖報稱的話。賈赦等揮淚分頭而別。

賈政帶了寶玉回家，未及進門，只見門上有好些人在那裏亂嚷說：「今日旨意，將榮國公世職着賈政承襲。」那些人在那裏要喜錢，門上人和他們分爭，說是「本來的世職我們本家襲了，有甚麼喜報」。那些人說道：「那世職的榮耀比任甚麼還難得，你們大老爺鬧掉了，想要這個再不能的了。如今的聖人在位，赦過宥罪，還賞給二老爺襲了，這是千載難逢的，怎麼不給喜錢？」

正鬧着，賈政回家，門上回了，雖則喜歡，究是哥哥犯事所致，反覺感極涕零，趕着進內告訴賈母。王夫人正恐賈母傷心，過來安慰，聽得世職復還，自是歡喜。又見賈政進來，賈母自然喜歡，拉着說些勤瑩報恩的話。獨

有邢夫人尤氏心下悲苦，只不好露出來。

　　且說外面這些趨炎奉勢的親戚朋友，先前賈宅有事都遠避不來，今兒賈政襲職，知聖眷尚好，大家都來賀喜。那知賈政純厚性成，因他襲哥哥的職，心內反生煩惱，只知感激天恩。於第二日進內謝恩，到底將賞還府第園子，備折奏請入官。內廷降旨不必，賈政才得放心回家，以後循分供職。但是家計蕭條，入不敷出。賈政又不能在外應酬。

　　家人們見賈政忠厚，鳳姐抱病不能理家，賈璉的虧缺一日重似一日，難免典房賣地。府內家人幾個有錢的，怕賈璉纏擾，都裝窮躲事，甚至告假不來，各自另尋門路。獨有一個包勇，雖是新投到此，恰遇榮府壞事，他倒有些真心辦事，見那些人欺瞞主子，便時常不忿。奈他是個新來到的人，一句話也插不上，他便生氣，每天吃了就睡。眾人嫌他不肯隨和，便在賈政前說他終日貪杯生事，並不當差。賈政道：「隨他去罷。原是甄府薦來，不好意思，橫豎家內添這一人吃飯，雖說是窮，也不在他一人身上。」並不叫來驅逐。眾人又在賈璉跟前說他怎樣不好，賈璉此時也不敢自己作威福，只得由他。

　　忽一日，包勇奈不過，吃了幾杯酒，在榮府街上閑逛，見有兩個人說話。那人說道：「你瞧，這麼個大府，前兒抄了家，不知如今怎麼樣了？」那人道：「他家怎麼能敗，聽見說裏頭有位娘娘是他家的姑娘，雖是死了，到底有根基的。況且我常見他們來往的都是王公侯伯，那裏沒有照應？便是現在的府尹，前任的兵部，是他們的一家兒。難道有這些人還庇護不來麼？」那人道：「你白住在這裏！別人猶可，獨是那個賈大人更了不得！我常見他在兩府來往，前兒御史雖參了，主子還叫府尹查明實跡再辦。你道他怎麼樣？他本沾過兩府的好處，怕人說他回護一家兒，他便狠狠的踢了一腳，所以兩府裏才到底抄了。你道如今的世情還了得嗎！」兩人無心說閑話，豈知旁邊有人跟着聽明白。包勇心下暗想：「天下有這樣人！但不知是我老爺的甚麼人。我若見了他，便打他一個死，鬧出事來我承當去。」那包勇正在酒後胡思亂想，忽聽那邊喝道而來。包勇遠遠站着。只見那兩人輕輕的說道：「這來的就是那個賈大人了。」包勇聽了，心裏懷恨，趁了酒興，便大聲的道：「沒良心的男女[3]！怎麼忘了我們賈家的恩了？」雨村在轎內，聽得一個「賈」字，便留神

3)　　男女：元明以來統治者稱奴僕為男女。

觀看，見是一個醉漢，便不理會過去了。那包勇醉着不知好歹，便得意洋洋回到府中，問起同伴，知是方才見的那位大人是這府裏提拔起來的。「他不念舊恩，反來踢弄咱們家裏，見了他罵他幾句，他竟不敢答言。」那榮府的人本嫌包勇，只是主人不計較他，如今他又在外闖禍，不得不回，趁賈政無事，便將包勇喝酒鬧事的話回了。賈政此時正怕風波，聽得家人回稟，便一時生氣，叫進包勇罵了幾句，便派去看園，不許他在外行走。那包勇本是直爽的脾氣，投了主子他便赤心護主，豈知賈政反倒責罵他。他也不敢再辯，只得收拾行李往園中看守澆灌去了。未知後事如何，下回分解。

> **💬 延伸思考**
>
> 　　根據上一回精華賞析的提示，你找到本回中賈母冷靜應對家中變故的段落了嗎？
>
> (1)　請根據這些描寫分析賈母的人物形象。
>
> (2)　請結合閱讀前文時對賈母的印象，分析這個人物的複雜性體現在哪裏。

《第一百零八回》

強歡笑蘅蕪慶生辰
死纏綿瀟湘聞鬼哭

為了掃除府中變故帶來的憂傷氣氛，賈母把眾人聚集起來，藉着給寶釵過生日的名目熱鬧一番。大家行酒令玩得開心，而寶玉卻想起黛玉，於是找個機會進了大觀園，在瀟湘館外大哭了一場。

卻說賈政先前曾將房產並大觀園奏請入官，內廷不收，又無人居住，只好封鎖。因園子接連尤氏惜春住宅，太覺曠闊無人，遂將包勇罰看荒園。此時賈政理家，又奉了賈母之命將人口漸次減少，諸凡省儉，尚且不能支持。幸喜鳳姐為賈母疼惜，王夫人等雖則不大喜歡，若說治家辦事尚能出力，所以將內事仍交鳳姐辦理。但近來因被抄以後，諸事運用不來，也是每形拮據。那些房頭上下人等原是寬裕慣的，如今較之往日，十去其七，怎能周到，不免怨言不絕。鳳姐也不敢推辭，扶病承歡賈母。過了些時，賈赦賈珍各到當差地方，恃有用度，暫且自安，寫書回家，都言安逸，家中不必掛念。於是賈母放心，邢夫人尤氏也略略寬懷。

一日，史湘雲出嫁回門，來賈母這邊請安。賈母提起他女婿甚好，史湘雲也將那裏過日平安的話說了，請老太太放心。又提起黛玉去世，不免大家淚落。賈母又想起迎春苦楚，越覺悲傷起來。史湘雲勸解一回，又到各家請安問好畢，仍到賈母房中安歇，言及「薛家這樣人家被薛大哥鬧的家破人亡。今年雖是緩決人犯，明年不知可能減等？」賈母道：「你還不知道呢，昨兒蟠兒媳婦死的不明白，幾乎又鬧出一場大事來。還幸虧老佛爺有眼，叫他帶來的丫頭自己供出來了，那夏奶奶才沒的鬧了，自家攔住相驗。你姨媽這裏才將皮裏肉的打發出去了。你說說，真真是六親同運！薛家是這樣了，姨太太

守着薛蝌過日，為這孩子有良心，他說哥哥在監裏尚未結局，不肯娶親。你邢妹妹在大太太那邊也就很苦。琴姑娘為他公公死了尚未滿服，梅家尚未娶去。二太太的娘家舅太爺一死，鳳丫頭的哥哥也不成人，那二舅太爺也是個小氣的，又是官項不清，也是打饑荒。甄家自從抄家以後別無信息。」

湘雲道：「三姐姐去了曾有書字回家麼？」賈母道：「自從嫁了去，二老爺回來說，你三姐姐在海疆甚好。只是沒有書信，我也日夜惦記。為着我們家連連的出些不好的事，所以我也顧不來。如今四丫頭也沒有給他提親。環兒呢，誰有功夫提起他來？如今我們家的日子比你從前在這裏的時候更苦了。只可憐你寶姐姐，自過了門，沒過一天舒服日子。你二哥哥還是這樣瘋瘋顛顛，這怎麼處呢？」湘雲道：「我從小兒在這裏長大的，這裏那些人的脾氣我都知道的。這一回來了，竟都改了樣子了。我打量我隔了好些時沒來，他們生疏我；我細想起來，竟不是的。就是見了我，瞧他們的意思原要像先前一樣的熱鬧，不知道怎麼，說說就傷起心來了。我所以坐坐就到老太太這裏來了。」賈母道：「如今的日子，在我也罷了，你們年輕輕兒的人還了得！我正要想個法兒，叫他們熱鬧一天才好，只是打不起這個精神來。」

湘雲道：「我想起來了，寶姐姐不是後兒的生日嗎？我多住一天，給他拜過壽，大家熱鬧一天。不知老太太怎麼樣？」賈母道：「我真正氣糊塗了。你不提我竟忘了，後日可不是他的生日嗎！我明日拿出錢來，給他辦個生日。他沒有定親的時候倒做過好幾次，如今他過了門，倒沒有做。寶玉這孩子頭裏很伶俐很淘氣，如今為着家裏的事不好，把這孩子越發弄的話都沒有了。倒是珠兒媳婦還好，他有的時候是這麼着，沒的時候他也是這麼着，帶着蘭兒靜靜兒的過日子，倒難為他。」

湘雲道：「別人還不離，獨有璉二嫂子連模樣兒都改了，說話也不伶俐了。明日等我來引導他們，看他們怎麼樣。但是他們嘴裏不說，心裏要抱怨我，說我有了……」湘雲說到那裏，卻把臉飛紅了。賈母會意，道：「這怕甚麼。原來姊妹們都是在一處樂慣了的，說說笑笑，再別要留這些心。大凡一個人，有也罷沒也罷，總要受得富貴耐得貧賤才好呢。你寶姐姐生來是個大方的人，頭裏他家這樣好，他也一點兒不驕傲，後來他家壞了事，他也是舒舒坦坦的。如今在我家裏，寶玉待他好，他也是那樣安頓；一時待他不好，不見他有甚麼煩惱。我看這孩子倒是個有福氣的。你林姐姐那是個最小性兒

又多心的，所以到底不長命。鳳丫頭也見過些事，很不該略見些風波就改了樣子，他若這樣沒見識，也就是小器了。後兒寶丫頭的生日，我另拿出銀子來，熱熱鬧鬧給他做個生日，也叫他喜歡這麼一天。」湘雲答應道：「老太太說得很是。索性把那些姐妹們都請來了，大家敘一敘。」賈母道：「自然要請的。」一時高興，遂叫鴛鴦：「拿出一百銀子來交給外頭，叫他明日起預備兩天的酒飯。」鴛鴦領命，叫婆子交了出去。一宿無話。

　　次日傳話出去，打發人去接迎春。又請了薛姨媽寶琴，叫帶了香菱來。又請李嬸娘。不多半日，李紋李綺都來了。寶釵本沒有知道，聽見老太太的丫頭來請，說：「薛姨太太來了，請二奶奶過去呢。」寶釵心裏喜歡，便是隨身衣服過去，要見他母親。只見他妹子寶琴並香菱都在這裏，又見李嬸娘等人也都來了。心想：「那些人必是知道我們家的事情完了，所以來問候的。」便去問了李嬸娘好，見了賈母，然後與他母親說了幾句話，便與李家姐妹們問好。湘雲在旁說道：「太太們請都坐下，讓我們姐妹們給姐姐拜壽。」寶釵聽了倒呆了一呆，回來一想：「可不是明日是我的生日嗎？」便說：「妹妹們過來瞧老太太是該的，若說我的生日，是斷斷不敢的。」

　　正推讓着，寶玉也來請薛姨媽李嬸娘的安。聽見寶釵自己推讓，他心裏本早打算過寶釵生日，因家中鬧得七顛八倒，也不敢在賈母處提起，今見湘雲等眾人要拜壽，便喜歡道：「明日才是生日，我正要告訴老太太來。」湘雲笑道：「扯臊，老太太還等你告訴。你打量這些人為甚麼來？是老太太請的！」寶釵聽了，心下未信。只聽賈母合他母親道：「可憐寶丫頭做了一年新媳婦，家裏接二連三的有事，總沒有給他做過生日。今日我給他做個生日，請姨太太、太太們來大家說說話兒。」薛姨媽道：「老太太這些時心裏才安，他小人兒家，還沒有孝敬老太太，倒要老太太操心。」湘雲道：「老太太最疼的孫子是二哥哥，難道二嫂子就不疼了麼？況且寶姐姐也配老太太給他做生日。」寶釵低頭不語。寶玉心裏想：「我只說史妹妹出了閣是換了一個人了，我所以不敢親近他，他也不來理我。如今聽他的話，原是和先前一樣的。為甚麼我們那個過了門更覺得腼腆了，話都說不出來了呢？」

　　正想着，小丫頭進來說：「二姑奶奶回來了。」隨後李紈鳳姐都進來，大家廝見一番。迎春提起他父親出門，說：「本來趕來見見，只是他攔着不許來，說是咱們家正是晦氣的時候，不要沾染在身上。我扭不過，沒有來，直哭了兩

三天。」鳳姐道：「今兒為甚麼肯放你回來？」迎春道「他又說咱們家二老爺又襲了職，還可以走走，不妨事的，所以才放我來。」說着，又哭起來。賈母道：「我原為氣得慌，今日接你們來給孫子媳婦過生日，說說笑笑解個悶兒。你們又提起這些煩事來，又招起我的煩惱來了。」迎春等都不敢作聲了。

鳳姐雖勉強說了幾句有興的話，終不似先前爽利，招人發笑。賈母心裏要寶釵喜歡，故意的惱鳳姐兒說話。鳳姐也知賈母之意，便竭力張羅，說道：「今兒老太太喜歡些了。你看這些人好幾時沒有聚在一處，今兒齊全。」說着回過頭去，看見婆婆尤氏不在這裏，又縮住了口。賈母為着「齊全」兩字，也想邢夫人等，叫人請去。邢夫人、尤氏、惜春等聽見老太太叫，不敢不來，心內也十分不願意，想着家業零敗，偏又高興給寶釵做生日，到底老太太偏心，便來了也是無精打采的。賈母問起岫煙來，邢夫人假說病着不來。賈母會意，知薛姨媽在這裏有些不便，也不提了。

一時擺下果酒。賈母說：「也不送到外頭，今日只許咱們娘兒們樂一樂。」寶玉雖然娶過親的人，因賈母疼愛，仍在裏間打混，但不與湘雲寶琴等同席，便在賈母身旁設着一個坐兒，他代寶釵輪流敬酒。賈母道：「如今且坐下大家喝酒，到挨晚兒再到各處行禮去。若如今行起禮來，大家又鬧規矩，把我的興頭打回去就沒趣了。」寶釵便依言坐下。賈母又叫人來道：「咱們今兒索性灑脫些，各留一兩個伺候。我叫鴛鴦帶了彩雲、鶯兒、襲人、平兒等在後間去，也喝一盅酒。」鴛鴦等說：「我們還沒有給二奶奶磕頭，怎麼就好喝酒去喲。」賈母道：「我說了，你們只管去，用的着你們再來。」鴛鴦等去了。這裏賈母才讓薛姨媽等喝酒，見他們都不是往常的樣子，賈母着急道：「你們到底是怎麼着？大家高興些才好。」湘雲道：「我們又吃又喝，還要怎樣着呢」鳳姐道：「他們小的時候兒都高興，如今都礙臉不敢混說，所以老太太瞧着冷淨了。」

寶玉輕輕的告訴賈母道：「話是沒有甚麼說的，再說就說到不好的上頭來了。不如老太太出個主意，叫他們行個令兒罷。」賈母側着耳朵聽了，笑道：「若是行令，又得叫鴛鴦去。」寶玉聽了，不待再說，就出席到後間去找鴛鴦，說：「老太太要行令，叫姐姐去呢。」鴛鴦道：「小爺，讓我們舒舒服服的喝一杯罷，何苦來，又來攪甚麼？」寶玉道：「當真老太太說，得叫你去呢，與我甚麼相干？」鴛鴦沒法，說道：「你們只管喝，我夫了就來。」便到賈母

那邊。老太太道：「你來了麼，不是要行令呢。」鴛鴦道：「聽見寶二爺說老太太叫我，才來的。不知老太太要行甚麼令？」賈母道：「那文的怪悶的慌，武的又不好，你倒是想個新鮮玩意兒才好。」鴛鴦想了想道：「如今姨太太有了年紀，不肯費心，倒不如拿出令盆骰子來，大家擲個曲牌名兒賭輸贏酒罷。」賈母道：「這也使得。」便命人取骰盆放在案上。鴛鴦說：「如今用四個骰子擲去，擲不出名兒來的罰一杯，擲出名兒來，每人喝酒的杯數兒，擲出來再定。」眾人聽了道：「這是容易的，我們都隨着。」

　　鴛鴦便打點兒。眾人叫鴛鴦喝了一杯，就在他身上數起，恰是薛姨媽先擲。薛姨媽便擲了一下，卻是四個么。鴛鴦道：「這是有名的，叫做『商山四皓』。有年紀的喝一杯。」於是賈母、李嬸娘、邢王兩夫人都該喝。賈母舉酒要喝，鴛鴦道：「這是姨太太擲的，還該姨太太說個曲牌名兒，下家兒接一句《千家詩》。說不出的罰一杯。」薛姨媽道：「你又來算計我了，我那裏說得上來？」賈母道：「不說到底寂寞，還是說一句的好。下家兒就是我了，若說不出來，我陪姨太太喝一盅就是了。」薛姨媽便道：「我說個『臨老入花叢』。」賈母點點頭兒道：「將謂偷閑學少年。」說完，骰盆過到李紋，便擲了兩個四兩個二。鴛鴦說：「也有名了，這叫作『劉阮入天台』。」李紋便接着說了個「二士入桃源」。下手兒便是李紈，說道：「尋得桃源好避秦。」大家又喝了一口。骰盆又過到賈母跟前，便擲了兩個二兩個三。賈母道：「這要喝酒了。」鴛鴦道：「有名兒的，這是『江燕引雛』。眾人都該喝一杯。」鳳姐道：「雛是雛，倒飛了好些了。」眾人瞅了他一眼，鳳姐便不言語。賈母道：「我說甚麼呢，『公領孫』罷。」下手是李綺，便說道：「閑看兒童捉柳花。」眾人都說好。

　　寶玉巴不得要說，只是令盆輪不到，正想着，恰好到了跟前，便擲了一個二兩個三一個么，便說道：「這是甚麼？」鴛鴦笑道：「這是個『臭』，先喝一杯再擲罷。」寶玉只得喝了又擲，這一擲擲了兩個三兩個四。鴛鴦道：「有了，這叫做『張敞畫眉』。」寶玉明白打趣他，寶釵的臉也飛紅了。鳳姐不大懂得，還說：「二兄弟快說了，再找下家兒是誰。」寶玉明知難說，自認「罰了罷，我也沒下家。」過了令盆輪到李紈，便擲了一下。鴛鴦道：「大奶奶擲的是『十二金釵』。」寶玉聽了，趕到李紈身旁看時，只見紅綠對開，便說：「這一個好看得很。」忽然想起十二釵的夢來，便呆呆的退到自己座上，心裏想：「這十二釵說是金陵的，怎麼家裏這些人如今七大八小的就剩了這幾個？」復

又看看湘雲寶釵，雖說都在，只是不見了黛玉，一時按捺不住，眼淚便要下來。恐人看見，便說身上燥的很，脫脫衣服去，掛了籌[1]出席去了。

這史湘雲看見寶玉這般光景，打量寶玉擲不出好的，被別人擲了去，心裏不喜歡，才去的；又嫌那個令兒沒趣。便有些煩。只見李紈道：「我不說了，席間的人也不齊，不如罰我一杯。」賈母道：「這個令兒也不熱鬧，不如蠲了罷。讓鴛鴦擲一下，看擲出個甚麼來。」小丫頭便把令盆放在鴛鴦跟前。鴛鴦依命便擲了兩個二一個五，那一個骰子在盆中只管轉。鴛鴦叫道：「不要五！」那骰子單單轉出一個五來，鴛鴦道：「了不得！我輸了。」賈母道：「這不算甚麼的嗎？」鴛鴦道：「名兒倒有，只是我說不上曲牌名來。」賈母道：「你說名兒，我給你謅。」鴛鴦道：「這是『浪掃浮萍』。」賈母道：「這也不難，我替你說個『秋魚入菱窠』。」鴛鴦下手的就是湘雲，便道：「白萍吟盡楚江秋。」眾人都道：「這句很確。」賈母道：「這令完了。咱們喝兩杯吃飯罷。」回頭一看，見寶玉還沒進來，便問道：「寶玉那裏去了？還不來？」鴛鴦道：「換衣服去了。」賈母道：「誰跟了去的？」那鶯兒便上來回道：「我看見二爺出去，我叫襲人姐姐跟了去了。」賈母王夫人才放心。

等了一回，王夫人叫人去找來。小丫頭子到了新房，只見五兒在那裏插蠟。小丫頭便問：「寶二爺那裏去了？」五兒道：「在老太太那邊喝酒呢。」小丫頭道：「我在老太太那裏，太太叫我來找的。豈有在那裏倒叫我來找的呢？」五兒道：「這就不知道了，你到別處找去罷。」小丫頭沒法，只得回來，遇見秋紋，便道：「你見二爺那裏去了？」秋紋道：「我也找他。太太們等他吃飯，這會子那裏去了呢？你快去回老太太去，不必說不在家，只說喝了酒不大受用不吃飯了，略躺一躺再來，請老太太們吃飯罷。」小丫頭依言回去告訴珍珠，珍珠依言回了賈母。賈母道：「他本來吃不多，不吃也罷了。叫他歇歇罷。告訴他今兒不必過來，有他媳婦在這裏。」珍珠便向小丫頭道：「你聽見了？」小丫頭答應着，不便說明，只得在別處轉了一轉，說告訴了。眾人也不理會，便吃畢飯，大家散坐說話，不題。

且說寶玉一時傷心，走了出來，正無主意，只見襲人趕來，問是怎麼了。

---

1)　掛了籌：行酒令時，常用酒籌，掛籌是存放酒籌，請假離席。一般即使沒有用酒籌時，也常借用這個詞彙。

寶玉道：「不怎麼，只是心裏煩得慌。何不趁他們喝酒咱們兩個到珍大奶奶那裏逛逛去？」襲人道：「珍大奶奶在這裏，去找誰？」寶玉道：「不找誰，瞧瞧他現在這裏住的房屋怎麼樣。」襲人只得跟着，一面走，一面說。走到尤氏那邊，又一個小門兒半開半掩，寶玉也不進去。只見看園門的兩個婆子坐在門檻上說話兒。寶玉問道：「這小門開着麼？」婆子道：「天天是不開的。今兒有人出來說，今日預備老太太要用園裏的果子，故開着門等着呢。」寶玉便慢慢的走到那邊，果見腰門半開，寶玉便走了進去。襲人忙拉住道：「不用去，園裏不乾淨，常沒有人去，不要撞見甚麼。」寶玉仗着酒氣，說：「我不怕那些。」襲人苦苦的拉住不容他去。婆子們上來說道：「如今這園子安靜的了。自從那日道士拿了妖去，我們摘花兒、打果子一個人常去的。二爺要去，咱們都跟着，有這些人，怕甚麼！」寶玉喜歡，襲人也不便相強，只得跟着。

寶玉進園來，只見滿目淒涼，那些花木枯萎，更有幾處亭館，彩色久經剝落，遠遠望見一叢修竹，倒還茂盛。寶玉一想，說：「我自病時出園住在後邊，一連幾個月不准我到這裏，瞬息荒涼。你看獨有那幾竿翠竹菁蔥，這不是瀟湘館麼？」襲人道：「你幾個月沒來，連方向都忘了。咱們只管說話，不覺將怡紅院走過了。」回過頭來用手指着道：「這才是瀟湘館呢。」寶玉順着襲人的手一瞧，道：「可不是過了嗎！咱們回去瞧瞧。」襲人道：「天晚了，老太太必是等着吃飯，該回去了。」寶玉不言，找着舊路，竟往前走。

你道寶玉雖離了大觀園將及一載，豈遂忘了路徑？只因襲人恐他見了瀟湘館，想起黛玉又要傷心，所以用言混過。後來見寶玉只望裏走，又怕他招了邪氣，所以哄着他，只說已經走過了，那裏知寶玉的心全在瀟湘館上。襲人見他往前急走，只得趕上，見寶玉站着，似有所見，如有所聞，便道：「你聽甚麼？」寶玉道：「瀟湘館倒有人住麼？」襲人道：「大約沒有人罷。」寶玉道：「我明明聽見有人在內啼哭，怎麼沒有人？」襲人道：「是你疑心，素常你到這裏，常聽見林姑娘傷心，所以如今還是那樣。」寶玉不信，還要聽去。婆子們趕上說道：「二爺快回去罷。天已晚了，別處我們還敢走走，只是這裏路又隱僻，又聽得人說這裏林姑娘死後常聽見有哭聲，所以人都不敢走的。」寶玉襲人聽說，都吃了一驚。寶玉道：「可不是？」說着，便滴下淚來，說：「林妹妹，林妹妹，好好兒的是我害了你了！你別怨我，只是父母作主，並不是我負心。」愈說愈痛，便大哭起來。

　　襲人正在設法，只見秋紋帶着些人趕來對襲人道：「你好大膽子，怎麼和二爺到這裏來？老太太、太太他們打發人各處都找到了，剛才腰門上有人說是你同二爺到這裏來了，唬得老太太、太太們了不得，罵着我，叫我帶人趕來，還不快回去呢？」寶玉猶自痛哭。襲人也不顧他哭，兩個人拉着就走，一面替他拭眼淚，告訴他老太太着急。寶玉沒法，只得回來。

　　襲人知老太太不放心，將寶玉仍送到賈母那邊。眾人都等着未散。賈母便說：「襲人，我素常知你明白，才把寶玉交給你，怎麼今兒帶他園裏去！他的病才好，倘或撞着甚麼，又鬧起來，那可怎麼好？」襲人也不敢辯，只得低頭不語。

　　寶釵看寶玉顏色不好，心裏着實的吃驚。倒還是寶玉恐襲人受委屈，說道：「青天白日怕甚麼？我因為好些時沒到園裏逛逛，今兒趁着酒興走走，那裏就撞着甚麼了呢！」鳳姐在園裏吃過大虧的，聽到那裏寒毛倒豎，說：「寶兄弟膽子忒大了。」湘雲道：「不是膽大，倒是心實。不知是會芙蓉神去了，還是尋甚麼仙子去了。」寶玉聽着，也不答言。獨有王夫人急的一言不發。

　　賈母問道：「你到園裏可曾唬着麼？這回不用說了，以後要逛，到底多帶幾個人才好。不然大家早散了。回去好好的睡一夜，明日一早過來，我還要找補，叫你們再樂一天呢。不要為他又鬧出甚麼原故來。」眾人聽說，辭了賈母出來。薛姨媽便到王夫人那裏住下。史湘雲仍在賈母房中。迎春便往惜春那裏去了。餘者各自回去，不題。

　　獨有寶玉回到房中，嗳聲歎氣。寶釵明知其故，也不理他，只是怕他憂悶，勾出舊病來，便進裏間叫襲人來細問他，寶玉到園怎麼的光景。未知襲人怎回說，下回分解。

💡　**精華賞析**

....

　　迎春這個角色短暫地再次出現，為一個本該喜慶的生日聚會增添了憂傷。她已經成了孫紹祖聯絡賈府的工具，而賈母雖然疼愛這個孫女，也因為封建禮教的束縛無法插手。

《第一百零九回》

候芳魂五兒承錯愛
還薛債迎女返真元

> 寶玉思念黛玉，很想在夢裏見一見黛玉，可是無論他怎麼努力，都夢不到黛玉。

話說寶釵叫襲人問出原故，恐寶玉悲傷成疾，便將黛玉臨死的話與襲人假作閑談，說是：「人生在世，有意有情，到了死後各自幹各自的去了，並不是生前那樣個人死後還是這樣。活人雖有痴心，死的竟不知道。況且林姑娘既說仙去，他看凡人是個不堪的濁物，那裏還肯混在世上。只是人自己疑心，所以招些邪魔外祟來纏擾。」寶釵雖是與襲人說話，原說給寶玉聽的。襲人會意，也說是：「沒有的事。若說林姑娘的魂靈兒還在園裏，我們也算好的，怎麼不曾夢見過一次？」

寶玉在外聞聽得，細細的想道：「果然也奇。我知道林妹妹死了，那一日不想幾遍，怎麼從沒夢見。想是他到天上去了，瞧我這凡夫俗子，不能交通神明，所以夢都沒有一個兒。我就是外間睡着，或者我從園裏回來，他知道我的實心，肯與我夢裏一見。我必要問他實在那裏去了，我也時常祭奠。若是果真不理我這濁物，竟無一夢，我便不想他了。」主意已定，便說：「我今夜就是外間睡了，你們也不用管我。」寶釵也不強他，只說：「你不要胡思亂想。你不瞧瞧，太太因你園裏去了急得話都說不出來。若是知道還不保養身子，倘或老太太知道了，又說我們不用心。」寶玉道：「白這麼說罷咧，我坐一會子就進來。你也乏了，先睡罷。」

寶釵知他必進來的，假意說道：「我睡了，叫襲姑娘伺候你罷。」寶玉聽了，正合機宜。候寶釵睡了，他便叫襲人麝月另鋪設下一副被褥，常叫人進

來瞧二奶奶睡着了沒有。寶釵故意裝睡，也是一夜不寧。那寶玉知是寶釵睡着，便與襲人道：「你們各自睡罷，我又不傷感。你若不信，你就伏侍我睡了再進去，只要不驚動我就是了。」襲人果然伏侍他睡下，便預備下了茶水，關好了門，進裏間去照應一回，各自假寐，等着寶玉若有動靜，再為出來。寶玉見襲人等進來，便將坐更的兩個婆子支到外頭，他輕輕的坐起來，暗暗的祝贊了幾句，方才睡下。起初再睡不着，以後把心一靜，便睡去了。

岂知一夜安眠，直到天亮。寶玉醒來，拭眼坐起來想了一回，並無有夢，便歎口氣道：「正是『悠悠生死別經年，魂魄不曾來入夢』。」寶釵卻一夜反沒有睡着，聽寶玉在外邊唸這兩句，便接口道：「這句又說莽撞了，如若林妹妹在時，又該生氣了。」寶玉聽了，反不好意思，只得起來搭訕着往裏間走來，說：「我原要進來的，不覺得一個盹兒就打着了。」寶釵道：「你進來不進來與我甚麼相干。」襲人也本沒有睡，聽見他們兩個說話，即忙倒上茶來。只見老太太那邊打發小丫頭來，問：「寶二爺昨夜睡得安頓麼？若安頓時，早早的同二奶奶梳洗了就過來。」襲人便說：「你去回老太太，說寶玉昨夜很安頓，回來就過來。」小丫頭去了。

寶釵起來梳洗了，鶯兒襲人等跟着先到賈母那裏行了禮，便到王夫人那邊起至鳳姐都讓過了，仍到賈母處，見他母親也過來了。大家問起：「寶玉晚上好麼？」寶釵便說：「回去就睡了，沒有甚麼。」眾人放心，又說些閑話。

只見小丫頭進來說：「二姑奶奶要回去了。聽見說孫姑爺那邊人來，到大太太那裏說了些話，大太太叫人到四姑娘那邊說不必留了，讓他去罷。如今二姑奶奶在大太太那邊哭呢，大約就過來辭老太太。」賈母眾人聽了，心中好不自在。都說：「二姑娘這樣一個人，為甚麼命裏遭着這樣的人，一輩子不能出頭，這可怎麼好呢！」說着，迎春進來，淚痕滿面，因為是寶釵的好日子，只得含着淚，辭了眾人要回去。賈母知道他的苦處，也不便強留。只說道：「你回去也罷了。但是不要悲傷，碰着了這樣人，也是沒法兒的。過幾天我再打發人接你去罷。」迎春道：「老太太始終疼我，如今也疼不來了。可憐我只是沒有再來的時候了。」說着，眼淚直流。眾人都勸道：「這有甚麼不能回來的？比不得你三妹妹，隔得遠，要見面就難了。」賈母等想起探春，不覺也大家落淚。為是寶釵的生日，即轉悲為喜說：「這也不難，只要海疆平靜，那邊親家調進京來，就見的着了。」大家說：「可不是這麼着麼！」說着，迎春只

得含悲而別。眾人送了出來，仍回賈母那裏。從早至暮，又鬧了一天。

　　眾人見賈母勞乏，各自散了。獨有薛姨媽辭了賈母，到寶釵那裏，說道：「你哥哥是今年過了，直要等到皇恩大赦的時候減了等才好贖罪。這幾年叫我孤苦伶仃，怎麼處！我想要與你二哥哥完婚，你想想好不好？」寶釵道：「媽媽是為着大哥哥娶了親嚇怕了的，所以把二哥哥的事也疑惑起來。據我說很該辦。邢姑娘是媽媽知道的，如今在這裏也很苦。娶了去雖說咱們窮，究竟比他傍人門戶好多着呢。」薛姨媽道：「你得便的時候就去告訴老太太，說我家沒人，就要揀日子了。」寶釵道：「媽媽只管同二哥哥商量，挑個好日子，過來和老太太、大太太說了，娶過去就完了一宗事。這裏大太太也巴不得媽媽娶了去才好。」薛姨媽道：「今日聽見史姑娘也就回去了，老太太心裏要留你妹妹在這裏住幾天，所以他住下了。我想他也是不定多早晚就走的人了，你們姊妹們也多敍幾天話兒。」寶釵道：「正是呢。」於是薛姨媽又坐了一坐，出來辭了眾人回去了。

　　卻說寶玉晚間歸房，因想起昨夜黛玉竟不入夢，「或者他已經成仙，所以不肯來見我這種濁人也是有的；不然就是我的性兒太急了，也未可知」。便想了個主意，向寶釵說道：「我昨夜偶然在外間睡着，似乎比在屋裏睡的安穩些，今日起來心裏也覺清淨些。我的意思還要在外間睡兩夜，只怕你們又來攔我。」寶釵聽了，明知早晨他嘴裏唸詩是為着黛玉的事了。想來他那個呆性是不能勸的，倒好叫他睡兩夜，索性自己死了心也罷了，況兼昨夜聽他睡的倒也安靜，便道：「好沒來由，你只管睡去，我們攔你作甚麼？但只不要胡思亂想的，招出些邪魔外祟來。」寶玉笑道：「誰想甚麼？」襲人道：「依我勸二爺竟還是屋裏睡罷，外邊一時照應不到，着了風倒不好。」寶玉未及答言，寶釵卻向襲人使了眼色。襲人會意，便道：「也罷，叫個人跟着你罷，夜裏好倒茶水的。」寶玉便笑道：「這麼說，你就跟了我來。」襲人聽了倒沒意思起來，登時飛紅了臉，一聲也不言語。寶釵素知襲人穩重，便說道：「他是跟慣了我的，還叫他跟着我罷。叫麝月五兒照料着也罷了。況且今日他跟着我鬧了一天也乏了，該叫他歇歇了。」寶玉只得笑着出來。寶釵因命麝月五兒給寶玉仍在外間鋪設了，又囑咐兩個人醒睡些，要茶要水留點神兒。

　　兩個答應着出來，看見寶玉端然坐在床上，閉目合掌，居然像個和尚一般，兩個也不敢言語，只管瞅着他笑。寶釵又命襲人出來照應。襲人看這般

卻也好笑，便輕輕的叫道：「該睡了，怎麼又打起坐來了！」寶玉睜開眼看見襲人，便道：「你們只管睡罷，我坐一坐就睡。」襲人道：「因為你昨日那個光景，鬧的二奶奶一夜沒睡。你再這麼着，成甚麼事？」寶玉料着自己不睡，都不肯睡，便收拾睡下。襲人又囑咐了麝月等幾句，才進去關門睡了。這裏麝月五兒兩個人也收拾了被褥，伺候寶玉睡着，各自歇下。

那知寶玉要睡越睡不着，見他兩個人在那裏打鋪，忽然想起那年襲人不在家時晴雯麝月兩個人伏侍，夜間麝月出去，晴雯要唬他，因為沒穿衣服着了涼，後來還是從這個病上死的。想到這裏，一心移在晴雯身上去了。忽又想起鳳姐說五兒給晴雯脫了個影兒，因又將想晴雯的心腸移在五兒身上。自己假裝睡着，偷偷的看那五兒，越瞧越像晴雯，不覺呆性復發。聽了聽，裏間已無聲息，知是睡了，卻見麝月也睡着了，便故意叫了麝月兩聲，卻不答應，五兒聽見寶玉喚人，便問道：「二爺要甚麼？」寶玉道：「我要漱漱口。」五兒見麝月已睡，只得起來重新剪了蠟花，倒了一盅茶來，一手托着漱盂。卻因趕忙起來的，身上只穿着一件桃紅綾子小襖兒，鬆鬆的挽着一個纂兒。寶玉看時，居然晴雯復生。忽又想起晴雯說的「早知擔個虛名，也就打個正經主意了。」不覺呆呆的呆看，也不接茶。

那五兒自從芳官去後，也無心進來了。後來聽見鳳姐叫他進來伏侍寶玉，竟比寶玉盼他進來的心還急。不想進來以後，見寶釵襲人一般尊貴穩重，看着心裏實在敬慕；又見寶玉瘋瘋傻傻，不似以前風緻；又聽見王夫人為女孩子們和寶玉玩笑都攔：所以把那女兒的柔情和素日的痴心，一概擱起。怎奈這位呆爺今晚把他當作晴雯，只管愛惜起來。那五兒早已羞得兩頰紅潮，又不敢大聲說話，只得輕輕的說道：「二爺漱口啊。」寶玉笑着接了茶在手中，也不知道漱了沒的，便笑嘻嘻的問道：「你和晴雯姐姐好不是啊？」五兒聽了摸不着頭腦，便道：「都是姐妹，也沒有甚麼不好的。」寶玉又悄悄的問道：「晴雯病重了我看他去，不是你也去了麼？」五兒微微笑着點頭兒。寶玉道：「你聽見他說甚麼了沒有？」五兒搖着頭兒道：「沒有。」寶玉已經忘神，便把五兒的手一拉。五兒急得紅了臉，心裏亂跳，便悄悄說道：「二爺有甚麼話只管說，別拉拉扯扯的。」寶玉才放了手，說道：「他和我說來着，『早知擔了個虛名，也就打正經主意了』。你怎麼沒聽見麼？」五兒聽了這話明明是撩撥自己的意思，又不敢怎麼樣，便說道：「那是他自己沒臉，這也是我們

女孩兒家說得的嗎？」寶玉着急道：「你怎麼也是這麼個道學先生！我看你長的和他一模一樣，我才肯和你說這個話，你怎麼倒拿這些話來糟蹋他！」

此時五兒心中也不知寶玉是怎麼個意思，便說道：「夜深了，二爺也睡罷，別緊着坐着，看涼着。剛才奶奶和襲人姐姐怎麼囑咐了？」寶玉道：「我不涼。」說到這裏，忽然想起五兒沒穿着大衣服，就怕他也像晴雯着了涼，便說道：「你為甚麼不穿上衣服就過來？」五兒道：「爺叫的緊，那裏有盡着穿衣裳的空兒。要知道說這半天話時，我也穿上了。」寶玉聽了，連忙把自己蓋的一件月白綾子綿襖兒揭起來遞五兒，叫他披上。五兒只不肯接，說：「二爺蓋着罷，我不涼。我涼我有我的衣裳。」說着，回到自己鋪邊。拉了一件長襖披上。又聽了聽，麝月睡的正濃，才慢慢過來說：「二爺今晚不是要養神呢嗎？」寶玉笑道：「實告訴你罷，甚麼是養神，我倒是要遇仙的意思。」五兒聽了，越發了疑心，便問道：「遇甚麼仙？」寶玉道：「你要知道，這話長着呢。你挨着我來坐下，我告訴你。」五兒紅了臉笑道：「你在那裏躺着，我怎麼坐呢。」寶玉道：「這個何妨。那一年冷天，也是麝月姐姐和你晴雯姐姐玩，我怕凍着他，還把他攬在被窩兒裏呢。這有甚麼？大凡一個人總不要酸文假醋才好。」五兒聽了，句句都是寶玉調戲之意，那知這位呆爺卻是實心實意的話。五兒此時走開不好，站着不好，坐下不好，倒沒了主意了，因微微的笑道：「你別混說了，看人家聽見這是甚麼意思。怨不得人家說你專在女孩兒身上用工夫，你自己放着二奶奶和襲人姐姐都是仙人兒似的，只愛和別人胡纏。明兒再說這些話，我回了二奶奶，看你甚麼臉見人。」

正說着，只聽外面咕咚一聲，把兩個人嚇了一跳。裏間寶釵咳嗽了一聲。寶玉聽見，連忙嘴兒。五兒也就忙忙的息了燈，悄悄的躺下了。原來寶釵襲人因昨夜不曾睡，又兼日間勞乏了一天，所以睡去，都不曾聽見他們說話。此時院中一響，早已驚醒，聽了聽，也無動靜。寶玉此時躺在床上，心裏疑惑：「莫非林妹妹來了，聽見我和五兒說話，故意嚇我們的？」翻來覆去，胡思亂想，五更以後，才朦朧睡去。

卻說五兒被寶玉鬼混了半夜，又兼寶釵咳嗽，自己懷着鬼胎，生怕寶釵聽見了，也是思前想後，一夜無眠。次日一早起來，見寶玉尚自昏昏睡着，便輕輕的收拾了屋子。那時麝月已醒，便道：「你怎麼這麼早起來了？你難道一夜沒睡嗎？」五兒聽這話又似麝月知道了的光景，便只是訕笑，也不答言。

不一時，寶釵襲人也都起來，開了門見寶玉尚睡，卻也納悶：「怎麼在外頭兩夜睡的倒這麼安穩？」

及寶玉醒來，見眾人都起來了，自己連忙爬起，揉着眼睛，細想昨夜又不曾夢見，可是仙凡路隔了。慢慢的下了床，又想昨夜五兒說的寶釵襲人都是天仙一般，這話卻也不錯，便怔怔的瞅着寶釵。寶釵見他發怔，雖知他為黛玉之事，卻也定不得夢不夢，只是瞅的自己倒不好意思，便道：「二爺昨夜可真遇見仙了麼？」寶玉聽了，只道昨晚的話寶釵聽見了，笑着勉強說道：「這是那裏的話？」那五兒聽了這一句，越發心虛起來，又不好說的，只得且看寶釵的光景。只見寶釵又笑着問五兒道：「你聽見二爺睡夢中和人說話來着麼？」寶玉聽了，自己坐不住，搭訕着走開了。五兒把臉飛紅，只得含糊道：「前半夜倒說了幾句，我也沒聽真。甚麼『擔了虛名』，又甚麼『沒打正經主意』，我也不懂，勸着二爺睡了。後來我也睡了，不知二爺還說來着沒有。」寶釵低頭一想：「這話明是為了黛玉了。但盡着叫他在外頭，恐怕心邪了招出些花妖柳怪來，況兼他舊病原在姊妹上情重，只好設法將他的心意挪移過來，然後能免無事。」想到這裏，不免面紅耳熱起來，也就訕訕的進房梳洗去了。

且說賈母兩日高興，略吃多了些，這晚有些不受用，第二天便覺胸口飽悶。鴛鴦等要回賈政。賈母不叫言語，說：「我這兩日嘴饞些吃多了點子，我餓一頓就好了。你們快別吵嚷。」於是鴛鴦等並沒有告訴人。

這日晚間，寶玉回到自己屋裏，見寶釵自賈母王夫人處才請了晚安回來。寶玉想着早起之事，未免艴顏抱慚。寶釵看他這樣，也曉得是沒意思的光景，因想着他是個痴情人，要治他的這個病，少不得仍以痴情治之。想了一回，便問寶玉道：「你今夜還在外頭睡去罷咧？」寶玉自覺沒趣，便道：「裏間外頭都是一樣的。」寶釵意欲再說，反覺礙難出口。襲人道：「罷呀，這倒是甚麼道理呢？我不信睡得那麼安頓！」五兒聽見這話，連忙接口道：「二爺在外頭睡，別的倒沒有甚麼，只愛說夢話，叫人摸不着頭腦兒，又不敢駁他的回。」襲人便道：「我今日挪床上睡睡，看說夢話不說？你們只管把二爺的鋪蓋鋪在裏間就完了。」寶釵聽了，也不作聲。寶玉自己慚愧，那裏還有強嘴的分兒，便依着搬進來。

一則寶玉負歉，欲安慰寶釵之心；二則寶釵恐寶玉思鬱成疾，不如假以詞色，不如稍示柔情，使得親近，以為移花接木之計。於是當晚襲人果然挪

出去。這寶玉固然是有意負荊，那寶釵自然也無心拒客，從過門至今日，方才是雨膩雲香，氤氳調暢。從此「二五之精，妙合而凝」了。此是後話不提。

且說次日寶玉寶釵同起，寶玉梳洗了，先過賈母這邊來。這裏賈母因疼寶玉，又想寶釵孝順，忽然想起一件東西來，便叫鴛鴦開了箱子，取出祖上所遺的一個漢玉玦，雖不及寶玉他那塊玉石，掛在身上卻也稀罕。鴛鴦找出來遞與賈母，便說道：「這件東西我好像從沒見的。老太太這些年還記得這樣清楚，說是那一箱甚麼匣子裏裝着。我按老太太的話一拿就拿出來了。老太太怎麼想着拿出來甚麼？」賈母道：「你那裏知道？這塊玉還是祖爺爺給我們老太爺，老太爺疼我，臨出嫁的時候叫了我去，親手遞給我的。還說『這玉是漢時所佩的東西，很貴重，你拿着就像見了我的一樣。』我那時還小，拿了來也不當甚麼，便撩在箱子裏。到了這裏，我見咱們家的東西也多，這算得甚麼！從沒帶過，一撩便撩了六十多年。今日見寶玉這樣孝順，他又丟了一塊玉，故此想着拿出來給他，也像是祖上給我的意思。」

一時寶玉請了安，賈母便喜歡道：「你過來，我給你一件東西瞧瞧。」寶玉走到床前，賈母便把那塊漢玉遞給寶玉。寶玉接來一瞧，那玉有三寸方圓，形似甜瓜，色有紅暈，甚是精緻。寶玉口口稱讚。賈母道：「你愛麼？這是我祖爺爺給我的，我傳了你罷。」寶玉笑着，請了個安謝了，又拿了要送給他母親瞧。賈母道：「你太太瞧了告訴你老子，又說疼兒子不如疼孫子了。他們從沒見過。」寶玉笑着去了。寶釵等又說了幾句話，也辭了出來。

自此賈母兩日不進飲食，胸口仍是膨悶，覺得頭暈目眩，咳嗽。邢王二夫人鳳姐等請安，見賈母精神尚好，不過叫人告訴賈政，立刻來請了安。賈政出來，即請大夫看脈。不多一時，大夫來診了脈，說是有年紀的人停了些飲食，感冒些風寒，略消導發散些就好了。開了方子，賈政看了，知是尋常藥品，命人煎好進服。以後賈政早晚進來請安，一連三日，不見稍減。賈政又命賈璉：「打聽好大夫，快去請來瞧老太太的病。咱們家常請的幾個大夫，我瞧着不怎麼好，所以叫你去。」賈璉想了一想，說道：「記得那年寶兄弟病的時候，倒是請了一個不行醫的來瞧好了的，如今不如找他。」賈政道：「醫道卻是極難的，愈是不興時的大夫倒有本領。你就打發人去找來罷。」賈璉即忙答應了，回來說道：「這劉大夫新近出城教書去了，過十來天進城一次。這時等不得了，又請了一位，也就來了。」賈政聽了，只得等着，不題。

　　且說賈母病時，合宅女眷無日不來請安。一日，眾人都在那裏，只見看園內腰門的老婆子進來，回說：「園裏的櫳翠庵的妙玉師父知道老太太病了，特來請安。」眾人道：「他不常過來，今兒特地來，你們快請進來。」鳳姐走到床前回賈母。岫煙是妙玉的舊相識，先走出去接他。只見妙玉頭帶妙常冠，身上穿一件月白素綢襖兒，外罩一件水田青緞鑲邊長背心[1]，拴着秋香色的絲絛，腰上繫一條淡墨畫的白綾裙；手執麈尾念珠，跟着一個侍兒，飄飄拽拽的走來。岫煙見了問好，說是：「在園內住的日子，可以常常來瞧瞧你。近來因為園內人少，一個人輕易難出來。況且咱們這裏的腰門常關着，所以這些日子不得見你。今兒幸會。」妙玉道：「頭裏你們是熱鬧場中，你們雖在外園裏住，我也不便常來親近。如今知道這裏的事情也不大好，又聽說是老太太病着，又惦記着你，並要瞧瞧寶姑娘。我那管你們的關不關，我要來就來，我不來你們要我來也不能啊。」岫煙笑道：「你還是那種脾氣。」

　　一面說着，已到賈母房中。眾人見了都問了好。妙玉走到賈母床前問候，說了幾句套話。賈母便道：「你是個女菩薩，你瞧瞧我的病可好得了好不了？」妙玉道「老太太這樣慈善的人，壽數正有呢。一時感冒，吃幾帖藥想來也就好了。有年紀的人，只要寬心些。」賈母道：「我倒不為這些，我是極愛尋快樂的。如今這病也不覺怎樣，只是胸膈悶飽，剛才大夫說是氣惱所致。你是知道的，誰敢給我氣受？這不是那大夫脈理平常麼？我和璉兒說了，還是頭一個大夫說感冒傷食的是，明兒仍請他來。」說着，叫鴛鴦吩咐廚房裏辦一桌淨素菜來，請他在這裏便飯。妙玉道：「我已吃過午飯了。我是不吃東西的。」王夫人道：「不吃也罷，咱們多坐一會說些閑話兒罷。」妙玉道：「我久不見你們，今兒來瞧瞧。」又說了一回話便要走，回頭見惜春站着，便問道：「四姑娘為甚麼這樣瘦？不要只管愛畫勞了心。」惜春道：「我久不畫了。如今住的房屋不比園裏的顯亮，所以沒興頭畫。」妙玉道：「你如今住在那一所？」惜春道：「就是你才進來的那個門東邊的屋子。你要來，很近。」妙玉道：「我高興的時候來瞧你。」惜春等說着送了出去。回身過來，聽見丫頭們回說大夫在賈母那邊呢。眾人暫且散去。

---

1)　　水田青緞鑲邊長背心：指僧、尼的袈裟，上作方格界欄，像水田形狀，所以又稱為「水田衣」。

那知賈母這病日重一日，延醫調治不效，以後又添腹瀉。賈政着急，知病難醫，即命人到衙門告假，日夜同王夫人親侍湯藥。一日，見賈母略進些飲食，心裏稍寬。

只見老婆子在門外探頭，王夫人叫彩雲看去，問問是誰。彩雲看了是陪迎春到孫家去的人，便道：「你來做甚麼！」婆子道：「我來了半日，這裏找不着一個姐姐們，我又不敢冒撞，我心裏又急。」彩雲道：「你急甚麼？又是姑爺作踐姑娘不成麼？」婆子道：「姑娘不好了。前兒鬧了一場，姑娘哭了一夜，昨日痰堵住了。他們又不請大夫，今日更利害了。」彩雲道：「老太太病着呢，別大驚小怪的。」王夫人在內已聽了。恐老太太聽見不受用，忙叫彩雲帶他外頭說去。

豈知賈母病中心靜，偏偏聽見，便道：「迎丫頭要死了麼？」王夫人便道：「沒有。婆子們不知輕重，說是這兩日有些病，恐不能就好，到這裏問大夫。」賈母道：「瞧我的大夫就好，快請了去。」王夫人便叫彩雲叫這婆子去回大太太去，那婆子去了。這裏賈母便悲傷起來，說是：「我三個孫女兒，一個享盡了福死了。三丫頭遠嫁不得見面，迎丫頭雖苦，或者熬出來，不打量他年輕輕兒的就要死了。留着我這麼大年紀的人活着做甚麼！」王夫人鴛鴦等解勸了好半天。

那時寶釵李氏等不在房中，鳳姐近來有病，王夫人恐賈母生悲添病，便叫人叫了他們來陪着，自己回到房中，叫彩雲來埋怨：「這婆子不懂事。以後我在老太太那裏，你們有事不用來回。」丫頭們依命。不言。豈知那婆子剛到邢夫人那裏，外頭的人已傳進來說：「二姑奶奶死了。」邢夫人聽了，也便哭了一場。現今他父親不在家中，只得叫賈璉快去瞧看。知賈母病重，眾人都不敢回。可憐一位如花似月之女，結褵年餘，不料被孫家揉搓以致身亡。又值賈母病篤，眾人不便離開，竟容孫家草草完結。

賈母病勢日增，只想這些孫女兒。一時想起湘雲，便打發人去瞧他。回來的人悄悄的找鴛鴦，因鴛鴦在老太太身旁，王夫人等在那裏，不便上去，到了後頭的找了琥珀，告訴他說：「老太太想史姑娘，叫我們去打聽。那裏知道史姑娘哭得了不得，說是姑爺得了重病，大夫都瞧了，說這病只怕不能好，若是變了癆病，還可捱個四五年。所以史姑娘心裏着急。又知道老太太病，只是不能過來請安，還叫我不要在老太太面前提起。倘或老太太問起

來，務必託你們變個法兒回老太太才好。」琥珀聽了，咳了一聲，就也不言語了，半日說道：「你去罷。」

琥珀也不大便回，心裏打算告訴鴛鴦，叫他撒謊去，所以來到賈母床前，只見賈母神色大變，地下站着一屋子的人，喊喊的說：「瞧着是不好了」，也不敢言語了。這裏賈政悄悄的叫賈璉到身旁，向耳邊說了幾句話。賈璉輕輕的答應出去了，便傳齊了現在家的一干家人說：「老太太的事待好出來了，你們快快分頭派人辦去。頭一件先請出板來瞧瞧，好掛裏子。快到各處將各人的衣服量了尺寸，都開明了，便叫裁縫去做孝衣。那棚杠執事都講定了。廚房裏還該多派幾個人。」賴大等回道：「二爺，這些事不用爺費心，我們早打算好了。只是這項銀子在那裏領呢？」賈璉道：「這種銀子不用打算了，老太太自己早留下了。剛才老爺的主意只要辦的好，我想外面也要好看。」賴大等答應，派人分頭辦去。

賈璉復回到自己房中，便問平兒：「你奶奶今兒怎麼樣？」平兒把嘴往裏一努說：「你瞧去。」賈璉進內，見鳳姐正要穿衣，一時動不得，暫且靠在炕桌兒上，賈璉道：「你只怕養不住了。老太太的事兒明兒就要出來了，你還脫得過麼？快叫人將屋裏收拾收拾就該扎掙上去了。若有了事，你我還能回來麼？」鳳姐道：「咱們這裏還有甚麼收拾的？不過就是這點子東西，還怕甚麼？你先去罷，看老爺叫你。我換件衣裳就來。」

賈璉先回到賈母房裏，向賈政悄悄的問道：「諸事已交派明白了。」賈政點頭。外面又報太醫進來了，賈璉接入，又診了一回，出來悄悄的告訴賈璉：「老太太的脈氣不好，防着些。」賈璉會意，與王夫人等說知。王夫人即忙使眼色叫鴛鴦過來，叫他把老太太的裝裹衣服預備出來。鴛鴦自去料理。賈母睜眼要茶喝，邢夫人便進了一杯參湯。賈母剛用嘴接着喝，便道：「不要這個，倒一盅茶來我喝。」眾人不敢違拗，即忙送上來，一口喝了，還要，又喝一口，便說：「我要坐起來。」賈政等道：「老太太要甚麼只管說，可以不必坐起來才好。」賈母道：「我喝了口水，心裏好些，略靠着和你們說說話。」珍珠等用手輕輕的扶起，看見賈母這回精神好些。未知生死，下回分解。

精華賞析

這一回中，又一個年輕女子失去了生命。而賈母，這個賈府遭遇巨大變故時的支柱，她的生命也正在耗盡。一個家族的幻滅不只是經濟上的破產，更是人口上的凋零。隨着黛玉、迎春的相繼離世，隨着探春的遠嫁，隨着湘雲的婚姻由喜轉悲，隨着賈母和鳳姐的病重，隨着賈赦發配邊疆，賈府雖然沒有完全破產，但也已經快妻離子散、家破人亡了。

《第一百一十回》

史太君壽終歸地府
王鳳姐力詘失人心

賈母去世了，置辦喪禮卻很不容易。一方面賈母身份高貴，總應該辦個風光盛大的喪禮，而另一方面賈府的經濟實力已經不允許大操大辦。鳳姐為了此事左右為難，而王夫人、鴛鴦等人並不理解她的苦衷，反而埋怨她不盡心。

卻說賈母坐起說道：「我到你們家已經六十多年了，從年輕的時候到老來，福也享盡了。自你們老爺起，兒子孫子也都算是好的了。就是寶玉呢，我疼了他一場。」說到那裏，拿眼滿地下瞅着。王夫人便推寶玉走到床前。賈母從被窩裏伸出手來拉着寶玉道：「我的兒，你要爭氣才好！」寶玉嘴裏答應，心裏一酸，那眼淚便要流下來，又不敢哭，只得站着，聽賈母說道：「我想再見一個重孫子，我就安心了。我的蘭兒在那裏呢？」李紈也推賈蘭上去。賈母放了寶玉，拉着賈蘭道：「你母親是要孝順的，將來你成了人，也叫你母親風光風光。鳳丫頭呢？」鳳姐本來站在賈母旁邊，趕忙走到眼前說：「在這裏呢。」賈母道：「我的兒，你是太聰明了，將來修修福罷。我也沒有修甚麼，不過心實吃虧，那裏吃齋唸佛的事我也不大幹，就是舊年叫人寫了些《金剛經》送送人，不知送完了沒有？」鳳姐道：「沒有呢。」賈母道：「早該施捨完了才好。我們大老爺和珍兒是在外頭罷了，最可惡的是史丫頭沒良心，怎麼總不來瞧我。」鴛鴦等明知其故，都不言語。賈母又瞧了一瞧寶釵，歎了口氣，只見臉上發紅。賈政知是回光返照，即忙進上參湯。賈母的牙關已經緊了，合了一回眼，又睜着滿屋裏瞧了一瞧。王夫人寶釵上去輕輕扶着，邢夫人鳳姐等便忙穿衣，地下婆子們已將床安設停當，鋪了被褥，聽見賈母喉間

略一響動，臉變笑容，竟是去了，享年八十三歲。眾婆子急忙停床。

　　於是賈政等在外一邊跪着，邢夫人等在內一邊跪着，一齊舉起哀來。外面家人各樣預備齊全，只聽裏頭信兒一傳出來，從榮府大門起至內宅門扇扇大開，一色淨白紙糊了，孝棚高起，大門前的牌樓立時豎起，上下人等登時成服。賈政報了丁憂。禮部奏聞，主上深仁厚澤，念及世代功勛，又係元妃祖母，賞銀一千兩，諭禮部主祭。家人們各處報喪。眾親友雖知賈家勢敗，今見聖恩隆重，都來探喪，擇了吉日成殮，停靈正寢。

　　賈赦不在家，賈政為長，寶玉、賈環、賈蘭是親孫，年紀又小，都應守靈。賈璉雖也是親孫，帶着賈蓉尚可分派家人辦事。雖請了些男女外親來照應，內裏邢王二夫人、李紈、鳳姐、寶釵等是應靈旁哭泣的，尤氏雖可照應，他賈珍外出依住榮府，一向總不上前，且又榮府的事不甚諳練；賈蓉的媳婦更是不必說了。惜春年小，雖在這裏長的，他於家事全不知道。所以內裏竟無一個支持，只有鳳姐可以照管裏頭的事。況又賈璉在外作主，裏外他二人倒也相宜。

　　鳳姐先前仗着自己的才幹，原打量老太太死了他大有一番作用。邢王二夫人等本知他曾辦過秦氏的事，必是妥當，於是仍叫鳳姐總理裏頭的事。鳳姐本不應辭，自然應了，心想：「這裏的事本是我管的，那些家人更是我手下的人，太太和珍大嫂子的人本來難使喚些，如今他們都去了。銀項雖沒有了對牌，這種銀子卻是現成的。外頭的事又是我們那個辦。雖說我現今身子不好，想來也不致落褒貶，必是比寧府裏還得辦些。」心下已定，且待明日接了三，後日一早便叫周瑞家的傳出話去，將花名冊取上來。鳳姐一一的瞧了，統共只有男僕二十一人，女僕只有十九人，餘者俱是些丫頭，連各房算上，也不過三十多人，難以派差。心裏想道：「這回老太太的事倒沒有東府裏的人多。」又將莊上的弄出幾個，也不敷差遣。

　　正在思算，只見一個小丫頭過來說：「鴛鴦姐姐請奶奶。」鳳姐只得過去。只見鴛鴦哭得淚人一般，一把拉着鳳姐兒說道：「二奶奶請坐，我給二奶奶磕個頭。雖說服中不行禮，這個頭是要磕的。」鴛鴦說着跪下。慌的鳳姐趕忙拉住，說道：「這是甚麼禮，有話好好的說。」鴛鴦跪着，鳳姐便拉起來。鴛鴦說道：「老太太的事一應內外都是二爺和奶奶辦，這種銀子是老太太留下的。老太太這一輩子也沒有糟蹋過甚麼銀錢，如今臨了這件大事，必得求二

奶奶體體面面的辦一辦才好。我方才聽見老爺說甚麼詩云子曰，我不懂；又說甚麼『喪與其易，寧戚』，我聽了不明白。我問寶二奶奶，說是老爺的意思，老太太的喪事只要悲切才是真孝，不必糜費圖好看的念頭。我想老太太這樣一個人，怎麼不該體面些？我雖是奴才丫頭，敢說甚麼？只是老太太疼二奶奶和我這一場，臨死了還不叫他風光風光？我想二奶奶是能辦大事的，故此我請二奶奶來，作個主意。我生是跟老太太的人，老太太死了我也是跟老太太的！若是瞧不見老太太的事怎麼辦，將來怎麼見老太太呢？」

鳳姐聽了這話來的古怪，便說：「你放心，要體面不是難的。況且老爺雖說要省，那勢派也錯不得。便拿這項銀子都花在老太太身上，也是該當的。」鴛鴦道：「老太太的遺言說，所有剩下的東西是給我們的，二奶奶倘或用着不夠，只管拿這個去折變補上。就是老爺說甚麼，也不好違了老太太的遺言。那日老太太分派的時候，不是老爺在這裏聽見的麼？」鳳姐道：「你不素來最明白的，怎麼這會子那樣的着急起來了？」鴛鴦道：「不是我着急，為的是大太太是不管事的，老爺是怕招搖的，若是二奶奶心裏想老爺的想頭，說抄過家的人喪事還是這麼好，將來又要抄進來，也就不顧起老太太來，怎麼樣呢？我呢是個丫頭，好歹礙不着，到底是這裏的聲名！」鳳姐道：「我知道了，你只管放心，有我呢！」鴛鴦千恩萬謝的託了鳳姐。

那鳳姐出來想道：「鴛鴦這東西好古怪，不知打了甚麼主意？論理老太太身上本該體面些。噯，不要管他，且按着咱們家先前的樣子辦去。」於是叫了旺兒家的來把話傳出去請二爺進來。不多時，賈璉進來，說道：「怎麼找我？你在裏頭照應着些就是了。橫豎作主是咱們二老爺，他說怎麼着咱們就怎麼着。」鳳姐道：「你也說起這個話來了，可不是鴛鴦說的話應驗了麼？」賈璉道：「甚麼鴛鴦的話？」鳳姐便將鴛鴦請進去的話述了一遍。

賈璉道：「他們的話算甚麼！才剛二老爺叫我去，說老太太的事固要認真辦理，但是知道的呢，說是老太太自己結果自己，不知道的只說咱們都隱匿起來了，如今很寬裕。老太太的這種銀子用不了，誰還要麼？仍舊該用在老太太身上。老太太是南邊的，墳地雖有，陰宅卻沒有。老太太的柩是要歸到南邊去的，留這銀子在祖墳上蓋起些房屋來，再餘下的置買幾頃祭田。咱們回去也好，就是不回去，便叫這些貧窮族中住着，也好按時按節早晚上香，時常祭掃祭掃。你想這些話可不是正經主意？據你這個話，難道都花了罷？」

鳳姐道：「銀子發出來了沒有？」

賈璉道：「誰見過銀子！我聽見咱們太太聽見了二老爺的話，極力的竄掇二太太和二老爺，說這是好主意。叫我怎麼着？現在外頭棚扛上要支幾百兩銀子，這會子還沒有發出來。我要去，他們都說有，先叫外頭辦了回來再算。你想這些奴才們有錢的早溜了，按着冊子叫去，有的說告病，有的說下莊子去了。走不動的有幾個，只有賺錢的能耐，還有賠錢的本事麼？」鳳姐聽了，呆了半天，說道：「這還辦甚麼？」

正說着，見來了一個丫頭說：「大太太的話問二奶奶，今兒第三天了，裏頭還很亂，供了飯還叫親戚們等着嗎？叫了半天，來了榮，短了飯，這是甚麼辦事的道理？」鳳姐急忙進去，吆喝人來伺候，胡弄着將早飯打發了。偏偏那日人來的多，裏頭的人都死眉瞪眼的。鳳姐只得在那裏照料了一會子，又惦記着派人，趕着出來叫了旺兒家的傳齊了家人女人們，一一分派了。眾人都答應着不動。

鳳姐道：「甚麼時候，還不供飯？」眾人道：「傳飯是容易的，只要將裏頭的東西發出來，我們才好照管去。鳳姐道：「糊塗東西，派定了你們，少不得有的。」眾人只得勉強答應。鳳姐即往上房取發應用之物，要去請示邢王二夫人，見人多難說，看那時候已經日漸平西了，只得找了鴛鴦，說要老太太存的這一份傢夥。鴛鴦道：「你還問我呢，那一年二爺當了贖了來了麼？」鳳姐道：「不用銀的金的，只要這一分平常使的。」鴛鴦道：「大太太珍大奶奶屋裏使的是那裏來的？」鳳姐一想不差，轉身就走，只得到王夫人那邊找了玉釧彩雲，才拿了一分出來，急忙叫彩明登賬，發與眾人收管。

鴛鴦見鳳姐這樣慌張，又不好叫他回來，心想：「他頭裏作事何等爽利周到，如今怎麼掣肘的這個樣兒。我看這兩三天連一點頭腦[1]都沒有，不是老太太白疼了他了嗎！」那裏知邢夫人一聽賈政的話，正合着將來家計艱難的心，巴不得留一點子作個收局。況且老太太的事原是長房作主，賈赦雖不在家，賈政又是拘泥的人，有件事便說請大奶奶的主意。邢夫人素知鳳姐手腳大，賈璉的鬧鬼，所以死拿住不放鬆。鴛鴦只道已將這項銀兩交了出去了，故見

---

1) 　　頭腦：指事情的頭緒。

鳳姐掣肘如此，便疑心不肯用心，便在賈母靈前嘮嘮叨叨哭個不了。

邢夫人等聽了話中有話，不想到自己不令鳳姐便宜行事，反說鳳丫頭果然有些用心。王夫人到了晚上，叫了鳳姐過來說：「咱們家雖說不濟，外頭的體面是要的。這兩三日人來人往，我瞧着那些人都照應不到，想是你沒有吩咐。還得你替我們操心兒才好。」鳳姐聽了，來了一會，要將銀兩不湊手的話說出，但是銀錢是外頭管的，王夫人說的是照應不到。鳳姐也不敢辯，只好不言語。邢夫人在旁說道：「論理該是我們做媳婦的操心，本不是孫子媳婦的事。但是我們動不得身，所以託你的，你是打不得撒手的。」鳳姐紫漲了臉，正要回說，只聽外頭鼓樂一奏，是燒黃昏紙的時候了，大家舉起哀來，又不得說。鳳姐原想回來再說，王夫人催他出去料理，說道：「這裏有我們呢，你快快兒的去料理明兒的事罷。」

鳳姐不敢再言，只得含悲忍泣的出來，又叫人傳齊了眾人，又吩咐了一會，說：「大娘嬸子們可憐我罷！我上頭捱了好些說，為的是你們不齊截，叫人笑話，明兒你們豁出些辛苦來罷。」那些人回道：「奶奶辦事不是今兒個一遭兒了，我們敢違拗嗎？只是這回的事上頭過於累贅。只說打發這頓飯罷，有的在這裏吃的，有的要在家裏吃的，請了那位太太，又是那位奶奶不來。諸如此類，那裏能齊全？還求奶奶勸勸那些姑娘們不要挑飭[2]就好了。」鳳姐道：「頭一層是老太太的丫頭們是難纏的，太太們的也難說話，叫他說誰去呢？」眾人道：「從前奶奶在東府裏還是署事[3]，要打要罵，怎麼這樣鋒利？誰敢不依？如今這些姑娘們都壓不住了？」

鳳姐歎道：「東府裏的事雖說託辦的，太太雖在那裏，不好意思說甚麼。如今是自己的事情，又是公中的，人人說得話。再者外頭的銀錢也叫不靈，即如棚裏要一件東西，傳了出去總不見拿進來。這叫我甚麼法兒呢？」眾人道：「二爺在外頭，倒怕不應付麼？」鳳姐道：「還提那個，他也是那裏為難。第一件銀錢不在手裏，要一件得回一件，那裏湊手？」眾人道：「老太太這項銀子不在二爺手裏嗎？」鳳姐道：「你們回來問管事的便知道了。」眾人道：

---

2)　　挑飭：苛細地選擇和責備。

3)　　署事：代理職務。

「怨不得！我們聽見外頭男人抱怨說：『這麼件大事，咱們一點摸不着，淨當苦差！』叫人怎麼能齊心呢？」鳳姐道：「如今不用說了，眼面前的事大家留些神罷。倘或鬧的上頭有了甚麼說的，我和他們不依的。」眾人道：「奶奶要怎麼樣，他們敢抱怨嗎？只是上頭一人一個主意，我們實在難周到。」鳳姐聽了沒法，只得央說道：「好大娘們！明兒且幫我一天，等我把姑娘們鬧明白了，再說罷了。」眾人聽命而去。

　　鳳姐一肚子的委屈，愈想愈氣，直到天亮又得上去。要把各處的人整理整理，又恐邢夫人生氣；要和王夫人說，怎奈邢夫人挑唆。這些丫頭們見邢夫人等不助着鳳姐的威風，更加作踐起他來。幸得平兒替鳳姐排解，說是「二奶奶巴不得要好，只是老爺太太們吩咐了外頭，不准糜費，所以我們二奶奶不能應付到了。」說過幾次才得安靜些。雖說僧經道懺，弔祭供飯，絡繹不絕，終是銀錢各嗇，誰肯踴躍，不過草草了事，連日王妃誥命也來的不少，鳳姐也不能上去照應，只好在底下張羅。叫了那個，走了這個，發一回急，央及一會，胡弄過了一起，又打發一起。別說鴛鴦等看去不像樣，連鳳姐自己心裏也過不去了。

　　邢夫人雖說是塚婦，仗着「悲戚為孝」四個字，倒也都不理會。王夫人落得跟了邢夫人行事，餘者更不必說了。獨有李紈瞧出鳳姐的苦處，也不敢替他說話，只自歎道：「俗語說的，『牡丹雖好，全仗綠葉扶持』，太太們不虧了鳳丫頭，那些人還幫着嗎？若是三姑娘在家還好，如今只有他幾個自己的人瞎張羅，面前背後的也抱怨，說是一個錢摸不着，臉面也不能剩一點兒。老爺是一味的盡孝，庶務上頭不大明白，這樣的一件大事，不撒散幾個錢就辦的開了嗎？可憐鳳丫頭鬧了幾年，不想在老太太的事上，只怕保不住臉了。」於是抽空兒叫了他的人來吩咐道：「你們別看着人家的樣兒，也糟蹋起璉二奶奶來。別打量甚麼穿孝守靈就算了大事了，不過混過幾天就是了。看見那些人張羅不開，便插個手兒也未為不可，這也是公事，大家都該出力的。」

　　那些素服李紈的人都答應着說：「大奶奶說的很是。我們也不敢那麼着，只聽見鴛鴦姐姐們的口話兒好像怪璉二奶奶似的。」李紈道：「就是鴛鴦我也告訴過他，我說璉二奶奶並不是在老太太的事上不用心，只是銀子錢都不在他手裏，叫他巧媳婦還作的上沒米的粥來嗎？如今鴛鴦也知道了，所以他不怪他了。只是鴛鴦的樣子竟是不像從前了。這也奇怪，那時候有老太太疼

他，倒沒有作過甚麼威福，如今老太太死了，沒有仗腰子的了，我看他倒有些氣質大不好了。我先前替他愁，這會子幸喜大老爺不在家才躲過去了，不然他有甚麼法兒？」

說着，只見賈蘭走來說：「媽媽睡罷，一天到晚人來客去的也乏了，歇歇罷。我這幾天總沒有摸摸書本兒，今兒爺爺叫我家裏睡，我喜歡的很，要理個一兩本書才好。別等脫了孝再都忘了。」李紈道：「好孩子，看書呢自然是好的。今兒且歇歇罷，等老太太送了殯再看看罷。」賈蘭道：「媽媽要睡，我也就睡在被窩裏頭想想也罷了。」

眾人聽了都誇道：「好哥兒，怎麼這點年紀得了空兒說想到書上！不像寶二爺娶了親的人還是那麼孩子氣，這幾日跟着老爺跪着，瞧他很不受用，巴不得老爺一動身就跑過來找二奶奶，不知唧唧咕咕的說些甚麼，甚至弄的二奶奶都不理他了。他又去找琴姑娘，琴姑娘也遠避他。邢姑娘也不很同他說話。倒是咱們本家的甚麼喜姑娘咧四姑娘咧，哥哥長哥哥短的和他親蜜。我們看了那寶二爺，除了和奶奶姑娘們混混，只怕他心裏也沒有別的事，白過費⁴了老太太的心，疼了他這麼大，那裏及蘭哥兒一零兒呢？大奶奶，你將來是不愁的了。」

李紈道：「就好也還小，只怕到他大了，咱們家還不知怎麼樣了呢！環哥兒你們瞧着怎麼樣？」眾人道：「這一個更不像樣兒了！兩個眼睛倒像個活猴兒似的，東溜溜，西看看，雖在那裏嚎喪，見了奶奶姑娘們來了，他在孝幔子裏頭淨偷着眼兒瞧人呢。」李紈道：「他的年紀其實也不小了。前日聽見說還要給他說親呢，如今又得等着了。噯，還有一件事，咱們家這些人，我看來也是說不清的，且不必說閑話，後日送殯各房的車輛是怎麼樣了？」

眾人道：「璉二奶奶這幾天鬧的像失魂落魄的樣兒了，也沒見傳出去。昨兒聽見我男人說，璉二爺派了薔二爺料理，說是咱們家的車也不夠，趕車的也少，要到親戚家去借去呢。」李紈笑道：「車也都是借得的麼？」眾人道：「奶奶說笑話兒了，車怎麼借不得？只是那一日所有的親戚都用車，只怕難借，想來還得僱呢。」李紈道：「底下人的只得僱，上頭白車也有僱的麼？」眾人道：「現在大太太東府裏大奶奶小蓉奶奶都沒有車了，不僱那裏來呢？」李紈

---

4)　　過費：這裏等於說辜負。

聽了歎息道：「先前見有咱們家兒的太太奶奶們坐了儸的車來，咱們都笑話，如今輪到自己頭上了。你明兒去告訴你的男人，我們的車馬早早兒的預備好了，省得擠。」眾人答應了出去，不題。

且說史湘雲因他女婿病着，賈母死後只來了一次，屈指算是後日送殯，不能不去。又見他女婿的病已成癆症，暫且不妨，只得坐夜前一日過來。想起賈母素日疼他，又想到自己命苦，剛配了一個才貌雙全的男人，性情又好，偏偏的得了冤孽症候，不過捱日子罷了，於是更加悲痛，直哭了半夜，鴛鴦等再三勸慰不止。

寶玉瞅着也不勝悲傷，又不好上前去勸，見他淡妝素服，不敷脂粉，更比未嫁的時候猶勝幾分。轉念又看寶琴等淡素裝飾，自有一種天生豐韻，獨有寶釵渾身孝服，那知道比尋常穿顏色時更有一番雅緻。心裏想到：「所以千紅萬紫終讓梅花為魁，殊不知並非為梅花開的早，竟是『潔白清香』四個字是不可及的了。但只這時候若有林妹妹也是這樣打扮，又不知怎樣的豐韻了！」想到這裏，不覺的心酸起來，那淚珠便直滾滾的下來了，趁着賈母的事，不妨放聲大哭。眾人正勸湘雲不止，外間又添出一個哭的來了。大家只道是想着賈母疼他的好處，所以傷悲，豈知他們兩個各自有各的心事。這場大哭，不禁滿屋的人無不下淚。還是薛姨媽李嬤娘等勸住。

次日乃坐夜之期，更加熱鬧。鳳姐這日竟支撐不住，也無方法，只得用盡心力，甚至咽喉嚷啞，敷衍過了半日。到了下半天，人客更多了，事情也更繁了，瞻前不能顧後。正在着急，只見一個小丫頭跑來說：「二奶奶在這裏呢，怪不得大太太說，裏頭人多照應不過來，二奶奶是躲着受用去了。」鳳姐聽了這話，一口氣撞上來，往下一嚥，眼淚直流，只覺得眼前一黑，嗓子裏一甜，便噴出鮮紅的血來，身子站不住，就蹲倒在地。幸虧平兒急忙過來扶住。只見鳳姐的血一口一口的吐個不住。未知性命如何，下回分解。

💡 **精華賞析**

　　在賈母的葬禮上，寶玉再次想起了黛玉。通過前文我們不難發現，黛玉死去後懷念她的人很少，只有寶玉會在不同場合、不同情景中想起黛玉。

《第一百一十一回》

鴛鴦女殉主登太虛
狗彘奴欺天招夥盜

鴛鴦是賈母身邊的人，雖然是奴僕但分量比一般的主子還高。現在賈母去世，她悲痛不已，索性殉主盡忠了。

話說鳳姐聽了小丫頭的話，又氣又急又傷心，不覺吐了一口血，便昏暈過去，坐在地下。平兒急來扶住，忙叫人來攙扶着，慢慢的送到自己房中，將鳳姐輕輕的安放在炕上，立刻叫小紅斟上一杯開水送到鳳姐唇邊。鳳姐呷了一口，昏迷仍睡。秋桐過來略瞧了一瞧，便走開了，平兒也不叫他。只見豐兒在旁站着，平兒便說：「快去回明二位太太。」於是豐兒將鳳姐吐血不能照應的話回了邢王二夫人，邢夫人打諒鳳姐推病藏躲，因這時女親都在內裏不少，也不好說別的，心裏卻不全信，只說：「叫他歇着去罷。」眾人也並無言語。自然這晚親友來往不絕，幸得幾個內親照應。家下人等見鳳姐不在，也有偷閑歇力的，亂亂吵吵，已鬧的七顛八倒，不成事體了。

到二更多天遠客去後，便預備辭靈，孝幕內的女眷大家都哭了一陣。只見鴛鴦已哭的昏暈過去了，大家扶住捶鬧了一陣，才醒過來，便說老太太疼了一場，要跟了去的話。眾人都打諒人到悲哭，俱有這些言語，也不理會。到了辭靈之時，上上下下也有百十餘人，只不見鴛鴦。眾人因為忙亂，卻也不曾檢點。到了琥珀等一干人哭奠之時，才要找鴛鴦，又恐是他哭乏了暫在別處歇着，也不言語。

辭靈以後，外頭賈政叫了賈璉問明送殯的事，便商量着派人看家。賈璉回說：「上人裏頭派了芸兒在家照應，不必送殯；下人裏頭派了林之孝的一家子照應拆棚等事。但不知裏頭派誰看家？」賈政道：「聽見你母親說是你媳婦

病了不能去，就叫他在家的。你珍大嫂子又說你媳婦病得利害，還叫四丫頭陪着，帶領了幾個丫頭婆子照看上屋裏才好。」賈璉聽了，心想：「珍大嫂子與四丫頭兩個不合，所以攛掇着不叫他去，若是上頭就是他照應，也是不中用的。我們那一個又病着，也難照應。」想了一回，回賈政道：「老爺且歇歇兒，等進去商量定了再回。」賈政點了點頭，賈璉便進去了。

誰知此時鴛鴦哭了一場，想到「自己跟着老太太一輩子，身子也沒有着落。如今大老爺雖不在家，大太太的這樣行為我也瞧不上。老爺是不管事的人，以後便亂世為王起來了，我們這些人不是要叫他們撥弄了麼？誰收在屋子裏，誰配小子，我是受不得這樣折磨的，倒不如死了乾淨。但是一時怎麼樣的個死法呢？」一面想，一面走回老太太的套間屋內。

才跨進門，只見燈光慘淡，隱隱有個女人拿着汗巾子，好似要上吊的樣子。鴛鴦也不驚怕，心裏想道：「這一個是誰？和我的心事一樣，倒比我走在頭裏了。」便問道：「你是誰？咱們兩個人是一樣的心，要死一塊兒死。」那個人也不答言。鴛鴦走到跟前一看，並不是這屋子的丫頭，仔細一看，覺得冷氣侵人，一時就不見了。鴛鴦呆了一呆，退出在炕沿上坐下，細細一想道：「哦，是了，這是東府裏的小蓉大奶奶啊！他早死了的了，怎麼到這裏來？必是來叫我來了。他怎麼又上吊呢？」想了一想道：「是了，必是教給我死的法兒。」鴛鴦這麼一想，邪侵入骨，便站起來，一面哭，一面開了妝匣，取出那年絞的一綹頭髮，揣在懷裏，就在身上解下一條汗巾，按着秦氏方才比的地方拴上。自己又哭了一回，聽見外頭人客散去，恐有人進來，急忙關上屋門，然後端了一個腳凳自己站上，把汗巾拴上扣兒套在咽喉，便把腳凳蹬開。可憐咽喉氣絕，香魂出竅。

正無投奔，只見秦氏隱隱在前，鴛鴦的魂魄疾忙趕上說道：「蓉大奶奶，你等等我。」那個人道：「我並不是甚麼蓉大奶奶，乃警幻之妹可卿是也。」鴛鴦道：「你明明是蓉大奶奶，怎麼說不是呢？」那人道：「這也有個緣故，待我告訴你，你自然明白了。我在警幻宮中原是個鍾情的首坐，管是的風情月債，降臨塵世，自當為第一情人，引這些痴情怨女早早歸入情司，所以該當懸樑自盡的。因我看破凡情，超出情海，歸入情天，所以太虛幻境痴情一司竟無人掌管。今警幻仙子已經將你補入，替我掌管此司，所以命我來引你前去的。」鴛鴦的魂道：「我是個最無情的，怎麼算我是個有情的人呢？」那人

道：「你還不知道呢，世人都把那淫慾之事當作『情』字，所以作出傷風敗化的事來，還自謂風月多情，無關緊要。不知『情』之一字，喜怒哀樂未發之時便是個性，喜怒哀樂已發便是情了。至於你我這個情，正是未發之情，就如那花的含苞一樣，欲待發泄出來，這情就不為真情了。」鴛鴦的魂聽了點頭會意，便跟了秦可卿而去。

這時琥珀辭了靈，聽邢王二夫人分派看家的人，想着去問鴛鴦明日怎樣坐車的，在賈母的外間屋裏找了一遍不見，便找到套間裏頭。剛到門口，見門兒掩着，從門縫裏望裏看時，只見燈光半明不滅的，影影綽綽，心裏害怕，又不聽見屋裏有甚麼動靜，便走回來說道：「這蹄子跑到那裏去了？」劈頭見了珍珠，說：「你見鴛鴦姐姐來着沒有？」珍珠道：「我也找他，太太們等他說話呢。必在套間裏睡着了罷。」琥珀道：「我瞧了，屋裏沒有。那燈也沒人夾蠟花兒，漆黑怪怕的，我沒進去。如今咱們一塊進去瞧，看有沒有。」琥珀等進去正夾蠟花，珍珠說：「誰把腳凳撂在這裏，幾乎絆我一跤。」說着往上一瞧，唬的噯喲一聲，身子往後一仰，咕咚的栽在琥珀身上。琥珀也看見了，便大嚷起來，只是兩隻腳挪不動。

外頭的人也都聽見了，跑進來一瞧，大家嚷着，報與邢王二夫人知道。王夫人寶釵等聽了，都哭着去瞧。邢夫人道：「我不料鴛鴦倒有這樣志氣，快叫人去告訴老爺。」只有寶玉聽見此信，便唬的雙眼直豎。襲人等慌忙扶着，說道：「你要哭就哭，別憋着氣。」寶玉死命的才哭出來了，心想：「鴛鴦這樣一個人偏又這樣死法。」又想：「實在天地間的靈氣獨鍾在這些女子身上了。他算得了死所，我們究竟是一件濁物，還是老太太的兒孫，誰能趕得上他？」復又喜歡起來。那時寶釵聽見寶玉大哭，也出來了，及到跟前，見他又笑。襲人等忙說：「不好了，又要瘋了。」寶釵道：「不妨事，他有他的意思。」寶玉聽了，更喜歡寶釵的話，「倒是他還知道我的心，別人那裏知道。」

正在胡思亂想，賈政等進來，着實的嗟歎着，說道：「好孩子，不枉老太太疼他一場！」即命賈璉：「出去吩咐人連夜買棺盛殮，明日便跟着老太太的殯送出，也停在老太太棺後，全了他的心志。」賈璉答應出去。這裏命人將鴛鴦放下，停放裏間屋內。平兒也知道了，過來同襲人鴛兒等一干人都哭的哀哀欲絕。內中紫鵑也想起自己終身一無着落，「恨不跟了林姑娘去，又全了主僕的恩義，又得了死所。如今空懸在寶玉屋內，雖說寶玉仍是柔情蜜意，究

竟算不得甚麼。」於是更哭得哀切。

　　王夫人即傳了鴛鴦的嫂子進來，叫他看着入殮。遂與邢夫人商量了，在老太太項內賞了他嫂子一百兩銀子，還說等閑了將鴛鴦所有的東西俱賞他們。他嫂子磕了頭出去，反喜歡說：「真真我們的姑娘是個有志氣的，有造化的，又得了好名聲，又得了好發送。」旁邊一個婆子說道：「罷呀！嫂子，這會子你把一個活姑娘賣了一百銀子便這麼喜歡了，那時候兒給了大老爺，你還不知得多少銀錢呢，你該更得意了。」一句話戳了他嫂子的心，便紅了臉走開了。剛走到二門上，見林之孝帶了人抬進棺材來了，他只得也跟進去幫着盛殮，假意哭嚎了幾聲。

　　賈政因他為賈母而死，要了香來上了三炷，作了一個揖，說：「他是殉葬的人，不可作丫頭論。你們小一輩都該行個禮。」寶玉聽了，喜不自勝，走上來恭恭敬敬磕了幾個頭。賈璉想他素日的好處，也要上來行禮，被邢夫人說道：「有了一個爺們便罷了，不要折受他不得超生。」賈璉就不便過來了。寶釵聽了，心中好不自在，便說道：「我原不該給他行禮，但只老太太去世，咱們都有未了之事，不敢胡為，他肯替咱們盡孝，咱們也該託託他好好的替咱們伏侍老太太西去，也少盡一點子心哪。」說着扶了鴛兒走到靈前，一面奠酒，那眼淚早撲簌簌流下來了，奠畢拜了幾拜，狠狠的哭了他一場。眾人也有說寶玉的兩口子都是傻子，也有說他兩個心腸兒好的，也有說他知禮的。賈政反倒合了意。

　　一面商量定了，看家的仍是鳳姐惜春，餘者都遣去伴靈。一夜誰敢安眠？一到五更，聽見外面齊人。到了辰初發引，賈政居長，衰麻[1]哭泣，極盡孝子之禮。靈柩出了門，便有各家的路祭，一路上的風光不必細述。走了半日，來至鐵檻寺安靈，所有孝男等俱應在廟伴宿，不題。

　　且說家中林之孝帶領拆了棚，將門窗上好，打掃淨了院子，派了巡更的人，到晚打更上夜。只是榮府規例，一交二更，三門掩上，男人便進不去了，裏頭只有女人們查夜。鳳姐雖隔了一夜，漸漸的神氣清爽了些，只是那裏動得？只有平兒同着惜春各處走了一走，吩咐了上夜的人，也便各自歸房。

---

1)　　衰（cuī）麻：這裏總指孝服。

卻說周瑞的乾兒子何三，去年賈珍管事之時，因他和鮑二打架，被賈珍打了一頓，攆在外頭，終日在賭場過日。近知賈母死了，必有些事情領辦，豈知探了幾天的信，一些也沒有想頭，便噯聲歎氣的回到賭場中，悶悶的坐下。那些人便說道：「老三，你怎麼不下來撈本了麼？」何三道：「倒想要撈一撈呢，就只沒有錢麼。」那些人道：「你到你們周大太爺那裏去了幾日，府裏的錢你也不知弄了多少來，又來和我們裝窮兒了。」何三道：「你們還說呢，他們的金銀不知有幾百萬，只藏着不用。明兒留着，不是火燒了，就是賊偷了，他們才死心呢。」那些人道：「你又撒謊，他家抄了家，還有多少金銀？」何三道：「你們還不知道呢，抄去的是摺不了的。如今老太太死後，還留了好些金銀，他們一個也不使，都在老太太屋裏擱着，等送了殯回來才分呢。」

內中有一個人聽在心裏，擲了幾骰，便說：「我輸了幾個錢，也不翻本兒了，睡去了。」說着，便走出來拉何三道：「老三，我和你說句話。」何三跟他出來。那人道：「你這麼個伶俐人，這麼窮，我替你不服這口氣。」何三道：「我命裏窮，可有甚麼法呢？」那人道：「你才說榮府的銀子這麼多，為甚麼不去拿些使喚使喚？」何三道：「我的哥哥，他家的金銀雖多，你我去白要一二錢他給咱們嗎？」那人笑道：「他不給咱們，咱們就不會拿嗎？」何三聽了這話裏有話，便問道：「依你說，怎麼樣拿呢？」那人道：「我說你沒有本事，若是我，早拿了來了。」何三道：「你有甚麼本事？」那人便輕輕的說道：「你若要發財，你就引個頭兒。我有好些朋友都是通天的本事，不要說他們送殯去了，家裏剩下幾個女人，就讓有多少男人也不怕。只怕你沒這麼大膽子罷咧。」何三道：「甚麼敢不敢！你打諒我怕那個乾老子麼？我是瞧着乾媽的情兒上頭，才認他作乾老子罷咧，他又算了人了？你剛才的話，就只怕弄不來倒招了饑荒。他們那個衙門不熟？別說拿不來，倘或拿了來也要鬧出來的。」那人道：「這麼說，你的運氣來了。我有朋友還有海邊上的呢，現今都在這裏看個風頭，等個門路。若到了手，你我在這裏也無益，不如大家下海去受用不好麼？你若摺不下你乾媽，咱們索性把你乾媽帶了去，大傢夥兒樂一樂好不好？」何三道：「老大，你別是醉了罷？這些話混說的是甚麼！」說着，拉了那人走到一個僻靜的地方，兩個人商量了一回，各人分頭而去，暫且不題。

且說包勇自被賈政吆喝派去看園，賈母的事出來，也忙了，不曾派他

差使，他也不理會，總是自做自吃，悶來睡一覺，醒時便在園裏耍刀弄棍，倒也無拘無束。那日賈母一早出殯，他雖知道，因沒有派他差事，他任意閑遊。只一個女尼帶了一個道婆來到園內腰門那裏扣門，包勇走來說道：「女師父那裏去？」道婆道：「今日聽得老太太的事完了，不見四姑娘送殯，想必是在家看家。想他寂寞，我們師父來瞧他一瞧。」包勇道：「主子都不在家，園門是我看的，請你們回去罷。要來呢，等主子們回來了再來。」婆子道：「你是那裏來的個黑炭頭？也要管起我們的走動來了。」包勇道：「我嫌你們這些人，我不叫你們來，你們有甚麼法兒？」婆子生了氣，嚷道：「這都是反了天的事了！連老太太在日還不能攔我們的來往走動呢，你是那裏的這麼個橫強盜，這樣沒法沒天的。我偏要打這裏走！」說着，便把手在門環上犯狠的打了幾下。

妙玉已氣的不言語，正要回身便走，不料裏頭看二門的婆子聽見有人拌嘴似的，開門一看，見是妙玉，已經回身走去，明知必是包勇得罪了走了。近日婆子們都知道上頭太太們四姑娘都和他親近，恐他日後說出門上不放他進來，那時如何擔得住？趕忙走來說：「不知師父來，我們開門遲了。我們四姑娘在家裏還正想師父呢，快請回來。看園子的小子是個新來的，他不知咱們的事，回來了回了太太，打他一頓攆出去就完了。」妙玉雖是聽見，總不理他。那經得看腰門的婆子趕上再四央求，後來才說出怕自己擔不是，幾乎急的跪下，妙玉無奈，只得隨了那婆子過來。包勇見這般光景，自然不好攔他，氣得瞪眼欷氣而回。

這裏妙玉帶了道婆走到惜春那裏，道了惱，絮了些閑話。惜春說起：「在家看家，只好熬個幾夜。但是二奶奶病着，一個人又悶又害怕。能有一個人在這裏，我就放心，如今裏頭一個男人也沒有，今兒你既光降，肯伴我一宵，咱們下棋說話兒，可使得麼？」妙玉本自不肯，見惜春可憐，又提起下棋，一時高興應了。打發道婆回去取了他的茶具衣褥，命侍兒送了過來，大家坐談一夜。惜春欣幸異常，便命彩屏去開上年蠲的雨水，預備好茶。那妙玉自有茶具。那道婆去了不多一時，又來了個侍者，帶了妙玉日用之物。惜春親自烹茶。兩人言語投機，說了半天，那時已是初更時候，彩屏放下棋枰，兩人對弈。惜春連輸兩盤，妙玉又讓了四個子兒，惜春方贏了半子。這時已到四更，天空地闊，萬籟無聲。妙玉道：「我到五更須得打坐一回，我自

有人伏侍，你自去歇息。」惜春猶是不捨，見妙玉要自己養神，不便扭他。

正要歇去，猛聽得東邊上屋內上夜的人一片聲喊起，惜春那裏的老婆子們也接着嚷：「了不得！有了人了！」唬得惜春彩屏等心膽俱裂，聽見外頭上夜的男人便聲喊起來。妙玉道：「不好了，必是這裏有了賊了。」說着，趕忙的關上屋門，便掩了燈光，在窗戶眼內往外一瞧，只是幾個男人站在院內，唬得不敢作聲，回身擺着手，輕輕的爬下來說：「了不得，外頭有幾個大漢站着。」說猶未了，又聽得房上響聲不絕，便有外頭上夜的人進來吆喝拿賊。一個人說道：「上屋裏的東西都丟了，並不見人。東邊有人去了，咱們到西邊去。」惜春的老婆子聽見有自己的人，便在外間屋裏說道：「這裏有好些人上了房了。」上夜的都道：「你瞧，這可不是嗎。」大家一齊嚷起來。只聽房上飛下好些瓦來，眾人都不敢上前。

正在沒法，只聽園門腰門一聲大響，打進門來。見一個梢長大漢，手執木棍，眾人唬得藏躲不及。聽得那人喊說道：「不要跑了他們一個！你們都跟我來。」這些家人聽了這話，越發唬得骨軟筋酥，連跑也跑不動了。只見這人站在當地，只管亂喊。家人中有一個眼尖些的看出來了，你道是誰，正是甄家薦來的包勇。這些家人不覺膽壯起來，便顫巍巍的說道：「有一個走了，有的在房上呢。」包勇便向地下一撲，聳身上房追趕那賊。這些賊人明知賈家無人，先在院內偷看惜春房內，見有個絕色女尼，便頓起淫心，又欺上屋俱是女人，且又畏懼，正要踹門進去，因聽外面有人進來追趕，所以賊眾上房。見人不多，還想抵擋，猛見一人上房趕來，那些賊見是一人，越發不理論了，便用短兵抵住。那經得包勇用力一棍打去，將賊打下房來。那些賊飛奔而逃，從園牆過去，包勇也在房上追捕。豈知園內早藏下了幾個在那裏接贓，已經接過好些，見賊夥跑回，大家舉械保護，見追的只有一人，明欺寡不敵眾，反倒迎上來。包勇一見，生氣道：「這些毛賊！敢來和我鬥鬥！」那夥賊便說：「我們有一個夥計被他們打倒了，不知死活，咱們索性搶了他出來。」這裏包勇聞聲即打，那夥賊便掄起器械，四五個人圍住包勇亂打起來。外頭上夜的人也都仗着膽子，只顧趕了來。眾賊見鬥他不過，只得跑了。包勇還要趕時，被一個箱子一絆，立定看時，心想東西未丟，眾賊遠逃，也不追趕。便叫眾人將燈照看，地下只有幾個空箱，叫人收拾，他便欲跑回上房。因路徑不熟，走到鳳姐那邊，見裏面燈燭輝煌，便問：「這裏有賊沒有？」

裏頭的平兒戰兢兢的說道：「這裏也沒開門，只聽上屋叫喊說有賊呢。你到那裏去罷。」包勇正摸不着路頭，遙見上夜的人過來，才跟着一齊尋上屋。見是門開戶啟，那些上夜的在那裏啼哭。

　　一時賈芸林之孝都進來了，見是失盜。大家着急進內查點，老太太的房門大開，將燈一照，鎖頭擰折，進內一瞧，箱櫃已開，便罵那些上夜女人道：「你們都是死人麼？賊人進來，你們不知道的麼？」那些上夜的女人啼哭說道：「我們幾個人輪更上夜，是管二三更的，我們都沒有住腳前後走的。他們是四更五更。我們才下班兒，只聽見他們喊起來，並不見一個人。趕着照看，不知甚麼時候把東西早已丟了。求爺們問管四五更的。」林之孝道：「你們個個要死，回來再說。咱們先到各處看去。」

　　上夜的男人領着走到尤氏那邊，門兒關緊，有幾個接音說：「唬死我們了。」林之孝問道「這裏沒有丟東西呀？」裏頭的人方開了門道：「這裏沒丟東西。」林之孝帶着人走到惜春院內，只聽得裏面說道：「了不得！唬死了姑娘了，醒醒兒罷。」林之孝便叫人開門，問是怎樣了。裏頭婆子開門說：「賊在這裏打仗，把姑娘都唬壞了，虧得妙師父和彩屏才將姑娘救醒。東西是沒失。」林之孝道：「賊人怎麼打仗？」上夜的男人說：「幸虧包大爺上了房把賊打跑了去了，還聽見打倒一個呢。」包勇道：「在園門那裏呢。」賈芸等走到那邊，果見一個人躺在地下死了。細細一瞧，好像周瑞的乾兒子。眾人見了詫異。派一個人看守着，又派兩個人照看前後門，走到門前看時，那門俱仍舊關鎖着。

　　林之孝便叫人開了門，報了營官。立刻到來查勘賊蹤，是從後夾道子上了房的，到了西院房上，見那瓦片破碎不堪，一直過了後門去了。眾上夜的齊聲說道：「這不是賊，是強盜。」營官着急道：「並非明火執仗，怎麼算是強盜？」上夜的道：「我們趕賊，他在房上擲瓦，我們不能近前，幸虧我們家的姓包的上房打退。趕到園裏，還有好幾個賊竟與姓包的打仗，打不過姓包的才都跑了。」營官道：「可又來，若是強盜，倒打不過你們的人麼？不用說了，你們快查清了東西，遞了失單，我們報就是了。」

　　賈芸等又到上屋，已見鳳姐扶病過來，惜春也來了。賈芸請了鳳姐的安，問了惜春的好。大家查看失物，因鴛鴦已死，琥珀等又送靈去了，那些東西都是老太太的，並沒見過數兒，只用封鎖，如今打從那裏查起？眾人都

說：「箱櫃東西不少，如今一空。偷的時候兒自然不小了，那些上夜的人管做甚麼的？況且要死的賊是周瑞的乾兒子，必是他們通同一氣的。」鳳姐聽了，氣的眼睛直瞪瞪的便說：「把那些上夜的女人都拴起來，交給營裏審問。」眾人叫苦連天，跪地哀求。不在怎生發放，並失去的物有無着落，下回分解。

💡 **精華賞析**

　　鴛鴦殉主有兩個最主要的原因。首先，毋庸置疑，她與賈母的感情確實很深；其次，賈府上下人等都很勢利，鴛鴦過去的風光都是因為是賈母丫環的緣故，現在這個後台不在了，以往的風光也就跟着成了泡影。與其在衰落的賈府中做個普通的丫頭任人宰割，不如以忠烈的美名結束人生。

《第一百一十二回》

活冤孽妙尼遭大劫
死讎仇趙妾赴冥曹

賈府剛剛度過一劫，沒想到在賈母喪禮期間又遭了賊，偷去了不少東西。櫳翠庵中的妙玉本來是不染世俗的方外人，卻也遭了劫難下落不明。

　　話說鳳姐命捆起上夜眾女人，送營審問，眾女人跪地哀求。林之孝同賈芸道：「你們求也無益。老爺派我們看家，沒有事是造化，如今有了事，上下都擔不是，誰救得你？若說是周瑞的乾兒子，連太太起，裏裏外外的都不乾淨。」鳳姐喘吁吁的說道：「這都是命裏所招，和他們說甚麼，帶了他們去就是了。這丟了東西你告訴營裏去說，實在是老太太的東西，問老爺們才知道。等我們報了去，請了老爺們回來，自然開了失單送來。文官衙門裏我們也是這樣報。」賈芸林之孝答應出去。

　　惜春一句話也沒有，只是哭道：「這些事我從來沒有聽見過，為甚麼偏偏在咱們兩個人身上？明兒老爺太太回來，叫我怎麼見人！說把家裏交給咱們，如今鬧到這個分兒，還想活着麼？」鳳姐道：「咱們願意嗎？現在有上夜的人在那裏。」惜春：「你還能說，況且你又病着，我是沒有說的。這都是我大嫂子害了我的，他攛掇着太太派我看家的。如今我的臉擱在那裏呢？」說着，又痛哭起來。鳳姐道：「姑娘，你快別這麼想。若說沒臉，大家一樣的。你若這麼糊塗想頭，我更擱不住了。」

　　二人正說着，只聽見外頭院子裏有人大嚷的說道：「我說那三姑六婆是再要不得的，我們甄府裏從來是一概不許上門的，不想這府裏倒不講究這個呢。昨兒老太太的殯才出去，那個甚麼庵裏的尼姑死要到咱們這裏來，我吆

喝着不准他們進來，腰門上的老婆子倒罵我，死央及着叫那姑子進去。那腰門一會兒開着，一會關着，不知做甚麼。我不放心，沒敢睡，聽到四更，這裏就嚷起來。我來叫門倒不開了。我聽見聲兒緊了，打開了門，見西邊院子裏有人站着，我便趕上打死了。我今兒才知道，這是四姑奶奶的屋子。那個姑子就在裏頭，今兒天沒亮溜出去了，可不是那姑子引進來的賊麼？」

　　平兒等聽着，都說：「這是誰這麼沒規矩？姑娘奶奶都在這裏，敢在外頭這麼混嚷？」鳳姐道：「你聽見他說甄府裏，別就是甄家薦來的那個厭物罷？」惜春聽得明白，更加心裏受不的。鳳姐接着問惜春說：「那個人混說甚麼姑子，你們那裏弄了個姑子住下了？」惜春便將妙玉來瞧他留着下棋守夜的話說了。鳳姐道：「是他麼，他怎麼肯這樣，是再沒有的話。但是叫這討人嫌的東西嚷出來，老爺知道了也不好。」惜春愈想愈怕，站起來要走。鳳姐雖說坐不住，又怕惜春害怕弄出事來，只得叫他先別走，「且看着人把偷剩下的東西收起來，再派了人看着才好走呢。」平兒道：「咱們不敢收，等衙門裏來了，踏看了才好收呢。咱們只好看着。但只不知老爺那裏有人去了沒有？」鳳姐道：「你叫老婆子問去。」一回進來說：「林之孝是走不開，家下人要伺候查驗的，再有的是說不清楚的，已經叫芸二爺去了。」鳳姐點頭，同惜春坐着發愁。

　　且說那夥賊原是何三等邀的，偷搶了好些金銀財寶接運出去，見人追趕，知道都是那些不中用的人，要往西邊屋內偷去，在窗外看見裏面燈光底下兩個美人：一個姑娘，一個姑子。那些賊那顧性命，頓起不良，就要踹進來，因見包勇來趕，才獲臟而逃。只不見了何三。大家且躲入窩家。到第二天打聽動靜，知是何三被他們打死，已經報了文武衙門。這裏是躲不住的，便商量趁早歸入海洋大盜一處，去若遲了，通緝文書一行，關津上就過不去了。內中一個人膽子極大，便說：「咱們走是走，我就只捨不得那個姑子，長的實在好看。不知是那個庵裏的雛兒呢？」一個人道：「啊呀，我想起來了，必就是賈府園裏的甚麼櫳翠庵裏的姑子。不是前年外頭說他和他們家的甚麼的寶二爺有原故，後來不知怎麼又害起相思病來了，請大夫吃藥的？就是他。」那一個人聽了，說：「咱們今日躲一天，叫咱們大哥借錢置辦些買賣行頭，明兒亮鐘[1]時候陸續出關。你們在關外二十里坡等我。」眾賊議定，內分

1)　　亮鐘：天亮時鐘樓上敲五更鐘。

贓俵散，不題。

　　且說賈政等送殯，到了寺安厝畢，親友散去。賈政在外廂房伴靈，邢王二夫人等在內，一宿無非哭泣。到了第二日，重新上祭。正擺飯時，只見賈芸進來，在老太太靈前磕了個頭，忙忙的跑到賈政跟前跪下請了安，喘吁吁的將昨夜被盜，將老太太上房的東西都偷去，包勇趕賊打死了一個，已經呈報文武衙門的話說了一遍。賈政聽了發怔。邢王二夫人等在裏頭也聽見了，都唬得魂不附體，並無一言，只有啼哭。賈政過了一會子，問失單怎樣開的。賈芸回道：「家裏的人都不知道，還沒有開單。」賈政道：「還好，咱們動過家²的，若開出好的來反擔罪名。快叫璉兒。」

　　賈璉領了寶玉等去別處上祭未回，賈政叫人趕了回來。賈璉聽了，急得直跳，一見芸兒，也不顧賈政在那裏，便把賈芸狠狠的罵了一頓說：「不配抬舉的東西，我將這樣重任託你，押着人上夜巡更，你是死人麼？虧你還有臉來告訴！」說着，往賈芸臉上啐了幾口。賈芸垂手站着，不敢回一言。賈政道：「你罵他也無益了。」賈璉然後跪下說：「這便怎麼樣？」賈政道：「也沒法兒，只有報官緝賊。但只是一件：老太太遺下的東西咱們都沒動，你說要銀子，我想老太太死得幾天，誰忍得動他那一項銀子？原打諒完了事算了賬還人家，再有的在這裏和南邊置墳產的，再有東西也沒見數兒。如今說文武衙門要失單，若將幾件好的東西開上恐有礙，若說金銀若干，衣飾若干，又沒有實在數目，謊開使不得。倒可笑你如今竟換了一個人了，為甚麼這樣料理不開？你跪在這裏是怎麼樣呢？」賈璉也不敢答言，只得站起來就走。賈政又叫道：「你那裏去？」賈璉又跪下道：「趕回去料理清楚再來回。」賈政哼的一聲，賈璉把頭低下。賈政道：「你進去回了你母親，叫了老太太的一兩個丫頭去，叫他們細細的想了開單子。」

　　賈璉心裏明知老太太的東西都是鴛鴦經管，他死了問誰？就問珍珠，他們那裏記得清楚？只不敢駁回，連連的答應了，起來走到裏頭。邢王夫人又埋怨了一頓，叫賈璉快回去，問他們這些看家的說：「明兒怎麼見我們！」賈璉也只得答應了出來，一面命人套車預備琥珀等進城，自己騎上騾子，跟了

---

2)　　動過家：抄過家。諱言抄家，故變換說詞。

幾個小廝，如飛的回去，賈芸也不敢再回賈政，斜簽着身子慢慢的溜出來，騎上了馬來趕賈璉。一路無話。

到了家中，林之孝請了安，一直跟了進來。賈璉到了老太太上屋，見了鳳姐惜春在那裏，心裏又恨，又說不出來，便問林之孝道：「衙門裏瞧了沒有？」林之孝自知有罪，便跪下回道：「文武衙門都瞧了，來蹤去跡也看了，屍也驗了。」賈璉吃驚道：「又驗甚麼屍？」林之孝又將包勇打死的夥賊似周瑞的乾兒子的話回了賈璉。賈璉道：「叫芸兒。」賈芸進來也跪着聽話。賈璉道：「你見老爺時怎麼沒有回周瑞的乾兒子做了賊被包勇打死的話？」賈芸說道：「上夜的人說像他的，恐怕不真，所以沒有回。」賈璉道：「好糊塗東西！你若告訴了我，就帶了周瑞來一認可不就知道了？」林之孝回道：「如今衙門裏把屍首放在市口兒招認去了。」

賈璉道：「這又是個糊塗東西，誰家的人做了賊，被人打死，要償命麼？」林之孝回道：「這還用人家認，奴才就認得是他。」賈璉聽了想道：「是啊，我記得珍大爺那一年要打的可不是周瑞家的麼？」林之孝回說：「他和鮑二打架來着，還見過的呢。」賈璉聽了更生氣，便要打上夜的人。林之孝哀告道：「請二爺息怒，那些上夜的人，派了他們，還敢偷懶？只是爺府上的規矩，三門裏一個男人不敢進去的，就是奴才們，裏頭不叫，也不敢進去。奴才在外同芸哥兒刻刻查點，見三門關的嚴嚴的，外頭的門一重沒有開。那賊是從後夾道子來的。」賈璉道：「裏間上夜的女人呢？」林之孝將上夜的人說奉奶奶的命捆着，等爺審問的話回了。賈璉又問：「包勇呢？」林之孝說：「又往園裏去了。」賈璉便說：「去叫來。」小廝們便將包勇帶來。說：「還虧你在這裏，若沒有你，只怕所有房屋裏的東西都搶了去了呢。」包勇也不言語。惜春恐他說出那話，心下着急。鳳姐也不敢言語。只見外頭說：「琥珀姐姐等回來了。」大家見了，不免又哭一場。

賈璉叫人檢點偷剩下的東西，只有些衣服尺頭錢箱未動，餘者都沒有了。賈璉心裏更加着急，想着：「外頭的棚杠銀、廚房的錢都沒有付給，明兒拿甚麼還呢？」便呆想了一會，只見琥珀等進去，哭了一會，見箱櫃開着，所有的東西怎能記憶，便胡亂想猜，虛擬了一張失單，命人即送到文武衙門。賈璉復又派人上夜。鳳姐惜春各自回房。賈璉不敢在家安歇，也不及埋怨鳳姐，竟自騎馬趕出城外。這裏鳳姐又恐惜春短見，又打發了豐兒過去安慰。

　　天已二更。不言這裏賊去關門，眾人更加小心，誰敢睡覺？且說夥賊一心想着妙玉，知是孤庵女眾，不難欺負。到了三更夜靜，便拿了短兵器，帶了些悶香，跳上高牆。遠遠瞧見櫳翠庵內燈光猶亮，便潛身溜下，藏在房頭僻處。等到四更，見裏頭只有一盞海燈，妙玉一人在蒲團上打坐。歇了一會，便噯聲歎氣的說道：「我自玄墓到京，原想傳個名的，為這裏請來，不能又棲他處。昨兒好心去瞧四姑娘，反受了這蠢人的氣，夜裏又受了大驚。今日回來，那蒲團再坐不穩，只覺肉跳心驚。」因素常一個打坐的，今日又不肯叫人相伴。豈知到了五更，寒顫起來，正要叫人，只聽見窗外一響，想起昨晚的事，更加害怕，不免叫人。豈知那些婆子都不答應。自己坐着，覺得一股香氣透入囟門，便手足麻木，不能動彈，口裏也說不出話來，心中更自着急。只見一個人拿着明晃晃的刀進來。此時妙玉心中卻是明白，只不能動，想是要殺自己，索性橫了心，倒也不怕。那知那個人把刀插在背後，騰出手來將妙玉輕輕的抱起，輕薄了一會子，便拖起背在身上。此時妙玉心中只是如醉如痴。可憐一個極潔極淨的女兒，被這強盜的悶香熏住，由着他撥弄了去了。

　　卻說這賊背了妙玉，來到園後牆邊，搭了軟梯，爬上牆跳出去了。外邊早有夥計弄了車輛在園外等着，那人將妙玉放倒在車上，反打起官銜燈籠，叫開柵欄，急急行到城門，正是開門之時。門官只知是有公幹出城的，也不及查詰。趕出城去，那夥賊加鞭，趕到二十里坡，和眾強徒打了照面，各自分頭奔南海而去。不知妙玉被劫或是甘受污辱，還是不屈而死，不知下落，也難妄擬。

　　只言櫳翠庵一個跟妙玉的女尼，他本住在靜室後面，睡到五更，聽見前面有人聲響，只道妙玉打坐不安。後來聽見有男人腳步，門窗響動，欲要起來瞧看，只是身子發軟懶怠開口，又不聽見妙玉言語，只睜着兩眼聽着。到了天亮，終覺得心裏清楚，披衣起來，叫了道婆預備妙玉茶水，他便往前面來看妙玉。豈知妙玉的蹤跡全無，門窗大開。心裏詫異，昨晚響動，甚是疑心，說：「這樣早，他到那裏去了？」走出院門一看，有一個軟梯靠牆立着，地下還有一把刀鞘，一條搭膊，便道：「不好了，昨晚是賊燒了悶香了！」急叫人起來查看，庵門仍是緊閉。那些婆子女侍們都說：「昨夜煤氣熏着了，今早都起不來，這麼早叫我們做甚麼？」那女尼道：「師父不知那裏了。」眾人

道：「在觀音堂打坐呢。」女尼道：「你們還做夢呢，你來瞧瞧。」眾人不知，也都着忙，開了庵門，滿園裏都找到了，「想來或是到四姑娘那裏去了。」

眾人來叩腰門，又被包勇罵了一頓。眾人說道：「我們妙師父昨晚不知去向，所以來找。求你老人家叫開腰門，問一問來了沒有就是了。」包勇道：「你們師父引了賊來偷我們，已經偷到手了，他跟了賊去受用了。」眾人道「阿彌陀佛，說這些話的防着下割舌地獄！」包勇生氣道：「胡說，你們再鬧我就要打了。」眾人陪笑央告道：「求爺叫開門我們瞧瞧，若沒有，再不敢驚動你太爺了。」包勇道：「你不信你去找，若沒有，回來問你們！」包勇說着叫開腰門，眾人找到惜春那裏。

惜春正是愁悶，惦着「妙玉清早去後不知聽見我們姓包的話了沒有，只怕又得罪了他，以後總不肯來。我的知己是沒有了。況我現在實難見人。父母早死，嫂子嫌我，頭裏有老太太到底還疼我些，如今也死了，留下我孤苦伶仃，如何了局？」想到：「迎春姐姐磨折死了，史姐姐守着病人，三姐姐遠去，這都是命裏所招，不能自由。獨有妙玉如閑雲野鶴，無拘無束。我能學他，就造化不小了。但我是世家之女，怎能遂意？這回看家已大擔不是，還有何顏？又恐太太們不知我的心事，將來的後事，更未曉如何？」想到其間，便要把自己的青絲絞去，要想出家。彩屏等聽見，急忙來勸，豈知已將一半頭髮絞去。彩屏愈加着忙，說道：「一事不了又出一事，這可怎麼好呢？」

正在吵鬧，只見妙玉的道婆來找妙玉。彩屏問起來由，先唬了一跳，說是昨日一早去了沒來。裏面惜春聽見，急忙問道：「那裏去了？」道婆們將昨晚聽見的響動，被煤氣熏着，今早不見有妙玉，庵內軟梯刀鞘的話說了一遍。惜春驚疑不定，想起昨日包勇的話來，必是那些強盜看見了他，昨晚搶去了也未可知。但是他素來孤潔的很，豈肯惜命？「怎麼你們都沒聽見麼？」眾人道：「怎麼不聽見！只是我們這些人都是睜着眼連一句話也說不出，必是那賊子燒了悶香。妙姑一人想也被賊悶住，不能言語；況且賊人必多，拿刀弄杖威逼，他還敢聲喊麼？」正說着，包勇又在腰門那裏嚷，說：「裏頭快把這些混賬的婆子趕了出來罷，快關腰門！」彩屏聽見恐擔不是，只得叫婆子出去，叫人關了腰門。惜春於是更加苦楚，無奈彩屏等再三以禮相勸，仍舊將一半青絲籠起。大家商議不必聲張，就是妙玉被搶也當作不知，且等老爺太太回來再說。惜春心裏從此死定下一個出家的念頭，暫且不提。

　　且說賈璉回到鐵檻寺，將到家中查點了上夜的人，開了失單報去的話回了。賈政道：「怎樣開的？」賈璉便將琥珀所記得的數目單子呈出，並說：「這上頭元妃賜的東西已經注明。還有那人家不大有的東西不便呈上，等姪兒脫了孝出去託人細細的緝訪，少不得弄出來的。」賈政聽了合意，就點頭不言。賈璉進內見了邢王二夫人，商量着「勸老爺早些回家才好呢。不然都是亂麻似的。」邢夫人道：「可不是，我們在這裏也是驚心吊膽。」賈璉道：「這是我們不敢說的，還是太太的主意，二老爺是依的。」邢夫人便與王夫人商議妥了。

　　過了一夜，賈政也不放心，打發寶玉進來說：「請太太們今日回家，過兩三日再來。家人們已經派定了，裏頭請太太們派人罷。」邢夫人派了鸚哥等一干人伴靈，將周瑞家的等人派了總管，其餘上下人等都回去。一時忙亂套車備馬。賈政等在賈母靈前辭別，眾人又哭了一場。

　　都起來正要走時，只見趙姨娘還爬在地下不起。周姨娘打諒他還哭，便去拉他。豈知趙姨娘滿嘴白沫，眼睛直豎，把舌頭吐出，反把家人唬了一大跳。賈環過來亂嚷。趙姨娘醒來說道：「我是不回去的，跟着老太太回南去。」眾人道：「老太太那用你跟呢？」趙姨娘道：「我跟了一輩子老太太，大老爺還不依，弄神弄鬼的來算計我。我想，仗着馬道婆要出出我的氣，銀子白花了好些，也沒有弄死了一個。如今我回去了，又不知誰來算計我！」眾人先只說鴛鴦附着他，後頭聽說馬道婆的事，又不像了。邢王二夫人都不言語。只有彩雲等代他央告道：「鴛鴦姐姐，你死是自己願意的，與趙姨娘甚麼相干？放了他罷。」見邢夫人在這裏，也不敢說別的。趙姨娘道：「我不是鴛鴦。我是閻王差人拿我去的，要問我為甚麼和馬婆子用魘魔法的案件。」說着口裏又叫：「好璉二奶奶！你在這裏老爺面前少頂一句兒罷，我有一千日的不好還有一天的好呢。好二奶奶！親二奶奶！並不是我要害你，我一時糊塗，聽了那個老娼婦的話。」

　　正鬧着，賈政打發人進來叫環兒。婆子們去回說：「趙姨娘中了邪了，三爺看着呢。」賈政道：「沒有的事，我們先走了。」於是爺們等先回。

　　這裏趙姨娘還是混說，一時救不過來。邢夫人恐他又說出甚麼來，便說：「多派幾個人在這裏瞧着他，咱們先走。到了城裏，打發大夫出來瞧罷。」王夫人本嫌他，也打撒手兒。寶釵本是仁厚之人，雖想着他害寶玉的事，心裏究竟過不去，背地裏託了周姨娘在這裏照應。周姨娘也是個好人，便應承

了。李紈說道：「我也在這裏罷。」王夫人道：「可以不必。」於是大家都要起身。賈環急忙道：「我也在這裏嗎？」王夫人啐道：「糊塗東西！你姨娘的死活都不知，你還要走嗎？」賈環就不敢言語了。寶玉道：「好兄弟，你是走不得的。我進了城打發人來瞧你。」說畢，都上車回家。寺裏只有趙姨娘、賈環、鸚哥等人。

賈政邢夫人等先後到家，到了上房，哭了一場。林之孝帶了家下眾人請了安，跪着。賈政喝道：「去罷！明日問你！」

鳳姐那日發暈了幾次，竟不能出接，只有惜春見了，覺得滿面羞慚。邢夫人也不理他，王夫人仍是照常，李紈寶釵拉着手說了幾句話。獨有尤氏說道：「姑娘，你操心了，倒照應了好幾天！」惜春一言不答，只紫漲了臉。寶釵將尤氏一拉，使了個眼色。尤氏等各自歸房去了。賈政略略的看了一看，歎了口氣，並不言語。到書房席地坐下，叫了賈璉、賈蓉、賈芸吩咐了幾句話。寶玉要在書房來陪賈政，賈政道：「不必。」蘭兒仍跟他母親。一宿無話。

次日，林之孝一早進書房跪着，賈政將前後被盜的事問了一遍，並將周瑞供了出來，又說：「衙門拿住了鮑二，身邊搜出了失單上的東西。現在夾訊，要在他身上要這一夥賊呢。」賈政聽了大怒道：「家奴負恩，引賊偷竊家主，真是反了！」立刻叫人到城外將周瑞捆了，送到衙門審問。林之孝只管跪着不敢起來。賈政道：「你還跪着做甚麼？」林之孝道：「奴才該死，求老爺開恩。」

正說着，賴大等一干辦事家人上來請了安，呈上喪事賬簿。賈政道：「交給璉二爺算明了來回。」吆喝着林之孝起來出去了。賈璉一腿跪着，在賈政身邊說了一句話。賈政把眼一瞪道：「胡說，老太太的事，銀兩被賊偷去，就該罰奴才拿出來麼？」賈璉紅了臉不敢言語，站起來也不敢動。賈政道：「你媳婦怎麼樣？」賈璉又跪下說：「看來是不中用了。」賈政歎口氣道：「我不料家運衰敗一至如此！況且環哥兒他媽尚在廟中病着，也不知是甚麼症候，你們知道不知道？」賈璉也不敢言語。賈政道：「傳出話去，叫人帶了大夫瞧去。」賈璉即忙答應着出來，叫人帶了大夫到鐵檻寺去瞧趙姨娘。未知死活，下回分解。

💡 精華賞析

　　賈府遭難，引來各種勢力趁火打劫。回顧前文，賈雨村曾經落井下石，孫紹祖曾經來討賬，現在連賊盜也摻和進來。無論是高官、普通的富貴人家還是流氓匪類，都在賈府的衰落裏展現着各自的無恥嘴臉。

《第一百一十三回》

懺宿冤鳳姐託村嫗
釋舊憾情婢感痴郎

寶玉十分思念黛玉，想找紫鵑打聽黛玉臨死前的情況。但紫鵑仍怨恨他背叛了黛玉，不肯相見。這是兩個對黛玉感情最深的人，他們最終能彼此諒解嗎？

話說趙姨娘在寺內得了暴病，見人少了，更加混說起來，唬得眾人都恨，就有兩個女人攙着。趙姨娘雙膝跪在地下，說一回，哭一回，有時爬在地下叫饒，說：「打殺我了！紅鬍子的老爺，我再不敢了。」有一時雙手合着，也是叫疼。眼睛突出，嘴裏鮮血直流，頭髮披散，人人害怕，不敢近前。那時又將天晚，趙姨娘的聲音只管暗啞起來了，居然鬼嚎一般。無人敢在他跟前，只得叫了幾個有膽量的男人進來坐着。趙姨娘一時死去，隔了些時又回過來，整整的鬧了一夜。

到了第二天，也不言語，只裝鬼臉，自己拿手撕開衣服，露出胸膛，好像有人剝他的樣子。可憐趙姨娘雖說不出來，其痛苦之狀實在難堪。正在危急，大夫來了，也不敢診，只囑咐「辦理後事罷」，說了起身就走。那送大夫的家人再三央告說：「請老爺看看脈，小的好回稟家主。」那大夫用手一摸，已無脈息。賈環聽了，然後大哭起來。眾人只顧賈環，誰料理趙姨娘蓬頭赤腳死在炕上。只有周姨娘心裏想到：「做偏房側室的下場頭，不過如此！況他還有兒子的，我將來死的時候，還不知怎樣呢！」於是反倒悲切。且說那人趕回家去稟知賈政，即派家人去照例料理，陪着環兒住了三天，一同回來。

那人去了，這裏一人傳十，十人傳百，都知道趙姨娘使了毒心害人被陰司裏拷打死了。又說是「璉二奶奶只怕也好不了，怎麼說璉二奶奶告的呢？」

這些話傳到平兒耳內，甚是着急，看着鳳姐的樣子實在是不能好的了，看着賈璉近日並不似先前的恩愛，本來事也多，竟像不與他相干的。平兒在鳳姐跟前只管勸慰。又想着邢王二夫人回家幾日，只打發人來問問，並不親身來看。鳳姐心裏更加悲苦。賈璉回來也沒有一句貼心的話。

鳳姐此時只求速死，心裏一想，邪魔即至。只見尤二姐從房後走來，潛近床前說：「姐姐，許久的不見了。做妹妹的想念得很，要見不能，如今好容易進來見見姐姐。姐姐的心機也用盡了。咱們的二爺糊塗，也不領姐姐的情，反倒怨姐姐作事過於刻薄，把他的前程去了，叫他如今見不得人。我替姐姐氣不平。」鳳姐恍惚說道：「我如今也後悔我的心忒窄了，妹妹不念舊惡，還來瞧我。」平兒在旁聽見，說道：「奶奶說甚麼？」鳳姐一時甦醒，想起尤二姐已死，必是他來索命。被平兒叫醒，心裏害怕，又不肯說出，只得勉強說道：「我神魂不定，想是說夢話。給我捶捶。」平兒上去捶着。

見個小丫頭子進來，說是：「劉姥姥來了，婆子們帶着來請奶奶的安。」平兒急忙下來說：「在那裏呢？」小丫頭子說：「他不敢就進來，還聽奶奶的示下。」平兒聽了點頭，想鳳姐病裏必是懶待見人，便說道：「奶奶現在養神呢，暫且叫他等着。你問他來有甚麼事麼？」小丫頭子說道：「他們問過了，沒有事。說知道老太太去世了，因沒有報，才來遲了。」小丫頭子說着，鳳姐聽見，便叫：「平兒，你來，人家好心來瞧，不可冷淡人家。你去請了劉姥姥進來，我和他說說話兒。」平兒只得出來請劉姥姥這裏坐。

鳳姐剛要合眼，又見一個男人一個女人走向炕前，就像要上炕似的。鳳姐着忙，便叫平兒說：「那裏來了一個男人，跑到這裏來了！」連叫兩聲，只見豐兒小紅趕來說：「奶奶要甚麼？」鳳姐睜眼一瞧，不見有人，心裏明白，不肯說出來，便問豐兒道：「平兒這東西那裏去了？」豐兒道：「不是奶奶叫去請劉姥姥去了麼？」鳳姐定了一會神，也不言語。

只見平兒同劉姥姥帶了一個小女孩兒進來，說：「我們姑奶奶在那裏？」平兒引到炕邊，劉姥姥便說：「請姑奶奶安。」鳳姐睜眼一看，不覺一陣傷心，說：「姥姥你好？怎麼這時候才來？你瞧你外孫女兒也長的這麼大了。」劉姥姥看着鳳姐骨瘦如柴，神情恍惚，心裏也就悲慘起來，說：「我的奶奶，怎麼這幾個月不見，就病到這個分兒？我糊塗的要死，怎麼不早來請姑奶奶的安！」便叫青兒給姑奶奶請安。青兒只是笑，鳳姐看了倒也十分喜歡，便

叫小紅招呼着。劉姥姥道：「我們屯鄉裏的人不會病的，若一病了就要求神許願，從不知道吃藥。我想姑奶奶的病不是撞着甚麼了罷？」平兒聽着那話不在理，便在背地裏扯他。劉姥姥會意，便不言語。那裏知道這句話倒合了鳳姐的意，扎掙着說：「姥姥你是有年紀的人，說的不錯。你見過的趙姨娘也死了，你知道麼？」劉姥姥詫異道：「阿彌陀佛！好端端一個人怎麼就死了？我記得他也有一個小哥兒，這便怎麼樣呢？」平兒道：「那怕甚麼？他還有老爺太太呢。」劉姥姥道：「姑娘，你那裏知道，不好死了是親生的，隔了肚皮子是不中用的。」這句話又招起鳳姐的愁腸，嗚嗚咽咽的哭起來了。眾人都來解勸。

巧姐兒聽見他母親悲哭，便走到炕前用手拉着鳳姐的手，也哭起來。鳳姐一面哭着道：「你見過了姥姥了沒有？」巧姐兒道：「沒有。」鳳姐道：「你的名字還是他起的呢，就和乾娘一樣，你給他請個安。」巧姐兒便走到跟前，劉姥姥忙拉着道：「阿彌陀佛，不要折殺我了！巧姑娘，我一年多不來，你還認得我麼？」巧姐兒道：「怎麼不認得。那年在園裏見的時候我還小，前年你來，我還合你要隔年的蟈蟈兒，你也沒有給我，必是忘了。」劉姥姥道：「好姑娘，我是老糊塗了，要說蟈蟈兒，我們屯裏多得很，只是不到我們那裏去，若去了，要一車也容易。」鳳姐道：「不然，你帶了他罷。」劉姥姥笑道：「姑娘這樣千金貴體，綾羅裏大了的，吃的是好東西，到了我們那裏，我拿甚麼哄他玩，拿甚麼給他吃呢？這倒不是坑殺我了麼？」說着，自己還笑，因說：「那麼着，我給姑娘做個媒罷。我們那裏雖說是屯鄉裏，也有大財主人家，幾千頃地，幾百牲口，銀子錢亦不少，只是不像這裏有金的，有玉的。姑奶奶是瞧不起這種人家，我們莊家人瞧着這樣大財主，也算是天上的了。」鳳姐道：「你說去，我願意就給。」劉姥姥道：「我是玩話兒罷咧。放着姑奶奶這樣，大官大府的人家只怕還不肯給，那裏肯給莊家人。就是姑奶奶肯了，上頭太太們也不給。」巧姐因他這話不好聽，便走了去和青兒說話。兩個女孩兒倒說得上，漸漸的就熟起來了。

這裏平兒恐劉姥姥話多，攪煩了鳳姐，便拉了劉姥姥說：「你提起太太來，你還沒有過去呢。我出去叫人帶了你去見見，也不枉來這一趟。」劉姥姥便要走。鳳姐道：「忙甚麼？你坐下，我問你近來的日子還過的麼？」劉姥姥千恩萬謝的說道：「我們若不仗着姑奶奶，」說着，指着青兒說：「他的老子娘

都要餓死了。如今雖說是莊家人苦，家裏也掙了好幾畝地，又打了一眼井，種些菜蔬瓜果。一年賣的錢也不少，盡夠他們嚼吃的了。這兩年姑奶奶還時常給些衣服布匹，在我們村裏算過得的了。阿彌陀佛，前日他老子進城，聽見姑奶奶這裏動了家，我就幾乎唬殺了。虧得又有人說不是這裏，我才放心。後來又聽見說這裏老爺升了，我又喜歡，就要來道喜，為的是滿地的莊家，來不得。昨日又聽說老太太沒有了，我在地裏打豆子，聽見了這話，唬得連豆子都拿不起來了，就在地裏狠狠的哭了一大場。我和女婿說，我也顧不得你們了，不管真話謊話，我是要進城瞧瞧去的。我女兒女婿也不是沒良心的，聽見了也哭了一會子，今兒天沒亮就趕着我進城來了。我也不認得一個人，沒有地方打聽，一徑來到後門，見是門神都糊了[1]，我這一唬又不小。進了門找周嫂子，再找不着，撞見一個小姑娘，說周嫂子得了不是，攆出去了。我又等了好半天，遇見了熟人，才得進來。不打諒姑奶奶也是這麼病。」說着，就掉下淚來。

　　平兒着急，也不等他說完拉着就走，說：「你老人家說了半天，口乾了，咱們喝碗茶去罷。」拉着劉姥姥到下房坐着，青兒在巧姐兒那邊。劉姥姥道：「茶倒不要。好姑娘，叫人帶了我去請太太的安，哭哭老太太去罷。」平兒道：「你不用忙，今兒也趕不出城的了。方才我是怕你說話不防頭，招的我們奶奶哭，所以催你出來。你別思量。」劉姥姥道：「阿彌陀佛，姑娘，這是多心，我知道。倒是奶奶的病怎麼好呢？」平兒道：「你瞧去妨礙不妨礙？」劉姥姥道：「說是罪過，我瞧着不好。」

　　正說着，又聽鳳姐叫呢。平兒及到床前，鳳姐又不言語了。平兒正問豐兒，賈璉進來，向炕上一瞧，也不言語，走到裏間氣哼哼的坐下。只有秋桐跟了進去，倒了茶，殷勤了一回，不知嘁嘁喳喳的說些甚麼。回來賈璉叫平兒來問道：「奶奶不吃藥麼？」平兒道：「不吃藥。怎麼樣呢？」賈璉道：「我知道麼？你拿櫃子上的鑰匙來罷。」平兒見賈璉有氣，又不敢問，只得出來鳳姐耳邊說了一聲。鳳姐不言語，平兒便將一個匣子擱在賈璉那裏就走。賈璉道：「有鬼叫你嗎？你擱着叫誰拿呢？」平兒忍氣打開，取了鑰匙開了櫃子，

---

1)　是門神都糊了：封建時代官員人家有喪事，就用白紙粘糊遮蓋門神、對聯等彩色的裝飾物，表示守喪。是，這裏是凡是、一切的意思。這樣做顯示這家正在大喪。

便問道：「拿甚麼？」賈璉道：「咱們有甚麼嗎？」平兒氣得哭道：「有話明白說，人死了也願意！」賈璉道：「還要說麼？頭裏的事是你們鬧的。如今老太太的還短了四五千銀子，老爺叫我拿公中的地賬弄銀子，你說有麼？外頭拉的賬不開發，使得麼？誰叫我應這個名兒！只好把老太太給我的東西折變去罷了。你不依麼？」平兒聽了，一句不言語，將櫃裏的東西搬出。只見小紅過來說：「平姐姐快走，奶奶不好呢。」平兒也顧不得賈璉，急忙過來，見鳳姐用手空抓，平兒用手攔着哭叫。賈璉也過來一瞧，把腳一踤道：「若是這樣，是要我的命了。」說着，掉下淚來，豐兒進來說：「外頭找二爺呢。」賈璉只得出去。

　　這裏鳳姐愈加不好，豐兒等不免哭起來。巧姐聽見趕來。劉姥姥也急忙走到炕前，嘴裏唸佛，搗了些鬼，果然見鳳姐好些。一時王夫人聽了丫頭的信，也過來了，先見鳳姐安靜些，心下略放心，見了劉姥姥，便說：「劉姥姥，你好？甚麼時候來的？」劉姥姥便說：「請太太安。」也不及說別的，只言鳳姐的病。講究了半天，彩雲進來說：「老爺請太太呢。」王夫人叮嚀了平兒幾句話，便過去了。鳳姐鬧了一回，此時又覺清楚些，見劉姥姥在這裏，心裏信他求神禱告，便把豐兒等支開，叫劉姥姥坐在頭邊，告訴他心神不寧，如見鬼的樣子。劉姥姥便說我們屯裏甚麼菩薩靈，甚麼廟有感應。鳳姐道：「求你替我禱告，要用供獻的銀錢我有。」便在手腕上褪下一隻金鐲子來交給他。劉姥姥道：「姑奶奶，不用那個。我們村莊人家許了願，好了，花上幾百錢就是了，那用這些。就是我替姑奶奶求去，也是許願。等姑奶奶好了，要花甚麼自己去花罷。」

　　鳳姐明知劉姥姥一片好心，不好勉強，只得留下，說：「姥姥，我的命交給你了。我的巧姐兒也是千災百病的，也交給你了。」劉姥姥順口答應，便說：「這麼着，我看天氣尚早，還趕得出城去，我就去了。明兒姑奶奶好了，再請還願去。」鳳姐因被眾冤魂纏繞害怕，巴不得他就走，便說：「你若肯替我用心，我能安穩睡一覺，我就感激你了。你外孫女兒，叫他在這裏住下罷。」劉姥姥道：「莊家孩子沒有見過世面，沒的在這裏打嘴。我帶他去的好。」鳳姐：「這就是多心了。既是咱們一家人，這怕甚麼？雖說我們窮了，這一個人吃飯也不算甚麼。」劉姥姥見鳳姐真情，落得叫青兒住幾天，又省了家裏的嚼吃。只怕青兒不肯，不如叫他來問問，若是他肯，就留下，於是和

青兒說了幾句。青兒因與巧姐兒玩得熟了，巧姐兒又不願他去，青兒又要在這裏。劉姥姥便吩咐了幾句，辭了平兒，忙忙的趕出城去，不題。

且說櫳翠庵原是賈府的地址，因蓋省親園子，將那庵圈在裏頭，向來食用香火並不動賈府的錢糧。今日妙玉被劫，那女尼呈報到官，一則候官府緝盜的下落，二則是妙玉的基業不便離散，依舊住下，不過回明了賈府。那時賈府的人雖都知道，只為賈政新喪，且又心事不寧，也不敢將這些沒要緊的事回稟，只有惜春知道此事，日夜不安。漸漸傳到寶玉耳邊，說妙玉被賊劫去，又有的說妙玉凡心動了跟人而走。寶玉聽得，十分納悶：「想來必是被強徒搶去，這個人必不肯受，一定不屈而死。」但是一無下落，心下甚不放心，每日長吁短歎。還說：「這樣一個人自稱為『檻外人』，怎麼遭此結局！」又想到：「當日園中何等熱鬧，自從二姐姐出閣以來，死的死，嫁的嫁，我想他一塵不染是保得住的了，豈知風波頓起，比林妹妹死的更奇！」由是一而二，二而三，追思起來，想到《莊子》上的話，虛無縹緲，人生在世，難免風流雲散，不覺的大哭起來。襲人等又道是他的瘋病發作，百般的溫柔解勸。

寶釵初時不知何故，也用話箴規。怎奈寶玉抑鬱不解，又覺精神恍惚。寶釵想不出道理，再三打聽，方知妙玉被劫，不知去向，也是傷感。只為寶玉愁煩，便用正言解釋，因提起：「蘭兒自送殯回來，雖不上學，聞得日夜攻苦。他是老太太的重孫。老太太素來望你成人，老爺為你日夜焦心，你為閑情痴意糟蹋自己，我們守着你，如何是個結果？」說得寶玉無言可答，過了一回才說道：「我那管人家的閑事，只可歎咱們家的運氣衰頹。」寶釵道：「可又來，老爺太太原為是要你成人，接續祖宗遺緒。你只是執迷不悟，如何是好？」寶玉聽了，說不投機，便靠在桌上睡去。寶釵也不理他，叫麝月等伺候着，自己卻去睡了。

寶玉見屋裏人少，想起：「紫鵑到了這裏，我從沒合他說句知心的話兒，冷冷清清撂着他，我心裏甚不過意。他呢，又比不得麝月秋紋，我可以安放得的。想起從前我病的時候，他在我這裏伴了好些時，如今他的那一面小鏡子還在我這裏，他的情義卻也不薄了。如今不知為甚麼，見我就是冷冷的。若說為我們這一個呢，他是和林妹妹最好的，我看他待紫鵑也不錯。我不在家的日子，紫鵑原也與他有說有笑的；到我來了，紫鵑便走開

了。想來自然是為林妹妹死了，我便成了家的原故。噯，紫鵑，紫鵑，你這樣一個聰明女孩兒，難道連我這點子苦處都看不出來麼？」因又一想：「今晚他們睡的睡，做活的做活，不如趁着這個空兒我找他去，看他有甚麼話？倘或我還有得罪之處，便賠個不是也使得。」想定主意，輕輕的走出了房門，來找紫鵑。

那紫鵑的下房也就在西廂裏間。寶玉悄悄的走到窗下，只見裏面尚有燈光，便用舌頭舐破窗紙往裏一瞧，見紫鵑獨自挑燈，又不是做甚麼，呆呆的坐着。寶玉便輕輕的叫道：「紫鵑姐姐還沒有睡麼？」紫鵑聽了唬了一跳，怔怔的半日才說：「是誰？」寶玉道：「是我。」紫鵑聽着，似乎是寶玉的聲音，便問：「是寶二爺麼？」寶玉在外輕輕的答應一聲。紫鵑問道：「你來做甚麼？」寶玉道：「我有一句心裏的話要和你說說，你開了門，我到你屋裏坐坐。」紫鵑停了一會兒說道：「二爺有甚麼話，天晚了，請回罷，明日再說罷。」寶玉聽了，寒了半截。自己還要進去，恐紫鵑未必開門，欲要回去，這一肚子的隱情，越發被紫鵑這一句話勾起。無奈，說道：「我也沒有多餘的話，只問你一句。」紫鵑道：「既是一句，就請說。」寶玉半日反不言語。紫鵑在屋裏不見寶玉言語，知他素有痴病，恐怕一時實在搶白了他，勾起他的舊病倒也不好了，因站起來細聽了一聽，又問道：「是走了，還是傻站着呢？有甚麼又不說，盡着在這裏惱人。已經惱死了一個，難道還要惱死一個麼？這是何苦來呢？」說着，也從寶玉舐破之處往外一張，見寶玉正在那裏呆聽。紫鵑不便再說，回身剪了剪燭花。

忽聽寶玉歎了一聲道：「紫鵑姐姐，你從來不是這樣鐵心石腸，怎麼近來連一句好好兒話都不和我說了？我固然是個濁物，不配你們理我；但只我有甚麼不是，只望姐姐說明了，那怕姐姐一輩子不理我，我死了倒作個明白鬼呀！」紫鵑聽了，冷笑道：「二爺就是這個話呀，還有甚麼？若就是這個話呢，我們姑娘在時我也跟聽俗了！若是我們有甚麼不好處呢，我是太太派來的，二爺倒是回太太去，左右我們丫頭們更算不得甚麼了。」說到這裏，那聲兒便哽咽起來，說着又醒鼻涕，寶玉在外知他傷心哭了，便急的跺腳道：「這是怎麼說，我的事情你在這裏幾個月還有甚麼不知道的。就便別人不肯替我告訴你，難道你還不叫我說，叫我憋死了不成？」說着，也嗚咽起來了。

寶玉正在這裏傷心，忽聽背後一個人接言道：「你叫誰替你說呢？誰是誰

的甚麼？自己得罪了人，自己央及呀！人家賞臉不賞在人家，何苦來拿我們這些沒要緊的墊喘兒呢？」這一句把裏外兩個人都嚇了一跳。你道是誰，原來卻是麝月。寶玉自覺臉上沒趣。只見麝月又說道：「到底是怎麼着？一個賠不是，一個又不理。你倒是快快的央及呀。噯，我們紫鵑姐姐也就太狠心了，外頭這麼怪冷的，人家央及了這半天，總連個活動氣兒也沒有。」又向寶玉道：「剛才二奶奶說了，多早晚了，打量你在那裏呢，你卻一個人站在這房簷底下做甚麼？」紫鵑裏面接着說道：「這可是甚麼意思呢？早就請二爺進去，有話明日說罷。這是何苦來！」

寶玉還要說話，因見麝月在那裏，不好再說別的，只得一面同麝月走回，一面說道：「罷了，罷了！我今生今世也難剖白這個心了！唯有老天知道罷了！」說到這裏，那眼淚也不知從何處來的，滔滔不斷了。麝月道：「二爺，依我勸你死了心罷，白賠眼淚也可惜了兒的。」寶玉也不答言，遂進了屋子。只見寶釵睡了，寶玉也知寶釵裝睡。卻是襲人說了一句道：「有甚麼話明日說不得，巴巴兒的跑那裏去鬧，鬧出……」說到這裏也就不肯說，遲了一遲才接着道：「身上不覺怎麼樣？」寶玉也不言語，只搖搖頭兒，襲人一面才打發睡下。一夜無眠，自不必說。

這裏紫鵑被寶玉一招，越發心裏難受，直直的哭了一夜。思前想後，「寶玉的事，明知他病中不能明白，所以眾人弄鬼弄神的辦成了。後來寶玉明白了，舊病復發，常時哭想，並非忘情負義之徒。今日這種柔情，一發叫人難受。只可憐我們林姑娘真真是無福消受他。如此看來，人生緣分都有一定。在那未到頭時，大家都是痴心妄想；乃至無可如何，那糊塗的也就不理會了，那情深義重的也不過臨風對月，灑淚悲啼。可憐那死的倒未必知道，這活的真真是苦惱傷心，無休無了。算來竟不如草木石頭，無知無覺，倒也心中乾淨！」想到此處，到把一片酸熱之心一時冰冷了。才要收拾睡時，只聽東院吵嚷起來。未知何事，下回分解。

💡 精華賞析

　　賈府興旺的時候曾經接濟過劉姥姥，而賈府衰敗後，也只有劉姥姥惦記着鳳姐和賈府。劉姥姥的態度與其他親貴們形成鮮明對比，她給落難的鳳姐帶來安慰，也成為鳳姐可以臨終託付的人，這充分反映出勞動人民的真誠、樸實和善良。

《第一百一十四回》

王熙鳳歷幻返金陵
甄應嘉蒙恩還玉闕

經歷了賈母的葬禮和失盜風波後，賈府的經濟狀況更加捉襟見肘。鳳姐去世後，操辦喪禮更加困難。幸虧平兒拿出自己的積蓄，賈璉才能渡過難關。

　　卻說寶玉寶釵聽說鳳姐病的危急，趕忙起來，丫頭秉燭伺候。正要出院，只見王夫人那邊打發人來說：「璉二奶奶不好了，還沒有嚥氣，二爺二奶奶且慢些過去罷。璉二奶奶的病有些古怪。從三更天起到四更時候，璉二奶奶沒有住嘴說些胡話，要船要轎的，說到金陵歸入冊子去。眾人不懂，他只是哭哭喊喊。璉二爺沒有法兒，只得去糊了船轎，還沒拿來，璉二奶奶喘着氣等呢。叫我們過來說，等璉二奶奶去了再過去罷。」寶玉道：「這也奇，他到金陵做甚麼？」襲人輕輕的和寶玉說道：「你不是那年做夢，我還記得說有多少冊子，莫不是璉二奶奶是到那裏去麼？」寶玉聽了點頭道：「是呀，可惜我不記得那上頭的話了。這麼說起來，人都有個定數的了。但不知林妹妹又到那裏去了？我如今被你一說，我有些懂得了。若再做這個夢時，我得細細的瞧一瞧，便有未卜先知的分兒了。」襲人道：「你這樣的人可是不可和你說話的，偶然提了一句，你便認起真來了嗎？就算你能先知了，你有甚麼法兒？」寶玉道：「只怕不能先知，若是能了，我也犯不着為你們瞎操心了。」

　　兩人正說着，寶釵走來問道：「你們說甚麼？」寶玉恐他盤詰，只說：「我們談論鳳姐姐。」寶釵道：「人要死了，你們還只管議論他。舊年你還說我咒人，那個籤不是應了麼？」寶玉又想了一想，拍手道：「是的，是的。這麼說起來，你倒能先知了。我索性問問你，你知道我將來怎麼樣？」寶釵笑道：

「這是又胡鬧起來了。我是就他求的簽上的話混解的，你就認了真了。你就和我們二嫂子一樣的了，你失了玉，他去求妙玉扶乩，批出來的眾人不解，他還背地裏和我說妙玉怎麼前知，怎麼參禪悟道。如今他遭此大難，他如何自己都不知道，這可是算得前知嗎？就是我偶然說着了二奶奶的事情，其實知道他是怎麼樣了？只怕我連我自己也不知道呢。這樣下落可不是虛誕的事，是信得的麼？」寶玉道：「別提他了。你只說邢妹妹罷，自從我們這裏連連的有事，把他這件事竟忘記了。你們家這麼一件大事怎麼就草草的完了，也沒請親喚友的。」

寶釵道：「你這話又是迂了。我們家的親戚只有咱們這裏和王家最近。王家沒了甚麼正經人了。咱們家遭了老太太的大事，所以也沒請，就是璉二哥張羅了張羅。別的親戚雖也有一兩門子，你沒過去，如何知道？算起來我們這二嫂子的命和我差不多，好好的許了我二哥哥，我媽媽原想要體體面面的給二哥哥娶這房親事的。一則為我哥哥在監裏，二哥哥也不肯大辦；二則為咱家的事；三則為我二嫂子在大太太裏邊忔苦，又加着抄了家，大太太是苛刻一點的，他也實在難受，所以我和媽媽說了，便將就將就的娶了過去。我看二嫂子如今倒是安心樂意的孝敬我媽媽，比親媳婦還強十倍呢。待二哥哥也是極盡婦道的，和香菱又甚好，二哥哥不在家，他兩個和和氣氣的過日子。雖說是窮些，我媽媽近來倒安逸好些。就是想起我哥哥來不免悲傷。況且常打發人家裏來要使用，多虧二哥哥在外頭賬頭兒上討來應付他。我聽見說城裏有幾處房子已經典去，還剩了一所在那裏，打算着搬去住。」寶玉道：「為甚麼要搬？住在這裏你來去也便宜些，若搬遠了，你去就要一天了。」寶釵道：「雖說是親戚，到底各自的穩便些。那裏有個一輩子住在親戚家的呢。」

寶玉還要講出不搬去的理，王夫人打發人來說：「璉二奶奶嚥了氣了。所有的人多過去了，請二爺二奶奶就過去。」寶玉聽了，也掌不住跺腳要哭。寶釵雖也悲戚，恐寶玉傷心，便說：「有在這裏哭的，不如到那邊哭去。」

於是兩人一直到鳳姐那裏，只見好些人圍着哭呢。寶釵走到跟前，見鳳姐已經停床，便大放悲聲，寶玉也拉着賈璉的手大哭起來。賈璉也重新哭泣。平兒等因見無人勸解，只得含悲上來勸止了。眾人都悲哀不止。賈璉此時手足無措，叫人傳了賴大來，叫他辦理喪事。自己回明了賈政，然後行事。但是手頭不濟，諸事拮据。又想起鳳姐素日來的好處，更加悲哭不已。

又見巧姐哭的死去活來，越發傷心。哭到天明，即刻打發人去請他大舅子王仁過來。

那王仁自從王子騰死後，王子勝又是無能的人，任他胡為，已鬧的六親不和。今知妹子死了，只得趕着過來哭了一場。見這裏諸事將就，心下便不舒服，說：「我妹妹在你家辛辛苦苦當了好幾年家，也沒有甚麼錯處，你們家該認真的發送發送才是。怎麼這時候諸事還沒有齊備？」賈璉本與王仁不睦，見他說些混賬活，知他不懂的甚麼，也不大理他。王仁便叫了他外甥女兒巧姐過來說：「你娘在時，本來辦事不周到，只知道一味的奉承老太太，把我們的人都不大看在眼裏。外甥女兒，你也大了，看見我曾經沾染過你們沒有？如今你娘死了，諸事要聽着舅舅的話。你母親娘家的親戚就是我和你二舅舅了。你父親的為人我也早知道的了，只有重別人，那年甚麼尤姨娘死了，我雖不在京，聽見人說花了好些銀子。如今你娘死了，你父親倒是這樣的將就辦去，你也不知道勸勸你父親嗎？」巧姐道：「我父親巴不得要好看，只是如今比不得從前了。現在手裏沒錢，所以諸事省些是有的。」王仁道：「你的東西還少麼？」巧姐兒道：「舊年抄去，何嘗還了呢？」王仁道：「你也這樣說。我聽見老太太又給了好些東西，你該拿出來。」巧姐又不好說父親用去，只推不知道。王仁便道：「哦，我知道了，不過是你要留着做嫁妝罷咧。」

巧姐聽了，不敢回言，只氣得哽噎難鳴的哭起來了。平兒生氣說道：「舅老爺有話，等我們二爺進來再說，姑娘這麼點年紀，他懂的甚麼？」王仁道：「你們是巴不得二奶奶死了，你們就好為王了。我並不要甚麼，好看些也是你們的臉面。」說着，賭氣坐着。巧姐滿懷的不舒服，心想：「我父親並不是沒情，我媽媽在時舅舅不知拿了多少東西去，如今說得這樣乾淨。」於是便不大瞧得起他舅舅了。豈知王仁心裏想來，他妹妹不知攢積了多少，雖說抄了家，那屋裏的銀子還怕少？「必是怕我來纏他們，所以也幫着這麼說。這小東西兒也是不中用的。」從此王仁也嫌了巧姐兒了。

賈璉並不知道，只忙着弄銀錢使用。外頭的大事叫賴大辦了，裏頭也要用好些錢，一時實在不能張羅。平兒知他着急，便叫賈璉道：「二爺也別過於傷了自己的身子。」賈璉道：「甚麼身子，現在日用的錢都沒有，這件事怎麼辦？偏有個糊塗行子又在這裏蠻纏，你想有甚麼法兒？」平兒道：「二爺也不用着急，若說沒錢使喚，我還有些東西舊年幸虧沒有抄去，在裏頭。二爺

要，就拿去當着使喚罷。」賈璉聽了，心想難得這樣，便笑道：「這樣更好，省得我各處張羅。等我銀子弄到手了還你。」平兒道：「我的也是奶奶給的，甚麼還不還，只要這件事辦的好看些就是了。」賈璉心裏倒着實感激他，便將平兒的東西拿了去當錢使用，諸凡事情便與平兒商量。秋桐看着心裏就有些不甘，每每口角裏頭便說：「平兒沒有了奶奶，他要上去了。我是老爺的人，他怎麼就越過我去了呢？」平兒也看出來了，只不理他。倒是賈璉一時明白，越發把秋桐嫌了，一時有些煩惱便拿着秋桐出氣。邢夫人知道，反說賈璉不好。賈璉忍氣，不題。

　　再說鳳姐停了十餘天，送了殯。賈政守着老太太的孝，總在外書房。那時清客相公漸漸的都辭去了，只有個程日興還在那裏，時常陪着說說話兒。提起「家運不好，一連人口死了好些，大老爺和珍大老爺又在外頭，家計一天難似一天。外頭東莊地畝也不知道怎麼樣，總不得了呀！」程日興道：「我在這裏好些年，也知道府上的人那一個不是肥己的。一年一年都往他家裏拿，那自然府上是一年不夠一年了。又添了大老爺珍大爺那邊兩處的費用，外頭又有些債務，前兒又破了好些財，要想衙門裏緝賊追贓是難事。老世翁若要安頓家事，除非傳那些管事的來，派一個心腹的人各處去清查清查：該去的去，該留的留，有了虧空，着在經手的身上賠補，這就有了數兒了。那一座大的園子，人家是不敢買的。這裏頭的出息也不少，又不派人管了。那年老世翁不在家，這些人就弄神弄鬼兒的，鬧的一個人不敢到園裏。這都是家人的弊。此時把下人查一查，好的使着，不好的便攆了，這才是道理。」

　　賈政點頭道：「先生你有所不知，不必說下人，便是自己的姪兒也靠不住。若要我查起來，那能一一親見親知。況我又在服中，不能照管這些個。我素來又兼不大理家，有的沒的，我還摸不着呢。」程日興道：「老世翁最是仁德的人，若在別人家這樣的家計，就窮起來，十年五載還不怕，便向這些管家的要，也就夠了。我聽見世翁的家人還有做知縣的呢。」賈政道：「一個人若要使起家人們的錢來，便了不得了，只好自己儉省些。但是冊子上的產業，若是實有還好，生怕有名無實了。」程日興道：「老世翁所見極是。晚生為甚麼說要查查呢！」賈政道：「先生必有所聞。」程日興道：「我雖知道些那些管事的神通，晚生也不敢言語的。」賈政聽了，便知話裏有因，便歎道：「我白祖父以來都是仁厚的，從沒有刻薄過下人。我看如今這些人一日不似一

日了。在我手裏行出主子樣兒來，又叫人笑話。」

兩人正說着，門上的進來回道：「江南甄老爺到來了。」賈政便問道：「甄老爺進京為甚麼？」那人道：「奴才也打聽了，說是蒙聖恩起復了。」賈政道：「不用說了，快請罷。」那人出去請了進來。那甄老爺即是甄寶玉之父，名叫甄應嘉，表字友忠，也是金陵人氏，功勳之後。原與賈府有親，素來走動的。因前年掛誤革了職，動了家產。今遇主上眷念功臣，賜還世職，行取來京陛見，知道賈母新喪，特備祭禮擇日到寄靈地方拜奠，所以先來拜望。賈政有服不能遠接，在外書房門口等着。那位甄老爺一見，便悲喜交集，因在制中不便行禮，遂拉着了手敘了些闊別思念的話，然後分賓主坐下，獻了茶，彼此又將別後事情的話說了。

賈政問道：「老親翁幾時陛見的？」甄應嘉道：「前日。」賈政道：「主上隆恩，必有溫諭。」甄應嘉道：「主上的恩典真是比天還高，下了好些旨意。」賈政道：「甚麼好旨意？」甄應嘉道：「近來越寇猖獗，海疆一帶小民不安，派了安國公征剿賊寇。主上因我熟悉土疆，命我前往安撫，但是即日要起身。昨日知老太太仙逝，謹備瓣香至靈前拜奠，稍盡微忱。」賈政即忙叩首拜謝，便說：「老親翁即此一行，必是上慰聖心，下安黎庶，誠哉莫大之功，正在此行。但弟不克親睹奇才，只好遙聆捷報。現在鎮海統制是弟舍親，會時務望青照[1]。」

甄應嘉道：「老親翁與統制是甚麼親戚？」賈政道：「弟那年在江西糧道任時，將小女許配與統制少君，結褵已經三載。因海口案內未清，繼以海寇聚奸，所以音信不通。弟深念小女，俟老親翁安撫事竣後，拜懇便中請為一視。弟即修字數行，煩尊紀帶去，便感激不盡了。」甄應嘉道：「兒女之情，人所不免。我正在有奉託老親翁的事。日蒙聖恩召取來京，因小兒年幼，家下乏人，將賤眷全帶來京。我因欽限迅速，晝夜先行，賤眷在後緩行，到京尚需時日，弟奉旨出京，不敢久留。將來賤眷到京，少不得要到尊府，定叫小犬叩見。如可進教，遇有姻事可圖之處，望乞留意為感。」賈政一一答應。那甄應嘉又說了幾句話，就要起身，說：「明日在城外再見。」賈政見他事忙，

----

1) 　青照：相傳晉代阮籍對他所滿意的人用黑眼珠（青眼）看，對他所不滿意的人便翻白眼，所以就稱他「青白眼」。後人把看得起人叫青眼相看。青照就是青眼照看的意思。

諒難再坐，只得送出書房。

　　賈璉寶玉早已伺候在那裏代送，因賈政未叫，不敢擅入。甄應嘉出來，兩人上去請安。應嘉一見寶玉，呆了一呆，心想：「這個怎麼像我家寶玉？只是渾身縞素。」因問：「至親久闊，爺們都不認得了。」賈政忙指賈璉道：「這是家兄名赦之子璉二姪兒。」又指着寶玉道：「這是第二小犬，名叫寶玉。」應嘉拍手道奇：「我在家聽見說老親翁有個衘玉愛子，名叫寶玉。因與小兒同名，心中甚為罕異。後來想着這個也是常有的事，不在意了。豈知今日一見，不但面貌相同，且舉止一般，這更奇了。」問起年紀，比這裏的哥兒略小一歲。賈政便因提起承薦包勇，問及令郎哥兒與小兒同名的話述了一遍。應嘉因屬意寶玉，也不暇問及那包勇的好歹，只連連的稱道：「真真罕異！」因又拉了寶玉的手，極致殷勤。又恐安國公起身甚速，急須預備長行，勉強分手徐行。賈璉寶玉送出，一路又問了寶玉好些。及至登車去後，賈璉寶玉回來見了賈政，便將應嘉問的話回了一遍。

　　賈政命他二人散去。賈璉又去張羅算明鳳姐喪事的賬目。寶玉回到自己房中，告訴了寶釵，說是：「常提的甄寶玉，我想一見不能，今日倒先見了他父親了。我還聽得說寶玉也不日要到京了，要來拜望我老爺呢。又人人說和我一模一樣的，我只不信。若是他後兒到了咱們這裏來，你們都去瞧去，看他果然和我像不像。」寶釵聽了道：「噯，你說話怎麼越發不留神了，甚麼男人同你一樣都說出來了，還叫我們瞧去嗎？」寶玉聽了，知是失言，臉上一紅，連忙的還要解說。不知何話，下回分解。

💬 **延伸思考**

　　鳳姐的兄長王仁在鳳姐死後第一次正面出現，向賈璉提出大辦葬禮的要求，並與巧姐結怨。這一細節對後文的發展有何影響？請在閱讀中多加注意。

《第一百一十五回》

惑偏私惜春矢素志
證同類寶玉失相知

惜春早就厭倦了賈府的生活，現在家裏又來了兩個尼姑，她這次下定決心要出家了。可她畢竟是大戶人家的小姐，能這麼容易出家嗎？

話說寶玉為自己失言被寶釵問住，想要掩飾過去，只見秋紋進來說：「外頭老爺叫二爺呢。」寶玉巴不得一聲，便走了。到賈政那裏，賈政道：「我叫你來不為別的。現在你穿着孝，不便到學裏去，你在家裏，必要將你唸過的文章溫習溫習。我這幾天倒也閑着，隔兩三日要做幾篇文章我瞧瞧，看你這些時進益了沒有。」寶玉只得答應着。賈政又道：「你環兒弟蘭姪兒我也叫他們溫習去了。倘或你作的文章不好，反倒不及他們，那可就不成事了。」寶玉不敢言語，答應了個「是」，站着不動。賈政道：「去罷。」寶玉退了出來，正撞見賴大諸人拿着些冊子進來。

寶玉一溜煙回到自己房中，寶釵問了知道叫他作文章，倒也喜歡，唯有寶玉不願意，也不敢怠慢，正要坐下靜靜心，只見兩個姑子進來，寶玉看是地藏庵的。見了寶釵，說道：「請二奶奶安。」寶釵待理不理的說：「你們好？」因叫人來：「倒茶給師父們喝。」寶玉原要和那姑子說話，見寶釵似乎厭惡這些，也不好兜搭。那姑子知道寶釵是個冷人，也不久坐，辭了要去。寶釵道：「再坐坐去罷。」那姑子道：「我們因在鐵檻寺做了功德，好些時沒來請太太奶奶們的安。今日來了，見過了奶奶太太們，還要看四姑娘呢。」寶釵點頭，由他去了。

那姑子便到惜春那裏，見了彩屏，說：「姑娘在那裏呢？」彩屏道：「不

用提了。姑娘這幾天飯都沒吃，只是歪着。」那姑子道：「為甚麼？」彩屏道：「說也話長。你見了姑娘只怕他便和你說了。」

惜春早已聽見，急忙坐起來說：「你們兩個人好啊！見我們家事差了，便不來了。」那姑子道：「阿彌陀佛！有也是施主，沒也是施主。別說我們是本家庵裏的，受過老太太多少恩惠呢。如今老太太的事，太太奶奶們都見了，只沒有見姑娘，心裏惦記，今兒是特特的來瞧姑娘來了。」惜春便問起水月庵的姑子來，那姑子道：「他們庵裏鬧了些事，如今門上也不肯常放進來了。」便問惜春道：「前兒聽見說櫳翠庵的妙師父怎麼跟了人去了？」惜春道：「那裏的話！說這個話的人提防着割舌頭。人家遭了強盜搶去，怎麼還說這樣的壞話？」那姑子道：「妙師父的為人怪僻，只怕是假惺惺罷？在姑娘面前，我們也不好說的。那裏像我們這些粗夯人，只知道奉經唸佛，給人家懺悔，也為着自己修個善果。」惜春道：「怎麼樣就是善果呢？」那姑子道：「除了咱們家這樣善德人家兒不怕，若是別人家，那些誥命夫人小姐也保不住一輩子的榮華。到了苦難來了，可就救不得了。只有個觀世音菩薩大慈大悲，遇見人家有苦難的就慈心發動，設法兒救濟。為甚麼如今都說大慈大悲救苦救難的觀世音菩薩呢。我們修了行的人，雖說比夫人小姐們苦多着呢，只是沒有險難的了。雖不能成佛成祖，修修來世或者轉個男身，自己也就好了。不像如今脫生了個女人胎子，甚麼委屈煩難都說不出來。姑娘你還不知道呢，要是人家姑娘們到了出了門子，這一輩子跟着人是更沒法兒的。若說修行，也只要修得真。那妙師父自為才情比我們強，他就嫌我們這些人俗，豈知俗的才能得善緣呢。他如今到底是遭了大劫了。」

惜春被那姑子一番話說得合在機上，也顧不得丫頭們在這裏，便將尤氏待他怎樣，前兒看家的事說了一遍。並將頭髮指給他瞧道：「你打諒我是甚麼沒主意戀火坑的人麼？早有這樣的心，只是想不出道兒來。」那姑子聽了，假作驚慌道：「姑娘再別說這個話！珍大奶奶聽見還要罵殺我們，攆出庵去呢！姑娘這樣人品，這樣人家，將來配個好姑爺，享一輩子的榮華富貴……」惜春不等說完，便紅了臉說：「珍大奶奶攆得你，我就攆不得麼？」那姑子知是真心，便索性激他一激，說道：「姑娘別怪我們說錯了話，太太奶奶們那裏就依得姑娘的性子呢？那時鬧出沒意思的來倒不好。我們倒是為姑娘的話。」惜春道：「這也瞧罷咧。」彩屏等聽這話頭不好，便使個眼色兒給姑子叫他走。

那姑子會意，本來心裏也害怕，不敢挑逗，便告辭出去。惜春也不留他，便冷笑道：「打諒天下就是你們一個地藏庵麼？」那姑子也不敢答言，去了。

彩屏見事不妥，恐擔不是，悄悄的去告訴了尤氏說：「四姑娘鉸頭髮的念頭還沒有息呢。他這幾天不是病，竟是怨命。奶奶提防些，別鬧出事來，那會子歸罪我們身上。」尤氏道：「他那裏是為要出家，他為的是大爺不在家，安心和我過不去，也只好由他罷了。」彩屏等沒法，也只好常常勸解。豈知惜春一天一天的不吃飯，只想鉸頭髮。彩屏等吃不住，只得到各處告訴。邢王二夫人等也都勸了好幾次，怎奈惜春執迷不解。

邢王二夫人正要告訴賈政，只聽見外頭傳進來說：「甄家的太太帶了他們家的寶玉來了。」眾人急忙接出，便在王夫人處坐下。眾人行禮，敍些寒溫，不必細述。只言王夫人提起甄寶玉與自己的寶玉無二，要請甄寶玉進來一見。傳話出去，回來說道：「甄少爺在外書房同老爺說話，說的投了機了，打發人來請我們二爺三爺，還叫蘭哥兒，在外頭吃飯。吃了飯進來。」說畢，裏頭也便擺飯。

原來此時賈政見甄寶玉相貌果與寶玉一樣，試探他的文才，竟應對如流，甚是心敬，故叫寶玉等三人出來，警勵他們；再者倒底叫寶玉來比一比。寶玉聽命，穿了素服，帶了兄弟姪兒出來，見了甄寶玉，竟是舊相識一般。那甄寶玉也像那裏見過的，兩人行了禮，然後賈環賈蘭相見。本來賈政席地而坐，要讓甄寶玉在椅子上坐。甄寶玉因是晚輩，不敢上坐，就在地下鋪了褥子坐下。如今寶玉等出來，又不能同賈政一處坐着，為甄寶玉又是晚一輩，又不好叫寶玉等站着。賈政知是不便，站着又說了幾句話，叫人擺飯，說：「我失陪，叫小兒輩陪着，大家說說話兒，好叫他們領領大教。」甄寶玉遜謝道：「老伯大人請便。姪兒正欲領世兄們的教呢。」賈政回覆了幾句，便自往內書房去。那甄寶玉反要送出來，賈政攔住。寶玉等先搶了一步，出了書房門檻站立着，看賈政進去，然後進來讓甄寶玉坐下。彼此套敍了一回，諸如久慕渴想的話，也不必細述。

且說賈寶玉因見了甄寶玉，想到夢中之景，並且素知甄寶玉為人必是和他同心，以為得了知己。因初次見面，不便造次。且又賈環賈蘭在坐，只有

極力誇讚說：「久仰芳名，無由親炙。今日見面，真是謫仙¹一流的人物。」

那甄寶玉素來也知賈寶玉的為人，今日一見，果然不差，「只是可與我共學，不可與你適道。他既和我同名同貌，也是三生石上的舊精魂了。既我略知了些道理，怎麼不和他講講。但是初見，尚不知他的心與我同不同，只好緩緩的來。」便道：「世兄的才名，弟所素知的，在世兄是數萬人的裏頭選出來最清最雅的，至於弟是庸庸碌碌一等愚人，忝附同名，殊覺玷辱了這兩個字。」

賈寶玉聽了，心想：「這個人果然同我的心一樣的。但是你我都是男人，不比那女孩兒們清潔，怎麼他拿我當作女孩兒看待起來？」便道：「世兄謬讚，實不敢當。弟是至濁至愚，只不過一塊頑石耳，何敢比世兄品望高清，實稱此兩字。」甄寶玉道：「弟少時不知分量，自謂尚可琢磨。豈知家遭消索，數年來更比瓦礫猶賤。雖不敢說歷盡甘苦，然世道人情，略略的領悟了些須。世兄是錦衣玉食，無不遂心的，必是文章經濟，高出人上，所以老伯鍾愛，將為席上之珍。弟所以才說尊名方稱。」賈寶玉聽這話頭又近了祿蠹的舊套，想話回答。

賈環見未與他說話，心中早不自在。倒是賈蘭聽了這話甚覺合意，便說道：「世叔所言固是太謙，若論到文章經濟，實在從歷練中出來的，方為真才實學。在小姪年幼，雖不知文章為何物，然將讀過的細味起來，那膏粱文繡比着令聞廣譽，真是不啻百倍的了。」

甄寶玉未及答言，賈寶玉聽了蘭兒的話心裏越發不合，想道：「這孩子從幾時也學了這一派酸論。」便說道：「弟聞得世兄也詆盡流俗，性情中另有一番見解。今日弟幸會芝範，想欲領教一番超凡入聖的道理，從此可以洗淨俗腸，重開眼界，不意視弟為蠢物，所以將世路的話來酬應。」

甄寶玉聽說，心裏曉得：「他知我少年的性情，所以疑我為假。我索性把話說明，或者與我作個知心朋友也是好的。」便說道：「世兄高論，固是真切，但弟少時也曾深惡那些舊套陳言。只是一年長似一年，家君致仕在家，懶於酬應，委弟接待，後來見過那些大人先生，盡都是顯親揚名的人；便是著書立說，無非言忠言孝，自有一番立德立言的事業，方不枉生在聖明之時，也

---

1) 謫仙：賀知章稱讚李白為「天上謫仙人」，所以後來稱李白為謫仙。這裏借來恭維人有好風度、好才華，和李白相似。

不致負了父親師長養育教誨之恩，所以把少時那一派迂想痴情，漸漸的淘汰了些。如今尚欲訪師覓友，教導愚蒙，幸會世兄，定當有以教我。適才所言，並非虛意。」

　　賈寶玉愈聽愈不耐煩，又不好冷淡，只得將言語支吾。幸喜裏頭傳出話來說：「若是外頭爺們吃了飯，請甄少爺裏頭去坐呢。」寶玉聽了，趁勢便邀甄寶玉進去。

　　那甄寶玉依命前行，賈寶玉等陪着來見王夫人。賈寶玉見是甄太太上坐，便先請過了安，賈環賈蘭也見了。甄寶玉也請了王夫人的安。兩母兩子互相廝認。雖是賈寶玉是娶過親的，那甄夫人年紀已老，又是老親，因見賈寶玉的相貌身材與他兒子一般，不禁親熱起來。王夫人更不用說，拉着甄寶玉問長問短，覺得比自己家的寶玉老成些。回看賈蘭，也是清秀超羣的，雖不能像兩個寶玉的形象，也還隨得上。只有賈環粗夯，未免有偏愛之色。

　　眾人一見兩個寶玉都在這裏，都來瞧看，說道：「真真奇事，名字同了也罷，怎麼相貌身材都是一樣的。虧得是我們寶玉穿孝，若是一樣的衣服穿着，一時也認不出來。」內中紫鵑一時痴意發作，便想起黛玉來，心裏說道：「可惜林姑娘死了，若不死時，就將那甄寶玉配了他，只怕也是願意的。」

　　正想着，只聽得甄夫人道：「前日聽得我們老爺回來說，我們寶玉年紀也大了，求這裏老爺留心一門親事。」王夫人正愛甄寶玉，順口便說道：「我也想要與令郎作筏，我家有四個姑娘，那三個都不用說，死的死、嫁的嫁了，還有我們珍大姪兒的妹子，只是年紀過小幾歲，恐怕難配。倒是我們大媳婦的兩個堂妹子生得人才齊整，二姑娘呢，已經許了人家，三姑娘正好與令郎為配。過一天我給令郎作媒，但是他家的家計如今差些。」甄夫人道：「太太這話又客套了。如今我們家還有甚麼，只怕人家嫌我們窮罷了。」王夫人道：「現今府上復又出了差，將來不但復舊，必是比先前要鼎盛起來。」甄夫人笑着道：「但願依着太太的話更好。這麼着就求太太作個保山。」

　　甄寶玉聽他們說起親事，便告辭出來。賈寶玉等只得陪着來到書房，見賈政已在那裏，復又立談幾句。聽見甄家的人來回甄寶玉道：「太太要走了，請爺回去罷。」於是甄寶玉告辭出來。賈政命寶玉環蘭相送，不提。

　　且說寶玉自那日見了甄寶玉之父，知道甄寶玉來京，朝夕盼望。今兒見面原想得一知己。豈知談了半天，竟有些冰炭不投。悶悶的回到自己房中，

也不言，也不笑，只管發怔。寶釵便問：「那甄寶玉果然像你麼？」寶玉道：「相貌倒還是一樣的。只是言談間看起來並不知道甚麼，不過也是個祿蠹。」寶釵道：「你又編派人家了。怎麼就見得也是個祿蠹呢？」寶玉道：「他說了半天，並沒個明心見性之談，不過說些甚麼文章經濟，又說甚麼為忠為孝，這樣人可不是個祿蠹麼！只可惜他也生了這樣一個相貌。我想來，有了他，我竟要連我這個相貌都不要了。」寶釵見他又發呆話，便說道：「你真真說出句話來叫人發笑，這相貌怎麼能不要呢。況且人家這話是正理，做了一個男人原該要立身揚名的，誰像你一味的柔情私意。不說自己沒有剛烈，倒說人家是祿蠹。」

寶玉本來聽了甄寶玉的話甚不耐煩，又被寶釵搶白了一場，心中更加不樂，悶悶昏昏，不覺將舊病又勾起來了，並不言語，只是傻笑。寶釵不知，只道是「我的話錯了，他所以冷笑」，也不理他。豈知那日便有些發呆，襲人等惱他也不言語。過了一夜，次日起來只是發呆，竟有前番病的樣子。

一日，王夫人因為惜春定要鉸髮出家，尤氏不能攔阻，看着惜春的樣子是若不依他必要自盡的，雖然晝夜着人看着，終非常事，便告訴了賈政。賈政歎氣跺腳，只說：「東府裏不知幹了甚麼，鬧到如此地位。」叫了賈蓉來說了一頓，叫他去和他母親說，認真勸解勸解。「若是必要這樣，就不是我們家的姑娘了。」豈知尤氏不勸還好，一勸了更要尋死，說：「做了女孩兒終不能在家一輩子的，若像二姐姐一樣，老爺太太們倒要煩心，況且死了。如今譬如我死了似的，放我出了家，乾乾淨淨的一輩子，就是疼我了。況且我又不出門，就是櫳翠庵，原是咱們家的基趾，我就在那裏修行。我有甚麼，你們也照應得着。現在妙玉的當家的在那裏。你們依我呢，我就算得了命了；若不依我呢，我也沒法，只有死就完了。我如若遂了自己的心願，那時哥哥回來我和他說，並不是你們逼着我的。若說我死了，未免哥哥回來倒說你們不容我。」尤氏本與惜春不合，聽他的話也似乎有理，只得去回王夫人。

王夫人已到寶釵那裏，見寶玉神魂失所，心下着忙，便說襲人道：「你們忒不留神，二爺犯了病也不來回我。」襲人道：「二爺的病原來是常有的，一時好，一時不好。天天到太太那裏仍舊請安去，原是好好兒的，今兒才發糊塗些。二奶奶正要來回太太，恐防太太說我們大驚小怪。」

寶玉聽見王夫人說他們，心裏一時明白，恐他們受委屈，便說道：「太太放心，我沒甚麼病，只是心裏覺着有些悶悶的。」王夫人道：「你是有這病根

子，早說了好請大夫瞧瞧，吃兩劑藥好了不好？若再鬧到頭裏丟了玉的時候似的，就費事了。」寶玉道：「太太不放心便叫個人來瞧瞧，我就吃藥。」

王夫人便叫丫頭傳話出來請大夫。這一個心思都在寶玉身上，便將惜春的事忘了。遲了一回，大夫看了，服藥。王夫人回去。

過了幾天，寶玉更糊塗了，甚至於飯食不進，大家着急起來。恰又忙着脫孝[2]，家中無人，又叫了賈芸來照應大夫。賈璉家下無人，請了王仁來在外幫着料理。那巧姐兒是日夜哭母，也是病了。所以榮府中又鬧得馬仰人翻。

一日又當脫孝來家，王夫人親身又看寶玉，見寶玉人事不醒，急得眾人手足無措。一面哭着，一面告訴賈政說：「大夫回了，不肯下藥，只好預備後事。」賈政歎氣連連，只得親自看視，見其光景果然不好。便又叫賈璉辦去。賈璉不敢違拗，只得叫人料理。手頭又短，正在為難，只見一個人跑進來說：「二爺，不好了，又有饑荒來了。」賈璉不知何事，這一唬非同小可，瞪着眼說道：「甚麼事？」那小廝道：「門上來了一個和尚，手裏拿着二爺的這塊丟的玉，說要一萬賞銀。」賈璉照臉啐道：「我打量甚麼事，這樣慌張。前番那假的你不知道麼？就是真的，現在人要死了，要這玉做甚麼？」小廝道：「奴才也說了，那和尚說給他銀子就好了。」又聽着外頭嚷進來說：「這和尚撒野，各自跑進來了，眾人攔他攔不住。」賈璉道：「那裏有這樣怪事，你們還不快打出去呢。」又鬧着，賈政聽見了，也沒了主意了。裏頭又哭出來說：「寶二爺不好了！」賈政益發着急。只見那和尚嚷道：「要命拿銀子來！」賈政忽然想起：「頭裏寶玉的病是和尚治好的，這會子和尚來，或者有救星。但是這玉倘或是真，他要起銀子來怎麼樣呢？」想一想：「如此且不管他，果真人好了再說。」

賈政叫人去請，那和尚已進來了，也不施禮，也不答話，便往裏就跑。賈璉拉着道：「裏頭都是內眷，你這野東西混跑甚麼？」那和尚道：「遲了就不能救。」賈璉急得一面走一面亂嚷道：「裏頭的人不要哭了，和尚進來了。」王夫人等只顧着哭，那裏理會？賈璉走近來又嚷，王夫人等回過頭來，見一個長大的和尚，唬了一跳，躲避不及。那和尚直走到寶玉炕前，寶釵避

---

2)　　脫孝：指喪服期滿，脫去孝服的禮節。

過一邊，襲人見王夫人站着，不敢走開。只見那和尚道：「施主們，我是送玉來的。」說着，把那塊玉擎着道：「快把銀子拿出來，我好救他。」王夫人等驚惶無措，也不擇真假，便說道：「若是救活了人，銀子是有的。」那和尚笑道：「拿來！」王夫人道：「你放心，橫豎折變的出來。」和尚哈哈大笑，手拿着玉在寶玉耳邊叫道：「寶玉，寶玉，你的寶玉回來了。」說了這一句，王夫人等見寶玉把眼一睜。襲人說道：「好了。」只見寶玉便問道：「在那裏呢？」那和尚把玉遞給他手裏。寶玉先前緊緊的攥着，後來慢慢的回過手來，放在自己眼前細細的一看說：「噯呀，久違了！」裏外眾人都喜歡的唸佛，連寶釵也顧不得有和尚了。賈璉也過來一看，果見寶玉回過來了，心裏一喜，急忙躲出去了。

那和尚也不言語，趕來拉着賈璉就跑。賈璉只得跟着到了前頭，趕着告訴賈政。賈政聽了喜歡，即找和尚施禮叩謝。和尚還了禮坐下。賈璉心下狐疑：「必是要了銀子才走。」賈政細看那和尚，又非前次見的，便問：「寶刹何方？法師大號？這玉是那裏得的？怎麼小兒一見便會活過來呢？」那和尚微微笑道：「我也不知道，只要拿一萬銀子來就完了。」賈政見這和尚粗魯，也不敢得罪，便說：「有。」和尚道：「有便快拿來罷，我要走了。」賈政道：「略請少坐，待我進內瞧瞧。」和尚道：「你去快出來才好。」

賈政果然進去，也不及告訴，便走到寶玉炕前。寶玉見是父親來，欲要爬起，因身子虛弱起不來。王夫人按着說道：「不要動。」寶玉笑着拿這玉給賈政瞧道：「寶玉來了。」賈政略略一看，知道此事有些根源，也不細看，便和王夫人道：「寶玉好過來了。這賞銀怎麼樣？」王夫人道：「盡着我所有的折變了給他就是了。」寶玉道：「只怕這和尚不是要銀子的罷。」賈政點頭道：「我也看來古怪，但是他口口聲聲的要銀子。」王夫人道：「老爺出去先款留着他再說。」

賈政出來，寶玉便嚷餓了，喝了一碗粥，還說要飯。婆子們果然取了飯來，王夫人不敢給他吃。寶玉說：「不妨的，我已經好了。」便爬着吃了一碗，漸漸的神氣果然好過來了，便要坐起來。麝月上去輕輕的扶起，因心裏喜歡，忘了情說道：「真是寶貝，才看見了一會兒就好了。虧的當初沒有砸破。」寶玉聽了這話，神色一變，把玉一摔，身子往後一仰，未知死活，下回分解。

💡 精華賞析

　　前文中我們已經分析過，甄、賈兩位寶玉實際上反映了人格的兩面。甄、賈諧音真、假，一個是現實中的人格，一個是理想中的人格。賈寶玉是一直活在理想中的人物，所以他無法在甄寶玉身上找到共鳴。理想中的生活狀態也是無法在封建社會的現實中存在的，所以賈寶玉渴望的一切，包括愛情、自由等，在現實中都注定一一破滅。

　　惜春的出家給已經沒落的賈府又增添了一分蒼涼感。這樣一個妙齡女子，在看慣了侯門官府裏的骯髒事，經歷了家庭的諸多變故後，對世俗生活已經徹底絕望了。惜春寧願一生清苦，也不願與封建禮教同流合污，但在那樣的現實環境中，她根本沒有其他反抗的方式，只能以拋棄個人幸福為代價，出家為尼。

《第一百一十六回》

精讀 得通靈幻境悟仙緣
送慈柩故鄉全孝道

在和尚的帶領下，寶玉再次神遊了太虛幻境。這一次他會有甚麼
不同的經歷呢？

　　話說寶玉一聽麝月的話，身往後仰，復又死去，急得
王夫人等哭叫不止。麝月自知失言致禍，此時王夫人等也不
及說他。那麝月一面哭着，一面打定主意，心想：「若是寶
玉一死，我便自盡跟了他去！」不言麝月心裏的事。且言王
夫人等見叫不回來，趕着叫人出來找和尚救治。豈知賈政
進內出去時，那和尚已不見了。賈政正在詫異，聽見裏頭又
鬧，急忙進來。見寶玉又是先前的樣子，口關緊閉，脈息全
無。用手在心窩中一摸，尚是温熱。賈政只得急忙請醫灌藥
救治。

　　那知那寶玉的魂魄早已出了竅了。你道死了不成？卻
原來恍恍惚惚趕到前廳，見那送玉的和尚坐着，便施了禮。
那知和尚站起身來，拉着寶玉就走。寶玉跟了和尚，覺得身
輕如葉，飄飄搖搖，也沒出大門，不知從那裏走了出來。行
了一程，到了個荒野地方，遠遠的望見一座牌樓，好像曾到
過的。正要問那和尚時，只見恍恍惚惚來了一個女人。寶玉
心裏想：「這樣曠野地方，那得有如此的麗人，必是神仙下
界了。」寶玉想着，走近前來細細一看，竟有些認得的，只
是一時想不起來。見那女人和和尚打了一個照面就不見了。

點評

● 與第五回寶玉神遊太虛幻境相呼應。

● 寶玉第一次遊歷太虛幻境時，對所見的東西都感到迷惑不解。在經歷了許多年的世事後，他已經對這些具有哲理的文字有所感悟了。

寶玉一想，竟是尤三姐的樣子，越發納悶：「怎麼他也在這裏？」又要問時，那和尚拉着寶玉過了那牌樓，只見牌上寫着：「真如福地」四個大字，兩邊一副對聯，乃是：「假去真來真勝假，無原有是有非無。」

轉過牌坊，便是一座宮門。門上橫書四個大字道：「福善禍淫。」又有一副對聯，道：「過去未來，莫謂智賢能打破；前因後果，須知親近不相逢。」

寶玉看了，心下想道：「原來如此。我倒要問問因果來去的事了。」這麼一想，只見鴛鴦站在那裏招手兒叫他。寶玉想道：「我走了半日，原不曾出園子，怎麼改了樣子了呢？」趕着要和鴛鴦說話，豈知一轉眼便不見了，心裏不免疑惑起來。走到鴛鴦站的地方兒，乃是一溜配殿，各處都有匾額。寶玉無心去看，只向鴛鴦立的所在奔去。見那一間配殿的門半掩半開，寶玉也不敢造次進去，心裏正要問那和尚一聲，回過頭來，和尚早已不見了。寶玉恍惚，見那殿宇巍峨，絕非大觀園景象。便立住腳，抬頭看那匾額上寫道：「引覺情痴」。兩邊寫的對聯道：「喜笑悲哀都是假，貪求思慕總因痴」。

寶玉看了，便點頭歎息，想要進去找鴛鴦問他是甚麼所在。細細想來甚是熟識，便仗着膽子推開進去。滿屋一瞧，並不見鴛鴦，裏頭只是黑漆漆的，心下害怕。正要退出，見有十數個大櫥，櫥門半掩。

寶玉忽然想起：「我少時做夢曾到過這個地方。如今能夠親身到此，也是大幸。」恍惚間，把找鴛鴦的念頭忘了。便壯着膽把上首的大櫥開了一瞧，見有好幾本冊子，心裏更覺喜歡，想道：「大凡人做夢，說是假的，豈知有這夢便有這事。我常說還要做這個夢再不能的，不料今兒被我找着了。但不知那冊子是那個見過的不是？」伸手在上頭取了一本，冊上寫着「金陵十二釵正冊」。寶玉拿着一想道：「我恍惚記得是那個，只恨記不得清楚。」便打開頭一頁看

去，見上頭有畫，但是畫跡模糊，再瞧不出來。後面有幾行字跡也不清楚，尚可摹擬，便細細的看去。見有甚麼「玉帶」，上頭有個好像「林」字，心裏想道：「不要是說林妹妹罷？」便認真看去，底下又有「金簪雪裏」四字，詫異道：「怎麼又像他的名字呢？」復將前後四句合起來一唸道：「也沒有甚麼道理，只是暗藏着他兩個名字，並不為奇。獨有那『憐』字『歎』字不好。這是怎麼解？」想到那裏，又自啐道：「我是偷着看，若只管呆想起來，倘有人來，又看不成了。」遂往後看去，也無暇細玩那畫圖，只從頭看去。看到尾兒有幾句詞，甚麼「相逢大夢歸」一句，便恍然大悟道：「是了，果然機關不爽，這必是元春姐姐了。若都是這樣明白，我要抄了去細玩起來，那些姊妹們的壽夭窮通沒有不知的了。我回去自不肯泄漏，只做一個未卜先知的人，也省了多少閑想。」又向各處一瞧，並沒有筆硯。又恐人來，只得忙着看去。只見圖上影影有一個放風箏的人兒，也無心去看。急急的將那十二首詩詞都看遍了，也有一看便知的，也有不大明白的，心下牢牢記着。一面歎息一面又取那《金陵又副冊》一看，看到「堪羨優伶有福，誰知公子無緣」，先前不懂，見上面尚有花席的影子，便大驚痛哭起來。

待要往後再看，聽見有人說道：「你又發呆了！林妹妹請你呢。」好似鴛鴦的聲氣，寶玉回頭，卻不見人。心中正自驚疑，忽鴛鴦在門外招手。寶玉一見，喜得趕出來。但見鴛鴦在前影影綽綽的走，只是趕不上。寶玉叫道：「好姐姐，等等我。」那鴛鴦並不理，只顧前走。寶玉無奈，盡力趕去，忽見別有一洞天，樓閣高聳，殿角玲瓏，且有好些宮女隱約其間。寶玉貪看景致，竟將鴛鴦忘了。

寶玉順步走入一座宮門，內有奇花異卉，都也認不明白。唯有白石花欄圍着一顆青草，葉頭上略有紅色，但不知是何名草，這樣名貴？只見微風動處，那青草已搖擺不休，雖說是一枝小草，又無花朵，其嫵媚之態，不禁心動神怡，

●「花席」是諧音，暗指花襲人。

魂消魄喪。寶玉只管呆呆的看着，只聽見旁邊有一人說道：「你是那裏來的蠢物，在此窺探仙草！」寶玉聽了，吃了一驚，回頭看時，卻是一位仙女，便施禮道：「我找鴛鴦姐姐，誤入仙境，恕我冒昧之罪。請問神仙姐姐，這裏是何地方？怎麼我鴛鴦姐姐到此還說是林妹妹叫我？望乞明示。」那人道「誰知你的姐姐妹妹，我是看管仙草的，不許凡人在此逗留。」寶玉欲待要出來，又捨不得，只得央告道：「神仙姐姐既是那管理仙草的，必然是花神姐姐了。但不知這草有何好處？」那仙女道：「你要知道這草，說起來話長着呢。那草本在靈河岸上，名曰絳珠草。因那時萎敗，幸得一個神瑛侍者日以甘露灌溉，得以長生。後來降凡歷劫，還報了灌溉之恩，今返歸真境。所以警幻仙子命我看管，不令蜂纏蝶戀。」寶玉聽了不解，一心疑定必是遇見了花神了，今日斷不可當面錯過，便問：「管這草的是神仙姐姐了。還有無數名花必有專管的，我也不敢煩問，只有看管芙蓉花的是那位神仙？」那仙女道：「我卻不知，除是我主人方曉。」寶玉便問道：「姐姐的主人是誰？」那仙女道：「我主人是瀟湘妃子。」寶玉聽道：「是了，你不知道這位妃子就是我的表妹林黛玉。」那仙女道：「胡說。此地乃上界神女之所，雖號為瀟湘妃子，並不是娥皇女英之輩，何得與凡人有親。你少來混說，瞧着叫力士打你出去。」

　寶玉聽了發怔，只覺自形穢濁，正要退出，又聽見有人趕來說道：「裏面叫請神瑛侍者。」那人道：「我奉命等了好些時，總不見有神瑛侍者過來，你叫我那裏請去？」那一個笑道：「才退去的不是麼？」那侍女慌忙趕出來說：「請神瑛侍者回來！」寶玉只道是問別人，又怕被人追趕，只得踉蹌而逃。正走時，只見一人手提寶劍迎面攔住說：「那裏走！」唬得寶玉驚惶無措，仗着膽抬頭一看，卻不是別人，就是尤三姐。寶玉見了，略定些神，央告道：「姐姐怎麼你也來逼起我來了？」那人道：「你們弟兄沒有一個好人，敗

人名節，破人婚姻。今兒你到這裏，是不饒你的了！」寶玉聽去話頭不好，正自着急，只聽後面有人叫道：「姐姐快快攔住，不要放他走了。」尤三姐道：「我奉妃子之命等候已久，今兒見了，必定要一劍斬斷你的塵緣。」寶玉聽了益發着忙，又不懂這些話到底是甚麼意思，只得回頭就跑。豈知身後說話的並非別人，卻是晴雯。寶玉一見，悲喜交集，便說：「我一個人走迷了道兒，遇見仇人，我要逃回，卻不見你們一人跟着我。如今好了，晴雯姐姐，快快的帶我回家去罷。」晴雯道：「侍者不必多疑，我非晴雯，我是奉妃子之命特來請你一會，並不難為你。」寶玉滿腹狐疑，只得問道：「姐姐說是妃子叫我，那妃子究是何人？」晴雯道：「此時不必問，到了那裏自然知道。」寶玉沒法，只得跟着走。細看那人背後舉動恰是晴雯，那面目聲音是不錯的了。「怎麼他說不是？我此時心裏模糊，且別管他。到了那邊見了妃子，就有不是，那裏再求他，到底女人的心腸是慈悲的，必是恕我冒失。」

正想着，不多時到了一個所在。只見殿宇精緻，彩色輝煌，庭中一叢翠竹，戶外數本蒼松。廊下立着幾個侍女，都是宮妝打扮。見了寶玉進來，便悄悄的說道：「這就是神瑛侍者麼？」引着寶玉的說道：「就是。你快進去通報罷。」有一侍女笑着招手，寶玉便跟着進去。過了幾層房舍，見一正房，珠簾高掛。那侍女說：「站着候旨。」寶玉聽了，也不敢則聲，只得在外等着。那侍女進去不多時，出來說：「請侍者參見。」又有一人捲起珠簾。只見一女子，頭戴花冠，身穿繡服，端坐在內。寶玉略一抬頭，見是黛玉的形容，便不禁的說道：「妹妹在這裏，叫我好想！」那簾外的侍女悄吒道：「這侍者無禮，快快出去。」說猶未了，又見一個侍兒將珠簾放下。寶玉此時欲待進去又不敢，要走又不捨，待要問明，見那些侍女並不認得，又被驅逐，無奈出來。心想要問晴雯，回頭四顧，並不見有晴雯。心下狐疑，

只得快快出來，又無人引着，正欲找原路而去，卻又找不出舊路了。

正在為難，見鳳姐站在一所房簷下招手了。寶玉看見喜歡道：「可好了，原來回到自己家裏了。我怎麼一時迷亂如此？」急奔前來說：「姐姐在這裏麼，我被這些人捉弄到這個分兒。林妹妹又不肯見我，不知何原故？」說着，走到鳳姐站的地方，細看起來並不是鳳姐，原來卻是賈蓉的前妻秦氏。寶玉只得立住腳要問「鳳姐姐在那裏」，那秦氏也不答言，竟自往屋裏去了。寶玉恍恍惚惚的又不敢跟進去，只得呆呆的站着，歎道：「我今兒得了甚麼不是，眾人都不理我？」便痛哭起來。見有幾個黃巾力士執鞭趕來，說是：「何處男人敢闖入我們這天仙福地來，快走出去！」寶玉聽得，不敢言語。正要尋路出來，遠遠望見一羣女子說笑前來。寶玉看時，又像有迎春等一干人走來，心裏喜歡，叫道：「我迷住在這裏，你們快來救我！」正嚷着，後面力士趕來。寶玉急得往前亂跑，急見那一羣女子都變作鬼怪形象，也來追撲。

寶玉正在情急，只見那送玉的和尚手裏拿着一面鏡子一照，說道：「我奉元妃娘娘的旨意，特來救你。」登時鬼怪全無，仍是一片荒郊。寶玉拉着和尚說道：「我記得是你領我到這裏，你一時又不見了。看見了好些親人，只是都不理我，忽又變作鬼怪，到底是夢是真？望老師明白指示。」那和尚道：「你到這裏曾偷看甚麼東西沒有？」寶玉一想道：「他既能帶我到天仙福地，自然也是神仙了，如何瞞得他。況且正要問個明白。」便道：「我倒見了好些冊子來着。」那和尚道：「可又來，你見了冊子還不解麼？世上的情緣都是那些魔障。只要把經歷過的事情細細記着，將來我與你說明。」說着，把寶玉狠命的一推，說：「回去罷！」寶玉站不住腳，一交跌倒，口裏嚷道：「阿喲！」

王夫人等正在哭泣，聽見寶玉甦來，連忙叫喚。寶玉睜眼看時，仍躺在炕上，見王夫人寶釵等哭的眼泡紅腫。定

神一想，心裏說道：「是了，我是死去過來的。」遂把神魂所歷的事呆呆的細想，幸喜多還記得，便哈哈的笑道：「是了，是了。」

王夫人只道舊病復發，便好延醫調治，即命丫頭婆子快去告訴賈政，說是「寶玉回過來了，頭裏原是心迷住了，如今說出話來，不用備辦後事了。」賈政聽了，急忙進來看視，果見寶玉甦來，便道：「沒福的痴兒，你要唬死誰嗎？」說着，眼淚也不知不覺流下來了，又歎了幾口氣，仍出去叫人請醫生診脈服藥。

這裏麝月正思自盡，見寶玉回過來，也放了心。

只見王夫人叫人端了桂圓湯叫他喝了幾口，漸漸的定了神。王夫人等放心，也沒有說麝月，只叫人仍把那玉交給寶釵給他帶上，「想起那和尚來，這玉不知那裏找來的，也是古怪。怎麼一時要銀，一時又不見了，莫非是神仙不成？」寶釵道：「說起那和尚來的蹤跡去的影響，那玉並不是找來的。頭裏丟的時候，必是那和尚取去的。」王夫人道：「玉在家裏，怎麼能取的了去？」寶釵道：「既可送來，就可取去。」襲人麝月道：「那年丟了玉，林大爺測了個字，後來二奶奶過了門，我還告訴過二奶奶，說測的那字是甚麼『賞』字。二奶奶還記得麼？」寶釵想道：「是了。你們說測的是當鋪裏找去，如今才明白了，竟是個和尚的『尚』字在上頭，可不是和尚取了去的麼？」王夫人道：「那和尚本來古怪。那年寶玉病的時候，那和尚來說是我們家有寶貝可解，說的就是這塊玉了。他既知道，自然這塊玉到底有些來歷。況且你女婿養下來就嘴裏含着的。古往今來，你們聽見過這麼第二個麼？只是不知終久這塊玉到底是怎麼着，就連咱們這一個也還不知是怎麼着。病也是這塊玉，好也是這塊玉，生是這塊玉……」說到這裏忽然住了，不免又流下淚來。

寶玉聽了，心裏卻也明白，更想死去的事愈加有因，只不言語，心裏細細的記憶。那時惜春便說道：「那年失

玉，還請妙玉請過仙，說是『青埂峯下倚古松』，還有甚麼『入我門來一笑逢』的話，想起來『入我門』三字大有講究。佛教的法門最大，只怕二哥不能入得去。」寶玉聽了，又冷笑幾聲。寶釵聽着，不覺的把眉頭兒肐揪[1]着，發起怔來。尤氏道：「偏你一說又是佛門了。你出家的念頭還沒有歇麼？」惜春笑道：「不瞞嫂子說，我早已斷了葷了。」王夫人道：「好孩子，阿彌陀佛，這個念頭是起不得的。」惜春聽了，也不言語。寶玉想「青燈古佛前」的詩句，不禁連歎幾聲。忽又想起一床席一枝花的詩句來，拿眼睛看着襲人，不覺又流下淚來。眾人都見他忽笑忽悲，也不解是何意，只道是他的舊病。豈知寶玉觸處機來，竟能把偷看冊上詩句俱牢牢記住了，只是不說出來，心中早有一個成見在那裏了。暫且不題。

且說眾人見寶玉死去復生，神氣清爽，又加連日服藥，一天好似一天，漸漸的復原起來。便是賈政見寶玉已好，現在丁憂無事，想起賈赦不知幾時遇赦，老太太的靈柩久停寺內，終不放心，欲要扶柩回南安葬，便叫了賈璉來商議。賈璉便道：「老爺想得極是，如今趁丁憂幹了這件大事更好。將來老爺起了復，生恐又不能遂意了。但是我父親不在家，姪兒呢又不敢僭越。老爺的主意很好，只是這件事也得好幾千銀子。衙門裏緝贓那是再緝不出來的。」賈政道：「我的主意是定了，只為大爺不在家，叫你來商議商議怎麼個辦法。你是不能出門的。現在這裏沒有人，我為是好幾口材都要帶回去，我一個人怎麼能夠照應？想起把蓉哥兒帶了去，況且有他媳婦的棺材也在裏頭。還有你林妹妹的，那是老太太的遺言說跟着老太太一塊兒回去的。我想這一項銀子只好在那裏挪借幾千，也就夠了。」賈璉道：「如今的人情

---

1)　　肐揪（gē jiū）：這裏是形容皺眉時眉頭肌肉的揪結。

過於淡薄。老爺呢，又丁憂；我們老爺呢，又在外頭，一時借是借不出來的了。只好拿房地文書出去押去。」賈政道：「住的房子是官蓋的，那裏動得？」賈璉道：「住房是不能動的。外頭還有幾所可以出脫的，等老爺起復後再贖也使得。將來我父親回來了，倘能也再起用，也好贖的。只是老爺這麼大年紀，辛苦這一場，姪兒們心裏實不安。」賈政道：「老太太的事，是應該的。只要你在家謹慎些，把持定了才好。」賈璉道：「老爺這倒只管放心，姪兒雖糊塗，斷不敢不認真辦理的。況且老爺回南少不得多帶些人去，所留下的人也有限了，這點子費用還可以過的來。就是老爺路上短少些，必經過賴尚榮的地方，可也叫他出點力兒。」賈政道：「自己的老人家的事，叫人家幫甚麼？」賈璉答應了「是」，便退出來打算銀錢。

賈政便告訴了王夫人，叫他管了家，自己便擇了發引長行的日子，就要起身。寶玉此時身體復元，賈環賈蘭倒認真唸書，賈政都交付給賈璉，叫他管教，「今年是大比的年頭。環兒是有服的，不能入場；蘭兒是孫子，服滿了也可以考的；務必叫寶玉同着姪兒考去。能夠中一個舉人，也好贖一贖咱們的罪名。」賈璉等唯唯應命。賈政又吩咐了在家的人，說了好些話，才別了宗祠，便在城外唸了幾天經，就發引下船，帶了林之孝等而去。也沒有驚動親友，唯有自家男女送了一程回來。

寶玉因賈政命他赴考，王夫人便不時催逼，查考起他的工課來。那寶釵襲人時常勸勉，自不必說。那知寶玉病後雖精神日長，他的念頭一發更奇僻了，竟換了一種。不但厭棄功名仕進，竟把那兒女情緣也看淡了好些。只是眾人不大理會，寶玉也並不說出來。

一日，恰遇紫鵑送了林黛玉的靈柩回來，悶坐自己屋裏啼哭，想着：「寶玉無情，見他林妹妹的靈柩回去並不傷心落淚，見我這樣痛哭也不來勸慰，反瞅着我笑。這樣負心

的人，從前都是花言巧語來哄着我們！前夜虧我想得開，不然幾乎又上了他的當。只是一件叫人不解，如今我看他待襲人等也是冷冷兒的。二奶奶是本來不喜歡親熱的，麝月那些人就不抱怨他麼？我想女孩子們多半是痴心的，白操了那些時的心，看將來怎樣結局！」

正想着，只見五兒走來瞧他，見紫鵑滿面淚痕，便說：「姐姐又想林姑娘了？想一個人聞名不如眼見，頭裏聽着寶二爺女孩子跟前是最好的，我母親再三的把我弄進來。豈知我進來了，盡心竭力的伏侍了幾次病，如今病好了，連一句好話也沒有剩出來，如今索性連眼兒也都不瞧了。」紫鵑聽他說的好笑，便嘆嗤的一笑，啐道：「呸，你這小蹄子，你心裏要寶玉怎麼個樣兒待你才好？女孩兒家也不害臊，連名公正氣的屋裏人瞧着他還沒事人一大堆呢，有工夫理你去？」因又笑着拿個指頭往臉上抹着問道：「你到底算寶玉的甚麼人哪？」那五兒聽了，自知失言，便飛紅了臉。待要解說不是要寶玉怎樣看待，說他近來不憐下的話，只聽院門外亂嚷說：「外頭和尚又來了，要那一萬銀子呢。太太着急，叫璉二爺和他講去，偏偏璉二爺又不在家。那和尚在外頭說些瘋話，太太叫二奶奶過去商量。」不知怎樣打發那和尚，下回分解。

💡 精華賞析

寶玉得回了玉又死而復生，第二次魂遊太虛幻境，他已經對冊中判詞、哲語有了感悟。這一次的精神遊歷也同時暗指了寶玉和佛門的緣分：這塊玉被和尚道士帶入、帶出紅塵，現在又被和尚還回來。那麼寶玉最後是否真能投入佛門，還是像惜春所說的「不能入得去」？

《第一百一十七回》

阻超凡佳人雙護玉
欣聚黨惡子獨承家

賈家家道已經敗落，可是賈環、賈芸、賈薔等人還在聚眾享樂，過着富家子弟的糜爛生活。不但如此，他們還動起邪念，要想點生財之道。

說話王夫人打發人來叫寶釵過去商量，寶玉聽見說是和尚在外頭，趕忙的獨自一人走到前頭，嘴裏亂嚷道：「我的師父在那裏？」叫了半天，並不見有和尚，只得走到外面。見李貴將和尚攔住，不放他進來。寶玉便說道：「太太叫我請師父進去。」李貴聽了鬆了手，那和尚便搖搖擺擺的進來。寶玉看見那僧的形狀與他死去時所見的一般，心裏早有些明白了，便上前施禮，連叫：「師父，弟子迎候來遲。」那僧說：「我不要你們接待，只要銀子，拿了來我就走。」寶玉聽來，又不像有道行的話，看他滿頭癩瘡，混身腌臢破爛，心裏想道：「自古說『真人不露相，露相不真人』，也不可當面錯過，我且應了他謝銀，並探探他的口氣。」便說道：「師父不必性急，現在家母料理，請師父坐下略等片刻。弟子請問師父，可是從『太虛幻境』而來？」那和尚道：「甚麼幻境，不過是來處來去處去罷了！我是送還你玉來的。我且問你，那玉是從那裏來的？」寶玉一時對答不上來。那僧笑道：「你自己的來路還不知，便來問我！」寶玉本來穎悟，又經點化，早把紅塵看破，只是自己的底裏未知；一聞那僧問起玉來，好像當頭一棒，便說道：「你也不用銀子了，我把那玉還你罷。」那僧笑道：「也該還我了。」

寶玉也不答言，往裏就跑，走到自己院內，見寶釵襲人等都到王夫人那裏去了，忙向自己床邊取了那玉便走出來。迎面碰見了襲人，撞了一個滿

懷，把襲人唬了一跳，說道：「太太說，你陪着和尚坐着很好，太太在那裏打
算送他些銀兩。你又回來做甚麼？」寶玉道：「你快去回太太，說不用張羅銀
兩了，我把這玉還了他就是了。」襲人聽說，即忙拉住寶玉道：「這斷使不得
的！那玉就是你的命，若是他拿去了，你又要病着了。」寶玉道：「如今不再
病的了，我已經有了心了，要那玉何用？」摔脫襲人，便要想走。襲人急得趕
着嚷道：「你回來，我告訴你一句話。」寶玉回過頭來道：「沒有甚麼說的了。」
襲人顧不得甚麼，一面趕着跑，一面嚷道：「上回丟了玉，幾乎沒有把我的命
要了！剛剛兒的有了，他拿了去，你也活不成，我也活不成了！你要還他，
除非是叫我死了！」說着，趕上一把拉住。寶玉急了道：「你死也要還，你不
死也要還！」狠命的把襲人一推，抽身要走。怎奈襲人兩隻手繞着寶玉的帶子
不放鬆，哭喊着坐在地下。裏面的丫頭聽見連忙趕來，瞧見他兩個人的神情
不好，只聽見襲人哭道：「快告訴太太去，寶二爺要把那玉去還和尚呢！」丫
頭趕忙飛報王夫人。那寶玉更加生氣，用手來掰開了襲人的手，幸虧襲人忍
痛不放。紫鵑在屋裏聽見寶玉要把玉給人，這一急比別人更甚，把素日冷淡
寶玉的主意都忘在九霄雲外了，連忙跑出來幫着抱住寶玉。那寶玉雖是個男
人，用力摔打，怎奈兩個人死命的抱住不放，也難脫身，歎口氣道：「為一塊
玉這樣死命的不放，若是我一個人走了，又待怎麼樣呢？」襲人紫鵑聽到那
裏，不禁嚎啕大哭起來。

　　正在難分難解，王夫人寶釵急忙趕來，見是這樣形景，便哭着喝道：「寶
玉，你又瘋了！」寶玉見王夫人來了，明知不能脫身，只得陪笑說道：「這當
甚麼？又叫太太着急。他們總是這樣大驚小怪的，我說那和尚不近人情，他
必要一萬銀子，少一個不能。我生氣進來拿這玉還他，就說是假的，要這玉
幹甚麼？他見得我們不希罕那玉，便隨意給他些就過去了。」王夫人道：「我
打諒真要還他，這也罷了。為甚麼不告訴明白了他們，叫他們哭哭喊喊的像
甚麼？」寶釵道：「這麼說呢倒還使得。要是真拿那玉給他，那和尚有些古
怪，倘或一給了他，又鬧到家口不寧，豈不是不成事了麼？至於銀錢呢，就
把我的頭面折變了，也還夠了呢。」王夫人聽了道：「也罷了，且就這麼辦
罷。」寶玉也不回答。只見寶釵走上來在寶玉手裏拿了這玉，說道：「你也不
用出去，我合太太給他錢就是了。」寶玉道：「玉不還他也使得。只是我還得
當面見他一見才好。」襲人等仍不肯放手，到底寶釵明決，說：「放了手由他

去就是了。」襲人只得放手。寶玉笑道：「你們這些人原來重玉不重人哪。你們既放了我，我便跟着他走了，看你們就守着那塊玉怎麼樣？」襲人心裏又着急起來，仍要拉他，只礙着王夫人和寶釵的面前，又不好太露輕薄。恰好寶玉一撒手就走了。襲人忙叫小丫頭在三門口傳了焙茗等，「告訴外頭照應着二爺，他有些瘋了。」小丫頭答應了出去。

　　王夫人寶釵等進來坐下，問起襲人來由，襲人便將寶玉的話細細說了。王夫人寶釵甚是不放心，又叫人出去吩咐眾人伺候，聽着和尚說些甚麼。回來小丫頭傳話進來回王夫人道：「二爺真有些瘋了。外頭小廝們說，裏頭不給他玉，他也沒法兒，如今身子出來了，求着那和尚帶了他去。」王夫人聽了說道：「這還了得！那和尚說甚麼來着？」小丫頭回道：「和尚說要玉不要人。」寶釵道：「不要銀子了麼？」小丫頭道：「沒聽見說，後來和尚和二爺兩個說着笑着，有好些話外頭小廝們都不懂。」王夫人道：「糊塗東西，聽不出來，學是自然學得來的。」便叫小丫頭：「你把那小廝叫進來。」小丫頭連忙出去叫進那小廝，站在廊下，隔着窗戶請了安。王夫人便問道：「和尚和二爺的話你們不懂，難道學也學不來嗎？」那小廝回道：「我們只聽見說甚麼『大荒山』，甚麼『青埂峯』，又說甚麼『太虛境』『斬斷塵緣』這些話。」王夫人聽了也不懂。寶釵聽了，唬得兩眼直瞪，半句話都沒有了。

　　正要叫人出去拉寶玉進來，只見寶玉笑嘻嘻的進來說：「好了，好了。」寶釵仍是發怔。王夫人道：「你瘋瘋癲癲的說的是甚麼？」寶玉道：「正經話又說我瘋癲。那和尚與我原認得的，他不過也是要來見我一見。他何嘗是真要銀子呢？也只當化個善緣就是了。所以說明了，他自己就飄然而去了。這可不是好了麼？」王夫人不信，又隔着窗戶問那小廝。那小廝連忙出去問了門上的人，進來回說：「果然和尚走了。說請太太們放心，我原不要銀子，只要寶二爺時常到他那裏去去就是了。諸事只要隨緣，自有一定的道理。」王夫人道：「原來是個好和尚，你們曾問住在那裏？」門上道：「奴才也問來着，他說我們二爺是知道的。」王夫人問寶玉道：「他到底住在那裏？」寶玉笑道：「這個地方說遠就遠，說近就近。」寶釵不待說完，便道：「你醒醒兒罷，別盡着迷在裏頭。現在老爺太太就疼你一個人，老爺還吩咐你幹功名長進呢。」寶玉道：「我說的不是功名麼！你們不知道，『一子出家，七祖升天』呢！」王夫人聽了，不覺傷心起來，說：「我們的家運怎麼好？一個四丫頭口口聲聲要

出家，如今又添出一個來了。我這樣個日子過他做甚麼？」說着，大哭起來。寶釵見王夫人傷心，只得上前苦勸。寶玉笑道：「我說了這一句玩話，太太又認起真來了。」王夫人止住哭聲道：「這些話也是混說的麼？」

　　正鬧着，只見丫頭來回話：「璉二爺回來了，顏色大變，說請太太回去說話。」王夫人又吃了一驚，說道：「將就些，叫他進來罷，小嬸子也是舊親，不用回避了。」賈璉進來，見了王夫人請了安。寶釵迎着也問了賈璉的安。回說道：「剛才接了我父親的書信，說是病重的很，叫我就去，若遲了恐怕不能見面。」說到那裏，眼淚便掉下來了。王夫人道：「書上寫的是甚麼病？」賈璉道：「寫的是感冒風寒起來的，如今成了癆病了。現在危急，專差一個人連日連夜趕來的，說如若再耽擱一兩天，就不能見面了。故來回太太，姪兒必得就去才好。只是家裏沒有照管。薔兒芸兒雖說糊塗，到底是個男人，外頭有了事來還可傳個話。姪兒家裏倒沒有甚麼事，秋桐是天天哭着喊着不願意在這裏，姪兒叫了他娘家的人來領了去了，倒省了平兒好些氣。雖是巧姐兒沒人照應，還虧平兒的心不很壞。妞兒心裏也明白，只是性氣比他娘還剛硬些，求太太時常管教管教他。」說着，眼圈兒一紅，連忙把腰裏拴檳榔荷包的小絹子拉下來擦眼。王夫人道：「放着他親祖母在那裏，託我做甚麼？」賈璉輕輕的說道：「太太要說這個話，姪兒就該活活兒的打死了。沒甚麼說的，總求太太始終疼姪兒就是了。」說着，就跪下來了。王夫人也眼圈兒紅了，說：「你快起來，娘兒們說話兒，這是怎麼說。只是一件，孩子也大了，倘或你父親有個一差二錯又耽擱住了，或者有個門當戶對的來說親，還是等你回來，還是你太太作主？」賈璉道：「現在太太們在家，自然是太太們做主，不必等我。」王夫人道：「你要去，就寫了稟帖給二老爺送個信，說家下無人，你父親不知怎樣，快請二老爺將老太太的大事早早的完結，快快回來。」

　　賈璉答應了「是」，正要走出去，復轉回來回說道：「咱們家的家下人家裏還夠使喚，只是園裏沒有人太空了。包勇又跟了他們老爺去了。姨太太住的房子，薛二爺已搬到自己的房子內住了。園裏一帶屋子都空着，忒沒照應，還得太太叫人常查看查看。那櫳翠庵原是咱們家的地基，如今妙玉不知那裏去了，所有的根基他的當家女尼不敢自己作主，要求府裏一個人管理管理。」王夫人道：「自己的事還鬧不清，還攬得住外頭的事麼？這句話好歹別叫四丫頭知道，若是他知道了，又要吵着出家的念頭出來了。你想咱們家甚

麼樣的人家，好好的姑娘出了家，還了得！」賈璉道：「太太不提起姪兒也不
敢說，四妹妹到底是東府裏的，又沒有父母，他親哥哥又在外頭，他親嫂子
又不大說的上話。姪兒聽見要尋死覓活了好幾次。他既是心裏這麼着的了，
若是牛着他¹，將來倘或認真尋了死，比出家更不好了。」王夫人聽了點頭道：
「這件事真真叫我也難擔。我也做不得主，由他大嫂子去就是了。」

賈璉又說了幾句才出來，叫了眾家人來交代清楚，寫了書，收拾了行
裝。平兒等不免叮嚀了好些話。只有巧姐兒慘傷的了不得，賈璉又欲託王仁
照應，巧姐到底不願意；聽見外頭託了芸薔二人，心裏更不受用，嘴裏卻說
不出來，只得送了他父親，謹謹慎慎的隨着平兒過日子。豐兒小紅因鳳姐去
世，告假的告假，告病的告病，平兒意欲接了家中一個姑娘來，一則給巧姐
作伴，二則可以帶量他。遍想無人，只有喜鸞四姐兒是賈母舊日鍾愛的，偏
偏四姐兒新近出了嫁了，喜鸞也有了人家兒，不日就要出閣，也只得罷了。

且說賈芸賈薔送了賈璉，便進來見了邢王二夫人。他兩個倒替在外書
房住下，日間便與家人廝鬧，有時找了幾個朋友吃個車箍轆會²，甚至聚賭，裏
頭那裏知道？一日邢大舅王仁來，瞧見了賈芸賈薔住在這裏，知他熱鬧，也
就借着照看的名兒時常在外書房設局賭錢喝酒。所有幾個正經的家人，賈政
帶了幾個去，賈璉又跟去了幾個，只有那賴林諸家的兒子姪兒。那些少年託
着老子娘的福吃喝慣了的，那知當家立計的道理？況且他們長輩都不在家，
便是沒籠頭的馬了，又有兩個旁主人慫恿，無不樂為。這一鬧，把個榮國府
鬧得沒上沒下，沒裏沒外。那賈薔還想勾引寶玉，賈芸攔住道：「寶二爺那個
人沒運氣的，不用惹他。那一年我給他說了一門子絕好的親，父親在外頭做
稅官，家裏開幾個當鋪，姑娘長的比仙女兒還好看。我巴巴兒的細細的寫了
一封書子給他，誰知他沒造化……」說到這裏，瞧了瞧了左右無人，又說：
「他心裏早和咱們這個二嬸娘好上了。你沒聽見說，還有一個林姑娘呢，弄的
害了相思病死的，誰不知道。這也罷了，各自的姻緣罷咧。誰知他為這件事
倒惱了我了，總不大理。他打諒誰必是借誰的光兒呢。」賈薔聽了點點頭，才

---

1)　牛着他：和他執拗。

2)　車箍轆會：車箍轆就是車輪。車箍轆會，就是輪流做主人請東道的聚餐會。

把這個心歇了。

　　他兩個還不知道寶玉自會那和尚以後，他是欲斷塵緣，一則在王夫人跟前不敢任性，已與寶釵襲人等皆不大款洽了。那些丫頭不知道，還要逗他，寶玉那裏看得到眼裏？他也並不將家事放在心裏。時常王夫人寶釵勸他唸書，他便假作攻書，一心想着那個和尚引他到仙境的機關。心目中觸處皆為俗人，卻在家難受，閑來倒與惜春閑講。他們兩個講得上了，那種心更加準了幾分，那裏還管賈環賈蘭等？

　　那賈環為他父親不在家，趙姨娘已死，王夫人不大理會他，便入了賈薔一路。倒是彩雲時常規勸，反被賈環辱罵。玉釧兒見寶玉瘋癲更甚，早和他娘說了，要求着出去。如今寶玉賈環他哥兒兩個各有一種脾氣，鬧得人人不理。獨有賈蘭跟着他母親上緊攻書，作了文字送到學裏請教代儒。因近來代儒老病在床，只得自己刻苦。李紈是素來沉靜的，除了請王夫人的安，會會寶釵，餘者一步不走，只有看着賈蘭攻書。所以榮府住的人雖不少，竟是各自過各自的，誰也不肯做誰的主。賈環賈薔等愈鬧的不像事了，甚至偷典偷賣，不一而足。賈環更加宿娼濫賭，無所不為。

　　一日邢大舅王仁都在賈薔外書房喝酒，一時高興，叫了幾個陪酒的來唱着喝着勸酒。賈薔便說：「你們鬧的太俗。我要行個令兒。」眾人道：「使得。」賈薔道：「咱們『月字流觴』罷。我先說起『月』字，數到那個便是那個喝酒，還要酒面酒底。須得依着令官，不依者罰三大杯。」眾人都依了。賈薔喝了一杯令酒，便說：「飛羽觴而醉月。」順飲數到賈環。賈薔說：「酒面要個『桂』字。」賈環便說道：「『冷露無聲濕桂花』。酒底呢？」賈薔道：「說個『香』字。」賈環道：「天香雲外飄。」

　　大舅說道：「沒趣，沒趣。你又懂得甚麼字了，也假斯文起來！這不是取樂，竟是慪人了。咱們都鐲了，倒是搳搳拳，輸家喝輸家唱，叫做『苦中苦』。若是不會唱的，說個笑話兒也使得，只要有趣。」眾人都道：「使得。」於是亂搳起來。王仁輸了，喝了一杯，唱了一個。眾人道好，又搳起來了。是個陪酒的輸了，唱了一個甚麼「小姐小姐多豐彩」。以後邢大舅輸了，眾人要他唱曲兒，他道：「我唱不上來的，我說個笑話兒罷。」賈薔道：「若說不笑仍要罰的。」

　　邢大舅就喝了杯，便說道：「諸位聽着：村莊上有一座元帝廟，旁邊有

個土地祠。那元帝老爺就叫土地來說閑話兒。一日元帝廟裏被了盜，便叫土地去查訪。土地稟道：『這地方沒有賊的，必是神將不小心，被外賊偷了東西去。』元帝道：『胡說，你是土地，失了盜不問你問誰去呢？你倒不去拿賊，反說我的神將不小心嗎？』土地稟道：『雖說是不小心，到底是廟裏的風水不好。』元帝道：『你倒會看風水麼？』土地道：『待小神看看。』那土地向各處瞧了一會，便來回稟道『老爺坐的身子背後兩扇紅門就不謹慎。小神坐的背後是砌的牆，自然東西丟不了。以後老爺的背後亦改了牆就好了。』元帝老爺聽來有理，便叫神將派人打牆。眾神將歎口氣道：『如今香火一炷也沒有，那裏有磚灰人工來打牆！』元帝老爺沒法，叫眾神將作法，卻都沒有主意。那元帝老爺腳下的龜將軍站起來道：『你們不中用，我有主意。你們將紅門拆下來，到了夜裏拿我的肚子墊住在這門口，難道當不得一堵牆麼？』眾神將都說道：『好，又不花錢，又便當結實。』於是龜將軍便當這個差使，竟安靜了。豈知過了幾天，那廟裏又丟了東西。眾神將叫了土地來說道：『你說砌了牆就不丟東西，怎麼如今有了牆還要丟？』那土地道：『這牆砌的不結實。』眾神將道：『你瞧去。』土地一看，果然是一堵好牆，怎麼還有失事？把手摸了一摸道：『我打諒是真牆，那裏知道是個假牆！』」眾人聽了大笑起來。賈薔也忍不住的笑，說道：「傻大舅，你好！我沒有罵你，你為甚麼罵我？快拿杯來罰一大杯。」邢大舅喝了，已有醉意。

　　眾人又喝了幾杯，都醉起來。邢大舅說他姐姐不好，王仁說他妹妹不好，都說的狠狠毒毒的。賈環聽了，趁着酒興也說鳳姐不好，怎樣苛刻我們，怎麼樣踏我們的頭。眾人道：「大凡做個人，原要厚道些。看鳳姑娘仗着老太太這樣的利害，如今焦了尾巴梢子[3]了，只剩了一個姐兒，只怕也要現世現報呢。」賈芸想着鳳姐待他不好，又想起巧姐兒見他就哭，也信着嘴兒混說。還是賈薔道：「喝酒罷，說人家做甚麼？」那兩個陪酒的道：「這位姑娘多大年紀了？長得怎麼樣？」賈薔道：「模樣兒是好的很的。年紀也有十三四歲了。」那陪酒的說道：「可惜這樣人生在府裏這樣人家，若生在小戶人家，父母兄弟都做了官，還發了財呢。」眾人道：「怎麼樣？」那陪酒的道：「現今有

---

3)　　焦了尾巴梢子：歇後語，指絕後（斷絕後嗣）。

個外藩王爺，最是有情的，要選一個妃子。若合了式，父母兄弟都跟了去，可不是好事兒嗎？」眾人都不大理會，只有王仁心裏略動了一動，仍舊喝酒。

只見外頭走進賴林兩家的子弟來，說：「爺們好樂呀！」眾人站起來說道：「老大老三怎麼這時候才來？叫我們好等！」那兩個人說道：「今早聽見一個謠言，說是咱們家又鬧出事來了，心裏着急，趕到裏頭打聽去，並不是咱們。」眾人道：「不是咱們就完了，為甚麼不就來？」那兩個說道：「雖不是咱們，也有些干係。你們知道是誰？就是賈雨村老爺。我們今兒進去，看見帶着鎖子，說要解到三法司衙門裏審問去呢。我們見他常在咱們家裏來往，恐有甚麼事，便跟了去打聽。」賈芸道：「到底老大用心，原該打聽打聽。你且坐下喝一杯再說。」兩人讓了一回，便坐下，喝着酒道：「這位雨村老爺人也能幹，也會鑽營，官也不小了，只是貪財，被人家參了個婪索屬員的幾款。如今的萬歲爺是最聖明最仁慈的，獨聽了一個『貪』字，或因糟蹋了百姓，或因恃勢欺良，是極生氣的，所以旨意便叫拿問。若是問出來了，只怕攔不住。若是沒有的事，那參的人也不便。如今真真是好時候，只要有造化，做個官兒就好。」眾人道：「你的哥哥就是有造化的，現做知縣還不好麼？」賴家的說道：「我哥哥雖是做了知縣，他的行為只怕也保不住怎麼樣呢。」眾人道：「手也長麼？」賴家的點點頭兒，便舉起杯來喝酒。

眾人又道：「裏頭還聽見甚麼新聞？」兩人道：「別的事沒有，只聽見海疆的賊寇拿住了好些，也解到法司衙門裏審問。還審出好些賊寇，也有藏在城裏的，打聽消息，抽空兒就劫搶人家。如今知道朝裏那些老爺們都是能文能武的，出力報效，所到之處早就消滅了。」眾人道：「你聽見有在城裏的，不知審出咱們家失盜了一案來沒有？」兩人道：「倒沒有聽見。恍惚有人說是有個內地裏的人，城裏犯了事，搶了一個女人下海去了。那女人不依，被這賊寇殺了。那賊寇正要逃出關去，被官兵拿住了，就在拿獲的地方正了法了。」眾人道：「咱們櫳翠庵的甚麼妙玉不是叫人搶去，不要就是他罷？」賈環道：「必是他！」眾人道：「你怎麼知道？」賈環道：「妙玉這個東西是最討人嫌的。他一日家捏酸，見了寶玉就眉開眼笑了。我若見了他，他從不拿正眼瞧我一瞧。真要是他，我才趁願呢！」眾人道：「搶的人也不少，那裏就是他？」賈芸道：「有點信兒。前日有個人說，他庵裏的道婆做夢，說看見是妙玉叫人殺了。」眾人笑道：「夢話算不得。」邢大舅道：「管他夢不夢，咱們快

吃飯罷。今夜做個大輸贏。」眾人願意，便吃畢了飯，大賭起來。

　　賭到三更天，只聽見裏頭亂嚷，說是四姑娘合珍大奶奶拌嘴，把頭髮都絞掉了，趕到邢夫人王夫人那裏去磕了頭，說是要求容他做尼姑呢，送他一個地方，若不容他，他就死在眼前。那邢王兩位太太沒主意，叫請薔大爺芸二爺進去。賈芸聽了，便知是那回看家的時候起的念頭，想來是勸不過來的了，便合賈薔商議道：「太太叫我們進去，我們是做不得主的。況且也不好做主，只好勸去。若勸不住，只好由他們罷。咱們商量了寫封書給璉二叔，便卸了我們的干係了。」兩人商量定了主意，進去見了邢王兩位太太，便假意的勸了一回。無奈惜春立意必要出家，就不放他出去，只求一兩間淨屋子給他誦經拜佛。尤氏見他兩個不肯作主，又怕惜春尋死，自己便硬作主張，說是：「這個不是索性我耽了罷。說我做嫂子的容不下小姑子，逼他出了家了就完了。若說到外頭去呢，斷斷使不得。若在家裏呢，太太們都在這裏，算我的主意罷。叫薔哥兒寫封書子給你珍大爺璉二叔就是了。」賈薔等答應了。不知邢王二夫人依與不依，下回分解。

💬 延伸思考

．．

　　請你想一想，寶玉為何要把玉還給和尚？他為甚麼又打算出家？

《第一百一十八回》

記微嫌舅兄欺弱女
驚謎語妻妾諫痴人

惜春出家的決心十分堅決，家裏人終於阻止不了，同意了她的請求。但惜春只能在賈府的園子裏修行，她最終還是沒有走出賈府這個「牢籠」。整個賈府上下，只有紫鵑願意陪伴惜春，因為她與惜春一樣，對賈府中人感到絕望。

　　話說邢王二夫人聽尤氏一段話，明知也難挽回。王夫人只得說道：「姑娘要行善，這也是前生的夙根，我們也實在攔不住。只是咱們這樣人家的姑娘出了家，不成了事體。如今你嫂子說了准你修行，也是好處。卻有一句話要說，那頭髮可以不剃的，只要自己的心真，那在頭髮上頭呢？你想妙玉也是帶髮修行的，不知他怎樣凡心一動，才鬧到那個分兒。姑娘執意如此，我們就把姑娘住的房子便算了姑娘的靜室。所有服侍姑娘的人也得叫他們來問：他若願意跟的，就講不得說親配人；若不願意跟的，另打主意。」惜春聽了，收了淚，拜謝了邢王二夫人、李紈、尤氏等。王夫人說了，便問彩屏等誰願跟姑娘修行。彩屏等回道：「太太們派誰就是誰。」王夫人知道不願意，正在想人。

　　襲人立在寶玉身後，想來寶玉必要大哭，防着他的舊病。豈知寶玉歎道：「真真難得。」襲人心裏更自傷悲。寶釵雖不言語，遇事試探，見是執迷不醒，只得暗中落淚。王夫人才要叫了眾丫頭來問。忽見紫鵑走上前去，在王夫人面前跪下，回道：「剛才太太問跟四姑娘的姐姐，太太看着怎麼樣？」王夫人道：「這個如何強派得人的，誰願意他自然就說出來了。」紫鵑道：「姑娘修行自然姑娘願意，並不是別的姐姐們的意思。我有句話回太太，我也並

不是拆開姐姐們，各人有各人的心。我服侍林姑娘一場，林姑娘待我也是太太們知道的，實在恩重如山，無以可報。他死了，我恨不得跟了他去。但是他不是這裏的人，我又受主子家的恩典，難以從死。如今四姑娘既要修行，我就求太太們將我派了跟着姑娘，伏侍姑娘一輩子。不知太太們准不准？若准了，就是我的造化了。」

邢王二夫人尚未答言，只見寶玉聽到那裏，想起黛玉一陣心酸，眼淚早下來了。眾人才要問他時，他又哈哈的大笑，走上來道：「我不該說的。這紫鵑蒙太太派給我屋裏，我才敢說。求太太准了他罷，全了他的好心。」王夫人道：「你頭裏姊妹出了嫁，還哭得死去活來；如今看見四妹妹要出家，不但不勸，倒說好事，你如今到底是怎麼個意思？我索性不明白了。」寶玉道：「四妹妹修行是已經准的了，四妹妹也是一定主意了？若是真呢，我有一句話要告訴太太；若是不定呢，我就不敢混說了。」惜春道：「二哥哥說話也好笑，一個人主意不定便扭得過太太們來了？我也是像紫鵑的話，容我呢，是我的造化，不容我呢，還有一個死呢，那怕甚麼！二哥哥既有話，只管說。」寶玉道：「我這也不算甚麼泄漏了，這也是一定的。我唸一首詩給你們聽聽罷！」眾人道：「人家苦得很的時候，你倒來做詩。惱人！」寶玉道：「不是做詩，我到一個地方兒看了來的。你們聽聽罷。」眾人道：「使得。你就唸唸，別順着嘴兒胡謅。」寶玉也不分辯，便說道：「勘破三春景不長，緇衣頓改昔年妝。可憐繡戶侯門女，獨臥青燈古佛旁！」

李紈寶釵聽了，詫異道：「不好了，這人入了魔了。」王夫人聽了這話，點頭歎息，便問寶玉：「你到底是那裏看來的？」寶玉不便說出來，回道：「太太也不必問，我自有見的地方。」王夫人回過味來，細細一想，便更哭起來道：「你說前兒是玩話，怎麼忽然有這首詩？罷了，我知道了，你們叫我怎麼樣呢！我也沒有法兒了，也只得由着你們去罷！但是要等我合上了眼，各自幹各自的就完了！」寶釵一面勸着，這個心比刀絞更甚，也掌不住便放聲大哭起來。襲人已經哭的死去活來，幸虧秋紋扶着。寶玉也不啼哭，也不相勸，只不言語。賈蘭賈環聽到那裏，各自走開。李紈竭力的解說：「總是寶兄弟見四妹妹修行，他想來是痛極了，不顧前後的瘋話，這也作不得準的。獨有紫鵑的事情准不准？好叫他起來。」

王夫人道：「甚麼依不依，橫豎一個人的主意定了，那也是扭不過來的。

可是寶玉說的也是一定的了。」紫鵑聽了磕頭。惜春又謝了王夫人。紫鵑又給寶玉寶釵磕了頭。寶玉唸聲「阿彌陀佛！難得，難得。不料你倒先好了！」寶釵雖然有把持，也難掌住。只有襲人，也顧不得王夫人在上，便痛哭不止，說：「我願意跟了四姑娘去修行。」寶玉笑道：「你也是好心。但是你不能享這個清福的。」襲人哭道：「這麼說，我是要死的了！」寶玉聽到那裏，倒覺傷心，只是說不出來。因時已五更，寶玉請王夫人安歇，李紈等各自散去。彩屏等暫且伏侍惜春回去，後來指配了人家。紫鵑終身伏侍，毫不改初。此是後話。

　　且言賈政扶了賈母靈柩一路南行，因遇着班師的兵將船隻過境，河道擁擠，不能速行，在道實在心焦。幸喜遇見了海疆的官員，聞得鎮海統制欽召回京，想來探春一定回家，略略解些煩心。只打聽不出起程的日期，心裏又煩燥。想到盤費算來不敷，不得已寫書一封，差人到賴尚榮任上借銀五百，叫人沿途迎上來應需用。那人去了幾日，賈政的船才行得十數里。那家人回來，迎上船隻，將賴尚榮的稟啟呈上。書內告了多少苦處，備上白銀五十兩。賈政看了生氣，即命家人立刻送還，將原書發回，叫他不必費心。那家人無奈，只得回到賴尚榮任所。

　　賴尚榮接到原書銀兩，心中煩悶，知事辦得不周到，又添了一百，央求來人帶回，幫着說些好話。豈知那人不肯帶回，撂下就走了。賴尚榮心下不安，立刻修書到家，回明他父親，叫他設法告假贖出身來。於是賴家託了賈薔賈芸等在王夫人面前乞恩放出。賈薔明知不能，過了一日，假說王夫人不依的話回覆了。賴家一面告假，一面差人到賴尚榮任上，叫他告病辭官。王夫人並不知道。

　　那賈芸聽見賈薔的假話，心裏便沒想頭，連日在外又輸了好些銀錢，無所抵償，便和賈環相商。賈環本是一個錢沒有的，雖是趙姨娘積蓄些微，早被他弄光了，那能照應人家？便想起鳳姐待他刻薄，趁賈璉不在家，要擺佈巧姐出氣，遂把這個當叫賈芸來上，故意的埋怨賈芸道：「你們年紀又大，放着弄銀錢的事又不敢辦，倒和我沒有錢的人相商。」賈芸道：「三叔，你這話說的倒好笑，咱們一塊兒玩，一塊兒鬧，那裏有銀錢的事？」賈環道：「不是前兒有人說是外藩要買個偏房，你們何不和王大舅商量把巧姐說給他呢？」賈芸道：「叔叔，我說句招你生氣的話，外藩花了錢買人，還想能和咱們走動

麼？」賈環在賈芸耳邊說了些話，賈芸雖然點頭，只道賈環是小孩子的話，也不當事，恰好王仁走來說道：「你們兩個人商量些甚麼，瞞着我麼？」賈芸便將賈環的話附耳低言的說了。王仁拍手道：「這倒是一種好事，又有銀子。只怕你們不能，若是你們敢辦，我是親舅舅，做得主的。只要環老三在大太太跟前那麼一說，我找邢大舅再一說，太太們問起來你們齊打夥說好就是了。」賈環等商議定了，王仁便去找邢大舅，賈芸便去回邢王二夫人，說得錦上添花。

王夫人聽了雖然入耳，只是不信。邢夫人聽得邢大舅知道，心裏願意，便打發人找了邢大舅來問他。那邢大舅已經聽了王仁的話，又可分肥，便在邢夫人跟前說道：「若說這位郡王，是極有體面的。若應了這門親事，雖說是不是正配，保管一過了門，姐夫的官早復了，這裏的聲勢又好了。」邢夫人本是沒主意的人，被傻大舅一番假話哄得心動，請了王仁來一問，更說得熱鬧。於是邢夫人倒叫人出去追着賈芸去說。王仁即刻找了人去到外藩公館說了。那外藩不知底細，便要打發人來相看。賈芸又鑽了相看的人，說明：「原是瞞着合宅的，只說是王府相親。等到成了，他祖母作主，親舅舅的保山，是不怕的。」那相看的人應了。賈芸便送信與邢夫人，並回了王夫人。那李紈寶釵等不知原故，只道是件好事，也都歡喜。

那日果然來了幾個女人，都是豔妝麗服。邢夫人接了進去，敍了些閑話。那來人本知是個誥命，也不敢怠慢。邢夫人因事未定，也沒有和巧姐說明，只說有親戚來瞧，叫他去見。那巧姐到底是個小孩子，那管這些，便跟了奶媽過來。平兒不放心，也跟着來。只見有兩個宮人打扮的，見了巧姐便渾身上下一看，更又起身拉着巧姐的手又瞧了一遍，略坐了一坐就走了。倒把巧姐看得羞臊，回到房中納悶，想來沒有這門親戚，便問平兒。平兒先看見來頭，卻也猜得八九必是相親的。「但是二爺不在家，大太太作主，到底不知是那府裏的。若說是對頭親，不該這樣相看。瞧那幾個人的來頭，不像是本支王府，好像是外頭路數。如今且不必和姑娘說明，且打聽明白再說。」

平兒心下留神打聽。那些丫頭婆子都是平兒使過的，平兒一問，所有聽見外頭的風聲都告訴了。平兒便嚇的沒了主意，雖不和巧姐說，便趕着去告訴了李紈寶釵，求他二人告訴王夫人。王夫人知道這事不好，便和邢夫人說知。怎奈邢夫人信了兄弟並王仁的話，反疑心王夫人不是好意，便說：「孫女兒也大了，現在璉兒不在家，這件事我還做得主。況且是他親舅爺爺和他親

舅舅打聽的，難道倒比別人不真麼？我橫豎是願意的。倘有甚麼不好，我和
璉兒也抱怨不着別人！」

　　王夫人聽了這些話，心下暗暗生氣，勉強說些閑話，便走了出來，告訴
了寶釵，自己落淚。寶玉勸道：「太太別煩惱，這件事我看來是不成的。這又
是巧姐兒命裏所招，只求太太不管就是了。」王夫人道：「你一開口就是瘋話。
人家說定了就要接過去。若依平兒的話，你璉二哥哥可不抱怨我麼？別說自
己的姪孫女兒，就是親戚家的，也是要好才好。邢姑娘是我們作媒的，配了
你二大舅子，如今和和順順的過日子，不好麼？邢琴姑娘梅家娶了去，聽見
說是豐衣足食的很好。就是史姑娘是他叔叔的主意，頭裏原好，如今姑爺癆
病死了，你史妹妹立志守寡，也就苦了。若是巧姐兒錯給了人家兒，可不是
我的心壞？」

　　正說着，平兒過來瞧寶釵，並探聽邢夫人的口氣。王夫人將邢夫人的話
說了一遍。平兒呆了半天，跪下求道：「巧姐兒終身全仗着太太。若信了人家
的話，不但姑娘一輩子受了苦，便是璉二爺回來怎麼說呢？」王夫人道：「你
是個明白人，起來，聽我說。巧姐兒到底是大太太孫女兒，他要作主，我能
夠攔他麼？」寶玉勸道：「無妨礙的，只要明白就是了。」平兒生怕寶玉瘋癲
嚷出來，也並不言語，回了王夫人竟自去了。

　　這裏王夫人想到煩悶，一陣心痛。叫丫頭扶着勉強回到自己房中躺下，
不叫寶玉寶釵過來，說睡睡就好的。自己卻也煩悶，聽見說李嬸娘來了也不
及接待。只見賈蘭進來請了安，回道：「今早爺爺那裏打發人帶了一封書子
來，外頭小子們傳進來的。我母親接了正要過來，因我老娘來了，叫我先呈
給太太瞧，回來我母親就過來來回太太。還說我老娘要過來呢。」說着，一
面把書子呈上。王夫人一面接書，一面問道：「你老娘來作甚麼？」賈蘭道：
「我也不知道。我只見我老娘說，我三姨兒的婆婆家有甚麼信兒來了。」王夫
人聽了，想起來還是前次給甄寶玉說了李綺，後來放定下茶，想來此時甄家
要娶過門，所以李嬸娘來商量這件事情，便點點頭兒。一面拆開書信，見上
面寫着道：

　　「近來沿途俱係海疆凱旋船隻，不能迅速前行。聞探姐隨翁婿來都，不知
曾有信否？前接到璉姪手稟，知大老爺身體欠安，亦不知已有確信否？寶玉
蘭哥場期已近，務須實心用功，不可怠惰。老太太靈柩抵家，尚需日時。我

身體平善，不必掛念。此諭寶玉等知道。月日手書。蓉兒另稟。」

　　王夫人看了，仍舊遞給賈蘭，說：「你拿去給你二叔叔瞧瞧，還交給你母親罷。」

　　正說着，李紈同李嬸娘過來。請安問好畢，王夫人讓了坐。李嬸娘便將甄家要娶李綺的話說了一遍。大家商議了一會子。李紈因問王夫人道：「老爺的書子太太看過了麼？」王夫人道：「看過了。」賈蘭便拿着給他母親瞧。李紈看了道：「三姑娘出門了好幾年，總沒有來，如今要回京了。太太也放了好些心。」王夫人道：「我本是心痛，看見探丫頭要回來了，心裏略好些。只是不知幾時才到。」李嬸娘便問了賈政在路好。李紈因向賈蘭道：「哥兒瞧見了？場期近了，你爺爺惦記的甚麼似的。你快拿了去給二叔叔瞧去罷。」李嬸娘道：「他們爺兒兩個又沒進過學，怎麼能下場呢？」王夫人道：「他爺爺做糧道的起身時，給他們爺兒兩個援了例監¹了。」李嬸娘點頭。賈蘭一面拿着書子出來，來找寶玉。

　　卻說寶玉送了王夫人去後，正拿着《秋水》一篇在那裏細玩。寶釵從裏間走出，見他看的得意忘言，便走過來一看，見是這個，心裏着實煩悶。細想他只顧把這些出世離羣的話當作一件正經事，終久不妥。看他這種光景，料勸不過來，便坐在寶玉旁邊，怔怔的坐着。寶玉見他這般，便道：「你這又是為甚麼？」寶釵道：「我想你我既為夫婦，你便是我終身的倚靠，卻不在情慾之私。論起榮華富貴，原不過是過眼煙雲，但自古聖賢，以人品根柢為重……」寶玉也沒聽完，把那書本擱在旁邊，微微的笑道：「據你說人品根柢，又是甚麼古聖賢，你可知古聖賢說過『不失其赤子之心』？那赤子有甚麼好處，不過是無知無識無貪無忌。我們生來已陷溺在貪嗔痴愛中，猶如污泥一般，怎麼能跳出這般塵網？如今才曉得『聚散浮生』四字，古人說了，不曾提醒一個。既要講到人品根柢，誰是到那太初一步地位的？」寶釵道：「你既說『赤子之心』，古聖賢原以忠孝為赤子之心，並不是遁世離羣無關無繫為赤子之心。堯舜禹湯周孔時刻以救民濟世為心，所謂赤子之心，原不過是『不

1）　援了例監：明清科舉制度，取得生員（普通成為秀才）資格，叫作進學。然後才能進一步去應鄉試（考舉人）。國子監的生員，稱為監生，監生名義可以由捐錢取得。援了例監，即指依照捐納的常例取得了監生的資格。

忍』二字。若你方才所說的，忍於拋棄天倫，還成甚麼道理？」寶玉點頭笑道：「堯舜不強巢許，武周不強夷齊。」寶釵不等他說完，便道：「你這個話益發不是了。古來若都是巢許夷齊²，為甚麼如今人又把堯舜周孔稱為聖賢呢？況且你自比夷齊，更不成話。伯夷叔齊原是生在殷商末世，有許多難處之事，所以才有託而逃。當此聖世，咱們世受國恩，祖父錦衣玉食；況你自有生以來，自去世的老太太以及老爺太太視如珍寶。你方才所說，自己想一想是與不是？」

寶玉聽了，也不答言，只有仰頭微笑。寶釵因又勸道：「你既理屈詞窮，我勸你從此把心收一收，好好的用用功。但能博得一第，便是從此而止，也不枉天恩祖德了。」寶玉點了點頭，歎了口氣說道：「一第呢，其實也不是甚麼難事，倒是你這個『從此而止，不枉天恩祖德』卻還不離其宗。」寶釵未及答言，襲人過來說道：「剛才二奶奶說的古聖先賢，我們也不懂。我只想着我們這些人從小兒辛辛苦苦跟着二爺，不知陪了多少小心，論起理來原該當的，但只二爺也該體諒體諒。況二奶奶替二爺在老爺太太跟前行了多少孝道，就是二爺不以夫妻為事，也不可太辜負了人心。至於神仙那一層，更是謊話，誰見過有走到凡間來的神仙呢？那裏來的這麼個和尚，說了些混話，二爺就信了真。二爺是讀書的人，難道他的話比老爺太太還重麼！」寶玉聽了，低頭不語。

襲人還要說時，只聽外面腳步響，隔着窗戶問道：「二叔在屋裏呢麼？」寶玉聽了，是賈蘭的聲音，便站起來笑道：「你進來罷。」寶釵也站起來。賈蘭進來，笑容可掬的給寶玉寶釵請了安，問了襲人的好，襲人也問了好，便把書子呈給寶玉瞧。寶玉接在手中看了，便道：「你三姑姑回來了。」賈蘭道：「爺爺既如此寫，自然是回來的了。」寶玉點頭不語，默默如有所思。賈蘭便問：「叔叔看見爺爺後頭寫的叫咱們好生唸書了？叔叔這一程子只怕總沒作文章罷？」寶玉笑道：「我也要作幾篇熟一熟手，好去誑這個功名。」賈蘭道：「叔叔既這樣，就擬幾個題目，我跟着叔叔作作，也好進去混場，別到那時交了白卷子惹人笑話。不但笑話我，人家連叔叔都要笑話了。」寶玉道：「你也

---

2)　　巢許夷齊：巢父、許由、伯夷、叔齊都是古代被稱為最清高的人。堯、舜和武王、周公都不能
　　　強迫他們做官。

不至如此。」說着，寶釵命賈蘭坐下。寶玉仍坐在原處，賈蘭側身坐了。兩個談了一回文，不覺喜動顏色。

寶釵見他爺兒兩個談得高興，便仍進屋裏去了。心中細想寶玉此時光景，或者醒悟過來了，只是剛才說話，他把那「從此而止」四字單單的許可，這又不知是甚麼意思了。寶釵尚自猶豫，唯有襲人看他愛講文章，提到下場，更又欣然。心裏想道：「阿彌陀佛！好容易講《四書》似的才講過來了！」這裏寶玉和賈蘭講文，鶯兒沏過茶來，賈蘭站起來接了。又說了一會子下場的規矩並請甄寶玉在一處的話，寶玉也甚似願意。一時賈蘭回去，便將書子留給寶玉了。

那寶玉拿着書子，笑嘻嘻走進來遞給麝月收了，便出來將那本《莊子》收了，把幾部向來最得意的，如《參同契》《元命苞》《五燈會元》[3]之類，叫出麝月秋紋鶯兒等都搬了擱在一邊。寶釵見他這番舉動，甚為罕異，因欲試探他，便笑問道：「不看他倒是正經，但又何必搬開呢。」寶玉道：「如今才明白過來了。這些書都算不得甚麼，我還要一火焚之，方為乾淨。」寶釵聽了，更欣喜異常。只聽寶玉口中微吟道：「內典語中無佛性，金丹法外有仙舟。」寶釵也沒很聽真，只聽得「無佛性」「有仙舟」幾個字，心中轉又狐疑，且看他作何光景。寶玉便命麝月秋紋等收拾一間靜室，把那些語錄名稿及應制詩之類都找出來擱在靜室中，自己卻當真靜靜的用起功來。寶釵這才放了心。

那襲人此時真是聞所未聞，見所未見，便悄悄的笑着向寶釵道：「到底奶奶說話透徹，只一路講究，就把二爺勸明白了。就只可惜遲了一點兒，臨場太近了。」寶釵點頭微笑道：「功名自有定數，中與不中倒也不在用功的遲早。但願他從此一心巴結正路，把從前那些邪魔永不沾染就是好了。」說到這裏，見房裏無人，便悄說道：「這一番悔悟回來固然很好，但只一件，怕又犯了前頭的舊病，和女孩兒們打起交道來，也是不好。」襲人道：「奶奶說的也是。二爺自從信了和尚，才把這些姐妹冷淡了；如今不信和尚，真怕又要犯了前頭的舊病呢。我想奶奶和我，二爺原不大理會，紫鵑去了，如今只他們

---

3)　《參同契》《元命苞》《五燈會元》：《參同契》是古代道家的一種講修煉的書；《元命苞》是古代讖緯學家的一種講符瑞、預言的書；《五燈會元》是佛教禪宗的一種記載宗派系統、僧人事跡和參禪問答語句的書。

四個，這裏頭就是五兒有些個狐媚子，聽見說他媽求了大奶奶和奶奶，說要討出去給人家兒呢，但是這兩天到底在這裏呢。麝月秋紋雖沒別的，只是二爺那幾年也都有些頑頑皮皮的。如今算來，只有鶯兒二爺倒不大理會，況且鶯兒也穩重。我想倒茶弄水只叫鶯兒帶着小丫頭們伏侍就夠了，不知奶奶心裏怎麼樣？」寶釵道：「我也慮的是這些，你說的倒也罷了。」從此便派鶯兒帶着小丫頭伏侍。

　　那寶玉卻也不出房門，天天只差人去給王夫人請安。王夫人聽見他這番光景，那一種欣慰之情，更不待言了。到了八月初三，這一日正是賈母的冥壽。寶玉早晨過來磕了頭，便回去，仍到靜室中去了。飯後，寶釵襲人等都和姊妹們跟着邢王二夫人在前面屋裏說閑話兒。寶玉自在靜室冥心危坐，忽見鶯兒端了一盤瓜果進來說：「太太叫人送來給二爺吃的。這是老太太的克什[4]。」寶玉站起來答應了，復又坐下，便道：「擱在那裏罷。」鶯兒一面放下瓜果，一面悄悄向寶玉道：「太太那裏誇二爺呢。」寶玉微笑。鶯兒又道：「太太說了，二爺這一用功，明兒進場中了出來，明年再中了進士，作了官，老爺太太可就不枉了盼二爺了。」寶玉也只點頭微笑。

　　鶯兒忽然想起那年給寶玉打絡子的時候寶玉說的話來，便道：「真要二爺中了，那可是我們姑奶奶的造化了。二爺還記得那一年在園子裏，不是二爺叫我打梅花絡子時說的，我們姑奶奶後來帶着我不知到那一個有造化的人家兒去呢。如今二爺可是有造化的罷咧。」寶玉聽到這裏，又覺塵心一動，連忙斂神定意，微微的笑道：「據你說來，我是有造化的，你們姑娘也是有造化的，你呢？」鶯兒把臉飛紅了，勉強道：「我們不過當丫頭一輩子罷咧，有甚麼造化呢？」寶玉笑道：「果然能夠一輩子是丫頭，你這個造化比我們還大呢！」鶯兒聽見這話似乎又是瘋話了，恐怕自己招出寶玉的病根來，打算着要走。只見寶玉笑着說道：「傻丫頭，我告訴你罷。」未知寶玉又說出甚麼話來，且聽下回分解。

---

4)　　克什：滿族語，意為上供的食品。

🔍 精華賞析

　　賈府的幾個紈絝子弟和王仁一起商量，要將巧姐賣到外藩去。他們當中，一些人是巧姐的兄長，王仁又是巧姐的親舅舅，可他們為了利益都置親情於不顧。在整個事件中邢夫人再次暴露了她性格中的陰暗面。綜合前文，邢夫人畏懼賈赦，做事只講面子缺乏思考，她對迎春的婚姻悲劇缺乏關心，這一次對巧姐的終身大事，她也只想着要威風，絲毫沒有詳細查問。

《第一百一十九回》

中鄉魁寶玉卻塵緣
沐皇恩賈家延世澤

　　　　眼看就到了大比的時間，寶玉和賈蘭一起趕考。可出了考場之後，寶玉就沒了蹤影，王夫人丟了兒子哭得死去活來。幸好探春回家省親，才得以緩解王夫人的痛苦。這時候賈赦、賈珍都被赦免，賈府又有了恢復元氣的希望。

　　話說鶯兒見寶玉說話摸不着頭腦，正自要走，只聽寶玉又說道：「傻丫頭，我告訴你罷。你姑娘既是有造化的，你跟着他自然也是有造化的了。你襲人姐姐是靠不住的。只要往後你盡心伏侍他就是了。日後或有好處，也不枉你跟着他熬了一場。」鶯兒聽了前頭像話，後頭說的又有些不像了，便道：「我知道了。姑娘還等我呢。二爺要吃果子時，打發小丫頭叫我就是了。」寶玉點頭，鶯兒才去了。一時寶釵襲人回來，各自房中去了，不提。

　　且說過了幾天便是場期，別人只知盼望他爺兒兩個作了好文章便可以高中的了，只有寶釵見寶玉的功課雖好，只是那有意無意之間，卻別有一種冷靜的光景。知他要進場了，頭一件，叔姪兩個都是初次赴考，恐人馬擁擠有甚麼失閃；第二件，寶玉自和尚去後總不出門，雖然見他用功喜歡，只是改的太速太好了，反倒有些信不及，只怕又有甚麼變故，所以進場的頭一天，一面派了襲人帶了小丫頭們同着素雲等給他爺兒兩個收拾妥當，自己又都過了目，好好的擱起預備着；一面過來同李紈回了王夫人，揀家裏的老成管事的多派了幾個，只說怕人馬擁擠碰了。

　　次日寶玉賈蘭換了半新不舊的衣服，欣然過來見了王夫人。王夫人囑咐道：「你們爺兒兩個都是初次下場，但是你們活了這麼大，並不曾離開我一

天。就是不在我眼前，也是丫鬟媳婦們圍着，何曾自己孤身睡過一夜？今日各自進去，孤孤淒淒，舉目無親，須要自己保重。早些作完了文章出來，找着家人早些回來，也叫你母親媳婦們放心。」王夫人說着不免傷心起來。

賈蘭聽一句答應一句。只見寶玉一聲不哼，待王夫人說完了，走過來給王夫人跪下，滿眼流淚，磕了三個頭，說道：「母親生我一世，我也無可答報，只有這一入場用心作了文章，好好中個舉人出來。那時太太喜歡喜歡，便是兒子一輩的事也完了，一輩子的不好也都遮過去了。」王夫人聽了，更覺傷心起來，便道：「你有這個心自然是好的，可惜你老太太不能見你的面了！」一面說，一面拉他起來。那寶玉只管跪着不肯起來，便說道：「老太太見與不見，總是知道的，喜歡的，既能知道了，喜歡了，便不見也和見了的一樣。只不過隔了形質，並非隔了神氣啊。」

李紈見王夫人和他如此，一則怕勾起寶玉的病來，二則也覺得光景不大吉祥，連忙過來說道：「太太，這是大喜的事，為甚麼這樣傷心？況且寶兄弟近來很知好歹，很孝順，又肯用功，只要帶了姪兒進去好好的作文章，早早的回來，寫出來請咱們的世交老先生們看了，等着爺兒兩個都報了喜就完了。」一面叫人攙起寶玉來。寶玉卻轉過身來給李紈作了個揖，說：「嫂子放心。我們爺兒兩個都是必中的。日後蘭哥還有大出息，大嫂子還要帶鳳冠穿霞帔呢。」李紈笑道：「但願應了叔叔的話，也不枉……」說到這裏，恐怕又惹起王夫人的傷心來，連忙嚥住了。寶玉笑道：「只要有了個好兒子能夠接續祖基，就是大哥哥不能見，也算他的後事完了。」李紈見天氣不早了，也不肯盡着和他說話，只好點點頭兒。

此時寶釵聽得早已呆了，這些話不但寶玉說的不好，便是王夫人李紈所說，句句都是不祥之兆，卻又不敢認真，只得忍淚無言。那寶玉走到跟前，深深的作了一個揖。眾人見他行事古怪，也摸不着是怎麼樣，又不敢笑他。只見寶釵的眼淚直流下來。眾人更是納罕。又聽寶玉說道：「姐姐，我要走了，你好生跟着太太聽我的喜信兒罷。」寶釵道：「是時候了，你不必說這些嘮叨話了。」寶玉道：「你倒催的我緊，我自己也知道該走了。」回頭見眾人都在這裏，只沒惜春紫鵑，便說：「四妹妹和紫鵑姐姐跟前替我說一句罷，橫豎是再見就完了。」

眾人見他的話又像有理，又像瘋話。大家只說他從沒出過門，都是太太

的一套話招出來的，不如早早催他去了就完了事了，便說道：「外面有人等你呢，你再鬧就誤了時辰了。」寶玉仰面大笑道：「走了，走了！不用胡鬧了，完了事了！」眾人也都笑道：「快走罷。」獨有王夫人和寶釵娘兒兩個倒像生離死別的一般，那眼淚也不知從那裏來的，直流下來，幾乎失聲哭出。但見寶玉嘻天哈地，大有瘋傻之狀，遂從此出門走了。正是：走來名利無雙地，打出樊籠第一關。

　　不言寶玉賈蘭出門赴考。且說賈環見他們考去，自己又氣又恨，便自大為王說：「我可要給母親報仇了。家裏一個男人沒有，上頭大太太依了我，還怕誰！」想定了主意，跑到邢夫人那邊請了安，說些奉承的話。那邢夫人自然喜歡，便說道：「你這才是明理的孩子呢。像那巧姐兒的事，原該我作主的，你璉二哥糊塗，放着親奶奶，倒託別人去！」賈環道：「人家那頭兒也說了，只認得這一門子。現在定了，還要備一分大禮來送太太呢。如今太太有了這樣的藩王孫女婿兒，還怕大老爺沒大官做麼？不是我說自己的太太，他們有了元妃姐姐，便欺壓的人難受。將來巧姐兒別也是這樣沒良心，等我去問問他。」邢夫人道：「你也該告訴他，他才知道你的好處。只怕他父親在家也找不出這麼門子好親事來！但只平兒那個糊塗東西，他倒說這件事不好，說是你太太也不願意，想來恐怕我們得了意。若遲了，你二哥回來，又聽人家的話，就辦不成了。」賈環道：「那邊都定了，只等太太出了八字。王府的規矩，三天就要來娶的。但是一件，只怕太太不願意，那邊說是不該娶犯官的孫女，只好悄悄的抬了去，等大老爺免了罪做了官，再大家熱鬧起來。」邢夫人道：「這有甚麼不願意，也是禮上應該的。」賈環道：「既這麼着，這帖子太太出了就是了。」邢夫人道：「這孩子又糊塗了，裏頭都是女人，你叫芸哥兒寫個八字就是了。」賈環聽說，喜歡的了不得，連忙答應了出來，趕着和賈芸說了，邀着王仁到那外藩公館立文書兌銀子去了。

　　那知剛才所說的話，早被跟邢夫人的丫頭聽見。那丫頭是求了平兒才挑上的，便抽空兒趕到平兒那裏，一五一十的都告訴了。平兒早知此事不好，已和巧姐細細的說明。巧姐哭了一夜，必要等他父親回來作主，大太太的話不能遵。今兒又聽見這話，便大哭起來，要和太太講去。平兒急忙攔住道：「姑娘且慢着。大太太是你的親祖母，他說二爺不在家，大太太做得主的，況且還有舅舅做保山。他們都是一氣，姑娘一個人那裏說得過呢？我到底是下

人，說不上話去。如今只可想法兒，斷不可冒失的。」邢夫人那邊的丫頭道：「你們快快的想主意，不然可就要抬走了。」說着，各自去了。平兒回過頭來見巧姐哭作一團，連忙扶着道：「姑娘，哭是不中用的，如今是二爺夠不着，聽見他們的話頭……」這句話還沒說完，只見邢夫人那邊打發人來告訴：「姑娘大喜的事來了。叫平兒將姑娘所有應用的東西料理出來。若是賠送呢，原說明了等二爺回來再辦。」平兒只得答應了。

回來又見王夫人過來，巧姐兒一把抱住，哭得倒在懷裏。王夫人也哭道：「妞兒不用着急！我為你吃了大太太的好些話，看來是扭不過來的。我們只好應着緩下去，即刻差個家人趕到你父親那裏去告訴。」平兒道：「太太還不知道麼？早起三爺在大太太跟前說了，甚麼外藩規矩三日就要過去的。如今大太太已叫芸哥兒寫了名字年庚去了，還等得二爺麼？」王夫人聽說是「三爺」，便氣得說不出話來，呆了半天，一疊聲叫人找賈環。找了半日，人回：「今早同薔哥兒王舅爺出去了。」王夫人問：「芸哥呢？」眾人回說不知道。巧姐屋內人人瞪眼，都無方法。王夫人也難和邢夫人爭論，只有大家抱頭大哭。

有個婆子進來，回說：「後門上的人說，那個劉姥姥又來了。」王夫人道：「咱們家遭着這樣事，那有工夫接待人。不拘怎麼回了他去罷。」平兒道：「太太該叫他進來，他是姐兒的乾媽，也得告訴告訴他。」王夫人不言語，那婆子便帶了劉姥姥進來。各人見了問好。劉姥姥見眾人眼圈兒都是紅的，也摸不着頭腦，遲了一會子，便問道：「怎麼了？太太姑娘們必是想二姑奶奶了。」巧姐兒聽見提起他母親，越發大哭起來。平兒道：「姥姥別說閑話，你既是姑娘的乾媽，也該知道的。」便一五一十的告訴了。把個劉姥姥也唬怔了，等了半天，忽然笑道：「你這樣一個伶俐姑娘，沒聽見過鼓兒詞麼？這上頭的方法多着呢，這有甚麼難的呢。」平兒趕忙問道：「姥姥原有甚麼法兒快說罷。」劉姥姥道：「這有甚麼難的呢，一個人也不叫他們知道，扔崩[1]一走，就完了事了。」平兒道：「這可是混說了。我們這樣人家的人，走到那裏去？」劉姥姥道：「只怕你們不走，你們要走，就到我屯裏去。我就把姑娘藏起來，即刻叫我女婿弄了人，叫姑娘親筆寫個字兒，趕到姑老爺那裏，少不得他就

---

1)　　扔崩：驟然離開的形容語。

來了。可不好麼？」平兒道：「大太太知道呢？」劉姥姥道：「我來他們知道麼？」平兒道：「大太太住在後頭，他待人刻薄，有甚麼信，沒人送給他的。你若前門走來就知道了，如今是後門來的，不妨事。」劉姥姥道：「咱們說定了幾時，我叫女婿打了車來接了去。」平兒道：「這還等得幾時呢，你坐着罷。」急忙進去，將劉姥姥的話避了旁人告訴了。

王夫人想了半天不妥當。平兒道：「只有這樣。為的是太太才敢說明，太太就裝不知道，回來倒問大太太。我們那裏就有人去，想二爺回來也快。」王夫人不言語，歎了一口氣。巧姐兒聽見，便和王夫人道：「只求太太救我，橫豎父親回來只有感激的。」平兒道：「不用說了，太太回去罷。回來只要太太派人看屋子。」王夫人道：「掩密些。你們兩個人的衣服鋪蓋是要的。」平兒道：「要快走了才中用呢，若是他們定了，回來就有了饑荒了。」一句說提醒了王夫人，便道：「是了，你們快辦去罷，有我呢。」於是王夫人回去，倒過去找邢夫人說閑話兒，把邢夫人先絆住了。平兒這裏便遣人料理去了，囑咐道：「倒別避人，有人進來看見，就說是大太太吩咐的，要一輛車子送劉姥姥去。」這裏又囑了看後門的人僱了車來。平兒便將巧姐裝做青兒模樣，急急的去了。後來平兒只當送人，眼錯不見，也跨上車去了。

原來近日賈府後門雖開，只有一兩個人看着，餘外雖有幾個家下人，因房大人少，空落落的，誰能照應？且邢夫人又是個不憐下人的，眾人明知此事不好，又都感念平兒的好處，所以通同一氣放走了巧姐。邢夫人還自和王夫人說話，那裏理會？只有王夫人甚不放心，說了一回話，悄悄的走到寶釵那裏坐下，心裏還是惦記着。寶釵見王夫人神色恍惚，便問：「太太的心裏有甚麼事？」王夫人將這件事背地裏和寶釵說了。寶釵道：「險得很！如今得快快兒的叫芸哥兒止住那裏才妥當。」王夫人道：「我找不着環兒呢。」寶釵道：「太太總要裝作不知，等我想個人去叫大太太知道才好。」王夫人點頭，一任寶釵想人，暫且不言。

且說外藩原是要買幾個使喚的女人，據媒人一面之辭，所以派人相看。相看的人回去稟明了藩王。藩王問起人家，眾人不敢隱瞞，只得實說。那外藩聽了，知是世代勛戚，便說：「了不得！這是有干例禁的，幾乎誤了大事！況我朝覲已過，便要擇日起程，倘有人來再說，快快打發出去。」這日恰好賈芸王仁等遞送年庚，只見府門裏頭的人便說：「奉王爺的命，再敢拿賈府的

人來冒充民女者，要拿住究治的。如今太平時候，誰敢這樣大膽？」這一嚇，唬得王仁等抱頭鼠竄的出來，埋怨那說事的人，大家掃興而散。

　　賈環在家候信，又聞王夫人傳喚，急得煩燥起來。見賈芸一人回來，趕着問道：「定了麼？」賈芸慌忙跺足道：「了不得，了不得！不知誰露了風了！」還把吃虧的話說了一遍。賈環氣得發怔說：「我早起在大太太跟前說的這樣好，如今怎麼樣處呢？這都是你們眾人坑了我了！」正沒主意，聽見裏頭亂嚷，叫着賈環等的名字說：「大太太二太太叫呢。」兩個人只得蹭進去。只見王夫人怒容滿面說：「你們幹的好事！如今逼死了巧姐和平兒了，快快的給我找還屍首來完事！」兩個人跪下。賈環不敢言語，賈芸低頭說道：「孫子不敢幹甚麼，為的是邢舅太爺和王舅爺說給巧妹妹作媒，我們才回太太的。大太太願意，才叫孫子寫帖兒去的。人家還不要呢。怎麼我們逼死了妹妹呢？」王夫人道：「環兒在大太太那裏說的，三日內便要抬了走。說親作媒有這樣的麼？我也不問你們，快把巧姐兒還了我們，等老爺回來再說。」邢夫人如今也是一句話兒說不出了，只有落淚。王夫人便罵賈環說：「趙姨娘這樣混賬的東西，留的種子也是這混賬的！」說着，叫丫頭扶了回到自己房中。

　　那賈環賈芸邢夫人三個人互相埋怨，說道：「如今且不用埋怨，想來死是不死的，必是平兒帶了他到那甚麼親戚家躲着去了。」邢夫人叫了前後的門上人來罵着，問巧姐兒和平兒知道那裏去了。豈知下人一口同音說是：「大太太不必問我們，問當家的爺們就知道了。在大太太也不用鬧，等我們太太問起來我們有話說。要打大家打，要罰大家罰。自從璉二爺出了門，外頭鬧的還了得！我們的月錢月米是不給了，賭錢喝酒鬧小旦，還接了外頭的媳婦兒到宅裏來。這不是爺嗎？」說得賈芸等頓口無言。王夫人那邊又打發人來催說：「叫爺們快找來！」那賈環等急得恨無地縫可鑽，又不敢盤問巧姐那邊的人。明知眾人深恨，是必藏起來了。但是這句話怎敢在王夫人面前說？只得各處親戚家打聽，毫無蹤跡。裏頭一個邢夫人，外頭環兒等，這幾天鬧的晝夜不寧。

　　看看到了出場日期，王夫人只盼着寶玉賈蘭回來。等到晌午，不見回來，王夫人李紈寶釵着忙，打發人到下處打聽。去了一起，又無消息，連去的人也不來了。回來又打發一起人去，又不見回來。三個人心裏如熱油熬煎，等到傍晚有人進來，見是賈蘭。眾人喜歡問道：「寶二叔呢？」賈蘭也不

及請安，便哭道：「二叔丟了。」

　　王夫人聽了這話便怔了，半天也不言語，便直挺挺的躺倒床上。虧得彩雲等在後面扶着，下死的叫醒轉來，哭着，見寶釵也是白瞪兩眼，襲人等已哭得淚人一般，只有哭着罵賈蘭道：「糊塗東西，你同二叔在一處，怎麼他就丟了？」賈蘭道：「我和二叔在下處，是一處吃一處睡。進了場，相離也不遠，刻刻在一處的。今兒一早，二叔的卷子早完了，還等我呢。我們兩個人一起去交了卷子，一同出來，在龍門口一擠，回頭就不見了。我們家接場的人都問我，李貴還說看見的，相離不過數步，怎麼一擠就不見了。現叫李貴等分頭的找去，我也帶了人各處號裏都找遍了，沒有，我所以這時候才回來。」

　　王夫人是哭的一句話也說不出來，寶釵心裏已知八九，襲人痛哭不已。賈薔等不等吩咐，也是分頭而去。可憐榮府的人個個死多活少，空備了接場的酒飯。賈蘭也忘卻了辛苦，還要自己找去，倒是王夫人攔住道：「我的兒，你叔叔丟了，還禁得再丟了你麼？好孩子，你歇歇去罷。」賈蘭那裏肯走？尤氏等苦勸不止。

　　眾人中只有惜春心裏卻明白了，只不好說出來，便問寶釵道：「二哥哥帶了玉去了沒有？」寶釵道：「這是隨身的東西，怎麼不帶？」惜春聽了便不言語。

　　襲人想起那日搶玉的事來，也是料着那和尚作怪，柔腸幾斷，珠淚交流，嗚嗚咽咽哭個不住。追想當年寶玉相待的情分，有時慪他，他便惱了，也有一種令人回心的好處，那溫存體貼是不用說了。若慪急了他，便賭誓說做和尚。那知道今日卻應了這句話！

　　不言襲人苦想，卻說那天已是四更，並沒個信兒。李紈怕王夫人苦壞了，極力的勸着回房。眾人都跟着伺候，只有邢夫人回去。賈環躲着不敢出來。王夫人叫賈蘭去了，一夜無眠。次日天明，雖有家人回來，都說沒有一處不尋到，實在沒有影兒。於是薛姨媽、薛蝌、史湘雲、寶琴、李嬸等，接二連三的過來請安問信。

　　如此一連數日，王夫人哭得飲食不進，命在垂危。忽有家人回道：「海疆來了一人，口稱統制大人那裏來的，說我們家的三姑奶奶明日到京了。」王夫人聽說探春回京，雖不能解寶玉之愁，那個心略放了些。到了明日，果然探

春回來，眾人遠遠接着，見探春出挑得比先前更好了，服釆鮮明。見了王夫人形容枯槁，眾人眼腫腮紅，便也大哭起來，哭了一會，然後行禮。看見惜春道姑打扮，心裏很不舒服。又聽見寶玉心迷走失，家中多少不順的事，大家又哭起來。還虧得探春能言，見解亦高，把話來慢慢兒的勸解了好些時，王夫人等略覺好些。再明兒，三姑爺也來了。知有這樣的事，探春住下勸解。跟探春的丫頭老婆也與眾姐妹們相聚，各訴別後的事。從此上上下下的人，竟是無晝無夜專等寶玉的信。

那一夜五更多天，外頭幾個家人進來到二門口報喜。幾個小丫頭亂跑進來，也不及告訴大丫頭了，進了屋子便說：「太太奶奶們大喜。」王夫人打諒寶玉找着了，便喜歡的站起身來說：「在那裏找着的，快叫他進來。」那人道：「中了第七名舉人。」王夫人道：「寶玉呢？」家人不言語，王夫人仍舊坐下。探春便問：「第七名中的是誰？」家人回說：「是寶二爺」。正說着，外頭又嚷道：「蘭哥兒中了。」那家人趕忙出去接了報單回稟，見賈蘭中了一百三十名。李紈心下喜歡，因王夫人不見了寶玉，不敢喜形於色。

王夫人見賈蘭中了，心下也是喜歡，只想：「若是寶玉一回來，咱們這些人不知怎樣樂呢？」獨有寶釵心下悲苦，又不好掉淚。眾人道喜，說是「寶玉既有中的命，自然再不會丟的。況天下那有迷失了的舉人」。王夫人等想來不錯，略有笑容。眾人便趁勢勸王夫人等多進了些飲食。

只見三門外頭焙茗亂嚷說：「我們二爺中了舉人，是丟不了的了。」眾人問道：「怎見得呢？」焙茗道：「『一舉成名天下聞』，如今二爺走到那裏，那裏就知道的。誰敢不送來！」裏頭的眾人都說：「這小子雖是沒規矩，這句話是不錯的。」

惜春道：「這樣大人了，那裏有走失的？只怕他勘破世情，入了空門，這就難找着他了。」這句話又招得王夫人等又大哭起來。李紈道：「古來成佛作祖成神仙的，果然把爵位富貴都拋了，也多得很。」王夫人哭道：「他若拋了父母，這就是不孝，怎能成佛作祖？」探春道：「大凡一個人不可有奇處。二哥哥生來帶塊玉來，都道是好事，這麼說起來，都是有了這塊玉的不好。若是再有幾天不見，我不是叫太太生氣，就有些原故了，只好譬如沒生這位哥哥罷了。果然有來頭成了正果，也是太太幾輩子的修積。」

寶釵聽了不言語，襲人那裏忍得住？心裏一疼，頭上一暈，便栽倒了。

王夫人見了可憐，命人扶他回去。賈環見哥哥姪兒中了，又為巧姐的事大不好意思，只抱怨薔芸兩個，知道探春回來，此事不肯干休，又不敢躲開，這幾天竟是如在荊棘之中。

明日賈蘭只得先去謝恩，知道甄寶玉也中了，大家序了同年。提起賈寶玉心迷走失，甄寶玉歎息勸慰。知貢舉的將考中的卷子奏聞，皇上一一披閱，看取中的文章俱是平正通達的。見第七名賈寶玉是金陵籍貫，第一百三十名又是金陵賈蘭，皇上傳旨詢問，兩個姓賈的是金陵人氏，是否賈妃一族？大臣領命出來，傳賈寶玉賈蘭問話，賈蘭將寶玉場後迷失的話並將三代陳明，大臣代為轉奏。皇上甚是聖明仁德，想起賈氏功勛，命大臣查覆，大臣便細細的奏明。皇上最是憫恤，命有司將賈赦犯罪情由查案呈奏。皇上又看到海疆靖寇班師善後事宜一本，奏的是海宴河清，萬民樂業的事，皇上聖心大悅，命九卿敍功議賞，並大赦天下。賈蘭等朝臣散後拜了座師[2]，並聽見朝內有大赦的信，便回了王夫人等。合家略有喜色，只盼寶玉回來。薛姨媽更加喜歡，便要打算贖罪。

一日，人報甄老爺同三姑爺來道喜，王夫人便命賈蘭出去接待。不多一回，賈蘭進來笑嘻嘻的回王夫人道：「太太們大喜了。甄老伯在朝內聽見有旨意，說是大老爺的罪名免了，珍大爺不但免了罪，仍襲了寧國三等世職。榮國世職仍是老爺襲了，俟丁憂服滿，仍升工部郎中。所抄家產，全行賞還。二叔的文章，皇上看了甚喜，問知元妃兄弟，北靜王還奏說人品亦好，皇上傳旨召見，眾大臣奏稱據伊姪賈蘭回稱出場時迷失，現在各處尋訪，皇上降旨着五營各衙門用心尋訪。這旨意一下，請太太們放心，皇上這樣聖恩，再沒有找不着了！」王夫人等這才大家稱賀，喜歡起來。只有賈環等心下着急，四處找尋巧姐。

那知巧姐隨了劉姥姥帶着平兒出了城，到了莊上，劉姥姥也不敢輕褻巧姐，便打掃上房讓給巧姐平兒住下。每日供給雖是鄉村風味，到也潔淨。又有青兒陪着，暫且寬心。那莊上也有幾家富戶，知道劉姥姥家來了賈府姑娘，誰不來瞧？都道是天上神仙。也有送菜果的，也有送野味的，到也熱

---

2)　　座師：科舉制度中考中了的舉子稱主考官為座師。

鬧。內中有個極富的人家，姓周，家財巨萬，良田千頃。只有一子，生得文雅清秀，年紀十四歲，他父母延師讀書，新近科試中了秀才。那日他母親看見了巧姐，心裏羨慕，自想：「我是莊家人家，那能配得起這樣世家小姐！」呆呆的想着。劉姥姥知他心事，拉着他說：「你的心事我知道了，我給你們做個媒罷。」周媽媽笑道：「你別哄我，他們甚麼人家，肯給我們莊家人麼？」劉姥姥道：「說着瞧罷。」於是兩個各自走開。

劉姥姥惦記着賈府，叫板兒進城打聽，那日恰好到寧榮街，只見有好些車輛在那裏。板兒便在鄰近打聽，說是：「寧榮兩府復了官，賞還抄的家產，如今府裏又要起來了。只是他們的寶玉中了舉，不知走到那裏去了。」板兒心裏喜歡，便要回去，又見好幾匹馬到來，在門前下馬。只見門上打千兒請安說：「二爺回來了，大喜！大老爺身上安了麼？」那位爺笑着道：「好了。又遇恩旨，就要回來了。」還問：「那些人做甚麼的？」門上回說：「是皇上派官在這裏下旨意，叫人領家產。」那位爺便喜歡進去。

板兒便知是賈璉了。也不用打聽，趕忙回去告訴了他外祖母。劉姥姥聽說，喜得眉開眼笑，去和巧姐兒賀喜，將板兒的話說了一遍。平兒笑說道：「可不是，虧得姥姥這樣一辦，不然姑娘也摸不着那好時候。」巧姐更自歡喜。正說着，那送賈璉信的人也回來了，說是：「姑老爺感激得很，叫我一到家快把姑娘送回去。又賞了我好幾兩銀子。」劉姥姥聽了得意，但叫人趕了兩輛車，請巧姐平兒上車。巧姐等在劉姥姥家住熟了，反是依依不捨，更有青兒哭着，恨不能留下。劉姥姥知他不忍相別，便叫青兒跟了進城，一徑直奔榮府而來。

且說賈璉先前知道賈赦病重，趕到配所，父子相見，痛哭了一場，漸漸的好起來。賈璉接着家書，知道家中的事，稟明賈赦回來，走到中途，聽得大赦，又趕了兩天，今日到家，恰遇頒賞恩旨。裏面邢夫人等正愁無人接旨，雖有賈蘭，終是年輕，人報璉二爺回來，大家相見，悲喜交集，此時也不及敘話，即到前廳叩見了。欽命大人問了他父親好，說明日到內府領賞，寧國府第發交居住。眾人起身辭別，賈璉送出門去。見有幾輛屯車，家人們不許停歇，正在吵鬧。賈璉早知道是巧姐來的車，便罵家人道：「你們這班糊塗忘八崽子，我不在家，就欺心害主，將巧姐兒都逼走了。如今人家送來，還要攔阻，必是你們和我有甚麼仇麼？」眾家人原怕賈璉回來不依，想來少時

才破，豈知賈璉說得更明，心下不懂，只得站着回道：「二爺出門，奴才們有病的，有告假的，都是三爺、薔大爺、芸大爺作主，不與奴才們相干。」賈璉道：「甚麼混賬東西！我完了事再和你們說，快把車趕進來！」

　　賈璉進去見邢夫人，也不言語，轉身到了王夫人那裏，跪下磕了個頭，回道：「姐兒回來了，全虧太太。環兒弟太太也不用說他了。只是芸兒這東西，他上回看家就鬧亂兒，如今我去了幾個月，便鬧到這樣。回太太的話，這種人攆了他不往來也使得。」王夫人道：「你大舅子為甚麼也是這樣？」賈璉道：「太太不用說，我自有道理。」正說着，彩雲等回道：「巧姐兒進來了。」見了王夫人，雖然別不多時，想起這樣逃難的景況，不免落下淚來。巧姐兒也便大哭。賈璉謝了劉姥姥。王夫人便拉他坐下，說起那日的話來。賈璉見平兒，外面不好說別的，心裏感激，眼中流淚。自此賈璉心裏愈敬平兒，打算等賈赦等回來要扶平兒為正。此是後話，暫且不題。

　　邢夫人正恐賈璉不見了巧姐，必有一番的周折，又聽見賈璉在王夫人那裏，心下更是着急，便叫丫頭去打聽。回來說是巧姐兒同着劉姥姥在那裏說話，邢夫人才如夢初覺，知他們的鬼，還抱怨着王夫人：「調唆我母子不和，到底是那個送信給平兒的？」正問着，只見巧姐同着劉姥姥帶了平兒，王夫人在後頭跟着進來，先把頭裏的話都說在賈芸王仁身上，說：「大太太原是聽見人說，為的是好事，那裏知道外頭的鬼。」邢夫人聽了，自覺羞慚。想起王夫人主意不差，心裏也服。於是邢王夫人彼此心下相安。

　　平兒回了王夫人，帶了巧姐到寶釵那裏來請安，各自提各自的苦處。又說到「皇上隆恩，咱們家該興旺起來了。想來寶二爺必回來的。」正說到這話，只見秋紋忽忙來說：「襲人不好了！」不知何事，且聽下回分解。

💬 **延伸思考**

　　寶玉一直厭惡科舉考試，他早就有了出家的念頭。但寶玉為何要在考取功名之後才出家呢？請你想想其中的原因。

精華賞析

因為王熙鳳曾對劉姥姥發過善心，而劉姥姥也有一顆感恩之心，巧姐才逃過了被賣的劫難。

《第一百二十回》

甄士隱詳說太虛情
賈雨村歸結紅樓夢

> 賈寶玉出家，襲人被安排出嫁，沒想到她要嫁的人竟然是寶玉的好友蔣玉菡。

　　話說寶釵聽秋紋說襲人不好，連忙進去瞧看。巧姐兒同平兒也隨着。走到襲人炕前，只見襲人心痛難禁，一時氣厥。寶釵等用開水灌了過來，仍舊扶他睡下，一面傳請大夫。巧姐兒問寶釵道：「襲人姐姐怎麼病到這個樣？」寶釵道：「大前兒晚上哭傷了心了，一時發暈栽倒了。太太叫人扶他回來，他就睡倒了。因外頭有事，沒有請大夫瞧他，所以致此。」說着，大夫來了，寶釵等略避。大夫看了脈，說是急怒所致，開了方子去了。

　　原來襲人模糊聽見說寶玉若不回來，便要打發屋裏的人都出去，一急越發不好了。到大夫瞧後，秋紋給他煎藥。他獨自一人躺着，神魂未定，好像寶玉在他面前，恍惚又像是見個和尚，手裏拿着一本冊子揭着看，還說道：「你別錯了主意，我是不認得你們的了。」襲人似要和他說話，秋紋走來說：「藥好了，姐姐吃罷。」襲人睜眼一瞧，知是個夢，也不告訴人。吃了藥，便自己細細的想：「寶玉必是跟了和尚去。上回他要拿玉出去，便是要脫身的樣子，被我揪住，看他竟不像往常，把我混推混搡的，一點情意都沒有。後來待二奶奶更生厭煩。在別的姊妹跟前，也是沒有一點情意。這就是悟道的樣子。但是你悟了道，拋了二奶奶怎麼好？我是太太派我服侍你，雖是月錢照着那樣的分例，其實我究竟沒有在老爺太太跟前回明，就算了你的屋裏人。若是老爺太太打發我出去，我若死守着，又叫人笑話；若是我出去，心想寶玉待我的情分，實在不忍。」左思右想，實在難處。想到剛才的夢「好像和

我無緣」的話，倒不如死了乾淨。豈知吃藥以後，心痛減了好些，也難躺着，只好勉強支持。過了幾日，起來服侍寶釵。寶釵想念寶玉，暗中垂淚，自歎命苦。又知他母親打算給哥哥贖罪，很費張羅，不能不幫着打算。暫且不表。

且說賈政扶賈母靈柩，賈蓉送了秦氏，鳳姐，鴛鴦的棺木，到了金陵，先安了葬。賈蓉自送黛玉的靈也去安葬。賈政料理墳基的事。一日接到家書，一行一行的看到寶玉賈蘭得中，心裏自是喜歡。後來看到寶玉走失，復又煩惱，只得趕忙回來。在道兒上聞得有恩赦的旨意，又接家書，果然赦罪復職，更是喜歡，便日夜趲行。

一日，行到毗陵驛地方，那天乍寒下雪，泊在一個清淨去處。賈政打發眾人上岸投帖辭謝朋友，總說即刻開船，都不敢勞動。船中只留一個小廝伺候，自己在船中寫家書，先要打發人起早到家。寫到寶玉的事，便停筆。抬頭忽見船頭上微微的雪影裏面一個人，光着頭，赤着腳，身上披着一領大紅猩猩氈的斗篷，向賈政倒身下拜。賈政尚未認清，急忙出船，欲待扶住問他是誰。那人已拜了四拜，站起來打了個問訊。賈政才要還揖，迎面一看，不是別人，卻是寶玉。賈政吃一大驚，忙問道：「可是寶玉麼？」那人只不言語，似喜似悲。賈政又問道：「你若是寶玉，如何這樣打扮，跑到這裏來？」寶玉未及回言，只見舡頭上來了兩人，一僧一道，夾住寶玉說道：「俗緣已畢，還不快走？」說着，三個人飄然登岸而去。賈政不顧地滑，急忙來趕。見那三人在前，那裏趕得上？只聽得他們三人口中不知是那個作歌曰：「我所居兮，青埂之峯。我所遊兮，鴻蒙太空。誰與我遊兮，吾誰與從。渺渺茫茫兮，歸彼大荒。」

賈政一面聽着，一面趕去，轉過一小坡，倏然不見。賈政已趕得心虛氣喘，驚疑不定，回過頭來，見自己的小廝也隨後趕來。賈政問道：「你看見方才那三個人麼？」小廝道：「看見的。奴才為老爺追趕，故也趕來。後來只見老爺，不見那三個人了。」賈政還欲前走，只見白茫茫的一片曠野，並無一人。賈政知是古怪，只得回來。

眾家人回舡，見賈政不在艙中，問了舡夫，說是「老爺上岸追趕兩個和尚一個道士去了。」眾人也從雪地裏尋蹤迎去，遠遠見賈政來了，迎上去接着，一同回船。

賈政坐下，喘息方定，將見寶玉的話說了一遍。眾人回稟，便要在這

地方尋覓。賈政歎道：「你們不知道，這是我親眼見的，並非鬼怪。況聽得歌聲，大有玄妙。那寶玉生下時銜了玉來，便也古怪，我早知不祥之兆，為的是老太太疼愛，所以養育到今。便是那和尚道士，我也見了三次：頭一次是那僧道來說玉的好處；第二次便是寶玉病重，他來了將那玉持誦了一番，寶玉便好了；第三次送那玉來，坐在前廳，我一轉眼就不見了。我心裏便有些詫異，只道寶玉果真有造化，高僧仙道來護佑他的，豈知寶玉是下凡歷劫的，竟哄了老太太十九年！如今叫我才明白。」說到那裏，掉下淚來。

眾人道：「寶二爺果然是下凡的和尚，就不該中舉人了。怎麼中了才去？」賈政道：「你們那裏知道，大凡天上星宿，山中老僧，洞裏的精靈，他自具一種性情。你看寶玉何嘗肯唸書？他若略一經心，無有不能的。他那一種脾氣也是各別另樣。」說着，又歎了幾聲。眾人便拿「蘭哥得中，家道復興」的話解了一番。

賈政仍舊寫家書，便把這件事寫上，勸諭合家不必想念了。寫完封好，即着家人回去。賈政隨後趕回，暫且不題。

且說薛姨媽得了赦罪的信，使命薛蝌去各處借貸，並自己湊齊了贖罪銀兩。刑部准了，收兌了銀子，一角文書將薛蟠放出。他們母子姊妹弟兄見面，不必細述，自然是悲喜交集了。薛蟠自己立誓說道：「若是再犯前病，必定犯殺犯剮！」薛姨媽見他這樣，便要握他嘴說：「只要自己拿定主意，必定還要妄口巴舌[1]血淋淋的起這樣惡誓麼？只香菱跟了你受了多少的苦處，你媳婦已經自己治死自己了，如今雖說窮了，這碗飯還有得吃，據我的主意，我便算他是媳婦了，你心裏怎麼樣？」薛蟠點頭願意。寶釵等也說：「很該這樣。」倒把香菱急得臉漲通紅，說是：「伏侍大爺一樣的，何必如此。」眾人便稱起大奶奶來，無人不服。

薛蟠便要去拜謝賈家，薛姨媽寶釵也都過來。見了眾人，彼此聚首，又說了一番的話。

正說着，恰好那日賈政的家人回家，呈上書子，說：「老爺不日到了。」王夫人叫賈蘭將書子唸給聽。賈蘭唸到賈政親見寶玉的一段，眾人聽了，都

---

1)　　妄口巴舌：胡言妄語，有時指造謠誣蔑。

痛哭起來，王夫人寶釵襲人等更甚。大家又將賈政書內叫家內「不必悲傷，原是借胎[2]」的話解說了一番。「與其作了官，倘或命運不好，犯了事壞家敗產，那時倒不好了。寧可咱們家出一位佛爺，倒是老爺太太的積德，所以才投到咱們家來。不是說句不顧前後的話，當初東府裏太爺倒是修煉了十幾年，也沒有成了仙。這佛是更難成的。太太這麼一想，心裏便開豁了。」王夫人哭着和薛姨媽道：「寶玉拋了我，我還恨他呢。我歎的是媳婦的命苦，才成了一二年的親，怎麼他就硬着腸子都撂下了走了呢？」薛姨媽聽了也甚傷心。

寶釵哭得人事不知。所有爺們都在外頭，王夫人便說道：「我為他擔了一輩子的驚，剛剛兒的娶了親，中了舉人，又知道媳婦作了胎，我才喜歡些，不想弄到這樣結局！早知這樣，就不該娶親害了人家的姑娘！」薛姨媽道：「這是自己一定的。咱們這樣人家，還有甚麼別的說的嗎？幸喜有了胎，將來生個外孫子必定是有成立的，後來就有了結果了。你看大奶奶，如今蘭哥兒中了舉人，明年成了進士，可不是就做了官了麼？他頭裏的苦也算吃盡的了，如今的甜來，也是他為人的好處。我們姑娘的心腸兒姐姐是知道的，並不是刻薄輕佻的人，姊姊倒不必耽憂。」王夫人被薛姨媽一番言語說得極有理，心想：「寶釵小時候更是廉靜寡慾極愛素淡的，他所以才有這個事，想人生在世真有個定數的。看着寶釵雖是痛哭，他端莊樣兒一點不走，卻倒來勸我，這是真真難得的！不想寶玉這樣一個人，紅塵中福分竟沒有一點兒！」想了一回，也覺解了好些。又想到襲人身上：「若說別的丫頭呢，沒有甚麼難處的，大的配了出去，小的伏侍二奶奶就是了。獨有襲人可怎麼處呢？」此時人多，也不好說，且等晚上和薛姨媽商量。那日薛姨媽並未回家，因恐寶釵痛哭，所以在寶釵房中解勸。那寶釵卻是極明理，思前想後，「寶玉原是一種奇異的人。夙世前因，自有一定，原無可怨天尤人。」更將大道理的話告訴他母親了。薛姨媽心裏反倒安了，便到王夫人那裏先把寶釵的話說了。王夫人點頭歎道：「若說我無德，不該有這樣好媳婦了。」說着，更又傷心起來。

薛姨媽倒又勸了一會子，因又提起襲人來，說：「我見襲人近來瘦的了不得，他是一心想着寶哥兒。但是正配呢理應守的，屋裏人願守也是有的。唯

---

2)　　借胎：迷信說法，以為神仙或前世和這家有甚麼關係的鬼魂，有時借人的肉身暫時到世間辦事，叫作借胎。

有這襲人，雖說是算個屋裏人，到底他和寶哥兒並沒有過明路兒的。」王夫人道：「我才剛想着，正要等妹妹商量商量。若說放他出去，恐怕他不願意，又要尋死覓活的；若要留着他也罷，又恐老爺不依，所以難處。」薛姨媽道：「我看姨老爺是再不肯叫守着的。再者姨老爺並不知道襲人的事，想來不過是個丫頭，那有留的理呢？只要姐姐叫他本家的人來，狠狠的吩咐他，叫他配一門正經親事，再多多的賠送他些東西。那孩子心腸兒也好，年紀兒又輕，也不枉跟了姐姐會子，也算姐姐待他不薄了。襲人那裏還得我細細勸他。就是叫他家的人來也不用告訴他，只等他家裏果然說定了好人家兒，我們還打聽打聽，若果然足衣足食，女婿長的像個人兒，然後叫他出去。」王夫人聽了道：「這個主意很是。不然叫老爺冒冒失失的一辦，我可不是又害了一個人了麼？」薛姨媽聽了點頭道：「可不是麼！」又說了幾句，便辭了王夫人，仍到寶釵房中去了。

　　看見襲人淚痕滿面，薛姨媽便勸解譬喻了一會。襲人本來老實，不是伶牙利齒的人，薛姨媽說一句，他應一句，回來說道：「我是做下人的人，姨太太瞧得起我，才和我說這些話，我是從不敢違拗太太的。」薛姨媽聽他的話，「好一個柔順的孩子！」心裏更加喜歡。寶釵又將大義的話說了一遍，大家各自相安。

　　過了幾日，賈政回家，眾人迎接。賈政見賈赦賈珍已都回家，弟兄叔姪相見，大家歷敍別來的景況。然後內眷們見了，不免想起寶玉來，又大家傷了一會子心。賈政喝住道：「這是一定的道理。如今只要我們在外把持家事，你們在內相助，斷不可仍是從前這樣的散漫。別房的事，各有各家料理，也不用承總。我們本房的事，裏頭全歸於你，都要按理而行。」王夫人便將寶釵有孕的話也告訴了，將來丫頭們都放出去。賈政聽了，點頭無語。

　　次日賈政進內，請示大臣們，說是：「蒙恩感激，但未服闋，應該怎麼謝恩之外，望乞大人們指教。」眾朝臣說是代奏請旨。於是聖恩浩蕩，即命陛見。賈政進內謝了恩，聖上又降了好些旨意，又問起寶玉的事來。賈政據實回奏。聖上稱奇，旨意說，寶玉的文章固是清奇，想他必是過來人，所以如此。若在朝中，可以進用。他既不敢受聖朝的爵位，便賞了一個「文妙真人」的道號。賈政又叩頭謝恩而出。

　　回到家中，賈璉賈珍接着，賈政將朝內的話述了一遍，眾人喜歡。賈珍

便回說：「寧國府第收拾齊全，回明了要搬過去。櫳翠庵圈在園內，給四妹妹靜養。」賈政並不言語，隔了半日，卻吩咐了一番仰報天恩的話。賈璉也趁便回說：「巧姐親事，父親太太都願意給周家為媳。」賈政昨晚也知巧姐的始末，便說：「大老爺大太太作主就是了。莫說村居不好，只要人家清白，孩子肯唸書，能夠上進。朝裏那些官兒難道都是城裏的人麼？」賈璉答應了「是」，又說：「父親有了年紀，況且又有痰症的根子，靜養幾年，諸事原仗二老爺為主。」賈政道：「提起村居養靜，甚合我意。只是我受恩深重，尚未酬報耳。」賈政說畢進內。賈璉打發請了劉姥姥來，應了這件事。劉姥姥見了王夫人等，便說些將來怎樣升官，怎樣起家，怎樣子孫昌盛。

　　正說着，丫頭回道：「花自芳的女人進來請安。」王夫人問幾句話，花自芳的女人將親戚作媒，說的是城南蔣家的，現在有房有地，又有鋪面，姑爺年紀略大幾歲，並沒有娶過的，況且人物兒長的是百裏挑一的。王夫人聽了願意，說道：「你去應了，隔幾日進來再接你妹子罷。」王夫人又命人打聽，都說是好。王夫人便告訴了寶釵，仍請了薛姨媽細細的告訴了襲人。襲人悲傷不已，又不敢違命的，心裏想起寶玉那年到他家去，回來說的死也不回去的話，「如今太太硬作主張。若說我守着，又叫人說我不害臊；若是去了，實不是我的心願」，便哭得哽咽難鳴，又被薛姨媽寶釵等苦勸，回過念頭想道：「我若是死在這裏，倒把太太的好心弄壞了。我該死在家裏才是。」

　　於是，襲人含悲叩辭了眾人，那姐妹分手時自然更有一番不忍說。襲人懷着必死的心腸上車回去，見了哥哥嫂子，也是哭泣，但只說不出來。那花自芳悉把蔣家的聘禮送給他看，又把自己所辦妝奩一一指給他瞧，說那是太太賞的，那是置辦的。襲人此時更難開口，住了兩天，細想起來：「哥哥辦事不錯，若是死在哥哥家裏，豈不又害了哥哥？」千思萬想，左右為難，真是一縷柔腸，幾乎牽斷，只得忍住。

　　那日已是迎娶吉期，襲人本不是那一種潑辣人，委委屈屈的上轎而去，心裏另想到那裏再作打算。豈知過了門，見那蔣家辦事極其認真，全都按着正配的規矩。一進了門，丫頭僕婦都稱奶奶。襲人此時欲要死在這裏，又恐害了人家，辜負了一番好意。那夜原是哭着不肯俯就的，那姑爺卻極柔情曲意的承順。到了第二天開箱，這姑爺看見一條猩紅汗巾，方知是寶玉的丫頭。原來當初只知是賈母的侍兒，益想不到是襲人。此時蔣玉菡念着寶玉待

他的舊情，倒覺滿心惶愧，更加周旋，又故意將寶玉所換那條松花綠的汗巾拿出來。襲人看了，方知這姓蔣的原來就是蔣玉菡，始信姻緣前定。襲人才將心事說出，蔣玉菡也深為歡息敬服，不敢勉強，並越發溫柔體貼，弄得個襲人真無死所了。看官聽說：雖然事有前定，無可奈何，但孽子孤臣，義夫節婦，這「不得已」三字也不是一概推委得的。此襲人所以在又副冊也。正是前人過那桃花廟上的詩上說道：「千古艱難唯一死，傷心豈獨息夫人[3]！」

　　不言襲人從此又是一番天地。且說那賈雨村犯了婪索的案件，審明定罪，今遇大赦，褫籍為民。雨村因叫家眷先行，自己帶了一個小廝，一車行李，來到急流津覺迷渡口，只見一個道者從那渡頭草棚裏出來，執手相迎。雨村認得是甄士隱，也連忙打恭。士隱道：「賈雨村先生別來無恙？」雨村道：「老仙長到底是甄老先生！何前次相逢覿面不認？後知火焚草亭，下鄙深為惶恐。今日幸得相逢，益歎老仙翁道德高深。奈鄙人下愚不移，致有今日。」甄士隱道：「前者老大人高官顯爵，貧道怎敢相認？原因故交，敢贈片言，不意老大人相棄之深。然而富貴窮通，亦非偶然，今日復得相逢，也是一樁奇事。這裏離草庵不遠，暫請膝談，未知可否？」

　　雨村欣然領命，兩人攜手而行，小廝驅車隨後，到了一座茅庵。士隱讓進雨村坐下，小童獻上茶來。雨村便請教仙長超塵的始末。士隱笑道：「一念之間，塵凡頓易。老先生從繁華境中來，豈不知溫柔富貴鄉中有一寶玉乎？」雨村道：「怎麼不知？近聞紛紛傳述，說他也遁入空門。下愚當時也曾與他往來過數次，再不想此人竟有如是之決絕。」士隱道：「非也。這一段奇緣，我先知之。昔年我與先生在仁清巷舊宅門口敘話之前，我已會過他一面。」雨村驚訝道：「京城離貴鄉甚遠，何以能見？」士隱道：「神交久矣。」雨村道：「既然如此，現今寶玉的下落，仙長定能知之。」士隱道：「寶玉，即寶玉也。那年榮寧查抄之前，釵黛分離之日，此玉是已離世。一為避禍，二為撮合，從此夙緣一了，形質歸一。又復稍示神靈，高魁貴子，方顯得此玉那天奇地靈煆煉之寶，非凡間可比。前經茫茫大士渺渺真人攜帶下凡，如今塵緣已滿，

---

3)　息夫人：春秋時息國諸侯的一位夫人，被楚文王在滅息時擄去為妾，已生了兩個兒子，但總不說話。問她是甚麼緣故，她說：「我是一個女子，嫁了兩夫，只差一死，還有甚麼可說的。」後人又稱她為桃花夫人，立廟紀念。這裏詠桃花廟的詩是清初鄧漢儀的作品。

仍是此二人攜歸本處，這便是寶玉的下落。」雨村聽了，雖不能全然明白，卻也十知四五，便點頭歎道：「原來如此，下愚不知。但那寶玉既有如此的來歷，又何以情迷至此，復又豁悟如此？還要請教。」士隱笑道：「此事說來，老先生未必盡解。太虛幻境即是真如福地。一番閱冊，原始要終之道，歷歷生平，如何不悟？仙草歸真，焉有通靈不復原之理呢？」

雨村聽着，卻不明白了。知是仙機也不便更問，因又說道：「寶玉之事既得聞名，但是敝族閨秀如此之多，何元妃以下算來結局俱屬平常呢？」士隱歎息道：「老先生莫怪拙言，貴族之女俱屬從情天孽海而來。大凡古今女子，那『淫』字固不可犯，只這『情』字也是沾染不得的。所以崔鶯蘇小，無非仙子塵心；宋玉相如，大是文人口孽。凡是情思纏綿的，那結局就不可問了。」雨村聽到這裏，不覺拈鬚長歎，因又問道：「請教老仙翁，那榮寧兩府，尚可如前否？」士隱道：「福善禍淫，古今定理。現今榮寧兩府，善者修緣，惡者悔禍，將來蘭桂齊芳，家道復初，也是自然的道理。」雨村低了半日頭，忽然笑道：「是了，是了。現在他府中有一個名蘭的已中鄉榜，恰好應着『蘭』字。適間老仙翁說『蘭桂齊芳』，又道寶玉『高魁子貴』，莫非他有遺腹之子，可以飛黃騰達的麼？」士隱微微笑道：「此係後事，未便預說。」雨村還要再問，士隱不答，便命人設具盤飧，邀雨村共食。

食畢，雨村還要問自己的終身，士隱便道：「老先生草庵暫歇，我還有一段俗緣未了，正當今日完結。」雨村驚訝道：「仙長純修若此，不知尚有何俗緣？」士隱道：「也不過是兒女私情罷了。」雨村聽了益發驚異：「請問仙長，何出此言？」士隱道：「老先生有所不知，小女英蓮幼遭塵劫，老先生初任之時曾經判斷。今歸薛姓，產難完劫，遺一子於薛家以承宗祧。此時正是塵緣脫盡之時，只好接引接引。」士隱說着拂袖而起。雨村心中恍恍惚惚，就在這急流津覺迷渡口草庵中睡着了。

這士隱自去度脫了香菱，送到太虛幻境，交那警幻仙子對冊。剛過牌坊，見那一僧一道，縹緲而來。士隱接着說道：「大士真人，恭喜，賀喜！情緣完結，都交割清楚了麼？」那僧說道：「情緣尚未全結，倒是那蠢物已經回來了。還得把他送還原所，將他的後事敍明，不枉他下世一回。」士隱聽了，便拱手而別。那僧道仍攜了玉到青埂峯下，將寶玉安放在女媧煉石補天之處，各自雲遊而去。從此後，「天外書傳天外事，兩番人作一番人。」

　　這一日空空道人又從青埂峯前經過，見那補天未用之石仍在那裏，上面字跡依然如舊，又從頭的細細看了一遍，見後面偈文後又歷敍了多少收緣結果的話頭，便點頭歎道：「我從前見石兄這段奇文，原說可以聞世傳奇，所以曾經抄錄，但未見返本還原。不知何時複有此段佳話，方知石兄下凡一次，磨出光明，修成圓覺，也可謂無復遺憾了。只怕年深日久，字跡模糊，反有舛錯，不如我再抄錄一番，尋個世上清閑無事的人，託他傳遍，知道奇而不奇，俗而不俗，真而不真，假而不假。或者塵夢勞人，聊倩鳥呼歸去；山靈好客，更從石化飛來，亦未可知。」想畢，便又抄了，仍袖至那繁華昌盛的地方，遍尋了一番，不是建功立業之人，即係糊口謀衣之輩，那有閑情更去和石頭饒舌？直尋到急流津覺迷渡口，草庵中睡着一個人，因想他必是閑人，便要將這抄錄的《石頭記》給他看看。那知那人再叫不醒。空空道人復又使勁拉他，才慢慢的開眼坐起。便接來草草一看，仍舊擲下道：「這事我已親見盡知。你這抄錄的尚無舛錯，我只指與你一個人，託他傳去，便可歸結這一新鮮公案了。」空空道人忙問何人，那人道：「你須待某年某月某日某時到一個悼紅軒中，有個曹雪芹先生，只說賈雨村言，託他如此如此。」說畢，仍舊睡下。

　　那空空道人牢牢記着此言，又不知過了幾世幾劫，果然有個悼紅軒，見那曹雪芹先生正在那裏翻閱歷來的古史。空空道人便將賈雨村言了，方把這《石頭記》示看。那雪芹先生笑道：「果然是『賈雨村言』了！」空空道人便問：「先生何以認得此人，便肯替他傳述？」雪芹先生笑道：「說你空，原來你肚裏果然空空。既是『假語村言』，但無魯魚亥豕[4]以及背謬矛盾之處，樂得與二三同志，酒餘飯飽，雨夕燈窗之下，同消寂寞，又不必大人先生品題傳世。似你這樣尋根究底，便是刻舟求劍[5]，膠柱鼓瑟了。」

　　那空空道人聽了，仰天大笑，擲下抄本，飄然而去。一面走着，口中說道：「果然是敷衍荒唐！不但作者不知，抄者不知，並閱者也不知。不過遊戲筆墨，陶情適性而已！」

---

4)　魯魚亥豕：古代篆書，「魯」字像「魚」字，「亥」字像「豕」字，抄寫時容易混淆錯誤，所以成為代表書籍中有錯字的一個成語。

5)　刻舟求劍：《呂氏春秋》上說：有個人從船上把劍掉在河中，他就在船邊掉劍的地方刻了個記號。等待船停了，他就到刻了記號的地方去撈劍，結果沒有撈到。比喻頑固不化的人。

後人見了這本奇傳，亦曾題過四句偈語，為作者緣起之言更進一竿[6]云：

說到辛酸處，荒唐愈可悲。
由來同一夢，休笑世人痴。

💬 延伸思考

(1)　《紅樓夢》編織了一個名為太虛幻境的神話的結構，用繁華的世俗生活構成了一個虛榮之夢。請你對這個結構進行分析。

(2)　《紅樓夢》全書以寶玉和黛玉的愛情故事為主線，甚至在黛玉死後，寶玉也極度思念黛玉，最後看破紅塵出家，可以說兩人的愛情一直沒有中斷過。而整個故事又圍繞這一主線衍生出很多線索，使《紅樓夢》最終具有了複雜而立體的結構。你能說出書中的幾條線索呢？

💡 精華賞析

襲人最終嫁給了蔣玉菡，應驗了寶玉在太虛幻境看到的判詞。賈雨村享受了高官厚祿，最後卻名利一場空，回家路上與甄士隱再次相遇。這是全書的最後一回，仍以神話的方式交代結局，不僅是呼應開頭，也是重申了「名利到頭終成空」的主旨。

---

6)　　更進一竿：禪宗用「百尺竿頭更進一步」來比喻宗教修養從已有的水平再提高一步。

知識拓展

《紅樓夢》版本知多少

　　《紅樓夢》的創作與問世使眾多文人驚歎，人們爭相抄錄，有的還在抄錄中加入點評，後來經書商程偉元出版。這個過程中，《紅樓夢》形成了很多不同版本。根據《紅樓夢書錄》的記載，《紅樓夢》的版本多達一百二十餘種，其中有抄本也有印本。

　　「脂評本」是最早，也是最權威的《紅樓夢》版本，其中最受紅學家重視的是《脂硯齋甲戌抄閱再評本》，簡稱甲戌本。脂硯齋是點評《紅樓夢》的第一人，他不僅對前八十回的情節做了深入分析，也在很大程度上影響了曹雪芹的創作過程。甲戌本只有十六回，包括一至八回、十三至十六回、二十五至二十八回，其依據的底本是公認為最早的版本，時間在乾隆十九年，即公元 1754 年，按照中國傳統的干支紀年法剛好是甲戌年。從點評的內容來看，脂硯齋不僅對《紅樓夢》的理解十分深刻，也暗示了很多八十回以後的情節，可以看出他在某種程度上陪伴了曹雪芹的創作過程。

　　經程偉元出版的程甲本、程乙本以及由它們演化而來的其他版本統稱為「程本」。程本均以一百二十回的全本形式出現。前八十回以脂評本為底稿並做了修改，後四十回為高鶚的續稿。因此一百二十回本也被稱為「程高本」。現在我們閱讀的通行本就是根據程高本修訂的。

四大名著導讀本

紅樓夢

原著　　　清　曹雪芹

總顧問　　柳鳴九
總主編　　倪培耕
總策劃　　李繼勇

責任編輯　郭子晴
裝幀設計　楊歌
封面設計　小草
排版　　　陳淑娟
印務　　　時潔
　　　　　劉漢舉

出版 / 中華教育

香港北角英皇道四九九號北角工業大廈一樓 B
電話：（852）2137 2338
傳真：（852）2713 8202
電子郵件：info@chunghwabook.com.hk
網址：http://www.chunghwabook.com.hk

發行 / 香港聯合書刊物流有限公司

香港新界大埔汀麗路三十六號
中華商務印刷大廈三字樓
電話：（852）2150 2100
傳真：（852）2407 3062
電子郵件：info@suplogistics.com.hk

印刷 / 美雅印刷製本有限公司

香港觀塘榮業街六號海濱工業大廈四樓 A 室

版次 / 2019 年 8 月第 1 版第 1 次印刷

©2019 中華教育

規格 / 16 開（235mm×170mm）

ISBN / 978-988-8573-44-8

四大名著導讀本

紅樓夢

中冊

清 曹雪芹

中華教育

目錄

《第四十一回》

精讀 賈寶玉品茶櫳翠庵
劉姥姥醉臥怡紅院

大觀園中宴飲罷，大家又去妙玉庵中品茶，由於劉姥姥在宴上飲多了酒，又迷了路，竟闖入寶玉的臥室，在床上睡過去。

　　話說劉姥姥兩隻手比着說道：「花兒落了結個大倭瓜。」眾人聽了哄堂大笑起來。於是吃過門杯，因又逗趣笑道：「實告訴說罷，我的手腳子粗，又喝了酒，仔細失手打了這瓷杯。有木頭的杯取個來，我便失了手，掉了地下也無礙。」眾人聽了，又笑起來。鳳姐兒聽如此說，便忙笑道：「果真要木頭的，我就取了來。可有一句話先說下：這木頭的可比不得瓷的，他都是一套，定要吃遍一套方使得。」

　　劉姥姥聽了心下战掇[1]道：「我方才不過是趣話取笑兒，誰知他果真竟有。我時常在村莊鄉紳大家也赴過席，金杯銀杯倒都也見過，從來沒見有木頭杯之說。哦，是了，想必是小孩子們使的木碗兒，不過誆我多喝兩碗。別管他，橫豎這酒蜜水兒似的，多喝點子也無防。」想畢，便說：「取來再商量。」

　　鳳姐乃命豐兒：「到前面裏間屋，書架子上有十個竹根

---

1)　　战掇（diān duò）：忖量，計算。

套杯[2]取來。」豐兒聽了，才要去取，鴛鴦笑道：「我知道你這十個杯還小。況且你才說是木頭的，這會子又拿了竹根的來，倒不好看。不如把我們那裏的黃楊根整刓的十個大套杯拿來，灌他十下子。」鳳姐兒笑道：「更好了。」鴛鴦果命人取來。

劉姥姥一看，又驚又喜：驚的是一連十個，挨次大小分下來，那大的足似個小盆子，第十個極小的還有手裏的杯子兩個大；喜的是雕鏤奇絕，一色山水樹木人物，並有草字以及圖印。因忙說道：「拿了那小的來就是了，怎麼這樣多？」鳳姐兒笑道：「這個杯沒有喝一個的理。我們家因沒有這大量的，所以沒人敢使他。姥姥既要，好容易尋了出來，必定要挨次吃一遍才使得。」劉姥姥唬的忙道：「這個不敢。好姑奶奶，饒了我罷。」

賈母、薛姨媽、王夫人知道他有年紀的人，禁不起，忙笑道：「說是說，笑是笑，不可多吃了，只吃這頭一杯罷。」劉姥姥道：「阿彌陀佛！我還使小杯吃罷。把這大杯收着，我帶了家去慢慢的吃罷。」說的眾人又笑起來。鴛鴦無法，只得命人滿斟了一大杯，劉姥姥兩手捧着喝。賈母薛姨媽都道：「慢些，不要嗆了。」

姨媽又命鳳姐兒佈了菜。鳳姐笑道：「姥姥要吃甚麼，說出名兒來，我夾了餵你。」劉姥姥道：「我知道甚麼名兒？樣樣都是好的。」賈母笑道：「你把茄鯗夾些餵他。」鳳姐兒聽說，依言夾些茄鯗送入劉姥姥口中，因笑道：「你們天天吃茄子，也嘗嘗我們的茄子弄的可口不可口。」劉姥姥笑道：「別哄我了，茄子跑出這個味兒來了，我們不用種糧食，只種茄子了。」眾人笑道：「真是茄子，我們再不哄你。」劉姥姥詫異道：「真是茄子？我白吃了這半日。姑奶奶再餵

● 從一套杯子上足可以看出賈府中物件的精美。

● 從一道菜上足可以看出賈府中飲食的精緻。

---

2)　　套杯：十隻酒杯，一個比一個小些，可以按次套到最大的一個裏，叫作套杯。

點評

我些，這一口細嚼嚼。」鳳姐兒果又夾了些放入口內。劉姥姥細嚼了半日，笑道：「雖有一點茄子香，只是還不像是茄子。告訴我是個甚麼法子弄的，我也弄着吃去。」鳳姐兒笑道：「這也不難。你把才下來的茄子把皮刨了，只要淨肉，切成碎釘子，用雞油炸了，再用雞脯子肉並香菌、新筍、蘑菇、五香腐乾、各色乾果子，都要成釘子，用雞湯煨乾，將香油一收，外加糟油一拌，盛在瓷罐子裏封嚴，要吃時拿出來，用炒的雞瓜子 [3] 一拌就是。」劉姥姥聽了，搖頭吐舌說道：「我的佛祖！倒得十來隻雞來配他，怪道這個味兒！」

一面說笑，一面慢慢的吃完了酒，還只管細玩那杯子。鳳姐笑道：「還是不足興，再吃一杯罷。」劉姥姥忙道：「了不得，那就醉死了。我因為愛這樣兒好看，虧他怎麼做來。」鴛鴦笑道：「酒吃完了，到底這杯子是甚麼木的？」劉姥姥笑道：「怨不得姑娘不認得，你們在這金門繡戶的，如何認得木頭！我們成日家和樹林子作街坊，睏了枕着他睡，乏了靠着他坐，荒年間餓了還吃他，眼睛裏天天見他，耳朵裏天天聽他，口兒裏天天講他，所以好歹真假，我是認得的，讓我認來。」一面說，一面細細端詳了半日，道：「你們這樣人家斷沒有那賤東西，那容易得的木頭，你們也不收着了。我掂着這麼體沉，斷乎不是楊木，一定是黃松做的。」眾人聽了，哄堂大笑起來。

● 劉姥姥為何刻意給出錯誤答案？

只見一個婆子走來請問賈母，說：「姑娘們都到了藕香榭，請示下，就演罷還是再等一會子？」賈母忙笑道：「可是倒忘了他們，就叫他們演罷。」那個婆子答應去了。不一時，只聽得簫管悠揚，笙笛並發。正值風清氣爽之時，那樂聲穿林度水而來，自然使人神怡心曠。寶玉先禁不住拿起壺來斟了一杯，一口飲盡。復又斟上，才要飲，只見王夫人也要飲，命人

---

3)　　　雞瓜子：指剝了皮的山雞肉或雞的腱子肉。

換暖酒，寶玉連忙將自己的杯捧了過來，送到王夫人口邊，王夫人便就他手內吃了兩口。一時暖酒來了，寶玉仍歸舊坐，王夫人提了暖壺下席來，眾人皆都出了席，薛姨媽也立起來，賈母忙命李、鳳二人接過壺來：「讓你姨媽坐了，大家才便。」王夫人見如此說，方將壺遞與鳳姐，自己歸坐。

　　賈母笑道：「大家吃上兩杯，今日着實有趣。」說着擎杯讓薛姨媽，又向湘雲寶釵道：「你姐妹兩個也吃一杯。你林妹妹雖不大會吃，也別饒他。」說着自己已乾了。湘雲、寶釵、黛玉也都吃了。當下劉姥姥聽見這般音樂，且又有了酒，越發喜的手舞足蹈起來。寶玉因下席過來同黛玉笑道：「你瞧劉姥姥的樣子。」黛玉笑道：「當日舜樂一奏，百獸率舞[4]，如今才一牛耳。」眾姐妹都笑了。

　　須臾樂止，薛姨媽出席笑道：「大家的酒想也都有了，且出去散散再坐罷。」賈母也正要散散，於是大家出席，都隨着賈母遊玩。賈母因要帶着劉姥姥散悶，遂攜了劉姥姥至山前樹下盤桓了半晌，又說與他這是甚麼樹，這是甚麼石，這是甚麼花，這是甚麼鳥。劉姥姥一一領會，又向賈母道：「誰知城裏不但人尊貴，連雀兒也是尊貴的。偏這雀兒到了你們這裏，他也變俊了，會講話。」眾人不解，因問甚麼雀兒變俊了，會講話。劉姥姥道：「那廊下金架子上站的綠毛紅嘴是鸚哥兒，我是認得的。那籠子裏黑老鴰子怎麼又長出鳳頭[5]來，也會說話呢？」眾人聽了都笑將起來。

　　一時只見丫鬟們來請用點心。賈母道：「吃了兩杯酒，倒也不餓。也罷，就拿了這裏來，大家隨便吃些吧。」丫鬟便去抬了兩張几來，又端了兩個小捧盒。揭開看時，每盒兩樣：這盒內一樣是藕粉桂糖糕，一樣是松穰鵝油卷；那盒

---

4)　　百獸率舞：古代傳說，帝舜的音樂，可以令百獸隨着舞蹈。

5)　　鳳頭：鳥類頭上的羽冠，俗稱鳳頭。這裏是描寫劉姥姥不認識鸚鵡（鴿鴿）。

點評

● 賈母吃慣了山珍海味，對如此精緻的糕點不僅不稀罕，反而還多加挑剔。

內一樣是一寸來大的小餃兒，賈母因問甚麼餡兒，婆子們忙回是螃蟹的。賈母聽了，皺眉說：「這油膩膩的，誰吃這個！」那一樣是奶油炸的各色小麵果子，也不喜歡。因讓薛姨媽吃，薛姨媽只揀了一塊糕；賈母揀了一個卷子，只嘗了一嘗，剩的半個遞與丫鬟了。劉姥姥因見那小麵果子都玲瓏剔透，各式各樣，便揀了一朵牡丹花樣的笑道：「我們那裏最巧的姐兒們，剪子也不能鉸出這麼個紙的來。我又愛吃，又捨不得吃，包些家去給他們做花樣子去倒好。」眾人都笑了。賈母道：「你家去我送你一罈子。你先趁熱吃這個罷。」別人不過揀各人愛吃的一兩點就罷了；劉姥姥原不曾吃過這些東西，且都作的小巧，不顯堆垛的，他和板兒每樣吃了些，就去了半盤了。剩的，鳳姐又命攢了兩盤並一個攢盒，與文官等吃去。

忽見奶子抱了大姐兒來，大家哄他玩了一會。那大姐兒因抱着一個大柚子玩的，忽見板兒抱着一個佛手，便也要佛手。丫鬟哄他取去，大姐兒等不得，便哭了。眾人忙把柚子與了板兒，將板兒的佛手哄過來與他才罷。那板兒因玩了半日佛手，此刻又兩手抓着些果子吃，又忽見這柚子又香又圓，更覺好玩，且當球踢着玩去，也就不要佛手了。

當下賈母等吃過茶，又帶了劉姥姥到櫳翠庵來。妙玉忙接了進去。至院中見花木繁盛，賈母笑道：「到底是他們修行的人，沒事常常修理，比別處越發好看。」一面說，一面便往東禪堂來。妙玉笑往裏讓，賈母道：「我們才都吃了酒肉，你這裏頭有菩薩，沖了罪過。我們這裏坐坐，把你的好茶拿來，我們吃一杯就去了。」妙玉聽了，忙去烹了茶來。寶玉留神看他是怎麼行事。只見妙玉親自捧了一個海棠花式雕漆填金雲龍獻壽的小茶盤，裏面放一個成窯[6]五彩小

● 妙玉不是普通的道姑，她使用的器物十分講究，並且知道賈母的喜好。

---

6)　　成窯：指明代成化窯。第四十四回的「宣窯」指明代宣德窯，所產都是名貴瓷器。

蓋鍾，捧與賈母。賈母道：「我不吃六安茶。」妙玉笑說：「知道。這是老君眉。」賈母接了，又問是甚麼水。妙玉笑回「是舊年蠲的雨水」。賈母便吃了半盞，便笑着遞與劉姥姥說：「你嘗嘗這個茶。」劉姥姥便一口吃盡，笑道：「好是好，就是淡些，再熬濃些更好了。」賈母眾人都笑起來。然後眾人都是一色官窯脫胎填白蓋碗。

　　那妙玉便把寶釵和黛玉的衣襟一拉，二人隨他出去，寶玉悄悄的隨後跟了來。只見妙玉讓他二人在耳房內，寶釵便坐在榻上，黛玉便坐在妙玉的蒲團上。妙玉自向風爐上扇滾了水，另泡一壺茶。寶玉便走了進來，笑道：「偏你們吃體己茶呢。」二人都笑道：「你又趕了來撤茶吃[7]。這裏並沒你吃的。」妙玉剛要去取杯，只見道婆收了上面的茶盞來。妙玉忙命：「將那成窯的茶杯別收了，擱在外頭去罷。」寶玉會意，知為劉姥姥吃了，他嫌髒不要了。又見妙玉另拿出兩隻杯來，一個旁邊有一耳，杯上鐫着「𤬜瓟斝[8]」三個隸字，後有一行小真字是「晉王愷珍玩[9]」，又有「宋元豐五年四月眉山蘇軾見於祕府」一行小字。妙玉便斟了一斝，遞與寶釵。那一隻形似鉢而小，也有三個垂珠篆字，鐫着「點犀䀉[10]」。妙玉斟了一盞與黛玉。仍將前番自己常日吃茶的那隻綠玉斗來斟與寶玉。寶玉笑道：「常言『世法平等』，他兩上就用那樣古玩奇珍，我就是個俗器了。」妙玉道：「這是俗器？不是我說狂話，只怕你家裏未必找的出這麼一個俗器來呢。」寶玉笑道：「俗說『隨鄉入鄉』，到了你這裏，自然把那金玉珠寶一概貶為俗器了。」妙玉聽如此說，十分

---

7)　　撤茶吃：撤，蹭的意思，這裏的撤茶吃就是蹭茶吃。

8)　　𤬜瓟斝（bān páo jiǎ）：斝是古代一種大酒杯。𤬜、瓟都是瓜類名。

9)　　王愷珍玩：王愷是晉代著名的富人。這裏說杯是王愷所製，又經過蘇軾的鑒賞，表示是一件極其珍貴的古玩。

10)　　點犀䀉（qiá）：䀉是古代碗類的器皿。犀，指犀牛角，可以製作杯類器皿。

歡喜，遂又尋出一隻九曲十環一百二十節蟠虬整雕竹根的一個大盞出來，笑道：「就剩了這一個，你可吃的了這一海？」寶玉喜的忙道：「吃的了。」妙玉笑道：「你雖吃了，也沒這些茶糟蹋。豈不聞『一杯為品，二杯即是解渴的蠢物，三杯便是飲牛飲驢』了。你吃這一海便成甚麼？」說的寶釵、黛玉、寶玉都笑了。妙玉執壺，只向海內斟了約有一杯。寶玉細細吃了，果覺輕浮無比，賞讚不絕。妙玉正色道：「你這遭吃的茶是託他兩個的福，獨你來了，我是不給你吃了。」寶玉笑道：「我深知道的，我也不領你的情，只謝他二人便是了。」妙玉聽了，方說：「這話明白。」黛玉因問：「這也是舊年的雨水？」妙玉冷笑道：「你這麼個人，竟是大俗人，連水也嘗不出來。這是五年前我在玄墓蟠香寺住着，收的梅花上的雪，共得了那一鬼臉青 [11] 的花甕一甕，總捨不得吃，埋在地下，今年夏天才開了。我只吃過一回，這是第二回了。你怎麼嘗不出來？隔年蠲的雨水那有這樣輕浮，如何吃得。」黛玉知他天性怪僻，不好多話，亦不好多坐，吃完茶，便約着寶釵走了出來。

寶玉和妙玉陪笑道：「那茶杯雖然髒了，白撂了豈不可惜？依我說，不如就給那貧婆子罷，他賣了也可以度日。你道可使得。」妙玉聽了，想了一想，點頭說道：「這也罷了。幸而那杯子是我沒吃過的，若我使過，我就砸碎了也不能給他。你要給他，我也不管你，只交給你，快拿了去罷。」寶玉笑道：「自然如此，你那裏和他說話授受去，越發連你也髒了。只交與我就是了。」妙玉便命人拿來遞與寶玉。寶玉接了，又道：「等我們出去了，我叫幾個小么兒來，河裏打幾桶水來洗地如何？」妙玉笑道：「這更好了，只是你囑咐他們，抬了水只擱在山門外頭牆根下，別進門來。」寶玉

---

11)　　鬼臉青：一種深青色釉的瓷。

道：「這是自然的。」說着，便袖着那杯，遞與賈母房中小丫頭拿着，說：「明日劉姥姥家去，給他帶去罷。」交代明白，賈母已經出來要回去，妙玉亦不甚留，送出山門，回身便將門閉了。不在話下。

且說賈母因覺身上乏倦，便命王夫人和迎春姊妹陪了薛姨媽去吃酒，自己便往稻香村來歇息。鳳姐忙命人將小竹椅抬來，賈母坐上，兩個婆子抬起，鳳姐李紈和眾丫鬟婆子圍隨去了，不在話下。

這裏薛姨媽也就辭出。王夫人打發文官等出去，將攢盒散與眾丫鬟們吃去，自己便也乘空歇着，隨便歪在方才賈母坐的榻上，命一個小丫頭放下簾子來，又命他捶着腿，吩咐他：「老太太那裏有信，你就叫我。」說着也歪着睡着了。

寶玉湘雲等看着丫鬟們將攢盒擺在山石上，也有坐在山石上的，也有坐在草地下的，也有靠着樹的，也有傍着水的，倒也十分熱鬧。一時又見鴛鴦來了，要帶着劉姥姥各處去逛，眾人也都趕着取笑。一時來至「省親別墅」的牌坊底下，劉姥姥道：「噯呀！這裏還有個大廟呢。」說着，便爬下磕頭。眾人笑彎了腰。劉姥姥道：「笑甚麼？這牌樓上字我都認得。我們那裏這樣的廟宇最多，都是這樣的牌坊，那字就是廟的名字。」眾人笑道：「你認得這是甚麼廟？」劉姥姥便抬頭指那字道：「這不是『玉皇寶殿』四個大字？」眾人笑的拍手打掌，還要拿他取笑。劉姥姥覺得腹內一陣亂響，忙的拉着一個小丫頭，要了兩張紙就解衣。眾人又是笑，又忙喝他：「這裏使不得！」忙命婆子帶了東北上去。那婆子指與他地方，便樂得走開去歇息。

那劉姥姥因喝了些酒，他脾氣不與黃酒相宜，且吃了許多油膩飲食，發渴多喝了幾碗茶，不免通瀉起來，蹲了半日方完。及出廁來，酒被風吹，且年老之人，蹲了半天，忽一起身，只覺得眼花頭眩，辨不出路徑。四顧一望，皆是樹木山石樓台房舍，卻不知那一處是往那裏去的了，只得認着

一條石子鑲的路慢慢的走來。及至到了房舍跟前，又找不着門，再找了半日，忽見一帶竹籬，劉姥姥心中自忖道：「這裏也有扁豆架子。」一面想，一面順着花障走了來，得了一個月洞門進去。只見迎面忽有一帶水池，只有七八尺寬，石頭砌岸，裏面碧波清水流往那邊去了，上面有一塊白石橫架在上面。劉姥姥便踱石過去，順着石子甬路走去，轉了兩個彎子，只見有一房門。於是進了房門，只見迎面一個女孩兒，滿面含笑迎了出來。劉姥姥忙笑道：「姑娘們把我丟下來了，要我碰頭碰到這裏來。」說了，只覺那女孩兒不答。劉姥姥便趕來拉他的手，「咕咚」一聲，便撞到板壁上。細瞧了一瞧，原來是一幅畫兒。劉姥姥自忖道：「原來畫兒有這樣凸出來的。」一面想，一面看，用手摸了一摸，卻又是一色平的，因點頭歎了兩聲。方一轉身只見有一小門，門上掛着蔥綠撒花軟簾。劉姥姥掀簾進去，抬頭一看，只見四面牆壁，玲瓏剔透，琴劍瓶爐，皆貼在牆上 [12]，錦籠紗罩，金彩珠光，連地下踩的磚，皆是碧綠鑿花，竟越發把眼花了，找門出去，那裏有門？左一架書，右一架屏。

　　剛從屏後得了一個門，只見一個老婆子也從外面迎了他進來。劉姥姥詫異，心中恍惚：莫非是他親家母？因連忙問道：「你想是見我這幾日沒家去，虧你找我來！那一位姑娘帶你進來的？」又見他戴着滿頭花，劉姥姥笑道：「你好沒見世面，見這園裏的花好，你就沒死活戴了一頭。」他親家也不答。劉姥姥忽然想起來說：「是了，我常聽見人家說大富貴人家有一種穿衣鏡，這別是我在鏡子裏頭呢罷。」說畢伸手一摸，再細一看，可不是，四面雕空紫檀板壁將鏡子嵌在中間，因說：「這已經攔住，如何走出去呢？」一面說，一面只管用手摸。這鏡子原是西洋機括，可以開合。不

---

12)　　琴劍瓶爐皆貼在牆上：一種專做壁上飾物的瓶爐，一半扁平，可以和琴劍等一同貼牆懸掛。

意劉姥姥亂摸之間，其力巧合，便撞開消息[13]，掩過鏡子，露出門來。劉姥姥又驚又喜，邁步出來，忽見有一副最精緻的床帳。他此時又帶了七八分醉，又走乏了，便一屁股坐在床上，只說歇歇，不承望身不由己，便前仰後合的，朦朧着兩眼，一歪身就睡熟在床上。

且說眾人等他不見，板兒沒了他姥姥，急的哭了。眾人都笑道：「別是掉在茅廁裏了？快叫人去瞧瞧。」因命兩個婆子去找，回來說沒有。眾人各處搜尋不見。襲人忖度道：「一定是他醉了迷了路，順着這一條路往我們後院子裏去了。若進了花障子到後房門進去，雖然碰頭，還有小丫頭們知道；若不進花障子，再往西南上去，若繞出去還好，若繞不出去，可夠他繞回子好的。我且瞧瞧去。」一面想，一面回來，進了怡紅院便叫人，誰知那幾個在屋子裏的小丫頭已偷空玩去了。

襲人一直進了房門，轉過集錦槅子，就聽的鼾齁如雷。忙進來，只聞得酒屁臭氣滿屋，一瞧，只見劉姥姥扎手舞腳的仰臥在床上。襲人這一驚不小，慌的忙趕上來將他沒死活的推醒。那劉姥姥驚醒，睜開眼見了襲人，連忙爬起來道：「姑娘，我該死了，我失錯了！並沒弄髒了床。」一面說，一面用手去撣。襲人恐驚動了人，被寶玉知道了，只向他搖手，不叫他說話。忙將當地大鼎內貯了三四把百合香，仍用罩子罩上。些須收拾收拾，所喜不曾嘔吐，忙悄悄的笑道：「不相干，有我呢。你隨我出來。」

劉姥姥答應着跟了襲人，出至小丫頭們房中，命他坐了，向他道：「你就說醉倒在山子石上打了個盹兒。」劉姥姥點頭答應。又與他兩碗茶吃，方覺酒醒了，因問道：「這是那位小姐的繡房，這樣精緻？我就像到了天宮裏的一

---

13)　消息：這裏指機括，和作「信息」講的不同。

樣。」襲人微微笑道：「這個麼，是寶二爺的臥室。」劉姥姥嚇的不敢作聲。

襲人帶他從前面出去，見了眾人，只說他在草地下睡着了，帶了他來的。眾人都不理會，也就罷了。

一時賈母醒了，就在稻香村擺晚飯。賈母因覺懶懶的，也沒吃飯，便坐了竹椅小敞轎，回至房中歇息，命鳳姐兒等去吃飯。他姊妹方復進園來。未知如何，且看下回分解。

💬 延伸思考

劉姥姥能說會道，在城裏人面前不失尊嚴，對此你是怎麼看的？分析劉姥姥的性格。

💡 精華賞析

劉姥姥來到賈府，給賈府帶來了笑聲，這笑聲是過去從來沒有過的。同時劉姥姥也算見了世面，她遊覽了只在畫上見過的花園，看見了長出鳳頭還會說話的鳥，吃到了味道特別的茄子，照見了「傳說」中的穿衣鏡。比起鄉下人的艱苦生活，貴族階級猶如生活在仙境中，寶玉住的屋子對劉姥姥來說如同迷宮。窮苦人來到富貴鄉，雖身在其中卻有無法跨越的距離，作者的筆法十分巧妙。

《第四十二回》

蘅蕪君蘭言解疑語
瀟湘子雅謔補餘音

劉姥姥要離開賈府了。這一次她帶走的不再是給丫頭做衣服的銀兩，而是一大車各式禮物。賈家上下人等如此熱情，着實讓劉姥姥感動。

話說他姊妹復進園來，吃過飯，大家散出，都無別話。

且說劉姥姥帶着板兒，先來見鳳姐兒，說：「明日一早定要家去了。雖住了兩三天，日子卻不多，把古往今來沒見過的，沒吃過的，沒聽見的，都經驗了，難得老太太和姑奶奶並那些小姐們，連各房裏的姑娘們，都這樣憐貧惜老照看我。我這一回去後沒別的報德，唯有請些高香天天給你們唸佛，保佑你們長命百歲的，就算我的心了。」鳳姐笑道：「你別喜歡。都是為你，老太太也被風吹病了，睡着說不好過；我們大姐兒也着了涼，在那裏發熱呢。」劉姥姥聽了，忙歎道：「老太太有年紀的人，不慣十分勞乏的。」鳳姐兒道：「從來沒像昨兒高興。往常也進園子逛去，不過到一二處坐坐就回來了。昨兒因為你在這裏，要叫你逛逛，一個園子倒走了多半個。大姐兒因為我找你去，太太遞了塊糕給他，誰知風地裏吃了，就發起熱來。」劉姥姥道：「大姐兒只怕不大進園子，生地方兒，小人兒家原不該去。比不得我們的孩子，會走了，那個墳圈子裏不跑去？一則風撲了也是有的；二則只怕他身上乾淨，眼睛又淨，或是遇見甚麼神了。依我說，給他瞧瞧崇書本子[1]，仔細撞客着了。」一語提醒了鳳姐兒，便叫平兒拿出《玉匣記》來，着彩明來唸。彩明翻

---

[1]　崇書本子：指談論迷信鬼神星命吉凶禍福的書籍，如下文《玉匣記》等。

了一回唸道：「八月二十五日，病者在東南方得遇花神。用五色紙錢四十張，向東南方四十步送之，大吉。」鳳姐兒笑道：「果然不錯，園子裏頭可不是花神！只怕老太太也是遇見了。」一面命人請兩分紙錢來，着兩個人來，一個與賈母送祟，一個與大姐兒送祟。果見大姐兒安穩睡了。

　　鳳姐兒笑道：「到底是你們有年紀的人經歷的多。我這大姐兒時常有病，也不知是個甚麼原故。」劉姥姥道：「這也有的事。富貴人家養的孩子都太嬌嫩，自然禁不得一些兒委曲；再他小人兒家，過於尊貴了，也禁不起。以後姑奶奶少疼他些就好了。」鳳姐兒道：「這也有理。我想起來，他還沒個名字，你就給他起個名字，借借你的壽；二則你們是莊家人，不怕你惱，到底貧苦些，你貧苦人起個名字，只怕壓的住他。」劉姥姥聽說，便想了一想，笑道：「不知他幾時生的？」鳳姐兒道：「正是生日的日子不好呢，可巧是七月初七日。」劉姥姥忙笑道：「這個正好，就叫作巧姐兒。這叫作『以毒攻毒，以火攻火』的法子。姑奶奶定依我這名字，他必長命百歲，日後大了，各人成家立業，或一時有不遂心的事，必然是遇難成祥，逢凶化吉，都從這『巧』字兒來。」

　　鳳姐兒聽了，自是歡喜，忙道謝，又笑道：「只保佑他應了你的話就好了。」說着叫平兒來吩咐道：「明兒咱們有事，恐怕不得閒兒。你這空兒把送姥姥的東西打點了，他明兒一早就好走的便宜了。」劉姥姥忙說：「不敢多破費了。已經遭擾了幾日，又拿着走，越發心裏不安起來。」鳳姐兒道：「也沒有甚麼，不過隨常東西。好也罷，歹也罷，帶了去，你們街坊鄰舍看着也熱鬧些，也是上城一次。」說着，只見平兒走來說：「姥姥過這邊瞧瞧。」

　　劉姥姥忙跟了平兒到那邊屋裏，只見堆着半炕東西。平兒一一的拿與他瞧着，又說道：「這是昨日你要的青紗一匹，奶奶另外送你一個實地月白紗作裏子。這是兩個繭綢，作襖兒裙子都好。這包袱裏是兩匹綢子，年下做件衣裳穿。這是一盒子各樣內造點心，也有你吃過的，也有沒吃過的，拿去擺碟子請客，比你們買的強些。這兩條口袋是你昨日裝瓜果子來的，如今這一個裏頭裝了兩斗御田粳米，熬粥是難得的；這一條裏頭是園子裏的果子和各樣乾果子。這一包是八兩銀子，這都是我們奶奶的。這兩包每包裏頭五十兩，共是一百兩，是太太給的，叫你拿去或者作個小本買賣，或者置幾畝地，以後再別求親靠友的。」說着又悄悄笑道：「這兩件襖兒和兩條裙子，還有四塊包頭，一包絨線，可是我送姥姥的。那衣裳雖是舊的，我也沒大狠穿，你要

棄嫌我就不敢說了。」平兒說一樣劉姥姥就唸一句佛，已經唸了幾千聲佛了，又見平兒也送他這些東西，又如此謙遜，忙唸佛道：「姑娘說那裏話？這樣好東西我還棄嫌！我便有銀子還沒處買這樣的去呢。只是我怪臊的，收了又不好，不收又辜負了姑娘的心。」平兒笑道：「休說外話，咱們都是自己，我才這樣。你放心收了罷，我還和你要東西呢。到年下，你只把你們曬的那個灰條菜乾子和豇豆、扁豆、茄子、葫蘆條兒各樣乾菜帶些來，我們這裏上上下下都愛吃。這個就算了，別的一概不要，別罔費了心。」劉姥姥千恩萬謝答應了。平兒道：「你只管睡你的去。我替你收拾妥當了就放在這裏，明兒一早打發小廝們僱輛車裝上，不用你費一點心的。」

劉姥姥越發感激不盡，過來又千恩萬謝的辭了鳳姐兒，過賈母這一邊睡了一夜，次早梳洗了就要告辭。因賈母欠安，眾人都過來請安，出去傳請大夫。一時婆子回大夫來了。老嬤嬤請賈母進幔子去坐。賈母道：「我也老了，那裏養不出那阿物兒來，還怕他不成！不要放幔子，就這樣瞧罷。」眾婆子聽了，便拿過一張小桌來，放下一個小枕頭，便命人請。

一時只見賈珍、賈璉、賈蓉三個人將王太醫領來。王太醫不敢走甬路，只走旁階，跟着賈珍到了階磯上。早有兩個婆子在兩邊打起簾子，兩個婆子在前導引進去，寶玉又迎了出來。只見賈母穿着青縐綢一斗珠[2]的羊皮褂子，端坐在榻上，兩邊四個未留頭的小丫鬟都拿着蠅刷漱盂等物；又五六個老嬤嬤雁翅擺在兩旁，碧紗櫥後隱隱約約有許多穿紅着綠戴寶插金的人。王太醫便不敢抬頭，忙上來請了安。賈母見他穿着六品服色，便知御醫了，也含笑問：「供奉[3]好？」因問賈珍：「這位供奉貴姓？」賈珍等忙回「姓王」。賈母道：「當日太醫院正堂有個王君效，好脈息。」王太醫忙躬身低頭，含笑回說：「那是晚生家叔祖。」賈母聽了，笑道：「原來這樣，也算世交了。」一面說，一面慢慢的伸手放在小枕上。老嬤嬤端着一張小杌，連忙放在小桌前，略偏些。王太醫便屈一膝坐下，歪着頭診了半日，又診了那隻手，忙欠身低頭退出。賈母笑說：「勞動了。珍兒讓出去好生看茶。」

---

2)　　一斗珠：一種細毛捲曲像一片珍珠似的白羔羊皮，又名珍珠毛。

3)　　供奉：古代以各種技藝直接為皇帝服務，都可以籠統地稱呼作「供奉」。

　　賈珍賈璉等忙答了幾個「是」，復領王太醫出到外書房中。王太醫說：「太夫人並無別症，偶感一點風寒，究竟不用吃藥，不過略清淡些，常暖着一點兒，就好了。如今寫個方子在這裏，若老人家愛吃便按方煎一劑吃。若懶待吃，也就罷了。」說着吃過茶寫了方子。剛要告辭，只見奶子抱了大姐兒出來，笑說：「王老爺也瞧瞧我們。」王太醫聽說忙起身，就奶子懷中，左手托着大姐兒的手，右手診了一診，又摸了一摸頭，又叫伸出舌頭來瞧瞧，笑道：「我說了姐兒又罵我了，只是要清清淨淨的餓兩頓就好了。不必吃煎藥，我送丸藥來，臨睡時用薑湯研開，吃下去就是了。」說畢告辭而去。

　　賈珍等拿了藥方來，回明賈母原故，將藥方放在桌上出去，不在話下。

　　這裏王夫人和李紈、鳳姐兒、寶釵姊妹等見大夫出去，方從櫥後出來。王夫人略坐一坐，也回房去了。

　　劉姥姥見無事，方上來和賈母告辭。賈母說：「閑了再來。」又命鴛鴦來：「好生打發劉姥姥出去。我身上不好，不能送你。」劉姥姥道了謝，又作辭，方同鴛鴦出來。

　　到了下房，鴛鴦指炕上一個包袱說道：「這是老太太的幾件衣裳，都是往年間生日節下眾人孝敬的，老太太從不穿人家做的，收着也可惜，卻是一次也沒穿過。昨日叫我拿出兩套兒送你帶去，或是送人，或是自己家裏穿罷，別見笑。這盒子裏是你要的麵果子。這包兒裏是你前兒說的藥：梅花點舌丹也有，紫金錠也有，活絡丹也有，催生保命丹4也有，每一樣是一張方子包着，總包在裏頭了。這是兩個荷包，帶着玩罷。」說着便抽開繫子，掏出兩個筆錠如意的錁子來給他瞧，又笑道：「荷包拿去，這個留下給我罷。」劉姥姥已喜出望外，早又唸了幾千聲佛，聽鴛鴦如此說，便說道：「姑娘只管留下罷。」鴛鴦見他信以為真，仍與他裝上，笑道：「哄你玩呢，我有好些呢。留着年下給小孩子們罷。」說着，只見一個小丫頭拿了個成窯鍾子來遞與劉姥姥，「這是寶二爺給你的。」劉姥姥道：「這是那裏說起？我那一世修了來的，今兒這樣。」說着便接了過來。鴛鴦道：「前兒我叫你洗澡，換的衣裳是我的，你不棄嫌，我還有幾件，也送你罷。」劉姥姥又忙道謝。鴛鴦果然又拿出兩件來與他包好。

4)　「梅花點舌丹」等：這裏所說四種藥：梅花點舌丹是去毒的；紫金錠是祛暑的；活絡丹是活血的；催生保命丹是治療難產的，都是比較珍貴有效的成藥。

　　劉姥姥又要到園中辭謝寶玉和眾姊妹王夫人等去。鴛鴦道：「不用去了。他們這會子也不見人，回來我替你說罷。閑了再來。」又命了一個老婆子，吩咐他：「二門上叫兩個小廝來，幫着姥姥拿了東西，送出去。」婆子答應了，又和劉姥姥到了鳳姐兒那邊一併拿了東西，在角門上命小廝們搬了出去，直送劉姥姥上車去了，不在話下。

　　且說寶釵等吃過早飯，又往賈母處問安，回園至分路之處，寶釵便叫黛玉道：「顰兒跟我來，有一句話問你。」黛玉便同了寶釵，來至蘅蕪苑中。進了房，寶釵便坐了，笑道：「你跪下，我要審你。」黛玉不解何故，因笑道：「你瞧寶丫頭瘋了！審問我甚麼？」寶釵冷笑道：「好個千金小姐！好個不出閨門的女孩兒！滿嘴說的是甚麼？你只實說便罷。」黛玉不解，只管發笑，心裏也不免疑惑起來，口裏只說：「我何曾說甚麼？你不過要捏我的錯兒罷了。你倒說出來我聽聽。」寶釵笑道：「你還裝憨兒。昨兒行酒令你說的是甚麼？我竟不知是那裏來的。」黛玉一想，方想起來昨兒失於檢點，那《牡丹亭》《西廂記》說了兩句，不覺紅了臉，便上來摟着寶釵，笑道：「好姐姐，原是我不知道隨口說的。你教給我，再不說了。」寶釵笑道：「我也不知道，聽你說的怪生的，所以請教你。」黛玉道：「好姐姐，你別說與別人，我以後再不說了。」

　　寶釵見他羞得滿臉飛紅，滿口央告，便不肯再往下追問，因拉他坐下吃茶，款款的告訴他道：「你當我是誰，我也是個淘氣的。從小兒七八歲上也夠個人纏的。我們家也算是個讀書人家，祖父手裏也極愛藏書。先時人口多，姊妹弟兄都在一處，都怕看正經書。弟兄們也有愛詩的，也有愛詞的，諸如這些《西廂》《琵琶》以及《元人百種》，無所不有。他們背着我們偷看，我們也背着他們偷看。後來大人知道了，打的打，罵的罵，燒的燒，才丟開了，所以咱們女孩兒家不認字的倒好。男人們讀書不明理，尚且不如不讀書的好，何況你我？就連作詩寫字等事，這也不是你我分內之事，究竟也不是男人分內之事。男人們讀書明理，輔國治民，這便好了，只是如今並不聽見有這樣的人，讀了書倒更壞了。這是書誤了他，可惜他也把書糟蹋了，所以竟不如耕種買賣，倒沒有甚麼大害處。你我只該做些針線紡織的事才是，偏又認得幾個字，既認得了字，不過揀那正經的看也罷了，最怕見了那些雜書，移了性情，就不可救了。」一席話，說的黛玉垂頭吃茶，心下暗伏，只有答應「是」的一字。

忽見素雲進來說：「我們奶奶請二位姑娘商議要緊的事呢。二姑娘、三姑娘、四姑娘、史姑娘、寶二爺都在那裏等着呢。」寶釵道：「又是甚麼事？」黛玉道：「咱們到了那裏就知道了。」說着便和寶釵往稻香村來，果見眾人都在那裏。

李紈見了他兩個，笑道：「社還沒起，就有脫滑兒[5]的，四丫頭要告一年的假呢。」黛玉笑道：「都是老太太昨兒一句話，又叫他畫甚麼園子圖兒，惹得他樂得告假了。」探春笑道：「也別要怪老太太，都是劉姥姥一句話。」黛玉忙笑接道：「可是呢，都是他一句話。他是那門子的姥姥，直叫他是個『母蝗蟲』就是了。」說着大家都笑起來。

寶釵笑道：「世上的話，到了鳳丫頭嘴裏也就盡了。幸而鳳丫頭不認得字，不大通，不過一概是市俗取笑。更有顰兒這促狹嘴，他用『春秋』的法子，將市俗的粗話，攝其要，刪其繁，再加潤色比方出來，一句是一句。這『母蝗蟲』三字，把昨兒那些形景都現出來了。虧他想的倒也快。」眾人聽了，都笑道：「你這一注解，也就不在他兩個以下。」

李紈道：「我請你們大家商議，給他多少日子的假。我給了他一個月他嫌少，你們怎麼說？」黛玉道：「論理一年也不多。這園子蓋才蓋了一年，如今要畫自然得二年工夫呢。又要研墨，又要蘸筆，又要鋪紙，又要着顏色，又要⋯⋯」剛說到這裏，黛玉也自掌不住笑道：「又要照着這樣兒慢慢的畫，可不得二年的工夫！」眾人聽了，都拍手笑個不住。寶釵笑道：「有趣！最妙落後一句是『慢慢的畫』，他可不畫去怎麼就有了呢？所以昨兒那些笑話兒雖然可笑，回想是沒味的。你們細想顰兒這句雖是淡的，回想卻有滋味。我倒笑的動不得了。」

惜春道：「都是寶姐姐讚的他越發逞強，這會子拿我也取笑兒。」黛玉忙拉他笑道：「我且問你，還是單畫這園子呢，還是連我們眾人都畫在上頭呢？」惜春道：「原說只畫這園子的，昨兒老太太又說，單畫了園子成個房樣子了，叫連人都畫上，就像『行樂』似的才好。我又不會這工細樓台，又不會畫人物，又不好駁回，正為這個為難呢。」黛玉道：「人物還容易，你草蟲上不能。」

---

5)　　脫滑兒：這裏有偷空兒、躲懶的意思。

　　李紈道：「你又說不通的話了，這個上頭那裏又用的着草蟲？或者翎毛倒要點綴一兩樣。」黛玉笑道：「別的草蟲不畫罷了，昨兒『母蝗蟲』不畫上，豈不缺了典！」眾人聽了，又都笑起來。黛玉一面笑的兩手捧着胸口，一面說道：「你快畫罷，我連題跋都有了，起了名字，就叫作《攜蝗大嚼圖》。」眾人聽了，越發哄然大笑，前仰後合，只聽「咕咚」一聲響，不知甚麼倒了，急忙看時，原來是湘雲伏在椅子背兒上，那椅子原不曾放穩，被他全身伏着背子大笑，他又不提防，兩下裏錯了筍，向東一歪，連人帶椅都歪倒了，幸有板壁擋住，不曾落地。眾人一見，越發笑個不住。

　　寶玉忙趕上去扶了起來，方漸漸止了笑。寶玉和黛玉使個眼色兒。黛玉會意，便走至裏間將鏡袱 [6] 揭起，照了一照，只見兩鬢略鬆了些，忙開了李紈的妝奩，拿出挓子 [7] 來，對鏡挓了兩挓，就收拾好了，方出來，指着李紈道：「這是叫你帶着我們作針線教道理呢，你反招了我們來大玩大笑的。」李紈笑道：「你們聽他這刁話。他領着頭兒鬧，引着人笑了倒賴我的不是。真真恨的我只保佑明兒你得一個利害婆婆，再得幾個千刁萬惡的大姑子小姑子，試試你那會子還這麼刁不刁了。」

　　林黛玉早紅了臉，拉着寶釵說：「咱們放他一年的假罷。」寶釵道：「我有一句公道話，你們聽聽。藕丫頭雖會畫，不過是幾筆寫意。如今畫這園子，非離了肚子裏頭有幾幅丘壑的才能成畫。這園子卻是像畫兒一般，山石樹木，樓閣房屋，遠近疏密，也不多，也不少，恰恰的是這樣。你只照樣兒往紙上一畫，是必不能討好的。這要看紙的地步遠近，該多該少，分主分賓，該添的要添，該藏的要藏，該減的要減，該露的要露。這一起了稿子，再端詳斟酌，方成一幅圖樣。第二件，這些樓台房舍，是必要界劃的。一點不留神，欄杆也歪了，柱子也塌了，門窗也倒豎過來，階磯也離了縫，甚至於桌子擠到牆裏頭去，花盆放在簾子上來，豈不倒成了一張笑『話』兒了。第三，安插人物，也要有疏密，有高低。衣折裙帶，手提足步，最是要緊；一筆不細，不是腫了手就是瘸了腳，染臉撕髮倒是小事。依我看來竟難的很。

---

6)　　鏡袱：遮蓋鏡子的軟簾。

7)　　挓子：刷頭髮的小刷子。把油或水刷到頭髮上叫挓。

如今一年的假也太多，一月的假也太少，竟給他半年的假，再派了寶兄弟幫着他。並不是為寶兄弟知道教着他畫，那就更誤了事了；為的是有不知道的，或難安插的，寶兄弟好拿出去問問那會畫的相公，就容易了。」

寶玉聽了，先喜的說：「這話極是。詹子亮的工細樓台就極好，程日興的美人是絕技，如今就問他們去。」寶釵道：「我說你是無事忙，說了一聲你就問去。等着商議定了再去。如今且說拿甚麼畫？」寶玉道：「家裏有雪浪紙，又大又托墨。」寶釵冷笑道：「我說你不中用！那雪浪紙寫字畫寫意畫兒，或是會山水的畫南宗山水，托墨，禁得皴染。拿了畫這個，又不托色，又難烘，畫也不好，紙也可惜。我教你一個法子。原先蓋這園子，就有一張細緻圖樣，雖是匠人描的，那地步方向是不錯的。你和太太要了出來，也比着那紙大小，和鳳丫頭要一塊重絹，交給外邊相公們，叫他照着這圖樣刪補着立了稿了，添了人物就是了。就是配這些青綠顏色並泥金泥銀，也得他們配去。你們也得另燶[8]上風爐子，預備化膠、出膠、洗筆。還得一張粉油大案，鋪上氈子。你們那些碟子也不全，筆也不全，都得從新再置一分兒才好。」

惜春道：「我何曾有這些畫器？不過隨手的筆畫畫罷了。就是顏色，只有赭石、廣花、藤黃、胭脂這四樣。再有，不過是兩支着色筆就完了。」寶釵道：「你何不早說！這些東西我卻還有，只是你也用不着，給你也白放着。如今我且替你收着，等你用着這個時候我送你些，也只可留着畫扇子，若畫這大幅的也就可惜了。今兒替你開個單子，照着單子和老太太要去。你們也未必知道的全，我說着，寶兄弟寫。」

寶玉早已預備下筆硯了，原怕記不清白，要寫了記着，聽寶釵如此說，喜的提起筆來靜聽。寶釵說道：「頭號排筆四支，二號排筆四支，三號排筆四支，大染四支，中染四支，小染四支，大南蟹爪十支，小蟹爪十支，鬚眉十支，大着色二十支，小着色二十支，開面十支，柳條二十支，箭頭朱四兩，南赭四兩，石黃四兩，石青四兩，石綠四兩，管黃四兩，廣花八兩，蛤粉四匣，胭脂十帖，大赤飛金二百帖，青金二百帖，廣勻膠四兩，淨硯四兩。礬絹的膠礬在外，別管他們，你只把絹交出去叫他們礬去。這些顏色，咱們淘

---

8)　　燶：又寫作攏，升火。梳頭髮稱攏，也寫作籠（lǒng）。

澄飛跌[9]着，又玩了，又使了，包你一輩子都夠使了。再要頂細絹籮四個，粗籮二個，提筆四支，大小乳缽四個，大粗碗二十個，五寸碟子十個，三寸粗白碟子二十個，風爐兩個，沙鍋大小四個，新瓷缸二口，新水桶四隻，一尺長白布口袋四個，浮炭二十斤，柳木炭一二斤，三屜木箱一個，實地紗一丈，生薑二兩，醬半斤。」黛玉忙道：「鐵鍋一口，鍋鏟一個。」寶釵道：「這作甚麼？」黛玉笑道：「你要生薑和醬這些作料，我替你要鐵鍋來，好炒顏色吃的。」眾人都笑起來。寶釵笑道：「你那裏知道。那粗色碟子保不住不上火烤，不拿薑汁子和醬預先抹在底子上烤過了，一經了火是要炸的。」眾人聽說，都道：「原來如此。」

黛玉又看了一回單子，笑着拉探春悄悄的道：「你瞧瞧，畫個畫兒又要起這些水缸箱子來。想必糊塗了，把他的嫁妝單子也寫上了。」探春聽了，笑了個不住，說道：「寶姐姐，你還不擰他的嘴？你問問他編排你的話。」寶釵笑道：「不用問，狗嘴裏還有象牙不成！」一面說，一面走上來，把黛玉按在炕上，便要擰他的臉。黛玉笑着忙央告：「好姐姐，饒了我罷！顰兒年紀小，只知說，不知道輕重，做姐姐的教導我。姐姐不饒我，還求誰去呢？」眾人不知話內有因，都笑道：「說的好可憐見的，連我們也軟了，饒了他罷。」

寶釵原是和他玩，忽聽他又拉扯前番說他胡看雜書的話，便不好再和他廝鬧了，放起他來。黛玉笑道：「到底是姐姐，要是我，再不饒人的。」寶釵笑指他道：「怪不得老太太疼你，眾人愛你，今兒我也怪疼你的了。過來，我替你把頭髮籠籠罷。」黛玉果然轉過身來，寶釵用手籠上去。寶玉在旁看着，只覺更好，不覺後悔不該令他抿上鬢去，也該留着，此時叫他替他抿去。正自胡思，只見寶釵說道：「寫完了，明兒回老太太去。若家裏有的就罷，若沒有的，就拿些錢去買了來，我幫着你們配。」寶玉忙收了單子。

大家又說了一回閑話。至晚飯後又往賈母處來請安。賈母原沒有大病，不過是勞乏了，兼着了些涼，溫存了一日，又吃了一兩劑藥發散了發散，至晚也就好了。不知次日又有何話，聽下回分解。

---

9)　淘澄（dèng）飛跌：指調製顏料的手續：研碎，用水洗去泥土，叫淘；用乳缽搗細，兌膠後澄清，叫澄；澄清後淡色上浮，把它吹去，叫飛；飛後留下中色和重色，再用碗盞跌蕩，留下重色，叫跌。

💬 **延伸思考**

綜合第三十九回到本回的內容，談談劉姥姥整個的人物形象。

《第四十三回》

精讀 **閑取樂偶攢金慶壽
不了情暫撮土為香**

鳳姐的生日到了，有賈母提議給她過生日，全府上下無人敢怠慢。但生日宴當天，寶玉卻沒了蹤影，他為甚麼跑出去，又去了哪裏呢？原來這與從前發生的一件事有關⋯⋯

話說王夫人因見賈母那日在大觀園不過着了些風寒，不是甚麼大病，請醫生吃了兩劑藥，也就好了，因命鳳姐來，吩咐他預備給賈政帶送東西。正商議着，只見賈母打發人來叫，王夫人忙引着鳳姐兒過來。王夫人又請問：「這會子可又覺大安些？」賈母道：「今日可大好了。方才你們送來野雞崽子湯，我嘗了一嘗，倒有味兒，又吃了兩塊肉，心裏很受用。」王夫人笑道：「這是鳳丫頭孝敬老太太的。算他的孝心虔，不枉了素日老太太疼他。」賈母點頭笑道：「難為他想着。若是還有生的，再炸上兩塊，鹹浸浸的，吃粥有味兒。那湯雖好，就只不對稀飯。」鳳姐聽了，連忙答應，命人去廚房傳話。

這裏賈母又向王夫人笑道：「我打發人找你來，不為別的。初二是鳳丫頭的生日，上兩年我原早想替他做生日，偏到跟前又有大事，就混過去了。今年人又齊全，料着又沒事，咱們大家好生樂一日。」王夫人笑道：「我也想着呢。既是老太太高興，何不就商議定了？」賈母笑道：「我想往年不拘誰作生日，都是各自送各自的禮，這個也俗了，也覺

點評

生分似的。今兒我出了新法子，又不生分，又可取樂。」王夫人忙道：「老太太怎麼想着好，就是怎麼樣行。」賈母笑道：「我想着，咱們也學那小家子大家湊分子，多少盡着這錢去辦，你道好不好？」王夫人道：「這個很好，但不知怎麼湊分法？」賈母聽說，一發高興起來，忙遣人去請薛姨媽邢夫人等，又叫請姑娘們並寶玉，那府裏賈珍的媳婦並賴大家的，及有些頭臉管事的媳婦也都叫了來。

眾丫頭婆子見賈母十分高興，也都高興，忙忙的各自分頭去請的請，傳的傳，沒頓飯的工夫，老的，少的，上的，下的，烏壓壓擠了一屋子。只薛姨媽和賈母對坐，邢夫人王夫人只坐在房門前兩張椅子上，寶釵姊妹等五六個人坐在炕上，寶玉坐在賈母懷前，地下滿滿的站了一地。賈母忙命拿幾個小杌子來，給賴大母親等幾個高年有體面的嬤嬤坐了。賈府風俗，年高伏侍過父母的家人，比年輕的主子還有體面，所以尤氏鳳姐兒等只管地下站着，那賴大的母親等三四個老嬤嬤告個罪，都坐在小杌子上了。

賈母笑着把方才一席話說與眾人聽了，眾人誰不湊這趣兒？再也有和鳳姐兒好情願這樣的；有畏懼鳳姐兒巴不得來奉承的；況且都是拿的出來的，所以一聞此言，都欣然應諾。賈母先道：「我出二十兩。」薛姨媽笑道：「我隨着老太太，也是二十兩了。」邢夫人王夫人道：「我們不敢和老太太並肩，自然矮一等，每人十六兩罷了。」尤氏李紈也笑道：「我們自然又矮一等，每人十二兩罷。」賈母忙和李紈道：「你寡婦失業的，那裏還拉你出這個錢，我替你出了罷。」鳳姐忙笑道：「老太太別高興，且算一算賬再攬事。老太太身上已有兩分呢，這會子又替大嫂子出十二兩，說着高興，一會子回想又心疼了。過後兒又說『都是為鳳丫頭花了錢』，使個巧法子，哄着我拿出三四分子來暗裏補上，我還做夢呢。」說的眾人都笑了。賈母笑道：「依你怎麼樣呢？」鳳姐笑道：「生日沒到，我這會子已經折受的不受用

了。我一個錢饒不出，驚動這些人實在不安，不如大嫂子這一分我替他出了罷了，我到了那一日多吃些東西，就享了福了。」邢夫人等聽了，都說「很是」。賈母方允了。鳳姐兒又笑道：「我還有一句話呢。我想老祖宗自己二十兩，又有林妹妹寶兄弟的兩分子。姨媽自己二十兩，又有寶妹妹的一分子，這倒也公道。只是二位太太每位十六兩，自己不少，又不替人出，還有些不公道。老祖宗吃了虧了！」賈母聽了，呵呵大笑道：「倒是我的鳳丫頭向着我，這說的很是。要不是你，我叫他們又哄了去了。」鳳姐笑道：「老祖宗只把他哥兒兩個交給兩位太太，一位佔一個，派多派少，每位替出一分就是了。」賈母忙說：「這很公道，就是這樣。」

賴大的母親忙站起來笑說道：「這可反了！我替二位太太生氣。在那邊是兒子媳婦，在這邊是內姪女兒，倒不向着婆婆姑娘，倒向着別人。這兒媳婦成了陌路人，內姪女兒竟成了個外姪女兒了。」說的賈母與眾人都大笑起來了。賴大之母因又問道：「少奶奶們十二兩，我們自然也該矮一等了。」賈母聽說，道：「這使不得。你們雖該矮一等，我知道你們這幾個都是財主，分位雖低，錢卻比他們多。你們和他們一例才使得。」眾媽媽聽了，連忙答應。賈母又道：「姑娘們不過應個景兒，每人照一個月的月例就是了。」又回頭叫鴛鴦來，「你們也湊幾個人，商議湊了來。」鴛鴦答應着，去不多時帶了平兒、襲人、彩霞等還有幾個小丫鬟來，也有二兩的，也有一兩的。

賈母因問平兒：「你難道不替你主子作生日，還入在這裏頭？」平兒笑道：「我那個私自另外的有了，這是官中的，也該出一分。」賈母笑道：「這才是好孩子。」鳳姐兒又笑道：「上下都全了。還有二位姨奶奶，他出不出，也問一聲兒。盡[1]到他們是理，不然他們只當小看了他們了。」賈母

點 評

● 從錢款分配上可以看出鳳姐的精打細算。

---

1)　盡：盡讓。

聽了，忙說：「可是呢，怎麼倒忘了他們？只怕他們不得閑兒，叫一個丫頭問問去。」說着，早有丫頭去了，半日回來說道：「每位也出二兩。」賈母喜道：「拿筆硯來算明，共計多少。」尤氏因悄罵鳳姐道：「我把你這沒足夠的小蹄子！這麼些婆婆嬸子來湊銀子給你過生日，你還不足，又拉上兩個苦瓠子²作甚麼？」鳳姐也悄笑道：「你少胡說，一會子離了這裏，我才和你算賬。他們兩個為甚麼苦呢？有了錢也是白填送³別人，不如拘了來咱們樂。」

說着，早已合算了，共湊了一百五十兩有餘。賈母道：「一日戲酒用不了。」尤氏道：「既不請客，酒席又不多，兩三日的用度都夠了。頭等戲不用錢，省在這上頭。」賈母道：「鳳丫頭說那一班好，就傳那一班。」鳳姐兒道：「咱們家的班子都聽熟了，倒是花幾個錢叫一班來聽聽罷。」賈母道：「這件事我交給珍哥媳婦了。索性叫鳳丫頭別操一點心，受用一日才算。」尤氏答應着。又說了一回話，都知賈母乏了，才漸漸的都散出來。

尤氏等送邢夫人王夫人二人散去，便往鳳姐房裏來商議怎麼辦生日的話。鳳姐兒道：「你不用問我，你只看老太太的眼色行事就完了。」尤氏笑道：「你這阿物兒，也忒行了大運了。我當有甚麼事叫我們去，原來單為這個。出了錢不算，還要我來操心，你怎麼謝我？」鳳姐笑道：「別扯臊，我又沒叫你來，謝你甚麼！你怕操心，你這會子就回老太太去，再派一個就是了。」尤氏笑道：「你瞧他興的這樣兒！我勸你收着些兒好。太滿了就潑出來了。」二人又說了一回方散。

次日將銀子送到寧國府來，尤氏方才起來梳洗，因問

---

2)　　苦瓠子：苦瓜，借喻苦人。

3)　　填送：指把財物白白地送給人，被送的還不領情。這與欠債還錢不同。

是誰送過來的，丫鬟們回說：「是林大娘。」尤氏便命叫了他來。丫鬟走至下房，叫了林之孝家的過來。尤氏命他腳踏上坐了，一面忙着梳洗，一面問他：「這一包銀子共多少？」林之孝家的回說：「這是我們底下人的銀子，湊了先送過來。老太太和太太們的還沒有呢。正說着，丫鬟們回說：「那府裏太太和姨太太打發人送分子來了。」尤氏笑罵道：「小蹄子們，專會記得這些沒要緊的話。昨兒不過老太太一時高興，故意的要學那小家子湊分子，你們就記得，到了你們嘴裏當正經的說。還不快接了進來好生待茶，再打發他們去。」丫鬟應着，忙接銀子進來，一共兩封，連寶釵黛玉的都有了。尤氏問還少誰的，林之孝家的道：「還少老太太、太太、姑娘們的和底下姑娘們的。」尤氏道：「還有你們大奶奶的呢？」林之孝家的道：「奶奶過去，這銀子都從二奶奶手裏發，一共都有了。」

　　說着，尤氏已梳洗了，命人伺候車輛，一時來至榮府，先來見鳳姐。只見鳳姐已將銀子封好，正要送去。尤氏問：「都齊了？」鳳姐兒笑道：「都有了，快拿了去罷，丟了我不管。」尤氏笑道：「我有些信不及，倒要當面點一點。」說着果然按數一點，只沒有李紈的一分。尤氏笑道：「我說你鬧鬼呢，怎麼你大嫂子的沒有？」鳳姐兒笑道：「那麼些還不夠使？短一分兒也罷了，等不夠了我再給你。」尤氏道：「昨兒你在人跟前作人，今兒又來和我賴，這個斷不依你。我只和老太太要去。」鳳姐兒笑道：「我看你利害。明兒有了事，我也丁是丁卯是卯[4]的，你也別抱怨。」尤氏笑道：「你一股兒不給也罷。不看你素日孝敬我，我才是不依你呢。」說着，把平兒的一分拿了出來，說着：「平兒，來！

● 鳳姐在人前裝大方，背後卻並不實現承諾。人前買好，注重面子，這是她的一貫作風。

4)　　丁是丁卯是卯：丁、卯是干支，干支出了錯，影響年月日的記錄；丁卯又與木工上的釘鉚諧音，釘鉚錯了安不上。總之是形容做事認真，不通融、不馬虎。

把你的收起去，等不夠了，我替你添上。」平兒會意，因說道：「奶奶先使着，若剩下了再賞我一樣。」尤氏笑道：「只許你那主子作弊，就不許我作情兒。」平兒只得收了。尤氏又道：「我看着你主子這麼細緻，弄這些錢那裏使去！使不了，明兒帶了棺材裏使去。」

　　一面說着，一面又往賈母處來。先請了安，大概說了兩句話，便走到鴛鴦房中和鴛鴦商議，只聽鴛鴦的主意行事，何以討賈母的喜歡。二人計議妥當。尤氏臨走時，也把鴛鴦二兩銀子還他，說：「這還使不了呢。」說着，一徑出來，又至王夫人跟前說了一回話。因王夫人進了佛堂，把彩雲一分也還了他。見鳳姐不在跟前，一時周、趙二人的也還了。他兩個還不敢收。尤氏道：「你們可憐見的，那裏有這些閑錢？鳳丫頭便知道了，有我應着呢。」二人聽說，千恩萬謝的方收了。於是尤氏一徑出來，坐車回家。不在話下。

　　轉眼已是九月初二日，園中人都打聽得尤氏辦得十分熱鬧，不但有戲，連耍百戲並說書的男女先兒[5]全有，都打點取樂玩耍。李紈又向眾姊妹道：「今兒是正經社日，可別忘了。寶玉也不來，想必他只圖熱鬧，把清雅就丟開了。」說着，便命丫鬟去瞧作甚麼，快請了來。丫鬟去了半日，回說：「花大姐姐說，今兒一早就出門去了。」眾人聽了，都詫異說：「再沒有出門之理。這丫頭糊塗，不知說話。」因又命翠墨去。一時翠墨回來說：「可不真出了門了。說有個朋友死了，出去探喪去了。」探春道：「斷然沒有的事。憑他甚麼，再沒今日出門之理。你叫襲人來，我問他。」剛說着，只見襲人走來。李紈等都說道：「今兒憑他有甚麼事，也不該出門。頭一件，你二奶奶的生日，老太太都這等高興，兩府上下眾人來湊熱鬧，他倒走了；第二件，又是頭一

---

5)　　男女先兒：指瞽目藝人。一般習慣稱盲目人為先生，簡稱先兒。

社的正日子，他也不告假，就私自去了。」襲人歎道：「昨兒晚上就說了，今兒一早起有要緊的事到北靜王府裏去，就趕回來的。勸他不要去，他必不依。今兒一早起來，又要素衣裳穿，想必是北靜王府裏的要緊姬妾沒了，也未可知。」李紈等道：「若果如此，也該去走走，只是也該回來了。」說着，大家又商議：「咱們只管作詩，等他回來罰他。」剛說着，只見賈母已打發人來請，便都往前頭來了。襲人回明寶玉的事，賈母不樂，便命人接去。

原來寶玉心裏有件心事，於頭一日就吩咐焙茗：「明日一早要出門，備下兩匹馬在後門口等着，不要別一個跟着。說給李貴，我往北府裏去了。倘或要有人找我，叫他攔住不用找，只說北府裏留下了，橫豎就來的。」焙茗也摸不着頭腦，只得依言說了。今兒一早，果然備了兩匹馬在園後門等着。天亮了，只見寶玉遍體純素，從角門出來，一語不發跨上馬，一彎腰，順着街就蹭[6]下去了。焙茗也只得跨馬加鞭趕上，在後面忙問：「往那裏去？」寶玉道：「這條路是往那裏去的？」焙茗道：「這是出北門的大道。出去了冷清清沒有可玩的。」寶玉聽說，點頭道：「正要冷清清的地方好。」說着，越發加了兩鞭，那馬早已轉了兩個彎了，出了城門。焙茗越發不得主意，只得緊緊跟着。

一氣跑了七八里路出來，人煙漸漸稀少，寶玉方勒住馬，回頭問焙茗道：「這裏可有賣香的？」焙茗道：「香倒有，不知是那一樣？」寶玉想道：「別的香不好，須得檀、芸、降三樣。」焙茗笑道：「這三樣可難得。」寶玉為難。焙茗見他為難，因問道：「要香作甚麼使？我見二爺時常小荷包有散香，何不找一找。」一句提醒了寶玉，便回手向衣襟上拉出一個荷包來，摸了一摸，竟有兩星沉素，心內歡

---

6)　蹭：這裏是一溜小跑的意思。

喜：「只是不恭些。」再想自己親身帶的，倒比買的又好些。於是又問爐炭。焙茗道：「這可罷了。荒郊野外那裏有？用這些何不早說，帶了來豈不便宜。」寶玉道：「糊塗東西，若可帶了來，又不這樣沒命的跑了。」

焙茗想了半日，笑道：「我得了個主意，不知二爺心下如何？我想二爺不止用這個呢，只怕還要用別的。這也不是事。如今我們往前再走二里地，就是水仙庵了。」寶玉聽了忙問：「水仙庵就在這裏？更好了，我們就去。」說着，就加鞭前行，一面回頭向焙茗道：「這水仙庵的姑子長往咱們家去，咱們這一去到那裏，和他借香爐使使，他自然是肯的。」焙茗道：「別說他是咱們家的香火，就是平白不認識的廟裏，和他借，他也不敢駁回。只是一件，我常見二爺最厭這水仙庵的，如何今兒又這樣喜歡了？」寶玉道：「我素日因恨俗人不知原故，混供神混蓋廟，這都是當日有錢的老公們和那些有錢的愚婦們聽見有個神，就蓋起廟來供着，也不知那神是何人，因聽些野史小說，便信真了。比如這水仙庵裏面因供的是洛神，故名水仙庵，殊不知古來並沒有個洛神，那原是曹子建的謊話，誰知這起愚人就塑了像供着。今兒卻合我的心事，故借他一用。」

說着早已來至門前。那老姑子見寶玉來了，事出意外，竟像天上掉下個活龍來的一般，忙上來問好，命老道來接馬。寶玉進去，也不拜洛神之像，卻只管賞鑒。雖是泥塑的，卻真有「翩若驚鴻，婉若遊龍」之態，「荷出綠波，日映朝霞」[7]之姿。寶玉不覺滴下淚來。老姑子獻了茶。寶玉因和他借得爐。那姑子去了半日，連香供紙馬都預備了來。寶玉道：「一概不用。」便命焙茗捧着爐出至後院中，揀一塊乾淨地方兒，竟揀不出。焙茗道：「那井台兒上如何？」寶

---

7)　　　翩若驚鴻等四句：三國時曹植《洛神賦》裏形容洛神姿態的句子。

玉點頭，一齊來至井台上，將爐放下。

　　焙茗站過一旁。寶玉掏出香來焚上，含淚施了半禮，回身命收了去。焙茗答應，且不收，忙爬下磕了幾個頭，口內祝道：「我焙茗跟二爺這幾年，二爺的心事，我沒有不知道的，只有今兒這一祭祀沒有告訴我，我也不敢問。只是這受祭的陰魂雖不知名姓，想來自然是那人間有一，天上無雙，極聰明極清雅的一位姐姐妹妹了。二爺心事不能出口，讓我代祀：你若有靈有聖，我們二爺這樣想着你，你也時常來望候望候二爺，未嘗不可。你可陰間保佑二爺來生也變個女孩兒，和你們一處玩耍，豈不兩下裏都有趣了？」說畢，又磕幾個頭，才爬起來。

　　寶玉聽他沒說完，便掌不住笑了，因踢他道：「休胡說，看人聽見當實話。」焙茗起來收過香爐，和寶玉走着，因道：「我已經和姑子說了，二爺還沒用飯，叫他隨便收拾了些東西，二爺勉強吃些。我知道今兒咱們裏頭大排筵宴，熱鬧非常，二爺為此才躲了出來的，橫豎在這裏清淨一天，也就盡到禮了。若不吃東西，斷使不得。」寶玉道：「戲酒既不吃，這隨便素的吃些何妨。」焙茗道：「這便才是。還有一說，咱們來了，還有人不放心。若沒有人不放心，便晚了進城何妨？若有人不放心，二爺須得進城回家去才是。第一老太太、太太也放了心，第二禮也盡了，不過如此。就是家去了看戲吃酒，也並不是二爺有意，原不過陪着父母盡孝道。二爺若單為了這個不顧老太太、太太懸心，就是方才那受祭的陰魂也不安穩。二爺想我這話如何？」寶玉笑道：「你的意思我猜着了，你想着只你一個跟了我出來，回來你怕擔不是，所以拿這大題目來勸我。我才來了，不過為盡個禮，再去吃酒看戲，並沒說一日不進城。這已完了心願，趕着進城，大家放心，豈不兩盡其道。」焙茗道：「這更好了。」說着二人來至禪堂，果然那姑子收拾了一桌素菜，寶玉胡亂吃了些，焙茗也吃了。

點評

● 焙茗在書裏只是個小配角，但他這幾句話凸顯了此人平時的細心周到，難怪寶玉一直將男人說成鬚眉濁物，卻對焙茗從未嫌棄過。

點評

● 鳳姐的生日十分喜慶，玉釧卻獨自垂淚，她有何心事？寶玉為何讓玉釧猜自己的行蹤，難道玉釧應該知道嗎？這為後文留下了懸念。

　　二人便上馬仍回舊路。焙茗在後面只囑咐：「二爺好生騎着，這馬總沒大騎的，手裏提緊着。」一面說着，早已進了城，仍從後門進去，忙忙來至怡紅院中。襲人等都不在房裏，只有幾個老婆子看屋子，見他來了，都喜的眉開眼笑，說：「阿彌陀佛，可來了！把花姑娘急瘋了！上頭正坐席呢，二爺快去罷。」寶玉聽說忙將素服脫了，自去尋了華服換上，問在甚麼地方坐席，老婆子回說在新蓋的大花廳上。

　　寶玉聽說，一徑往花廳來，耳內早已隱隱聞得歌管之聲。剛至穿堂那邊，只見玉釧兒獨坐在廊簷下垂淚，一見他來，便收淚說道：「鳳凰來了[8]，快進去罷。再一會子不來，都反了。」寶玉陪笑道：「你猜我往那裏去了？」玉釧兒不答，只管擦淚。寶玉忙進廳裏，見了賈母王夫人等，眾人真如得了鳳凰一般。寶玉忙趕着與鳳姐兒行禮。賈母王夫人都說他不知道好歹，「怎麼也不說聲就私自跑了，這還了得！明兒再這樣，等老爺回家來，必告訴他打你。」說着又罵跟的小廝們都偏聽他的話，說那裏去就去，也不回一聲兒。一面又問他到底那去了，可吃了甚麼，可唬着了。寶玉只回說：「北靜王的一個愛妾昨日沒了，給他道惱去，他哭的那樣。不好撇下就回來，所以多等了一會子。」賈母道：「以後再私自出門，不先告訴我們，一定叫你老子打你。」寶玉答應着。因又要打跟的小子們，眾人又忙說情，又勸道：「老太太也不必過慮了，他已經回來，大家該放心樂一會子了。」

　　賈母先不放心，自然着急發狠，如今見他來了，喜且有餘，那裏還恨，也就不提了；還怕他不受用，或者別處沒吃飽，路上着了驚怕，反百般的哄他。襲人早過來伏侍。大家仍舊看戲。當日演的是《荊釵記》。賈母薛姨媽等都看的心酸落淚，也有歎的，也有罵的。要知端的，下回分解。

---

8)　　鳳凰來了：鳳凰是古代傳說中的神鳥。玉釧以此來諷刺賈寶玉被全家嬌慣的程度。所以下文說「眾人真如得了鳳凰一般」。

💡 精華賞析

　　本回最精彩的描寫是在湊份子這個情節上，鳳姐既活躍了氣氛又讓全府上下一個不落地出了份子錢，既展現了公平合理的管家才能，又暴露了她的貪心。

　　另外，本回有兩處留下了懸念。首先是寶玉出城去祭奠誰了？顯然不是北靜王的愛妾。二是玉釧為何獨自落淚？末尾，寶玉讓玉釧猜猜自己去了哪裏，這無形中將兩個懸念聯繫起來。曹雪芹為故事構築的細節，可謂處處是伏筆，充滿了玄機。

《第四十四回》

變生不測鳳姐潑醋
喜出望外平兒理妝

> 　　鳳姐的生日宴會很熱鬧，她連續接受別人的敬酒，很快就有了醉意。正當鳳姐要回家小憩時，卻遇到了一件意外之事，惹得鳳姐、賈璉、平兒都大吵大鬧起來。

　　話說眾人看演《荊釵記》，寶玉和姊妹一處坐着。黛玉因看到《男祭》[1]這出上，便和寶釵說道：「這王十朋也不通的很，不管在那裏祭一祭罷了，必定跑到江邊上來作甚麼？俗語說，『睹物思人』，天下的水總歸一源，不拘那裏的水舀一碗看着哭去，也就盡情了。」[2]寶釵不答，寶玉回頭要熱酒敬鳳姐兒。

　　原來賈母說今日不比往日，定要叫鳳姐痛樂一日。本來自己懶待坐席，只在裏間屋裏榻上歪着和薛姨媽看戲，隨心愛吃的揀幾樣放在小几上，隨意吃着說話兒；將自己兩桌席面賞那沒有席面的小丫頭並那應差聽差的婦人等，命他們在窗外廊簷下也只管坐着隨意吃喝，不必拘禮。王夫人和邢夫人在地下高桌上坐着，外面幾席是他們姊妹們坐。

　　賈母不時吩咐尤氏等：「讓鳳丫頭坐在上面，你們好生替我待東[3]，難為他一年到頭辛苦。」尤氏答應了，又笑回說道：「他坐不慣首席，坐在上頭橫不

---

1)　《男祭》：《荊釵記》傳奇中的一齣，演王十朋妻子錢玉蓮誤聽丈夫另娶的消息，投江自殺被救；王十朋誤聽妻子已死，舉行祭奠的故事。

2)　黛玉對戲曲發表評論，實際是說給寶玉聽的。黛玉和寶玉有着精神共鳴，她分明已經猜到寶玉去幹甚麼了，但又不好說破，所以把自己的想法融入對戲劇的評論，而寶玉也一定能聽懂黛玉的言外之意。

3)　待東：東是主人的代稱，待東又作代東，即替主人招待客人。

是豎不是的，酒也不肯吃。」賈母聽了，笑道：「你不會，等我親自讓他去。」鳳姐兒忙也進來笑說：「老祖宗別信他們的話，我喝了好幾盅了。」賈母笑着，命尤氏：「快拉他出去，按在椅子上，你們都輪流敬他。他再不吃，我當真的就親自去了。」尤氏聽說，忙笑着又拉他出來坐下，命人拿了台盞斟了酒，笑道：「一年到頭難為你孝順老太太、太太和我。我今兒沒甚麼疼你的，親自斟杯酒，乖乖兒的在我手裏喝一口。」鳳姐兒笑道：「你要安心孝敬我，跪下我就喝。」尤氏笑道：「說的你不知是誰！我告訴你說罷，好容易今兒這一遭，過了後兒，知道還得像今兒這樣不了？趁着盡力灌兩盅子罷。」鳳姐兒見推不過，只得喝了兩盅。

接着眾姊妹也來，鳳姐也只得每人的喝一口。賴大媽媽見賈母尚這等高興，也少不得來湊趣兒，領着些嬤嬤們也來敬酒。鳳姐兒也難推脫，只得喝了兩口。鴛鴦等也來敬，鳳姐兒真不能了，忙央告道：「好姐姐們，饒了我罷，我明兒再喝罷。」鴛鴦笑道：「真個的，我們是沒臉的了？就是我們在太太跟前，太太還賞個臉兒呢。往常倒有些體面，今兒當着這些人，倒做起主子的款兒來了。我原不該來。不喝，我們就走。」說着真個回去了。鳳姐兒忙趕上拉住，笑道：「好姐姐，我喝就是了。」說着拿過酒來，滿滿的斟了一杯喝乾。鴛鴦方笑了散去，然後又入席。

鳳姐兒自覺酒沉了，心裏突突的似往上撞，要往家去歇歇，只見那耍百戲的上來，便和尤氏說，「預備賞錢，我要洗洗臉去。」尤氏點頭。鳳姐兒瞅人不防，便出了席，往房門後簷下走來。平兒留心，也忙跟了來，鳳姐兒便扶着他。才至穿廊下，只見他房裏的一個小丫頭子正在那裏站着，見他兩個來了，回身就跑。鳳姐兒便疑心，忙叫住。那丫頭先只裝聽不見，無奈後面連平兒也叫，只得回來。鳳姐兒越發起了疑心，忙和平兒進了穿堂，叫那小丫頭子也進來，把檻扇關了，鳳姐兒坐在小院的台階上，命那丫頭子跪下，喝命平兒：「叫兩個二門上的小廝來，拿繩子鞭子，把那眼睛裏沒主子的小蹄子打爛了！」那小丫頭子已經嚇的魂飛魄散，哭着只管碰頭求饒。鳳姐兒問道：「我又不是鬼，你見了我，不說規規矩矩站住，怎麼倒往前跑？」小丫頭子哭道：「我原沒看見奶奶來。我又記掛着房裏無人，所以跑了。」鳳姐兒道：「房裏既沒人，誰叫你來的？你便沒看見我，我和平兒在後頭扯着脖子叫了你十來聲，越叫越跑。離的又不遠，你聾了不成？你還和我強嘴！」說着便

揚手一掌打在臉上，打的那小丫頭一栽；這邊臉上又一下，登時小丫頭子兩腮紫脹起來。

平兒忙勸：「奶奶仔細手疼。」鳳姐便說：「你再打着問他跑甚麼。他再不說，把嘴撕爛了他的！」那小丫頭子先還強嘴，後來聽見鳳姐兒要燒了紅烙鐵來烙嘴，方哭道：「二爺在家裏，打發我來這裏瞧着奶奶的，若見奶奶散了，先叫我送信兒去的。不承望奶奶這會子就來了。」鳳姐兒見話中有文章，便又問道：「叫你瞧着我作甚麼？難道怕我家去不成？必有別的原故，快告訴我，我從此以後疼你。你若不細說，立刻拿刀子來割你的肉。」說着，回頭向頭上拔下一根簪子來，向那丫頭嘴上亂戳，唬的那丫頭一行躲，一行哭求道：「我告訴奶奶，可別說我說的。」平兒一旁勸，一面催他，叫他快說。丫頭便說道：「二爺也是才來，來了就開箱子，拿了兩塊銀子，還有兩根簪子，兩匹緞子，叫我悄悄的送與鮑二的老婆去，叫他進來。他收了東西就往咱們屋裏來了。二爺叫我來瞧着奶奶，底下的事我就不知道了。」

鳳姐聽了，已氣的渾身發軟，忙立起來一徑來家。剛至院門，只見又有一個小丫頭在門前探頭兒，一見了鳳姐，也縮頭就跑。鳳姐兒提着名字喝住。那丫頭本來伶俐，見躲不過了，越性跑了出來，笑道：「我正要告訴奶奶去呢，可巧奶奶來了。」鳳姐兒道：「告訴我甚麼？」那小丫頭便說二爺在家這般如此，將方才的話也說了一遍。鳳姐啐道：「你早作甚麼了？這會子我看見你了，你來推乾淨兒！」說着也揚手一下打的那丫頭一個趔趄，便躡手躡腳的走至窗前。往裏聽時，只聽裏頭說笑。那婦人笑道：「多早晚你那閻王老婆死了就好了。」賈璉道：「他死了，再娶一個也是這樣，又怎麼樣呢？」那婦人道：「他死了，你倒是把平兒扶了正，只怕還好些。」賈璉道：「如今連平兒他也不叫我沾一沾了。平兒也是一肚子委曲不敢說。我命裏怎麼就該犯了夜叉星[4]。」

鳳姐聽了，氣的渾身亂戰，又聽他們都讚平兒，便疑平兒素日背地裏自然也有怨語了，那酒越發湧上來了，也並不忖奪，回身把平兒先打了兩下，一腳踢開門進去，也不容分說，抓着鮑二家的撕打一頓。又怕賈璉走出去，

---

4) 　夜叉星：舊社會婦女干涉了丈夫，常被指為悍婦，或說母夜叉。迷信的星命說法，認為人生一切生活，都由天星主管，命裏犯甚麼星，就會有甚麼樣的遭遇。

便堵着門站着罵道：「好淫婦！你偷主子漢子，還要治死主子老婆！平兒過來！你們娼婦們一條藤兒[5]，多嫌着我，外面兒你哄我！」說着又把平兒打幾下，打的平兒有冤無處訴，只氣得乾哭，罵道：「你們做這些沒臉的事，好好的又拉上我做甚麼！」說着也把鮑二家的撕打起來。

　　賈璉也因吃多了酒，進來高興，未曾做得機密，一見鳳姐來了，已沒了主意，又見平兒也鬧起來，把酒也氣上來了，鳳姐兒打鮑二家的，他已又氣又愧，只不好說的，今見平兒也打，便上來踢罵道：「好娼婦！你也動手打人！」平兒氣怯，忙住了手，哭道：「你們背地裏說話，為甚麼拉我呢？」鳳姐見平兒怕賈璉，越發氣了，又趕上來打着平兒，偏叫打鮑二家的。平兒急了，便跑出來找刀子要尋死。外面眾婆子丫頭忙攔住解勸。這裏鳳姐見平兒尋死去，倒一頭撞在賈璉懷裏，叫道：「你們一條藤兒害我，被我聽見，倒都唬起我來。你也勒死我罷！」賈璉氣的牆上拔出劍來，說道：「不用尋死，我也急了，一齊殺了，我償了命，大家乾淨。」

　　正鬧的不開交，只見尤氏等一羣人來了，說：「這是怎麼說，才好好的，就鬧起來。」賈璉見了人，越發「倚酒三分醉」，逞起威風來，故意要殺鳳姐兒。鳳姐兒見人來了，便不似先前那般潑了，丟下眾人，便哭着往賈母那邊跑。

　　此時戲已散出，鳳姐跑到賈母跟前，爬在賈母懷裏，只說：「老祖宗救我！璉二爺要殺我呢！」賈母、邢夫人、王夫人等忙問怎麼了。鳳姐哭兒道：「我才家去換衣裳，不防璉二爺在家和人說話，我只當是有客來了，唬得我不敢進去。在窗戶外頭聽了一聽，原來是和鮑二家的媳婦商議，說我利害，要拿毒藥給我吃了治死我。把平兒扶了正。我原生了氣，又不敢和他吵，原打了平兒兩下，問他為甚麼要害我。他臊了，就要殺我。」賈母等聽了，都信以為真，說：「這還了得！快拿了那下流種子來！」一語未完，只見賈璉拿着劍趕來，後面許多人跟着。賈璉明仗着賈母素習疼他們，連母親嬸母也無礙，故逞強鬧了來。邢夫人王夫人見了，氣的忙攔住罵道：「這下流東西！你越發反了，老太太在這裏呢！」賈璉乜斜着眼，道：「都是老太太慣的他，他才這樣，連我也罵起來了！」邢夫人氣的奪下劍來，只管喝他：「快出去！」那賈

5)　　一條藤兒：指採取共同的態度。由於有着共同的利害關係，所以站在同一立場，誰也跑不了，就是一條藤兒。

璉撒嬌撒痴，涎言涎語⁶的還只亂說。賈母氣的說道：「我知道你也不把我們放在眼裏，叫人把他老子叫來，看他去不去！」賈璉聽見這話，方趔趄着腳兒出去了，賭氣也不往家去，便往外書房來。

這裏邢夫人王夫人也說鳳姐兒。賈母笑道：「甚麼要緊的事！小孩子們年輕，饞嘴貓兒似的，那裏保得住不這麼着。從小兒是人都打這麼過的。都是我的不是，你多吃了兩口酒，又吃起醋來。」說的眾人都笑了。賈母又道：「你放心，等明兒我叫他來替你賠不是。你今兒別過去躁着他。」因又罵：「平兒那蹄子，素日我倒看他好，怎麼暗地裏這麼壞？」尤氏等笑道：「平兒沒有不是，是鳳丫頭拿着人家出氣。兩口子不好對打，都拿着平兒煞性子。平兒委曲的甚麼似的呢，老太太還罵人家。」賈母道：「原來這樣，我說那孩子倒不像那狐媚魘道的。既這麼着，可憐見的，白受他們的氣。」因叫琥珀來：「你出去告訴平兒，就說我的話：我知道他受了委曲，明兒我叫鳳姐兒替他賠不是。今兒是他主子的好日子，不許他胡鬧。」

原來平兒早被李紈拉入大觀園去了。平兒哭的哽咽難言。寶釵勸道：「你是個明白人，你們奶奶素日何等待你，今兒不過他多吃一口酒。他可不拿你出氣，難道倒拿別人出氣不成？別人又笑話他吃醉了。你只管這會子委曲，素日你的好處，豈都是假的了？」正說着，只見琥珀走來，說了賈母的話。平兒自覺面上有了光輝，方才漸漸的好了，也不往前頭來。寶釵等歇息了一回，方來看賈母鳳姐。

寶玉便讓平兒到怡紅院中來。襲人忙接着，笑道：「我先原要讓你的，只因大奶奶和姑娘們都讓你，我就不好讓的了。」平兒也陪笑說「多謝」。因又說道：「好好兒的從那裏說起，無緣無故白受了一場氣。」襲人笑道：「二奶奶素日待你好，這不過是一時氣急了。」平兒道：「二奶奶倒沒說的，只是那淫婦治的我，他又偏拿我湊趣兒，況還有我們那糊塗爺倒打我。」說着便又委曲，禁不住流下淚來。寶玉忙勸道：「好姐姐，別傷心，我替他兩個賠不是罷。」平兒笑道：「與你甚麼相干？」寶玉笑道：「我們弟兄姊妹都一樣。他們得罪了人，我替他賠個不是也是應該的。」又道：「可惜這新衣裳也沾了，這

---

6)　　　涎言涎語：厚着臉皮、撒着賴地說話。

裏有你花妹妹的衣裳，何不換了下來，拿些燒酒噴了熨一熨。把頭也另梳一梳。」一面說，一面便吩咐小丫頭子們舀洗臉水，燒熨斗來。

平兒素昔只聞人說寶玉專能和女孩兒們接交；寶玉素日因平兒是賈璉的愛妾，又是鳳姐兒的心腹，故不肯和他相近，因不能盡心，也常為恨事。平兒今見他這般，心中也暗暗的戥戥：果然話不虛傳，色色想的周到。又見襲人特特的開了箱了，拿出兩件不大穿的衣裳來與他換，便趕忙的脫下自己的衣服，忙去洗了臉。寶玉一旁笑勸道：「姐姐還該擦上些脂粉，不然倒像是和鳳姐姐賭氣了似的。況且又是他的好日子，而且老太太又打發了人來安慰你。」平兒聽了有理，便去找粉，只不見粉。寶玉忙走至妝台前，將一個宣窯瓷盒揭開，裏面盛着一排十根玉簪花棒兒，拈了一根遞與平兒。又笑向他道：「這不是鉛粉，這是紫茉莉花種，研碎了兌上香料[7]製的。」平兒倒在掌上看時，果見輕白紅香，四樣俱美，撲在面上也容易勻淨，且能潤澤肌膚，不似別的粉青重澀滯。然後看見胭脂也不是一張，卻是一個小小的白玉盒子，裏面盛着一盒，如玫瑰膏子一樣。寶玉笑道：「那市賣的胭脂都不乾淨，顏色也薄。這是上好的胭脂擰出汁子來，淘澄淨了，配了花露蒸成的。只用細簪子挑一點兒，抹在唇上，足夠了；用一點水化開抹在手心裏，就夠拍臉的了。」平兒依言妝飾，果見鮮豔異常，且又甜香滿頰。寶玉又將盆內的一枝並蒂秋蕙用竹剪鉸了下來，與他簪在鬢上。忽見李紈打發丫頭來喚他，方忙忙的去了。

寶玉因自來從未在平兒前盡過心，且平兒又是個極聰明極清俊的上等女孩兒，比不得那起俗拙蠢物，深為恨怨。今日是金釧兒的生日，故一日不樂。不想落後鬧出這件事來，竟得在平兒前稍盡片心，也算今生意中不想之樂也。因歪在床上，心內怡然自得。忽又思及賈璉唯知以淫樂悅己，並不知作養脂粉。又思平兒並無父母兄弟姊妹，獨自一人，供應賈璉夫婦二人。賈璉之俗，鳳姐之威，他竟能周全妥貼，今兒還遭荼毒，也就薄命的很了。想到此間，便又傷感起來。復又起身，又見方才的衣裳上噴的酒已半乾，便拿熨斗熨了疊好；見他的手帕子忘去，上面猶有淚痕，又拿至臉盆中洗上晾

---

7)　香料：這裏指製作香粉的原料。

上。又喜又悲，悶了一回，也往稻香村來，說一回閑話，掌燈後方散。

平兒就在李紈處歇了一夜，鳳姐兒只跟着賈母睡。賈璉晚間歸房冷清清的，又不好去叫，只得胡亂睡了一夜。次日醒了，想昨日之事，大沒意思，後悔不來。邢夫人記掛着昨日賈璉醉了，忙一早過來，叫了賈璉過賈母這邊來。賈璉只得忍愧前來，在賈母面前跪下。賈母問他：「怎麼了？」賈璉忙陪笑說：「昨兒原是吃了酒，驚了老太太的駕了，今兒來領罪。」賈母啐道：「下流東西，灌了黃湯，不說安分守己的挺屍去，倒打起老婆來了！鳳丫頭成日家說嘴，霸王似的一個人，昨兒唬得可憐。要不是我，你要傷了他的命，這會子怎麼樣？」賈璉一肚子的委屈，不敢分辯，只認不是。賈母又道：「那鳳丫頭和平兒還不是個美人胎子？你還不足，成日家偷雞摸狗，腥的臭的，都拉了你屋裏去。為這起淫婦打老婆，又打屋裏的人，你還虧是大家子的公子出身，活打了嘴了。若你眼睛裏有我，你起來，我饒了你，乖乖的替你媳婦賠個不是兒，拉了他家去，我就喜歡了。要不然，你只管出去，我也不敢受你的跪。」賈璉聽如此說，又見鳳姐兒站在那邊，也不盛妝，哭的眼睛腫着，也不施脂粉，黃黃臉兒，比往常更覺可憐可愛。想着：「不如賠了不是，彼此也好了，又討老太太的喜歡。」想畢，便笑道：「老太太的話，我不敢不依，只是越發縱了他了。」賈母笑道：「胡說！我知道他最有禮的，再不會衝撞人。他日後得罪了你，我自然也作主，叫你降伏就是了。」

賈璉聽說，爬起來，便與鳳姐兒作了一個揖，笑道：「原來是我的不是，二奶奶饒過我罷。」滿屋裏的人都笑了。賈母笑道：「鳳丫頭，不許惱了，再惱我就惱了。」說着，又命人去叫了平兒來，命鳳姐兒和賈璉兩個安慰平兒。賈璉見了平兒，越發顧不得了，所謂「妻不如妾」，聽賈母一說，便趕上來說道：「姑娘昨日受了屈了，都是我的不是。奶奶得罪了你，也是因我而起，我賠了不是不算外，還替你奶奶賠個不是。」說着，也作了一個揖，引的賈母笑了，鳳姐兒也笑了。賈母又命鳳姐兒來安慰他。平兒忙走上來給鳳姐兒磕頭，說：「奶奶的千秋，我惹了奶奶生氣，是我該死。」鳳姐兒正自愧悔昨日酒吃多了，不念素日之情，浮躁起來，為聽了旁人的話，無故給平兒沒臉。今反見他如此，又是慚愧，又是心酸，忙一把拉起來，落下淚來，平兒道：「我伏侍了奶奶這麼幾年，也沒彈我一指甲。就是昨兒打我，我也不怨奶奶，都是那淫婦治的，怨不得奶奶生氣。」說着，也滴下淚來了。賈母便命人將他

三人送回房去，「有一個再提此事，即刻來回我，我不管是誰，拿拐棍子給他一頓。」

三個人重新給賈母、邢王二位夫人磕了頭。老嬤嬤答應了，送他三個回去。至房中，鳳姐兒見無人，方說道：「我怎麼像個閻王，又像夜叉？那娼婦咒我死，你也幫着咒我。千日不好，也有一日好。可憐我熬的連個混賬女人也不如了，我還有甚麼臉來過這日子？」說着，又哭了。賈璉道：「你還不足？你細想想，昨兒誰的不是多？今兒當着人還是我跪了一跪，又賠不是，你也爭足了光了。這會子還嘮叨，難道還叫我替你跪下才罷？太要足了強也不是好事。」說的鳳姐兒無言可對，平兒嗤的一聲又笑了。賈璉也笑道：「又好了！真真的我也沒法了。」

正說着，只見一個媳婦來回說：「鮑二媳婦吊死了。」賈璉鳳姐兒都吃了一驚。鳳姐忙收了怯色，反喝道：「死了罷了，有甚麼大驚小怪的！」一時，只見林之孝家的進來悄回鳳姐道：「鮑二媳婦吊死了，他娘家的親戚要告呢。」鳳姐冷笑道：「這倒好了，我正想要打官司呢！」林之孝家的道：「我才和眾人勸了他們，又威嚇了一陣，又許了他幾個錢，也就依了。」鳳姐道：「我沒一個錢！有錢也不給，只管叫他告去。也不許勸他，也不用鎮嚇他，只管讓他告去。告不成倒問他個『以屍訛詐』呢！」

林之孝家的正在為難，見賈璉和他使眼色兒，心下明白，便出來等着。賈璉道：「我出去瞧瞧，看是怎麼樣。」鳳姐兒道：「不許給他錢。」賈璉一徑出來，和林之孝來商議，着人去做好做歹，許了二百兩發送才罷。賈璉生恐有變，又命人去和王子騰說，將番役件作人等叫了幾名來，幫着辦喪事。那些人見了如此，縱要復辦亦不敢辦，只得忍氣吞聲罷了。賈璉又命林之孝將那二百銀子入在流年賬上，分別添補開銷過去。又體己給鮑二些銀兩，安慰他說：「另日再挑個好媳婦給你。」鮑二又有體面，又有銀子，有何不依，便仍然奉承賈璉，不在話下。

裏面鳳姐心中雖不安，面上只管佯不理論，因房中無人，便拉平兒笑道：「我昨兒多喝了一口酒，你別埋怨，打了那裏，讓我瞧瞧。」平兒道：「也沒打重。」只聽得說，奶奶姑娘進來了。要知以後，下回分解。

💡 **精華賞析**

　　這一回集中展示了封建道德禮教強大。鳳姐在賈府中地位非比尋常，她是大小事務的直接管理者，受到賈母的喜愛。而賈璉並沒有甚麼大作為，也不是賈母最喜愛的孫子，是個典型的花花公子。此二人發生激烈衝突，我們能感到是賈璉的錯誤更大一點，但全家的長輩都沒有對他加以責罰，只是勸鳳姐多加忍讓。在封建禮教中，女子再有才幹，地位也比不上家中的男子，而一夫多妻的婚姻制度，也為賈璉的無恥行徑找到了合理藉口。

《第四十五回》

金蘭契互剖金蘭語
風雨夕悶製風雨詞

黛玉和寶釵原本是冤家，但在寶釵的努力下兩人冰釋前嫌，成了無話不談的知己。

話說鳳姐兒正撫恤平兒，忽見眾姊妹進來，忙讓坐了，平兒斟上茶來。鳳姐兒笑道：「今兒來的這麼齊，倒像下帖子請了來的。」探春笑道：「我們有兩件事：一件是我的，一件是四妹妹的，還夾着老太太的話。」鳳姐兒笑道：「有甚麼事，這麼要緊？」探春笑道：「我們起了個詩社，頭一社就不齊全，眾人臉軟，所以就亂了。我想必得你去做個監社御史，鐵面無私才好。再四妹妹為畫園子，用的東西這般那般不全，回了老太太，老太太說：『只怕後頭樓底下還有當年剩下的，找一找，若有呢拿出來，若沒有，叫人買去。』」鳳姐笑道：「我又不會作甚麼濕的乾的，要我吃東西去不成？」探春道：「你雖不會作，也不要你作。你只監察着我們裏頭有偷安怠惰的，該怎麼樣罰他就是了。」鳳姐兒笑道：「你們別哄我，我猜着了，那裏是請我做監社御史！分明是叫我做個進錢的銅商。你們弄甚麼社，必是要輪流做東道的。你們的月錢不夠花了，想出這個法子來勾我，好和我要錢。可是這個主意？」一席話說的眾人都笑起來了。

李紈笑道：「真真你是個水晶心肝玻璃人。」鳳姐兒笑道：「虧你是個大嫂子呢！把姑娘們原交給你帶着唸書學規矩針線的，他們不好，你要勸。這會子他們起詩社，能用幾個錢，你就不管了？老太太、太太罷了，原是老封

君[1]。你一個月十兩銀子的月錢，比我們多兩倍銀子。老太太、太太還說你寡婦失業的，可憐，不夠用，又有個小子，足足的又添了十兩，和老太太、太太平等。又給你園子裏的地，各人取租子。年終分年例，你又是上上分兒。你娘兒們，主子奴才共總沒有十個人，吃的穿的仍舊是官中的。一年通共算起來，也有四五百銀子。這會子你就每年拿出一二百兩銀子來陪他們玩玩，能有幾年呢？他們明兒出了閣，難道還要你賠不成？這會子你怕花錢，調唆他們來鬧我，我樂得去吃一個河涸海乾，我還不知道呢！」

李紈笑道：「你們聽聽，我說了一句，他就瘋了，說了兩車的無賴的話，真真泥腿市俗，專會打細算盤分斤撥兩的。你這個東西虧了還託生在詩書大宦名門之家做小姐，又是這麼出了嫁，還是這麼着；若是生在貧寒小門小戶人家，作個小子，還不知怎麼下作貪嘴惡舌的呢！天下人都被你算計了去！昨兒還打平兒呢，虧你伸的出手來！那黃湯難道灌喪了狗肚子裏去了？氣的我只要替平兒打抱不平兒。忖奪了半日，好容易『狗長尾巴尖兒』的好日子[2]，又怕老太太心裏不受用，因此沒來，究竟氣還未平。你今兒又招我來了。給平兒拾鞋也不要，你們兩個只該換一個過兒才是。」說的眾人都笑了。

鳳姐兒忙笑道：「哦，我知道了！竟不是為詩為畫來找我，竟是為平兒報仇來了。我竟不知道平兒有你這一位仗腰子的人，可知就有鬼拉着我的手，我也不敢打他了。平姑娘，過來！我當着大奶奶姑娘們替你賠個不是，擔待我酒後無德[3]罷。」說着，眾人又都笑了。李紈笑問平兒道：「如何？我說必定要給你爭爭氣才罷。」平兒笑道：「雖如此，奶奶們取笑，我可禁不起。」李紈道：「甚麼禁的起禁不起，有我呢。快拿了鑰匙叫你主子開門找東西去罷。」

鳳姐兒笑道：「好嫂子，你且同他們回園子裏去。才要把這米賬合算一算，那邊大太太又打發人來叫，又不知有甚麼話說，須得過去走一趟。還有你們年下添補的衣服，打點給他們做去。」李紈笑道：「這些事情我都不管，你只把我的事完了我好歇着去，省得這些姑娘小姐鬧我。」鳳姐忙笑道：「好嫂子，賞我一點空兒。你是最疼我的，怎麼今兒為平兒就不疼我了？往

---

1)　　老封君：尊稱因子孫顯貴，而接受皇帝封賞的長輩。

2)　　狗長尾巴尖兒的好日子：指人的生日而言，是一種玩笑話。

3)　　酒後無德：喝了酒精神不亂，稱為有酒德，相反的醉鬧，則被稱為酒後無德。

常你還勸我說，事情雖多，也該保養身子，撿點着偷空兒歇歇，你今兒反倒逼我的命了。況且誤了別人的年下衣裳無礙，他姊妹們的若誤了，卻是你的責任，老太太豈不怪你不管閑事，連一句現成的話也不說？我寧可自己落不是，豈敢帶累你呢。」李紈笑道：「你們聽聽，說的好不好？把他會說話的！我且問你，這詩社你到底管不管？」鳳姐兒笑道：「這是甚麼話，我不入社花幾個錢，不成了大觀園的反叛了麼，還想在這裏吃飯不成？明兒一早就到任，下馬拜了印，先放下五十兩銀子給你們慢慢做會社東道。過後幾天，我又不作詩作文，只不過是個俗人罷了，『監察』也罷，不『監察』也罷，有了錢了，愁着你們還不攛出我來！」說的眾人又都笑起來。

　　鳳姐兒道：「過會子我開了樓房，凡有這些東西都叫人搬出來你們看，若使得，留着使，若少甚麼，照你們單子，我叫人替你們買去就是了。畫絹我就裁出來。那圖樣沒有在太太跟前，還在那邊珍大爺那裏呢。說給你們，別碰釘子去。我打發人取了來，一併叫人連絹交給相公們礬去，如何？」李紈點首笑道：「這難為你，果然這樣還罷了。既如此，咱們家去罷，等着他不送了去再來鬧他。」說着，便帶了他姊妹就走。鳳姐兒道：「這些事再沒兩個人，都是寶玉生出來的。」李紈聽了，忙回身笑道：「正是為寶玉來，反忘了他。頭一社是他誤了。我們臉軟，你說該怎麼罰他？」鳳姐想了一想，說道：「沒有別的法子，只叫他把你們各人屋子裏的地罰他掃一遍才好。」眾人都笑道：「這話不差。」

　　說着才要回去，只見一個小丫頭扶了賴嬤嬤進來。鳳姐兒等忙站起來，笑道：「大娘坐。」又都向他道喜。賴嬤嬤向炕沿上坐了，笑道：「我也喜，主子們也喜。若不是主子們的恩典，我們這喜從何來？昨兒奶奶又打發彩哥兒賞東西，我孫子在門上朝上磕了頭了。」李紈笑道：「多早晚上任去？」賴嬤嬤嘆道：「我那裏管他們，由他們去罷！前兒在家裏給我磕頭，我沒好話，我說，哥兒，別說你是官兒了，橫行霸道的！你今年活了三十歲，雖然是人家的奴才，一落娘胎胞，主子恩典，放你出來，上託着主子的洪福，下託着你老子娘，也是公子哥兒似的讀書寫字，也是丫頭、老婆、奶子捧鳳凰似的。長了這麼大，你那裏知道那『奴才』兩字是怎麼寫的！只知道享福，也不知道你爺爺和你老子受的那苦惱，熬了兩三輩子，好容易掙出你這麼個東西。從小兒三災八難，花的銀子也照樣打出你這麼個銀人兒來了。到二十歲上，

又蒙主子的恩典，許你捐了前程在身上。你看那正根正苗的忍飢挨餓的要多少？你一個奴才秧子，仔細折了福！如今樂了十年，不知怎麼弄神弄鬼的，求了主子，又選了出來。州縣官兒雖小，事情卻大，為那一州的州官，就是那一方的父母。你不安分守己，盡忠報國，孝敬主子，只怕天也不容你。」李紈鳳姐兒都笑道：「你也多慮。我們看他也就好了。先那幾年還進來了兩次，這有好幾年沒來了，年下生日，只見他的名字就罷了。前兒給老太太、太太磕頭來，在老太太那院裏，見他又穿着新官的服色，倒發的威武了，比先時也胖了。他這一得了官，正該你樂呢，反倒愁起這些來！他不好，還有他父親呢，你只受用你的就完了。閑了坐個轎子進來，和老太太鬥一日牌，說一天話兒，誰好意思的委屈了你。家去一般也是樓房廈廳，誰不敬你，自然也是老封君似的了。」

　　平兒斟上茶來，賴嬤嬤忙站起來接了，笑道：「姑娘不管叫那個孩子倒來罷了，又折受我。」說着，一面吃茶，一面又道：「奶奶不知道，這些小孩子們全要管的嚴。饒這麼嚴，他們還偷空兒鬧個亂子來叫大人操心。知道的說小孩子們淘氣；不知道的，人家就說仗着財勢欺人，連主子名聲也不好。恨的我沒法兒，常把他老子叫來罵一頓，才好些。」因又指寶玉道：「不怕你嫌我，如今老爺不過這麼管你一管，老太太護在頭裏。當日老爺小時挨你爺爺的打，誰沒看見的。老爺小時，何曾像你這麼天不怕地不怕的了。還有那大老爺，雖然淘氣，也沒像你這扎窩子⁴的樣子，也是天天打。還有東府裏你珍哥兒的爺爺，那才是火上澆油的性子，說聲惱了，甚麼兒子，竟是審賊！如今我眼裏看着，耳朵裏聽着，那珍大爺管兒子倒也像當日老祖宗的規矩，只是管的到三不着兩⁵的，他自己也不管一管自己，怎麼怨的這些兄弟姪兒不怕他？你心裏明白，喜歡我說；不明白，嘴裏不好意思，心裏不知怎麼罵我呢。」

　　正說着，只見賴大家的來了，接着周瑞家的張材家的都進來回事情。鳳姐兒笑道：「媳婦來接婆婆來了。」賴大家的笑道：「不是接他老人家，倒是打

---

4)　　扎窩子：躲在家裏。又有專往一處聚集不散的意思。

5)　　到三不着兩：做事沒有中心，不分輕重緩急。還有指喜怒任性的意思。

聽打聽奶奶姑娘們賞臉不賞臉？」賴嬤嬤聽了，笑道：「可是我糊塗了，正經說的話且不說，且說陳穀子爛芝麻的。因為我們小子選了出來，眾親友要給他賀喜，少不得家裏擺個酒。我想，擺一日酒，請這個也不是，請那個也不是。又想了一想，託主子洪福，想不到的這樣榮耀，就傾了家，我也是願意的。因此吩咐他老子連擺三日酒：頭一日，在我們破花園子裏擺幾席酒，一台戲，請老太太、太太們，奶奶姑娘們去散一日悶；外頭大廳上一台戲，擺幾席酒，請老爺們、爺們去增增光；第二日再請親友；第三日再把我們兩府裏的伴兒請一請。熱鬧三天，也是託着主子的洪福一場，光輝光輝。」

李紈鳳姐兒都笑道：「多早晚的日子？我們必去，只怕老太太高興要去也定不得。」賴大家的忙道：「擇了十四的日子，只看我們奶奶的老臉罷了。」鳳姐笑道：「別人不知道，我是一定去的。先說下，我是沒有賀禮的，也不知道放賞，吃完了一走，可別笑話。」賴大家的笑道：「奶奶說那裏話？奶奶要賞，賞我們三二萬銀子就有了。」賴嬤嬤笑道：「我才去請老太太，老太太也說去，可算我這臉還好。」說畢又叮嚀了一回，方起身要走，因看見周瑞家的，便想起一事來，因說道：「可是還有一句話問奶奶，這周嫂子的兒子犯了甚麼不是，攆了他不用？」鳳姐兒聽了，笑道：「正是我要告訴你媳婦，事情多也忘了。賴嫂子回去說給你老頭子，兩府裏不許收留他小子，叫他各人去罷。」

賴大家的只得答應着。周瑞家的忙跪下央求，賴嬤嬤忙道：「甚麼事？說給我評評。」鳳姐兒道：「前日我生日，裏頭還沒吃酒，他小子先醉了。老娘那邊送了禮來，他不在外頭張羅，他倒坐着罵人，禮也不送進來。兩個女人進來了，他才帶領小么們往裏抬。小么們倒好好的，他拿的一盒子倒失了手，撒了一院子饅頭。人去了，打發彩明去說他，他倒罵了彩明一頓。這樣無法無天的忘八羔子，還不攆了做甚麼！」賴嬤嬤笑道：「我當甚麼事情，原來為這個。奶奶聽我說：他有不是，打他罵他，使他改過就是了，攆了出去斷乎使不得。他又比不得是咱們家的家生子兒，他現是太太的陪房。奶奶只顧攆了他，太太臉上不好看。依我說，奶奶教導他幾板子，以戒下次，仍舊留着才是。不看他娘，也看太太。」鳳姐兒聽了，便向賴大家的說道：「既這樣，打他四十棍，以後不許他吃酒。」賴大家的答應了，周瑞家的磕頭起來，又要與賴嬤嬤磕頭，賴大家的拉着方罷。然後他三人去了，李紈等也就回園

中來。

　　至晚，果然鳳姐命人找了許多舊收的畫具出來，送至園中，寶釵等選了一回，各色東西可用的只有一半，將那一半又開了單子，與鳳姐兒去照樣置買，不必細說。

　　一日，外面礬了絹，起了稿子進來。寶玉每日便在惜春那邊幫忙。探春、李紈、迎春、寶釵等也多往那裏閑坐，一則觀畫，二則便於會面。

　　寶釵因見天氣涼爽，夜復漸長，遂至母親房中商議打點些針線來。日間至賈母處王夫人處省候兩次，不免又承色陪坐，閑時園中姊妹處也要不時閑話一回，故日間不大得閑，每夜燈下女工必至三更方寢。

　　黛玉每歲至春分秋分之後，必犯舊疾；今秋又遇賈母高興，多遊玩了兩次，未免過勞了神，近日又復嗽起來，覺得比往常又重，所以總不出門，只在自己房中將養。有時悶了，又盼個姊妹來說些閑話排遣；及至寶釵等來望候他，說不得三五句話又厭煩了。眾人都體諒他病中，且素日形體嬌弱，禁不得一些委屈，所以他接待不周，禮數疏忽，也都不苛責。

　　這日寶釵來望他，因說起這病症來。寶釵道：「這裏走的幾個太醫雖都還好，只是你吃他們的藥總不見效，不如再請一個高明的人來瞧一瞧，治好了豈不好？每年間鬧一春一夏，又不老又不小，成甚麼？不是個常法兒。」黛玉道：「不中用。我知道我這樣病是不能好的了。且別說病，只論好的日子我是怎麼形景，就可知了。」寶釵點頭道：「可正是這話。古人說『食穀者生』，你素日吃的竟不能添養精神氣血，也不是好事。」黛玉歎道：「『死生有命，富貴在天』[6]，也不是人力可強求的。今年比往年反覺又重了些似的。」說話之間，已咳嗽了兩三次。寶釵道：「昨兒我看你那藥方上，人參肉桂覺得太多了。雖說益氣補神，也不宜太熱。依我說，先以平肝健胃為要，肝火一平，不能克土，胃氣無病，飲食就可以養人了。每日早起拿上等燕窩一兩，冰糖五錢，用銀銚子[7]熬出粥來，若吃慣了，比藥還強，最是滋陰補氣的。」

　　黛玉歎道：「你素日待人，固然是極好的，然我最是個多心的人，只當

---

6)　　死生有命，富貴在天：孔子的弟子司馬牛一次感歎自己沒有兄弟的幫助，他的同學卜商勸他許多話，這是其中的兩句。下文的「司馬牛之歎」就是指這個典故。

7)　　銚子：煎熬飲料用的壺類、罐類小器皿，泛稱銚子，又寫作吊子。

你心裏藏奸。從前日你說看雜書不好，又勸我那些好話，竟大感激你。往日竟是我錯了，實在誤到如今。細細算來，我母親去世的早，又無姊妹兄弟，我長了今年十五歲，竟沒一個人像你前日的話教導我，怨不得雲丫頭說你好，我往日見他讚你，我還不受用，昨兒我親自經過，才知道了。比如若是你說了那個，我再不輕放過你的；你竟不介意，反勸我那些話，可知我竟自誤了。若不是從前日看出來，今日這話，再不對你說。你方才說叫我吃燕窩粥的話，雖然燕窩易得，但只我因身上不好了，每年犯這個病，也沒甚麼要緊的去處。請大夫，熬藥，人參肉桂，已經鬧了個天翻地覆，這會子我又興出新文 [8] 來熬甚麼燕窩粥，老太太、太太、鳳姐姐這三個人便沒話說，那些底下的婆子丫頭們，未免不嫌我太多事了。你看這裏這些人，因見老太太多疼了寶玉和鳳丫頭兩個，他們尚虎視眈眈，背地裏言三語四的，何況於我？況我又不是他們這裏正經主子，原是無依無靠投奔了來的，他們已經多嫌着我了。如今我還不知進退，何苦叫他們咒我？」寶釵道：「這樣說，我也是和你一樣。」黛玉道：「你如何比我？你又有母親，又有哥哥，這裏又有買賣地土，家裏又仍舊有房有地。你不過是親戚的情分，白住了這裏，一應大小事情，又不沾他們一文半個，要走就走了。我是一無所有，吃穿用度，一草一紙，皆是和他們家的姑娘一樣，那起小人豈有不多嫌的。」寶釵笑道：「將來也不過多費得一副嫁妝罷了，如今也愁不到這裏。」黛玉聽了，不覺紅了臉，笑道：「人家才拿你當個正經人，把心裏的煩難告訴你聽，你反拿我取笑兒。」寶釵笑道：「雖是取笑兒，卻也是真話。你放心，我在這裏一日，我與你消遣一日。你有甚麼委屈煩難，只管告訴我，我能解的，自然替你解。我雖有個哥哥，你也是知道的，只有個母親比你略強些。咱們也算同病相憐。你也是個明白人，何必作『司馬牛之歎』？你才說的也是，多一事不如省一事。我明日家去和媽媽說了，只怕我們家裏還有，與你送幾兩，每日叫丫頭們就熬了，又便宜，又不驚師動眾的。」黛玉忙笑道：「東西事小，難得你多情如此。」寶釵道：「這有甚麼放在口裏的。只愁我人人跟前失於應候罷了。只怕你煩了，我且去了。」黛玉道：「晚上再來和我說句話兒。」寶釵答應着便去

了，不在話下。

　　這裏黛玉喝了兩口稀粥，仍歪在床上，不想日未落時天就變了，淅淅瀝瀝下起雨來。秋霖脈脈，陰晴不定，那天漸漸的黃昏，且陰的沉黑，兼着那雨滴竹梢，更覺淒涼。知寶釵不能來，便在燈下隨便拿了一本書，卻是《樂府雜稿》，有《秋閨怨》《別離怨》等詞。黛玉不覺心有所感，亦不禁發於章句，遂成《代別離》一首，擬《春江花月夜》之格，乃名其詞曰《秋窗風雨夕》。詞曰：「秋花慘淡秋草黃，耿耿秋燈秋夜長。已覺秋窗秋不盡，那堪風雨助淒涼！助秋風雨來何速！驚破秋窗秋夢續。抱得秋情不忍眠，自向秋屏挑淚燭。淚燭搖搖爇短檠，牽愁照恨動離情。誰家秋院無風入？何處秋窗無雨聲？羅衾不奈秋風力，殘漏聲催秋雨急。連宵脈脈復颼颼，燈前似伴離人泣，寒煙小院轉蕭條，疏竹虛窗時滴瀝。不知風雨幾時休，已教淚灑窗紗濕。」

　　吟罷擱筆，方要安寢，丫鬟報說：「寶二爺來了。」一語未完，只見寶玉頭上帶着大箬笠，身上披着蓑衣。黛玉不覺笑了：「那裏來的漁翁！」寶玉忙問：「今兒好些？吃了藥沒有？今兒一日吃了多少飯？」一面說，一面摘了笠，脫了蓑衣，忙一手舉起燈來，一手遮住燈光，向黛玉臉上照了一照，覷着眼細瞧了瞧，笑道：「今兒氣色好了些。」

　　黛玉看脫了蓑衣，裏面只穿半舊紅綾短襖，繫着綠汗巾子，膝下露出油綠綢撒花褲子，底下是掐金滿繡的綿紗襪子，趿着蝴蝶落花鞋。黛玉問道：「上頭怕雨，底下這鞋襪子是不怕雨的？也倒乾淨。」寶玉笑道：「我這一套是全的。有一雙棠木屐，才穿了來，脫在廊簷下了。」黛玉又看那蓑衣斗笠不是尋常市賣的，十分細緻輕巧，因說道：「是甚麼草編的？怪道穿上不像那刺蝟似的。」寶玉道：「這三樣都是北靜王送的。他閑了下雨時在家裏也是這樣。你喜歡這個，我也弄一套來送你，別的都罷了，唯有這斗笠有趣，竟是活的。上頭的這頂兒是活的。冬天下雪，帶上帽子，就把竹信子[9]抽了，去下頂子來，只剩了這圈子。下雪時男女都戴得，我送你一頂，冬天下雪戴。」黛玉笑道：「我不要他。戴上那個，成個畫兒上畫的和戲上扮的漁婆兒了。」及

---

9)　　信子：信又作芯，這裏指帽頂中心的簽子。第五十三回荷葉燈的「活信」指燈上可以扭轉的中軸，它的上端即是插蠟的簽子。

說了出來，方想起話未忖奪，與方才說寶玉的話相連，後悔不及，羞的臉飛紅，便伏在桌上嗽個不住。

　　寶玉卻不留心，因見案上有詩，遂拿起來看了一遍，又不禁叫好。黛玉聽了，忙起來壓在手內，向燈上燒。寶玉笑道：「我已背熟了，燒也無礙。」黛玉道：「我也好了許多，謝你一天來幾次瞧我，下雨還來。這會子夜深了，我也要歇着，你且請回去，明兒再來。」寶玉聽說，回手向懷中掏出一個核桃大小的一個金錶來，瞧了一瞧，那針已指到戌末亥初之間，忙又揣了，說道：「原該歇了，又擾的你勞了半日神。」說着，披蓑戴笠出去了，又翻身進來問道：「你想甚麼吃，告訴我，我明兒一早回老太太，豈不比老婆子們說的明白？」黛玉笑道：「等我夜裏想着了，明兒早起告訴你。你聽雨越發緊了，快去罷。可有人跟着沒有？」有兩個婆子答應：「有人，外面拿着傘點着燈籠呢。」黛玉道：「這個天點燈籠？」寶玉道：「不相干，是明瓦的，不怕雨。」黛玉聽說，回手向書架上把個玻璃繡球燈拿了下來，命點一支小蠟來，遞與寶玉，道：「這個又比那個亮，正是雨裏點的。」寶玉道：「我也有這麼一個，怕他們失腳滑倒了打破了，所以沒點來。」黛玉道：「跌了燈值錢，跌了人值錢？你又穿不慣木屐子。那燈籠命他們前頭照着。這個又輕巧又亮，原是雨裏自己拿着的，你自己手裏拿着這個，豈不好？明兒再送來。就失了手也有限的，怎麼忽然又變出這『剖腹藏珠』[10]的脾氣來！」寶玉聽說，連忙接了過來，前頭兩個婆子打着傘提着明瓦燈，後頭還有兩個小丫鬟打着傘。寶玉便將這個燈遞與一個小丫頭捧着，寶玉扶着他的肩，一徑去了。

　　就有蘅蕪苑的一個婆子，也打着傘提着燈，送了一大包上等燕窩來，還有一包子潔粉梅片雪花洋糖，說：「這比買的強。姑娘說了：『姑娘先吃着，完了再送來。』」黛玉道：「回去說『費心』。」命他外頭坐了吃茶。婆子笑道：「不吃茶了，我還有事呢。」黛玉笑道：「我也知道你們忙。如今天又涼，夜又長，越發該會個夜局，痛賭兩場了。」婆子笑道：「不瞞姑娘說，今年我大沾光兒了。橫豎每夜各處有幾個上夜的人，誤了更也不好，不如會個夜局，又坐了更，又解了悶。今兒又是我的頭家，如今園門關了，就該上場兒了。」黛玉

---

10)　　剖腹藏珠：對那些為物傷身、輕重顛倒的行為所作的諷刺性比喻。

聽說笑道:「難為你。誤了你發財,冒雨送來。」命人給他幾百錢,打些酒吃,避避雨氣。那婆子笑道:「又破費姑娘賞酒吃。」說着,磕了一個頭,外面接了錢,打傘去了。

　　紫鵑收起燕窩,然後移燈下簾,伏侍黛玉睡下。黛玉自在枕上感念寶釵,一時又羨他有母兄;一面又想寶玉雖素昔和睦,終有嫌疑。又聽見窗外竹梢蕉葉之上,雨聲淅瀝,清寒透幕,不覺又滴下淚來。直到四更方漸漸的睡熟了。要知端的,且聽下回分解。

💬 延伸思考

> 這一回的重點在放寫寶釵終於獲得了黛玉的信任,兩人的關係從彼此針對轉為知己。你認為黛玉與寶釵成為知己,這一情節對故事發展有甚麼作用?這一關係變化是否能化解黛玉的心結呢?

💡 精華賞析

> 　　賴大家的是賈府老一輩的奴才,而賴大家的晚輩也成了賈府的奴才。這就是包衣奴才,人一旦賣身為奴,就世世代代都成為主人家的奴才,即使主人開恩給予自由,但奴才的身份卻永遠擺脫不了。這種包衣制度在古代曾經十分盛行。

知識拓展

包衣

　　「包衣」是滿語「包衣阿哈」的簡稱，意思是「家奴」。在滿清時期，包衣奴才處於社會的最底層，他們完全沒有自由，最初主要來自戰俘，一些人因為窮困或破產也自賣為奴，這些奴隸從此世世代代成為主人的私有財產。他們當中有些人後來得到主人賞識而重獲自由，更有些人走上了升官發財之路，但在主人面前，他們永遠無法擺脫「奴才」的身份。

《第四十六回》

精讀 尷尬[1] 人難免尷尬事
鴛鴦女誓絕鴛鴦侶

鴛鴦是賈母身邊的大丫頭，平時盡心盡力，樣貌與為人都很出眾。現在賈赦就看中了鴛鴦，想要納為妾室，邢夫人也為他極力撮合。鴛鴦並不情願，但憑着賈赦的勢力，她怎樣才能逃脫呢？

話說林黛玉直到四更將闌，方漸漸的睡去。暫且無話。

如今且說鳳姐兒因見邢夫人叫他，不知何事，忙另穿戴了一番，坐車過來。邢夫人將房內人遣出，悄向鳳姐兒道：「叫你來不為別的，有一件為難的事，老爺託我，我不得主意，先和你商議。老爺因看上了老太太的鴛鴦，要他在房裏，叫我和老太太討去。我想這倒平常有的事，只是怕老太太不給，你可有法子？」鳳姐兒聽了，忙道：「依我說，竟別碰這個釘子去。老太太離了鴛鴦，飯也吃不下去的，那裏就捨得了？況且平日說起閒話來，老太太常說，老爺如今上了年紀，做甚麼左一個小老婆右一個小老婆放在屋裏，沒的耽誤了人家。放着身子不保養，官兒也不好生做去，成日家和小老婆喝酒。太太聽聽，很喜歡咱們老爺麼？這會子回避還恐回避不及，倒拿草棍兒戳老虎的鼻子眼兒去了！太太別惱，我是不敢去的。明放着不中用，而且反招出沒意思來。老爺如今上了年紀，行事不妥，太太該勸止才是。比不

---

1) 尷尬（gān gà）：不調諧，不正當，不通達，不順利。

得年輕，做這些事無礙。如今兄弟、姪兒、兒子、孫子一大
羣，還這麼鬧起來，怎樣見人呢？」邢夫人冷笑道：「大家
子三房四妾的也多，偏咱們就使不得？我勸了也未必依。就
是老太太心愛的丫頭，這麼鬍子蒼白了又做了官的一個大兒
子，要了做房裏人，也未必好駁回的。我叫了你來，不過商
議商議，你先派上了一篇不是。也有叫你要去的理？自然是
我說去。你倒說我不勸，你還不知道那性子的，勸不成，先
和我惱了。」

　　鳳姐兒知道邢夫人稟性愚弱，只知承順賈赦以自保，
次則婪取財貨為自得，家下一應大小事務，俱由賈赦擺佈。
凡出入銀錢事務，一經他手，便克嗇異常，以賈赦浪費為
名，「須得我就中儉省，方可償補」，兒女奴僕，一人不靠，
一言不聽的。如今又聽邢夫人如此的話，便知他又弄左性，
勸了不中用，連忙陪笑說道：「太太這話說的極是。我能活
了多大，知道甚麼輕重？想來父母跟前，別說一個丫頭，就
是那麼大的活寶貝，不給老爺給誰？背地裏的話那裏信得？
我竟是個呆子。璉二爺或有日得了不是，老爺太太恨的那
樣，恨不得立刻拿來一下子打死，及至見了面，也罷了，依
舊拿着老爺太太心愛的東西賞他。如今老太太待老爺，自然
也是那樣了。依我說，老太太今兒喜歡，要討今兒就討去。
我先過去哄着老太太發笑，等太太過去了，我搭訕着走開，
把屋子裏的人我也帶開，太太好和老太太說。說給了更好，
不給也沒妨礙，眾人也不得知。」

　　邢夫人見他這般說，便又喜歡起來，又告訴他道：「我
的主意先不和老太太要。老太太要說不給，這事便死了。我
心裏想着先悄悄的和鴛鴦說。他雖害臊，我細細的告訴了
他，他自然不言語，就妥了。那時再和老太太說，老太太雖
不依，攔不住 [2] 他願意，常言『人去不中留』，自然這就妥

---

2)　　攔不住：架不住，擋不了。

了。」鳳姐兒笑道：「到底是太太有智謀，這是千妥萬妥的。別說是鴛鴦，憑他是誰，那一個不想巴高望上，不想出頭的？這半個主子不做，倒願意做個丫頭，將來配個小子就完了呢。」邢夫人笑道：「正是這個話了。別說鴛鴦，就是那些執事的大丫頭，誰不願意這樣呢。你先過去，別露一點風聲，我吃了晚飯就過來。」

鳳姐兒暗想：「鴛鴦素習是個極有心胸識見的丫頭，雖如此說，保不得他願意不願意。我先過去了，太太後過去，若他依了便沒話說；倘或不依，太太是多疑的人，只怕就疑我走了風聲，使他拿腔作勢的。那時太太又見了應我的話，羞惱變成怒，拿我出起氣來，倒沒意思。不如同着一齊過去了，他依也罷，不依也罷，就疑不到我身上了。」想畢，因笑道：「方才臨來，舅母那邊送了兩籠子鵪鶉，我吩咐他們炸了，原要趕太太晚飯上送過來的。我才進大門時，見小子們抬車，說太太的車拔了縫，拿去收拾去了。不如這會子坐了我的車一齊過去倒好。」邢夫人聽了，便命人來換衣服。鳳姐忙着伏侍了一回，娘兒兩個坐車過來。鳳姐兒又說道：「太太過老太太那裏去，我若跟了去，老太太若問起我過去作甚麼的，倒不好。不如太太先去，我脫了衣裳再來。」

邢夫人聽了有理，便自往賈母處，和賈母說了一回閑話，便出來假託往王夫人房裏去，從後門出去，打鴛鴦的臥房前過。只見鴛鴦正坐在那裏做針線，見了邢夫人，忙站起來。邢夫人笑道：「做甚麼呢？我瞧瞧，你扎的花兒越發好了。」一面說，一面便接他手內的針線瞧了一瞧，只管讚好。放下針線，又渾身打量。只見他穿着半新的藕合色的綾襖，青緞掐牙背心，下面水綠裙子。蜂腰削背，鴨蛋臉面，烏油頭髮，高高的鼻子，兩邊腮上微微的幾點雀斑。鴛鴦見這般看他，自己倒不好意思起來，心裏便覺詫異，因笑問道：「太太，這會子不早不晚的，過來做甚麼？」邢夫人

使個眼色兒，跟的人退出。邢夫人便坐下，拉着鴛鴦的手笑道：「我特來給你道喜來的。」鴛鴦聽了，心中已猜着三分，不覺紅了臉，低了頭，不發一言。

聽邢夫人道：「你知道你老爺跟前竟沒有個可靠的人，心裏再要買一個，又怕那些人牙子[3]家出來的不乾不淨，也不知道毛病兒，買了來家，三日兩日，又要弄鬼掉猴的。因滿府裏要挑一個家生女兒收了，又沒個好的：不是模樣兒不好，就是性子不好，有了這個好處，沒了那個好處。因此冷眼選了半年，這些女孩子裏頭，就只你是個尖兒，模樣兒，行事做人，溫柔可靠，一概是齊全的。意思要和老太太討了你去，收在屋裏。你不比外頭新買新討的，你這一進去了，進門就開了臉，就封你姨娘，又體面，又尊貴。你又是個要強的人，俗語說的，『金子終得金子換』，誰知竟被老爺看中了你。如今這一來，你可遂了素日志大心高的願了，也堵一堵那些嫌你的人的嘴。跟了我回老太太去！」說着拉了他的手就要走。

鴛鴦紅了臉，奪手不行。邢夫人知他害臊，因又說道：「這有甚麼臊處？你又不用說話，只跟着我就是了。」鴛鴦只低了頭不動身。邢夫人見他這般，便又說道：「難道你不願意不成？若果然不願意，可真是個傻丫頭了。放着主子奶奶不做，倒願意做丫頭！三年二年，不過配上個小子，還是奴才。你跟了我們去，你知道我的性子又好，又不是那不容人的人。老爺待你們又好。過一年半載，生下個一男半女，你就和我並肩了。家裏人你要使喚誰，誰還不動？現成主子不做去，錯去這個機會，後悔就遲了。」鴛鴦只管低了頭，仍是不語。

---

3)　　人牙子：牙子，也叫牙人，又名牙行。就是各行各業中的中間經紀人。
　　　　這裏是指買賣人口的人販子。

邢夫人又道：「你這麼個爽快人，怎麼又這樣積黏⁴起來？有甚麼不稱心之處，只管說與我，我管你遂心如意就是了。」鴛鴦仍不語。邢夫人笑道：「想必你有老子娘，你自己不肯說話，怕臊。你等他們問你，這也是理。讓我問他們去，叫他們來問你，有話只管告訴他們。」說畢，便往鳳姐兒房中來。

鳳姐兒早換了衣服，因房內無人，便將此話告訴了平兒。平兒也搖頭笑道：「據我看，此事未必妥。平常我們背着人說起話來，聽他那主意，未必是肯的。也只說着瞧罷了。」鳳姐兒道：「太太必來這屋裏商議。依了還可，若不依，白討個沒趣兒，當着你們，豈不臉上不好看。你說給他們炸些鵪鶉，再有甚麼配幾樣，預備吃飯。你且別處逛逛去，估量着走了你再來。」平兒聽說，照樣傳給婆子們，便逍遙自在的往園子裏來。

這裏鴛鴦見邢夫人去了，必在鳳姐兒房裏商議去了，必定有人來問他的，不如躲了這裏，因找了琥珀說道：「老太太要問我，只說我病了，沒吃早飯，往園子裏逛逛就來。」琥珀答應了。鴛鴦也往園子裏來，各處遊玩，不想正遇見平兒。平兒因見無人，便笑道：「新姨娘來了！」鴛鴦聽了，便紅了臉，說道：「怪道你們串通一氣來算計我！等着我和你主子鬧去就是了。」平兒聽了，自悔失言，便拉他到楓樹底下，坐在一塊石上，越性把方才鳳姐過去回來所有的形景言詞始末原由告訴於他。鴛鴦紅了臉，向平兒冷笑道：「這是咱們好，比如襲人、琥珀、素雲、紫鵑、彩霞、玉釧兒、麝月、翠墨，跟了史姑娘去的翠縷，死了的可人和金釧，去了的茜雪，連上你我，這十來個人，從小兒甚麼話兒不說？甚麼事兒不做？這如今因都大了，各自幹各自的去

---

4)　　積黏（zì niān）：不爽直，不痛快。也說滯黏。

了，然我心裏仍是照舊，有話有事，並不瞞你們。這話我且放在你心裏，且別和二奶奶說：『別說大老爺要我做小老婆，就是太太這會子死了，他三媒六聘的娶我去作大老婆，我也不能去。』」

平兒方欲笑答，只聽山石背後哈哈的笑道：「好個沒臉的丫頭，虧你不怕牙磣[5]。」二人聽了不覺吃了一驚，忙起身向山石背後找尋，不是別個，卻是襲人笑着走了出來問：「甚麼事情？告訴我。」說着，三人坐在石上。平兒又把方才的話說與襲人聽道：「真真這話論理不該我們說，這個大老爺太好色了，略平頭正臉的，他就不放手。」平兒道：「你既不願意，我教你個法子，不用費事就完了。」鴛鴦道：「甚麼法子？你說來我聽。」平兒笑道：「你只和老太太說，就說已經給了璉二爺了，大老爺就不好要了。」鴛鴦啐道：「甚麼東西！你還說呢！前兒你主子不是這麼混說的？誰知應到今兒了！」襲人笑道：「他們兩個都不願意，我就和老太太說，叫老太太說把你已經許了寶玉了，大老爺也就死了心了。」鴛鴦又是氣，又是臊，又是急，因罵道：「兩個壞蹄子，再不得好死的！人家有為難的事，拿着你們當正經人，告訴你們與我排解排解，你們倒替換着取笑兒。你們自為都有了結果了，將來都是做姨娘的。據我看來，天底下的事未必都那麼遂心如意。你們且收着些兒，別忒樂過了頭兒！」

二人見他急了，忙陪笑央告道：「好姐姐，別多心，咱們從小兒都是親姐妹一般，不過無人處偶然取個笑兒。你的主意告訴我們知道，也好放心。」鴛鴦道：「甚麼主意！我只不去就完了。」平兒搖頭道：「你不去未必得干休。大老爺的性子你是知道的。雖然你是老太太房裏的人，此刻不敢把你怎麼樣，將來難道你跟老太太一輩子不成？也要

---

5)　牙磣（chèn）：指糧食裏有細沙子，吃到嘴裏使牙齒感覺難受。一種噪音聽着使人皮膚起粟，也叫牙磣。這裏是指說話令人肉麻。

點評

出去的。那時落了他的手，倒不好了。」鴛鴦冷笑道：「老太太在一日，我一日不離這裏；若是老太太歸西去了，他橫豎還有三年的孝呢，沒個娘才死了他先納小老婆的！等過了三年，知道又是怎麼個光景兒呢，那時再說。縱到了至急為難，我剪了頭髮作姑子去；不然，還有一死。一輩子不嫁男人，又怎麼樣？樂得乾淨呢！」平兒襲人笑道：「真個這蹄子沒了臉，越發信口兒都說出來了。」鴛鴦道：「事到如此，臊一回子怎麼樣！你們不信，慢慢的看着就是了。太太才說了，找我老子娘去。我看他南京找去！」平兒道：「你的父母都在南京看房子，沒上來，終久也尋着的。現在還有你哥哥嫂子在這裏。可惜你是這裏的家生女兒，不如我們兩個人是單在這裏。」鴛鴦道：「家生女兒怎麼樣？『牛不吃水強按頭』？我不願意，難道殺我的老子娘不成？」

正說着，只見他嫂子從那邊走來。襲人道：「當時找不着你的爹娘，一定和你嫂子說了。」鴛鴦道：「這個娼婦專管是個『六國販駱駝[6]的』，聽了這話，他有個不奉承去的！」說話之間，已來到跟前。他嫂子笑道：「那裏沒找到，姑娘跑了這裏來！你跟了我來，我和你說話。」平兒襲人都忙讓坐。他嫂子說：「姑娘們請坐，我找我們姑娘說句話。」襲人平兒都裝不知道，笑道：「甚麼話這樣忙？我們這裏猜謎兒呢，等猜了這個再去。」鴛鴦道：「甚麼話？你說罷。」他嫂子笑道：「你跟我來，到那裏我告訴你，橫豎有好話兒。」鴛鴦道：「可是大太太和你說的那話？」他嫂子笑道：「姑娘既知道，還奈何我！快來我細細的告訴你，可是天大的喜事。」鴛鴦聽說，立起身來，照他嫂子臉上下死勁啐了一口，指着他罵道：「你快夾着嘴離了這裏，好多着呢！甚麼『好話』！宋徽宗的鷹，趙子昂的馬，都是好畫兒。甚麼

● 邢夫人的誘惑並沒有成功，鴛鴦儘管是下人，但她真正把自己當人看，有尊嚴，有人格，不屈服，不懦弱，剛烈有志，並不願糟蹋自己。

---

6) 六國販駱駝：嘲笑到處管閑事或善於兜攬生意的行為。

『喜事』！狀元痘兒灌的漿兒又滿是喜事。怪道成日家羨慕人家的女兒做了小老婆，一家子都仗着他橫行霸道的，一家子都成了小老婆了！看的眼熱了，也把我送在火坑裏去。我若得臉呢，你們在外頭橫行霸道，自己就封自己是舅爺了。我若不得臉敗了時，你們把忘八脖子一縮，生死由我。」一面說，一面哭，平兒襲人攔着勸。

他嫂子臉上下不來，因說道：「願意不願意，你也好說，不犯着牽三掛四的。俗語說，『當着矮人，別說矮話』。姑奶奶罵我，我不敢還言；這二位姑娘並沒惹着你，小老婆長小老婆短，人家臉上怎麼過得去？」襲人平兒忙道：「你倒別這麼說，他也並不是說我們，你倒別牽三掛四的。你聽見那位太太、太爺們封我們做小老婆？況且我們兩個也沒有爹娘哥哥兄弟在這門子裏仗着我們橫行霸道的。他罵的人自有他罵的，我們犯不着多心。」鴛鴦道：「他見我罵了他，他臊了，沒的蓋臉，又拿話挑唆你們兩個，幸虧你們兩個明白。原是我急了，也沒分別出來，他就挑出這個空兒來。」他嫂子自覺沒趣，賭氣去了。

鴛鴦氣得還罵，平兒襲人勸他一回，方才罷了。平兒因問襲人道：「你在那裏藏着做甚麼的？我們竟沒看見你。」襲人道：「我因為往四姑娘房裏瞧我們寶二爺去的，誰知遲了一步，說是來家裏來了。我疑惑怎麼沒遇見呢，想要往林姑娘家裏找去，又遇見他的人說也沒去。我這裏正疑惑是出園子去了，可巧你從那裏來了，我一閃，你也沒看見，後來他又來了。我從這樹後頭走到山子石後，我卻見你兩個說話來了，誰知你們四個眼睛沒見我。」

一語未了，又聽身後笑道：「四個眼睛沒見你？你們六個眼睛竟沒見我！」三人唬了一跳，回身一看，不是別人，正是寶玉走來。襲人先笑道：「叫我好找，你在那裏來着？」寶玉笑道：「我從四妹妹那裏出來，迎頭看見你來了，我就知道是找我去的，我就藏了起來哄你。看你揚着頭過去了，

進了院子就出來了，逢人就問。我在那裏好笑，只等你到了跟前唬你一跳的，後來見你也藏藏躲躲的，我就知道也是要哄人了。我探頭往前看了一看，卻是他兩個，所以我就繞到你身後。你出去，我就躲在你躲的那裏了。」平兒笑道：「咱們再往後找找去，只怕還找出兩個人來也未可知。」寶玉笑道：「這可再沒了。」鴛鴦已知話俱被寶玉聽了，只伏在石頭上裝睡。寶玉推他笑道：「這石頭上冷，咱們回房裏去睡，豈不好？」說着拉起鴛鴦來，又忙讓平兒來家吃茶。平兒和襲人都勸鴛鴦走，鴛鴦方立起身來，四人竟往怡紅院來。寶玉將方才的話俱已聽見，心中自然不快，只默默的歪在床上，任他三人在外間說笑。

那邊邢夫人因問鳳姐兒鴛鴦的父母，鳳姐因回說：「他爹的名字叫金彩，兩口子都在南京看房子，從不大上京。他哥哥金文翔，現在是老太太那邊的買辦。他嫂子也是老太太那邊漿洗上的頭兒。」邢夫人便令人叫了他嫂子金文翔媳婦來，細細說與他。金家媳婦自是喜歡，興興頭頭去找鴛鴦，指望一說必妥，不想被鴛鴦搶白了一頓，又被襲人平兒說了幾句，羞惱回來，便對邢夫人說：「不中用，他倒罵了我一場。」因鳳姐兒在旁，不敢提平兒，只說：「襲人也幫着他搶白我，也說了許多不知好歹的話，回不得主子的。太太和老爺商議再買罷。諒那小蹄子也沒有這麼大福，我們也沒有這麼大造化。」

邢夫人聽了，因說道：「又與襲人甚麼相干？他們如何知道的？」又問：「還有誰在跟前？」金家的道：「還有平姑娘。」鳳姐兒忙道：「你不該拿嘴巴子打他回來？我一出了門，他就逛去了，回家來連一個影兒也摸不着他！他必定也幫着說甚麼呢！」金家的道：「平姑娘沒在跟前，遠遠的看着倒像是他，可也不真切，不過是我白忖度。」鳳姐便命人去：「快打了他來，告訴他我來家了，太太也在這裏，請他來幫個忙兒。」豐兒忙上來回道：「林姑娘打發了人下請字

兒請了三四次，他才去了。奶奶一進門我就叫他去的。林姑娘說：『告訴你奶奶，我煩他有事呢。』」鳳姐兒聽了方罷，故意的還說「天天煩他，有些甚麼事！」

邢夫人無計，吃了飯回家，晚間告訴了賈赦。賈赦想了一想，即刻叫賈璉來說：「南京的房子還有人看着，不止一家，即刻叫上金彩來。」賈璉回道：「上次南京信來，金彩已經得了痰迷心竅，那邊連棺材銀子都賞了，不知如今是死是活，便是活着，人事不知，叫來也無用。他老婆子又是個聾子。」賈赦聽了，喝了一聲，又罵：「混賬！沒天理的囚攮的！偏你這麼知道，還不離了我這裏！」唬得賈璉退出，一時又叫傳金文翔。賈璉在外書房伺候着，又不敢家去，又不敢見他父親，只得聽着。一時金文翔來了，小么兒們直帶入二門裏去，隔了五六頓飯的工夫才出來去了。賈璉暫且不敢打聽，隔了一會，又打聽賈赦睡了，方才過來。至晚間鳳姐兒告訴他，方才明白。

鴛鴦一夜沒睡，至次日，他哥哥回賈母接他家去逛逛，賈母允了，命他出去。鴛鴦意欲不去，又怕賈母疑心，只得勉強出來。他哥哥只得將賈赦的話說與他，又許他怎麼體面，又怎麼當家作姨娘。鴛鴦只咬定牙不願意。他哥哥無法，少不得去回覆了賈赦。賈赦怒起來，因說道：「我說給你，叫你女人向他說去，就說我的話：『自古嫦娥愛少年』，他必定嫌我老了，大約他戀着少爺們，多半是看上了寶玉，只怕也有賈璉。若有此心，叫他早早歇了心，我要他不來，此後誰還敢收他？此是一件。第二件，想着老太太疼他，將來往外聘作正頭夫妻去。叫他細想，憑他嫁到誰家去，也難出我的手心。除非他死了，或是終身不嫁男人，我就服了他！若不然時，叫他趁早回心轉意，有多少好處。」賈赦說一句，金文翔應一聲「是」。賈赦道：「你別哄我，我明兒還打發你太太過去問鴛鴦，你們說了，他不依，便沒你們的不是。若問他，他再依了，仔細你們的腦袋！」

金文翔忙應了又應，退出回家，也不等得告訴他女人轉說，竟自己對面說了這話。把個鴛鴦氣的無話可回，想了一想，便說道：「便願意去，也須得你們帶了我回聲老太太去。」他哥嫂聽了，只當回想過來，都喜之不勝。他嫂子即刻帶了他上來見賈母。

可巧王夫人、薛姨媽、李紈、鳳姐兒、寶釵等姊妹並外頭的幾個執事有頭臉的媳婦，都在賈母跟前湊趣兒呢。鴛鴦看見，忙拉了他嫂子，到賈母跟前跪下，一行哭，一行說，把邢夫人怎麼來說，園子裏他嫂子又如何說，今兒他哥哥又如何說，「因為不依，方才大老爺越發說我戀着寶玉，不然要等着往外聘，憑我到天上，這一輩子也跳不出他的手心去，終久要報仇。我是橫了心的，當着眾人在這裏，我這一輩子莫說是『寶玉』，便是『寶金』『寶銀』『寶天王』『寶皇帝』，橫豎不嫁人就完了！就是老太太逼着我，我一刀抹死了，也不能從命！若有造化，我死在老太太之先；若沒造化，該討吃的命，伏侍老太太歸了西，我也不跟着我老子娘哥哥去，我或是尋死，或是剪了頭髮當尼姑去！若說我不是真心，暫且拿話來支吾，日後再圖別的，天地鬼神，日頭月亮照着，從嗓子裏頭長疔！」

原來他一進來時，便袖內帶了一把剪子，一面說着，一面左手打開頭髮，右手便鉸。眾婆娘丫鬟忙來拉住，已剪下半絡來了。眾人看時，幸而他的頭髮多，鉸的不透，連忙替他挽上。賈母聽了，氣的渾身亂戰，口內只說：「我通共剩了這麼一個可靠的人，他們還要來算計！」因見王夫人在旁，便向王夫人道：「你們原來都是哄我的！外頭孝敬，暗地裏盤算我。有好東西也來要，有好人也來要，剩了這麼個毛丫頭，見我待他好了，你們自然氣不過，弄開了他，好擺弄我！」王夫人忙站起來，不敢還一言。薛姨媽見連王夫人怪上，反不好勸的了。李紈一聽見鴛鴦的話，早帶了姊妹們出去。

身體髮膚受之父母，古人對頭髮極其重視，不得隨意損傷，通常用剪髮表示極大的決心。這一情節正體現了鴛鴦不為利益所動的剛烈性情。

　　探春有心的人，想王夫人雖有委曲，如何敢辯；薛姨媽現是親姊妹，自然也不好辯的；寶釵也不便為姨母辯；李紈、鳳姐、寶玉一發不敢辯；這正用着女孩兒之時，迎春老實，惜春小，因此窗外聽了一聽，便走進來陪笑向賈母道：「這事與太太甚麼相干？老太太想一想，也有大伯子的事，小嬸子如何知道？」話未說完，賈母笑道：「可是我老糊塗了！姨太太別笑話我。你這個姐姐他極孝順我，不像我那大太太一味怕老爺，婆婆跟前不過應景兒。可是委屈了他。」薛姨媽只答應「是」，又說：「老太太偏心，多疼小兒子媳婦，也是有的。」賈母道：「不偏心！」

　　因又說道：「寶玉，我錯怪了你娘，你怎麼也不提我，看着你娘受委屈？」寶玉笑道：「我偏着娘說大爺大娘不成？通共一個不是，我娘在這裏不認，卻推誰去？我倒要認是我的不是，老太太又不信。」賈母笑道：「這也有理。你快給你娘跪下，你說太太別委屈了，老太太有年紀了，看着寶玉罷。」寶玉聽了，忙走過去，便跪下要說；王夫人忙笑着拉他起來，說：「快起來，快起來，斷乎使不得。終不成你替老太太給我賠不是不成？」寶玉聽說，忙站起來。賈母又笑道：「鳳姐兒也不提我。」鳳姐兒笑道：「我倒不派老太太的不是，老太太倒尋上我了？」賈母聽了，與眾人都笑道：「這可奇了！倒要聽聽這不是。」鳳姐兒道：「誰教老太太會調理人，調理的水蔥兒似的，怎麼怨得人要？我幸虧是孫子媳婦，若是孫子，我早要了，還等到這會子呢。」賈母笑道：「這倒是我的不是了？」鳳姐兒笑道：「自然是老太太的不是了。」

　　賈母笑道：「這樣，我也不要了，你帶了去罷！」鳳姐兒道：「等着修了這輩子，來生託生男人，我再要罷。」賈母笑道：「你帶了去，給璉兒放在屋裏，看你那沒臉的公公還要了！」鳳姐兒道：「璉兒不配，就只配我和平兒這

一對燒糊了的卷子[7]和他混罷。」說的眾人都笑起來。丫鬟回說：「大太太來了。」王夫人忙迎了出去，要知端的，下回分說。

💬 延伸思考

鴛鴦不畏權勢，不貪圖富貴，有勇氣敢於同惡勢力作鬥爭，對此你是怎樣認識的？分析鴛鴦的性格。

💡 精華賞析

從探春勸諫賈母這一細節上，我們看到了她的許多優點。她明辨是非，敢於直言，並且細心周到，與其他眾姐妹十分不同。

---

7)　　燒糊了的卷子：形容焦黑的樣子。這裏是鳳姐自謙不美，是針對上文「水蔥似的」來說的。

呆霸王調情遭苦打
冷郎君懼禍走他鄉

> 薛蟠行為不檢點，看見柳湘蓮長得俊俏就生出不軌之心，結果被柳湘蓮好好地教訓了一番。

話說王夫人聽見邢夫人來了，連忙迎了出去。邢夫人猶不知賈母已知鴛鴦之事，正還要來打聽信息，進了院門，早有幾個婆子悄悄的回了他，他方知道。待要回去，裏面已知，又見王夫人接了出來，少不得進來，先與賈母請安，賈母一聲兒不言語，自己也覺得愧悔。鳳姐兒早指一事回避了。鴛鴦也自回房去生氣。薛姨媽王夫人等恐礙着邢夫人的臉面，也都漸漸的退了。邢夫人且不敢出去。

賈母見無人，方說道：「我聽見你替你老爺說媒來了。你倒也三從四德，只是這賢慧也太過了！你們如今也是孫子兒子滿眼了，你還怕他使性子。我聞得你還由着你老爺性兒鬧。」邢夫人滿面通紅，回道：「我勸過幾次不依。老太太還有甚麼不知道呢，我也是不得已兒。」

賈母道：「他逼着你殺人，你也殺去？如今你也想想，你兄弟媳婦本來老實，又生的多病多痛，上上下下那不是他操心？你一個媳婦雖然幫着，也是天天丟下爬兒弄掃帚[1]。凡百事情，我如今都自己減了。他們兩個就有一些不到的去處，有鴛鴦那孩子還心細些，我的事情他還想着一點子，該要的，他就要了來，該添甚麼，他就趁空兒告訴他們添了。鴛鴦再不這樣，他娘兒兩個，裏頭外頭，大的小的，那裏不忽略一件半件，我如今反倒自己操心去

---

1)　　丟下爬兒弄掃帚：爬兒即鈀子。此句指擱下這樣，又做那樣。就是說事情總做不完。

不成？還是天天盤算和他們要東西去？我這屋裏有的沒有的，剩了他一個，年紀也大些，我凡做事的脾氣性格兒他還知道些。二則他還投主子們的緣法，也並不指着我和那位太太要衣裳去，又和那位奶奶要銀子去。所以這幾年一應事情，他說甚麼，從你小嬸和你媳婦起，以至家下大大小小，沒有不信的。所以不單我得靠，連你小嬸媳婦也都省心。我有了這麼個人，便是媳婦和孫子媳婦有想不到的，我也不得缺了，也沒氣可生了。這會子他去了，你們又弄了甚麼人來我使？你們就弄他那麼一個真珠的人來，不會說話也無用。我正要打發人和你老爺說去，他要甚麼人，我這裏有錢，叫他只管一萬八千的買去，就是這個丫頭不能。留下他伏侍我幾年，就比他日夜伏侍我盡了孝的一般。你來的也巧，你就去說，更妥當了。」

說畢，命人來：「請了姨太太你姑娘們來說個話兒。才高興，怎麼又都散了！」丫頭們忙答應着去了。眾人忙趕的又來。只有薛姨媽向丫鬟道：「我才來了，又做甚麼去？你就說我睡了一覺了。」那丫頭道：「好親親的姨太太，姨祖宗！我們老太太生氣呢，你老人家不去，沒個開交了，只當疼我們罷。你老人家嫌乏，我背了你老人家去。」薛姨媽道：「小鬼頭兒，你怕些甚麼？不過罵幾句完了。」說着，只得和這小丫頭子走來。賈母忙讓坐，又笑道：「咱們鬥牌罷。姨太太的牌也生，咱們一處坐着，別叫鳳姐兒混了我們去。」薛姨媽笑道：「正是呢，老太太替我看着些兒。就是咱們娘兒四個鬥呢，還是再添個呢？」王夫人笑道：「可不只四個人。」鳳姐兒道：「再添一個人熱鬧些。」賈母道：「叫鴛鴦來，叫他在這下手裏坐着。姨太太眼花了，咱們兩個的牌都叫他瞧着些兒。」鳳姐兒歎了一聲，向探春道：「你們知書識字的，倒不學算命！」探春道：「這又奇了。這會子你倒不打點精神贏老太太幾個錢，又想算命。」鳳姐兒道：「我正要算算命今兒該輸多少呢，我還想贏呢！你瞧瞧，場兒沒上，左右都埋伏下了。」說的賈母薛姨媽都笑起來。

一時鴛鴦來了，便坐在賈母下手，鴛鴦之下便是鳳姐兒。鋪下紅氈，洗牌告么[2]，五人起牌。鬥了一回，鴛鴦見賈母的牌已十成，只等一張二餅，便遞了暗號與鳳姐兒。鳳姐兒正該發牌，便故意躊躇了半晌，笑道：「我這一張牌

---

2)　　洗牌告么：鬥牌時每次將牌攪亂，以便再分，叫洗牌；這裏所說的是鬥「馬吊」類的紙牌。鬥紙牌時每人先翻一張，點數在前的算頭家，么點次序最先，所以稱為告么。

定在姨媽手裏扣着呢。我若不發這一張牌，再頂不下來的。」薛姨媽道：「我手裏並沒有你的牌。」鳳姐兒道：「我回來是要查的。」薛姨媽道：「你只管查。你且發下來，我瞧瞧是張甚麼。」鳳姐兒便送在薛姨媽跟前。薛姨媽一看是個二餅，便笑道：「我倒不希罕他，只怕老太太滿了。」鳳姐兒聽了，忙笑道：「我發錯了。」賈母笑的已擲下牌來，說：「你敢拿回去！誰叫你錯的不成？」鳳姐兒道：「可是我要算一算命呢。這是自己發的，也怨不得人了。」賈母笑道：「可是呢，你自己該打着你那嘴，問着你自己才是。」又向薛姨媽笑道：「我不是小器愛贏錢，原是個彩頭兒。」薛姨媽笑道：「可不是這樣，那裏有那樣糊塗人說老太太愛錢呢？」

鳳姐兒正數着錢，聽了這話，忙又把錢穿上了，向眾人笑道：「夠了我的了。竟不為贏錢，單為贏彩頭兒。我到底小器，輸了就數錢，快收起來罷。」賈母規矩是鴛鴦代洗牌的，因和薛姨媽說笑，不見鴛鴦動手，賈母道：「你怎麼惱了，連牌也不替我洗。」鴛鴦拿起牌來，笑道：「二奶奶不給錢。」賈母道：「他不給錢，那是他交運了。」便命小丫頭子：「把他那一吊錢都拿過來。」小丫頭子真就拿了，擱在賈母旁邊。鳳姐兒笑道：「賞我罷，我照數兒給就是了。」薛姨媽笑道：「果然是鳳丫頭小器，不過是玩兒罷了。」

鳳姐聽說，便站起來，拉着薛姨媽，回頭指着賈母素日放錢的一個木匣子笑道：「姨媽瞧瞧，那個裏頭不知玩了我多少去了。這一吊錢玩不了半個時辰，那裏頭的錢就招手兒叫他了。只等把這一吊也叫進去了，牌也不用鬥了，老祖宗的氣也平了，又有正經事差我辦去了。」話說未完，引的賈母眾人笑個不住。偏有平兒怕錢不夠，又送了一吊來。鳳姐兒道：「不用放在我跟前，也放在老太太的那一處罷。一齊叫進去倒省事，不用做兩次，叫箱子裏的錢費事。」賈母笑的手裏的牌撒了一桌子，推着鴛鴦，叫：「快撕他的嘴！」

平兒依言放下錢，也笑了一回，方回來。至院門前遇見賈璉，問他「太太在那裏呢？老爺叫我請過去呢」。平兒忙笑道：「在老太太跟前呢，站了這半日還沒動呢。趁早兒丟開手罷。老太太生了半日氣，這會子虧二奶奶湊了半日趣兒，才略好了些。」賈璉道：「我過去只說討老太太的示下，十四往賴大家去不去，好預備轎子的。又請了太太，又湊了趣兒，豈不好？」平兒笑

道：「依我說，你竟不去罷。合家子連太太寶玉都有了不是，這會子你又填限³去了。」賈璉道：「已經完了，難道還找補不成？況且與我又無干。二則老爺親自吩咐我請太太的，這會子我打發了人去，倘或知道了，正沒好氣呢，指着這個拿我出氣罷。」說着就走。平兒見他說得有理，也便跟了過來。

賈璉到了堂屋裏，便把腳步放輕了，往裏間探頭，只見邢夫人站在那裏。鳳姐兒眼尖，先瞧見了，使眼色兒不命他進來，又使眼色與邢夫人。邢夫人不便就走，只得倒了一碗茶來，放在賈母跟前。賈母一回身，賈璉不防，便沒躲伶俐。賈母便問：「外頭是誰？倒像個小子伸頭的似的。」鳳姐兒忙起身說：「我也恍惚看見一個人影兒，讓我瞧瞧去。」一面說，一面起身出來。賈璉忙進去，陪笑道：「打聽老太太十四可出門？好預備轎子。」賈母道：「既這麼樣，怎麼不進來？又做鬼做神的。」賈璉陪笑道：「見老太太玩牌，不敢驚動，不過叫媳婦出來問問。」賈母道：「就忙到這一時，等他家去，你問多少問不得？那一遭兒你這麼小心來着！又不知是來做耳報神的，也不知是來做探子的，鬼鬼祟祟的，倒唬了我一跳。甚麼好下流種子！你媳婦和我玩牌呢，還有半日的空兒，你家去再和那趙二家的商量治你媳婦去罷。」說着，眾人都笑了。鴛鴦笑道：「鮑二家的，老祖宗又拉上趙二家的。」賈母也笑道：「可是，我那裏記得甚麼抱着背着的，提起這些事來，不由我不生氣！我進了這門子作重孫子媳婦起，到如今我也有了重孫子媳婦了，連頭帶尾五十四年，憑着大驚大險千奇百怪的事，也經了些，從沒經過這些事。還不離了我這裏呢！」

賈璉一聲兒不敢說，忙退了出來。平兒站在窗外悄悄的笑道：「我說着你不聽，到底碰在網裏了。」正說着，只見邢夫人也出來，賈璉道：「都是老爺鬧的，如今都搬在我和太太身上。」邢夫人道：「我把你沒孝心雷打的下流種子！人家還替老子死呢，白說了幾句，你就抱怨了。你還不好好的呢，這幾日生氣，仔細他捶你。」賈璉道：「太太快過去罷，叫我來請了好半日了。」說着，送他母親出來過那邊去。

邢夫人將方才的話只略說了幾句，賈赦無法，又含愧，自此便告病，

---

3)　　填限：填空子，白做犧牲品。

且不敢見賈母，只打發邢夫人及賈璉每日過去請安。只得又各處遣人購求尋覓，終久費了八百兩銀子買了一個十七歲的女孩子來，名喚嫣紅，收在屋內。不在話下。

這裏鬥了半日牌，吃晚飯才罷。此一二日間無話。展眼到了十四日，黑早，賴大的媳婦又進來請。賈母高興，便帶了王夫人薛姨媽及寶玉姊妹等，到賴大花園中坐了半日。那花園雖不及大觀園，卻也十分齊整寬闊，泉石林木，樓閣亭軒，也有好幾處動人的。外面大廳上，薛蟠、賈珍、賈赦、賈蓉並幾個近族的都來了。那賴大家內也請了幾個現任的官長並幾個大家子弟作陪。因其中有個柳湘蓮，薛蟠自上次會過一次，已念念不忘。又打聽他最喜串戲，且串的都是生旦風月戲文，不免錯會了意，誤認他作了風月子弟，正要與他相交，恨沒有個引進，這日可巧遇見，樂得無可不可。且賈珍等也慕他的名，酒蓋住了臉，就求他串了兩齣戲。下來，移席和他一處坐着，問長問短，說東話西。

那柳湘蓮原是世家子弟，讀書不成，父母早喪，素性爽俠，不拘細事，酷好耍槍舞劍，賭博吃酒，以至眠花臥柳，吹笛彈箏，無所不為。因他年紀又輕，生得又美，不知他身分的人，卻誤認作優伶一類。那賴大之子賴尚榮與他素習交好，故他今日請來作陪。不想酒後別人猶可，獨薛蟠又犯了舊病。他心中早已不快，得便意欲走開完事，無奈賴尚榮死也不放。賴尚榮又說：「方才寶二爺又囑咐我，才一進門雖見了，只是人多不好說話，叫我囑咐你散的時候別走，他還有話說呢。你既一定要去，等我叫出他來，你兩個見了再走，與我無干。」說着，便命小廝們到裏頭找一個老婆子，悄悄告訴「請出寶二爺來」。那小廝去了沒一盞茶時，果見寶玉出來了。賴尚榮向寶玉笑道：「好叔叔，把他交給你，我張羅人去了。」說着，一徑去了。

寶玉便拉了柳湘蓮到廳側小書房中坐下，問他這幾日可到秦鐘的墳上去了。湘蓮道：「怎麼不去？前日我們幾個人放鷹去，離他墳上還有二里。我想今年夏天的雨水勤，恐怕他的墳站不住。我背着眾人，走到那裏去瞧了一瞧，略又動了一點子。回家來就便弄了幾百錢，第三日一早出去，僱了兩個人收拾好了。」寶玉道：「怪道呢，上月我們大觀園的池子裏頭結了蓮蓬，我摘了十個，叫焙茗出去到墳上供他去，回來我也問他可被雨沖壞了沒有。他說不但不沖，且比上回又新了些。我想着，不過是這幾個朋友新築了。我只

恨我天天圈在家裏，一點兒做不得主，行動就有人知道，不是這個攔就是那個勸的，能說不能行。雖然有錢，又不由我使。」湘蓮道：「這個事也用不着你操心，外頭有我，你只心裏有了就是。眼前十月初一，我已經打點下上墳的花銷。你知道我一貧如洗，家裏是沒的積聚的，縱有幾個錢來，隨手就光的，不如趁空兒留下這一分，省得到了跟前扎煞手[4]。」

　　寶玉道：「我也正為這個要打發焙茗找你，你又不大在家，知道你天天萍蹤浪跡，沒個一定的去處。」湘蓮道：「你也不用找我。這個事不過各盡其道。眼前我還要出門去走走，外頭逛個三年五載再回來。」寶玉聽了，忙問道：「這是為何？」柳湘蓮冷笑道：「你不知道我的心事，等到跟前你自然知道，我如今要別過了。」寶玉道：「好容易會着，晚上同散豈不好？」湘蓮道：「你那令姨表兄還是那樣，再坐着未免有事，不如我回避了倒好。」寶玉想了一想，道：「既是這樣，倒是回避他為是。只是你要果真遠行，必須先告訴我一聲，千萬別悄悄的去了。」說着便滴下淚來。柳湘蓮道：「自然要辭的。你只別和別人說就是了。」說着就站起來要走，又道：「你進去罷，不必送我。」

　　一面說，一面出了書房。剛至大門前，早遇見薛蟠在那裏亂嚷亂叫說：「誰放了小柳兒走了！」柳湘蓮聽了，火星亂迸，恨不得一拳打死，復思酒後揮拳，又礙着賴尚榮的臉面，只得忍了又忍。薛蟠忽見他走出來，如得了珍寶，忙趕趕着上來一把拉住，笑道：「我的兄弟，你往那裏去了？」湘蓮道：「走走就來。」薛蟠笑道：「好兄弟，你一去都沒了興頭了，好歹坐一坐，就算疼我了。憑你有甚麼要緊的事，交給哥，你只別忙，有你這個哥，你要做官發財都容易。」湘蓮見他如此不堪，心中又恨又愧，早生一計，便拉他到避靜之處，笑道：「你真心和我好，假心和我好呢？」薛蟠聽這話，喜的心癢難撓，乜斜着眼忙笑道：「好兄弟，你怎麼問起我這話來？我要是假心，立刻死在眼前！」湘蓮道：「既如此，這裏不便。等坐一坐，我先走，你隨後出來，跟到我下處，咱們索性喝一夜酒。我那裏還有兩個絕好的孩子，從沒出門[5]的。你可連一個跟的人也不用帶，到了那裏，伏侍的人都是現成的。」薛蟠聽

---

4)　　扎煞手：手指伸張，這裏形容沒辦法。

5)　　出門：絕好的孩子在這裏指當時稱為相公、或寫作相姑的一種男妓。出門指出外應酬客人。

如此說，喜得酒醒了一半，說：「果然如此？」湘蓮道：「如何！人拿真心待你，你倒不信了！」薛蟠忙笑道：「我又不是呆子，怎麼有個不信的呢！既如此，我又不認得，你先去了，我在那裏找你？」湘蓮道：「我這下處在北門外頭，你可捨得家，城外住一夜去？」薛蟠笑道：「有了你，我還要家做甚麼！」湘蓮道：「既如此，我在北門外頭橋上等你。咱們席上且吃酒去。你看我走了之後你再走，他們就不留心了。」薛蟠聽了，連忙答應。於是二人復又入席，飲了一回。那薛蟠難熬，只拿眼看湘蓮，心內越想越樂，左一壺右一壺，並不用人讓，自己便吃了又吃，不覺酒已八九分了。

湘蓮便起身出來，瞅人不防去了，至門外，命小廝杏奴：「先家去罷，我到城外就來。」說畢，已跨馬直出北門，橋上等候薛蟠。沒頓飯的工夫，只見薛蟠騎着一匹大馬，遠遠的趕了來，張着嘴，瞪着眼，頭似撥浪鼓一般不住左右亂瞧。及至從湘蓮馬前過去，只顧望遠處瞧，不曾留心近處。湘蓮又笑又恨，便也撒馬隨後跟來。薛蟠往前看時，漸漸人煙稀少，便又圈馬回來再找，不想一回頭見了湘蓮，如獲奇珍，忙笑道：「我說你是個再不失信的。」湘蓮笑道：「快往前走，仔細人看見跟了來，就不便了。」說着，先就撒馬前去，薛蟠也緊緊的跟來。

湘蓮見前面人跡已稀，且有一帶葦塘，便下馬，將馬拴在樹上，向薛蟠笑道：「你下來，咱們先設個誓，日後要變了心，告訴人去的，便應了誓。」薛蟠笑道：「這話有理。」連忙下了馬，也拴在樹上，便跪下說道：「我要日久變心，告訴人去的，天誅地滅！」一語未了，只聽「噔」的一聲，背後好似鐵錘砸下來，只覺得一陣黑，滿眼金星亂迸，身不由己，便倒下來。湘蓮走上來瞧瞧，知道他是個笨家，不慣捱打，只使了三分氣力，向他臉上拍了幾下，登時便開了果子鋪[6]。薛蟠先還要掙扎起來，又被湘蓮用腳尖點了兩點，仍舊跌倒，口內說道：「原是兩家情願，你不依，只好說，為甚麼哄出我來打我？」一面說，一面亂罵。湘蓮道：「我把你瞎了眼的，你認認柳大爺是誰！你不說哀求，你還傷我！我打死你也無益，只給你個利害罷。」說着，便取了馬鞭過來，從背後至脛。打了三四十下。薛蟠的酒早已醒了大半，覺得疼痛

---

6)　　開了果子鋪：指被打得青一塊紫一塊，皮破血流，好像果子鋪裏食品的五顏六色。

難禁，不禁有「噯喲」之聲。

　　湘蓮冷笑道：「也只如此！我只當你是不怕打的。」一面說，一面又把薛蟠的左腿拉起來，朝葦中濘泥處拉了幾步，滾的滿身泥水，又問道：「你可認得我了？」薛蟠不應，只伏着哼哼。湘蓮又擲下鞭子，用拳頭向他身上擂了幾下。薛蟠便亂滾亂叫，說：「肋條折了。我知道你是正經人，因為我錯聽了旁人的話了。」湘蓮道：「不用拉別人，你只說現在的。」薛蟠道：「現在沒甚麼說的。不過你是個正經人，我錯了。」湘蓮道：「還要說軟些才饒你。」薛蟠哼哼着道：「好兄弟。」湘蓮便又一拳。薛蟠「噯喲」了一聲道：「好哥哥。」湘蓮又連兩拳。薛蟠忙「噯喲」叫道：「好老爺，饒了我這沒眼睛的瞎子罷！從今以後我敬你怕你了。」湘蓮道：「你把那水喝兩口。」薛蟠一面聽了，一面皺眉道：「這水實在腌臢，怎麼喝得下去？」湘蓮舉拳就打。薛蟠忙道：「我喝，喝。」說着，只得俯頭向葦根下喝了一口，猶未嚥下去，只聽「哇」的一聲，把方才吃的東西都吐了出來。湘蓮道：「好髒東西，你快吃盡了饒你。」薛蟠聽了，叩頭不迭道：「好歹積陰功饒我罷！這至死不能吃的。」湘蓮道：「這樣氣息，倒熏壞了我。」說着丟下薛蟠，便牽馬認鐙[7]去了。這裏薛蟠見他已去，心內方放下心來，後悔自己不該誤認了人。待要扎掙起來，無奈遍身疼痛難禁。

　　誰知賈珍等席上忽不見了他兩個，各處尋找不見。有人說：「恍惚出北門去了。」薛蟠的小廝們素日是懼他的，他吩咐不許跟去，誰還敢找去？後來還是賈珍不放心，命賈蓉帶着小廝們尋蹤問跡的直找出北門，下橋二里多路，忽見葦坑邊薛蟠的馬拴在那裏。眾人都道：「可好了！有馬必有人。」一齊來至馬前，只聽葦中有人呻吟。大家忙走來一看，只見薛蟠衣衫零碎，面目腫破，沒頭沒臉，遍身內外，滾的似個泥豬一般。

　　賈蓉心內已猜着九分了，忙下馬令人攙了出來，笑道：「薛大叔天天調情，今兒調到葦子坑裏來了。必定是龍王爺也愛上你風流，要你招駙馬去，你就碰到龍犄角上了。」薛蟠羞的恨沒地縫兒鑽進去，那裏爬的上馬去？賈蓉只得命人趕到關廂裏僱了一乘小轎子，薛蟠坐了，一齊進城。賈蓉還要抬

---

7)　　認鐙：腳尖伸進馬鐙。這裏即指上馬。

往賴家去赴席，薛蟠百般苦告，又央他不要告訴人，賈蓉方依允了，讓他各自回家。賈蓉仍往賴家回覆賈珍，並說方才形景。賈珍也知為湘蓮所打，也笑道：「他須得吃個虧才好。」至晚散了，便來問候。薛蟠自在臥房將養，推病不見。賈母等回來各自歸家時，薛姨媽與寶釵見香菱哭得眼睛腫了。問其原故，忙趕來瞧薛蟠時，臉上身上雖有傷痕，並未傷筋動骨。薛姨媽又是心疼，又是發恨，罵一回薛蟠，又罵一回柳湘蓮，意欲告訴王夫人，遣人尋拿柳湘蓮。寶釵忙勸道：「這不是甚麼大事，不過他們一處吃酒，酒後反臉常情。誰醉了，多挨幾下子打，也是有的。況且咱們家的無法無天，也是人所共知的，媽不過是心疼的緣故。要出氣也容易，等三五天哥哥養好了出得去的時候，那邊珍大爺璉二爺這干人也未必白丟開了，自然備個東道，叫了那個人來，當着眾人替哥哥賠不是認罪就是了。如今媽先當件大事告訴眾人，倒顯得媽偏心溺愛，縱容他生事招人，今兒偶然吃了一次虧，媽就這樣興師動眾，倚着親戚之勢欺壓常人。」薛姨媽聽了道：「我的兒，到底是你想的到，我一時氣糊塗了。」寶釵笑道：「這才好呢。他又不怕媽，又不聽人勸，一天縱似一天，吃過兩三個虧，他也罷了。」

薛蟠睡在炕上痛罵柳湘蓮，又命小廝們去拆他的房子，打死他，和他打官司。薛姨媽禁住小廝們，只說柳湘蓮一時酒後放肆，如今酒醒，後悔不及，懼罪逃走了。薛蟠聽見如此說了，氣方漸平。要知端的，下回分解。

💡 精華賞析

　　薛蟠上京之前就因為打死人而遭了官司，此人一向胡作非為，憑藉家勢無法用法律制裁他，而這一次柳湘蓮卻給了他教訓。

《第四十八回》

濫情人情誤思遊藝
慕雅女雅集苦吟詩

薛蟠決定跟着張德輝一起走門歷練一番，香菱也有機會跟着寶釵住進大觀園，也學起作詩來。

　　且說薛蟠聽見如此說了，氣方漸平。三五日後，疼痛雖癒，傷痕未平，只裝病在家，愧見親友。

　　展眼已到十月，因有各鋪面夥計內有算年賬要回家的，少不得家內治酒餞行。內有一個張德輝，年過六十，自幼在薛家當鋪內攢總，家內也有二三千金的過活，今歲也要回家，明春方來。因說起「今年紙札香料短少，明年必是貴的。明年先打發大小兒上來當鋪內照管照管，趕端陽前我順路販些紙札香扇來賣。除去關稅花銷，亦可以剩得幾倍利息」。薛蟠聽了，心中忖度：「我如今捱了打，正難見人，想着要躲個一年半載，又沒處去躲。天天裝病，也不是事。況且我長了這麼大，文不文，武不武，雖說做買賣，究竟戥子算盤從沒拿過，地土風俗遠近道路又不知道，不如也打點幾個本錢，和張德輝逛一年來。賺錢也罷，不賺錢也罷，且躲躲羞去。二則逛逛山水也是好的。」心內主意已定，至酒席散後，便和張德輝說知，命他等一二日一同前往。

　　晚間薛蟠告訴了他母親。薛姨媽聽了雖是歡喜，但又恐他在外生事，花了本錢倒是末事，因此不命他去。只說：「你好歹守着我，我還能放心些。況且也不用做這買賣，也不等着這幾百銀子用。你在家裏安分守己的，就強似這幾百銀子了。」薛蟠主意已定，那裏肯依。只說：「天天又說我不知世事，這個也不知，那個也不學。如今我發狠把那些沒要緊的都斷了，如今要成人立事，學習買賣，又不准我了，叫我怎麼樣呢？我又不是個丫頭，把我關在

家裏，何日是了？況且那張德輝又是個有年紀的，咱們和他是世交，我同他去，怎麼得有舛錯？我就一時半刻有不好的去處，他自然說我勸我。就是東西貴賤行情，他是知道的，自然色色問他，何等順利，倒不叫我去。過兩日我不告訴家裏，私自打點了一走，明年發了財回家，那時才知道我呢。」說畢，賭氣睡覺去了。

薛姨媽聽他如此說，因和寶釵商議。寶釵笑道：「哥哥果然要經歷正事，倒也罷了。只是他在家裏說着好聽，到了外頭舊病復發，越發難拘束他了。但也愁不得許多。他若是真改了，是他一生的福。若不改，媽也不能又有別的法子。一半盡人力，一半聽天命罷了。這麼大人了，若只管怕他不知世路，出不得門，幹不得事，今年關在家裏，明年還是這個樣兒。他既說的名正言順，媽就打量着丟了一千八百銀子，竟交與他試一試。橫豎有夥計們幫着，也未必好意思哄騙他的。二則他出去了，左右沒有助興的人，又沒了倚仗的人，到了外頭，誰還怕誰，有了的吃，沒了的餓着，舉眼無靠，他見了這樣，只怕比在家裏省了事也未可知。」薛姨媽聽了，思忖半晌說道：「倒是你說的是。花兩個錢，叫他學些乖來也值了。」商議已定，一宿無話。

至次日，薛姨媽命人請了張德輝來，在書房中命薛蟠款待酒飯，自己在後廊下，隔着窗子，千言萬語囑託張德輝照管照管。張德輝滿口應承，吃過飯告辭，又回說：「十四日是上好出行日期，大世兄即刻打點行李，僱下騾子，十四一早就長行了。」薛蟠喜之不盡，將此話告訴了薛姨媽。薛姨媽便和寶釵香菱並兩個老年的嬤嬤連日打點行裝，派下薛蟠之奶公老蒼頭一名、當年諳事舊僕二名，外有薛蟠隨身常使小廝二人，主僕一共六人，僱了三輛大車，單拉行李使物，又僱了四個長行騾子。薛蟠自騎一匹家內養的鐵青大走騾，外備一匹坐馬。諸事完畢，薛姨媽寶釵等連夜勸戒之言，自不必備說。

至十三日，薛蟠先去辭了他舅舅，然後過來辭了賈宅諸人。賈珍等未免又有餞行之說，也不必細述。

至十四日一早，薛姨媽寶釵等直同薛蟠出了儀門，母女兩個四隻淚眼看他去了，方回來。

薛姨媽上京帶來的家人不過四五房，並兩三個老嬤嬤小丫頭，今跟了薛蟠一去，外面只剩了一兩個男子。因此薛姨媽即日到書房，將一應陳設玩器並簾幔等物盡行搬了進來收貯，命那兩個跟去的男子之妻一併也進來睡覺。

又命香菱將他屋裏也收拾嚴緊，「將門鎖了，晚間和我去睡。」寶釵道：「媽既有這些人作伴，不如叫菱姐姐和我作伴去。我們園裏又空，夜長了，我每夜作活，越多一個人豈不越好。」薛姨媽笑道：「正是我忘了，原該叫他同你去才是。我前日還同你哥哥說，文杏又小，道三不着兩，鶯兒一個人不夠伏侍的，還要買一個丫頭來你使。」寶釵道：「買的不知底細，倘或走了眼，花了錢事小，沒的淘氣。倒是慢慢的打聽着，有知道來歷的，買個還罷了。」一面說，一面命香菱收拾了衾褥妝奩，命一個老嬤嬤並臻兒送至蘅蕪苑去，然後寶釵和香菱才同回園中來。

香菱向寶釵道：「我原要和太太說的，等大爺去了，我和姑娘作伴兒去。又恐怕太太多心，說我貪着園裏來玩；誰知你竟說了。」寶釵笑道：「我知道你心裏羨慕這園子不是一日兩日了，只是沒個空兒。就每日來一次，慌慌張張的，也沒趣兒。所以趁這機會，越發住上一年，我也多個做伴的，你也遂了心。」香菱笑道：「好姑娘，你趁着這個工夫，教給我作詩罷。」寶釵笑道：「我說你『得隴望蜀』呢。我勸你緩一緩，今兒頭一日進來，先出園東角門，從老太太起，各處各人你都瞧瞧，問候一聲兒，也不必特意告訴他們說搬進園來。若有提起因由兒的，你只帶口說我帶了你進來作伴兒就完了。回來進了園，再到各姑娘房裏走走。」

香菱應着才要走時，只見平兒忙忙的走來。香菱忙問了好，平兒只得陪笑相問。寶釵因向平兒笑道：「我今兒把他帶了來作伴兒，正要去回你奶奶一聲兒。」平兒笑道：「姑娘說的是那裏話？我竟沒話答言了。」寶釵道：「這才是正理。店房也有個主人，廟裏也有個住持。雖不是大事，到底告訴一聲，便是園裏坐更上夜的人知道添了他兩個，也好關門候戶的了。你回去告訴一聲罷，我不打發人去了。」平兒答應着，因又向香菱笑道：「你既來了，也不一拜街坊鄰舍去？」寶釵笑道：「我正叫他去呢。」平兒道：「你且不必往我們家去，二爺病了在家裏呢。」香菱答應着去了，先從賈母處來。不在話下。

且說平兒見香菱去了，便拉寶釵忙說道：「姑娘可聽見我們的新聞了？」寶釵道：「我沒聽見新聞。因連日打發我哥哥出門，所以你們這裏的事，一概也不知道，連姊妹們這兩日也沒見。」平兒笑道：「老爺把二爺打了個動不得，難道姑娘就沒聽見？」寶釵道：「早起恍惚聽見了一句，也信不真。我也正要瞧你奶奶去呢，不想你來了。又是為了甚麼打他？」

　　平兒咬牙罵道：「都是那賈雨村，半路途中那裏來的餓不死的野雜種！認了不到十年，生了多少事出來！今年春天，老爺不知在那個地方看見了幾把舊扇子，回家來看家裏所有收着的這些好扇子都不中用了，立刻叫人各處搜求。誰知就有一個不知死的冤家，混號兒人都叫他做石呆子，窮的連飯也沒的吃，偏他家就有二十把舊扇子，死也不肯拿出大門來。二爺好容易煩了多少情，見了這個人，說之再三，把二爺請到他家裏坐着，拿出這扇子略瞧了一瞧。據二爺說，原是不能再得的，全是湘妃、棕竹、麋鹿、玉竹的，皆是古人寫畫真跡，因來告訴了老爺。老爺便叫買他的，要多少銀子給他多少。偏那石呆子說：『我餓死凍死，一千兩銀子一把我也不賣！』老爺沒法了，天天罵二爺沒能為。已經許了他五百兩，先兌銀子後拿扇子。他只是不賣，只說：『要扇子，先要我的命！』姑娘想想，這有甚麼法子？誰知雨村那沒天理的聽見了，便設了個法子，訛他拖欠了官銀，拿他到衙門裏去，說所欠官銀，變賣家產賠補，把這扇子抄了來，做了官價送了來。那石呆子如今不知是死是活。老爺拿着扇子問着二爺說：『人家怎麼弄了來？』二爺只說了一句：『為這點子小事，弄得人傾家敗產，也不算甚麼能為！』老爺聽了就生了氣，說二爺拿話堵老爺，因此這是第一件大的。這幾日還有幾件小的，我也記不清，所以都湊在一處，就打起來了。也沒拉倒用板子棍子，就站着，不知拿甚麼混打一頓，臉上打破了兩處。我們聽見姨太太這裏有一種藥，上棒瘡的，姑娘快尋一丸給我呢。」寶釵聽了，忙命鶯兒去找了兩丸來與平兒。

　　寶釵道：「既這樣，替我問候罷，我就不去了。」平兒答應着去了。不在話下。

　　且說香菱見過眾人之後，吃過晚飯，寶釵等都往賈母處去了，自己便往瀟湘館中來。此時黛玉已好了大半，見香菱也進園來住，自是歡喜。香菱因笑道：「我這一進來了，也得了空兒，好歹教給我作詩，就是我的造化了！」黛玉笑道：「既要作詩，你就拜我為師。我雖不通，大略也還教的起你。」香菱笑道：「果然這樣，我就拜你為師。你可不許膩煩的。」黛玉道：「甚麼難事，也值得去學！不過是起承轉合，當中承轉是兩副對子，平聲對仄聲，虛的對實的，實的對虛的，若是果有了奇句，連平仄虛實不對都使得的。」

　　香菱笑道：「怪道我常弄一本舊詩偷空兒看一兩首，又有對得極工的，又有不對的，又聽見說『一三五不論，二四六分明』的。看古人的詩上亦有順

的，亦有二四六上錯了的，所以天天疑惑。如今聽你一說，原來這些格調規矩竟是末事，只要詞句新奇為上。」黛玉道：「正是這個道理。詞句究竟還是末事，第一立意要緊。若意趣真了，連詞句不用修飾，自是好的，這叫做『不以詞害意』。」

香菱笑道：「我只愛陸放翁的詩『重簾不捲留香久，古硯微凹聚墨多』，說的真有趣！」黛玉道：「斷不可看這樣的詩。你們因不知詩，所以見了這淺近的就愛，一入了這個格局，再學不出來的。你只聽我說，你若真心要學，我這裏有《王摩詰全集》，你且把他的五言律讀一百首，細心揣摩透熟了，然後再讀一百二十首老杜的七言律，次再李青蓮的七言絕句讀一二百首。肚子裏先有了這三個人作了底子，然後再把陶淵明、應瑒、謝、阮、庾、鮑等人的一看。你又是這樣一個極聰敏伶俐的人，不用一年的工夫，不愁不是詩翁了！」

香菱聽了，笑道：「既這樣，好姑娘，你就把這書給我拿出來，我帶回去夜裏唸幾首也是好的。」黛玉聽說，便命紫鵑將王右丞的五言律拿來，遞與香菱，又道：「你只看有紅圈的都是我選的，有一首唸一首。不明白的問你姑娘，或者遇見我，我講與你就是了。」香菱拿了詩，回至蘅蕪苑中，諸事不顧，只向燈下一首一首的讀起來。寶釵連催他數次睡覺，他也不睡。寶釵見他這般苦心，只得隨他去了。

一日，黛玉方梳洗完了，只見香菱笑吟吟的送了書來，又要換杜律。黛玉笑道：「共記得多少首？」香菱笑道：「凡紅圈選的我盡讀了。」黛玉道：「可領略了些滋味沒有？」香菱笑道：「我倒領略了些，只不知可是不是，說與你聽聽。」黛玉笑道：「正要講究討論，方能長進。你且說來我聽。」香菱笑道：「據我看來，詩的好處，有口裏說不出來的意思，想去卻是逼真的。有似乎無理的，想去竟是有理有情的。」黛玉笑道：「這話有了些意思，但不知你從何處見得？」

香菱笑道：「我看他《塞上》一首，內一聯云：『大漠孤煙直，長河落日圓。』想來煙如何直？日自然是圓的：這『直』字似無理，『圓』字似太俗。合上書一想，倒像是見了這景的。若說再找兩個字換這兩個，竟再找不出兩個字來。再還有『日落江湖白，潮來天地青』：這『白』『青』兩個字也似無理。想來，必得這兩個字才形容得盡，唸在嘴裏倒像有幾千斤重的一個橄欖。還有『渡頭餘落日，墟裏上孤煙』，這『餘』字和『上』字，難為他怎麼

想來！我們那年上京來，那日下晚便挽住船，岸上又沒有人，只有幾棵樹，遠遠的幾家人家作晚飯，那個煙竟是碧青，連雲直上。誰知我昨日晚上讀了這兩句，倒像我又到了那個地方去了。」

正說着，寶玉和探春也來了，也都入坐聽他講詩。寶玉笑道：「既是這樣，也不用看詩。『會心處不在遠』，聽你說了這兩句，可知『三昧』[1]你已得了。」黛玉笑道：「你說他這『上孤煙』好，你還不知他這一句還是套了前人的來。我給你這一句瞧瞧，更比這個淡而現成。」說着便把陶淵明的「曖曖遠人村，依依墟里煙」翻了出來，遞與香菱。香菱瞧了，點頭歎賞，笑道：「原來『上』字是從『依依』兩個字上化出來的。」

寶玉大笑道：「你已得了，不用再講，若再講，倒學離了。你就作起來，必是好的。」探春笑道：「明兒我補一個柬來，請你入社。」香菱笑道：「姑娘何苦打趣我，我不過是心裏羨慕，才學着玩罷了。」探春黛玉都笑道：「誰不是玩？難道我們是認真作詩呢！若說我們認真成了詩，出了這園子，把人的牙還笑掉了呢。」

寶玉道：「這也算自暴自棄了。前日我在外頭和相公們商議畫兒，他們聽見咱們起詩社，求我把稿子給他們瞧瞧。我就寫了幾首給他們看看，誰不真心歎服。他們都抄了刻去了。」探春黛玉忙問道：「這是真話麼？」寶玉笑道：「說謊的是那架上的鸚哥。」黛玉探春聽說，都道：「你真真胡鬧！且別說那不成詩，便是成詩，我們的筆墨也不該傳到外頭去。」

寶玉道：「這怕甚麼！古來閨閣中的筆墨要不傳出去，如今也沒有人知道了。」說着，只見惜春打發了入畫來請寶玉，寶玉方去了。

香菱又逼着黛玉換出杜律來，又央黛玉探春二人：「出個題目，讓我謅去，謅了來，替我改正。」黛玉道：「昨夜的月最好，我正要謅一首，竟未謅成，你竟作一首來。十四寒的韻，由你愛用那幾個字去。」

香菱聽了，喜的拿回詩來，又苦思一回作兩句詩，又捨不得杜詩，又讀兩首。如此茶飯無心，坐臥不定。寶釵道：「何苦自尋煩惱。都是顰兒引的你，我和他算賬去。你本來呆頭呆腦的，再添上這個，越發弄成個呆子了。」

---

1)　　　三昧：佛經中梵語詞彙的譯音，意思是正定。借用來指一般「正確、奧妙的道理」。

香菱笑道：「好姑娘，別混我。」一面說，一面作了一首，先與寶釵看。寶釵看了笑道：「這個不好，不是這個作法，你別怕臊，只管拿了給他瞧去，看他是怎麼說。」香菱聽了，便拿了詩找黛玉。黛玉看時，只見寫道是：「月掛中天夜色寒，清光皎皎影團團。詩人助興常思玩，野客添愁不忍觀。翡翠樓邊懸玉鏡，珍珠簾外掛冰盤。良宵何用燒銀燭，晴彩輝煌映畫欄。」黛玉笑道：「意思卻有，只是措詞不雅。皆因你看的詩少，被他縛住了。把這首丟開，再作一首，只管放開膽子去作。」

香菱聽了，默默的回來，越性連房也不入，只在池邊樹下，或坐在山石上出神，或蹲在地下摳土，來往的人都詫異。李紈、寶釵、探春、寶玉等聽得此信，都遠遠的站在山坡上瞧看他。只見他皺眉一回，又自己含笑一回。寶釵笑道：「這個人定是瘋了！昨夜嘟嘟噥噥直鬧到五更天才睡下，沒一頓飯的工夫天就亮了。我就聽見他起來了，忙忙碌碌梳了頭就找顰兒去。一回來了，呆了一日，作了一首又不好，這會子自然另作呢。」寶玉笑道：「這正是『地靈人傑』，老天生人再不虛賦情性的。我們成日歎說，可惜他這麼個人竟俗了，誰知到底有今日。可見天地至公。」寶釵笑道：「你能夠像他這苦心就好了，學甚麼有個不成的。」寶玉不答。

只見香菱興興頭頭的又往黛玉那邊去了。探春笑道：「咱們跟了去，看他可有些意思沒有。」說着，一齊都往瀟湘館來。只見黛玉正拿着詩和他講究。眾人因問黛玉作的如何。黛玉道：「自然算難為他了，只是還不好。這一首過於穿鑿了，還得另作。」眾人因要詩看時，只見作的是：「非銀非水映窗寒，試看晴空護玉盤。淡淡梅花香欲染，絲絲柳帶露初乾。只疑殘粉塗金砌，恍若輕霜抹玉欄。夢醒西樓人跡絕，餘容猶可隔簾看。」

寶釵笑道：「不像吟月了，月字底下添一個『色』字倒還使得，你看句句倒是月色。這也罷了，原來詩從胡說來，再遲幾天就好了。」香菱自為這首妙絕，聽如此說，自己掃了興，不肯丟開手，便要思索起來。因見他姊妹們說笑，便自己走至階下竹前閑步，挖心搜膽的耳不旁聽，目不別視。一時探春隔窗笑說道：「菱姑娘，你閑閑罷。」香菱怔怔答道：「『閑』字是十五刪的，你錯了韻了。」眾人聽了，不覺大笑起來。寶釵道：「可真是詩魔了。都是顰兒引的他！」黛玉道：「聖人說，『誨人不倦』，他又來問我，我豈有不說之理。」李紈笑道：「咱們拉了他往四姑娘房裏去，引他瞧瞧畫兒，叫他醒一醒

才好。」

　　說着，真個出來拉了他過藕香榭，至暖香塢中。惜春正乏倦，在床上歪着睡午覺，畫繪正在壁間，用紗罩着。眾人喚醒了惜春，揭紗看時，十停方有了三停。香菱見畫上有幾個美人，因指着笑道：「這一個是我們姑娘，那一個是林姑娘。」探春笑道：「凡會作詩的都畫在上頭，快學罷。」說着，玩笑了一回。

　　各自散後，香菱滿心中還是想詩。至晚間對燈出了一回神，至三更以後上床臥下，兩眼睜睜，直到五更方才朦朧睡去了。一時天亮，寶釵醒了，聽了一聽，他安穩睡了，心下想：「他翻騰了一夜，不知可作成了？這會子乏了，且別叫他。」正想着，只聽香菱從夢中笑道：「可是有了，難道這一首還不好？」

　　寶釵聽了，又是可歎，又是可笑，連忙喚醒了他，問他：「得了甚麼？你這誠心都通了仙了。學不成詩，還弄出病來呢。」一面說，一面梳洗了，會同姊妹往賈母處來。

　　原來香菱苦志學詩，精血誠聚，日間做不出，忽於夢中得了八句。梳洗已畢，便忙寫出，來到沁芳亭，只見李紈與眾姊妹方從王夫人處回來，寶釵正告訴他們，說他夢中作詩說夢話。眾人正笑，抬頭見他來了，便都爭着要詩看。要知端的，下回分解。

💡 精華賞析

　　「香菱學詩」又是《紅樓夢》中十分經典的情節之一。香菱十分聰慧、用功，如果不遭遇變故，她也有機會像這些主子小姐們一樣吟詩作對、品書論畫，但從小被拐賣，又被賣給薛蟠為奴，使她不可能與詩書為伴。她這樣努力學詩，並得到黛玉、寶釵等人的指導和肯定，對她來說十分重要，這意味着她在一個很短暫的時間內實現了內心的願望。

《第四十九回》

琉璃世界白雪紅梅
脂粉香娃割腥啖膻

又有親戚來訪，大觀園裏多了幾位有才情的女孩子，詩社當然更加熱鬧紅火。

　　話說香菱見眾人正說笑，他便迎上去笑道：「你們看這一首。若使得，我便還學；若還不好，我就死了這作詩的心了。」說着，把詩遞與黛玉及眾人看時，只見寫道是：「精華欲掩料應難，影自娟娟魄自寒。一片砧敲千里白，半輪雞唱五更殘。綠蓑江上秋聞笛，紅袖樓頭夜倚欄。博得嫦娥應借問，緣何不使永團圓！」

　　眾人看了笑道：「這首不但好，而且新巧有意趣。可知俗語說『天下無難事，只怕有心人。』社裏一定請你了。」香菱聽了心下不信，料着是他們瞞哄自己的話，還只管問黛玉寶釵等。

　　正說之間，只見幾個小丫頭並老婆子忙忙的走來，都笑道：「來了好些姑娘奶奶們，我們都不認得，奶奶姑娘們快認親去。」李紈笑道：「這是那裏的話？你到底說明白了是誰的親戚？」那婆子丫頭都笑道：「奶奶的兩位妹子都來了。還有一位姑娘，說是薛大姑娘的妹妹，還有一位爺，說是薛大爺的兄弟。我這會子請姨太太去呢，奶奶和姑娘們先上去罷。」說着，一徑去了。

　　寶釵笑道：「我們薛蝌和他妹妹來了不成？」李紈也笑道：「我們嬸子又上京來了不成？他們也不能湊在一處，這可是奇事。」大家納悶，來至王夫人上房，只見烏壓壓的一地。又有邢夫人的嫂子帶了女兒岫煙進京來投邢夫人的，可巧鳳姐之兄王仁也正進京，兩親家一處搭幫來了。走至半路泊船時，正遇見李紈寡嬸帶着兩個女兒——長名李紋，次名李綺——也上京。大家

敍起來又是親戚，因此三家一路同行。後有薛蟠之從弟薛蝌，因當年父親在京時已將胞妹薛寶琴許配都中梅翰林之子為媳，正欲進京聘嫁，聞得王仁進京，他也帶了妹子隨後趕來。所以今日會齊了來訪投各人親戚。

於是大家見禮敍過，賈母王夫人都歡喜非常。賈母因笑道：「怪道昨日晚上燈花爆了又爆，結了又結，原來應到今日。」一面敍些家常，一面收看帶來的禮物，一面命留酒飯。鳳姐兒自不必說，忙上加忙。李紈寶釵自然和嬸母姊妹敍離別之情。黛玉見了，先是歡喜，次後想起眾人皆有親眷，獨自己孤單無倚，不免又去垂淚。寶玉深知其情，十分勸慰了一番方罷。

然後寶玉忙忙來至怡紅院中，向襲人、麝月、晴雯等笑道：「你們還不快看人去！誰知寶姐姐的親哥哥是那個樣子，他這叔伯兄弟形容舉止另是個樣子，倒像是寶姐姐的同胞弟兄似的。更奇在你們成日家只說寶姐姐是絕色的人物，你們如今瞧瞧他這妹子，更有大嫂嫂這兩個妹子，我竟形容不出了。老天，老天，你有多少精華靈秀，生出這些人上之人來！可知我井底之蛙，成日家自說現在的這幾個人是有一無二的，誰知不必遠尋，就是本地風光，一個賽似一個，如今我又長了一層學問了。除了這幾個，難道還有幾個不成？」一面說，一面自笑自歎。襲人見他又有了魔意，便不肯去瞧。晴雯等早去瞧了一遍回來，帶笑向襲人說道：「你快瞧瞧去！大太太的一個姪女兒，寶姑娘一個妹妹，大奶奶兩個妹妹，倒像一把子四根水蔥兒。」

一語未了，只見探春也笑着進來找寶玉，因說道：「咱們的詩社可興旺了。」寶玉笑道：「正是呢。這是你一高興起詩社，所以鬼使神差來了這些人。但只一件，不知他們可學過作詩不曾？」探春道：「我才都問了問他們，雖是他們自謙，看其光景，沒有不會的。便是不會也沒難處，你看香菱就知道了。」

晴雯笑道：「他們裏頭薛大姑娘的妹妹更好，三姑娘看着怎麼樣？」探春道：「果然的。據我看，連他姐姐並這些人總不及他。」襲人聽了，又是詫異，又笑道：「這也奇了，還從那裏再尋好的去呢？我倒要瞧瞧去。」探春道：「老太太一見了，喜歡的無可不可的，已經逼着咱們的太太認了乾女兒了。老太太要養活，才剛已經定了。」寶玉喜的忙問：「這果然的？」探春道：「我幾時說過謊！」又笑道：「有了這個好孫女兒，就忘了你這孫子了。」

寶玉笑道：「這倒不妨，原該多疼女兒些才是正理。明兒十六，咱們可該起社了。」探春道：「林丫頭剛起來了，二姐姐又病了，終是七上八下的。」

寶玉道：「二姐姐又不大作詩，沒有他又何妨？」探春道：「索性等幾天，他們新來的混熟了，咱們邀上他們豈不好？這會子大嫂子寶姐姐心裏自然沒有詩興的，況且湘雲沒來，顰兒剛好了，人人不合式。不如等着雲丫頭來了，這幾個新的也熟了，顰兒也大好了，大嫂子和寶姐姐心也閑了，香菱詩也長進了，如此邀一滿社豈不是好？咱們兩個如今且往老太太那裏去聽聽，除寶姐姐的妹妹不算外，他一定是在咱們家住定了的。倘或那三個要不在咱們這裏住，咱們央告着老太太留下他們在園子裏住了，咱們豈不多添幾個人，越發有趣了。」寶玉聽了，喜的眉開眼笑，忙說道：「倒是你明白。我終久是個糊塗心腸，空喜歡一會子，都想不到這上頭來。」

　　說着，兄妹兩個一齊往賈母處來。果然王夫人已認了寶琴作乾女兒，賈母歡喜非常，不命往園中住，晚上跟着賈母一處安寢。薛蝌自向薛蟠書房中住下。賈母便和邢夫人說：「你姪女兒也不必家去了，園裏住幾天，逛逛再去。」邢夫人兄嫂家中原艱難，這一上京，原仗的是邢夫人與他們治房舍，幫盤纏，聽如此說，豈不願意。邢夫人便將岫煙交與鳳姐兒。鳳姐兒籌算得園中姊妹多，性情不一，且又不便另設一處，莫若送到迎春一處去，倘日後邢岫煙有些不遂意的事，縱然邢夫人知道了，與自己無干。從此後若邢岫煙家去住的日期不算，若在大觀園住到一個月上，鳳姐兒亦照迎春的分例送一分與岫煙。鳳姐兒冷眼敁敠岫煙心性行為，竟不像邢夫人及他的父母一樣，卻是溫厚可疼的人。因此鳳姐兒又憐他家貧命苦，比別的姊妹多疼他些，邢夫人倒不大理論了。賈母王夫人因素喜李紈賢惠，且年輕守節，令人敬服，今見他寡嬸來了，便不肯令他外頭去住。邢李嬸雖十分不肯，無奈賈母執意不從，只得帶着李紋李綺在稻香村住下來。

　　當下安插既定，誰知保齡侯史鼎又遷委了外省大員，不日要帶家眷去上任。賈母因捨不得湘雲，便留下他了，接到家中，原要命鳳姐兒另設一處與他住。史湘雲執意不肯，只要與寶釵一處住，因此就罷了。

　　此時大觀園中比先更熱鬧了多少。李紈為首，餘者迎春、探春、惜春、寶釵、黛玉、湘雲、李紋、李綺、寶琴、邢岫煙，再添上鳳姐兒和寶玉，一共十三個。敍起年庚，除李紈年紀最長，鳳姐次之，餘皆不過十五六七歲，大半同年異月，連他們自己也不能記清誰長誰幼，並賈母王夫人及家中婆子丫頭也不能細細分清，不過是「姊」「妹」「弟」「兄」四個字隨便亂叫。

　　如今香菱正滿心滿意只想作詩，又不敢十分囉唆寶釵，可巧來了個史湘雲。那史湘雲又是極愛說話的，那裏禁得起香菱又請教他談詩，越發高了興，沒晝沒夜高談闊論起來。寶釵因笑道：「我實在聒噪的受不得了。一個女孩兒家，只管拿着詩作正經事講起來，叫有學問的人聽了，反笑話說不守本分的。一個香菱沒鬧清，偏又添了你這麼個話口袋子，滿嘴裏說的是甚麼：怎麼是杜工部之沉鬱，韋蘇州之淡雅，又怎麼是溫八叉之綺靡，李義山之隱僻。痴痴顛顛，那裏還像兩個女兒家呢。」說得湘雲香菱聽了，都笑起來。

　　正說着，只見寶琴來了，披着一領斗篷，金翠輝煌，不知何物。寶釵忙問：「這是那裏的？」寶琴笑道：「因下雪珠兒，老太太找了這一件給我的。」香菱上來瞧道：「怪道這麼好看，原來是孔雀毛織的。」湘雲道：「那裏是孔雀毛，就是野鴨子頭上的毛作的。可見老太太疼你了，這樣疼寶玉，也沒給他穿。」寶釵道：「真真俗語說的『各人有各人的緣法』。我也再想不到他這會子來，既來了，又有老太太這麼疼他。」湘雲道：「你除了在老太太跟前，就在園裏來，這兩處只管玩笑吃喝。到了太太屋裏，若太太在屋裏，只管和太太說笑，多坐一回無妨；若太太不在屋裏，你別進去，那屋裏人多心壞，都是要咱們的。」說的寶釵、寶琴、香菱、鶯兒等都笑了。

　　寶釵笑道：「說你沒心，卻又有心；雖然有心，到底嘴太直了。我們這琴兒就有些像你。你天天說要我作親姐姐，我今兒竟叫你認他作親妹妹罷了。」湘雲又瞅了寶琴半日，笑道：「這一件衣裳也只配他穿，別人穿了，實在不配。」

　　正說着，只見琥珀走來笑道：「老太太說了，叫寶姑娘別管緊了琴姑娘。他還小呢，讓他愛怎麼樣就怎麼樣。要甚麼東西只管要去，別多心。」寶釵忙起身答應了，又推寶琴笑道：「你也不知是那裏來的這段福氣！你倒去罷，仔細我們委曲着你。我就不信我那些兒不如你。」說話之間，寶玉黛玉都進來了，寶釵猶自嘲笑。湘雲因笑道：「寶姐姐，你這話雖是玩話，卻有人真心是這樣想呢。」琥珀笑道：「真心惱的再沒別人，就只是他。」口裏說，手指着寶玉。寶釵湘雲都笑道：「他倒不是這樣人。」琥珀又笑道：「不是他，就是他。」說着又指着黛玉。湘雲便不則聲。寶釵忙笑道：「更不是了。我的妹妹和他的妹妹一樣。他喜歡的比我還甚呢，那裏還惱？你信雲兒混說。他的那嘴有甚麼正經。」

　　寶玉不素深知黛玉有些小性兒，尚不知近日黛玉和寶釵之事，正恐賈母

疼寶琴他心中不自在，今見湘雲如此說了，寶釵又如此答，再審度黛玉聲色亦不似往時，果然與寶釵之說相符，心中悶悶不解。因想：「他兩個素日不是這樣的好，今看來竟更比他人好十倍。」一時又見林黛玉又趕着寶琴叫妹妹，並不提名道姓，直是親姊妹一般。那寶琴年輕心熱，且本性聰敏，自幼讀書識字，今在賈府住了兩日，大概人物已知。又見諸姊妹都不是那輕薄脂粉，且又和姐姐皆和氣，故也不肯怠慢，其中又見林黛玉是個出類拔萃的，便更與黛玉親敬異常。寶玉看着只是暗暗的納罕。

一時寶釵姊妹往薛姨媽房內去後，湘雲往賈母處來，黛玉回房歇着。寶玉便找了黛玉來，笑道：「我雖看了《西廂記》，也曾有明白的幾句，說了取笑，你曾惱過。如今想來，竟有一句不解，我唸出來你講講我聽。」黛玉聽了，便知有文章，因笑道：「你唸出來我聽聽。」寶玉笑道：「那《鬧簡》上有一句說得最好，『是幾時孟光接了梁鴻案？[1]』這五個字不過是現成的典，難為他『是幾時』三個虛字問的有趣。是幾時接了？你說說我聽聽。」

黛玉聽了，禁不住也笑起來，因笑道：「這原問的好。他也問的好，你也問的好。」寶玉道：「先時你只疑我，如今你也沒的說，我反落了單。」黛玉笑道：「誰知他竟真是個好人，我素日只當他藏奸。」因把說錯了酒令，寶釵怎樣說他，連送燕窩病中所談之事，細細的告訴寶玉。寶玉方知緣故，因笑道：「我說呢，正納悶『是幾時孟光接了梁鴻案』，原來是從『小孩兒家口沒遮攔』上就接了案了。」

黛玉因又說起寶琴來，想起自己沒有姊妹，不免又哭了。寶玉忙勸道：「你又自尋煩惱了。你瞧瞧，今年比舊年越發瘦了，你還不保養。每天好好的，你必是自尋煩惱，哭一會子，才算完了這一天的事。」黛玉拭淚道：「近來我只覺心酸，眼淚卻像比舊年少了些的。心裏只管酸痛，眼淚卻不多。」寶玉道：「這是你哭慣了心裏疑惑，豈有眼淚會少的？」

---

1) 　是幾時孟光接了梁鴻案：漢代故事。孟光曾經高舉盛着食物的小「食案」來敬奉她的丈夫梁鴻。這是夫妻相敬的典故。《西廂記》中紅娘熱心促成鶯鶯和張生的愛情，鶯鶯在紅娘面前卻假說拒絕張生。後來紅娘才知道鶯鶯已經私應了張生的約會，自己反被瞞着，感到驚訝，所以有這句嘲諷的唱詞。寶玉原來也要調和黛玉和寶釵之間的關係，現在忽然發現她們已經要好起來，自己的行為和紅娘相似，所以借這句唱詞來問。下文「小孩兒家口沒遮攔」也是《西廂記》的句子，寶玉借來嘲諷黛玉誤說酒令的事。

　　正說着，只見他屋裏的小丫頭子送了猩猩氈斗篷來，又說：「大奶奶才打發人來說，下了雪，要商議明日請人作詩呢。」一語未了，只見李紈的丫頭走來請黛玉。寶玉便邀着黛玉同往稻香村來。黛玉換上掐金挖雲²紅香羊皮小靴，罩了一件大紅羽縐面白狐狸裏的鶴氅，束一條青金閃綠雙環四合如意條，頭上罩了雪帽。二人一齊踏雪行來。

　　只見眾姊妹都在那邊，都是一色大紅猩猩氈與羽毛緞斗篷，獨李紈穿一件青哆囉呢對襟褂子，薛寶釵穿一件蓮青斗紋錦上添花洋線番羓絲的鶴氅；邢岫煙仍是家常舊衣，並無避雨之衣。一時史湘雲來了，穿着賈母給他的一件貂鼠腦袋面子大毛黑灰鼠裏子，裏外發燒³大褂子，頭上帶着一頂挖雲鵝黃片金裏大紅猩猩氈昭君套，又圍着大貂鼠風領。黛玉先笑道：「你們瞧瞧，孫行者來了。他一般的拿着雪褂子，故意裝出個小騷韃子樣兒來。」湘雲笑道：「你們瞧我裏頭打扮的。」一面說，一面脫了褂子。只見他裏頭穿着一件半新的靠色三鑲領袖秋香色盤金五色繡龍窄褃小袖掩衿銀鼠短襖，裏面短短的一件水紅妝緞狐腋褶子，腰裏緊緊束着一條蝴蝶結子長穗五色宮條，腳下也穿着鹿皮小靴，越顯的蜂腰猿背，鶴勢螂形。眾人都笑道：「偏他只愛打扮成個小子的樣兒，原比他打扮女兒更俏麗了些。」

　　湘雲道：「快商議作詩！我聽聽是誰的東家？」李紈道：「我的主意。想來昨兒的正日已過了，再等正日又太遠，可巧又下雪，不如大家湊個社，又替他們接風，又可以作詩。你們意思怎麼樣？」寶玉先道：「這話很是。只是今日晚了，若到明日，晴了又無趣。」眾人都道，「這雪未必晴，縱晴了，這一夜下的也夠賞了。」李紈道：「我這裏雖好，又不如蘆雪庵好。我已經打發人籠地炕⁴去了，咱們大家擁爐作詩。老太太想來未必高興，況且咱們小玩意兒，單給鳳丫頭個信兒就是了。你們每人一兩銀子就夠了，送到我這裏來。」指着香菱、寶琴、李紋、李綺、岫煙，「五個不算外，咱們裏頭二丫頭病了

---

2)　掐金挖雲：掐金，衣縫裏嵌金線；挖雲，挖空雲頭形的花邊再墊其他顏色的裏子，構成裝飾圖案。這一段細寫各色防雨雪的衣裝，都是表明他們生活的講究和闊綽。

3)　裏外發燒：皮裏皮面的褂子，俗稱裏外發燒。

4)　地炕：在房屋的廊下，挖數尺深一個長方形的坑，在坑內砌起一灶，通於室內的地下，可以使屋內暖和，與今天東北地區的火牆壁爐相似。

不算，四丫頭告了假也不算，你們四分子送了來，我包總五六兩銀子也盡夠了。」寶釵等一齊應諾。因又擬題限韻，李紈笑道：「我心裏自己定了，等到了明日臨期，橫豎知道。」說畢，大家又閒話了一回，方往賈母處來。本日無話。

　　到了次日一早，寶玉因心裏記掛着這事，一夜沒好生得睡，天亮了就爬起來。掀開帳子一看，雖然門窗尚掩，只見窗上光輝奪目，心內早躊躇起來，埋怨定是晴了，日光已出。一面忙起來揭起窗屜，從玻璃窗內往外一看，原來不是日光，竟是一夜大雪，下的有一尺多厚，天上仍是搓綿扯絮一般。寶玉此時歡喜非常，忙喚起人來，盥漱已畢，只穿一件茄色哆羅呢狐皮襖，罩一件海龍皮小鷹膀褂子，束了腰，披了玉針蓑，戴上金藤笠，登上沙棠屐，忙忙的往蘆雪庵來。出了院門，四顧一望，並無二色，遠遠的是青松翠竹，自己卻如裝在玻璃盒內一般。於是走至山坡之下，順着山腳剛轉過去，已聞得一股寒香撲鼻。回頭一看，恰是妙玉門前櫳翠庵中有十數株紅梅如胭脂一般，映着雪色，分外顯得精神，好不有趣！寶玉便立住，細細的賞玩一回方走。只見蜂腰板橋上一個人打着傘走來，是李紈打發了請鳳姐兒去的人。

　　寶玉來至蘆雪庵，只見丫鬟婆子正在那裏掃雪開徑。原來這蘆雪庵蓋在傍山臨水河灘之上，一帶幾間，茅簷土壁，槿籬竹牖，推窗便可垂釣，四面都是蘆葦掩覆，一條去徑逶迤穿蘆度葦過去，便是藕香榭的竹橋了。眾丫鬟婆子見他披蓑戴笠而來，卻笑道：「我們才說正少一個漁翁，如今都全了。姑娘們吃了飯才來呢，你也太性急了。」寶玉聽了，只得回來。剛至沁芳亭，見探春正從秋爽齋來，圍着大紅猩猩氊斗篷，戴着觀音兜[5]，扶着小丫頭，後面一個婦人打着青綢油傘。寶玉知他往賈母處去，便立在亭邊，等他來到，二人一同出園前去。寶琴正在裏間房內梳洗更衣。

　　一時眾姊妹來齊，寶玉只嚷餓了，連連催飯。好容易等擺上來，頭一樣菜便是牛乳蒸羊羔[6]。賈母便說：「這是我們有年紀的人的藥，沒見天日的東西，可惜你們小孩子們吃不得。今兒另外有新鮮鹿肉，你們等着吃。」眾人

---

5)　　觀音兜：一種風帽，類似佛像中觀音菩薩所戴的那種樣式，所以稱為觀音兜。

6)　　羊羔：這裏指羊胎。

答應了。寶玉卻等不得，只拿茶泡了一碗飯，就着野雞瓜子，忙忙的爬拉完了。賈母道：「我知道你們今兒又有事情，連飯也不顧吃了。」便叫「留着鹿肉與他晚上吃」，鳳姐忙說「還有呢」，方才罷了。史湘雲便悄和寶玉計較道：「有新鮮鹿肉，不如咱們要一塊，自己拿了園裏弄着，又吃又玩。」寶玉聽了，巴不得一聲兒，便真和鳳姐要了一塊，命婆子送入園去。

一時大家散後，進園齊往蘆雪庵來，聽李紈出題限韻，獨不見湘雲寶玉二人。黛玉道：「他兩個再到不了一處，若到一處，生出多少故事來。這會子一定算計那塊鹿肉去了。」正說着，只見李嬸也走來看熱鬧，因問李紈道：「怎麼一個帶玉的哥兒和那一個掛金麒麟的姐兒，那樣乾淨清秀，又不少吃的，他兩個在那裏商議着要吃生肉呢，說的有來有去的。我只不信肉也生得吃的。」眾人聽了，都笑道：「了不得，快拿了他兩個來。」黛玉笑道：「這可是雲丫頭鬧的，我的卦再不錯。」

李紈等忙出來找着他兩個說道：「你們兩個要吃生的，我送你們到老太太那裏吃去。那怕吃一隻生鹿，撐病了不與我相干。這麼大雪，怪冷的。快替我作詩去罷。」寶玉笑道：「沒有的事，我們燒着吃呢。」李紈道：「這還罷了。」只見老婆們拿了鐵爐、鐵叉、鐵絲蒙來，李紈道：「仔細割了手，不許哭！」說着，同探春進去了。

鳳姐打發了平兒來回覆不能來，為發放年例正忙。湘雲見了平兒，那裏肯放。平兒也是個好玩的，素日跟着鳳姐兒無所不至，見如此有趣，樂得玩笑，因而褪去手上的鐲子，三個圍着火爐兒，便要先燒三塊吃。那邊寶釵黛玉平素看慣了，不以為異，寶琴等及李嬸深為罕事。探春與李紈等已議定了題韻。探春笑道：「你聞聞，香氣這裏都聞見了，我也吃去。」說着，也找了他們來。李紈也隨來說：「客已齊了，你們還吃不夠？」湘雲一面吃，一面說道：「我吃這個方愛吃酒，吃了酒才有詩。若不是這鹿肉，今兒斷不能作詩。」

說着，只見寶琴披着鳧靨裘站在那裏笑。湘雲笑道：「傻子，過來嘗嘗。」寶琴笑說：「怪髒的。」寶釵道：「你嘗嘗去，好吃的。你林姐姐弱，吃了不消化，不然他也愛吃。」寶琴聽了，便過去吃了一塊，果然好吃，便也吃起來。一時鳳姐兒打發小丫頭來叫平兒。平兒說：「史姑娘拉着我呢，你先走罷。」小丫頭去了。一時只見鳳姐也披了斗篷走來，笑道：「吃這樣好東西，也不告訴我！」說着也湊着一處吃起來。黛玉笑道：「那裏找這一羣花子去！罷了，

罷了，今日蘆雪庵遭劫，生生被雲丫頭作踐了。我為蘆雪庵一大哭！」湘雲冷笑道：「你知道甚麼！『是真名士自風流』，你們都是假清高，最可厭的。我們這會子腥的膻的大吃大嚼，回來卻是錦心繡口。」寶釵笑道：「你回來若作的不好了，把那肉掏了出來，就把這雪壓的蘆葦子摻上些，以完此劫。」

　　說着，吃畢，洗漱了一回。平兒帶鐲子時卻少了一個，左右前後亂找了一番，蹤跡全無。眾人都詫異。鳳姐兒笑道：「我知道這鐲子的去向。你們只管作詩去，我們也不用找，只管前頭去，不出三日包管就有了。」說着又問：「你們今兒作甚麼詩？老太太說了，離年又近了，正月裏還該作些燈謎兒大家玩笑。」眾人聽了，都笑道：「可是倒忘了。如今趕着作幾個好的，預備正月裏玩。」

　　說着，一齊來至地炕屋內，只見杯盤果菜俱已擺齊，牆上已貼出詩題、韻腳、格式來了。寶玉湘雲二人忙看時，只見題目是「即景聯句，五言排律一首，限二蕭韻」，後面尚未列次序。李紈道：「我不大會作詩，我只起三句罷，然後誰先得了誰先聯。」寶釵道：「到底分個次序。」要知端的，下回分解。

💡 **精華賞析**

....

　　　這一回又有不少新人來到大觀園，將賈府的繁榮景象推向一個小高潮，故事裏一派其樂融融的祥和氣氛。

《第五十回》

蘆雪庵爭聯即景詩
暖香塢雅製春燈謎

> 前面的故事中我們領略了寶釵的才華，哪裏能想到她的妹妹寶琴更是見多識廣。

話說薛寶釵道：「到底分個次序，讓我寫出來。」說着，便令眾人拈鬮為序。起首恰是李氏，然後按次各各開出。

鳳姐兒說道：「既是這樣說，我也說一句在上頭。」眾人都笑說道：「更妙了！」寶釵便將稻香老農之上補了一個「鳳」字，李紈又將題目講與他聽。鳳姐兒想了半日，笑道：「你們別笑話我。我只有一句粗話，下剩的我就不知道了。」眾人都笑道：「越是粗話越好，你說了只管幹正事去罷。」鳳姐笑道：「我想下雪必颳北風。昨夜聽見了一夜的北風，我有了一句，就是『一夜北風緊』，可使得？」眾人聽了，都相視笑道：「這句雖粗，不見底下的，這正是會作詩的起法。不但好，而且留了多少寫不盡的地步與後人。就是這句為首，稻香老農快寫上續下去。」

鳳姐和李嬸平兒又吃了兩杯酒，自去了。

這裏李紈便寫了：「一夜北風緊，」

自己聯道：「開門雪尚飄。入泥憐潔白，」

香菱道：「匝地惜瓊瑤。有意榮枯草，」

探春道：「無心飾萎苗。價高村釀熟，」

李綺道：「年稔府粱饒。葭動灰飛管，」

李紋道：「陽回斗轉枓。寒山已失翠，」

岫煙道：「凍浦不聞潮。易掛疏枝柳，」

湘雲道：「難堆破葉蕉。麝煤融寶鼎，」

寶琴道：「綺袖籠金貂。光奪窗前鏡，」

黛玉道：「香黏壁上椒。斜風仍故故，」

寶玉道：「清夢轉聊聊。何處梅花笛？」

寶釵道：「誰家碧玉簫？鰲愁坤軸陷，」

李紈笑道：「我替你們看熱酒去罷。」寶釵命寶琴續聯，只見湘雲站起來道：「龍鬥陣雲銷。野岸回孤棹，」

寶琴也站起道：「吟鞭指灞橋。賜裘憐撫戍，」

湘雲那裏肯讓人，且別人也不如他敏捷，都看他揚眉挺身的說道：「加絮念征徭。坳垤審夷險，」

寶釵連聲讚好，也便聯道：「枝柯怕動搖。皚皚輕趁步，」

黛玉忙聯道：「翦翦舞隨腰。煮芋成新賞，」

一面說，一面推寶玉，命他聯。寶玉正看寶釵、寶琴、黛玉三人共戰湘雲，十分有趣，那裏還顧得聯詩，今見黛玉推他，方聯道：「孤松訂久要。泥鴻從印跡，」

寶琴接着聯道：「林斧或聞樵。伏象千峯凸，」

湘雲忙聯道：「盤蛇一徑遙。花緣經冷結，」

寶釵與眾人又忙讚好。探春又聯道：「色豈畏霜凋。深院驚寒雀，」

湘雲正渴了，忙忙的吃茶，已被岫煙搶着聯道：「空山泣老鴞。階墀隨上下，」

湘雲忙丟了茶杯聯道：「池水任浮漂。照耀臨清曉，」

黛玉聯道：「繽紛入永宵。誠忘三尺冷，」

湘雲忙笑聯道：「瑞釋九重焦。僵臥誰相問，」

寶琴也忙笑聯道：「狂遊客喜招。天機斷縞帶，」

湘雲又忙道：「海市失鮫綃。」

林黛玉不容他道出，接着便道：「寂寞對台榭，」

湘雲忙聯道：「清貧懷簞瓢。」

寶琴也不容情，也忙道：「烹茶冰漸沸，」

湘雲見這般，自為得趣，又是笑，又忙聯道：「煮酒葉難燒。」

黛玉也笑道：「沒帚山僧掃，」

　　寶琴也笑道：「埋琴稚子挑。」

　　湘雲笑的彎了腰，忙唸了一句，眾人問「到底說的是甚麼？」湘雲喊道：「石樓閑睡鶴，」

　　黛玉笑的握着胸口，高聲嚷道：「錦罽暖親貓。」

　　寶琴也忙笑道：「月窟翻銀浪，」

　　湘雲忙聯道：「霞城隱赤標。」

　　黛玉忙笑道：「沁梅香可嚼，」

　　寶釵笑稱好，也忙聯道：「淋竹醉堪調。」

　　寶琴也忙道：「或濕鴛鴦帶，」

　　湘雲忙聯道：「時凝翡翠翹。」

　　黛玉又忙道：「無風仍脈脈，」

　　寶琴又忙笑聯道：「不雨亦瀟瀟。」

　　湘雲伏着已笑軟了。眾人看他三人對搶，也都不顧作詩，看着也只是笑。黛玉還推他往下聯，又道：「你也有才窮力盡之時。我聽聽還有甚麼舌根嚼了！」湘雲只伏在寶釵懷裏，笑個不住。寶釵推他起來道：「你有本事，把『二蕭』的韻全用完了，我才伏你。」湘雲起身笑道：「我也不是作詩，竟是搶命呢。」眾人笑道：「倒是你說罷。」探春早已料定沒有自己聯的了，便早寫出來，因說：「還沒收住呢。」李紈聽了，接過來便聯了一句道：「欲志今朝樂，」

　　李綺收了一句道：「憑詩祝舜堯。」

　　李紈道：「夠了，夠了。雖沒作完了韻，剩的字若生扭用了，倒不好了。」說着，大家來細細評論一回，獨湘雲的多，都笑道：「這都是那塊鹿肉的功勞。」

　　李紈笑道：「逐句評去都還一氣，只是寶玉又落了第了。」寶玉笑道：「我原不會聯句，只好擔待我罷。」李紈笑道：「也沒有社社擔待你的。又說韻險了，又整誤了，又不會聯句了，今日必罰你。我才看見櫳翠庵的紅梅有趣，我要折一枝來插瓶。可厭妙玉為人，我不理他。如今罰你去取一枝來。」

　　眾人都道這罰的又雅又有趣。寶玉又樂為，答應着就要走。湘雲黛玉一齊說道：「外頭冷得很，你且吃杯熱酒再去。」湘雲早執起壺來，黛玉遞了一個大杯，滿斟了一杯。湘雲笑道：「你吃了我們的酒，你要取不來，加倍罰你。」寶玉忙吃一杯，冒雪而去。李紈命人好好跟着。黛玉忙攔說：「不必，有了人反不得了。」李紈點頭說「是」。一面命丫鬟將一個美女聳肩瓶拿來，

貯了水準備插梅。因又笑道：「回來該詠紅梅了。」湘雲忙道：「我先作一首。」
寶釵忙道：「今日斷乎不容你再作了。你都搶了去，別人都閑着，也沒趣。回
來還罰寶玉，他說不會聯句，如今就叫他自己作去。」黛玉笑道：「這話很是。
我還有個主意，方才聯句不夠，莫若揀着聯的少的人作紅梅。」寶釵笑道：
「這話是極。方才邢李三位屈才，且又是客。琴兒和顰兒雲兒三個人也搶了許
多，我們一概都別作，只讓他三個作才是。」李紈因說：「綺兒也不大會作，
還是讓琴妹妹作罷。」寶釵只得依允，又道：「就用『紅梅花』三個字作韻，
每人一首七律。邢大妹妹作『紅』字，你們李大妹妹作『梅』字，琴兒作『花』
字。」李紈道：「饒過寶玉去，我不服。」湘雲忙道：「有個好題目命他作。」
眾人問何題？湘雲道：「命他就作『訪妙玉乞紅梅』，豈不有趣？」眾人聽了，
都說有趣。

　　一語未了，只見寶玉笑欣欣的捧了一枝紅梅進來，眾丫鬟忙接過，插入
瓶內。眾人都過來賞玩。寶玉笑道：「你們如今賞罷，也不知費了我多少精神
呢。」說着，探春早又遞過一杯暖酒來，眾丫鬟走上來接了蓑笠撣雪。各人房
中丫鬟都添送衣服來，襲人也遣人送了半舊的狐腋褂來。李紈命人將那蒸的
大芋頭盛了一盤，又將朱橘、黃橙、橄欖等物盛了兩盤，命人帶與襲人去。

　　湘雲且告訴寶玉方才的詩題，又催寶玉快作。寶玉道：「姐姐妹妹們，讓
我自己用韻罷，別限韻了。」眾人都說：「隨你作去罷。」

　　一面說一面大家看梅花。原來這枝梅花只有二尺來高，旁有一橫枝縱橫
而出，約有二三尺長，其間小枝分歧，或如蟠螭，或如僵蚓，或孤削如筆，
或密聚如林，花吐胭脂，香欺蘭蕙，各各稱賞。誰知邢岫煙、李紋、薛寶琴
三人都已吟成，各自寫了出來。眾人便依「紅梅花」三字之序看去，寫道：

賦得紅梅花

桃未芳菲杏未紅，沖寒先喜笑東風。魂飛庾嶺春難辨，霞隔羅浮夢未通。
綠萼添妝融寶炬，縞仙扶醉跨殘虹。看來豈是尋常色，濃淡由他冰雪中。（邢
岫煙）

白梅懶賦賦紅梅，逞艷先迎醉眼開。凍臉有痕皆是血，酸心無恨亦成灰。誤
吞丹藥移真骨，偷下瑤池脫舊胎。江北江南春燦爛，寄言蜂蝶漫疑猜。（李紋）

疏是枝條豔是花，春妝兒女竟奢華。閑庭曲檻無餘雪，流水空山有落霞。幽夢冷隨紅袖笛，遊仙香泛絳河槎。前身定是瑤台種，無復相疑色相差。（薛寶琴）

眾人看了，都笑着稱讚了一回，又指末一首更好。

寶玉見寶琴年紀最小，才又敏捷，深為奇異。黛玉湘雲二人斟了一小杯酒，齊賀寶琴。寶釵笑道：「三首各有各好。你們兩個天天捉弄厭了我，如今捉弄他來了。」

李紈又問寶玉：「你可有了？」寶玉忙道：「我倒有了，才一看見那三首，又嚇忘了，等我再想。」湘雲聽了，便拿了一支銅火箸擊着手爐，笑道：「我擊鼓了，若鼓絕不成，又要罰的。」寶玉笑道：「我已有了。」黛玉提起筆來。說道：「你唸，我寫。」湘雲便擊了一下笑道：「一鼓絕。」寶玉笑道：「有了，你寫吧。」眾人聽他唸道，「酒未開樽句未裁」，黛玉寫了，搖頭笑道：「起的平平。」湘雲又道：「快着！」寶玉笑道：「尋春問臘到蓬萊。」黛玉湘雲都點頭笑道：「有些意思了。」寶玉又道：「不求大士瓶中露，為乞嫦娥檻外梅。」黛玉寫了，又搖頭道：「小巧而已。」湘雲忙催二鼓，寶玉又笑道：「入世冷挑紅雪去，離塵香割紫雲來。槎枒誰惜詩肩瘦，衣上猶沾佛院苔。」黛玉寫畢，湘雲大家才評論時，只見幾個丫鬟跑進來道：「老太太來了。」眾人忙迎出來。大家又笑道：「怎麼這等高興！」

說着，遠遠見賈母圍了大斗篷，帶着灰鼠暖兜，坐着小竹轎，打着青綢油傘，鴛鴦琥珀等五六個丫鬟，每人都是打着傘，擁轎而來。李紈等忙往上迎，賈母命人止住說：「只在那裏就是了。」來至跟前，賈母笑道：「我瞞着你太太和鳳丫頭來了。大雪地下坐着這個無妨，沒的叫他娘兒們踩雪。」眾人忙一面上前接斗篷，攙扶着，一面答應着。賈母來至室中，先笑道：「好俊梅花！你們也會樂，我也不饒你們。」說着，李紈早命拿了一個大狼皮褥來鋪在當中。賈母坐了，因笑道：「你們只管玩笑吃喝。我因為天短了，不敢睡中覺，抹了一回牌，想起你們來了，我也來湊個趣兒。」李紈早又捧過手爐來，探春另拿了一副杯箸來，親自斟了暖酒，奉與賈母。賈母便飲了一口，問那個盤子裏是甚麼東西。眾人忙捧了過來，回說是糟鵪鶉。賈母道：「這倒罷了，撕一兩點腿子來。」李紈忙答應了，要水洗手，親自來撕。賈母只道：「你

們仍舊坐下說笑我聽。」又命李紈：「你也坐下，就如同我沒來的一樣才好，不然我就去了。」眾人聽了，方依次坐下，這李紈便挪到盡下邊。賈母因問：「你們作甚麼玩呢？」眾人便說作詩。賈母道：「有作詩的，不如作些燈謎，大家正月裏好頑的。」眾人答應了。說笑了一回，賈母便說：「這裏潮濕，你們別久坐，仔細受了潮濕。」因說：「你四妹妹那裏暖和，我們到那裏瞧瞧他的畫兒，趕年可有了？」眾人笑道：「那裏能下就有了？只怕明年端陽有了。」賈母道：「這還了得！他竟比蓋這園子還費工夫了。」

　　說着，仍坐了竹轎，大家圍隨，過了藕香榭，穿入一條夾道，東西兩邊皆是過街門，門樓上裏外皆嵌着石頭匾，如今進的是西門，向外的匾上鑿着「穿雲」二字，向裏的鑿着「度月」兩字。來至當中，進了向南的正門，賈母下了轎，惜春已接了出來。從裏邊遊廊過去，便是惜春臥房，門斗上有「暖香塢」三個字。早有幾個人打起猩紅氈簾，已覺溫香拂臉。大家進入房中，賈母並不歸坐，只問畫在那裏。惜春因笑問：「天氣寒冷了，膠性皆凝澀不潤，畫了恐不好看。故此收起來。」賈母笑道：「我年下就要的。你別托懶兒，快拿出來給我快畫。」

　　一語未了，忽見鳳姐兒披着紫羔絨褂，笑嘻嘻的來了，口內說道：「老祖宗今兒也不告訴人，私自就來了，要我好找。」賈母見他來了，心中自是喜悅，便道：「我怕你們冷着了，所以不許人告訴你們去。你真是個鬼靈精兒，到底找了我來。孝敬也不在這上頭。」鳳姐兒笑道：「我那裏是孝敬的心找了來？我因為到了老祖宗那裏，鴉沒雀靜的，問小丫頭子們，他又不肯說，叫我找到園裏來。我正疑惑，忽然來了兩三個姑子，我心裏才明白了。我想姑子必是來送年疏，或要年例香例銀子，老祖宗年下的事也多，一定是躲債來了。我趕忙問了那姑子，果然不錯。我連忙把年例給了他們去了。如今來回老祖宗，債主已去，不用躲着了。已預備下稀嫩的野雞，請用晚飯去，再遲一回就老了。」他一行說，眾人一行笑。

　　鳳姐兒也不等賈母說話，便命人抬過轎子來。賈母笑着，攬了鳳姐的手，仍舊上轎，帶着眾人，說笑出了夾道東門。一看四面粉妝銀砌，忽見寶琴披着鳧靨裘站在山坡上遙等，身後一個丫鬟抱着一瓶紅梅。眾人都笑道：「怪道少了兩個，他卻在那裏等着，也弄梅花去了。」賈母喜的忙笑道：「你們瞧，這雪坡上配上他的這個人物，又是這件衣裳，後頭又是這梅花，像個

甚麼？」眾人都笑道：「就像老太太屋裏掛的仇十洲畫的《豔雪圖》。」賈母搖頭笑道：「那畫的那裏有這件衣裳？人也不能這樣好！」一語未了，只見寶琴背後轉出一個披大紅猩氈的人來。賈母道：「那又是那個女孩兒？」眾人笑道：「我們都在這裏，那是寶玉。」賈母笑道：「我的眼越發花了。」說話之間，來至跟前，可不是寶玉和寶琴。寶玉笑向寶釵黛玉等道：「我才又到了櫳翠庵。妙玉竟每人送你們一枝梅花，我已經打發人送去了。」眾人都笑說：「多謝你費心。」說話之間，已出了園門，來至賈母房中。吃畢飯大家又說笑了一回。忽見薛姨媽也來了，說：「好大雪，一日也沒過來望候老太太。今日老太太倒不高興？正該賞雪才是。」賈母笑道：「何曾不高興！我找了他們姊妹們去玩了一會子。」薛姨媽笑道：「昨日晚上，我原想着今日要和我們姨太太借一日園子，擺兩桌粗酒，請老太太賞雪的，又見老太太安息的早。我聞得女兒說，老太太心下不大爽，因此今日也沒敢驚動。早知如此，我正該請了。」賈母笑道：「這才是十月裏頭場雪，往後下雪的日子多呢，再破費不遲。」薛姨媽笑道：「果然如此，算我的孝心虔了。」

鳳姐兒笑道：「姨媽仔細忘了，如今先秤五十兩銀子來。交給我收着，一下雪，我就預備下酒，姨媽也不用操心，也不得忘了。」賈母笑道：「既這麼說，姨太太給他五十兩銀子收着，我和他每人分二十五兩，到下雪的日子，我裝心裏不快，混過去了，姨太太更不用操心，我和鳳丫頭倒得了實惠。」鳳姐將手一拍，笑道：「妙極了，這和我的主意一樣。」眾人都笑了。賈母笑道：「呸！沒臉的，就順着竿子爬上來了！你不該說姨太太是客，在咱們家受屈，我們該請姨太太才是，那裏有破費姨太太的理！不這樣說呢，還有臉先要五十兩銀子，真不害臊！」鳳姐兒笑道：「我們老祖宗最是有眼色的，試一試，姨媽若鬆呢，拿出五十兩來，就和我分。這會子估量着不中用了，翻過來拿我做法子[1]，說出這些大方話來。如今我也不和姨媽要銀子，竟替姨媽出銀子治了酒，請老祖宗吃了，我另外再封五十兩銀子孝敬老祖宗，算是罰我個包攬閑事。這可好不好？」話未說完，眾人已笑倒在炕上。

賈母因又說及寶琴雪下折梅比畫兒上還好，因又細問他的年庚八字並家

---

1)　　做法子：這裏指抓住一件事不放鬆地立威、泄憤，含有作踐、蹂躪的意思。第六十回又寫作「絮筏子」。

內景況。薛姨媽度其意思，大約是要與寶玉求配。薛姨媽心中固也遂意，只是已許過梅家了，因賈母尚未明說，自己也不好擬定，遂半吐半露告訴賈母道：「可惜這孩子沒福，前年他父親就沒了。他從小兒見的世面倒多，跟他父母四山五嶽都走遍了。他父親是好樂的，各處因有買賣，帶着家眷，這一省逛一年，明年又往那一省逛半年，所以天下十停走了有五六停了。那年在這裏，把他許了梅翰林的兒子，偏偏第二年他父親就辭世了，他母親又是痰症。」鳳姐也不等說完，便嗐聲跺腳的說：「偏不巧，我正要作個媒呢，又已經許了人家。」賈母笑道：「你要給誰說媒！」鳳姐兒說道：「老祖宗別管，我心裏看準了他們兩個是一對。如今已許了人，說也無益，不如不說罷了。」賈母也知鳳姐兒之意，聽見已有了人家，也就不提了。大家又閑話了一會方散。一宿無話。

次日雪晴。飯後，賈母又親囑惜春：「不管冷暖，你只畫去，趕到年下，十分不能便罷了。第一要緊把昨日琴兒和丫頭梅花，照模照樣，一筆別錯，快快添上。」惜春聽了雖是為難的事，只得應了。一時眾人都來看他如何畫，惜春只是出神。

李紈因笑向眾人道：「讓他自己想去，咱們且說話兒。昨兒老太太只叫作燈謎，回家和綺兒紋兒睡不着，我就編了兩個四書的。他兩個每人也編了兩個。」眾人聽了，都笑道：「這倒該作的。先說了，我們猜猜。」李紈笑道：「『觀音未有世家傳』，打『四書』一句。」湘雲接着就說：「在止於至善。」寶釵笑道：「你也想一想『世家傳』三個字的意思再猜。」李紈笑道：「再想。」黛玉笑道：「我猜罷，可是『雖善無徵』？」眾人都笑道：「這句是了。」李紈又道：「一池青草草何名。」湘雲忙道：「這一定是『蒲蘆也』。再不是不成？」李紈笑道：「這難為你猜。紋兒的是『水向石邊流出冷』，打一古人名。」探春笑着問道：「可是山濤？」李紋笑道：「是。」李紈又道：「綺兒的是個『螢』字，打一個字。」眾人猜了半日，寶琴笑道：「這個意思卻深，不知可是花草的『花』字？」李綺笑道：「恰是了。」眾人道：「螢與花何干？」黛玉笑道：「妙得很！螢可不是草化的？」眾久會意，都笑了說「好」。

寶釵道：「這些雖好，不合老太太的意思，不如作些淺近的物兒，大家雅俗共賞才好。」眾人都道：「也要作些淺近的俗物才是。」湘雲笑道：「我編了一支《點絳唇》，恰是俗物，你們猜猜。」說着便唸道：「溪壑分離，紅塵遊

戲，真何趣？名利猶虛，後事終難繼。」眾人不解，想了半日，也有猜是和尚的，也有猜是道士的，也有猜是偶戲人的。寶玉笑了半日，道：「都不是，我猜着了，一定是耍的猴兒。」湘雲笑道：「正是這個了。」眾人道：「前頭都好，末後一句怎麼解？」湘雲道：「哪一個耍的猴子不是剁了尾巴去的？」眾人聽了，都笑起來，說：「偏他編個謎兒也是刁鑽古怪的。」

李紈道：「昨日姨媽說，琴妹妹見的世面多，走的道路也多，你正該編謎兒，正用着了。你的詩又好，何不編幾個我們猜一猜？」寶琴聽了，點頭含笑，自去尋思。寶釵也有了一個，唸道：「鏤檀鍥梓一層層，豈係良工堆砌成？雖是半天風雨過，何曾聞得梵鈴聲！打一物。」眾人猜時，寶玉也有了一個，唸道：「天上人間兩渺茫，琅玕節過謹提防。鸞音鶴信須凝睇，好把唏噓答上蒼。」

黛玉也有了一個，唸道是：「騄駬何勞縛紫繩？馳城逐塹勢猙獰。主人指示風雷動，鰲背三山獨立名。」

探春也有了一個，方欲唸時，寶琴走過來笑道：「我從小兒所走的地方的古蹟不少。我今揀了十個地方的古蹟，作了十首懷古的詩。詩雖粗鄙，卻懷往事，又暗隱俗物十件，姐姐們請猜一猜。」眾人聽了，都說：「這倒巧，何不寫出來大家一看？」要知端的，下回分說。

💡 **精華賞析**

> 　　新來的寶琴比寶釵更加出眾，也更受賈母喜愛。寶釵難免有點吃醋，而黛玉卻因為與寶釵成為知己而真心善待寶琴。這一反差突出了寶釵和黛玉兩人的性情不同。

《第五十一回》

精讀 **薛小妹新編懷古詩**
胡庸醫亂用虎狼藥

因為母親病重不治，襲人回家奔喪，怡紅院裏缺了她這個管事的，確實多了些小麻煩。趕巧，晴雯也生病了，又請大夫又熬藥，讓寶玉忙活了一場。

眾人聞得寶琴將素昔所經過各省內的古蹟為題，作了十首懷古絕句，內隱十物，皆說這自然新巧。都爭着看時，只見寫道是：

赤壁懷古

赤壁沉埋水不流，徒留名姓載空舟。

喧闐一炬悲風冷，無限英魂在內遊。

交趾懷古

銅鑄金鏞振紀綱，聲傳海外播戎羌。

馬援自是功勞大，鐵笛無煩說子房。

鍾山懷古

名利何曾伴汝身，無端被詔出凡塵。

牽連大抵難休絕，莫怨他人嘲笑頻。

淮陰懷古

壯士須防惡犬欺，三齊位定蓋棺時。

寄言世俗休輕鄙，一飯之恩死也知。

廣陵懷古

蟬噪鴉棲轉眼過，隋堤風景近如何。

只緣占得風流號，惹得紛紛口舌多。

桃葉渡懷古

衰草閑花映淺池，桃枝桃葉總分離。

六朝樑棟多如許，小照空懸壁上題。

青塚懷古

黑水茫茫咽不流，冰弦撥盡曲中愁。

漢家制度誠堪歎，樗櫟應慚萬古羞。

馬嵬懷古

寂寞脂痕積汗光，溫柔一旦付東洋。

只因遺得風流跡，此日衣衾尚有香。

蒲東寺懷古

小紅骨賤一身輕，私掖偷攜強撮成。

雖被夫人時吊起，已經勾引彼同行。

梅花觀懷古

不在梅邊在柳邊，個中誰拾畫嬋娟。

團圓莫憶春香到，一別西風又一年。

　　眾人看了，都稱奇道妙。寶釵先說道：「前八首都是史鑒上的；後二首都無考據，我們也不懂，不如另作兩首為是。」黛玉忙攔道：「這寶姐姐也忒『膠柱鼓瑟[1]』，矯揉造作了。這兩首雖於史鑒上無考據，咱們雖不曾看這些外傳，不知底裏，難道咱們連兩本戲也沒有見過不成？那三歲孩子也知道，何況咱們？」探春便道：「這話正是了。」李紈又道：「況且他原是到過這個地方的。這兩件事雖無考，古往今來，以訛傳訛，好事者竟故意的弄出這古蹟來以愚人。

---

1)　膠柱鼓瑟：瑟是一種古樂器，上面有架弦調音的柱。鼓是彈。膠黏住柱再彈瑟，是比喻人頑固不化。

點評

比如那年上京的時節，便是關夫子的墳，倒見了三四處。關夫子一生事業，皆是有實據的，如何又有許多的墳？自然是後來人敬愛他生前為人，只怕從這敬愛上穿鑿出來，也是有的。及至看《廣輿記》上，不止關夫子的墳多，自古來有些名望的人，墳就不少，無考的古蹟更多。如今這兩首雖無考，凡說書唱戲，甚至於求的簽上都有，老小男女，俗語口頭，人人皆知皆說的。況且又並不是看了《西廂記》《牡丹亭》的詞曲，怕看了邪書了。這竟無妨，只管留着。」寶釵聽說，方罷了。大家猜了一回，皆不是。

冬日天短，覺得又是吃晚飯時候，一齊往前頭來吃晚飯。因有人回王夫人說：「襲人的哥哥花自芳進來說，他母親病重了，想他女兒。他來求恩典，接襲人家去走走。」王夫人聽了，便道：「人家母女一場，豈有不許他去的。」一面就叫了鳳姐來，告訴了，命他酌量辦理。

鳳姐兒答應了，回至房中，便命周瑞家的去告訴襲人原故。又吩咐周瑞家的：「再將跟着出門的媳婦傳一個，你兩個人，再帶兩個小丫頭子，跟了襲人去，外頭派四個有年紀跟車的。要一輛大車，你們帶着坐；要一輛小車，給丫頭們坐。」周瑞家的答應了，才要去，鳳姐兒又道：「那襲人是個省事的，你告訴他說我的話：叫他穿幾件顏色好衣裳，大大的包一包袱衣裳拿着，包袱也要好好的，手爐也要拿好的。臨走時，叫他先來我瞧瞧。」周瑞家的答應去了。

半日，果見襲人穿戴來了，兩個丫頭與周瑞家的拿着手爐與衣包。鳳姐兒看襲人頭上戴着幾枝金釵珠釧，倒也華麗；又看身上穿着桃紅百花刻絲銀鼠襖子，蔥綠盤金彩繡綿裙，外面穿着青緞灰鼠褂。鳳姐笑道：「這三件衣裳都是太太的，賞了你倒是好的；但只這褂子太素了些，如今穿着也冷，你該穿一件大毛的。」襲人笑道：「太太就只給了這灰鼠的，還有一件銀鼠的。說趕年下再給大毛的呢。」鳳姐兒

● 鳳姐這一番安排說明襲人的身份與其他丫環不同，還記得前文中王夫人私下對她的那一番安排嗎？

笑道：「我倒有一件大毛的，我嫌鳳毛兒²出不好了，正要改去。也罷，先給你穿去罷。等年下太太給作的時節我再作罷，只當你還我一樣。」眾人都笑道：「奶奶慣會說這話。成年家大手大腳的，替太太不知背地裏賠墊了多少東西，真真的賠的是說不出來，那裏又和太太算去？偏這會子又說這小氣話取笑兒來了。」

鳳姐兒笑道：「太太那裏想的到這些？究竟這又不是正經事，再不照管，也是大家的體面。說不得我自己吃些虧，把眾人打扮體統了，寧可我得個好名也罷了。一個一個像『燒糊了的卷子』似的，人先笑話我當家倒把人弄出個花子來。」眾人聽了，都歎說：「誰似奶奶這樣聖明！在上體貼太太，在下又疼顧下人。」一面說，一面只見鳳姐兒命平兒將昨日那件石青刻絲八團³天馬皮褂子拿出來，與了襲人。又看包袱，只得一個彈墨花綾水紅綢裏的夾包袱，裏面只包着兩件半舊棉襖與皮褂子。鳳姐兒又命平兒把一個玉色綢裏的哆羅呢的包袱拿出來，又命包上一件雪褂子。

平兒走去拿了出來，一件是半舊大紅猩猩氈的，一件是大紅羽緞的。襲人道：「一件就當不起了。」平兒笑道：「你拿這猩猩氈的。把這件順手拿將出來，叫人給邢大姑娘送去。昨兒那麼大雪，人人都是有的，不是猩猩氈就是羽緞的，十來件大紅衣裳，映着大雪好不齊整。就只他穿着那件舊氈斗篷，越發顯的拱肩縮背，好不可憐見的。如今把這件給他罷。」鳳姐兒笑道：「我的東西，他私自就要給人。我一個還花不夠，再添上你提着，更好了！」眾人笑道：「這都是奶奶素日孝敬太太，疼愛下人。若是奶奶素日是小氣的，只以東西為事，不顧下人的，姑娘那裏還敢這樣了。」

---

2)　　鳳毛兒：皮衣服邊緣露出的裝飾性的毛邊，叫作鳳毛兒。

3)　　八團：一件褂子上繡八個團花圖案，是古時婦女的一種高貴禮服。

點評

● 襲人的身份大家不便言明又都心知肚明，只是心照不宣罷了。你可知道此處暗指甚麼規矩？

鳳姐兒笑道：「所以知道我的心的，也就是他還知三分罷了。」說着，又囑咐襲人道：「你媽若好了就罷；若不中用了，只管住下，打發人來回我，我再另打發人給你送鋪蓋去。可別使他們的鋪蓋和梳頭的傢夥。」又吩咐周瑞家的道：「你們自然也知道這裏的規矩的，也不用我囑咐了。」周瑞家的答應：「都知道。我們這去到那裏，總叫他們的人回避。若住下，必是另要一兩間內房的。」說着，跟了襲人出去，又吩咐預備燈籠，遂坐車往花自芳家來。不在話下。

這裏鳳姐又將怡紅院的嬤嬤喚了兩個來，吩咐道：「襲人只怕不來家，你們素日知道那大丫頭們，那兩個知好歹，派出來在寶玉屋裏上夜。你們也好生照管着，別由着寶玉胡鬧。」兩個嬤嬤去了，一時來回說：「派了晴雯和麝月在屋裏，我們四個人原是輪流着帶管上夜的。」鳳姐兒聽了，點頭道：「晚上催他早睡，早上催他早起。」

老嬤嬤們答應了，自回園去。一時果有周瑞家的帶了信回鳳姐兒說：「襲人之母業已停床，不能回來。」鳳姐兒回明了王夫人，一面着人往大觀園去取他的鋪蓋妝奩。

寶玉看着晴雯麝月二人打點妥當，送去之後，晴雯麝月皆卸罷殘妝，脫換過裙襖。晴雯只在熏籠[4]上圍坐。麝月笑道：「你今兒別裝小姐了，我勸你也動一動兒。」晴雯道：「等你們都去盡了，我再動不遲。有你們一日，我且受用一日。」麝月笑道：「好姐姐，我鋪床，你把那穿衣鏡的套子放下來，上頭的划子[5]划上，你的身量比我高些。」說着，便去與寶玉鋪床。晴雯嗐了一聲，笑道：「人家才坐暖和了，你就來鬧。」

此時寶玉正坐着納悶，想襲人之母不知是死是活，忽

---

4)　熏籠：扣在炭火盆上邊的一種箱型透氣的籠罩器具，又名火箱。

5)　划（huá）子：這裏指鏡子框上一種用來壓住鏡簾可以撥轉的小簽子。下文的划字是動詞。因屬於機括性質，所以稱它為「消息」。

聽見晴雯如此說，便自己起身出去，放下鏡套，划上消息，進來笑道：「你們暖和罷，我都完了。」晴雯笑道：「終久暖和不成的，我又想起來湯婆子⁶還沒拿來呢。」麝月道：「這難為你想着！他素日又不要湯婆子，咱們那熏籠上暖和，比不得那屋裏炕冷，今兒可以不用。」寶玉笑道：「你們兩個都在那上頭睡了，我這外邊沒個人，我怪怕的，一夜也睡不着。」晴雯道：「我是在這裏睡的。麝月你叫他往外邊睡去。」說話之間，天已一更，麝月早已放下簾幔，移燈炷香，伏侍寶玉臥下，二人方睡。

晴雯自在熏籠上，麝月便在暖閣外邊。至三更以後，寶玉睡夢之中，叫了襲人兩聲，無人答應，自己醒了，方想起襲人不在家，自己也好笑起來。晴雯已醒，因笑喚麝月道：「連我都醒了，他守在旁邊還不知道，真是挺死屍呢。」麝月翻身打個哈氣⁷笑道：「他叫襲人，與我甚麼相干！」因問做甚麼。寶玉要吃茶，麝月忙起來，單穿紅綢小棉襖兒。寶玉道：「披上我的襖兒再去，仔細冷着。」麝月聽說，回手便把寶玉披着起夜的一件貂頦滿襟暖襖披上，下去向盆內洗手，先倒了一盅溫水，拿了大漱盂，寶玉漱了一口；然後才向茶格上取了茶碗，先用溫水過了，向暖壺中倒了半碗茶，遞與寶玉吃了；自己也漱了一漱，吃了半碗。晴雯笑道：「好妹妹，也賞我一口兒。」麝月笑道：「越發上臉兒了！」晴雯道：「好妹妹，明兒晚上你別動，我伏侍你一夜，如何？」麝月聽說，只得也伏侍他漱了口，倒了半碗茶與他吃過。麝月笑道：「你們兩個別睡，說着話兒，我出去走走回來。」晴雯笑道：「外頭有個鬼等着你呢。」寶玉道：「外頭自然有月亮的，我們說話，你只管去。」一面說，一面便

---

6)　湯婆子：銅、錫等製成的一種專為冬天暖被窩用的暖水壺，又名湯壺。

7)　哈氣：一般寫作呵欠。

嗽了兩聲。

　　麝月便開了後門，揭起氈簾一看，果然好月色。晴雯等他出去，便欲唬他玩耍。仗着素日比別人氣壯，不畏寒冷，也不披衣，只穿着小襖，便躡手躡腳的下了熏籠，隨後出來。寶玉笑勸道：「看凍着，不是玩的。」晴雯只擺手，隨後出了房門。只見月光如水，忽然一陣微風，只覺侵肌透骨，不禁毛骨森然。心下自思道：「怪道人說熱身子不可被風吹，這一冷果然利害。」一面正要唬麝月，只聽寶玉高聲在內道：「晴雯出去！」晴雯忙回身進來，笑道：「那裏就唬死了他？偏你慣會這麼蠍蠍螫螫[8] 老婆子的樣兒！」寶玉笑道：「倒不為唬壞了他，頭一則你凍着也不好；二則他不防，不免一喊，倘或唬醒了別人，不說咱們是玩意，倒反說襲人才去了一夜，你們就見神見鬼的。你來把我的這邊被掖一掖。」晴雯聽說，便上來掖了掖，伸手進去渥一渥時，寶玉笑道：「好冷手！我說看凍着。」一面又見晴雯兩腮如胭脂一般，用手摸了一摸，也覺冰冷。寶玉道：「快進被來渥渥罷。」

　　一語未了，只聽咯噔的一聲門響，麝月慌慌張張的笑了進來，說道：「嚇了我一跳好的。黑影子裏，山子石後頭，只見一個人蹲着。我才要叫喊，原來是那個大錦雞，見了人一飛，飛到亮處來，我才看真了。若冒冒失失一嚷，倒鬧起人來。」一面說，一面洗手，又笑道：「晴雯出去我怎麼不見？一定是要唬我去了。」寶玉笑道：「這不是他，在這裏渥呢！我若不叫的快，可是倒唬一跳。」晴雯笑道：「也不用我唬去，這小蹄子已經自怪自驚的了。」一面說，一面仍回自己被中去了。麝月道：「你就這麼『跑解馬』似的[9]

---

8)　　蠍蠍螫螫：問題不大而過分地表示關心、憐惜。

9)　　跑解馬似的：跑解馬，又名跑馬解，是一種民間技藝，表演者均穿短衣。這裏是形容穿衣的樣子。

打扮得伶伶俐俐的出去了不成？」寶玉笑道：「可不就這麼去了。」麝月道：「你死不揀好日子！你出去站一站，把皮不凍破了你的。」說着，又將火盆上的銅罩揭起，拿灰鍬重將熟炭埋了一埋，拈了兩塊速香放上，仍舊罩了，至屏後重剔了燈，方才睡下。

晴雯因方才一冷，如今又一暖，不覺打了兩個噴嚏。寶玉歎道：「如何？到底傷了風了。」麝月笑道：「他早起就嚷不受用，一日也沒吃碗正經飯。他這會子不說保養些，還要捉弄人。明兒病了，叫他自作自受。」寶玉問：「頭上可熱？」晴雯嗽了兩聲，說道：「不相干，那裏這麼嬌嫩起來了？」說着，只聽外間房中十錦格上的自鳴鐘當當兩聲，外間值宿的老嬤嬤嗽了兩聲，因說道：「姑娘們睡罷，明兒再說笑罷。」寶玉方悄悄的笑道：「咱們別說話了，又惹他們說話。」說着，方大家睡了。

至次日起來，晴雯果覺有些鼻塞聲重，懶怠動彈。寶玉道：「快不要聲張！太太知道，又要叫你搬回家去養息。家裏縱好，到底冷些，不如在這裏。你就在裏間屋裏躺着，我叫人請了大夫，悄悄的從後門來瞧瞧就是了。」晴雯道：「雖這麼說，你到底要告訴大奶奶一聲兒，不然一時大夫來了，人問起來，怎麼說呢？」

寶玉聽了有理，便喚一個老嬤嬤吩咐道：「你回大奶奶去，就說晴雯自凍着了些，不是甚麼大病。襲人又不在家，他若家去養病，這裏更沒有人了。傳一個大夫，悄悄的從後門進來瞧瞧，別回太太罷了。」老嬤嬤去了半日，來回說：「大奶奶知道了，說吃兩劑藥好了便罷，若不好時，還是出去為是。如今時氣不好，沾帶了別人事小，姑娘們身子要緊的。」晴雯睡在暖閣裏，只管咳嗽，聽了這話，氣的喊道：「我那裏就害瘟病了，只怕過了人！我離了這裏，看你們這一輩子都別頭疼腦熱的。」說着，便真要起來。寶玉忙按他，笑道：「別生氣，這原是他的責任，唯恐太太知道了說

● 晴雯是個丫頭，生病了也沒有資格得到照顧，反而被嫌棄，怕傳染病症給寶玉，寶玉想要請大夫來給她看病，也得小心翼翼。

點評

● 在寶玉的呵護下，晴雯雖然只是個丫頭，過得也如同小姐一般。

他不是，白說一句。你素習好生氣，如今肝火自然又盛了。」

正說時，人回大夫來了。寶玉便走過來，避在書架之後。只見兩三個後門口的老嬤嬤帶了一個太醫進來。這裏的丫鬟都回避了，有三四個老嬤嬤放下暖閣上的大紅繡幔，晴雯從幔中單伸出手去。那太醫見這隻手上有兩根指甲，足有三寸長，尚有金鳳花染的通紅的痕跡，便忙回過頭來。有一個老嬤嬤忙拿了一塊手帕掩了。那太醫方診了一回脈，起身到外間，向嬤嬤們說道：「小姐的症是外感內滯，近日時氣不好，竟算是個小傷寒。幸虧是小姐素日飲食有限，風寒也不大，不過是血氣原弱，偶然沾帶了些，吃兩劑藥疏散疏散就好了。」說着，便又隨婆子們出去。

彼時，李紈已遣人知會過後門上的人及各處丫鬟回避，太醫只見了園中的景致，並不曾見一女子。一時出了園門，就在守園門的小廝們的班房內坐了，開了藥方。老嬤嬤道：「老爺且別去，我們小爺囉嗦，恐怕還有話問。」太醫忙道：「方才不是小姐，是位爺不成？那屋子竟是繡房一樣，又是放下幔子來瞧的，如何是位爺呢？」老嬤嬤悄悄笑道：「我的老爺，怪道小廝才說今兒請了一位新太醫來了，真不知我們家的事。那屋子是我們小哥兒的，那人是他屋裏的丫頭，倒是個大姐，那裏是小姐？若是小姐的繡房，小姐病了，你那麼容易就進去了？」說着，拿了藥方進去。

寶玉看時，上面有紫蘇、桔梗、防風、荊芥等藥，後面又有枳實、麻黃。寶玉道：「該死，該死，他拿着女孩兒們也像我們一樣的治法，如何使得！憑他有甚麼內滯，這枳實、麻黃如何禁得。誰請了來的？快打發他去罷！再請一個熟的來罷。」老婆子道：「用藥好不好，我們不知道這理。如今再叫小廝去請王太醫去倒容易，只是這太醫又不是告訴總管房請來的，這轎馬錢是要給他的。」寶玉道：「給他多少？」婆子道：「少了不好看，也得一兩銀子，才是我們這門戶的禮。」寶玉道：「王太醫來了給他多少？」婆子笑道：

「王太醫和張太醫每常來了，也並沒個給錢的，不過每年四節，一大躉¹⁰兒送禮，那是一定的年例。這人新來了一次，須得給他一兩銀子去。」

寶玉聽說，便命麝月去取銀子。麝月道：「花大姐姐還不知攔在那裏呢。」寶玉道：「我常見他在螺甸小櫃子裏取錢，我和你找去。」說着，二人來至寶玉堆東西的房子，開了螺甸櫃子，上一格子都是些筆墨、扇子、香餅¹¹、各色荷包、汗巾等物；下一格卻是幾串錢。於是開了抽屜，才看見一個小簸籮內放着幾塊銀子，倒也有一把戥子。麝月便拿了一塊銀子，提起戥子來問寶玉：「那是一兩的星兒？」寶玉笑道：「你問我？有趣，你倒成了才來的了。」麝月也笑了，又要去問人。寶玉道：「揀那大的給他一塊就是了。又不作買賣，算他做甚麼！」麝月聽了，便放下戥子，揀了一塊掂了一掂，笑道：「這一塊只怕是一兩了。寧可多些好，別少了，叫那窮小子笑話，不說咱們不識戥子，倒說咱們有心小器似的。」那婆子站在外頭台階上，笑道：「那是五兩的錠子夾了半邊，這一塊至少還有二兩呢！這會子又沒夾剪，姑娘收了這塊，再揀一塊小些的罷。」麝月早掩了櫃子出來，笑道：「誰又找去！多了些你拿了去罷！」寶玉道：「你只快叫焙茗再請個大夫來罷。」婆子接了銀子，自去料理。

一時焙茗果請了王太醫來，診了脈後，說的病症與前頭不同，方子上果然沒有枳實、麻黃等藥，倒有當歸、陳皮、白芍等，藥之分量較先也減了些。

寶玉喜道：「這才是女孩兒們的藥，雖然疏散，也不可太過。舊年我病了，卻是傷寒內裏飲食停滯，他瞧了，還說我禁不起麻黃、石膏、枳實等狼虎藥。我和你們就如秋天

---

10)　大躉（dǔn）：積累到一起，叫做一大躉兒。也說一打躉兒或打躉兒，見第五十七回。

11)　香餅：香料製成的小餅。可以佩戴，也可以燃燒。

芸兒進我的那才開的白海棠，我禁不起的藥，你們如何禁得起？比如人家墳裏的大楊樹，看着枝葉茂盛，都是空心子的。」麝月等笑道：「野墳裏只有楊樹，難道就沒有松柏不成？我最嫌的是楊樹，那麼大笨樹，葉子只一點子，沒一點風兒，他也是亂響。你偏比他，也太下流了。」寶玉笑道：「松柏不敢比。連孔子都說：『歲寒然後知松柏之後凋也。』可知這兩件東西高雅，不害羞臊的才拿他混比呢。」

　　說着，只見老婆子取了藥來。寶玉命把煎藥的銀吊子找了出來，就命在火盆上煎。晴雯因說：「正經給他們茶房裏煎去，弄得這屋裏藥氣，如何使得。」寶玉道：「藥氣比一切的花香果子香都雅。神仙採藥燒藥，再者高人逸士採藥治藥，最妙的一件東西。這屋裏我正想各色都齊了，就只少藥香，如今恰好全了。」一面說，一面早命人煨上。又囑咐麝月打點東西，遣老嬤嬤去看襲人，勸他少哭。一一妥當，方過前邊來賈母王夫人處問安吃飯。

　　正值鳳姐兒和賈母王夫人商議說：「天又短又冷，不如以後大嫂子帶着姑娘們在園子裏吃飯一樣。等天長暖和了，再來回的跑也不妨。」王夫人笑道：「這也是好主意。颳風下雪倒便宜，吃些東西受了冷氣也不好；空心走來，一肚子冷風，壓上些東西也不好。不如後園門裏頭的五間大房子，橫豎有女人們上夜的，挑兩個廚子女人在那裏，單給他姊妹們弄飯。新鮮菜蔬是有分例的，在總管賬房裏支了去，或要錢，或要東西。那些野雞、獐、麅各樣野味，分些給他們就是了。」賈母道：「我也正想着呢，就怕又添一個廚房多事些。」鳳姐道：「並不多事，一樣的分例，這裏添了，那裏減了。就便多費些事，小姑娘們冷風朔氣的，別人還可，第一林妹妹如何禁得住？就連寶兄弟也禁不住，況兼眾位姑娘都不是結實身子。」鳳姐兒說畢，未知賈母如何答言，且聽下回分解。

● 鳳姐管家十分周到，她提到是為了方便黛玉和寶玉更是合了老太太的心意。

💬 延伸思考

襲人以前也回過家，寶玉還去她家裏看過她，但為何這一次安排得
那麼仔細？請你分析這背後的原因。

💡 精華賞析

襲人回家真是排場不小，但值得注意的是，她穿戴的衣服都是
王夫人和鳳姐等人的賞賜，可以說這排場也不過是裝個門面。襲人
在買府再得意，也仍舊是個下人而已。

《第五十二回》

精讀 **俏平兒情掩蝦鬚鐲**
勇晴雯病補雀金裘

> 賈母給了寶玉一件十分貴重的衣服，但寶玉一不小心把衣服燒了個洞。他正在發愁怎麼辦，還好晴雯針織刺繡的手藝精湛，幫他渡過了難關。

　　賈母道：「正是這話了。上次我要說這話，我見你們的大事多，如今又添出這些事來，你們固然不敢抱怨，未免想着我只顧疼這些小孫子孫女兒們，就不體貼你們這當家人了。你既這麼說出來，更好了。」

　　因此時薛姨媽李嬸都在座，邢夫人及尤氏婆媳也都過來請安，還未過去，賈母向王夫人等說道：「今兒我才說這話，素日我不說，一則怕逗了鳳丫頭的臉，二則眾人不服。今日你們都在這裏，都是經過姑嫂姑嫂的，還有他這樣想的到的沒有？」薛姨媽、李嬸、尤氏等齊笑說：「真個少有。別人不過是禮上面子情兒，實在他是真疼小叔子小姑子。就是老太太跟前，也是真孝順。」賈母點頭歎道：「我雖疼他，我又怕他太伶俐也不是好事。」鳳姐兒忙笑道：「這話老祖宗說差了。世人都說太伶俐聰明，怕活不長。世人都說得，人人都信，獨老祖宗不當說，不當信。老祖宗只有伶俐聰明過我十倍的，怎麼如今這樣福壽雙全的？只怕我明兒還勝老祖宗一倍呢！我活一千歲後，等老祖宗歸了西，我才死呢。」賈母笑道：「眾人都死了，單剩下咱們兩個老妖精，

有甚麼意思。」說的眾人都笑了。

寶玉因記掛着晴雯襲人等事，便先回園裏來。到房中，藥香滿屋，一人不見，只見晴雯獨臥於炕上，臉面燒的飛紅，又摸了一摸，只覺燙手。忙又向爐上將手烘暖，伸進被去摸了一摸身上，也是火熱。因說道：「別人去了也罷，麝月秋紋也這麼無情，各自去了？」晴雯道：「秋紋是我攛了他去吃飯的，麝月是方才平兒來找他出去的。兩人鬼鬼祟祟的不知說甚麼，必是說我病了不出去。」寶玉道：「平兒不是那樣人。況且他並不知你病特來瞧你，想來一定是找麝月來說話，偶然見你病了，隨口說特瞧你的病，這也是有人情乖覺取和的常事。便不出去，有不是，與他何干？你們素日又好，斷不肯為這無干的事傷和氣。」晴雯道：「這話也是，只是疑他為甚麼忽然間瞞起我來。」寶玉笑道：「讓我從後門出去，到那窗根下聽聽說些甚麼，來告訴你。」說着，果然從後門出去，至窗下潛聽。

只聞麝月悄問道：「你怎麼就得了的？」平兒道：「那日洗手時不見了，二奶奶就不許吵嚷，出了園子，即刻就傳給園裏各處的媽媽們小心訪查。我們只疑惑邢姑娘的丫頭，本來又窮，只怕小孩子家沒見過，拿了起來也是有的。再不料定是你們這裏的。幸而二奶奶沒有在屋裏，你們這裏的宋媽媽去了，拿着這支鐲子，說是小丫頭子墜兒偷起來的，被他看見，來回二奶奶的。我趕着忙接了鐲子，想了一想：寶玉是偏在你們身上留心用意、爭勝要強的，那一年有一個良兒偷玉，剛冷了一二年，閑時還有人提起來趁願，這會子又跑出一個偷金子的來了，而且更偷到街坊家去了。偏是他這樣，偏是他的人打嘴。所以我倒忙叮嚀宋媽，千萬別告訴寶玉，只當沒有這事，別和一個人提起。第二件，老太太、太太聽了也生氣。三則襲人和你們也不好看。所以我回二奶奶，只說：『我往大奶奶那裏去的，誰知鐲子褪了口，丟在草根底下，雪深了沒看見。今兒雪化盡了，黃澄澄的映着日

點評

● 平兒跟着管家的鳳姐操持雜務，平時就顯得出眾，而這個細節更看出她能為別人考慮，遇事冷靜而不張揚，是個細心又善良的人。

頭，還在那裏呢，我就揀了起來。』二奶奶也就信了，所以我來告訴你們。你們以後防着他些，別使喚他到別處去。等襲人回來，你們商議着，變個法子打發出去就完了。」麝月道：「這小蹄子也見過些東西，怎麼這麼眼皮子淺。」平兒道：「究竟這鐲子能多少重，原是二奶奶說的，這叫做『蝦鬚鐲』，倒是這顆珠子還罷了。晴雯那蹄子是塊爆炭，要告訴了他，他是忍不住的。一時氣了，或打或罵，依舊嚷出來不好，所以單告訴你留心就是了。」說着便作辭而去。

　　寶玉聽了，又喜又氣又歎。喜的是平兒竟能體貼自己；氣的是墜兒小竊；歎的是墜兒那樣一個伶俐人，作出這醜事來。因而回至房中，把平兒之話一長一短告訴了晴雯。又說：「他說你是個要強的，如今病着，聽了這話越發要添病，等好了再告訴你。」晴雯聽了，果然氣的蛾眉倒蹙，鳳眼圓睜，即時就叫墜兒。寶玉忙勸道：「你這一喊出來，豈不辜負了平兒待你我之心了。不如領他這個情，過後打發他就完了。」晴雯道：「雖如此說，只是這口氣如何忍得！」寶玉道：「這有甚麼氣的？你只養病就是了。」

　　晴雯服了藥，至晚間又服二和，夜間雖有些汗，還未見效，仍是發燒，頭疼鼻塞聲重。次日，王太醫又來診視，另加減湯劑。雖然稍減了燒，仍是頭疼。寶玉便命麝月：「取鼻煙來，給他嗅些，痛打幾個嚏噴，就通了關竅。」麝月果真去取了一個金鑲雙扣金星玻璃的小扁盒來，遞與寶玉。寶玉便揭翻盒扇，裏面有西洋琺琅的黃髮赤身女子，兩肋又有肉翅，裏面盛着些真正上等洋煙。晴雯只顧看畫兒，寶玉道：「嗅些，走了氣就不好了。」晴雯聽說，忙用指甲挑了些嗅入鼻中，不怎樣。便又多多挑了些嗅入，忽覺鼻中一股酸辣透入囟門[1]，接連打了五六個嚏噴，眼淚鼻涕登時齊

---

1)　　囟（xìn）門：即頭部的前額頂。

流。晴雯忙收了盒子，笑道：「了不得，好爽快！拿紙來。」
早有小丫頭子遞過一搭子細紙，晴雯便一張一張的拿來醒鼻
子。寶玉笑問：「如何？」晴雯笑道：「果覺通快些，只是太
陽還疼。」

寶玉笑道：「越性盡用西洋藥治一治，只怕就好了。」
說着，便命麝月：「和二奶奶要去，就說我說了：姐姐那裏
常有那西洋貼頭疼的膏子藥，叫做『依弗哪』，找尋一點
兒。」麝月答應了，去了半日，果然拿了半節來。便去找了
一塊紅緞子角兒，鉸了兩塊指頂大的圓式，將那藥烤和了，
用簪挺攤上。晴雯自拿着一面靶鏡，貼在兩太陽上。麝月笑
道：「病的蓬頭鬼一樣，如今貼了這個，倒俏皮了。二奶奶
貼慣了，倒不大顯。」說畢，又向寶玉道：「二奶奶說了：
明日是舅老爺生日，太太說了叫你去呢。明兒穿甚麼衣裳？
今兒晚上好打點齊備了，省得明兒早起費手。」寶玉道：「甚
麼順手就是甚麼罷了。一年鬧生日也鬧不清。」說着，便起
身出房，往惜春房中去看畫。

剛到院門外邊，忽見寶琴的小丫鬟名小螺者從那邊過
去，寶玉忙趕上問：「那裏去？」小螺笑道：「我們二位姑娘
都在林姑娘房裏呢，我如今也往那裏去。」寶玉聽了，轉步
也便同他往瀟湘館來。不但寶釵姊妹在此，且連邢岫煙也在
那裏，四人圍坐在熏籠上敍家常。紫鵑倒坐在暖閣裏，臨窗
作針活。一見他來，都笑說：「又來了一個！可沒了你的坐
處了。」寶玉笑道：「好一幅『冬閨集豔圖』！可惜我遲來
了一步。橫豎這屋子比各屋子暖，這椅子坐着並不冷。」說
着，便坐在黛玉常坐的搭着灰鼠椅搭的一張椅上。因見暖閣
之中有一玉石條盆，裏面攢三聚五栽着一盆單瓣水仙，點
着宣石，便極口讚：「好花！這屋子越發暖，這花香的越清
香。昨日未見。」

黛玉因說道：「這是你家的大總管賴大嬸子送薛二姑娘
的，兩盆水仙，兩盆臘梅。他送了我一盆水仙，他送了雲丫

頭一盆臘梅。我原不要的，又恐辜負了他的心。你若要，我
轉送你如何？」寶玉道：「我屋裏卻有兩盆，只是不及這個。
琴妹妹送你的，如何又轉送人，這個斷使不得。」黛玉道：
「我一日藥吊子不離火，我竟是藥培着呢，那裏還擱的住花
香來熏？越發弱了。況且這屋子裏一股藥氣，反把這花香攪
壞了。不如你抬了去，這花也清淨了，沒雜味來攪他。」寶
玉笑道：「我屋裏今兒也有個病人吃藥呢，你怎麼知道的？」
黛玉笑道：「這話奇了，我原是無心的話，誰知你屋裏的
事？你不早來聽說古記兒，這會子來了，自驚自怪的。」

　　寶玉笑道：「咱們明兒下一社又有了題目了，就詠水仙
臘梅。」黛玉聽了，笑道：「罷，罷！我再不敢作詩了，作
一回，罰一回，沒的怪羞的。」說着，便兩手握起臉來。寶
玉笑道：「何苦來！又打趣我作甚麼？我還不怕臊呢，你倒
握起臉來了。」寶釵因笑道：「下次我邀一社，四個詩題，
四個詞題。每人四首詩，四闋詞。頭一個詩題《詠（太極
圖）》，限一先的韻，五言排律，要把一先的韻都用盡了，
一個不許剩。」寶琴笑道：「這一說，可知是姐姐不是真心
起社了，這分明難人。若論起來，也強扭的出來，不過顛來
倒去弄些《易經》上的話生填，究竟有何趣味。我八歲時
節，跟我父親到西海沿子上買洋貨，誰知有個真真國的女孩
子，才十五歲，那臉面就和那西洋畫上的美人一樣，也披着
黃頭髮，打着聯垂[2]，滿頭帶的都是珊瑚、貓兒眼、祖母綠
這些寶石；身上穿着金絲織的鎖子甲洋錦襖袖；帶着倭刀，
也是鑲金嵌寶的，實在畫兒上的也沒他好看。有人說他通中
國的詩書，會講五經，能作詩填詞，因此我父親央煩了一位
通事官[3]，煩他寫了一張字，就寫的是他作的詩。」眾人都稱

---

2)　　聯垂：這裏指髮辮。

3)　　通事官：翻譯官。

奇道異。寶玉忙笑道：「好妹妹，你拿出來我瞧瞧。」寶琴笑道：「在南京收着呢，此時那裏去取來？」寶玉聽了，大失所望，便說：「沒福得見這世面。」

黛玉笑拉寶琴道：「你別哄我們。我知道你這一來，你的這些東西未必放在家裏，自然都是要帶了來的，這會子又扯謊說沒帶來。他們雖信，我是不信的。」寶琴便紅了臉，低頭微笑不語。寶釵笑道：「偏這個顰兒慣說這些白話，把你就伶俐的。」黛玉道：「若帶了來，就給我們見識見識也罷了。」寶釵笑道：「箱子籠子一大堆還沒理清，知道在那個裏頭呢！等過日收拾清了，找出來大家再看就是了。」又向寶琴道：「你若記得，何不唸唸我們聽聽。」寶琴方答道：「記得是首五言律，外國的女子也就難為他了。」寶釵道：「你且別唸，等把雲兒叫了來，也叫他聽聽。」說着，便叫小螺來吩咐道：「你到我那裏去，就說我們這裏有一個外國美人來了，作的好詩，請你這『詩瘋子』來瞧去，再把我們『詩呆子』也帶來。」小螺笑着去了。

半日，只聽湘雲笑問：「那一個外國美人來了？」一頭說着，果和香菱來了。眾人笑道：「人未見形，先已聞聲。」寶琴等忙讓坐，遂把方才的話重敍了一遍。湘雲笑道：「快唸來聽聽。」寶琴因唸道：「昨夜朱樓夢，今宵水國吟。島雲蒸大海，嵐氣接叢林。月本無今古，情緣自淺深。漢南春歷歷，焉得不關心。」

眾人聽了，都道：「難為他！竟比我們中國人還強。」一語未了，只見麝月走來說：「太太打發人來告訴二爺，明兒一早往舅舅那裏去，就說太太身上不大好，不得親自來。」寶玉忙站起來答應道：「是。」因問寶釵寶琴可去。寶釵道：「我們不去，昨兒單送了禮去了。」大家說了一回方散。

寶玉因讓諸姊妹先行，自己落後。黛玉便又叫住他問道：「襲人到底多早晚回來？」寶玉道：「自然等送了殯才來

呢。」黛玉還有話說，又不曾出口，出了一回神，便說道：「你去罷。」寶玉也覺得心裏有許多話，只是口裏不知要說甚麼，想了一想，也笑道：「明日再說罷。」一面下了台階，低頭正欲邁步，復又忙回身問道：「如今的夜越發長了，你一夜咳嗽幾遍？醒幾次？」黛玉道：「昨兒夜裏好了，只嗽了兩遍，卻只睡了四更一個更次，就再不能睡了。」寶玉又笑道：「正是有句要緊的話，這會子才想起來。」一面說，一面便挨過身來，悄悄道：「我想寶姐姐送你的燕窩……」一語未了，只見趙姨娘走了進來瞧黛玉，問：「姑娘這兩天好了？」黛玉便知他是從探春處來，從門前過，順路的人情。黛玉忙陪笑讓坐，說：「難得姨娘想着，怪冷的，親身走來。」又忙命倒茶，一面又使眼色與寶玉。寶玉會意，便走了出來。

正值吃晚飯時，見了王夫人，王夫人又囑他早去。寶玉回來，看晴雯吃了藥。此夕寶玉便不命晴雯挪出暖閣來，自己便在晴雯外邊。又命將熏籠抬至暖閣前，麝月便在熏籠上。一宿無話。

至次日，天未明時，晴雯便叫醒麝月道：「你也該醒了，只是睡不夠！你出去叫人給他預備茶水，我叫醒他就是了。」麝月忙披衣起來道：「咱們叫起他來，穿好衣裳，抬過這火箱去，再叫他們進來。老嬤嬤們已經說過，不叫他在這屋裏，怕過了病氣。如今他們見咱們擠在一處，又該嘮叨了。」晴雯道：「我也是這麼說。」二人才叫時，寶玉已醒了，忙起身披衣。麝月先叫進小丫頭子來，收拾妥當了，命秋紋檀雲等進來，一同伏侍寶玉梳洗畢。麝月道：「天又陰陰的，只怕有雪，穿那一套氈的罷。」寶玉點頭，即時換了衣裳。小丫頭便用小茶盤捧了一蓋碗建蓮紅棗湯來，寶玉喝了兩口。麝月又捧過一小碟法製紫薑來，寶玉嗛了一塊。又囑咐了晴雯一回，便往賈母處來。

賈母猶未起來，知道寶玉出門，便開了屋門，命寶玉

進去。寶玉見賈母身後寶琴面向裏睡着未醒，賈母見寶玉身上穿着荔枝色哆羅呢的箭袖，大紅猩猩氊盤金彩繡石青妝緞沿邊的排穗褂。賈母道：「下雪呢麼？」寶玉道：「天陰着，還沒下呢。」賈母便命鴛鴦來：「把昨兒那一件烏雲豹的氅衣給他罷。」鴛鴦答應了，走去果取了一件來。寶玉看時，金翠輝煌，碧彩閃灼，又不似寶琴所披之鳧靨裘。只聽賈母笑道：「這叫作『雀金呢』，這是俄羅斯國拿孔雀毛拈了線織的。前兒把那一件野鴨子的給了你小妹妹，這件給你罷。」寶玉磕了一個頭，便披在身上。賈母笑道：「你先給你娘瞧瞧去再去。」

　　寶玉答應了，便出來，只見鴛鴦站在地下揉眼睛。因自那日鴛鴦發誓決絕之後，他總不和寶玉講話。寶玉正自日夜不安。此時見他又要回避，寶玉便上來笑道：「好姐姐，你瞧瞧，我穿着這個好不好？」鴛鴦一摔手，便進賈母旁中來了。寶玉只得到了王夫人房中，與王夫人看了，然後又回至園中，與晴雯麝月看過後，至賈母房中回說：「太太看了，只說可惜了的，叫我仔細穿，別糟蹋了他。」賈母道：「就剩下了這一件，你糟蹋了也再沒了。這會子特給你做這個也是沒有的事。」說着又囑咐他：「不許多吃酒，早些回來。」寶玉應了幾個「是」。

　　老嬤嬤跟至廳上，只見寶玉的奶兄李貴和王榮、張若錦、趙亦華、錢升、周瑞六個人，帶着焙茗、伴鶴、鋤藥、掃紅四個小廝，背着衣包，抱着坐褥，籠着一匹雕鞍彩轡的白馬，早已伺候多時了。老嬤嬤又吩咐了他六人些話，六個人忙答應了幾個「是」，忙捧鞭墜鐙。寶玉慢慢的上了馬，李貴和王榮籠着嚼環，錢升周瑞二人在前引導，張若錦、趙亦華在兩邊緊貼寶玉後身。寶玉在馬上笑道：「周哥，錢哥，咱們打這角門走罷，省得到了老爺的書房門口又下來。」周瑞側身笑道：「老爺不在家，書房天天鎖着的，爺可以不用下來罷了。」寶玉笑道：「雖鎖着，也要下來的。」

點評

錢升李貴等都笑道：「爺說的是。便託懶不下來，倘或遇見賴大爺林二爺，雖不好說爺，也勸兩句。有的不是，都派在我們身上，又說我們不教爺禮了。」周瑞錢升便一直出角門來。

正說話時，頂頭果見賴大進來。寶玉忙籠住馬，意欲下來。賴大忙上來抱住腿。寶玉便在鐙上站起來，笑攜他的手，說了幾句話。接着又見一個小廝帶着二三十個拿掃帚簸箕的人進來，見了寶玉，都順牆垂手立住，獨那為首的小廝打千兒，請了一個安。寶玉不識名姓，只微笑點了點頭兒。馬已過去，那人方帶人去了。於是出了角門，門外又有李貴等六人的小廝並幾個馬夫，早預備下十來匹馬專候。一出了角門，李貴等都各上了馬，前引傍圍的一陣煙去了，不在話下。

這裏晴雯吃了藥，仍不見病退，急的亂罵大夫，說：「只會騙人的錢，一劑好藥也不給人吃。」麝月笑勸他道：「你太性急了，俗語說：『病來如山倒，病去如抽絲』。又不是老君的仙丹，那有這麼靈藥！你只靜養幾天，自然就好了。你越急越着手。」晴雯又罵小丫頭子們：「那裏鑽沙[4]去了！瞅我病了，都大膽子走了。明兒我好了，一個一個的才揭你們的皮呢！」唬的小丫頭子定兒忙進來問：「姑娘作甚麼？」晴雯道：「別人都死絕了，就剩了你不成？」說着，只見墜兒也蹭了進來。晴雯道：「你瞧瞧這小蹄子，不問他還不來呢。這裏又放月錢了，又散果子了，你該跑在頭裏了。你往前些，我不是老虎吃了你！」墜兒只得前湊。晴雯便冷不防欠身一把將他的手抓住，向枕邊取了一丈青[5]，向他手上亂戳，口內罵道：「要這爪子做甚麼？拈不得針，拿不

● 表現出晴雯的性子急躁，墜兒偷竊雖然可恨，但她棱角分明的性格也容易傷人、害己。

---

4)　鑽沙：這裏是用魚類鑽進泥沙不易尋找來比喻、譴責小丫頭們的行蹤不定，沒有規矩。

5)　一丈青：一種細長的簪，一頭尖，一頭有一個小杓，普通叫耳挖子。

動線，只會偷嘴吃。眼皮子又淺，爪子又輕，打嘴現世的，不如戳爛了！」墜兒疼的亂哭亂喊。麝月忙拉開墜兒，按晴雯睡下，笑道：「才出了汗，又作死[6]。等你好了，要打多少打不得？這會子鬧甚麼！」

　　晴雯便命人叫宋嬤嬤進來，說道：「寶二爺才告訴了我，叫我告訴你們，墜兒很懶，寶二爺當面使他，他撇嘴兒不動，連襲人使他，他背後罵他。今兒務必打發他出去，明兒寶二爺親自回太太就是了。」宋嬤嬤聽了，心下便知鐲子事發，因笑道：「雖如此說，也等花姑娘回來知道了，再打發他。」晴雯道：「寶二爺今兒千叮嚀萬囑咐的，甚麼『花姑娘』『草姑娘』，我們自然有道理。你只依我的話，快叫他家的人來領他出去。」麝月道：「這也罷了，早也去，晚也去，帶了去早清淨一日。」

　　宋嬤嬤聽了，只得出去喚了他母親來，打點了他的東西，又來見晴雯等，說道：「姑娘們怎麼了，你姪女兒不好，你們教導他，怎麼攆出去？也到底給我們留個臉兒。」晴雯道：「你這話只等寶玉來問他，與我們無干。」那媳婦冷笑道：「我有膽子問他去！他那一件事不是聽姑娘們的調停？他縱依了，姑娘們不依，也未必中用。比如方才說話，雖是背地裏，姑娘就直叫他的名字。在姑娘們就使得，在我們就成了野人了。」晴雯聽說，一發急紅了臉，說道：「我叫了他的名字了，你在老太太跟前告我去，說我撒野，也攆出我去。」

　　麝月忙道：「嫂子，你只管帶了人出去，有話再說。這個地方豈有你叫喊講禮的？你見誰和我們講過禮？別說嫂子你，就是賴奶奶林大娘，也得擔待我們三分。便是叫名字，從小兒直到如今，都是老太太吩咐過的，你們也知道的，恐

---

6)　　作（zuō）死：製造死因，找死。

怕難養活，巴巴的寫了他的小名兒，各處貼着叫萬人叫去，為的是好養活。連挑水挑糞花子都叫得，何況我們！連昨兒林大娘叫了一聲『爺』，老太太還說呢，此是一件。二則，我們這些人常回老太太、太太的話去，可不叫着名字回話，難道也稱『爺』？那一日不是寶玉兩個字唸二百遍，偏嫂子又來挑這個了！過一日嫂子閑了，在老太太、太太跟前，聽聽我們當着面兒叫他就知道了。嫂子原也不得在老太太、太太跟前當些體統差事，成年家只在三門外頭混，怪不得不知道我們裏頭的規矩。這裏不是嫂子久站的，再一會，不用我們說話，就有人來問你了。有甚麼分證的話，且帶了他去，你回了林大娘，叫他來找二爺說話。家裏上千的人，你也跑來，我也跑來，我們認人問姓，還認不清呢！」說着，便叫小丫頭子：「拿了擦地的布來擦地！」

那媳婦聽了，無言可對，亦不敢久立，賭氣帶了墜兒就走。宋媽媽忙道：「怪道你這嫂子不知規矩，你女兒在這屋裏一場，臨去時，也給姑娘們磕個頭。沒有別的謝禮，——便有謝禮，他們也不希罕，——不過磕個頭，盡個心罷。怎麼說走就走？」墜兒聽說，只得翻身進來，給他兩個磕了兩個頭，又找秋紋等，他們也不睬他。那媳婦嗐聲歎氣，口不敢言，抱恨而去。

晴雯方才又閃了風，着了氣，反覺更不好了，翻騰至掌燈，剛安靜了些。只見寶玉回來，進門就嗐聲跺腳。麝月忙問原故，寶玉道：「今兒老太太喜喜歡歡的給了這個褂子，誰知不防後襟子上燒了一塊，幸而天晚了，老太太、太太都不理論。」一面說，一面脫下來。麝月瞧時，果見有指頂大的燒眼，說：「這必定是手爐裏的火迸上了。這不值甚麼，趕着叫人悄悄的拿出去，叫個能幹織補匠人織上就是了。」說着便用包袱包了，交與一個媽媽送出去。說：「趕天亮就有才好。千萬別給老太太、太太知道。」婆子去了半日，仍舊拿回來，說：「不但能幹織補匠人，就連裁縫繡匠

並做女工的問了，都不認得這是甚麼，都不敢攬。」麝月道：「這怎麼樣呢！明兒不穿也罷了。」寶玉道：「明兒是正日子，老太太、太太說了，還叫穿這個去呢。偏頭一日燒了，豈不掃興！」

晴雯聽了半日，忍不住翻身說道：「拿來我瞧瞧罷。沒個福氣穿就罷了，這會子又着急。」寶玉笑道：「這話倒說的是。」說着，便遞與晴雯，又移過燈來，細看了一會。晴雯道：「這是孔雀金線織的，如今咱們也拿孔雀金線就像界線[7]似的界密了，只怕還可混得過去。」麝月笑道：「孔雀線現成的，但這裏除了你，還有誰會界線？」晴雯道：「說不得，我掙命罷了。」寶玉忙道：「這如何使得！才好了些，如何做得活。」晴雯道：「不用你嚦嚦螫螫的，我自知道。」一面說，一面坐起來，挽了一挽頭髮，披了衣裳，只覺頭重身輕，滿眼金星亂迸，實實撐不住。若不做，又怕寶玉着急，少不得恨命咬牙捱着。便命麝月只幫着拈線。晴雯先拿了一根比一比，笑道：「這雖不很像，若補上，也不很顯。」寶玉道：「這就很好，那裏又找俄羅斯國的裁縫去。」

晴雯先將裏子拆開，用茶杯口大的一個竹弓釘繃在背面，再將破口四邊用金刀刮的散鬆鬆的，然後用針納了兩條，分出經緯，亦如界線之法，先界出地子後，依本衣之紋來回織補。補兩針，又看看，織補兩針，又端詳端詳。無奈頭暈眼黑，氣喘神虛，補不上三五針，伏在枕上歇一會。寶玉在旁，一時又問：「吃些滾水不吃？」一時又命「歇一歇」，一時又拿一件灰鼠斗篷替他披在背上，一時又命拿個拐枕與他靠着。急的晴雯央道：「小祖宗！你只管唆着熬夜，明兒把眼睛摳摟[8]了，怎麼處！」寶玉見他着急，只得

點評

● 一系列動作描寫，能看出晴雯在針線活兒上是個行家裏手。

---

7)　　界線：縫紉、刺繡手工裏的一項術語，指一種特殊的縱橫線織法。

8)　　摳摟（kōu lōu）：由於缺乏睡眠而眼窩略陷的狀態。

胡亂睡下，仍睡不着。一時只聽自鳴鐘已敲了四下，剛剛補完；又用小牙刷慢慢的剔出絨毛[9]來。麝月道：「這就很好，若不留心，再看不出的。」寶玉忙要了瞧瞧，說道：「真真一樣了。」晴雯已嗽了幾陣，好容易補完了，說了一聲：「補雖補了，到底不像，我也再不能了！」嗳喲了一聲，便身不由主倒下了。要知端的，下回分解。

💡 精華賞析

　　前面講到過晴雯與寶玉、襲人鬥嘴，難免給人一種尖刻、高傲的印象，而這一回中她展示了自己的才能。在病中仍費心費力一整夜為寶玉補衣，可見她不是個自私的人，而且她的手藝也確實了得。晴雯因墜兒偷竊而氣憤不已，我們見識了這個丫頭的剛烈，她雖然身份低賤卻對偷竊這種不道德行為十分不齒，有強烈的正義感，這也將在隨後的情節中得到證實。

　　《紅樓夢》中人物眾多，負有一定才能的女子則是最重要的角色，晴雯這個人物形象由此也在書裏變得更加重要起來。

---

9)　　絨毛：細軟鬆散的嫩毛。

《第五十三回》

精讀 寧國府除夕祭宗祠
榮國府元宵開夜宴

> 　　賈府上下開始忙活起過年的事，得了皇帝的賞賜不說，還有莊子上進獻的年貨。不過莊子上今年遭了災，收成十分不好，送來的年貨自然也沒有往常多。這可惹來了賈珍的不少抱怨。

　　話說寶玉見晴雯將雀裘補完，已使的力盡神危，忙命小丫頭子來替他捶着，彼此捶打了一會歇下。沒一頓飯的工夫，天已大亮，且不出門，只叫快傳大夫。一時王太醫來了，診了脈，疑惑說道：「昨日已好了些，今日如何反虛微浮縮起來，敢是吃多了飲食？不然就是勞了神思。外感卻倒清了，這汗後失於調養，非同小可。」一面說，一面出去開了藥方進來。寶玉看時，已將疏散驅邪諸藥減去了，倒添了茯苓、地黃、當歸等益神養血之劑。寶玉一面命人煎去，一面歎說：「這怎麼處！倘或有個好歹，都是我的罪孽。」晴雯睡在枕上嗐道：「好太爺！你幹你的去罷，那裏就得癆病了。」寶玉無奈，只得去了。至下半天，說身上不好就回來了。

　　晴雯此症雖重，幸虧他素昔是個使力不使心的人；再素昔飲食清淡，飢飽無傷的。這賈宅中的風俗祕法，無論上下，只一略有些傷風咳嗽，總以淨餓為主，次則服藥調養。故於前日一病時，就餓了兩三日，又謹慎服藥調治，如今勞碌了些，又加倍培養了幾日，便漸漸的好了。近日園中姊妹皆各在房中吃飯，炊爨飲食亦便，寶玉自能變法要湯要羹調

點評

停。不必細說。

　　襲人送母殯後，業已回來，麝月便將平兒所說宋媽墜兒一事，並晴雯攆逐出去等話，「一一也曾回過寶玉。」襲人也沒別說，只說太性急了些。只因李紈亦因時氣感冒；邢夫人又正害火眼，迎春岫煙皆過去朝夕侍藥；李嬸之弟又接了李嬸和李紋李綺家去住幾日；寶玉又見襲人常常思母含悲，晴雯猶未大癒：因此詩社之日，皆未有人作興，便空了幾社。

　　當下已是臘月，離年日近，王夫人與鳳姐治辦年事。王子騰升了九省都檢點，賈雨村補授了大司馬，協理軍機參贊朝政。不題。

　　且說賈珍那邊，開了宗祠，着人打掃，收拾供器，請神主，又打掃上房，以備懸供遺真影像。此時榮寧二府內外上下，皆是忙忙碌碌。這日寧府中尤氏正起來同賈蓉之妻打點送賈母這邊針線禮物，正值丫頭捧了一茶盤押歲錁子[1]進來，回說：「興兒回奶奶，前兒那一包碎金子共是一百五十三兩六錢七分，裏頭成色不等，共總傾了二百二十個錁子。」說着遞上去。尤氏看了看，只見也有梅花式的，也有海棠式的，也有筆錠如意的，也有八寶聯春的。尤氏命：「收起這個來，叫他把銀錁子快快交了進來。」丫鬟答應去了。

　　一時賈珍進來吃飯，賈蓉之妻回避了。賈珍因問尤氏：「咱們春祭的恩賞可領了不曾？」尤氏道：「今兒我打發蓉兒關去了。」賈珍道：「咱們家雖不等這幾兩銀子使，多少是皇上天恩。早關了來，給那邊老太太見過，置了祖宗的供，上領皇上的恩，下則是託祖宗的福。咱們那怕用一萬銀子供祖宗，到底不如這個又體面，又是沾恩錫福的。除咱們

● 這既是對皇帝的賞賜表示感恩，同時也是在炫耀自己不是「那些世襲窮官兒」。

---

1)　　押歲錁子：除夕時長輩給小孩的金銀錁子。給的錢叫壓歲錢。

這一二家之外，那些世襲窮官兒家，要不仗着這銀子，拿甚麼上供過年？真正皇恩浩大，想的周到。」尤氏道：「正是這話。」

　　二人正說着，只見人回：「哥兒來了。」賈珍便命叫他進來。只見賈蓉捧了一個小黃布口袋進來。賈珍道：「怎麼去了這一日。」賈蓉陪笑回說：「今兒不在禮部關領，又分在光祿寺庫上，因又到了光祿寺才領了下來。光祿寺的官兒們都說問父親好，多日不見，都着實想念。」賈珍笑道：「他們那裏是想我。這又到了年下了，不是想我的東西，就是想我的戲酒了。」一面說，一面瞧那黃布口袋，上有印，就是「皇恩永錫」四個大字，那一邊又有禮部祠祭司的印記，又寫着一行小字，道是「寧國公賈演，榮國公賈法，恩賜永遠春祭賞共二分，淨折銀若干兩，某年月日龍禁尉候補侍衛賈蓉當堂領訖，值年寺丞某人」，下面一個朱筆花押。

　　賈珍吃過飯，盥漱畢，換了靴帽，命賈蓉捧着銀子跟了來，回過賈母王夫人，又至這邊回過賈赦邢夫人，方回家去，取出銀子，命將口袋向宗祠大爐內焚了，又命賈蓉道：「你去問問你璉二嬸子，正月裏請吃年酒的日子擬了沒有。若擬定了，叫書房裏明白開了單子來，咱們再請時，就不能重複了。舊年不留心重了幾家，人家不說咱們不留神，倒像兩宅商議定了送虛情怕費事一樣。」賈蓉忙答應了過去。一時，拿了請人吃年酒的日期單子來了。賈珍看了，命交與賴升去看了，請人別重這上頭日子。因在廳上看着小廝們抬圍屏，擦抹几案金銀供器。只見小廝手裏拿着個稟帖並一篇賬目，回說：「黑山村的烏莊頭來了。」

　　賈珍道：「這個老砍頭的今兒才來。」說着，賈蓉接過稟帖和賬目，忙展開捧着，賈珍倒背着兩手，向賈蓉手內只看紅稟帖上寫着：「門下莊頭烏進孝叩請爺、奶奶萬福金安，並公子小姐金安。新春大喜大福，榮貴平安，加官進祿，萬事如意。」賈珍笑道：「莊家人有些意思。」賈蓉

點評

● 從這個年貨單子上真正能看出賈府的排場。從下文中可以了解到，這還是莊子上遭了幾場災，年成不好的情況下送上的年貨。我們能想見若是年成好，年貨會豐盛到何等地步。而賈珍對呈報的物品和銀兩仍舊不滿，抱怨沒法過年。貴族們只管自己享樂，哪管莊稼人的死活。

也忙笑說：「別看文法，只取個吉利罷了。」一面忙展開單子看時，只見上面寫着：「大鹿三十隻，獐子五十隻，麅子五十隻，暹豬二十個，湯豬二十個，龍豬二十個，野豬二十個，家臘豬二十個，野羊二十個，青羊二十個，家湯羊二十個，家風羊二十個，鱘鰉魚二百個，各色雜魚二百斤，活雞、鴨、鵝各二百隻，風雞、鴨、鵝二百隻，野雞、野貓各二百對，熊掌二十對，鹿筋二十斤，海參五十斤，鹿舌五十條，牛舌五十條，蟶乾二十斤，榛、松、桃、杏瓤各二口袋，大對蝦五十對，乾蝦二百斤，銀霜炭上等選用一千斤，中等二千斤，柴炭三萬斤，御田胭脂米二石，碧糯五十斛，白糯五十斛，粉粳五十斛，雜色粱穀各五十斛，下用常米一千石，各色乾菜一車，外賣粱穀、牲口各項折銀二千五百兩。外門下孝敬哥兒姐兒玩意：活鹿兩對，活白兔四對，黑兔四對，活錦雞兩對，西洋鴨兩對。」

　　賈珍便命帶進他來。一時，只見烏進孝進來，只在院內磕頭請安。賈珍命人拉他起來，笑說：「你還硬朗？」烏進孝笑回：「託爺的福，還能走得動。」賈珍道：「你兒子也大了，該叫他走走也罷了。」烏進孝笑道：「不瞞爺說，小的們走慣了，不來也悶的慌。他們可不是都願意來見見天子腳下世面？他們到底年輕，怕路上有閃失，再過幾年就可放心了。」賈珍道：「你走了幾日？」烏進孝道：「回爺的話，今年雪大，外頭都是四五尺深的雪，前日忽然一暖一化，路上竟難走的很，耽擱了幾日。雖走了一個月零兩日，因日子有限了，怕爺心焦，可不趕着來了。」賈珍道：「我說呢，怎麼今兒才來。我才看那單子上，今年你這老貨又來打擂台²來了。」烏進孝忙進前了兩步，回道：「回爺說，今年年

---

2)　　打擂台：原意是在擂台上比武。這裏指地主認為莊頭故意少繳錢糧，存心來鬥氣，搪塞遮掩。第一零一回「安心打擂台打撒手兒」，意思和這裏的相同。

成實在不好。從三月下雨起，接接連連直到八月，竟沒有一連晴過五六日。九月裏一場碗大的雹子，方近二三百里地，連人帶房並牲口糧食，打傷了上千上萬的，所以才這樣。小的並不敢說謊。」

賈珍皺眉道：「我算定了你至少也有五千兩銀子來，這夠作甚麼的！如今你們一共只剩了八九個莊子，今年倒有兩處報了旱潦，你們又打擂台，真真是又教別過年了。」烏進孝道：「爺的這地方還算好呢！我兄弟離我那裏只一百多地，誰知竟大差了：他現管着那府裏八處莊地，比爺這邊多着幾倍，今年也只這些東西，不過多二三千兩銀子，也是有饑荒打呢。」賈珍道：「正是呢，我這邊都可，已沒有甚麼外項大事，不過是一年的費用，我受用些就費些，我受些委屈就省些。再者年例送人請人，我把臉皮厚些，可省些也就完了。比不得那府裏，這幾年添了許多花錢的事，一定不可免是要花的，卻又不添些銀子產業。這一二年倒賠了許多，不和你們要，找誰去？」烏進孝笑道：「那府裏如今雖添了事，有去有來，娘娘和萬歲爺豈不賞呢！」

賈珍聽了，笑向賈蓉等道：「你們聽，他這話可笑不可笑？」賈蓉等忙笑道：「你們山坳海沿子上的人，那裏知道這道理。娘娘難道把皇上的庫給我們不成！他心裏縱有這心，他也不能作主。豈有不賞之理，按時按節不過是些彩緞古董玩意兒，就是賞，也不過一百兩金子，才值了一千多兩銀子，夠甚麼？這二年那一年不多賠出幾千銀子來！頭一年省親連蓋花園子，你算算那一注共花了多少，就知道了。再兩年再省一回親，只怕就精窮了。」賈珍笑道：「所以他們莊家老實人，外明不知裏暗的事。黃柏木作了磬槌子——外頭體面裏頭苦。」賈蓉又笑向賈珍道：「果真那府裏窮了。前兒我聽見二嬸娘和鴛鴦悄悄商議，要偷出老太太的東西去當銀子呢。」賈珍笑道：「那又是鳳姑娘的鬼，那裏就窮到如此。他必定是見去路太多了，實在賠的狠了，不知又要省

那一項的錢，先設出這法子來使人知道，說窮到如此了。我心裏卻有一個算盤，還不至此田地。」說着，命人帶了烏進孝出去，好生待他。不在話下。

這裏賈珍吩咐將方才各物，留出供祖的來，將各樣取了些，命賈蓉送過榮府裏來。然後自己留了家中所用的，餘者派出等例來，一分一分的堆在月台³底下，命人將族中的子姪喚來分給他們。接着榮國府也送了許多供祖之物及給賈珍之物。

賈珍看着收拾完備供器，靸着鞋，披着一件猞猁猻大裘，命人在廳柱下石階上太陽中鋪了一個大狼皮褥子，負暄閑看各子弟們來領取年物。因見賈芹亦來領物，賈珍叫他過來，說道：「你作甚麼也來了？誰叫你來的？」賈芹垂手回說：「聽見大爺這裏叫我們領東西，我沒等人去就來了。」賈珍道：「我這東西，原是給你那些閑着無事無進益的小叔叔兄弟們的。那二年你閑着，我也給過你的。你如今在那府裏管事，家廟裏管和尚道士們，一月又有你的分例外，這些和尚的分例銀子都從你手裏過，你還來取這個，太也貪了！你自己瞧瞧，你穿的像個手裏使錢辦事的？先前說你沒進益，如今又怎麼了？比先倒不像了。」賈芹道：「我家裏原人口多，費用大。」賈珍冷笑道：「你還支吾我。你在家廟裏幹的事，打諒我不知道呢。你到了那裏自然是爺了，沒人敢違拗你。你手裏又有了錢，離着我們又遠，你就為王稱霸起來，夜夜招聚匪類賭錢，養老婆小子。這會子花的這個形象，你還敢領東西來？領不成東西，領一頓馱水棍去才罷。等過了年，我必和你璉二叔說，換回你來。」賈芹紅了臉，不敢答應。

人回：「北府王爺送了字聯、荷包來了。」賈珍聽說，

---

3)　　月台：正房中間連着前階的方台。

忙命賈蓉出去款待，「只說我不在家」。賈蓉去了，這裏賈
珍看着領完東西，回房與尤氏吃畢晚飯。一宿無話，至次
日，更比往日忙，都不必細說。

　　已到了臘月二十九日了，各色齊備，兩府中都換了
門神、聯對、掛牌，新油了桃符 4，煥然一新。寧國府從大
門、儀門、大廳，暖閣、內廳、內三門、內儀門並內垂花
門，直到正堂，一路正門大開，兩邊階下一色朱紅大高燭，
點的兩條金龍一般。次日，由賈母有誥封者，皆按品級着朝
服，先坐八人大轎，帶領着眾人進宮朝賀，行禮領宴畢回
來，便到寧國府暖閣下轎。諸子弟有未隨入朝者，皆在寧府
門前排班伺候，然後引入宗祠。且說寶琴是初次，一面細細
留神打諒這宗祠，原來寧府西邊另一個院子，黑油柵欄內五
間大門，上面懸一匾，寫着是「賈氏宗祠」四個字，旁書
「特晉爵太傅前翰林掌院事王希獻書」。兩旁有一副長聯，
寫道：「肝腦塗地，兆姓賴保育之恩；功名貫天，百代仰蒸
嘗之盛。」也是王太傅所書。

　　進入院中，白石甬路，兩邊皆是蒼松翠柏。月台上設
着青綠古銅鼎彝等器。抱廈前上面懸一塊九龍金匾，寫道：
「星輝輔弼」。乃先皇御筆。兩邊一副對聯，寫道是：「勛業
有光昭日月，功名無間及兒孫。」亦是御筆。五間正殿前懸
一塊鬧龍填青匾，寫道是：「慎終追遠」。旁邊一副對聯，
寫道是：「已後兒孫承福德，至今黎庶念榮寧。」俱是御筆。

　　裏邊香燭輝煌，錦幛繡幕，雖列着神主，卻看不真
切。只見賈府人分昭穆 5 排班立定：賈敬主祭，賈赦陪祭，
賈珍獻爵，賈璉賈琮獻帛，寶玉捧香，賈菖賈菱展拜毯，守
焚池。青衣樂奏，三獻爵，興拜畢，焚帛奠酒，禮畢，樂

---

4)　　桃符：這裏指新年黏貼或懸掛的春聯。用紅箋書寫，怕它褪色，上塗桐油。

5)　　昭穆：即左右。封建時代長幼的次序常按左右遞次往卜排列，稱為昭穆。

點評

● 從祠堂裏上供的規矩，可以看出賈府作為傳統大家族等級森嚴，身在其中的每一個人都要意識到自己所處的位置，不能逾越，也不能怠慢。

止，退出。眾人圍隨賈母至正堂上，影前錦帳高掛，彩屏張護，香燭輝煌。上面正居中懸着寧榮二祖遺像，皆是披蟒腰玉；兩邊還有幾軸列祖遺像。

賈荇賈芷等從內儀門挨次列站，直到正堂廊下。檻外方是賈敬賈赦，檻內是各女眷。眾家人小廝皆在儀門之外。每一道菜至，傳至儀門，賈荇賈芷等便接了，按次傳至階下賈敬手中。賈蓉係長房長孫，獨他隨女眷在檻內。每賈敬捧菜至，傳於賈蓉，賈蓉便傳於他媳婦，又傳於鳳姐尤氏諸人，直傳至供桌前，方傳與王夫人。王夫人傳與賈母，賈母方捧放在桌上。邢夫人在供桌之西，東向立，同賈母供放。直至將菜飯湯點酒茶傳完，賈蓉方退出下階，歸入賈芹階位之首。當時凡從文旁之名者，賈敬為首；下則從玉者，賈珍為首；再下從草頭者，賈蓉為首；左昭右穆，男東女西；俟賈母拈香下拜，眾人方一齊跪下，將五間大廳，三間抱廈，內外廊簷，階上階下兩丹墀內，花團錦簇，塞的無一隙空地。鴉雀無聞，只聽鏗鏘叮當，金鈴玉佩微微搖曳之聲，並起跪靴履颯遝之響。一時禮畢，賈敬賈赦等便忙退出，至榮府專候與賈母行禮。

尤氏上房地下鋪滿紅氈，當地放着象鼻三足泥鰍鎏金琺琅大火盆，正面炕上鋪着新猩紅氈，設着大紅彩繡雲龍捧壽的靠背引枕坐褥，外另有黑狐皮的袱子搭在上面，大白狐皮坐褥，請賈母上去坐了。兩邊又鋪皮褥，讓賈母一輩的兩三個妯娌坐了。這邊橫頭排插[6]之後小炕上，也鋪了皮褥，讓邢夫人等坐了。地下兩面相對十二張雕漆椅上，都是一色灰鼠椅搭小褥，每一張椅下一個大銅腳爐，讓寶琴等姊妹坐了。尤氏用茶盤親捧茶與賈母，蓉妻捧與眾老祖母，然後尤氏又捧與邢夫人等，蓉妻又捧與眾姊妹。鳳姐李紈等只在地

---

6)　　排插：指室內的一種較窄的板壁「隔斷」。

下伺候。

　　茶畢，邢夫人等便先起身來侍賈母吃茶。賈母與老妯娌閑話了兩三句，便命看轎。鳳姐兒忙上去挽起來。尤氏笑回說：「已經預備下老太太的晚飯，每年都不肯賞些體面用過晚飯過去，果然我們就不及鳳丫頭不成？」鳳姐兒攙着賈母笑道：「老祖宗快走，咱們家去吃飯，別理他。」賈母笑道：「你這裏供着祖宗，忙的甚麼似的，那裏攔得住我鬧。況且每年我不吃，你們也要送去的。不如還送了去，我吃不了留着明兒再吃，豈不多吃些。」說的眾人都笑了。又吩咐：「好生派妥當人夜裏看香火，不是大意得的。」尤氏答應了。一面走出來至暖閣前上了轎。尤氏等閃過屏風，小廝們才領轎夫，請了轎出大門。尤氏亦隨邢夫人等同至榮府。

　　這裏轎出大門，這一條街上，東一邊設列着寧國公的儀仗執事樂器，西一邊設列着榮國公的儀仗執事樂器。來往行人皆屏退不從此過。一時來至榮府，也是大門正廳直開到底。如今便不在暖閣下轎了，過了大廳，便轉彎向西，至賈母這邊正廳上下轎。眾人圍隨，同至賈母正室之中，亦是錦裀繡屏，煥然一新。當地火盆內焚着松柏香、百合草。賈母歸了坐，老嬤嬤來回：「老太太們來行禮。」賈母忙又起身要迎，只見兩三個老妯娌已進來了。大家挽手，笑了一回，讓了一回。吃茶去後，賈母只送至內儀門便回來歸坐。賈敬賈赦等領諸子弟進來，賈母笑道：「一年價難為你們，不行禮罷。」一面說着，一面男一起，女一起，一起一起俱行過了禮。左右兩旁設下交椅，然後又按長幼挨次歸坐受禮。兩府男婦小廝丫鬟亦按差役上中下行禮畢，散了押歲錢、荷包、金銀錁，擺上合歡宴來。男東女西歸坐，獻屠蘇酒、合歡湯、吉祥果、如意糕畢，賈母起身進內間更衣，眾人方各散出。

　　那晚各處佛堂灶王前焚香上供，王夫人正房院內設着天地紙馬香供，大觀園正門上也挑着大明角燈，兩旁高照，

各處皆有路燈。上下人等,皆打扮的花團錦簇,一夜人聲嘈雜,語笑喧闐,爆竹起火,絡繹不絕。

至次日五鼓,賈母等又按品大妝,擺全副執事進宮朝賀,兼祝元春千秋。領宴回來,又至寧府祭過列祖,方回來受禮畢,便換衣歇息。所有賀節來的親友一概不會,只和薛姨媽李嬸二人說話取便,或者同寶玉、寶琴、釵、黛等姊妹趕圍棋抹牌作戲。王夫人與鳳姐是天天忙着請人吃年酒,那邊廳上和院內皆是戲酒,親友絡繹不絕,一連忙了七八日才完了。早又元宵將近,寧榮二府皆張燈結彩。十一日是賈赦請賈母等,次日賈珍又請,賈母皆去隨便領了半日。王夫人和鳳姐兒連日被人請去吃年酒。不能勝記。

至十五日之夕,賈母便在大花廳上命擺幾席酒,定一班小戲,滿掛各色花燈,帶領榮寧二府各子姪孫男孫媳等家宴。賈敬素不飲酒,也不去請他,於後十七日祖祀已完,他就出城去修養。便這幾日在家內,亦是淨室默處,一概無聽無聞,不在話下。賈赦略領了賈母之賜,也便告辭而去。賈母知他在此彼此不便,也就隨他去了。賈赦自到家中與眾門客賞燈吃酒,笙歌聒耳,錦繡盈眸,其取樂與這裏不同。

這裏賈母花廳之上擺了十來席。每一席旁邊設一几,几上設爐瓶三事,焚着御賜百合宮香。又有八寸來長四五寸寬二三寸高的點綴着山石佈滿青苔的小盆景,俱是新鮮花卉。又有小洋漆茶盤,內放着舊窰十錦小茶杯,裏面泡着上等名茶。又有紫檀雕嵌的大紅紗透繡花卉並草字詩詞的瓔珞。各色舊窰小瓶中,都點綴着「歲寒三友」「玉堂富貴」等鮮花。上面兩席是李嬸薛姨媽坐,東邊單設一席,乃是雕夔龍護屏矮足短榻,靠背引枕皮褥俱全。榻上設一個極輕巧洋漆描金小几,几上放着茶碗、漱盂、洋巾之類,又有一個眼鏡匣子。

賈母歪在榻上,與眾人說笑一回,又自取眼鏡向戲台上照一回,又說:「恕我老了,骨頭疼,容我放肆些,歪着

相陪罷。」因又命琥珀坐在榻上，拿着美人拳[7]捶腿。榻下並不擺席面，只有一張高几，設着高架瓔珞花瓶香爐等物。外另設一小高桌，擺着酒杯匙箸，將自己一席設於榻旁，命寶琴、湘雲、黛玉、寶玉四人坐着。每饌果菜來，先捧與賈母看，喜則留在小桌上嘗一嘗，仍撤了放在席上，只算他四人跟着賈母坐。下面方是邢夫人王夫人之位，再下便是尤氏、李紈、鳳姐、賈蓉的媳婦。西邊一路便是寶釵、李紋、李綺、岫煙、迎春姊妹等。

兩邊大樑上掛着聯三聚五玻璃芙蓉彩穗燈。每一席前豎一柄漆幹倒垂荷葉，柄上有彩燭插着。這荷葉乃是洋鏨琺琅活信，可以扭轉向外，將燈影逼住，全向外照着看戲，分外真切。窗格門戶一齊摘下，全掛彩穗各種宮燈，廊簷內外及兩邊遊廊罩棚，將羊角、玻璃、戳紗、料絲[8]、或繡、或畫、或堆、或摳、或絹、或紙諸燈掛滿。廊上幾席，便是賈珍、賈璉、賈環、賈琮、賈蓉、賈芹、賈芸、賈菱、賈菖等。

賈母也曾差人去請眾族中男女，奈他們或有年邁懶於熱鬧的；或有家內沒有人不便來的；或有疾病淹纏，欲來竟不能來的；或有一等妒富愧貧不來的；甚至於有一等憎畏鳳姐之為人而賭氣不來的；或有羞手羞腳，不慣見人，不敢來的；因此族眾雖多，女客來者只不過賈菌之母婁氏帶了賈菌來了，男人只有賈芹、賈菖、賈芸、賈菱四個現是在鳳姐麾下辦事的來了。當下人雖不全，在家庭間小宴中，數來也算是熱鬧的。

---

7)　美人拳：一種為老人捶腿、搥腰用的皮革包或木製的長柄小錘，可以代替拳頭，稱為美人拳。

8)　羊角、玻璃、戳紗、料絲：羊角，指用透明角質做的燈罩，在玻璃尚未廣泛使用時，這是最好的燈罩材料。戳紗，一種特種的刺繡。料絲，一種絲紋的玻璃料，上面繪有各種裝飾圖案。

　　當下又有林之孝媳婦帶了六個媳婦，抬了三張炕桌，每一張上搭着一條紅氈，放着選淨一般大新出局的銅錢，用大紅彩繩串着，每二人搭一張，共三張。林之孝家的將那兩張擺至薛姨媽李嬸的席下，將一張送至賈母榻下。賈母便說：「放在當地罷。」這媳婦素知規矩，放下桌子，一併將錢都打開，將紅繩抽去，散堆在桌上。此時唱的《西樓‧樓會》這齣將完，于叔夜因賭氣去了，那文豹便發科諢道：「你賭氣去了，恰好今日正月十五，榮國府裏老祖宗家宴，待我騎了這馬，趕進去討些果子吃是要緊的。」說畢，引的賈母等都笑了。薛姨媽等都說：「好個鬼頭孩子，可憐見的。」鳳姐便說：「這孩子才九歲了。」賈母笑說：「難為他說的巧。」便說了一個「賞」字，早有三個媳婦已經手下預備下小簸籮，聽見一個「賞」字，走上去向桌上的散錢，每人撮了簸籮，走出來向戲台說：「老祖宗、姨太太、親家太太賞文豹買果子吃的！」說着，向台上便一撒，只聽「豁啷啷」滿台的錢響。賈珍賈璉已命小廝們抬了大簸籮的錢預備。未知怎麼賞去，且聽下回分解。

💡 精華賞析

　　作者從置辦年貨和供奉祖先兩件大事上着筆，描繪出賈府過年的氣派。雖然賈珍和賈蓉的對話已經道出家族衰敗之象，但所謂「百足之蟲死而不僵」，賈府的衰落也不是一朝一夕的事情，所以賈珍並不太擔憂。

《第五十四回》

精讀 **史太君破陳腐舊套
王熙鳳效戲彩斑衣**

春節是個闔家團聚的日子，賈府裏過節更是熱鬧非凡。正月十五一家人聚會、說笑、行酒令。賈母借着戲文講了一番大道理，好在鳳姐借題發揮講了個笑話，哄得大家開懷大笑。

卻說賈珍賈璉暗暗預備下大簸籮的錢，聽見賈母說「賞」，他們也忙命小廝們快撒錢。只聽滿台錢響，賈母大悅。

二人遂起身，小廝們忙將一把新暖銀壺捧在賈璉手內，隨了賈珍趨至裏面。賈珍先至李嬸席上，躬身取下杯來，回身，賈璉忙斟了一盞；然後便至薛姨媽席上，也斟了。二人忙起身笑說：「二位爺請坐着罷了，何必多禮。」於是除邢王二夫人，滿席都離了席，俱垂手旁侍。賈珍等至賈母榻前，因榻矮，二人便屈膝跪了。賈珍在先捧杯，賈璉在後捧壺。雖只二人捧酒，那賈環弟兄等，卻也是排班按序，一溜隨着他二人進來，見他二人跪下，也都一溜跪下。寶玉也忙跪下了。史湘雲悄推他笑道：「你這會又幫着跪下作甚麼？有這麼着的呢，你也去斟一巡酒豈不好？」寶玉悄笑道：「再等一會再斟去。」說着，等他二人斟完起來，方起來。又與邢夫人王夫人斟過來。賈珍笑道：「妹妹們怎麼樣呢？」賈母等都說：「你們去罷，他們倒便宜些。」說了，賈珍等方退出。

　　當下天有二鼓，戲演的是《八義》[1]中《觀燈》八齣。正在熱鬧之際，寶玉因下席往外走。賈母因問：「你往那裏去？外頭爆竹利害，仔細天上吊下火紙來燒了。」寶玉回說：「不往遠去，只出去就來。」賈母命婆子們好生跟着。於是寶玉出來，只有麝月秋紋並幾個小丫頭隨着。賈母因說：「襲人怎麼不見？他如今也有些拿大了，單支使小女子出來。」王夫人忙起身笑回道：「他媽前日沒了，因有熱孝，不便前頭來。」賈母聽了點頭，又笑道：「跟主子卻講不起這孝與不孝。若是他還跟我，難道這會子也不在這裏不成？皆因我們太寬了，有人使，不查這些，竟成了例了。」鳳姐兒忙過來笑回道：「今兒晚上他便沒孝，那園子裏也須得他看着，燈燭花炮最是耽險的。這裏一唱戲，園子裏的人誰不偷來瞧瞧。他還細心，各處照看照看。況且這一散後寶兄弟回去睡覺，各色都是齊全的。若他再來了，眾人又不經心，散了回去，鋪蓋也是冷的，茶水也不齊備，各色都不便宜，所以我叫他不用來，只看屋子。散了又齊備，我們這裏也不耽心，又可以全他的禮，豈不三處有益。老祖宗要叫他，我叫他來就是了。」

　　賈母聽了這話，忙說：「你這話很是，比我想的周到，快別叫他了。但只他媽幾時沒了，我怎麼不知道。」鳳姐笑道：「前兒襲人去親自回老太太的，怎麼倒忘了。」賈母想了一想笑說：「想起來了。我的記性竟平常了。」眾人都笑說：「老太太那裏記得這些事。」賈母因又歎道：「我想着，他從小兒伏侍了我一場，又伏侍了雲兒一場，末後給了一個魔王，虧他魔了這幾年。他又不是咱們家的根生土長的奴才，沒受過咱們甚麼大恩典。他媽沒了，我想着要給他幾兩銀子發送，也就忘了。」鳳姐兒道：「前兒太太賞了他四十

---

1)　　《八義》：即《八義記》傳奇，演的是春秋晉國趙盾家的故事。簡稱《八義》。

兩銀子，也就是了。」賈母聽說，點頭道：「這還罷了。正好鴛鴦的娘前兒也死了，我想他老子娘都在南邊，我也沒叫他家去走走守孝，如今叫他兩個一處作伴兒去。」又命婆子將些果子菜饌點心之類與他兩個吃去。琥珀笑說：「還等這會子呢，他早就去了。」說着，大家又吃酒看戲。

且說寶玉一徑來到園中，眾婆子見他回房，便不跟去，只坐在園門裏茶房裏烤火，和管茶的女人偷空飲酒鬥牌，寶玉至院中，雖是燈光燦爛，卻無人聲。麝月道：「他們都睡了不成？咱們悄悄的進去唬他們一跳。」於是大家躡足潛蹤的進鏡壁去一看，只見襲人和一人對歪在地炕上，那一頭有兩個老嬤嬤打盹，寶玉只當他兩個睡着了，才要進去，忽聽鴛鴦歎了一聲，說道：「天下事可知難定。論理你單身在這裏，父母在外頭，每年他們東去西來，沒個定準，想來你是不能送終的了，偏生今年就死在這裏，你倒出去送了終。」襲人道：「正是。我也想不到能夠看着父母殯殮。太太又賞了四十兩銀子，這倒也算養我一場，我也不敢妄想了。」寶玉聽了，忙轉身悄向麝月道：「誰知他也來了。我這一進去，他又賭氣走了，不如咱們回去罷，讓他兩個清清靜靜的說一回。襲人正悶，幸而他來。」說着，仍悄悄的出來。

寶玉便走過山石之後去站着撩衣，麝月秋紋皆站住背過臉去，口內笑說：「蹲下再解小衣，仔細風吹了肚子。」後面兩個小丫頭子知是小解，忙先出去茶房預備水去了。這裏寶玉剛轉過來，只見兩個媳婦子迎面來了，問是誰，秋紋道：「寶玉在這裏，大呼小叫，仔細唬着罷。」那媳婦們忙笑道：「我們不知道，大節下來惹禍了。姑娘們可連日辛苦了。」說着，已到了跟前。麝月等問：「手裏拿的是甚麼？」媳婦們道：「是老太太賞金、花二位姑娘吃的。」秋紋笑道：「外頭唱的是《八義》，沒唱《混元盒》²，那裏又跑出『金花

點評

● 王夫人賞下的四十兩銀子當然也與襲人那不便言明的身份有關，這一處也是為後文埋下伏筆，請在閱讀中加以注意。

2)　《混元盒》：是一齣神魔戲，演金花娘娘的故事。

點評

娘娘』來了。」寶玉笑命：「揭起來我瞧瞧。」秋紋麝月忙上去將兩個盒子揭開。兩個媳婦忙蹲下身子，寶玉看了兩盒內都是席上所有的上等果品菜饌，點了一點頭，邁步就走。麝月二人忙胡亂擲了盒蓋，跟上來。寶玉笑道：「這兩個女人倒和氣，會說話，他們天天乏了，倒說你們連日辛苦，倒不是那矜功自伐的。」麝月道：「這好的也很好，那不知禮的也太不知禮。」寶玉笑道：「你們是明白人，耽待他們是笨人就完了。」

一面說，一面來至園門。那幾個婆子雖吃酒鬥牌，卻不住出來打探，見寶玉來了，也都跟上了。來至花廳後廊上，只見那兩個小丫頭一個捧着小沐盆，一個搭着手巾，又拿着漚子壺[3]在那裏久等。秋紋先忙伸手向盆內試了一試，說道：「你越大越粗心了，那裏弄的這冷水。」小丫頭笑道：「姑娘瞧瞧這個天，我怕水冷，巴巴的倒的是滾水，這還冷了。」正說着，可巧見一個老婆子提着一壺滾水走來。小丫頭便說：「好奶奶，過來給我倒上些。」那婆子道：「哥哥兒，這是老太太泡茶的，勸你走了舀去罷，那裏就走大了腳。」秋紋道：「憑你是誰的，你不給？我管把老太太茶吊子倒了洗手。」那婆子回頭見是秋紋，忙提起壺來就倒。秋紋道：「夠了。你這麼大年紀也沒個見識，誰不知是老太太的水！要不着的人就敢要了？」婆子笑道：「我眼花了，沒認出這姑娘來。」寶玉洗了手，那小丫頭子拿小壺倒了些漚子在他手內，寶玉漚了。秋紋麝月也趁熱水洗了一回，漚了，跟進寶玉來。

寶玉便要了一壺暖酒，也從李嬸薛姨媽斟起，二人也讓坐。賈母便說：「他小，讓他斟去，大家倒要乾過這杯。」說着，便自己乾了。邢王二夫人也忙乾了，讓他二人。薛李

● 雖然同是下人，但跟了得勢的主子自己也就比別的下人高一等。婆子開始不肯倒水，但看見是秋紋就改變了態度，她這是怎樣的心理？

---

3) 漚（òu）子壺：一種裝浸出類潤膚香料的器皿。

也只得乾了。賈母又命寶玉道：「連你姐姐妹妹一齊斟上，不許亂斟，都要叫他乾了。」寶玉聽說，答應着，一一按次斟了。<u>至黛玉前，偏他不飲，拿起杯來，放在寶玉唇上邊，寶玉一氣飲乾。黛玉笑說：「多謝。」</u>寶玉替他斟上一杯。鳳姐兒便笑道：「寶玉，別喝冷酒，仔細手顫，明兒寫不得字，拉不得弓。」寶玉忙道：「沒有吃冷酒。」鳳姐兒笑道：「我知道沒有，不過白囑咐你。」然後寶玉將裏面斟完，只除賈蓉之妻是丫頭們斟的。復出至廊上，又與賈珍等斟了。坐了一回，方進來仍歸舊坐。

　　一時上湯之後，又接着獻元宵來。賈母便命將戲暫歇歇：「小孩子們可憐見的，也給他們些滾湯滾菜的吃了再唱。」又命將各色果子元宵等物拿些與他們吃去。一時歇了戲，便有婆子帶了兩個門下常走的女先兒進來，放兩張杌子[4]在那一邊命他坐了，將弦子琵琶遞過去。賈母便問李薛聽何書，他二人都回說：「不拘甚麼都好。」賈母便問：「近來可有添些甚麼新書？」那兩個女先兒回說道：「倒有一段新書，是殘唐五代的故事。」賈母問是何名，女先兒道：「叫做《鳳求鸞》。」賈母道：「這一個名字倒好，不知因甚麼起的，先大概說說原故，若好再說。」女先兒道：「這書上乃說殘唐之時，有一位鄉紳，本是金陵人氏，名喚王忠，曾做過兩朝宰輔。如今告老還家，膝下只有一位公子，名喚王熙鳳。」

　　眾人聽了，笑將起來。賈母笑道：「這重了我們鳳丫頭了。」媳婦忙上去推他，「這是二奶奶的名字，少混說。」賈母笑道：「你說，你說。」女先兒忙笑着站起來，說：「我們該死了，不知是奶奶的諱。」鳳姐兒笑道：「怕甚麼，你們只管說罷，重名重姓的多呢。」女先兒又說道：「這年王

---

4)　杌子：一種小凳子。又稱杌凳。

● 注意讀這兩段。賈母藉由女先兒說的故事批判了流行的才子佳人故事。在這樣封建制度森嚴的大家族裏，賈母當然怕女孩兒們知道情愛之事，更不允許她們有才子佳人成雙成對的想法。前文中寶玉和黛玉的越矩行為已經引起了賈母的注意，她這一番話目的性很強。

老爺打發了王公子上京趕考，那日遇見大雨，到了一個莊子上避雨。誰知這莊上也有個鄉紳，姓李，與王老爺是世交，便留下這公子住在書房裏。這李鄉紳膝下無兒，只有一位千金小姐。這小姐芳名叫作雛鸞，琴棋書畫，無所不通。」賈母忙道：「怪道叫作《鳳求鸞》。不用說，我猜着了，自然是這王熙鳳要求這雛鸞小姐為妻。」女先兒笑道：「老祖宗原來聽過這一回書。」眾人都道：「老太太甚麼沒聽過！便沒聽過，也猜着了。」

賈母笑道：「這些書都是一個套子，左不過是些佳人才子，最沒趣兒。把人家女兒說的那樣壞，還說是佳人，編的連影兒也沒有了。開口都是書香門第，父親不是尚書就是宰相，生一個小姐必是愛如珍寶。這小姐必是通文知禮，無所不曉，竟是個絕代佳人。只一見了一個清俊的男人，不管是親是友，便想起終身大事來，父母也忘了，書禮也忘了，鬼不成鬼，賊不成賊，那一點兒是佳人？便是滿腹文章，做出這些事來，也算不得是佳人了。比如男子滿腹文章去作賊，難道那王法就說他是才子，就不入賊情一案不成？可知那編書的是自己塞了自己的嘴。再者，既說是世宦書香大家小姐都知禮讀書，連夫人都知書識禮，便是告老還家，自然這樣大家人口不少，奶母丫鬟伏侍小姐的人也不少，怎麼這些書上，凡有這樣的事，就只小姐和緊跟的一個丫鬟？你們想想，那些人都是管甚麼的，可是前言不答後語？」

眾人聽了，都笑說：「老太太這一說，是謊都批出來了。」賈母笑道：「這有個原故：編這樣書的，有一等妒人家富貴，或有求不遂心，所以編出來污穢人家。再一等，他自己看了這些書看魔了，也想得一個佳人，所以編了出來取樂兒。他何嘗知道那世宦讀書家的道理！別說他那書上那些世宦書禮大家，如今眼下真的，拿我們這中等人家說起，也沒有這樣的事，別說是那些大家子。可知是謅掉了下巴頦子。所以我們從不許說這些書，丫頭們也不懂這話。這幾

年我老了，他們姊妹們住的遠，我偶然悶了，說幾句聽聽，他們一來，就忙歇了。」李薛二人都笑說：「這正是大家的規矩，連我們家也沒這些雜話給孩子們聽見。」

鳳姐兒走上來斟酒，笑道：「罷，罷，酒冷了，老祖宗喝一口潤潤嗓子再掰謊[5]罷。這一回就叫作《掰謊記》，就出在本朝本地本年本月本日本時，老祖宗一張口難說兩家話，花開兩朵，各表一枝，是真是謊且不表，再整那觀燈看戲的人。老祖宗且讓這二位親戚吃一杯酒看兩齣戲之後，再從逐朝話言掰起，如何？」他一面斟酒，一面笑說，未曾說完，眾人俱已笑倒了。兩個女先兒也笑個不住，都說：「奶奶好剛口[6]。奶奶要一說書，真連我們吃飯的地方也沒了。」

薛姨媽笑道：「你少興頭些，外頭有人，比不得往常。」鳳姐兒笑道：「外頭的只有一位珍大爺。我們還是論哥哥妹妹，從小兒一處淘氣了這麼大。這幾年因做了親，我如今立了多少規矩了。便不是從小兒的兄妹，便以伯叔論，那《二十四孝》上『斑衣戲彩』，他們不能來『戲彩』引老祖宗笑一笑，我這裏好容易引的老祖宗笑了一笑，多吃了一點兒東西，大家喜歡，都該謝我才是，難道反笑話我不成？」賈母笑道：「可是這兩日我竟沒有痛痛的笑一場，倒是虧他才一路笑的我心裏痛快些，我再吃一杯酒。」吃着酒，又命寶玉：「也敬你姐姐一杯。」鳳姐兒笑道：「不用他敬，我討老祖宗的壽罷。」說着，便將賈母的杯拿起來，將半杯剩酒吃了，將杯遞與丫鬟，另將溫水浸的杯換了一個上來。於是各席上的杯都撤去，另將溫水浸着待換的杯斟了新酒上來，然後歸坐。

女先兒回說：「老祖宗不聽這書，或者彈一套曲子聽聽

---

5)　掰（bāi）謊：揭穿謊言。

6)　剛口：亦作綱口。指說話有技巧、能動聽。常被藝人用作這方面的術語。

罷。」賈母便說道：「你們兩個對一套《將軍令》罷。」二
人聽說，忙和弦按調撥弄起來。賈母因問：「天有幾更了。」
眾婆子忙回：「三更了。」賈母道：「怪道寒浸浸的起來。」
早有眾丫鬟拿了添換的衣裳送來。王夫人起身笑說道：「老
太太不如挪進暖閣裏地炕上倒也罷了。這二位親戚也不是
外人，我們陪着就是了。」賈母聽說，笑道：「既這樣說，
不如大家都挪進去，豈不暖和？」王夫人道：「恐裏間坐不
下。」賈母笑道：「我有道理。如今也不用這些桌子，只用
兩三張並起來，大家坐在一處擠着，又親熱，又暖和。」眾
人都道：「這才有趣兒。」說着，便起了席。眾媳婦忙撤去
殘席，裏面直順並了三張大桌，另又添換了果饌擺好。

　　賈母便說：「這都不要拘禮，只聽我分派你們就坐才
好。」說着便讓薛李正面上坐，自己西向坐了，叫寶琴、
黛玉、湘雲三人皆緊依左右坐下，向寶玉說：「你挨着你太
太。」於是邢夫人王夫人之中夾着寶玉，寶釵等姊妹在西
邊，挨次下去便是婁氏帶着賈菌，尤氏李紈夾着賈蘭，下面
橫頭便是賈蓉媳婦胡氏。賈母便說：「珍哥兒帶着你兄弟們
去罷，我也就睡了。」

　　賈珍忙答應，又都進來。賈母道：「快去罷！不用進
來，才坐好了，又都起來。你快歇着，明日還有大事呢。」
賈珍忙答應了，又笑說：「留下蓉兒斟酒才是。」賈母笑道：
「正是忘了他。」賈珍答應了一個「是」，便轉身帶領賈璉
等出來。二人自是歡喜，便命人將賈琮賈璜各自送回家去，
便邀了賈璉去追歡買笑。不在話下。

　　這裏賈母笑道：「這正想着雖然這些人取樂，竟沒一對
雙全的，就忘了蓉兒。這可全了，蓉兒就和你媳婦坐在一
處，倒也團圓了。」因有媳婦回說開戲，賈母笑道：「我們
娘兒們正說的興頭，又要吵起來。況且那孩子們熬夜怪冷
的，也罷，叫他們且歇歇，把咱們的女孩子們叫了來，就在
這台上唱兩齣給他們瞧瞧。」媳婦聽了，答應了出來，忙的

一面着人往大觀園去傳人，一面二門口去傳小廝們伺候。小廝們忙至戲房將班中所有的大人一概帶出，只留下小孩子們。

一時，梨香院的教習帶了文官等十二個人，從遊廊角門出來。婆子們抱着幾個軟包[7]，因不及抬箱，估料着賈母愛聽的三五齣戲的彩衣包了來。婆子們帶了文官等進去見過，只垂手站着。賈母笑道：「大正月裏，你師傅也不放你們出來逛逛。你們如今唱甚麼？才剛八齣是《八義》，鬧得我頭疼，咱們清淡些好。你瞧瞧薛姨太太，這李親家太太，都是有戲的人家，不知聽過多少好戲的。這些姑娘都比咱們家姑娘見過好戲，聽過好曲子。如今這小戲子又是那有名玩戲的人家的班子，雖是小孩子們，卻比大班還強。咱們好歹別落了褒貶，少不得弄個新樣兒。叫芳官唱一齣《尋夢》，只須用簫和笙笛，餘者一概不用。」

文官笑道：「這也是的，我們的戲自然不能入姨太太和親家太太姑娘們的眼，不過聽我們小孩子一個發脫口齒[8]，再聽一個喉嚨罷了。」賈母笑道：「正是這話了。」李嬸薛姨媽喜的都笑道：「好個靈透孩子，你也跟着老太太打趣我們。」賈母笑道：「我們這原是隨便的玩意兒，又不出去做買賣，所以竟不大合時。」說着又道：「叫葵官唱一齣《惠明下書》，也不用抹臉。只用這兩齣叫他們二位太太聽個寫意兒罷了。若省了一點兒力，我可不依。」文官等聽了出來，忙去扮演上台，先是《尋夢》，次是《下書》。眾人都鴉雀無聞，薛姨媽因笑道：「實在虧他，戲也看過幾百班，從沒見用簫管的。」賈母道：「也有，只是像方才《西樓・楚江晴》一支，多有小生吹簫和的。這大套的實在少，這也

---

7)　軟包：舊劇不是大舉演出時，不用戲箱，只把簡單的服裝、道具等用布包攜帶，叫作軟包。

8)　發脫口齒：指歌唱的發聲、吐字。

在人講究不講究罷了。這算甚麼出奇？」指湘雲道：「我像他這麼大的時節，他爺爺有一班小戲，偏有一個彈琴的湊了來，即如《西廂記》的《聽琴》，《玉簪記》的《琴挑》，《續琵琶》的《胡笳十八拍》，竟成了真的了，比這個更如何？」眾人都道：「這更難得了。」賈母便命個媳婦來，吩咐文官等叫他們吹一套《燈月圓》。媳婦領命而去。

當下賈蓉夫妻二人捧酒一巡，鳳姐兒因見賈母十分高興，便笑道：「趁着女先兒們在這裏，不如叫他們擊鼓，咱們傳梅，行一個『春喜上眉梢』的令如何？」賈母笑道：「這是個好令，正對時對景兒。」忙命人取了一面黑漆銅釘花腔令鼓來，與女先兒們擊着，席上取了一枝紅梅。賈母笑道：「若到誰手裏住了，吃一杯，也要說個甚麼才好。」鳳姐兒笑道：「依我說，誰像老祖宗要甚麼有甚麼呢。我們這不會的，不沒意思嗎？怎麼能雅俗共賞才好，不如誰住了誰說個笑話罷。」

眾人聽了，都知道他素日善說笑話，肚兒內有無限的新鮮趣談。今兒如此說，不但在席的諸人喜歡，連地下伏侍的老小人等無不歡喜。那小丫頭子們都忙出去，找姐喚妹的告訴他們：「快來聽，二奶奶又說笑話兒了。」眾丫頭子們擠了一層子。

於是戲完樂罷。賈母命將些湯點果菜與文官等吃去，便命響鼓。那女先兒們皆是慣的，或緊或慢，或如殘漏之滴，或如迸豆之急，或如驚馬之馳，或如疾電之光。忽然暗其鼓聲，那梅方至賈母手中，鼓聲忽住。大家呵呵一笑，賈蓉忙上來斟了一杯。眾人都笑道：「自然老太太先喜了，我們才託賴些喜。」賈母笑道：「這酒也罷了，只是這笑話倒有些個難說。」眾人都說：「老太太的比鳳姐兒的還好還多，賞一個我們也笑一笑兒。」

賈母笑道：「並沒有新鮮招笑兒的，少不得老臉皮子厚的說一個罷。」因說道：「一家子養了十個兒子，娶了十房

媳婦。唯有第十個媳婦聰明伶俐，心巧嘴乖，公婆最疼，成日家說那九個不孝順。這九個媳婦委屈，便商議說：『咱們九個心裏孝順，只是不像那小蹄子嘴巧，所以公公婆婆只說他好，這委屈向誰訴去？』大媳婦有主意，便說道：『咱們明兒到閻王廟去燒香，和閻王爺說去，問他一問，叫我們託生為人，為甚麼單單的給那小蹄子一張乖嘴，我們都是笨的。』那八個聽了都喜歡，說這主意不錯。第二日便都到閻王廟裏來燒了香，九個人都在供桌底下睡着了。九個魂專等閻王駕到，左等不來，右等也不到。正着急，只見孫行者駕着筋斗雲來了，看見九個魂便要拿金箍棒打來，唬得九個魂忙跪下央求。孫行者問原故，九個人忙細細的告訴了他。孫行者聽了，把腳一跺，歎了一口氣道：『這原故幸虧遇見我，等着閻王來了，他也不得知道的。』九個人聽了，就求說：『大聖發個慈悲，我們就好了。』孫行者笑道：『這卻不難。那日你們妯娌十個託生時，可巧我到閻王那裏去的，因為撒了一泡尿在地下，你那小孌子便吃了。你們如今要伶俐嘴乖，有的是尿，再撒泡你們吃了就是了。』」說畢，大家都笑起來。鳳姐兒笑道：「好的，幸而我們都笨嘴笨腮的，不然也就吃了猴兒尿了。」尤氏婁氏都笑向李紈道：「咱們這裏誰是吃過猴兒尿的，別裝沒事人兒。」薛姨媽笑道：「笑話兒在對景就發笑。」

　　說着又擊起鼓來。小丫頭子們只要聽鳳姐兒的笑話，便悄悄的和女先兒說明，以咳嗽為記。須臾轉至兩遍，剛到了鳳姐兒手裏，小丫頭子們故意咳嗽，女先兒便住了。眾人齊笑道：「這可拿住他了。快吃了酒說一個好的，別太逗的人笑的腸子疼。」鳳姐兒想了一想，笑道：「一家子也是過正月節，合家賞燈吃酒，真真的熱鬧非常，祖婆婆、太婆、婆婆、媳婦、孫子媳婦、重孫子媳婦、親孫子、姪孫子、重孫子、灰孫子、滴滴搭搭的孫子、孫女兒、外孫女兒、姨表孫女兒、姑表孫女兒，──噯喲喲，真好熱鬧！」眾人聽

點評

他說着，已經笑了，都說：「聽數貧嘴⁹，又不知編派那一個呢？」尤氏笑道：「你要招我，我可撕你的嘴。」鳳姐兒起身拍手笑道：「人家費力說，你們混，我就不說了。」賈母笑道：「你說你說，底下怎麼樣？」鳳姐兒想了一想，笑道：「底下就團團的坐了一屋子，吃了一夜酒就散了。」

眾人見他正言厲色的說了，別無他話，都怔怔的還等他往下說，只覺他冰涼無味的就住了。史湘雲看了他半日。鳳姐兒笑道：「再說一個過正月半的。幾個人抬着個房子大的炮仗往城外放去，引了上萬的人跟着瞧去。有一個性急的人等不得，便偷着拿香點着了，只聽『噗哧』一聲，眾人哄然一笑都散了。這抬炮仗的人抱怨賣炮仗的捍的不結實，沒等放就散了。」湘雲道：「難道他本人沒聽見響？」鳳姐兒道：「這本人原是聾子。」眾人聽說，一回想，不覺一齊失聲都大笑起來。

● 鳳姐講的笑話不僅有逗笑的功效，還給聚會散場製造了一個很好的收尾效果。一場熱鬧的家庭聚會在鳳姐幽默的語言藝術中愉快地結束了。

又想着先前那一個沒完的，問他：「先一個怎麼樣？也該說完。」鳳姐兒將桌子一拍，說道：「好囉嗦，到了第二日是十六日，年也完了，節也完了，我看人忙着收東西還鬧不清，那裏還知道底下的事了？」眾人聽說，復又笑將起來。鳳姐兒笑道：「外頭已經四更了，依我說，老祖宗也乏了，咱們也該『聾子放炮仗 —— 散了』罷。」尤氏等用手帕子握着嘴，笑的前仰後合，指他說道：「這個東西真會數貧嘴。」賈母笑道：「真真這鳳丫頭越發貧嘴了。」一面說，一面吩咐道：「他提起炮仗來，咱們也把煙火放了解解酒。」

賈蓉聽了，忙出去帶着小廝們就在院內安下屏架，將煙火設吊齊備。這煙火皆係各處進貢之物，雖不甚大，卻極精巧，各色故事俱全，夾着各色的花炮。黛玉稟氣虛弱，不禁劈拍之聲，賈母便摟他在懷內。薛姨媽摟了湘雲。湘雲笑

---

9)　　數貧嘴：廢話很多，說個沒完。有故意招笑的意思。

道：「我不怕。」寶釵等笑道：「他專愛自己放大炮仗，還怕這個呢。」王夫人便將寶玉摟入懷內，鳳姐兒笑道：「我們是沒有人疼的了。」尤氏笑道：「有我呢，我摟着你。也不怕臊，你這孩子又撒嬌了，聽見放炮仗，吃了蜜蜂兒屎的，今兒又輕狂起來。」鳳姐兒笑道：「等散了，咱們園子裏放去。我比小廝們還放的好呢。」說話之間，外面一色一色的放了又放，又有許多的滿天星、九龍入雲、平地一聲雷、飛天十響之類的零碎小爆竹。

　　放罷，然後又命小戲子打了一回「蓮花落」，撒了滿台錢，命那孩子們滿台搶錢取樂。又上湯時，賈母說道：「夜長，覺的有些餓了。」鳳姐兒忙回說：「有預備的鴨子肉粥。」賈母道：「我吃些清淡的罷。」鳳姐兒忙道：「也有棗兒熬的粳米粥，預備太太們吃齋的。」賈母笑道：「不是油膩膩的就是甜的。」鳳姐兒又忙道：「還有杏仁茶，只怕也甜。」賈母道：「倒是這個還罷了。」說着，又命人撤去殘席，外面另設上各種精緻小菜。大家隨便吃了些，用過漱口茶，方散。

　　十七日一早，又過寧府行禮，伺候掩了祠堂，收過影像，方回來。此日便是薛姨媽家請吃年酒。賈母連日覺得身上乏了，坐了半日，回來了。自十八日以後，親友來請，或來赴席的，賈母一概不會，有邢夫人、王夫人、鳳姐兒三人料理。連寶玉只除王子騰家去了，餘者亦皆不會，只說賈母留下解悶。當下元宵已過，鳳姐忽然小產了，合家驚慌。要知端的，且聽下回分解。

💬 延伸思考

　　文中有幾處顯示了鳳姐的語言藝術，請劃出來，並說明其達到了甚麼效果。

精華賞析

　　這一回既顯示了賈府的富貴之象，又給了鳳姐展示語言藝術的平台。在這樣隆重的場合下，賈母是高高在上的老祖宗，而鳳姐卻是真正帶動大家情緒的人。

《第五十五回》

精讀　辱親女愚妾爭閑氣
欺幼主刁奴蓄險心

鳳姐小產需要休息，探春、李紈和寶釵臨時擔起了管家的重任。這時趙姨娘突然來找麻煩，原來是因為自己的親生女兒探春沒能滿足她的要求。

　　且說榮府中剛將年事忙過，鳳姐兒因年內年外操勞，一時不及檢點便小月[1]了，不能理事，天天兩三個太醫用藥。鳳姐兒自恃強壯，雖不出門，然籌劃算計，想起甚麼事來，便命平兒去回王夫人，任人諫勸，他只不聽。王夫人便覺失了膀臂，一人能有許多的精神？凡有了大事，自己主張；將家中瑣碎之事，一應都暫令李紈協理。李紈是個尚德不尚才的，未免逞縱了下人。王夫人便命探春合同李紈裁處，只說過了一月，鳳姐將息好了，仍交與他。

　　誰知鳳姐稟賦氣血不足，兼年幼不知保養，平生爭強鬥智，心力更虧，故雖係小月，竟着實虧虛下來，一月之後，復添了下紅之症。他雖不肯說出來，眾人看他面目黃瘦，便知失於調養。王夫人只令他好生服藥調養，不令他操心。他自己也怕成了大症，遺笑於人，便想偷空調養，恨不得一時復舊如常。誰知服藥調養，直到三月間，才漸漸的起復過來，下紅也漸漸止了。此是後話。

---

1)　　小月：小產。一般稱生產為坐月子，所以小產稱為坐小月子。簡稱小月。

如今且說王夫人見他如此，探春與李紈暫難謝事，園中人多，又恐失於照管，因又特請了寶釵來，託他各處小心：「老婆子們不中用，得空兒吃酒鬥牌，白日裏睡覺，夜裏鬥牌，我都知道的。鳳丫頭在外頭，他們還有個怕懼，如今他們又該取便了。好孩子，你還是個妥當人，你兄弟妹妹們又小，我又沒工夫，你替我辛苦兩天，照看照看。凡有想不到的事，你來告訴我，別等老太太問出來，我沒話回。那些人不好，你只管說。他們不聽，你來告訴我。別弄出大事來才好。」寶釵聽說，只得答應了。

時屆季春，黛玉又犯了病。湘雲亦因時氣所感，亦臥病在蘅蕪苑，一天醫藥不斷。探春同李紈相住間壁，二人近日同事，不比往年，往來回話人等亦不便，故二人議定：每日清晨皆到園門口南邊的三間小花廳上去會齊辦事，吃過早飯於午錯方回房。這三間廳原係預備省親之時眾執事太監起坐之處，故省親已後也用不着了，每日只有婆子們上夜。如今天已和暖，不用十分修飾，只不過略略的鋪陳了，便可他二人起坐。這廳上也有一匾，題着「輔仁諭德」四字，家下俗語皆叫作「議事廳」兒，如今他二人每日卯正至此，午正方散。凡一應執事媳婦等來往回話者，絡繹不絕。

眾人先聽見李紈獨辦，各各心中暗喜，以為李紈素日原是個厚道多恩無罰的，自然比鳳姐兒好搪塞些。便添了一個探春，也都想着不過是個未出閣的年輕小姐，且素日也最平和恬淡，因此都不在意，比鳳姐兒前更懈怠了許多。只三四日後，幾件事過手，漸覺探春精細處不讓鳳姐，只不過是言語安靜，性情和順而已。

可巧連日有王公侯伯世襲官員十幾處，皆係榮寧非親即世交之家，或有升遷，或有黜降，或有婚喪紅白等事，王夫人賀弔迎送，應酬不暇，前邊更無人照管。他二人便一日皆在廳上起坐。寶釵便一日在上房監察，至王夫人回方散。每於夜間針線暇時，臨睡之先，坐了小轎帶領園中上夜人等

各處巡察一次。他三人如此一理，更覺比鳳姐兒當權時倒更謹慎了些。因而裏外下人都暗中抱怨說：「剛剛的倒了一個『巡海夜叉』，又添了三個『鎮山太歲』，越發連夜裏偷着吃酒玩的工夫都沒了。」

這日王夫人正是往錦鄉侯府去赴席，李紈與探春早已梳洗，伺候出門去後，回至廳上坐了。剛吃茶時，只見吳新登的媳婦進來回說：「趙姨娘的兄弟趙國基昨日死了。昨日回過太太，太太說知道了，叫回姑娘奶奶來。」說畢，便垂手旁侍，再不言語。彼時來回話者不少，都打聽他二人辦事如何：若辦得妥當，大家則安個畏懼之心；若少有嫌隙不當之處，不但不畏服，一出二門還要說出許多笑話來取笑。吳新登的媳婦心中已有主意，若是鳳姐前，他便早已獻勤說出許多主意，又查出許多舊例來任鳳姐兒揀擇施行。如今他藐視李紈老實，探春是青年的姑娘，所以只說出這一句話來，試他二人有何主見。

探春便問李紈。李紈想了一想，便道：「前兒襲人的媽死了，聽見說賞銀四十兩。這也賞他四十兩罷了。」吳新登家的聽了，忙答應了是，接了對牌就走。探春道：「你且回來。」吳新登家的只得回來。探春道：「你且別支銀子。我且問你：那幾年老太太屋裏的幾位老姨奶奶，也有家裏的，也有外頭的，這兩個分別。家裏的若死了人是賞多少，外頭的死了人是賞多少，你且說兩個我們聽聽。」一問，吳新登家的便都忘了，忙陪笑回說：「這也不是甚麼大事，賞多賞少誰還敢爭不成？」探春笑道：「這話胡鬧。依你說，賞一百倒好。若不按例，別說你們笑話，明兒也難見你二奶奶。」

吳新登家的笑道：「既這麼說，我查舊賬去，此時卻記不得。」探春笑道：「你辦事辦老了的，還記不得，倒來難我們。你素日回你二奶奶也現查去？若有這道理，鳳姐姐還不算利害，也就是算寬厚了！還不快找了來我瞧。再遲一

點評

● 探春並不格外厚待自己的親生母親，而是按照規矩和慣例秉公處理。公正 —— 這正是一個管理者的基本素質。

日，不說你們粗心，反說我們沒主意了。」吳新登家的滿面通紅，忙轉身出來。眾媳婦們都伸舌頭，這裏又回別的事。

一時，吳家的取了舊賬來。探春看時，兩個家裏的賞過皆是二十兩，兩個外頭的皆賞過四十兩。外還有兩個外頭的，一個賞過一百兩，一個賞過六十兩。這兩筆底下皆有原故：一個是隔省遷父母之柩，外賞六十兩；一個是現買葬地，外賞二十兩。探春便遞與李紈看了。探春便說：「給他二十兩銀子。把這賬留下，我們細看看。」吳新登家的去了。

忽見趙姨娘進來，李紈探春忙讓坐。趙姨娘開口便說道：「這屋裏的人都踩下我的頭去還罷了。姑娘你也想一想，該替我出氣才是。」一面說，一面眼淚鼻涕哭起來。探春忙道：「姨娘這話說誰，我竟不解。誰踩姨娘的頭？說出來我替姨娘出氣。」趙姨娘道：「姑娘現踩我，我告訴誰！」探春聽說，忙站起來，說道：「我並不敢。」李紈也站起來勸。趙姨娘道：「你們請坐下，聽我說。我這屋裏熬油似的熬了這麼大年紀，又有你和你兄弟，這會子連襲人都不如了，我還有甚麼臉？連你也沒臉面，別說我了！」

探春笑道：「原來為這個。我說我並不敢犯法違例。」一面便坐了，拿賬翻與趙姨娘看，又唸與他聽，又說道：「這是祖宗手裏舊規矩，人人都依着，偏我改了不成？這也不但襲人，將來環兒收了屋裏的，自然也是同襲人一樣。這原不是甚麼爭大爭小的事，講不到有臉沒臉的話上。他是太太的奴才，我是按着舊規矩辦。說辦的好，領祖宗的恩典、太太的恩典；若說辦的不公，那是他糊塗不知福，也只好憑他抱怨去。太太連房子賞了人，我有甚麼有臉之處；一文不賞，我也沒甚麼沒臉之處。依我說，太太不在家，姨娘安靜些養神罷，何苦只要操心。太太滿心疼我，因姨娘每每生事，幾次寒心。我但凡是個男人，可以出得去，我必早走了，立一番事業，那時自有一番道理。偏我是女孩兒家，一句多話也沒有我亂說的。太太滿心裏都知道。如今因看重

我，才叫我照管家務，還沒有做一件好事，姨娘倒先來作踐我。倘或太太知道了，怕我為難不叫我管，那才正經沒臉呢，姨娘真也沒臉了！」一面說，一面不禁滾下淚來。

趙姨娘沒了別話答對，便說道：「太太疼你，你該越發拉扯拉扯我們。你只顧討太太的疼，就把我們忘了。」探春道：「我怎麼忘了？叫我怎麼拉扯？這也問他們各人，那一個主子不疼出力得用的人？那一個好人用人拉扯的？」李紈在旁只管勸說：「姨娘別生氣。也怨不得姑娘，他滿心裏要拉扯，口裏怎麼說的出來。」探春忙道：「這大嫂子也糊塗了。我拉扯誰？誰家姑娘們拉扯奴才了？他們的好歹，你們該知道，與我甚麼相干。」趙姨娘氣的問道：「誰叫你拉扯別人去了？你不當家我也不來問你。你如今現說一是一，說二是二。如今你舅舅死了，你多給了二三十兩銀子，難道太太就不依你？分明太太是好太太，都是你們尖酸刻薄，可惜太太有恩無處使，姑娘放心，這也使不着你的銀子。明兒等出了閣，我還想你額外照看趙家呢。如今沒有羽毛，就忘了根本，只揀高枝兒飛去了！」

探春沒聽完，已氣的臉白氣噎，抽抽咽咽的一面哭，一面問道：「誰是我舅舅？我舅舅年下才升了九省檢點，那裏又跑出一個舅舅來？我倒素昔按理尊敬，越發敬出這些親戚來了。既這麼說，環兒出去為甚麼趙國基又站起來，又跟他上學？為甚麼不拿出舅舅的款來？何苦來，誰不知道我是姨娘養的，必要過兩三個月尋出由頭來，徹底來翻騰一陣，生怕人不知道，故意的表白表白。也不知誰給誰沒臉？幸虧我還明白，但凡糊塗不知理的，早急了。」李紈急的只管勸，趙姨娘只管還嘮叨。

忽聽有人說：「二奶奶打發平姑娘說話來了。」趙姨娘聽說，方把口止住。只見平兒進來，趙姨娘忙陪笑讓坐，又忙問：「你奶奶好些？我正要瞧去，就只沒得空兒。」李紈見平兒進來，因問他來做甚麼。平兒笑道：「奶奶說，趙姨

奶奶的兄弟沒了，恐怕奶奶和姑娘不知有舊例，若照常例，只得二十兩。如今請姑娘裁奪着，再添些也使得。」探春早已拭去淚痕，忙說道：「又好好的添甚麼，誰又是二十四個月養下來的？不然也是那出兵放馬背着主子逃出命來過的人不成？你主子真個倒巧，叫我開了例，他做好人，拿着太太不心疼的錢，樂的做人情。你告訴他，我不敢混添減，混出主意。他要施恩，等他好了出來，愛怎麼添怎麼添。」平兒一來時已明白了對半，今聽這一番話，越發會意，見探春有怒色，便不敢以往日喜樂之時相待，只一邊垂手默侍。

時值寶釵也從上房中來，探春等忙起身讓坐。未及開言，又有一個媳婦進來回事。因探春才哭了，便有三四個小丫鬟捧了沐盆、巾帕、靶鏡等物來。此時探春因盤膝坐在矮板榻上，那捧盆的丫鬟走至跟前，便雙膝跪下，高捧沐盆；那兩個小丫鬟，也都在旁屈膝捧着巾帕並靶鏡脂粉之飾。平兒見侍書不在這裏，便忙上來與探春挽袖卸鐲，又接過一條大手巾來，將探春面前衣襟掩了。探春方伸手向面盆中盥沐。那媳婦便回道：「回奶奶姑娘，家學裏支環爺和蘭哥兒的一年公費。」平兒先道：「你忙甚麼！你睜着眼看見姑娘洗臉，你不出去伺候着，先說話來。二奶奶跟前你也這麼沒眼色來着？姑娘雖然恩寬，我去回了二奶奶，只說你們眼裏都沒姑娘，你們都吃了虧，可別怨我。」唬的那個媳婦忙陪笑道：「我粗心了。」一面說，一面忙退出去。

探春一面勻臉，一面向平兒冷笑道：「你遲了一步，還有可笑的：連吳姐姐這麼個辦老了事的，也不查清楚了，就來混我們。幸虧我們問他，他竟有臉說忘了。我說他回你主子事也忘了再找去？我料着你那主子未必有耐性兒等他去找。」平兒忙笑道：「他有這一次，管包腿上的筋早折了兩根。姑娘別信他們。那是他們瞅着大奶奶是個菩薩，姑娘又是個腼腆小姐，固然是託懶來混。」說着，又向門外說道：「你們只管撒野，等奶奶大安了，咱們再說。」門外的眾媳

婦都笑道：「姑娘，你是個最明白的人，俗語說，『一人作罪一人當』，我們並不敢欺哄主子。如今主子是嬌客[2]，若認真惱惱了，死無葬身之地。」

平兒冷笑道：「你們明白就好了。」又陪笑向探春道：「姑娘知道二奶奶本來事多，那裏照看的這些，保不住不忽略。俗語說，『旁觀者清』，這幾年姑娘冷眼看着，或有該添該減的去處二奶奶沒行到，姑娘竟一添減，頭一件於太太的事有益，第二件也不枉姑娘待我們奶奶的情義了。」話未說完，寶釵李紈皆笑道：「好丫頭，真怨不得鳳丫頭偏疼他！本來無可添減的事，如今聽你一說，倒要找出兩件來斟酌斟酌，不辜負你這話。」探春笑道：「我一肚子氣，正要拿他奶奶出氣去，偏他碰了來，說了這些話，叫我也沒了主意了。」

一面說，一面叫進方才那媳婦來問：「環爺和蘭哥兒家學裏這一年的銀子，是做那一項用的？」那媳婦便回說：「一年學裏吃點心或者買紙筆，每位有八兩銀子的使用。」探春道：「凡爺們的使用，都是各屋裏領了月錢的。環哥的是姨娘領二兩，寶玉的是老太太屋裏襲人領，蘭哥兒的是大奶奶屋裏領。怎麼學裏每人又有這八兩銀子？原來上學去的是為這八兩銀子！從今兒起，把這一項蠲了。平兒，回去告訴你奶奶，我的話，把這一條務必免了。」平兒笑道：「早就該免。舊年奶奶原說要免的，因年下忙，就忘了。」那個媳婦只得答應着去了。就有大觀園中媳婦捧了飯盒來。

侍書素雲早已抬過一張小飯桌來，平兒也忙着上菜。探春笑道：「你說完了話幹你的去罷，在這裏忙甚麼。」平兒笑道：「我原沒事的。二奶奶打發了我來，一則說話，二則恐這裏人不方便，原是叫我幫着妹妹們伏侍奶奶姑娘

2)　　嬌客：當時一般家庭中未婚的女子、已婚的女子和她的丈夫及子女們都受特殊尊重、嬌貴的待遇，所以稱為嬌客。

的。」探春因問：「寶姑娘的飯怎麼不端來一處吃？」丫鬟們聽說，忙出至簾外命媳婦去說：「寶姑娘如今在廳上一處吃，叫他們把飯送了這裏來。」探春聽說，便高聲說道：「你別混支使人！那都是辦大事的管家娘子們，你們支使他要飯要茶的，連個高低都不知道！平兒這裏站着，你叫叫去。」

平兒忙答應了一聲出來。那些媳婦們都忙悄悄的拉住笑道：「那裏用姑娘去叫，我們已有人叫去了。」一面說，一面用手帕揮台階上的土說：「姑娘站了半天乏了，這太陽影裏且歇歇兒罷。」平兒便坐下。又有茶房裏的兩個婆子拿了個坐褥鋪下，說：「石頭冷，這是極乾淨的，姑娘將就坐一坐兒罷。」平兒忙陪笑道：「多謝。」一個又捧了一碗精緻新茶出來，也悄悄笑說：「這不是我們的常用茶，原是伺候姑娘們的，姑娘且潤一潤罷。」平兒忙欠身接了，因指眾媳婦悄悄說道：「你們太鬧的不像了。他是個姑娘家，不肯發威動怒，這是他尊重，你們就藐視欺負他。果然招他動了大氣，不過說他個粗糙就完了，你們就現吃不了的虧。他撒個嬌兒，太太也得讓他一二分，二奶奶也不敢怎樣。你們就這麼大膽子小看他，可是雞蛋往石頭上碰。」

眾人都忙道：「我們何嘗敢大膽了，都是趙姨奶奶鬧的。」平兒也悄悄的說：「罷了，好奶奶們。『牆倒眾人推』，那趙姨奶奶原有些倒三不着兩，有了事都就賴他，你們素日那眼裏沒人，心術利害，我這幾年難道還不知道？二奶奶若是略差一點兒的，早被你們這些奶奶治倒了。饒這麼着，得一點空兒，還要難他一難，好幾次沒落了你們的口聲。眾人都道他利害，你們都怕他，唯我知道他心裏也就不算不怕你們呢。前兒我們還議論到這裏，再不能依頭順尾，必有兩場氣生。那三姑娘雖是個姑娘，你們都錯看了他。二奶奶這些大姑子小姑子裏頭，也就只單怕他五分。你們這會子倒不把他放在眼裏了。」

正說着，只見秋紋走來。眾媳婦忙趕着問好，又說：

「姑娘也且歇一歇，裏頭擺飯呢。等撤下飯桌子，再回話去。」秋紋笑道：「我比不得你們，我那裏等得？」說着便直要上廳去。平兒忙叫：「快回來。」秋紋回頭見了平兒，笑道：「你又在這裏充甚麼外圍子的防護？」一面回身便坐在平兒褥上。

平兒悄問：「回甚麼？」秋紋道：「問一問寶玉的月銀我們的月錢多早晚才領。」平兒道：「這甚麼大事。你快回去告訴襲人，說我的話，憑有甚麼事今兒都別回。若回一件，管駁一件；回一百件，管駁一百件。」秋紋聽了，忙問：「這是為甚麼？」平兒與眾媳婦等都忙告訴他原故，又說：「正要找幾件利害事與有體面的人開例作法子，鎮壓與眾人作榜樣呢。何苦你們先來碰在這釘子上。你這一去說了，他們若拿你們也作一二件榜樣，又礙着老太太、太太；若不拿着你們作一二件，人家又說偏一個向一個，仗着老太太、太太威勢的就怕，也不敢動，只拿着軟的作鼻子頭[3]。你聽聽罷，二奶奶的事，他還要駁兩件，才壓的眾人口聲呢。」秋紋聽了，伸舌笑道：「幸而平姐姐在這裏，沒的臊一鼻子灰。我趕早知會他們去。」說着，便起身走了。

接着寶釵的飯至，平兒忙進來伏侍。那時趙姨娘已去，三人在板床上吃飯。寶釵面南，探春面西，李紈面東。眾媳婦皆在廊下靜候，裏頭只有他們緊跟常侍的丫鬟伺候，別人一概不敢擅入。這些媳婦們都悄悄的議論說：「大家省事罷，別安着沒良心的主意。連吳大娘才都討了沒意思，咱們又是甚麼有臉的。」他們一邊悄議，等飯完回事。只覺裏面鴉雀無聲，並不聞碗箸之聲。一時只見一個丫鬟將簾櫳高揭，又有兩個將桌抬出。茶房內早有三個丫頭捧着三沐盆水，見飯桌已出，三人便進去了。一回又捧出沐盆並漱盂

---

3)　　作鼻子頭：有藉口、做題目、或以他人應名的意思。

點評

來，方有侍書、素雲、鶯兒三個，每人用茶盤捧了三蓋碗茶進去。一時等他三人出來，侍書命小丫頭子們：「好生伺候着，我們吃飯來換你們。可又別偷坐着去。」眾媳婦們方慢慢的一個一個的安分回事，不敢如先前輕慢疏忽了。

探春氣方漸平，因向平兒道：「我有一件大事，早要和你奶奶商議，如今可巧想起來。你吃了飯快來。寶姑娘也在這裏，咱們四個人商議了，再細細問你奶奶可行可止。」平兒答應回去。

鳳姐因問為何去這一日，平兒便笑着將方才的原故細細說與他。鳳姐兒聽了笑道：「好，好，好個三姑娘！我說他不錯。只可惜他命薄，沒託生在太太肚子裏。」平兒笑道：「奶奶也說糊塗話了。他便不是太太養的，難道誰敢小看他，不與別的一樣看待麼？」鳳姐兒歎道：「你那裏知道，雖然正出庶出是一樣，但只女孩兒，卻比不得男人，將來說親時，如今有一種輕狂人，先要打聽姑娘是正出庶出，多有為庶出不要的。殊不知別說庶出，便是我們的丫頭，比人家的小姐還強呢。將來不知那個沒造化的挑庶正誤了事呢，也不知那個有造化的不挑庶正的得了去。」

說着，又向平兒笑道：「你知道，我這幾年生了多少省儉的法子，一家子大約也沒個不背地裏恨我的。我如今也是騎上老虎背了。雖然看破些，無奈一時也難寬放；二則家裏出去的多，進來的少。凡百大小事兒仍是照着老祖宗手裏的規矩，卻一年進的產業又不及先時。多省儉了，外人又笑話，老太太，太太也受委屈，家下人也抱怨刻薄；若不趁早兒料理省儉之計，再幾年就都賠盡了。」平兒道：「可不是這話！將來還有三四位姑娘，還有兩三個小爺，一位老太太，這幾件大事未完呢。」

鳳姐兒笑道：「我也慮到這裏，倒也夠了：寶玉和林妹妹他兩個一娶一嫁，可以使不着官中的錢，老太太自有體己拿出來。二姑娘是大老爺那邊的，也不算。剩了三四個，

滿破着每人花上七八千銀子。環哥娶親有限，花上三千兩銀子，若不夠，不拘那裏省一抿子[4]也就夠了。老太太的事出來，一應都是全有的，不過零星雜項，便費也滿破三五千兩。如今再儉省些，陸續也就夠了。只怕如今平空又生出一兩件事來，可就了不得了。——咱們且別慮後事，你且吃了飯，快聽他商議甚麼。這正碰了我的機會，我正愁沒個膀臂。雖有個寶玉，他又不是這裏頭的貨，縱收伏了他也不中用。大奶奶是個佛爺，也不中用。二姑娘更不中用，亦且不是這屋裏的人。四姑娘小呢。蘭小子更小。環兒更是個燎毛的小凍貓子，只等有熱灶火炕讓他鑽去罷。真真一個娘肚子裏跑出這樣天懸地隔的兩個人來，我想到這裏就不服。再者林丫頭和寶姑娘他兩個倒好，偏又都是親戚，又不好管咱家務事。況且一個是美人燈兒，風吹吹就壞了；一個是拿定了主意，『不干己事不張口，一問搖頭三不知』，也難十分去問他。倒只剩了三姑娘一個，心裏嘴裏都也來的，又是咱家的正人，太太又疼他，雖然面上淡淡的，皆因是趙姨娘那老東西鬧的，心裏卻是和寶玉一樣呢。比不得環兒，實在令人難疼，要依我的性兒早攆出去了。如今他既有這主意，正該和他協同，大家做個膀臂，我也不孤不獨了。按正理天理良心上論，咱們有他這個人幫着，咱們也省些心，於太太的事也有益。若按私心藏奸上論，我也太行毒了，也該抽頭退步。回頭看了看，再要窮追苦克，人恨極了，暗地裏笑裏藏刀，咱們兩個才四個眼睛，兩個心，一時不防，倒弄壞了。趁着緊溜之中，他出頭一料理，眾人就把往日咱們的恨暫可解了。還有一件，我雖知你極明白，恐怕你心裏挽不過來，如今囑咐你：他雖是姑娘家，心裏卻事事明白，不過是言語謹慎；他又比我知書識字，更利害一層了。如今俗語『擒賊

---

4)　一抿子：一樁，一件。

必先擒王』，他如今要作法開端，一定是先拿我開端。倘或他要駁我的事，你可別分辯，你只越恭敬，越說駁的是才好。千萬別想着怕我沒臉，和他一強，就不好了。」

平兒不等說完，便笑道：「你太把人看糊塗了。我才已經行在先，這會子又反囑咐我。」鳳姐兒笑道：「我是恐怕你心裏眼裏只有了我，一概沒有別人，不得不囑咐。既已行在先，更比我明白了。這不是你又急了，滿口裏『你』『我』起來。」平兒道：「偏說『你』！你不依，這不是嘴巴子，再打一頓。難道這臉上還沒嘗過的不成！」鳳姐兒笑道：「你這小蹄子，要掂多少過兒才罷。看我病的這個樣兒，還來慪我呢。過來坐下，橫豎沒人來，咱們一處吃飯是正經。」

說着，豐兒等三四個小丫頭子進來放小炕桌。鳳姐只吃燕窩粥，兩碟子精緻小菜，每日分例菜已暫減去。豐兒便將平兒的四樣分例菜端至桌上，與平兒盛了飯來。平兒屈一膝於炕沿之上，半身猶立於炕下，陪着鳳姐兒吃了飯，伏侍漱口畢，囑咐了豐兒些話，方往探春處來。只見院中寂靜，人已散出。要知後事如何，且聽下回分解。

💡 **精華賞析**

　　這一回，探春初步顯示了管理家務的才華，她遇事不徇私情，雖然不像鳳姐那樣潑辣，但也細心有加。不過，她對趙姨娘說的一番話顯示出她對自己的出身有所不滿，再加上她的哭鬧和發脾氣，都使她略顯稚嫩，不夠有城府，也不夠圓滑。這既是她不成熟的一面，也是她可愛的一面。

敏探春興利除宿弊
賢寶釵小惠全大體

探春提出要把大觀園好好地管理利用起來，寶釵也想出了好辦法。大家正在商量着，卻有甄家的人來訪，而甄家也有個寶玉，長得和賈寶玉十分相像。

　　話說平兒陪着鳳姐兒吃了飯，伏侍盥漱畢，方往探春處來。只見院中寂靜，只有丫鬟婆子在窗下聽候。

　　平兒進入廳中，他姊妹三人正議論些家務，說的便是年內賴大家請吃酒時他家花園中的事故，見他來了，探春便命他腳踏上坐了，因說道：「我想的事不為別的，因想着我們一月所用的頭油脂粉的事，我想咱們一月已有二兩月銀，丫頭們又另有月錢，可不是又同剛才學裏的八兩一樣，重重疊疊？事雖小，錢有限，看起來也不妥當。你奶奶怎麼就沒想到這個呢？」

　　平兒笑道：「這有個原故：姑娘們所用的這些東西，自然該有分例。每月買辦買了，令女人們各房交送我們收管，不過預備姑娘們使用就罷了，沒有一個我們天天各人拿着錢找人買這些去的理。所以外頭買辦總領了去，按月使人按房交給我們。至於姑娘們的每月的二兩，原不是為買這些的，為的是當家的奶奶太太或不在家，或不得閑，姑娘們偶然一時可巧要個錢使，省得找人去。這原是恐怕姑娘們受委屈意思，如今我冷眼看着，各房裏的我們的姊妹都是現拿錢買這些東西的，竟有一半子。我就疑惑，不是買辦脫了空，就是買的不是正經貨。」探春李紈都笑道：「你也留心看出來了。脫空是沒有的，只是遲些日子；催急了，不知那裏弄些來，不過是個名兒，其實使不得，依然還得現買。就用這二兩銀子，另叫別人的奶媽子的弟兒兒子買來方

才使得。要使了官中的人，依然是那一樣的，不知他們是甚麼法子？」平兒笑道：「買辦買的是那東西，別人買了好的來，買辦的也不依他，要奪他的買辦。所以他們寧可得罪了裏頭，不肯得罪了外頭辦事的人。要是姑娘們使了奶媽媽子們，他們也就不敢說閑話了。」

　　探春道：「因此我心中不自在。錢費了兩起，東西又白丟一半，不如竟把每月買辦的免了為是。此是一件事。第二件，年裏往賴大家去，你也去的，你看他那小園子比咱們這個如何？」平兒笑道：「還沒有咱們這一半大，樹木花草也少多着呢。」探春道：「我因和他家女兒說閑話兒，誰知那麼個園子，除他們帶的花兒、吃的筍菜魚蝦之外，一年還有人包了去，年終足有二百兩銀子剩。從那日我才知道，一個破荷葉，一根枯草根子，都是值錢的。」

　　寶釵笑道：「真真膏粱紈綺之談，雖是千金小姐，原不知這些事，但只你們都唸過書識過字的，竟沒看見朱夫子有一篇《不自棄文》的麼？」探春笑道：「雖也看過，那不過是勉人自勵，虛比浮詞，那裏真是有的？」寶釵道：「朱子都成了虛比浮詞了？那句句都是有的。你才辦了兩天事，就利慾熏心，把朱子都看虛浮了。你再出去見了那些利弊大事，越發把孔子也看虛了呢！」

　　探春笑道：「你這樣一個通人，竟沒看見姬子書[1]？當日《姬子》有云：『登利祿之場，處運籌之界者，竊堯舜之詞，背孔孟之道。』」寶釵笑道：「底下一句呢？」探春笑道：「如今只斷章取意，唸出底下一句來，我自己罵我自己不成？」寶釵道：「天下沒有不可用的東西；既可用，便值錢。難為你是個聰明人，這些大節目正事竟沒經歷。」李紈笑道：「叫人家來了，又不說正事，你們且對講學問。」寶釵道：「學問中便是正事。不拿學問提着，便都流入市俗去了。」

　　三人取笑一回，便仍談正事。探春因又接說道：「咱們這園子只算比他們的多一半，加一倍算起來，一年就有四百銀子的利息。若此時也出脫生發銀子，自然小器，不是咱們這樣人家行的事。若派出兩個一定的人來，既有許多值錢的東西，一味任人作踐，也似乎暴殄天物。不如在園子裏所有的老媽媽中，揀出幾個本分老誠能知園圃的，派他們收拾料理，也不必要他們交租

---

1)　　姬子書：此處是假託的一個古書名，下文又假託書中詞句。

納稅，只問他們一年可以孝敬些甚麼。一則園子有專定之人修理，花木自然一年好似一年了，也不用臨時忙亂；二則也不至作踐，白辜負了東西；三則老媽媽們也可借此小補，不枉成年家在園中辛苦；四則也可以省了這些花兒匠山子匠並打掃人等的工費。將此有餘，以補不足，未為不可。」

寶釵正在地下看壁上的字畫，聽如此說，便點頭笑道：「善哉，三年之內無饑饉矣！」李紈道：「好主意。這麼一行，太太必喜歡。省錢事小，園子有人打掃，專司其職，又許他們去賣錢。使之以權，動之以利，再無不盡職的了。」平兒道：「這件事須得姑娘說出來。我們奶奶雖有此心，也未必好出口。此刻姑娘們在園裏住着，不能多弄些玩意兒去陪襯，反叫人去監管修理，圖省錢，這話斷不好出口。」

寶釵忙走過來，摸着他的臉笑道：「你張開嘴，我瞧瞧你的牙齒舌頭是甚麼做的。從早起來到這會子，你說這些話，一套一個樣兒：也不奉承三姑娘，也不說你們奶奶才短想不到；三姑娘一套話出來，你就有一套話回奉；總是三姑娘想的到的，你奶奶也想到了，只是必有個不可辦的原故。這會子又是因姑娘住的園子，不好因省錢令人去監管。你們想想這話，要果真交給人弄錢去的，那人自然是一枝花也不許掐，一個果子也不許動了，姑娘們分中，自然不敢講究，天天和小姑娘們就吵不清。他這遠愁近慮，不亢不卑。他奶奶便不是和咱們好，聽他這一番話，也必要自愧的變好了，不和也變和了。」探春笑道：「我早起一肚子氣，聽他來了，忽然想起他主子來，素日當家使出來的好撒野的人，我見了他更生了氣。誰知他來了，避貓鼠兒似的站了半日，怪可憐的。接着又說了那麼些話，不說他主子待我好，倒說『不枉姑娘待我們奶奶素日的情意了』。這一句，不但沒了氣，我倒愧了，又傷起心來。細想我一個女孩兒家，自己還鬧得沒人疼沒人顧的，我那裏還有好處去待人。」口內說到這裏，不免又流下淚來。

李紈等見他說的懇切，又想他素日趙姨娘每生誹謗，在王夫人跟前亦為趙姨娘所累，亦都不免流下淚來，都忙勸他：「趁今日清淨，大家商議兩件興利剔弊的事，也不枉太太委託一場，又提這沒要緊的事做甚麼？」平兒忙道：「我已明白了。姑娘竟說誰好，竟一派人就完了。」探春道：「雖如此說，也須得回你奶奶一聲。我們這裏搜剔小遺，已經不當，皆因你奶奶是個明白人，

我才這樣行，若是糊塗多蠱多妒的，我也不肯，倒像抓他乖[2]似的。豈可不商議了再行呢。」平兒笑道：「既這麼着，我去告訴一聲。」說着去了，半日方回來，笑說：「我說是白走一趟，這樣好事，奶奶豈有不依的。」

探春聽了，便和李紈命人將園中所有婆子的名單要來，大家參度，大概定了幾個人。又將他們一齊傳來，李紈大概告訴了他們。眾人聽了，無不願意。也有說：「那一片竹子單交給我，一年工夫，明年又是一片。除了家裏吃的筍，一年還可交些錢糧。」這一個說：「那一片稻地交給我，一年這些玩意的大小雀鳥的糧食，不必動官中錢糧，我還可以交錢糧。」探春才要說話，人回：「大夫來了，進園瞧姑娘。」眾婆子只得去接大夫。平兒忙說：「單你們，有一百個也不成個體統，難道沒有兩個管事的頭腦帶進大夫來？」回事的那人說：「有，吳大娘和單大娘他兩個在西南角上聚錦門等着呢。」平兒聽說，方罷了。

眾婆子去後，探春問寶釵如何。寶釵笑答道：「幸於始者怠於終，善其辭者嗜其利。」探春聽了，點頭稱讚，便向冊上指出幾人來與他三人看。平兒忙去取筆硯來。他三人說道：「這一個老祝媽是個妥當的，況他老頭子和他兒子代代都是管打掃竹子，如今竟把這所有的竹子交與他。這一個老田媽本是種莊稼的，稻香村一帶凡有菜蔬稻稗之類，雖是玩意兒，不必認真耕鋤，也須得他去，再細一按時加些植養，豈不更好？」

探春又笑道：「可惜，蘅蕪苑和怡紅院這兩處大地方竟沒有出息之物。」李紈忙笑道：「蘅蕪苑更利害。如今香料鋪並大市大廟賣的各處香料香草兒，都不是這些東西？算起來比別的利息更大。怡紅院別說別的，單只說春夏天兩季玫瑰花，並那籬笆上薔薇、月季、寶相、金銀花藤花，這幾色草花乾了，賣到茶葉鋪藥鋪去，也值好些錢。」探春笑道：「原來如此。只是弄香草的沒有在行的人。」平兒忙笑道：「跟寶姑娘的鶯兒他媽就是會弄這個的，上回他還採了些曬乾了編成花籃葫蘆給我玩的，姑娘倒忘了麼？」寶釵笑道：「我才讚你，你到來捉弄我了。」三人都詫異，問道：「這是為何？」

寶釵道：「這斷斷使不得！你們這裏多少得用的人，一個一個閑着沒事

辦，這會子我又弄個人來，叫那起人連我也看小了。我倒替你們想出一個人
來：怡紅院有個老葉媽，他就是焙茗的娘。那是個誠實老人家，他又和我們
鶯兒的媽極好，不如把這事交與葉媽。他有不知的，不必咱們說給他，就找
鶯兒的娘去商量了。邢怕葉媽全不管，竟交與那一個，這是他們私情兒，有
人說閑話，也就怨不到咱們身上。如此一行，你們辦的又至公，於事又妥。」
李紈平兒都道：「是極。」探春笑道：「雖如此，只怕他們見利忘義呢。」平兒
笑道：「不相干，前兒鶯兒還認了葉媽做乾娘，請吃飯吃酒，兩家和厚，好的
很呢。」探春聽了，方罷了。又共同斟酌出幾人來，俱是他四人素昔冷眼取中
的，用筆圈出。

　　一時婆子們來回大夫已去，將藥方送上去。三人看了，一面遣人送出外
邊去取藥，監派調服，一面探春與李紈明示諸人：「某人管某處，按四季除
家中定例用多少外，餘者任憑你們採取了去取利，年終算賬。」探春笑道：
「我又想起一件事：若年終算賬歸錢時，自然歸到賬房，仍是上頭又添一層
管主，還在他們手心裏，又剝一層皮。這如今我們興出這件事來派了你們，
已是跨過他們的頭去了，心裏有氣，只說不出來；你們年終去歸賬，他們還
不捉弄你們等甚麼？再者，這一年間管甚麼的，主子有一全分，他們就得半
分。這是每常的舊例，人所共知的。如今這園子裏是我的新創，竟別入他們
手，每年歸賬，竟歸到裏頭來才好。」

　　寶釵笑道：「依我說，裏頭也不用歸賬。這個多了那個少了，倒多事了。
不如問他們誰領一分子的，就派他攬一宗事去。不過是園裏的人動用。我替你
們算出來了，有限的幾宗事：不過是頭油、胭粉、香、紙，每一位姑娘幾個
丫頭，都是有定例的；再者，各處笤帚、撮簸、撣子並大小禽鳥、鹿、兔吃的
糧食。不過這幾樣，都是他們包了去，不用賬房去領錢。你算，就省下多少
來？」平兒笑道：「這幾宗雖小，一年通共算了，也省的下四百多銀子。」

　　寶釵笑道：「卻又來，一年四百，二年八百兩，打租的房子也能多買幾
間，薄沙地也可添幾畝了。雖然還有富餘，但他們既辛苦了一年，也要叫他
們剩些，黏補黏補自家。雖是興利節用為綱，然亦不可太過。要再省上二三
百銀子，失了大體統也不像。所以這麼一行，外頭賬房裏一年少出四五百銀
子，也不覺得很艱難了，他們裏頭卻也得些小補。這些沒營生的媽媽們也寬
裕了，園子裏花木，也可以每年滋生些，就是你們也得了可使之物。這庶幾

不失大體。若一味要省時，那裏搜尋不出幾個錢來？凡有些餘利的，一概入了官中，那時裏外怨聲載道，豈不失了你們這樣人家的大體？如今這園子裏幾十個老媽媽們，若只給了這幾個，那剩的也必抱怨不公道。我才說的，他們只供給這幾樣，也未免太寬裕了。一年竟除這個之外，每人不論有餘無餘，只叫他拿出幾吊錢來，大家湊齊，單散與這些園中的媽媽們。他們雖不料理這些，卻日夜也都在園中照應，當差之人，關門閉戶，起早睡晚，大雨大雪，姑娘們出入，抬轎子，撐船，拉冰床，一應粗糙活計，都是他們的差使。一年在園裏辛苦到頭，這園內既有出息，也是分內該沾帶些的。還有一句至小的話，越發說破了：你們只管了自己寬裕，不分與他們些，他們雖不敢明怨，心裏卻都不服，只用假公濟私的多摘你們幾個果子，多掐幾枝花兒，你們有冤還沒處訴的。他們也沾帶些利息，你們有照顧不到的，他們就替你照顧了。」

眾婆子聽了這個議論，又去了賬房，不受轄制，又不與鳳姐兒去算賬，一年不過多拿出幾吊錢來，各各歡喜異常，都齊聲說：「願意。強如出去被他們揉搓着，還得拿出錢來呢。」那不得管地的，聽了每年終無故得錢，更都喜歡起來，口內說：「他們辛苦收拾，是該剩些錢黏補的。我們怎麼好『穩坐吃三注[3]』呢？」

寶釵笑道：「媽媽們也別推辭了，這仍是分內應當的。你們只要日夜辛苦些，別躲懶縱放人吃酒賭錢就是了。不然，我也不該管這事；你們也知道我姨娘親口囑託我三五回，說大奶奶如今又不得閑兒，別的姑娘又小，託我照看照看。我若不管，分明是叫姨娘操心。你們奶奶又多病多痛，家務也忙。我原是個閑人，便是個街坊鄰居，也要幫着些，何況是親姨娘託我？講不起眾人嫌我。倘若我只顧了小分沽名釣譽的，那時酒醉賭博再生出事來，我怎麼見姨娘？你們那時後悔也遲了，就連你們素日的老臉也都丟了。這些姑娘們，這麼一所大花園，都是你們照管着，皆因看得你們是三四代的老媽媽，最是循規遵矩的，原該大家齊心，顧些體面。你們反縱放別人任意吃酒賭博，姨娘聽見了，教訓一場猶可，倘若被那幾個管家娘子聽見了，他們也

---

3)　　穩坐吃三注：賭博時每次所下的本錢叫「注」。在出門、天門、底門三門設注，莊家把三門的賭全贏過來叫做「吃三注」。穩吃三注，比喻輕易得到多方財物，也有不勞而獲的意思。

不用回姨娘，竟教導你們一場。你們這年老的反受了年小的教訓，雖他們是管家，管的着你們，何如自己存些體面，他們如何得來作踐呢？所以我如今替你們想出這個額外的進益來，也為的是大家齊心把這園裏周全的謹謹慎慎的，使那些有權執事的看見這般嚴肅謹慎，且不用他們操心，他們心裏豈不敬服？也不枉替你們籌劃這進益了。你們去細想想這話。」

眾人都歡喜說：「姑娘說的很是。從此姑娘奶奶只管放心，姑娘奶奶這樣疼顧我們，我們再要不體上情，天地也不容了。」

剛說着，只見林之孝家的進來說：「江南甄府裏家眷昨日到京，今日進宮朝賀。此刻先遣人來送禮請安。」說着，便將禮單送上來。探春接了，看道是：「上用的妝緞蟒緞十二匹，上用各色寧綢十二匹，上用宮綢十二匹，上用緞十二匹，上用紗十二匹，上用各色綢綾四十匹。」李紈也看過，便說道：「用上等封兒[4]賞他。」因又命人去回了賈母。賈母便命人叫李紈、探春、寶釵等也都過來，將禮物看了。李紈收過，一邊吩咐內庫上人說：「等太太回來看了再收。」賈母因說道：「甄家人不與別家相同，上等賞封賞男人，只怕展眼又打發女人來請安，預備下尺頭。」一語未完，果然人回：「甄府四個女人來請安。」賈母聽了，忙命人帶進來。

那四個人都是四十往上年紀，穿戴之物，皆比主子不甚差遠。請安問好畢，賈母命拿了四個腳踏來，他四人謝了坐，等着寶釵等坐了，方都坐下。賈母便問：「多早晚進京的？」四人忙起身回說：「昨日進的京。今日太太帶了姑娘進宮請安去了，所以先叫奴才們來請安，問候姑娘們。」賈母笑問道：「這些年沒進京，也不想到就來。」四人也都笑回道：「正是，今年是奉旨進京的。」賈母問道：「家眷都來了？」四人回說：「老太太和哥兒、兩位小姐並別位太太都沒來，就只太太帶了三姑娘來了。」賈母道：「有人家沒有？」四人道：「尚沒有呢。」賈母笑道：「你們大姑娘和二姑娘這兩家，都和我們家甚好。」四人笑道：「正是。每年姑娘們有信回去說，全虧府上照看。」賈母笑道：「甚麼照看，原是世交，又是老親，原應當的。你們二姑娘更好，更不自尊大，所以我們才走的親密。」四人笑道：「這是老太太過謙了。」

---

4)　　封兒：紅紙封套內裝賞錢叫「賞封」。封兒，即指這種封賞。

　　賈母又問：「你這哥兒也跟着你們老太太？」四人回說：「也是跟着老太太。」賈母道：「幾歲了？」又問：「上學不曾？」四人笑道：「今年十三歲，因長得齊整，老太太很疼。自幼淘氣異常，天天逃學，老爺太太也不敢十分管教。」賈母笑道：「也不成了我們家的了！你這哥兒叫甚麼名字？」四人笑道：「因老太太當作寶貝一樣，他又生的白，老太太便叫作寶玉。」賈母便向李紈等道：「偏也叫作個寶玉。」李紈忙欠身笑道：「從古至今，同時隔代重名的很多。」四人也笑道：「起了這小名兒之後，我們上下都疑惑，不知那位親友家也倒像有一個似的。只是這十來年沒進京，都記不真了。」賈母笑道：「那就是我的孫子。」因叫：「人來！」眾媳婦丫頭答應了一聲，走近幾步。賈母笑道：「園子裏把咱們的寶玉叫了來，給這四位管家娘子瞧瞧，比他們的寶玉如何？」

　　眾媳婦聽了，忙去了，半刻圍了寶玉進來。四人一見，忙起身笑道：「唬了我們一跳。若是我們不進府來，倘若別處遇見，還只當我們的寶玉後趕着也進了京呢。」一面說，一面都上來拉他的手，問長問短。寶玉也笑問好。賈母笑道：「比你們的長的如何？」李紈等笑道：「四位媽媽才一說，可知是模樣相仿了。」賈母笑道：「那有這樣巧事？大家子孩子們再養的嬌嫩，除了臉上有殘疾十分黑醜的，大概看去都是一樣齊整。這也沒有甚麼怪處。」四人笑道：「如今看來，模樣是一樣。據老太太說，淘氣也一樣。我們看來，這位哥兒性情卻比我們的好些。」賈母忙問：「怎見得？」四人笑道：「方才我們拉哥兒的手說話便知道了。若是我們那一個，只說我們糊塗，慢說拉手，他的東西我們略動一動也不依。所使喚的人都是女孩子們。」

　　四人未說完，李紈姊妹等禁不住都失聲笑出來。賈母也笑道：「我們這會子也打發人去見了你們寶玉，若拉他的手，他也自然勉強忍耐着。可知你我這樣人家的孩子們，憑他們有甚麼刁鑽古怪的毛病兒，見了外人，必是要還出正經禮數來的。若他不還正經禮數，也斷不容他刁鑽去了。就是大人溺愛的，也為他一則生的得人意兒，二則見人禮數竟比大人行出來的不錯，使人見了可疼可愛，背地裏所以才縱他一點子。若他一味只管沒裏沒外，不給大人爭光，憑他生的怎樣，也是該打死的。」

　　四人聽了，都笑說：「老太太這話正是。雖然我們寶玉淘氣古怪，有時見了客，規矩禮數比大人還有趣，所以無人見了不愛。只說為甚麼還打他，殊

不知他在家裏無法無天，大人想不到的話偏會說，想不到的事他偏要行，所以老爺太太恨的無法。就是任性，也是小孩子的常情，胡亂花費，這也是公子哥兒的常情，怕上學，也是小孩子的常情，都還治的過來。第一，天生下來這一種刁鑽古怪的脾氣，如何使得！」

一語未了，人回：「太太回來了。」王夫人進來問安。他四人請了安，大概說了兩句。賈母便命歇歇去罷。王夫人親捧過茶，方退出。四人告辭了賈母，便往王夫人處來，說了一會家務，打發他們回去，不必細說。這裏賈母喜的逢人便告訴，也有一個寶玉，也都一般行景。眾人都想着天下的世宦大家，同名者也很多，祖母溺愛孫子也是常情，不是甚麼罕事，皆不介意。獨寶玉是個迂闊呆公子的心性，自為是那四人承悅賈母之詞。後至蘅蕪苑去看湘雲病去，湘雲說他：「你放心鬧罷，先是『單絲不成線，獨樹不成林』，如今有了個對子，鬧急了，再打狠了，你逃走到南京找那一個去。」寶玉道：「那裏的謊話你也信了，偏又有個寶玉？」湘雲道：「怎麼列國有個藺相如，漢朝又有個司馬相如呢？」寶玉笑道：「這也罷了，偏又模樣兒也一樣，這是沒有的事。」湘雲道：「怎麼匡人看見孔子，只當是陽虎呢？」寶玉笑道：「孔子陽虎雖同貌，卻不同名；藺與司馬雖同名，而不同貌；偏我和他就兩樣俱同不成？」湘雲沒了話答對，因笑道：「你這會胡攪，我也不和你分證。有也罷，沒也罷，與我無干。」說着便睡下了。

寶玉心中便又疑惑起來：若說必無，也似必有；若說必有，又並無目睹。心中悶悶，回至房中榻上默默盤算，不覺昏昏睡去，不覺竟到了一座花園之內。寶玉詫異道：「除了我們大觀園，竟又有這一個園子？」正疑惑間，從那邊來了幾個女孩兒，都是丫鬟。寶玉又詫異道：「除了鴛鴦、襲人、平兒之外，也竟還有這一干人？」只見那些丫鬟笑道：「寶玉怎麼跑到這裏來了？」寶玉只當是說他，自己忙來陪笑說道：「因我偶步到此，不知是那位世交的花園，好姐姐們，帶我逛逛。」眾丫鬟都笑道：「原來不是咱家的寶玉。他生的倒也還乾淨，嘴兒也倒乖覺。」寶玉聽了，忙道：「姐姐們，這裏也竟還有個寶玉？」丫鬟們忙道：「寶玉二字，我們是奉老太太、太太之命，為保佑他延壽消災的。我叫他，他聽見喜歡。你是那裏遠方來的臭小廝，也亂叫起他來？仔細你的臭肉，打不爛你的。」又一個丫鬟笑道：「咱們快走罷，別叫寶玉看見，又說同這臭小廝說了話，把咱熏臭了。」說着一徑去了。

　　寶玉納悶道：「從來沒有人如此塗毒我，他們如何竟這樣的？莫不真亦有我這樣一個人不成？」一面想，一面順步早到了一所院內。寶玉又詫異道：「除了怡紅院，也竟還有這麼一個院落。」忽上了台階，進入屋內，只見榻上有一個人睡着，那邊有幾個女兒做針線，也有嬉笑玩耍的。只見榻上那個少年歎了一聲，一個丫鬟笑問道：「寶玉，你不睡又歎甚麼？想必為你妹妹病了，你又胡愁亂恨呢。」寶玉聽說，心下也便吃驚。只見榻上少年說道：「我聽見老太太說，長安都中也有個寶玉，和我一樣的性情，我只不信。我才作了一個夢，竟夢中到了都中一個花園子裏頭，遇見幾個姐姐，都叫我臭小廝，不理我。好容易找到他房裏，偏他睡覺，空有皮囊，真性不知往那裏去了。」寶玉聽說，忙說道：「我因找寶玉來到這裏。原來你就是寶玉？」榻上的忙下來拉住：「原來你就是寶玉？這可不是夢裏了。」寶玉道：「這如何是夢？真而又真了。」一語未了，只見人來說：「老爺叫寶玉。」唬得二人皆慌了。一個寶玉就走，一個寶玉便忙叫：「寶玉快回來，寶玉快回來！」

　　襲人在旁聽他夢中自喚，忙推醒他，笑問道：「寶玉在那裏？」此時寶玉雖醒，神意尚自恍惚，因向門外指說：「才去不遠。」襲人笑道：「那是你夢迷了。你揉眼細瞧，是鏡子裏照的你影兒。」寶玉向前瞧了一瞧，原是那嵌的大鏡對面相照，自己也笑了。早有丫鬟捧過漱盂茶鹵來，漱了口。麝月道：「怪道老太太常囑咐說，小人屋裏不可多有鏡子。小人魂不全，有鏡子照多了，睡覺驚恐做胡夢。如今倒在大鏡子那裏安了床。有時放下鏡套還好；往前去，天熱睏倦，那裏想的到放他，比如方才就忘了。自然是先躺下照着影兒玩來着，一時合上眼，自然是胡夢顛倒的；不然如何叫起自己的名字來呢？不如明兒挪進床來是正經。」一語未了，只見王夫人遣人來叫寶玉。不知有何話說，且聽下回分解。

💬 **延伸思考**

　　請分析平兒在這一回中的表現。

精華賞析

　　在探春和寶釵商議着如何治理園子的過程中，有一個角色穿插其中，展現出很高的語言技巧，那就是平兒。她在幾個主子姑娘面前總能維護鳳姐的顏面，但絲毫不頂撞，總能找到無懈可擊的理由，真是不卑不亢，這個丫頭果然很不簡單。

《第五十七回》

慧紫鵑情辭試莽玉
慈姨媽愛語慰痴顰

> 紫鵑早就知道黛玉的心事，所以找了機會試探寶玉。可是寶玉把紫鵑的試探當了真，以為黛玉真要回林家去，就此發起瘋來。

　　話說寶玉聽王夫人喚他，忙至前邊來，原來是王夫人要帶他拜甄夫人去。寶玉自是歡喜，忙去換衣服，跟了王夫人到那邊。見甄家的形景，自與榮寧不甚差別，或有一二稍盛的。細問，果有一寶玉。甄夫人留席，竟日方回，寶玉方信。因晚間回家來，王夫人又吩咐預備上等的席面，定名班大戲，請過甄夫人母女。後二日，他母女便不作辭，回任去了，無話。

　　這日寶玉因見湘雲漸癒，然後去看黛玉。正值黛玉才歇午覺，寶玉不敢驚動，因紫鵑正在迴廊上手裏做針線，便上來問他：「昨日夜裏咳嗽可好些？」紫鵑道：「好些了。」寶玉笑道：「阿彌陀佛！寧可好了罷。」紫鵑笑道：「你也唸起佛來，真是新聞！」寶玉笑道：「所謂『病急亂投醫』了。」一面說，一面見他穿着彈墨綾薄綿襖，外面只穿着青緞夾背心，寶玉便伸手向他身上摸了一摸，說：「穿這樣單薄，還在風口裏坐着，時氣又不好，你再病了，越發難了。」紫鵑道：「從此咱們只可說話，別動手動腳的。一年大二年小的，叫人看着不尊重。打緊的那起混賬行子們背地裏說你，你總不留心，還只管和小時一般行為，如何使得？姑娘常常吩咐我們，不叫和你說笑。你近來瞧他遠着你還恐遠不及呢。」說着便起身，攜了針線進別房去了。

　　寶玉見了這般景況，心中像澆了一盆冷水一般，只瞅着竹子，發了一回呆：因袆媽正在那裏刨土種竹，掃竹葉子，頓覺一時魂魄失守，隨便坐在一塊山石上出神，不覺滴下淚來。直呆了一頓飯工夫，千思萬想，總不知如何

是好：偶值雪雁從王夫人房裏取了人參來，從此經過，忽扭項看見桃花樹下石上一人手托着腮頰出神，不是別人，卻是寶玉。雪雁疑惑道：「怪冷的，他一個人在這裏做甚麼？春天凡有殘疾的人肯犯病，敢是他犯了呆病了？」一邊想，一邊便走過來蹲下笑道：「你在這裏做甚麼呢？」寶玉忽見了雪雁，便說道：「你又作甚麼來找我？你難道不是女兒？他既防嫌疑，不許你們理我，你又來尋我，倘被人看見，豈不又生口舌？你快家去罷了。」雪雁聽了，只當是他又受了黛玉的委屈，只得回至房中。

黛玉未醒，將人參交與紫鵑。紫鵑因問他：「太太做甚麼呢？」雪雁道：「也歇中覺，所以等了這半日。姐姐你聽笑話兒：我因等太太的工夫，和玉釧兒姐姐坐在下房裏說話兒，誰知趙姨奶奶招手兒叫我。我只當有甚麼話說，原來他和太太告了假，出去給他兄弟伴宿坐夜，明兒送殯去，跟他的小丫頭子小吉祥兒沒衣裳，要借我的月白綾子襖兒。我想他們一般也有兩件子，往這地方兒去恐怕弄壞了，自己的捨不得穿，故此借別人的。借我的弄壞了也是小事，只是我想，他素日有些甚麼好處到咱們跟前，所以我說：『我的衣裳簪環都是姑娘叫紫鵑姐姐收着呢。如今先得去告訴他，還得回姑娘，費多少事呢。誤了你老人家出門，不如再轉借罷。』」紫鵑笑道：「你這個小東西子倒也巧。你不借給他，你往我和姑娘身上推，叫人怨不着你。他這會子就去呀，還是等明日一早才去呢？」雪雁道：「這會子就去，只怕此時已去了。」紫鵑點點頭。雪雁道：「只怕姑娘還沒醒呢，是誰給了寶玉氣受，坐在那裏哭呢。」紫鵑聽了，忙問在那裏。雪雁道：「在沁芳亭後頭桃花底下呢。」

紫鵑聽說，忙放下針線，又囑咐雪雁好生聽叫：「若問我，答應我就來。」說着，便出了瀟湘館，一徑來尋寶玉，走至寶玉跟前，含笑說道：「我不過說了那兩句話，為的是大家好，你就賭氣跑了這風地裏來哭，弄出病來還了得。」寶玉忙笑道：「誰賭氣了！我因為聽你說的有理，我想你們既這樣說，自然別人也是這樣說，將來漸漸的都不理我了，我所以想到這裏自己傷起心來了。」

紫鵑也便挨他坐着。寶玉笑道：「方才對面說話你還走開，這會子怎麼又來挨我坐着？」紫鵑道：「你都忘了？幾日前你們姊妹兩個正說話兒，趙姨娘一頭走進來，——我才聽見他不在家，所以我來問你。正是前日你和他才說了一句『燕窩』，就不說了，總沒提起，我正想着問你。」寶玉道：「也沒

甚麼要緊。不過我想着寶姐姐也是客中，既吃燕窩，不可間斷，若只管和他要，也太託實[1]。雖不便和太太要，我已經在老太太跟前略露了個風聲，只怕老太太和鳳姐姐說了。我要告訴他，竟沒告訴完。如今我聽見一日給你們一兩燕窩，這也就完了。」紫鵑道：「原來是你說了，這又多謝你費心。我們正疑惑，老太太怎麼忽然想起來叫人每一日送一兩燕窩來呢？這就是了。」

寶玉笑道：「這要天天吃慣了，吃上二三年就好了。」紫鵑道：「在這裏吃慣了，明年家去，那裏有這閑錢吃這個？」寶玉聽了，吃了一驚，忙問：「誰家去？」紫鵑道：「你妹妹回蘇州家去。」寶玉笑道：「你又說白話。蘇州雖是原籍，因沒了姑父姑母，無人照看，才接了來的。明年回去找誰？可見是扯謊。」紫鵑冷笑道：「你太看小了人。你們賈家獨是大族人口多的，除了你家，別人只得一父一母，族中真個再無人了不成？我們姑娘來時，原是老太太心疼他年小，雖有伯叔，不如親父母，故此接來住幾年。大了該出閣時，自然要送還林家的。終不成林家的女兒在你賈家一世不成？林家雖貧到沒飯吃，也是世代書香人家，斷不肯將他的人丟給親戚，落人恥笑。所以早則明年春天，遲則秋天。這裏縱不送去，林家亦必有人來接的了。前日夜裏姑娘和我說了，叫我告訴你：將從前小時玩的東西，有他送你的，叫你都打點出來還他。他也將你送他的打點在那裏呢。」寶玉聽了，便如頭頂上打了一個焦雷一般。紫鵑看他怎樣回答，等了半天，見他總不作聲。才要再問，忽見晴雯找來說：「老太太叫你呢，誰知道在這裏。」紫鵑笑道：「他這裏問姑娘的病症，我告訴了他半天，他只不信。你倒拉他去罷。」說着，自己便走回房去了。

晴雯見他呆呆的，一頭熱汗，滿臉紫脹，忙拉他的手，一直到怡紅院中。襲人見了這般，慌張起來，只說時氣所感，熱身被風撲了。無奈寶玉發熱事猶小可，更覺兩個眼珠兒直直的起來，口角邊津液流出，皆不知覺。給他個枕頭，他便睡下；扶他起來，他便坐着；倒了茶來，他便吃茶。眾人見他這樣，一時忙亂起來，又不敢造次去回賈母，先要差人出去請李嬤嬤。

一時李嬤嬤來了，看了半天，問他幾句話也無回答，用手向他脈上摸了

---

1)　　託實：不見外、不客氣。也說依實。

摸，嘴唇人中上着力掐了兩下，掐的指印如許來深，竟也不覺疼。李嬤嬤只說了一聲「可了不得了」，「呀」的一聲便摟着放聲大哭起來。急的襲人忙拉他說：「你老人家瞧瞧，可怕不怕？且告訴我們去回老太太、太太去。你老人家怎麼先哭起來？」李嬤嬤捶床搗枕說：「這可不中用了！我白操了一世的心了！」襲人等以他年老多知，所以請他來看，如今見他這般一說，都信以為實，也都哭起來。

晴雯便告訴襲人，方才如此這般。襲人聽了，便忙到瀟湘館來，見紫鵑正伏侍黛玉吃藥，也顧不得甚麼，便走上來問紫鵑道：「你才和我們寶玉說了些甚麼？你瞧瞧他去，你回老太太去，我也不管了！」說着，便坐在椅上。黛玉忽見襲人滿面急怒，又有淚痕，舉止大變，便不免也慌了，忙問怎麼了。襲人定了一回，哭道：「不知紫鵑姑奶奶說了些甚麼話，那個呆子眼也直了，手腳也冷了，話也不說了，李媽媽掐着也不疼了，已死了大半個了！連李媽媽都說不中用了，那裏放聲大哭。只怕這會子都死了！」黛玉一聽此言，李媽媽乃久經老嫗，他說不中用了，可知必不中用。哇的一聲，將所服之藥一口嗆出，抖腸搜肺、炙胃扇肝的啞聲大嗽了幾陣，一時面紅髮亂，目腫筋浮，喘的抬不起頭來。紫鵑忙上來捶背，黛玉伏枕喘息半晌，推紫鵑道：「你不用捶，你竟拿繩子來勒死我是正經！」紫鵑哭道：「我並沒說甚麼，不過是說了幾句玩話，他就認真了。」襲人道：「你還不知道他，那傻子每每玩話認了真。」黛玉道：「你說了甚麼話，趁早兒去解說，他只怕就醒過來了。」紫鵑聽說，忙下了床，同襲人到了怡紅院。

誰知賈母王夫人等已都在那裏了。賈母一見了紫鵑，便眼內出火，罵道：「你這小蹄子，和他說了甚麼？」紫鵑忙道：「並沒說甚麼，不過說幾句玩話兒。」誰知寶玉見了紫鵑，方哎呀了一聲，哭出來了。眾人一見，方都放下心來。賈母便拉住紫鵑，只當他得罪了寶玉，所以拉紫鵑，命他賠罪。誰知寶玉一把拉住紫鵑，死也不放，說：「要去連我也帶了去。」眾人不解，細問起來，方知紫鵑說「要回蘇州去」一句玩話引出來的。賈母流淚道：「我當有甚麼要緊大事，原來是這句玩話。」又向紫鵑道：「你這孩子，素日是個伶俐聰明的，你又知道他有個呆根子，平白的哄他作甚麼？」薛姨媽勸道：「寶玉本來心實，可巧林姑娘又是從小兒來的，他姊妹兩個一處長了這麼大，比別的姊妹更不同。這會子熱剌剌的說一個去，別說他是個實心的傻孩子，便是

冷心腸的大人也要傷心。這並不是甚麼大病，老太太和姨太太只管萬安，吃一兩劑藥就好了。」

正說着，人回林之孝家的、賴大家的都來瞧哥兒來了。賈母道：「難為他們想着，叫他們來瞧瞧。」寶玉聽了一個「林」字，便滿床鬧起來說：「了不得了，林家的人接他們來了，快打出去罷！」賈母聽了，也忙說：「打出去罷。」又忙安慰說：「那不是林家的人。林家的人都死絕了，沒人來接他的，你只放心罷。」寶玉哭道：「憑他是誰，除了林妹妹，都不許姓林了！」賈母道：「沒姓林的來，凡姓林的我都打走了。」一面吩咐眾人：「以後別叫林之孝家的進園來，你們也別說『林』字。好孩子們，你們聽我這句話罷！」眾人忙答應，又不敢笑。一時寶玉又一眼看見了十錦格子上陳設的一隻雙金西洋自行船，便指着亂說：「那不是接他們來的船來了？灣在那裏呢。」賈母忙命拿下來。襲人忙拿下來，寶玉伸手要，襲人遞過，寶玉便掖在被中，笑道：「可去不成了！」一面說，一面死拉着紫鵑不放。

一時人回大夫來了，賈母忙命快進來。王夫人、薛姨媽、寶釵等暫避裏間，賈母便端坐在寶玉身旁。王太醫進來見許多的人，忙上去請了賈母的安，拿了寶玉的手診了一回。那紫鵑少不得低了頭。王大夫也不解何意，起身說道：「世兄這症乃是急痛迷心。古人曾云：『痰迷有別。有氣血虧柔，飲食不能熔化痰迷者；有怒惱中痰裏而迷者；有急痛壅塞者。』此亦痰迷之症，係急痛所致，不過一時壅蔽，較別的似輕。」賈母道：「你只說怕不怕，誰同你背藥書呢。」王太醫忙躬身笑說：「不妨，不妨。」賈母道：「果真不妨？」王太醫道：「實在不妨，都在晚生身上。」賈母道：「既這麼着，請到外面開了方兒，治好了，我另外預備好謝禮，叫他親自送去磕頭；要耽誤了，打發人去拆了太醫院大堂。」王太醫只躬身笑說：「不敢，不敢。」他原聽了說「另具上等謝禮命寶玉去磕頭」，故滿口說：「不敢」，竟未聽見賈母後來說拆太醫院之戲語，猶說「不敢」，賈母與眾人反倒笑了。一時，按方煎了藥來服下，果覺比先安靜。無奈寶玉只不肯放紫鵑，只說他去了便是要回蘇州去了。賈母王夫人無法，只得命紫鵑守着他，另將琥珀去伏侍黛玉。黛玉不時遣雪雁來探消息。

晚間寶玉稍安，賈母王夫人等方回房去。一夜還遣人來問幾次信。李嬤嬤帶領宋嬤嬤等幾個年老人用心看守，紫鵑、襲人、晴雯等日夜相伴。有

時寶玉睡去，必從夢中驚醒，不是哭了說黛玉已去，便是有人來接。每一驚時，必得紫鵑安慰一番方罷。彼時賈母又命將祛邪守靈丹及開竅通神散各樣上方祕製諸藥，按方飲服。次日又服了王太醫的藥，漸次好起來。寶玉心下明白，因恐紫鵑回去，故意作佯狂之態。紫鵑自那日也着實後悔，如今日夜辛苦，並沒有怨意。襲人等皆心安神定，因向紫鵑笑道：「都是你鬧的，還得你來治。也沒見我們這位呆爺聽了風就是雨，往後怎麼好。」暫且按下。

且說因此時湘雲之症已癒，天天過來瞧看，見寶玉明白了，便將他病中狂態形容了與他瞧，引的寶玉自己伏枕而笑。原來他起先那樣竟是不知的，如今聽人說還不信。

無人時紫鵑在側，寶玉又拉他的手問道：「你為甚麼唬我？」紫鵑道：「不過是哄你玩的，你就認真了。」寶玉道：「你說的那樣有情有理，如何是玩話？」紫鵑笑道：「那些玩話都是我編的。林家實沒了人口，縱有也是極遠的。族中也都不在蘇州住，各省流寓不定。縱有人來接，老太太必不放去的。」寶玉道：「便老太太放去，我也不依。」紫鵑笑道：「果真的你不依？只怕是口裏的話？你如今也大了，連親也定下了，過二三年再娶了親，你眼裏還有誰了？」寶玉聽了，又驚問：「誰定了親？定了誰？」紫鵑笑道：「年裏我聽見老太太說，要定下琴姑娘呢。不然那麼疼他？」寶玉笑道：「人人只說我傻，你比我更傻。不過是句玩話，他已經許給梅翰林家了。果然定下了他，我還是這個形景了？先是我發誓賭咒砸這勞什子，你都沒勸過嗎？我病的剛剛的這幾日才好了，你又來慪我。」一面說，一面咬牙切齒的，又說道：「我只願這會子立刻我死了，把心迸出來你們瞧見了，然後連皮帶骨一概都化成一股灰，再化一股煙，一陣大亂風，吹的四面八方，都登時散了，這才好！」一面說，一面又滾下淚來。

紫鵑忙上來握他的嘴，替他擦眼淚，又忙笑解說道：「你不用着急。這原是我心裏着急，故來試你。」寶玉聽了，更又詫異，問道：「你又着甚麼急？」紫鵑笑道：「你知道，我並不是林家的人，我也和襲人、鴛鴦是一夥的，偏把我給了林姑娘使。偏偏他又和我極好，比他蘇州帶來的還好十倍，一時一刻我們兩個離不開。我如今心裏卻愁，他倘或要去了，我必要跟他去的。我是合家在這裏，我若不去，辜負了我們素日的情腸；若去，又棄了本家。所以我疑惑，故設出這謊話來問你，誰知你就傻鬧起來。」寶玉笑道：「原來是

你愁這個，所以你是傻子。從此後再別愁了。我告訴你一句打躉兒的話：活
着，咱們一處活着；不活着，咱們一處化灰化煙，如何？」紫鵑聽了，心下暗
暗籌劃。

　　忽有人回：「環爺蘭哥兒問候。」寶玉道：「就說難為他們，我才睡了，
不必進來。」婆子答應去了。紫鵑笑道：「你也好了，該放我回去瞧瞧我們那
一個去了。」寶玉道：「正是這話。我昨日就要叫你去的，偏又忘了。我已經
大好了，你就去罷。」紫鵑聽說，方打疊鋪蓋妝奩之類。寶玉笑道：「我看
見你文具裏頭有兩三面鏡子，你把那面小菱花的給我留下罷。我擱在枕頭旁
邊，睡着好照，明兒出門帶着也輕巧。」紫鵑聽說，只得與他留下，先命人
將東西送過去，然後別了眾人，自回瀟湘館來。林黛玉近日聞得寶玉如此形
景，未免又添些病症，多哭幾場。今見紫鵑來了，問其原故，已知大癒，仍
遣琥珀去伏侍賈母。夜間人定後，紫鵑已寬衣臥下之時，悄向黛玉笑道：「寶
玉的心倒實，聽見咱們去，就那樣起來。」黛玉不答。紫鵑停了半晌，自言
自語的說道：「一動不如一靜。我們這裏就算好人家，別都容易，最難得的是
從小兒一處長大，脾氣情性都彼此知道的了。」黛玉啐道：「你這幾天還不乏，
趁這會子不歇一歇，還嚼甚麼蛆。」

　　紫鵑笑道：「倒不是白嚼蛆，我倒是一片真心為姑娘。替你愁了這幾年
了，又沒個父母兄弟，誰是知疼着熱的人？趁早兒老太太還明白硬朗的時
節，作定了大事要緊。俗語說，『老健春寒秋後熱』，倘或老太太一時有個好
歹，那時雖也完事，只怕耽誤了時光，還不得趁心如意呢。公子王孫雖多，
那一個不是三房五妾，今兒朝東，明兒朝西？娶一個天仙來，也不過三夜五
夕，也就丟在脖子後頭了，甚至於憐新棄舊反目為仇的，多着呢。若娘家有
人有勢的還好，像姑娘這樣的人，有老太太一日，好些，一日沒了老太太，
也只是憑人去欺負罷了。所以說，拿主意要緊。姑娘是個明白人，豈不聞俗
語說的：『萬兩黃金容易得，知心一個也難求。』」

　　黛玉聽了，便說道：「這丫頭今兒可瘋了？怎麼去了幾日，忽然變了一
個人。我明兒必回老太太退回你去，我不敢要你了。」紫鵑笑道：「我說的是
好話，不過叫你心裏留神，並沒叫你去為非作歹，何苦回老太太，叫我吃了
虧，又有何好處？」說着，竟自睡了。黛玉聽了這話，口內雖如此說，心內未
嘗不傷感，待他睡了，便直哭了一夜，至天明方打了一個盹兒。次日勉強盥

漱了，吃了些燕窩粥，便有賈母等親來看視了，又囑咐了許多話。目今是薛姨媽的生日，自賈母起，諸人皆有祝賀之禮。黛玉亦早備了兩色針線²送去。是日也定了一本小戲請賈母王夫人等，獨有寶玉與黛玉二人不曾去得。至散時，賈母等順路又瞧他二人一遍，方回房去。次日，薛姨媽家又命薛蝌陪諸夥計吃了一天酒，連忙了三四天方完備。

　　因薛姨媽看見邢岫煙生得端雅穩重，且家道貧寒，是個釵荊裙布的女兒，便欲說與薛蟠為妻。因薛蟠素習行止浮奢，又恐糟蹋了人家的女兒。正在躊躇之際，忽想起薛蝌未娶，看他二人，恰是一對天生地設的夫妻，因謀之於鳳姐兒。鳳姐兒笑道：「姑媽素知我們太太有些左性的，這事等我慢謀。」因賈母去瞧鳳姐兒時，鳳姐兒便和賈母說：「薛姑媽有件事求老祖宗，只是不好啟齒的。」賈母忙問何事，鳳姐便將求親一事說了。賈母笑道：「這有甚麼不好啟齒？這是極好的事。等我和你婆婆說了，沒有不依的。」因回房來，即刻命人來叫邢夫人過來，硬作保山。邢夫人想了一想：薛家根基不錯，且現今大富，薛蝌生得又好，且賈母硬作保山，將計就計，便應了。賈母十分喜歡，忙命人請了薛姨媽來。二人見了，自然有許多謙辭。邢夫人即刻命人去告訴邢忠夫婦。他夫婦此來原是投靠邢夫人的，如何不依？早極口的說好極。

　　賈母笑道：「我愛管個閑事，今兒又管成了一件事，不知得多少謝媒錢？」薛姨媽笑道：「這是自然的。縱抬了十萬銀子來，只怕不希罕。但只一件，老太太既是作媒，還得一位主親才好。」賈母笑道：「別的沒有，我們家拆腿爛手的人還有兩個。」說着，便命人去叫過尤氏婆媳二人來。賈母告訴他原故，彼此忙都道喜。賈母吩咐道：「咱們家的規矩你是盡知的，從沒有兩親家爭禮的。如今你算替我在當中料理，也不可太省，也不可太費，把他兩家的事周全了回我。」尤氏忙答應了。薛姨媽喜之不盡，回家命寫了請帖補送過寧府。尤氏深知邢夫人情性，本不欲管，無奈賈母親囑咐，只得應了，唯忖度邢夫人之意行事。薛姨媽是個無可無不可的人，還倒容易說。這且不在話下。

　　如今薛姨媽既定了邢岫煙為媳，合宅皆知。邢夫人本欲接出岫煙去住，賈母因說：「這又何妨，兩個孩子又不能見面，就是姨太太和他一個大姑，一

---

2)　　兩色針線：指兩項針黹手工製品的禮物。

個小姑，又何妨？況且都是女兒，正好親近呢。」邢夫人方罷。

　　薛蝌、岫煙二人前次途中皆曾有一面之遇，大約二人心中也皆如意。只是邢岫煙未免比先時拘泥了些，不好與寶釵姊妹共處閑語；又兼湘雲是個愛取笑的，更覺不好意思。幸他是個知書達禮的，雖有女兒身分，還不是那種佯羞詐愧一味輕薄造作之輩。寶釵自那時見他起，想他家業貧寒，二則別人之父母皆年高有德之人，獨他父母偏是酒糟透了的，於女兒分上平常；邢夫人也不過是臉面之情，亦非真心疼愛；且岫煙為人雅重，迎春是個老實人，連他自己尚未照管齊全，如何能照管到他身上？凡閨閣中家常一應需用之物，或有虧乏，無人照管，他又不與人張口，寶釵倒暗中每相體貼接濟，也不敢叫邢夫人知道，亦恐多心閑話之故。如今卻是意外之奇緣，作成這門親事。岫煙心中先取中寶釵，有時仍與寶釵閑話，寶釵仍以姊妹相呼。這日寶釵因來瞧黛玉，恰值岫煙也來瞧黛玉，二人在半路相遇。寶釵含笑喚他到跟前，二人同走至一塊石壁後，寶釵笑問他：「這天還冷的很，你怎麼倒全換了夾的？」岫煙見問，低頭不答。寶釵便知道又有了原故，因又笑問道：「必定是這個月的月錢又沒得。鳳丫頭如今也這樣沒心沒計了。」岫煙道：「他倒想着不錯日子給，因姑媽打發人和我說，一個月用不了二兩銀子，叫我省一兩給爹媽送出去，要使甚麼，橫豎有二姐姐的東西，能着些兒搭着就使了。姐姐想，二姐姐也是個老實人，也不大留心，我使他的東西，他雖不說甚麼，他那些媽媽丫頭，那一個是省事的，那一個是嘴裏不尖的？我雖在那屋裏，卻不敢很使喚他們，過三天五天，我倒得拿出錢出來給他們打酒買點心吃才好。因一月二兩銀子還不夠使，如今又去了一兩。前兒我悄悄的把綿衣服叫人當了幾吊錢盤纏。」

　　寶釵聽了，愁眉歎道：「偏梅家又合家在任上，後年才進來。若是在這裏，琴兒過去了，好再商議你的事。離了這裏就完了。如今不先定了他妹妹的事，也斷不敢先娶親的。如今倒是一件難事。再遲兩年，又怕你熬煎出病來。等我和媽再商議。」寶釵又指他裙上一個碧玉佩問道：「這是誰給你的？」岫煙道：「這是三姐姐給的。」寶釵點頭笑道：「他見人人皆有，獨你一個沒有，怕人笑話，故此送你一個。這是他聰明細緻之處。」

　　岫煙又問：「姐姐此時那裏去？」寶釵道：「我到瀟湘館去。你且回去，把那當票叫丫頭送來，我那裏悄悄的取出來，晚上再悄悄的送給你去，早晚

好穿，不然風閃着了還了得！但不知當在那裏了？」岫煙道：「叫作『恆舒』，是鼓樓西大街的。」寶釵笑道：「這鬧在一家去了。夥計們倘或知道了，好說『人沒過來，衣裳先過來』了。」岫煙聽說，便知是他家的本錢，也不答言，紅了臉，一笑走開。

寶釵就往瀟湘館來。正值他母親也來瞧黛玉，正說閑話呢。寶釵笑道：「媽多早晚來的？我竟不知道？」薛姨媽道：「我這幾天連日忙，總沒來瞧瞧寶玉和他。所以今兒瞧他二個，都也好了。」黛玉忙讓寶釵坐了，因向寶釵道：「天下的事真是人想不到的，拿着姨媽和大舅母又作一門親家。」薛姨媽道：「我的兒，你們女孩家那裏知道，自古道：『千里姻緣一線牽』。管姻緣的有一位月下老人，預先注定，暗裏只用一根紅絲把這兩個人的腳絆住，憑你兩家隔着海呢，若有姻緣的，也終久有機會作了夫婦。這一件事都是出人意料之外，憑父母本人都願意了，或是年年在一處的，以為是定了的親事，若是月下老人不用紅線拴的，再不能到一處。比如你姐妹兩個的婚姻，此刻也不知在眼前，也不知在山南海北呢。」

寶釵道：「唯有媽，說動話就拉上我們。」一面說，一面伏在他母親懷裏笑說：「咱們走罷。」黛玉笑道：「你瞧，這麼大了，離了姨媽他就是個最老道的，見了姨媽他就撒嬌兒。」薛姨媽用手摩弄着寶釵，歎向黛玉道：「你這姐姐就和鳳哥兒在老太太跟前一樣，有了正經事就和他商量，沒了事幸虧他開開我的心。我見了他這樣，有多少愁不散的。」

黛玉聽說，流淚歎道：「他偏在這裏這樣，分明是氣我沒娘的人，故意來形容我的眼！」

寶釵笑道：「媽媽你瞧他這輕狂樣兒，倒說我撒嬌兒。」薛姨媽道：「也怨不得他傷心，可憐沒父母，到底沒個親人。」又摩娑黛玉笑道：「好孩子別哭。你見我疼你姐姐你傷心，你不知我心裏更疼你呢。你姐姐雖沒了父親，到底有我，有親哥哥，這就比你強了。我常和你姐姐說，心裏很疼你，只是外頭不好帶出來。你這裏人多嘴雜，說好話的人少，說歹話的人多，不說你無依無靠，為人作人配人疼，只說我們看着老太太疼你，我們也洑上水[3]去

---

3)　　洑（fù）上水：洑，游水。上水，指水的上游。這裏比喻巴結重要人物，趨炎附勢。

了。」黛玉笑道：「姨媽既這麼說，我明日就認姨媽做娘，若是棄嫌，就是假意疼我。」薛姨媽道：「你不厭我，就認了。」

寶釵忙道：「認不得的。」黛玉道：「怎麼認不得？」寶釵笑問道：「我且問你，我哥哥還沒定親事，為甚麼反將邢妹妹先說與我兄弟了，是甚麼道理？」黛玉道：「他不在家，或是屬相生日不對，所以先說與兄弟了。」寶釵笑道：「不是這樣。我哥哥已經相準了，只等來家就下定了，也不必提出人來，我說你認不得娘的，一細想去。」說着，便和他母親擠眼兒發笑。黛玉聽了，便也一頭伏在薛姨媽身上，說道：「姨媽不打他我不依。」薛姨媽忙也摟他笑道：「你別信你姐姐的話，他是和你玩呢。」寶釵笑道：「真個的，媽明兒和老太太求了他作媳婦，豈不比外頭尋的好？」黛玉便攏上來要抓他，口內笑說：「你越發瘋了。」薛姨媽忙也笑勸，用手分開方罷。

因又向寶釵道：「連邢姑娘我還怕你哥哥糟蹋了他，所以給你兄弟。別說這孩子，我也斷不肯給他。前兒老太太因要把你妹妹說給寶玉，偏生又有了人家，不然倒是一門好親事。前兒我說定了邢姑娘，老太太還取笑說：『我原要說他的人，誰知他的人沒到手，倒被他說了我們一個去了。雖是玩話，細想來倒有些意思。我想寶琴雖有了人家，我雖沒人可給，難道一句話也不說。我想着，你寶兄弟老太太那樣疼他，他又生的那樣，若要外頭說去，斷不中意。不如竟把你林妹妹定與他，豈不四角俱全？」黛玉先還怔怔的，聽後來，見說到自己身上，便啐了寶釵一口，紅了臉，拉着寶釵笑道：「我只打你！你為甚麼招出姨媽這些老沒正經的話來？」寶釵笑道：「這可奇了！媽說你，為甚麼打我？」

紫鵑忙也跑來笑道：「姨太太既有這主意，為甚麼不和老太太說去？」薛姨媽呵呵笑道：「你這孩子，急甚麼？想必催着你姑娘出了閣，你也要早些尋一個小女婿去。」紫鵑聽了，也紅了臉，笑道：「姨太太真個倚老賣老的起來。」說着，便轉身去了。黛玉先罵：「又與你這蹄子甚麼相干？」後來見了這樣，也笑道：「阿彌陀佛！該，該，該！也臊了一鼻子灰去了！」薛姨媽母女二人及婆子丫鬟都笑起來，

一語未了，忽見湘雲走來，手裏拿着一張當票，口內笑道：「這是甚麼賬篇子？」黛玉瞧了，也不認得。地下婆子們都笑道：「這可是一件好東西，這個乖可不是白教的。」寶釵忙一把接了，看時，就是岫煙才說的當票，忙折了

起來。薛姨媽忙說：「那必定是那個媽媽的當票子失落了，回來急的他們找。那裏得的？」湘雲道：「甚麼是當票子？」眾人都笑道：「真真是個呆姑娘，連個當票子也不知道。」薛姨媽歎道：「怨不得他，真真是侯門千金，而且又小，那裏知道這個？那裏去看這個？便是家下人有這個，他如何得見？別笑他是呆子，若給你們家的姑娘們看了，也都成了呆子呢。」眾婆子笑道：「林姑娘才也不認得，別說姑娘們。就如寶玉，他倒是外頭常出去走的，只怕他還沒見過呢。」薛姨媽忙將原故講明。湘雲黛玉二人聽了方笑道：「原來為此。人也太會想錢了，姨媽家的當鋪也有這個麼？」眾人笑道：「這又呆了。『天下老鴰一般黑』，豈有兩樣的？」薛姨媽因又問是那裏拾的？湘雲方欲說時，寶釵忙說：「是一張死了沒用的，不知那年勾了賬的，香菱拿着哄他們玩的。」薛姨媽聽了此話是真，也就不問了。一時人來回：「那府裏大奶奶過來請姨太太說話呢。」薛姨媽起身去了。

　　這裏屋內無人時，寶釵方問湘雲何處揀的。湘雲笑道：「我見你令弟媳的丫頭篆兒悄悄的遞給鶯兒。鶯兒便隨手夾在書裏，只當我沒看見。我等他們出去了，我偷着看，竟不認得，知道你們都在這裏，所以拿來大家認認。」黛玉忙問：「怎麼，他也當衣裳不成？既當了，怎麼又給你送去？」寶釵見問，不好隱瞞他兩個，遂將方才之事都告訴了他二人。黛玉聽了，兔死狐悲，物傷其類，不免也感歎起來。湘雲聽了，卻動了氣，說：「等我問着二姐姐去！我罵那起老婆子丫頭一頓，給你們出氣何如？」說着，便要走。寶釵忙一把拉住，笑道：「你又發瘋了，還不給我坐下呢。」黛玉笑道：「你要是個男人，出去打一個抱不平兒。你又充甚麼荊軻聶政[4]，真真好笑。」湘雲道：「既不叫我問他去，明兒也把他接到咱們苑裏一處住去，豈不是好？」寶釵笑道：「明日再商量。」說着，人報：「三姑娘四姑娘來了。」三人聽了，忙掩了口不提此事。要知端的，且聽下回分解。

---

4)　　荊軻、聶政：秦代以俠義著稱的刺客。

💬 延伸思考

薛姨媽是個極有心的人，寶玉發瘋捨不得黛玉走，她曾安慰賈母，指出其原因是「寶玉本來心實，可巧林姑娘又是從小兒來的……」，但這其中的真實原因她心裏清楚得很，所以後來又私下裏在黛玉、寶釵面前提起要撮合黛玉與寶玉的婚事。她到底是甚麼心理呢？請你試着分析。

💡 精華賞析

　　紫鵑試探、寶玉發瘋，在這場鬧劇中，寶黛之間的親密感情已經引起了大家的注意。所以薛姨媽向黛玉提起此二人的婚事，寶釵也從旁打趣，這名為撮合，實為試探。但賈母、王夫人等賈府的當權者並沒有表明態度，事情雖然開始擺上枱面，但始終都不明朗。

《第五十八回》

杏子陰假鳳泣虛凰
茜紗窗真情揆痴理

寶玉病好了，清明那天拄着拐杖去看黛玉，路上剛好看見一個小丫頭在燒紙錢。這可犯了大忌諱，還好寶玉沒有告發她。可這個女孩子到底是誰？她為甚麼要燒紙呢？

　　話說他三人因見探春等進來，忙將此話掩住不提。探春等問候過，大家說笑了一會方散。

　　誰知上回所表的那位老太妃已薨，凡誥命等皆入朝隨班按爵守制。敕諭天下：凡有爵之家，一年內不許筵宴音樂，庶民皆三月不許婚嫁。賈母、邢、王、尤、諸婆媳祖孫等皆每日入朝隨祭，至未正以後方回。在大內偏宮二十一日後，方請靈入先陵，地名曰孝慈縣。這陵離都來往得十來日之功，如今請靈至此，還要停放數日，方入地宮，故得一月光景。寧府賈珍夫妻二人，也少不得是要去的。

　　兩府無人，因此大家計議，家中無主，便報了尤氏產育，將他騰挪出來，協理榮寧兩處事體。因又託了薛姨媽在園內照管他姊妹丫鬟等。薛姨媽只得也挪進園來。此時寶釵處有湘雲香菱；李紈處目今李嬸母女雖去，然亦時常來住三五日不定，賈母又將寶琴送與他去照管；迎春處有岫煙；探春因家務冗雜，且不時有趙姨娘與賈環嘈聒，甚不方便；惜春處房屋狹小；況賈母又千叮嚀萬囑咐託他照管黛玉；薛姨媽素習也最憐愛他的，今既巧遇這事，便挪至瀟湘館來和黛玉同房，一應藥餌飲食十分經心。黛玉感戴不盡，以後便亦如寶釵之稱呼，連寶釵前亦直以姐姐呼之，寶琴前直以妹妹呼之，儼似同胞共出，較諸人更似親切。

　　賈母見如此，也十分喜悅放心。薛姨媽只不過照管他姊妹，禁約丫頭輩，一應家中大小事務也不肯多口。尤氏雖天天過來，也不過應名點卯，亦不肯亂作威福，且他家內上下也只剩他一人料理，再者每日還要照管賈母王夫人的下處一應所需飲饌鋪設之物，所以也甚操勞。

　　當下寧榮兩處主人既如此不暇，並兩處執事人等，或有跟隨入朝的，或有朝外照理下處事務的，又有先踩踏下處的，也都各各忙亂。因此兩處下人無正經頭緒，也都偷安，或乘隙結黨，和暫權執事者竊弄威福。榮府只留得賴大並幾個管家照管外務。這賴大手下常用幾個人已去，雖另委人，都是些生的，只覺不順手。且他們無知，或賺騙無節，或呈告無據，或舉薦無因，種種不善，在在生事，也難備述。

　　又見各官宦家，凡養優伶男女者，一概蠲免遣發，尤氏等便議定，待王夫人回家回明，也欲遣發十二個女孩子，又說：「這些人原是買的，如今雖不學唱，盡可留着使喚，只令其教習們自去也罷了。」王夫人因說：「這學戲的倒比不得使喚的，他們也是好人家的兒女，因無能賣了做這事，裝醜弄鬼的幾年。如今有這機會，不如給他們幾兩銀子盤纏，各自去罷。當日祖宗手裏都是有這例的。咱們如今損陰壞德，而且還小器。如今雖有幾個老的還在，那是他們各有原故，不肯回去的，所以才留下使喚，大了配了咱們家的小廝們了。」尤氏道：「如今我們也去問他十二個，有願意回去的，就帶了信兒，叫上父母來親自領回去，給他們幾兩銀子盤費方妥。倘若不叫上他父母親人來，只怕有混賬人冒名領出去轉賣了，豈不辜負了這恩典？若有不願意回去的，就留下。」王夫人笑道：「這話妥當。」尤氏等又遣人告訴了鳳姐兒。一面說與總理房中，每教習給銀八兩，令其自便。凡梨香院一應物件，查清注冊收明，派人上夜。

　　將十二個女孩子叫來，當面細問，倒有一多半不願意回家的：也有說父母雖有，他只以賣我們為事，這一去還被他賣了；也有說父母已亡，或被叔伯兄弟所賣的；也有說無人可投的；也有說戀恩不捨的，所願去者止四五人。王夫人聽了，只得留下。將去者四五人皆令其乾娘領回家去，單等他父母來領；將不願去者分散在園中使喚。賈母便留下文官自使，將正旦芳官指給了寶玉，將小旦蕊官送了寶釵，將小生藕官指給了黛玉，將大花面葵官送了湘雲，將小花面豆官送了寶琴，將老外艾官指給了探春，尤氏便討了老旦

茄官去。當下各得其所，就如倦鳥出籠，每日園中遊戲。眾人皆知他們不能針黹，不慣使用，皆不大責備。其中或有一二個知事的，愁將來無應時之技，亦將本技丟開，便學起針黹紡績女工諸務。

一日正是朝中大祭，賈母等五更便去了，先到下處用些點心小食，然後入朝。早膳已畢，方退至下處，用過早飯，略歇片刻，復入朝，待中晚二祭，方出至下處歇息。用過晚飯方回家。可巧這下處乃是一個大官的家廟，是比丘尼焚修房舍，極多極淨。東西二院，榮府便賃了東院，北靜王府便賃了西院。太妃少妃每日宴息，見賈母等在東院，彼此同出同入，都有照應。外面細事不消細述。

且說大觀園內因賈母王夫人天天不在家內，又送靈去一月方回，各丫鬟婆子皆有閑空，多在園內遊玩。更又將梨香院內伏侍的眾婆子一概撤回，並散在園內聽使，更覺園內人多了幾十個。因文官等一干人或心性高傲，或倚勢凌下，或揀衣挑食，或口角鋒芒，大概不安分守理者多。因此眾婆子含怨，只是口中不敢與他們分爭。如今散了學，大家稱了願，也有丟開手的，也有心地狹窄猶懷舊怨的，因將眾人皆分在各房名下，不敢來欺侵。

可巧這日乃是清明之日，賈璉已備下年例祭祀，帶領賈環、賈琮、賈蘭三人去往鐵檻寺祭柩燒紙。寧府賈蓉也同族中人各辦祭祀前往。因寶玉未大癒，故不曾去。飯後發倦，襲人因說：「天氣甚好，你且出去逛逛，省得丟下飯碗就睡，存在心裏。」寶玉聽說，只得掛了一支杖，靸着鞋，步出院來。因近日將園中分與眾婆子料理，各司各業，皆在忙時，也有修竹的，也有樹的，也有栽花的，也有種豆的，池中間又有駕娘們行着船夾泥的、種藕的。湘雲、香菱、寶琴與些丫鬟等都坐在山石上，瞧他們取樂。寶玉也慢慢行來。湘雲見了他來，忙笑說：「快把這船打出去，他們是接林妹妹的。」眾人都笑起來。寶玉紅了臉，也笑道：「人家的病，誰是好意的，你也形容着取笑兒。」湘雲笑道：「病也比人家另一樣，原招笑兒，反說起人來。」說着，寶玉便也坐下，看着眾人忙亂了一回。

湘雲因說道：「這裏有風，石頭上又冷，坐坐去罷。」寶玉便也正要去瞧黛玉，便起身拄拐辭了他們，從沁芳橋一帶堤上走來。只見柳垂金線，桃吐丹霞，山石之後，一株大杏樹，花已全落，葉稠陰翠，上面已結了豆子大小的許多小杏。寶玉因想道：「我能病了幾天，竟把杏花辜負了！不覺倒『綠葉

成蔭子滿枝』了！因此仰望杏子不捨。又想起邢岫煙已擇了夫婿一事，雖說是男女大事，不可不行，但未免又少了一個好女兒。不過兩年，便也要「綠葉成蔭子滿枝」了。再過幾日，這杏樹子落枝空，再幾年，岫煙未免烏髮如銀，紅顏似槁了，因此不免傷心，只管對杏流淚歎息。

正悲歎時，忽有一個雀兒飛來，落於枝上亂啼。寶玉又發了呆性，心下想道：「這雀兒必定是杏花正開時他曾來過，今見無花空有葉，故也亂啼。這聲韻必是啼哭之聲，可恨公冶長[1]不在眼前，不能問他。但不知明年再發時，這個雀兒可還記得飛到這裏來與杏花一會否？」

正胡思間，忽見一股火光從山石那邊發出，將雀兒驚飛。寶玉吃一大驚，又聽那邊有人喊道：「藕官，你要死，怎麼弄些紙錢進來燒？我回去回奶奶們去，仔細你的肉！」寶玉聽了，益發疑惑起來，忙轉過山石看時，只見藕官滿面淚痕，蹲在那裏，手裏還拿着火，守着些紙錢灰作悲。寶玉忙問道：「你給誰燒紙錢？快別在這裏燒。你或是為父母兄弟，你告訴我名兒，外頭去叫小廝們打了包袱[2]寫上名姓去燒。」藕官見了寶玉，只不作一聲。寶玉數問不答，忽見一婆子惡狠狠走來拉藕官，口內說道：「我已經回了奶奶們，奶奶們氣的了不得。」藕官聽了，終是孩子氣，怕沒臉，便不肯去。婆子道：「我說你們別太興頭過了，如今還比你們在外頭隨心亂鬧呢？這是尺寸地方兒。」指寶玉道：「連我們的爺還守規矩呢，你是甚麼阿物兒，跑來胡鬧？怕也不中用，跟我快走罷！」寶玉忙道：「他並沒燒紙錢，原是林姑娘叫他來燒那爛字紙的。你沒看真，反錯告了他。」藕官正沒了主意，見了寶玉，也正添了畏懼，忽聽他反掩飾，心內轉憂成喜，也便硬着口說道：「你很看真，是紙錢了麼？我燒的是林姑娘寫壞了的字紙！」那婆子便彎腰向紙灰中揀那不曾化盡的遺紙在手內，說道：「你還嘴硬，有據有證，我只和你廳上講去！」說着，拉了袖子，就拽着要走。

寶玉忙把藕官拉住，用拄杖敲開那婆子的手，說道：「你只管拿了那個回去。實告訴你：我昨夜作了一個夢，夢見杏花神和我要一掛白錢，不可叫本

---

1)　　　公冶長：孔子弟子，傳說能通鳥語。

2)　　　包袱：一種特製的紙袋，內裝紙錢，是祭祀用的焚化品。下文的「白錢」即指紙錢。

房人燒，要一個生人替燒，我的病就好的快了。所以我請了白錢，巴巴兒的煩他來替我燒了。我今日才能起來，偏你看見了。我這會子又不好了，都是你沖了！還要告他去。藕官，只管見他們去，就照依我這話說。」藕官聽了，越發得了主意，反拉着要走。那婆子聽了這話，忙丟下紙錢，陪笑央告寶玉道：「我原不知道，二爺若回了老太太，我這老婆子豈不完了？」寶玉道：「你也不許再回，我便不說。」婆子道：「我已經回了，原叫我帶他。只好說他被林姑娘叫去了。」寶玉點頭應允。那婆子自去了。

這裏寶玉細問藕官：「為誰燒紙？必非父母兄弟，定有私自的情理。」藕官因方才護庇之情感激於衷，便知他是自己一流的人物，況再難隱瞞，便含淚說道：「我這事，除了你屋裏的芳官和寶姑娘的蕊官，並沒第三個人知道，今日忽然被你撞見，這意思，少不得也告訴了你，只不許再對人言講。」又哭道：「我也不便和你面說，你只回去背人悄悄問芳官就知道了。」說畢，怏怏而去。

寶玉聽了，心下納悶，只得蹓到瀟湘館，瞧黛玉越發瘦的可憐，問起來，比往日大好了。黛玉見他也比先大瘦了，想起往日之事，不免流下淚來，些微談了談，便催寶玉去歇息調養。寶玉只得回來。因記掛着要問芳官那原委，偏有湘雲香菱來了，正和襲人芳官說笑，不好叫他，恐人又盤詰，只得耐着。

一時芳官又跟了他乾娘去洗頭。他乾娘偏又先叫了他親女兒洗過了後，才叫芳官洗。芳官見了這樣，便說他偏心，「把你女兒的剩水給我洗。我一月的月錢都是你拿着，沾我的光不算，反倒給我剩東剩西的。」他乾娘羞愧變成怒，便罵他：「不識抬舉的東西！怪不得人人說戲子沒一個好纏的。憑你甚麼好人，一入了這一行，都弄壞了。這一點子小崽子，也挑么挑六，鹹嘴淡舌，咬羣的騾子似的！」娘兒兩個吵起來。

襲人忙打發人去說：「少亂嚷，瞅着老太太不在家，一個個連句安靜話也不說了。」晴雯因說：「都是芳官不省事，不知狂的甚麼，也不是會兩齣戲，倒像殺了賊王，擒了反叛來的。」襲人道：「一個巴掌拍不響，老的也太不公道，小的也太可惡些。」寶玉道：「怨不得芳官。自古說：『物不平則鳴。』他失親少眷的，在這裏沒人照看，賺了他的錢，又作踐他，如何怪得！」因又向襲人道：「他到底一月多少錢？以後不如你收過來照管他，豈不省事？」襲

人道：「我要照看他那裏不照看了，又要他那幾個錢才照看他？沒的討人家罵去了。」說着，便起身至那屋裏取了一瓶花露油並些雞卵、香皂、頭繩之類，叫一個婆子來送給芳官去，叫他另要水自洗，不要吵鬧了。

他乾娘益發羞愧，便說芳官「沒良心，只說我剋扣你的錢」，便向他身上拍了幾把。芳官越發哭了。寶玉便走出來，襲人忙勸：「作甚麼？我去說他。」晴雯忙先過來，指他乾娘說道：「你這麼大年紀太不懂事。你不給他好好的洗，我們才給他東西，你自己不臊，還有臉打他。他要還在學裏學藝，你也敢打他不成！」那婆子便說：「一日叫娘，終身是母。他排揎我，我就打得！」襲人喚麝月道：「我不會和人拌嘴，晴雯性太急，你快過去震嚇他兩句。」麝月聽了，忙過來說道：「你且別嚷。我且問你，別說我們這一處，你看滿園子裏，誰在主子屋裏教導過女兒的？就是你的親女兒，既分了房，有了主子，自有主子打罵，再者大些的姑娘姐姐們打得罵得，誰許老子娘又半中間管閑事了？都這樣管，又要叫他們跟着我們學甚麼？越老越沒了規矩！你見前兒墜兒的娘來吵，你如今也來跟他學？你們放心，因連日這個病那個病，老太太又不得閑，所以我也沒有去回。等兩日咱們痛回一回，大家把這威風煞一煞兒才好呢。況且寶玉才好了些，連我們不敢大聲說話，你反打的人狼號鬼叫的。上頭能出了幾日門，你們就無法無天的，眼睛裏就沒了人了，再兩天你們就該打我們了。他不要你這乾娘，怕糞草埋了他不成？」

寶玉恨的用拄杖敲着門檻子說道：「這些老婆子都是鐵心石腸似的，真是大奇事。不能照看，反倒折挫他們，天長地久，如何是好！」晴雯道：「甚麼『如何是好』，都攆了出去，不要這些中看不中吃的！」那婆子羞愧難當，一言不發。只見芳官穿着海棠紅的小棉襖，底下絲綢灑花夾褲，敞着褲腿，一頭烏油油的頭髮披在腦後，哭的淚人一般。麝月笑道：「把一個鶯鶯小姐，弄成拷打的紅娘了！這會子又不妝扮了，還是這麼着？」寶玉道：「他這本來面目極好，倒別弄緊襯了。」晴雯因走過去拉着，替他洗淨了髮，用手巾擰的乾鬆鬆的，挽了一個慵妝髻，命他穿了衣服過這邊來。

接着內廚房的婆子來問：「晚飯有了，可送不送？」小丫頭聽了，進來問襲人。襲人笑道：「方才胡吵了一陣，也沒留心聽聽，幾下鐘。」晴雯道：「那勞什子又不知怎麼了，又得去收拾。」說着，便拿過錶來瞧了一瞧說：「再略等半盅茶的工夫就是了。」小丫頭去了。麝月笑道：「提起淘氣，芳官也該

打幾下。昨兒是他擺弄了那墜子，半日就壞了。」

　　說話之間，便將食具打點現成。一時小丫頭捧了盒子進來站住。晴雯麝月揭開看時，還是只四樣小菜。晴雯笑道：「已經好了，還不給兩樣清淡菜吃。這稀飯鹹菜鬧到多早晚？」一面擺好，一面又看那盒中，卻有一碗火腿鮮筍湯，忙端了放在寶玉跟前。寶玉便就桌上喝了一口，說：「好燙！」襲人笑道：「菩薩，能幾日不見葷，饞的這樣起來。」一面說，一面忙端起輕輕用口吹。因見芳官在側，便遞與芳官，笑道：「你也學些伏侍，別一味呆玩呆睡。嘴兒輕着些，別吹上唾沫星子。」芳官依言，果吹了幾口，甚妥。

　　他乾娘也忙端飯在門外伺候，見芳官吹湯，便忙跑進來，笑道：「他不老成，仔細打了碗，讓我吹罷。」一面說，一面就接。晴雯忙喊道：「出去！你讓他砸了碗，也輪不到你吹。你甚麼空兒跑到裏楻兒來了？」一面又罵小丫頭們：「瞎了眼的，他不知道，你們也該說給他！」小丫頭們都說：「我們攔他，他不出去；說他，他又不信。如今帶累我們受氣，這是何苦呢！你可信了？我們到的地方兒，有你到的一半兒，那一半兒是你到不去的呢。何況又跑到我們到不去的地方兒還不算，又去伸手動嘴的了。」一面說，一面推他出去。階下幾個等空盒傢夥的婆子見他出來，都笑道：「嫂子也沒用鏡子照一照，就進去了。」羞的那婆子又恨又氣，只得忍耐下去了。

　　芳官吹了幾口，寶玉笑道：「你嘗嘗，好了沒有？」芳官只當是玩話，只是笑着看襲人等。襲人道：「你就嘗一口何妨？」晴雯笑道：「你瞧我嘗。」說着就喝了一口。芳官見如此，自己也便嘗了一口，說：「好了。」遞與寶玉。寶玉喝了半碗，吃了幾片筍，又吃了半碗粥就罷了。眾人便收出去。小丫頭捧了沐盆，盥漱已畢，襲人等出去吃飯。寶玉使個眼色與芳官，芳官本自伶俐，又學幾年戲，何事不知？便裝說頭疼不吃飯了。襲人道：「既不吃飯，你就在屋裏作伴兒，把這粥給你留着，一時餓了再吃。」說着，都去了。

　　寶玉便將方才見藕官，如何謊言護庇，又如何「藕官叫我問你」，從頭至尾，細細的告訴他一遍，又問：「他祭的到底是誰？」芳官聽了，眼圈兒一紅，又歎一口氣，說道：「這事說來，藕官也是胡鬧。」寶玉聽了，忙問何故。芳官笑道：「他祭的就是死了的藥官。」寶玉道：「他們兩個也算朋友，也是應當的。」芳官笑道：「那裏又是甚麼朋友？那都是傻想頭：他是小生，藥官是小旦，往常時，他們扮作兩口兒，每日唱戲的時候，都裝着那麼親熱，一

來二去，兩個人就裝糊塗了，倒像真的一樣兒。後來兩個竟是你疼我，我愛你。藥官一死，他就哭的死去活來，至如今不忘，所以每節燒紙。後來補了蕊官，我們見他也是那樣，就問他：『為甚麼得了新的就把舊的忘了。』他說：『不是忘了，比如人家男人死了女人，也有再娶的，只是不把死的丟過不提，便是情分了。』你說他是傻不是呢？」

寶玉聽了這呆話，獨合了他的呆性，不覺又喜又悲，又稱奇道絕，拉芳官囑咐道：「既如此說，我也有一句話囑咐你，須得你告訴他：以後斷不可燒紙錢，逢時按節，只備一爐香，一心誠虔，就能感應了。我那案上也只設着一個爐，我有心事，不論日期，時常焚香；隨便新水新茶，就供一盞；或有鮮花鮮果，甚至葷羹腥菜，只在敬心，不在虛名。以後快叫他不可再燒紙了。」芳官聽了，便答應着，一時吃過粥。有人回說：「老太太、太太回來了。」要知端的，且聽下回分解。

💡 **精華賞析**

> 　　王夫人將原來學戲的十二個女孩子中不願離開的分配到園子裏服侍主子。戲子在封建社會中地位十分低下，她們學習最辛苦的行當，還可能經常受人凌辱。這些小丫頭本來都是些可憐人，被賣進貴族家裏學戲，現在終於可以擺脫戲子的身份，應該說是個翻身的機會。但她們也學會了仗勢欺人那一套。這些劣根性在很大程度上決定了她們無法最終改變自己的命運。

《第五十九回》

柳葉渚邊嗔鶯咤燕
絳芸軒裏召將飛符

鶯兒十分手巧，她之前替寶玉打過纓絡，現在又用普通樹枝編起花籃來，連黛玉看了都稱讚。

話說寶玉聞得賈母等回來，隨多添了一件衣服，拄了杖前邊來，都見過了。賈母等因每日辛苦，都要早些歇息。一宿無話。次日五鼓，又往朝中去。

離送靈日不遠，鴛鴦、琥珀、翡翠、玻璃四人都忙着打點賈母之物，玉釧、彩雲、彩霞等皆打點王夫人之物，當面查點與跟隨的管事媳婦們。跟隨的一共大小六個丫鬟、十個老婆媳婦子，男人不算。連日收拾駄轎[1]器械。鴛鴦與玉釧兒皆不隨去，只看屋子。一面先幾日預發帳幔鋪陳之物，先有四五個媳婦並幾個男人領了出來，坐了幾輛車繞過去先至下處，鋪陳安插等候。

臨時，賈母帶着賈蓉媳婦坐一乘駄轎，王夫人在後亦坐一乘駄轎，賈珍騎馬率了眾家人圍護。又有幾輛大車與婆子丫鬟等坐，並放些隨換的衣包等件。是日薛姨媽尤氏率領諸人直送至大門外方回。賈璉恐路上不便，一面打發了他父母起身，趕上賈母王夫人駄轎，自己也隨後帶領家丁押後跟來。

榮府內賴大添派人丁上夜，將兩處廳院都關了，一應出入人等，皆走西邊小角門，日落時，便命關了儀門，不放人出入。園中前後東西角門亦皆關鎖，只留王夫人大房之後常係他們姊妹出入之門，東邊通薛姨媽的角門，這兩門因在內院，不必關鎖。裏面鴛鴦和玉釧兒也各將上房關了，自領丫鬟婆子下房去安歇。每日林之孝家的帶領十來個婆子上夜，穿堂內又添了許多小

---

1)　駄轎：一種用牲口駄着走的轎子。

廝打更，已安插得十分妥當。

一日清曉，寶釵春睏已醒，搴帷下榻，微覺輕寒，啟戶視之，見院中土潤苔青，原來五更時落了幾點微雨。於是喚起湘雲等人來，一面梳洗，湘雲因說兩腮作癢，恐又犯了杏癍癬，因問寶釵要些薔薇硝擦。寶釵道：「前兒剩的都給了琴妹妹了。」因說：「顰兒配了許多，我正要和他要些，因今年竟沒發癢，就忘了。」因命鶯兒去取些來。鶯兒應了，才去時，蕊官便說：「我同你去，順便瞧瞧藕官。」說着，一徑同鶯兒出了蘅蕪苑。

二人你言我語，一面行走，一面說笑，不覺到了柳葉渚，順着柳堤走來。因見柳葉才點碧，絲若垂金，鶯兒便笑道：「你會拿這柳條子編東西不會？」蕊官笑道：「編甚麼東西？」鶯兒道：「甚麼編不得？玩的使的都可。等我摘些下來，帶着這葉子編個花籃兒，採了各色花放在裏頭，才是好玩呢。」說着，且不去取硝，伸手挽翠披金，採了許多的嫩條，命蕊官拿着。他卻一行走一行編花籃，隨路見花便採一二枝，編出一個玲瓏過樑的籃子。枝上自有本來翠葉滿佈，將花放上，卻也別緻有趣。喜的蕊官笑道：「好姐姐，給了我罷。」鶯兒道：「這一個咱們送林姑娘，回來咱們再多採些，編幾個大家玩。」說着，來至瀟湘館中。

黛玉也正晨妝，見了籃子，便笑說：「這個新鮮花籃是誰編的？」鶯兒笑說：「我編了送姑娘玩的。」黛玉接了笑道：「怪道人讚你的手巧，這玩意兒卻也別緻。」一面瞧了，一面便命紫鵑掛在那裏。鶯兒又問候了薛姨媽，方和黛玉要硝。黛玉忙命紫鵑包了一包，遞給鶯兒。黛玉又道：「我好了，今日要出去逛逛。你回去說給姐姐，不用過來問候媽了，也不敢勞他過來瞧我，梳了頭同媽都往你那裏去吃飯，大家熱鬧些。」

鶯兒答應了出來，便到紫鵑房中找蕊官，只見藕官與蕊官二人正說得高興，不能相捨，因說：「姑娘也去呢，藕官先同我們去等着豈不好嗎？」紫鵑聽如此說，便也說道：「這話倒很是，他這裏淘氣的可厭。」一面說，一面便將黛玉的匙箸用一塊洋巾包了，交給藕官道：「你先帶了這個去，也算當差了。」

藕官接了，笑嘻嘻同他二人出來，一徑順着柳堤走來。鶯兒便又採些柳條，越性坐在山石上編起來，又命蕊官先送了硝去再來。他二人只顧愛看他編，那裏捨得去。鶯兒只管催說：「你們再不去，我就不編了。」藕官便說：

「我同你去了再快回來。」二人方去了。

這裏鶯兒正編，只見何婆的小女春燕走來，笑問：「姐姐織甚麼呢？」正說着，蕊藕二人也到了。春燕便向藕官道：「前兒你到底燒甚麼紙？被我姨媽看見了，要告你沒告成，倒被寶玉賴了他一大些不是，氣的他一五一十告訴我媽。你們在外頭這二三年積了些甚麼仇恨，如今還不解開？」藕官冷笑道：「有甚麼仇恨？他們不知足，反怨我們！在外頭這兩年，不知賺了我們多少東西，你說說，可有的沒有？」

春燕也笑道：「他是我的姨媽，也不好向着外人反說他的。怨不得寶玉說：『女孩兒未出嫁，是顆無價的寶珠；出了嫁，不知怎麼就變出許多的不好的毛病來，雖是顆珠子，卻沒有光彩寶色，是顆死的了；再老了，更變的不是顆珠子，竟是魚眼睛了。分明一個人，怎麼變出三樣來！』這話雖是混賬話，想起來真不錯。別人不知道，只說我媽和姨媽，他老姐兒兩個，如今越老了越把錢看的真了。先時老姐兒兩個在家抱怨沒個差使進益，幸虧有了這園子，把我挑進來，可巧把我分到怡紅院。家裏省了我一個人的費用不算外，每月還有四五百錢的餘剩，這也還說不夠。後來老姊妹二人都派到梨香院去照管他們，藕官認了我姨媽，芳官認了我媽，這幾年着實寬裕了。如今挪進來也算撂開手了，還只無厭。你說可笑不可笑？接着我媽和芳官又吵了一場。又要給寶玉吹湯，討個沒趣兒。幸虧園子裏人多，沒人記得清楚誰是誰的親故。要有人記得我們一家子，叫人看着甚麼意思呢。你這會子又跑了來弄這個。這一帶地方上的東西都是我姑媽管着。他一得了這地方，每日早起晚睡，自己辛苦了還不算，每逼着我們來照看，生恐有人糟蹋。我又怕誤了我的差使。如今我們進來了，老姑嫂兩個照看得謹謹慎慎，一根草也不許人動。你還掐這些花兒，又折他的嫩樹枝，他們即刻就來，仔細他們抱怨！」

鶯兒道：「別人亂掐使不得，獨我使得。自從分了地基之後，每日裏各房皆有分例的不用算，單算花草玩意兒。誰管甚麼，每日誰就把各房裏姑娘丫頭戴的，必要各色送些折枝去，另外還有插瓶的。唯有我們姑娘說了：『一概不用送，等要甚麼再和你們要。』究竟沒有要過一次。我今便掐些，他們也不好意思說的。」

一語未了，他姑媽果然拄了拐走來。鶯兒春燕等忙讓坐。那婆子見採了許多嫩柳，又見藕官等都採了許多鮮花，心內便不受用；看着鶯兒編弄，又

不好說甚麼，便說春燕道：「我叫你來照看照看，你就貪住玩不去了。倘或叫起你來，你又說我使你了，拿我做隱身草兒，你來樂。」春燕道：「你老又使我，又怕，這會子反說我。難道把我劈做八瓣子不成？」鶯兒笑道：「姑媽，你別信小燕的話。這都是他摘下來的，煩我給他編，我攛他，他不去。」春燕笑道：「你可少玩兒，你只顧玩，他老人家就認真的。」

那婆子本是愚夯之輩，兼之年邁昏眊，唯利是命，一概情面不管，正心疼肝斷，無計可施，聽鶯兒如此說，便倚老賣老，拿起拄杖來向春燕身上擊上幾下，罵道：「小蹄子，我說着你，你還和我強嘴兒呢。你媽恨的牙根癢癢，要撕你的肉吃呢。你還來和我梆子似的。」打的春燕又愧又急，哭道：「鶯兒姐姐玩話，你老就認真打我。我媽為甚麼恨我？我又沒燒糊了洗臉水²，有甚麼不是！」鶯兒本是玩話，忽見婆子認真動了氣，忙上去拉住，笑道：「我才是玩話，你老人家打他，我豈不愧？」那婆子道：「姑娘，你別管我們的事，難道為姑娘在這裏，不許我管孩子不成？」鶯兒聽見這般蠢話，便賭氣紅了臉，撒了手冷笑道：「你老人家要管，那一刻管不得，偏我說了一句玩話就管他了。我看你管去！」說着，便坐下，仍編柳籃子。

偏又有春燕的娘出來找他，喊道：「你不來舀水，在那裏做甚麼呢？」那婆子便接聲兒道：「你來瞧瞧，你的女孩兒連我也不服了！在那裏排揎我呢。」那婆子一面走過來說：「姑奶奶，又怎麼了？我們丫頭眼裏沒娘罷了，連姑媽也沒了不成？」鶯兒見他娘來了，只得又說原故。他姑媽那裏容人說話，便將石上的花柳與他娘瞧道：「你瞧瞧，你女孩兒這麼大孩子玩的，他先領着人糟蹋我，我怎麼說人？」

他娘也正為芳官之氣未平，又恨春燕不隨他的心，便走上來打了個耳刮子，罵道：「小娼婦，你能上去了幾年台盤？你也跟那起輕狂浪小婦學，怎麼就管不得你們了？乾的我管不得，你是我屄裏生出來的難道也不敢管你不成！既是你們這起蹄子到得去的地方我到不去，你就該死在那裏伺候，又跑出來浪漢子。」一面又抓起柳條子來，直送到他臉上，問道：「這叫作甚麼？這編的是你娘的屄！」鶯兒忙道：「那是我們編的，你老別指桑罵槐。」那婆

---

2)　　燒糊了洗臉水：洗臉水是不會燒糊的。這裏春燕是說自己不但沒有犯錯誤，同時也根本沒有錯誤可犯。

子深妒襲人晴雯一干人，早知凡房中大些的丫鬟都比他們有些體統權勢，凡見了這一干人，心中又畏又讓，未免又氣又恨，亦且遷怒於眾。復又看見了藕官，又是他姐姐的冤家，四處湊成一股怨氣。

那春燕啼哭着往怡紅院去了。他娘又恐問他為何哭，怕他又說出自己打他，又要受晴雯等的氣，不免着起急來，又忙喊道：「你回來！我告訴你再去。」春燕那裏肯回來？急的他娘跑了去要拉他。他回頭看見，便也往前飛跑。他娘只顧趕他，不防腳下被青苔滑倒，引的鶯兒三個人反都笑了。鶯兒便賭氣將花柳皆擲於河中，自回房去。這裏把個婆子心疼的只唸佛，又罵：「促狹小蹄子！糟蹋了花兒，雷也是要打的。」自己且掐花與各房送去不提。

卻說春燕一直跑入院中，頂頭遇見襲人往黛玉處問安去。春燕便一把抱住襲人，說：「姑娘救我！我娘又打我呢。」襲人見他娘來了，不免生氣，便說道：「三日兩頭兒，打了乾的打親的，還是賣弄你女孩兒多，還是認真不知王法？」這婆子來了幾日，見襲人不言不語是好性兒的，便說道：「姑娘你不知道，別管我們閑事！都是你們縱的，還管甚麼？」說着，便又趕着打。襲人氣的轉身進來，見麝月正在海棠下晾手巾，聽得如此喊鬧，便說：「姐姐別管，看他怎樣。」一面使眼色與春燕，春燕會意，直奔了寶玉去。眾人都笑說：「這可是沒有的事，今兒都鬧出來了。」麝月向婆子道：「你再略煞一煞氣兒，難道這些人的臉面，和你討一個情還討不下來不成？」

那婆子見他女兒奔到寶玉身邊去，又見寶玉拉了春燕的手說：「別怕，有我呢。」春燕又一行哭，又一行說，把方才鶯兒等事都說出來。寶玉越發急起來，說：「你只在這裏鬧也罷了，怎麼連親戚也都得罪起來？」麝月又向婆子及眾人道：「怨不得這嫂子說我們管不着他們的事，我們雖無知錯管了，如今請出一個管得着的人來管一管，嫂子就心服口服，也知道規矩了。」便回頭叫小丫頭子：「去把平兒給我們叫來！平兒不得閑就把林大娘叫了來。」那小丫頭子應了就走。眾媳婦上來笑說：「嫂子，快求姑娘們叫回那孩子罷。平姑娘來了，可就不好了。」那婆子說道：「憑他那個平姑娘來，也評個理，沒有見娘管女兒，大家管着娘的。」眾人笑道：「你當是那個平姑娘？是二奶奶屋裏的平姑娘。他有情呢，說你兩句；他一翻臉，嫂子你吃不了兜着走！」

說話之間，只見小丫頭子回來說：「平姑娘正有事，問我作甚麼，我告訴了他，他說：『有這樣事！且攛他出去，告訴林大娘在角門外打他四十板子就

是了。』」那婆子聽如此說了，自不肯出去，嚇得淚流滿面，央告襲人等說：「好容易我進來了，況且我是寡婦，家裏沒人，正好一心無掛的在裏頭服侍姑娘們。我這一去，不知苦到甚麼田地。」

襲人見他如此，早又心軟了，便說：「你既要在這裏，又不守規矩，又不聽說，又亂打人。那裏弄你這個不曉事的人來，天天鬥口，也叫人笑話。」晴雯道：「理他呢，打發去了正經。那裏那麼大工夫和他去對嘴對舌的？」那婆子又央眾人道：「我雖錯了，姑娘們吩咐了，我以後改過，姑娘們那不是行好積德 [3] ？」一面又央春燕道：「原是我為打你起的，究竟沒打成你，我如今反受了罪，你也替我說說。」寶玉見如此可憐，只得留下：「不許再鬧，再鬧，一定打了攆出去！」那婆子一一謝過下去。

只見平兒走來，問係何事。襲人等忙說：「已完了，不必再提。」平兒笑道：「『得饒人處且饒人』，得省事將就省些事也罷了。能去了幾日，只聽各處大小人兒都作起反來了，一處了又一處，叫我不知管那一處是。」襲人笑道：「我只說我們這裏反了，原來還有幾處。」平兒笑道：「這算甚麼。正和珍大奶奶算呢，這三四日的工夫，一共大小出來了八九件了，你這裏是極小的，算不起數兒來，還有大的可氣可笑之事。」襲人等聽了詫異。不知何事，且聽下回分解。

💡 **精華賞析**

⋯⋯

　　鶯兒編花籃的時候給了春燕發牢騷的機會。通過春燕的牢騷，暴露出賈府那些普通下人背後欺壓別人的行為。

---

3)　　那（nǎ）不是行好積德：意思是說做任何好事都可以有功德，隨時隨地都可以救濟人。

茉莉粉替去薔薇硝
玫瑰露引來茯苓霜

賈環找芳官要一包薔薇硝，但芳官不捨得，就給了賈環一包茉莉粉。趙姨娘知道以後大發雷霆，找到芳官大鬧起來。

　　話說襲人因問平兒，何事這等忙亂。平兒笑道：「都是世人想不到的，說來也好笑，等幾日告訴你，如今沒頭緒呢，且也不得閑兒。」一語未了，只見李紈的丫鬟來了，說：「平姐姐可在這裏，奶奶等你，你怎麼不去了？」平兒忙轉身出來，口內笑說：「來了，來了。」襲人等笑道：「他奶奶病了，他又成了香餑餑了，都搶不到手。」平兒去了不提。

　　這裏寶玉便叫春燕：「你跟了你媽去，到寶姑娘房裏給鶯兒幾句好話聽聽，也不可白得罪了他。」春燕答應了，和他媽出去。寶玉又隔窗說道：「不可當着寶姑娘說，仔細反叫鶯兒受教導。」

　　娘兒兩個應了出來，一壁走着，一面說閑話兒。春燕因向他娘道：「我素日勸你老人家再不信，何苦鬧出沒趣來才罷。」他娘笑道：「小蹄子，你走罷，俗語道：『不經一事，不長一智。』我如今知道了。你又該來支問着我了。」春燕笑道：「媽，你若安分守己，在這屋裏長久了，自有許多的好處。我且告訴你句話：寶玉常說，將來這屋裏的人，無論家裏外頭的，一應我們這些人，他都要回太太全放出去，與本人父母自便呢。你只說這一件可好不好？」他娘聽說，喜的忙問：「這話果真？」春燕道：「誰可扯這謊做甚麼？」婆子聽了，便唸佛不絕。

　　當下來至蘅蕪苑中，正值寶釵、黛玉、薛姨媽等吃飯。鶯兒自去泡茶，春燕便和他媽一徑到鶯兒前，陪笑說：「方才言語冒撞了，姑娘莫嗔莫怪，特

來陪罪。」鶯兒忙笑讓坐，又倒茶。他娘兒兩個說有事，便作辭回來。忽見蕊官趕出叫：「媽媽姐姐，略站一站。」一面走上來，遞了一個紙包給他們，說是薔薇硝，帶與芳官去擦臉。春燕笑道：「你們也太小氣了，還怕那裏沒這個給他，巴巴的又弄一包給他去。」蕊官道：「他是他的，我送的是我的。好姐姐，千萬帶回去罷。」春燕只得接了。娘兒兩個回來，正值賈環賈琮二人來問候寶玉，也才進去。春燕便向他娘說：「只我進去罷，你老不用去。」他娘聽了。自此便百依百隨的，不敢倔強了。

春燕進來，寶玉知道回覆，便先點頭。春燕知意，便不再說一語，略站了一站，便轉身出來，使眼色給芳官。芳官出來，春燕方悄悄的說給他蕊官之事，並與了他硝。寶玉並無與琮環可談之語，因笑問芳官手裏是甚麼。芳官便忙遞與寶玉瞧，又說是擦春癬的薔薇硝。寶玉笑道：「難為他想得到。」賈環聽了，便伸着頭瞧了一瞧，又聞得一股清香，便彎着腰向靴桶內掏出一張紙來托着，笑說：「好哥哥，給我一半兒。」寶玉只得要給他。芳官心中因是蕊官之贈，不肯與別人，連忙攔住，笑說道：「別動這個，我另拿些來。」寶玉會意，忙笑道：「且包上拿去。」

芳官接了這個，自去收好，便從奩中去尋自己常使的。啟奩看時，盒內已空，心中疑惑，早起還剩了些，如何就沒了？因問時，人都說不知。麝月便說：「這會子且忙着問這個，不過是這屋裏人一時短了使了。你不管拿些甚麼給他們，他們那裏看得出來？快打發他們去了，咱們好吃飯。」芳官聽了，便將些茉莉粉包了一包拿來。賈環見了就伸手來接。芳官便忙向炕上一擲。賈環只得向炕上拾了，揣在懷內，方作辭而去。

原來賈政不在家，且王夫人等又不在家，賈環連日也便裝病逃學。如今得了硝，興興頭頭來找彩雲。正值彩雲和趙姨娘閑談，賈環嘻嘻的向彩雲道：「我也得了一包好的，送你擦臉。你常說，薔薇硝擦癬，比外頭買的銀硝強。你看看，可是這個不是？」彩雲打開一看，嗤的一聲笑說道：「你是和誰要來的？」賈環便將方才之事說了一遍。彩雲笑道：「這是他們哄你這鄉老呢。這不是硝，這是茉莉粉。」賈環看了一看，果見比先的帶些紅色，聞聞也是噴香，因笑道：「這是好的，硝粉一樣，留着擦罷，橫豎比外頭買的高就好。」彩雲只得收了。

趙姨娘便說：「有好的給你！誰叫你要去了，怎麼怨他們要你！依我，

拿了去照臉摔給他去，趁着這會子撞喪的撞喪去了，挺床[1]的挺床，吵一出子，大家別心淨，也算是報仇。莫不是兩個月之後，還找出這個碴兒來問你不成？就問你，你也有話說。寶玉是哥哥，不敢沖撞他罷了。難道他屋裏的貓兒狗兒，也不敢去問問？」賈環聽說，便低了頭。彩雲忙說：「這又何苦生事，不管怎樣，忍耐些罷了。」趙姨娘道：「你也別管，橫豎與你無干。趁着抓住了理，罵給那些浪淫婦們一頓也是好的。」又指賈環道：「呸！你這下流沒剛性的，也只好受這些毛丫頭的氣！平白我說你一句兒，或無心中錯拿了一件東西給你，你倒會扭頭暴筋瞪着眼撅摔我。這會子被那起屄崽子耍弄也罷了，你明兒還想這些家裏人怕你呢。你沒有屄本事，我也替你羞死了。」

賈環聽了，不免又愧又急，又不敢去，只撅手說道：「你這麼會說，你又不敢去，支使了我去鬧。倘或往學裏告去揑了打，你敢自不疼呢？遭遭兒調唆了我鬧去，鬧出事來，我揑了打罵，你一般也低了頭。這會子又調唆我和毛丫頭們去鬧。你不怕三姐姐，你敢去，我就服你。」只這一句話，便戳了他娘的心，便喊說：「我腸子裏爬出來的，我再怕起來！這屋裏越發有活的了。」一面說，一面拿了那包兒，便飛也似往園中去。彩雲死勸不住，只得躲個別房。賈環便也躲出儀門，自去玩去了。

趙姨娘直進園子，正是一頭火，頂頭正遇見藕官的乾娘夏婆子走來。見趙姨娘氣的眼紅面青的走來，因問：「姨奶奶那去？」趙姨娘又說：「你瞧瞧，這屋裏連兩三日進來的唱戲的小粉頭們，都三般兩樣掂人的分量放小菜碟兒了。若是別一個，我還不惱，若叫這些小娼婦捉弄了，還成個甚麼！」夏婆子聽了，正中己懷，忙問因何。趙姨娘悉將芳官以粉作硝輕侮賈環之事說了。夏婆子道：「我的奶奶，你今日才知道，這算甚麼事。連昨日這個地方他們私自燒紙錢，寶玉還攔到頭裏。人家還沒拿進個甚麼兒來，就說使不得，不乾不淨的東西忌諱。這燒紙倒不忌諱？你老想一想，這屋裏除了太太，誰還大似你？你老自己掌不起來；但凡掌起來的，誰還不怕你老人家？如今我想，趁這幾個小粉頭兒恰不是正頭貨，得罪了他們也有限的，快把這兩件事抓着理紮個筏子，我幫着作證見，你老把威風抖一抖，以後也好爭別的禮。便是

---

1) 　　撞喪、挺床：撞喪是罵人瞎跑、亂撞（第六十五回「撞上那黃湯」，是罵人醉酒，撞諧音噇，飲也）；挺床原指死屍停臥在床上，借用作不滿別人臥病、睡覺的罵人的話。

奶奶姑娘們，也不好為那起小粉頭子說你老人家的不是的。」趙姨娘聽了這話，益發有理，便說：「燒紙的事不知道，你卻細細的告訴我。」夏婆子便將前事一一的說了，又說：「你只管說去。倘或鬧起，還有我們幫着你呢。」趙姨娘聽了越發得了意，仗着膽子便一徑到了怡紅院中。

可巧寶玉往黛玉那裏去了。芳官正和襲人等吃飯，見趙姨娘來了，便都起身笑讓：「姨奶奶吃飯，有甚麼事這麼忙？」趙姨娘也不答話，走上來便將粉照着芳官臉上撒來，指着芳官罵道：「小娼婦養的！你是我們家銀子錢買來學戲的，不過娼婦粉頭之流！我家裏下三等奴才也比你高貴些，你都會看人下菜碟兒。寶玉要給東西，你攔在頭裏，莫不是要了你的了？拿這個哄他，你只當他不認得呢！好不好，他們是手足，都是一樣的主子，那裏有你小看他的！」

芳官那裏禁得住這話，一行哭，一行說：「沒了硝我才把這個給他的。要說沒了，又恐他不信，難道不是好的？我就學戲，也沒在外頭唱去。我一個女孩兒家，知道甚麼是粉頭麪頭的！姨奶奶犯不着來罵我，我又不是姨奶奶家買的。『梅香拜把子 —— 都是奴兒』² 罷咧！這是何苦來呢！」襲人忙拉他說：「休胡說！」趙姨娘氣的發怔便上來打了兩個耳刮子。襲人等忙上來拉勸，說：「姨奶奶別和他小孩子一般見識，等我們說他。」芳官捱了兩下打，那裏肯依？便打滾撒潑的哭鬧起來，口內便說：「你打得起我麼？你照照那模樣兒再動手！我叫你打了去，也不用活着了！」撞在他懷裏叫他打。眾人一面勸，一面拉。晴雯悄拉襲人說：「別管他們，讓他們鬧去，看怎麼開交！如今亂為王了，甚麼你也來打，我也來打，都這樣起來還了得呢！」

外頭跟着趙姨娘來的一干人聽見如此，心中各各稱願，都唸佛說：「也有今日！」又有那一干懷怨的老婆子見打了芳官，也都稱願。

當下藕官蕊官等正在一處玩耍，湘雲的大花面葵官，寶琴的豆官，兩個聞了此信，慌忙找着他兩個說：「芳官被人欺侮，咱們也沒趣兒，須得大家破着

---

2)　梅香是舊時婢女常用的名字，拜把子即結為異姓兄弟姐妹。在等級森嚴的封建時代，只有婢女才能與婢女拜把子。這話意思即兩人都是奴才。趙姨娘提到了芳官戲子的身份，這是真正戳到了芳官的痛處，所以芳官也強調起趙姨娘侍妾的身份。這兩種身份都是奴才，都是封建社會裏被壓迫的人。

本鬧一場，方爭過氣來。」四人終是小孩子心性，只顧他們情分上義憤，便不顧別的，一齊跑入怡紅院中。豆官先就照着趙姨娘撞了一頭，幾乎不曾將趙姨娘撞了一跤。那三個也便擁上來，放聲大哭，手撕頭撞，把個趙姨娘裹住。晴雯等一面笑，一面假意去拉。急的襲人拉起這個，又跑了那個，口內只說：「你們要死啊！有委曲只管好說，這沒道理，還了得了！」趙姨娘反沒了主意，只好亂罵。蕊官藕官兩個一邊一個，抱住左右手；葵官豆官前後頭頂住。四人只說：「你打死我們四個才算！」芳官直挺挺躺在地下，哭得死過去。

正沒開交，誰知晴雯早遣春燕回了探春。當下尤氏、李紈、探春三人帶着平兒與眾媳婦走來，將四個喝住。問起原故，趙姨娘便氣的瞪着眼粗了筋，一五一十說個不清。尤李兩個不答言，只喝禁他四人。探春便歎氣說：「這是甚麼大事，姨娘太肯動氣了！我正有一句話要請姨娘商議，怪道丫頭說不知在那裏，原來在這裏生氣呢，快同我來。」尤氏李氏都笑說：「姨娘請到廳上來，咱們商量。」

趙姨娘無法，只得同他三人出來，口內猶說長說短。探春便說：「那些小丫頭子們原是些玩意兒，喜歡呢，和他說說笑笑；不喜歡，可以不理他就是了。便他不好了，也如同貓兒狗兒抓咬了一下子，可恕就恕，不恕時也只該叫了管家媳婦們去說給他去責罰，何苦自己不尊重，大呹小喝失了體統。你瞧周姨娘，怎不見人欺他，他也不尋人去。我勸姨娘且回房去煞煞性兒，別聽那些混賬人調唆，惹人笑話自己呆，白給人家做活。心裏有二十分氣，也忍耐這幾天，等太太回來自然料理。」一席話說得趙姨娘閉口無言，只得回房去了。

這裏探春氣的和尤氏李紈說：「這麼大年紀，行出來的事總不叫人敬服。這是甚麼意思，值得吵一吵，並不留體統，耳朵又軟，心裏又沒有計算。這又是那起沒臉面的奴才們調唆的，作弄出個呆人替他們出氣。」越想越氣，因命人查是誰調唆的。媳婦們只得答應着，出來相視而笑，都說是「大海裏那裏尋針去」？只得將趙姨娘的人並園中喚來盤詰，都說不知道。眾人沒法，只得回探春：「一時難查，慢慢的訪。凡有口舌不妥的，一總來回了責罰。」

探春氣漸漸平服，方罷。可巧艾官便悄悄的回探春說：「都是夏媽和芳官素日不對，每每的造言生事。前兒賴藕官燒紙，幸虧是寶玉叫他燒的，寶玉自己應了，他才沒話說。今兒我與姑娘送手帕去，看見他和姨奶奶在一處說

了半天，喊喊喳喳的，見了我才走開了。」探春聽了，雖知情弊，亦料定他們皆是一黨，本皆淘氣異常，便只答應，也不肯據此為實。

　　誰知夏婆子的外孫女兒蟬姐兒便是探春處當役的，時常與房中丫頭們買東西，眾女孩兒都和他好。這日飯後，探春正上廳理事，翠墨在家看屋子，因命小蟬出去叫小么兒買糕去。小蟬便笑說：「我才掃了個大院子，腰腿生疼的，你叫別人去罷。」翠墨笑說：「我又叫誰去？你趁早兒去，我告訴你一句好話，你到後門順路告訴你老娘防着些兒。」說着，便將艾官告他老娘話告訴了他。小蟬聽說，忙接了錢道：「這個小蹄子也要捉弄人，等我告訴去。」說着，便起身出來。至後門邊，只見廚房內此刻正閑之時，都坐在台階上說閑話呢，夏婆亦在其內。小蟬便命一個婆子出去買糕。他且一行罵，一行說，將方才的話告訴夏婆子。夏婆子聽了，又氣又怕，便欲去找艾官問他，又欲往探春前去訴冤。蟬兒忙攔住說：「你老人家去怎麼說呢？這話怎得知道的，可又叨登[3]不好了。說給你老防着就是了，那裏忙到這一時兒。」

　　正說着，忽見芳官走來，扒着院門，笑向廚房中柳家媳婦說道：「柳嫂子，寶二爺說了：晚飯的素菜要一樣涼涼的酸酸的東西，只別攔上香油弄膩了。」柳家的笑道：「知道。今兒怎麼又打發你來了告訴這一句要緊的話呢？你不嫌髒，進來逛逛。」芳官才進來，忽有一個婆子手裏托了一碟糕來。芳官便戲道：「誰買的熱糕？我先嘗一塊兒。」小蟬一手接了道：「這是人家買的，你們還稀罕這個。」柳家的見了，忙笑道：「芳姑娘，你愛吃這個？我這裏有才買下給你姐姐吃的，他沒有吃，還收在那裏，乾乾淨淨沒動呢。」說着，便拿了一碟出來，遞與芳官，又說：「你等我進去替你燉口好茶來。」一面進去，現通開火燉茶。芳官便拿着熱糕，舉到蟬兒臉上說：「稀罕吃你那糕，這個不是糕不成？我不過說着玩罷了，你給我磕頭，我也不吃。」說着，便將手內的糕一塊一塊的掰了，擲着打雀兒玩，口內笑說：「柳嫂子，你別心疼，我回來買二斤給你。」小蟬氣的怔怔的，瞅着說道：「雷公老爺也有眼睛，怎麼不打這作孽的人！」眾人都說道：「姑娘們罷呀，天天見了就咶唧。」有幾個伶透的，見了他們拌起嘴來了，怕又生事，都拿起腳來各自走開了。當下小蟬也

---

3)　　叨登：翻覆、移動、攪亂的意思。也作叨蹬。

不敢十分說他，一面咕嘟着去了。

這裏柳家的見人散了，忙出來和芳官說：「前兒那話兒說了不曾？」芳官道：「說了。等一二日再提這事。偏那趙不死的又和我鬧了一場。前兒那玫瑰露姐姐吃了不曾，他到底可好些？」柳家的道：「可不都吃了。他愛的甚麼似的，又不好問你再要。」芳官道：「不值甚麼，等我再要些來給他就是了。」

原來這柳家的有個女兒，今年才十六歲，雖是廚役之女，卻生的人物與平、襲、紫、鴛四人相類。因他排行第五，便叫他作五兒。只是素有弱疾，故沒得差使。近因柳家的見寶玉房中的丫鬟差輕人多，且又聞得寶玉將來都要放他們，故如今要送到那裏去應名兒。正無頭路，可巧這柳家的是梨香院的差役，他最小意殷勤，伏侍得芳官一干人比別的乾娘還好。芳官等待他也極好，如今便和芳官說了，央芳官去和寶玉說。寶玉雖是依允，只是近日病着，又有事，尚未說得。

前言少述，且說當下芳官回至怡紅院中，回覆了寶玉。寶玉正在聽見趙姨娘吵鬧，心中不悅，說又不是，不說又不是，只等吵完了，打聽着探春勸了他去後，方回來。勸了芳官一陣，因使他到廚房說話去。今見他回來，又說還要些玫瑰露與柳五兒吃去。寶玉忙道：「有的，我又不大吃，你都給他去罷。」說着命襲人取了出來，見瓶中亦不多，遂連瓶給了芳官。

芳官便自攜了瓶與他去。正值柳家的帶進他女兒來散悶，在那邊犄角子一帶地方兒逛了一回，便回到廚房內，正吃茶歇腳兒。芳官拿了一個五寸來高的小玻璃瓶來，迎亮照看，裏面小半瓶胭脂一般的汁子，還道是寶玉吃的西洋葡萄酒。母女兩個忙說：「快拿鏇子燙滾水，你且坐下。」芳官笑道：「就剩了這些，連瓶子都給你們罷。」五兒聽了，方知是玫瑰露，忙接了，謝了又謝。

芳官又問他：「你好些？」五兒道：「今日精神些，進來逛逛。這後邊一帶，也沒甚麼意思，不過是些大石頭大樹和房子後牆，正經好景致也沒看見。」芳官道：「你為甚麼不往前去？」柳家的道：「我沒叫他往前去。姑娘們也不認得他，倘有不對眼的人看見了，又是一番口舌。明兒託你攜帶他有了房頭兒，怕沒有人帶着他逛呢，只怕逛膩了的日子還有呢。」芳官聽了，笑道：「怕甚麼，有我呢。」柳家的忙道：「哎喲喲，我的姑娘，我們的頭皮兒薄，比不得你們。」說着，又倒了茶來。芳官那裏吃這茶，只漱了一口就走了。柳家的說道：「我這裏佔着手呢，五丫頭送送。」

　　五兒便送出來，因見無人，又拉着芳官說道：「我的話到底說了沒有？」芳官笑道：「難道哄你不成？我聽見屋裏正經還少兩個人的窩兒，並沒補上。一個是小紅的，璉二奶奶要去還沒給人來；一個是墜兒的，也沒補。如今要你一個也不算過分。皆因平兒每每的和襲人說：『凡有動人動錢的事，得挨的且挨一日，如今三姑娘正要拿人絜筷子呢。』連他屋裏的事都駁了兩三件，如今正要尋我們屋裏的事沒尋着，何苦來往網裏碰去？倘或說些話駁了，那時老了，倒難再回轉。不如等冷一冷，老太太、太太心閑了，憑是天大的事先和老的兒一說，沒有不成的。」五兒道：「雖如此說，我卻性兒急，等不得了。趁如今挑上了，頭宗給我媽爭口氣，也不枉養我一場；二則我添上月錢，家裏又從容些；三則我開一開心，只怕這病就好了。便是請大夫吃藥，也省了家裏的錢。」芳官道：「我都知道了，你只放心。」二人別過，芳官自去不提。

　　單表五兒回來，與他娘深謝芳官之情。他娘因說：「再不承望得了這些東西，雖然是個珍貴物兒，卻是吃多了也動熱。竟把這個倒些送個人去，也是個大情。」五兒問：「送誰？」他娘道：「送你舅舅的兒子，昨日熱病，也想這些東西吃。如今我倒半盞與他去。」五兒聽了，半日沒言語，隨他媽倒了半盞子去，將剩的連瓶便放在傢夥廚內。五兒冷笑道：「依我說，竟不給他也罷了。倘或有人盤問起來，倒又是一場是非。」他娘道：「那裏怕起這些來，還了得。我們辛辛苦苦的，裏頭賺些東西，也是應當的。難道是賊偷的不成？」說着，不聽，一徑去了，直至外邊他哥哥家中。他姪兒正躺着，一見這個，他哥哥嫂子姪兒無不歡喜。現從井上取了涼水，和吃了一碗，心中爽快，頭目清涼。剩的半盞，用紙覆着，放在桌上。

　　可巧又有家中幾個小廝同他姪兒素日相好的伴兒，走來看他的病，內中有一叫做錢槐，是趙姨娘之內親。他父母現在庫上管賬，他本身又派跟賈環上學。因他手頭寬裕，尚未娶親，素日看上了柳家的五兒標緻，一心和父母說了，欲娶他為妻。也曾央託媒人再四求告。柳家卻也情願，爭奈五兒執意不從，雖未明言，卻已中止，他父母未敢應允，近日又想往園內去，越發將此事丟開，只等三五年後放出來，自向外邊擇婿了。錢家中人見他如此，也就罷了。怎奈錢槐不得五兒，心中又氣又愧，發恨定要弄取成配了此願。今也同人來瞧望柳氏的姪兒，不期柳家的在內。

　　柳家的忽見一羣人來了，內中有錢槐，便推說不得閑，起身便走了。他

哥嫂忙說：「姑娘怎麼不吃茶就走？倒難為姑媽記掛。」柳家的因笑道：「只怕裏面傳飯，再閑了出來瞧姪子罷。」他嫂子因向抽屜內取了一個紙包出來，拿在手內送了柳家的出來，至牆角邊遞與柳家的，又笑道：「這是你哥哥昨兒在門上該班兒，誰知這五日的班兒，竟偏冷淡，一個外財沒發。只有昨兒有粵東的官兒來拜，送了上頭兩小簍子茯苓霜。餘外給了門上人一簍作門禮，你哥哥分了這些。昨兒晚上，我打開看了看，怪俊，雪白。說拿人奶和了，每日早起吃一杯，最補人的；沒人奶就用牛奶；再不得，就是滾白水也好。我們想着，正是外甥女兒吃得的。上半日打發小丫頭子送了家去的，他說鎖着門，連外甥女兒也進去了。本來我要瞧瞧他去，給他帶了去的，又想着主子們不在家，各處嚴緊，我又沒甚麼差使，跑甚麼呢？況且這兩日風聞得裏頭家反作亂的，倘或沾帶了，倒值多了。姑娘來的正好，親自帶去罷。」

　　柳氏道了生受，作別回來。剛到了角門前，只見一個小么兒笑道：「你老人家那裏去了？裏頭三次兩趟叫人傳呢，叫我們三四個人各處都找到了，你老人家從那裏來了？這條路又不是家去的路，我倒疑心起來了。」那柳家的笑罵道：「好猴兒崽子，也和我胡說起來了，回來問你。」要知端的，下回分解。

·•· 延伸思考

> 你如何評價趙姨娘的行為？試着分析這種行為背後的原因。

💡 精華賞析

　　芳官等人無所畏懼地反抗別人的羞辱，十分勇敢，但也顯出這幾個女孩子的幼稚之處。矛盾的產生有當事人內心的因素，也有外人的挑唆，並不是靠打架分出勝負就能解決的。她們生長在封建制度的大環境下，因為低賤的身份而被人瞧不起，從而產生了自我保護、團結一致的心理，但反抗精神也讓她們成了封建等級制度中的異類；她們想利用主子的權勢為自己謀得立足之地，但她們忘記了主子們必然會維護森嚴的等級制度。因此，她們的行為也有仗勢欺人的嫌疑，況且不遵守規矩便不能被容忍，這也注定了她們的命運不會有圓滿的結局。

《第六十一回》

投鼠忌器寶玉瞞贓
判冤決獄平兒行權

因為司棋要吃一碗雞蛋，廚房裏發生了一場爭端。本來是件小事，可司棋仗着小姐近侍大丫鬟的身份對廚房管事不依不饒，再加上有人挑撥是非，結果小事化大，導致無辜者受到冤屈。

話說那柳家聽了這小么兒一席話，笑道：「好猴兒崽子，你親孃子找野老兒去了，你豈不多得一個叔叔，有甚麼疑的！不要討我把你頭上的橛子蓋[1]揪下來！還不開門讓我進去呢。」這小廝且不推門，且拉着，笑說：「好孃子，你這一進去，好歹偷些杏子出來賞我吃。我這裏老等。你若忘了，日後半夜三更打酒買油的，我不給你老人家開門，也不答應你，隨你乾叫去。」

柳氏啐道：「發了昏的，今年不比往年，把這些東西都分給了眾媽媽了。一個個像抓破了臉的，人打樹底下一過，兩眼就像那餓雞似的，還動他的果子！可是你舅母姨娘兩三個親戚都管着，怎不和他們要的，倒和我來要。這可是『倉老鼠和老鴰去借糧 —— 守着的沒有，飛着的有』。」

小廝笑道：「哎喲喲，沒有罷了，說上這些閑話！我看你老從今以後就用不着我了？就是姐姐有了好地方，將來更呼喚着的日子多，只要我們多答應他些就有了。」柳氏聽了，笑道：「你這個小猴精，又搗鬼了，你姐姐有甚麼好地方了？」那小廝笑道：「別哄我了，早已知道了。單是你們有內線，難道我們就沒有內線不成？我雖在這裏聽差，裏頭卻也有兩個姊妹成個體統的，甚麼事瞞了我們！」

---

1)　橛子蓋：清代小孩初步蓄髮的一種樣式。四圍剃去，中間留圓形短髮。

正說着，只聽門內又有老婆子向外叫：「小猴兒，快傳你柳嬸子去罷，再不來可就誤了。」柳家的聽了，不顧和小廝說話，忙推門進去，笑說：「不必忙，我來了。」一面來至廚房，——雖有幾個同伴的人，他們都不敢自專，單等他來調停分派——一面問眾人：「五丫頭那去了？」眾人都說：「才往茶房裏找他們姊妹去了。」

柳家的聽了，便將茯苓霜擱起，且按着房頭分派菜饌。忽見迎春房裏小丫頭蓮花兒走來說：「司棋姐姐說了，要碗雞蛋，燉的嫩嫩的。」柳家的道：「就是這一樣兒尊貴。不知怎麼，今年雞蛋短的很，十個錢一個還找不出來。昨兒上頭給親戚家送粥米去，四五個買辦出去，好容易才湊了二千個來。我那裏找去？你說給他，改日吃罷。」蓮花兒道：「前兒要吃豆腐，你弄了些餿的，叫他說了我一頓。今兒要雞蛋又沒有了。甚麼好東西，我就不信連雞蛋都沒有了，別叫我翻出來。」一面說，一面真個走來，揭起菜箱一看，只見裏面果有十來個雞蛋，說道：「這不是？你就這麼利害！吃的是主子的，我們的分例，你為甚麼心疼？又不是你下的蛋，怕人吃了。」

柳家的忙丟了手裏的活計，便上來說道：「你少滿嘴裏渾唚！你娘才下蛋呢！通共留下這幾個，預備菜上的澆頭[2]。姑娘們先要，還不肯做上去呢，預備接急的。你們吃了，倘或一聲要起來，沒有好的，連雞蛋都沒了。你們深宅大院，水來伸手，飯來張口，只知雞蛋是平常物件，那裏知道外頭買賣的行市呢。別說這個，有一年連草根子還沒了的日子還有呢。我勸他們，細米白飯，每日肥雞大鴨子，將就些兒也罷了。吃膩了腸子，天天又鬧起故事來了。雞蛋、豆腐，又是甚麼麵筋、醬蘿蔔炸兒，敢自倒換口味。只是我又不是答應你們的，一處要一樣，就是十來樣。我倒不要伺候頭層主子，只預備你們二層主子了。」蓮花聽了，便紅了臉，喊道：「誰天天要你甚麼來？你說上這兩車子話！叫你來，不是為便宜卻為甚麼？前日春燕來，說『晴雯姐姐要吃蘆蒿』，你怎麼忙的還問肉炒雞炒？春燕說『葷的因不好才另叫你炒個麵筋的，少擱油才好』。你忙的倒說『自己發昏』，趕着洗手炒了，狗顛兒似的[3]親

---

2)　　澆頭：澆在菜餚上用作調味調色的汁子或熟雞蛋片，以及各色蔬菜等裝點物。

3)　　狗顛兒似的：狗見了主人搖尾乞憐。這裏用來諷刺慇勤、獻媚的人。

捧了去。今兒反倒拿我作筏子，說我給眾人聽。」

　　柳家的忙道：「阿彌陀佛！這些人眼見的。不要說前日一次，就從舊年以來，凡各房裏偶然間不論姑娘姐兒們要添一樣半樣，誰不是先拿了錢來，另買另添。有的沒的，名聲好聽。算着連姑娘帶姐兒們四五十人，一日也只管要兩隻雞、兩隻鴨子、十來斤肉、一吊錢的菜蔬。你們算算，夠做甚麼的？連本項兩頓飯還撐持不住，還攔的住這個點這樣，那個點那樣，買來的又不吃，又要買別的去。既這樣，不如回了太太，多添些分例，也像大廚房裏預備老太太的飯，把天下所有的菜蔬用水牌寫了，天天轉着吃，吃到一個月現算倒好。連前日三姑娘和寶姑娘偶然商議了要吃個油鹽炒枳芽兒來，現打發個姐兒拿着五百錢給我，我倒笑起來了，說：『二位姑娘就是大肚子彌勒佛，也吃不了五百錢的。這三二十個錢的事，還預備的起。』趕着我送回錢去，到底不收，說賞我打酒吃，又說：『如今廚房在裏頭，保不住屋裏的人不去叨登，一鹽一醬，那不是錢買的。你不給又不好，給了你又沒得賠。你拿着這個錢，全當還了他們素日叨登的東西窩兒。』這就是明白體下的姑娘，我們心裏只替他唸佛。沒的趙姨奶奶聽了又氣不忿，又說太便宜了我，隔不了十天，也打發個小丫頭子來尋這樣尋那樣，我倒好笑起來。你們竟成了例，不是這個，就是那個，我那裏有這些賠的？」

　　正亂時，只見司棋又打發人來催蓮花兒，說他：「死在這裏了，怎麼就不回去？」蓮花兒賭氣回去，便添了一篇話，告訴了司棋。司棋聽了，不免心頭起火。忙咐吩小丫頭子：「在這裏伺候，倘或姑娘叫着，便答應一聲，說我就來，不必提此事。」一面說着，便帶了兩個小丫頭走來，見了許多人正吃飯，見他來的勢頭不好，都忙起身陪笑讓坐。司棋便喝命小丫頭子動手：「凡箱櫃所有的菜蔬，只管丟出來餵狗，大家賺不成。」小丫頭子們巴不得一聲，七手八腳搶上去，一頓亂翻亂攪。眾人一面拉勸，一面央告司棋說：「姑娘不要誤聽了那小孩子的話。柳嫂子有八個頭，也不敢得罪姑娘。說雞蛋難買是真。我們才也說他不知好歹，憑是甚麼東西，也少不得變法兒去。他已經悟過來了，連忙蒸上了。姑娘不信瞧那火上。」

　　司棋被眾人一頓好言，方將氣勸的漸平。小丫頭們也沒得摔完東西，便拉開了。司棋連說帶罵，鬧了一回，方被眾人勸去。柳家的只好摔碗丟盤自己咕嘟了一回，蒸出一碗蛋令人送去。司棋全潑了地下。那人回來也不敢

說，恐又生事。

　　柳家的打發他女兒喝了一碗湯，吃了半碗粥，又將茯苓霜一節說了。五兒聽罷，便心下要分些贈芳官，遂用紙包了一半，趁黃昏人稀之時，自己花遮柳隱的來找芳官。且喜無人盤問，一徑到了怡紅院中門首，不好進去，只在一簇玫瑰花前站立，遠遠的望着。有一盞茶時，可巧春燕出來，忙上前叫住。春燕不知是那一個，至跟前方看真切，因問做甚麼。五兒笑道：「你叫出芳官來，我和他說話。」春燕悄笑道：「姐姐太性急了，橫豎等十來日就來了，只管找他做甚麼？方才使了他往前頭去了，你且等他一時。不然，有甚麼話告訴我，等我告訴他。恐怕你等不得，只怕關了園門。」五兒便將茯苓霜遞與了春燕，又說這是茯苓霜，如何吃，如何補益，「我得了些送他的，轉煩你遞與他就是了。」說畢，便走回來。

　　正走蓼漵一帶，忽見迎頭林之孝家的帶着幾個婆子走來，五兒藏躲不及，只得上來問好。林之孝家的問道：「我聽見你病了，怎麼跑到這裏來？」五兒陪笑道：「因這兩日好些，跟我媽進來散散悶。才因我媽使我到怡紅院送傢夥去。」林之孝家的說道：「這話岔了。方才我見你媽出來我才關門。既是你媽使了你去，他如何不告訴我說你在這裏呢？竟出去讓我關門，是何主意？可知你扯謊。」五兒聽了，沒話回答，只說：「原是我媽一早教我取去的，我忘了，挨到這時，我才想起來了。只怕我媽錯當我先出去了，所以沒和大娘說得。」

　　林之孝家的聽他辭鈍意虛，又因近日玉釧兒說那邊正房內失落了東西，幾個丫頭對賴，沒主兒，心下便起了疑。可巧小蟬、蓮花兒並幾個媳婦子走來，見了這事，便說道：「林奶奶倒要審審他。這兩日他往這裏頭跑的不像，鬼鬼祟祟的，不知幹些甚麼事。」小蟬又道：「正是。昨兒玉釧姐姐說，太太耳房裏的櫃子開了，少了好些零碎東西。璉二奶奶打發平姑娘和玉釧姐姐要些玫瑰露，誰知也少了一罐子。若不是尋露，還不知道呢。」蓮花兒笑道：「這話我沒聽見，今兒我倒看見一個露瓶子。」林之孝家的正因這些事沒主兒，每日鳳姐兒使平兒催逼他，一聽此言，忙問在那裏。蓮花兒便說：「在他們廚房裏呢。」林之孝家的聽了，忙命打了燈籠，帶着眾人來搜。五兒急的便說：「那原是寶二爺屋裏的芳官給我的。」林之孝家的便說：「不管你方官圓官，現有了贓證，我只呈報了，憑你主子前辯去。」一面說，一面進入廚房，蓮花兒帶着，取出露瓶。恐還有偷的別物，又細細搜了一遍，又得了一包茯苓霜，一

併拿了，帶了五兒，來回李紈與探春。

那時李紈正因蘭哥兒病了，不理事務，只命去見探春。探春已歸房。人回進去，丫鬟們都在院內納涼，探春在內盥沐，只有侍書回進去。半日，出來說：「姑娘知道了，叫你們找平兒回二奶奶去。」林之孝家的只得領出來。到鳳姐兒那邊，先找着平兒，平兒進去回了鳳姐。鳳姐方才睡下，聽見此事，便吩咐：「將他娘打四十板子，攆出去，永不許進二門。把五兒打四十板子，立刻交給莊子上，或賣或配人。」平兒聽了，出來依言吩咐了林之孝家的。

五兒嚇的哭哭啼啼，給平兒跪着，細訴芳官之事。平兒道：「這也不難，明日問問芳官便知真假。但這茯苓霜前日人送了來，還等老太太、太太回來看了才敢打開，這不該偷了去。」五兒見問，忙又將他舅舅送的一節說了出來。平兒聽了，笑道：「這樣說，你竟是個平白無辜之人，拿你來頂缸 [4] 的。此時天晚，奶奶才進了藥歇下，不便為這點子事去絮叨。如今且將他交給上夜的人看守一夜，等明兒我回了奶奶，再作道理。」林之孝家的不敢違拗，只得帶了出來交與上夜的媳婦們看守，自便去了。

這裏五兒被人軟禁起來，一步不敢多走。又兼眾媳婦也有勸他說，不該做這沒行止之事；也有報怨說，「正經更還坐不上來，又弄個賊來給我們看，倘或眼不見尋了死，逃走了，都是我們的不是。」於是又有素日一干與柳家不睦的人，見了這般，十分趁願，都來奚落嘲笑他。這五兒心內又氣又委屈，竟無處可訴；且本來怯弱有病，這一夜思茶無茶，思水無水，睡又無衾枕，嗚嗚咽咽直哭了一夜。

誰知和他母女不和的那些人，巴不得一時攆出他們去，唯恐次日有變，大家先起了個清早，都悄悄的來買轉平兒，一面送些東西，一面又奉承他辦事簡斷，一面又講述他母親素日許多不好。平兒一一的都應着，打發他們去了，卻悄悄的來訪襲人，問他可果真芳官給他露了。襲人便說：「露卻是給芳官，芳官轉給何人我卻不知。」襲人於是又問芳官，芳官聽了，唬了一跳，忙應是自己送他的。芳官便又告訴了寶玉，寶玉也慌了，說：「露雖有了，若勾起茯苓霜來，他自然也實供。若聽見了是他舅舅門上得的，他舅舅又有了

---

4)　頂缸：頂替缺額，代人受過的意思。

不是，豈不是人家的好意，反被咱們陷害了？」因忙和平兒計議：「露的事雖完，然這霜也是有不是的。好姐姐，你只叫他說也是芳官給他的就完了。」平兒笑道：「雖如此，只是他昨晚已經同人說是他舅舅給的了，如何又說你給的？況且那邊所丟的露也是無主兒，如今有贓證的白放了，又去找誰？誰還肯認？眾人也未必心服。」

　　晴雯走來笑道：「太太那邊的露再無別人，分明是彩雲偷了給環哥兒去了。你們可瞎亂說。」平兒笑道：「誰不知是這個原故，但今玉釧兒急的哭，悄悄問着他，他應了，玉釧也罷了，大家也就混着不問了。難道我們好意兜攬這事不成！可恨彩雲不但不應，他還擠玉釧兒，說他偷了去了。兩個人『窩裏炮[5]』，先吵的合府都知道了，我們如何裝沒事人，少不得要查的。殊不知告失盜的就是賊，又沒贓證，怎麼說他？」寶玉道：「也罷，這件事我也應起來，就說是我唬他們玩的，悄悄的偷了太太的來了。兩件事都完了。」襲人道：「也倒是件陰騭事，保全人的賊名兒，只是太太聽見又說你小孩子淘氣，不知好歹了。」平兒笑道：「這也倒是小事。如今便打趙姨娘屋裏起了贓來也容易，我只怕傷着一個好人的體面。別人都不必管，這一個人豈不又生氣？我可憐的是他，不肯為打老鼠傷了玉瓶。」說着，把三個指頭一伸。襲人等聽說，便知他說的是探春。大家都忙說：「可是這話，竟是我們這裏應了起來的為是。」平兒又笑道：「也須得把彩雲和玉釧兒兩個業障叫了來，問準了他方好。不然他們得了益，不說為這個，倒像我沒了本事問不出來，我是這裏來完事，他們以後越發偷的偷，不管的不管了。」襲人等笑道：「正是，也要留個地步。」

　　平兒便命人叫了他兩個來，說道：「不妨，賊已有了。」玉釧兒先問：「賊在那裏？」平兒道：「現在二奶奶屋裏，你問他甚麼應甚麼。我心裏明知不是他偷的，可憐他害怕，都承認。這是寶二爺不過意，要替他認一半。我待要說出來，但只是這做賊的素日又是和我好的一個姐妹，窩主卻是平常，裏面又傷着一個好人的體面，因此為難，少不得央求寶二爺應了，大家無事。如今反要問你們兩個，還是怎樣？若從此以後大家小心存體面，這便求寶二爺

---

5)　　窩裏炮：嘲諷只能在家裏發威，自相殘殺，不能對外禦侮的人。

應了；若不然，我就回了二奶奶，別冤屈了好人。」彩雲聽了，不覺紅了臉，一時羞惡之心感發，便說道：「姐姐放心。也不用冤屈了好人，我說了罷，傷體面，偷東西，原是趙姨奶奶央我再三，我拿了些給環哥是情真。連太太在家我們還拿過，各人去送人，也是常事。我原說嘆過兩天就罷了。如今既冤屈了人，我心裏也不忍。姐姐竟帶了我回奶奶去，我一概應了完事。」

眾人聽了這話，一個個都詫異，他竟這樣有肝膽。寶玉忙笑道：「彩雲姐姐果然是個正經人。如今也不用你應，我只說是我悄悄的偷的唬你們玩，如今鬧出事來，我原該承認。只求姐姐們以後省些事，大家就好了。」彩雲道：「我幹的事為甚麼叫你應？死活我該去受。」平兒襲人忙道：「不是這樣說，你一應了，未免又叨登出趙姨奶奶來，那時三姑娘聽了，豈不生氣？竟不如寶二爺應了，大家沒事，且除了這幾個人皆不得知道，這麼何等的乾淨！但只以後千萬大家小心些就是了。要拿甚麼，好歹等到太太到家，那怕連這房子給了人，我們就沒干係了。」彩雲聽了，低頭想了一想，方依允。

於是大家商議妥貼，平兒帶了他兩個並芳官往前邊來，至上夜房中叫了五兒，將茯苓霜一節也悄悄的教他說係芳官所贈，五兒感謝不盡。平兒帶他們來至自己這邊，已見林之孝家的帶領了幾個媳婦，押解着柳家的等候多時了。林之孝家的又向平兒說：「今兒一早押了他來，恐園裏沒人伺候姑娘們的飯，我暫且將秦顯的女人派了去伺候姑娘們的飯呢。」平兒道：「秦顯的女人是誰？我不大相熟。」林之孝家的道：「他是園裏南角子上夜的，白日裏沒甚麼事，所以姑娘不認識。高高的孤拐[6]，大大的眼睛，最乾淨爽利的。」玉釧兒道：「是了。姐姐，你怎麼忘了？他是跟二姑娘的司棋的嬸子。司棋的父母雖是大老爺那邊的人，他這叔叔卻是咱們這邊的。」

平兒聽了，方想起來，笑道：「哦，你早說是他，我就明白了。」又笑道：「也太派急了些。如今這事八下裏水落石出了，連前兒太太屋裏丟的也有了主兒。是寶玉那日過來和這兩個業障要甚麼來，偏這兩個業障慪他玩，說太太不在家不敢拿。寶玉便瞅他兩個不提防，自己進去拿了些甚麼出來。這兩個業障不知道，就唬慌了。如今寶玉聽見帶累了別人，方細細的告訴了

---

6)　　孤拐：顴骨。

我，拿出東西來我瞧，一件不差。那茯苓霜是寶玉外頭得了的，也曾賞過許多人，不獨園內人有，連媽媽子們討了出去給親戚們吃，又轉送人，襲人也曾給過芳官一流的人。他們私情各相來往，也是常事。前兒那兩簍還擺在議事廳上，好好的原封沒動，怎麼就混賴起人來？等我回了奶奶再說。」說畢，抽身進了臥房，將此事照前言回了鳳姐兒一遍。

鳳姐兒道：「雖如此說，但寶玉為人不管青紅皂白愛兜攬事情。別人再求求他去，他又攔不住人兩句好話，給他個炭簍子[7]戴上，甚麼事他不應承？咱們若信了，將來若大事也如此，如何治人？還要細細的追求才是。依我的主意，把太太屋裏的丫頭都拿來，雖不便擅加拷打，只叫他們墊着磁瓦子[8]跪在太陽地下，茶飯也不用給他們吃。一日不說跪一日，便是鐵打的，也管招了。又道是『蒼蠅不抱無縫的蛋』。雖然這柳家的沒偷，到底有些影兒，人才說他。雖不加賊刑，也革出不用。朝廷家原有掛誤的，倒也不算委屈了他。」

平兒道：「何苦來操這心！『得放手時須放手』，甚麼大不了的事，樂得不施恩呢。依我說，縱在這屋裏操上一百分的心，終久是那邊屋裏去的。沒的結些小人仇恨，使人含恨抱怨。況且自己又三災八難的，好容易懷了一個哥兒，到了六七個月還掉了，焉知不是素日操勞太過，氣惱傷着的？如今乘早兒見一半不見一半的，也倒罷了。」一席話，說的鳳姐兒倒笑了，說道：「憑你這小蹄子發放去罷。我才精爽些了，沒的又慪氣。」平兒笑道：「這不是正經！」說畢，轉身出來，一一發放。要知端的，且聽下回分解。

💡 **精華賞析**

　　平兒對柳五兒伸出援手，平息了這一次事端。可以看得出來，平兒行使起權力來不像鳳姐那樣尖刻，而是更懂得寬容，而這種寬容恰好給了受冤枉的人一個洗刷冤屈的機會。

---

7)　　炭簍子：指對人非善意的恭維手段。比作給人戴上又高又大有熱力的高帽子。

8)　　磁瓦子：碎磁片。

《第六十二回》

憨湘雲醉眠芍藥裀
呆香菱情解石榴裙

寶玉、寶琴、邢岫煙和平兒恰巧是同一天的生日，大家互相拜壽，又設酒席。他們吟詩、行酒令、開玩笑，其樂融融。

　　話說平兒出來吩咐林之孝家的道：「大事化為小事，小事化為沒事，方是興旺之家。要一點子小事，便揚鈴打鼓亂折騰起來，不成道理。如今將他母女帶回，照舊去當差。將秦顯家的仍舊退回。再不必提此事。只是每日小心巡察要緊。」說畢，起身走了。柳家的母女忙向上磕頭，林之孝家的便將柳家的帶回園中。回了李紈探春，二人都說：「知道了，能可無事，很好。」

　　司棋等人空興頭了一陣。那秦顯家的好容易等了這個空子鑽了來，只興頭了半天。在廚房內正亂着接收傢伙米糧煤炭等物，又查出許多虧空來，說：「粳米短了兩石，常用米又多支了一個月的，炭也欠着額數。」一面又打點送林之孝家的禮，悄悄的備了一簍炭，五百斤木柴，一擔粳米，在外邊就遣了子姪送入林家去了；又打點送賬房的禮，又預備幾樣荼蔬請幾位同事的人，說：「我來了，全仗列位扶持。自今以後都是一家人了。我有照顧不到的，好歹大家照顧些。」正亂着，忽有人來說與他：「看完了這一頓早飯就出去罷。柳嫂子原無事，如今還交給他管了。」秦顯家的聽了，轟去魂魄，垂頭喪氣，登時掩旗息鼓，捲包而出。送人之物白丟了許多，倒要折變了賠補虧空。連司棋都氣了個直眉瞪眼，無計挽回，只得罷了。

　　趙姨娘正因彩雲私贈了許多東西，被玉釧兒吵出，生恐查詰出來，每日捏一把汗，偷偷的打聽信兒。忽見彩雲來告訴說：「都是寶玉應了，從此無事。」趙姨娘方把心放下來。誰知賈環聽如此說，便起了疑心，將彩雲私贈

之物都拿了出來，照着彩雲的臉上摔了去，說：「這兩面三刀[1]的東西！我不稀罕。你不和寶玉好，他怎麼肯替你應。你既有擔當給了我，原該不與一個人知道。如今你既然告訴他，我再要這個也沒趣。」彩雲見如此，急的罰神賭誓，至於哭了。百般解說，賈環執意不信，說：「不看你素日之情，我索性去告訴二嫂子，就說你偷來給我，我不敢要。你細想去罷。」說畢，摔手出去了。急的趙姨娘罵：「沒造化的種子，這是怎麼說？」氣的彩雲哭個淚乾腸斷。趙姨娘百般的安慰他：「好孩子，他辜負了你的心，我橫豎看的真。讓我收起來，過兩日他自然回轉過來了。」說着，便要收東西。彩雲賭氣一頓捲包起來，乘人不見時，來至園中，都撒在河內，順水沉的沉漂的漂了。自己氣的夜間在被裏暗哭一夜。

　　當下又值寶玉生日已到，原來寶琴也是這日，二人相同。因王夫人不在家，也不曾像往年鬧熱。只有張道士送了四樣禮，換的寄名符兒；還有幾處僧尼廟的和尚姑子送了供尖兒，並壽星，紙馬、疏頭，並本命星官、值年太歲週年換的鎖。家中常走的男女，先一日來上壽。王子騰那邊，仍是一套衣服，一雙鞋襪，一百壽桃，一百束上用銀絲掛麵。薛姨娘處減一等。其餘家中人，尤氏仍是一雙鞋襪；鳳姐兒是一個宮製四面和合堆繡荷包，裝一個金壽星，一件波斯國玩器。各廟中遣人去放堂[2]捨錢。又另有寶琴之禮，不能備述。姊妹中皆隨便，或有一扇的，或有一字的，或有一畫的，或有一詩的，聊復應景而已。

　　這日寶玉清晨起來，梳洗已畢，冠帶來至前廳院中，已有李貴等四五個人在那裏設下天地香燭，寶玉炷了香，行了禮，奠茶焚紙後，便至寧府中宗祀祖先堂兩處行畢了禮，出至月台上，又朝上遙拜過賈母、賈政、王夫人等。一順到尤氏上房，行過禮，坐了一回，方回榮府。先至薛姨媽處，薛姨媽再三拉着，然後又見過薛蝌，讓一回，方進園來。晴雯麝月二人跟隨，小丫頭夾着氈子，從李氏起，一一挨着，比自己長的房中到過。復出二門，至四個奶孃家讓了一回，方進來。雖眾人要行禮，也不曾受。回至房中，襲人

---

1) 　　兩面三刀：兩面派、三把刀，挑撥是非。

2) 　　放堂：在廟寺中佈施僧眾。

等只都來說一聲就是了。王夫人有言，不令年輕人受禮，恐折了福壽，故此皆不磕頭。

歇一時，賈環賈蘭等來了，襲人連忙拉住，坐了一坐，便去了。寶玉笑說走乏了，便歪在床上。方吃了半盞茶，只聽外面咭咭呱呱，一羣丫頭笑了進來，原來是翠墨、小螺、翠縷，入畫、邢岫煙的丫頭篆兒，並奶子抱着巧姐兒、彩鸞、繡鸞八九個人，都抱着紅氊笑着走來，說：「拜壽的擠破了門了，快拿麵來我們吃。」剛進來時，探春、湘雲、寶琴、岫煙、惜春也都來了。寶玉忙迎出來，笑說：「不敢起動，快預備好茶。」進入房中，不免推讓一回，大家歸坐。襲人等捧過茶來，才吃了一口，平兒也打扮的花枝招展的來了。寶玉忙迎出來，笑說：「我方才到鳳姐姐門上，回了進去，不能見，我又打發人進去讓姐姐的。」平兒笑道：「我正打發 ³ 你姐姐梳頭，不得出來回你。後來聽見又說讓我，我那裏禁當的起？所以特趕來磕頭。」寶玉笑道：「我也禁當不起。」襲人早在外間門旁安了坐，讓他坐。平兒便福下去，寶玉作揖不迭。平兒便跪下，寶玉也忙還跪，襲人連忙攙起來。又下了一福，寶玉又還了一揖。

襲人笑推寶玉：「你再作揖。」寶玉道：「已經完了，怎麼又作揖？」襲人笑道：「這是他來給你拜壽。今兒也是他的生日，你也該給他拜壽。」寶玉聽了，喜的忙作揖，笑道：「原來今兒是姐姐的芳誕。」平兒趕着也還了禮。湘雲拉寶琴、岫煙說：「你們四個人對拜壽，直拜一天才是。」探春忙問：「原來邢妹妹也是今兒？我怎麼就忘了。」忙命丫頭：「去告訴二奶奶，趕着補了一分禮，與琴姑娘的一樣，送到二姑娘屋裏去。」丫頭答應着去了。岫煙見湘雲直口說出來，少不得要到各房去讓讓。

探春笑道：「倒有些意思，一年十二個月，月月有幾個生日。人多了，便這等巧，也有三個一日，兩個一日的。大年初一日也不白過，大姐姐佔了去。怨不得他福大，生日比別人就佔先。又是太祖太爺的生日冥壽。過了燈節，就是老太太和寶姐姐，他們娘兒兩個遇的巧。三月初一日是太太的，初九日是璉二哥哥了。二月沒人。」襲人道：「二月十二是林姑娘，怎麼沒人？

---

3)　　打發：一般是辦過、了結、驅遣的意思。這裏是指「在侍候過程中」。

就只不是咱們家的。」探春笑道:「你看我這個記性兒!」寶玉笑指襲人道:「他和林妹妹是一日,所以記的。」探春笑道:「原來你兩個倒是一日。每年連頭也不給我們磕一個。平兒的生日我們也不知道,這也是才知道。」平兒笑道:「我們是那牌兒名上的人[4],生日也沒拜壽的福,又沒受禮職分,可吵鬧甚麼?可不悄悄兒的就過去了嗎?今兒他又偏吵出來了,等姑娘們回房,我再行禮去罷。」探春笑道:「也不敢驚動。只是今兒倒要替你過個生日,我心裏才過的去。」寶玉湘雲等一齊都說:「很是。」探春便吩咐了丫頭:「去告訴他奶奶,就說我們大家說了,今兒一日不放平兒出去,我們也大家湊了分子過生日呢。」丫頭笑着去了,半日,回來說:「二奶奶說了,多謝姑娘們給他臉。不知過生日給他些甚麼吃,只別忘了二奶奶,就不來絮聒他了。」眾人都笑了。

　　探春因說道:「可巧今兒裏頭廚房不預備飯,一應下麵弄菜都是外頭收拾。咱們就湊了錢,叫柳家的來領了去,只在咱們裏頭收拾倒好。」眾人都說極好。探春一面遣人去請李紈、寶釵、黛玉,一面遣人去傳柳家的進來,吩咐他內廚房中快收拾兩桌酒席。柳家的不知何意,因說外廚房都預備了。探春笑道:「你原來不知道,今兒是平姑娘的好日子。外頭預備的是上頭的,這如今我們私下又湊了分子,單為平姑娘預備兩桌請他。你只管揀新巧的菜蔬預備了來,開了賬,我那裏領錢。」柳家的笑道:「原來今兒也是平姑娘的千秋,我竟不知道。」說着,便向平兒磕下頭去,慌的平兒拉起他來。柳家的忙去預備酒席。

　　這裏探春又邀了寶玉,同到廳上去吃麵,等到李紈、寶釵一齊來全,又遣人去請薛姨媽與黛玉。因天氣和暖,黛玉之疾漸癒,故也來了。花團錦簇,擠了一廳的人。

　　誰知薛蝌又送了巾扇香帛四色壽禮給寶玉,寶玉於是過去陪他吃麵。兩家皆辦了壽酒,互相酬送,彼此同領。至午間,寶玉又陪薛蝌吃了兩杯酒。寶釵帶了寶琴過來給薛蝌行禮,把盞畢,寶釵因囑薛蝌:「家裏的酒也不用送過那邊去,這虛套竟可收了。你只請夥計們吃罷。我們和寶兄弟進去還要待人去呢,也不能陪你了。」薛蝌忙說:「姐姐兄弟只管請,只怕夥計們也就好

---

4)　　那牌兒名上的人:哪項人,哪班人。這裏是自謙沒有資格。

來了。」寶玉忙又告過罪,方同他姊妹回來。

一進角門,寶釵便命婆子將門鎖上,把鑰匙要了自己拿着。寶玉忙說:「這一道門何必關,又沒多的人走。況且姨娘、姐姐、妹妹都在裏頭,倘或家去取甚麼,豈不費事?」寶釵笑道:「小心沒過逾的。你瞧你們那邊,這幾日七事八事,竟沒有我們那邊的人,可知是這門關的有功效了。要是開着,保不住那起人圖順腳,走近路從這裏走,攔誰的是?不如鎖了,連媽和我也禁着些,大家別走。縱有了事,就賴不着這邊的人了。」寶玉笑道:「原來姐姐也知道我們那邊近日丟了東西?」寶釵笑道:「你只知道玫瑰露和茯苓霜兩件,乃因人而及物。要不是裏頭有人,你連這兩件還不知道呢。殊不知還有幾件比這兩件大的呢。若以後叨登不出來,是大家的造化;若叨登出來了,不知裏頭連累多少人呢。你也是不管事的人,我才告訴你。平兒是個明白人,我前兒也告訴了他,皆因他奶奶不在外頭,所以使他明白了。若不犯出來,大家樂得丟開手。若犯出來,他心裏已有了稿子,自有頭緒,就冤屈不着好人了。你只聽我說,以後留神小心就是了,這話也不可告訴第二個人。」

說着,來到沁芳亭邊,只見襲人、香菱、侍書、素雲、晴雯、麝月、芳官、蕊官、藕官等十來個人都在那裏看魚玩呢。見他們來了,都說:「芍藥欄裏預備下了,快去上席罷。」寶釵等隨攜了他們同到了芍藥欄中紅香圃三間小敞廳內。連尤氏已請過來了,諸人都在那裏,只沒平兒。

原來平兒出去,有賴林諸家送了禮來,連三接四,上中下三等家人來拜壽送禮的不少,平兒忙着打發賞錢道謝,一面又色色的回明了鳳姐兒,不過留下幾樣,也有不收的,也有收下即刻賞給人的。忙了一回,又直待鳳姐兒吃過麵,方換了衣裳往園裏來。

剛進了園,就有幾個丫鬟來找他,一同到了紅香圃中。只見筵開玳瑁,褥設芙蓉。眾人都笑:「壽星全了。」上面四座定要讓他四個人坐,四人皆不肯。薛姨媽說:「我老天拔地,又不合你們的羣兒,我倒覺拘的慌,不如我到廳上隨便躺躺去倒好。我又吃不下甚麼,又不大吃酒,這裏讓他們倒便宜。」尤氏等執意不從。寶釵道:「這也罷了,倒是讓媽在廳上歪着自如些,有愛吃的送些過去,倒還自在。且前頭沒人在那裏,又可照看了。」探春等笑道:「既這樣,恭敬不如從命。」因大家送到議事廳上,眼看着命丫頭們鋪了一個錦褥並靠背引枕之類,又囑咐:「好生給姨媽捶腿,要茶要水別誤了。回來送了東

西來，姨媽吃不了就賞你們吃。只別離了這裏。」小丫頭們都答應了。

探春等方回來。終久讓寶琴岫煙二人在上，平兒面西坐，寶玉面東坐。探春又接了鴛鴦來，二人並肩對面相陪。西邊一桌，寶釵、黛玉、湘雲、迎春、惜春，一面又拉了香菱、玉釧兒二人打橫。三桌上，尤氏、李紈，又拉了襲人彩雲陪坐。四桌上便是紫鵑、鶯兒、晴雯、小螺、司棋等人圍坐。當下探春等還要把盞，寶琴等四人都說：「這一鬧，一日都坐不成了。」方才罷了。兩個女先兒要彈詞上壽，眾人都說：「我們這裏沒人要聽那些野話，廳上說給姨太太解悶兒去罷。」一面又將各色吃食揀了，命人送與薛姨媽去。寶玉便說：「雅坐無趣，須要行令才好。」眾人有的說行這個令好，又有說行那個令好。黛玉道：「依我說，拿了筆硯將各色全都寫了，拈成鬮兒，咱們抓出那個來，就是那個。」眾人都道妙。即拿了一副筆硯花箋。香菱近日學了詩，又天天學寫字，見了筆硯便巴不得，連忙起座說：「我寫。」大家想了一回，共得了十來個，唸着，香菱一一的寫了，搓成鬮兒，放在一個瓶中。探春便命平兒揀，平兒向內攪了一攪，用箸拈了一個出來，打開看，上寫着「射覆」二字。

寶釵笑道：「把個酒令的祖宗拈出來。『射覆』，從古有的，如今失了傳，這是後人纂的，比一切的令都難。這裏頭倒有一半是不會的，不如毀了，另拈一個雅俗共賞的。」探春笑道：「既拈了出來，如何又毀。如今再拈一個，若是雅俗共賞的，便叫他們行去。咱們行這個。」說着又着襲人拈了一個，卻是「拇戰」。史湘雲笑着說：「這個簡斷爽利，合了我的脾氣。我不行這個『射覆』，沒的垂頭喪氣悶人，我只划拳[5]去了。」探春道：「唯有他亂令，寶姐姐快罰他一杯。」寶釵不容分說，便灌湘雲一杯。探春道：「我吃一杯，我是令官，也不用宣，只聽我分派。」命取了令骰令盆來，「從琴妹擲起，挨下擲去，對了點的二人射覆。」

寶琴一擲，是個三，岫煙寶玉等皆擲的不對，直到香菱方擲了一個三。寶琴笑道：「只好室內生春，若說外頭去，可太沒頭緒了。」探春道：「自然。三次不中者罰一杯。你覆，他射。」寶琴想了一想，說了個「老」字。香菱

---

5)　　划拳：即猜拳。飲酒時二人各伸手指，叫出數目，二人所伸手指數加起來，符合某人所叫的數目，某人即贏了，輸者罰飲。古代稱為拇戰。

原生於這令，一時想不到，滿室滿席都不見有與「老」字相連的成語。湘雲先聽了，便也亂看，忽見門斗上貼着「紅香圃」三個字，便知寶琴覆的是「吾不如老圃」的「圃」字。見香菱射不着，眾人擊鼓又催，便悄悄的拉香菱，教他說「藥」字。黛玉偏看見了，說：「快罰他，又在那裏私相傳遞呢。」鬧的眾人都知道了，忙又罰了一杯，恨的湘雲拿筷子敲黛玉的手。於是罰了香菱一杯。下則寶釵和探春對了點子。探春便覆了一個「人」字。寶釵笑道：「這個『人』字泛的很。」探春笑道：「添一字，兩覆一射也不泛了。」說着，便又說了一個「窗」字。寶釵一想，因見席上有雞，便射着他是用「雞窗」「雞人」二典了，因射了一個「塒」字。探春知他射着，用了「雞棲於塒」的典，二人一笑，各飲一口門杯。

湘雲等不得，早和寶玉「三」「五」亂叫，划起拳來。那邊尤氏和鴛鴦隔着席也「七」「八」亂叫划起來。平兒襲人也作了一對划拳，叮叮當當只聽得腕上的鐲子響：一時湘雲贏了寶玉，襲人贏了平兒，尤氏贏了鴛鴦，三個人限酒底酒面，湘雲便說：「酒面要一句古文，一句舊詩，一句骨牌名，一句曲牌名，還要一句時憲書[6]上有的話，共總湊成一句話。酒底要關人事的果菜名。」眾人聽了，都笑說：「唯有他的令也比人嘮叨，倒也有意思。」便催寶玉快說。寶玉笑道：「誰說過這個，也等想一想兒。」黛玉便道：「你多喝一杯，我替你說。」寶玉真個喝了酒，聽黛玉說道：「落霞與孤鶩齊飛，風急江天過雁哀，卻是一隻折足雁，叫的人九回腸，這是鴻雁來賓。」

說的大家笑了，說：「這一串子倒有些意思。」黛玉又拈了一個榛瓤，說酒底又道：「榛子非關隔院砧，何來萬戶搗衣聲？」

令完，鴛鴦襲人等皆說的是一句俗語，卻都帶一個「壽」字的，不能多贅。大家輪流亂了一陣，這上面湘雲又和寶琴對了手，李紈和岫煙對了點子。李紈便覆了一個「瓢」字，岫煙便射了一個「綠」字，二人會意，各飲一口。湘雲的拳卻輸了，請酒面酒底。寶琴笑道：「請君入甕。」大家笑起來，說：「這個典用的當。」湘雲便說道：「奔騰澎湃，江間波浪兼天湧，須要鐵鎖纜孤舟，既遇着一江風 —— 不宜出行。」

---

6)　　時憲書：即曆書。

　　說的眾人都笑了，說：「好個謅斷了腸子的。怪道他出這個令，故意惹人笑。」又聽他說酒底。湘雲吃了酒，揀了一塊鴨肉，呷了口酒，忽見碗內有半個鴨頭，遂夾了出來吃腦子。眾人催他「別只顧吃，到底快說了」。湘雲便用箸子舉着說道：「這鴨頭不是那丫頭，頭上那討桂花油。」

　　眾人越發笑起來。引的晴雯、小螺、鶯兒等一干人都走過來說：「雲姑娘會開心兒，拿着我們取笑兒，快罰一杯才罷。怎見得我們就該擦桂花油的？倒得每人給一瓶子桂花油擦擦。」黛玉笑道：「他倒有心給你們一瓶子油，又怕掛誤着打竊盜的官司。」眾人不理論，寶玉卻明白，忙低了頭。彩雲有心病，不覺的紅了臉。寶釵忙暗暗的瞅了黛玉一眼。黛玉自悔失言，原是趣寶玉的，就忘了趣着彩雲了。自悔不及，忙一頓行令划拳岔開了。

　　底下寶玉可巧和寶釵對了點子。寶釵便覆了一個「寶」字，寶玉想了一想，便知是寶釵作戲指自己所佩通靈玉而言，便笑道：「姐姐拿我作雅謔，我卻射着了。說出來姐姐別惱，就是姐姐的諱『釵』字就是了。」眾人道：「怎麼解？」寶玉道：「他說『寶』，底下自然是『玉』字了。我射『釵』字，舊詩曾有『敲斷玉釵紅燭冷』，豈不射着了。」湘雲說道：「這用時事卻使不得，兩個人都該罰。」香菱忙道：「不止時事，這也有出處。」湘雲道：「『寶玉』二字並無出處，不過是春聯上或有之，詩書紀載並無，算不得。」香菱道：「前日我讀岑嘉州五言律，現有一句說『此鄉多寶玉』，怎麼你倒忘了？後來又讀李義山七言絕句，又有一句『寶釵無日不生塵』，我還笑說他兩個名字都原來在唐詩上呢。」眾人笑說：「這可問住了，快罰一杯。」湘雲無語，只得飲了。

　　大家又該對點猜拳。這些人因賈母王夫人不在家，沒了管束，便任意取樂，呼三喝四，喊七叫八。滿廳中紅飛翠舞，玉動珠搖，十分熱鬧。玩了一回，大家方起席散了，卻倏然不見了湘雲，只當他外頭自便就來，誰知越等越沒了影兒，使人各處去找，那裏找得着？

　　接着林之孝家的同着幾個老婆子來，生恐有正事呼喚，二者恐丫鬟們年輕，趁王夫人不在家不服探春等約束，恣意痛飲，失了體統，故來請問有事無事。探春見他們來了，便知其意，忙笑道：「你們又不放心，來查我們來了。我們沒有多吃酒，不過是大家玩笑，將酒作個引子，媽媽們別耽心。」李紈尤氏都也笑說：「你們歇着去罷，我們也不敢叫他們多吃了。」，林之孝家的等人笑說：「我們知道，連老太太讓姑娘吃酒，姑娘們還不肯吃呢，何況太

太們不在家，自然玩罷了。我們怕有事，來打聽打聽。二則天長了，姑娘們玩一回子還該點補些小食兒。素日又不大吃雜項東西，如今吃一兩杯酒，若不多吃些東西，怕受傷。」探春笑道：「媽媽們說的是，我們也正要吃呢。」因回頭命取點心來。兩旁丫鬟們答應了，忙去傳點心。探春又笑讓：「你們歇着去罷，或是姨媽那裏說話兒去。我們即刻打發人送酒你們吃去。」林之孝家的等人笑回：「不敢領了。」又站了一回，方退出來。平兒摸着臉笑道：「我的臉都熱了，也不好意思見他們。依我說，竟收了罷，別惹他們再來，倒沒意思了。」探春笑道：「不相干，橫豎咱們不認真喝酒就罷了。」

正說着，只見一個小丫頭笑嘻嘻的走來：「姑娘們快瞧雲姑娘去，雲姑娘吃醉了圖涼快，在山子後頭一塊青石板凳上睡着了。」眾人聽說，都笑道：「快別吵嚷。」說着，都走來看時，果見湘雲臥於山石僻處一個石凳子上，業經香夢沉酣，四面芍藥花飛了一身，滿頭臉衣襟上皆是紅香散亂，手中的扇子在地下，也半被落花埋了，一羣蜂蝶鬧嚷嚷的圍着他，又用鮫帕包了一包芍藥花瓣枕着[7]。眾人看了，又是愛，又是笑，忙上來推喚挽扶。湘雲口內猶作醉語說酒令，唧唧咕咕說：「泉香而酒冽，玉盌盛來琥珀光，直飲到梅梢月上，醉扶歸，宜會親友。」眾人笑推他，說道：「快醒醒兒吃飯去，這潮凳上還睡出病來呢。」湘雲慢啟秋波，見了眾人，低頭看了一看自己，方知是醉了。原是來納涼避靜的，不覺的因多罰了兩杯酒，嬌娜不勝，便睡着了，心中反覺自愧。早有小丫頭端了一盆洗臉水，兩個捧着鏡奩，眾人等着他，便在石凳上重新勻了臉，攏了鬢，連忙起身，同着來至紅香圃中，用過水，又吃了兩盞釅茶。探春忙命將醒酒石拿來，給他銜在口內。一時又命他喝了一些酸湯，方才覺得好了些。

當下又選了幾樣果菜與鳳姐送去，鳳姐兒也送了幾樣來。寶釵等吃過點心，大家也有坐的，也有立的，也有在外觀花的，也有倚欄觀魚的，各自取便說笑不一。探春便和寶琴下棋，寶釵岫煙觀局。黛玉和寶玉在一簇花下唧唧噥噥不知說些甚麼。

只見林之孝家的和一羣女人帶了一個媳婦進來。那媳婦愁眉淚眼，也不

---

7)　在湘雲身上我們看到一種健康的美，她不像黛玉那樣吹吹風就會生病，也不像寶釵那樣隨時注意修養和形象。只有湘雲會如此率真地醉臥在花下，成為別人眼中的一道風景。

敢進廳，只到了階下，便朝上跪下碰頭。探春因一塊棋受了敵，算來算去總得了兩個眼，便折了官着兒，兩眼只瞅着棋枰，一隻手卻伸在盒內，只管抓弄棋子作想。林之孝家的站了半天，因回頭要茶時才看見，問：「甚麼事？」林之孝家的便指那媳婦說：「這是四姑娘屋裏的小丫頭彩兒的娘，現是園內伺候的人。嘴很不好，才是我聽見了問着他，他說的話也不敢回姑娘，竟要攆出去才是。」探春道：「怎麼不回大奶奶？」林之孝家的道：「方才大奶奶都往廳上姨太太處去了，頂頭看見，我已回明白了，叫回姑娘來。」探春道：「怎麼不回二奶奶？」平兒道：「不回去也罷，我回去說一聲就是了。」探春點點頭，道：「既這麼着，就攆出他去，等太太回來了，再回定奪。」說畢仍又下棋。這林之孝家的帶了那人去不提。黛玉和寶玉二人站在花下，遙遙盼望。黛玉便說道：「你家三丫頭倒是個乖人。雖然叫他管些事，倒也一步兒也不肯多走。差不多的人就早作起威福來了。」寶玉道：「你不知道呢。你病着時，他幹了好幾件事。這園子也分了人管，如今多掐一草也不能了。又鬮了幾件事，單拿我和鳳姐姐作筏子禁別人。最是心裏有算計的人，豈只乖呢。」黛玉道：「要這樣才好，咱們也太費了。我雖不管事，心裏每常閑了，替你們一算，出的多進的少，如今若不省儉，必致後手不接。」寶玉笑道：「憑他怎麼後手不接，也短不了咱們兩個人的。」黛玉聽了，轉身就往廳上尋寶釵說笑去了。寶玉正欲走時，只見襲人走來，手內捧着一個小連環洋漆茶盤，裏面可式放着兩盅新茶，因問：「他往那去了？我見你兩個半日沒吃茶，巴巴的倒了兩盅來，他又走了。」寶玉道：「那不是他，你給他送去。」說着自拿了一盅。襲人便送了那盅去，偏和寶釵在一處，只得一盅茶，便說：「那位渴了那位先接了，我再倒去。」寶釵笑道：「我卻不渴，只要一口漱一漱，就是了。」說着先拿起來喝了一口，剩下半杯遞在黛玉手內。襲人笑說：「我再倒去。」黛玉笑道：「你知道我這病，大夫不許多吃茶，這半盅盡夠了，難為你想的到。」說畢，飲乾，將杯放下。襲人又來接寶玉的。寶玉因問：「這半日沒見芳官，他在那裏呢？」襲人四顧一瞧說：「才在這裏的，幾個人鬥草玩，這會子不見了。」

寶玉聽說，便忙回房中，果見芳官面向裏睡在床上。寶玉推他說道：「快別睡覺，咱們外頭玩去，一會子好吃飯。」芳官道：「你們吃酒不理我，教我悶了半日，可不來睡覺罷了。」寶玉拉了他起來，笑道：「咱們晚上家裏再吃，回來我叫襲人姐姐帶了你桌上吃飯，何如？」芳官道：「藕官、蕊官都不

上去，單我在那裏也不好。我也不慣吃那個麵條子，早起也沒好生吃。才剛餓了，我已告訴了柳嫂子，先給我做一碗湯，盛半碗粳米飯送來，我這裏吃了就完事。若是晚上吃酒，不許教人管着我，我要盡力吃夠了才罷。我先在家裏，吃二三斤好惠泉酒呢。如今學了這勞什子，他們說怕壞嗓子，這幾年也沒聞見。趁今兒我是要開齋了。」寶玉道：「這個容易。」說着，只見柳家的果遣了人送了一個盒子來。春燕接着揭開，裏面是一碗蝦丸雞皮湯，又是一碗酒釀清蒸鴨子，一碟醃的胭脂鵝脯，還有一碟四個奶油松瓤卷酥，並一大碗熱騰騰碧熒熒綠畦香稻粳米飯。春燕放在案上，走去拿了小菜並碗箸過來，撥了一碗飯。芳官便說：「油膩膩的，誰吃這些東西！」只將湯泡飯吃了一碗，揀了兩塊醃鵝就不吃了。

　　寶玉聞着，倒覺比往常之味有勝些似的，遂吃了一個卷酥，又命春燕也撥了半碗飯，泡湯一吃，十分香甜可口。春燕和芳官都笑了。吃畢，春燕便將剩的要交回。寶玉道：「你吃了罷，若不夠再要些來。」春燕道：「不用要，這就夠了。方才麝月姐姐拿了兩盤子點心給我們吃了，我再吃了這個，盡夠了，不用再吃了。」說着，便站在桌旁一頓吃了，又留下兩個卷酥，說：「這個留着給我媽吃。晚上要吃酒，給我兩碗酒釀就是了。」寶玉笑道：「你也愛吃酒？等着咱們晚上痛喝一陣。你襲人姐姐和晴雯姐姐量兒也好，也要喝，只是每日不好意思：趁今兒大家開齋。還有一件事，想着囑咐你，我竟忘了，此刻才想起來。以後芳官全要你照看他，他或有不到處，你提他，襲人照顧不過這些人。」春燕道：「我都知道，都不用操心。但只這五兒怎麼樣？」寶玉道：「你和柳家的說去，明兒直叫他進來罷，等我告訴他們一聲就完了。」芳官聽了，笑道：「這倒是正經。」春燕又叫兩個小丫頭進來，伏侍洗手倒茶，自己收了傢夥，交與婆子，也洗了手，便去找柳家的。不在話下。

　　寶玉便出來，仍往紅香圃尋眾姐妹，芳官在後拿着巾扇。剛出了院門，只見襲人、晴雯二人攜手回來。寶玉問：「你們做甚麼？」襲人道：「擺下飯了，等你吃飯呢。」寶玉便笑着將方才吃的飯一節告訴他兩個。襲人笑道：「我說你是貓兒食[8]。雖然如此，也該上去陪他們，多少應個景兒。」晴雯用手

---

8)　　貓兒食：嘲笑人的飯量小，不按頓吃飯，隨時零吃。

指戳芳官額上，說道：「你就是個狐媚子，甚麼空兒跑了去吃飯，兩個人怎麼就約下了，也不告訴我們一聲兒。」襲人笑道：「不過是誤打誤撞的遇見了，說約下了可是沒有的事。」晴雯道：「既這麼着，要我們無用。明兒我們都走了，讓芳官一個人就夠使了。」襲人笑道：「我們都去了使得，你卻去不得。」晴雯道：「唯有我是第一個要去，又懶又笨，性子又不好，又沒用。」襲人笑道：「倘或那雀金裘褂子再燒個窟窿，你去了，誰可以補呢？你倒別和我拿三撇四的，我煩你做個甚麼，把你懶的橫針不拈，豎線不動。一般也不是我的私活煩你，橫豎都是他的，你就都不肯做。怎麼我去了幾天，你病的七死八活，一夜連命也不顧，給他做了出來，這又是甚麼原故？你到底說話呀！怎麼裝憨兒，和我笑？那也當不了甚麼。」晴雯笑着，啐了一口。大家說着，來至廳上。薛姨媽也來了。大家依序坐下吃飯。寶玉只用茶泡了半碗飯，應景而已。一時吃畢，大家吃茶閑話，又隨便玩笑。外面小螺和香菱、芳官、蕊官、藕官、豆官等四五個人，都滿園中玩了一回，大家探了些花草來兜着，坐在花草堆中鬥草。這一個說：「我有觀音柳。」那一個說：「我有羅漢松。」那一個又說：「我有君子竹。」這一個又說：「我有美人蕉。」這個又說：「我有星星翠。」那個又說：「我有月月紅。」這個又說：「我有《牡丹亭》上的牡丹花。」那個又說：「我有《琵琶記》裏的枇杷果。」豆官便說：「我有姐妹花。」眾人沒了，香菱便說：「我有夫妻蕙。」豆官說：「從沒聽見說有個夫妻蕙。」香菱道：「一箭一花為蘭，一箭數花為蕙。凡蕙有兩枝，上下結花者為兄弟蕙，有並頭結花者為夫妻蕙。我這枝並頭的，怎麼不是。」豆官沒的說了，便起身笑道：「依你說，若是這兩枝一大一小，就是老子兒子蕙了。若兩枝背面開的，就是仇人蕙了。你漢子去了大半年，你想夫妻了？便扯上蕙也有夫妻，好不害羞！」香菱聽了，紅了臉，忙要起身擰他，笑罵道：「我把你這個爛了嘴的小蹄子！滿嘴裏放屁胡說。」豆官見他要勾來，怎容他起來，便忙連身將他一壓。回頭笑着央告蕊官等：「你們來，幫幫我擰他這謅嘴。」兩個人滾在草地下。眾人拍手笑說：「了不得了，那是一窪子水，可惜污了他的新裙子了。」豆官回頭看了一看，果見旁邊有一汪積雨，香菱的半扇裙子都污濕了，自己不好意思，忙奪了手跑了。眾人笑個不住，怕香菱拿他們出氣，也都笑着一哄而散，

　　香菱起身低頭一瞧，那裙上猶滴滴點點流下綠水來。正恨罵不絕，可巧

寶玉見他們鬥草，也尋了些花草來湊戲，忽見眾人跑了，只剩了香菱一個低頭弄裙，因問：「怎麼散了？」香菱便說：「我有一枝夫妻蕙，他們不知道，反說我謅，因此鬧起來，把我的新裙子也糟蹋了。」寶玉笑道：「你有夫妻蕙，我這裏倒有一枝並蒂菱。」口內說，手內卻真個拈着一枝並蒂菱花，又拈了那枝夫妻蕙在手內。香菱道：「甚麼夫妻不夫妻，並蒂不並蒂，你瞧瞧這裙子。」寶玉方低頭一瞧，便哎呀了一聲，說：「怎麼就拖在泥裏了？可惜這石榴紅綾最不經染。」香菱道：「這是前兒琴姑娘帶了來的。姑娘做了一條，我做了一條，今兒才上身。」寶玉跌腳歎道：「若你們家，一日糟蹋這一件也不值甚麼。只是頭一件既係琴姑娘帶來的，你和寶姐姐每人才一件，他的尚好，你的先髒了，豈不辜負他的心？二則姨媽老人家嘴碎，饒這麼着，我還聽見常說你們不知過日子，只會糟蹋東西，不知惜福呢。這叫姨媽看見了，又說個不清。」

香菱聽了這話，卻碰在心坎兒上，反倒喜歡起來，因笑道：「就是這話。我雖有幾條新裙子，都不和這一樣，若有一樣的，趕着換了也就好了。過後再說。」寶玉道：「你快休動，只站着方好，不然連小衣兒膝褲鞋面都要弄上泥水了。我有個主意：襲人上月做了一條和這個一樣的，他因有孝，如今也不穿。竟送了你，換下這個來，如何？」香菱笑着搖頭說：「不好。倘或他們聽見了倒不好。」寶玉道：「這怕甚麼？等他孝滿了，他愛甚麼難道不許你送他別的不成！你若這樣，不是你素日為人了。況且不是瞞人的事，只管告訴寶姐姐也可，只不過怕姨媽老人家生氣罷了。」香菱想了一想有理，便點頭笑道：「就是這樣罷了，別辜負了你的心。我等着你，千萬叫他親自送來才好。」寶玉聽了，喜歡非常，答應了忙忙的回來。一壁低頭心下暗想：「可惜這麼一個人，沒父母，連自己本姓都忘了，被人拐出來，偏又賣給這個霸王。」因又想起上日平兒也是意外想不到的，今日更是意外的事了。一面胡思亂想，來至房中，拉了襲人，細細告訴了他原故。香菱之為人，無人不憐愛的。襲人又本是個手中撒漫[9]的，況與香菱相好，一聞此信，忙就開箱取了出來折好，隨了寶玉來尋着香菱，他還站在那裏等呢。襲人笑道：「我說你太淘氣了，足

---

9)　　撒漫：任意拋散。指對財物任意揮霍、花費。手中撒漫，如同說「手鬆」。

的淘出個故事來才罷。」香菱紅了臉，笑說：「多謝姐姐了，誰知那起促狹鬼使的黑心。」說着，接了裙子，展開一看，果然合自己的一樣。又命寶玉背過臉去，自己又手向內解下來，將這條繫上。襲人道：「把這腌臢了的交與我拿回去，收拾了再給你送來。你若拿回去，看見了，又是要問的。」香菱道：「好姐姐，你拿去不拘給那個妹妹罷。我有了這個，不要他了。」襲人道：「你倒大方的很。」香菱忙又拜了兩拜，道謝襲人，一面襲人拿了那條泥污了的裙子就走。

香菱見寶玉蹲在地下，將方才的夫妻蕙與並蒂菱用樹枝兒摳了一個坑，先抓些落花來鋪墊了，將這菱蕙安放好，又將些落花來掩了，方撮土掩埋平服。香菱拉他的手，笑道：「這又叫做甚麼？怪道人人說你慣會鬼鬼祟祟，使人肉麻呢。你瞧瞧，你這手弄的泥烏苔滑的，還不快洗去。」寶玉笑着，方起身要回房洗手去，香菱也自走開。二人已走遠了數步，香菱復轉身回來叫住寶玉。寶玉不知有何話，扎着兩隻泥手，笑嘻嘻的轉來問：「甚麼？」香菱只管笑，嘴裏要說甚麼，卻又說不出來。因那邊他的小丫頭臻兒走來說：「二姑娘等你說話呢。」香菱臉又一紅，方向寶玉道：「裙子的事可別向你哥哥說才好。」說畢，即轉身走了。寶玉笑道：「可不我瘋了，往虎口裏探頭兒去呢。」說着，也回去洗手去了。不知端詳，聽下回分解。

💡 **精華賞析**

　　大家熱鬧地給四人祝壽，主子們以及平時比較得勢的丫頭都受到招待，一時間不分彼此談笑風生。相比之下，香菱的境遇就顯得淒涼。她被小丫頭們嘲笑，實際上還是跟她的身份有關係。

《第六十三回》

精讀 — 壽怡紅羣芳開夜宴
死金丹獨豔理親喪

雖然熱鬧了一整天，但寶玉還覺得不夠。晚上，寶玉邀請了所有與他感情親厚的人，在怡紅院關起門來舉行夜宴。

　　話說寶玉回至房中洗手，因與襲人商議：「晚間吃酒，大家取樂，不可拘泥。如今吃甚麼，好早說給他們備辦去。」襲人笑道：「你放心，我和晴雯、麝月、秋紋四個人，每人五錢銀子。芳官、碧痕、春燕、四兒四個人，每人三錢銀子，共是三兩二錢銀子，早已交給了柳嫂子，預備四十碟果子。我和平兒說了，已經抬了一罈好紹興酒藏在那邊了。我們八個人單替你過生日。」

　　寶玉聽了，喜的忙說：「他們是那裏的錢，不該叫他們出才是。」晴雯道：「他們沒錢，難道我們是有錢的！這原是各人的心。那怕他偷的呢，只管領他的情就是。」寶玉聽了，笑說：「你說的是。」襲人笑道：「你一天不挨他兩句硬話撞你，你再過不去。」晴雯笑道：「你如今也學壞了，專會架橋撥火兒。」說着，大家都笑了。寶玉說：「關院門罷。」襲人笑道：「怪不得人說你是『無事忙』，這會子關了門，人倒疑惑，索性再等一等。」寶玉點頭，因說：「我出去走走，四兒舀水去，春燕一個跟我來罷。」說着，走至外邊，因見無人，便問五兒之事。春燕道：「我才告訴了柳嫂子，他倒很喜歡，只是五兒那夜受了委屈煩惱，回家去又氣病

了，那裏來得？只等好了罷。」寶玉聽了，未免後悔長歎，因又問：「這事襲人知道不知道？」春燕道：「我沒告訴，不知芳官可說了不曾。」寶玉道：「我卻沒告訴過他，也罷，等我告訴他就是了。」說畢，復走進來，故意洗手。

　　已是掌燈時分，聽得院門前有一羣人進來。大家隔窗悄視，果見林之孝家的和幾個管事的女人走來，前頭一人提着大燈籠。晴雯悄笑道：「他們查上夜的人來了。這一出去，咱們好關門了。」只見怡紅院凡上夜的人都迎了出去，林之孝家的看了不少，又吩咐：「別要錢吃酒，放倒頭睡到大天亮。我聽見是不依的。」眾人都笑說：「那裏有這麼大膽子的人。」

　　林之孝家的又問：「寶二爺睡下了沒有？」眾人都回不知道。襲人忙推寶玉。寶玉靸了鞋，便迎出來，笑道：「我還沒睡呢。媽媽進來歇歇。」又叫：「襲人倒茶來。」林之孝家的忙進來，笑說：「還沒睡？如今天長夜短了，該早些睡，明兒起的方早。不然到了明日起遲了，人笑話說不是個讀書上學的公子，倒像那起挑腳漢了。」說畢，又笑。寶玉忙笑道：「媽媽說的是。我每日都睡的早，媽媽每日進來可都是我不知道的，已經睡了。今兒因吃了麵怕停住食，所以多玩一會子。」林之孝家的又向襲人等笑說：「該沏些普洱茶喝。」襲人晴雯二人忙笑說：「熬了一吊子女兒茶，已經吃過兩碗了。大娘也嘗一碗，都是現成的。」說着，晴雯便倒了一碗來。林之孝家的又笑道：「這些時我聽見二爺嘴裏都換了字眼，趕着這幾位大姑娘們竟叫起名字來。雖然在這屋裏，到底是老太太、太太的人，還該嘴裏尊重些才是。若一時半刻偶然叫一聲使得，若只管叫起來，怕以後兄弟姪兒照樣，便惹人笑話，說這家子的人眼裏沒有長輩了。」寶玉笑道：「媽媽說的是。我原不過是一時半刻的，偶然叫一句是有的。」襲人、晴雯都笑說：「這可別委屈了他。直到如今，他可姐姐沒離了嘴。不過玩的時候叫一聲半聲名字，若

當着人卻是和先一樣。」林之孝家的笑道：「這才好呢，這才是讀書知禮的。越自謙越尊重，別說是三五代的陳人，現從老太太、太太屋裏撥過來的，便是老太太、太太屋裏的貓兒狗兒，輕易也傷他不的。這才是受過調教的公子行事。」說畢，吃了茶，便說：「請安歇罷，我們走了。」寶玉還說：「再歇歇。」那林之孝家的已帶了眾人，又查別處去了。

這裏晴雯等忙命關了門，進來笑說：「這位奶奶那裏吃了一杯來了，嘮三叨四的，又排場了我們一頓去了。」麝月笑道：「他也不是好意的？少不得也要常提着些兒。也提防着怕走了大褶兒¹的意思。」說着，一面擺上酒果。襲人道：「不用圍桌，咱們把那張花梨圓炕桌子放在炕上坐，又寬綽，又便宜。」說着，大家果然抬來。麝月和四兒那邊去搬果子，用兩個大茶盤做四五次方搬運了來。兩個老婆子蹲在外面火盆上篩酒。寶玉說：「天熱，咱們都脫了大衣裳才好。」眾人笑道：「你要脫你脫，我們還要輪流安席²呢。」寶玉笑道：「這一安席就要到五更天了。知道我最怕這些俗套，在外人跟前不得已的，這會子還惱我就不好了。」眾人聽了，都說：「依你。」於是先不上坐，且忙着卸妝寬衣。

一時將正裝卸去，頭上只隨便挽着鬏兒，身上皆是緊身短襖。寶玉只穿着大紅棉紗小襖兒，下面綠綾彈墨夾褲，散着褲腳，靠着一個各色玫瑰芍藥花瓣裝的玉色夾紗新枕頭，和芳官兩個先划拳。當時芳官滿口嚷熱，只穿着一件玉色紅青駝絨三色緞子鬥的水田小夾襖，束着一條柳綠汗巾，底下是水紅撒花夾褲，也散着褲腿。頭上齊額編着一圈小辮，總歸至頂心，結一根粗辮，拖在腦後。右耳眼內只塞着米粒大小的一個小玉塞子，左耳上單帶着一個白果大小的硬紅鑲金

---

1)　　走了大摺（zhě）兒：錯了大規矩。

2)　　安席：宴會入座時敬酒、行禮，叫做安席。所以要講禮貌，不脫大衣裳。

大墜子，越顯的面如滿月猶白，眼如秋水還清。引的眾人笑說：「他兩個倒像是雙生的弟兄兩個。」襲人等一一的斟了酒來，說：「且等等再划拳，雖不安席，每人在手裏吃我們一口罷了。」於是襲人為先，端在唇上吃了一口，餘依次下去，一一吃過，大家方團圓坐定。春燕、四兒因炕沿坐不下，便端了兩張椅子，近炕放下。那四十個碟子，皆是一色白粉定窯的，不過只有小菜碟大，裏面不過是山南海北，中原外國，或乾或鮮，或水或陸，天下所有的酒饌果菜。

　　寶玉因說：「咱們也該行個令才好。」襲人道：「斯文些的才好，別大呼小叫，惹人聽見。二則我們不識字，可不要那些文的。」麝月笑道：「拿骰子咱們搶紅罷。」寶玉道：「沒趣，不好。咱們占花名兒好。」晴雯笑道：「正是早已想弄這個玩意兒。」襲人道：「這個頑意雖好，人少了沒趣。」春燕笑道：「依我說，咱們竟悄悄的把寶姑娘林姑娘請了來玩一回子，到二更天再睡不遲。」襲人道：「又開門喝戶的鬧，倘或遇見巡夜的問呢？」寶玉道：「怕甚麼，咱們三姑娘也吃酒，再請他一聲才好。還有琴姑娘。」眾人都道：「琴姑娘罷了，他在大奶奶屋裏，叨登的大發了。」寶玉道：「怕甚麼，你們就快請去。」春燕、四兒都巴不得一聲，二人忙命開了門，分頭去請。

　　晴雯、麝月、襲人三人又說：「他兩個去請，只怕寶林兩個不肯來，須得我們請去，死活拉他來。」於是襲人晴雯忙又命老婆子打個燈籠，二人又去。果然寶釵說夜深了，黛玉說身上不好，他二人再三央求說：「好歹給我們一點體面，略坐坐再來。」探春聽了卻也歡喜。因想：「不請李紈，倘或被他知道了倒不好。」便命翠墨同了春燕也再三的請了李紈和寶琴二人，會齊，先後都到了怡紅院中。襲人又死活拉了香菱來，炕上又並了一張桌子，方坐開了。

　　寶玉忙說：「林妹妹怕冷，過這邊靠板壁坐。」又拿個靠背墊着些。襲人等都端了椅子在炕沿下陪着。黛玉卻離桌

遠遠的靠着靠背，因笑向寶釵、李紈、探春等道：「你們日日說人聚飲賭博，今兒我們自己也如此，以後怎麼說人？」李紈笑道：「有何妨礙？一年之中不過生日節間如此，並無夜夜如此，這倒也不怕。」說着，晴雯拿了一個竹雕的簽筒來，裏面裝着象牙花名簽子，搖了一搖，放在當中。又取過骰子來，盛在盒內，搖了一搖，揭開一看，裏面是六點，數至寶釵。寶釵便笑道：「我先抓，不知抓出個甚麼來。」說着，將筒搖了一搖，伸手掣出一根，大家一看，只見簽上畫着一枝牡丹，題着「豔冠羣芳」四字，下面又有鐫的小字一句唐詩，道是：「任是無情也動人。」

又注着：「在席共賀一杯，此為羣芳之冠，隨意命人，不拘詩詞雅謔，或新曲一支為賀。」眾人看了，都笑說：「巧的很，你也原配牡丹花。」說着，大家共賀了一杯。

寶釵吃過，便笑說：「芳官唱一支我們聽罷。」芳官道：「既這樣，大家吃了門杯好聽。」於是大家吃酒。芳官便唱：「壽筵開處風光好。」眾人都道：「快打回去。這會子很不用你來上壽，揀你極好的唱來。」芳官只得細細的唱了一支《賞花時》：「翠鳳毛翎紮帚叉，閑踏天門掃落花……」才罷。寶玉卻只管拿着那簽，口內顛來倒去唸「任是無情也動人」，聽了這曲子，眼看着芳官不語。湘雲忙一手奪了，撂與寶釵。

寶釵又擲了一個十六點，數到探春。探春笑道：「我還不知得個甚麼呢。」伸手掣了一根出來，自己一瞧，便撂在地下，紅了臉，笑道：「很不該行這個令。這原是外頭男人們行的令，許多混話在上頭。」眾人不解，襲人等忙拾了起來，眾人看那上面是一枝杏花，寫着「瑤池仙品」四字，詩云：「日邊紅杏倚雲栽。」

注云：「得此簽者，必得貴婿，大家恭賀一杯，共同飲一杯。」眾人笑道：「我說是甚麼呢。這簽原是閨閣中取笑的，除了這兩三根有這話的，並無雜話，這有何妨？我們家

已有了個王妃，難道你也是王妃不成。大喜，大喜。」說着，大家來敬。探春那裏肯飲。卻被史湘雲、香菱、李紈等三四個人強死強活灌了幾口下去。探春只命蠲了這個，再行別的，眾人斷不肯依。

湘雲拿着他的手強擲了個九點出來，便該李氏掣。李氏搖了一搖，掣出一根來一看，笑道：「好極。你們瞧瞧，這勞什子竟有些意思。」眾人瞧那簽上，畫着一枝老梅，寫着「霜曉寒姿」四字，那一面舊詩是：「竹籬茅舍自甘心。」

注云：「自飲一杯，下家擲骰。」李紈笑道：「真有趣，你們擲去罷。我只白吃一杯，不問你們的廢興。」說着，便吃酒，將骰過與黛玉。

黛玉一擲，是個十八點，便該湘雲掣。湘雲笑着，揎拳擄袖的伸手掣了一根出來。大家看時，一面畫着一枝海棠，題着「香夢沉酣」四字，那面詩道是：「只恐夜深花睡去。」

黛玉笑道：「『夜深』兩個字，改『石涼』兩個字。」眾人便知他打趣白日間湘雲醉臥的事，都笑了。湘雲笑指那自行船與黛玉看，又說：「快坐上那船家去罷，別多話了。」眾人都笑了。因看注云：「既云『香夢沉酣』，掣此簽者不便飲酒，只令上下二家各飲一杯。」湘雲拍手笑道：「阿彌陀佛，真真好簽！」恰好黛玉是上家，寶玉是下家。二人斟了兩杯只得要飲。寶玉先飲了半杯，瞅人不見，遞與芳官。芳官即便端起來，一仰脖喝了。黛玉只管和人說話，將酒全折在漱盂內了。

湘雲便抓起骰子來一擲個九點，數去該麝月，麝月便掣了一根出來。大家看時，這面上一枝荼蘼花，題着「韶華勝極」四字，那邊寫着一句舊詩，道是：「開到荼蘼花事了。」

注云：「在席各飲三杯送春。」麝月問怎麼講，寶玉愁眉忙將簽藏了說：「咱們且喝酒。」說着，大家吃了三口，以充三杯之數。

麝月一擲個十九點，該香菱。香菱便掣了一根並蒂

花，題着「聯春繞瑞」，那面寫着一句舊詩，道是：「連理枝頭花正開。」

注云：「共賀掣者三杯，大家陪飲一杯。」

香菱便又擲了個六點，該黛玉掣。黛玉默默的想道：「不知還有甚麼好的被我掣着方好？」一面伸手取了一根，只見上面畫着一枝芙蓉花，題着「風露清愁」四字，那面一句舊詩，道是：「莫怨東風當自嗟。」

注云：「自飲一杯，牡丹陪飲一杯。」眾人笑說：「這個好極。除了他，別人不配作芙蓉。」黛玉也自笑了。於是飲了酒，便擲了個二十點，該着襲人。

襲人便伸手取了一支出來，卻是一枝桃花，題着「武陵別景」四字，那一面舊詩寫道：「桃紅又是一年春。」

注云：「杏花陪一盞，坐中同庚者陪一盞，同辰者陪一盞，同姓者陪一盞。」眾人笑道：「這一回熱鬧有趣。」大家算來，香菱、晴雯，寶釵三人皆與他同庚，黛玉與他同辰，只無同姓者。芳官忙道：「我也姓花，我也陪他一盅。」於是大家斟了酒，黛玉因向探春笑道：「命中該着招貴婿的，你是杏花，快喝了，我們好喝。」探春笑道：「這是甚麼話！大嫂子，順手給他一巴掌。」李紈笑道：「人家不得貴婿反挨打，我也不忍的。」眾人都笑了。

襲人才要擲，只聽有人叫門。老婆子忙出去問時，原來是薛姨媽打發人來了接黛玉的。眾人因問幾更了，人回：「二更以後了，鐘打過十一下了。」寶玉猶不信，要過錶來瞧了一瞧，已是子初一刻十分了。黛玉便起身說：「我可掌不住了，回去還要吃藥呢。」眾人說：「也都該散了。」襲人寶玉等還要留着眾人。李紈寶釵等都說：「夜太深了不像，這已是破格了。」襲人道：「既如此，每位再吃一杯再走。」說着，晴雯等已都斟滿了酒，每人吃了，都命點燈。襲人等直送過沁芳亭河那邊，方回來。

關了門，大家復又行起令來。襲人等又用大杯斟了幾

杯，用盤子攢了各樣果菜與地下的老嬤嬤們吃。彼此有了三分酒，便猜拳贏唱小曲兒。那天已四更時分，老嬤嬤們一面明吃，一面暗偷，酒缸已罄，眾人聽了納罕，方收拾盥漱睡覺。

芳官吃的兩腮胭脂一般，眉梢眼角越添了許多丰韻，身子圖不得[3]，便睡在襲人身上，「好姐姐，心跳的很。」襲人笑道：「誰許你盡力灌起來。」春燕四兒也圖不得，早睡了。晴雯還只管叫。寶玉道：「不用叫了，咱們且胡亂歇一歇罷。」自己便枕了那紅香枕，身子一歪，便也睡着了，襲人見芳官醉的很，恐鬧他吐酒，只得輕輕起來，就將芳官扶在寶玉之側，由他睡了。自己卻在對面榻上倒下。

大家黑甜一覺，不知所之。及至天明，襲人睜眼一看，只見天色晶明，忙說：「可遲了。」向對面床上瞧了一瞧，只見芳官頭枕着炕沿上，睡猶未醒，連忙起來叫他。寶玉已翻身醒了，笑道：「可遲了！」因又推芳官起身。那芳官坐起來，猶發怔揉眼睛。襲人笑道：「不害羞，你吃醉了，怎麼也不揀地方兒亂挺下了。」芳官聽了，瞧了一瞧，方知道和寶玉同榻，忙羞的笑着下地，說：「我怎麼……」卻說不出下半句來。寶玉笑道：「我竟也不知道了。若知道，給你臉上抹些黑墨。」說着，丫頭進來伺候梳洗。

寶玉笑道：「昨兒有擾，今兒晚上我還席。」襲人笑道：「罷罷罷，今兒可別鬧了，再鬧就有人說話了。」寶玉道：「怕甚麼，不過才兩次罷。咱們也算是會吃酒了，那一罈子酒，怎麼就吃光了？正是有趣兒，偏又沒了。」襲人笑道：「原要這樣着才有趣兒。必盡了興，反無味。昨兒都好上來了，晴雯連臊也忘了，我記得他還唱了一個曲兒。」四兒笑道：「姐姐忘了，連姐姐還唱了一個呢。在席的誰沒唱

---

3)　　　圖不得：指過分睏倦，掙扎不得。

過！」眾人聽了，俱紅了臉，用兩手握着笑個不住。

忽見平兒笑嘻嘻的走來，說親自來請昨日在席的人：「今兒我還東，短一個也使不得？」眾人忙讓坐吃茶。晴雯笑道：「可惜昨夜沒他。」平兒忙問：「你們夜裏做甚麼來？」襲人便說：「告訴不得你。昨兒夜裏熱鬧非常，連往日老太太、太太帶着眾人玩也不及昨兒這一玩。一罈酒我們都鼓搗[4]光了，一個個吃的把臊都丟了，又都唱起來。四更多天才橫三豎四的打了一個盹兒。」平兒笑道：「好，白和我要了酒來，也不請我，還說着給我聽，氣我。」晴雯道：「今兒他還席，必來請你的，等着罷。」平兒笑問道：「他是誰，誰是他？」晴雯聽了，把臉飛紅了，趕着打，笑說道：「偏你這耳朵尖，聽得真。」平兒笑道：「呸！不害臊的丫頭。這會子有事，不和你說，我幹事去了。一回再打發人來請，一個不到，我是打上門來的。」寶玉等忙留他，已經去了。

這裏寶玉梳洗了正吃茶，忽然一眼看見硯台底下壓着一張紙，因說道：「你們這麼隨便混壓東西也不好。」襲人晴雯忙問：「又怎麼了，誰又有了不是了？」寶玉指道：「硯台下是甚麼？一定又是那位的樣子忘記了收的。」晴雯忙啟硯拿了出來，卻是一張字帖兒，遞與寶玉看時，原來是一張粉紅箋子，上面寫着「檻外人妙玉恭肅遙叩芳辰」。寶玉看畢，直跳了起來，忙問：「是誰接了來的？也不告訴。」襲人晴雯等見了這般，不知當是那個要緊的人來的帖子，忙一齊問：「昨兒誰接下了一個帖子？」四兒忙飛跑進來，笑說：「昨兒妙玉並沒親來，只打發個媽媽送來。我就擱在那裏，誰知一頓酒喝的就忘了。」眾人聽了，道：「我當誰的，這樣大驚小怪。這也不值的。」寶玉忙命：「快拿紙來。」當時拿了紙，研了墨，看他下着「檻外人」三字，自己竟不知回帖

● 妙玉是個不問俗世，自覺清高的人，但她對某些人的態度是不同的。在劉姥姥進大觀園的時候，妙玉曾經單獨請寶釵、黛玉和寶玉喝茶，這一次她又給寶玉寫了這個帖子。寶玉能參透帖子上的話嗎？請接着往下看。

---

4)　　鼓搗：有搞、做、搬弄的意思。

點評

● 妙玉性格孤僻，原來她竟然與邢岫煙交好。我們由此可以推斷，邢岫煙和妙玉之間有着某種精神共鳴。

上回個甚麼字樣才相敵。只管提筆出神，半天仍沒主意。因又想：「要問寶釵去，他必又批評怪誕，不如問黛玉去。」

想罷，袖了帖兒，徑來尋黛玉。剛過了沁芳亭，忽見岫煙顫顫巍巍的迎面走來。寶玉忙問：「姐姐那裏去？」岫煙笑道：「我找妙玉說話。」寶玉聽了詫異，說道：「他為人孤癖，不合時宜，萬人不入他目。原來他推重姐姐，竟知姐姐不是我們一流俗人。」岫煙笑道：「他也未必真心重我，但我和他做過十年的鄰居，只一牆之隔。他在蟠香寺修煉，我家原寒素，賃房住，就賃了是他廟裏的房子，住了十年，無事到他廟裏去作伴。我所認的字都是承他所授。我和他又是貧賤之交，又有半師之分。因我們投親去了，聞得他因不合時宜，權勢不容，竟投到這裏來。如今又天緣湊合，我們得遇，舊情竟未改易。承他青目，更勝當日。」寶玉聽了，恍如聽了焦雷一般，喜的笑道：「怪道姐姐舉止言談，超然如野鶴閑雲，原來有來歷。我正因他的一件事為難，要請教別人去。如今遇見姐姐，真是天緣巧合，求姐姐指教。」說着，便將拜帖取與岫煙看。

岫煙笑道：「他這脾氣竟不能改，竟是生成這等放誕詭僻了。從來沒見拜帖上下別號的，這可是俗語說的『僧不僧，俗不俗，女不女，男不男』，成個甚麼道理！」寶玉聽說，忙笑道：「姐姐不知道，他原不在這些人中算，他原是世人意外之人。因取我是個些微有知識的，方給我這帖子。我因不知回甚麼字樣才好，竟沒了主意，正要去問林妹妹，可巧遇見了姐姐。」岫煙聽了寶玉這話，且只顧用眼上下細細打量了半日，方笑道：「怪道俗語說的『聞名不如見面』，又怪不得妙玉竟下這帖子給你，又怪不得上年竟給你那些梅花。既連他這樣，少不得我告訴你原故。他常說古人中自漢晉五代唐宋以來皆無好詩，只有兩句好，說道：『縱有千年

鐵門檻，終須一個土饅頭[5]。」所以他自稱『檻外之人』。又常讚文是莊子的好，故又或稱為『畸人』。他若帖子上是自稱『畸人』的，你就還他個『世人』。畸人者，他自稱是畸零之人；你謙自己乃世中擾擾之人，他便喜了。如今他自稱『檻外之人』，是自謂蹈於鐵檻之外了；故你如今只下『檻內人』，便合了他的心了。」寶玉聽了，如醍醐灌頂[6]，嗳喲了一聲，方笑道：「怪道我們家廟說是『鐵檻寺』呢，原來有這一說。姐姐就請，讓我去寫回帖。」岫煙聽了，便自往櫳翠庵來。寶玉回房寫了帖子，上面只寫「檻內人寶玉熏沐謹拜」幾字，親自拿了到櫳翠庵，只隔門縫兒投進去便回來了。

因飯後平兒還席，說紅香圃太熱，便在榆蔭堂中擺了幾席新酒佳餚。可喜尤氏又帶了佩鳳偕鸞二妾過來遊玩。這二妾亦是青年姣憨女子，不常過來的，今既入了這園，再遇見湘雲、香菱、芳、蕊一干女子，所謂「方以類聚，物以羣分」二語不錯；只見他們說笑不了，也不管尤氏在那裏，只憑了丫鬟們去伏侍，且同眾人一一的遊玩。

閑言少述，且說當下眾人都在榆蔭堂中以酒為名，大家玩笑，命女先兒擊鼓。平兒採了一枝芍藥，大家約二十來人傳花為令，熱鬧了一回。因人回說：「甄家有兩個女人送東西來了。」探春和李紈尤氏三人出去議事廳相見，這裏眾人且出來散一散。佩鳳偕鸞兩個去打秋千玩耍，寶玉便說：「你兩個上去，讓我送。」慌的佩鳳說：「罷了，別替我們鬧亂子。」忽見東府中幾個人慌慌張張跑來說：「老爺賓天了。」眾人聽了，唬了一大跳，忙都說：「好好的並無疾病，

---

5)　縱有千年鐵門檻，終須一個土饅頭：宋代范成大的詩句，意思是縱然用千年不壞的鐵門檻，也擋不住死亡的來臨，最後總要埋在墳墓裏邊。門檻原作門限，義同。

6)　醍醐（tí hú）灌頂：醍醐原是乳酪上的酥油，滲透力強。佛書中用它比喻佛性，說人的徹悟如同用醍醐灌頂。

怎麼就沒了。」家下人說：「老爺天天修煉，定是功行圓滿，升仙去了。」尤氏一聞此言，又見賈珍父子並賈璉等皆不在家，一時竟沒個着己的男子來，未免忙了。只得忙卸了妝飾，命人先到玄真觀將所有的道士都鎖了起來，等大爺來家審問。一面忙忙坐車帶了賴升一干老人媳婦出城。

又請太醫看視到底係何病症。大夫們見人已死，何處診脈來？素知賈敬導氣之術總屬虛誕，更至參星禮斗、守庚申、服靈砂等，妄作虛為，過於勞神費力，反因此傷了性命的。如今雖死，腹中堅硬似鐵，面皮嘴唇燒的紫絳皺裂。便向媳婦回說：「係玄教中吞金服砂，燒脹而歿。」眾道士慌的回說：「原是老爺祕法新製的丹砂吃壞事，小道們也曾勸說『功行未到且服不得』，不承望老爺於今夜守庚申時悄悄的服了下去，便升仙了。這恐是虔心得道，已出苦海，脫去皮囊，了然去也。」

尤氏也不聽，只命鎖着，等賈珍來發放，且命人去飛馬報信。一面看視這裏窄狹，不能停放，橫豎也不能進城的，忙裝裹好了，用軟轎抬至鐵檻寺來停放。掐指算來，至早也得半月的工夫，賈珍方能來到。目今天氣炎熱，實不能等待，遂自行主持，命天文生擇了日期入殮。壽木已係早年備下寄在此廟的，甚是便宜。三日後便開喪破孝，一面且做起道場來。

因那邊榮府裏鳳姐兒出不來，李紈又照顧姊妹，寶玉不識事體，只得將外頭之事暫託了幾個家裏二等管事人。賈璊、賈珖、賈珩、賈瓔、賈菖、賈菱等各有執事。尤氏不能回家，便將他繼母接來在寧府看家。他這繼母只得將兩個未出嫁的小女帶來，一併住着才放心。

且說賈珍聞了此信，即忙告假。並賈蓉是有職人員，禮部見當今隆敦孝弟，不敢自專，具本請旨。原來天子極是仁孝過天的，且更隆重功臣之裔，一見此本，便詔問賈敬何職。禮部代奏：「係進士出身，祖職已蔭其子賈珍。賈敬因

年邁多疾，常養靜於都城之外玄真觀。今因疾歿於寺中，其子珍，其孫蓉，現因國喪隨駕在此，故乞假歸殮。」天子聽了，忙下額外恩旨曰：「賈敬雖白衣無功於國，念彼祖父之忠，追賜五品之職。令其子孫扶柩由北下門進都，恩賜私第殯殮。任子孫盡喪，禮畢扶柩回籍外，着光祿寺按上例賜祭。朝中由王公以下准其祭弔。欽此。」此旨一下，不但賈府中人謝恩，連朝中所有大臣皆嵩呼稱頌不絕。

賈珍父子星夜馳回，半路中又見賈璉、賈琮二人領家丁飛騎而來，看見賈珍，一齊滾鞍下馬請安。賈珍忙問：「作甚麼？」賈璉回說：「嫂子恐哥哥和姪兒來了，老太太路上無人，叫我們兩個來護送老太太的。」賈珍聽了，讚稱不絕，又問家中如何料理，賈璉等便將如何拿了道士，如何挪至家廟，怕家內無人接了親家母和兩個姨奶奶在上房住着。賈蓉當下也下了馬，聽見兩個姨娘來了，喜的笑容滿面。賈珍忙說了幾聲「妥當」，加鞭便走，店也不投，連夜換馬飛馳。

一日到了都門，先奔入鐵檻寺。那天已是四更天氣，坐更的聞知，忙喝起眾人來。賈珍下了馬，和賈蓉放聲大哭，從大門外便跪爬進來，至棺前稽顙泣血，直哭到天亮喉嚨都啞了方住。尤氏等都一齊見過。賈珍父子忙按禮換了凶服，在棺前俯伏，無奈自要理事，竟不能目不視物，耳不聞聲，少不得減些悲戚，好指揮眾人，因將恩旨備述與眾親友聽了。一面先打發賈蓉家中料理停靈之事。

賈蓉巴不得一聲兒，先騎馬飛跑至家，忙命前廳收桌椅，下槅扇，掛孝幔子，門前起鼓手棚牌樓等事。又忙着進來看外祖母兩個姨娘。原來尤老安人年高喜睡，常歪着，他二姨娘三姨娘都和丫頭們作活計，他來了都道煩惱。賈蓉且嘻嘻的望他二姨娘笑說：「二姨娘，你又來了，我們父親正想你呢。」尤二姐便紅了臉，罵道：「蓉小子，我過兩日不罵你幾句，你就過不得了，越發連個體統都沒了。還虧

你是大家公子哥兒，每日唸書學禮的，越發連那小家子的也跟不上。」說着順手拿起一個熨斗來，兜頭就打，嚇的賈蓉抱着頭滾到懷裏告饒。尤三姐便上來撕嘴，又說：「等姐姐來家，咱們告訴他。」賈蓉忙笑着跪在炕上求饒，他兩個又笑了。賈蓉又和二姨搶砂仁吃，尤二姐嚼了一嘴渣子，吐了他一臉。賈蓉用舌頭都舔着吃了。眾丫頭看不過，都笑說：「熱孝在身上，老娘才睡了覺，他兩個雖小，到底是姨娘家，你太眼裏沒有奶奶了。回來告訴爺，你吃不了兜着走。」

賈蓉便下炕來，抱着丫頭們親嘴說：「我的心肝，你說的是，咱們饒他兩個。」丫頭們忙推他，恨的罵：「短命鬼兒，你一般有老婆丫頭，只和我們鬧。知道的說是玩；不知道的人，再遇見那髒心爛肺的愛多管閒事嚼舌頭的人，吵嚷的那府裏知道，誰不背地裏嚼舌說咱們這邊混賬。」賈蓉笑道：「各門另戶，誰管誰的事，都夠使的了。從古至今，連漢朝和唐朝，人還說髒唐臭漢，何況咱們這種人家。誰家沒風流事，別討我說出來。連那邊大老爺這麼利害，璉叔還和那小姨娘不乾淨呢。鳳嬸子那樣剛強，瑞叔還想他的賬。那一件瞞了我！」

賈蓉只管信口開河，胡言亂道。三姐沉了臉，早下炕進裏間屋裏，叫醒尤老娘。這裏賈蓉見他老娘醒了，忙去請安問好，又說：「難為老祖宗勞心，又難為兩位姨娘受委屈，我們爺兒們感戴不盡。唯有等事完了，我們合家大小，登門磕頭去。」尤老人點頭道：「我的兒，倒是你們會說話。親戚們原是該的。」又問：「你父親好？幾時得了信趕到的？」賈蓉笑道：「才剛趕到的，先打發我瞧你老人家來了。好歹求你老人家事完了再去。」說着，又和他二姨擠眼，那尤二姐便悄悄咬牙含笑罵：「很會嚼舌頭的猴兒崽子，留下我們給你爹做媽不成！」

賈蓉又戲他老娘道：「放心罷，我父親每日為兩位姨娘

操心，要尋兩個又有根基又富貴又年青又俏皮的兩位姨爹，好聘嫁這二位姨娘的。這幾年總沒揀得，可巧前日路上才相準了一個。」尤老只當真話，忙問是誰家的。尤二姐丟了活計，一頭笑，一頭趕着打。說：「媽別信這混賬孩子的話。」三姐兒道：「蓉兒，你說是說，別只管嘴裏不清不渾的！」說着，人來回話：「事已完了，請哥兒出去看了，回爺的話去。」那賈蓉方笑嘻嘻的去了。未知如何，下回分解。

 精華賞析

　　怡紅院夜宴中，寶玉和女孩們抽籤遊戲，而籤文則很有深意，有的說明了抽籤者的性格品行，有的則是對她們命運的暗示。這讓我們又想起了寶玉在太虛幻境看到的判詞，無形中在熱鬧的喜慶氣氛中加入了淡淡的悲涼。剛剛忙完祝壽的喜事，突然傳來賈敬去世的消息，大家又趕緊忙活起喪事來。

《第六十四回》

幽淑女悲題五美吟
浪蕩子情遺九龍珮

賈敬的喪禮上本應該嚴肅莊重，但賈珍、賈蓉、賈璉卻打起了鬼主意。他們到底計劃着甚麼呢？

　　話說賈蓉見家中諸事已妥，連忙趕至寺中，回明賈珍。於是連夜分派各項執事人役，並預備一切應用幡杠等物。擇於初四日卯時請靈柩進城，一面使人知會諸位親友。

　　是日，喪儀焜耀，賓客如雲，自鐵檻寺至寧府，夾路看的何止數萬人。內中有嗟歎的，也有羨慕的，又有一等半瓶醋的讀書人，說是「喪禮與其奢易，莫若儉戚」的，一路紛紛議論不一。至未申時方到，將靈柩停放在正堂之內。供奠舉哀已畢，親友漸次散回，只剩族中人分理迎賓送客等事。近親只有邢舅太爺相伴未去。

　　賈珍、賈蓉此時為禮法所拘，不免在靈旁藉草枕塊，恨苦居喪。人散後，仍乘空在內親女眷中廝混。寶玉亦每日在寧府穿孝，至晚人散，方回園裏。鳳姐兒身體未癒，雖不能時常在此，或遇開壇誦經親友上祭之日，亦掙扎過來，相幫尤氏料理料理。

　　一日，供畢早飯，因此時天氣尚長，賈珍等連日勞倦，不免在靈旁假寐。寶玉見無客至，遂欲回家看視黛玉，因先回至怡紅院中。進入門來，只見院中寂靜無人，有幾個老婆子與小丫頭們在回廊下取便乘涼，也有睡臥的，也有坐着打盹的。寶玉也不去驚動。只有四兒看見，連忙上前來打簾子。將掀起時，只見芳官自內帶笑跑出，幾乎與寶玉撞個滿懷。一見寶玉；方含笑站住，說道：「你怎麼來了？你快與我攔住晴雯，他要打我呢。」一語

未了，只聽得屋內嘻嗊嗶喇的亂響，不知是何物撒了一地。隨後晴雯趕來罵道：「我看你這小蹄子往那裏去，輸了不叫打。寶玉不在家，我看有誰來救你。」寶玉連忙帶笑攔住，說道：「你妹子小，不知怎麼得罪了你，看我分上，饒他罷。」

晴雯也不想寶玉此時回來，乍一見，不覺好笑，遂笑說道：「芳官竟是個狐狸精變的。竟是會拘神遣將的符咒也沒有這樣快。」又笑道：「就是你真請了神來，我也不怕。」遂奪手仍要捉拿芳官。芳官早已藏在身後，摟着寶玉不放。寶玉遂一手拉了晴雯，一手攜了芳官，進入屋內。看時，只見西邊炕上麝月、秋紋、碧痕、春燕等正在那裏抓子兒[1]贏瓜子兒呢，卻是芳官輸與晴雯，芳官不肯叫打，跑了出去。晴雯因趕芳官，將懷內的子兒撒了一地。寶玉笑道：「如此長天，我不在家，正恐你們寂寞，吃了飯睡覺睡出病來，大家尋件事玩笑消遣甚好。」因不見襲人，又問道：「你襲人姐姐呢？」晴雯道：「襲人麼，越發道學了，獨自個在屋裏面壁呢。這好一會我們沒進去，不知他作甚麼呢，一點聲氣也聽不見。你快瞧瞧去罷，或者此時參悟了，也未可知。」

寶玉聽說，一面笑，一面走至裏間。只見襲人坐在近窗床上，手中拿着一根灰色條子，正在那裏打結子呢。見寶玉進來，連忙站起來，笑道：「晴雯這東西編派我甚麼呢？我因要趕着打完了這結子，沒工夫和他們瞎鬧，因哄他們道：『你們頑去罷，趁着二爺不在家，我要在這裏靜坐一坐，養一養神。』他就編派了許多混話，甚麼『面壁[2]了』『參禪了』的，等一會我不撕他那嘴。」

寶玉笑着挨近襲人坐下，瞧他打的結子，問道：「這麼長天，你也該歇息歇息，或和他們玩笑，要不，瞧瞧林妹妹去也好。怪熱的，打這個那裏使？」襲人道：「我見你帶的扇套還是那年東府裏蓉大奶奶的事情上做的。那個青東西，除族中或親友家夏天有白事方帶着。一年遇着帶一兩遭，平常又不犯做[3]。如今那府裏有事，這是要過去天天帶的，所以我趕着另作一個，等打完了結子，給你換下那舊的來，你雖然不講究這個，若叫老太太回來看見，又該

---

1)　　抓（zhuǎ）子兒：小孩的一種遊戲。用豬拐骨或石子、果核等物，先鋪撒開，撿起一顆向上空扔，然後儘快抓起其餘鋪在地上的，再把落下的接在同一手裏，練習手眼的協調、敏捷。

2)　　面壁：達摩坐禪，面對牆壁。所以佛教禪宗的打坐也稱為面壁。

3)　　不犯做：不值得做。

說我們躲懶，連你的穿帶之物都不經心了。」寶玉笑道：「這真難為你想的到。只是也不可過於趕，熱着了倒是大事。」說着，芳官早托了一杯涼水內新湃的茶來。

因寶玉素習秉賦柔脆，雖暑月不敢用冰，只以新汲井水將茶連壺浸在盆內，不時更換，取其涼意而已，寶玉就芳官手內吃了半盞，遂向襲人道：「我來時已吩咐了焙茗，若珍大哥那邊有要緊人客來時，叫他即刻送信；若無要緊事，我就不過去了。」說畢，遂出了房門，又回頭向碧痕等道：「如有事往林姑娘處來找我。」於是一徑往瀟湘館來看黛玉。

將過了沁芳橋，只見雪雁領着兩個老婆子，手中都拿着菱藕瓜果之類。寶玉忙問雪雁道：「你們姑娘從來不吃這些涼東西的，拿這些瓜果做甚麼？不是要請那位姑娘奶奶麼？」雪雁笑道：「我告訴你，可不許你對姑娘說去。」寶玉點頭應允。雪雁便命兩個婆子：「先將瓜果送去交與紫鵑姐姐。他要問我，你就說我做甚麼呢，就來。」

那兩個婆子答應着去了。雪雁方說道：「我們姑娘這兩日方覺身上好些了。今日飯後，三姑娘來會着要瞧二奶奶去，姑娘也沒去。又不知想起了甚麼來了，自己哭了一回，提筆寫了好些，不知是詩是詞。叫我傳瓜果去時，又聽叫紫鵑將屋內擺着的小琴桌上的陳設搬下來，將桌子挪在外間當地，又叫將那龍文鼎放在桌上，等瓜果來時聽用。若說是請人呢，不犯先忙着把個爐擺出來。若說點香呢，我們姑娘素日屋內除擺新鮮花兒木瓜佛手之類，又不喜熏衣服；就是點香，亦當點在常坐臥的地方。難道是老婆子們把屋子熏臭了要拿香熏熏不成？究竟連我也不知為甚麼，二爺自瞧瞧去。」

寶玉聽了，由不得低頭內心細想道：「據雪雁說，必有原故。要是同那一位姊妹們閑坐，亦不必如此先設饌具。或者是姑爹姑媽的忌辰？但我記得每年到此日期，老太太都吩咐另外整理餚饌送去與林妹妹私祭，此時已過。大約必是七月因為瓜果之節，家家都上秋祭的墳，林妹妹有感於心，所以在私室自己奠祭，取《禮記》：『春秋薦其時食』之意，也未可定。但我此刻走去，見他傷感，必極力勸解，又怕他煩惱鬱結於心；若不去，又恐他過於傷感，無人勸止。兩件皆足致疾。莫若先到鳳姐姐處一看，在彼稍坐即回。如若見林妹妹傷感，再設法開解，既不至使其過悲，其哀痛稍申，亦不至抑鬱致病。」想畢，遂別了雪雁，出了園門，一徑到鳳姐處來。

正有許多執事婆子們回事畢，紛紛散出。鳳姐兒倚着門和平兒說話呢。一見了寶玉，笑道：「你回來了麼？我才吩咐了林之孝家的，叫他使人告訴跟你的小廝，若沒甚麼事趁便請你回來歇息歇息。再者那裏人多，你那裏禁得住那些氣味？不想恰好你倒來了。」寶玉笑道：「多謝姐姐惦記。我也因今日沒事，又見姐姐這兩日沒往那府裏去，不知身上可大好些麼？所以回來看看。」鳳姐道：「左右也不過是這樣，三日好兩日歹的。老太太，太太不在家，這些大娘們，那一個是安分的？每日不是打架，就是拌嘴，連賭博偷盜的事情，都鬧出來了兩三件了。雖說有三姑娘幫着辦理，他又是個沒出閣的姑娘。也有叫他知道得的，也有對他說不得的事，也只好強扎掙着罷了，總不得心靜一會兒。別說想病好，求其不添，也就罷了。」寶玉道：「雖如此說，姐姐還要保重身體，少操些心才是。」說畢，又說了些閑話，別過鳳姐，回身一直往園中走來。

進了瀟湘館院門看時，只見爐嫋殘煙，奠餘玉醴。紫鵑正看着人往裏搬桌子，收陳設呢。寶玉便知已經祭完了，走入屋內，只見黛玉面向裏歪着，病體懨懨，大有不勝之態。紫鵑連忙說道：「寶二爺來了。」黛玉方慢慢的起來，含笑讓坐。寶玉道：「妹妹這兩天可大好些了？氣色倒覺比先靜些，只是為何又傷心了？」黛玉道：「可是你沒的說了。好好的，我多早晚又傷心了？」寶玉笑道：「妹妹臉上現有淚痕，如何還哄我呢？只是我想妹妹素日本來多病，凡事當各自寬解，不可過作無益之悲。若作賤壞了身子，將來使我……」說到這裏，覺得以下的話有些難說，連忙嚥住。

只因他雖說和黛玉自小一處長大，情投意合，又願同生死，卻只是心中領會，從來未曾當面說出。況兼黛玉心多，每每說話造次，得罪了他。今日原為的是來勸解，不想把話又說造次了，接不下去，心中一急，又怕黛玉惱他。又想一想自己的心實在的是為好，因而轉急為悲，反倒掉下淚來。黛玉起先原惱寶玉，說話不論輕重，如今見此光景，心有所感，本來素昔愛哭，此時亦不免無言對泣。

卻說紫鵑端了茶來，打量二人又為何事口角，因說道：「姑娘才身上好些，寶二爺又來慪他了，到底是怎麼樣？」寶玉一面拭淚笑道：「誰敢慪妹妹了？」一面搭訕着起來閑步。只見硯台底下微露一紙角，不禁伸手拿起。黛玉忙要起身來奪，已被寶玉揣在懷內，笑央道：「好妹妹，賞我看看罷。」黛玉

道:「不管甚麼,來了就混翻。」一語未了,只見寶釵走來,笑道:「寶兄弟要看甚麼?」寶玉因未見上面是何言詞,又不知黛玉心中如何,未敢造次回答,卻望着黛玉笑。

　　黛玉一面讓寶釵坐,一面笑說道:「我曾見古史中有才色的女子,終身遭際令人可欣可羨可悲可歎者甚多,今日飯後無事,因欲擇出數人,胡亂湊幾首詩以寄感慨,可巧探丫頭來會我瞧鳳姐姐去,我也身上懶懶的沒同他去。適才將做了五首,一時睏倦起來,撂在那裏,不想二爺來了,就瞧見了。其實給他看也倒沒有甚麼,但只我嫌他是不是寫給人看去。」寶玉忙道:「我多早晚給人看來呢?昨兒那把扇子,原是我愛那幾首白海棠的詩,所以我自己用小楷寫了,不過為的是拿在手中看着便易。我豈不知閨閣中詩詞字跡,是輕易往外傳誦不得的。自從你說了,我總沒拿出園子去。」寶釵道:「林妹妹這慮的也是。你既寫在扇子上,偶然忘記了,拿在書房裏去,被相公們看見了,豈有不問是誰做的呢?倘或傳揚開了,反為不美。自古道『女子無才便是德』,總以貞靜為主,女工還是第二件。其餘詩詞,不過是閨中遊戲,原可以會可以不會。咱們這樣人家的姑娘,倒不要這些才華的名譽。」因又笑向黛玉道:「拿出來給我看看無妨,只不叫寶兄弟拿出去就是了。」黛玉笑道:「既如此說,連你也可以不必看了。」又指着寶玉笑道:「他早已搶了去了。」寶玉聽了,方自懷內取出,湊至寶釵身旁,一同細看。只見寫的是:

西施

一代傾城逐浪花,吳宮空自憶兒家。

效顰莫笑東村女,頭白溪邊尚浣紗。

虞姬

腸斷烏騅夜嘯風,虞兮幽恨對重瞳。

黥彭甘受他年醢,飲劍何如楚帳中?

明妃

絕艷驚人出漢宮,紅顏命薄古今同。

君王縱使輕顏色,予奪權何畀畫工?

綠珠

瓦礫明珠一例拋,何曾石尉重嬌嬈?

都緣頑福前生造，更有同歸慰寂寥。

紅拂

長揖雄談態自殊，美人巨眼識窮途。

屍居餘氣楊公幕，豈得羈縻女丈夫？

　　寶玉看了，讚不絕口，又說道：「妹妹這詩恰好只做了五首，何不就命曰《五美吟》？」於是不容分說，便提筆寫在後面。寶釵亦說道：「做詩不論何題，只要善翻古人之意。若要隨人腳蹤走去，縱使字句精工，已落第二義，究竟算不得好詩。即如前人所詠昭君之詩甚多，有悲挽昭君的，有怨恨延壽的。又有譏漢帝不能使畫工圖貌賢臣而畫美人的，紛紛不一。後來王荊公復有『意態由來畫不成，當時枉殺毛延壽』；永叔有『耳目所見尚如此，萬里安能制夷狄』。二詩俱能各出己見，不與人同。今日林妹妹這五首詩，亦可謂命意新奇，別開生面了。」

　　仍欲往下說時，只見有人回道：「璉二爺回來了。適才外間傳說，往東府裏去了好一會了，想必就回來的。」寶玉聽了，連忙起身，迎至大門以內等待；恰好賈璉自外下馬進來，於是寶玉先迎着賈璉打千兒，口中給賈母王夫人等請了安，又給賈璉請了安，二人攜手走了進來。只見李紈、鳳姐、寶釵、黛玉、迎、探、惜等早在中堂等候，一一相見已畢。因聽賈璉說道：「老太太明日一早到家，一路身體甚好。今日先打發了我來，回家看視，明日五更，仍要出城迎接。」說畢，眾人又問了些路途的景況。因賈璉是遠歸，遂大家別過，讓賈璉回房歇息。一宿晚景，不必細述。

　　至次日飯時前後，果見賈母、王夫人等到來。眾人接見已畢，略坐了一坐，吃了一杯茶，便領了王夫人等人過寧府中來，只聽見裏面哭聲震天，卻是賈赦、賈璉送賈母到家，即過這邊來了。當下賈母進入裏面，早有賈赦，賈璉率領族中人哭着迎了出來。他父子一邊一個挽了賈母，走至靈前，又有賈珍、賈蓉跪着撲入賈母懷中痛哭。賈母暮年人，見此光景，亦摟了珍蓉等痛哭不已。賈赦、賈璉在旁苦勸，方略略止住。又轉至靈右，見了尤氏婆媳，不免又相持大哭一場。哭畢，眾人方上前一一請安問好。賈珍因賈母才回家來，未得歇息，坐在此間，看着未免要傷心，遂再三的求賈母回家；王夫人等亦再三的勸。賈母不得已，方回來了。果然年邁的人禁不住風霜傷

感，至夜間便覺頭悶身痠，鼻塞聲重。連忙請了醫生來診脈下藥，足足的忙亂了半夜一日。幸而發散的快，未曾傳經[4]，至三更天，些須發了點汗，脈靜身涼，大家方放了心。至次日仍服藥調理。

又過了數日，乃賈敬送殯之期，賈母猶未大癒，遂留寶玉在家侍奉。鳳姐因未曾甚好，亦未去。其餘賈赦、賈璉、邢夫人、王夫人等率領家人僕婦，都送至鐵檻寺，至晚方回。賈珍、尤氏並賈蓉仍在寺中守靈，等過百日後，方扶柩回籍。家中仍託尤老娘並二姐三姐照管。

卻說賈璉素日既聞尤氏姐妹之名，恨無緣得見。近因賈敬停靈在家，每日與二姐三姐相認已熟，不禁動了垂涎之意。況知與賈珍、賈蓉等素有聚麀[5]之誚，因而乘機百般撩撥，眉目傳情。那三姐卻只是淡淡相對，只有二姐也十分有意。但只是眼目眾多，無從下手。賈璉又怕賈珍吃醋，不敢輕動，只好二人心領神會而已。此時出殯以後，賈珍家下人少，除尤老娘帶領二姐三姐並幾個粗使的丫鬟老婆子在正室居住外，其餘婢妾，都隨在寺中。外面僕婦，不過晚間巡更，日間看守門戶。白日無事，亦不進裏面去。所以賈璉便欲趁此下手。遂託相伴賈珍為名，亦在寺中住宿，又時常借着替賈珍料理家務，不時至寧府中來勾搭二姐。

一日，有小管家俞祿來回賈珍道：「前者所用棚槓孝布並請槓人青衣，共使銀一千兩，除給銀五百兩外，仍欠五百兩。昨日兩處買賣人俱來催討，小的特來討爺的示下。」賈珍道：「你往庫上領去就是了，這又何必來回我？」俞祿道：「昨日已曾上庫上去領，但只是老爺殯天以後，各處支領甚多，所剩還要預備百日道場及廟中用度，此時竟不能發給。所以小的今日特來回爺，或者爺內庫裏暫且發給，或者挪借何項，吩咐了奴才好辦。」賈珍笑道：「你還當是先呢，有銀子放着不使。你無論那裏借了給他罷。」俞祿笑回道：「若說一二百，小的還可以挪借；這四五百，小的一時那裏辦得來？」

賈珍想了一回，向賈蓉道：「你問你娘去，昨日出殯以後，有江南甄家送來打祭銀五百兩，未曾交到庫上去，家裏再找找，湊齊了，給他去罷。」賈

---

4)　傳經：中醫的說法，指受了風寒，寒氣沒能及時散發出來，傳入經絡，叫作傳經。

5)　聚麀（yōu）：麀，牝鹿。聚麀本指獸類父子共一牝的行為，後比喻亂倫。

蓉答應了，連忙過這邊來回了尤氏，復轉來回他父親道：「昨日那項銀子已使了二百兩，下剩的三百兩令人送至家中交與老娘收了。」賈珍道：「既然如此，你就帶了他去，向你老娘要了出來交給他。再也瞧瞧家中有事無事，問你兩個姨娘好。下剩的俞祿先借了添上罷。」

賈蓉與俞祿答應了，方欲退出，只見賈璉走了進來。俞祿忙上前請了安。賈璉便問何事，賈珍一一告訴了。賈璉心中想道：「趁此機會正可至寧府尋二姐。」一面遂說道：「這有多大事，何必向人借去？昨日我方得了一項銀子還沒有使呢，莫若給他添上，豈不省事！」賈珍道：「如此甚好。你就吩咐了蓉兒，一併令他取去。」賈璉忙道：「這個必得我親身取去。再我這幾日沒回家了，還要給老太太、老爺、太太們請請安去。到大哥那邊查查家人們有無生事，再也給親家太太請請安。」賈珍笑道：「只是又勞動你，我心裏倒不安。」賈璉也笑道：「自家兄弟，這有何妨呢？」賈珍又吩咐賈蓉道：「你跟了你叔叔去，也到那邊給老太太、老爺、太太們請安，說我和你娘都請安，打聽打聽老太太身上可大安了？還服藥呢沒有？」賈蓉一一答應了，跟隨賈璉出來，帶了幾個小廝，騎上馬一同進城。

在路叔姪閒話。賈璉有心，便提到尤二姐，因誇說如何標緻，如何做人好，舉止大方，言語溫柔，無一處不合人心，可敬可愛。「人人都說你嬸子好，據我看來那裏及你二姨一零兒呢！」賈蓉揣知其意，便笑道：「叔叔既這麼愛他，我給叔叔作媒，說了做二房，何如？」賈璉笑道：「你這是玩話，還是正經話？」賈蓉道：「我說的是當真的話。」賈璉又笑道：「敢自好呢。只是怕你嬸子不依，再也怕你老娘不願意。況且我聽見說你二姨兒已有了人家了。」

賈蓉道：「這都無妨。我二姨兒三姨兒都不是我老爺養的，原是我老娘帶了來的。聽見說，我老娘在那一家時，就把我二姨兒許給皇莊[6]張家，指腹為婚。後來張家遭了官司敗落了，我老娘又自那家嫁了出來，如今這十數年，兩家音信不通。我老娘時常報怨，要給他家退婚，我父親也要將二姨轉聘。只等有了好人家，不過令人找着張家，給他十數兩銀子，寫上一張退婚的字兒。想張家窮極了的人，見了銀子，有甚麼不依的？再他也知道咱們這樣人

---

6)　　皇莊：明清時代，皇帝個人名義下的田產稱為皇莊。

家，也不怕他不依。又是叔叔這樣人說了做二房，我管保我老娘和我父親都願意。倒只是嬸子那裏卻難。」賈璉聽到這裏，心花都開了，那裏還有甚麼話說，只是一味呆笑而已。

賈蓉又想了一想，笑道：「叔叔要有膽量，依我的主意管保無妨，不過多花上幾個錢。」賈璉忙道：「好孩子，你有甚麼主意，只管說給我聽聽。」賈蓉道：「叔叔回家，一點聲色也別露，等我回明了我父親，向我老娘說妥，然後在咱們府後方近左右買上一所房子及應用傢夥，再撥兩窩子家人過去伏侍。擇了日子，人不知鬼不覺娶了過去，囑咐家人不許走漏風聲。嬸子在裏面住着，深宅大院，那裏就得知道了？叔叔兩下裏住着，過個一年半載，即或鬧出來，不過挨上老爺太太一頓罵。叔叔只說嬸子總不生育，原是為子嗣起見，所以私自在外面做成此事，就是嬸子，見生米做成熟飯，也只得罷了。再求一求老太太，沒有不完的事。」

自古道「慾令智昏」，賈璉只顧貪圖二姐的美色，聽了賈蓉一篇話，遂為計出萬全，將現今身上有服，並停妻再娶，嚴父妒妻種種不妥之處，皆置之度外了，卻不知賈蓉亦非好意：素日因同他姨娘有情，只因賈珍在內，不能暢意。如今若是賈璉娶了，少不得在外居住，趁賈璉不在時，好去鬼混之意。賈璉那裏思想及此，遂向賈蓉致謝道：「好姪兒，你果然能夠說成了，我買兩個絕色的丫頭謝你。」

說着，已至寧府門首。賈蓉說道：「叔叔進去，向我老娘要出銀子來，就交給俞祿罷。我先給老太太請安去。」賈璉含笑點頭道：「老太太跟前別說我和你一同來的。」賈蓉道：「知道。」又附耳向賈璉道：「今日要遇見二姨，可別性急了，鬧出事來，往後倒難辦了。」賈璉笑道：「少胡說，你快去罷。我在這裏等你。」於是賈蓉自去給賈母請安。

賈璉進入寧府，早有家人頭兒率領家人等請安，一路圍隨至廳上：賈璉一一的問了些話，不過塞責而已，便命家人散去，獨自往裏面走來。原來賈璉賈珍素日親密，又是弟兒，本無可避忌之人，自來是不等通報的。於是走至上房，早有廊下伺候的老婆子打起簾子，讓賈璉進去。

賈璉進入房中一看，只見南邊炕上只有尤二姐帶着兩個丫頭一處做活，卻不見尤老娘與三姐。賈璉忙上前問好相見。尤二姐亦含笑讓坐，便靠東邊排插兒坐下。賈璉仍將上首讓與二姐兒，說了幾句話，寒溫畢，便笑問道：

「親家太太和三妹妹那裏去了，怎麼不見？」尤二姐笑道：「才有事往後頭去了，也就來的。」此時伺候的丫鬟因倒茶去，無人在跟前，賈璉不住的拿眼瞟着二姐。二姐低了頭，只含笑不理。賈璉又不敢造次動手動腳的，因見二姐手中拿着一條拴着荷包的絹子擺弄，便搭訕着往腰裏摸了摸，說道：「檳榔荷包也忘記了帶了來，妹妹有檳榔，賞我一口吃。」二姐道：「檳榔倒有，就只是我的檳榔從來不給人吃。」賈璉便笑着欲近身來拿。二姐怕人看見不雅，便連忙一笑，撂了過來。賈璉接在手中，都倒了出來，揀了半塊吃剩下的撂在口中吃了，又將剩下的都揣了起來。剛要把荷包親身送過去，只見兩個丫鬟倒了茶來；賈璉一面接了茶吃茶，一面暗將自己帶的一個漢玉九龍珮解了下來，拴在手絹上，趁丫鬟回頭時，仍撂了過去。二姐亦不去拿，只裝看不見，坐着吃茶。

只聽後面一陣簾子響，卻是尤老娘、三姐帶着兩個小丫鬟自後面走來。賈璉送目與二姐，令其拾取，尤二姐亦只是不理。賈璉不知二姐何意，甚是着急；只得迎上來與尤老娘三姐相見。一面又回頭看二姐時，只見二姐笑着，沒事人似的；再又看一看絹子，已不知那裏去了，賈璉方放了心。於是大家歸坐後，敍了些閑話。賈璉說道：「大嫂子說，前日有一包銀子交給親家太太收起來了，今日因要還人，大哥令我來取。再也看看家裏有事無事。」尤老娘聽了，連忙使二姐拿鑰匙去取銀子。這裏賈璉又說道：「我也要給親家太太請請安，瞧瞧二位妹妹。親家太太臉面倒好，只是二位妹妹在我們家裏受委屈。」尤老娘笑道：「咱們都是至親骨肉，說那裏的話。在家裏也是住着，在這裏也是住着。不瞞二爺說，我們家裏自從先夫去世，家計也着實艱難了，全虧了這裏姑爺幫助。如今姑爺家裏有了這樣大事，我們不能別的出力，白看一看家，還有甚麼委屈了的呢？」正說着，二姐已取了銀子來，交與尤老娘。尤老娘便遞給賈璉。賈璉命一個小丫頭叫了一個老婆子來，吩咐道：「你把這個交給俞祿，叫他拿過那邊去等我。」老婆子答應了出去。

只聽得院內是賈蓉的聲音說話。須臾進來，給他老娘姨娘請了安，又向賈璉笑道：「才剛老爺還問叔叔呢，說是有甚麼事情要使喚。原要使人到廟裏去叫，我回老爺說叔叔就來。老爺還吩咐我，路上遇着叔叔叫快去呢。」賈璉聽了，忙要起身，又聽賈蓉和他老娘說道：「那一次我和老太太說的，我父親要給二姨說的姨父，就和我這叔叔的面貌身量差不多兒。老太太說好不

好？」一面說着，又悄悄的用手指着賈璉和他二姨娘努嘴。二姐倒不好意思說甚麼，只見三姐似笑非笑，似惱非惱的罵道：「壞透了的小猴兒崽子！沒了你娘的話說了！等我撕他那嘴呢！」一面說着，便趕了過來。賈蓉早笑着跑了出去，賈璉也笑着辭了出來。走至廳上，又吩咐了家人們不可吃酒耍錢等話。又悄悄的央賈蓉，回去急速和他父親說。一面便帶了俞祿過來，將銀子添足，交給他拿去。一面給賈赦請安，又給賈母去請安。不提。

卻說賈蓉見俞祿跟了賈璉去取銀子，自己無事，便仍回至裏面，和他兩個姨娘嘲戲了一回，方起身。至晚到寺，見了賈珍回道：「銀子已經交給俞祿了。老太太已大癒了，如今已經不服藥了。」說畢，又趁便將路上賈璉要娶尤二姐做二房之意說了。又說如何在外面置房子住，不給鳳姐知道，此時總不過為的是子嗣艱難上起見。為的是二姨是見過的；親上作親，比別處不知道的人家說了來的好。所以二叔再三央告我對父親說。只不說是他自己的主意。賈珍想了想，笑道：「其實倒也罷了。只不知你二姨心中願意不願意。明日你先去和你老娘商量，叫你老娘問準了你二姨，再作定奪。」於是又教了賈蓉一篇話，便走過來將此事告訴了尤氏。尤氏卻知此事不妥，因而極力勸止。無奈賈珍主意已定，素日又是順從慣了的，況且他與二姐本非一母，不便深管，因而也只得由他們鬧去了。

至次日一早，果然賈蓉復進城來見他老娘，將他父親之意說了。又添上許多話，說賈璉做人如何好，目今鳳姐身上有病，已是不能好的了，暫且買了房在外面住着，過個一年半載，只等鳳姐一死，便接了二姨進去做正室。又說他父親此時如何聘，賈璉那邊如何娶，如何接了你老人家養老，往後三姨也是那邊應了替聘，說得天花亂墜，不由得尤老娘不肯。況且素日全虧賈珍周濟，此時又是賈珍作主替聘，而且妝奩不用自己置辦，賈璉又是青年公子，強勝張家，遂連忙過來與二姐商議。二姐又是水性人兒，在先已和姐夫不妥，又常怨恨當時錯許張華，致使後來終身失所，今見賈璉有情，況是姐夫將他聘嫁，有何不肯，也便點頭依允。當下回覆了賈蓉，賈蓉回了他父親。

次日命人請了賈璉到寺中來，賈珍當面告訴了他尤老娘應允之事。賈璉自是喜出望外，感謝賈珍賈蓉父子不盡。於是二人商量着，使人看房子打首飾，給二姐置買妝奩及新房中應用床帳等物。不多幾日，早將諸事辦妥。已於寧榮街後二里遠近小花枝巷內買定一所房子，共二十餘間。又買了兩個小

丫頭。只是府裏家人不敢擅動，外頭買人又怕不知心腹，走漏了風聲，忽然想起家人鮑二來。當初因和他女人偷情，被鳳姐打鬧了一陣，含羞吊死了，賈璉給了一百銀子，叫他另娶一個。那鮑二向來卻就合廚子多渾蟲的媳婦多姑娘有一手兒，後來多渾蟲酒癆死了，這多姑娘兒見鮑二手裏從容了，便嫁了鮑二。況且這多姑娘兒原也和賈璉好的，此時都搬出外頭住着。賈璉一時想起來，便叫了他兩口兒到新房子裏來，預備二姐兒過來時伏侍。那鮑二兩口子聽見這個巧宗兒，如何不來呢？又使人將張華父子叫來，逼勒着與尤老娘寫退婚書。

卻說張華之祖，原當皇糧莊頭，後來死去。至張華父親時，仍充此役，因與尤老娘前夫相好，所以將張華與尤二姐指腹為婚。後來不料遭了官司，敗落了家產，弄得衣食不周，那裏還娶得起媳婦呢。尤老娘又自那家嫁了出來，兩家有十數年音信不通。今被賈府家人喚至，逼他與二姐退婚，心中雖不願意，無奈懼怕賈珍等勢焰，不敢不依，只得寫了一張退婚文約。尤老娘與了二十兩銀子，兩家退親不提。

這裏賈璉等見諸事已妥，遂擇了初三黃道吉日，以便迎娶二姐過門。要知端的，且聽下回分解。

💡 精華賞析

這一回引出了尤二姐和尤三姐這兩個人物。故事從這裏又生出一條新的線索，也為賈府增加了新的矛盾。

《第六十五回》

精讀 賈二舍[1] 偷娶尤二姐
尤三姐思嫁柳二郎

賈璉置辦了外宅，偷偷將尤二姐娶來作了二房，兩個人生活得十分和美。但尤二姐這時卻為自己的妹妹尤三姐着急了，不知道三姐是不是也有了心上人呢？

話說賈璉賈珍賈蓉等三人商議，事事妥貼，至初二日，先將尤老娘和三姐送入新房。尤老娘一看，雖不似賈蓉口內之言，也十分齊備，母女二人已稱了心。鮑二夫婦見了如一盆火，趕着尤老娘一口一聲喚老娘，又或是老太太；趕着三姐喚三姨，或是姨娘。至次日五更天，一乘素轎，將二姐抬來。各色香燭紙馬，並鋪蓋以及酒飯，早已備得十分妥當。一時，賈璉素服坐了小轎而來，拜過天地，焚了紙馬。那尤老娘見二姐身上頭上煥然一新，不是在家模樣，十分得意，攛入洞房。是夜賈璉同他顛鸞倒鳳，百般恩愛。不消細說。

那賈璉越看越愛，越瞧越喜，不知怎生奉承這二姐，乃命鮑二等人不許提三說二的，直以奶奶稱之，自己也稱奶奶，竟將鳳姐一筆勾倒。有時回家中，只說在東府有事羈絆，鳳姐輩因知他和賈珍相得，自然是或有事商議，也不疑心。再家下人雖多，都不管這些事。便有那遊手好閑專打聽

---

1) 　舍：舍人的簡稱。古代官僚地主的兒子的美稱為舍人，如同說少爺、公子。

小事的人，也都去奉承賈璉，乘機討些便宜，誰肯去露風。於是買璉深感買珍不盡。買璉一月出五兩銀子做天天的供給。若不來時，他母女三人一處吃飯；若買璉來了，他夫妻二人一處吃，他母女便回房自吃。買璉又將自己積年所有的體己，一併搬了與二姐收着，又將鳳姐素日之為人行事，枕邊衾內盡情告訴了他，只等一死，便接他進去。二姐聽了，自是願意。當下十來個人，倒也過起日子來，十分豐足。

眼見已是兩個月光景。這日賈珍在鐵檻寺作完佛事，晚間回家時，因與他姨妹久別，竟要去探望探望。先命小廝去打聽賈璉在與不在，小廝回來說不在。賈珍歡喜，將左右一概先遣回去，只留兩個心腹小童牽馬。一時，到了新房，已是掌燈時分，悄悄進去。兩個小廝將馬拴在圈內，自往下房去聽候。

賈珍進來，屋內才點燈，先看過了尤氏母女，然後二姐出見，賈珍見了二姐滿臉的笑容，一面吃茶，一面笑說：「我作的這保山如何？若錯過了，打着燈籠還沒處尋，過日你姐姐還備了禮來瞧你們呢。」說話之間，尤二姐已命人預備下酒饌，關起門來，都是一家人，原無可避之禮。

那鮑二來請安，賈珍便說：「你還是個有良心的，所以二爺叫你來伏侍。日後自有大用你之處，不可在外頭吃酒生事，我自然賞你。倘或這裏短了甚麼，你璉二爺事多，那裏人雜，你只管去回我。我們弟兄不比別人。」鮑二答應道：「是，小的知道。若小的不盡心，除非不要這腦袋了。」賈珍點頭說：「要你知道就好。」當下四人一處吃酒。尤二姐此時怕賈璉一時走來，彼此不雅，吃了兩杯酒，便推故往那邊去了。賈珍此時也無可奈何，只得看着二姐兒自去，剩下尤老娘和三姐兒相陪。那三姐兒雖向來也和賈珍偶有戲言，但不似他姐姐那樣隨和兒，所以賈珍雖有垂涎之意，卻也不肯造次了，致討沒趣。況且尤老娘在旁，賈珍也不好意思太露輕薄。

卻說跟的兩個小廝，都在廚下和鮑二飲酒，鮑二的女人上灶。忽見兩個丫頭也走了來嘲笑，要吃酒。鮑二因說：「姐兒們不在上頭伏侍，也偷着來了。一時叫起來沒人，又是事。」他女人罵道：「糊塗渾混嗆了的²忘八！你撞喪那黃湯罷。撞喪醉了，夾着你的腦袋挺你的屍去。叫不叫，與你甚麼相干！一應有我承當，風雨橫豎灑不着你頭上來。」鮑二原因妻子之力，在賈璉前十分有臉，今日他女人越發和二姐兒跟前殷勤服侍，他便自己除賺錢吃酒之外，一概不管，賈璉等也不肯責備他，故他一聽女人吩咐百依百隨。且吃夠了便去睡覺。這裏鮑二家的陪着這些丫鬟小廝吃酒，討他們的好，準備在賈珍前討好兒。

正吃的高興，忽聽扣門之聲，鮑二家的忙出來開門，看見是賈璉下馬，問有事無事。鮑二女人便悄悄告他說：「大爺在這裏西院裏呢。」賈璉聽了，便回至臥房。只見尤二姐和兩個丫頭在房中，見他來了，面上便有些訕訕的³。賈璉反推不知，只命：「快拿酒來，咱們吃兩杯好睡覺。我今日很乏了。」尤二姐忙上來陪笑接衣奉茶，問長問短。賈璉喜的心癢難受。一時鮑二家的端上酒來，二人對飲。兩個小丫頭在地下伏侍。

賈璉的心腹小童隆兒拴馬去，瞧見有了一匹馬，細瞧了一瞧，知是賈珍的，心下會意，也來廚下。只見喜兒壽兒兩個正在那裏坐着吃酒，見他來了，也都會意，故笑道：「你這會子來的巧。我們因趕不上爺的馬，恐怕犯夜，往這裏來借個地方睡一夜。」隆兒便笑道：「有的是炕，只管睡。我是二爺使我送月銀的，交給了奶奶，我也不回去了。」喜兒便說：「我們吃多了，你來吃一杯。」隆兒才坐下，端起

---

2)　　　渾混嗆了的：被愚濁意識迷住了的。

3)　　　訕（shàn）訕的：難為情、腼腆的神色。

杯來，忽聽馬棚內鬧將起來。原來二馬同槽，不能相容，
互相蹶踢起來。隆兒等慌的忙放下酒杯出來喝馬，喝住另拴
好了方進來。鮑二家的女人笑說：「好兒子們，就睡罷！我
可去了。」三個攔着不肯叫走，又親嘴摸乳，口裏亂嘈了一
回，才放他出去。這裏喜兒喝了幾杯，已是楞子眼⁴了。隆
兒壽兒關了門，回頭見喜兒直挺挺的仰臥炕上，二人便推他
說：「好兄弟，起來好生睡，只顧你一個人，我們就苦了。」
那喜兒便說道：「咱們今兒可要公公道道的貼一爐子燒餅，
要有一個充正經的人，我痛把你媽一肏。」隆兒壽兒見他醉
了，也不必多說，只得吹了燈，將就睡下。

　　尤二姐聽見馬鬧，心下便不自安，只管用言語混賈
璉。那賈璉吃了幾杯，春興發作，便命收了酒果，掩門寬
衣。尤二姐只穿着大紅小襖，散挽烏雲，滿臉春色，比白
日更增了顏色。賈璉摟他笑道：「人人都說我們那夜叉婆齊
整，如今我看來，給你拾鞋也不要。」尤二姐道：「我雖標
緻，卻無品行。看來到底是不標緻的好。」賈璉忙問道：
「這話如何說？我卻不解。」尤二姐滴淚說道：「你們拿我作
糊塗人待，甚麼事我不知。我如今和你作了兩個月夫妻，日
子雖淺，我也知你不是糊塗人。我生是你的人，死是你的
鬼，如今既作了夫妻，我終身靠你，豈敢瞞藏一字。我算是
有靠，將來我妹子卻如何結果？據我看來，這個形景恐非長
策，要作長久之計方可。」賈璉聽了，笑道：「你且放心，
我不是拈酸吃醋的人。你前事我也知道，你倒不用含糊着，
如今你跟了我來，大哥跟前自然倒要拘起形跡來了。依我的
主意，不如叫三姨兒也合大哥成了好事，彼此兩無礙，索性
大家吃個雜會湯，你想怎麼樣？」二姐一面拭淚，一面說
道：「雖然你有這個好意，頭一件三妹妹脾氣不好，第二件

---

4)　　楞子眼：不正常地直瞪着眼，這是形容酒喝多的樣子。

也怕大爺臉上下不來。」賈璉道：「這個無妨，我這會子就過去，索性破了例就完了。」說着乘着酒興了，便往西院中來，只見窗內燈燭輝煌。

賈璉便推門進去，笑說：「大爺在這裏，兄弟來請安。」賈珍羞的無地，只得起身讓坐。賈璉忙笑道：「何必又作如此景象，咱們弟兄從前是如何樣來！大哥為我操心，我今日粉身碎骨，感激不盡。大哥若多心，我意何安？從此以後，還求大哥如昔方好；不然，兄弟能可絕後，再不敢到此處來了。」說着，便要跪下。慌的賈珍連忙攙起，只說：「兄弟怎麼說，我無不領命。」賈璉忙命人：「看酒來，我和大哥吃兩杯。」因又笑嘻嘻的向尤三姐道：「三妹妹為甚麼不合大哥吃個雙盅兒？我也敬一杯，給大哥合三妹妹道喜。」

● 尤三姐的這種行為是對賈珍、賈璉兄弟倆赤裸裸的諷刺。賈珍本來想輕薄尤三姐，卻被尤三姐一通胡鬧弄得不知所措。這段描寫表現出尤三姐火辣的性格。

尤三姐兒聽了這話，就跳起來，站在炕上，指着賈璉笑道：「你不用和我花馬吊嘴[5]的，咱們清水下雜麵[6]，你吃我看見。見提着影戲人子上場，好歹別戳破這層紙兒。你別糊塗油蒙了心，打諒我們不知道你府上的事。這會子花了幾個臭錢，你們哥兒倆拿着我們姐兒兩個權當粉頭[7]來取樂兒，你們就打錯了算盤了！我也知道你那老婆太難纏，如今把我姐姐拐了來做二房，偷的鑼兒敲不得。我也要會會那鳳奶奶去，看他是幾個腦袋幾隻手。若大家好取和便罷；倘若有一點叫人過不去，我有本事先把你兩個的牛黃狗寶[8]掏了出來，再和那潑婦拚了這命，也不算是尤三姑奶奶！喝酒怕甚

---

5)　花馬吊嘴：耍貧嘴、哄騙人，有花言巧語的意思。

6)　清水下雜麵：雜麵是一種綠豆為主製成的麵條，煮的時候須多加油，味才不澀。只用清水煮，便不堪吃。所以這句歇後語的下文是「你吃我看」，也就是我只看而不吃的意思。

7)　粉頭：指妓女。

8)　牛黃狗寶：病牛膽中的一種結石狀物叫作「牛黃」；癲狗腹中的一種凝結物叫作「狗寶」。都是中藥材料。這裏是說掏出他們的壞臟腑，把他們置之死地。

麼，咱們就喝！」說着，自己綽起壺來斟了一杯，自己先喝
了半杯，揪着賈璉的脖子來就灌，說：「我倒沒有和你哥哥
喝過，今兒倒和你喝一喝，咱們也來親近親近。」

　　唬的賈璉酒都醒了，賈珍也不承望尤三姐這等拉的下
臉來。弟兄兩個本是風月場中耍慣的，不想今日反被這個閨
門之女一席話說住了。尤三姐一疊聲又叫：「將姐姐請來，
要樂咱們四個一處同樂。俗語說『便宜不過當家』，他們是
弟兄，咱們是姊妹，又不是外人，只管上來。」尤二姐反不
好意思起來。賈珍得便就要一溜，尤三姐那裏肯放，賈珍此
時方後悔，不承望他是這種為人，與賈璉反不好輕薄起來。

　　只見這尤三姐索性卸了妝飾，脫了大衣服，鬆鬆挽着
頭髮，大紅襖子半掩半開，露着蔥綠抹胸，一痕雪脯。底下
綠褲紅鞋，鮮豔奪目，一對金蓮或翹或併，沒半刻斯文。兩
個墜子卻似打秋千一般，燈光之下，越顯得柳眉籠翠，檀口
含丹。本是一雙秋水眼，再吃了幾杯酒，越發情波入鬢，
轉盼流光：真把那珍璉二人弄的欲近不敢，欲遠不捨，迷疑
恍惚，落魄垂涎。再加方才一席話，直將二人禁住。弟兄兩
個竟全然無一點兒能為，別說調情鬥口齒，竟連一句響亮話
都沒有了。三姐兒自己高談闊論，任意揮霍，村俗流言，灑
落一陣，由着性兒拿他弟兄二人嘲笑取樂。一時，他酒足興
盡，也不容他弟兄多坐，攆了出去，自己關門睡去了。

　　自此後，或略有丫鬟婆娘不到之處，便將賈璉、賈
珍、賈蓉三個潑聲厲言痛罵，說他爺兒三個誆騙了他寡婦孤
女。賈珍回去之後，亦不敢輕易再來。有時尤三姐自己高了
興悄命小廝來找，方敢去一會，及至到了這裏，也只好隨他
的便，乾瞅着罷了。誰知這尤三姐天生脾氣和人異樣詭僻。
只因他仗着自己風流標緻，偏要打扮的出色，另式另樣作出
許多萬人不及的風情體態來，那些男子們，別說賈珍賈璉這
樣風流公子，就是一般老到的人，鐵石心腸，看見了這般光
景，也要動心的。及至到他跟前，他那一種輕狂豪爽，目中

無人的光景，早又把人的一團高興逼住，不敢動手動腳。所以賈珍向來和二姐兒無所不至，漸漸的俗了，卻一心注定在三姐兒身上，便把二姐樂得讓給賈璉，自己卻合三姐兒捏合。偏那三姐一般合他玩笑，別有一種不敢招惹的光景。

他母姊二人也十分相勸，他反說：「姐姐糊塗。咱們金玉一般的人，白叫這兩個現世寶玷污了去，也算無能。而且他家有一個極利害的女人，如今瞞着，自然是好的。倘或一日他知道了，豈有干休之理？必有一場大鬧，不知誰生誰死，這如何便當作安身樂業的去處？」他母女見不聽勸，也只得罷了。那尤三姐天天挑揀吃穿，打了銀的，又要金的；有了珠子，又要寶石；吃的肥鵝，又宰肥鴨。或不趁心，連桌一推；衣裳不如意，不論綾緞新整，便用剪刀剪碎，撕一條，罵一句，究竟賈珍等何曾隨意了一日，反花了許多昧心錢。

賈璉來了，只在二姐屋裏，心中也悔上來。無奈二姐倒是個多情的人，以為賈璉是終身之主了，凡事倒還知疼着熱。要論起溫柔和順，卻較着鳳姐還有些體度；就論起標緻來，及言談行事，也勝五分。但已經失了腳，有了一個「淫」字，憑他有甚麼好處也不算了。偏這賈璉又說：「誰人無錯，知過必改就好。」故不提已往之淫，只取現今之善，便如膠似漆，一心一計，誓同生死，那裏還有鳳平二人在意了？二姐在枕邊衾內，也常勸賈璉說：「你和珍大哥商議商議，揀個熟的人，把三丫頭聘了罷。留着他不是常法兒，終久要生事的。」賈璉道：「前日我也曾回大哥的，他只是捨不得。我還說：『就是塊肥羊肉，只是燙的慌；玫瑰花兒可愛，刺多扎手。咱們未必降的住，正經揀個人聘了罷。』他只意思思[9]的，就撂過手了。你叫我有甚麼法兒？」二姐道：「你放心。咱們明日先勸三丫頭，他肯了，讓他自己鬧

9)　　意意思思：猶豫不決。

去。鬧的無法，少不得聘他。」賈璉聽了說：「這話極是。」

至次日，二姐另備了酒，賈璉也不出門，至午間特請他小妹過來，與他母親上坐。尤三姐便知其意，酒過三巡，不用他姐姐開口，先便滴淚泣道：「姐姐今日請我，自有一番大禮要說，但只我也不是糊塗人，也不用絮絮叨叨的。從前的事，我已盡知，說也無益。既如今姐姐也得了好處安身，媽媽也有了安身之處，我也要自尋歸結去才是。但終身大事，一生至一死，非同兒戲。向來人家看着咱們娘兒們微息，不知都安着甚麼心！所以我破着沒臉，人家才不敢欺負。這如今要辦正事，不是我女孩兒家沒羞恥，必得我揀個素日可心如意的人，才跟他。要憑你們揀擇，雖是有錢有勢的，我心裏進不去，也白過了這一世。」

賈璉笑道：「這也容易。憑你說是誰就是誰，一應彩禮都有我們置辦，母親也不用操心。」尤三姐道：「姐姐橫豎知道，不用我說。」賈璉笑問二姐是誰，二姐一時也想不起來。大家想來，賈璉料定必是此人無移了！拍手笑道：「我知道了。這人原不差，果然好眼力。」二姐笑問是誰，賈璉笑道：「別人他如何進得去？一定是寶玉。」二姐與尤老聽了，亦以為然。尤三姐便啐了一口，道：「我們有姊妹十個，也嫁你弟兄十個不成。難道除了你家，天下就沒了好男子了不成！」眾人聽了都詫異：「除去他，還有那一個？」尤三姐笑道：「別只在眼前想，姐姐只在五年前想就是了。」

正說着，忽見賈璉的心腹小廝興兒走來請賈璉說：「老爺那邊緊等着叫爺呢。小的答應往舅老爺那邊去了，小的連忙來請。」賈璉又忙問：「昨日家裏問我來着麼？」興兒道：「小的回奶奶說，爺在家廟裏同珍大爺商議作百日的事，只怕不能來。」賈璉忙命拉馬，隆兒跟隨去了，留下興兒答應人。

尤二姐拿了兩碟菜，命拿大杯斟了酒，就命興兒在炕沿下蹲着吃，一長一短向他說話兒。問他家裏奶奶多大年紀，怎個利害的樣子，老太太多大年紀，太太多大年紀，姑

娘幾個，各樣家常等語。興兒笑嘻嘻的在炕沿下一頭吃，一頭將榮府之事備細告訴他母女。又說：「我是二門上該班的人。我們共是兩班，一班四個，共是八個人，有幾個是奶奶的心腹，有幾個是爺的心腹。奶奶的心腹我們不敢惹，爺的心腹，奶奶的就敢惹。提起我們奶奶來，心裏刀毒，口裏尖快。我們二爺也算是個好的，那裏見得他？倒是跟前的平姑娘為人很好，雖然和奶奶一氣，他倒背着奶奶常作些好事。小的們凡有了不是，奶奶是容不過的，只求求他去就完了。如今合家大小，除了老太太、太太兩個人，沒有不恨他的，只不過面子情兒怕他。皆因他一時看的人都不及他，只一味哄着老太太、太太兩個人喜歡。他說一是一，說二是二，沒人敢攔他。又恨不得把銀子錢省下來堆成山，好叫老太太、太太說他會過日子，殊不知苦了下人，他討好兒。估着有好事，他就不等別人去說，他先抓尖兒 [10]；或有了不好事，或他自己錯了，他便一縮頭推到別人身上來，他還在旁邊撥火兒。如今連他正經婆婆都嫌他，說他『雀兒揀着旺處飛，黑母雞一窩兒，自家的事不管，倒替人家去瞎張羅』。要不是老太太在頭裏，早叫過他去了。」

尤二姐笑道：「你背着他這等說他，將來你又不知怎麼說我呢。我又差他一層兒，越發有的說了。」興兒忙跪下說道：「奶奶要這麼說，小的不怕雷劈麼？但凡小的要有造化，起先娶奶奶時要得了奶奶這樣的人，小的們也少挨些打罵，也少提心吊膽的。如今跟爺的這幾個人，誰不背前背後稱揚奶奶聖德憐下？我們商量着叫二爺要出來，情願來伺候奶奶呢。」尤二姐笑道：「小滑賊的，還不起來。說句玩話，就唬的這個樣兒。你們做甚麼往這裏來？我還要找了你奶奶去呢。」興兒連忙搖手說：「奶奶千萬別去。我告訴奶奶，

● 尤二姐這樣說的心理是甚麼？請你試着分析。

10)　抓尖兒：搶先討好。

一輩子不見他才好呢。嘴甜心苦，兩面三刀；上頭笑着，腳底下使絆子；明是一盆火，暗是一把刀；他都佔全了。只怕三姨的這張嘴還說他不過呢。奶奶這樣斯文良善人，那裏是他的對手！」

二姐笑道：「我只以禮待他，他敢怎麼着我？」興兒道：「不是小的吃了酒放肆胡說，奶奶就是讓着他，他看見奶奶比他標緻，又比他得人心，他就肯善罷干休了？人家是醋罐子，他是醋缸醋甕。凡丫頭，二爺多看一眼，他有本事當着爺打個爛羊頭似的。雖然平姑娘在屋裏，大約一年二年之間兩個有一次在一處，他還要嘴裏掂十來個過兒呢，氣的平姑娘性子上來，哭鬧一陣，說：『又不是我自己尋來的，你逼着勸我，我不願意，又說我反了，這會子又這麼着。』他一般的也罷了，倒央告平姑娘。」

尤二姐笑道：「可是扯謊？這樣一個夜叉，怎麼反怕屋裏的人呢？」興兒道：「這就是俗語說的『三人抬不過一個理字去』了。這平兒是他自幼兒的丫頭，陪過來一共四個，嫁的嫁，死的死，只剩了這個心愛的。收在屋裏，一則顯他賢良，二則又拴了爺的心。那平姑娘又是個正經人，從不會調三窩四的，倒一味忠心赤膽伏侍他，所以才容下了。」

尤二姐笑道：「原來如此。但我聽見你們家還有一位寡婦奶奶和幾位姑娘。他這麼利害，這些人肯依他嗎？」興兒拍手笑道：「原來奶奶不知道。我們家這位寡婦奶奶，他的渾名叫作『大菩薩』，第一個善德人，從不管事，只教姑娘們看書寫字，學針線，學道理，這是他的事情。前兒因為二奶奶病了，這大奶奶暫管了幾天事。總是按着老例而行，不像他那麼多事逞才。我們大姑娘，不用說，是好的了。二姑娘的渾名是『二木頭』。三姑娘的渾名是『玫瑰花兒』，又紅又香，無人不愛的，只是有刺扎手，可惜不是太太養的，『老鴰窩裏出鳳凰』！四姑娘小，他正經是珍大爺親妹子，太太抱過來養這麼大，也是一位不管事的。奶奶不知

道，我們家的姑娘不算外，還有兩個姑娘，真是天上少有，地下無雙，一位是我們姑太太的女兒，姓林，一位是姨太太的女兒，姓薛。這兩位姑娘都是美人一般的呢，又都知書識字的。或出門上車，或在園子裏遇見，我們連氣兒也不敢出。」尤二姐笑道：「你們家規矩大，雖然你們小孩子進的去，然遇見小姐們，原該遠遠藏躲着。」興兒搖手道：「不是那麼不敢出氣兒，是怕這氣大了，吹倒了林姑娘；氣兒暖了，吹化了薛姑娘。」說的滿屋裏都笑起來了。要知尤三姐要嫁何人，且聽下回分解。

💬 延伸思考

請你分析一下尤二姐和尤三姐的性格特徵。

💡 精華賞析

相比尤二姐來看，尤三姐是一個更加敢愛敢恨的人，她對愛情的信念更為堅貞。不過我們還是有點擔憂，尤三姐的意中人柳湘蓮是個萍蹤浪跡之人，他與尤三姐到底有沒有緣分呢？

《第六十六回》

情小妹恥情歸地府
冷二郎一冷入空門

事情湊巧，這邊尤三姐對柳湘蓮念念不忘，而賈璉外出就恰巧遇到了柳湘蓮，還留下了定禮，是不是兩個人的緣分終於到了？

　　話說興兒說怕吹倒了林姑娘，吹化了薛姑娘，大家都笑了。鮑二家的走來打他一下子，笑道：「原有些真，到了你嘴裏，越發沒了捆兒了。你倒不像跟二爺的人，這些話倒像是寶玉那邊的了。」

　　尤二姐才要又問，忽見尤三姐笑問道：「可是你們家那寶玉，除了上學，他作些甚麼？」興兒笑道：「姨娘別問他，說起來姨娘也未必信。他長了這麼大，獨他沒有上過正經學堂。我們家從祖宗直到二爺，誰不是寒窗十載，偏他不喜讀書。老太太的寶貝，老爺先還管，如今也不管了。成天家瘋瘋癲癲的，說的話人也不懂，幹的事人也不知。外頭人人看着好清俊模樣兒，心裏自然是聰明的，誰知裏頭更糊塗。見了人，一句話也沒有。所有的好處，雖沒上過學，倒難為他竟認得幾個字。每日也不習文，也不學武，又怕見人，只愛在丫頭羣裏鬧。再者也沒剛氣兒，有時喜歡見了我們，沒上沒下，亂玩一陣；不喜歡各自走了，他也不理人。我們坐着臥着，見了他也不理，他也不責備。因此沒人怕他，只管隨便，都過的去。」

　　尤三姐笑道：「主子寬了，你們又這樣；嚴了，又抱怨。可知難纏。」尤二姐道：「我們看他倒好，原來這樣。可惜了一個好胎子。」尤三姐道：「姐姐信他們胡說，咱們也不是見一面兩面的，行事言談吃喝，原有些女兒氣的，自然是天天只在裏頭慣了的。要說糊塗，那些兒糊塗？姐姐記得，穿孝時咱們同在一處，那日正是和尚們進來繞棺，咱們都在那裏站着，他只站在頭裏

擋着人。人說他不知禮，又沒眼色。過後他沒悄悄的告訴咱們說：『姐姐不知道，我並不是沒眼色。想和尚們髒，恐怕氣味熏了姐姐們。』接着他吃茶，姐姐又要茶，那個老婆子就拿了他的碗倒。他趕忙說：『我吃髒了的，另洗了再拿來。』這兩件上，我冷眼看去，原來他在女孩子們前不管甚麼都過的去，只不大合外人的式，所以他們不知道。」

　　尤二姐聽說，笑道：「依你說，你兩個已是情投意合了。竟把你許了他，豈不好？」三姐見有興兒，不便說話，只低頭磕瓜子。興兒笑道：「若論模樣兒行事為人，倒是一對好的。只是他已有了，只未露形。將來準是林姑娘定了的。因林姑娘多病，二則都還小，所以還沒辦呢。再過三二年，老太太便一開言，那是再無不準的了。」

　　大家正說話，只見隆兒又來了，說：「老爺有事，是件機密大事，要遣二爺往平安州去。不過三五日就起身，來回也得半月工夫。今日不能來了。請老奶奶早和二姨定了那事，明日爺來，好作定奪。」說着，帶了興兒回去了。

　　這裏尤二姐命掩了門，早睡下了，盤問他妹子一夜。至次日午後，賈璉方來了。尤二姐因勸他說：「既有正事，何必忙忙又來，千萬別為我誤事。」賈璉道：「也沒甚事，只是偏偏的又出來了一件遠差。出了月就起身，得半月工夫才來。」尤二姐道：「既如此，你只管放心前去，這裏一應不用你惦記。三妹妹他從不會朝更暮改的。他已擇定了人，你只要依他就是了。」賈璉問是誰，尤二姐笑道：「這人此刻不在這裏，不知多早晚才來呢，也難為他眼力。自己說了，這人一年不來，他等一年；十年不來，等十年；若這人死了再不來了，他情願剃了頭髮當姑子去，吃長齋唸佛，以了今生。」

　　賈璉問：「到底是誰，這樣動他的心？」二姐笑道：「說來話長。五年前我們老娘家裏做生日，媽和我們到那裏給老娘拜壽。他家請了一起串戲[1]的人，也都是好人家子弟，裏頭有個裝小生的叫作柳湘蓮，他看上了，如今要是他才嫁。舊年我們聞得柳湘蓮惹了一個禍逃走了，不知可來了不曾？」賈璉聽了道：「怪道呢！我說是個甚麼樣人，原來是他！果然眼力不錯。你不知道這柳老二，那樣一個標緻人，最是冷面冷心的，差不多的人，他都無情無

---

1)　　　　串戲：指業餘的戲劇演員，又稱為子弟。如同後來所稱玩票的票友。

義。他最和寶玉合的來。去年因打了薛呆子，他不好意思見我們的，不知那裏去了，一向沒來，聽見有人說來了，不知是真是假。一問寶玉的小子們就知道了。倘或不來時，他萍蹤浪跡，知道幾年才來，豈不白耽擱了？」尤二姐道：「我們這三丫頭說的出來，幹的出來，他怎樣說，只依他便了。」

二人正說之間，只見尤三姐走來說道：「姐夫，你也不知道我們是甚麼人，今日和你說罷：你只放心，我們不是那心口兩樣的人，說甚麼是甚麼。若有了姓柳的來，我便嫁他。從今日起，我吃齋唸佛，伏侍母親，等他來了，嫁了他去，若一百年不來，我自己修行去了。」說着，將頭上一根玉簪拔下來，磕作兩段，「一句不真，就如這簪子！」說着，回房去了，真個竟非禮不動，非禮不言起來。賈璉無了法，只得和二姐商議了一回家務，復回家與鳳姐商議起身之事。一面着人問焙茗，焙茗說：「竟不知道。大約未來；若來了，必是我知道的。」一面又問他的街坊，也說未來。賈璉只得回覆了二姐。至起身之日已近，前兩天便說起身，卻先往二姐這邊來住兩夜，從這裏再悄悄長行。果見三姐竟像又換了一個人似的，又見二姐持家勤慎，自是不消惦記。

是日一早出城，就奔平安州大道，曉行夜住，渴飲飢餐。方走了三日，那日正走之間，頂頭來了一羣馱子，內中一夥，主僕十來騎馬，走的近來一看，不是別人，就是薛蟠和柳湘蓮來了。賈璉深為奇怪，忙伸馬迎了上來，大家一齊相見，說些別後寒溫，便入酒店歇下，絮談絮談。賈璉因笑說：「鬧過之後，我們忙着請你兩個和解，誰知柳兄蹤跡全無。怎麼你兩個今日倒在一處了？」薛蟠笑道：「天下竟有這樣奇事。我同夥計販了貨物，自春天起身，往回裏走，一路平安。誰知前日到了平安州界，遇一夥強盜，已將東西劫去。不想柳二弟從那邊來了，方把賊人趕散，奪回貨物，還救了我們的性命。我謝他又不受，所以我們結拜了生死弟兄，如今一路進京。從此後我們是親弟親兄一般。到前面岔口上分路，他就分路往南二百里有他一個姑媽，他去望候望候。我先進京去安置了我的事，然後給他尋一所宅子，尋一門好親事，大家過起來。」

賈璉聽了道：「原來如此，倒教我們白懸了幾日心。」因又說道：「方才說給柳二弟提親，我正有一門好親事堪配二弟。」說着，便將自己娶尤氏，如今又要發嫁小姨一節說了出來，只不說尤三姐自擇之語。又囑薛蟠且不可告訴家裏，等生了兒子，自然是知道的。薛蟠聽了大喜，說：「早該如此，這都

是舍表妹之過。」湘蓮忙笑說：「你又忘情了，還不住口。」薛蟠忙止住不語，便說：「既是這等，這門親事定要做的。」湘蓮道：「我本有願，定要一個絕色的女子。如今既是貴昆仲高誼，顧不得許多了，任憑裁奪，我無不從命。」賈璉笑道：「如今口說無憑，等柳兄一見，便知我這內娣的品貌是古今有一無二的了。」湘蓮聽了大喜，說：「既如此說，等弟探過姑母，不過一月，就進京的，那時再定如何？」賈璉笑道：「你我一言為定，只是我信不過二弟。你是萍蹤浪跡，倘然去了不來，豈不誤了人家一輩子的大事？須得留一定禮。」湘蓮道：「大丈夫豈有失信之理。小弟素係寒貧，況且在客中，那裏能有定禮？」薛蟠道：「我這裏現成，就備一分，二哥帶去。」賈璉笑道：「也不用金銀珠寶，須是二弟親身自有的東西，不論貴賤，不過帶去取信耳。」湘蓮道：「既如此說，弟無別物，囊中還有一把鴛鴦劍，乃弟家中傳代之寶，弟也不敢擅用，只隨身收藏着，就請拿去為定。弟縱係水流花落之性，然亦斷不捨此劍。」說畢，大家又飲了幾杯，方各自上馬作別起程去了。

　　且說賈璉一日到了平安州，見了節度，完了公事。因又囑他十月前後務要還來一次，賈璉領命。次日連忙取路回家，先到尤二姐那邊探望。誰知賈璉出門之後，尤二姐操持家務十分謹肅，每日關門閉戶，一點外事不聞。他小妹子果是個斬釘截鐵之人，每日侍奉母親之餘，只和姐姐一處做些活計，雖賈珍趁賈璉不在家也來鬼混了兩次，無奈二姐兒只不兜攬，推故不見。那三姐兒的脾氣，賈珍早已領過教的，那裏還敢招惹他去？所以蹤跡一發疏闊了。

　　卻說這日賈璉進門，見了這般景況，喜之不盡，深念二姐之德。大家敍些寒溫，賈璉便將路上相遇湘蓮一事說了一回，又將鴛鴦劍取出，遞與三姐。三姐看時，上面龍吞夔護，珠寶晶瑩，及至拿出來看時，裏面卻是兩把合體的。一把上面鏨着一「鴛」字，一把上面鏨着一「鴦」字，冷颼颼，明亮亮，如兩痕秋水一般。三姐喜出望外，連忙收了，掛在自己繡房床上，每日望着劍，自喜終身有靠。

　　賈璉住了兩天，回去復了父命，回家合宅相見。那時鳳姐已大癒，出來理事行走了。賈璉又將此事告訴了賈珍。賈珍因近日又搭上新相知，二則正惱他姐妹無情，把這事丟過，不在心上，任憑賈璉裁奪，只怕賈璉獨力不能，少不得又給了他幾十兩銀子。賈璉拿來交與二姐預備妝奩。

　　誰知八月內湘蓮方進了京，先來拜見薛姨媽，又遇見薛蝌，方知薛蟠不

慣風霜，不服水土，一進京時便病倒在家，請醫調治。聽見湘蓮來了，請入臥室相見。薛姨媽也不念舊事，只感新恩，母子們十分稱謝。又說起親事一節，凡一應東西皆已妥當，只等擇日。柳湘蓮也感激不盡。

　　次日又來見寶玉，二人相會，如魚得水。湘蓮因問賈璉偷娶二房之事，寶玉笑道：「我聽見焙茗說，我卻未見，我也不敢多管。我又聽見焙茗說，璉二哥哥着實問你，不知有何話說？」湘蓮就將路上所有之事一概告訴寶玉，寶玉笑道：「大喜，大喜！難得這個標緻人，果然是個古今絕色，堪可配你。」湘蓮道：「既是這樣，他那裏少了人物，如何只想到我？況且我又素日不甚和他厚，也關切不至於此。路上忙忙的就那樣再三要定禮，難道女家反趕着男家不成！我自己疑惑起來，後悔不該留下這劍作定禮。所以後來想起你來，可以細細問個底裏才好。」寶玉道：「你原是個精細人，如何既放了定禮又疑惑起來？你原說只要一個絕色的，如今既得了個絕色便罷了，何必再疑？」湘蓮道：「你既不知他來歷，如何又知是絕色？」寶玉道：「他是珍大嫂子的繼母帶來的兩位小姨，我在那裏和他們混了一個月，怎麼不知？真真一對尤物，他又姓尤。」

　　湘蓮聽了，跌足道：「這事不好，斷乎做不得！你們東府裏，除了那兩個石頭獅子乾淨，只怕連貓兒狗兒都不乾淨。」寶玉聽說，當時滿臉通紅。湘蓮自悔失言，連忙作揖說：「我該死胡說了。你好歹告訴我，他品行如何？」寶玉笑道：「你既深知，又來問我做甚麼？連我也未必乾淨了。」湘蓮笑道：「原是我自己一時忘情，好歹別多心。」寶玉笑道：「何必再提，這倒是有心了。」湘蓮作揖告辭出來，心中想着要找薛蟠，一則他現病着，二則他又浮躁，不如去索回定禮。主意已定，便一徑來找賈璉。

　　賈璉正在新房中，聞得湘蓮來了，喜之不盡，忙迎了出來，讓到內室與尤老娘相見。湘蓮只作揖²稱老伯母，自稱晚生，賈璉聽了詫異。吃茶之間，湘蓮便說：「客中偶然忙促，誰知家姑母於四月間訂了弟婦，使弟無言可回。若從了二哥，背了姑母，似非合禮。若係金帛之訂，弟不敢索取，但此劍係祖父所遺，請仍賜回為幸。」賈璉聽了，便不自在，便說：「這話二弟你說錯

---

2)　　只作揖三句：初見面，不行跪拜等大禮，稱呼上也表示不承認岳母、女婿的關係，暗示拒絕這椿婚事。

了。定者，定也。原怕反悔所以為定。豈有婚姻之事，出入隨意的？這個斷乎使不得！」湘蓮笑道：「雖如此說，弟願領責受罰，然此事斷不敢從命！」賈璉還要饒舌，湘蓮便起身說：「請兄外邊一敍，此處不便。」

那尤三姐在房明明聽見。好容易等了他來，今忽反悔，便知他在賈府中聽了甚麼話來，把自己也當做淫奔無恥之流，不屑為妻。今若容他出去和賈璉說退親，料那賈璉必無法可處，就是爭辯起來，自己也無趣味。一聽賈璉要同他出去，連忙摘下劍來，將一股雌鋒隱在肘內，出來便說：「你們不必出去再議，還你的定禮。」一面淚如雨下，左手將劍並鞘送與湘蓮，右手回肘只往項上一橫。可憐「揉碎桃花紅滿地，玉山傾倒再難扶」。

當下唬得眾人急救不迭。尤老娘一面嚎哭，一面又罵湘蓮。賈璉忙揪住湘蓮，命人捆了送官。尤二姐忙止淚反勸賈璉：「人家並沒威逼，是他自尋短見。你便送他到官，又有何益？反覺生事出醜。不如放他去罷。」賈璉此時也沒了主意，便放了手命湘蓮快去。湘蓮反不動身，拉下手絹，拭淚道：「我並不知是這等剛烈人，真真可敬。是我沒福消受。」湘蓮反扶屍大哭一場。等買了棺木，眼見入殮，又撫棺大哭一場，方告辭而去。

出門無所之，昏昏默默，自想方才之事。原來尤三姐這樣標緻，又這等剛烈，自悔不及，信步行來，也不自知了。正走之間，聽得隱隱一陣環珮之聲，三姐從那邊來了，一手捧着鴛鴦劍，一手捧着一卷冊子，向柳湘蓮哭道：「妾痴情待君五年矣。不期君果冷心冷面，妾以死報此痴情。妾今奉警幻之命，前往太虛幻境修注案中所有一干情鬼。妾不忍相別，故來一會，從此再不能相見矣。」說畢，又向湘蓮灑了幾點眼淚，便要告辭而行。湘蓮不捨，忙欲上來拉住問時，那尤三姐便說：「來自情天，去由情地。前生誤被情惑，今既恥情而覺，與君兩無干涉。」說畢，一陣香風，無蹤無影去了。

湘蓮放聲大哭，不覺處夢中哭醒，似夢非夢，睜眼看時，竟是一座破廟，旁邊坐着一個跏腿道士捕虱。湘蓮便起身稽首相問：「此係何方？仙師仙名法號？」道士笑道：「連我也不知道此係何方，我係何人，不過暫來歇足而已。」柳湘蓮聽了，不覺冷然如寒冰浸骨，掣出那股雄劍，將萬根煩惱絲一揮而盡，便隨那道士，不知往那裏去了。要知端的，且聽下回分解。

💬 延伸思考

尤三姐的生命雖然短暫卻跌宕起伏。我們回想起她如何與賈珍肆意調笑、又如何堅持等了柳湘蓮五年。這樣性情熾烈的女子在揮劍自盡的那一刻如此決然，**轟轟烈烈**地離開了生命舞台。請你對她當時的心情做出分析。

💡 精華賞析

　　因為柳湘蓮從前的表現，我們以為他不是一個世俗之人，過着閑雲野鶴的生活，一定會與尤三姐有幸福的愛情生活。但誰料到最後竟以悲劇收場，讓人不禁唏噓。造成尤三姐命運悲劇的主要誘因有兩個，首先是因為她與賈府沾了邊，因賈府的名聲不好，所以也被誤會；其次是因為柳湘蓮內心的成見，要了解一個人，不能只看她周圍的環境，也要看她是不是能出淤泥而不染。但歸根到底，罪魁禍首還是壓抑人性的封建制度。柳湘蓮正是以封建社會對女性定下的教條來揣測尤三姐的，認為她自己挑選夫婿是不守婦道，誤會了她的品性，這才造成了終生的遺憾。

《 第六十七回 》

精讀 見土儀顰卿思故里
聞祕事鳳姐訊家童

賈璉將尤二姐藏在外宅裏，自以為天衣無縫。可世界上沒有不透風的牆，這件事能瞞得過鳳姐嗎？

點評

話說尤三姐自盡之後，尤老娘和二姐兒、賈珍、賈璉等俱不勝悲痛，自不必說，忙令人盛殮，送往城外埋葬。柳湘蓮見尤三姐身亡，痴情眷戀，卻被道人數句冷言打破迷關，竟自截髮出家，跟隨這瘋道人飄然而去，不知何往，暫且不表。

且說薛姨媽聞知湘蓮已說定了尤三姐為妻，心中甚喜，正是高高興興要打算替他買房子，治傢夥，擇吉迎娶，以報他救命之恩。忽有家中小廝吵嚷「三姐兒自盡了」，被小丫頭們聽見，告知薛姨媽。薛姨媽不知為何，心甚歎息。正在猜疑，寶釵從園裏過來，薛姨媽便對寶釵說道：「我的兒，你聽見了沒有？你珍大嫂子的妹妹三姑娘，他不是已經許定給你哥哥的義弟柳湘蓮了麼？不知為甚麼自刎了。那湘蓮也不知往那裏去了。真正奇怪的事，叫人意想不到的。」

寶釵聽了，並不在意，便說道：「俗語說的好，『天有不測風雲，人有旦夕禍福』。這也是他們前生命定。前兒媽媽為他救了哥哥，商量着替他料理，如今已經死的死了，走的走了，依我說，也只好由他罷了。媽媽也不必為他們傷感了。倒是自從哥哥打江南回來了一二十日，販了來的貨物，

● 寶釵的表現十分冷酷無情，我們想起金釧死去時，她也是這樣冷靜和無動於衷。正像怡紅院夜宴中寶釵抽取的簽文，「任是無情也動人」！

想來也該發完了。那同伴去的夥計們辛辛苦苦的，回來幾個月了，媽媽和哥哥商議商議，也該請一請，酬謝酬謝才是。別叫人家看着無理似的。」

　　母女正說話間，見薛蟠自外而入，眼中尚有淚痕。一進門來，便向他母親拍手說道：「媽媽可知道柳二哥尤三姐的事麼？」薛姨媽說：「我才聽見說，正在這裏和你妹妹說這件公案呢。」薛蟠道：「媽媽可聽見說柳湘蓮跟着一個道士出了家了麼？」薛姨媽道：「這越發奇了。怎麼柳相公那樣一個年輕的聰明人，一時糊塗了，就跟着道士去了呢？我想你們好了一場，他又無父母兄弟，單身一人在此，你該各處找找他才是。靠那道士能往那裏遠去，左不過是在這方近左右的廟裏寺裏罷了。」薛蟠說：「何嘗不是呢。我一聽見這個信兒，就連忙帶了小廝們在各處尋找，連一個影兒也沒有。又去問人，都說沒看見。」

　　薛姨媽說：「你既找尋過沒有，也算把你做朋友的心盡了。焉知他這一出家不是得了好處去呢。只是你如今也該張羅張羅買賣，二則把你自己娶媳婦應辦的事情，倒早些料理料理。咱們家沒人，俗語說的『夯雀兒先飛』，省得臨時丟三落四的不齊全，令人笑話。再者你妹妹才說，你也回家半個多月了，想貨物也該發完了，同你去的夥計們，也該擺桌酒給他們道道乏才是。人家陪着你走了二三千里的路程，受了四五個月的辛苦，而且在路上又替你擔了多少的驚怕沉重。」薛蟠聽說，便道：「媽媽說的很是，倒是妹妹想的周到。我也這樣想着，只因這些日子為各處發貨鬧的腦袋都大了。又為柳二哥的事忙了這幾日，反倒落了一個空，白張羅了一會子，倒把正經事都誤了。要不然定了明兒後兒下帖兒請罷。」薛姨媽道：「由你辦去罷。」

　　話猶未了，外面小廝進來回說：「管總的張大爺差人送了兩箱子東西來，說這是爺各自買的，不在貨賬裏面。本要早送來，因貨物箱子壓着，沒得拿；昨兒貨物發完了，所以

點評

今日才送來。」一面說着，一面又見兩個小廝搬進了兩個夾板夾的大棕箱。薛蟠一見，說：「阿喲，可是我怎麼就糊塗到這步田地了！特特的給媽和妹妹帶來的東西，都忘了，沒拿了家裏來，還是夥計送了來了。」寶釵說：「虧你說，還是特特的帶來的，才放了一二十天，若不是特特的帶來，大約要放到年底下才送來呢。我看你也諸事太不留心了。」薛蟠笑道：「想是在路上叫人把魂嚇掉了，還沒歸竅呢。」說着大家笑了一回，便向小丫頭說：「出去告訴小廝們，東西收下，叫他們回去罷。」

薛姨媽同寶釵因問：「到底是甚麼東西，這樣捆着綁着的？」薛蟠便叫兩個小廝進來，解了繩子，去了夾板，開了鎖看時，這一箱都是綢緞綾錦洋貨等家常應用之物。薛蟠笑着道：「那一箱是給妹妹帶的。」親自來開。母女二人看時，卻是些筆、墨、紙、硯、各色箋紙、香袋、香珠、扇子、扇墜、花粉、胭脂等物；外有虎丘帶來的自行人、酒令兒[1]，水銀灌的打筋斗小孩子、沙子燈，一齣一齣的泥人兒戲，用青紗罩的匣子裝着；又有在虎丘山上泥捏的薛蟠的小像，與薛蟠毫無相差。寶釵見了，別的都不理論，倒是薛蟠的小像，拿着細細看了一看，又看看他哥哥，不禁笑起來了。因叫鶯兒帶着幾個老婆子將這些東西連箱子送到園裏去，又和母親哥哥說了一回閒話，才回園子裏來。這裏薛姨媽將箱子裏的東西取出，一分一分的打點清楚，叫同喜送給賈母並王夫人等處不提。

且說寶釵到了自己房中，將那些玩意兒一件一件的過了目，除了自己留用之外，一分一分配合妥當，也有送筆墨紙硯的，也有送香袋扇子香墜的，也有送脂粉頭油的，有單送玩意兒的。只有黛玉的比別人不同，且又加厚一倍。——

● 寶釵行事周到，善於交際，在這些與人相處的細節上，她面面俱到。

---

1) 酒令兒：飲酒時所做的各種遊戲。這裏指專為行酒令用的牙籌、紙牌之類的玩具。

打點完畢，使鶯兒同着一個老婆子，跟着送往各處。

　　這邊姊妹諸人都收了東西，賞賜來使，說見面再謝。唯有林黛玉看見他家鄉之物，反自觸物傷情，想起：「父母雙亡，又無兄弟，寄居親戚家中，那裏有人也給我帶些土物？」想到這裏，不覺的又傷起心來了。紫鵑深知黛玉心腸，但也不敢說破，只在一旁勸道：「姑娘的身子多病，早晚服藥，這兩日看着比那些日子略好些。雖說精神長了一點兒，還算不得十分大好。今兒寶姑娘送來的這些東西，可見寶姑娘素日看得姑娘很重，姑娘看着該喜歡才是，為甚麼反倒傷起心來？這不是寶姑娘送東西來倒叫姑娘煩惱了不成？就是寶姑娘聽見，反覺臉上不好看。再者這裏老太太們為姑娘的病，千方百計請好大夫配藥診治，也為是姑娘的病好。這如今才好些，又這樣哭哭啼啼，豈不是自己糟蹋了自己身子，叫老太太看着添了愁煩了麼？況且姑娘這病，原是素日憂慮過度，傷了血氣。姑娘的千金貴體，也別自己看輕了。」紫鵑正在這裏勸解，只聽見小丫頭子在院內說：「寶二爺來了。」紫鵑忙說：「請二爺進來罷。」

　　只見寶玉進房來了，黛玉讓坐畢，寶玉見黛玉淚痕滿面，便問：「妹妹，又是誰氣着你了？」黛玉勉強笑道：「誰生甚麼氣！」旁邊紫鵑將嘴向床後桌上一努，寶玉會意，往那裏一瞧，見堆着許多東西，就知道是寶釵送來的，便取笑說道：「那裏這些東西，不是妹妹要開雜貨鋪啊？」黛玉也不答言。紫鵑笑着道：「二爺還提東西呢。因寶姑娘送了些東西來，姑娘一看就傷起心來了。我正在這裏勸解，恰好二爺來的很巧，替我們勸勸。」寶玉明知黛玉這個緣故，卻也不敢提頭兒，只得笑說道：「你們姑娘的緣故想來不為別的，必是寶姑娘送來的東西少，所以生氣傷心。妹妹，你放心，等我明年叫人往江南去，給你多多的帶兩船來，省得你淌眼抹淚的。」黛玉聽了這些話，也知寶玉是為自己開心，也不好推，也不好任，因說道：「我任憑怎麼沒見世面，也

到不了這步田地，因送的東西少，就生氣傷心。我又不是兩三歲的小孩子，你也忒把人看得小氣了。我有我的緣故，你那裏知道。」說着，眼淚又流下來了。

寶玉忙走到床前，挨着黛玉坐下，將那些東西一件一件拿起來擺弄着細瞧，故意問：「這是甚麼，叫甚麼名字？」「那是甚麼做的，這樣齊整？」「這是甚麼，要他做甚麼使用？」又說：「這一件可以擺在面前。」又說：「那一件可以放在條桌上，當古董兒倒好呢。」一味的將些沒要緊的話來廝混。黛玉見寶玉如此，自己心裏倒過不去，便說：「你不用在這裏混攪了。咱們到寶姐姐那邊去罷。」寶玉巴不得黛玉出去散散悶，解了悲痛，便道：「寶姐姐送咱們東西，咱們原該謝謝去。」黛玉道：「自家姊妹，這倒不必。只是到他那邊，薛大哥回來了，必然告訴他些南邊的古蹟兒，我去聽聽，只當回了家鄉一趟的。」說着，眼圈兒又紅了。寶玉便站着等他。黛玉只得同他出來，往寶釵那裏去了。

且說薛蟠聽了母親之言，急下了請帖，辦了酒席。次日，請了四位夥計，俱已到齊，不免說些販賣賬目發貨之事。不一時，上席讓坐，薛蟠挨次斟了酒。薛姨媽又使人出來致意。大家喝着酒說閒話兒。內中一個道：「今日這席上短兩個好朋友。」眾人齊問是誰，那人道：「還有誰，就是賈府上的璉二爺和大爺的盟弟柳二爺。」大家果然都想起來，問着薛蟠道：「怎麼不請璉二爺和柳二爺來？」薛蟠聞言，把眉一皺，歎口氣道：「璉二爺又往平安州去了，頭兩天就起了身了。那柳二爺竟別提起，真是天下頭一件奇事。甚麼是柳二爺，如今不知那裏作柳道爺去了。」眾人都詫異道：「這是怎麼說？」薛蟠便把湘蓮前後事體說了一遍。眾人聽了，越發駭異，因說道：「怪不的前日我們在店裏仿仿佛佛也聽見人吵嚷說，有一個道士三言兩語把一個人度了去了，又說一陣風颳了去了，只不知是誰。我們正發貨，那裏有閑工夫打聽這個事去？到如今還是似信不信的，誰知就是

柳二爺呢。早知是他，我們大家也該勸勸他才是。任他怎麼着，也不叫他去。」內中一個道：「別是這麼着罷？」眾人問怎麼樣，那人道：「柳二爺那樣個伶俐人，未必是真跟了道士去罷。他原會些武藝，又有力量，或看破那道士的妖術邪法，特意跟他去，在背地擺佈他，也未可知。」薛蟠道：「果然如此，倒也罷了。世上這些妖言惑眾的人，怎麼沒人治他一下子。」眾人道：「那時你知道了，難道也沒找尋他去？」薛蟠說：「城裏城外，那裏沒有找到？不怕你們笑話，我找不着他，還哭了一場呢。」言畢，只是長吁短歎無精打采的，不像往日高興。眾夥計見他這樣光景，自然不便久坐，不過隨便喝了幾杯酒，吃了飯，大家散了。

● 薛蟠平時很任性，貴族公子的各種惡習他都有，但從他對柳湘蓮的態度上看，他又顯得十分重視情義，顯得比寶釵更有人情味。

且說寶玉同着黛玉到寶釵處來。寶玉見了寶釵，便說道：「大哥哥辛辛苦苦的帶了東西來，姐姐留着使罷，又送我們。」寶釵笑道：「不是甚麼好東西，不過是遠路帶來的土物兒，大家看着新鮮些就是了。」黛玉道：「這些東西我們小時候倒不理會，如今看見，真是新鮮物兒了。」寶釵因笑道：「妹妹知道，這就是俗語說的『物離鄉貴』，其實可算甚麼呢。」寶玉聽了這話正對了黛玉方才的心事，連忙拿話岔道：「明年好歹大哥哥再去時，替我們多帶些來。」黛玉瞅了他一眼，便道：「你要你只管說，不必拉扯上人。姐姐你瞧，寶哥哥不是給姐姐來道謝，竟又要定下明年的東西來了。」說的寶釵寶玉都笑了。

三個人又閑話了一回，因提起黛玉的病來。寶釵勸了一回，因說道：「妹妹若覺着身子不爽快，倒要自己勉強扎掙着出來走走逛逛，散散心，比在屋裏悶坐着到底好些。我那兩日不是覺着發懶，渾身發熱，只是要歪着，也因為時氣不好，怕病，因此尋些事情自己混着。這兩日才覺着好些了。」黛玉道：「姐姐說的何嘗不是。我也是這麼想着呢。」大家又坐了一會方散。寶玉仍把黛玉送至瀟湘館門首，才各自回去了。

點評

且說趙姨娘因見寶釵送了賈環些東西，心中甚是喜歡，想道：「怨不得別人都說寶丫頭好，會做人，很大方，如今看起來果然不錯。他哥哥能帶了多少東西來，他挨門兒送到，並不遺漏一處，也不露出誰薄誰厚，連我們這樣沒時運的，他都想到了。若是那林丫頭，他把我們娘兒們正眼也不瞧，那裏還肯送我們東西？」一面想，一面把那些東西翻來覆去的擺弄瞧了一回。忽然想到寶釵和王夫人是親戚，為何不到王夫人跟前賣個好兒呢？自己便蠍蠍螫螫的拿着東西，走至王夫人房中，站在旁邊，陪笑說道：「這是寶姑娘才剛給環哥兒的。難為寶姑娘這麼年輕的人，想的這麼周到，真是大戶人家的姑娘，又展樣[2]，又大方，怎麼叫人不敬奉呢。怪不得老太太和太太成日家都誇他疼他。我也不敢自專就收起來，特拿來給太太瞧瞧，太太也喜歡喜歡。」王夫人聽了，早知道來意，又見他說的不倫不類，也不便不理他，說道：「你只管收了去給環哥玩罷。」趙姨娘來時興興頭頭，誰知抹了一鼻子灰，滿心生氣，又不敢露出來，只得訕訕的出來了。到了自己房中，將東西丟在一邊，嘴裏咕咕噥噥自言自語道：「這個又算了個甚麼兒呢。」一面坐着，各自生了一回悶氣。

卻說鶯兒帶着老婆子們送東西回來，回覆了寶釵，將眾人道謝的話並賞賜的銀錢都回完了，那老婆子便出去了。鶯兒走近前來一步，挨着寶釵悄悄的說道：「剛才我到璉二奶奶那邊，看見二奶奶一臉的怒氣。我送下東西出來時，悄悄的問小紅，說剛才二奶奶從老太太屋裏回來，不似往日歡天喜地的，叫了平兒去，唧唧咕咕的不知說了些甚麼。看那個光景，倒像有甚麼大事的似的。姑娘沒聽見那邊老太太有甚麼事？」寶釵聽了，也自己納悶，想不出鳳姐是為甚麼有

● 鶯兒的話在本回中具有承上啟下的作用。前面，文中着重講述寶釵的活動，而此處提到鳳姐，暗示賈府發生了一件大事，為後文留下了懸念。

---

2)　　　展樣：物品的式樣大方美觀。這裏指人的氣派大方，有樣。

氣，便道：「各人家有各人的事，咱們那裏管得。你去倒茶去罷。」鶯兒於是出來，自去倒茶不提。

　　且說寶玉送了黛玉回來，想着黛玉的孤苦，不免也替他傷感起來。因要將這話告訴襲人，進來時卻只有麝月秋紋在房中。因問：「你襲人姐姐那裏去了？」麝月道：「左不過在這幾個院裏，那裏就丟了他。一時不見，就這樣找。」寶玉笑着道：「不是怕丟了。我方才到林姑娘那邊，見林姑娘正在傷心，問起來，卻是為寶姐姐送了他東西，他看見是他家鄉的土物，不免對景傷情。我要告訴你襲人姐姐，叫他閑時過去勸勸。」正說着，晴雯進來了，因問寶玉道：「你回來了，又要叫勸誰？」寶玉將方才的話說了一遍。晴雯道：「襲人姐姐才出去，聽見他說要到璉二奶奶那邊去。保不住還到林姑娘那裏去呢。」寶玉聽了，便不言語。秋紋倒了茶來，寶玉漱了一口，遞給小丫頭子，心中着實不自在，就隨便歪在床上。

　　卻說襲人因寶玉出門，自己作了回活計，忽想起鳳姐身上不好，這幾日也沒有過去看看，況聞賈璉出門，正好大家說說話兒。便告訴晴雯：「好生在屋裏，別都出去了，叫寶玉回來抓不着人。」晴雯道：「咳喲，這屋裏單你一個人惦記着他，他們都是白閑着混飯吃的。」襲人笑着，也不答言，就走了。

　　剛來到沁芳橋畔，那時正是夏末秋初，池中蓮藕新殘相間，紅綠離披。襲人走着，沿堤看玩了一回。猛抬頭看見那邊葡萄架底下有人拿着撢子在那裏撢甚麼呢，走到跟前，卻是老祝媽。那老婆子見了襲人，便笑嘻嘻的迎上來，說道：「姑娘怎麼今日得工夫出來逛逛？」襲人道：「可不是嗎。我要到璉二奶奶家瞧瞧去。你這裏做甚麼呢？」那婆子道：「我在這裏趕蜜蜂兒。今年三伏裏雨水少，這果子樹上都有蟲子，把果子吃的疤癩流星的，掉了好些。姑娘還不知道呢，這馬蜂最可惡的，一嘟嚕上只咬破三兩個兒，那破的

水滴到好的上頭，連這一嘟嚕都是要爛的。姑娘你瞧，咱們說話的空兒沒趕，就落上許多了。」

襲人道：「你就是不住手的趕，也趕不了許多。你倒是告訴買辦，叫他多多做些小冷布口袋兒，一嘟嚕套上一個，又透風，又不糟蹋。」婆子笑道：「倒是姑娘說的是。我今年才管上，那裏知道這個巧法兒呢？」因又笑着說道：「今年果子雖糟蹋了些，味兒倒好，不信摘一個姑娘嘗嘗。」襲人正色道：「這那裏使得。不但沒熟吃不得，就是熟了，上頭還沒有供鮮，咱們倒先吃了。你是府裏使老了的，難道連這個規矩都不懂了？」老祝媽忙笑道：「姑娘說得是。我見姑娘很喜歡，我才敢這麼說，可就把規矩錯了，我可是老糊塗了。」襲人道：「這也沒有甚麼。只是你們有年紀的老奶奶們，別先領着頭兒這麼着就好了。」說着，遂一徑出了園門，來到鳳姐這邊。

一到院裏，只聽鳳姐說道：「天理良心，我在這屋裏熬的越發成了賊了。」襲人聽見這話，知道有緣故了，又不好回來，又不好進去，遂把腳步放重些，隔着窗子問道：「平姐姐在家裏呢麼？」平兒忙答應着迎出來。襲人便問：「二奶奶也在家裏呢，身上可大安了？」說着，已走進來。鳳姐裝着在床上歪着呢，見襲人進來，也笑着站起來，說：「好些了，叫你惦着。怎麼這幾日不過我們這邊坐坐？」襲人道：「奶奶身上欠安，本該天天過來請安才是。但只怕奶奶身上不爽快，倒要靜靜兒的歇歇，我們來了，倒吵的奶奶煩。」

鳳姐笑道：「煩是沒的話。倒是寶兄弟屋裏雖然人多，也就靠着你一個照看他，也實在的離不開。我常聽見平兒告訴我，說你背地裏還惦着我，常常問我。這就是你盡心了。」一面說着，叫平兒挪了張杌子放在床旁邊，讓襲人坐下。豐兒端進茶來，襲人欠身道：「妹妹坐着罷。」一面說閑話兒。只見一個小丫頭子在外間屋裏悄悄的和平兒說：「旺兒來了，在二門上伺候着呢。」又聽見平兒也悄悄的道：

「知道了。叫他先去，回來再來，別在門口兒站着。」襲人知他們有事，又說了兩句話，便起身要走。鳳姐道：「閑來坐坐，說說話兒，我倒開心。」因命平兒：「送送你妹妹。」平兒答應着送出來。只見兩三個小丫頭子，都在那裏屏聲息氣齊齊的伺候着。襲人不知何事，便自去了。

卻說平兒送出襲人，進來回道：「旺兒才來了，因襲人在這裏我叫他先到外頭等等兒，這會子還是立刻叫他呢，還是等着？請奶奶的示下。」鳳姐道：「叫他來。」平兒忙叫小丫頭去傳旺兒進來。這裏鳳姐又問平兒：「你到底是怎麼聽見說的？」平兒道：「就是頭裏那小丫頭子的話。他說他在二門裏頭聽見外頭兩個小廝說：『這個新二奶奶比咱們舊二奶奶還俊呢，脾氣兒也好。』不知是旺兒是誰，吆喝了兩個一頓，說：『甚麼新奶奶舊奶奶的，還不快悄悄兒的呢，叫裏頭知道了，把你的舌頭還割了呢。』」平兒正說着，只見一個小丫頭進來回說：「旺兒在外頭伺候着呢。」鳳姐聽了，冷笑了一聲說：「叫他進來。」那小丫頭出來說：「奶奶叫呢。」旺兒連忙答應着進來。

旺兒請了安，在外間門口垂手待立。鳳姐兒道：「你過來，我問你話。」旺兒才走到裏間門旁站着。鳳姐道：「你二爺在外頭弄了人，你知道不知道？」旺兒又打着千兒回道：「奴才天天在二門上聽差事，如何能知道二爺外頭的事呢？」鳳姐冷笑道：「你自然不知道。你要知道，怎麼攔人呢。」旺兒聽了這話，知道方才的話已經走了風了，料着瞞不過，便又跪回道：「奴才實在不知。就是頭裏興兒和喜兒兩個人在那裏混說，奴才吆喝了他們幾句。內中深情底裏奴才不知道，不敢妄回。求奶奶問興兒，他是長跟二爺出門的。」鳳姐聽了，下死勁啐了一口，罵道：「你們這一起沒良心的混賬忘八崽子！都是一條藤兒，打量我不知道呢。先去給我把興兒那個忘八崽子叫了來，你也不許走。問明白了他，回來再問你。好，好，好，這才是我使出來的好人

呢！」那旺兒只得連聲答應幾個是，磕了個頭爬起來，出去叫興兒。

卻說興兒正在賬房兒裏和小廝們玩呢，聽見說二奶奶叫，先唬了一跳，卻也想不到是這件事發作了，連忙跟着旺兒進來。旺兒先進去，回說：「興兒來了。」鳳姐兒厲聲道：「叫他來！」興兒聽見這個聲音兒，早已沒了主意了，只得仗着膽子³進來。鳳姐兒一見，便說：「好小子啊！你和你爺辦的好事啊！你只實說罷！」興兒一聞此言，又看見鳳姐兒氣色及兩邊丫頭們的光景，早唬軟了，不覺跪下，只是磕頭。鳳姐兒道：「論起這事來，我也聽見說不與你相干。但只你不早來回我知道，這就是你的不是了。你要實說了，我還饒你；再有一字虛言，你先摸摸你腔子上幾個腦袋瓜子！」興兒戰兢兢的朝上磕頭道：「奶奶問的是甚麼事，奴才同爺辦壞了？」鳳姐聽了，一腔火都發作起來，喝命：「打嘴巴！」旺兒過來才要打時，鳳姐兒罵道：「甚麼糊塗忘八崽子！叫他自己打，用你打嗎！一會子你再打你自己的嘴巴子還不遲呢。」

那興兒真個自己左右開弓打了自己十幾個嘴巴。鳳姐兒喝聲「站住」，問道：「你二爺外頭娶了甚麼新奶奶舊奶奶的事，你大概不知道啊。」興兒見說出這件事來，越發着了慌，連忙把帽子抓下來在磚地上咕咚咕咚碰的頭山響，口裏說道：「只求奶奶超生，奴才再不敢撒一個字兒的謊。」鳳姐道：「快說！」興兒直蹶蹶的跪起來回道：「這事頭裏奴才也不知道。就是這一天，東府裏大老爺送了殯，俞祿往珍大爺廟裏去領銀子。二爺同着蓉哥兒到了東府裏，道兒上爺兒兩個說起珍大奶奶那邊的二位姨奶奶來。二爺誇他好，蓉哥兒哄着二爺，說把二姨奶奶說給二爺。」鳳姐聽到這裏，

---

3)　　仗着膽子：本來害怕，沒辦法只好硬着頭皮壯起膽子來。

使勁啐道：「呸，沒臉的忘八蛋！他是你那一門子的姨奶奶！」興兒忙又磕頭說：「奴才該死！」往上瞅着，不敢言語。鳳姐兒道：「完了嗎？怎麼不說了？」興兒方才又回道：「奶奶恕奴才，奴才才敢回。」鳳姐啐道：「放你媽的屁，這還甚麼恕不恕了。你好生給我往下說，好多着呢。」興兒又回道：「二爺聽見這個話就喜歡了。後來奴才也不知道怎麼就弄真了。」鳳姐微微冷笑道：「這個自然麼，你可那裏知道呢！你知道的只怕都煩了呢。是了，說底下的罷！」興兒回道：「後來就是蓉哥兒給二爺找了房子。」鳳姐忙問道：「如今房子在那裏？」興兒道：「就在府後頭。」鳳姐兒道：「哦。」回頭瞅着平兒道：「咱們都是死人哪。你聽聽！」平兒也不敢作聲。

　　興兒又回道：「珍大爺那邊給了張家不知多少銀子，那張家就不問了。」鳳姐道：「這裏頭怎麼又拉扯上甚麼張家李家咧呢？」興兒回道：「奶奶不知道，這二奶奶……」剛說到這裏，又自己打了個嘴巴，把鳳姐兒倒慪笑了。兩邊的丫頭也都抿嘴兒笑。興兒想了想，說道：「那珍大奶奶的妹子……」鳳姐兒接着道：「怎麼樣？快說呀。」興兒道：「那珍大奶奶的妹子原來從小兒有人家的，姓張，叫甚麼張華，如今窮的待好討飯。珍大爺許了他銀子，他就退了親了。」鳳姐兒聽到這裏，點了點頭兒，回頭便望丫頭們說道：「你們都聽見了？小忘八崽子，頭裏他還說他不知道呢！」興兒又回道：「後來二爺才叫人裱糊了房子，娶過來了。」鳳姐道：「打那裏娶過來的？」興兒回道：「就在他老娘家抬過來的。」鳳姐道：「好罷咧。」又問：「沒人送親麼？」興兒道：「就是蓉哥兒。還有幾個丫頭老婆子們，沒別人。」鳳姐道：「你大奶奶沒來嗎？」興兒道：「過了兩天，大奶奶才拿了些東西來瞧的。」

　　鳳姐兒笑了一笑，回頭向平兒道：「怪道那兩天二爺稱讚大奶奶不離嘴呢。」掉過臉來又問興兒，「誰服侍呢？自

●《紅樓夢》經過作者十年增刪，沒有一個浪費的細節。前文交代尤二姐一事時只約略提過二姐曾許配張家，卻原來是一個伏筆，將對故事的發展起到作用。

然是你了。」興兒趕着碰頭不言語。鳳姐又問：「前頭那些日子說給那府裏辦事，想來辦的就是這個了。」興兒回道：「也有辦事的時候，也有往新房子裏去的時候。」鳳姐又問道：「誰和他住着呢。」興兒道：「他母親和他妹子。昨兒他妹子自己抹了脖子了。」鳳姐道：「這又為甚麼？」興兒隨將柳湘蓮的事說了一遍。鳳姐道：「這個人還算造化高，省了當那出名兒的忘八。」因又問道：「沒了別的事了麼？」興兒道：「別的事奴才不知道。奴才剛才說的字字是實話，一字虛假，奶奶問出來只管打死奴才，奴才也無怨的。」

　　鳳姐低了一回頭，便又指着興兒說道：「你這個猴兒崽子就該打死。這有甚麼瞞着我的？你想着瞞了我，就在你那糊塗爺跟前討了好兒了，你新奶奶好疼你。我不看你剛才還有點怕懼兒，不敢撒謊，我把你的腿不給你砸折了呢。」說着喝聲「起去」。興兒磕了個頭，才爬起來，退到外間門口，不敢就走。鳳姐道：「過來，我還有話呢。」興兒趕忙垂手敬聽。鳳姐道：「你忙甚麼，新奶奶等着賞你甚麼呢？」興兒也不敢抬頭。鳳姐道：「你從今日不許過去。我甚麼時候叫你，你甚麼時候到。遲一步兒，你試試！出去罷。」興兒忙答應幾個「是」，退出門來。鳳姐又叫道：「興兒！」興兒趕忙答應回來。鳳姐道：「你快出去告訴你二爺去，是不是啊！」興兒回道：「奴才不敢。」鳳姐道：「你出去提一個字兒，提防你的皮！」興兒連忙答應着，才出去了。鳳姐又叫：「旺兒呢？」旺兒連忙答應着過來。鳳姐把眼直瞪瞪的瞅了兩三句話的工夫，才說道：「好旺兒，很好，去罷！外頭有人提一個字兒，全在你身上。」旺兒答應着，也慢慢的退出去。

　　鳳姐便叫倒茶。小丫頭子們會意，都出去了。這裏鳳姐才和平兒說：「你都聽見了？這才好呢。」平兒也不敢答言，只好陪笑兒。鳳姐越想越氣，歪在枕上只是出神，忽然眉頭一皺，計上心來，便叫：「平兒來！」平兒連忙答應過

● 鳳姐在氣憤中仍然十分冷靜、果決。她在計劃着甚麼，這引起了我們閱讀下文的興趣。

來。鳳姐道：「我想這件事竟該這麼着才好。也不必等你二爺回來再商量了。」未知鳳姐如何辦理，且看下回分解。

💡 **精華賞析**

　　在鳳姐的威嚇下，下人們老實交代了賈璉私娶尤二姐的全過程。鳳姐本來就心高氣傲，這樣受蒙騙怎麼可能甘心。在大事發生的情況下，作者用簡潔的語言勾勒出了鳳姐的性格，她對下人的譏諷、威嚇，無一不是為了達到她的目的，而她的冷靜裏時刻都透着陰狠。

《第六十八回》

精讀 苦尤娘賺入大觀園
酸鳳姐大鬧寧國府

賈璉外出還沒有回來，鳳姐來到尤二姐的住處，甜言蜜語地將尤二姐接進賈府，並安排到大觀園裏居住。難道她真的這麼好心嗎？

點評

話說賈璉起身去後，偏值平安節度巡邊在外，約一個月方回。賈璉未得確信，只得住在下處等候。及至回來相見，將事辦妥，回程已是將近兩個月的限了。

誰知鳳姐心下早已算定，只待賈璉前腳走了，回來便傳各色匠役，收拾東廂房三間，照依自己正室一樣裝飾陳設。至十四日便回明賈母王夫人，說十五日一早要到姑子廟裏進香去。只帶了平兒、豐兒、周瑞媳婦、旺兒媳婦四人，未曾上車，便將原故告訴了眾人。又吩咐眾男人，素衣素蓋，一徑前來。

興兒引路，一直到了二姐門前扣門。鮑二家的開了。興兒笑說：「快回二奶奶去，大奶奶來了。」鮑二家的聽了這話，頂樑骨走了真魂，忙飛跑進去報與尤二姐。尤二姐雖也一驚，但已來了，只得以禮相見，於是忙整理衣裳迎了出來。至門前，鳳姐方下車進來。尤二姐一看，只見鳳姐頭上皆是素白銀器，身上月白緞襖，青緞披風，白綾素裙。眉彎柳葉，高吊兩梢，目橫丹鳳，神凝三角，俏麗若三春之桃，清素若九秋之菊。周瑞旺兒二女人攙入院來。尤二姐陪笑忙迎上來拜見，張口便叫「姊姊」，說：「今兒實在不知道姊姊

● 鳳姐平日在府裏裝扮何等華麗有排場，這會兒倒借進香為名換上素衣，才去見二姐，一副清雅淡然的模樣，好讓二姐不知道她是個厲害的人。這素衣就像是鳳姐演這場戲的「戲服」。

下降，不曾遠接，望恕倉促之罪。」說着便福了下來。鳳姐
忙陪笑還禮不迭。二人攜手同入室中。

　　鳳姐在上坐，尤二姐命丫鬟拿褥子來便行禮，說：「妹
子年輕，一從到了這裏諸事，凡事都是家母和家姊商議主
張。今日有幸相會，若姊姊不棄寒微，凡事求姊姊的指示教
訓。奴亦傾心吐膽，只伏侍姊姊。」說着，便行下禮去。鳳
姐兒忙下座還禮，口內忙說：「皆因我也年輕，向來總是婦
人的見識，一味的只勸二爺保重，別在外邊眠花宿柳，恐
怕叫太爺太太耽心。這都是我的痴心，誰知二爺倒錯會了
我的意。若是外頭包佔人家姐妹，瞞着家裏也罷了；如今娶
了妹妹作二房，這樣正經大事，也是人家大禮，卻不曾合我
說。我也勸過二爺，早辦這件事，果然生個一男半女，連我
後來都有靠。不想二爺反以我為那等妒忌不堪的人，私自辦
了，真真叫我有冤沒處訴。我的這個心，唯有天地可表。頭
十天頭裏，我就風聞着知道了，只怕二爺又錯想了，遂不敢
先說；目今可巧二爺走了，所以我親自過來拜見。還求妹妹
體諒我的苦心，起動大駕，挪至家中。你我姊妹同居同處，
彼此合心合意的諫勸二爺，謹慎世務，保養身子，這才是大
禮呢。要是妹妹在外，我在裏頭，妹妹自想想，我心裏怎麼
過的去？再者叫外人聽着，不但我的名聲不好聽，就是妹妹
的名兒也不雅。況二爺的名聲更是要緊，倒是談論咱們姐妹
們，還是小事。至於那起下人小人之言，未免見我素習持
家太嚴，背地裏加添些言語，也是常情。妹妹想：自古說
的『當家人，惡水缸』。我要真有不容人的地方兒，上頭三
層公婆，當中有好幾位姊妹妯娌們，怎麼容的我到今日？就
是今日二爺私娶妹妹，在外住着，我自然不願意見妹妹，我
如何還肯來呢？拿着我們平兒說起，我還勸着二爺收他呢。
這都是天地神佛不忍的叫這些小人們糟蹋我，所以才叫我知
道了。我如今來求妹妹進去，和我一塊兒，住的使的，帶的
穿的，總是一樣兒的。妹妹這樣伶俐人，要肯真心幫我，我

　　點評

● 鳳姐這一番話顯得
情真意切，打消了尤
二姐的顧慮，也讓尤
二姐沒有藉口拒絕她
的邀請。

也得個膀臂。不但那起小人，堵了他們的嘴；就是二爺，回來一見，他也從今後悔，我並不是那種吃醋調歪的人。你我三人，更加和氣，所以妹妹還是我的大恩人呢。要是妹妹不合我去，我也願意搬出來，陪着妹妹住，只求妹妹在二爺跟前，替我好言方便，留我個站腳地方兒，就叫我伏侍妹妹梳頭洗臉，也是願意的。」說着，便嗚嗚咽咽哭將起來。尤二姐見了這般，也不免淌下淚來。

　　二人對見了禮，分序坐下。平兒忙也上來要見禮。尤二姐見他打扮不凡，舉止品貌不俗，料定是平兒，連忙親身挽住，只叫：「妹子，快別這麼着，你我是一樣的人。」鳳姐忙也起身笑說：「折死了他！妹子只管受禮，他原是咱們的丫頭。以後快別這麼着。」說着，又命周瑞家的從包袱裏取出四匹上色尺頭，四對金珠簪環為拜見的禮。尤二姐忙拜受了。二人吃茶，對訴已往之事。鳳姐口內全是自怨自錯，說「怨不得別人，如今只求妹妹疼我」。

　　尤二姐是個實心人，便認他作是個極好的人，想道小人不逐心，誹謗主子亦是常理，故傾心吐膽，絮了一會，竟把鳳姐認為知己。又見周瑞等媳婦在旁邊稱揚鳳姐素日許多好處，只是吃虧心太痴了，反惹人怨；又說「已經預備了房屋，奶奶進去一看便知」。尤氏心中早已要進去同住方好，今又見如此，豈有不允之理？便說：「原該跟了姐姐去，只是這裏怎樣着呢？」鳳姐兒道：「這有何難，妹妹的箱籠細軟之物着小廝搬了進去。這些粗夯貨要他無用，還叫人看着。妹妹說誰妥當就叫誰在這裏。」尤二姐忙說：「今日既遇見姊姊，這一進去，凡事只憑姊姊料理。我也來的日子淺，也不曾當過家，世事不明白，如何敢作主呢？這幾件箱籠拿進去罷。我也沒有甚麼東西，那也不過是二爺的。」

　　鳳姐聽了，便命周瑞家的記清，好生看管着抬到東廂房去。於是催着尤二姐急忙穿戴了，二人攜手上車，又同坐一處，又悄悄的告訴他：「我們家的規矩大。這事老太太、

太太一概不知，倘或知道二爺孝中娶你，管把他打死了。如今且別見老太太、太太。我們有一個園子極大，姊妹們住着，容易沒人去的。你這一去且在園裏住兩天，等我設個法子回明白了，那時再見方妥。」尤二姐道：「任憑姊姊裁處。」那些跟車的小廝們皆是預先說明的，如今不走大門，只奔後門而來。

　　下了車，趕散眾人。鳳姐便帶尤氏進了大觀園的後門，來到李紈處相見了。彼時大觀園中十停人已有九停人知道了，今忽見鳳姐帶了進來，引動眾人來看問。二姐一一見過。眾人見他標緻和悅，無不稱揚。鳳姐又一一的吩咐園中婆子丫頭：「都不許在外走了風聲，若老太太、太太知道，我先叫你們死。」園中婆子丫頭都素懼鳳姐的，又係賈璉國孝家孝中所行之事，知道關係非常，都不管這事。鳳姐悄悄的求李紈收養幾日，「等回明了，我們自然過去的」。李紈見鳳姐那邊已收拾房屋，況在服中，不好倡揚，自是正理，只得收下權住。鳳姐又便去將他的丫頭一概退出，又將自己的一個丫頭送來與他使喚。暗暗吩咐園中媳婦們：「好生照看着他。若有走失逃亡，一概和你們算賬。」自己又去暗中行事，不提。

　　且說合家之人都暗暗的納罕說：「他如何這等賢惠起來了？」那二姐得了這個所在，又見園中姊妹各各相好，倒也安心樂業的自謂得其所矣。誰知三日之後，丫頭善姐便有些不服使喚起來。二姐因說：「沒了頭油了，你去回聲大奶奶拿些來。」善姐便道：「二奶奶，你怎麼不知好歹，沒眼色？我們奶奶天天承應了老太太，又要承應這邊太太那邊太太。這些姑娘妯娌們，上下幾百男女，天天起來，都等他的話。一日少說，大事也有一二十件，小事還有三五十件。外頭的從娘娘算起，以及王公侯伯家，多少人情客禮；家裏又有這些親友的調度；銀子上千錢上萬，一日都從他一人手裏出入，一個嘴裏調度，那裏為這點子小事去煩瑣他？我勸你能着些

點評

兒罷。咱們又不是明媒正娶來的，這是他亘古少有一個賢良人才這樣待你，若差些兒的人，聽見了這話，不知怎樣吵嚷起來，把你丟在外頭，死不死，活不活，你敢怎麼着呢！」

一席話，說的二姐垂了頭，自為有這一說，少不得將就些罷了。那善姐漸漸的連飯也不端來與他吃了，或早一頓，或晚一頓，所拿來的東西，皆是剩的。二姐說過兩次，他反瞪着眼亂叫起來。二姐又怕人笑他不安分，少不得忍着。隔五日八日見鳳姐一面，那鳳姐卻是和容悅色，滿嘴「好妹妹」不絕口。又說：「倘有下人不到之處，你降不住他們，只管告訴我，我打他們。」又罵丫頭媳婦說：「我深知你們，軟的欺，硬的怕，背開我的眼，還怕誰？倘或二奶奶告訴我一個不字，我要你們的命！」二姐見他這般的好心，思想：「既有他，何必我又多事？下人不知好歹，也是常情。我若告了，他們受了委屈，到叫人說我不賢良。」因此反替他們遮掩。

鳳姐一面使旺兒在外打聽這尤二姐的底細，皆已深知，果然已有了婆家的，女婿現在才十九歲，成日在外嫖賭，不理生業，家私花盡了，父親攆他出來，現在賭錢廠裏存身。父親受了尤婆十兩銀子退了親的，這女婿尚不知道。原來這小夥子名叫張華。鳳姐都一一盡知原委，便封了二十兩銀子與旺兒，悄悄命他將張華勾來養活，着他寫一張狀子，只管往有司衙門中告去，就告璉二爺「國孝家孝之中，背旨瞞親，仗財倚勢，強逼退親，停妻再娶」等語。這張華也深知利害，不敢造次。旺兒回了鳳姐，鳳姐氣的罵道：「真是他娘的話！怨不得俗語說的，『癩狗扶不上牆』的！你細細的說給他，『就告我們家謀反也沒要緊，不過是借他一鬧，大家沒臉；若鬧大了，我這裏自然能夠平服的。」旺兒領命，只得細說與張華。鳳姐又吩咐旺兒：「他若告了你，你就和他對詞去。」如此如此，這般這般，「我自有道理。」旺兒聽了有他做主，便又命張華狀子上添上自己，說：「你

只告我來旺的過付[1]，一應調唆二爺做的。」張華得了主意，和旺兒商議定了，寫了一紙狀子，次日便往都察院喊了冤。

察院坐堂看狀子，是告賈璉的事，上面有家人旺兒一人，只得遣人去賈府傳旺兒來對詞。青衣[2]不敢擅入，只命人帶信。那旺兒正等着此事，不用人帶信，早在這條街上等候。見了青衣，反迎上去，笑道：「起動眾位兄弟：必是兄弟的事犯了。說不得，快來套上吧。」眾青衣不敢，只說：「你老走罷，別鬧了。」

於是來至堂上跪了。察院命將狀子與他看。旺兒故意看了一遍，碰頭說道：「這事小的盡知，小的主人實有此事。但這張華素與小的有仇，故意扯小的在內。其中還有別人，求老爺再問。」張華碰頭說：「雖還有人，小的不敢告他，所以只告他下人。」旺兒故意急的說：「糊塗東西，還不快說出來！這是朝廷公堂之上，憑是主子，也要說出來。」張華便說出賈蓉來。察院聽了無法，只得去傳賈蓉。鳳姐又差了慶兒暗中打聽，告下來了，便忙將王信喚來，告訴他此事，命他託察院只虛張聲勢驚唬而已，又拿了三百銀子給他打點。是夜王信到了察院私第，安了根子。

那察院深知原委，收了贓銀。次日回堂，只說張華無賴，因拖欠了賈府銀兩，枉捏虛詞，誣賴良人。都察院又素與王子騰相好，王信也只到家說了一聲，況是賈府之人，巴不得了事，便也不提此事，且都收下，只傳賈蓉對詞。

且說賈蓉正忙着賈珍之事，忽有人來報信，說有人告你們如此如此，這般這般，快作道理。賈蓉慌了，忙來回賈珍。賈珍說：「我防了這一着，只虧他好大膽子。」即刻封了二百銀子着人去打點察院，又命家人去對詞。正商議

之間，人回：「西府二奶奶來了。」賈珍聽了這個，倒吃了一驚，忙要同賈蓉藏躲，不想鳳姐已進來了，說：「好大哥哥，帶着兄弟們幹的好事！」賈蓉忙請安，鳳姐拉了他就進來。賈珍還笑說：「好生伺候你嬸娘，吩咐他們殺牲口預備飯。」說了，忙命備馬，躲往別處去了。

這裏鳳姐兒帶着賈蓉走進上屋，尤氏正迎了出來，見鳳姐氣色不善，忙笑說：「甚麼事情這等忙？」鳳姐照臉一口吐沫啐道：「你尤家的丫頭沒人要了，偷着只往賈家送！難道賈家的人都是好的，普天下死絕了男人了！你就願意給，也要三媒六證，大家說明，成個體統才是。你痰迷了心，脂油蒙了竅，國孝家孝兩層在身，就把個人送來了。這會子叫人告我們，連官場中都知道我利害，吃醋。如今指名提我，要休我。我來了這裏，幹錯了甚麼不是，你這等害我？或是老太太、太太有了話在你心裏，使你們做這圈套，要擠我出去？如今咱們兩個一同去見官，分證明白，回來咱們公同請了合族中人，大家覿面說個明白，給我休書，我就走路！」一面說，一面大哭，拉着尤氏，只要去見官。

急的賈蓉跪在地下磕頭，只求「嬸娘息怒。」鳳姐兒一面又罵賈蓉：「天雷劈腦子、五鬼分屍的沒良心的東西！不知天有多高，地有多厚，成日家調三窩四，幹出這些沒臉面沒王法敗家破業的營生。你死了的娘，陰靈也不容你！祖宗也不容你！還敢來勸我！」哭罵着揚手就打。唬的賈蓉忙磕頭說道：「嬸嬸別動氣！只求嬸娘別看這一時，姪兒千日的不好，還有一日的好。實在嬸娘氣不平，何用嬸娘打，等我自己打，嬸娘只別生氣！」說着，自己舉手，左右開弓，自己打了一頓嘴巴子。又自己問着自己說：「以後可還再顧三不顧四的混管閑事了？以後還單聽叔叔的話、不聽嬸娘的話了？嬸娘是怎麼樣待你？你這麼沒良心的！」眾人又是勸，又要笑，又不敢笑。

鳳姐兒滾到尤氏懷裏，嚎天動地，大放悲聲，只說：

「給你兄弟娶親我不惱。為甚麼使他違旨背親，將混賬名兒給我背着？咱們只去見官，省了捕快皂隸來拿。再者咱們只過去見了老太太、太太和眾族人，大家公議了，我既不賢良，又不容男人買妾，只給我一紙休書，我即刻就走。你妹妹我也親身接了來家，生怕老太太、太太生氣，也不敢回，現在三茶六飯金奴銀婢的住在園裏。我這裏趕着收拾房子，和我的一樣，只等老太太知道了。原說了接過來大家安分守己的，我也不提舊事了。誰知又是有了人家的，不知你們幹的甚麼事，我一概又不知道。如今告我，我昨日急了，縱然我出去見官，也丟的是你買家的臉，少不得偷把太太的五百兩銀子去打點。如今把我的人還鎖在那裏。」說了又哭，哭了又罵，後來放聲大哭起祖宗爹媽來，又要尋死撞頭。把個尤氏揉搓成一個麵團兒，衣服上全是眼淚鼻涕，並無別話，只罵賈蓉：「混賬種子，和你老子作的好事！當初就說使不得。」鳳姐兒聽說這話，哭着搬着尤氏的臉問道：「你發昏了？你的嘴裏難道有茄子塞着？不然是他們給你嚼子銜上了？為甚麼你不來告訴我去？你若告訴了我，這會子不平安了？怎得經官動府，鬧到這步田地，你這會子還怨他們！自古說『妻賢夫禍少，表壯不如裏壯』。你但凡是個好的，他們怎得鬧出這這些事來？你又沒才幹，又沒口齒，鋸了嘴子的葫蘆，就只會一味瞎小心應賢良的名兒。」說着啐了幾口。尤氏也哭道：「何曾不是這樣？你不信問問跟我的人，我何曾不勸的，也得他們聽。叫我怎麼樣呢？怨不得妹妹生氣，我只好聽着罷了。」

眾姬妾丫鬟媳婦已是黑壓壓跪了一地，陪笑求說：「二奶奶最聖明的。雖是我們奶奶的不是，奶奶也作踐的夠了。當着奴才們，奶奶們素日何等的好來，如今還求奶奶給留點臉兒。」說着，捧上茶來。鳳姐也摔了，一面住了哭挽頭髮，又哭罵賈蓉：「出去請你父親來。我對面問他，親大爺的孝才五七，姪兒就娶親，這個禮我竟不知道。我問問，也

點 評

● 賊喊捉賊，且事涉官府，鳳姐一婦道人家做起來沒半分猶疑，可見其心計之深，手段之辣，非尋常女子；又可推斷她平日裏也是經過這些事的，絕非頭一次處理。

好學着日後教導子姪的。」

　　賈蓉只跪着磕頭，說道：「這事原不與父母相干，都是姪兒一時吃了屎，調唆叔叔做的。我父親也並不知道。嬸子若鬧起來，姪兒也是個死。只求嬸子責罰姪兒，姪兒謹領。這官司還求嬸子料理，姪兒竟不能幹這大事。嬸子是何等樣人，豈不知俗語說的『胳膊只折在袖子裏』。姪兒糊塗死了，既做了不肖的事，就同那貓兒狗兒一般。嬸子既教訓，就不和姪兒一般見識的，少不得還要嬸子費心費力將外頭的壓住了才好。原是嬸子有這個不肖的姪兒，既惹了禍，少不得委屈，還要疼姪兒。」說着，又磕頭不絕。

　　鳳姐見了賈蓉這般，心裏早軟了。只是礙着眾人面前，又難改過口來，因歎了一口氣，一面拉起來，一面拭淚向尤氏道：「嫂子也別惱我，我是年輕不知事的人，一聽見有人告了，把我嚇昏了，才這麼着急的顧前不顧後了。可是蓉兒說的『胳膊折了，往袖子裏藏』，剛才的話，嫂子可別惱，還得嫂子在哥哥跟前替說，先把這官司按下去才好。」尤氏賈蓉一齊都說：「嬸子放心，橫豎一點兒連累不着叔叔。嬸子方才說用過了五百兩銀子，少不得我娘兒們打點五百兩銀子與嬸子送過去，好補上，那有教嬸子又添上虧空之名，越發我們該死了。但還有一件，老太太、太太們跟前嬸子還要周全方便，別提這些話方好。」

　　鳳姐兒又冷笑道：「你們饒壓着我的頭幹了事，這會子反哄着我替你們周全。我就是個呆子，也呆不到如此。嫂子的兄弟是我的甚麼人，嫂子既怕他絕後，我豈不更比嫂子更怕絕後。嫂子的妹子就合我的妹子一樣。我一聽見這話，連夜喜歡的連覺也睡不成，趕着傳人收拾了屋子，就要接進來同住。倒是奴才小人的見識，他們倒說：『奶奶太性急。若是我們的主意，先回了老太太、太太看是怎樣，再收拾房子去接也不遲。』我聽了這話，教我要打要罵的，才不言語了。誰知偏不稱我的意，偏偏兒的打我的嘴，半空裏又跑出

一個張華來告了一狀。我聽見了，嚇的兩夜沒合眼兒，又不敢聲張，只得求人去打聽這張華是甚麼人，這樣大膽。打聽了兩日，誰知是個無賴的花子。小子們說：『原是二奶奶許了他的。他如今急了，凍死餓死也是一個死；現在有這個理他抓住，縱然死了，死的倒比凍死餓死還值些。怎麼怨的他告呢。這事原是爺做的太急了。國孝一層罪，家孝一層罪，背着父母私娶一層罪，停妻再娶一層罪。俗語說：『拼着一身剮，敢把皇帝拉下馬。』他窮瘋了的人，甚麼事做不出來？況且他又拿着這滿理，不告等請不成？嫂子說，我就是個韓信張良，聽了這話，也把智謀嚇回去了。你兄弟又不在家，又沒個人商議，少不得拿錢去墊補，誰知越使錢越叫人拿住了刀靶兒，越發來訛。我是耗子尾上長瘡，——多少膿血兒！所以又急又氣，少不得來找嫂子……」

尤氏賈蓉不等說完，都說：「不必操心，自然要料理的。」賈蓉又道：「那張華不過是窮急，故捨了命才告。咱們如今想了一個法兒，竟許他些銀子，只叫他應了枉告不實之罪，咱們替他打點完了官司。他出來時再給他些銀子就完了。」鳳姐兒咂着嘴兒笑道：「好孩子，怨不得你顧一不顧二的做這些事出來。原來你是這麼個有心胸的，我往日錯看了你了。若你說得這話，他暫且依了，且打出官司來又得了銀子，眼前自然了事。這個人既是無賴的小人，銀子到手三天五天光了，他又來找事訛詐。再要叨登起來，咱們雖不怕，終久擔心。攔不住他說『既沒毛病為甚麼反給我銀子』？」

賈蓉原是個明白人，聽如此一說，便笑道：「我還有個主意，『來是是非人，去是是非者』，這事還得我了才好。如今我竟去問張華個主意，或是他定要人，或是他願意了事得錢再娶。他若說一定要人，少不得我去勸我二姨，叫他出來仍嫁他去；若說要錢，我們這裏少不得給他。」鳳姐兒忙道：「雖如此說，我斷捨不得你姨娘出去，我也斷不肯使他出去。他要出去了，咱們家的臉在那裏呢？依我說，只寧可

多給錢為是。」賈蓉深知鳳姐口雖如此，心卻是巴不得只要本人出來，他卻做賢良人。如今怎麼說且只好怎麼依着。

鳳姐兒又說：「外頭好處了，家裏終久怎麼樣？你也同我過去回明老太太、太太才是。」尤氏又慌了，拉鳳姐討主意如何撒謊才好。鳳姐冷笑道：「既沒這本事，誰叫你幹這樣事了。這會子又這個腔兒，我又看不上。待要不出個主意，我又是個心慈面軟的人，憑人撮弄我。我還是一個傻心腸兒，說不得，讓我應起來。如今你們只別露面，我只領了你妹妹去與老太太、太太們磕頭，只說原係你妹妹，我看上了很好。正因我不大生長，原說買兩個人放在屋裏的，今既見你妹妹很好，而又是親上做親的，我願意娶來做二房。皆因家中父母姊妹新近一概死了，日子又艱難，不能度日，若等百日之後，無奈無家無業，實在難等。我的主意接進來了，已經廂房收拾出來了暫且住着，等滿了服再圓房。仗着我不怕臊的臉，死活賴去，有了不是，也尋不着你們了。你們母子想想，可使得？」

尤氏賈蓉一齊笑說：「到底是嬸子寬洪大量，足智多謀。等事妥了，少不得我們娘兒們過去拜謝。」鳳姐兒道：「罷呀！還說甚麼拜謝不拜謝！」又指着賈蓉道：「今日我才知道你了！」說着，把臉卻一紅，眼圈兒也紅了，似有多少委屈的光景。賈蓉忙陪笑道：「罷了，少不得擔待我這一次罷。」說着，忙又跪下了。鳳姐兒扭過臉去不理他，賈蓉才笑着起來了。這裏尤氏忙命丫頭們舀水，取妝奩伏侍鳳姐梳洗了，趕忙又命預備晚飯。鳳姐兒執意要回去，尤氏攔着道：「今日二嬸子要這麼走了，我們甚麼臉還過那邊去呢？」賈蓉旁邊笑着勸道：「好嬸娘，親嬸娘，以後蓉兒要不真心孝順你老人家，天打雷劈！」鳳姐兒睄了他一眼，啐道：「誰信你這……」說到這裏，又噤住了。一面老婆子們擺上酒菜來，尤氏親自遞酒佈菜。賈蓉又跪着敬了一杯酒。鳳姐便合尤氏吃了飯。丫頭們遞了漱口茶，又捧上茶來，鳳姐喝了

● 鳳姐就尤二姐一事大鬧寧國府，興師問罪，對尤氏及賈蓉侮辱恐嚇、趁機勒索，最後賈蓉還得說「嬸子寬洪大量」。

兩口，便起身回去。賈蓉親身送過來，進門時又悄悄的央告
了幾句私心話，鳳姐也不理他，只得央央的回去了。

　　鳳姐進園中，將此事告訴與尤二姐，又說我怎麼操心
打聽，又怎麼設法子，須得如此如此方保得眾人無罪，少不
得咱們按着這個法兒才好。不知鳳姐又想出甚麼計策來，且
聽下回分解。

💡 精華賞析

　　鳳姐將尤二姐接入賈府，私底下暗暗謀劃，藉故將事情鬧大，
並藉此好好羞辱了尤氏和賈蓉。可見她並不是真心善待尤二姐，反
而要借這件事既給自己博個好名聲，又要讓尤二姐難堪。

《第六十九回》

精讀 弄小巧用借劍殺人
覺大限吞生金自逝

尤二姐在賈府安頓下來，賈璉也從平安州回來。他們已經能名正言順地在一起了，不料賈赦將一個叫秋桐的丫頭賞給賈璉為妾。這種情況下尤二姐會怎樣呢？

話說尤二姐聽了，又感謝不盡，只得跟了他來。尤氏那邊怎好不過來的，少不得也過來跟着鳳姐去回。鳳姐笑說：「你只別說話，等我去說。」尤氏道：「這個自然。但一有個不是，是往你身上推就是了。」說着，大家先至賈母屋裏。

正值賈母和園中姊妹們說笑解悶，忽見鳳姐帶了一個標緻小媳婦進來，忙覷着眼瞧，說：「這是誰家的孩子！好可憐見的。」鳳姐上來笑道：「老祖宗倒細細的看看，好不好？」說着，忙拉二姐說：「這是太婆婆，快磕頭。」二姐忙行了大禮。又指着眾姊妹說，這是某人某人，「你先認了，太太瞧過了再見禮。」二姐聽了，一一又從新故意的問過，垂頭站在旁邊。

賈母上下瞧了一瞧，仰着臉想了想，因又笑問：「這孩子我倒像那裏見過他，好眼熟啊！」鳳姐忙又笑說：「老祖宗且別問，只說比我俊不俊。」賈母又戴了眼鏡，命鴛鴦琥珀：「把那孩子拉過來，我瞧瞧肉皮兒。」眾人都抿嘴兒笑着，只得推他上去。賈母細瞧了一遍，又命琥珀：「拿出手來我瞧瞧。」鴛鴦又揭起袖子來。賈母瞧畢，摘下眼鏡來，

笑說道：「很齊全，我看比你俊些。」鳳姐聽說，笑着忙跪下，將尤氏那邊所編之話，一五一十細細的說了一遍，「少不得老祖宗發慈心，先許他進來，住一年後再圓房。」賈母聽了道：「這有甚麼不是。既你這樣賢良，很好。只是一年後方可圓房。」鳳姐聽了，叩頭起來，又求賈母着兩個女人一同帶去見太太們，說是老祖宗的主意。賈母依允，遂使二人帶去見了邢夫人等。王夫人正因他風聲不雅，深為憂慮，見他今行此事，豈有不樂之理？於是尤二姐自此見了天日，挪到廂房住居。

鳳姐一面使人暗暗調唆張華，只叫他要原妻，這裏還有許多賠送外，還給他銀子安家過活。張華原無膽無心告賈家的，後來又見賈蓉打發人來對詞，那人原說的：「張華先退了親，我們原是親戚，接到家裏住着是真，並無娶嫁之說。皆因張華拖欠了我們的債務，追索不與，方誣賴小的主兒。」那察院都和賈王兩處有瓜葛，況又受了賄，只說張華無賴，以窮訛詐，狀子也不收，打了一頓趕出來，慶兒在外替他打點，也沒打重。又調唆張華：「親原是你家定的，你只要親事，官必還斷給你。」於是又告。王信那邊又透了消息與察院，察院便批：「張華所欠賈宅之銀，令其限內按數交還；其所定之親，仍令其有力時娶回。」又傳了他父親來，當堂批准。他父親亦係慶兒說明，樂得人財兩進，便去賈家領人。

鳳姐兒一面嚇的來回賈母，說如此這般，都是珍大嫂子幹事不明，並沒和那家退准，惹人告了，如此官斷。賈母聽了，忙喚了尤氏過來，說他作事不妥：「既是你妹子從小曾與人指腹為婚，又沒退斷，叫人告了，這是甚麼事？」尤氏聽了，只得說：「他連銀子都收了，怎麼沒准？」鳳姐在旁又說：「張華的口供上現說沒見銀子，也沒見人去。他老子說：『原是親家母說過一次，並沒應准。親家母死了，你們就接進去作二房。』」如此沒有對證的話，只好由他去混

點評

● 這本來是鳳姐的主意，但通過鳳姐這一請求，從賈母之口說出，就成了賈母的主意，這就是鳳姐的高明之處。

點評

說。幸而璉二爺不在家，沒曾圓房，這還無妨。只是人已來了，怎好送回去？豈不傷臉！」賈母道：「又沒圓房，沒的強佔人家有夫之人，名聲也不好，不如送給他去。那裏尋不出好人來。」尤二姐聽了，又回賈母說：「我母親實於某年月日給了他十兩銀子退准的。他因窮急了告，又翻了口。我姊姊原沒錯辦。」賈母聽了，便說：「可見刁民難惹。既這樣，鳳丫頭去料理料理。」

鳳姐聽了無法，只得應着。回來只命人去找賈蓉。賈蓉深知鳳姐之意，若要使張華領回，成何體統？便回了賈珍，暗暗遣人去說張華：「你如今既有許多銀子，何必定要原人？若只管執定主意，豈不怕爺們一怒，尋出個由頭，你死無葬身之地！你有了銀子，回家去甚麼好人尋不出來？你若走時，還賞你些路費。」張華聽了，心中想了一想，這倒是好主意，和父親商議已定，約共也得了有百金，父子次日起個五更，回原籍去了。

賈蓉打聽得真了，來回了賈母鳳姐，說：「張華父子枉告不實，懼罪逃走，官府亦知此情，也不追究，大事完畢。」鳳姐聽了，心中一想：若必定着張華帶回二姐去，未免賈璉回來再花幾個錢包佔住，不怕張華不依；還是二姐不去，自己拉絆着還妥當，且再作道理。只是張華此去不知何往，他倘或再將此事告訴了別人，或日後再尋出這由頭來翻案，豈不是自己害了自己？原先不該如此將刀靶遞給外人去的！因此悔之不迭。復又想了一條主意出來，悄命旺兒遣人尋着了他，或說他作賊，和他打官司將他治死，或暗中使人算計，務將張華治死，方剪草除根，保住自己的名譽。

旺兒領命出來，回家細想：「人已走了完事，何必如此大作？人命關天，非同兒戲，我且哄過他去，再用道理。」因此在外躲了幾日，回來告訴鳳姐，只說張華是有了幾兩銀子在身上，逃去第三日，在京口地界五更天已被截路人打悶棍的打死了。他老子唬死在店房，在那裏驗屍掩埋。鳳姐聽

● 鳳姐的這一番算計可以看出，她十分了解賈璉的行為方式，這些人和事好像都在她的掌控之中，同時也反映出其冷酷無情的一面。

● 旺兒的這個行為昭示出一個事實，並非所有事情都在鳳姐的掌握之中。

了不信，說：「你要扯謊，我再使人打聽出來敲你的牙！」自此方丟過不究。

鳳姐和尤二姐和美非常，更比親姊親妹還勝十倍。

那賈璉一日事畢回來，先到了新房中，已竟悄悄的封鎖，只有一個看房子的老頭兒。賈璉問起原故，老頭子細說原委，賈璉只在鐙中跌足。少不得來見賈赦與邢夫人，將所完之事回明。賈赦十分歡喜，說他中用，賞了他一百兩銀子，又將房中一個十七歲的丫鬟名叫秋桐者，賞他為妾。賈璉叩頭領去，喜之不盡。見了賈母和家中人，回來見了鳳姐，未免臉上有些愧色。誰知鳳姐兒反不似往日容顏，同尤二姐一同出來，敍了寒溫。賈璉將秋桐之事說了，未免臉上有些得意驕矜之色。鳳姐聽了，忙命兩個媳婦坐車在那邊接了來。心中一刺未除，又平空添了一刺，說不得且吞聲忍氣，將好顏面換出來遮掩。一面又命擺酒接風，一面帶了秋桐來見賈母與王夫人等。賈璉心中也暗暗的納罕。

且說鳳姐在家，外面待尤二姐自不必說的，只是心中又懷別意。無人處只和尤二姐說：「妹妹的聲名很不好聽，連老太太、太太們都知道了，說妹妹在家做女孩兒就不乾淨，又和姐夫來往太密，『沒人要的，你揀了來。還不休了，再尋好的』。我聽見這話，氣了甚麼兒似的，打聽是誰說的，又查不出來。日久天長，這些個奴才們跟前，怎麼說嘴呢？我反弄了個魚頭來拆[1]。」說了兩遍，自己又氣病了，茶飯也不吃。除了平兒，眾丫頭媳婦無不言三語四，指桑說槐，暗相譏刺。

且說秋桐自以為係賈赦之賜，無人僭他的，連鳳姐平兒皆不放在眼裏，豈肯容他？張口是「先姦後娶沒漢子要的娼婦，也來要我的強」。鳳姐聽了暗樂。自從裝病，便不和

---

1)　弄了個魚頭來拆（zhái）：拆魚頭，是比喻處理一件麻煩的事情。

尤二姐吃飯。每日只命人端了菜飯到他房中去吃，那茶飯都係不堪之物。平兒看不過，自拿了錢出來弄菜與他吃，或是有時只說和他園中去玩，在園中廚內另做了湯水與他吃，也無人敢回鳳姐。只有秋桐一時撞見了，便去說舌告訴鳳姐說：「奶奶的名聲，生是平兒弄壞了的。這樣好菜好飯浪着不吃，卻往園裏去偷吃。」鳳姐聽了，罵平兒說：「人家養貓拿耗子，我的貓只倒咬雞。」平兒不敢多說，自此也就遠着了，又暗恨秋桐。

園中姊妹一干人暗為二姐擔心。雖都不便多言，卻也可憐。每常無人處，說起話來，二姐便洍眼抹淚，又不敢抱怨鳳姐兒，因無一點壞形。

賈璉來家時，見了鳳姐賢良，也便不留心。況素昔見賈赦姬妾丫鬟最多，賈璉每懷不軌之心，只未敢下手。今日天緣湊巧，竟把秋桐賞了他，真是一對烈火乾柴，如膠投漆，燕爾新婚，連日那裏拆的開？賈璉在二姐身上之心，也漸漸淡了，只有秋桐一人是命。

● 鳳姐成功利用了秋桐去對付尤二姐。秋桐言辭激烈，將所有情緒都表露出來，遠沒有鳳姐的城府。

鳳姐雖恨秋桐，且喜借他先可發脫二姐，用「借劍殺人」之法，「坐山觀虎鬥」，等秋桐殺了尤二姐，自己再殺秋桐。主意已定，沒人處常又私勸秋桐說：「你年輕不知事。他現是二房奶奶，你爺心坎兒上的人，我還讓他三分，你去硬碰他，豈不是自尋其死？」那秋桐聽了這話，越發惱了，天天大口亂罵說：「奶奶是軟弱人，那等賢惠，我卻作不來。奶奶把你素日的威風怎都沒了？奶奶寬洪大量，我卻眼裏揉不下沙子去。讓我和這淫婦做一回，他才知道。」鳳姐兒在屋裏，只裝不敢出聲兒。

氣的尤二姐在房裏哭泣，飯也不吃，又不敢告訴賈璉。次日賈母見他眼紅紅的腫了，問他，又不敢說。秋桐正是抓乖賣俏之時，他便悄悄的告訴賈母王夫人等說：「專會作死，好好的成天家喪聲嚎氣，背地裏咒二奶奶和我早死了，他好和二爺一心一計的過。」賈母聽了便說：「人太生

嬌俏了，可知心就嫉妒。鳳丫頭倒好意待他，他倒這樣爭風吃醋的。可是個賤骨頭！」因此漸次便不大歡喜。眾人見賈母不喜，不免又往下踏踐起來，弄得這尤二姐要死不能，要生不得。還是虧了平兒，時常背着鳳姐，與他排解。

那尤二姐原是個花為腸肚雪作肌膚的人，如何經得這般磨折？不過受了一個月的暗氣，便懨懨得了一病，四肢懶動，茶飯不進，漸次黃瘦下去。夜來合上眼，只見他妹妹手捧鴛鴦寶劍前來說：「姐姐，你一生為人心痴意軟，終吃了這虧。休信那妒婦花言巧語，外作賢良，內藏奸滑，他發恨定要弄你一死方罷。若妹子在世，斷不肯令你進來，即進來時，亦不容他這樣。此亦係理數應然，你生前淫奔不才，使人家喪倫敗行，故有此報。你依我將此劍斬了那妒婦，一同歸至警幻案下，聽其發落。不然，你則白白的喪命，且無人憐惜。」

尤二姐哭道：「妹妹，我一生品行既虧，今日之報既係當然，何必又去殺人作孽？」三姐兒聽了，長歎而去。尤二姐驚醒，卻是一夢。等賈璉來看時，因無人在側，便哭着和賈璉說：「我這病便不能好了。我來了半年，腹中也有了身孕，但不能預知男女。倘天見憐，生了下來還可，若不然，我這命就不保，何況於他？」賈璉亦哭說：「你只放心，我請名人來醫治。」於是出去即刻請醫生。

誰知王太醫此時也病了，又謀幹了軍前效力，回來好討蔭封的。小廝們走去，便請了那年給晴雯看病的太醫胡君榮來。診視了，說是經水不調，全要大補。賈璉便說：「已是三月庚信不行，又常嘔酸，恐是胎氣。」胡君榮聽了，復又命老婆子請出手來再看。再看了半日，說：「若論胎氣，肝脈自應洪大。然木盛則生火，經水不調亦皆因由肝木所致。醫生要大膽，須得請奶奶將金面略露露，醫生觀觀氣色，方敢下藥。」賈璉無法，只得命將帳子掀起一縫，尤二姐露出臉來。胡君榮一見，魂魄如飛天外，那裏還能辨氣色？

　　一時掩了帳子，賈璉就陪他出來，問是如何。胡太醫道：「不是胎氣，只是瘀血凝結。如今只以下瘀血通經要緊。」於是寫了一方，作辭而去。賈璉命人送了藥禮，抓了藥來，調服下去。只半夜，尤二姐腹痛不止，誰知竟將一個已成形的男胎打了下來。於是血行不止，二姐就昏迷過去。賈璉聞知，大罵胡君榮。一面再遣人去請醫調治，一面命人去打告胡君榮。胡君榮聽了，早已捲包逃走。這裏太醫便說：「本來氣血生成虧弱，受胎以來，想是着了些氣惱，鬱結於中。這位先生誤用虎狼之劑，如今大人元氣十分傷其八九，一時難保就癒。煎丸二藥並行，還要一些閑言閑事不聞，庶可望好。」說畢而去。——也開了個煎藥方子並調元散鬱的丸藥方子去了。急的賈璉查是誰請了姓胡的來，一時查出，便打了半死。

　　鳳姐比賈璉更急十倍，只說：「咱們命中無子，好容易有了一個，又遇見這樣沒本事的大夫。」於是天地前燒香禮拜，自己通陳禱告說：「我或有病，只求尤氏妹子身體大癒，再得懷胎生一男子，我願吃長齋唸佛。」賈璉眾人見了，無不稱讚。賈璉與秋桐在一處，鳳姐又做湯做水的着人送與二姐，又叫人出去算命打卦[2]。偏算命的回來又說：「係屬兔的陰人沖犯了。」大家算將起來，只有秋桐一人屬兔兒，說他沖的。

　　秋桐近見賈璉請醫治藥，打人罵狗，為尤二姐十分盡心，他心中早浸了一缸醋在內了。今又聽見如此說他沖了，鳳姐兒又勸他說：「你暫且別處去躲幾個月再來。」秋桐便氣的哭罵道：「理那起瞎肏的混咬舌根！我和他『井水不犯河水』，怎麼就沖了他！好個愛八哥兒[3]，在外頭甚麼人不

---

2)　　打卦：指占卦，占卜的意思。

3)　　愛八哥兒：指可愛的東西。這裏是諷刺被寵愛的人。也說愛不夠兒。

見，偏來了就有人沖了。我還要問問他呢，到底是那裏來的孩子？他不過哄我們那個棉花耳朵[4]的爺罷了。縱有孩子，也不知姓張姓王。奶奶希罕那雜種羔子，我不喜歡！誰不會養？一年半載養一個，倒還是一點攙雜沒有的呢！」眾人又要笑，又不敢笑。可巧邢夫人過來請安，秋桐便哭告邢夫人說：「二爺奶奶要攆我回去，我沒了安身之處，太太好歹開恩。」邢夫人聽說，慌的數落鳳姐兒一陣，又罵賈璉：「不知歹的種子，憑他怎麼樣，是老爺給的。為個外頭來的攆他，連老子都沒了。」說着，賭氣去了。秋桐更又得意，越發走到他窗戶根底下大罵起來。尤二姐聽了，不免更添煩惱。

晚間，賈璉在秋桐房中歇了，鳳姐已睡，平兒過尤二姐那邊來勸慰了一番，尤二姐哭訴了一回。平兒又囑咐了幾句，夜已深了，方去安息。

這裏尤二姐心下自思：「病已成勢，日無所養，反有所傷，料定必不能好。況胎已打下，無可懸心，何必受這些零氣，不如一死，倒還乾淨。常聽見人說，生金子可以墜死，豈不比上吊自刎又乾淨。」想畢，扎掙起來，打開箱子，便找出一塊生金，也不知多重，狠命含淚便吞入口中，幾次直脖方咽了下去。於是趕忙將衣服首飾穿戴齊整，上炕躺下。當下人不知，鬼不覺。到第二日早晨，丫鬟媳婦們見他不叫人，樂得自梳洗。鳳姐便和秋桐都上去了。平兒看不過，說丫頭們：「就只配沒人心的打着罵着便也罷了，一個病人，也不知可憐可憐。他雖好性兒，你們也該拿出個樣兒來，別太過逾了，牆倒眾人推。」丫鬟聽了，急推房門進來看時，卻穿戴的齊齊整整，死在炕上，於是方嚇慌了，喊叫起來，平兒進來看了，不禁大哭。眾人雖素習懼怕鳳姐，然想尤二姐實在溫和憐下，如今死去，誰不傷心落淚？只不敢與鳳姐

---

4)　　棉花耳朵：沒有主見，隨便聽信旁人的話，稱為「耳軟」。棉花耳朵是對耳軟的諷刺性的比喻。

看見。

　　當下合宅皆知。賈璉進來，摟屍大哭不止。鳳姐也假意哭：「狠心的妹妹！你怎麼丟下我去了，辜負了我的心！」尤氏賈蓉等也來哭了一場，勸住賈璉。賈璉便回了王夫人，討了梨香院停放五日，挪到鐵檻寺去。王夫人依允。賈璉忙命人去往開了梨香院收拾停靈，出靈不像，將二姐兒抬上去，用衾單蓋了，八個小廝和幾個媳婦圍隨，抬往梨香院來。那裏已請下天文生，擇定明日寅時入殮大吉；五日出不得，七日方可。賈璉道：「竟是七日。因家叔家兄皆在外，小喪不敢多停。」天文生應諾，寫了殃榜而去。寶玉已早過來陪哭一場。眾族中人也都來了。

　　賈璉忙進去找鳳姐，要銀子治辦喪事。鳳姐見抬了出去，推有病，回：「老太太、太太說我病着，忌三房，不許我去。」因此也不出來穿孝，且往大觀園中來。繞過羣山，至北界牆根下，往外聽了一半言語，回來又回賈母說如此這般。賈母道：「信他胡說，誰家癆病死的孩子不燒了一撒，也認真的開喪破土起來。既是二房一場，也是夫妻情分，停五七日抬出來，或一燒或亂葬地上埋了完事。」鳳姐笑道：「可是這話。我又不敢勸他。」正說着，丫鬟來請鳳姐，說：「二爺等着奶奶拿銀子呢。」鳳姐兒只得來了，便問他：「甚麼銀子？家裏近來艱難，你還不知道？咱們的月例，一月趕不上一月。昨兒我把兩個金項圈當了三百銀子，使剩了，還有二三十兩銀子，你要就拿去。」說着，便命平兒拿出來，遞給賈璉，指着賈母有話，又去了。恨的賈璉沒話可說，只得開了尤氏箱櫃，去拿自己的體己。及開了箱櫃，一滴無存，只有些拆簪爛花並幾件半新不舊的綢絹衣裳，都是尤二姐素習所穿的，不禁又傷心哭了。想着他死的不分明，又不敢說。只得自己用個包袱一齊包了，也不命小廝丫鬟來拿，便自己提着來燒。

　　平兒又是傷心，又是好笑，忙將二百兩一包的碎銀子

偷出來，到廂房拉住賈璉，悄遞與他說：「你只別作聲才好，你要哭，外頭多少哭不得？又跑了這裏來點眼[5]。」賈璉聽說，便說：「你說的是。」接了銀子，又將一條裙子遞與平兒，說：「這是他家常穿的，你好生替我收着，作個念心兒[6]。」平兒只得接了，自己收去。賈璉拿了銀子命人買板進來，連夜趕造。一面分派了人口守靈，晚來也不進去，只在這裏伴宿。放了七日，想着二姐舊情，雖不敢大作聲勢，卻也不免請些僧道超度亡靈。一時賈母忽然來喚，未知何事，且聽下回分解。

💬 延伸思考

尤二姐死後，鳳姐的態度再也不像從前表現得那樣親厚。請你分析她行為轉變的原因。

💡 精華賞析

尤二姐在各方面的精神折磨下吞金自殺。尤二姐之死既有鳳姐的原因，也有她自己性格的原因，而最終原因還是封建社會的一夫多妻制造成的。鳳姐要捍衞自己的婚姻，就必然傷及另外一些無辜的女人。

---

5)　　點眼：在別人已不注意的時候，故意用一種動作招致別人的注意。

6)　　念心兒：紀念品。也寫作念信兒。

《第七十回》

林黛玉重建桃花社
史湘雲偶填柳絮詞

大觀園裏詩社的活動已經暫停了一段時間，現在又要恢復了。

　　話說賈璉自在梨香院伴宿七日夜，天天僧道不斷做佛事。賈母喚了他去，吩咐不許送往家廟中。賈璉無法，只得又和時覺說了，就在尤三姐之上點了一個穴，破土埋葬。那日送殯，只不過族中人與王信夫婦、尤氏婆媳而已。鳳姐一應不管，只憑他自去辦理。

　　因又年近歲逼，諸務煩雜不算外，又有林之孝開了一個人名單子來，共有八個二十五歲的單身小廝應該娶妻成房，等裏面有該放的丫頭們好求指配。鳳姐看了，先來問賈母和王夫人。大家商議，雖有幾個應該發配的，奈各人皆有原故：第一個鴛鴦發誓不去。自那日之後，一向未和寶玉說話，也不盛妝濃飾。眾人見他志堅，也不好相強。第二個琥珀，又有病，這次不能了。彩雲因近日和賈環分崩，也染了無醫之症。只有鳳姐兒和李紈房中粗使的大丫鬟出去了，其餘年紀未足。令他們外頭自娶去了。

　　原來這一向因鳳姐病了，李紈探春料理家務不得閑暇，接着過年過節，出來許多雜事，竟將詩社擱起。如今仲春天氣，雖得了工夫，爭奈寶玉因柳湘蓮遁跡空門，又聞得尤三姐自刎，尤二姐被鳳姐逼死，又兼柳五兒自那夜監禁之後病越重了，連連接接，閑愁胡恨，一重不了一重添。弄得情色若痴，語言常亂，似染怔忡之疾。慌的襲人等又不敢回賈母，只百般逗他玩笑。

　　這日清晨方醒，只聽的外間房內咭咭呱呱笑聲不斷。襲人因笑說：「你快

出去解救，晴雯和麝月兩個人按住芳官裏那膈肢[1]呢。」寶玉聽了，忙披上灰鼠襖子出來一瞧，只見他三人被褥尚未疊起，大衣也未穿。那晴雯只穿蔥綠杭綢小襖，紅小衣紅睡鞋，披着頭髮，騎在芳官身上。麝月是紅綾抹胸，披着一身舊衣，在那裏抓芳官的肋肢。芳官卻仰在炕上，穿着撒花緊身兒，紅褲綠襪，兩腳亂蹬，笑的喘不過氣來。寶玉忙上前笑說：「兩個大的欺負一個小的，我來撓他們。」說着，也上床來膈肢晴雯。晴雯觸癢，笑的忙丟下芳官，和寶玉對抓。芳官趁勢又將晴雯按倒，向他肋下抓動。襲人看他四人滾在一處倒好笑，因說道：「仔細凍着了，可不是玩的，都穿上衣裳罷。」

忽見碧月進來說：「昨兒晚上奶奶在這裏把塊手帕子忘了，不知可在這裏沒有？」春燕說：「有，我在地下拾了起來，不知是那一位的，才洗了出來晾着，還未乾呢。」碧月見他四人亂滾，因笑道：「倒是這裏熱鬧，大清早起就咭咭呱呱的玩到一處。」寶玉笑道：「你們那裏人也不少，怎麼不玩？」碧月道：「我們奶奶不玩，把兩個姨娘和琴姑娘也都拘住了。如今琴姑娘又跟了老太太前頭去了，更寂寞了。兩個姨娘今年過了，到明年冬天都去了，又更寂寞呢。你瞧寶姑娘那裏，出去了一個香菱，就冷清了多少，把個雲姑娘落了單。」

正說着，只見湘雲又打發了翠縷來說：「請二爺快出去瞧好詩。」寶玉聽了，忙梳洗了出來，果見黛玉、寶釵、湘雲、寶琴、探春都在那裏，手裏拿着一篇詩看，見他來時，都笑說：「這會子還不起來，咱們的詩社散了一年，也沒有人作興。如今正是初春時節，萬物更新，正該鼓舞另立起來才好。」湘雲笑道：「一起詩社時是秋天，就不發達。如今卻好萬物逢春，咱們重新整理起這個詩社來。況這首桃花詩又好，就把海棠社改作桃花社，豈不妙呢。」寶玉聽着，點頭說：「很好。」且忙着要詩看。眾人都又說：「咱們此時就訪稻香老農去，大家議定才好。」說着，一齊起來，都往稻香村來。

寶玉一壁走，一壁看那紙上寫着《桃花行》一篇，曰：「桃花簾外東風軟，桃花簾內晨妝懶。簾外桃花簾內人，人與桃花隔不遠。東風有意揭簾櫳，花欲窺人簾不捲。桃花簾外開仍舊，簾中人比桃花瘦。花解憐人花也愁，隔簾消息風吹透。風透湘簾花滿庭，庭前春色倍傷情。閑苔院落門空

---

1)　　膈肢：用手搔人的腋下、項下等處，使人癢得發笑，這種行為叫作膈肢。

掩，斜日欄杆人自憑。憑欄人向東風泣，茜裙偷傍桃花立。桃花桃葉亂紛紛，花綻新紅葉凝碧。霧裏煙封一萬株，烘樓照壁紅模糊。天機燒破鴛鴦錦，春酣欲醒移珊枕。侍女金盆進水來，香泉影蘸胭脂冷。胭脂鮮豔何相類，花之顏色人之淚；若將人淚比桃花，淚自長流花自媚。淚眼觀花淚易乾，淚乾春盡花憔悴。憔悴花遮憔悴人，花飛人倦易黃昏。一聲杜宇春歸盡，寂寞簾櫳空月痕！」

　　寶玉看了並不稱讚，痴痴呆呆，竟要滾下淚來，又怕眾人看見，又忙自己擦了。因問：「你們怎麼得來？」寶琴笑道：「你猜是誰作的？」寶玉笑道：「自然是瀟湘子稿。」寶琴笑道：「現是我作的呢。」寶玉笑道：「我不信。這聲調口氣，迥乎不像。」寶琴笑道：「所以你不通。難道杜工部首首只作『叢菊兩開他日淚』之句不成！一般的也有『紅綻雨肥梅』『水荇牽風翠帶長』之媚語。」寶玉笑道：「固然如此說。但我知道姐姐斷不許妹妹有此傷悼語句，妹妹本有此才，卻也斷不肯作的。比不得林妹妹曾經離喪，作此哀音。」眾人聽說，都笑了。

　　已至稻香村中，將詩與李紈看了，自不必說稱賞不已。說起詩社，大家議定：明日乃三月初二日，就起社，便改「海棠社」為「桃花社」，黛玉為社主。明日飯後，齊集瀟湘館。因又大家擬題，黛玉便說：「大家就要桃花詩一百韻。」寶釵道：「使不得。從來桃花詩最多，縱作了必落套，比不得你這一首古風。須得再擬。」正說着，人回：「舅太太來了。姑娘出去請安。」因此大家都往前頭來見王子騰的夫人，陪着說話。吃飯畢，又陪入園中來，各處遊玩一遍，至晚飯後掌燈方去。

　　次日乃是探春的壽日，元春早打發了兩個小太監送了幾件玩器。合家皆有壽儀，自不必說。飯後，探春換了禮服，各處行禮。黛玉笑向眾人道：「我這一社開的又不巧了，偏忘了這兩日是他的生日。雖不擺酒唱戲，少不得都要陪他在老太太、太太跟前玩笑一日，如何能得閑空兒？」因此改至初五日。這日眾姊妹皆在房中侍早膳畢，便有賈政書信到了。寶玉請安，將請賈母的安稟拆開唸與賈母聽，上面不過是請安的話，說六月中准進京等語。其餘家信事務之帖，自有賈璉和王夫人開讀。眾人聽說六七月回京，都喜之不盡。偏生近日王子騰將姪女許與保寧侯之子為妻，擇於五月間過門，鳳姐兒又忙着張羅，常三五日不在家。這日，王子騰的夫人又來接鳳姐兒，一併請眾甥

男甥女閑樂一日。賈母和王夫人命寶玉、探春、黛玉、寶釵四人同鳳姐去。眾人不敢違拗，只得回房去另妝飾了起來。五人去了一日，掌燈方回。

　　寶玉進了怡紅院，歇了半刻，襲人便乘機勸他收一收心，閑時把書理一理，好預備着。寶玉屈指算一算說：「還早呢。」襲人道：「書是第二件，到那時你縱有了書，你的字寫的在那裏呢？」寶玉笑道：「我時常也有寫下的好些，難道都沒收着？」襲人道：「何曾沒收着。你昨兒不在家，我就拿出來，統共數了一數，才有五六十篇。這三四年的工夫，難道只有這幾張字不成？依我說，從明日起，把別的心先都收起來，天天快臨幾張字補上。雖不能按日都有，也要大概看的過去。」寶玉聽了，忙的自己又親檢了一遍，實在搪塞不去，便說：「明日為始，一天寫一百字才好。」說話時，大家睡下。

　　至次日起來梳洗了，便在窗下研墨，恭楷臨帖。賈母因不見他，只當病了，忙使人來問。寶玉方去請安，便說寫字之故，因此出來遲了。賈母聽說，便十分歡喜，就吩咐他：「以後只管寫字唸書，不用出來也使得。你去回你太太知道。」寶玉聽說，便往王夫人房中來說明。王夫人便說：「臨陣磨槍，也不中用。有這會子着急，天天寫寫唸唸，有多少完不了的。這一趕，又趕出病來才罷。」寶玉回說：「不妨事。」探春寶釵等都笑說：「太太不用急。書雖替他不得，字卻替得的。我們每人每日臨一篇給他，搪塞過這一步就完了。一則老爺不生氣，二則他也急不出病來。」王夫人聽說，點頭而笑。

　　原來黛玉聞得賈政回家，必問寶玉的功課，寶玉一向分心，恐臨期吃了虧。因此自己只裝作不耐煩，把詩社便不提。探春寶釵二人每日也臨一篇楷書字與寶玉，寶玉自己每日也加工，或寫二百三百不拘。至三月下旬，便將字又集湊出許多來。這日正算，再得五十篇，也就搪得過了。誰知紫鵑走來，送了一卷東西與寶玉，拆開看時，卻是一色老油竹紙上臨的鍾王蠅頭小楷，字跡且與自己十分相似。喜的寶玉和紫鵑作了一個揖，又親自來道謝。史湘雲寶琴二人亦皆臨了幾篇相送。湊成雖不足功課，亦可搪塞了。寶玉放了心，於是將所應讀之書，又溫理過幾遍。正是天天用功。可巧近海一帶海嘯，又糟蹋了幾處生民。地方官題本奏聞，奉旨就着賈政順路查看賑濟回來。如此算去，至冬底方回。寶玉聽了，便把書字又擱過一邊，仍是照舊遊蕩。

　　時值暮春之際，史湘雲無聊，因見柳花飄舞，便偶成一小令，調寄《如夢令》，其詞曰：「豈是繡絨殘吐，捲起半簾香霧，纖手自拈來，空使鵑啼燕

妒。且住，且住！莫使春光別去。」

自己作了，心中得意，便用一條紙兒寫好，與寶釵看了，又來找黛玉。黛玉看畢，笑道：「好得很，又新鮮又有趣兒。我卻不能。」湘雲笑道：「咱們這幾社總沒有填詞。你明日何不起社填詞，豈不新鮮些。」黛玉聽了，偶然興動，便說：「這話說也倒是。」湘雲道：「咱們趁今日天氣好，為甚麼不就是今日？」黛玉道：「也使得。」說着，一面吩咐預備了幾色果點之類，一面就打發人分頭去請眾人。這裏他二人便擬了柳絮之題，又限出幾個調來，寫了粘在壁上。

眾人來看時，以柳絮為題，限各色小調。又都看了史湘雲的，稱賞了一回。寶玉笑道：「這詞上我倒平常，少不得也要胡謅起來。」於是大家拈鬮，寶釵拈了一支夢甜香，大家思索起來。一時黛玉有了，寫完。接着寶琴也忙寫出來。寶釵笑道：「我已有了，先瞧完了你們的，再看我的。」探春笑道：「今日這香怎麼這樣快，我才有了半首。」因又問寶玉可有了。寶玉雖作了些，自己嫌不好，又都抹了，要另作，回頭看香，已燼了。

李紈笑道：「這算輸了。蕉丫頭的半首且寫出來。」探春聽說，忙寫了出來。眾人看時，上面卻只半首《南柯子》，寫道是：「空掛纖纖縷，徒垂絡絡絲，也難綰繫也難羈，一任東西南北各分離。」

李紈笑道：「這卻也好，何不續上？」寶玉見香沒了，情願認輸，不肯勉強塞責，將筆擱下，來瞧這半首。見沒完時，反倒動了興開了機，乃提筆續道是：「落去君休惜，飛來我自知。鶯愁蝶倦晚芳時，縱是明春再見隔年期！」

眾人笑道：「正經你分內的又不能，這卻偏有了。縱然好，也算不得。」說着，看黛玉的，是一闋《唐多令》：「粉墮百花洲，香殘燕子樓。一團團逐對成毬。飄泊亦如人命薄，空繾綣，說風流。草木也知愁，韶華竟白頭！歎今生誰捨誰收？嫁與東風春不管，憑爾去，忍淹留。」

眾人看了，俱點頭感歎，說：「太作悲了，好是固然好的。」因又看寶琴的是《西江月》：「漢苑零星有限，隋堤點綴無窮。三春事業付東風，明月梨花一夢。幾處落紅庭院，誰家香雪簾櫳？江南江北一般同，偏是離人恨重！」

眾人都笑說：「到底是他的聲調壯。『幾處、誰家』兩句最妙。」寶釵笑道：「終不免過於喪敗。我想，柳絮原是一件輕薄無根無絆的東西，依我的主意，偏要把他說好了，才不落套。所以我謅了一首來，未必合你們的意思。」

眾人笑道：「不要太謙。自然是好的，我們且賞鑒。」因看這一闋《臨江仙》道：「白玉堂前春解舞，東風捲得均勻。」

湘雲先笑道：「好一個『東風捲得均勻』！這一句就出人之上了。」又看底下道：「蜂團蝶陣亂紛紛。幾曾隨逝水，豈必委芳塵。萬縷千絲終不改，任他隨聚隨分。韶華休笑本無根，好風頻借力，送我上青雲！」

眾人拍案叫絕，都說：「果然翻得好，自然是這首為尊。纏綿悲戚，讓瀟湘妃子；情致嫵媚，卻是枕霞；小薛與蕉客今日落第，要受罰的。」寶琴笑道：「我們自然受罰，但不知交白卷子的又怎麼罰？」李紈道：「不要忙，這定要重重罰他。下次為例。」

一語未了，只聽窗外竹子上一聲響，恰似窗屜子倒了一般，眾人唬了一跳。丫鬟們出去瞧時，簾外丫頭子們回道：「一個大蝴蝶風箏掛在竹梢上了。」眾丫鬟笑道：「好一個齊整風箏！不知是誰家放的斷了繩，咱們拿下他來。」寶玉等聽了，也都出來看時，寶玉笑道：「我認得這風箏，這是大老爺那院裏嬌紅姑娘放的，拿下來給他送過去罷。」紫鵑笑道：「難道天下沒有一樣的風箏，單他有這個不成？我不管，我且拿起來。」探春道：「紫鵑也學小氣了。你們一般的也有，這會子拾人走了的，也不怕忌諱。」黛玉笑道：「可是呢，把咱們的拿出來，咱們也放放晦氣。」

小丫頭們聽見放風箏，巴不得一聲兒，七手八腳都忙着拿出來：也有美人兒的，也有沙雁兒的。丫頭們搬高凳，捆剪子股兒，一面撥起籰子²來。寶釵等都立在院門前，命丫頭們在院外敞地下放去。寶琴笑道：「你這個不大好看，不如三姐姐的那一個軟翅子大鳳凰好。」寶釵回頭向翠墨笑道：「你把你們的拿來也放放。」寶玉又興頭起來，也打發個小丫頭子家去，說：「把昨兒賴大娘送我的那個大魚取來。」小丫頭子去了半天，空手回來，笑道：「晴姑娘昨兒放走了。」寶玉道：「我還沒放一遭兒呢。」探春笑道：「橫豎是給你放晦氣罷了。」寶玉道：「再把大螃蟹拿來罷。」丫頭去了，同了幾個人，扛了一個美人並籰子來，說道：「襲姑娘說，昨兒把螃蟹給了三爺了。這一個是林大娘才送來的，放這一個罷。」寶玉細看了一回，只見這美人做的十分精緻，

---

2)　剪子股兒、籰（yuè）子：用竹竿抖放風箏時，在竿頭斜捆上一個小棍成剪子形，以便挑線，叫剪子股兒。繞線的工具叫籰子，北方人習慣說「桄子」。

心中歡喜，便命叫放起來。

　　此時探春的也取了來了，丫頭們在那邊山坡上已放了起來。寶琴叫丫頭放起一個大蝙蝠來。寶釵也放起個一連七個大雁來，獨有寶玉的美人，再放不起來。寶玉說丫頭們不會放，自己放了半天，只起房高便落下來了。急的寶玉頭上出汗，眾人又笑。寶玉恨的擲在地下，指着風箏道：「要不是個美人，我一頓腳踩個稀爛。」黛玉笑道：「那是頂線不好。拿出叫人換好了，就好放了。再取一個來放罷。」寶玉等大家都仰面看天上，幾個風箏都起在空中。

　　一時風緊，眾丫鬟都用絹子墊着手放。黛玉見風力緊了，過去將籰子一鬆，只聽豁剌剌一陣響，登時線盡，風箏隨風去了。黛玉因讓眾人來放。眾人都道：「各人都有，你先請罷。」黛玉笑道：「這一放雖有趣，只是不忍。」李紈道：「放風箏圖的是這一樂，所以又說放晦氣，你更該多放些，把你這病根兒都放了去就好了。咱們大家都放了罷。」於是丫頭們拿過一把剪子來，鉸斷了線，那風箏飄飄搖搖，隨風而去，一時只有雞蛋大小，展眼只剩了一點黑星兒，再展眼便不見了。眾人仰面說道：「有趣，有趣。」說着，有丫頭來請吃飯，大家方散。

　　從此寶玉的工課，也不敢像先竟摺在脖後頭了，有時寫寫字，有時唸唸書，悶了也出來和姐妹們玩笑半天，或往瀟湘館去閑話二回。眾姐妹都知他工課虧欠，大家自去吟詩取樂，或講習針指，也不肯去招他。那黛玉更怕賈政回來寶玉受氣，每每推睡，不大兜攬他。寶玉也只得在自己屋裏，隨便用些工課。

　　展眼已是夏末秋初，一日，賈母處兩個丫頭匆匆忙忙來叫寶玉。不知何事，且聽下回分解。

💡 精華賞析

　　寶玉和這些青年女子們吟詩、說笑，一派與世無爭的景象。前面幾回着重講述賈府中發生的各種事端，而這一回更像一個輕鬆的喘息，讓我們也跟着有一個情緒上的放鬆。

《 第七十一回 》

嫌隙人有心生嫌隙
鴛鴦女無意遇鴛鴦

賈母要過八十大壽了，這可是賈府裏的重要事情，再加上元妃娘娘的關係，前來賀壽的人當然不少。但喜慶祥和的同時，也有些不好的事情要發生了！

話說賈母處兩個丫頭匆匆忙忙來找寶玉，口裏說道：「二爺快跟着我們走罷，老爺家來了。」寶玉聽了，又喜又愁，只得忙忙換了衣服，前來請安。賈政正在賈母房中，連衣服未換，看見寶玉進來請安，心中自是喜歡，卻又有些傷感之意。又紋了些任上事情，賈母便說：「你也乏了，歇歇去罷。」賈政忙站起來，笑着忙答應了個「是」，又略站着說了幾句話，才退出來。寶玉等也都跟過來。賈政自然問問他的工課，也就散了。

原來賈政回京覆命，因是學差，故不敢先到家中，珍、璉、寶玉頭一天便迎出一站去，接見了，賈政先請了賈母的安，便命都回家伺候。次日面聖，諸事完畢，才回家來。又蒙恩賜假一月，在家歇息。因年景漸老，事重身衰，又近因在外幾年，骨肉離異，今得宴然復聚，自覺喜幸不盡。一應大小事務，一概亦付之度外，只是看書，悶了便與清客們下棋吃酒，或日間在裏面，母子夫妻共紋天倫庭闈之樂。

因今歲八月初三日乃賈母八旬之慶，又因親友全來，恐筵宴排設不開，便早同賈赦及賈璉等商議，議定於七月二十八日起至八月初五日止，榮寧兩處齊開筵宴，寧國府中單請官客，榮國府中單請堂客，大觀園中收拾出綴錦閣並嘉蔭堂等幾處大地方來作退居。二十八日，請皇親、駙馬、王公、諸王、郡主、王妃、公主、國君、太君、夫人等；二十九日，便是閣府、督鎮

及誥命等；三十日便是諸官長及誥命並遠近親友及堂客。初一日，是賈赦的家宴；初二日，是賈政；初三日，是賈珍賈璉；初四日，是賈府中合族長幼大小共湊的家宴；初五日，是賴大林之孝等家下管事人等共湊一日。

自七月上旬，送壽禮者便絡繹不絕。禮部奉旨：欽賜金玉如意一柄，彩緞四端，金玉杯各四件，帑銀五百兩。元春又命太監送出金壽星一尊，沉香拐一支，伽南珠一串，福壽香一盒，金錠一對，銀錠四對，彩緞十二匹，玉杯四隻。餘者自親王駙馬以及大小文武官員家，凡所來往者，莫不有禮，不能勝記。堂屋內設下大桌案，鋪了紅氈，將凡所有精細之物都擺上，請賈母過目。賈母先一二日還高興過來瞧瞧，後來煩了，也不過目，只說：「叫鳳丫頭收了，改日悶了再瞧。」

至二十八日，兩府中俱懸燈結彩，屏開鸞鳳，褥設芙蓉，笙簫鼓樂之音，通衢越巷。寧府中本日只有北靜王、南安郡王、永昌駙馬、樂善郡王並幾位世交公侯蔭襲，榮府中南安王太妃、北靜王妃並幾位世交公侯誥命。賈母等皆是按品大妝迎接。大家廝見，先請入大觀園內嘉蔭堂，茶畢更衣，方出至榮慶堂上拜壽入席。大家謙遜半日，方才入座。上面兩席是南、北王妃；下面依序，便是眾公侯命婦。左邊下手一席，陪客是錦鄉侯誥命與臨昌伯誥命；右邊下手一席，方是賈母主位。邢夫人王夫人帶領尤氏鳳姐並族中幾個媳婦，兩溜雁翅，站在賈母身後侍立。

林之孝賴大家的帶領眾媳婦都在竹簾外面伺候上菜上酒，周瑞家的帶領幾個丫鬟在圍屏後伺候呼喚。凡跟來的人，早又有人管待別處去了。一時台上參了場[1]，台下一色十二個未留髮小丫頭，都是小廝打扮，垂手伺候。須臾，一個小廝捧了戲單至階下，先遞給回事的媳婦。這媳婦接了，才遞與林之孝家的，用一小茶盤托上，挨身入簾來遞給尤氏的侍妾佩鳳。佩鳳接了才奉與尤氏。尤氏托着走至上席，南安太妃謙讓了一回，點了一齣吉慶戲文，然後又謙讓，北靜王妃也點了一齣。眾人又讓了一回，命隨便揀好的唱罷了。少時，菜已四獻，湯始一道，跟來各家的放了賞。大家便更衣復入園來，另獻好茶。

---

1)　　　參了場：喜壽慶祝演戲，開場前，演員們出台致賀，叫作參場。

南安太妃因問寶玉，賈母笑道：「今日幾處廟裏唸《保安延壽經》，他跪經去了。」又問眾小姐們，賈母笑道：「他們姊妹們病的病，弱的弱，見人腼腆，所以叫他們給我看屋子去了。有的是小戲子，傳了一班在那邊廳上陪着他姨娘家姊妹們也看戲呢。」南安太妃笑道：「既這樣，叫人請來。」賈母回頭命鳳姐兒去把史、薛、林帶來，「再只叫你三妹妹陪着來罷」。鳳姐答應了，來至賈母這邊，只見他姊妹們正吃果子看戲，寶玉也才從廟裏跪經回來。鳳姐兒說了，寶釵姊妹與黛玉湘雲探春五人來至園中，大家見了，俱請安問好。內中也有見過的，還有一兩家不曾見過的，都齊聲誇讚不絕。其中湘雲最熟，南安太妃因笑道：「你在這裏，聽見我來了還不出來，還只等請去。我明兒和你叔叔算賬。」因一手拉着探春，一手拉着寶釵，問幾歲了，又連聲誇讚。因又鬆了他兩個，又拉着黛玉寶琴，也着實細看，極誇一回。又笑道：「都是好的，不知叫我誇那一個的是。」早有人將備用禮物打點出幾分來：金玉戒指各五個，腕香珠五串。南安太妃笑道：「你姊妹們別笑話，留着賞丫頭們罷。」五人忙拜謝過。北靜王妃也有五樣禮物。餘者不必細說。

吃了茶，園中略逛了一逛，賈母等因又讓入席。南安太妃便告辭，說身上不快，「今日若不來，實在使不得，因此恕我竟先要告別了」。賈母等聽說，也不便強留，大家又讓了一回，送至園門，坐轎而去。接着北靜王妃略坐一坐也就告辭了。餘者也有終席的，也有不終席的。

賈母勞乏了一日，次日便不見人，一應都是邢夫人王夫人款待。有那些世家子弟拜壽的，只到廳上行禮，賈赦、賈政、賈珍等還禮款待，至寧府坐席，不在話下。

這幾日，尤氏晚間也不回那府去，白日間待客，晚間陪賈母玩笑，又幫着鳳姐出入料理大小器皿，以及收放禮物，晚上往園內李氏房中歇宿。這日伏侍過賈母晚飯後，賈母因說：「你們乏了，我也乏了，早些尋點子甚麼吃了歇歇去罷。明兒還要起早鬧呢。」尤氏答應着退了出來，到鳳姐兒房裏來吃飯。鳳姐兒在樓上看着人收送禮的新圍屏，只有平兒在房裏與鳳姐兒疊衣服。尤氏想起二姐兒在時，多承平兒照應，便點着頭兒，說道：「好丫頭，你這麼個好心人，難為在這裏熬。」平兒把眼圈兒一紅，拿話岔過去了。尤氏因笑問道：「你們奶奶吃了飯了沒有？」平兒笑道：「吃飯豈不請奶奶去的。」尤氏笑道：「既這麼着，我別處找吃的去，餓的我受不得了。」說着，就走。

平兒忙笑道：「奶奶請回來。這裏有餑餑，且點補些兒，回來再吃飯。」尤氏笑道：「你們忙的這樣，我園裏和他姊妹們鬧去。」一面說，一面就走。平兒留不住，只得罷了。

且說尤氏一徑來至園中，只見園中正門與各處角門仍未關好，猶吊着各色彩燈，因回頭命小丫頭叫該班的女人。那丫鬟走入班房中，竟沒一個人影，回來回了尤氏。尤氏便命傳管家的女人。這丫頭應了便出去，到二門外鹿頂內，乃是管事的女人議事取齊之所。到了這裏，只有兩個婆子分菜果呢。因問：「那一位奶奶在這裏？東府奶奶立等一位奶奶，有話吩咐。」這兩個婆子只顧分菜果，又聽見是東府裏的奶奶，不大在心上，因就回說：「管家奶奶們才散了。」小丫頭道：「散了，你們家裏傳他去。」婆子道：「我們只管看屋子，不管傳人。姑娘要傳人再派傳人的去。」

小丫頭聽了道：「噯呀，這可反了！怎麼你們不傳去？你哄那新來的，怎麼哄起我來了！素日你們不傳誰傳？這會子打聽了體己信兒，或是賞了那位管家奶奶的東西，你們爭着狗顛屁股兒似的傳去的，不知誰是誰呢。璉二奶奶要傳，你們也敢這麼回？」這兩個婆子一則吃了酒，二則被這丫頭揭挑着弊病，便羞惱成怒了，因回口道：「扯你的臊！我們的事，傳不傳不與你相干！你不用揭挑我們，你想想，你那老子娘在那邊管家爺們跟前比我們還更會溜 [2] 呢。各門各戶的，你有本事，排場你們那邊人去。我們這邊，你們離着還遠些呢！」丫頭聽了，氣白了臉，因說道：「好，好，這話說的好！」一面轉身進來回話。

尤氏已早入園來，因遇見了襲人、寶琴、湘雲三人同着地藏庵的兩個姑子正說故事玩笑，尤氏因說餓了，先到怡紅院，襲人裝了幾樣葷素點心出來與尤氏吃。那小丫頭子一徑找了來，氣狠狠的把方才的話都說了出來。尤氏聽了，冷笑道：「這是兩個甚麼人？」

兩個姑子笑推這丫頭道：「你這姑娘好性氣大，那糊塗老媽媽們的話，你也不該來回才是。咱們奶奶萬金之軀，勞乏了幾日，黃湯辣水沒吃，咱們哄他歡喜一會還不得一半兒，說這些話做甚麼？」襲人也忙笑拉出他去，說：

---

2)　　溜：這裏是對逢迎、討好、拍馬屁一類行為的諷刺語。也叫溜溝子。

「好妹子，你且出去歇歇，我打發人叫他們去。」尤氏道：「你不要叫人，你去就叫這兩個婆子來，到那邊把他們家的鳳兒叫來。」襲人笑道：「我請去。」尤氏道：「偏不要你去。」兩個姑子忙立起身來，笑說：「奶奶素日寬洪大量，今日老祖宗千秋，奶奶生氣，豈不惹人談論？」寶琴湘雲二人也都笑勸。尤氏道：「不為老太太的千秋，我斷不依。且放着就是了。」

　　說話之間，襲人早又遣了一個丫頭去到園門外找人，可巧遇見周瑞家的，這小丫頭子就把這話告訴周瑞家的。周瑞家的雖不管事，因他素日仗着是王夫人的陪房，原有些體面，心性乖滑，專管各處獻勤討好，所以各處房裏的主人都喜歡他。他今日聽了這話，忙的便跑入怡紅院來，一面飛走，一面口內說：「可了不得，氣壞了奶奶了。偏我不在跟前！若在跟前，且打給他們幾個耳刮子，再等過了這幾日算賬。」

　　尤氏見了他，也便笑道：「周姐姐你來，有個理你說說。這早晚門還大開着，明燈蠟燭，出入的人又雜，倘有不防的事，如何使得？因此叫該班的人吹燈關門，誰知一個人芽兒也沒有。」周瑞家的道：「這還了得！前兒二奶奶還吩咐過的，今兒就沒了人。過了這幾日，必要打幾個才好。」尤氏又說小丫頭子的話。周瑞家的道：「奶奶不用生氣，等過了事，我告訴管事的打他個臭死。只問他們，誰叫他們說『各門各戶』的話！我已經叫他們吹了燈，關上正門和角門子。」正亂着，只見鳳姐兒打發人來請吃飯。尤氏道：「我也不餓了，才吃了幾個餑餑，請你奶奶自吃罷。」

　　一時周瑞家的得便出去，便把方才的事回了鳳姐。鳳姐便命：「將那兩個名字記上，等過了這幾日，捆了送到那府裏憑大嫂子開發，或是打幾下子，或是他開恩饒了他們，隨他去就是了，甚麼大事。」周瑞家的聽了，巴不得一聲兒，素日因與這幾個人不睦，出來便命一個小廝到林之孝家傳鳳姐的話，立刻叫林之孝家的進來見大奶奶；一面又傳人立刻捆起這兩個婆子來，交到馬圈裏派人看守。

　　林之孝家的不知有甚麼事，忙坐車進來，先見鳳姐。至二門上傳進話去，丫頭們出來說：「奶奶才歇下了。大奶奶在園裏，叫大娘見了大奶奶就是了。」林之孝家的只得進園來到稻香村，丫鬟們回進去，尤氏聽了反過意不去，忙喚進他來，因笑向他道：「我不過為找人找不着因問你，你既去了，也不是甚麼大事，誰又把你叫進來？倒要你白跑一遭。不大的事，已經撂過手了。」林

之孝家的也笑道：「二奶奶打發人傳我，說奶奶有話吩咐。」尤氏笑道：「這是那裏的話，只當你沒去，白問你。這是誰又多事告訴了鳳丫頭，大約周姐姐說的。家去歇着罷，沒有甚麼大事。」李紈又要說原故，尤氏反攔住了。

林之孝家的見如此，只得便回身出園去。可巧遇見趙姨娘，因笑道：「哎呀呀，我的嫂子！這會子還不家去歇歇，還跑些甚麼？」林之孝家的便笑說何曾不家去的，如此這般進來了。趙姨娘便說：「這事也值一個屁！開恩呢，就不理論；心窄些兒，也不過打幾下子就完了。也值的叫你進來！你快歇歇去，我也不留你吃茶了。」

說畢，林之孝家的出來，到了側門前，就有方才兩個婆子的女兒上來哭着求情。林之孝家的笑道：「你這孩子好糊塗，誰叫你娘吃酒混說了，惹出事來，連我也不知道。二奶奶打發人捆他，連我還有不是呢。我替誰討情去？」這兩個小丫頭子才七八歲，原不識事，只管哭啼求告。纏的林之孝家的沒法，因道：「糊塗東西！你放着門路不去，卻纏我來。你姐姐現給了那邊太太的陪房費大娘的兒子，你過去告訴你姐姐，叫親家娘和太太一說，甚麼完不了的？」一語提醒了一個，那一個還求。林之孝家的啐道：「糊塗攘的！他過去一說，自然都完了。沒有個單放了他媽，又只打你媽的理。」說畢，上車去了。

這一個小丫頭果然過來告訴了他姐姐，和費婆子說了。這費婆子原是個不大安靜的，便隔牆大罵了一陣，走上來求邢夫人，說他親家和那府裏的大奶奶的小丫頭白鬥了兩句話，「周瑞家的便調唆了咱家二奶奶捆到馬圈裏，等過了這兩日還要打呢。求太太和二奶奶說聲，饒他這一次罷。」

邢夫人自為要鴛鴦之後討了沒意思，賈母冷淡了他，且前日南安太妃來，賈母又單令探春出來，自己心內早已怨忿，又有在側一干小人，心內嫉妒，挾怨鳳姐，便調唆的邢夫人着實憎惡鳳姐。如今又聽了如此一篇話，也不說長短。

至次日一早，見過賈母，眾族中人到齊，坐席開戲。賈母高興，又見今日無遠親，都是自己族中子姪輩，只便衣常妝出來，堂上受禮。當中獨設一榻，引枕靠背腳踏俱全，自己歪在榻上。榻之前後左右，皆是一色的小矮凳，寶釵、寶琴、黛玉、湘雲、迎探惜姊妹等圍繞。因賈珍之母也帶了女兒喜鸞，賈瓊之母也帶了女兒四姐兒，還有幾房的孫女兒，大小共有二十來

個。賈母獨見喜鸞和四姐兒生得又好，說話行事與眾不同，心中喜歡，便命他兩個也坐在榻前。寶玉卻在榻上與賈母捶腿。首席便是薛姨媽，下邊兩溜皆順着房頭輩數下去。簾外兩廊都是族中男客，也依次而坐。

先是那女客一起一起行禮，後方是男客行禮。賈母歪在榻上，只命人說「免了罷」。然後賴大等帶領眾人，從儀門直跪至大廳上，磕頭禮畢，又是眾家下媳婦，然後各房的丫鬟，足鬧了兩三頓飯時。然後又抬了許多雀籠來，在當院中放了生。賈赦等焚過了天地壽星紙，方開戲飲酒。直到歇了中台，賈母方進來歇息，命他們取便，因命鳳姐兒留下喜鸞四姐兒玩兩日再去。鳳姐兒出來便和他母親說，他兩個母親素日都承鳳姐的照顧，願意在園內玩耍，至晚便不回家了。

邢夫人直至晚間散時，當着眾人，陪笑和鳳姐求情說：「我昨兒晚上聽見二奶奶生氣，打發周管家的奶奶捆了兩個老婆子，可也不知犯了甚麼罪？論理，我不該討情。我想老太太好日子，發狠的還捨錢捨米，周貧濟老，咱們家先倒折磨起老奴才來了。不看我的臉，權且看老太太的好日子，暫且竟放了他們罷。」說畢，上車去了。

鳳姐聽了這話，又當着許多人，又羞又氣，一時抓尋不着頭腦，憋的臉紫漲，回頭向賴大家的等冷笑道：「這是那裏的話？昨兒因為這裏的人得罪了那府裏的大嫂子，我怕大嫂子多心，所以盡讓他發放，並不為得罪了我。這又是誰的耳報神[3]這麼快？」王夫人因問為甚麼事，鳳姐兒笑將昨日的事說了。尤氏也笑道：「連我並不知道，你原也太多事了。」鳳姐兒道：「我為你臉上過不去，所以等你開發，不過是個禮。就如我在你那裏有人得罪了我，你自然送了來盡我。憑他是甚麼好奴才，到底錯不過這個禮去。這又不知誰過去沒的獻勤兒，這也當作一件事情去說。」王夫人道：「你太太說的是。就是珍哥兒媳婦也不是外人，也不用這些虛禮。老太太的千秋要緊，放了他們為是。」說着，回頭便命人去放了那兩個婆子。

鳳姐由不得越想越氣越愧，不覺的一陣灰心，滾下淚來。因賭氣回房哭泣，又不使人知覺。偏是賈母打發了琥珀來叫立等說話。琥珀見了，詫異

---

3)　　耳報神：專在耳邊報消息的神，這裏指傳遞消息的人。

道：「好好的，這是甚麼原故？那裏立等你呢。」鳳姐聽了，忙擦乾了淚，洗面另施了脂粉，方同琥珀過來。

　　賈母因問道：「前兒這些人家送禮來的共有幾家有圍屏？」鳳姐兒道：「共有十六家，十二架大的，四架小的炕屏。內中只有江南甄家一架大屏十二扇，大紅緞子緙絲『滿床笏』，一面是泥金《百壽圖》的，是頭等。還有粵海將軍鄔家一架玻璃的還罷了。」賈母道：「既這樣，這兩架別動，好生擱着，我要送人的。」鳳姐兒答應了。

　　鴛鴦忽過來向鳳姐兒面上只管瞧，引的賈母問說：「你不認得他？只管瞧甚麼？」鴛鴦笑道：「怎麼他的眼腫腫的，所以我詫異。」賈母便叫「過來」，細細的看。鳳姐笑道：「才覺的一陣發癢，揉腫了些。」鴛鴦笑道：「別又是受了誰的氣了罷？」鳳姐道：「誰敢給我氣受？就受了氣，老太太好日子，我也不敢哭啊！」賈母道：「正是呢。我正要吃晚飯，你在這裏打發我吃，剩下的你就和珍兒媳婦吃了。你兩個在這裏幫着兩個師傅替我揀佛豆兒，你們也積積壽，前兒你姊妹們和寶玉都揀了，如今也叫你們揀揀，別說我偏心。」

　　說話時，先擺上一桌素饌來。兩個姑子吃了，然後才擺上葷的，賈母吃畢，抬出外間。尤氏鳳姐兒二人正吃，賈母又叫把喜鸞四姐兒二人也叫來，跟他二人吃畢，洗了手，點上香，捧過一升豆子來。兩個姑子先唸了佛偈，然後一個一個的揀在一個簸籮內，每揀一個，唸一聲佛。明日煮熟了，令人在十字街結壽緣。賈母歪着聽兩個姑子又說些佛家的因果。

　　鴛鴦早已聽見琥珀說鳳姐哭之一事，又和平兒前打聽得原故。晚間人散時，便回說：「二奶奶還是哭的，那邊大太太當着人給二奶奶沒臉。」賈母因問為甚麼原故，鴛鴦便將原故說了。賈母道：「這才是鳳丫頭知禮處，難道為我的生日，由着奴才們把一族中的主子都得罪了也不管罷？這是太太素日沒好氣，不敢發作，所以今兒拿着這個作法子，明是當着眾人給鳳兒沒臉罷了。」正說着，只見寶琴等進來，也就不說了。

　　賈母忽想起留下的喜姐和四姐兒，叫人吩咐園中婆子們：「要和家裏的姑娘們一樣照應。倘有人小看了他們，我聽見可不依。」婆子答應了，方要走時，鴛鴦道：「我說去罷。他們那裏聽他的話。」說着，便一徑往園子來。

　　先到稻香村中，李紈與尤氏都不在這裏。問丫鬟們，說：「都在三姑娘那裏呢。」鴛鴦回身又來至曉翠堂，果見那園中人都在那裏說笑。見他來了，都

笑說：「你這會子又跑來做甚麼？」又讓他坐。鴛鴦笑道：「不許我也逛逛麼？」於是把方才的話說了一遍。李紈忙起身聽了，就叫人把各處的頭兒喚了一個來。令他們傳與諸人知道，不在話下。

這裏尤氏笑道：「老太太也太想的到，實在我們年輕力壯的人捆上十個也趕不上。」李紈道：「鳳丫頭仗着鬼聰明兒，還離腳蹤兒不遠。咱們是不能的了。」鴛鴦道：「罷喲，還提鳳丫頭虎丫頭呢，他的為人，也可憐見兒的。雖然這幾年沒有在老太太、太太跟前有個錯縫兒，暗裏也不知得罪了多少人。總而言之，為人是難作的：若太老實了沒有個機變，公婆又嫌太老實了，家裏人也不怕；若有些機變，未免又治一經損一經。如今咱們家裏更好，新出來的這些底下奴字號的奶奶們，一個個心滿意足，都不知要怎麼樣才好，少有不得意，不是背地裏咬舌根，就是挑三窩四的。我怕老太太生氣，一點兒也不肯說。不然我告訴出來，大家別過太平日子。這不是我當着三姑娘說，老太太偏疼寶玉，有人背地裏怨言還罷了，算是偏心。如今老太太偏疼你，我聽着也是不好。這可笑不可笑？」探春笑道：「糊塗人多，那裏較量得許多。我說倒不如小戶人家人少，雖然寒素些，倒是天天娘兒們歡天喜地，大家快樂。我們這樣人家人多，看着我們不知千金萬金，何等快樂，殊不知我們這裏說不出來的煩難，更利害。」

寶玉道：「誰都像三妹妹好多心。事事我常勸你，總別聽那些俗話，想那俗事，只管安富尊榮才是。比不得我們沒這清福，該應濁鬧的。」尤氏道：「誰都像你，真是一心無掛礙，只知道和姊妹們玩笑，餓了吃，睏了睡，再過幾年，不過還是這樣，一點後事也不慮。」寶玉笑道：「我能夠和姊妹們過一日是一日，死了就完了。甚麼後事不後事。」李紈等都笑道：「這可又是胡說了。就算你是個沒出息的，終老在這裏，難道他姊妹們都不出門的？」尤氏笑道：「怨不得人都說你是空長了一個好胎子，真真是個傻東西。」寶玉笑道：「人事難定，誰死誰活？倘或我在今日明日、今年明年死了，也算是遂心一輩子了。」眾人不等說完，便說：「越發胡說了，別和他說話才好。若和他說話，不是呆話，就是瘋話。」喜鸞因笑道：「二哥哥，你別這麼說，等這裏姐姐們果然都出了閣，橫豎老太太、太太也悶得慌，我來和你作伴兒。」李紈尤氏等都笑道：「姑娘也別說呆話，難道你是不出門的嗎？」一句說的喜鸞低了頭。當下已是起更時分，大家各自歸房安歇，不提。

　　且說鴛鴦一徑回來，剛至園門前，只見角門虛掩，猶未上門。此時園內無人來往，只有該班的房內燈光掩映，微月半天。鴛鴦又不曾有個作伴的，也不曾提燈籠，獨自一個，腳步又輕，所以該班的人皆不理會。偏生又要小解，因下了甬路，尋微草處走動，行至一山石後大桂樹陰底下。剛轉過石後，只聽一陣衣衫響，嚇了一驚不小。定睛一看，只見是兩個人在那裏，見他來了，便想往樹叢石後藏躲。鴛鴦眼尖，趁着半明的月色，早看見一個穿紅襖兒，梳鬅頭，高大豐壯身材的，是迎春房裏司棋。鴛鴦只當他和別的女孩子也在此方便，見自己來了，故意藏躲，恐嚇着玩耍，因便笑叫道：「司棋，你不快出來，嚇着我，我就喊起來，當賊拿了。這麼大丫頭，沒個黑家白日只是玩不夠。」

　　這本是鴛鴦的戲語，叫他出來。誰知他賊人膽虛，只當鴛鴦已看見他的首尾了，生恐叫喊出來，使眾人知覺更不好；且素日鴛鴦又和自己親厚，不比別人。便從樹後跑出來，一把拉住鴛鴦，便雙膝跪下，只說：「好姐姐，千萬別嚷！」鴛鴦反不知為甚麼，忙拉他起來，笑問道：「這是怎麼說？」司棋只不言語，渾身亂顫。鴛鴦越發不解，再瞧了一瞧，又有一個人影兒，恍惚像是個小廝，心下便猜疑了八九，自己反羞的面紅耳赤，又怕起來。因定了一會，忙悄問：「那個是誰？」司棋復跪下道：「是我姑舅兄弟。」鴛鴦啐了一口，卻羞的一句話說不出來。司棋又回頭悄道：「你不用藏着，姐姐已看見了，快出來磕頭。」那小廝聽了，只得也從樹後爬出來，磕頭如搗蒜。鴛鴦忙要回身，司棋拉住苦求，哭道：「我們的性命，都在姐姐身上，只求姐姐超生我們罷！」鴛鴦道：「你不用多說了，叫他去罷，我橫豎不告訴一個人就是了。你這是怎麼說呢！」一語未了，只聽角門上有人說道：「金姑娘已出去了，角門上鎖罷。」鴛鴦正被司棋拉住，不得脫身，聽見如此說，便接聲道：「我在這裏有事，且略等等兒，我就出來了。」司棋聽了，只得鬆手讓他去了。要知端的，且聽下回分解。

精華賞析

　　因為家裏的下人不能盡忠職守，還得罪了尤氏，鳳姐便下令懲罰。從一個管理者的角度講，這種做法雖然不算寬厚卻也不算錯誤。而尤氏一開始氣憤不已，等鳳姐做出了處置的決定，她又寬宏大量地原諒了得罪她的下人。單看這種行為有點讓人費解，但聯繫前文鳳姐如何藉尤二姐之故羞辱尤氏，又如何逼死了尤二姐，我們就不難理解尤氏這樣做的原因了。

　　司棋和情郎正在幽會，被晚歸的鴛鴦撞了個正着。這個情節讓人頗感意外，卻也在情理之中。司棋也曾經仗着小姐的勢力耀武揚威，但在森嚴的封建禮教中，她作為青年女子是不能與男子私下往來的。這種壓抑人性的禮教，實際上並不能禁閉一個熱情少女的心扉。

《第七十二回》

王熙鳳恃強羞說病
來旺婦倚勢霸成親

　　賈璉竟然跟鴛鴦商量，要偷了老太太的東西出來賣錢。這還不算完，夏太監來向賈府借錢，鳳姐只好將自己的金項圈當了來湊數。賈府的富貴生活要維持起來越來越不容易了。

　　且說鴛鴦出了角門，臉上猶紅，心內突突的亂跳，真是意外之事。因想這事非常，若說出來，姦盜相連，關係人命，還保不住帶累了旁人。橫豎與自己無干，且藏在心內，不說與一人知道。回房復了賈母的命，大家安息。不提。

　　卻說司棋因從小兒和他姑表兄弟在一處玩笑，起初時，小兒戲言，便都訂下將來不娶不嫁。近年大了，彼此又出落的品貌風流，常時司棋回家時，二人眉來眼去，舊情不斷，只不能入手。又彼此生怕父母不從，二人便設法彼此裏外買囑園內老婆子們，留門看道，今日趕亂，方從外進來，初次入港。雖未成雙，卻也海誓山盟，私傳表記，已有無限風情。忽被鴛鴦驚散，那小廝早穿花度柳，從角門出去了。司棋一夜不曾睡着，又後悔不來。至次日見了鴛鴦，自是臉上一紅一白，百般過不去。心內懷着鬼胎，茶飯無心，起居恍惚。挨了兩日，竟不聽見有動靜，方略放下了心。這日晚間，忽有個婆子來悄告訴他道：「你兄弟已逃走了，三四天沒歸家。如今四下裏找他呢。」司棋聽了，又氣又急又傷心，因思道：「縱是鬧了出來，也該死在一處。真真男人沒情意，先就走了。」因此又添了一層氣。次日便覺心內不快，百般支持不住，一頭睡倒，懨懨的成了病了。

　　鴛鴦聞知那邊無故走了一個小廝，園內司棋病重，要往外挪，心下料定

是二人懼罪之故，「生怕我說出來，方嚇到這樣。」因此自己反過意不去，指着來望候司棋，支出人去，反自己賭咒發誓，與司棋說：「我告訴一個人，立刻現死現報！你只管放心養病，別白糟蹋了小命兒。」司棋一把拉住，哭道：「我的姐姐，咱們從小兒耳鬢廝磨，你不曾拿我當外人待，我也不敢待慢了你。如今我雖一着走錯，你若果然不告訴一個人，你就是我的親娘一樣。從此後我活一日是你給我一日，我的病好之後，把你立個長生牌位，我天天焚香磕頭，保佑你一輩子福壽雙全的。我若死了時，變驢變狗報答你。」一面說，一面哭。這一席話反把鴛鴦說的心酸，也哭起來了。因點頭道：「你也是自家要作死唦！我作甚麼管你這些事，壞你的名兒，我白去獻勤。況且這事我自己也難開口向人說。你只放心。從此養好了，可要安分守己的再不許胡行亂鬧了。」司棋在枕上點首不絕。鴛鴦又安慰了他一番，方出來。

　　因知賈璉不在家中，又因這兩日鳳姐兒聲色怠惰了些，不似往日一樣，因順路也來望候。因進入鳳姐院中，二門上的人見是他來，便立身待他進去。鴛鴦來至堂屋，只見平兒從裏頭出來，見了他來，忙上來悄聲笑道：「才吃了一口飯歇了午睡，你且這屋裏略坐坐。」鴛鴦聽了，只得同平兒到東邊房裏來。小丫頭倒了茶來。鴛鴦因悄問：「你奶奶這兩日是怎麼了？我近來看着他懶懶的。」平兒見問，因房內無人，便歎道：「他這懶懶的也不止今日了，這有一月前頭便是這麼着。這幾日忙亂了幾天，又受了些閑氣，重新又勾起來。這兩日比先又添了些病，所以支持不住，便露出馬腳來了。」鴛鴦忙道：「既這樣，怎麼不早請大夫治？」平兒歎道：「我的姐姐，你還不知道他的脾氣的？別說請大夫來吃藥，我看不過，白問了一聲身上覺怎麼樣，他就動了氣，反說我咒他病了。饒這樣，天天還是察三訪四，自己再不肯看破些，且養身子！」

　　鴛鴦道：「雖然如此，到底該請大夫來瞧瞧是甚麼病，也都好放心。」平兒道：「我的姐姐，說起病來，據我看也不是甚麼小症候。」鴛鴦忙道：「是甚麼病呢？」平兒見問，又往前湊了一湊，向耳邊說道：「只從上月行了經之後，這一個月竟瀝瀝淅淅的沒有止住。這可是大病不是？」鴛鴦聽了，忙答道：「噯喲！依你這話，這可不成了血山崩了嗎？」平兒忙啐了一口，又悄笑道：「你女孩兒家，這是怎麼說的，倒會咒人呢。」鴛鴦見說，不禁紅了臉，又悄笑道：「究竟我也不知甚麼是崩不崩的，你倒忘了不成，先我姐姐不是害

這病死了？我也不知是甚麼病，因無心聽見媽和親家媽說，我還納悶，後來聽見媽細說原故，才明白了一二分。」

二人正說着，只見小丫頭進來向平兒道：「方才朱大娘又來了。我們回了他，奶奶才歇午覺，他往太太上頭去了。」平兒聽了點頭。鴛鴦問：「那一個朱大娘？」平兒道：「就是官媒婆那朱嫂子。因有甚麼孫大人家來和咱們求親，所以他這兩日天天弄個帖子來，鬧得人怪煩的。」一語未了，小丫頭跑來說：「二爺進來了。」說話之間，賈璉已走至堂屋門口，平兒忙迎出來，賈璉見平兒在東屋裏，便也過這間房內來。至門前，忽見鴛鴦坐在炕上，便煞住腳，笑道：「鴛鴦姐姐，今兒貴步幸臨賤地。」鴛鴦只坐着，笑道：「來請爺奶奶的安，偏又不在家的不在家，睡覺的睡覺。」賈璉笑道：「姐姐一年到頭辛苦伏侍老太太，我還沒看你去，那裏還敢勞動來看我們。又是巧的很，我才要找姐姐去。因為穿着這袍子熱，先來換了夾袍子再過去找姐姐，不想天可憐，省我走這一趟。」一面說，一面在椅子上坐下。鴛鴦因問：「又有甚麼說的？」賈璉未語先笑道：「因有一件事，我竟忘了，只怕姐姐還記得。上年老太太生日，曾有一個外路和尚來孝敬一個蠟油凍的佛手[1]，因老太太愛，就即刻拿過來擺着。因前日老太太生日，我看古董賬，還有一筆在這賬上，卻不知此時這件東西着落何處。古董房裏的人也回過我兩次，等我問準了好注上一筆。所以我問姐姐，如今還是老太太擺着呢，還是交到誰手裏去了呢？」鴛鴦聽說，便道：「老太太擺了幾日厭煩了，就給了你們奶奶。你這會子又問。我連日子還記得，還是我打發老王家的送來的。你忘了，或是問你們奶奶和平兒。」

平兒正拿衣服，聽見如此說，忙出來回說：「交過來了，現在樓上放着呢。奶奶已經打發過人出去說過，他們發昏，沒記上，又來叨登這些沒要緊的事。」賈璉聽說，笑道：「既然給了你奶奶，我怎麼不知道，你們就昧下了。」平兒道：「奶奶告訴二爺，二爺還要送人，奶奶不肯，好容易留下的。這會子自己忘了，倒說我們昧下。那是甚麼好東西，比那強十倍的東西也沒昧下一遭兒，這會子愛上那不值錢的咧！」賈璉低頭含笑想了一想，拍手道：

---

1)　　蠟油凍的佛手：黃蜜蠟所雕的佛手柑。一說凍指凍石。

「我如今竟糊塗了！丟三忘四，惹人抱怨，竟大不像先了。」鴛鴦笑道：「也怨不得。事情又多，口舌又雜，你再喝上兩杯酒，那裏記得許多。」一面說，一面起身要去。

賈璉忙也立身來說道：「好姐姐，再坐一坐，兄弟還有事相求。」說着便罵小丫頭：「怎麼不沏好茶來！快拿乾淨蓋碗，把昨兒進上的新茶沏一碗來。」說着向鴛鴦道：「這兩日因老太太的千秋，所有的幾千兩銀子都使了。各處房租地租通在九月內才得，這會子竟接不上。明兒又要送南安府裏的禮，又要預備娘娘的重陽節禮，還有幾家紅白大禮，至少還得三二千兩銀子用，一時難去支借。俗語說的好，『求人不如求己』。說不得，姐姐擔個不是，暫且把老太太查不着的金銀傢夥偷着運出一箱子來，暫押千數兩銀子支騰過去。不上半年的光景，銀子來了，我就贖了交還，斷不能叫姐姐落不是。」鴛鴦聽了，笑道：「你倒會變法兒，虧你怎麼想來。」賈璉笑道：「不是我扯謊，若論除了姐姐，也還有人手裏管的起千數兩銀子的，只是他們為人都不如你明白有膽量。我若和他們一說，反嚇住了他們。所以我『寧撞金鐘一下，不打破鼓三千』。」一語未了，賈母那邊的小丫頭子忙忙走來找鴛鴦，說：「老太太找姐姐半日，我們那裏沒找到，卻在這裏。」鴛鴦聽說，忙的且去見賈母。

賈璉見他去了，只得回來瞧鳳姐。誰知鳳姐已醒了，聽他和鴛鴦借當，自己不便答話，只躺在榻上。聽見鴛鴦去了，賈璉進來，鳳姐因問道：「他可應準了？」賈璉笑道：「雖然未應準，卻有幾分成了，須得你再去和他說一說，就十成了。」鳳姐笑道：「我不管這事。倘或說準了，這會子說得好聽，到有了錢的時節，你就丟在脖子後頭了，誰和你打饑荒去？倘或老太太知道了，倒把我這幾年的臉面都丟了。」賈璉笑道：「好人，你若說定了，我謝你如何？」鳳姐笑道：「你說，謝我甚麼？」賈璉笑道：「你說要甚麼就給你甚麼。」平兒一旁笑道：「奶奶不用要別的，剛才正說要作一件甚麼事，恰少一二百銀子使，不如借了來，奶奶拿這麼一二百銀子，豈不兩全其美。」鳳姐笑道：「幸虧提起我來，就是這樣也罷。」

賈璉笑道：「你們也太狠了。你們這會子別說一千兩的當頭，就是現銀子要三五千，只怕也難不倒。我不和你們借就罷了。這會子煩你說一句話，還要個利錢，難為你們和我……」鳳姐不等說完，翻身起來說道：「我有三千五千，不是賺的你的。如今裏裏外外上上下下背着我嚼說我的不少，就

短了你來說了，可知沒家親引不出外鬼來。我們看着你家甚麼石崇鄧通？把我王家的地縫子掃一掃，就夠你們一輩子過的呢。說出來的話也不怕臊！現有對證：把太太和我的嫁妝細看看，比一比你們的，那一樣是配不上你們的。」賈璉笑道：「說句玩話就急了。這有甚麼的呢，要使一二百兩銀子值甚麼，多的沒有，這還有，先拿進來，你使了再說，如何？」鳳姐道：「我又不等着銜口墊背²，忙了甚麼。」賈璉道：「何苦來，不犯着這樣肝火盛。」鳳姐聽了，又自笑起來，「不是我着急，你說的話戳人的心。我因為我想着後日是尤二姐的週年，我們好了一場，雖不能別的，到底給他上個墳燒張紙，也是姊妹一場。他雖沒留下個男女，也要『前人撒土迷了後人的眼』才是。」鳳姐一語倒把賈璉說沒了話，低頭打算，說：「既是後日才用，若明日得了這個，你隨便使多少就是了。」

　　一語未了，只見旺兒媳婦走進來。鳳姐便問：「可成了沒有？」旺兒媳婦道：「竟不中用。我說須得奶奶作主就成了。」賈璉便問：「又是甚麼事？」鳳姐兒見問，便說道：「不是甚麼大事。旺兒有個小子，今年十七歲了，還沒娶媳婦兒，因要求太太房裏的彩霞，不知太太心裏怎麼樣。前日太太見彩霞大了，二則又多病多災的，因此開恩打發他出去了，給他老子娘隨便自己揀女婿去罷。因此旺兒媳婦來求我。我想他兩家也就算門當戶對的，一說去自然成的，誰知他這會子來了，說不中用。」賈璉道：「這是甚麼大事，比彩霞好的多着呢。」旺兒家的陪笑道：「爺雖如此說，連他家還看不起我們，別人越發看不起我們了。好容易相看準一個媳婦，我只說求爺奶奶的恩典，替我作成了。奶奶又說他是必肯的，我就煩了人過去試一試，誰知白討了個沒趣兒。若論那孩子倒好，據我素日私意兒試他，他心裏沒有甚說的，只是他老子娘兩個老東西太心高了些。」一語戳動了鳳姐和賈璉。

　　鳳姐因見賈璉在此，且不作一聲，只看賈璉的光景。賈璉心中有事，那裏把這點子事放在心裏？待要不管，只是看着他是鳳姐兒的陪房，且又素日出過力的，臉上實在過不去，因說道：「甚麼大事，只管咕咕唧唧的。你放心且去，我明兒作媒打發兩個有體面的人，帶着定禮去，就說我的主意。他十

2)　　銜口墊背：古代殯葬的一種迷信習俗：給死者口中含珠、玉或米，叫銜口。在死者褥下放錢，叫墊背。

分不依，叫他來見我。」旺兒家的看着鳳姐，鳳姐便努嘴兒。旺兒家的會意，忙爬下就給賈璉磕頭謝恩。這賈璉忙道：「你只給你姑奶奶磕頭。我雖如此說了這樣行，到底也得你姑奶奶打發個人叫他女人上來，和他好說更好些。不然，太霸道了，日後你們兩親家也難走動。」鳳姐忙道：「連你還這樣開恩操心呢，我倒反袖手旁觀不成。旺兒家你聽見，說了這事，你也忙忙的給我完了事來。說給你男人，外頭所有的賬目，一概趕今年年底都收進來，少一個錢也不依。我的名聲不好，再放一年都要生吃了我呢。」

旺兒媳婦笑道：「奶奶也太膽小了。誰敢議論奶奶，若收了時，我也是一場痴心白使了。」鳳姐冷笑道：「我真個的還等錢作甚麼？不過為的是日用出的多，進的少。這屋裏有的沒的，我和你姑爺一月的月錢，再連上四個丫頭的月錢，通共一二十兩銀子，還不夠三五天的使用呢。若不是我千湊萬挪的，早不知道到甚麼破窰裏去了。如今倒落了一個放賬破落戶的名兒。既這樣，我就收了回來。我比誰不會花錢，咱們以後就坐着花，到多早晚是多早晚。這不是樣兒：前兒老太太生日，太太急了兩個月，想不出法兒來，還是我提了一句，後樓上現有些沒要緊的大銅錫傢夥四五箱子，拿去弄了三百銀子，才把太太遮羞禮兒搪過去了。我是你們知道的，那一個金自鳴鐘賣了五百六十兩銀子，沒有半個月，大事小事倒有十來件，白填在裏頭。今兒外頭也短住了，不知是誰的主意，搜尋上老太太了。明兒再過一年，再搜尋到頭面衣服，可就好了！」

旺兒家的笑道：「那一位太太奶奶的頭面衣服折變了不夠過一輩子的，只是不肯罷了。」鳳姐道：「不是我說沒了能耐的話，要像這樣，我竟不能了。昨兒晚上忽然作了一個夢，說來也可笑，夢見一個人，雖然面善，卻又不知名姓，找我，說娘娘打發他來要一百匹錦。我問他是那一位娘娘，他說的又不是咱們家的娘娘。我就不肯給他，他就來奪。正奪着，就醒了。」旺兒家的笑道：「就是奶奶日間操心惦記，常應候宮裏的事。」

一語未了，人回：「夏太監打發了一個小內監來說話。」賈璉聽了，忙皺眉道：「又是甚麼話？一年他們也搬夠了。」鳳姐道：「你藏起來，等我見他，若是小事罷了，若是大事，我自有話回他。」賈璉便躲入內套間去。這裏鳳姐命人帶進小太監來，讓他椅子上坐了吃茶，因問何事。那小太監便說：「夏爺爺因今兒偶見一所房子，如今竟短二百兩銀子，打發我來問舅奶奶家裏，有

現成的銀子暫借一二百，過一兩日就送來。」鳳姐兒聽了，笑道：「甚麼是送來，有的是銀子，只管先兌了去。改日等我們短住，再借去也是一樣。」小太監道：「夏爺爺還說了，上兩回還有一千二百兩銀子沒送來，等今年年底下，自然一齊都送過來的。」鳳姐笑道：「你夏爺爺好小氣，這也值得放在心裏。我說一句話，不怕他多心，要都這麼記清了還我們，不知要還了多少了。只怕我們沒有；要有，只管拿去。」因叫旺兒媳婦來，「出去不管那裏先支二百兩來」。

旺兒媳婦會意，因笑道：「我才因別處支不動，才來和奶奶支的。」鳳姐道：「你們只會裏頭來要錢，叫你們外頭算去就不能了。」說着叫平兒，「把我那兩個金項圈拿出去，暫且押四百兩銀子。」平兒答應去了，果然拿了一個錦盒子來，裏面兩個錦袱包着。打開時，一個金纍絲攢珠的，那珍珠都有蓮子大小；一個點翠嵌寶石的。兩個都與宮中之物不離上下。一時拿去，果然拿了四百兩銀子來。鳳姐命與小太監打疊起一半，那一半與了旺兒媳婦，命他拿去辦八月中秋的節。那小太監便告辭了，鳳姐命人替他拿着銀子，送出大門去了。這裏賈璉出來笑道：「這一起外崇何日是了！」鳳姐笑道：「剛說着，就來了一股子。」賈璉道：「昨兒周太監來，張口一千兩。我略應慢了些，他就不自在。將來得罪人的地方兒多着呢。這會子再發個三二百萬的財就好了。」一面說，一面平兒伏侍鳳姐另洗了臉，更衣往賈母處去伺候晚飯。

這裏賈璉出來，剛至外書房，忽見林之孝走來。賈璉因問何事。林之孝說道：「才打聽得雨村降了，卻不知因何事，只怕未必真。」賈璉道：「真不真，他那官兒也未必保得長。只怕將來有事，咱們寧可疏遠着他。」林之孝道：「何嘗不是？只是一時難以疏遠。如今東府大爺和他更好，老爺又喜歡他，時常來往，那個不知？」賈璉道：「橫豎不和他謀事，也不相干。你去再打聽真了，是為甚麼。」

林之孝答應了，卻不動身，坐在下面椅子上，且說些閑話。因又說起家道艱難，便趁勢又說：「人口太重了。不如揀個空日回明老太太老爺，把這些出過力的老家人，用不着的，開恩放幾家出去。一則他們各有營運，二則家裏一年也省些口糧月錢。再者，裏頭的姑娘也太多。俗語說，『一時比不得一時』，如今說不得先時的例了，少不得大家委屈些，該使八個的使六個，該使四個的便使兩個。若各房算起來，一年也可以省得許多月米月錢。況且裏

頭的女孩子們一半都太大了，也該配人的配人。成了房，豈不又滋生出些人來？」賈璉道：「我也這麼想着，只是老爺才回家來，多少大事未回，那裏議到這個上頭？前兒官媒拿了個庚帖來求親，太太還說老爺才來家，每日歡天喜地的說骨肉完聚，忽然就提起這事，恐老爺又傷心，所以且不叫提起。」林之孝道：「這也是正理，太太想的周到。」

賈璉道：「正是，提起這話我想起了一件事來。我們旺兒的小子要說太太房裏的彩霞。他昨兒求我，我想甚麼大事，不管誰去說一聲去。這會子有誰閑着？我打發個人去說一聲，就說我的話。」林之孝聽了，只得應着，半晌笑道：「依我說，二爺竟別管這件事。旺兒的那小兒子雖然年輕，在外吃酒賭錢，無所不至。雖說都是奴才們，到底是一輩子的事。彩霞那孩子這幾年我雖沒見，聽見說越發出挑的好了，何苦來白糟蹋一個人呢？」賈璉道：「哦，他小子竟會喝酒不成人嗎？這麼着，那裏還給他老婆，且給他一頓棍，鎖起來，再問他老子娘！」林之孝笑道：「何必在這一時？等他再生事，我們自然回爺處治。如今且也不用究辦。」賈璉不語，一時林之孝出去。

晚間鳳姐已命人喚了彩霞之母來說媒。那彩霞之母滿心縱不願意，見鳳姐親自和他說，何等體面，便心不由意的滿口應了出去。今鳳姐問賈璉可說了沒有，賈璉因說：「我原要說來着，打聽得他小子大不成人，所以還沒說。若果然不成人，且管教他兩日，再給他老婆不遲。」鳳姐笑道：「我們王家的人，連我還不中你們的意，何況奴才呢！我已經和他娘說了，他娘倒歡天喜地，難道又叫進他來，不要了不成？」賈璉道：「既你說了，又何必退，明兒說給他老子好生管他就是了。」這裏說話不提。

且說彩霞因前日出去，等父母擇人，心中雖是與賈環有舊，尚未作準。今日又見旺兒每每來求親，早聞得旺兒之子酗酒賭博，而且容顏醜陋，不能如意，自此，心中越發懊惱。生恐旺兒仗鳳姐之勢，一時作成，終身不遂，不免心中急躁。至晚間悄命他妹子小霞進二門來找趙姨娘，問個端的。趙姨娘素日深與彩霞契合，巴不得與了賈環，方有個膀臂，不承望王夫人又放出去了。每每調唆賈環去討，一則賈環羞口難開，二則賈環也不在意，不過是個丫頭，他去了，將來自然還有，遂遷延住不肯說去，意思便丟開手。無奈趙姨娘又不捨，又見他妹子來問，是晚得空，便先求了賈政。賈政因說道：「且忙甚麼，等他們再唸一二年書再放人不遲。我已經看中了兩個丫頭，一個

與寶玉，一個給環兒。只是年紀還小，又怕他們誤了書，所以再等一二年再提。」趙姨娘還要說話，只聽外面一聲響，不知何物，大家吃了一驚。未知如何，且聽下回分解。

💬 **延伸思考**

....

> 彩霞的婚事也是這一回裏的重要內容。她已經是一個要被放出
> 去、重新有了自由的奴才，作者為何要花費筆墨來寫她的婚事
> 呢？

《第七十三回》

精讀 痴丫頭誤拾繡春囊
懦小姐不問纍金鳳

迎春的乳母偷了迎春的東西拿去賭博，而迎春竟然怯懦地不敢過問。這事情讓迎春很抬不起頭來。

　　話說那趙姨娘和賈政說話，忽聽外面一聲響，不知何物。忙問時，原來是外間窗屜不曾扣好，滑了屈戌[1]，掉了下來。趙姨娘罵了丫頭幾句，自己帶領丫鬟扣好，方進來打發賈政安歇。不在話下。

　　卻說怡紅院中寶玉方才睡下，丫鬟們正欲各散安歇，忽聽有人敲院門。老婆子開了門，見是趙姨娘房內的丫鬟名喚小鵲的。問他甚麼事，小鵲不答，直往房內來找寶玉。只見寶玉才睡下，晴雯等猶在床邊坐着玩笑，見他來了，都問：「甚麼事，這時候又跑了來？」小鵲連忙悄向寶玉道：「我來告訴你一個信兒。方才我們奶奶咕咕唧唧的，在老爺前不知說了你些甚麼，我只聽見『寶玉』二字。我來告訴你，仔細明兒老爺問你說話罷。」說着回身就去了。襲人命留他吃茶，他因怕關門，遂一直去了。

　　這裏寶玉聽了，知道趙姨娘心術不端，合自己仇人似的，又不知他說些甚麼，便如孫大聖聽見了緊箍咒一般，登時四肢五內一齊皆不自在起來。想來想去，別無他法，

---

1)　屈戌：為了門窗關鎖牢固所釘的鐵圈套，上邊可扣釘銷，還可再加鎖。

且理熟了書預備明兒盤考。只能書不舛錯，就有別事，也可搪塞。想罷，忙披衣起來要讀書。心中又自後悔，這些日子只說不提了，偏又丟生了，早知該天天好歹溫習些的。如今打算打算，肚子內現可背誦的，不過只有「學」「庸」「二論」是帶注背得出的。「上孟」，就是一半夾生的，若憑空提一句，斷不能接背的；至「下孟」，就有一大半不能了。算起五經來，因近來作詩，常把《詩經》集些，雖不算熟，還可塞責。別的雖不記得，素日賈政也幸未吩咐過讀的，縱不知，也還不妨。至於古文，這幾年讀過的左傳、公羊、穀梁、國策、漢唐等文，這幾年未曾讀得，不過一時高興，隨看隨忘，未下苦工夫，如何記得？這是斷難塞責的。更有時文八股，因平素深惡，原非聖賢之制撰，焉能闡發聖賢之微奧，不過是後人餌名釣祿之階。雖賈政當日起身時選了百十篇命他讀的，不過偶因見其中或一二股內，或承起之中，有作的或精緻，或流蕩，或遊戲，或悲感，稍能動性者，偶一讀之，不過供一時之興趣，究竟何曾成篇潛心玩索？如今若溫習這個，又恐明日盤詰那個；若溫習那個，又恐盤駁這個。一夜之工，亦不能全然溫習，因此越添了焦躁。

自己讀書，不值緊要，卻帶累着一房丫鬟們都不能睡。襲人等在旁剪燭斟茶；那些小的，都睏倦起來，前仰後合。晴雯罵道：「甚麼蹄子們，一個個黑日白夜挺屍挺不夠，偶然一次睡遲了些，就裝出這腔調兒來了。再這樣，我拿針扎你們兩下子！」

話猶未了，只聽外間咕咚一聲，急忙看時，原來是一個小丫頭子坐着打盹，一頭撞到壁上，從夢中驚醒，恰正是晴雯說這話之時，他怔怔的只當是晴雯打了他一下子，遂哭央說：「好姐姐，我再不敢了。」眾人都笑起來。寶玉忙勸道：「饒他去罷，原該叫他們都睡去才是。你們也該替換着睡。」襲人道：「小祖宗，你只顧你的罷。統共這一夜的工夫，你把心暫且用在這幾本書上，等過了這關，由你再張羅

別的去，也不算誤了甚麼。」寶玉聽他說的懇切，只得又讀。讀了沒有幾句，麝月又斟了一杯茶來潤舌，寶玉接茶吃了。因見麝月只穿着短襖，寶玉道：「夜靜了，冷，到底穿一件大衣裳才是啊。」麝月笑指着書道：「你暫且把我們忘了，使不得嗎？且把心擱在這上頭些罷。」

話猶未了，只聽春燕秋紋從後房門跑進來，口內喊說：「不好了，一個人從牆上跳下來了！」眾人聽說，忙問在那裏，即喝起人來，各處尋找。晴雯因見寶玉讀書苦惱，勞費一夜神思，明日也未必妥當，心下正要替寶玉想出一個主意，好脫此難，正好忽然碰着這一驚，便生計向寶玉道：「趁這個機會快裝病，只說唬着了。」此話正中寶玉心懷，因而遂傳起上夜人等來，打着燈籠，各處搜尋，並無蹤跡，都說：「小姑娘們想是睡花了眼出去，風搖的樹枝兒，錯認作人了。」晴雯便道：「別放謅屁！你們查的不嚴，怕耽不是，還拿這話來支吾。才剛並不是一個人見的，寶玉和我們出去有事，大家親見的。如今寶玉唬的顏色都變了，滿身發熱，我這會子還要上房裏取安魂丸藥去呢。太太問起來，是要回明白了的，難道依你說就罷了不成？」眾人聽了，嚇的不敢則聲，只得又各處去找。晴雯和秋紋二人果出去要藥去，故意鬧的眾人皆知寶玉着了驚，嚇病了。王夫人聽了，忙命人來看視給藥，又吩咐各處上夜人仔細搜查，又一面叫查二門外鄰園牆上夜的小廝們。於是園內燈籠火把，直鬧了一夜。至五更天，就傳管家的細看查訪。

賈母聞知寶玉被嚇，細問原由。眾人不敢再隱，只得回明。賈母道：「我不料有此事。如今各處上夜都不小心還是小事，只怕他們就是賊也未可知。」當下邢夫人尤氏等都過來請安，李紈鳳姐並姊妹等皆陪侍，聽賈母如此說，都默無所答。獨探春出位笑道：「近因鳳姐姐身子不好，幾日園內的人比先放肆了許多。先前不過是大家偷着一時半刻，或夜裏坐更時，三四個人聚在一處，或擲骰或鬥牌，小

● 晴雯心思敏捷，她利用一個突發意外就替寶玉解了圍，但這種做法必然讓巡夜的人承擔責任，這當中的後果她並沒有多想。

點評

玩意兒，不過為熬睏。近來漸次放誕，竟開了賭局，甚至
有頭家局主，或三十吊五十吊的大輸贏。半月前竟有爭鬥
相打的事。」賈母聽了，忙說：「你既知道，為何不早回我
來？」探春道：「我因想着太太事多，且連日不自在，所以
沒回。只告訴了大嫂子和管事的人們，戒飭過幾次，近日好
些了。」

　　賈母忙道：「你姑娘家，那裏知道這裏頭的利害。你以
為要錢常事，不過怕起爭端。殊不知夜間既要錢，就保不住
不吃酒；既吃酒，就免不得門戶任意開鎖。或買東西，尋張
找李，其中夜靜人稀，趁便藏賊躲盜，甚麼事做不出來？況
且園內你姊妹們起居所伴者皆係丫頭媳婦們，賢愚混雜，賊
盜事小，倘有別事略沾帶些，關係不小。這事豈可輕恕？」
探春聽說，便默然歸坐。鳳姐雖未大癒，精神因此比常稍
減，今見賈母如此說，便忙道：「偏生我又病了。」遂回頭
命人速傳林之孝家的等總理家事四個媳婦到來，當着賈母申
飭了一頓。賈母命即刻查了頭家賭家來，出首者賞，隱情不
告者罰。

　　林之孝家的等見賈母動怒，誰敢徇私，忙至園內傳齊
人，一一盤查。雖不免大家賴一回，終不免水落石出。查得
大頭家三人，小頭家八人，聚賭者通共二十多人，都帶來見
賈母，跪在院內磕響頭求饒。賈母先問大頭家名姓和錢之多
少。原來這三個大頭家，一個就是林之孝的兩姨親家，一個
就是園內廚房內柳家媳婦之妹，一個就是迎春之乳母。這是
三個為首的，餘者不能多記。賈母便命將骰子牌一併燒毀，
所有的錢入官分散與眾人，將為首者每人四十大板，攆出
去，總不許再入；次者每人二十大板，革去三月月錢，撥人
圊廁行[2]內。又將林之孝家的申飭了一番。

● 賈母這次嚴查，雖
然是晴雯那一番話直
接導致的，但我們從
前文中已經了解到不
少下人們的齷齪事。
他們雖然受人壓迫，
但本身的行為也讓人
不齒，這種玩忽職守
的行為在任何情況下
都不應該提倡。可是
積弊頗深，這一番嚴
查並不能真正解決問
題。

───────────

2)　　圊（qīng）廁行：圊廁即廁所。這裏指管理或打掃廁所的職務。

　　林之孝家的見他的親戚又給他打嘴，自己也覺沒趣。迎春在坐，也覺沒意思。黛玉、寶釵、探春等見迎春的乳母如此，也是物傷其類的意思，遂都起身笑向賈母討情說：「這個媽媽素日原不玩的，不知怎麼也偶然高興。求看二姐姐面上，饒他這次罷。」賈母道：「你們不知。大約這些奶子們，一個個仗着奶過哥兒姐兒，原比別人有些體面，他們就生事，比別人更可惡，專管調唆主子護短偏向。我都身經過的。況且要拿一個作法，恰好果然就遇見了一個。你們別管，我自有道理。」寶釵等聽說，只得罷了。

　　一時賈母歇晌，大家散出，都知賈母今日生氣，皆不敢各散回家，只得在此暫候。尤氏便往鳳姐兒處來閑話了一回，因他也不自在，只得往園內去閑談。邢夫人在王夫人處坐了一回，也要到園內走走。剛至園門前，只見賈母房內的小丫頭子名喚傻大姐的笑嘻嘻走來，手內拿着個花紅柳綠的東西，低頭瞧着只管走，不防迎頭撞見邢夫人，抬頭看見，方才站住。邢夫人因說：「這痴丫頭，又得了個甚麼狗不識兒，這麼歡喜？拿來我瞧瞧。」原來這傻大姐年方十四歲，是新挑上來給賈母這邊專做粗活的。只因他生得體肥面闊，一雙大腳作粗活很簡捷爽利，且心性愚頑，一無知識，出言可以發笑，賈母喜歡，便起名為「傻大姐」。縱有錯失，也不苛責。

　　他無事時，便入園內來玩耍。正往山石背後掏促織去，忽見一個五彩繡香囊，上面繡的並非花鳥等物，一面卻是兩個人，赤條條的相抱；一面是幾個字。這痴丫頭原不認得是春意兒，心下打量：「敢是兩個妖精打架？不然必是兩口子相打呢？」左右猜解不來，正要拿去與賈母看，所以笑嘻嘻的走回，忽見了邢夫人如此說，便笑道：「太太真個說的巧，真個是狗不識呢。太太請瞧一瞧。」說着，便送過去。邢夫人接來一看，嚇得連忙死緊攥住，忙問：「你是那裏得的？」傻大姐道：「我掏促織兒在山子石上揀的。」

邢夫人道：「快別告訴一人。這不是好東西，連你也要打死呢。皆因你素日是個傻子，以後再別提了。」這傻大姐聽了，反嚇的黃了臉，說：「再不敢了。」磕了個頭，呆呆而去。邢夫人回頭看時，都是些女孩兒，不便遞與，自己便塞在袖內，心內十分罕異，揣摩此物從何而至，且不形於聲色，到了迎春房裏。

迎春正因他乳母獲罪，心中不自在，忽報母親來了，遂接入。奉茶畢，邢夫人因說道：「你這麼大了，你那奶媽子行此事，你也不說說他。如今別人都好好的，偏咱們的人做出這事來，甚麼意思？」迎春低着頭弄衣帶，半晌答道：「我說他兩次，他不聽，也叫我沒法兒。況且他是媽媽，只有他說我的，沒有我說他的。」邢夫人道：「胡說！你不好了，他原該說；如今他犯了法，你就該拿出姑娘的身分來。他敢不從，你就回我去才是。如今直等外人共知，這可是甚麼意思！再者放頭兒，還只怕他巧言花語的和你借貸些簪環衣履作本錢。你這心活面軟，未必不周接他些。若被他騙去，我是一個錢沒有的，看你明日怎麼過節？」迎春不語，只低着頭。

邢夫人見他這般，因冷笑道：「你是大老爺跟前人養的，這裏探丫頭也是二老爺跟前人養的，出身一樣。你娘比趙姨娘強十倍，你也該比探丫頭強才是，怎麼反不及他一點！倒是我無兒無女的一生乾淨，也不能惹人笑話。」人回：「璉二奶奶來了。」邢夫人聽了，冷笑兩聲，命人出去說：「請他自去養病，我這裏不用他伺候。」接着又有探事的小丫頭來報說：「老太太醒了。」邢夫人方起身前邊來。迎春送至院外方回。

繡橘因說道：「如何，前兒我回姑娘，那一個攢珠纍絲金鳳³竟不知那裏去了。回了姑娘，姑娘竟不問一聲兒。我

---

3)　　纍絲金鳳：用細金絲編製的首飾或小器物。

說必是老奶奶拿去典了銀子放頭兒的，姑娘不信，只說司棋收着呢。問司棋，司棋雖病着，心裏卻明白。我去問他，他說：『沒有收起來，還在書架上匣裏暫放着，預備八月十五要戴呢。』姑娘就該叫人去問老奶奶一聲。」迎春道：「何用問，自然是他拿去暫時借一肩[4]兒。我只說他悄悄的拿了出去，不過一時半晌，仍舊悄悄的送來就完了，誰知他就忘了。今日偏又鬧出來，問他想也無益。」繡橘道：「何曾是忘記！他是試準了姑娘的性格，所以才這樣。如今我有個主意：到二奶奶房裏將此事回了他，或他着人去要，或他省事拿幾吊錢來替他贖了。如何？」迎春忙道：「罷，罷，罷，省些事罷。寧可沒有了，又何必生事。」繡橘道：「姑娘怎麼這樣軟弱。都要省起事來，將來連姑娘還騙了去呢。我竟去的是。」說着便走。迎春便不言語，只好由他。

　　誰知迎春乳母之媳玉住兒媳婦正因他婆婆得了罪，來求迎春去討情，他們正說金鳳一事，且不進去。也因素日迎春懦弱，他們都不放在心上。如今見繡橘立意去回鳳姐，估着這事脫不去的，只得進來，陪笑先向繡橘說：「姑娘，你別去生事。姑娘的金絲鳳，原是我們老奶奶老糊塗了，輸了幾個錢，沒的撈梢[5]，所以暫借了去。原說一日半晌就贖還的，不想今日弄出事來。雖然這樣，到底主子的東西，我們不敢遲誤，終久是要贖的。如今還要求姑娘看從小兒吃奶的情，往老太太那邊去討個情兒，救出他來才好。」

　　迎春先便說道：「好嫂子，你趁早兒打了這妄想，要等我去說情，等到明年也不中用的。方才連寶姐姐林妹妹大夥兒說情，老太太還不依，何況是我一個人。我自己臊還臊不過來，還去討臊去。」繡橘便說：「贖金鳳是一件事，說情是一件事，別絞在一處說。難道姑娘不去說情，你就不贖了

不成？嫂子且取了金鳳來再說。」玉住兒家的聽見迎春如此拒絕他，繡橘的話又鋒利無可回答，一時臉上過不去，也明欺迎春素日好性兒，乃向繡橘發話道：「姑娘，你別太仗勢了。你滿家子算一算，誰的媽媽奶子不仗着主子哥兒多得些益，偏咱們就這樣丁是丁卯是卯的，只許你們偷偷摸摸的哄騙了去。自從邢姑娘來了，太太吩咐一個月儉省出一兩銀子來與舅太太去，這裏饒添了邢姑娘的使費，反少了一兩銀子。常時短了這個，少了那個，那不是我們供給？誰又要去？不過大家將就些罷了。算到今日，少說些也有三十兩了。我們這一向的錢，豈不白填了限呢。」

繡橘不待說完，便啐了一口，道：「做甚麼的白填了三十兩？我且和你算算賬！姑娘要了些甚麼東西？」迎春聽見這媳婦發邢夫人之私意，忙止道：「罷，罷，罷。你不能拿了金鳳來，不必牽三扯四亂嚷。我也不要那鳳了。便是太太們問時，我只說丟了，也妨礙不着你甚麼的，出去歇歇兒罷，何苦呢！」一面叫繡橘倒茶來。繡橘又氣又急，因說道：「姑娘雖不怕，我們是做甚麼的，把姑娘的東西丟了？他倒賴說姑娘使了他們的錢，這如今竟要准折起來。倘或太太問姑娘為甚麼使了這些錢，敢是我們就中取勢了？這還了得！」一行說，一行就哭了。司棋聽不過，只得勉強過來，幫着繡橘問着那媳婦。<u>迎春勸止不住，自拿了一本《太上感應篇》去看。</u>

三人正沒開交，可巧寶釵、黛玉、寶琴、探春等因恐迎春今日不自在，都約來安慰。走至院中，聽見幾個人講究。探春從紗窗內一看，只見迎春倚在床上看書，若有不聞之狀。探春也笑了。小丫鬟們忙打起簾子，報道：「姑娘們來了。」迎春方放下書起身。那媳婦見有人來，且又有探春在內，不勸而自止了，遂趁便要溜。<u>探春坐下，便問：「才剛誰在這裏說話？倒像拌嘴似的。」迎春笑道：「沒有說甚麼，左不過是他們小題大作罷了。何必問他。」</u>探春笑道：

「我才聽見甚麼『金鳳』，又是甚麼『沒有錢只和我們奴才要』，誰和奴才要錢了？難道姐姐和奴才要錢了不成？」司棋繡橘道：「姑娘說的是了。姑娘何曾和他要甚麼了？」探春笑道：「姐姐既沒有和他要，必定是我們或者和他們要了不成！你叫他進來，我倒要問問他。」

迎春笑道：「這話又可笑。你們又無沾礙，何必如此。」探春笑道：「這倒不然。我和姐姐一樣，姐姐的事和我的也是一般，他說姐姐即是說我。我那邊的人有怨我的，姐姐聽見也是和怨姐姐一樣。咱們是主子，自然不理論那些錢財小事，只知想起甚麼要甚麼，也是有的事。但不知纍絲金鳳怎麼又夾在裏頭？」那玉住兒媳婦生恐繡橘等告出他來，遂忙進來用話掩飾。探春深知其意，因笑道：「你們所以糊塗。如今你奶奶已得了不是，趁此求求二奶奶，把方才的錢尚未散人的拿出些來贖取了就完了。比不得沒鬧出來，大家都藏着留臉面；如今既是沒了臉，趁此時縱有十個罪，也只一人受罰，沒有砍兩顆頭的理。你依我，竟是和二奶奶說說。在這裏大聲小氣，如何使得？」這媳婦被探春說出真病，也無可賴了，只不敢往鳳姐處自首。探春笑道：「我不聽見便罷，既聽見，少不得替你們分解分解。」誰知探春早使個眼色與侍書出去了。

這裏正說話，忽見平兒進來。寶琴拍手笑說道：「三姐姐敢是有驅神召將的符術？」黛玉笑道：「這倒不是道家法術，倒是用兵最精的，所謂『守如處女，出如脫兔』，出其不備之妙策也。」二人取笑。寶釵便使眼色與二人，令其不可，遂以別話岔開。探春見平兒來了，遂問：「你奶奶可好些了？真是病糊塗了，事事都不在心上，叫我們受這樣的委曲。」平兒忙道：「姑娘怎麼委曲？誰敢給姑娘氣受，姑娘快吩咐我。」那玉住兒媳婦兒方慌了手腳，遂上來趕着平兒叫：「姑娘坐下，讓我說原故。姑娘請聽。」平兒正色道：「姑娘這裏說話，也有你我混插口的禮嗎？你但凡知禮，只該在

外頭伺候，也有外頭的媳婦子們無故到姑娘們房裏來的？」
繡橘道：「你不知我們這屋裏是沒禮的，誰愛來就來。」平
兒道：「都是你們的不是。姑娘好性兒，你們就該打出去，
然後再回太太去才是。」玉住兒媳婦見平兒出了言，紅了臉
方退出去。

　　探春接着道：「我且告訴你，若是別人得罪了我，倒還
罷了。如今那玉住兒媳婦和他婆婆仗着是媽媽，又瞅着二姐
姐好性兒，私自拿了首飾去賭錢，而且還捏造假賬，威逼着
去討情，和這兩個丫頭在臥房裏大嚷大叫，二姐姐竟不能轄
治，所以我看不過，才請你來問一聲：還是他本是天外的
人，不知道理？還是誰主使他如此，先把二姐姐制伏，然後
就要治我和四姑娘了？」平兒忙陪笑道：「姑娘怎麼今日說
這話出來？我們奶奶如何當得起！」探春冷笑道：「俗語說
的，『物傷其類』『齒竭唇亡』，我自然有些心驚麼！」平兒
問迎春道：「若論此事，本好處的，但他現是姑娘的奶嫂，
據姑娘怎麼樣為是？」當下迎春只和寶釵閱《感應篇》故
事，究竟連探春的話亦不曾聽見，忽見平兒如此說，乃笑
道：「問我，我也沒甚麼法子。他們的不是，自作自受，我
也不能討情，我也不去苛責就是了。至於私自拿去的東西，
送來我收下，不送來我也不要了。太太們要來問，我可以隱
瞞遮飾過去，是他的造化，若瞞不住，我也沒法兒。沒有個
為他們反欺枉太太們的理，少不得直說。你們若說我好性
兒，沒個決斷，竟有好主意可以八面周全，不使太太們生
氣，任憑你們處治，我也不管。」

　　眾人聽了，都好笑起來。黛玉笑道：「真是『虎狼屯於
階陛，尚談因果』。若使二姐姐是個男人，這一家上下這些
人，又如何裁治他們？」迎春笑道：「正是。多少男人，衣
租食稅，及至事到臨頭，尚且如此。況且太上說的好，救人
急難，最是陰騭事。我雖不能救人，何苦來白白去和人結怨

結仇，作那無益有損的事呢？」一語未了，只見又有一人來
了。不道是誰？且聽下回分解。

 精華賞析

　　迎春的懦弱性格成了這一回展現的重點，她對身邊發生的事情
漠不關心，對損害自己利益的人也不予追究。她這樣的性情，若是
面對挫折與不幸，又如何保護自己呢？我們不禁為迎春未來的命運
隱隱擔憂！

《第七十四回》

精讀 惑奸讒抄檢大觀園
矢孤介杜絕寧國府

> 　　一個香囊惹出了一場大風波，王夫人和鳳姐組織起一場抄檢大觀園的活動。這當中誰會成為受害者呢？

　　話說平兒聽迎春說了，正自好笑，忽見寶玉也來了。原來管廚房的柳家媳婦之妹，也因放頭開賭得了不是。這園中有素與柳家不睦的，便又告出柳家來，說他和他妹子是夥計，雖然他妹子出名，其實賺了錢兩個人平分。因此鳳姐要治柳家之罪。那柳家的聽得此言，便慌了手腳；因思素與怡紅院人最為深厚，故走來悄悄的央求晴雯芳官等人，轉告訴了寶玉。寶玉因思內中迎春的嬤嬤也現有此罪，不若來約同迎春討情，比自己獨去單為柳家說情又更妥當，故此前來。忽見許多人在此，見他來時，都問：「你的病可好了？跑來作甚麼？」寶玉不便說出討情一事，只說：「來看二姐姐。」當下眾人也不在意，且說些閑話。

　　平兒便出去辦金鳳一事。那玉住兒媳婦緊跟在後，口內百般央求，只說：「姑娘好歹口內超生，我橫豎去贖了來。」平兒笑道：「你遲也贖，早也贖，既有今日，何必當初。你的意思得過就過。既是這麼樣，我也不好意思告人，趁早去贖了來交給我，我一字不提。」玉住兒媳婦聽說，方放下心來，就拜謝。又說：「姑娘自去貴干，我趕晚贖了來，先回了姑娘，再送去，如何？」平兒道：「趕晚不來，

可別怨我。」說畢，二人方分路各自散了。

平兒到房，鳳姐問他：「三姑娘叫你做甚麼？」平兒笑道：「三姑娘怕奶奶生氣，叫我勸着奶奶些，問奶奶這兩天可吃些甚麼。」鳳姐笑道：「倒是他還記掛着我。剛才又出來了一件事：有人來告柳二媳婦和他妹子通同開局，凡妹子所為，都是他作主。我想，你素日肯勸我『多一事不如少一事』，自己保養保養也是好的。我因聽不進去，果然應了些，先把太太得罪了，而且反賺了一場病。如今我也看破了，隨他們鬧去罷，橫豎還有許多人呢。我白操一會子心，倒惹的萬人咒罵。不如且自養病要緊；就是病好了，我也會做個好好先生，得樂且樂，得笑且笑，一概是非都憑他們去罷。所以我只答應着知道了。」平兒笑道：「奶奶果然如此，便是我們的造化了。」

一語未了，只見賈璉進來，拍手歎氣道：「好好的又生事，前兒我和鴛鴦借當，那邊太太怎麼知道了。才剛太太叫過我去，叫我不管那裏先遷挪二百兩銀子，做八月十五日節下使用。我回沒處借。太太就說：『你沒有錢就有地方挪移，我白和你商量，你就搪塞我！你就說沒地方兒！前兒一千銀子的當是那裏的？連老太太的東西你都有神通弄出來，這會子二百銀子，你就這樣。幸虧我沒和別人說去。』我想太太分明不短，何苦來要尋事奈何人？」鳳姐兒道：「那日並沒一個外人，誰走了這個消息？」

平兒聽了，也細想那日有誰在此，想了半日，笑道：「是了。那日說話時沒一個外人，但晚上送東西來的時節，老太太那邊傻大姐的娘也可巧來送漿洗衣服。他在下房裏坐了一會子，見一大箱子東西，自然要問，必是小丫頭們不知道，說了出來，也未可知。」因此便喚了幾個小丫頭來問，那日誰告訴傻大姐的娘？眾小丫頭慌了，都跪下賭咒發誓，說：「自來也不敢多說一句話。有人凡問甚麼，都答應不知道。這事如何敢多說。」鳳姐詳情說：「他們必不敢，倒別

點評

● 平兒並沒有對鳳姐說實話，你知道其中的原因嗎？

委屈了他們。如今且把這事靠後，且把太太打發了去要緊。寧可咱們短些，又別討沒意思。」因叫平兒：「把我的金項圈拿來，且去暫押二百銀子來送去完事。」賈璉道：「越性多押二百，咱們也要使呢。」鳳姐道：「很不必，我沒處使錢。這一去還不知指那一項贖呢。」平兒拿去，吩咐一個人喚了旺兒媳婦來領去。不一時拿了銀子來，賈璉親自送去，不在話下。

這裏鳳姐和平兒猜疑走風的人：「倘或反叫鴛鴦受累，豈不是咱們的過失！」正在胡思，人報：「太太來了。」鳳姐聽了詫異，不知何事，與平兒等忙迎出來。只見王夫人氣色更變，只帶一個貼己的小丫頭走來，一語不發，走至裏間坐下。鳳姐忙奉茶，因陪笑問道：「太太今日高興，到這裏逛逛？」王夫人喝命：「平兒出去！」平兒見了這般，不知怎麼了，忙應了一聲，帶着眾小丫頭一齊出去，在房門外站住。一面將房門掩了，自己坐在台階上，所有的人，一個不許進去。鳳姐也着了慌，不知有何事。只見王夫人含着淚，從袖內擲出一個香袋來，說：「你瞧。」鳳姐忙拾起一看，見是十錦春意香袋，也嚇了一跳，忙問：「太太從那裏得來？」

王夫人見問，越發淚如雨下，顫聲說道：「我從那裏得來！我天天坐在井裏，拿你當個細心人，所以我才偷個空兒。誰知你也和我一樣。這樣的東西大天白日明擺在園裏山石上，被老太太的丫頭拾着，不虧你婆婆遇見，早已送到老太太跟前去了。我且問你，這個東西如何遺在那裏來？」鳳姐聽得，也更了顏色，忙問：「太太怎知是我的？」王夫人又哭又歎道：「你反問我！你想，一家子除了你們小夫小妻，餘者老婆子們，要這個何用？再女孩子們是從那裏得來？自然是那璉兒不長進下流種子那裏弄來的。你們又和氣，當作一件玩意兒，年輕的人兒女閨房私意是有的，你還和我賴！幸而園內上下人還不解事，尚未揀得。倘或丫頭們

揀着，你姊妹看見，這還了得！不然有那小丫頭們揀着，出去說是園內揀着的，外人知道，這性命臉面要也不要？」

鳳姐聽說，又急又愧，登時紫漲了面皮，便依炕沿雙膝跪下，也含淚訴道：「太太說的固然有理，我也不敢辯我並無這樣的東西。但其中還要求太太細想：那香袋是外頭僱工仿着內工繡的，連穗子一概都是市買的東西。我雖年輕不尊重，也不要這樣東西。再者這也不是常帶着的，我縱然有，也只好在私處擱着，焉肯在身上常帶，各處逛去？況且又在園裏去，個個姊妹，我們都肯拉拉扯扯，倘或露出來，不但在姊妹前，就是奴才看見，我有甚麼意思？三則論主子內，我是年輕媳婦，算起奴才來，比我更年輕的又不止一個人了。況且他們也常在園內走動，焉知不是他們掉的？四則除我常在園裏，還有那邊太太常帶過幾個小姨娘來，如嫣紅翠雲那幾個人，也都是年輕的人，他們更該有這個了。還有那邊珍大嫂子，他也不算很老，他也常帶過佩鳳他們來，焉知又不是他們的？五則園內丫頭太多，保不住都是正經的，或者年紀大些的，知道了人事，一刻查問不到，偷出去了，或借着因由，同二門上小么兒們打牙撂嘴兒，外頭得了來的，也未可知。我不但沒此事，就連平兒，我也可以下保的。太太請細想。」

王夫人聽了這一席話大近情理，因歎道：「你起來。我也知道你是大家子姑娘出身，不至這樣輕薄，不過我氣激你的話。但只如今卻怎麼處？你婆婆才打發人封了這個給我瞧，把我氣個死。」鳳姐道：「太太快別生氣。若被眾人覺察了，保不定老太太不知道。且平心靜氣暗暗訪察，才能得個實在，縱然訪不着，外人也不能知道。如今唯有趁着賭錢的因由革了許多的人這空兒，把周瑞媳婦旺兒媳婦等四五個貼近不能走話的人安插在園裏，以查賭為由。再如今他們的丫頭也太多了，保不住人大心大，生事作耗，等鬧出來，反悔不及了。如今若無故裁革，不但姑娘們委屈，就連太太和

我也過不去。不如趁此機會，以後凡年紀大些的，或有些磨牙難纏的，拿個錯兒攆出去配人。一則保得住沒有別的事，二則也可省些用度。太太想我這話如何？」

王夫人歎道：「你說的何嘗不是！但從公細想來，你這幾個妹妹，只有兩三個丫頭像人，餘者竟是小鬼兒似的。如今再去了，不但於我心不忍，只怕老太太未必就依。雖然艱難，也還窮不至此。我雖沒受過大榮華富貴，比你們是強些。如今寧可省我些，別委屈了他們。你如今且叫人傳了周瑞家的等人進來，就吩咐他們快快暗地訪這事要緊。」鳳姐聽了，即喚平兒進來吩咐出去。

一時，周瑞家的與吳興家的、鄭華家的、來旺家的、來喜家的現在五家陪房進來。王夫人正嫌人少不能勘察，忽見邢夫人的陪房王善保家的走來，正是方才他送香囊來的。王夫人向來看視邢夫人之得力心腹人等，原無二意，今見他來打聽此事，便向他說：「你去回了太太，也進園內照管照管，比別人強些。」這王善保家正因素日進園去，那些丫鬟們不大趨奉他，他心裏不自在，要尋他們的事故又尋不着，恰好生出這件事來，以為得了把柄。又聽王夫人委託他，正撞在心坎上，說：「這個容易。不是奴才多話，論理這事該早嚴緊些的。太太也不大往園裏去，這些女孩子們一個個倒像受了封誥似的，他們就成了千金小姐了。鬧下天來，誰敢哼一聲兒。不然，就調唆姑娘們，說欺負了姑娘們了，誰還耽得起！」王夫人道：「跟姑娘的丫頭原比別的嬌貴些，這也是常情。」

王善保家的道：「別的都還罷了。太太不知道，一個寶玉屋裏的晴雯，那丫頭仗着他生的模樣兒比別人標緻些，又生了一張巧嘴，天天打扮的像個西施的樣子，在人跟前能說慣道，掐尖要強。一句話不投機，他就立起兩個騷眼睛來罵人，妖妖調調，大不成個體統。」王夫人聽了這話，猛然觸動往事，便問鳳姐道：「上次我們跟了老太太進園逛去，有

一個水蛇腰、削肩膀、眉眼又有些像你林妹妹的，正在那裏罵小丫頭。我的心裏很看不上那狂樣子，因同老太太走，我不曾說他。後來要問是誰，又偏忘了。今日對了坎兒[1]，這丫頭想必就是他了。」鳳姐道：「若論這些丫頭們，共總比起來，都沒晴雯生得好。論舉止言語，他原有些輕薄。方才太太說的倒很像他，我也忘了那日的事，不敢混說。」王善保家的便道：「不用這樣，此刻不難叫了他來太太瞧瞧。」王夫人道：「寶玉房裏常見我的只有襲人麝月，這兩個體體面面的倒好。若有這個，他自不敢來見我的。我一生最嫌這樣人，況且又出來這個事。好好的寶玉，倘或叫這蹄子勾引壞了，那還了得！」因叫自己的丫頭來，吩咐他到園裏去，「只說我說有話問他們，留下襲人麝月伏侍寶玉不必來，有一個晴雯最伶俐，叫他即刻快來。你不許和他說甚麼」。

點評

　　小丫頭子答應了，走入怡紅院，正值晴雯身上不自在，睡中覺才起來，正發悶，聽如此說，只得跟了他來。素日晴雯不敢出頭。因連日不自在，並沒十分妝飾，自為無礙。及到了鳳姐房中，王夫人一見他釵嚲鬢鬆，衫垂帶褪，有春睡捧心之遺風，而且形容面貌恰是上月的那人，不覺勾起方才的火來。王夫人便冷笑道：「好個美人！真像個病西施了。你天天作這輕狂樣兒給誰看？你幹的事，打量我不知道呢！我且放着你，自然明兒揭你的皮！寶玉今日可好些？」

　　晴雯一聽如此說，心內大異，便知有人暗算了他。雖然羞惱，只不敢作聲。他本是個聰敏過頂的人，見問寶玉可好些，他便不肯以實話答應，忙跪下回道：「我不大到寶玉房裏去，又不常和寶玉在一處，好歹我不能知，那都是麝月和襲人兩個人的事，太太問他們。」王夫人道：「這就

● 晴雯的機敏暫時救了她，可王夫人心裏對她有了成見，又豈是幾句機智的回答可以化解的！

---

1)　　對了坎兒：意思是問題恰巧對頭，情況恰巧符合。也寫作對檻兒，也說對榫兒。

該打嘴！你難道是死人，要你們做甚麼！」晴雯道：「我原是跟老太太的人。因老太太說園裏空，大人少，寶玉害怕，所以撥了我去外間屋裏上夜，不過填屋子。我原回過我笨，不能伏侍。老太太罵了我，說『又不叫你管他的事，要伶俐的做甚麼』。我聽了，不敢不去，才去的。不過十天半個月之內，寶玉叫着了，答應幾句，就散了。至於寶玉飲食起坐，上一層有老奶奶老媽媽們，下一層有襲人麝月秋紋幾個人。我閑着還要做老太太屋裏的針線，所以寶玉的事竟不曾留心。太太既怪我，從此後我留心就是了。」王夫人信以為真，忙說：「阿彌陀佛！你不近寶玉，是我的造化，竟不勞你費心。既是老太太給寶玉的，我明兒回了老太太，再攆你。」因向王善保家的道：「你們進去，好生防他幾日，不許他在寶玉房裏睡覺。等我回過老太太再處治他。」喝聲：「去罷！站在這裏，我看不上這浪樣兒！誰許你這麼花紅柳綠的妝扮！」晴雯只得出來。這氣非同小可，一出門，便拿絹子握着臉，一頭走，一頭哭，直哭到園內去。

這裏王夫人向鳳姐等自怨道：「這幾年我越發精神短了，照顧不到，這樣妖精似的東西竟沒看見。只怕這樣的還有，明日倒得查查。」鳳姐見王夫人盛怒之際，又因王善保家的是邢夫人的耳目，常調唆的邢夫人生事，縱有千百樣言語，此刻也不敢說，只低頭答應着。王善保家的道：「太太請息怒，這些小事只交與奴才。如今要查這個主兒也極容易的。等到晚上園門關了的時節，內外不通風，我們竟給他們個冷不防，帶着人到各處丫頭們房裏搜尋。想來誰有這個，斷不單有這個，自然還有別的。那時翻出別的來，自然這個也是他的了。」王夫人道：「這話倒是。若不如此，斷不能明白。」因問鳳姐如何，鳳姐只得答應說：「太太說的是，就行罷了。」王夫人道：「這主意很是，不然一年也查不出來。」於是大家商議已定。

至晚飯後，待賈母安寢了，寶釵等入園時，王善保家

的請了鳳姐一同入園，喝命將角門皆上鎖，便從上夜的婆
子處來抄檢起，不過抄檢出些多餘攢下蠟燭燈油等物。王
善保家的道：「這也是贓，不許動的，等明兒回過太太再
動。」於是先就到怡紅院中，喝命關門。當下寶玉正因晴雯
不自在，忽見這一干人來，不知為何直撲了丫頭們的房門
去，因迎出鳳姐來，問是何故。鳳姐道：「丟了一件要緊的
東西，因大家混賴，恐怕有丫頭們偷了，所以大家都查一查
去疑。」一面說，一面坐下吃茶。王善保家的等搜了一回，
又細問這幾個箱子是誰的，都叫本人來親自打開。襲人因見
晴雯這樣，知道必有異事，又見這番抄檢，只得自己先出來
打開了箱子並匣子，任其搜檢一番，不過是平常動用之物。
隨放下又搜別人的，挨次都一一搜過。到了晴雯的箱子，因
問：「是誰的，怎不打開叫搜？」襲人等方欲代晴雯開時，
只見晴雯挽着頭髮闖進來，豁啷一聲將箱子掀開，兩手捉着
底子，往地下盡情一倒，將所有之物盡都倒出來。王善保家
的也覺沒趣兒，便紫漲了臉，說道：「姑娘，你別生氣。我
們並非私自就來的，原是奉太太的命來搜察；你們叫翻呢，
我們就翻一翻，不叫翻，我們還許回太太去呢。那用急的這
個樣子！」晴雯聽了這話，越發火上澆油，便指着他的臉說
道：「你是太太打發來的，我還是老太太打發來的呢！太太
那邊的人我也都見過，就是沒見你這麼個有頭有臉大管事的
奶奶！」鳳姐見晴雯說話鋒利尖酸，心中甚喜，卻礙着邢
夫人的臉，忙喝住晴雯。那王善保家的又羞又氣，剛要還
言，鳳姐道：「媽媽，你也不必和他們一般見識，你且細細
搜你的；咱們還到各處走走呢。再遲了，走了風，我可擔
不起。」王善保家的只得咬咬牙，且忍了這口氣，細細的
看了一看，也無甚私弊之物，回了鳳姐要往別處去。鳳姐
兒道：「你們可細細的查，若這一番查不出來，難回話的。」
眾人都道：「都細翻看了，沒甚麼差錯東西。雖有幾樣男人
物件，都是小孩子的東西，想是寶玉的舊物件，沒甚關係

的。」鳳姐聽了，笑道：「既如此咱們就走，再瞧別處去。」

　　說着，一徑出來，向王善保家的道：「我有一句話，不知是不是。要抄檢只抄檢咱們家的人，薛大姑娘屋裏，斷乎抄檢不得的。」王善保家的笑道：「這個自然。豈有抄起親戚家來。」鳳姐點頭道：「我也這樣說呢。」一頭說，一頭到了瀟湘館內。黛玉已睡了，忽報這些人來，也不知為甚事。才要起來，只見鳳姐已走進來，忙按住他不許起來，只說：「睡罷，我們就走。」這邊且說些閑話。那個王善保家的帶了眾人到丫鬟房中，也一一開箱倒籠抄檢了一番。因從紫鵑房中抄出兩副寶玉常換下來的寄名符兒，一副束帶上的披帶，兩個荷包並扇套，套內有扇子。打開看時皆是寶玉往年往日手內曾拿過的。王善保家的自為得了意，遂忙請鳳姐過來驗視，又說：「這些東西從那裏來的？」鳳姐笑道：「寶玉和他們從小兒在一處混了幾年，這自然是寶玉的舊東西。況且這符子和扇子，都是老太太和太太常見的。媽媽不信，咱們只管拿了去。」王家的忙笑道：「二奶奶既知道就是了。」鳳姐道：「這也不算甚麼罕事，撂下再往別處去是正經。」紫鵑笑道：「直到如今，我們兩下裏的東西也算不清。要問這一個，連我也忘了是那年月日有的了。」

　　這裏鳳姐和王善保家的又到探春院內。誰知早有人報與探春了。探春也就猜着必有原故，所以引出這等醜態來。遂命眾丫鬟秉燭開門而待。一時眾人來了，探春故問何事。鳳姐笑道：「因丟了一件東西，連日訪察不出人來，恐怕旁人賴這些女孩子們，所以索性大家搜一搜，使人去疑兒，倒是洗淨他們的好法子。」探春冷笑道：「我們的丫頭自然都是些賊，我就是頭一個窩主。既如此，先來搜我的箱櫃，他們所有偷了來的都交給我藏着呢。」說着便命丫頭們把箱櫃一齊打開，將鏡奩、妝盒、衾袱、衣包若大若小之物一齊打開，請鳳姐去抄閱。鳳姐陪笑道：「我不過是奉太太的命來，妹妹別錯怪我。」因命丫鬟們快快關上。平兒等先忙着

● 探春對搜檢一事的抗拒態度，再次顯示出她的氣度。她堅決保護自己的下人，有主意，有見識。

替侍書等關的關，收的收。探春道：「我的東西倒許你們搜閱；要想搜我的丫頭，這可不能。我原比眾人歹毒，凡丫頭所有的東西我都知道，都在我這裏間收着，一針一線他們也沒得收藏，要搜只管來搜我。你們不依，只管去回太太，只說我違背了太太，該怎麼處治，我去自領。你們別忙，自然連你們抄的日子有呢。你們今日早起不曾議論甄家，自己盼着好好的抄家，果然今日真抄了。咱們也漸漸的來了。可知這樣大族人家，若從外頭殺來，一時是殺不死的，這可是古人曾說的『百足之蟲，死而不僵』，必須先從家裏自殺自滅起來，才能一敗塗地！」說着，不覺流下淚來。

　　鳳姐只看着眾媳婦們。周瑞家的便道：「既是女孩子的東西全在這裏，奶奶且請到別處去罷，也讓姑娘好安寢。」鳳姐便起身告辭。探春道：「可細細的搜明白了？若明日再來，我就不依了。」鳳姐笑道：「既然丫頭們的東西都在這裏，就不必搜了。」探春冷笑道：「你果然倒乖。連我的包袱都打開了，還說沒翻。明日敢說我護着丫頭們，不許你們翻了。你趁早說明，若還要翻，不妨再翻一遍。」鳳姐知道探春素日與眾不同的，只得陪笑道：「我已經連你的東西都搜查明白了。」探春又問眾人：「你們也都搜明白了不曾？」周瑞家的等都陪笑說：「都翻明白了。」

　　那王善保家的本是個心內沒成算的人，素日雖聞探春的名，他想眾人沒眼力沒膽量罷了，那裏一個姑娘家就這樣利害起來？況且又是庶出，他敢怎麼着？他自恃是邢夫人陪房，連王夫人尚另眼相看，何況別人？只當是探春認真單惱鳳姐，與他們無干。他便要趁勢作臉，因越眾向前拉起探春的衣襟，故意一掀，嘻嘻笑道：「連姑娘身上我都翻了，果然沒有甚麼。」鳳姐見他這樣，忙說：「媽媽走罷，別瘋瘋顛顛的。」一語未了，只聽「拍」的一聲，王家的臉上早着了探春一巴掌。探春登時大怒，指着王家的問道：「你是甚麼東西，敢來拉扯我的衣裳！我不過看着太太的面上，你又

點評

有幾歲年紀，叫你一聲媽媽，你就狗仗人勢，天天作耗，在我們跟前逞臉。如今越發了不得了，你索性望我動手動腳的了。你打諒我是同你們姑娘那樣好性兒，由着你們欺負他，就錯了主意！你搜檢東西我不惱，你不該拿我取笑。」說着，便親自解衣卸裙，拉着鳳姐兒細細的翻。又說：「省得叫奴才來翻我身上。」鳳姐平兒等忙與探春束裙整袂，口內喝着王善保家的說：「媽媽吃兩口酒就瘋瘋顛顛起來。前兒把太太也沖撞了。快出去，別再討沒臉了。」又忙勸探春：「好姑娘，別生氣，他算甚麼，姑娘氣着，倒值多了。」探春冷笑道：「我但凡有氣，早一頭碰死了！不然豈許奴才來我身上翻賊贓了。明兒一早，我先回過老太太、太太，然後過去給大娘陪禮，該怎麼着，我去領。」

那王善保家的討了個沒臉，趕忙躲出窗外，只說：「罷了，罷了，這也是頭一遭挨打。我明兒回了太太，仍回老娘家去罷。這個老命還要他做甚麼！」探春喝命丫鬟道：「你們聽他說的這話，還等我和他對嘴去不成！」侍書等聽說，便出去說道：「媽媽，你知道點理兒，省一句兒罷。你果然回老娘家去，倒是我們的造化了。只怕捨不得去。」鳳姐笑道：「好丫頭，真是有其主必有其僕。」探春冷笑道：「我們作賊的人，嘴裏都有三言兩語的。這還算笨的，背地裏就只不會調唆主子。」平兒忙也陪笑解勸，一面又拉了侍書進來。周瑞家的等人勸了一番。鳳姐直待伏侍探春睡下，方帶着人往對過暖香塢來。

彼時李紈猶病在床上，他與惜春是緊鄰，又和探春相近，故順路先到這兩處。因李紈才吃了藥睡着，不好驚動，只到丫頭們的房中一一的搜了一遍，也沒有甚麼東西，逐到惜春房中來。因惜春年少，尚未識事，嚇的不知當有甚麼事，故鳳姐也少不得安慰他。誰知竟在入畫箱中尋出一大包銀錁子來，約共三四十個。──為察姦情，反得賊

● 這是諷刺之語，正是說因為王善保家的挑唆主子，搞出了抄檢大觀園的鬧劇。

贓。——又有一副玉帶板子[2]並一包男人的靴襪等物。鳳姐也黃了臉，因問是那裏來的。入畫只得跪下哭訴真情，說：「這是珍大爺賞我哥哥的。因我們老子娘都在南方，如今只跟着叔叔過日子。我叔叔嬸子只要吃酒耍錢，我哥哥怕交給他們又花了，所以每常得了，悄悄的煩了老媽媽帶進來叫我收着的。」惜春膽小，見了這個也害怕，說：「我竟不知道。這還了得！二嫂子，你要打他，好歹帶他出去打罷，我聽不慣的。」

　　鳳姐笑道：「這話若果真呢，也倒可恕，只是不該私自傳送進來。這個可以傳遞得，甚麼不可以傳遞？這倒是傳遞人的不是了。若這話不真，倘是偷來的，你可就別想活了。」入畫跪着哭道：「我不敢扯謊。奶奶只管明日間我們奶奶和大爺去，若說不是賞的，就拿我和我哥哥一同打死無怨。」鳳姐道：「這個自然要問的，只是真賞的也有不是。誰許你私自傳送東西的！你且說是誰作接的，我便饒你。下次萬萬不可。」惜春道：「嫂子別饒他。這裏人多，要不拿一個人作法，那些大的聽了，又不知怎麼呢。嫂子若饒他，我也不依。」鳳姐道：「素日我看他還好。誰沒一個錯，只這一次，二次犯下，兩罪俱罰。但不知傳遞是誰。」惜春道：「若說傳遞，再無別個，必是後門上的老張媽。他常肯和這些丫頭們鬼鬼祟祟的，這些丫頭們也都肯照顧他。」鳳姐聽說，便命人記下，將東西且交給周瑞家的暫拿着，等明日對明再議。誰知那老張媽原和王善保家有親，近因王善保家的在邢夫人跟前作了心腹人，便把親戚和伴兒們都看不到眼裏了。後來張家的氣不平，鬥了兩次口，彼此都不說話了。如今王家的聽見是他傳遞，碰在他心坎兒上；更兼剛才挨了探春的打，受了侍書的氣，沒處發泄，聽見張家的這

點評

● 入畫是惜春身邊最親近的丫頭，出了事情卻得不到庇護。

● 這裏能看出鳳姐處事公正，她並沒有抓住違規者就要打要罰，而是能酌情考慮，寬嚴相濟。

● 這句話暴露了惜春的冷酷無情。

---

2)　　玉帶板子：古代腰帶上所嵌的裝飾玉板。

事，因攛掇鳳姐道：「這傳東西的事關係更大。想來那些東西，自然也是傳遞進來的。奶奶倒不可不問。」鳳姐兒道：「我知道。不用你說。」於是別了惜春，方往迎春房內來。

迎春已經睡着了，丫鬟們也才要睡，眾人叩門半日才開。鳳姐吩咐：「不必驚動姑娘。」遂往丫頭們房裏來。因司棋是王善保家的外孫女兒，鳳姐倒要看看王家的可藏私不藏，遂留神看他搜檢。先從別人箱子搜起，皆無別物。及到了司棋箱子中隨意搜了一回，王善保家的說：「也沒有甚麼東西。」才要關箱時，周瑞家的道：「這是甚麼話？有沒有，總要一樣看看，才公道。」說着，便伸手掣出一雙男子的綿襪並一雙緞鞋來。又有一個小包袱，打開看時，裏面有一個同心如意[3]並一個字帖兒，一總遞給鳳姐。鳳姐因理家久了，每每看帖看賬，也頗識得幾個字了。便看那帖子是大紅雙喜箋帖，上面寫道：「上月你來家後，父母已覺察了。但姑娘未出閣，尚不能完你我心願。若園內可以相見，你可託張媽給一信。若得在園內一見，倒比來家好說話。千萬，千萬！再所賜香袋二個，今已查收。外特寄香珠一串，略表我心。千萬收好！表弟潘又安拜具。」鳳姐看罷，不由的笑將起來。

別人並不識字。那王善保家的素日並不知道他姑表姊弟有這一節風流故事，見了這鞋襪，心內已是有些毛病，又見有一紅帖，鳳姐又看着笑，他便說道：「必是他們胡寫的賬，不成個字，所以奶奶見笑。」鳳姐笑道：「正是這個賬竟算不過來。你是司棋的老娘，他的表弟也該姓王，怎麼又姓潘呢？」王善保家的見問的奇怪，只得勉強告道：「司棋的姑媽給了潘家，所以他姑表兄弟姓潘。上次逃走了的潘又安就是他。」鳳姐笑道：「這就是了。」因道：「我唸給你聽

---

3)　　同心如意：一種吉祥圖案的金屬小玩具，作兩個「如意」交搭形狀。

聽。」說着從頭唸了一遍，大家都唬了一跳。這王家的一心只要拿人的錯兒，不想反拿住了他外孫女兒，又氣又臊。

周瑞家的四人聽見鳳姐兒唸了，都吐舌頭搖頭兒。周瑞家的道：「王大媽聽見了？這是明明白白，再沒的話說了。如今怎麼樣呢？」這王家的只恨沒地縫兒可鑽。鳳姐只瞅着他嘻嘻的笑，向周瑞家的道：「這倒也好。不用他老娘的操一點兒心，鴉雀不聞的就給他們弄了一個好女婿來了。」周瑞家的也笑着湊趣兒。王家的氣無處泄，便自己回手打着自己的臉，罵道：「老不死的娼婦，怎麼造下孽了！說嘴打嘴，現世現報！」眾人見他如此，要笑又不敢笑，也有趁願的，也有心中感動報應不爽的。<u>鳳姐見司棋低頭不語，也並無畏懼慚愧之意，倒覺可異。</u>料此時夜深，且不必盤問，只怕他夜間自愧去尋短志，遂喚了兩個婆子監守，帶了人，拿了贓證，回來安歇，等待明日料理。

點 評

● 這一處情態描寫，讓我們了解到司棋原來也是性格剛烈的人。

誰知到夜裏又連起來幾次，下面淋血不止。至次日，便覺身體十分軟弱，遂撐不住，請醫診視，開方立案，說要保重而去。老嬤嬤們拿了方子，回過王夫人，不免又添一番愁悶，遂將司棋等一事暫且擱起。

可巧這日尤氏來看鳳姐，坐了一回，又看過李紈等。忽見惜春遣人來請，尤氏遂到了他房中來。惜春便將昨晚之事細細告訴了，又命將入畫的東西一一要來與尤氏過目。尤氏道：「實是你哥哥賞他哥哥的，只不該私自傳送，如今官鹽竟成了私鹽了。」因罵入畫「糊塗脂油蒙了心的」。惜春道：「你們管教不嚴，反罵丫頭。這些姊妹，獨我的丫頭這樣沒臉，我如何去見人？昨兒我立逼着鳳姐姐帶了他去，他只不肯。我想，他原是那邊的人，鳳姐姐不帶他去，也原有理。我今日正要送過去，嫂子來的恰好，快帶了他去。或打，或殺，或賣，我一概不管。」入畫聽說，又跪下哭求，百般苦告。尤氏和奶娘等人也都十分分解，說：「他不過一時糊塗了，下次再不敢的。他從小兒伏侍你一場，到底留着

他為是。」

　　誰知惜春雖然年幼，天性孤僻，任人怎說，他咬定牙，斷乎不肯。更又說道：「不但不要入畫，如今我也大了，連我也不便往你們那邊去了。況且近日聞得多少議論，我若再去，連我也編派上了。」尤氏道：「誰議論甚麼？又有甚麼可議論的？姑娘是誰？我們是誰？姑娘既聽見人議論我們，就該問着他才是。」惜春冷笑道：「你這話問着我倒好。我一個姑娘家，只好躲是非的，我反去尋是非，成個甚麼人了！況且古人說得好，『善惡生死，父子不能有所勖助⁴』，何況你我二人之間。我只能保住自己就夠了。以後你們有事，好歹別累我。」

　　尤氏聽了，又氣又好笑，因向地下眾人道：「怪道人人都說這四丫頭年輕糊塗，我只不信。你們聽這些話，無原無故，又沒輕重，真真的叫人寒心！」眾人都勸說道：「姑娘年輕，奶奶自然要吃些虧的。」

　　惜春冷笑道：「我雖年輕，這話卻不年輕。你們不看書不識幾個字，所以都是些呆子，倒說我糊塗。」尤氏道：「你是狀元，第一個才子。我們是糊塗人，不如你明白！」惜春道：「據你這話就不明白，狀元難道就沒有糊塗的？可知你們這些人都是世俗之見，那裏眼裏識的出真假、心裏分的出好歹來？你們要看真人，總在最初一步的心上看起，才能明白呢。」尤氏笑道：「好，好，才是才子，這會子又作大和尚，又講起參悟來了。」惜春道：「我也不是甚麼參悟。我看如今人一概也都是入畫一般，沒有甚麼大說頭兒。」尤氏道：「可知你真是個心冷口冷的人。」惜春道：「怎麼我不冷！我清清白白的一個人，為甚麼叫你們帶累壞了？」

　　尤氏心內原有病，怕說這些話。方才聽說有人議論，

---

4)　　勖（xù）助：勖，鼓勵、勉勵。這裏指各人的命運好壞，各自承擔，再親的人也無力幫助。

已是心中羞惱激射，只是在惜春分上不好發作，忍耐了大半天。今見惜春又說這句，因按捺不住，便問道：「怎麼就帶累了你了？你的丫頭的不是，無故說我，我倒忍了這半日，你倒越發得了意，只管說這些話。你是千金小姐，我們以後就不親近你，仔細帶累了小姐的美名！即刻就叫人將入畫帶了過去！」說着，便賭氣起身去了。惜春道：「你這一去了，若果然不來，倒也省了口舌是非，大家倒還清淨。」尤氏聽了，越發生氣，但終久他是姑娘，任憑怎麼也不好和他認真的拌起嘴來，只得索性忍了這口氣。他也不答言，一徑往前邊去了。未知後事如何，且聽下回分解。

💡 精華賞析

抄檢大觀園是《紅樓夢》裏關鍵性的情節。一方面，這一次大規模的抄檢過程集中展示了重要角色的性格特徵。我們可以猜想，如果迎春和惜春都像探春一樣維護自己的下人，那麼入畫和司棋的命運是不是會有所不同？我們也看到了鳳姐在一定程度上極力周全、減少傷害的難處。另一方面，賈府也在這一次抄檢中開始顯露了衰敗之象。主子們受到下人的挑唆，互相猜疑，才是造成這次抄檢的真正原因。

結尾處，惜春與尤氏的一番對話已經表明，惜春雖然年紀尚輕卻已經對賈府裏發生的事情有所洞悉。她想與這些人、這些事劃清界限，但她忘了自己其實就身處其中，她所享受的榮華富貴，正是這些人給予的。

《第七十五回》

開夜宴異兆發悲音
賞中秋新詞得佳讖

又逢八月十五，賈母帶着全家人賞月。但這一次的氣氛與之前的中秋聚會相比有點不同了。

話說尤氏從惜春處賭氣出來，正欲往王夫人處去，跟從的老嬤嬤們因悄悄的回道：「奶奶且別往上房去。才有甄家的幾個人來，還有些東西，不知是作甚麼機密事。奶奶這一去恐怕不便。」尤氏聽了道：「昨日聽見你老爺說，看邸報甄家犯了罪，現今抄沒家私，調取進京治罪。怎麼又有人來？」老嬤嬤道：「正是呢。才來了幾個女人，氣色不成氣色，慌慌張張的，想必有甚麼瞞人的事。」

尤氏聽了，便不往前去，仍往李氏這邊來了。恰好太醫才診了脈去。李紈近日也略覺精爽了些，擁衾倚枕，坐在床上，正欲一二人來說些閑話。因見尤氏進來不似往日和藹，只呆呆的坐着。李紈因問道：「你過來了這半日，可吃些東西？只怕餓了。」命素雲瞧有甚麼新鮮點心揀了來。尤氏忙止道：「不必，不必。你這一向病着，那裏有甚麼新鮮東西？況且我也不餓。」李紈道：「昨日他姨娘家送來的好茶麵子[1]，倒是對碗來你喝罷。」說畢，便吩咐人去對茶。尤氏仍出神無語。跟來的丫頭媳婦們因問：「奶奶今日中晌尚未洗臉，這會子趁便可淨一淨好？」尤氏點頭。

李紈忙命素雲來取自己妝奩。素雲又將自己胭粉拿來，笑道：「我們奶奶

---

1)　茶麵子：炒製過的麵粉，加糖之後用水調（本書「對」即「兌」，就是沖調的意思）吃的一種食品，叫作茶湯。這種麵粉叫茶麵或茶湯麵。一種同類食品，一般加鹽醬等，稱為麵茶。

就少這個。奶奶不嫌髒，這是我的，能着用些。」李紈道：「我雖沒有，你就該往姑娘們那裏取去，怎麼公然拿出你的來？幸而是他，若是別人，豈不惱呢。」尤氏笑道：「這又何妨。自來我凡過來，就使他們的，今日忽然又嫌髒了？」說着，一面洗臉。丫頭只彎腰捧着臉盆。李紈道：「怎麼這樣沒規矩？」那丫頭忙趕着跪下。尤氏笑道：「我們家下大小的人只會講外面，假禮假體面，究竟作出來的事都夠使的了。」李紈聽如此說，便知他已知道昨夜的事，因笑道：「你這話有因。是誰做的事究竟夠使了？」尤氏道：「你倒問我！你敢是病着過陰去了？」

一語未了，只見人報：「寶姑娘來了。」忙說快請時，寶釵已走進來。尤氏忙擦臉起身讓坐，因問：「怎麼一個人忽然走進來，別的姊妹都不見？」寶釵道：「正是，我也沒見他們。只因今日我們奶奶身上不自在，家裏兩個女人也都因時症未起炕，別的都靠不得，我今兒要出去伴着老人家夜裏作伴。要去回老太太、太太，我想又不是甚麼大事，且不用提，等好了我橫豎進來的，所以來告訴大嫂子一聲。」李紈聽了，只看着尤氏笑。尤氏也只看着李紈笑。

一時尤氏盥沐已畢，大家吃麵茶。李紈因笑向寶釵道：「既這樣，且打發人去請姨娘的安，問是何病？我也病着，不能親自來瞧。好妹妹，你只管去，我自打發人去到你那裏去看屋子。你好歹住一兩天還進來，別叫我落不是。」寶釵笑道：「落甚麼不是呢，這也是人之常情，你又不曾賣放了賊。依我的主意，也不必添人過去，竟把雲丫頭請了來，你和他住一兩日，豈不省事？」尤氏道：「可是史大妹妹往那裏去了？」寶釵道：「我才打發他們找你們探丫頭去了，叫他同到這裏來，我也明白告訴他。」

正說着，果然人報：「雲姑娘和三姑娘來了。」大家讓坐已畢，寶釵便說要出去一事。探春道：「很好。不但姨媽好了還來的，就便好了不來也使得。」尤氏笑道：「這話奇怪，怎麼攛起親戚來了？」探春冷笑道：「正是呢，有叫人攛的，不如我先攛。親戚們好，也不在必要死住着才好。咱們倒是一家子親骨肉呢，一個個不像烏眼雞似的？恨不得你吃了我，我吃了你！」尤氏忙笑道：「我今兒是那裏來的晦氣，偏都碰着你姊妹們的氣頭兒上了。」探春道：「誰叫你趕熱灶來了？」因問：「誰又得罪了你呢？」因又尋思道：「鳳丫頭也不犯合你慪氣。是誰呢？」尤氏只含糊答應。

探春知他畏事不肯多言，因笑道：「你別裝老實了。除了朝廷治罪，沒有

砍頭的，你不必畏頭畏尾。實告訴你罷，我昨日把王善保家那老婆子打了，我還頂着徒罪呢。不過背地裏說我些閑話，難道他還打我不成！」寶釵忙因何又打他，探春悉把昨夜怎的抄檢，怎的打他，一一說了出來。尤氏見探春已經說了出來，便把惜春方才之事也說了出來。探春道：「這是他的僻性，孤介太過，我們再傲不過他的。」又告訴他們說：「今日一早不見動靜，打聽鳳辣子又病了。我就打發我媽媽出去打聽王善保家的是怎樣。回來告訴我說，王善保家的挨了一頓打，大太太嗔着他多事。」尤氏李紈道：「這倒也是正理。」探春冷笑道：「這種遮人眼目兒的事，誰不會作？且再瞧就是了。」尤氏李紈皆默無所答。一時估着前頭用飯，湘雲和寶釵回房打點衣衫，不在話下。

尤氏遂辭了李紈，往賈母這邊來。賈母歪在榻上，王夫人說甄家因何獲罪，如今抄沒了家產，回京治罪等語。賈母聽了正不自在，恰好見他姊妹來了，因問：「從那裏來的？可知鳳姐妯娌兩個的病今日怎樣？」尤氏等忙回道：「今日都好些。」賈母點頭歎道：「咱們別管人家的事，且商量咱們八月十五日賞月是正經。」王夫人笑道：「都已預備下了，不知老太太揀那裏好？只是園裏恐夜晚風冷。」賈母笑道：「多穿兩件衣服何妨，那裏正是賞月的地方，豈可倒不去的？」

說話之間，媳婦們抬過飯桌。王夫人尤氏等忙上來放箸捧飯。賈母見自己的幾色菜已擺完，另有兩大捧盒內捧了幾色菜，便知是各房孝敬的舊規矩。賈母因問：「我吩咐過幾次，罷了罷，你們都不聽。」王夫人笑道：「不過都是家常東西。今日我吃齋，沒有別的孝敬。那些麵筋豆腐，老太太又不大甚愛吃，只揀了一樣椒油蓴齏醬來。」賈母笑道：「這樣正好，正想這個吃。」鴛鴦聽說，便將碟子挪在跟前。寶琴一一的讓了，方歸坐。賈母便命探春來同吃。探春也都讓過了，便和寶琴對面坐下。侍書忙去取了碗箸。鴛鴦又指那幾樣菜道：「這兩樣看不出是甚麼東西來，是大老爺送來的。這一碗是雞髓筍，是外頭老爺送上來的。」一面說，一面就只將這碗筍送至桌上。賈母略嘗了兩點，便命：「將那兩樣着人送回去，就說我吃了。以後不必天天送，我想吃自然來要。」媳婦們答應着，仍送過去，不在話下。賈母因問：「有稀飯吃些罷了。」尤氏早捧過一碗來，說是紅稻米粥。賈母接來吃了半碗，便吩咐：「將這粥送給鳳哥兒吃去。」又指着：「這一盤果子給蘭兒寶玉兩個吃去，那一碗肉給蘭小子吃去。」又向尤氏道：「我吃了，你就來吃了罷。」尤氏答應，

待賈母漱口洗手畢，賈母便下地和王夫人說閑話行食[2]。

尤氏告坐吃飯。賈母又命鴛鴦等來陪吃。賈母因見尤氏吃的仍是白粳米飯，因問道：「怎麼不盛我的飯？」丫頭道：「老太太的飯吃完了。今日添了一位姑娘，所以短了些。」鴛鴦道：「如今都是可着頭做帽子了，要一點兒富餘也不能的。」王夫人忙回道：「這一二年旱澇不定，田上的米都不能按數交的。這幾樣細米更艱難，所以都可着吃的做。」賈母笑道：「這正是『巧媳婦做不出沒米的粥』來。」眾人都笑起來。鴛鴦一面回頭向門外伺候媳婦們道：「既這樣，你們就去把三姑娘的飯拿來添上也是一樣。」尤氏笑道：「我這個就夠了，也不用取去。」鴛鴦道：「你夠了，我不會吃的？」地下的媳婦們聽說，方忙着取去了。一時王夫人也去用飯。這裏尤氏直陪賈母說話取笑。

到起更的時候，賈母說：「黑了，過去罷。」尤氏方告辭出來。走至二門外上了車，眾媳婦放下簾子來，四個小廝拉出來，套上牲口，幾個媳婦帶着小丫頭子們先走，到那邊大門口等着去了。這裏送的丫鬟們也回來了。

尤氏在車內因見兩邊獅子下放着四五輛大車，便知係來赴賭之人，遂向小丫頭銀蝶道：「你看，坐車的是這些，騎馬的還不知有幾個呢。」說着，已到了廳上。賈蓉媳婦帶領眾婦女們，也都秉着羊角手罩接出來了。尤氏笑道：「成日家我要偷着瞧瞧他們賭錢，也沒得便。今兒倒巧，就順便打他們窗戶跟前走過去。」眾媳婦答應着，提燈引路，又有一個先去悄悄的知會伏侍的小廝們不要失驚打怪。於是尤氏一行人悄悄的來至窗下，只聽裏面稱三讚四，要笑之音雖多，又兼有恨五罵六，忿怨之聲亦不少。

原來賈珍近因居喪，不得遊玩，無聊之極，便生了個破悶的法子。日間以習射為由，請了各世家弟兄及諸富貴親友來較射。因說：「白白的只管亂射，終無裨益，不但不能長進，而且壞了式樣，必須立個罰約，賭個利物，大家才有勉力之心。」因此在天香樓下箭道內立了鵠子，皆約定每日早飯後來射鵠子。賈珍不肯出名，便命賈蓉作局家。這些來的皆係世襲公子，人人家道豐富，且都在少年，正是鬥雞走狗、問柳評花的一干遊蕩紈絝。因此大

---

2)　　行食：飯後活動，借以幫助消化，稱為行食。

家議定，每日輪流作晚飯之主，天天宰豬割羊，屠鵝戮鴨，好似臨潼鬥寶[3]一般，都要賣弄自己家的好廚役好烹調。不到半月工夫，賈赦賈政聽見這般，不知就裏，反說這才是正理，文既誤矣，武事當亦該習，況在武蔭之屬。遂命寶玉、賈環、賈琮、賈蘭等四人於飯後過來，跟着賈珍習射一回，方許回去。

賈珍之志不在此，再過幾日，便漸次以歇臂養力為由，或抹抹骨牌，賭個酒東兒，至後漸次賭錢。如今三四月的光景，竟一日一日賭勝於射了，公然鬥牌[4]擲骰，放頭開局，大賭起來。家下人借此各有些進益，巴不得如此，所以竟成了局勢。外人皆不知一字。

近日邢夫人的胞弟邢德全也酷好如此，所以也在其中。又有薛蟠，頭一個慣喜送錢與人的，見此豈不快樂？邢德全雖係邢夫人之胞弟，卻居心行事大不相同。這個邢德全只知吃酒賭錢、眠花宿柳為樂，手中濫漫使錢，待人無二心，因此都喚他「傻大舅」。薛蟠是早已出名的呆大爺，今日二人皆湊在一處，都愛「搶快[5]」，便又會了兩家，在外間炕上「搶快」。別的又有幾家在當地下大桌上趕羊。裏間又一起斯文些的抹骨牌，打天九。此間伏侍的小廝都是十五歲以下的孩子。此是前話。

且說尤氏方潛至窗外偷看。其中有兩個陪酒的小么兒，都打扮的粉妝玉琢。今日薛蟠又輸了，正沒好氣，幸而後手裏漸漸翻過來了，除了沖賬的，反贏了好些，心中自是興頭起來。賈珍道：「且打住，吃了東西再來。」因問：「那兩處怎樣？」此時打天九趕老羊的，也作了賬等吃飯。打公番的未清，且不肯吃。於是各不能顧，先擺下一大桌，賈珍陪着吃。薛蟠興頭了，便摟着一個小么兒吃酒，又命將酒去敬傻大舅。傻大舅輸家，沒心緒，喝了兩碗，便有些醉意，嗔着兩個小么兒只趕着贏家不理輸家了，因罵道：「你們這起兔

---

3)　臨潼鬥寶：古代故事。春秋列國時，秦穆公想吞併諸侯，約定在臨潼會合，借比賽寶物定輸贏。楚國伍子胥在會上舉鼎示威，制服了秦穆公。這裏借來比喻誇耀豪奢、爭強賭勝的行為。

4)　鬥牌：明清時流行的馬吊牌和較後來出現的紙牌。

5)　搶快：六個骰子，按一定的點色組織，定出開數（相當於今天所說的分數）比賽誰的開數多，叫作搶快。按照一定的標準比賽點數，叫作趕羊，又說趕老羊。下文打天九是比賽骨牌上點數多少的一種遊戲，在這種遊戲中，以骨牌點數的天（一張牌上十二點的）、九（一張牌上九點的）為最尊，所以稱為打天九。

子，真是些沒良心的王八羔子！天天在一處，誰的恩你們不沾？只不過我這一會子輸了幾兩銀子，你們就三六九等兒的了。難道從此以後再沒有求着我的事了？」眾人見他帶酒，那些輸家便不言語，只抿着嘴笑。那些贏家忙說：「大舅罵的很是。這小狗攘的們都是這個風俗兒。」因笑道：「還不給舅太爺斟酒呢！」兩個小孩子都是演就的局套，忙都跪下奉酒，扶着傻大舅的腿，一面撒嬌兒說道：「你老人家別生氣，看着我們兩個小孩子罷。我們師父教的：不論遠近厚薄，只看一時有錢的就親近。你老人家不信，回來大大的下一注，贏了，白瞧瞧我們兩個是甚麼光景兒。」說的眾人都笑了，傻大舅掌不住也笑了。一面伸手接過酒來，一面說道：「我要不看你們兩個素日怪可憐見的，我這一腳，把你們的小黃蛋子踢出來。」說着，把腿一抬，兩個孩子趁勢兒爬起來，越發撒嬌撒痴，拿着灑花絹子，托了傻大舅的手，把那杯酒灌在傻大舅嘴裏。

　　傻大舅哈哈的笑着，一揚脖兒，把一杯酒都乾了，因擰了那孩子的臉一下兒，笑說道：「我這會子看着又怪心疼的了！」說着，忽然想起舊事來，乃拍案對賈珍道：「昨日我和你令伯母慪氣，你可知道嗎？」賈珍道：「沒有聽見。」傻大舅歎道：「就為錢這件東西！老賢甥，你不知道我們邢家的底裏。我們老太太去世時，我還小呢，世事不知。他姊妹三個人，只有你令伯母居長。他出閣時，把家私都帶過來了。如今你二姨兒也出了門子了，他家裏也很艱窘。你三姨兒尚在家裏。一應用度，都是這裏陪房王善保家的掌管。我就是來要幾個錢，也並不是要買府裏的家私。我邢家的家私也就夠我花了，無奈竟不得到手！你們就欺負我沒錢！」賈珍見他酒醉，外人聽見不雅，忙用話解勸。

　　外面尤氏等聽得十分真切，乃悄向銀蝶笑道：「你聽見了？這是北院裏大太太的兄弟抱怨他呢。可憐他親兄弟還是這樣說，這樣就怨不得眾人了。」因還要聽時，正值趕老羊的那些人也歇住了，要吃酒。有一個問道：「方才是誰得罪了舅太爺？我們竟沒聽明白，且告訴我們，評評理。」邢德全見問，便把兩個孩子不理的話說了一遍。那人接過來就說：「這樣說，原可惱的，怨不得舅太爺生氣。我且問你兩個：舅太爺不過輸了幾個錢罷咧，並沒有輸丟了乱把，怎麼你們就不理他了？」說着，眾人大笑起來，連邢德全也噴了一地飯，說：「你這個東西，行不動兒就撒村搗怪的！」尤氏在外面聽了這活，

悄悄的啐了一口，罵道：「你聽聽，這一起子沒廉恥的小挨刀的，再灌喪了黃湯，還不知嗌出些甚麼新樣兒的來呢。」一面便進去卸妝安歇。至四更時，賈珍方散，往佩鳳房裏去了。次日起來，就有人回：「西瓜月餅都全了，只待分派人送。」賈珍吩咐佩鳳道：「你請你奶奶看着送罷，我還有別的事呢。」佩鳳答應去了，回了尤氏。尤氏只得一一分派遣人送去。一時佩鳳來說：「爺問奶奶，今兒出門不出門？說咱們是孝家，十五過不得節，今兒晚上倒好，可以大家應個景兒。」尤氏道：「我倒不願出門呢。那邊珠大奶奶又病了，鳳丫頭又睡倒了，我再不過去，越發沒個人了。」佩鳳道：「爺說，奶奶出門，好歹早些回來，叫我跟了奶奶去呢。」尤氏道：「既這樣，快些吃了，我好走。」佩鳳道：「爺說早飯在外頭吃，請奶奶自己吃罷。」尤氏問道：「今日外頭有誰？」佩鳳道：「聽見說外頭有兩個南京新來的，倒不知是誰。」說畢，吃飯更衣，尤氏等仍過榮府來，至晚方回去。

果然賈珍煮了一口豬，燒了一腔羊，備了一桌菜蔬果品，在會芳園叢綠堂中，屏開孔雀，褥設芙蓉，帶領妻子姬妾，先飯後酒，開懷賞月作樂。將一更時分，真是風清月朗，銀河微隱。賈珍因命佩鳳等四個人也都入席，下面一溜坐下，猜枚划拳，飲了一回。

賈珍有了幾分酒，益發高興，便命取了一竿紫竹簫來，命佩鳳吹簫，文花唱曲，喉清嗓嫩，甚令人心動神移。唱罷，復又行令。那天將有三更時分，賈珍酒已八分。大家正添衣飲茶，換盞更酌之際，忽聽那邊牆下有人長歎之聲。大家明明聽見，都悚然疑畏起來。賈珍忙厲聲叱咤，問：「誰在那裏？」連問幾聲，沒有人答應。尤氏道：「必是牆外邊家裏人，也未可知。」賈珍道：「胡說。這牆四面皆無下人的房子，況且那邊又緊靠着祠堂，焉得有人。」一語未了，只聽得一陣風聲，竟過牆去了。恍惚聞得祠堂內槅扇開闔之聲，只覺得風氣森森，比先更覺淒慘起來。看那月色時，也是淡淡的，不似先前明朗，眾婦女都覺毛髮倒豎。賈珍酒已醒了一半，只比別人掌持得住些，心下也十分疑畏，便大沒興頭來。勉強又坐了一會子，就歸房安歇去了。

次日一早起來，乃是十五日，帶領眾子姪開祠堂行朔望之禮。細查祠內，都仍是照舊好好的，並無怪異之迹。賈珍自為醉後自怪，也不提此事。禮畢，仍閉上門，看着鎖禁起來。

賈珍夫妻至晚飯後方過榮府來。只見賈赦賈政都在賈母房內坐着說閑

話，與賈母取笑。賈璉、寶玉、賈環、賈蘭皆在地下侍立。賈珍來了，都一一見過。說了兩句話，賈珍方在近門小杌子上告了坐，側着身子坐下。賈母笑問道：「這兩日你寶兄弟的箭如何了？」賈珍忙起身笑道：「大長進了，不但樣式好，而且弓也長了一個勁。」賈母道：「這也夠了，且別貪力，仔細努傷着。」賈珍忙答應幾個「是」。賈母又道：「你昨日送來的月餅好；西瓜看着倒好，打開卻也不怎麼樣。」賈珍陪笑道：「月餅是新來的一個專做餑餑的廚子，我試了試果然好，才敢做了孝敬來的。西瓜往年都還可以，不知今年怎麼就不好了。」賈政道：「大約今年雨水太多之過。」賈母笑道：「此時月已上了，咱們且去上香。」說着，便起身扶着寶玉的肩，帶領眾人，齊往園中來。

當下園之正門俱已大開，吊着羊角燈。嘉蔭堂前月台上，焚着斗香，秉着風燭，陳獻着瓜果月餅等物。邢夫人等皆在裏面久候。真是月明燈彩，人氣香煙，晶豔氤氳，不可名狀。地下鋪着拜氈錦褥。賈母盥手上香拜畢，於是大家皆拜過。賈母便說：「賞月在山上最好。」因命在那山脊上的大亭子內去。眾人聽說，就忙着在那裏去鋪設。賈母且在嘉蔭堂中吃茶少歇，說些閑話。一時，人回：「都齊備了。」賈母方扶着人上山來。王夫人等因說：「恐石上苔滑，還是坐竹椅上去。」賈母道：「天天有人打掃，況且極平穩的寬路，何必不疏散疏散筋骨也好。」於是賈赦賈政等在前引導，又是兩個老婆子秉着兩把羊角手罩，鴛鴦、琥珀、尤氏等貼身攙扶，邢夫人等在後圍隨，從下逶迤而上，不過百餘步，到了主山峯脊上，便是這座敞亭。因在山之高脊，故名曰凸碧山莊。亭前平台上列下桌椅，又用一架大圍屏隔作兩間。凡桌椅形式皆是圓的，特取團圓之意。上面居中賈母坐下，左邊賈赦、賈珍、賈璉、賈蓉，右邊賈政、寶玉、賈環、賈蘭，團團圍坐。只坐了半桌，下面還有半桌餘空。賈母笑道：「往常倒還不覺人少，今日看來，究竟咱們的人也甚少，算不得甚麼。想當年過的日子，到今夜男女三四十個，何等熱鬧。今日那有那些人？如今叫女孩子們來坐那邊罷。」於是令人向圍屏後邢夫人等席上將迎春、探春、惜春三個請出來。賈璉、寶玉等一齊出坐，先盡他姊妹坐了，然後在下方依次坐定。賈母便命折一枝桂花來，命一媳婦在屏後擊鼓傳花。若花到誰手中，飲酒一杯，罰說笑話一個。

先從賈母起，次賈赦，一一接過。鼓聲兩轉，恰好在賈政手中住了，只得飲了酒。眾姊妹弟兄都你悄悄的拉我一下，我暗暗的又捏你一把，都含笑

心裏想着，倒要聽是何笑話。賈政見賈母喜悅，只得承歡。方欲說時，賈母又笑道：「若說的不笑了，還要罰。」賈政笑道：「卻只得一個，若不說笑了，也只好願罰了。」賈母道：「你就說這一個。」賈政因說道：「一家子，一個人最怕老婆。」只說了這一句，大家都笑了。因從沒聽見賈政說過這樣話，所以才笑。賈母笑道：「這必是好的。」賈政笑道：「若好，老太太多吃一杯。」賈母笑道：「使得。」賈赦連忙捧杯，賈政執壺，斟了一杯。賈赦仍舊遞給賈政，賈赦旁邊侍立。賈政捧上安放在賈母面前，賈母飲了一口。賈赦、賈政退回本位。於是賈政又說道：「這個怕老婆的人從不敢多走一步。偏是那日是八月十五，到街上買東西，便遇了幾個朋友，死活拉到家去吃酒。不想吃醉了，在朋友家睡着了，第二日醒了，後悔不及，只得來家賠罪。他老婆正洗腳，說：『既是這樣，你替我舔舔就饒你。』這男人只得給他舔，未免噁心要吐。他老婆便惱了，要打，說：『你這樣輕狂！』唬得他男人忙跪下求說：『並不是奶奶的腳髒。只因昨日喝多了黃酒，又吃了月餅餡子，所以今日有些酸呢。』」說的賈母與眾人都笑了。賈政忙又斟了一杯酒，送與賈母。賈母笑道：「既這樣，快叫人取燒酒來，別叫你們受累。」眾人又都笑起來。

　　於是又擊鼓，便從賈政傳起，可巧傳至寶玉鼓止。寶玉因賈政在坐，自是踧踖不安，偏又在他手中，因想：「說笑話，倘或說不好了，又說沒口才；若說好了，又說正經的不會，只慣貧嘴，更有不是。不如不說。」乃起身辭道：「我不能說，求再限別的罷。」賈政道：「既這樣，限個『秋』字，就即景作一首詩。若好，便賞你；若不好，明日仔細。」賈母忙道：「好好的行令，怎麼又作詩？」賈政陪笑道：「他能的。」賈母聽說，「既這樣，快作。」命人取了紙筆來，賈政道：「只不許用這些冰、玉、晶、銀、彩、光、明、素等堆砌字樣，要另出己見，試試你這幾年的心思。」

　　寶玉聽了，碰在自己心坎兒上，遂立想了四句，向紙上寫了，呈與賈政看。賈政看了，點頭不語。賈母見這般，知無甚大不好，便問：「怎麼樣？」賈政因欲賈母喜歡，便說：「難為他。只是不肯唸書，到底詞句不雅。」賈母道：「這就罷了。他能多大，定要他做才子不成！這就該獎賞他，以後越發上心了。」賈政道：「正是。」因回頭命個老婆子出去吩咐小廝，「把我海南帶來的扇子取來給兩把與寶玉。」寶玉磕了一個頭，仍復歸座行令。當下賈蘭見獎勵寶玉，他便出席，也做一首遞與賈政看，賈政看了，更覺欣喜，遂並

講與賈母聽。賈母也十分歡喜，也忙令賈政賞他。於是大家歸坐，復行起令來。這次在賈赦手內住了，只得吃了酒，說笑話。因說道：「一家子一個兒子最孝順。偏生母親病了，各處求醫不得，便請了一個針灸的婆子來。婆子原不知道脈理，只說是心火，一針就好了。這兒子慌了，便問：『心見鐵即死，如何針得？』婆子道：『不用針心，只針肋條就是了。』兒子道，『肋條離心遠着呢，怎麼就好？』婆子道：『不妨事。你不知，天下作父母的心偏的多着呢。』」眾人聽說，也都笑起了，賈母也只得吃半杯酒，半日笑道：「我也得這個婆子針一針就好了。」賈赦聽說，便知自己出言冒撞，賈母疑了心，忙起身笑與賈母把盞，以別言解釋。賈母亦不好再提，且行起令來。

不料這次花卻在賈環手裏。賈環近日讀書稍進，亦好外務。今見寶玉作詩受獎，他便技癢，只當着賈政，不敢造次。如今可巧花在手中，便也索紙筆來，立揮一絕，呈與賈政。賈政看了，亦覺罕異，只是詞句終帶着不樂讀書之意，遂不悅道：「可見是弟兄了。發言吐意，總屬邪派。古人中有『二難』，你兩個也可以稱『二難』了。就只不是那一個『難』字，卻是作難以教訓之『難』字講才好。哥哥是公然以溫飛卿自居，如今兄弟又自為曹唐再世了。」說的眾人都笑了。

賈赦道：「拿詩來我瞧。」便連聲讚好，道：「這詩據我看，甚是有氣骨。想來咱們這樣人家，原不必『寒窗熒火』，只要讀些書，比別人略明白些，可以做得官時，就跑不了一個官的。何必多費了工夫，反弄出書呆子來？所以我愛他這詩，竟不失咱們侯門的氣概。」因回頭吩咐人去取了自己的許多玩物來賞賜與他。因又拍着賈環的頭，笑道：「以後就這麼做去，方是咱們的口氣，這世襲的前程就跑不了你襲了。」賈政聽說，忙勸說：「不過他胡謅如此，那裏就論到後事了？」

說着便斟上酒，又行了一回令。賈母便說：「你們去罷。自然外頭還有相公們候着，也不可輕忽了他們。況且二更多了，你們散了，再讓我和姑娘們多樂一會子，好歇着了。」賈赦等聽了，方止令起身。又大家公進了一杯酒，方帶着子姪們出去了。要知端的，且聽下回分解。

💬 **延伸思考**

> 賈府的這次中秋聚會不像從前那樣熱鬧了，你能從哪些地方看出來？

《第七十六回》

凸碧堂品笛感淒清
凹晶館聯詩悲寂寞

一場中秋團圓宴飲，卻因為大家各懷心事而早早散場，只有黛玉和湘雲有感而發聯起詩來。

話說賈赦賈政帶領賈珍等散去不提。

且說賈母這裏命將圍屏撤去，兩席並而為一。眾媳婦另行擦桌整果，更杯洗箸，陳設一番。賈母等都添了衣，盥漱吃茶，方又入坐，團團圍繞。賈母看時，寶釵姊妹二人不在坐內，知他們家去圓月去了，且李紈鳳姐二人又病着，少了四個人，便覺冷清了好些。賈母因笑道：「往年你老爺們不在家，咱們都是請過姨太太來，大家賞月，卻十分鬧熱。忽一時想起你老爺來，又不免想到母子夫妻兒女不能一處，也都沒興。及至今年你老爺來了，正該大家團圓取樂，又不便請他們娘兒們來說說笑笑。況且他們今年又添了兩口人，也難撂下他們跑到這裏來。偏又把鳳丫頭病了，有他一人來說說笑笑，還抵得十個人的空兒。可見天下事總難十全。」說畢，不覺長歎一聲，遂命拿大杯來斟熱酒。

王夫人笑道：「今日得母子團圓，自比往年有趣。往年娘兒們雖多，終不似今年自己骨肉齊全的好。」賈母笑道：「正是為此，所以才高興拿大杯來吃酒。你們也換大杯才是。」邢夫人等只得換上大杯來。因夜深體乏，且不能勝酒，未免都有些倦意，無奈賈母興猶未盡，只得陪飲。

賈母又命將氈毯鋪於階上，命將月餅西瓜果品等類都叫搬下去，令丫頭媳婦們也都團團圍坐賞月。賈母因見月至中天，比先越發精彩可愛，因說：「如此好月，不可不聞笛。」因命人將十番上女孩子傳來。賈母道：「音樂多

了，反失雅緻，只用吹笛的遠遠的吹起來就夠了。」說畢，剛去吹時，只見跟邢夫人的媳婦走來向邢夫人前說了兩句話。賈母便問：「說甚麼事？」邢夫人便回說：「方才大老爺出去，被石頭絆了一下，崴¹了腿。」賈母聽說，忙命兩個婆子快看去，又命邢夫人快去。邢夫人遂告辭起身。賈母便又說，「珍哥媳婦也趁着便兒就家去罷，我也就睡了。」

尤氏笑道：「我今日不回去了，定要和老祖宗吃一夜。」賈母笑道：「使不得，使不得。你們小夫妻家，今夜不要團圓團圓，如何為我耽擱了。」尤氏紅了臉，笑道：「老祖宗說的我們太不堪了。我們雖然年輕，已經是二十來年的夫妻，也奔四十歲的人了。況且孝服未滿，陪着老太太玩一夜是正理。」賈母聽說，笑道：「這話很是，我倒也忘了孝未滿。可憐你公公轉眼已死二年多了，可是我倒忘了，該罰我一大杯。既這樣，你就越性別送，陪着我罷了。你叫蓉兒媳婦送去，就順便回去罷。」尤氏說了。蓉妻答應着，送出邢夫人，一同至大門，各自上車回去。不在話下。

這裏眾人賞了一回桂花，又入席換暖酒來。正說着閑話，只聽桂花樹下廂房內，嗚咽悠揚，吹出笛聲來。趁着這明月清風，天空地靜，真令人煩心頓釋，萬慮齊除，都蕭然危坐，默默相賞。聽約兩盞茶時，方才止住，大家稱讚不已。於是遂又斟上暖酒來。賈母笑道：「果然可聽麼？」眾人道：「實在可聽。我們也想不到這樣，須得老太太帶領着，我們也得開些心兒。」賈母道：「這還不大好，須得揀那曲譜越慢的吹來越好。」便命斟一大杯熱酒，送給吹笛之人，慢慢的吃了再細細的吹一套來。

媳婦們答應了，方送去，只見方才瞧賈赦的兩個婆子回來了，說：「右腳面上白腫了些，如今調服了藥，疼的好些了，也不甚大關係。」賈母點頭歎道：「我也太操心。打緊說我偏心，我反這樣。」

說着鴛鴦拿了軟巾兜與大斗篷來，說：「夜深了，恐露水下來，風吹了頭，坐坐也該歇了。」賈母道：「偏今兒高興，你又來催。難道我醉了不成，偏要坐到天亮！」因命再斟酒。一面戴上兜巾，披了斗篷，大家陪着又飲，說些笑話。只聽桂花陰裏又發出一縷笛音來，果真比先越發淒涼。大家都寂然

---

1)　　崴（wǎi）：這裏作扭傷講。

而坐。夜靜月明，且笛聲悲怨。眾人不免傷感，恐賈母亦有感觸，忙轉身陪笑，談話解釋。又命換酒止笛。

　　尤氏笑道：「我也學了一個笑話，說與老太太解解悶。」賈母勉強笑道：「這樣更好，快說來我聽。」尤氏乃說道：「一家子養了四個兒子：大兒子只一個眼睛，二兒子只一個耳朵，三兒子只一個鼻子眼，四兒子倒都齊全，偏又是個啞巴。」正說到這裏，只見賈母已朦朧雙眼，似有睡去之態。尤氏方住了，忙和王夫人輕輕的請歇。賈母睜眼笑道：「我不過白閉閉眼養養神。你們只管說，我聽着呢。」王夫人等笑道：「夜已四更了，風露也大，請老太太安歇罷。明日再賞十六月色也好。」賈母道：「那裏就四更了？」王夫人笑道：「實已四更，他們姊妹們熬不過，去睡了。」賈母聽說，細看了一看，果然都散了，只有探春在此。賈母笑道：「也罷。你們也熬不慣夜，況且弱的弱，病的病，去了倒省心。只是三丫頭可憐見的，尚還等着。你也去罷，我們散了。」說着，便起身，吃了一口清茶，便有預備下的竹椅小轎，便圍着斗篷坐上，兩個婆子搭起，眾人圍隨出園去了。不在話下。

　　這裏眾媳婦收拾杯盤，卻少了個細茶杯，各處尋覓不見，又問眾人：「必是誰失手打了。擱在那裏，告訴我了拿磁瓦去交收，好作證見，不然又說偷起來了。」眾人都說：「沒有打碎，只怕跟姑娘的人打了，也未可知。你細想想，或問問他們去。」

　　一語提醒了那媳婦，因笑道：「是了，那一會兒記得是翠縷拿着的。我去問他。」說着便去找時，剛下了甬路，就遇見了紫鵑和翠縷來了。翠縷問道：「老太太散了，可知我們姑娘那去了？」這媳婦道：「我來問那一個茶盅往那裏去了，你們倒問我要姑娘。」翠縷笑道：「我因倒茶給姑娘吃的，展眼回頭，就連姑娘也沒了。」那媳婦道：「太太才說都睡覺去了。你不知那裏玩去了，還不知道呢。」翠縷向紫鵑道：「斷乎沒有悄悄的睡去的，只怕在那裏走了一走。如今見老太太散了，趕過前邊送去，也未可知。我們且往前邊找找去。有了姑娘，自然你的茶盅也有了。你明日一早再找，有甚麼忙的。」媳婦笑道：「有了下落就不必忙了，明兒就和你要罷。」說畢回去，仍查收傢夥。這裏紫鵑和翠縷便往賈母處來。不在話下。

　　原來黛玉和湘雲二人並未去睡。只因黛玉見賈府中許多人賞月，賈母猶歎人少，又想寶釵姊妹家去，母女弟兄自去賞月，不覺對景感懷，自去俯欄

垂淚。寶玉近因晴雯病勢甚重，諸務無心，王夫人再四遣他去睡，他也便去了。探春又因近日家事惱着，無心遊玩。雖有迎春惜春二人，偏又素日不大甚合。所以只剩湘雲一人寬慰他，因說道：「你是個明白人，何必作此形像自苦？我也和你一樣，我就不似你這樣心窄。何況你又多病，還不自己保養。可恨寶姊琴妹天天說親道熱，早已說今年中秋要大家一處賞月，必要起社，大家聯句，到今日便扔下咱們，自己賞月去了。社也散了，詩也不作了。倒是他們父子叔姪縱橫起來。可知宋太祖說的好：『臥榻之側，豈許他人酣睡。』他們不作，咱們兩個竟聯起句來，明日羞他們一羞。」

黛玉見他這般勸慰，不肯負他的豪興，因笑道：「你看這裏這等人嘈雜，有何詩興！」湘雲笑道：「這山上賞月雖好，終不及近水賞月更妙。你知道這山坡底下就是池沿，山坳裏近水一個所在就是凹晶館。可知當日蓋這園子時就有學問。這山之高處，就叫凸碧；山之低窪近水處，就叫作凹晶。這『凸』『凹』二字，歷來用的人最少。如今直用作軒館之名，更覺新鮮，不落窠臼。可知這兩處一上一下，一明一暗，一高一矮，一山一水，竟是特因玩月而構此兩處。有愛那山高月小的，便往這裏來；有愛那皓月清波的，便往那裏去。只是這兩個字俗唸作『窪、拱』二音，便說俗了，不大見用，只陸放翁用於一個『凹』字，說『古硯微凹聚墨多』，還有人批他俗，豈不可笑？」林黛玉道：「也不只放翁才用，古人中用者太多。如江淹《青苔賦》，東方朔《神異經》，以至《畫記》上云張僧繇畫一乘寺的故事，不可勝舉。只是今人不知，誤作俗字用了。實和你說罷，這兩個字還是我擬的呢。因那年試寶玉，寶玉擬了未妥，我們擬寫出來，送給大姐姐瞧了，他又帶出來，命給舅舅瞧過，所以都用了。如今咱們就往凹晶館去看看。」

說着，二人便同下了山坡。只一轉彎就是。池沿上一帶竹欄相接，直通着那邊藕香榭的路徑。只有兩個老婆子上夜，因知在凸碧山莊賞月，與他們無干，早已熄燈睡了。

黛玉湘雲見息了燈，都笑道：「倒是他們睡了好。咱們就在這捲棚底下近水賞月如何？」二人遂在兩個湘妃竹墩上坐下。只見天上一輪皓月，池中一輪水月，上下爭輝，如置身於晶宮鮫室[2]之內。微風一過，粼粼然池面皺碧疊

---

2)　　鮫室：指水裏神仙的居室。古代神話傳說中鮫人像魚，住在海底，滴淚成珠。

紋，真令人神清氣爽。湘雲笑道：「怎得這會子坐上船吃酒倒好。這要是我家裏，這樣我就立刻坐船了。」黛玉笑道：「正是古人常說的好，『事若求全何所樂』？據我說，這也罷了，偏要坐船起來。」湘雲笑道：「得隴望蜀[3]，人之常情。」

正說間，只聽笛韻悠揚起來。黛玉笑道：「今日老太太、太太高興了，這笛子吹的有趣，倒是助咱們的興趣了。咱們兩個都愛五言，就還是五言排律罷。」湘雲道：「甚麼韻？」黛玉笑道：「咱們數這欄杆上的直棍，這頭到那頭為止。他是第幾根就用第幾韻。」湘雲笑道：「這倒別緻。」於是二人起身，便從頭數至盡頭，止得十三根。湘雲道：「偏又是『十三元』了。這個韻少，作排律只怕牽強不能押韻呢。少不得你先起一句罷了。」黛玉笑道：「倒要試試咱們誰強誰弱，只是沒有紙筆記。」湘雲道：「明兒再寫。只怕這一點聰明還有。」

黛玉道：「我先起一句現成的俗語罷。」因唸道，「三五中秋夕，」

湘雲想了一想，道：「清遊擬上元。撒天箕斗燦，」

林黛玉笑道：「匝地管弦繁。幾處狂飛盞？」

湘雲笑道：「這一句『幾處狂飛盞』有些意思。這倒要對的好呢。」想了一想，笑道：「誰家不啟軒？輕寒風剪剪，」

黛玉道：「對的比我的卻好。只是底下這句又說俗話了，就該加勁說了去才是。」湘雲道：「詩多韻險，也要鋪陳些才是。縱有好的，且留在後頭。」黛玉笑道：「到後頭沒有好的，我看你羞不羞？」因聯道，「良夜景暄暄。爭餅嘲黃髮，」

湘雲笑道：「這句不好，是你杜撰，用俗筆來難我了。」黛玉笑道：「我說你不曾見過書呢。吃餅是舊典，《唐書》《唐志》你看了來再說。」湘雲笑道：「這也難不倒我，我也有了。」因聯道，「分瓜笑綠媛。香新榮玉桂，」

黛玉笑道：「分瓜可是實實的你杜撰了。」湘雲笑道：「明日咱們對查了出來大家看看，這會子別耽誤工夫。」黛玉笑道：「雖如此，下句也不好，不犯着又用『玉桂金蘭』等字樣來塞責。」因聯道，「色健茂金萱。蠟燭輝瓊宴，」

---

3)　　得隴望蜀：這原是漢光武帝劉秀給他的將官岑彭書信中的話，後來成為一個成語，指貪心不足。「得」字在原書裏作「平」。

湘雲笑道：「『金萱』二字便宜了你，省了多少力。這樣現成的韻被你得了，只是不犯着替他們頌聖去。況且下句你也是塞責了。」黛玉笑道：「你不說『玉桂』，我難道強對個『金萱』麼？再也要鋪陳些富麗，方才是即景之實事。」湘雲只得又聯道：「觥籌亂綺園。分曹尊一令，」

黛玉笑道：「下句好，只是難對些。」因想了一想，聯道：「射覆聽三宣。骰彩紅成點，」

湘雲笑道：「『三宣』有趣，竟化俗成雅了。只是下句又說上『骰』字。」少不得聯道：「傳花鼓濫喧。晴光搖院宇，」

黛玉笑道：「對卻對好了。下句又溜了，只管拿些風月來塞責嗎？」湘雲道：「究竟沒說到月上，也要點綴點綴，方不落題。」黛玉道：「且姑存之，明日再斟酌。」因聯道：「素彩接乾坤。賞罰無賓主，」

湘雲道：「又說他們作甚麼？不如說咱們。」只得聯道，「吟詩序仲昆。構思時倚檻，」

黛玉笑道：「這可以入上你我了。」因聯道，「擬句或依門。酒盡情猶在，」

湘雲說道：「是時候了。」乃聯道，「更殘樂已諼。漸聞語笑寂，」

黛玉說道：「這時候可知一步難似一步了。」因聯道：「空剩雪霜痕。階露團朝菌，」

湘雲笑道：「這一句怎麼押韻？讓我想想。」因起身負手，想了一想，笑道：「夠了，幸而想出一個字來，幾乎敗了。」因聯道：「庭煙斂夕楢。秋湍瀉石髓，」

黛玉聽了，不禁也起身叫妙，說：「這促狹鬼，果然留下好的。這會子才說『楢』字，虧你想得出。」湘雲道：「幸而昨日看《歷朝文選》，見了這個字，我不知是何樹，因要查一查。寶姐姐說不用查，這就是如今俗叫作明開夜合的。我信不及，到底查了一查，果然不錯。看來寶姐姐知道的竟多。」黛玉笑道：「『楢』字用在此時更恰，也還罷了。只是『秋湍』一句虧你好想。只這一句，別的都要抹倒。我少不得打起精神來對一句，只是再不能似這一句了。」因想了一想，道：「風葉聚雲根。寶婺情孤潔，」

湘雲道：「這對的也還好。只是下一句你也溜了，幸而是景中情，不單用『寶婺』來塞責。」因聯道：「銀蟾氣吐吞。藥經靈兔搗，」

黛玉不語點頭，半日隨唸道：「人向廣寒奔。犯斗邀牛女，」

湘雲也望月點首，聯道：「乘槎訪帝孫。虛盈輪莫定，」

黛玉笑道：「對句不好，合掌⁴。下句推開一步，倒還是急脈緩灸法。」因又聯道：「晦朔魄空存。壺漏聲將涸，」

湘雲方欲聯時，黛玉指池中黑影與湘雲看道：「你看那河裏怎麼像個人在黑影裏去了，敢是個鬼罷？」湘雲笑道：「可是又見鬼了。我是不怕鬼的，等我打他一下。」因彎腰拾了一塊小石片向那池中打去，只聽打得水響，一個大圓圈將月影激蕩散復聚者幾次。只聽那黑影裏嘎然一聲，卻飛起一個白鶴來，直往藕香榭去了。黛玉笑道：「原來是他，猛然想不到，反唬了一跳。」

湘雲笑道：「這個鶴有趣，倒助了我了。」因聯道：「窗燈焰已昏。寒塘渡鶴影，」

林黛玉聽了，又叫好，又踩足，說：「了不得，這鶴真是助他的了！這一句更比『秋湍』不同，叫我對甚麼才好？『影』字只有一個『魂』字可對，況且『寒塘渡鶴』何等自然，何等渾成，何等有景且又新鮮，我竟要擱筆了。」湘雲笑道：「大家細想就有了，不然就放着明日再聯也可。」黛玉只看天，不理他，半日，猛然笑道：「你不必說嘴⁵，我也有了，你聽聽。」因對道：「冷月葬花魂。」

湘雲拍手讚道：「果然好極！非此不能對。好個『葬花魂』⁶！」因又歎道：「詩固新奇，只是太頹喪了些。你現病着，不該作此過於淒涼奇譎之語。」黛玉笑道：「不如此如何壓倒你。下句竟還未得，只為用工在這一句了。」

一語未了，只見欄外山石後轉出一個人來，笑道：「好詩，好詩，果然太悲涼了。不必再往下聯，若底下只這樣去，反不顯這兩句了，倒覺得堆砌牽強。」二人不防，倒唬了一跳。細看時，不是別人，卻是妙玉。二人皆詫異，因問：「你如何到了這裏？」妙玉笑道：「我聽見你們大家賞月，又吹得好笛，我也出來玩賞這清池皓月。順腳走到這裏，忽聽見你兩個聯詩，更覺清雅異

---

4)　合掌：寫詩時一聯之中對仗的上下兩句，如完全同義或基本同義，叫作「合掌」，是作詩的大忌。

5)　說嘴：耍嘴、多嘴的意思。

6)　湘雲和黛玉的這兩句聯詩可謂是《紅樓夢》中的絕唱，不僅淒美動人，也暗示了兩人命運的寂寞悲涼。

常，故此聽住了。只是方才我聽見這一首中，有幾句雖好，只是過於頹喪淒楚。此亦關人之氣數，所以我出來止住你們。如今老太太都已早散了，滿園的人想已睡熟了，你兩個的丫頭還不知在那裏找你們呢。你們也不怕冷了？快同我來，到我那裏去吃杯茶，只怕就天亮了。」黛玉笑道：「誰知道就這個時候了。」三人遂一同來至櫳翠庵中。只見龕焰猶青，爐香未燼。幾個老道婆也都睡着了，只有小丫頭在蒲團上垂頭打盹。妙玉喚他起來，現去烹茶。忽聽叩門之聲，小丫鬟忙去開門看時，卻是紫鵑翠縷與幾個老嬤嬤來找他姊妹兩個。進來見他們正吃茶，因都笑說：「要我們好找，一個園子裏走遍了，連姨太太那裏都找到了。才到了那山坡底下小亭裏找時，可巧那亭上夜的睡醒了。我們問他們，他們說，方才亭外頭棚下兩個人說話，後來又添了一個，聽見說大家往庵裏去。我們就知是這裏來了。」妙玉忙命小丫鬟引他們到那邊去坐着歇歇吃茶。自卻取了筆硯紙墨出來，將方才的詩命他二人唸着，遂從頭寫出來。

　　黛玉見他今日十分高興，便笑道：「從來沒見你這樣高興。若不見你這樣高興，我也不敢唐突請教。這還可以見教否？若不堪時，便就燒了；若或可改，即請改正改正。」妙玉笑道：「也不敢妄加評讚。只是這才有了二十二韻。我意思想着你二位警句已出，再若續時，恐後力不加。我竟要續貂[7]，又恐有玷。」黛玉從沒見妙玉作過詩，今見他高興如此，忙說：「果然如此，我們的雖不好，亦可以帶好了。」妙玉道：「如今收結，到底還該歸到本來面目上去。若只管丟了真情真事，且去搜奇檢怪，一則失了咱們的閨閣面目，二則也與題目無涉了。」林史二人皆道「極是」。妙玉遂提筆微吟，一揮而就，遞與他二人道：「休要見笑。依我必須如此，方翻轉過來，雖前頭有淒楚之句，亦無甚礙了。」二人接了看時，只見他續道：「香篆銷金鼎，脂冰膩玉盆。簫增嫠婦泣，衾倩侍兒溫。空帳懸文鳳，閑屏掩彩鴛。露濃苔更滑，霜重竹難捫。猶步縈紆沼，還登寂歷原。石奇神鬼搏，木怪虎狼蹲。顫顫朝光透，罕罕曉露屯。振林千樹鳥，啼谷一聲猿。歧熟焉忘徑，泉知不問源。鐘鳴櫳翠寺，雞唱稻香村。有興悲何極，無愁意豈煩。芳情只自遣，雅趣向誰言。徹旦休

---

7)　　續貂：諺語「貂不足，狗尾續」，指用狗尾接貂皮，比喻前後優劣不相稱。

云倦，烹茶更細論。」後書，「中秋夜大觀園即景聯句三十五韻。」

黛玉湘雲二人皆讚賞不已，說：「可見我們天天是捨近而求遠。現有這樣詩仙在此，卻天天去紙上談兵。」妙玉笑道：「明日再潤色。此時想也快天亮了，到底要歇息歇息才是。」林史二人聽說，便起身告辭，帶領丫鬟出來。妙玉送至門外，看他們去遠，方掩門進來。不在話下。

這裏翠縷向湘雲道：「大奶奶那裏還有人等着咱們睡去呢。如今還是那裏去好？」湘雲笑道：「你順路告訴他們，叫他們睡罷。我這一去未免驚動病人，不如鬧林姑娘半夜去罷。」說着，大家走至瀟湘館中，有一半人已睡去。二人進去，方寬衣卸妝，盥漱已畢，方上床安歇。紫鵑放下綃帳子，移燈掩門出去。

誰知湘雲有擇席之病，雖在枕上，只是睡不着。黛玉又是個心血不足常常失眠的，今日又錯過睏頭，自然也是睡不着。二人在枕上翻來覆去。黛玉因問道：「怎麼你還沒睡着？」湘雲微笑道：「我有擇席的病，況且走了睏，只好躺躺兒罷。你怎麼也睡不着？」黛玉歎道：「我這睡不着也並非今日了，大約一年之中，通共也只好睡十夜滿足的。」湘雲道：「你這病就怪不得了。」要知端底，且聽下回分解。

💬 **延伸思考**

⋯⋯⋯⋯⋯⋯⋯⋯⋯⋯⋯⋯⋯⋯⋯⋯⋯⋯⋯⋯⋯⋯⋯⋯⋯⋯⋯⋯⋯⋯⋯

黛玉、湘雲在園中巧遇妙玉。妙玉是方外修行之人，為何在半夜裏跑到這裏來？你能說說原因嗎？

《第七十七回》

精讀　俏丫鬟抱屈夭風流
美優伶斬情歸水月

王夫人對寶玉身邊的晴雯已經大大的不放心，有了很深的成見，
而怡紅院裏的其他丫鬟又是怎樣的人品？她決定親自來看看。

點評

● 人參在賈府來説本來是平常之物，但現在竟然找不到合用的人參，其敗落之象更加明顯了。

話說王夫人見中秋已過，鳳姐病已比先減了，雖未大癒，可以出入行走得了，仍命大夫每日診脈服藥，又開了丸藥方子來配調經養榮丸。因用上等人參二兩，王夫人取時，翻尋了半日，只向小匣內尋了幾枝簪挺粗細的。王夫人看了嫌不好，命再找去，又找了一包鬚末出來。王夫人焦躁道：「用不着偏有，但凡用着了，再找不着。成日家我說叫你們查一查，都歸攏在一處，你們白不聽，就隨手混摺。」彩雲道：「想是沒了，就只有這個。上次那邊的太太來尋了些去，太太都給過去了。」王夫人道：「沒有的話，你再細找找。」彩雲只得又去找，拿了幾包藥材來說：「我們不認得這個，請太太自看。除這個再沒有了。」王夫人打開看時，也都忘了，不知都是甚麼藥，並沒有一枝人參。

因一面遣人去問鳳姐有無，鳳姐來說：「也只有些參膏蘆鬚。雖有幾枝，也不是上好的，每日還要煎藥用呢。」王夫人聽了，只得向邢夫人那裏問去。邢夫人說：「因上次沒了，才往你太太那裏來尋，早已用完了。」王夫人沒法，只得親身過來請問賈母。賈母忙命鴛鴦取出當日所餘的來，竟還有一大包，皆有手指頭粗細的，遂稱二兩與王夫人。王夫

人出來交與周瑞家的拿去，命小廝送與醫生家去，又命將那包不能辨得的藥也帶了去，命醫生認了，各記號了來。

　　一時，周瑞家的又拿了進來說：「這幾包都各包好記上名字了。但這一包人參固然是上好的，只是年代太陳。這東西比別的不同，憑是怎樣好的，只過了一百年後，自己就成了灰了。如今這個雖未成灰，然已成了糟朽爛木，也無力量的了。請太太收了這個，倒不拘粗細，好歹再換些新的倒好。」王夫人聽了，低頭不語，半日才說：「這可沒法了，只好去買二兩來罷。」也無心看那些，只命「都收了罷。」因向周瑞家的說：「你就去說給外頭人們，揀好的換二兩來。倘一時老太太問，你們只說用的是老太太的，不必多說。」

　　周瑞家的方才要去時，寶釵因在坐，乃笑道：「姨娘且住。如今外頭賣的人參都沒好的。雖有一枝全的，他們也必截做兩三段，鑲嵌上蘆泡鬚枝，攪勻了好賣，看不得粗細。我們鋪子裏常和參行交易，如今我去和媽說了，叫哥哥去託個夥計過去，和參行說明，叫他把原枝好參兌二兩來，不妨咱們多使幾兩銀子，到底得了好的。」王夫人笑道：「倒是你明白。就難為你親自走一趟。」於是寶釵去了，半日回來說：「已遣人去了，趕晚就有回信。明日一早去配也不遲。」王夫人自是喜悅，因說道：「『賣油娘子水梳頭』，自來家裏有的，不知給了人多少。這會子輪到自己用，反倒各處尋了。」說畢長歎。寶釵笑道：「這東西雖然值錢，究竟不過是藥，原該濟眾散人才是。咱們比不得那沒見世面的人家，得了這個，就珍藏密斂的。」王夫人點頭道：「這話極是。」一時寶釵去後，因見無別人在室，遂喚周瑞家的來問：「前日園中搜檢的事情，可得個下落？」周瑞家的已和鳳姐商議停妥，一字不隱，遂回明王夫人。王夫人聽了，吃了一驚，想到司棋係迎春的丫頭，乃係那邊的人，只得令人去回邢夫人。周瑞家的回道：「前日那邊太太嗔着王善保家的多事，

● 王夫人找不到的東西，在寶釵來說是輕而易舉就能得到，看來薛家的境況在某些方面竟要比賈家強了一些。

打了幾個嘴巴子，如今他也裝病在家，不肯出頭了。況且又是他外孫女兒，自己打了嘴，他只好裝個忘了，日久平服了再說。如今我們過去回時，恐怕又多心，倒像是咱們多事似的。不如直把司棋帶過去，一併連臟證與那邊太太瞧了，不過打一頓配了人，再指個丫頭來，豈不省事？如今白告訴去，那邊太太再推三阻四的，又說『既這樣你太太就該料理，又來說甚麼』，豈不反耽擱了？倘那丫頭瞅空兒尋了死，反不好了。如今看了兩三天，人都有個偷懶的時候，倘一時不到，豈不倒弄出事來？」王夫人想了一想，說：「這也倒是。快辦了這一件，再辦咱們家的那些妖精。」

周瑞家的聽說，會齊了那幾個媳婦，先到迎春房裏，回明迎春道：「太太們說，司棋大了，連日他娘求了太太，太太已賞還他娘配人，今日叫他出去，另挑好的給姑娘。」說着，便命司棋打點出去。迎春聽了，含淚似有不捨之意，因前夜之事，丫頭們悄悄說了原故，雖數年之情難捨，但事關風化，亦無可如何了。那司棋也曾求了迎春，實指望迎春能保留下的，只是迎春語言遲慢，耳軟心活是不能作主的。司棋見了這般，知不能免，因跪着哭道：「姑娘好狠心！哄了我這兩日，如今怎麼連一句話也沒有？」眾人說道：「你還要姑娘留你不成？便留下，你也難見園裏的人了。依我們的好話，快快收了這樣子，倒是人不知鬼不覺的去罷，大家體面些。」迎春含淚道：「我知道你幹了甚麼大不是，我還十分說情留下，豈不連我也完了。你瞧入畫也是幾年的人，怎麼說去就去了。自然不止你兩個，想這園裏凡大的都要去呢。依我說，將來終有一散，不如你各人去罷。」周瑞家的道：「到底是姑娘明白。明兒還有打發的人呢，你放心罷。」司棋無法，只得含淚與迎春磕頭，和眾姊妹告別，又向迎春耳根說：「好歹打聽我要受罪，替我說個情兒，就是主僕一場！」迎春亦含淚答應：「放心」。

於是周瑞家的人等帶了司棋，出了院門，又命兩個婆

子將司棋所有的東西都與他拿着。走了沒幾步，後頭只見繡橘趕來，一面也擦着淚，一面遞與司棋一個絹包說：「這是姑娘給你的。主僕一場，如今一旦分離，這個與你作個念心罷。」司棋接了，不覺更哭起來了，又和繡橘哭了一回。周瑞家的不耐煩，只管催促，二人只得散了。司棋因又哭告道：「嬸子大娘們，好歹略徇個情兒，如今且歇一歇，讓我到相好的姊妹跟前辭一辭，也是我們這幾年好了一場。」周瑞家的等人皆各有事務，作這些事便是不得已了，況且又素日深恨他大樣，如今那裏有工夫聽他的話？因冷笑道：「我勸你走罷，別拉拉扯扯的了。我們還有正經事呢。誰是同你一個衣包裏爬出來的，辭他們做甚麼？你不過是挨一會是一會，難道就算了不成！依我說快走罷。」一面說，一面總不住腳，直帶着往後角門出去了。司棋無奈，又不敢再說，只得跟了出來。

可巧正值寶玉從外而入，一見帶了司棋出去，又見後面抱着些東西，料着此去再不能來了。因聽見上夜之事，並晴雯之病亦因那日加重，細問晴雯，又不說是為何。上日見入畫已去，今又見司棋亦走，不覺如喪魂魄一般，因忙攔住問道：「那裏去？」周瑞家的等皆知寶玉素日行為，又恐嘮叨誤事，因笑道：「不干你事，快唸書去罷。」寶玉笑道：「姊姊們，且站一站，我有道理。」周瑞家的便道：「太太吩咐，不許少挨時刻，又有甚麼道理？我們只知遵太太的話，管不得許多。」司棋見了寶玉，因拉住哭道：「他們做不得主，你好歹求求太太去。」寶玉不禁也傷心，含淚說道：「我不知你做了甚麼大事，晴雯也氣病着，如今你又要去。都要去了，這卻怎麼着好？」周瑞家的發躁向司棋道：「你如今不是伏侍小姐的了，要不聽說，我就打得你了。別想着往日姑娘護着，任你們作耗！越說着，還不好好兒的快走！一個小爺見了面，也拉拉扯扯，成個甚麼體統！」那幾個媳婦不由分說，拉着司棋便出去了。

　　寶玉又恐他們去告舌，恨的只瞪着他們，看已去遠，方指着恨道：「奇怪，奇怪，怎麼這些人只一嫁了漢子，染了男人的氣味，就這樣混賬起來，比男人更可殺了！」守園門的婆子聽了，也不禁好笑起來，因問道：「這樣說，但凡女兒個個都是好的了，女人個個都是不好的了？」寶玉發狠道：「不錯，不錯！」正說着，只見幾個老婆子走來，忙說道：「你們小心，傳齊了伺候着。此刻太太親自到園裏查人呢。又吩咐快叫怡紅院的晴雯姑娘的哥嫂來，在這裏等着，領他妹子去。」因又笑道：「阿彌陀佛！今日天睜眼，把這一個禍害妖精退送了，大家清淨些。」寶玉一聞得王夫人進來親查，便料定晴雯也保不住了，早飛也似的趕了去，所以這後來趁願之語竟未得聽見。寶玉及到了怡紅院，只見一羣人在那裏。王夫人在屋裏坐着，一臉怒色，見寶玉也不理。晴雯四五日水米不曾沾牙，懨懨弱息，如今現從炕上拉了下來，蓬頭垢面的，兩個女人攙架起來去了。王夫人吩咐，只許把他貼身衣服撂出去，餘者好衣服留下給好丫頭們穿。又命把這裏所有的丫頭們都叫來一一過目。

　　原來王夫人唯怕丫頭們教壞了寶玉，乃從襲人起以至於極小作粗活的小丫頭們，個個親自看了一遍。因問：「誰是和寶玉一日的生日？」本人不敢答應，老嬤嬤指道：「這一個蕙香，又叫作四兒的，是同寶玉一日生日的。」王夫人細看了一看，雖比不上晴雯一半，卻有幾分水秀。視其行止，聰明皆露在外面，且也打扮的不同。王夫人冷笑道：「這也是個沒廉恥的貨！他背地裏說的，同日生日就是夫妻。這可是你說的？打諒我隔的遠，都不知道呢。可知我身子雖不大來，我的心耳神意時時都在這裏。難道我通共一個寶玉，就白放心憑你們勾引壞了不成！」這個四兒見王夫人說着他素日和寶玉的私語，不禁紅了臉，低頭垂淚。王夫人即命也快把他家的人叫來，領出去配人。又問，「那芳官呢？」芳官只得過來。王夫人道：「唱戲的女孩子，自然是

狐狸精了！上次放你們，你們又懶待出去，可就該安分守己才是。你就成精鼓搗起來，調唆着寶玉，無所不為！」芳官笑辯道：「並不敢調唆甚麼。」王夫人笑道：「你還強嘴。你連你乾娘都壓倒了，豈止別人！」因喝命：「喚他乾娘來領去，就賞他外頭自尋個女婿去吧。把他的東西一概給他。」又吩咐上年凡有姑娘們分的唱戲的女孩子們，一概不許留在園裏，都令其各人乾娘帶出，自行聘嫁。一語傳出，這些乾娘皆感恩趁願不盡，都約齊與王夫人磕頭領去。

　　王夫人又滿屋裏搜撿寶玉之物。凡略有眼生之物，一併命人收捲起來，拿到自己房內去了。因說：「這才乾淨，省得旁人口舌。」又吩咐襲人麝月等人：「你們小心！往後再有一點分外之事，我一概不饒。因叫人查看了，今年不宜遷挪，暫且挨過今年，明年一併給我仍舊搬出去心淨。」說畢，茶也不吃，逐帶領眾人又往別處去閱人。暫且說不到後文。如今且說寶玉只當王夫人不過來搜撿搜撿，無甚大事，誰知竟這樣雷嗔電怒的來了。所責之事皆係平日之語，一字不爽，料必不能挽回的。雖心下恨不能一死，但王夫人盛怒之際，自不敢多言，一直跟送王夫人到沁芳亭。王夫人命：「回去好生唸唸那書，仔細明兒問你。才已發下狠了。」寶玉聽如此說，方回來，一路打算：「誰這樣犯舌？況這裏的事也無人知道，如何太太都說着了？」一面想，一面進來，只見襲人在那裏擦淚。且去了心上第一個的人，豈不傷心？便倒在床上大哭起來。襲人知他心內別的還猶可，獨有晴雯是第一件大事，乃勸道：「哭也不中用。你起來我告訴你，晴雯已經好了，他這一家去，倒心淨養幾天。你果然捨不得他，等太太氣消了，你再求老太太，慢慢的叫進來也不難。太太不過偶然聽了人的誹言，在氣頭上罷了。」寶玉哭道：「我究竟不知晴雯犯了甚麼彌天大罪！」襲人道：「太太只嫌他生的太好了，未免輕佻些。太太因這樣美人似的人恐不安靜，所以恨嫌他，像我們這粗粗笨笨的倒好。」寶玉道：「美

點評

● 寶玉的這個疑問也困擾着讀者，這些私密的玩笑話怎麼會傳出去？這個謎團始終未能解開，也讓《紅樓夢》的內涵更加複雜，這走漏消息的人必定是大家都很親近、並且都不曾防範的人。人性中陰暗的一面真是讓人恐懼！

人似的心裏就不安靜麼？你那裏知，古來美人安靜的多着呢。這也罷了。咱們私自玩話怎麼也知道了？又沒外人走風的，這可奇怪了。」襲人道：「你有甚麼忌諱的？一時高興了，就不管有人無人。我也曾使過眼色，也曾遞過暗號，被那人已知道了，你還不覺。」寶玉道：「怎麼人人的不是太太都知道，單不挑出你和麝月秋紋來？」

襲人聽了這話，心內一動，低頭半日，無可回答，因慢笑道：「正是呢。若論我們，也有玩笑不留心的去處，怎麼太太竟忘了？想是還有別的事，等完了再發放我們，也未可知。」寶玉笑道：「你是頭一個出名的至善至賢之人，他兩個又是你陶冶教育的，焉得還有甚麼該罰之處！只是芳官尚小，過於伶俐些，未免倚強壓倒了人，惹人厭。四兒是我誤了他，還是那年我和你拌嘴的那日起，叫上來作細活的，眾人見我待他好，未免奪佔了地位，故有今日。只是晴雯也是和你一樣，從小兒在老太太屋裏過來的，雖然他生得比人強些，也沒甚麼妨礙着誰的去處。就只是他的性情爽利，口角鋒芒些，究竟也沒見他得罪了那一個。可是你說的想是他過於生得好了，反被這好帶累了。」說畢，復又哭起來。襲人細揣此話，好似寶玉有疑他之意，竟不好再勸，因歎道：「天知道罷了。此時查不出人來了，白哭一場也無益了。」寶玉冷笑道：「原是想他自幼嬌生慣養，何嘗受過一日委屈？如今是一盆才抽出嫩箭來的蘭花送到豬窩裏去一般。況又是一身重病，裏頭一肚子悶氣。他又沒有親爺親娘，只有一個醉泥鰍姑舅哥哥。他這一去，那裏還等得一月半月？再不能見他一面兩面的了！」說着又傷心起來。

襲人笑道：「可是你『只許州官放火，不許百姓點燈』。我們偶然說一句略妨礙些的話，就說是不吉利，你如今好好的咒他，是該的了？」寶玉道：「不是我妄口咒他，今年春天已有兆頭的。」襲人忙問何兆。寶玉道：「這階下好好的一株海棠花，竟無故死了半邊，我就知有異事，果然應在他

身上。」襲人聽了，又笑起來，因說道：「我待不說，又掌不住，你也太婆婆媽媽的了。這樣的話，豈是你讀書的人說的。草木怎麼又關係起人來？」寶玉歎道：「你們那裏知道，不但草木，凡天下之物，皆是有情有理的，也和人一樣，得了知己，便極有靈驗的。若用大題目比，就有孔子廟前之檜、墳前的蓍草，諸葛祠前的柏，岳武穆墳前的松。這都是堂堂正大之氣，千古不朽之物。世亂則萎，世治則榮，幾千百年之枯而復生者幾次，豈不是兆應？若是小題目比，就有楊太真沉香亭的木芍藥，端正樓的相思樹，王昭君墳上的長青草，難道不也有靈驗？所以這海棠亦是應着人生的。」

　　襲人聽了這篇痴話，又可笑，又可歎，因笑道：「真真的這話越發說上我的氣來了。那晴雯是個甚麼東西，就費這樣心思，比出這些正經人來！還有一說，他縱好，也越不過我的次序去。便是這海棠，也該先來比我，也還輪不到他。想是我要死的了。」寶玉聽說，忙握他的嘴，勸道：「這是何苦！一個未清，你又這樣起來。罷了，再別提這事，別弄的去了三個，又饒上一個。」

　　襲人聽說，心下暗喜道：「若不如此，也沒個了局。」寶玉又道：「我還有一句話要和你商量，不知你肯不肯？現有他的東西，是瞞上不瞞下，悄悄的打發人送與他去。再或有咱們常時積攢下的錢，拿幾吊出來給他養病，也是你姊妹好了一場。」襲人聽了，笑道：「你太把我們看的小器又沒人心了。這話還等你說，我才把他的衣裳各物已打點下了，都放在那裏。如今白日裏人多眼雜，又恐生事，且等到晚上，悄悄的叫柳媽給他拿去。我還有攢下的幾吊錢也給他去。」寶玉聽了，點點頭兒。襲人笑道：「我原是久已出名的賢人，連這一點子好名兒還不會買去不成？」寶玉聽他方才說的話，忙陪笑撫慰他，怕他寒了心。晚間果密遣柳媽送去。一時趁空，寶玉將一切人穩住，獨自得便，出了後角門，央一個老婆子帶他到晴雯家去瞧瞧。先是婆子百般不

肯，只說怕人知道，「回了太太，我還吃飯不吃飯？」無奈寶玉死活央告，又許他些錢。那婆子方帶了他去。

　　卻說這晴雯當日係賴大家用銀子買的。還有個姑舅哥哥，叫吳貴，人都叫他貴兒。那時晴雯才得十歲，因常跟賴嬤嬤進來，賈母見了喜歡，故此賴嬤嬤就孝敬了賈母。過了幾年，賴大又給他姑舅哥哥娶了一房媳婦。誰知貴兒一味膽小老實，那媳婦卻倒伶俐，又兼有幾分姿色，看着貴兒無能為，便每日家打扮的妖妖調調，兩隻眼兒水汪汪的，招惹的賴大家人如蠅逐臭，漸漸做出些風流勾當來。那時晴雯已在寶玉屋裏，他便央及了晴雯轉求鳳姐，合賴大家的要過來。目今兩口兒就在園子後角門外居住，伺候園中買辦雜差。這晴雯一時被攆出來，住在他家。那媳婦那有心腸照管？吃了飯便去串門子，只剩下晴雯一人，在外間房內爬着。寶玉命那婆子在外瞭哨，他獨自掀起草簾進來，一眼就看見晴雯睡在一領蘆席上，幸而衾褥還是舊日鋪蓋的。心內不知自己怎麼才好，因上來含淚伸手輕輕拉他，悄喚兩聲。當下晴雯又因着了風，又受了他哥嫂的歹話，病上加病，嗽了一日，才朦朧睡了。忽聞有人喚他，強展星眸，一見是寶玉，又驚又喜，又悲又痛，忙一把死攥住他的手。哽咽了半日，方說道：「我只當不得見你了。」接着便嗽個不住。寶玉也只有哽咽之分。晴雯道：「阿彌陀佛，你來的好，且把那茶倒半碗我喝。渴了這半日，叫半個人也叫不着。」寶玉聽說，忙拭淚問：「茶在那裏？」晴雯道：「那爐台上就是。」寶玉看時，雖有個黑沙吊子，卻不像個茶壺。只得桌上去拿了一個碗，也甚大甚粗，不像個茶碗，未到手內，先就聞得油膻之氣。寶玉只得拿了來，先拿些水洗了兩次，復又用水涮過，方提起沙壺斟了半碗。看時，絳紅的，也太不成茶。晴雯扶枕道：「快給我喝一口罷！這就是茶了。那裏比得咱們的茶呢！」寶玉聽說，先自己嘗了一嘗，並無茶味，苦澀不堪，只得遞與晴雯。只見晴雯如得了甘露一般，一氣都灌下去

了。寶玉看着，眼中淚直流下來，連自己的身子都不知為何物了，一面問道：「你有甚麼說的，趁着沒人告訴我。」晴雯嗚咽道：「有甚麼可說的！不過挨一刻是一刻，挨一日是一日。我已知橫豎不過三五日的光景，就好回去了。只是一件，我死也不甘心的：我雖生的比別人略好些，並沒有私情密意勾引你怎樣，如何一口死咬定了我是個狐狸精！我今日既擔了虛名，況且沒了遠限，不是我說一句後悔的話，早知如此，我當日……」說到這裏，氣往上嗆，便說不出來，兩手已經冰涼。寶玉又痛又急又害怕，便歪在席上，一隻手攥着他的手，一隻手輕輕的給他捶打着。又不敢大聲叫喚，真是萬箭攢心。兩三句話時，晴雯才哭出來。寶玉拉着他的手，只覺瘦如枯柴，腕上猶戴着四個銀鐲。因泣道：「且卸下這個來，等好了再戴上罷。」又說：「這一病好了，又損好些。」

　　晴雯拭淚，把那手用力拳回，攔在口邊，狠命一咬，只聽咯吱一聲，將兩根蔥管一般的指甲齊根咬下，拉了寶玉的手，將指甲攔在他手裏。又回手扎掙着，連揪帶脫，在被窩內將貼身穿着的一件舊紅綾小襖兒脫下，遞給寶玉。不想虛弱透了的人，那裏經得這麼抖摟[1]，早喘成一處了。寶玉見他這般，已經會意，連忙解開外衣，將自己的襖兒褪下來蓋在他身上，卻把這件穿上；不及扣鈕子，只用外頭衣裳掩了。剛繫腰時，只見晴雯睜眼道：「你扶起我來坐坐。」寶玉只得扶他。那裏扶得起？好容易欠起半身，晴雯伸手把寶玉的襖兒往自己身上拉。寶玉連忙給他披上，拖着胳膊，伸上袖子，輕輕放倒，將他的指甲裝在荷包。晴雯哭道：「你去罷！這裏腌臢，你那裏受得？你的身子要緊。今日這一來，我就死了，也不枉擔了虛名。」一語未了，只見他嫂

---

1)　　抖摟：打開、掀動，又有抖晾、抖落的意思。這裏指因掀開衣被而着涼感冒。

子笑嘻嘻掀簾進來，道：「好呀，你兩個的話，我已都聽見了。」又向寶玉道：「你一個作主子的，跑到下人房裏作甚麼？看我年輕又俊，敢是來調戲我麼？」寶玉聽說，嚇的忙陪笑央道：「好姐姐，快別大聲。他伏侍我一場，我私自來瞧瞧他。」那媳婦兒點着頭兒，笑道：「怨不得人家都說你有情有義兒的。」便一手拉了寶玉進裏間來，笑道：「你要不叫我嚷，這也容易，你只是依我一件事。」說着，便自己坐在炕沿上，把寶玉拉在懷中，緊緊的將兩條腿夾住。

　　寶玉那裏見過這個？心內早突突的跳起來了。急得滿臉紅脹，身上亂戰，又羞又愧，又怕又惱，只說：「好姐姐，別鬧！」那媳婦乜斜了眼兒，笑道：「呸！成日家聽見你在女孩兒們身上做工夫，怎麼今兒個就發起訕來了？」寶玉紅了臉，笑道：「姐姐撒開手，有話咱們慢慢的說。外頭有老媽媽聽見，甚麼意思呢？」那媳婦那裏肯放？笑道：「我早進來了。已經叫那老婆子去到園門口等你呢。我等甚麼似的，今日才等着你了！你要不依我，我就嚷起來。叫裏頭太太聽見了，我看你怎麼樣！你這麼個人，只這麼大膽子兒。我剛才進來了好一會子，在窗下細聽，屋裏只你兩個人，我只道有些個體己話兒。這麼看起來，你們兩個人竟還是各不相擾兒呢。我可不能像他那麼傻。」說着，就要動手。寶玉急的死往外拽。正鬧着，只聽窗外有人問道：「晴雯姐姐在這裏住呢不是？」那媳婦也嚇了一跳，連忙放了寶玉。這寶玉已經嚇怔了，聽不出聲音。外邊晴雯聽見他嫂子纏磨寶玉，又急，又臊，又氣，一陣虛火上攻，早昏暈過去。那媳婦連忙答應着，出來看，不是別人，卻是柳五兒和他母親兩個，抱着一個包袱。柳家的拿着幾吊錢，悄悄的問那媳婦道：「這是裏頭襲姑娘叫拿出來給你們姑娘的，他在那屋裏呢？」那媳婦兒笑道：「就是這個屋子，那裏還有屋子？」那柳家的領着五兒剛進門來，只見一個人影兒往屋裏一閃。柳家的素知這媳婦子不妥，只打量是他的私人。看見晴雯睡

着了，連忙放下，帶着五兒，便往外走。誰知五兒眼尖，早已見是寶玉，便問他母親道：「頭裏不是襲人姐姐那裏悄悄兒的找寶二爺嗎？」柳家的道：「嗳喲！可是忘了。方才老宋媽說，見寶二爺出角門來了，門上還有人等着，要關園門呢。」因回頭問那媳婦兒。那媳婦兒自己心虛，便道：「寶二爺那裏肯到我們這屋裏來？」柳家的聽說，便要走。這寶玉一則怕關了門，二則怕那媳婦子進來又纏，也顧不得甚麼了，忙掀了簾子出來道：「柳嫂子，你等等我，一路兒走。」柳家的聽了，倒唬了一大跳，說：「我的爺，你怎麼跑了這裏來了？」那寶玉也不答言，一直飛走。那五兒道：「媽媽，你快叫住寶二爺不用忙，留神冒冒失失，被人碰見，倒不好。況且才出來時，襲人姐姐已經打發人留了門了。」說着，趕忙同他媽來趕寶玉。這裏晴雯的嫂子乾瞅着，把個妙人兒走了。

　　卻說寶玉跑進角門，才把心放下來，還是突突亂跳。又怕五兒關在門外，眼巴巴瞅着他母女也進來了。寶玉進入園中，到芳官四兒處去，無奈天黑，出來了半日，恐裏面人找他不見，又恐生事，遂且進園來了，明日再作計較。因乃至後角門，小廝正抱鋪蓋，裏邊嬤嬤們正查人，若再遲一步也就關了。且喜無人知道。到了自己房內，告訴襲人只說在薛姨媽家去的，也就罷了。一時鋪床，襲人不得不問今日怎麼睡。寶玉道：「不管怎麼睡罷了。」原來這一二年間襲人因王夫人看重了他了，越發自要尊重，凡背人之處，或夜晚之間，總不與寶玉狎昵，較先幼時反倒疏遠了。況雖無大事辦理，然一應針線並寶玉及諸小丫頭們凡出入銀錢衣履什物等事，也甚煩瑣；且有吐血舊症雖癒，然每因勞碌風寒所感，即嗽中帶血，故邇來夜間總不與寶玉同房。寶玉夜間常醒，又極膽小，每醒必喚人。因晴雯睡臥警醒，且舉動輕便，故夜晚一應茶水起坐呼喚之任皆悉委他一人，所以寶玉外床只是他睡着。今他去了，襲人只得將自己鋪蓋搬來，設

於床外。

　　寶玉發了一晚上呆。襲人催他睡下，然後自睡。只聽寶玉在枕上長吁短歎，覆去翻來，直至三更以後，方漸漸的安頓了。襲人方放心，也就朦朧睡着。沒半盞茶時，只聽寶玉叫「晴雯」。襲人忙連聲答應，問作甚麼。寶玉因要吃茶。襲人倒了茶來，寶玉乃歎道：「我近來叫慣了他，卻忘了是你。」襲人笑道：「他乍來，你也曾睡夢中叫我，以後才改了。」說着，大家又臥下。寶玉又翻轉了一個更次，至五更方睡去時，只見晴雯從外頭走來，仍是往日形景，進來笑向寶玉道：「你們好生過罷，我從此就別過了。」說畢，翻身便走。寶玉忙叫時，又將襲人叫醒。襲人還只當他慣了口亂叫，卻見寶玉哭了，說道：「晴雯死了。」襲人笑道：「這是那裏的話！你就知道胡鬧，被人聽着甚麼意思。」寶玉那裏肯聽，恨不得一時亮了就遣人去問信。及至天亮時，就有王夫人房裏小丫頭叫開前角門，傳王夫人的話：「『即時叫起寶玉，快洗臉，換了衣裳來。因今兒有人請老爺賞秋花，老爺因喜歡他前兒作得詩好，故此要帶他們去。』這都是太太的話，一句別錯了。你們快告訴他去，立刻叫他快來，老爺在上屋裏還等他吃麵茶呢。環哥兒已來了。快快兒的去罷。我去叫蘭哥兒去了。」裏面的婆子聽一句，應一句，一面扣鈕子，一面開門。

　　襲人聽得叩門，便知有事，忙一面命人問時，自己已起來了。聽得這話，促人來舀了洗臉水，催寶玉起來梳洗，他自去取衣。因思跟賈政出門，便不肯拿出十分出色的新鮮衣履來，只拿那三等成色的來。寶玉此時亦無法，只得忙忙的前來。果然賈政在那裏吃茶，十分喜悅。寶玉請了早安。賈環賈蘭二人也都見過，賈政命坐吃茶，向環蘭二人道：「寶玉讀書不及你兩個，論題聯和詩這種聰明，你們皆不及他。今日此去，未免叫你們做詩，寶玉須聽便助他們兩個。」王夫人等自來不曾聽見這等考語，真是意外之喜。

一時，候他父子二人等去了，方欲過賈母這邊來時，就有芳官等三個的乾娘走來，回說：「芳官自前日蒙太太的恩典賞了出去，他就瘋了似的，茶也不吃，飯也不用，勾引上藕官蕊官，三個人尋死覓活，只要剪了頭髮做尼姑去。我只當是小孩子家，一時出去不慣也是有的，不過隔兩日就好了。誰知越鬧越兇，打罵着也不怕。實在沒法，所以來求太太，或者就依他們做尼姑去，或教導他們一頓，賞給別人作女兒去罷。我們也沒這福。」王夫人聽了道：「胡說！那裏由得他們起來？佛門也是輕易進去的！每人打一頓給他們看，還鬧不鬧了！」當下因八月十五日各廟內上供去，皆有各廟內的尼姑來送供尖之例，王夫人曾於十五日就留下水月庵的智通與地藏庵的圓心住兩日，至今日未回，聽得此信，巴不得又拐兩個女孩子去作活使喚，因都向王夫人道：「咱們府上到底是善人家。因太太好善，所以感應得這些小姑娘們皆如此。雖說佛門輕易難入，也要知道佛法平等。我佛立願，原是一切眾生無論雞犬皆要度他，無奈迷人不醒。若果有善根能醒悟，即可以超脫輪回。所以經上現有虎狼蛇蟲得道者就不少。如今這兩三個姑娘既然無父無母，家鄉又遠，他們既經了這富貴，又想從小兒命苦入了這風流行次，將來知道終身怎麼樣，所以苦海回頭，出家修修來世，也是他們的高意。太太倒不要限了善念。」

王夫人原是個善人，先聽見這話，諒係小孩子不遂心的話，將來熬不得清淨，反致獲罪。今聽這兩個拐子的話大近情理，且近日家中多故，又有邢夫人遣人來知會，明日接迎春家去住兩日，以備人家相看；且又有官媒婆來求說探春等。心緒正煩，那裏着意在這些小事上？既聽此言，便笑答道：「你兩個既這等說，你們就帶了作徒弟去如何？」兩個姑子聽了，唸一聲佛道：「善哉！善哉！若如此，可是你老人家陰功不小。」說畢，便稽首拜謝。王夫人道：「既這樣，你們問他們去。若果真心，即上來當着我拜了師父去

罷。」這三個女人聽了出去，果然將他三人帶來。王夫人問
之再三，他三人已是立定主意，遂與兩個姑子叩了頭，又拜
辭了王夫人。王夫人見他們意皆決斷，知不可強了，反倒傷
心可憐，忙命人取了些東西來賞了他們，又送了兩個姑子些
禮物。

　　從此芳官跟了水月庵的智通，蕊官藕官二人跟了地藏
庵的圓心，各自出家去了。要知後事，再聽下回分解。

 精華賞析

　　王夫人來到怡紅院，完成了抄檢大觀園的最後一步，就是扼
殺一切不合規矩的事情。平日與寶玉玩笑的幾個女孩子也在被懲戒
之列，而晴雯更是首當其衝。至此，與男人私下結情的，不分尊卑
過於伶俐的，不守下人本分任意與主子胡鬧的，統統都被趕出了賈
府。我們從前所看到的大觀園裏鮮活生動的場面，隨着這些人的離
去也將不復存在，剩下的是越來越少的歡樂和越來越多的壓抑。

　　王夫人也曾經發過善心，比如她願意接濟劉姥姥，還做主讓
十二個學戲的女孩兒進了大觀園，這一次她又為何這般狠心呢？請
你分析王夫人這樣做的原因。

《第七十八回》

老學士閑徵姽嫿[1]詞
痴公子杜撰芙蓉誄[2]

> 晴雯這次生病無法再得到寶玉和怡紅院眾人的照顧，病怒交加，最後淒慘死去。寶玉知道後，寫下一篇《芙蓉女兒誄》來祭祀晴雯。

話說兩個尼姑領了芳官等去後，王夫人便往賈母處來，見賈母歡喜，便趁便問道：「寶玉屋裏有個晴雯，那個丫頭也大了，而且一年之間，病不離身；我常見他比別人淘氣，也懶；前日又病倒了十幾天，叫大夫瞧，說是女兒癆，所以我就趕着叫他下去了。若養好了也不用叫他進來，就賞他家配人去也罷了。再那幾個學戲的女孩子，我也作主放出去了。一則他們都會戲，口裏沒輕沒重，只會混說，女孩兒們聽了如何使得？二則他們既唱了會子戲，白放了他們，也是應該的。況丫頭們也太多，若說不夠使，再挑上幾個來也是一樣。」賈母聽了，點頭道：「這倒是正理，我也正想着如此呢。但晴雯那丫頭我看他甚好，言談針線多不及他，將來只他還可以給寶玉使喚得。誰知變了。」

王夫人笑道：「老太太挑中的人原不錯。只怕他命裏沒造化，所以得了這個病。俗語又說，『女大十八變』。況且有本事的人，未免就有些調歪。老太太還有甚麼不曾經驗過的。三年前我也就留心這件事。先只取中了他，我便留心。冷眼看去，他色色雖比人強，只是不大沉重。若說沉重知大禮，莫若

---

1) 姽嫿（guǐ huà）：女子安閑幽靜稱為姽；兼能勇武奔馳稱為嫿。

2) 誄（lěi）：古代哀悼文章的一種。敘述死者的生平行誼，來表示哀悼。

襲人第一。雖說賢妻美妾，然也要性情和順舉止沉重的更好些。就是襲人模樣雖比晴雯略次一等，然放在房裏，也算得一二等的了。況且行事大方，心地老實，這幾年來，從未同寶玉淘氣。凡寶玉十分胡鬧的事，他只有死勸的。因此品擇了二年，一點不錯了，我就悄悄的把他丫頭的月分錢止住，我的月分銀子裏批出二兩銀子來給他。不過使他自己知道越發小心學好之意。且不明說，一則寶玉年紀尚小，老爺知道了又恐說耽誤了書；二則寶玉自以為是自己跟前人不敢勸他說他，反倒縱起性來。所以直到今日才回明老太太。」

賈母聽了，笑道：「原來這樣，如此更好了。襲人本來從小兒不言不語，我只說他是沒嘴的葫蘆。既是你深知，豈有大錯誤的。」王夫人又回今日賈政如何誇獎，又如何帶他逛去。賈母聽了，更加喜悅。

一時，只見迎春妝扮了前來告辭過去。鳳姐也來請早安，伺候早飯，又說笑了一回。賈母歇晌後，王夫人便喚了鳳姐，問他丸藥可曾配來。鳳姐兒道：「還不曾呢，如今還是吃湯藥。太太只管放心，我已大好了。」王夫人見他精神復初，也就信了。因告訴攆逐晴雯等事，又說：「寶丫頭怎麼私自回家去了，你們都不知道？我前兒順路都查了一查。誰知蘭小子這一個新進來的奶子也十分的妖嬌，我也不喜歡。我也說與你嫂子了，好不好叫他各自去罷。我因問你大嫂子：『寶丫頭出去難道你也不知道不成？』他說是告訴了他的，不過住兩三日，等你姨媽好了就進來。姨媽究竟沒甚大病，不過咳嗽腰疼，年年是如此的。他這去的必有原故，敢是有人得罪了他不成？那孩子心重，親戚們住一場，別得罪了人，反不好了。」

鳳姐笑道：「誰可好好的得罪着他？」王夫人道：「別是寶玉有嘴無心，傻子似的從沒個忌諱，高興了信嘴胡說也是有的。」鳳姐笑道：「這可是太太過於操心了。若說他出去幹正經事說正經話去，卻像個傻子；若只叫進來在這些姊妹跟前以至於大小的丫頭們跟前，他最有盡讓，又恐怕得罪了人，那是再不得有人惱他的。我想薛妹妹此去，想必為着前時搜檢眾丫頭的東西的原故。他自然為信不及園裏的人才搜檢，他又是親戚，現也有丫頭老婆子在內，我們又不好去搜檢，恐我們疑他，所以多了這個心，自己回避了。也是應該避嫌疑的。」

王夫人聽了這話不錯，自己遂低頭想了一想，便命人請了寶釵來分晰前日的事以解他疑心，又仍命他進來照舊居住。寶釵陪笑道：「我原要早出

去的，因姨娘有許多的大事，所以不便來說。可巧前日媽媽又不好了，家裏兩個靠得的女人也病着，我所以趁便去了。姨娘今日既已知道了，我正好回明，就從今日辭了好搬東西。」王夫人鳳姐都笑道：「你太固執了。正經再搬進來為是，休為沒要緊的事反疏遠了親戚。」

寶釵笑道：「這話說的太重了，並沒為甚麼事，我出去為的是媽近來神思比先大減，而且夜間晚上沒有得靠的人，通共我一個。二則如今我哥哥眼看娶嫂子了，多少針線活計並家裏一切動用器皿，尚有未齊備的，我也須得幫着媽去料理。姨媽和鳳姐姐都知道我們家的事，不是我撒謊。三則自我在園裏，東南上小角門子就常開着，原是為我走的，保不住出入的人就圖省路也從那裏走，又沒人盤查，設若從那裏生出一件事來，豈不兩礙。而且我進園裏來住原不是甚麼大事，因前幾年年紀皆小，且家裏沒事，有在外頭的，不如進來，姊妹們一處玩笑做針線，比在外頭一人悶坐好些，如今彼此都大了，況姨娘這邊歷年皆遇不遂心的事，所以那園子裏，倘有一時照顧不到的，皆有關係。唯有少幾個人，就可以少操些心了。所以今日不但我執意辭去，此外還要勸姨娘，如今該減省的就減省，也不為失了大家的體統。據我看，園裏這一項費用也竟可以免的，說不得當日的話。姨娘深知我家的，難道我家當日也是這樣冷落不成？」

鳳姐聽了這篇話，便向王夫人笑道：「這話竟是，依我的主意，竟不必強他了。」王夫人點頭道：「我也無可回答，只好隨你便罷了。」

話說之間，只見寶玉等已回來，因說：「老爺還未散，恐天黑了，所以先叫我們回來了。」王夫人忙問：「今日可丟了醜沒有？」寶玉笑道：「不但不丟醜，倒拐了許多東西來。」接着，就有老婆子們從二門上小廝手內接了東西來。王夫人一看時，只見扇子三把，扇墜三個，筆墨共六匣，香珠三串，玉條環三個。寶玉說道：「這是梅翰林送的，那是楊侍郎送的，這是李員外送的，每人一分。」說着，又向懷中取出一個旃檀香小護身佛來，說：「這是慶國公單給我的。」王夫人又問在席何人、作何詩詞等語畢，只將寶玉一分令人拿着，同寶玉蘭環前來見過賈母。賈母看了，喜歡不盡，不免又問些話。無奈寶玉一心記着晴雯，答應完了話時，便說騎馬顛了，骨頭疼。賈母便說：「快回房去換了衣服，疏散疏散就好了，不許睡倒。」寶玉聽了，便忙入園來。

當下麝月秋紋已帶了兩個丫頭來等候，見寶玉辭了賈母出來，秋紋便將

筆墨拿起來，一同隨寶玉進園來。寶玉滿口裏說「好熱」，一壁走，一壁便摘冠解帶，將外面的大衣服都脫下來，麝月拿着，只穿着一件松花綾子夾襖，襖內露出血點般大紅褲子來。秋紋見這條紅褲是晴雯手內針線，因歎道：「這條褲子以後收了罷，真是『物在人亡』了。」秋紋將麝月拉了一把，笑道：「這褲子配着松花色襖兒、石青靴子，越顯出這靛青的頭，雪白的臉來了。」寶玉在前只裝聽不見，又走了兩步，便止步道：「我要走一走，這怎麼好？」麝月道：「大白日裏，還怕甚麼？還怕丟了你不成？」因命兩個小丫頭跟着，「我們送了這些東西去再來。」寶玉道：「好姐姐，等一等我再去。」麝月道：「我們去了就來。兩個人手裏都有東西，倒像擺執事的，一個捧着文房四寶，一個捧着冠袍帶履，成個甚麼樣子！」寶玉聽了，正中心懷，便讓他二人去了。

　　他便帶了兩個小丫頭到一塊山子石後頭，也不怎麼樣，只問他二人道：「自我去了，你襲人姐姐打發人瞧晴雯姐姐沒有？」這一個答道：「打發宋媽媽瞧去了。」寶玉道：「回來說甚麼？」小丫頭道：「回來說晴雯姐姐直着脖子叫了一夜，今日早起就閉了眼，住了口，世事不知，也出不得一聲兒，只有倒氣兒的分兒了。」寶玉忙道：「一夜叫的是誰？」小丫頭子說：「一夜叫的是娘。」寶玉拭淚道：「還叫誰？」小丫頭子道：「沒有聽見叫別人了。」寶玉道：「你糊塗，想必沒有聽真。」

　　旁邊那一個小丫頭最伶俐，聽寶玉如此說，便上來說：「真個他糊塗。」又向寶玉道：「不但我聽得真切，我還親自偷着看去的。」寶玉聽說，忙問：「你怎麼又親自看去？」小丫頭道：「我因想晴雯姐姐素日與別人不同，待我們極好。如今他雖受了委屈出去，我們不能別的法子救他，只親去瞧瞧，也不枉素日疼我們一場。就是人知道了回了太太，打我們一頓，也是願受的。所以我拚着挨一頓打，偷着下去瞧了一瞧。誰知他平生為人聰明，至死不變。他因想着那起俗人不可說話，所以只閉眼養神，見我去便睜開眼，拉我的手問：『寶玉那去了？』我告訴他實情。他歎了一口氣說：『不能見了。』我就說：『姐姐何不等一等他回來見一面？』他就笑道：『你們還不知道。我不是死，如今天上少了一位花神，玉皇爺叫我去管花兒。我如今未正二刻就上任去了，寶玉須待未正三刻才到家，只少得一刻兒的工夫，不能見面。世上凡有該死之人閻王勾取了去，是差些小鬼來拿他魂兒。若要遲延一時半刻，不過燒些紙錢澆些漿飯，那鬼只顧搶錢去了，該死的人就可挨磨些工夫。我這

如今是天上的神仙來請，豈可捱得時刻呢？』我聽了這話，竟不大信，及進來到房裏留神看時辰錶時，果然是未正二刻他咽了氣，正三刻上就有人來叫我們，說你來了。」

寶玉忙道：「你不識字看書，所以不知道。這原是有的，不但花有一個神，一樣花有一位神之外還有總花神。但他不知是作總花神去了，還是單管一樣花的神？」這丫頭聽了，一時諏不出來。恰好這是八月時節，園中池上芙蓉正開。這丫頭便見景生情，忙答道：「我也曾問他是管甚麼花的神，告訴我們日後也好供養的。他說：『天機不可泄漏。你既這樣虔誠，我只告訴你，你只可告訴寶玉一人。除他之外若泄了天機，五雷就來轟頂的。』他就告訴我說，他就是專管這芙蓉花的。」寶玉聽了這話，不但不為怪，亦且去悲生喜，乃指芙蓉笑道：「此花也須得這樣一個人去司掌。我就料定他那樣的人必有一番事來做的。雖然超出苦海，從此不能相見，也免得傷感思念。」因又想：「雖然臨終未見，如今且去靈前一拜，也算盡這五六年的情意。」

想畢忙至房中，正值麝月秋紋找來。寶玉又自穿戴了，只說去看黛玉，遂一人出園來，往前次看望之處來，意為停柩在內。誰知他哥嫂見他一嚥氣便回了進去，希圖早些得幾兩發送例銀。王夫人聞知，便命賞了十兩燒埋銀子。又命：「即刻送到外頭焚化了罷。女兒癆死的，斷不可留！」他哥嫂聽了這話，一面得銀，一面就僱了人來入殮，抬往城外化場上去了。剩的衣履簪環，約有三四百金之數，他兄嫂自收了為後日之計。二人將門鎖上，一同送殯去未回。

寶玉走來撲了個空。站了半天，並無別法，只得復身進入園中。及回房中，甚覺無味，因乃順路來找黛玉。偏黛玉不在房中，問其何往，丫鬟們回說：「往寶姑娘那裏去了。」寶玉又至蘅蕪苑中，只見寂靜無人，房內搬的空空落落的，不覺吃一大驚。才想起前日彷彿聽見寶釵要搬出去，只因這兩日工課忙，就混忘了；這時看見如此，才知道果然搬出。怔了半天，因轉念一想：「不如還是和襲人廝混，再與黛玉相伴。只這兩三個人，只怕還是同死同歸的。」想畢，仍往瀟湘館來，偏黛玉尚未回來。

正在不知所之，忽見王夫人的丫頭進來找他說：「老爺回來了，找你呢，又得了好題目來了。快走，快走。」寶玉聽了，只得跟了出來。到王夫人房中，他父親已出去了。王夫人命人送寶玉至書房裏。

　　彼時賈政正與眾幕友們談論尋秋之勝，又說：「快散時忽然談及一事，最是千古佳談，『風流雋逸，忠義慷慨』八字皆備，倒是個好題目，大家要作一首挽詞。」眾幕賓聽了，都忙請教係何等妙事。賈政乃道：「當日曾有一位恒王，出鎮青州。這恒王最喜女色，且公餘好武，因選了許多美女，日習武事，令眾美女習戰鬥攻拔之事。內中有姓林行四的，姿色既冠，且武藝更精，皆呼為林四娘。恒王最得意，遂超拔林四娘統轄諸姬，又呼為：『姽嫿將軍』。」眾清客都稱：「妙極神奇。竟以『姽嫿』下加『將軍』二字，反更覺嫵媚風流，真絕世奇文。想這恒王也是千古第一風流人物了。」賈政笑道：「這話自然是如此，但更有可奇可歎之事。」眾清客都驚問道：「不知底下有何奇事？」賈政道：「誰知次年便有『黃巾』『赤眉』一干流賊餘黨復又烏合，搶掠山左一帶。恒王意為犬羊之輩，不足大舉，因輕騎進剿。不意賊眾詭譎，兩戰不勝，恒王遂為眾賊所害。於是青州城內文武官員，各各皆謂：『王尚不勝，你我何為？』遂將有獻城之舉。林四娘聞得凶報，遂集聚眾女將，發令說道：『你我皆向蒙王恩，戴天履地，不能報其萬一。今王既殞身國事，我意亦當殞身於王。爾等有願隨者，即時同我前往；有不願者，亦早各散。』眾女將聽他這樣，都一齊說願意。於是林四娘帶領眾人連夜出城，直殺至賊營裏頭。眾賊不防，也被斬戮了幾員首賊。然後大家見是不過幾個女人，料不能濟事，遂回戈倒兵，奮力一陣，把林四娘等一個不曾留下，倒作成了這林四娘的一片忠烈之志。後來報至中都，自天子以至百官，無不驚奇歎息。其後朝中方遣將去剿滅了。其事不必深論。只就林四娘一節，眾位聽了，可羨不可羨？」

　　眾幕友都歎道：「實在可羨可奇！實是個妙題，原該大家挽一挽才是。」說着，早有人取了筆硯，按賈政口中之言稍加改易了幾個字，便成了一篇短序，遞與賈政看了。賈政道：「不過如此。他們那裏已有原序。因昨日又奉恩旨，着察核前代以來應加褒獎而遺落未經奏請各項人等，無論僧尼乞丐女婦人等，有一事可嘉，即行匯送履歷至禮部，備請恩賞。所以他這原序也送往禮部去了。大家聽見這新聞，所以都要作一首《姽嫿詞》，以誌其忠義。」眾人聽了，都又笑道：「這原該如此。只是更可羨者，本朝皆係千古未有之曠典，可謂『聖朝無闕事』了。」賈政點頭道：「正是。」

　　說話間，寶玉、賈環、賈蘭俱起身來看了題目。賈政命他三人各弔一

首，誰先作成者賞，佳者額外加賞。賈環賈蘭二人近日當着多人皆作過幾首了，膽量愈壯，今看了題目，遂自去思索。一時，賈蘭先有了，賈環生恐落後也就有了。二人皆已錄出，寶玉尚自出神。賈政與眾人且看他二人的二首。賈蘭的是一首七言絕句，寫道是：「姽嫿將軍林四娘，玉為肌骨鐵為腸。捐軀自報恆王後，此日青州土亦香！」

眾幕賓看了，便皆大讚：「小哥兒十三歲就如此，可知家學淵源，真不誣矣。」賈政笑道：「稚子口角，也還難為他。」

又看賈環的，是首五言律，寫道是：「紅粉不知愁，將軍意未休。掩啼離繡幕，抱恨出青州。自謂酬王德，詎能復寇仇？誰題忠義墓，千古獨風流！」

眾人道：「更佳。倒底大幾歲年紀，立意又自不同。」賈政道：「還不甚大錯，終不懇切。」眾人道：「這就罷了。三爺才大不過兩歲，在未冠之時如此，用了工夫，再過幾年，怕不是大阮小阮了。」賈政笑道：「過獎了。只是不肯讀書的過失。」

因又問寶玉怎樣。眾人道：「二爺細心鏤刻，定又是風流悲感，不同此等的了。」寶玉笑道：「這個題目似不稱近體，須得古體，或歌或行，長篇一首，方能懇切。」眾人聽了，都立身點頭拍手道：「我說他立意不同！每一題到手必先度其體格宜與不宜，這便是老手妙法。就如裁衣一般，未下剪時，須度其身量。這題目名曰《姽嫿詞》，且既有了序，必是長篇歌行方合體式。或擬李長吉《會稽歌》，或擬白樂天《長恨歌》，或擬詠古詞，半敘半詠，流利飄逸，始能盡妙。」

賈政聽說，也合了主意，遂自提筆向寶玉笑道：「如此甚好，你唸我寫。若不好了，我捶你的肉。誰許你先大言不慚的！」寶玉只得唸了一句，道是：「恆王好武兼好色。」

賈政寫了看時，搖頭道：「粗鄙。」一幕賓道：「要這樣方古，究竟不粗。且看他底下的。」賈政道：「姑存之。」寶玉又道：「遂教美女習騎射。穠歌豔舞不成歡，列陣挽戈為自得。」

賈政寫出，眾人都道：「只這第三句便古樸老健，極妙。這四句平敘出，也最得體。」賈政道：「休謬加獎譽，且看轉的如何。」寶玉唸道：「眼前不見塵沙起，將軍俏影紅燈裏。」

眾人聽了這兩句，便都叫：「妙！好個『不見塵沙起』，又承了一句『俏

影紅燈裏』，用字用句，皆入神化了。」寶玉道：「叱咤時聞口舌香，霜矛雪劍嬌難舉。」

眾人聽了，便拍手笑道：「益發畫出來了。當日敢是寶公也在座，見其嬌且聞其香？不然，何體貼至此！」寶玉笑道：「閨閣習武，任其勇悍，怎似男人？不待問而可知嬌怯之形的了。」賈政道：「還不快續，這又有你說嘴的了。」寶玉只得又想了一想，唸道：「丁香結子芙蓉絛，」

眾人都道：「轉『絛』『蕭』韻，更妙，這才流利飄蕩。而且這一句也綺靡秀媚的妙。」賈政寫了，看道：「這一句不好。已寫過『口舌香』『嬌難舉』，何必又如此？這是力量不加，故又用這些堆砌貨來搪塞。」寶玉笑道：「長歌也須得要些詞藻點綴點綴，不然便覺蕭索。」賈政道：「你只顧用這些，但這一句底下如何能轉至武事？若再多說兩句，豈不蛇足了！」寶玉道：「如此，底下一句轉煞住，想亦可矣。」賈政冷笑道：「你有多大本領？上頭說了一句大開門的散話，如今又要一句連轉帶煞，豈不心有餘而力不足些？」寶玉聽了，垂頭想了一想，說了一句道：「不繫明珠繫寶刀。」忙問：「這一句可不使得？」眾人拍案叫絕。賈政寫了，看着笑道：「且放着，再續。」寶玉道：「若使得，我便要一氣下去了。若使不得，越性塗了，我再想別的意思出來，再另措詞。」賈政聽了，便喝道：「多話！不好了再作，便作十篇百篇，還怕辛苦了你不成！」寶玉聽了，只得想了一會，便唸道：「戰罷夜闌心力怯，指痕粉漬污鮫綃。」

賈政道：「又一段了。底下怎樣？」寶玉道：「明年流寇走山東，強吞虎豹勢如峯。」眾人道：「好個『走』字！便見得高低了。且通句轉的也不板。」寶玉又唸道：「王率天兵思剿滅，一戰再戰不成功。腥風吹折隴中麥，日照旌旗虎帳空。青山寂寂水潺潺，正是恆王戰死時。雨淋白骨血染草，月冷黃昏鬼守屍。」

眾人都道：「妙極，妙極！佈置，敘事，詞藻，無不盡美。且看如何至四娘，必另有妙轉奇句。」寶玉又唸道：「紛紛將士只保身，青州眼見皆灰塵。不期忠義明閨閣，憤起恆王得意人。」

眾人都道：「鋪敘得委婉。」賈政道：「太多了，底下只怕累贅。」寶玉乃又唸道：「恆王得意數誰行，姽嫿將軍林四娘；號令秦姬驅趙女，穠桃豔李臨疆場。繡鞍有淚春愁重，鐵甲無聲夜氣涼；勝負自難先預定，誓盟生

死報前王。賊勢猖獗不可敵，柳折花殘血凝碧；馬踐胭脂骨髓香，魂依城郭家鄉隔。星馳時報入京師，誰家兒女不傷悲！天子驚慌愁失守，此時文武皆垂首。何事文武立朝綱，不及閨中林四娘？我為四娘長太息，歌成餘意尚彷徨。」

唸畢，眾人都大讚不止，又都從頭看了一遍。賈政笑道：「雖說幾句，到底不大懇切。」因說：「去罷。」三人如放了赦的一般，一齊出來，各自回房。

眾人皆無別話，不過至晚安歇而已。獨有寶玉一心淒楚，回至園中，猛然見池上芙蓉，想起小丫鬟說晴雯作了芙蓉之神，不覺又喜歡起來，乃看着芙蓉嗟歎了一會。忽又想起死後並未到靈前一祭，如今何不在芙蓉前一祭，豈不盡了禮？想畢，便欲行禮。忽又止住道：「雖如此，亦不可太草率了，也須得衣冠整齊，奠儀周備，方為誠敬。」想了一想，「古人云：『潢污行潦，蘋蘩蘊藻之賤，可以羞王公，薦鬼神。』原不在物之貴賤，全在心之誠敬而已。然非自作一篇誄文，這一段淒慘酸楚，竟無處可以發泄了。」因用晴雯素日素喜之冰鮫縠一幅，楷字寫成，名曰《芙蓉女兒誄》，前序後歌。又備了晴雯素喜四樣吃食，於是黃昏入靜之時，命那小丫頭捧至芙蓉前。先行禮畢，將那誄文即掛於芙蓉枝上，乃泣涕唸曰：

唯太平不易之元，蓉桂競芳之月，無可奈何之日，怡紅院濁玉，謹以羣花之蕊，冰鮫之縠，沁芳之泉，楓露之茗，四者雖微，聊以達誠申信，乃致祭於白帝宮中撫司秋豔芙蓉女兒之前曰：

竊思女兒自臨人世，迄今凡十有六載。其先之鄉籍姓氏，湮淪而莫能考者久矣。而玉得於衾枕櫛沐之間，棲息宴遊之夕，親昵狎褻，相與共處者，僅五年八月有奇。憶女囊生之昔，其為質則金玉不足喻其貴，其為體則冰雪不足喻其潔，其為神則星日不足喻其精，其為貌則花月不足喻其色，姊妹悉慕媖嫻，嫗媼咸仰惠德。孰料鳩鴆惡其高，鷹鷙翻遭罦罬；薋菉妒其臭，茝蘭竟被芟鉏！花原自怯，豈奈狂飆；柳本多愁，何禁驟雨？偶遭蠱蠆之讒，遂抱膏肓之疾。故爾櫻脣紅褪，韻吐呻吟；杏臉香枯，色陳顑頷。諑謠謑詬，出自屏帷；荊棘蓬榛，蔓延窗戶。既怵幽沉於不盡，復含罔屈於無窮。高標見嫉，閨幃恨比長沙；貞烈遭危，巾幗慘於雁塞。自蓄辛酸，誰憐夭折？仙雲既散，芳趾難尋。洲迷聚窟，何來卻死之香？海失靈槎，不獲回生之藥。眉黛煙青，昨猶我

畫；指環玉冷，今倩誰溫？鼎爐之剩藥猶存，襟淚之餘痕尚漬。鏡分鸞影，愁開麝月之奩；梳化龍飛，哀折檀雲之齒。委金鈿於草莽，拾翠盒於塵埃。樓空鳷鵲，徒懸七夕之針；帶斷鴛鴦，誰續五絲之縷？況乃金天屬節，白帝司時；孤衾有夢，空室無人。桐階月暗，芳魂與倩影同消；蓉帳香殘，嬌喘共細言俱絕。連天衰草，豈獨蒹葭；匝地悲聲，無非蟋蟀。露苔晚砌，穿簾不度寒砧；雨荔秋垣，隔院希聞怨笛。芳名未泯，簷前鸚鵡猶呼；豔質將亡，檻外海棠預萎。捉迷屏後，蓮瓣無聲；鬥草庭前，蘭芳枉待。拋殘繡線，銀箋彩縷誰裁？褶斷冰絲，金斗御香未熨。昨承嚴命，既趨車而遠涉芳園；今犯慈威，復拄杖而遽拋孤柩。及聞棺被燹，慚違共穴之盟；石槨成災，愧迨同灰之誚。爾乃西風古寺，淹滯青燐；落日荒丘，零星白骨。楸榆颯颯，蓬艾蕭蕭。隔霧壙以啼猿，繞煙塍而泣鬼。自為紅綃帳裏，公子情深；始信黃土壟中，女兒命薄！汝南斑斑淚血，灑向西風；梓澤默默餘衷，訴憑冷月。嗚呼！固鬼域之為災，豈神靈而亦妒？鉗詖奴之口，討豈從寬？剖悍婦之心，忿猶未釋！在卿之塵緣雖淺，然玉之鄙意尤深。因蓄惓惓之思，不禁諄諄之問。始知上帝垂旌，花宮待詔，生儕蘭蕙，死轄芙蓉。聽小婢之言，似涉無稽；以濁玉之思，深為有據。何也？昔葉法善攝魂以撰碑，李長吉被詔而為記，事雖殊，其理則一也。故相物以配才，苟非其人，惡乃濫乎？始信上帝委託權衡，可謂至洽至協，庶不負其所秉賦也。因希其不昧之靈，或陟於茲；特不揣鄙俗之詞，有污慧聽。乃歌而招之曰：

天何如是之蒼蒼兮，乘玉虬以遊乎穹窿耶？地何如是之茫茫兮，駕瑤象以降乎泉壤耶？望繖蓋之陸離兮，抑箕尾之光耶？列羽葆而為前導兮，衛危虛於旁耶？驅豐隆以為庇從兮，望舒月以臨耶？聽車軌而伊軋兮，御鸞鷖以征耶？問馥郁而飄然兮，紉蘅杜以為佩耶？炫裙裾之爍爍兮，鏤明月以為璫耶？籍葳蕤而成壇畤兮，檠蓮焰以燭蘭膏耶？文爮匏以為觶斝兮，灑醽醁以浮桂醑耶？瞻雲氣而凝眸兮，仿佛有所覘耶？俯窈窕而屬耳兮，恍惚有所聞耶？期汗漫而無際兮，捐棄予於塵埃耶？倩風廉之為余驅車兮，冀聯轡而攜歸耶？余中心為之慨然兮，徒噭噭而何為耶？卿偃然而長寢兮，豈天運之變於斯耶？既窀穸且安穩兮，反其真而又奚化耶？余猶桎梏而懸附兮，靈格余以嗟來耶？來兮止兮，卿其來耶！

若夫鴻蒙而居，寂靜以處，雖臨於茲，余亦莫睹。賽煙蘿而為步幛，列檎

蒲而森行伍。警柳眼之貪眠，釋蓮心之味苦。素女約於桂岩，宓妃迎於蘭渚。弄玉吹笙，寒簧擊敔。征嵩嶽之妃，啟驪山之姥。龜呈洛浦之靈，歌作咸池之舞。潛赤水兮龍吟，集珠林兮鳳翥。爰格爰誠。匪簠匪筥。發軔乎霞城，返旌乎玄圃。既顯微而若通，復氤氳而倏阻。離合兮煙雲，空蒙兮霧雨。塵霾斂兮星高，溪山麗兮月午。何心意之怦怦，若寤寐之栩栩。余乃歔歔悵怏，泣涕徬徨。人語兮寂歷，天籟兮篔簹。鳥驚散而飛，魚唼喋以響。志哀兮是禱，成禮兮期祥。嗚呼哀哉！尚饗！

　　讀畢，遂焚帛奠茗，猶依依不捨。小丫鬟催至再四，方才回身。忽聽山石之後有一人笑道：「且請留步。」二個聽了，不免一驚。那小丫鬟回頭一看，卻是個人影從芙蓉花中走出來，他便大叫：「不好，有鬼。晴雯真來顯魂了！」唬得寶玉也忙看時，究竟是人是鬼，且聽下回分解。

💡 精華賞析

　　晴雯之死再次證明了封建家族統治階層的冷酷無情，讓人歎息！寶玉雖然重情重義，但他並沒有足夠的權力去改變現狀。這一回的故事裏，王夫人深沉的心機暴露無遺，她在賈母面前醜化了晴雯和芳官等人的形象，為了達到自己的目的心狠手辣。我們之前見識了鳳姐的決斷和心機，王夫人看上去已經把大權都交給了鳳姐，而現在我們知道了真正掌控大權的人到底是誰。相比之下，王夫人雖然表面上是個菩薩心腸的人，實際上比鳳姐處置下人更加狠心。

《第七十九回》

精讀 薛文龍悔娶河東吼
賈迎春誤嫁中山狼

> 薛蟠是個呆霸王，平時做事任性使氣，沒想到他娶的妻子更加厲害，還挾制起薛姨媽和寶釵，搞得家裏雞犬不寧。

　　祭完了晴雯，只聽花影中有個人聲，倒唬了一跳。細看不是別人，卻是黛玉，滿面含笑，口內說道：「好新奇的祭文！可與曹娥碑[1]並傳的了。」寶玉聽了，不覺紅了臉，笑道：「我想着世人這些祭文都過於熟濫了，所以改個樣，原不過是我一時的玩意兒，誰知被你聽見了。有甚麼大使不得的，何不改削改削？」黛玉道：「原稿在那裏？倒要細細的一讀。長篇大論，不知說的是甚麼，只聽見中間兩句，甚麼『紅綃帳裏，公子情深；黃土壟中，女兒命薄』。這一聯意思卻好，只是『紅綃帳裏』未免俗濫些。放着現成真事，為甚麼不用？」寶玉忙問：「甚麼現成的真事？」黛玉笑道：「咱們如今都係霞影紗糊的窗槅，何不就說『茜紗窗下，公子多情』呢？」

　　寶玉聽了，不禁跌足道：「好極，是極！到底是你想的出，說的出。可知天下古今現成的好景妙事盡多，只是我們

---

1)　　曹娥碑：後漢時會稽上虞縣的長官改葬孝女曹娥，並撰誄文刻在碑上。後來蔡邕讀碑文題隱語「黃絹、幼婦、外孫、杵臼」八字，是「絕妙好辭」四字的謎面。

愚人想不出來罷了。但只一件：雖然這一改新妙之極，卻是你在這裏住着還可以，我實不敢當。」說着，又接連說「不敢」。黛玉笑道：「何妨？我的窗即可為你之窗，何必如此分晰，也太生疏了。古人異姓陌路，尚然肥馬輕裘，敝之無憾，何況咱們？」寶玉笑道：「論交道，不在肥馬輕裘，即黃金白璧，亦不當錙銖較量。倒是這唐突閨閣上頭，卻萬萬使不得的。如今我索性將『公子』『女兒』改去，竟算是你誄他的倒妙。況且素日你又待他甚厚，故今寧可棄了這一篇文，萬不可棄此『茜紗』新句。莫若改作『茜紗窗下，小姐多情；黃土壠中，丫鬟薄命』？如此一改，雖於我無涉，我也愜懷。」黛玉笑道：「他又不是我的丫鬟，何用作此語？況且小姐丫鬟亦不典雅，等我的紫鵑死了，我再如此說，還不算遲。」寶玉聽了，忙笑道：「這是何苦又咒他。」黛玉笑道：「是你要咒的，並不是我說的。」

寶玉道：「我又有了，這一改可妥當了。莫若說『茜紗窗下，我本無緣；黃土壠中，卿何薄命？』」黛玉聽了，徒然變色，心中雖有無限的狐疑，外面卻不肯露出，反連忙含笑點頭稱妙，說：「果然改的好。再不必亂改了，快去幹正經事罷。才剛太太打發人叫你明兒一早過大舅母那邊去呢。你二姐姐已有人家求準了，說是明兒那家人來叩頭，所以叫你們過去呢。」寶玉拍手道：「何必如此忙？我身上也不大好，明兒還未必能去呢。」黛玉道：「又來了，我勸你把脾氣改改罷。一年大二年小──」一面說話，一面咳嗽起來。寶玉忙道：「這裏風冷，咱們只顧呆站在這裏，冷着可不是玩的。快回去罷！」黛玉道：「我也家去歇息了，明兒再見罷。」說着，便自取路去了。寶玉只得悶悶的轉步，又忽想起來黛玉無人隨伴，忙令小丫頭子跟送回去。自己到了怡紅院中，果有王夫人打發老嬤嬤來，吩咐他明日一早過賈赦那邊去，與方才黛玉之言相對。

原來賈赦已將迎春許與孫家了。這孫家乃是大同府人

氏，祖上軍官出身，乃當日寧榮府中之門生，算來亦係世交。如今孫家只有一人在京，現襲指揮之職。此人名喚孫紹祖，生得相貌魁梧，體格健壯，弓馬嫻熟，應酬權變，年紀未滿三十，且又家資饒富，現在兵部候缺提升。因未曾娶妻，賈赦見是世交子姪，且人品家當都相稱合，遂擇為東床嬌婿。亦曾回明賈母。賈母心中卻不十分稱意，但想來攔阻亦未必聽，兒女之事自有天意，況且他是親父主張，何必出頭多事？為此只說「知道了」三字，餘不多及。賈政又深惡孫家，雖是世交，不過是他祖父當日希慕榮寧之勢，有不能了結之事才拜在門下的，並非詩禮名族之裔，因此倒勸過兩次，無奈賈赦不聽，也只得罷了。

　　寶玉卻未曾會過這孫紹祖一面的，次日只得過去，聊以塞責。只聽見說娶親的日子甚急，不過今年，就要過門的。又見邢夫人等回了賈母，將迎春接出大觀園去，越發掃興，每日痴痴呆呆的，不知作何消遣。又聽說要陪四個丫頭過去，更又跌足道：「從今後這世上又少了五個清淨人了。」因此天天到紫菱洲一帶地方徘徊瞻顧，見其軒窗寂寞，屏帳翛然，不過只有幾個該班上夜的老嫗。再看那岸上的蓼花葦葉，池內的翠荷香菱，也都覺搖搖落落，似有追憶故人之態，迥非素常逞妍鬥色可比。既所以情不自禁，乃信口吟成一歌曰：「池塘一夜秋風冷，吹散芰荷紅玉影。蓼花菱葉不勝悲，重露繁霜壓纖梗。不聞永晝敲棋聲，燕泥點點污棋枰。古人惜別憐朋友，況我今當手足情！」

　　寶玉方才吟罷，忽聞背後有人笑道：「你又發甚麼呆呢？」寶玉回頭忙看是誰，原來是香菱。寶玉便轉身笑問道：「我的姐姐，你這會子跑到這裏來做甚麼？許多日子也不進來逛逛。」香菱拍手笑嘻嘻的說道：「我何曾不來。如今你哥哥回來了，那裏比先時自由自在的了？才剛我們奶奶使人找你鳳姐姐的，竟沒找着，說往園子裏來了。我聽見了這話，我就討了這件差進來找他。遇見他的丫頭，說在稻香

村呢。如今我往稻香村去，誰知又遇見了你。我且問你，襲人姐姐這幾日可好？怎麼忽然把個晴雯姐姐也沒了，到底是甚麼病？二姑娘搬出去的好快，你瞧瞧，這地方一時間就空落落的了。」寶玉應之不迭，又讓他同到怡紅院去吃茶。香菱道：「此刻竟不能，等找着璉二奶奶，說完了正經話再來。」

寶玉道：「甚麼正經話這麼忙？」香菱道：「為你哥哥娶嫂子的事，所以要緊。」寶玉道：「正是。說的到底是那一家的？只聽見吵嚷了這半年，今兒又說張家的好，明兒又要李家的，後兒又說王家的。這些人家的女兒他也不知道造了甚麼罪了，叫人家好端端議論。」香菱道：「這如今定了，可以不用搬扯別家了。」寶玉忙問：「定了誰家的？」香菱道：「因你哥哥上次出門貿易時，順路到了個親戚家去。這門親原是老親，且又和我們是同在戶部掛名行商，也是數一數二的大門戶。前日說起來，你們兩府都也知道的。合長安城中，上至王侯，下至買賣人，都稱他家是『桂花夏家』。」寶玉笑問道：「如何又稱為『桂花夏家』？」香菱道：「本姓夏，非常的富貴。其餘田地不用說，單有幾十頃地獨種桂花，凡這長安城裏城外桂花局俱是他家的，連宮裏一應陳設盆景亦是他家貢奉，因此才有這個渾號。如今太爺也沒了，只有老奶奶帶着一個親生的姑娘過活，也並沒有哥兒兄弟，可惜他竟一門盡絕了後。」

寶玉忙道：「咱們也別管他絕後不絕後，只是這姑娘可好？你們大爺怎麼就中意了？」香菱笑道：「一則是天緣，二來是『情人眼裏出西施』。當年又是通家來往，從小兒都一處廝混過。敘起親是姑舅兄妹，又沒嫌疑。雖離開了這幾年，前兒一到他家，夏奶奶又是沒兒子的，一見你哥哥出落的這樣，又是哭，又是笑，竟比見了兒子的還勝。又令他兄妹相見。誰知這姑娘出落得花朵似的了，在家裏也讀書寫字，所以你哥哥當時就一心看準了。連當鋪裏老朝奉夥計們

424-425 《紅樓夢》

● 大家都為薛蟠娶親
的喜事高興，連香菱
也不例外。只有寶玉
替香菱的未來考慮。

一輩人連遭擾了人家三四日，他們還留多住幾天，好容易苦
辭才放回家。你哥哥一進門，就咕咕唧唧求我們奶奶去求
親。我們奶奶原也是見過這姑娘的，且又門當戶對，也就依
了。和這裏姨太太鳳姑娘商議了，打發人去一說就成了。只
是娶的日子太急，所以我們忙的很。我也巴不得早些過來，
又添一個作詩的人了。」寶玉冷笑道：「雖如此說，倒只我
倒替你耽心慮後呢。」香菱道：「這是甚麼話？我倒不懂了。」
寶玉笑道：「這有甚麼不懂的？只怕再有人來，薛大哥就不
肯疼你了。」香菱聽了，不覺紅了臉，正色道：「這說的是
甚麼話！素日咱們都是廝抬廝敬的，今日忽然提起這些事
來，甚麼意思！怪不得人人說你是個親近不得的人。」一面
說，一面轉身走了。

　　寶玉見他這樣，便悵然如有所失，呆呆的站了半天，
思前想後，不覺滴下淚來，只得沒精打采，還入怡紅院來。
一夜不曾安睡，種種不寧。次日便懶進飲食，身體發熱。也
皆因近日抄檢大觀園、逐司棋、別迎春、悲晴雯等羞辱驚恐
悲淒所致，兼以風寒外感，遂致成疾，臥床不起。賈母聽得
如此，天天親來看視。王夫人心中自悔，不合因晴雯過於逼
責了他。心中雖如此，臉上卻不露出，只吩咐眾奶娘等好生
伏侍看守。一日兩次帶進醫生來診脈下藥。

　　一月之後，方才漸漸的痊癒。好生保養過百日，方許
動葷腥油麵，方可出門行走。這一百日內，院門前皆不許
到，只在房中玩笑。四五十日後，就把他拘約的火星亂迸，
那裏忍耐得住？雖百般設法，無奈賈母王夫人執意不從，也
只得罷了。因此，和那些丫鬟們無所不至，恣意耍笑。又聽
得薛蟠那裏擺酒唱戲，熱鬧非常，已娶親入門。聞得這夏家
小姐十分俊俏，也略通文翰，寶玉恨不得就過去一見才好。
再過些時，又聞得迎春出了閣。寶玉思及當時姊妹，耳鬢廝
磨，從今一別，縱得相逢，必不似得先前那等親密了。眼前
又不能去一望，真令人淒惶不盡。少不得潛心忍耐，暫同這

些丫鬟們廝鬧釋悶，幸免賈政責備逼迫讀書之難。這百日內，只不曾拆毀了怡紅院，和這些丫頭們無法無天，凡世上所無之事，都玩耍出來，如今且不消細說。

且說香菱自那日搶白了寶玉之後，自為寶玉有意唐突，「從此倒要遠避他才好。」因此，以後連大觀園也不輕易進來了。日日忙亂着薛蟠娶過親，自為得了護身符，自己身上分去責任，到底比這樣安寧些；二則又聞得是個有才有貌的佳人，自然是典雅和平的；故此他心中盼過門的日子比薛蟠還急十倍。好容易盼得一日娶過了門，他便十分殷勤小心伏侍。

原來這夏家小姐今年方十七歲，生得亦頗有姿色，亦頗識得幾個字。若論心中的丘壑經緯，頗步熙鳳之後塵。只吃虧了一件，從小時父親去世的早，又無同胞弟兄，寡母獨守此女，嬌養溺愛，不啻珍寶，凡女兒一舉一動，彼母皆百依百隨，因此未免嬌養太過，竟釀成個盜跖的情性，自己尊若菩薩，他人穢如糞土；外具花柳之姿，內秉風雷之性。在家中時常就和丫鬟們使性賭氣，輕罵重打的。今日出了閣，自為要作當家的奶奶，比不得做女兒時腼腆溫柔，須要拿出這威風來，才鈐壓得住人；況且見薛蟠氣質剛硬，舉止驕奢，若不趁熱灶一氣炮製，將來必不能自豎旗幟矣。又見有香菱這等一個才貌俱全的愛妾在室，越發添了「宋太祖滅南唐」之意[2]。因他家多桂花，他小名就喚做金桂。他在家時，不許人口中帶出「金桂」二字來，凡有不留心誤道一字者，他便定要苦打重罰才罷。他因想桂花二字是禁止不住的，須另換一名，因想桂花曾有廣寒嫦娥之說，便將桂花改為嫦娥花，又寓自己身分如此。

---

2)　宋太祖滅南唐之意：宋帝伐南唐時說：「南唐又有甚麼罪？不過天下必須統一，臥榻旁邊哪容得別人打鼾睡覺呢？」這是語義雙關，表示金桂的嫉妒。

薛蟠本是個憐新棄舊的人，且是有酒膽無飯力的，如今得了這樣一個妻子，正在新鮮興頭上，凡事未免盡讓他些。那夏金桂見了這般形景，便也試着一步緊似一步。一月之中，二人氣概還都相平；至兩月之後，便覺薛蟠的氣概漸次低矮了下去。一日薛蟠酒後，不知要行何事，先與金桂商議。金桂執意不從，薛蟠忍不住便發了幾句話，賭氣自行了。金桂便哭的如醉人一般，茶湯不進，裝起病來，請醫療治。醫生又說：「氣血相逆，當進寬胸順氣之劑。」薛姨娘恨的罵了薛蟠一頓，說：「如今娶了親，眼前抱兒子了，還是這樣胡鬧！人家鳳凰蛋似的，好容易養了一個女兒，比花朵兒還輕巧，原看的你是個人物，才給你作老婆。你不說收了心，安分守己，一心一計和和氣氣的過日子，還是這樣胡鬧，喝了黃湯，折磨人家。這會子花錢吃藥白遭心。」一席話說的薛蟠後悔不迭，反來安慰金桂。

金桂見婆婆如此說丈夫，越發得了意，便裝出些張致來，總不理薛蟠。薛蟠沒了主意，唯自怨而已，好容易十天半月之後，才漸漸的哄轉過金桂的心來，自此便加一倍小心，不免氣概又矮了半截下來。那金桂見丈夫旗纛漸倒，婆婆良善，也就漸漸的持戈試馬。先時不過挾制薛蟠，後來倚嬌作媚，將及薛姨媽，又將至薛寶釵。寶釵久察其不軌之心，每隨機應變，暗以言語彈壓其志。金桂知其不可犯，每欲尋隙，又無隙可乘，倒只好曲意俯就。

一日金桂無事，因和香菱閑談，問香菱家鄉父母。香菱皆答忘記，金桂便不悅，說有意欺瞞了他。回問他「香菱」二字是誰起的名字，香菱便答：「姑娘起的。」金桂冷笑道：「人人都說姑娘通，只這一個名就不通。」香菱忙笑道：「奶奶若說姑娘不通，奶奶沒合姑娘講究過。說起來，他的學問連我們姨老爺時常還誇呢。」欲知香菱說出何話，且聽下回分解。

💬 **延伸思考**

寶玉寫了一篇《芙蓉女兒誄》來祭奠晴雯，而聽眾只有黛玉一人。
你覺得黛玉幫助修改祭文時的心情是怎樣的？

👾 **知識拓展**

宋太祖滅南唐

　　在五代十國的紛亂局勢中，宋朝逐步確立起統一的中央政權。
滅掉南漢以後，南唐就成了宋太祖的心頭大患。當時的南唐後主李
煜為了保衛國家，明裏對宋臣服，實際上將兵力集中部署在長江中
下游的軍事要地上，準備隨時抵禦宋朝軍隊的進攻。宋太祖趙匡胤
越來越難以忍受南唐的存在，他藉口李煜不尊命令拒絕朝見，出動
了十萬大軍攻打南唐。最終，在宋開寶八年十一月二十七日，李煜
正式投降，南唐隨之滅亡。

　　宋太祖滅南唐，主要是因為地緣政治，宋朝要建立統一的中
央集權，不能容忍另外一個獨立平等的政權存在，因此可以引申為
「臥榻之側豈容他人安睡」。《紅樓夢》中夏金桂對香菱產生了「宋
太祖滅南唐」之意，意思是說夏金桂不能容許香菱這個侍妾在薛蟠
身邊，要變着花樣折磨香菱。

《第八十回》

美香菱屈受貪夫棒
王道士胡謅妒婦方

夏金桂一過門就開始整治香菱，為了讓薛蟠疏遠香菱，她甚至把寶蟾安排到薛蟠身邊。

　　話說金桂聽了，將脖項一扭，嘴唇一撇，鼻孔裏哧了兩聲，拍着掌冷笑道：「菱角花誰聞見香來着？若說菱角香了，正經那些香花放在那裏？可是不通之極！」香菱道：「不獨菱角花，就連荷葉蓮蓬，都是有一股清香的。但他原不是花香可比，若靜日靜夜或清早半夜細領略了去，那一股香比是花都好聞呢。就連菱角、雞頭、葦葉、蘆根得了風露，那一股清香，就令人心神爽快的。」金桂道：「依你說，那蘭花桂花倒香的不好了？」

　　香菱說到熱鬧頭上，忘了忌諱，便接口道：「蘭花桂花的香，又非別花之香可比。」一句未完，金桂的丫鬟名喚寶蟾者，忙指着香菱的臉兒說道：「要死，要死！你怎麼直叫起姑娘的名字來了！」香菱猛省了，反不好意思，忙陪笑賠罪說：「一時說順了嘴，奶奶別計較。」金桂笑道：「這有甚麼，你也太小心了。但只是我想這個『香』字到底不妥，意思要換一個字，不知你服不服？」香菱忙笑道：「奶奶說那裏話，此刻連我一身一體俱屬奶奶，何得換一名字反問我服不服，叫我如何當得起。奶奶說那一個字好，就用那一個。」金桂笑道：「你雖說的是，只怕姑娘多心！」香菱笑道：「奶奶有所不知，當日買了我時，原是老奶奶使喚的，故此姑娘起了這個名字。後來我自伏侍了爺，就與姑娘無涉了。如今又有了奶奶，越發不與姑娘相干。況且姑娘又是極明白的人，如何惱得這些呢？」金桂道：「既這樣說，『香』字竟不如『秋』字妥當。菱角菱花皆盛於秋，豈不比『香』字有來歷些？」香菱道：「就依奶

奶這樣罷了。」自此後遂改了秋字，寶釵亦不在意。

只因薛蟠天性是個「得隴望蜀」的，如今娶了金桂，又見金桂的丫鬟寶蟾有三分姿色，舉止輕浮可愛，便時常要茶要水的故意撩逗他。寶蟾雖亦解事，只怕着金桂，不敢造次，且看金桂的眼色。金桂亦頗覺察其意，想着：「正要擺佈香菱，無處尋隙，如今他既看上了寶蟾，且捨出寶蟾去與他，他一定就和香菱疏遠了，我乘他疏遠之時，擺佈了香菱。那時寶蟾原是我的人，也就好處了。」打定了主意，伺機而發。

這日薛蟠晚間微醺，又命寶蟾倒茶來吃。薛蟠接碗時，故意捏他的手。寶蟾又喬裝躲閃，連忙縮手。兩下失誤，豁啷一聲，茶碗落地，潑了一身一地的茶。薛蟠不好意思，佯說寶蟾不好生拿着。寶蟾說：「姑爺不好生接。」金桂冷笑道：「兩個人的腔調兒都夠使了。別打諒誰是傻子。」薛蟠低頭微笑不語，寶蟾紅了臉出去。一時安歇之時，金桂便故意的攆薛蟠別處去睡，「省得你饞癆餓眼。」薛蟠只是笑。金桂道：「要做甚麼和我說，別偷偷摸摸的，不中用。」薛蟠聽了，仗着酒蓋臉，便趁勢跪在被上拉着金桂笑道：「好姐姐，你若把寶蟾賞了我，你要怎樣就怎樣。你要活人腦子也弄來給你。」金桂笑道：「這話好不通。你愛誰，說明了，就收在房裏，省得別人看着不雅。我可要甚麼呢？」薛蟠得了這話，喜的稱謝不盡。是夜曲盡丈夫之道，奉承金桂。次日也不出門，只在家中廝鬧，越發放大了膽。

至午後，金桂故意出去，讓個空兒與他二人。薛蟠便拉拉扯扯的起來。寶蟾心裏也知八九了，也就半推半就。正要入港，誰知金桂是有心等候的，料着在難分之際，便叫小丫頭子捨兒過來。原來這小丫頭也是金桂從小兒在家使喚的，因他自幼父母雙亡，無人看管，便大家叫他作小捨兒，專作些粗笨的生活。金桂如今有意獨喚他來吩咐道：「你去告訴香菱，到我屋裏將手帕取來，不必說我說的。」小捨兒聽了，一徑尋着香菱說：「菱姑娘，奶奶的手帕子忘記在屋裏了，你去取來送上去，豈不好？」香菱正因金桂近日每每的折挫他，不知何意，百般竭力挽回不暇。聽了這話，忙往房裏來取。不防正遇見他二人推就之際，一頭撞了進去，自己倒羞的耳面飛紅，忙轉身回避不迭。

那薛蟠自為是過了明路的[1]，除了金桂，無人可怕，所以連門也不掩，今

---

1)　過了明路的：已經公開了的行動。

見香菱撞來，故也略有些慚愧，還不十分在意。無奈寶蟾素日最是要強說嘴的，今既遇見了香菱，便恨無地縫兒可入，忙推開薛蟠，一徑跑了，口內還恨怨不迭，說他強姦力逼等語。薛蟠好容易圈哄的要上手，卻被香菱打散，不免一腔興頭變作了一腔惡怒都在香菱身上。不容分說，趕出來啐了兩口，罵道：「死娼婦，你這會子做甚麼來撞屍遊魂？」香菱料事不好，三步兩步早已跑了。薛蟠再來找寶蟾，已無蹤跡了，於是恨的只罵香菱。至晚飯後，已吃得醺醺然，洗澡時不防水略熱了些，燙了腳，便說香菱有意害他，赤條精光趕着香菱踢打了兩下。香菱雖未受過這氣苦，既到此時，也說不得了，只好自怨自悲，各自走開。

彼時金桂已暗和寶蟾說明，今夜令薛蟠和寶蟾在香菱房中去成親，命香菱過來陪自己睡。先是香菱不肯，金桂說他嫌髒了，再必是圖安逸，怕夜裏勞動伏侍，又罵說：「你那沒見世面的主子，見一個，愛一個，把我的人霸佔了去，又不叫你來。到底是甚麼主意，想必是逼我死罷了。」薛蟠聽了這話，又怕鬧黃了寶蟾之事，忙又趕來罵香菱：「不識抬舉！再不去時便要打了！」香菱無奈，只得抱了鋪蓋來。金桂命他在地下鋪睡。香菱無奈，依命剛睡下，便叫倒茶，只得起來。一時又叫捶腿，如是一夜七八次，總不使其安逸穩臥片時，那薛蟠得了寶蟾，如獲珍寶，一概都置之不顧。恨的金桂暗暗的發恨道：「且叫你樂這幾天，等我慢慢的擺佈了來，那時可別怨我！」一面隱忍，一面設計擺佈香菱。

半月光景，忽又裝起病來，只說心疼難忍，四肢不能轉動，療治不效。眾人都說是香菱氣的。鬧了兩日，忽又從金桂的枕頭內抖出紙人來，上面寫着金桂的年庚八字，有五根針釘在心窩並四肢骨節等處。於是眾人當作新聞，先報與薛姨媽。薛姨媽先忙手忙腳的，薛蟠自然更亂起來，立刻要拷打眾人。金桂笑道：「何必冤枉眾人，大約是寶蟾的鎮魘法兒。」薛蟠道：「他這些時並沒多空兒在你房裏，何苦誤賴好人。」金桂冷笑道：「除了他還有誰，莫不是我自己不成！雖有別人，誰可敢進我的房呢。」薛蟠道：「香菱如今是天天跟着你，他自然知道，先拷問他就知道了。」金桂冷笑道：「拷問誰，誰肯認？依我說竟裝個不知道，大家丟開手罷了。橫豎治死我也沒甚麼要緊，樂得再娶好的。若據良心上說，左不過你三個多嫌我。」說着，一面痛哭起來。薛蟠更被這一席話激怒，順手抓起一根門閂來，一徑搶步找着香菱，不

容分說便劈頭劈面渾身打起來，一口咬定是香菱所施。香菱叫屈，薛姨媽跑來禁喝說：「不問明白，你就打起人來了。這丫頭伏侍你這幾年，那一點不周到，不盡心！他豈肯如今作這沒良心的事！你且問個清渾皂白，再動粗鹵。」

金桂聽見他婆婆如此說着，怕薛蟠耳軟心活，便益發嚎啕大哭起來，一面又哭喊說：「這半個多月把我的寶蟾霸佔了去，不容他進我的房，唯有秋菱跟着我睡。我要拷問寶蟾，你又護到頭裏。你這會子又賭氣打他去。治死我，再揀富貴的標緻的娶來就是了，何苦作出這些把戲來！」薛蟠聽了這些話，越發着了急。薛姨媽聽見金桂句句挾制着兒子，百般惡賴的樣子，十分可恨。無奈兒子偏不硬氣，已是被他挾制軟慣了。如今又勾搭上丫頭，被他說霸佔了去，他自己反要佔溫柔讓夫之禮。這魘魔法究竟不知誰做的？實是俗語說的「清官難斷家務事」，此時正是公婆難斷床幃事了。因此無法，只得賭氣喝罵薛蟠說：「不爭氣的孽障！騷狗也比你體面些！誰知你三不知的把陪房丫頭也摸索上了，叫老婆說嘴霸佔了丫頭，甚麼臉出去見人！也不知誰使的法子，也不問青紅皂白，好歹就打人。我知道你是個得新棄舊的東西，白辜負了我當日的心。他既不好，你也不許打，我即刻叫人牙子來賣了他，你就心淨了。」說着，命香菱「收拾了東西跟我來」，一面叫人去，「快叫個人牙子來，多少賣幾兩銀子，拔去肉中刺，眼中釘，大家過太平日子。」薛蟠見母親動了氣，早也低下頭了。

金桂聽了這話，便隔着窗子往外哭道：「你老人家只管賣人，不必說着一個扯着一個的。我們很是那吃醋拈酸容不下人的不成，怎麼『拔出肉中刺，眼中釘』？是誰的釘，誰的刺？但凡多嫌着他，也不肯把我的丫頭也收在房裏了。」薛姨媽聽說，氣的身戰氣咽道：「這是誰家的規矩？婆婆這裏說話，媳婦隔着窗子拌嘴。虧你是舊人家的女兒！滿嘴裏大呼小喊，說的是甚麼！」薛蟠急的跺腳說：「罷喲，罷喲！看人聽見笑話！」

金桂意謂一不做，二不休，越發發潑喊起來了。說：「我不怕人笑話！你的小老婆治我害我，我倒怕人笑話了！再不然，留下他，賣了我！誰還不知道你薛家有錢，行動拿錢墊人，又有好親戚挾制別人。你不趁早施為，還等甚麼？嫌我不好，誰叫你們瞎了眼，三求四告的跑了我們家做甚麼去了！」一面哭喊，一面自己拍打。薛蟠急的說又不好，勸又不好，打又不好，央告又不好，只是出入噯聲歎氣，抱怨說運氣不好。

當下薛姨媽早被薛寶釵勸進去了，只命人來賣香菱。寶釵笑道：「咱們家從來只知買人，並不知賣人之說。媽可是氣的糊塗了，倘或叫人聽見，豈不笑話。哥哥嫂子嫌他不好，留着我使喚，我也正沒人使呢。」薛姨媽道：「留下他還是惹氣，不如打發了他乾淨。」寶釵笑道：「他跟着我也是一樣，橫豎不叫他到前頭去。從此斷絕了他那裏，也如賣了一般。」香菱早已跑到薛姨媽跟前痛哭哀求，只不願出去，情願跟着姑娘，薛姨媽也只得罷了。

自此以後，香菱果跟隨寶釵去了，把前面路徑竟自斷絕。雖然如此，終不免對月傷悲，挑燈自歎。雖在薛蟠房中幾年，皆因血分中有病，是以並無胎孕。今復加以氣怒傷肝，內外折挫不堪，竟釀成乾血之症，日漸羸瘦，飲食懶進，請醫服藥不效。那時金桂又吵鬧了數次，薛蟠有時仗着酒膽挺撞過兩次，持棍欲打，那金桂便遞身叫打；這裏持刀欲殺時，便伸與他脖項。薛蟠也實不能下手，只得亂鬧了一陣罷了。如今已成習慣自然，反使金桂越發威風。

又漸次尋趁寶蟾。寶蟾卻不比香菱，最是個烈火乾柴，既和薛蟠情投意合，便把金桂忘在腦後。近見金桂又作踐他，他便不肯服低半點。先是一衝一撞的拌嘴，後來金桂氣急，甚至於罵，再至於打。他雖不敢還手，便大撒潑打滾，尋死覓活，晝則刀剪，夜則繩索，無所不鬧。薛蟠一身難以兩顧，唯徘徊觀望，十分鬧的無法，便出門躲着。金桂不發作性氣，有時歡喜，便糾聚人來鬥紙擲骰行樂。又生平最喜啃骨頭，每日務要殺雞鴨，將肉賞人吃，只單以油炸焦骨頭下酒。吃得不耐煩，便肆行海罵，說：「有別的忘八粉頭樂的，我為甚麼不樂！」薛家母女總不去理他，唯暗自落淚。薛蟠亦無別法，唯日夜悔恨不該娶這「攪家精」，都是一時沒了主意。於是寧榮二宅之人，上上下下，無有不知，無有不歎者。

此時寶玉已過了百日，出門行走。亦曾過來見過金桂，舉止形容也不怪厲，一般是鮮花嫩柳，與眾姊妹不差上下的人，焉得這等樣情性？可為奇事。因此心中納悶。這日與王夫人請安去，又正遇見迎春奶娘來家請安，說起孫紹祖甚屬不端，「姑娘唯有背地裏淌眼抹淚的，只要接了來家，散蕩兩日。」王夫人因說：「我正要這兩日接他去，只因七事八事的都不遂心，所以就忘了。前兒寶玉去了，回來也曾說過的。明日是個好日子，就接去。」正說着，賈母打發人來找寶玉，說：「明兒一早往天齊廟還願。」寶玉如今巴不得

各處去逛逛，聽見如此，喜的一夜不曾合眼。

　　次日一早，梳洗穿戴已畢，隨了兩三個老嬤嬤坐車出西城門外天齊廟來燒香還願。這廟裏已是昨日預備停妥的。寶玉天性怯懦，不敢近猙獰神鬼之像。是以忙忙的焚過紙馬錢糧，便退至道院歇息。

　　一時吃飯畢，眾嬤嬤和李貴等人圍隨寶玉到處散誕玩耍了一回。寶玉睏倦，復回至靜室安歇。眾嬤嬤生恐他睡着了，便請當家的老王道士來陪他說話兒。這老道士專意在江湖上賣藥，弄些海上方治人射利，這廟外現掛着招牌，丸散膏藥，色色俱備。亦長在寧榮兩宅走動熟慣，都與他起個渾號，喚他作「王一貼」，言他的膏藥靈驗，一貼病除。當下王一貼進來。寶玉正歪在炕上想睡，看見王一貼進來。便笑道：「來的好，我聽見說，你極會說笑話兒的，說一個給我們大家聽聽。」王一貼笑道：「正是呢。哥兒別睡，仔細肚裏面筋作怪。」說着，滿屋裏人都笑了。寶玉也笑着起身整衣。王一貼命徒弟們快泡好釅茶來。焙茗道：「我們爺不吃你的茶，連這屋裏坐着還嫌膏藥氣息呢。」王一貼笑道：「沒當家花花的，膏藥從不拿進這屋裏來的。知道二爺今日必來，頭三五天就拿香熏了又熏的。」寶玉道：「可是呢，天天只聽見你的膏藥好，到底治甚麼病？」王一貼道：「若問我的膏藥，說來話長，其中細理，一言難盡。其藥一百二十味，君臣相際，溫涼兼用。內則調元補氣，開胃口，養榮衛，寧神定魂，去寒去暑，化食化痰；外則和血脈，舒筋絡，出死生新，去風散毒。其效如神，貼過的便知。」

　　寶玉道：「我不信一張膏藥就治這些病。我且問你，倒有一種病可也貼的好麼？」王一貼道：「百病千災，無不立效。若不見效，二爺只管揪着鬍子打我這老臉，拆我這廟何如？只說出病源來。」寶玉笑道：「你猜，若你猜的着，便貼的好了。」王一貼聽了，尋思一會，笑道：「這倒難猜，只怕膏藥有些不美了。」寶玉命他坐在身旁，王一貼心動，便笑着悄悄的說道：「我可猜着了。想是哥兒如今有了房中的事情，要滋助的藥，可是不是？」話猶未完，焙茗先喝道：「該死，打嘴！」寶玉猶未解，忙問：「他說甚麼？」焙茗道：「信他胡說。」唬的王一貼不敢再問，只說：「哥兒明說了罷。」

　　寶玉道：「我問你，可有貼女人的妒病的方子沒有？」王一貼聽說，拍手笑道：「這可罷了。不但說沒有方子，就是聽也沒有聽見過。」寶玉笑道：「這樣還算不得甚麼。」王一貼又忙道：「這貼妒的膏藥倒沒經過，有一種湯藥或

者可醫，只是慢些兒，不能立刻見效的。」寶玉道：「甚麼湯藥，怎麼吃法？」王一貼道：「這叫做『療妒湯』。用極好的秋梨一個，二錢冰糖，一錢陳皮，水三碗，梨熟為度，每日清晨吃這一個梨，吃來吃去就好了。」寶玉道：「這也不值甚麼，只怕未必見效。」

王一貼道：「一劑不效吃十劑，今日不效明日再吃，今年不效明年再吃。橫豎這三味藥都是潤肺開胃不傷人的，甜絲絲的，又止咳嗽，又好吃。吃過一百歲，人橫豎是要死的，死了還妒甚麼！那時就見效了。」說着，寶玉焙茗都大笑不止，罵「油嘴的牛頭」。王一貼笑道：「不過是閑着解午盹罷了，有甚麼關係。說笑了你們就值錢。實告你們說，連膏藥也是假的。我有真藥，我還吃了作神仙呢。有真的，跑到這裏來混？」正說着，吉時已到，請寶玉出去焚化錢糧散福。功課完畢，方進城回家。

那時迎春已來家好半日，孫家的婆娘媳婦等人已待過晚飯，打發回家去了。迎春方哭哭啼啼的在王夫人房中訴委曲，說孫紹祖「一味好色，好賭酗酒，家中所有的媳婦丫頭將及淫遍。略勸過兩三次，便罵我是『醋汁子老婆擰出來的』。又說老爺曾收着他五千銀子，不該使了他的。如今老來要了兩三次不得，他便指着我的臉說道：『你別和我充夫人娘子，你老子使了我五千銀子，把你準折賣給我的。好不好，打一頓攆在下房裏睡去。當日有你爺爺在時，希圖上我們的富貴，趕着相與的。論理我和你父親是一輩，如今強壓我的頭，晚了一輩。又不該作了這門親，倒沒的叫人看趨勢利似的。』」一行說，一行哭的嗚嗚咽咽，連王夫人並眾姊妹無不落淚。

王夫人只得用言語解勸說：「已是遇見了這不曉事的人，可怎麼樣呢？想當日你叔叔也曾勸過大老爺，不叫做這門親的。大老爺執意不聽，一心情願，到底做不好了。我的兒，這也是你的命。」迎春哭道：「我不信我的命就這麼苦！從小兒沒了娘，幸而過嬸子這邊過了幾年心淨日子，如今偏又是這麼個結果！」王夫人一面勸，一面問他隨意要在那裏安歇。迎春道：「乍乍的離了姊妹們，只是眠思夢想。二則還記掛着我的屋子，還得在園裏舊房子裏住得三五天，死也甘心了。不知下次還可能得住不得住了呢！」王夫人忙勸道：「快休亂說。年輕的夫妻們，鬥牙鬥齒，也是泛泛人的常事，何必說這喪話。」仍命人忙忙的收拾紫菱洲房屋，命姊妹們陪伴着解釋，又吩咐寶玉：「不許在老太太跟前走漏一些風聲，倘或老太太知道了這些事，都是你說的。」寶

玉唯唯聽命。

　　迎春是夕仍在舊館安歇。眾姊妹等更加親熱異常。一連住了三日，才往邢夫人那邊去。先辭過賈母及王夫人，然後與眾姊妹分別，更皆悲傷不捨。還是王夫人薛姨媽等安慰勸釋，方止住了過那邊去。又在邢夫人處住了兩日，就有孫紹祖的人來接去。迎春雖不願去，無奈懼孫紹祖之強，勉強忍情作辭去了。邢夫人本不在意，也不問其夫妻和睦，家務煩難，只面情塞責而已。要知後事，且聽下回分解。

 精華賞析

　　迎春嫁給孫紹祖，生活十分不如意。看起來賈母和賈政並沒有看錯。而賈赦為了錢財不聽勸告，等於將迎春賣給孫紹祖。迎春的遭遇是對封建家長包辦婚姻最有力的控訴。

上冊

清 曹雪芹

中華教育

目錄

閱讀準備

💬 **作家生平**

　　曹雪芹（約 1715－約 1763 年），清代著名小說家。曹雪芹名霑，字夢阮，號雪芹，又號芹圃、芹溪。他祖籍遼陽，祖上本來是漢人，後來成為滿洲正白旗的「包衣」。清朝初年，曹家被編入滿洲正白旗籍，清軍入關後，又被編入正白旗內務府籍。曹雪芹的曾祖父曹璽，祖父曹寅，父曹顒和叔父曹頫相繼擔任江寧織造一職，總計六十餘年之久，受到康熙帝寵信。在曹雪芹幼年時，曹家的勢力十分鼎盛，與皇帝的關係格外親密，是當地最顯赫的家族。後來曹雪芹的父親因事獲罪，家產被抄沒，曹家從此沒落，於是全家遷回北京。年屆中年的曹雪芹住在北京西北郊外，過着家徒四壁的貧困生活，只能「舉家食粥」度日。曹雪芹多才多藝，性格開朗，詩畫皆通。1763 年，曹雪芹因貧病交加，加上愛子夭折，一代才子最終含恨而逝，只留下八十回《紅樓夢》流傳世間。

　　高鶚（約 1738－約 1815 年），清代文學家。字蘭墅，一字雲士，漢軍鑲黃旗內務府人，祖籍鐵嶺。從清初開始，高鶚的祖上就寓居在北京。乾隆五十三年（1788 年），高鶚參加科舉考試，成為順天府的鄉試舉人，乾隆六十年又考中進士。他先後擔任過內閣中書、內閣侍讀等職務。嘉慶六年（1801 年），高鶚擔任順天府鄉試的同考官。嘉慶十四年，他被選為江南道監察御史，嘉慶十八年，又升任刑科給事中。高鶚為官清廉，聲望很高，在任期間以「操守謹、政事勤、才具長」見稱，但晚年的高鶚家徒四壁、兩袖清風，生活十分困苦。高鶚酷愛《紅樓夢》，別號「紅樓外史」，續寫了《紅樓夢》後四十回。

💬 創作背景

　　曹家本來家世顯赫，因為受到封建統治階層內部紛爭的牽連，被抄沒家產，家道中落。曹雪芹從此過上了一貧如洗的生活，但童年時經歷的富貴繁華一直留在他腦海中。在這一人生的轉折中，曹雪芹深刻感受到世態炎涼，更清醒地認識了封建社會制度吃人的本質。他以堅韌不拔的毅力創作《紅樓夢》，披閱十載，增刪五次，創造了中國古典小說的巔峯。

💬 作品速覽

　　《紅樓夢》又名《石頭記》《風月寶鑒》《金玉緣》等，以賈、王、史、薛四大家族的生活為背景，以賈寶玉和林黛玉的愛情故事為主線，構築了一個複雜而立體的故事結構。作品不僅描寫了寶玉、黛玉和寶釵之間的感情糾葛，還塑造了眾多鮮活的人物形象，特別是編織了一羣青年女子的悲劇命運。同時，《紅樓夢》生動描寫了當時的社會環境，暴露了封建社會制度下人失去人身和思想自由的無奈，更揭露出封建政治、法律、宗教、道德等方面的殘酷性，鞭撻了封建貴族統治的腐朽、罪惡與黑暗，通過叛逆者的奮力抗爭折射出封建制度必然滅亡的前景。《紅樓夢》被譽為是一部反映我國封建社會後期社會生活的百科全書。

💬 文學特色

　　《紅樓夢》最突出的特色在於塑造了眾多而豐富的人物形象。這些人物中既有貴族小姐，又有奴才僕人，既有王侯公子，又有樸實村婦，幾乎涵蓋了當時社會各個階層的人物。這些人物各有各的特點，每一個都鮮活生動。

　　《紅樓夢》的語言可謂雅俗共賞。一方面，人物語言通俗易懂，大量運用日常口語，貼近生活。另一方面書中出現了大量詩詞歌賦，引用了諸多歷史典故，包涵了深厚而豐富的歷史文化知識。

　　《紅樓夢》表面上描寫家庭生活的細微瑣事，但其中每一件事都對家族命運有或淺或深的影響。全書結構複雜但脈絡清晰，以寶、黛之間的愛情故事為主線，描繪了賈府由盛而衰的過程，其內涵發人深省。

《第一回》

精讀　甄士隱夢幻識通靈
賈雨村風塵懷閨秀

渺渺大士、茫茫真人將一塊通靈寶玉帶入人間，從此引出許多故事。

此開卷第一回也。作者自云：因曾歷過一番夢幻之後，故將真事隱去，而借「通靈」之說撰此《石頭記》一書也，故曰「甄士隱」云云。

但書中所記何事何人？自又云：「今風塵碌碌，一事無成，忽念及當日所有之女子，一一細考較去，覺其行止見識，皆出於我之上。何我堂堂鬚眉，誠不若彼裙釵哉？實愧則有餘，悔又無益之大無可如何之日也！當此時，則自欲將已往所賴天恩祖德，錦衣紈綺之時，飫甘饜肥之日，背父兄教育之恩，負師友規談之德，以致今日一技無成、半生潦倒之罪，編述一集，以告天下人，知我之罪固不免，然閨閣中本自歷歷有人，萬不可因我之不肖，自護己短，一併使其泯滅也。雖今日之茅椽蓬牖，瓦灶繩床，其晨夕風露，階柳庭花，並不足妨我襟懷；況那晨風夕月，階柳庭花，更覺得潤人筆墨。雖我不學，下筆無文，又何妨用假語村言，敷演出一段故事來，亦可使閨閣昭傳，復可悅世之目，破人愁悶，不亦宜乎？故曰『賈雨村』云云。更於篇中凡用『夢』用『幻』等字，是提醒閱者眼目，亦是此書本旨。」

閱者切記之。詩曰：

浮生着甚苦奔忙，盛席華筵終散場。慧喜千般同幻渺，古今一夢盡荒唐。謾言紅袖啼痕重，更有情癡抱恨長。字字看來皆是血，十年辛苦不尋常！

　　列位看官：你道此書從何而起？說來雖近荒唐，細按頗有趣味。原來女媧氏煉石補天[1]之時，於大荒山無稽崖煉成高十二丈、見方二十四丈頑石三萬六千五百零一塊。女媧氏只用了三萬六千五百塊，單單剩了一塊未用，便棄在此山青埂峯下。誰知此石自經煅煉之後，靈性已通，自去自來，可大可小，因見眾石俱得補天，獨自己無才不堪入選，遂自怨自歎，日夜悲哀。

　　一日，正當嗟悼之際，俄見一僧一道遠遠而來，生得氣宇不凡，豐神迥異，來至峯下，席地坐談。見這一塊鮮明瑩潔的石頭，且又縮成扇墜一般，可佩可拿。那僧托於掌上，笑道：「形體倒也是個寶物了！還只沒有實在的好處，須得再鑴上幾個字，使人一見你便知是件奇物；然後攜你到那昌明隆盛之邦，詩禮簪纓之族，花柳繁華之地，溫柔富貴之鄉去安身樂業。」石頭聽了，喜不能禁，乃問：「不知可鑴何字？攜到何地方？望乞明示。」那僧笑道：「你且莫問，日後自然明白。」說着，便袖了那石，同那道人飄然而去，竟不知投奔何方何舍。

　　後來又不知過了幾世幾劫[2]，因有個空空道人訪道求仙，忽從這大荒山無稽崖青埂峯下經過，忽見一大塊石上字跡分

●「空空道人」的名字具有象徵意義，它寓意着整個故事不過是一場空。而石頭是被「渺渺大士」「茫茫真人」帶入紅塵的，因此也寓意所有繁華光景都不過是一場夢幻。

---

1)　女媧氏煉石補天：古代神話。傳說天原來不整齊，女媧氏煉五色石把它修補起來。後來又被共工氏撞壞，天的西北角塌了，地的東南角陷了。見《列子》。《列子》注說女媧氏是「古天子」，「風」姓。所以又稱「媧皇」。

2)　幾世幾劫：佛教思想，認為宇宙是有成有毀，循環不止的。每一次由成到毀，叫作一「劫」，人生的世界叫作「世」。「幾世幾劫」言其時間荒遠。下文「造劫歷世」，即指經過這種「劫」和「世」。佛教思想又認為世界是「虛幻」的，所以生在世界上等於經過一次「虛幻的因緣輪迴」。

明，編述歷歷。空空道人乃從頭一看，原來就是無材補天，幻形入世，蒙茫茫大士、渺渺真人攜入紅塵，歷盡一番離合悲歡、炎涼世態的一段故事。後面又有一偈云：

> 無才可去補蒼天，枉入紅塵若許年。
>
> 此係身前身後事，倩誰記去作奇傳？

　　詩後便是此石墮落之鄉，投胎之處，親自經歷的一段陳跡故事。其中家庭閨閣的瑣事，以及閑情的詩詞倒還全備，或可適情解悶；然朝代年紀，地輿邦國，卻反失落無考。空空道人遂向石頭說道：「石兄，你這段故事，據你自己說有些趣味，故編寫在此，意欲問世傳奇。據我看來：第一無朝代年紀可考；第二並無大賢大忠理朝廷、治風俗的善政，其中只不過幾個異樣的女子，或情或痴，或小才微善，亦無班姑、蔡女之德能。我縱抄去，恐世人不愛看呢。」

　　石頭笑答道：「我師何太痴也！若云無朝代可考，今我師竟假借漢唐等年紀添綴，又有何不可？但我想歷來野史，皆蹈一轍，莫如我這不借此套，反倒別緻新奇，不過只取其事體情理罷了，又何必拘於朝代年紀哉！再者，市井俗人喜看理治之書者甚少，愛看適趣閑文者甚多。歷來野史，或訕謗君相，或貶人妻女、姦淫兇惡者，不可勝數。更有一種風月筆墨，其淫穢污臭，塗毒筆墨，壞人子弟，又不可勝數。更若佳人才子等書，則又千部共出一套，且其中終不能不涉於淫濫，以致滿紙潘安、子建，西子、文君，不過作者要寫出自己那兩首情詩豔賦來，故假擬出男女二人名姓，又必旁出一小人其間撥亂，亦如劇中之小丑然。且鬟婢開口即「者也之乎」，非文即理。故逐一看去，悉皆自相矛盾、大不近情理之話，竟不如我半世親睹親聞的這幾個女子，雖不敢說強似前代書中所有之人，但事跡原委，亦可以消愁破悶；也有幾首歪詩俗話，可以噴飯供酒。至若離合悲歡，興

衰際遇，則又追蹤躡跡，不敢稍加穿鑿，徒為供人之目，而反失其真傳。今之人貧者日為衣食所累，富者又懷不足之心，縱一時稍閑，又有貪淫戀色、好貨尋愁等事，那裏有工夫去看那理治之書？所以我這一段故事，也不願世人稱奇道妙，也不定要世人喜悅檢讀，只願他們當那醉餘飽臥之時，或避事去愁之際，把此一玩，豈不省了些壽命筋力？就比那樣謀虛逐妄，卻也省了口舌是非之言，腿腳奔忙之苦。再者亦令世人換新眼目，不比那些胡牽亂扯，忽離忽遇，滿紙才子淑女、子建文君，紅娘小玉等通共熟套舊稿。我師意為何如？」

空空道人聽如此說，思忖了半晌，想這《石頭記》亦非傷時罵世之旨，及至君仁臣良，父慈子孝，凡倫常所關之處，皆是稱功頌德，眷眷無窮，實非別書之可比。雖其中大旨談情，亦不過實錄其事，又非假擬妄稱，一味的淫邀豔約、私訂偷盟之可比。因毫不干涉時世，方從頭至尾抄錄回來，問世傳奇。從此空空道人因空見色，由色生情，傳情入色，自色悟空，遂易名為情僧，改《石頭記》為《情僧錄》。東魯孔梅溪則題曰《風月寶鑒》。後因曹雪芹於悼紅軒中披閱十載，增刪五次，纂成目錄，分出章回，則題曰《金陵十二釵》，並題一絕云：

> 滿紙荒唐言，一把辛酸淚。
> 都云作者痴，誰解其中味。

● 這是曹雪芹著書的心聲。

出則既明，且看石上是何故事。按那石上書云：

當日地陷東南，這東南一隅有處姑蘇，有城曰閶門者，最是紅塵中一二等富貴風流之地。這閶門外有個十里街，街內有個仁清巷，巷內有個古廟，因地方窄小，人皆呼作葫蘆廟。廟旁住着一個鄉宦，姓甄名費，字士隱。嫡妻封氏，情性賢淑，深明禮義。家中雖不甚富貴，然本地便也推

● 諧音「真事隱」，有「將真事隱去」之意。

為望族了。因為甄士隱稟性恬淡，不以功名為念，每日只以觀花修竹、酌酒吟詩為樂，倒是神仙一流人品。只是一件不足，如今年已半百，膝下無兒，只有一女，乳名喚作英蓮，年方三歲。

　　一日炎夏永晝，士隱於書房閒坐，至倦時拋書，伏几少憩，不覺朦朧睡去。夢至一處，不辨是何地方，忽見那廂來了一僧一道，且行且談。只聽得道人問道：「你攜了這蠢物，意欲何往？」那僧笑道：「你放心，如今現有一段風流公案正該了結去。這一干風流冤家，尚未投入人世，趁此機會，就將此蠢物夾帶於中，使他經歷經歷。」那道人：「原來近日的風流冤孽，又將造劫歷世去不成？但不知落於何方何處？」

　　那僧笑道：「此事說來好笑，竟是千古未聞的罕事。只因西方靈河岸上三生石畔，有絳珠草一株，時有赤霞宮神瑛侍者，日以甘露灌溉，這絳珠草始得久延歲月。後來既受天地精華，復得雨露滋養，遂得脫卻草胎木質，得換個人形，僅修成個女體，終日遊於離恨天外，飢則食蜜青果為膳，渴則飲灌愁海水為湯。只因尚未酬報灌溉之德，故其五內便鬱結着一段纏綿不盡之意。恰近日這神瑛侍者凡心偶熾，乘此昌明太平朝世，意欲下凡造歷幻緣，已在警幻仙子案前掛了號。警幻亦曾問及灌溉之情未償，趁此倒可了結的。那絳珠仙子道：『他是甘露之惠，我並無此水可還。他既下世為人，我也去下世為人，但把我一生所有的眼淚還他，也償還得過他了。』因此一事，就勾出多少風流冤家，陪他們去了結此案。」

　　那道人道：「果是罕聞，實未聞有還淚之說。想來這段故事，比歷來風月故事更加瑣碎細膩了。」那僧道：「歷來幾個風流人物，不過傳其大概以及詩詞篇章而已；至家庭閨閣中一飲一食，總未述記。再者，大半風月故事，不過偷香竊玉、暗約私奔而已，並不曾將兒女之私情發泄一二。想這

一干人入世，其情痴色鬼、賢愚不肖者，悉與前人傳述不同矣。」

那道人道：「趁此何不你我也去下世度脫幾個，豈不是一場功德？」那僧道：「正合吾意。你且同我到警幻仙子宮中，將蠢物交割清楚，待這一干風流孽鬼下世已完，你我再去。如今雖已有一半落塵，然猶未全集。」道人道：「既如此，便隨你去來。」

卻說甄士隱俱聽得明白，但不知所云「蠢物」係何東西，遂不禁上前施禮，笑問道：「二仙師請了。」那僧道也忙答禮相問。士隱因說道：「適聞仙師所談因果，實人世罕聞者。但弟子愚濁，不能洞悉明白，若蒙大開痴頑，備細一聞，弟子則洗耳靜聽，稍能警醒，亦可免沉淪之苦。」二仙笑道：「此是玄機[3]，不可預洩者。到那時不要忘我二人，便可跳出火坑矣。」士隱聽了，不便再問，因笑道：「玄機不可預洩，但適云『蠢物』，不知為何物，或可一見否？」那僧道「若問此物，倒有一面之緣。」說着，取出遞與士隱。士隱接了看時，原來是塊鮮明美玉，上面字跡分明，鐫着「通靈寶玉」四字，後面還有幾行小字。正欲細看時，那僧便說已到幻境，便強從手中奪了去，與道人竟過一大石牌坊，那牌坊上書四個大字，乃是「太虛幻境」。兩邊又有一副對聯，道是：「假作真時真亦假，無為有處有還無。」

士隱意欲也跟了過去，方舉步時，忽聽一聲霹靂，有若山崩地陷。士隱大叫一聲，定睛一看，只見烈日炎炎，芭蕉冉冉，所夢之事便忘了大半。又見奶母正抱了英蓮走來。士隱見女兒越發生的粉妝玉琢，乖覺可喜。便伸手接來，抱在懷內，鬥他頑耍一回。又帶至街前，看那過會的熱鬧。方欲進來時，只見從那邊來了一僧一道：那僧則癩頭跣腳，

---

3)　　玄機：指宗教的「玄妙細微的道理」。

點評

那道則跛足蓬頭，瘋瘋癲癲，揮霍談笑而至。及至到了他門前，看見士隱抱着英蓮，那僧便大哭起來，又向士隱道：「施主，你把這有命無運、累及爹娘之物，抱在懷內作甚？」士隱聽了，知是瘋話，也不去睬他。那僧還說：「捨我罷，捨我罷！」士隱不耐煩，便抱女兒撤身要進去，那僧乃指着他大笑，口內唸了四句言詞道：「慣養嬌生笑你痴，菱花空對雪澌澌。好防佳節元宵後，便是煙消火滅時。」

士隱聽得明白，心下猶豫，意欲問他們來歷，只聽道人說道：「你我不必同行，就此分手，各幹營生去罷。三劫後，我在北邙山等你，會齊同往太虛幻境銷號。」那僧道：「最妙，最妙！」說畢，二人一去，再不見個蹤影了。士隱心中此時自忖：這兩個人必有來歷，試問一番，如今悔之晚矣。

這士隱正痴想，忽見隔壁葫蘆廟內寄居的一個窮儒，姓賈名化、表字時飛、別號雨村者，走了出來。這賈雨村原係湖州人氏，原是詩書仕宦之族。因他生於末世，父母祖宗根基已盡，人口衰喪，只剩得他一身一口，在家鄉無益，因進京求取功名，再整基業。自前歲來此，又淹蹇 [4] 住了，暫寄廟中安身，每日賣字作文為生，故士隱常與他交接。當下雨村見了士隱，忙施禮陪笑道：「老先生倚門佇望，敢是街市上有甚新聞否？」士隱笑道：「非也。適因小女啼哭，引他出來作耍，正是無聊之甚，兄來得正妙，請入小齋一談，彼此皆可消此永晝。」說着，便令人送女兒進去，自攜了雨村來至書房中，小童獻茶。方談得三五句話，忽家人飛報：「嚴老爺來拜。」士隱慌得忙起身謝罪道：「恕誑駕之罪，略坐，弟即來陪。」雨村忙起身，亦讓道：「老先生請便。晚生乃常造之客，稍候何妨。」說着，士隱已出前廳去了。

這裏雨村且翻弄書籍解悶。忽聽得窗外有女子嗽聲，

● 諧音「假語存」，寓意「假語存留」。

---

4)　淹蹇（yān jiǎn，又作 yāng jiāng）：行動不順利，停留、阻滯。

雨村遂起身望窗外一看，原來是一個丫鬟，在那裏擷花，生得儀容不俗，眉目清明，雖無十分姿色，卻亦有動人之處。雨村不覺看得呆了。那丫鬟擷了花，方欲走時，猛抬頭見窗內有人，敝巾舊服，雖是貧窘，然生得腰圓膀厚，面闊口方，更兼劍眉星眼，直鼻方腮。這丫鬟忙轉身回避，心下乃想：「這人生的這樣雄壯，卻又這等襤褸，想他定是我家主人常說的甚麼賈雨村了。每有意幫助周濟，只是沒甚機會。我家並無這樣貧窮親友，想定是此人無疑了。怪道又說他必非久困之人。」如此想來，不免又回頭兩次。雨村見他回了頭，便自為這女子心中有意與他，更狂喜不禁，自為此女子必是個巨眼英豪，風塵中之知己也。一時小童進來，雨村打聽得前面留飯，不可久待，遂從夾道中自便門出去了。士隱待客既散，知雨村自便，也不去再邀。

一日，早又中秋佳節。士隱家宴已畢，乃又另具一席於書房，卻自己步月至廟中來邀雨村。原來雨村自那日見了甄家之婢曾回顧他兩次，自為是個知己，便時刻放在心上。今又值中秋，不免對月有懷，因而口占五言一絕云：「自顧風前影，誰堪月下愁。悶來時斂額，先上玉人樓。」雨村吟罷，因又思及平生抱負，苦未逢時，乃又搔首對天長歎，復高吟一聯曰：「玉在櫝中求善價，釵於奩內待時飛。[5]」恰值士隱走來聽見，笑道：「雨村兄真抱負不淺也！」雨村忙笑道：「豈敢！不過偶吟前人之句，何敢狂誕至此。」因問：「先生何事至此？」士隱笑道：「今夜中秋，俗謂『團圓之節』，想尊兄旅寄僧房，不無寂寥之感，故特具小酌，邀兄到敝齋

---

5)　玉在櫝中求善價，釵於奩內待時飛：櫝，匣；奩，盛化妝用具等的盒子。匣盛美玉，等待大價錢才賣，是孔子對於「有才能的人」等待機會」的比喻；神女留玉釵，後化為燕子飛去，是源自古代傳說。「待時飛」也是藉以比喻等待「做官發達」的意思。

一飲，不知可納芹意[6]否？」雨村聽了，並不推辭，便笑道：「既蒙謬愛，何敢拂此盛情。」說着，便同了士隱，過這邊書院中來。

　　須臾茶畢，早已設下杯盤，那美酒佳餚自不必說。二人歸坐，先是款斟漫飲，交漸談至興濃，不覺飛觥獻斝起來。當時街坊上家家簫管，戶戶笙歌，當頭一輪明月，飛彩凝輝，二人愈添豪興，酒到杯乾。雨村此時已有七八分酒意，狂興不禁，乃對月寓懷，口占一絕云：「時逢三五便團圓，滿把晴光護玉欄。天上一輪才捧出，人間萬姓仰頭看。」

　　士隱聽了，大叫：「妙哉！吾每謂兄必非久居人下者，今所吟之句，飛騰之兆已見，不日可接履於雲霓之上矣。可賀，可賀！」乃親斟一斗為賀。雨村因乾過，歎道：「非晚生酒後狂言，若論時尚之學，晚生也或可去充數沽名。只是如今行囊路費一概無措，神京路遠，非賴賣字撰文即能到者。」士隱不待說完，便道：「兄何不早言。愚每有此心，但每遇兄時，兄並未談及，故未敢唐突。今既提及，愚雖不才，『義利』二字卻還識得。且喜明歲正當大比，兄宜作速入都，春闈[7]一捷，方不負兄之所學也。其盤費餘事，弟自代為處置，亦不枉兄之謬識矣！」當下即命小童進去，速封五十兩白銀，並兩套冬衣。又云：「十九日乃黃道之期，兄可即買舟西上，待雄飛高舉，明冬再晤，豈非大快之事也！」雨村收了銀衣，不過略謝一語，並不介意，仍是吃酒談笑。那天已交了三更，二人方散。

---

6)　　芹意：古時傳說，有人吃了並不珍貴的芹菜，覺得味美，還鄭重地送給別人。後世借來作為對人有所贈送時的謙詞。

7)　　大比、春闈：明清科舉制度：每三年在省裏舉行一次「鄉試」，考試府、縣的生員（秀才），考中的為「舉人」。每次鄉試後在京城舉行一次「會試」，考試各省的舉人，考中的為「進士」。鄉試在秋天，稱為「秋闈」；會試在第二年的春天，稱為「春闈」。會試是全國的評選比較，所以稱為「大比」。考場要關防嚴密，所以稱「鎖闈」，又簡稱「闈」。

　　士隱送雨村去後，回房一覺，直至紅日三竿方醒。因思昨夜之事，意欲再寫兩封書與雨村帶至神都，使他投謁個仕宦之家為寄足之地。因使人過去請時，那家人去了回來說：「和尚說，賈爺今日五鼓已進京去了，也曾留下話與和尚轉達老爺說，讀書人不在黃道黑道[8]，總以事理為要，不及面辭了。」士隱聽了，也只得罷了。

　　真是閑處光陰易過，倏忽又是元宵佳節矣。因士隱命家人霍啟抱了英蓮去看社火花燈，半夜中，霍啟因要小解，便將英蓮放在一家門檻上坐着。待他小解完了來抱時，那有英蓮的蹤影？急得霍啟直尋了半夜。至天明不見，那霍啟也就不敢回來見主人，便逃往他鄉去了。

　　那士隱夫婦，見女兒一夜不歸，便知有些不妥，再使幾人去尋找，回來皆云連音響皆無。夫妻二人，半世只生此女，一旦失落，豈不思想，因此晝夜啼哭，幾乎不曾尋死。看看一月，士隱先就得了一病；當時封氏孺人也因思女構疾，日日請醫療治。

　　不想這日三月十五，葫蘆廟中炸供[9]，那些和尚不加小心，致使油鍋火起，便燒着窗紙。此方人家多用竹籬木壁者，大抵也因劫數，於是接二連三，牽五掛四，將一條街燒得如火焰山一般。彼時雖有軍民來救，那火已成了勢，如何救得下？直燒了一夜，方漸漸的熄下去，也不知燒了幾家。只可憐甄家在隔壁，早已燒成一片瓦礫場了，只有他夫婦並幾個家人的性命，不曾傷了。急得士隱唯跌足長歎而已，只得與妻子商議，且到田莊上去安身。偏值近年水旱不收，鼠盜蜂起，無非搶田奪地，鼠竊狗偷，民不安生，因此官兵剿捕。難以安身，士隱只得將田莊都折變了，便攜了妻子與兩

8)　　黃道黑道：古代曆法家的迷信說法。以為「黃道」日子是「吉日」，做事相宜；「黑道」日子是「凶日」，做事不利。

9)　　炸供：用油煎炸製作供神食品。

個丫鬟投他岳丈家去。

　　他岳丈喚名封肅，本貫大如州人氏，雖是務農，家中卻還殷實。今見女婿這等狼狽而來，心中便有些不樂。幸而士隱還有折變田地的銀子未曾用完，拿出來託他隨分就價薄置些須房地，為後日衣食之計。那封肅便半哄半賺，些須與他些薄田朽屋。士隱乃讀書之人，不慣生理稼穡等事，勉強支持了一二年，越覺窮了下去。封肅每見面時，便說些現成話，且人前人後又怨他們不善過活，只一味好吃懶作等語。士隱知投人不着，心中未免悔恨，再兼上年驚唬，急忿怨痛，已有積傷，暮年之人，貧病交攻，竟漸漸的露出那下世的光景來。

　　可巧這日拄了拐杖掙挫到街前散散心，忽見那邊來了一個跛足道人，瘋癲落拓麻履鶉衣，口內唸着幾句言詞道：

　　世人都曉神仙好，唯有功名忘不了；古今將相在何方？荒塚一堆草沒了。世人都曉神仙好，只有金銀忘不了；終朝只恨聚無多，及到多時眼閉了。世人都曉神仙好，只有嬌妻忘不了；君生日日說恩情，君死又隨人去了。世人都曉神仙好，只有兒孫忘不了；痴心父母古來多，孝順兒孫誰見了？

　　士隱聽了，便迎上來道：「你滿口說些甚麼？只聽見些『好』了『好』了。」那道人笑道：「你若果聽見『好』『了』二字，還算你明白。可知世上萬般，好便是了，了便是好。若不了，便不好；若要好，須是了。我這歌兒，便名《好了歌》。」士隱本是有宿慧的，一聞此言，心中早已徹悟。因笑道：「且住！待我將你這《好了歌》解注出來何如？」道人笑道：「你解，你解。」士隱乃說道：

　　陋室空堂，當年笏滿床；
　　衰草枯楊，曾為歌舞場。

蛛絲兒結滿雕樑，綠紗況今又糊在蓬窗上。

說甚麼脂正濃、粉正香，如何兩鬢又成霜？

昨日黃土隴頭埋白骨，今宵紅綃帳裏臥鴛鴦。

金滿箱，銀滿箱，展眼乞丐人皆謗。

正歎他人命不長，那知自己歸來喪！

訓有方，保不定日後作強梁。

擇膏粱，誰承望流落在煙花巷！

因嫌紗帽小，致使鎖枷扛。

昨憐破襖寒，今嫌紫蟒長：

亂烘烘你方唱罷我登場，反認他鄉是故鄉。

甚荒唐，到頭來都是為他人作嫁衣裳！

那瘋跛道人聽了，拍掌笑道：「解得切，解得切！」士隱便說一聲：「走罷！」將道人肩上褡褳[10]搶了過來背着，竟不回家，同了瘋道人飄飄而去。當下烘動街坊，眾人當作一件新聞傳說。封氏聞得此信，哭個死去活來，只得與父親商議，遣人各處訪尋，那討音信？無奈何，少不得依靠着他父母度日。幸而身邊還有兩個舊日的丫鬟伏侍，主僕三人，日夜作些針線發賣，幫着父親用度。那封肅雖然日日抱怨，也無可奈何了。

這日，那甄家大丫鬟在門前買線，忽聽街上喝道之聲，眾人都說新太爺到任。丫鬟於是隱在門內看時，只見軍牢快手[11]，一對一對的過去，俄而大轎抬着一個烏紗猩袍的官府過去。丫鬟倒發了個怔，自思這官好面善，倒像在那裏見

---

10)　褡褳：一種裝錢和其他物品的長方口袋。中間開口，兩頭各為一個口袋，兩個口袋內可以同時裝上錢和其他物品，使其輕重對稱，大的可搭在肩上，小的可掛在腰帶上。

11)　軍牢快手：管緝捕、防衛和行刑的隸卒，古代官員們出門時常有軍牢快手護衛的排場。

過的。於是進入房中，也就丟過不在心上。至晚間，正待歇息之時，忽聽一片聲打的門響，許多人亂嚷，說：「本府太爺差人來傳人問話。」封肅聽了唬得目瞪口呆，不知有何禍事，且聽下回分解。

💡 精華賞析

　　小說開頭以玄幻的方式交代了賈寶玉和林黛玉的來歷，並以空空道人、渺渺大士、茫茫真人、甄士隱、賈雨村等人物的名字來造成架空之感，擺脫了傳統小說追求寫實的敍述特點，使小說從整體上具有了象徵意義。故事假託「假語村言」將「真事隱去」，要講述的內容看似有神仙造世的玄幻色彩，實際上卻反映了一個時代血淋淋的「事實」。

《第二回》

精讀 賈夫人仙逝揚州城
冷子興演說榮國府

賈雨村本已經考中，也當了官，但因為「不合時宜」被罷免，到姑蘇巡鹽御史家裏當了一名教書先生。他的女學生林黛玉正是金陵賈家老夫人的外孫女。冷子興給他講了一番賈府的事情，賈雨村也許能藉這個關係謀個好官位。

詩云：

> 一局輸贏料不真，香銷茶盡尚逡巡。
> 欲知目下興衰兆，須問傍觀冷眼人。

卻說封肅因聽見公差傳喚，忙出來陪笑啟問。那些人只嚷：「快請出甄爺來！」封肅忙陪笑道：「小人姓封，並不姓甄。只有當日小婿姓甄，今已出家一二年了，不知可是問他？」那些公人道：「我們也不知甚麼『真』『假』，因奉太爺之命來問，他既是你女婿，便帶了你去親見太爺面稟，省得亂跑。」說着，不容封肅多言，大家推擁他去了。封家人個個都驚慌，不知何兆。

那天約二更時，只見封肅方回來，歡天喜地。眾人忙問端的，他乃說道：「原來本府新升的太爺姓賈名化，本貫湖州人氏，曾與女婿舊日相交。方才在咱門前過去，因見嬌杏那丫頭買線，所以他只當女婿移住於此。我一一將原故回

明，那太爺倒傷感歎息了一回；又問外孫女兒，我說看燈丟了。太爺說：『不妨，我自使番役務必探訪回來。』說了一回，臨走倒送了我二兩銀子。」甄家娘子聽了，不免心中傷感。一宿無話。

至次日，早有雨村遣人送了兩封銀子、四匹錦緞，答謝甄家娘子；又寄一封密書與封肅，轉託問甄家娘子要那嬌杏作二房。封肅喜得屁滾尿流，巴不得去奉承，便在女兒前一力攛掇¹成了，乘夜只用一乘小轎，便把嬌杏送進去了。雨村歡喜，自不必說，乃封百金贈封肅，又謝甄家娘子許多物事，令其好生養贍，以待尋訪女兒下落。封肅回家無話。

卻說嬌杏這丫鬟，便是那年回顧雨村者。因偶然一顧，便弄出這段事來，亦是自己意料不到之奇緣。誰想他命運兩濟，不承望自到雨村身邊，只一年便生了一子；又半載，雨村嫡妻忽染病去世，雨村便將他扶作正室夫人了。正是：偶因一着巧，便為人上人。

原來，雨村因那年士隱贈銀之後，他於十六日便起身入都，至大比之期，不料他十分得意，已中了進士，選入外班，今已升了本府知府，雖才幹優長，未免有些貪酷之弊；且又恃才侮上，那些官員皆側目而視。不上一年，便被上司尋了個空隙，作成一本，參他「情性狡猾，擅纂禮儀；且沽清正之名，而暗結虎狼之屬，致使地方多事，民命不堪」等語。龍顏大怒，即批革職。該部文書一到，本府官員無不喜悅。那雨村心中雖十分慚恨，卻面上全無一點怨色，仍是嘻笑自若；交代過公事，將歷年做官積下的些資本並家小人屬送至原籍，安排妥協，卻是自己擔風袖月，遊覽天下勝跡。

那日，偶又遊至維揚地面，因聞得今歲鹽政點的是林如海。這林如海姓林名海，表字如海，乃是前科的探花，今已升至蘭台寺大夫，本貫姑蘇人氏，今欽點出為巡鹽御史，到

---

1)　　攛掇（cuān duo）：慫恿，促成。

任方一月有餘，原來這林如海之祖曾襲過列侯，今到如海，業經五世。起初時，只封襲三世。因當今隆恩盛德，遠邁前代，額外加恩，至如海之父，又襲了一代，至如海，便從科第出身。雖係鐘鼎之家，卻亦是書香之族。只可惜這林家支庶不盛，子孫有限，雖有幾門，卻與如海俱是堂族而已，沒甚親支嫡派的。今如海年已四十，只有一個三歲之子，偏又於去歲死了。雖有幾房姬妾，奈他命中無子，亦無可如何之事。今只有嫡妻賈氏，生得一女，乳名黛玉，年方五歲。夫妻無子，故愛如珍寶，且又見他聰明清秀，便也欲使他讀書識得幾個字，不過假充養子之意，聊解膝下荒涼之歎。

且說雨村正值偶感風寒，病在旅店，將一月光景方漸癒。一因身體勞倦，二因盤費不繼，也正欲尋個合式之處，暫且歇下。幸有兩個舊友，亦在此境居住，因聞得鹽政欲聘一西席[2]，雨村便相託友力，謀了進去，且作安身之計。妙在只一個女學生，並兩個伴讀丫鬟，這女學生年又小，身體又極怯弱，工課不限多寡，故十分省力。

堪堪又是一載的光陰。誰知女學生之母賈氏夫人一疾而終。女學生侍湯奉藥，守喪盡哀，遂又將辭館別圖。林如海意欲令女守制讀書，故又將他留下。近因女學生哀痛過傷，本自怯弱多病的，觸犯舊症，遂連日不曾上學。雨村閑居無聊，每當風日晴和，飯後便出來閑步。

這日偶至郊外，意欲賞鑒那村野風光。忽信步至一山環水繞、茂林深竹之處，隱隱的有座廟宇，門巷傾頹，牆垣朽敗，門前有額，題着「智通寺」三字，門旁又有一副破舊對聯是：「身後有餘忘縮手，眼前無路想回頭。」

雨村看了，因想到：「這兩句文雖淺近，其意則深。我也曾遊過些名山大刹，倒不曾見過這話頭，其中想必有個翻

● 早年喪母，林黛玉的不幸就從這兒開始了。

2)　西席：古代以西東分賓主，家塾教師和官員們私人祕書等「幕客」，都稱為西賓，又稱西席。而主人稱為東家。去做塾師、幕客，稱為「處館」。

點評

過筋斗來的³亦未可定，何不進去試試。」想着走入看時，只有一個龍鐘⁴老僧在那裏煮粥。雨村見了，便不在意。及至問他兩句話，那老僧既聾且昏，齒落舌鈍，所答非所問。

雨村不耐煩，便仍出來。意欲到那村肆中沽飲三杯，以助野趣，於是款步行來，方入肆門，只見座上吃酒之客有一人起身大笑，接了出來，口內說：「奇遇，奇遇。」雨村忙看時，此人是都中在古董行中貨易的，號冷子興，舊日在都中相識。雨村最讚這冷子興是有作為大本領的人，這子興又借雨村斯文之名，故二人說話投機，最相契合。雨村忙笑問道：「老兄何日到此？弟竟不知。今日偶遇，真奇緣也。」子興道：「去年歲底到家，今因還要入都，從此順找個敝友說一句話，承他之情，留我多住兩日。我也無要緊事，且盤桓兩日，待月半時也就起身了。今日敝友有事，我因閑步至此，且歇歇腳，不期這樣巧遇！」一面說，一面讓雨村坐了，另整上酒餚來。二人閑談漫飲，敘些別後之事。

雨村因問：「近日都中可有新聞沒有？」子興道：「倒沒有甚麼新聞，倒是老先生你貴同宗家，出了一件小小的異事。」雨村笑道：「弟族中無人在都，何談及此？」子興笑道：「你們同姓，豈非同宗一族？」雨村問是誰家。子興道「榮國府賈府中，可也不玷辱了先生的門楣。」雨村笑道：「原來是他家。若論起來，寒族人丁卻不少，自東漢賈復以來，支派繁盛，各省皆有，誰逐細考查得來？若論榮國一支，卻是同譜。但他那等榮耀，我們不便去攀扯，至今故越發生疏難認了。」子興歎道：「老先生休如此說。如今的這寧榮兩門，也都蕭疏了，不比先時的光景。」雨村道：「當日寧榮兩宅的人口也極多，如何就蕭疏了？」冷子興道：「正是，說來也話長。」雨村道：「去歲我到金陵地界，因欲遊

● 後來賈雨村還是主動攀上了賈家，說明此話言不由衷。

---

3)　翻過筋斗來的：佛教禪宗對於所謂「覺悟得道」的人的一種比喻。

4)　老態龍鐘：年老衰弱，行動搖顫，不整潔爽利的狀態。

覽六朝的遺跡，那日進了石頭城，從他老宅門前經過。街東是寧國府，街西是榮國府，二宅相連，竟將大半條街佔了。大門前雖冷落無人，隔着圍牆一望，裏面廳殿樓閣，也還都崢嶸軒峻；就是後一帶花園子裏面樹木山石，也都還有蔥蔚洇潤之氣，那裏像個衰敗之家？」冷子興笑道：「虧你是進士出身，原來不通！古人有云：『百足之蟲，死而不僵[5]。』如今雖說不及先年那樣興盛，較之平常仕宦之家，到底氣象不同。如今生齒日繁，事務日盛，主僕上下，安富尊榮者盡多，運籌謀畫者無一；其日用排場費用，又不能將就省儉，如今外面架子雖未甚倒，內囊卻也盡上來了。這還是小事。更有一件大事：誰知這樣鐘鳴鼎食[6]之家，翰墨詩書之族，如今的兒孫，竟一代不如一代了！」雨村聽說，也納罕道：「這樣詩禮之家，豈有不善教育之理？別門不知，只說這寧、榮二宅，是最教子有方的。」

點評

子興歎道：「正說的是這兩門呢。待我告訴你：當日寧國公與榮國公是一母同胞弟兄兩個。寧公居長，生了四個兒子。寧公死後，賈代化襲了官，也養了兩個兒子：長名賈敷，至八九歲上便死了，只剩了次子賈敬襲了官，如今一味好道，只愛燒丹煉汞，餘者一概不在心上。幸而早年留下一子，名喚賈珍，因他父親一心想作神仙，把官倒讓他襲了。他父親又不肯回原籍來，只在都中城外和道士們胡羼。這位珍爺那裏倒生了一個兒子，今年才十六歲，名叫賈蓉。如今敬老爹一概不管。這珍老爺那裏肯讀書，只一味高樂不了，把寧國府竟翻了過來，也沒有人敢來管他的。再說榮府你聽，方才所說異事，就出在這裏。自榮公死後，長子賈代

● 暗示封建禮教正在代代退化，兒孫們已經不如前輩更能適應仕途宦海了。

---

5)　百足之蟲，死而不僵：比喻大家族和官僚們財產厚、依傍多，一時衰敗，也不至於完全破產。

6)　鐘鳴鼎食：鐘，樂器；鼎，火鍋類的食器。古代皇室宗親、名門望族、達官顯貴吃飯時奏樂擊鐘，排列盛着各種食品的許多鼎，展示他們的富貴奢侈。

善襲了官，娶的也是金陵世勛史侯家的小姐為妻，生了兩個兒子：長子賈赦，次子賈政。如今代善早已去世，太夫人尚在，長子賈赦襲着官；次子賈政，自幼酷喜讀書，祖父最疼，原欲以科甲出身的，不料代善臨終時遺本一上，皇上因恤先臣，即時令長子襲官外，問還有幾子，立刻引見，遂特賜了這政老爺一個主事之銜，令其入部習學，如今現已升了員外郎了。這政老爺的夫人王氏，頭胎生的公子，名喚賈珠，十四歲進學[7]，不到二十歲就娶了妻生了子，一病死了。第二胎生了一位小姐，生在大年初一，這就奇了；不想後來又生一位公子說來更奇，一落胎胞，嘴裏便銜下一塊五彩晶瑩的玉來，上面還有許多字跡，就取名叫作寶玉。你道是新奇異事不是？」

雨村笑道：「果然奇異。只怕這人來歷不小。」子興冷笑道：「萬人皆如此說，因而乃祖母便愛如珍寶。那年週歲時，政老爺便要試他將來的志向，便將那世上所有之物擺了無數，與他抓取[8]。誰知他一概不取，伸手只把些脂粉釵環抓來，政老爺便大怒了，說：『將來酒色之徒耳！』因此便大不喜悅，獨那老太君還是命根一樣。說來又奇，如今長了七八歲，雖然淘氣異常，但其聰明乖覺處，百個不及他一個。說起孩子話來也奇怪，他說：『女兒是水作的骨肉，男人是泥作的骨肉。我見了女兒，我便清爽，見了男子，便覺濁臭逼人。』你道好笑不好笑？將來色鬼無疑了！」

雨村罕然厲色忙止道：「非也！可惜你們不知道這人來歷。大約政老前輩也錯以淫魔色鬼看待了。若非多讀書識事，加以致知格物之功、悟道參玄之力者，不能知也。」

---

7)　　進學：科舉制度：考入京都的太學或者府、州、縣學，做了生員，叫做「進學」，也就是老百姓說的「中了秀才」。

8)　　抓取：古時候的一種風俗，小兒週歲時陳列各種玩物和生活用具，任他抓取，來測驗他的志向和興趣，近似占卜他的命運，也叫「抓週」。

子興見他說得這樣重大，忙請教其端。

雨村道：「天地生人，除大仁大惡兩種，餘者皆無大異。若大仁者，則應運而生，大惡者，則應劫而生。運生世治，劫生世危。堯舜禹湯，文武周公，孔孟董韓，周程張朱，皆應運而生者。蚩尤、共工、桀紂、始皇、王莽、曹操、桓溫、安祿山、秦檜等，皆應劫而生者。大仁者，修治天下；大惡者，撓亂天下。清明靈秀，天地之正氣，仁者之所秉也；殘忍乖僻，天地之邪氣，惡者之所秉也。今當運隆祚永之朝，太平無為之世，清明靈秀之氣所秉者，上至朝廷，下及草野，比比皆是。所餘之秀氣，漫無所歸，遂為甘露、為和風，洽然溉及四海。彼殘忍乖僻之邪氣，不能蕩溢於光天化日之中，遂凝結充塞於深溝大壑之內，偶因風蕩，或被雲摧，略有搖動感發之意，一絲半縷而泄出者，偶值靈秀之氣適過，正不容邪，邪復妒正，兩不相下，亦如風水雷電，地中既遇，即不能消，又不能讓，必至搏擊掀發後始盡。故其氣亦必賦人，發泄一盡始散。使男女偶秉此氣而生者，上則不能成仁人君子，下則亦不能為大凶大惡。置之於萬萬人之中，其聰俊靈秀之氣，則在萬萬人之上；其乖僻邪謬不近人情之態，又在萬萬人之下。若生於公侯富貴之家，則為情痴情種；若生於詩書清貧之族，則為逸士高人；縱再偶生於薄祚寒門，斷不能為走卒健僕，甘遭庸人驅制駕馭，必為奇優名倡。如前代之許由、陶潛、阮籍、嵇康、劉伶、王謝二族、顧虎頭、陳後主、唐明皇、宋徽宗、劉庭芝、溫飛卿、米南宮、石曼卿、柳耆卿、秦少游，近日之倪雲林、唐伯虎、祝枝山，再如李龜年、黃幡綽、敬新磨、卓文君、紅拂、薛濤、崔鶯、朝雲之流，此皆易地則同之人也。」

子興道：「依你說，『成則王侯敗則賊』了。」

雨村道：「正是這意。你還不知，我自革職以來，這兩年遍遊各省，也曾遇見兩個異樣孩子。所以，方才你一說這寶玉，我就猜着了八九，亦是這一派人物。不用遠說，只金

陵城內，欽差金陵省體仁院總裁甄家，你可知麼？」

子興道：「誰人不知！這甄府和賈府就是老親，又係世交，兩家來往，極其親熱的。便在下也和他家來往非止一日了。」

雨村笑道：「去歲我在金陵，也曾有人薦我到甄府處館。我進去看其光景，誰知他家那等顯貴，卻是個富而好禮之家，倒是個難得之館。但這一個學生，雖是啟蒙，卻比一個舉業的學生還勞神。說起來更可笑，他說：『必得兩個女兒伴着我讀書，我方能認得字，心裏也明白；不然我自己心裏糊塗。又常對跟他的小廝們說『這女兒兩個字，極尊貴、極清淨的，比那阿彌陀佛、元始天尊的這兩個寶號還更尊榮無比的呢！你們這濁口臭舌，萬不可唐突了這兩個字要緊。但凡要說時，必須先用清水香茶漱了口才可；設若失錯，便要鑿牙穿腮』等事。其暴虐浮躁，頑劣憨痴，種種異常。只一放了學，進去見了那些女兒們，其溫厚和平，聰敏文雅，竟又變了一個人了。因此，他令尊也曾下死笞楚[9]了幾次，無奈竟不能改。每打的吃疼不過時，他便『姐姐』『妹妹』亂叫起來。後來聽得裏面女兒們拿他取笑：『因何打急了只管叫姐妹做甚？莫不是求姐妹去說情討饒？你豈不愧些！』他回答的最妙。他說：『疼急之時，只叫姐姐妹妹字樣，或可解疼也未可知，因叫了一聲，便果覺不疼了，遂得了祕法：每疼痛之極，便連叫姐妹起來。』你說可笑不可笑？也因祖母溺愛不明，每因孫辱師責子，因此我就辭了館出來。如今在這巡鹽御史林家做館了。你看，這等子弟，必不能守祖父之根基，從師長之規諫的。只可惜他家幾個姊妹都是少有的。」

子興道：「便是賈家中，現有的三個也不錯。政老爺的長女，名元春，現因賢孝才德，選入宮中作女史去了。二小

---

9)　　笞楚：鞭打，抽打。笞（chī），作板；楚，荊條。

姐乃赦老爺之妾所出，政老爺養為己女，名迎春；三小姐乃政老爺之庶出，名探春；四小姐乃寧府珍爺之胞妹，名喚惜春。因史老太夫人極愛孫女，都跟在祖母這邊一處讀書。聽得個個不錯。」

雨村道：「更妙在甄家的風俗，女兒之名，亦皆從男子之名命字，不似別家另外用這些『春』『紅』『香』『玉』等豔字的。何得賈府亦樂此俗套？」

子興道：「不然。只因現今大小姐是正月初一日所生，故名元春，餘者方從了『春』字。上一輩的，卻也是從弟兄而來的。現有對證：目今你貴東家林公之夫人，即榮府中赦、政二公之胞妹，在家時名喚賈敏。不信時，你回去細訪可知。」

雨村拍案笑道：「怪道這女學生讀書凡有『敏』字，皆唸作『密』字，每每如是；寫字遇道『敏』字，又減一二筆，我心中就有些疑惑。今聽你說的，是為此無疑了。怪道我這女學生言語舉止另是一樣，不與近日女子相同，度其母必不凡，方得其女，今知為榮府之外孫，又不足罕矣，可惜其母上月竟亡故了。」

子興歎道：「老姊妹四個，這一個是極小的，又沒了。長一輩的姊妹，一個也沒了。只看這小一輩的，將來之東床[10] 如何呢？」雨村會道：「正是。方才說這政公，已有銜玉之兒，又有長子所遺一個弱孫。這赦老竟無一個不成？」

子興道：公既有玉兒之後，其妾後又生了一個，倒不知其好歹。只眼前現有二子一孫，卻不知將來如何。若問那赦公，也有二子，長名賈璉，今已二十來往了，親上作親，娶的就是政老爺夫人王氏之內姪女，今已娶了二年。這位璉

● 為後文留下懸念。

---

10)　東床：晉代太尉郗鑒，要在王家子弟裏選擇女婿，郗鑒來到王家，大家都很矜持地迎接貴賓，王羲之卻獨自袒着腹躺在東邊床上吃餅，滿不理會，郗鑒便選中了他。後世常用「東床」代稱女婿。

爺身上現捐的是個同知，也是不肯讀書，於世路上好機變，言談去得，所以如今只在乃叔政老爺家住着，幫着料理些家務。誰知自娶了他令夫人之後，倒上下無一人不稱頌他夫人的，璉爺倒退了一射之地[11]。說模樣又極標緻，言談又爽利，心機又極深細，竟是個男人萬不及一的。」

雨村聽了，笑道：「可知我前言不謬。你我方才所說的這幾個人，都只怕是那正邪兩賦而來一路之人，未可知也。」子興道：「邪也罷，正也罷，只顧算別人家的賬，你也吃一杯酒才好。」雨村道：「正是，只顧說話，竟多吃了幾杯。」子興笑道：「說着別人家的閑話，正好下酒，即多吃幾杯何妨。」雨村向窗外看道：「天也晚了，仔細關了城。我們慢慢進城再談，未為不可。」於是二人起身，算還酒賬。方欲走時，又聽得後面有人叫道：「雨村兄，恭喜了！特來報個喜信的。」雨村忙回頭看時，且聽下回分解。

💬 延伸思考

....

請根據冷子興對賈府人物關係的描述，畫出一個人物關係圖。

🔆 精華賞析

....

《紅樓夢》中人物眾多，冷子興講述的賈府家族史初步為我們理清了人物關係脈絡，為後面的閱讀打下基礎。同時本章中也不乏至理之言，比如「百足之蟲死而不僵」，就形象地說明了封建制度和意識雖然沒落，但一時難以根除的實際情況。

---

11)　　一射之地：一箭所達之程，約 150 步。

知識拓展

金陵

　　金陵是南京的古稱，也是南京最有名、最響亮的別稱。「陵」是山陵的意思，春秋時期，南京的鐘山被稱為金陵山，金陵便由此得名。

　　南京是我國著名的文化古城之一，從三國時期的吳國開始，東晉和南北朝時期的宋、齊、梁、陳都定都在這裏，後來朱元璋建立大明朝，南京（當時名應天）再次成為國家的首都，清末的太平天國也將南京當作都城。

　　南京有古樸的人文景觀，也有秀麗的自然風光，秦淮河畔更是古代文人雅士聚集的地方，江南貢院就設在那裏。南京地處海濱，也是水路和陸路交通的要道，鄭和首次下西洋就是從南京出發的。

　　《紅樓夢》中，十二釵都出自金陵，這個融匯了古代文明精華的城市為全書增添了歷史文化的厚重感。

《第三回》

精讀 ▍賈雨村夤緣復舊職
林黛玉拋父進京都

> 賈雨村陪伴林黛玉進京，正式與賈府攀上了關係。而林黛玉來到賈府，看見此處氣勢不凡，便時時刻刻謹言慎行，生怕被人恥笑了。

點評

卻說雨村忙回頭看時，不是別人，乃是當日同僚，一案參革的，號張如圭者。他本係此地人，革後家居，今打聽得都中奏准起復[1]舊員之信，便四下裏尋情找門路，忽遇見雨村，故忙道喜。二人見了禮，張如圭便將此信告訴雨村。雨村自是歡喜，忙忙的敍了兩句，遂作別各自回家。冷子興聽得此言，便忙獻計，令雨村央煩林如海，轉向都中去央煩賈政。雨村領其意，作別回至館中，忙尋邸報[2]看真確了。

次日，面謀之如海。如海道：「天緣湊巧，因賤荊去世，都中家岳母念及小女無人依傍教育，前已遣了男女船隻來接，因小女未曾大痊，故未及行。此刻正思向蒙訓教之恩未經酬報，遇此機會，豈有不盡心圖報之理。但請放心，弟已預為籌畫至此，已修下薦書一封，轉託內兄務為周全協佐，方可稍盡弟之鄙誠，即有所費用之例，弟於內兄信中已注明白，亦不勞尊兄多慮矣。」

● 賈雨村的運氣來了。

---

1) 起復：古時官員無論因事、因病、因父母喪離職以及革職，在恢復官職時都叫作「起復」。

2) 邸報：又名「宮門抄」，是古代公佈政令的一種「公報」。

　　雨村一面打恭，謝不釋口，一面又問：「不知令親大人現居何職？只怕晚生草率，不敢驟然冒瀆。」如海笑道：「若論舍親，與尊兄猶係同譜，乃榮公之孫：大內兄現襲一等將軍，名赦，字恩侯；二內兄名政，字存周，現任工部員外郎，其為人謙恭厚道，大有祖父遺風，非膏粱輕薄仕宦，故弟方致書煩託。否則不但有污尊兄之清操，即弟亦不屑為矣。」雨村聽了，心下方信昨日子興之言，於是又謝了林如海。如海乃說：「已擇了出月[3]初二日小女入都，尊兄即同路而往，豈不兩便？」雨村唯唯聽命，心中十分得意。如海遂打點禮物並餞行之事，雨村一一領了。

　　那女學生黛玉，身體方癒，原不忍棄父而往；無奈他外祖母執意務去，且兼如海說：「汝父年將半百，再無續室之意；且汝多病，年又極小，上無親母教養，下無姊妹兄弟扶持，今依傍外祖母及舅氏姊妹去，正好減我顧盼之憂，何反云不往？」黛玉聽了，方灑淚拜別，隨了奶娘及榮府中幾個老婦人登舟而去。雨村另有一隻船，帶了兩個小童，依附黛玉而行。

　　那日到了都中，進入神京，雨村先整了衣冠，帶了小童，拿着宗姪的名帖，至榮府的門前投了。彼時賈政已看了妹丈之書，即忙請入相會。見雨村相貌魁偉，言語不俗，且這賈政最喜讀書人，禮賢下士，濟弱扶危，大有祖風；況又係妹丈致意。因此優待雨村，更又不同，便竟力內中協助。題奏之日，輕輕謀了一個復職候缺。不上兩個月，金陵應天府缺出，便謀補了此缺，拜辭了賈政，擇日上任去了。此是後話。

　　且說黛玉自那日棄舟登岸時，便有榮國府打發了轎子並拉行李的車輛候着。黛玉常聽得他母親說過，他外祖母家

---

3)　　出月：出了本月，即下月。

● 由此可以看出賈府
的氣派與威嚴。

與別家不同。他近日所見的這幾個三等僕婦，吃穿用度，已
是不凡了，何況今至其家。因此步步留心，時時在意，不肯
輕易多說一句話，多行一步路，唯恐被人恥笑了他去。自
上了轎，進入城中，從紗窗向外瞧了一瞧，其街市之繁華，
人煙之阜盛，自與別處不同。又行了半日，忽見街北蹲着兩
個大石獅子，三間獸頭大門，門前列坐着十來個華冠麗服之
人。正門卻不開，只有東西兩角門有人出入。正門之上有一
匾，匾上大書「敕建寧國府」五個大字。黛玉想道：這是外
祖之長房了。想着，又往西行，不多遠，照樣也是三間大
門，方是榮國府。卻也不進正門，只進了西邊的角門。那轎
夫抬進去，走了一射之地，將轉彎時，便歇下退出去了。後
面的婆子們已都下了轎，趕上前來。另換了三四個衣帽周全
十七八歲的小廝上來，復抬起轎子，眾婆子步下圍隨至一垂
花門前落下。眾小廝退出，眾婆子上來打起轎簾，扶黛玉
下轎。黛玉扶着婆子的手，進了垂花門，兩邊是抄手遊廊[4]，
當中是穿堂，當地放着個紫檀架子大理石的大插屏。轉過插
屏，小小的三間廳，廳後就是後面的正房大院。正面五間上
房，皆雕樑畫棟，兩邊穿山遊廊廂房，掛着各色鸚鵡、畫眉
等鳥雀。台磯之上，坐着幾個穿紅着綠的丫頭，一見他們來
了，便忙都笑迎上來，說：「剛才老太太還唸呢，可巧就來
了。」於是三四人爭着打起簾櫳，一面聽得人回話：「林姑
娘到了。」

　黛玉方進入房時，只見兩個人攙着一位鬢髮如霜的老
母迎上來，黛玉便知是他外祖母。方欲拜見時，早被他外祖
母一把摟入懷中，心肝兒肉叫着大哭起來。當下底下侍立之
人，無不掩面涕泣，黛玉也哭個不住。一時眾人慢慢解勸住

---

4)　抄手遊廊：自「二門」起向兩旁環抱的走廊叫做「抄手遊廊」。東西房
　　和南北房連接轉角的地方叫「鹿頂」（盝頂），正院或正房的角門叫「耳
　　門」；從房山牆上開門接起的遊廊叫做「穿山（或鑽山）遊廊」。見下文。

了，黛玉方拜見了外祖母。此即冷子興所云之史氏太君，賈赦賈政之母也。當下賈母一一的指與黛玉：「這是你大舅母；這是你二舅母；這是你先珠大哥的媳婦珠大嫂子。」黛玉一一拜見過了。賈母又說：「請姑娘們來。今日遠客才來，可以不必上學去了。」眾人答應了一聲，便去了兩個。

不一時，只見三個奶孃孃並五六個丫鬟，簇擁着三個姊妹來了。第一個肌膚微豐，合中身材，腮凝新荔，鼻膩鵝脂[5]，溫柔沉默，觀之可親。第二個削肩細腰，長挑身材，鴨蛋臉面，俊眼修眉，顧盼神飛，文彩精華，見之忘俗。第三個身量未足，形容尚小。其釵環裙襖，三人皆是一樣的妝飾。黛玉忙起身迎上來見禮，互相廝認過，大家歸了坐，丫鬟們斟上茶來。不過說些黛玉之母如何得病，如何請醫服藥，如何送死發喪，不免賈母又傷感起來，因說：「我這些兒女，所疼者獨你母親，今日一旦先捨我而去了，連面也不能一見，今見了你，我怎不傷心！」說着，摟了黛玉在懷，又嗚咽起來。眾人忙都寬慰解釋，方略略止住。

眾人見黛玉年貌雖小，其舉止言談不俗，身體面龐雖怯弱不勝，卻有一段自然的風流態度，便知他有不足之症。因問：「常服何藥，如何不急為療治？」黛玉道：「我自來是如此，從會吃飲食時便吃藥，到今日未斷，請了多少名醫修方配藥，皆不見效。那一年我三歲時，聽得說來了一個癩頭和尚，說要化我去出家，我父母固是不從。他又說：『既捨不得他，只怕他的病一生也不能好的。若要好時，除非從此以後總不許見哭聲；除父母之外，凡有外姓親友之人，一概不見，方可平安了此一世。』瘋瘋癲癲，說了這些無稽之談，也沒人理他。如今還是吃人參養榮丸。」賈母道：「正好，我這裏正配丸藥呢。叫他們多配一料就是了。」

---

5)　　鵝脂：指胰皂。舊時上等的胰皂號稱是鵝油所做，稱為「鵝胰」。

點評

● 作者對鳳姐的描寫尤為生動、細膩，人未見，笑聲到，可謂個性十足。其舉止和華麗的裝扮，表現出了她在賈府中的身份地位十分特別。

一語未了，只聽後院有人笑聲，說：「我來遲了，不曾迎接遠客！」黛玉納罕道：「這裏人個個皆斂聲屏氣，恭肅嚴整如此，這來者係誰，這樣放誕無禮？」心下想時，只見一羣媳婦[6]丫鬟圍擁着一個人從後房門進來。

這個人打扮與眾姑娘不同，彩繡輝煌，恍若神妃仙子：頭上戴着金絲八寶攢珠髻，綰着朝陽五鳳掛珠釵；項上帶着赤金盤螭瓔珞圈[7]；裙邊繫着豆綠色宮條，雙衡比目玫瑰佩；身上穿着縷金百蝶穿花大紅洋緞窄褃襖[8]，外罩五彩刻絲[9]石青銀鼠褂；下着翡翠撒花[10]洋縐裙。一雙丹鳳眼，兩彎柳葉眉，身量苗條，體格風騷，粉面含春威不露，丹唇未啟笑先聞。黛玉連忙起身接見。

賈母笑道：「你不認得他，他是我們這裏有名的一個潑皮破落戶兒[11]，南省俗謂叫做『辣子』，你只叫他『鳳辣子』就是了。」黛玉正不知以何稱呼，只見眾姊妹都忙告訴他道：「這是璉二嫂子。」黛玉雖不識，也曾聽見母親說過，大舅賈赦之子賈璉，娶的就是二舅母王氏之內姪女，自幼假充男兒教養的，學名叫做王熙鳳。黛玉忙陪笑見禮，以「嫂」呼之。

---

6) 媳婦：這裏專指女僕，夫婦共同在一家做奴僕，婦便被稱為某人媳婦或某人家的。與通常稱子、姪的妻子為「媳婦」意思不同。

7) 盤螭瓔珞圈：圈，指項圈；這圈上有盤螭和瓔珞的附加飾物。與上文所寫金絲穿珍珠寶石的髻飾和作展翅鳳凰形口銜掛珠的長釵，都是華貴的首飾。

8) 窄褃（kèn）襖：衣服前後兩幅合縫處叫做「褃」，腰部叫「腰褃」，腋窩叫「抬褃」。窄褃可以顯出身材纖細。「縷金」指金線，「百蝶穿花」指花蝶圖案。

9) 刻絲：一種絲織品，用絲平織成花紋圖案，與織錦和刺繡不同。這裏「石青」是指石青色衣面，「銀鼠」是指銀鼠皮做的襯裏。石青色為清代乾隆年間的流行色。

10) 撒花：指散碎花朵的圖案。這句裏「翡翠」指裙子顏色。

11) 潑皮破落戶：流氓訛詐人的人，被稱為潑皮。破產的無業者被稱為破落戶。下文辣子是形容人的性格豪放、不拘細節的一個謔語。

這熙鳳攜着黛玉的手，上下細細打量了一回，仍送至賈母身邊坐下，因笑道：「天下真有這樣標緻的人物，我今兒才算見了！況且這通身的氣派，竟不像老祖宗的外孫女兒，竟是個嫡親的孫女兒，怨不得老祖宗天天口頭心頭一時不忘。只可憐我這妹妹這樣命苦，怎麼姑媽偏就去世了！」說着便用帕拭淚。賈母笑道：「我才好了，你倒來招我。你妹妹遠路才來，身子又弱，也才勸住了，快再休提前話。」這熙鳳聽了，忙轉悲為喜道：「正是呢！我一見了妹妹，一心都在他身上了，又是歡喜又是傷心，竟忘記了老祖宗。該打，該打！」又忙攜黛玉之手，問：「妹妹幾歲了？可也上過學？現吃甚麼藥？在這裏不要想家，想要甚麼吃的、甚麼玩的，只管告訴我；丫頭老婆們不好了，也只管告訴我。」一面又問婆子們：「林姑娘的行李東西可搬進來了？帶了幾個人來？你們趕早打掃兩間下房，讓他們去歇歇。」

說話時間已擺了茶果上來，熙鳳親為捧茶捧果。又見二舅母問他：「月錢放過了不曾？」熙鳳道：「月錢已放完了。才剛帶着人到後樓上找緞子，找了這半日，也並沒有見昨日太太說的那樣的，想是太太記錯了？」王夫人道：「有沒有，甚麼要緊。」因又說道：「該隨手拿出兩個來給你這妹妹去裁衣裳的，等晚上想着叫人再去拿罷，可別忘了。」熙鳳道：「這倒是我先料着了，知道妹妹不過這兩日到的，我已預備下了，等太太回去過了目好送來。」王夫人一笑，點頭不語。

當下茶果已撤，賈母命兩個老嬤嬤[12]帶了黛玉去見兩個母舅。時賈赦之妻邢氏忙亦起身，笑回道：「我帶了外甥女過去，倒也便易。」賈母笑道：「正是呢，你也去罷，不必

點評

● 王熙鳳的話一方面讚揚黛玉，另一方面也恭維了賈母，勾勒出鳳姐善於為人處世的形象。

---

12)　嬤嬤（mō mo）：即乳母、奶娘。她所乳的男子所生的子女，稱她為嬤嬤奶奶；她所乳的女子所生的子女，稱她為嬤嬤姥姥；她所乳的人稱她的子女為嬤嬤哥哥與嬤嬤姐姐。

過來了。」邢夫人答應了一個「是」字，遂帶了黛玉與王夫人作辭，大家送至穿堂前。

　　出了垂花門，早有眾小廝們拉過一輛翠幄青綢車來，邢夫人攜了黛玉，坐在上面，眾婆子們放下車簾，方命小廝們抬起，拉至寬處，方駕上馴騾，亦出了西角門，往東過榮府正門，便入一黑油漆大門中，至儀門 13 前方下來。眾小廝退出，方打起車簾，邢夫人攙着黛玉的手，進入院中，黛玉度其房屋院宇，必是榮府中花園隔斷過來的。進入三層儀門，果見正房廂廡遊廊，悉皆小巧別緻，不似方才那邊軒峻壯麗；且院中隨處之樹木山石皆多。一時進入正室，早有許多盛妝麗服之姬妾丫鬟迎着，邢夫人讓黛玉坐了，一面命人到外面書房去請賈赦。一時人來回話說：「老爺說了：『連日身上不好，見了姑娘彼此倒傷心，暫且不忍相見。勸姑娘不要傷心想家，跟着老太太和舅母，即同家裏一樣，姊妹們雖拙，大家一處伴着，亦可以解些煩悶。或有委屈之處，只管說得，不要外道 14 才是。』」黛玉忙站起來，一一聽了，再坐一刻，便告辭。邢夫人苦留吃過晚飯去，黛玉笑回道：「舅母愛惜賜飯，原不應辭，只是還要過去拜見二舅舅，恐領了賜去不恭，異日再領，未為不可，望舅母容諒。」邢夫人聽說，笑道：「這才是。」遂令兩三個嬤嬤用方才的車好生送了姑娘過去。於是黛玉告辭。邢夫人送至儀門前，又囑咐了眾人幾句，眼看着車去了方回來。

　　一時黛玉入榮府，下了車。眾嬤嬤引着，便往東轉彎，穿過一個東西的穿堂，向南大廳之後，儀門內大院落，上面五間大正房，兩邊廂房鹿頂，耳房鑽山，四通八達，軒昂壯麗，比賈母處不同。黛玉便知這方是正經正內室，一條

---

13)　　儀門：「衙門」或「官邸」轅門內的第二道門稱為儀門。由此往裏即入內宅，來者需整飭威儀，故稱「儀門」。

14)　　外道：見外，客氣、生疏的態度。

大甬路，直接出大門。進入堂屋中，抬頭迎面先看見一個赤金九龍青地大匾，上寫着斗大的三個大字，是「榮禧堂」，後有一行小字：「某年月日書賜榮國公賈源」，又有「萬几宸翰之寶」[15]。大紫檀雕螭案上，設着三尺來高青綠古銅鼎，懸着待漏隨朝墨龍大畫[16]，一邊是金䗶彝[17]，一邊是玻璃盆[18]。地下兩溜十六張楠木交椅，又有一副對聯，乃烏木聯牌，鑲着鏨銀的字跡，道是：「座上珠璣昭日月，堂前黼黻[19]煥煙霞。」下面一行小字，道是：「同鄉世教弟勛襲東安郡王穆蒔拜手書。」

　　原來王夫人時常居坐宴息，亦不在這正室，只在這正室東邊的三間耳房內，於是老嬤嬤引黛玉進東房門來。臨窗大坑上鋪着猩紅洋罽[20]，正面設着大紅金錢蟒的靠背，石青金錢蟒的引枕，秋香色金錢蟒的大條褥[21]。兩邊設一對梅花式洋漆小几，右邊几上文王鼎，匙箸香盒；左邊几上汝窰美人觚[22]，內插着時鮮花卉，並茗碗痰盒等物。地下面西一

---

15)　萬几宸翰之寶：上四字是皇帝的印文。「萬几」表示皇帝辦理事務的繁多；「宸翰」表示是皇帝的筆記。「寶」是帝王所用印章的專稱。

16)　待漏隨朝墨龍大畫：古代高級官僚每天夜裏即坐在「朝房」等候「銅壺滴漏」的報時，以免誤了早朝。這種畫是以兩天海潮裏的龍為題材，「潮」諧音「朝」，來比喻和祝賀「朝見皇帝」的榮耀。

17)　金䗶彝：指用金銀嵌錯圖案的古銅器。

18)　玻璃盆：明、清時玻璃器皿多來自外國，價值昂貴，所以常被當作珍貴的陳設品。盆（hǎi）：是一種盛酒器皿。

19)　黼黻（fǔ fú）：指禮服上所繡的花紋。

20)　罽（jì）：毛氈子。

21)　石青金錢蟒引枕，秋香色金錢蟒大條褥：錦緞上織寸大的龍形圖案，稱為「寸蟒」。金錢蟒是蟒緞中小團龍紋的一種。引枕指圓墩形的「倚枕」。秋香色是一種淡黃綠的顏色。

22)　汝窰美人觚：一種仿古的瓷器。汝窰是宋代一個著名的瓷窰；觚是古代的一種酒器，因它長身細腰，所以稱為「美人觚」。

點評

溜四張椅子上，都搭着銀紅撒花椅搭 [23]，底下四副腳踏 [24]。椅之兩邊，也有一對高几，几上茗碗瓶花俱備。其餘陳設，自不必細說。老嬤嬤們讓黛玉炕上坐，炕沿上卻有兩個錦褥對設，黛玉度其位次，便不上炕，只向東邊椅子上坐了。本房內的丫鬟忙捧上茶來。黛玉一面吃茶，一面打量這些丫鬟們，妝飾衣裙，舉止行動，果亦與別家不同。

　　茶未吃了，只見一個穿紅綾襖青緞掐牙 [25] 背心的丫鬟走來笑說道：「太太說，請林姑娘到那邊坐罷。」老嬤嬤聽了，於是又引黛玉出來，到了東廊三間小正房內。正房炕上橫設一張炕桌，桌上磊着書籍茶具，靠東壁面西設着半舊的青緞靠背引枕。王夫人卻坐在西邊下首，亦是半舊的青緞靠背坐褥。見黛玉來了，便往東讓。黛玉心中料定這是賈政之位。因見挨炕一溜三張椅子上，也搭着半舊的彈墨椅袱，黛玉便向椅上坐了。王夫人再四攜他上炕，他方挨王夫人坐了。

　　王夫人因說：「你舅舅今日齋戒去了，再見罷。只是有一句話囑咐你：你三個姊妹倒都極好，以後一處唸書認字學針線，或是偶一頑笑，都有盡讓的。但我不放心者最是一件：我有一個孽根禍胎，是家裏的『混世魔王』[26]，他今日廟裏還願去了，尚未回來，晚間你看見便知了。你這以後不要睬他，你這些姊妹都不敢沾惹他的。」

　　黛玉亦常聽得母親說過，二舅母生的有個表兄，乃銜玉而生，頑劣異常，極惡讀書，最喜在內幃廝混；外祖母又

● 雖然沒有見過表哥，寶玉「混世魔王」的形象已印在黛玉的腦海裏，只是和之前母親說的不一樣。所以黛玉反應極快，便順着舅母的意思做了許諾。

---

23)　椅搭：又名椅披、椅袱，是用各種長條錦緞等做成，披在椅坐和椅背上的鋪墊物。

24)　腳踏：一種常放在炕前或椅前長方形的墊腳小矮木凳。

25)　掐牙：這裏「牙」指衣服花邊夾縫裏重加的窄條錦、緞邊線，又名「牙子」；掐是這種縫製手工的術語。第四十四回「桌牙子」是指木器邊緣附加的裝飾木片。

26)　混世魔王：古小說中有些「神魔」「綠林」人物的諢名。這裏是因為賈寶玉年幼驕縱頑皮，特意拿來戲稱他。

極溺愛，無人敢管。今見王夫人如此說，便知說的是這表兄了。因陪笑道：「舅母說的，可是銜玉所生的這位哥哥？在家時亦曾聽見母親常說，這位哥哥比我大一歲，小名叫寶玉，雖極憨頑，說在姊妹情中極好的。況我來了，自然只和姊妹們同處，兄弟們自然是別院另室的，豈得去沾惹之理？」王夫人笑道：「你不知道原故：他與別人不同，自幼因老太太疼愛，原係同姊妹們一處嬌養慣了的。若姊妹們一日不理他，他倒還安靜些，他縱然沒趣，不過出了二門，背地裏拿着他兩個小么兒們出氣，咕唧一會兒就完了。若一日姊妹們和他多說一句話，他心裏一樂，便生出多少事來，所以囑咐你別睬他。他嘴裏一時甜言蜜語，一時有天無日，一時又瘋瘋傻傻，只休信他。」

黛玉一一的都答應着。只見一個丫鬟來回：「老太太那裏傳晚飯了。」王夫人忙攜黛玉從後房門由後廊往西，出了角門，是一條南北寬夾道。南邊是倒座三間小小的抱廈廳，北邊立着一個粉油大影壁，後有一半大門，小小一所房屋。王夫人笑指向黛玉道：「這是你鳳姐姐的屋子，回來你好往這裏找他來，少甚麼東西，你只管和他說就是了。」這院門上也有四五個才總角 [27] 的小廝，都垂手侍立。王夫人遂攜黛玉穿過一個東西穿堂，便是賈母的後院了。於是，進入後房門，已有多人在此伺候，見王夫人來了，方安設桌椅。賈珠之妻李氏捧飯，熙鳳安箸，王夫人進羹。

賈母正面榻上獨坐，兩旁四張空椅，熙鳳忙拉了黛玉在左邊第一張椅上坐了。黛玉十分推讓，賈母笑道：「你舅母和你嫂子們不在這裏吃飯。你是客，原應如此坐的。」黛玉方告了坐坐了。賈母命王夫人坐了。迎春姊妹三個告了坐方上來。迎春便坐右第一，探春左邊第二，惜春右邊第二。

---

27)　總角：古時候小兒頭髮剛剛長夠長度，可以總起梳成髮髻，稱為「總角」，後人常拿「總角」代表人在這種時候的年齡。

旁邊丫鬟執着拂塵[28]、漱盂、巾帕。李、鳳二人立於案旁佈讓。外間伺候之媳婦丫鬟雖多，卻連一聲咳嗽不聞。

寂然飯畢，各有丫鬟用小茶盤捧上茶來。當日林如海教女以惜福養身，云飯後務待飯粒嚥盡，過一時再吃茶，方不傷脾胃。今黛玉見了這裏許多事情不合家中之式，不得不隨的，少不得一一改過來，因而接了茶。早有人又捧過漱盂來，黛玉也照樣漱了口。盥手畢，又捧上茶來，這方是吃的茶。賈母便說：「你們去罷，讓我們自在說話兒。」王夫人聽了，忙起身，又說了兩句閑話，方引鳳、李二人去了。賈母因問黛玉唸何書。黛玉道：「只剛唸了《四書》[29]。」黛玉又問姊妹們讀何書。賈母道：「讀的是甚麼書，不過是認得兩個字，不是睜眼的瞎子就罷了！」

一語未了，只聽院外一陣腳步響，丫鬟進來道：「寶玉來了！」黛玉心中正疑惑着：「這個寶玉，不知是怎生個憊懶人物，懵懂頑童？倒不見那蠢物也罷了。」心中想着，忽見丫鬟話未報完，已進來了一位年輕的公子：頭上戴着束髮嵌寶紫金冠，齊眉勒着二龍搶珠金抹額[30]；穿一件二色金百蝶穿花大紅箭袖[31]，束着五彩絲攢花結[32]長穗宮條，外罩石青起花倭緞排穗褂；登着青緞粉底小朝靴。面若中秋之月，色

---

28)　拂塵：一撮獸類鬃、尾或棕線繫在長柄的一端，用來揮拂塵土的一種器具。又稱蠅刷。古代專用塵獸的尾製作，稱為「塵尾」。

29)　四書：宋代朱熹把《大學》《中庸》《論語》《孟子》合編在一起並加注解，稱為「四書」。它和「五經」（《詩經》《書經》《易經》《春秋》《禮記》）都曾被作為封建時代教育的主要教材，尤其「四書」，對於當時讀書人更是起碼的必讀物。

30)　二龍搶珠金抹額：抹額是一種帽箍類的飾物。這裏指抹額上有金色「二龍戲珠」的裝飾圖案。

31)　箭袖：一種窄袖袍服，原為便於射箭，所以稱為箭袖。這裏所說「二色金」，指那些花蝶圖案是用深淺二色金線所繡成。

32)　攢花結：「結」，又稱「結子」。是條帶上一種裝飾性的「結扣」，這裏攢花是指做成攢聚花朵的圖案形狀。

如春曉之花，鬢若刀裁，眉如墨畫，眼如桃瓣，睛若秋波。雖怒時而若笑，即瞋視而有情。項上金螭瓔珞，又有一根五色絲條，繫着一塊美玉。黛玉一見，便吃了一大驚，心下想道：「好生奇怪，倒像是那裏見過一般，何等眼熟到如此！」只見這寶玉向賈母請了安 [33]，賈母便命：「去見你娘來。」寶玉即轉身去了。一時回來，再看已換了冠帶：頭上周圍一轉的短髮，都結成小辮，紅絲結束，共攢至頂中胎髮，總編一根大辮，黑亮如漆，從頂至梢，一串四顆大珠，用金八寶墜腳 [34]；身上穿着銀紅撒花半舊大襖，仍舊帶着項圈、寶玉、寄名鎖、護身符 [35] 等物；下面半露松花撒花綾褲腿，錦邊彈墨襪，厚底大紅鞋。越顯得面如敷粉，唇若施脂；轉盼多情，語言常笑。天然一段風韻，全在眉梢；平生萬種情思，悉堆眼角。看其外貌最是極好，卻難知其底細。後人有《西江月》二詞，批寶玉極恰，其詞曰：

　　無故尋愁覓恨，有時似傻如狂。縱然生得好皮囊，腹內原來草莽。

　　潦倒不通世務，愚頑怕讀文章。行為偏僻性乖張，那管世人誹謗！

---

33)　請安：請安本是問安、問好的通稱，在清代成了見面問安、問好時所行禮節儀式的名稱了。這請安儀式是見面時口稱「請某人安」，隨着的行動是：男子是「打千」，即屈右膝半跪，較隆重時長跪，即雙膝跪地；女子是雙手扶左膝，右腿微屈，身子下蹲。

34)　墜腳：成串懸綴的飾物或條帶的下端，有時綴以金珠寶石等物，成為墜子，亦稱墜腳。本句墜腳是作動詞用。金飾物上嵌各色珍寶玉石，泛稱「八寶」；一種如指頂大的各類吉祥圖案的小金玩物，如升、斗、如意、印盒等，也叫「八寶」。

35)　寄名鎖、護身符：迷信習俗，恐怕小孩夭亡，在神或僧、道前寄名為弟子，再用鎖形飾物掛在項間，表示借神的命令鎖住，稱為「寄名鎖」；護身符是道士所畫的一種符篆，號稱可以護身，這只是一種迷信飾品。

富貴不知樂業，貧窮難耐淒涼。可憐辜負好韶光，於國於家無望。

天下無能第一，古今不肖無雙。寄言紈絝與膏粱，莫效此兒形狀！

● 寶玉和黛玉初次見面，作者特意描寫了他們對彼此的印象。似曾相識的感覺是對第一回神話描寫的呼應。

　　賈母因笑道：「外客未見，就脫了衣裳，還不去見你妹妹！」寶玉早已看見多了一個姊妹，便料定是林姑媽之女，忙來作揖。厮見畢歸坐，細看形容，與眾各別：兩彎似蹙非蹙籠煙眉，一雙似喜非喜含情目。態生兩靨之愁，嬌襲一身之病。淚光點點，嬌喘微微。閑靜時如姣花照水，行動處似弱柳扶風。心較比干多一竅，病如西子勝三分。寶玉看罷，因笑道：「這個妹妹我曾見過的。」賈母笑道：「可又是胡說，你又何曾見過他？」寶玉笑道：「雖然未曾見過他，然我看着面善，心裏就像是舊相識的，今日只做遠別重逢，未為不可。」賈母笑道：「更好，更好，若如此，更相和睦了。」

　　寶玉便走近黛玉身邊坐下，又細細打量一番，因問：「妹妹可曾讀書？」黛玉道：「不曾讀，只上了一年學，些須認得幾個字。」寶玉又道：「妹妹尊名是那兩個字？」黛玉便說了名。寶玉又問表字。黛玉道：「沒有表字。」寶玉笑道：「我送妹妹一妙字，莫如『顰顰』二字極妙。」探春便問何出。寶玉道：「《古今人物通考》上說：『西方有石名黛，可代畫眉之墨。』況這林妹妹眉尖若蹙，用取這兩個字，豈不兩妙？」探春笑道：「只恐又是你的杜撰[36]。」寶玉笑道：「除《四書》外，杜撰的甚多，偏只我是杜撰不成？」又問黛玉：「可也有玉沒有？」眾人不解其語。黛玉便忖度着因他有玉，故問我有也無，因答道：「我沒有那個。想來那玉是一件罕物，豈能人人有的？」寶玉聽了，登時發作起

---

36)　杜撰：指沒有根據、臆造。

痴狂病來，摘下那玉，就狠命摔去，罵道：「甚麼罕物，連人之高低不擇，還說『通靈』不『通靈』呢！我也不要這勞什子 [37]！」嚇的底下眾人一擁爭去拾玉。賈母急的摟了寶玉道：「孽障！你生氣，要打罵人容易，何苦摔那命根子！」寶玉滿面淚痕哭道：「家裏姐姐妹妹都沒有，單我有，我說沒趣；如今來了這麼一個神仙似的妹妹也沒有，可知這不是個好東西。」賈母忙哄他道：「你這妹妹原有這個來的，因你姑媽去世時，捨不得你妹妹，無法可處，遂把他的玉帶了去了：一則全殉葬之禮，盡你妹妹之孝心；二則你姑媽之靈，亦可權作見了女兒之意。因此他只說沒有這個，不便自己誇張之意。你如今怎比得他？還不好生慎重帶上，仔細你娘知道了。」說着，便向丫鬟手中接來，親與他帶上。寶玉聽如此說，想了一想大有情理，也就不生別論了。

當下，奶娘來請問黛玉之房舍。賈母說：「今將寶玉挪出來，同我在套間暖閣 [38] 兒裏，把你林姑娘暫安置碧紗櫥 [39] 裏。等過了殘多，春天再與他們收拾房屋，另作一番安置罷。」寶玉道：「好祖宗，我就在碧紗櫥外的床上很妥當，何必又出來鬧的老祖宗不得安靜。」賈母想了一想說：「也罷了。」每人一個奶娘並一個丫頭照管，餘者在外間上夜聽喚。一面早有熙鳳命人送了一頂藕合色花帳，並幾件錦被緞褥之類。

黛玉只帶了兩個人來：一個是自幼奶娘王嬤嬤，一個是十歲的小丫頭，亦是自幼隨身的，名喚作雪雁。賈母見雪雁甚小，一團孩氣，王嬤嬤又老，料黛玉皆不遂心着力的，

---

37)　勞什子：如同說「東西」，但更含有厭惡情緒。

38)　套間暖閣：正房兩旁相連的耳房，也叫做套間；這裏暖閣是指一種前面兩旁有槅扇、上有橫眉的小炕。

39)　碧紗櫥：幬帳一類的東西。用木頭做成架子，頂上和四周蒙上碧紗，可以折疊。夏天張開擺在室內或園中，坐臥在裏面，可避蚊蠅。

便將自己身邊的一個二等丫頭，名喚鸚哥者與了黛玉。外亦如迎春等例，每人除自幼乳母外，另有四個教引嬤嬤，除貼身掌管釵釧盥沐兩個丫頭外，另有五六個灑掃房屋來往使役的小丫頭。當下，王嬤嬤與鸚哥陪侍黛玉在碧紗櫥內。寶玉之乳母李嬤嬤，並大丫鬟名喚襲人，陪侍在外面大床上。

原來這襲人亦是賈母之婢，本名珍珠。賈母因溺愛寶玉，生恐寶玉之婢無竭力盡心之人，素喜襲人心地純良，克盡職任，遂與了寶玉。寶玉因她本姓花，又曾見舊人詩句上有「花氣襲人」之句[40]，遂回明賈母，更名襲人。這襲人亦有些痴處：伏侍賈母時，心中眼中只有一個賈母；今與了寶玉，心中眼中亦只有一個寶玉。只因寶玉性情乖僻，每每規諫寶玉不聽，心中着實憂鬱。

是晚，寶玉李嬤嬤都睡了，他見裏面黛玉和鸚哥猶未安息，他自卸了妝，悄悄的進來，笑問：「姑娘怎麼還不安息？」黛玉忙讓：「姐姐請坐。」襲人在床沿上坐了。鸚哥笑道：「林姑娘正在這裏傷心，自己淌眼抹淚的說：『今兒才來，就惹出你家哥兒的狂病，倘或摔壞了那玉，豈不是因我之過！』因此便傷心，我好容易勸好了。」襲人道：「姑娘快休如此，將來只怕比這個更奇怪的笑話兒還有呢！若為他這種行止，你多心傷感，只怕你傷感不了呢。快別多心！」黛玉道：「姐姐們說的，我記着就是了。究竟那玉不知是怎麼個來歷？上面還有字跡？」襲人道：「連一家子也不知來歷，聽得說是落草時是從他口裏掏出來的，上面還有現成的穿眼。等我拿來你看便知。」黛玉忙止道：「罷了，此刻夜深了，明日再看也不遲。」大家又敍了一回，方才安歇。

---

40)　花氣襲人之句：全句是「花氣襲人知驟暖」，是宋代陸游的詩句，意思是天氣暖了，更覺得花香撲人。本書後文第二十三回和二十八回兩次引用。「驟」均作「晝」。

　　次日起來，省 41 過賈母，因往王夫人處來，正值王夫人與熙鳳在一處拆金陵來的書信看，又有王夫人之兄嫂處遣了兩個媳婦來說話的。黛玉雖不知原委，探春等卻都曉得是議論金陵城中所居的薛家姨母之子姨表兄薛蟠，倚財仗勢，打死人命，現在應天府案下審理。如今母舅王子騰得了信息，故遣他家內的人來告訴這邊，意欲喚取進京之意。且聽下回分解。

💬　**延伸思考**

　　請根據本回中的描寫分析林黛玉和王熙鳳的人物形象。

💡　**精華賞析**

　　這一回將故事正式帶入賈府。通過黛玉進賈府的所見所聞，我們看到了大家族的氣派，也看到了幾個主要人物的特點。作者的描寫精細別緻，刻畫人物栩栩如生，描繪場景也讓人有身臨其境之感。

---

41)　省（xǐng）：封建禮節。子女在早晨和晚間向父母問安，稱為「定省」，簡稱為「省」。

《第四回》

薄命女偏逢薄命郎
葫蘆僧亂判葫蘆案

雨村補授應天府，上任就受理一樁人命案：薛蟠與馮淵爭買英蓮，馮淵被薛蟠打死。雨村本來想秉公辦理，但聽說了「護官符」之後卻另有打算了。到底他會怎樣了結此案，那打死人的薛蟠又會怎樣呢？

題曰：

捐軀報國恩，未報身猶在。
眼底物多情，君恩或可待。

卻說黛玉同姊妹們至王夫人處，見王夫人正與兄嫂處的來人計議家務，又說姨母家遭了人命官司等語。因見王夫人事情冗雜，姊妹們遂出來，至寡嫂李氏房中來了。

原來這李氏即賈珠之妻。賈珠雖亡，幸存一子，取名賈蘭，今方五歲，已入學攻書。這李氏亦係金陵名宦之女，父名李守中，曾為國子監祭酒，族中男女無有不誦詩讀書者。至李守中承繼以來，便說「女子無才便有德」，故生了李氏時，便不十分令其讀書，只不過將些《女四書》《列女傳》《賢媛集》等三四種書，使他認得幾個字，記得前朝幾個賢女便罷了，卻只以紡績井臼為要，因取名李紈，字宮裁。因此這李紈雖青春喪偶，居家處膏粱錦繡之中，竟如槁木死灰一般，一概無見無聞，唯知侍親養子，外則陪侍小姑等針黹誦讀而已。今黛玉雖客寄於斯，日有這般姐妹相伴，除老父外，餘者也都

無庸慮及了。

　　如今且說雨村，因補授了應天府，一下馬就有一件人命官司詳至案下，乃是兩家爭買一婢，各不相讓，以至毆傷人命。彼時雨村即提原告之人來審，那原告道：「被毆死者乃小人之主人。因那日買了一個丫頭，不想是拐子拐來賣的。這拐子先已得了我家的銀子，我家小爺原說第三日方是好日子，再接入門。這拐子便又悄悄的賣與了薛家，被我們知道了，去找拿賣主，奪取丫頭。無奈薛家原係金陵一霸，倚財仗勢，眾豪奴將我小主人竟打死了。兇身主僕已皆逃走，無影無蹤，只剩了幾個局外之人。小人告了一年的狀，竟無人作主。望大老爺拘拿兇犯，剪惡除兇，以救孤寡，死者感戴天恩不盡！」

　　雨村聽了大怒道：「豈有這樣放屁的事！打死人命就白白的走了，再拿不來的！」因發簽差公人立刻將兇犯族中人拿來拷問，令他們實供藏在何處；一面再動海捕文書。正要發簽時，只見案邊立的一個門子使眼色，不令他發簽之意。雨村心下甚為疑怪，只得停了手，即時退堂至密室，侍從皆退去，只留門子一人服侍。這門子忙上來請安，笑問：「老爺一向加官進祿，八九年來就忘了我了？」雨村道：「卻十分面善得緊，只是一時想不起來。」那門子笑道：「老爺真是貴人多忘事，把出身之地竟忘了，不記當年葫蘆廟裏了？」雨村聽了，如雷震一驚，方想起往事。原來這門子本是葫蘆廟內一個小沙彌，因被火之後，無處安身，欲投別廟去修行，又耐不得清涼景況，因想這個生意倒還輕省熱鬧，遂趁年紀蓄了髮，充了門子。雨村那裏料得是他，便忙攜手笑道：「原來是故人。」又讓坐了好談。這門子不敢坐。雨村笑道：「貧賤之交不可忘，你我故人也；二則此係私室，既欲長談，豈有不坐之理？」這門子聽說，方告了坐，斜簽着坐了[1]。

　　雨村因問方才何故有不令發簽之意。門子道：「老爺既榮任到這一省，難道就沒抄一張本省『護官符』來不成？」雨村忙問：「何為『護官符』？我竟不知。」門子道：「這還了得！連這個不知，怎能作得長遠？如今凡作地方官的，皆有一個私單，上面寫的是本省最有權有勢、極富極貴的大鄉紳的名

---

1)　　斜簽着坐了：側身坐着，表示謙恭。

姓，各省皆然；倘若不知，一時觸犯了這樣的人家，不但官爵不保，只怕連性命還保不成呢！所以綽號叫做『護官符』。方才所說的這薛家，老爺如何惹得他！他這件官司並無難斷之處，皆因都礙着情分面上，所以如此。」一面說，一面從順袋中取出一張抄寫的「護官符」來，遞與雨村，看時，上面皆是本地大族名宦之家的諺俗口碑。其口碑排寫得明白，下面皆注着始祖的官爵並房次。據所抄云：

賈不假，白玉為堂金作馬（寧國榮國二公之後共二十房，除寧榮親派八房在都外，現住原籍十二房）。

阿房宮，三百里，住不下金陵一個史（保齡侯尚書令史公之後，共十八房，都中現住十房，現居原籍八房）。

東海缺少白玉床，龍王來請金陵王（都尉統制縣伯王公之後，共十二房，都中現住五房，原籍七房）。

豐年好大雪，珍珠如土金如鐵（紫微舍人薛公之後，現領內庫帑銀行商，共八房。）

雨村猶未看完，忽聽傳點[2]人報：「王老爺來拜。」雨村聽說，忙具衣冠出去迎接。有頓飯工夫，方回來細問。這門子道：「這四家皆連絡有親，一損皆損，一榮俱榮，扶持遮飾，俱有照應的。今告打死人之薛，就係豐年大雪之『薛』也。也不單靠着三家，他的世交親友在都外者，本亦不少，老爺如今拿誰去？」雨村聽如此說，便笑問門子道：「如你這樣說來，卻怎麼了結此案？你大約也深知這兇犯躲的方向了？」

門子笑道：「不瞞老爺說，不但這兇犯躲的方向我知道，一併這拐賣之人我也知道，死鬼買主也深知道。待我細說與老爺聽：這個被打之死鬼，乃是本地一個小鄉宦之子，名喚馮淵，自幼父母早亡，又無兄弟，只他一個人守着些薄產過日子。長到十八九歲上，酷愛男風，最厭女子。這也是前生冤孽，可巧遇見這拐子賣丫頭，他便一眼看上了這丫頭，立意買來作妾，立誓再不交結男子，也不再娶第二個了，所以三日後方過門。誰知這拐子又偷賣與薛家，他意欲捲了兩家的銀子，再逃往他省去，誰知又不曾走脫，兩家拿

---

2)　傳點：衙門或大官員們的住宅裏，二門旁常設有一種鐵製打擊樂器的「點」，向院內報信時，打「點」作為信號。「點」形常做雲頭形狀，所以第十三回稱它為「雲板」。

住，打了個臭死，都不肯收銀子，只要領人。那薛家公子豈是讓人的，便喝令手下人一打，將馮公子打了個稀爛，抬回家去，三日死了。這薛公子原是早已擇定日子上京去的，頭起身兩日前，就偶然遇見這丫頭，意欲買了就進京的，誰知鬧出這事來。就打了馮公子，奪了丫頭，他便沒事人一般，只管帶了家眷走他的路。這裏自有弟兄奴僕在此料理，也並非為此些些小事值得他一逃走的。這且不說，老爺你看被賣之丫頭是誰？」雨村道：「我如何得知。」門子冷笑道：「這人算來還是老爺的大恩人呢！他就是葫蘆廟旁住的甄老爺的女兒，小名英蓮的。」雨村罕然道：「原來就是他！聞得養至五歲被人拐去，卻如今才來賣？」

門子道：「這一種拐子單管偷拐五六歲的兒女，養在一個僻靜之處，到十一二歲時，度其容貌，帶至他鄉轉賣。當日這英蓮，我們天天哄他頑耍；雖隔了七八年，如今十二三歲的光景，其模樣雖然出脫得齊整好些，然大概相貌，自是不改，熟人自然認得。況且他眉心中原有米粒大小的一點胭脂痣，從胎裏帶來的，所以我卻認得。偏生這拐子又租了我的房舍居住，那日拐子不在家，我也曾問他。他是被拐子打怕了的，萬不敢說，只說拐子係他親爹，因無錢償債，故賣他。我又哄之再四，他又哭了，只說『我不記得小時之事！』這可無疑了。那日馮公子相看了，兌了銀子，拐子醉了，他自歎道：『我今日罪孽可滿了！』後又聽見馮公子令三日之後過門，他又轉有憂愁之態。我又不忍其形景，等拐子出去，又命內人去解釋他：『這馮公子必待好日期來接，可知必不以丫鬟相看。況他是個絕風流人品，家裏頗過得，素習又最厭惡堂客[3]，今竟破價買你，後事不言可知。只耐得三兩日，何必憂悶！』他聽如此說，方才略解憂悶！自為從此得所。誰料天下竟有這等不如意事。第二日，他偏又賣與薛家。若賣與第二個人還好，這薛公子的混名人稱『呆霸王』，最是天下第一個弄性尚氣，而且使錢如土，遂打了個落花流水，生拖死拽，把個英蓮拖去，如今也不知死活。這馮公子空喜一場，一個念未遂，反花了錢，送了命，豈不可歎！」

雨村聽了，亦歎道：「這也是他們的孽障遭遇，亦非偶然。不然這馮淵如

---

3)　　堂客：舊時稱婦女為「堂客」，就是女眷的意思；相對的稱男子為「官客」。

何偏只看準了這英蓮？這英蓮受了拐子這幾年折磨，才得了個頭路，且又是個多情的，若能聚合了，倒是件美事，偏又生出這段事來。這薛家縱比馮家富貴，想其為人自然姬妾眾多，淫佚無度，必不及馮淵定情於一人者。這正是夢幻情緣，恰遇一對薄命兒女。且不要議論他，只如今這官司，如何剖斷才好？」門子笑道：「老爺當年何其明決，今日何反成了個沒主意的人了？小的聞得老爺補升此任，亦係賈府王府之力，此薛蟠即賈府之親，老爺何不順水行舟作個整人情，將此案了結，日後也好去見賈府王府。」雨村道：「你說的何嘗不是。但事關人命，蒙皇上隆恩，起復委用，實是重生再造，正當殫心竭力圖報之時，豈可因私而廢法？是我實不能忍為者。」門子聽了，冷笑道：「老爺說的何嘗不是大道理，但只是如今世上是行不去的。豈不聞古人有云：『大丈夫相機而動。』又曰：『趨吉避凶者為君子。』依老爺這一說，不但不能報效朝廷，亦且自身不保，還要三思為妥。」

　　雨村低了半日頭，方說道：「依你怎麼樣？」門子道：「小人已想了一個極好的主意在此：老爺明日坐堂，只管虛張聲勢，動文書發簽拿人。原兇自然是拿不來的，原告固是定要將薛家族中及奴僕人等拿幾個來拷問，小的在暗中調停，令他們報個暴病身亡，令族中及地方上共遞一張保呈，老爺只說善能扶鸞[4]請仙，堂上設下乩壇，令軍民人等只管來看。老爺就說『乩仙批了，死者馮淵與薛蟠原因夙孽相逢，今狹路既遇，原應了結。薛蟠今已得了無名之病，被馮魂追索已死。其禍皆因拐子某人而起，拐之人原係某鄉某姓人氏，按法處治，餘不略及』等語。小人暗中囑託拐子，令其實招。眾人見乩仙批語與拐子相符，餘者自然也不虛了。薛家有的是錢，老爺斷一千也可，五百也可，與馮家作燒埋之費。那馮家也無有甚要緊的人，不過為的是錢，見有了這個銀子，想來也就無話說了。老爺細想此計如何？」雨村笑道：「不妥，不妥。等我再斟酌斟酌，或可壓服口聲。」二人計議，天色已晚，別無話說。

　　至次日坐堂，勾取一應有名人犯，雨村詳加審問，果見馮家人口稀疏，不過賴此欲多得些燒埋之費；薛家仗勢倚財，偏不相讓，故致顛倒未決。雨村便徇情罔法，胡亂判斷了此案。

---

4)　　扶鸞：又名扶乩（jī），多用一長橫板，中間架縛一木筆，兩人各持橫板的一端，在沙盤上寫字，號稱「神仙降臨」催動兩人所寫，這是一種迷信騙術。

馮家得了許多燒埋銀子，也就無甚話說了。雨村斷了此案，急忙作書信二封，與賈政並京營節度使王子騰，不過說「令甥之事已完，不必過慮」等語。

此事皆由葫蘆廟內之沙彌新門子所出，雨村又恐他對人說出當日貧賤時的事來，因此心中大不樂業，後來到底尋了個不是，遠遠的充發了他才罷。

當下說不着雨村。且說那買了英蓮打死馮淵的薛公子，亦係金陵人氏，本是書香繼世之家，只是如今這薛公子幼年喪父，寡母又憐他是個獨根孤種，未免溺愛縱容些，遂至老大無成。且家中有百萬之富，現領着內帑錢糧，採辦雜料。這薛公子學名薛蟠，表字文起，五歲上就性情奢侈，言語傲慢。雖也上過學，不過略識幾個字，終日唯有鬥雞走馬，遊山玩水而已。雖是皇商[5]，一應經濟世事，全然不知，不過賴祖父舊日的情分，戶部掛虛名，支領錢糧，其餘事體，自有夥計老家人等措辦。寡母王氏乃現任京營節度使王子騰之妹，與榮國府賈政的夫人王氏，是一母所生的姊妹，今年方四十上下年紀，只有薛蟠一子。還有一女，比薛蟠小兩歲，乳名寶釵，生得肌骨瑩潤，舉止嫻雅。當日他父親在時，酷愛此女，令其讀書識字，較之乃兄竟高過十倍。自父親死後，見哥哥不貼母懷，他便不以書字為事，只留心針指家計等事，好為母親分憂解勞。

近因今上崇詩尚禮，征採才能，降不世出之隆恩，除聘選妃嬪外，凡仕宦名家之女，皆報名達部，以備選為公主郡主入學陪侍，充為才人贊善[6]之職。二則自薛蟠父親死後，各省中所有的買賣承局、總管、夥計人等，見薛蟠年輕不諳世事，便趁時拐騙起來，京都中幾處生意，漸亦消耗。薛蟠素聞得都中乃第一繁華之地，正思一遊，便趁此機會，一為送妹待選，二為望親，三因親自入部銷算舊賬，再計新支，——其實則為遊覽上國風光之意。因此打點下行裝細軟，以及饋送親友各色土物人情等類，正擇日一定起身，不想偏遇見了那拐子重賣英蓮。薛蟠見英蓮生得不俗，立意買他，又遇馮家來奪人，因恃強喝令手下豪奴將馮淵打死。他便將家中事務一一的囑託了族中人並幾個老家人，他便同了母妹竟自起身長行[7]去了。人命官司一事，他竟

---

5)　皇商：專門承辦政府或宮廷購置用物的商人。

6)　才人、贊善：宮廷裏的女官名。

7)　長行：指出行，遠路的旅行。第一百回「揀個長行日子」即是選個行期。

視為兒戲，自為花上幾個臭錢，沒有不了的。

在路不記其日。那日已將入都時，卻又聞得母舅王子騰升了九省統制，奉旨出都查邊。薛蟠心中暗喜道：「我正愁進京去有個嫡親的母舅管轄着，不能任意揮霍揮霍；偏如今又升出去了，可知天從人願。」因和母親商議道：「咱們京中雖有幾處房舍，只是這十來年沒人進京居住，那看守的人未免偷着租賃與人，須得先着幾個人去打掃收拾才好。」他母親道：「何必如此招搖！咱們這一進京，原是先拜望親友，或是在你舅舅家，或是你姨爹家。他兩家的房舍極是便宜的，咱們先住下，再慢慢的着人去收拾，豈不消停些。」薛蟠道：「如今舅舅正升了外省去，家裏自然忙亂起身，咱們這工夫一窩一拖的奔了去，豈不沒眼色。」他母親道：「你舅舅家雖升了去，還有你姨爹家。況這幾年來，你舅舅姨娘兩家，每每帶信捎書要接咱們來。如今既來了，你舅舅雖忙着起身，你賈家姨娘未必不苦留我們。咱們且忙忙收拾房屋，豈不使人見怪？你的意思我卻知道，守着舅舅姨爹住着，未免拘緊了你，不如你各自住着，好任意施為。你既如此，你自去挑所房子去住，我和你姨娘姊妹們別了這幾年，卻要廝守幾日，我帶了你妹妹投你姨娘家去，你道好不好？」薛蟠見母親如此說，情知扭不過的，只得吩咐人夫一路奔榮國府來。

那時王夫人已知薛蟠官司一事，虧賈雨村就中維持了結，才放了心。又見哥哥升了邊缺，正愁又少了娘家的親戚來往，略加寂寞。過了幾日，忽家人傳報：「姨太太帶了哥兒姐兒，合家進京，正在門外下車。」喜的王夫人忙帶了女媳人等，接出大廳，將薛姨媽等接了進去。姊妹們暮年相會，自不必說悲喜交集，泣笑敍闊一番。忙又引了拜見賈母，將人情土物各種酬獻了。合家俱廝見過，忙又治席接風。

薛蟠已拜見過賈政，賈璉又引着拜見了賈赦、賈珍等。賈政便使人上來對王夫人說：「姨太太已有了春秋，外甥年輕不知世路，在外住着恐有人生事。咱們東北角上梨香院一所十來間房，白空閑着，打掃了，請姨太太和姐兒哥兒住了甚好。」王夫人未及留，賈母也就遣人來說「請姨太太就在這裏住下，大家親密些」等語。薛姨媽正要同居一處，方可拘緊些兒子；若另住在外，又恐他縱性惹禍，遂忙道謝應允。又私與王夫人說明：「一應日費供給一概免卻，方是處常之法。」王夫人知他家不難於此，遂亦從其願。從此後薛家母子就在梨香院住了。

　　原來這梨香院即當日榮公暮年養靜之所，小小巧巧，約有十餘間房屋，前廳後舍俱全。另有一門通街，薛蟠家人就走此門出入。西南有一角門，通一夾道，出夾道便是王夫人正房的東邊了。每日或飯後，或晚間，薛姨媽便過來，或與賈母閑談，或與王夫人相敍。寶釵日與黛玉迎春姊妹等一處，或看書下棋，或作針指，倒也十分樂業。

　　只是薛蟠起初之心，原不欲在賈宅居住，但恐姨父管約拘禁，料必不由自己的；無奈母親執意在此，且賈宅中又十分殷勤苦留，只得暫且住下，一面使人打掃出自家的房屋，再移居過去。誰知自從在此住了不上一月的日期，賈宅族中凡有的子姪，俱已認熟了一半，凡是那些紈絝氣習者，莫不喜與他來往，今日會酒，明日觀花，甚至聚賭嫖娼，漸漸無所不至，引誘的薛蟠比當日更壞了一倍。雖然賈政訓子有方，治家有法，一則族大人多，照管不到這些；二則現族長乃是賈珍，彼乃寧府長孫，又現襲職，凡族中事，自有他掌管；三則公私冗雜，且素性瀟灑，不以俗務為要，每公暇之時，不過看書着棋而已，餘事多不介意。況且這梨香院相隔兩層房舍，又有街門另開，任意可以出入，所以這些子弟們竟可以放蕩暢懷的鬧，因此遂將移居之念漸漸打滅了。既將薛家母子在榮國府寄居等事略已表明，此後榮國府又有何事？且聽下文。

💡 精華賞析

　　「護官符」充分體現了封建官僚家族互相勾結、仗勢欺人的本性，更道出了官官相護的官場惡習。賈雨村本來受過甄士隱的恩惠，但遇到被拐賣的英蓮卻沒有伸出援手，為官者不能為民伸冤，身在高位只圖自己謀利。封建社會的冷酷現實怎能不讓人寒心！

《第五回》

精讀　遊幻境指迷十二釵
飲仙醪曲演紅樓夢

寶玉夢中遊歷仙境看見了一些莫名其妙的判詞，還聽了幾首別有趣味的曲子。這些詞曲都大有內涵，寶玉一時無法參透其中因由。

題曰：

> 春睏成葳擁繡衾，恍隨仙子別紅塵。
> 問誰幻入華胥境，千古風流造業人。

如今且說林黛玉自在榮府以來，賈母萬般憐愛，寢食起居，一如寶玉，迎春、探春、惜春三個親孫女且打靠後；便是寶玉和黛玉二人之親密友愛處，亦自較別個不同，日則同行同坐，夜則同息同止，真是言和意順，略無參商。

不想如今忽然來了一個薛寶釵，年歲雖大不多，然品格端方，容貌豐美，人多謂黛玉之所不及。而且寶釵行為豁達，隨分從時，不比黛玉孤高自許，目無下塵，故比黛玉大得下人之心。便是那些小丫頭們，亦多喜與寶釵頑耍。因此黛玉心中便有些悒鬱不忿之意，寶釵卻渾然不覺。

那寶玉亦在孩提之間，況自天性所稟來的一片愚拙偏僻，視姊妹弟兄皆出一意，並無親疏遠近之別。其中因與黛玉同隨賈母一處坐臥，故略比別人姊妹熟慣些。既熟慣，則

更覺親密；既親密，則不免一時有求全之毀，不虞之隙[1]。這日不知為何，他二人言語有些不合起來，黛玉又氣的獨在房中垂淚，寶玉又自悔言語冒撞，前去俯就，那黛玉方漸漸的回轉來。

因東邊寧府中花園內梅花盛開，賈珍之妻尤氏乃治酒請賈母、邢夫人、王夫人等賞花。是日先攜了賈蓉之妻，二人來面請。賈母等於是飯後過來，就在會芳園遊玩，先茶後酒，不過皆是寧榮二府女眷家宴小集，並無別樣新文趣事可記。

忽一時寶玉倦怠，欲睡中覺，賈母命人好生哄着，歇一回再來。賈蓉之妻秦氏便忙笑回道：「我們這裏有給寶叔收拾下的屋子，老祖宗放心，只管交與我就是了。」又向寶玉的奶娘丫鬟等道：「嬤嬤、姐姐們，請寶叔隨我這裏來。」賈母素知秦氏是個極妥當的人，生的嫋娜纖巧，行事又溫柔和平，乃重孫媳中第一個得意之人，見他去安置寶玉，自是安穩的。

當下秦氏引了一簇人來至上房內間。寶玉抬頭看見一幅畫貼在上面，畫的人物固好，其故事乃是《燃藜圖》[2]。也不看係何人所畫，心中便有些不快。又有一副對聯，寫的是：「世事洞明皆學問，人情練達即文章。」及看了這兩句，縱然室宇精美，鋪陳華麗，亦斷斷不肯在這裏了，忙說：「快出去！快出去！」秦氏聽了笑道：「這裏還不好，可往那裏去呢？不然往我屋裏去罷。」寶玉點頭微笑。有一個嬤嬤說道：「那裏有個叔叔往姪兒媳婦房裏睡覺的理？」秦氏

---

1)　求全之毀，不虞之隙：指意外的誤會。不虞是沒想到，隙指不和。這兩句借《論語》「不虞之譽，求全之毀」的成句，換譽為隙，說明誤會的意料不及。

2)　燃藜圖：據《劉向別傳》記載，漢代劉向在黑夜裏獨坐誦書，來了一個神人，手持青藜杖，吹杖頭出火照着，教給他許多古書。《燃藜圖》即是用這個勤學故事為題材。

笑道：「嚘喲喲，不怕他惱。他能多大了，就忌諱這些個！上月你沒看見我那個兄弟來了，雖然與寶叔同年，兩個人若站在一處，只怕那個還高些呢。」寶玉道：「我怎麼沒見過？你帶他來我瞧瞧。」眾人笑道：「隔着二三十里，往那裏帶去？見的日子有呢。」說着大家來至秦氏房中。剛至房門，便有一股細細的甜香襲人而來。寶玉覺得眼餳³骨軟，連說「好香！」進入房向壁上看時，有唐伯虎畫的《海棠春睡圖》⁴，兩邊有宋學士秦太虛寫的一副對聯是：「嫩寒鎖夢因春冷，芳氣襲人是酒香。」案上設着武則天當日鏡室中設的寶鏡，一邊擺着飛燕立着舞過的金盤，盤內盛着安祿山擲過傷了太真乳的木瓜。上面設着壽昌公主於含章殿下臥的榻，懸的是同昌公主製的聯珠帳⁵。寶玉含笑道：「這裏好！」秦氏笑道：「我這屋子大約神仙也可以住得了。」說着親自展開了西子浣過的紗衾，移了紅娘抱過的鴛鴦枕。於是眾奶母伏侍寶玉臥好，款款散去，只留下襲人、媚人、晴雯、麝月四個丫鬟為伴。秦氏便分咐小丫鬟們，好生在廊簷下看着貓兒狗兒打架。

　　那寶玉剛合上眼，便惚惚的睡去，猶似秦氏在前，遂悠悠蕩蕩，隨了秦氏，至一所在。但見朱欄白石，綠樹清溪，真是人跡罕逢，飛塵不到。寶玉在夢中歡喜，想道：「這個去處有趣，我就在這裏過一生，縱然失了家也願意的，強如天天被父母師傅打去呢。」正胡思之間，忽聽山後有人作歌曰：「春夢隨雲散，飛花逐水流；寄言眾兒女，何必覓閑愁。」

---

3)　　眼餳（xíng）：眼似飴糖般的粘澀。

4)　　海棠春睡圖：古代小說曾記載，唐玄宗有一次把楊貴妃比作海棠春睡未醒，所以這幅畫是所謂「香豔」的畫面。

5)　　武則天的寶鏡等等：用許多古代香豔故事中的器物，來說明屋內古玩陳設的香豔華麗，同時更有諷刺的含義。

寶玉聽了是女子的聲音。歌音未息，早見那邊走出一個人來，蹁躚嫋娜，端的與人不同。有賦為證：

　　方離柳塢，乍出花房。但行處，鳥驚庭樹；將到時，影度迴廊。仙袂乍飄兮，聞麝蘭之馥鬱；荷衣欲動兮，聽環佩之鏗鏘。靨笑春桃兮，雲堆翠髻；唇綻櫻顆兮，榴齒含香。纖腰之楚楚兮，迴風舞雪；珠翠之輝輝兮，滿額鵝黃。出沒花間兮，宜嗔宜喜；徘徊池上兮，若飛若揚。蛾眉顰笑兮，將言而未語；蓮步乍移兮，待止而欲行。羨彼之良質兮，冰清玉潤；慕彼之華服兮，爛灼文章。愛彼之貌容兮，香培玉琢；羨彼之態度兮，鳳翥龍翔。其素若何，春梅綻雪。其潔若何，秋菊披霜。其靜若何，松生空谷。其豔若何，霞映澄塘。其文若何，龍游曲沼。其神若何，月射寒江。應慚西子，實愧王嬙。奇矣哉，生於孰地，來自何方；信矣乎，瑤池不二，紫府無雙。果何人哉？如斯之美也！

　　寶玉見是一個仙姑，喜的忙來作揖問道：「神仙姐姐不知從那裏來，如今要往那裏去？也不知這裏是何處，望乞攜帶攜帶。」仙姑道：「吾居離恨天之上，灌愁海之中，乃放春山遣香洞太虛幻境警幻仙姑是也，司人間之風情月債，掌塵世之女怨男痴。因近來風流冤孽，纏綿於此處，是以前來訪察機會，佈散相思。今忽與爾相逢，亦非偶然。此離吾境不遠，別無他物，僅有自採仙茗一盞，親釀美酒一甕，素練魔舞歌姬數人，新填《紅樓夢》曲十二支，試隨吾一遊否？」寶玉聽了，喜躍非常，便忘了秦氏在何處了，竟隨了仙姑，至一所在，有石牌橫建，上書「太虛幻境」四個大字，兩邊一副對聯，乃是：「假作真時真亦假，無為有處有還無。」

　　轉過了牌坊，便是一座宮門，上面橫書四個大字，道是「孽海情天」。又有一副對聯，大書云：「厚地高天，堪歎古今情不盡；痴男怨女，可憐風月債難償。」

● 暗示整個故事真假難辨，似有還無。

點評

● 寶玉在「薄命司」中看到了「金陵十二釵」的判詞，説明判詞中描述的女子最後都以薄命而終。

寶玉看了，心下自思道：「原來如此。但不知何為『古今之情』，何為『風月之債』？從今倒要領略領略。」寶玉只顧如此一想，不料早把些邪魔招入膏肓[6]了。當下隨了仙進入二層門內，至兩邊配殿，皆有匾額對聯，一時看不盡許多，唯見有幾處寫着的是「痴情司」「結怨司」「夜夢司」「朝啼司」「夜怨司」「春感司」「秋悲司」。寶玉看了，因向仙姑道：「敢煩仙姑引我到那各司中遊玩遊玩，不知可使得否？」仙姑道：「此各司中皆貯的是普天之下所有的女子過去未來的簿冊，爾凡眼塵軀，未便先知的。」寶玉聽了，那裏肯依，復央之再四。仙姑無奈，說：「也罷，就在此司內略隨喜[7]隨喜罷了。」寶玉喜不自勝，抬頭看這司的匾上，乃是「薄命司」三字，兩邊對聯寫的是：「春恨秋悲皆自惹，花容月貌為誰妍。」

寶玉看了，便知感歎。進入門來，只見有十數個大廚，皆用封條封着。看那封條上，皆是各省的地名。寶玉一心只檢自己的家鄉封條看，遂無心看別省的了。只見那邊廚上封條上大書七字云：「金陵十二釵正冊」。寶玉問道：「何為『金陵十二釵正冊』？」警幻道：「即貴省中十二冠首女子之冊，故為『正冊』。寶玉道：「常聽人說，金陵極大的地方，怎麼只十二個女子？如今單我家裏，上上下下，就有幾百女孩兒呢。」警幻冷笑道：「貴省女子固多，不過擇其緊要者錄之。下邊二廚則又次之。餘者庸常之輩，則無冊可錄矣。」寶玉聽說，再看下首二廚上，果然寫着「金陵十二釵副冊」，又一個寫着「金陵十二釵又副冊」。寶玉便伸手

---

6)　　膏肓（huāng）：臟腑中的一個部分。古代故事，有病鬼在這裏隱藏，針和藥都達不到。後世對於病症到了不能醫治的程度，常說「病入膏肓」就是這個意思。

7)　　隨喜：佛家認為行善事可生「歡喜心」。隨人做善事稱為「隨喜」。對於到廟中的一般行動也都稱為「隨喜」。

先將「又副冊」廚門開了，拿出一本冊來，揭開一看，只見這首頁上畫着一幅畫，又非人物，也無山水，不過是水墨染的滿紙烏雲濁霧而已。後有幾行字跡，寫的是：

　　霽月難逢，彩雲易散。心比天高，身為下賤。風流靈巧招人怨。壽夭多因毀謗生，多情公子空牽念。

　　寶玉看了，又見後面畫着一簇鮮花，一床破席，也有幾句言詞，寫的是：

　　枉自温柔和順，空云似桂如蘭，堪羨優伶有福，誰知公子無緣。

　　寶玉看了不解。遂擲下這個，又去開了副冊廚門，拿起一本冊來，揭開看時，只見畫着一株桂花，下面有一池沼，其中水涸泥汙，蓮枯藕敗，後面書云：

　　根並荷花一莖香，平生遭際實堪傷。自從兩地生孤木，致使香魂返故鄉。

　　寶玉看了仍不解。便又擲了，再去取「正冊」看，只見頭一頁上便畫着兩株枯木，木上懸着一圍玉帶；又有一堆雪，雪下一股金簪。也有四句言詞，道：

　　可歎停機德，堪憐詠絮才。玉帶林中掛，金簪雪裏埋。

　　寶玉看了仍不解。待要問時，情知他必不肯泄漏；待要丟下，又不捨。遂又往後看時，只見畫着一張弓，弓上掛着香櫞。也有一首歌詞云：

二十年來辨是非，榴花開處照宮闈。三春爭及初春景，虎兔相逢大夢歸。

後面又畫着兩人放風箏，一片大海，一隻大船，船中一女子掩面泣涕之狀。也有四句云：

才自精明志自高，生於末世運偏消。清明涕送江邊望，千里東風一夢遙。

後面又畫幾縷飛雲，一灣逝水。其詞曰：

富貴又何為，繈褓之間父母違。展眼弔斜暉，湘江水逝楚雲飛。

後面又畫着一塊美玉，落在泥污之中。其斷語云：

欲潔何曾潔，云空未必空。可憐金玉質，終陷污泥中。

後面忽畫一惡狼，追撲一美女，欲啖之意。其下書云：

子係中山狼，得志便猖狂。金閨花柳質，一載赴黃粱。

後面便是一所古廟，裏面有一美人在內看經獨坐。其判云：

勘破三春景不長，緇衣頓改昔年妝。可憐繡戶侯門女，獨臥青燈古佛旁。

後面便是一片冰山，上面有一隻雌鳳，其判曰：

凡鳥偏從末世來，都知愛慕此生才。一從二令三人木，哭向金陵事更哀。

後面又是一座荒村野店，有一美人在那裏紡績。其判云：

勢敗休云貴，家亡莫論親。偶因濟劉氏，巧得遇恩人。

詩後又畫着一盆茂蘭，旁有一位鳳冠霞帔美人。也有判云：

桃李春風結子完，到頭誰似一盆蘭。如冰水好空相妒，枉與他人作笑談。

後面又畫着高樓大廈，有一美人懸樑自縊。其判云：

情天情海幻情身，情既相逢必主淫。漫言不肖皆榮出，造釁開端實在寧。

寶玉還欲看時，那仙姑知他天分高明，性情穎慧，恐把仙機泄漏，遂掩了卷冊，笑向寶玉道：「且隨我去遊玩奇景，何必在此打這悶葫蘆！」

寶玉恍恍惚惚，不覺棄了卷冊，又隨了警幻來至後面。但見珠簾繡幕，畫棟雕簷，說不盡那光搖朱戶金鋪地，雪照瓊窗玉作宮。更見仙花馥鬱，異草芬芳，真好個所在。寶玉正在觀之不盡，忽聽警幻笑道：「你們快出來迎接貴客！」一語未了，只見房中又走出幾個仙子來，皆是荷袂蹁躚，羽衣飄舞，姣若春花，媚如秋月。一見了寶玉，都怨謗警幻道：「我們不知係何『貴客』，忙的接出來！姐姐曾說今日今時必有絳珠妹子的生魂前來遊玩舊景，故我等久待。

何故反引這濁物來污染這清淨女兒之境？」

　　寶玉聽如此說，便嚇得欲退不能退，果覺自形污穢不堪。

　　警幻忙攜住寶玉的手，向眾姊妹道：「你等不知原委：今日原欲往榮府去接絳珠，適從寧府經過，偏遇寧榮二公之靈，囑吾云：『吾家自國朝定鼎以來，功名奕世，富貴傳流，雖歷百年，奈運終數盡，不可挽回者。故近之子孫雖多，竟無可以繼業。其中唯嫡孫寶玉一人，稟性乖張，生情怪譎，雖聰明靈慧，略可望成，無奈吾家運數合終，恐無人規引入正。幸仙姑偶來，萬望先以情慾聲色等事警其痴頑，或能使彼跳出這迷人圈子，然後入於正路，亦吾兄弟之幸矣。』如此囑吾，故發慈心，引彼至些。先以彼家上中下三等女子之終身冊籍，令彼熟玩，尚未覺悟；故引彼再至此處，令其再歷飲饌聲色之幻，或冀將來一悟，亦未可知也。」

　　說畢，攜了寶玉入室。但聞一縷幽香，竟不知其所焚何物，寶玉遂不禁相問。警幻冷笑道：「此香塵世中既無，爾何能知？此香乃係諸名山勝境內初生異卉之精，合各種寶林珠樹之油所製，名『羣芳髓』。」寶玉聽了，自是羨慕而已。

　　大家入座，小丫鬟捧上茶來。寶玉自覺清香異味，純美非常，因又問何名。警幻道：「此茶出在放春山遺香洞，又以仙花靈葉上所帶之宿露而烹，此茶名曰『千紅一窟』。」寶玉聽了，點頭稱賞。

　　因看房內，瑤琴、寶鼎、古畫、新詩，無所不有；更喜窗下亦有唾絨，奩間時漬粉污。壁上亦有一副對聯曰：「幽微靈秀地，無可奈何天。」寶玉看畢，無不羨慕。因又請問眾仙姑姓名：一名痴夢仙姑，一名鍾情大士，一名引愁金女，一名度恨菩提，各各道號不一。

　　少刻，有小丫鬟來調桌安椅，設擺酒饌。真是瓊漿滿泛玻璃盞，玉液濃斟琥珀杯，更不用再說那餚饌之盛。寶玉因聞得此酒清香甘洌，異乎尋常，又不禁相問。警幻道：

「此酒乃以百花之蕊，萬木之汁加以麟髓之醅、鳳乳之麴釀成，因名為『萬豔同杯』。」寶玉稱賞不迭。

飲酒間，又有十二個舞女上來，請問演何詞曲。警幻道：「就將新製《紅樓夢》十二支演上來。」舞女們答應了，輕敲檀板，款按銀箏，聽他歌道是：「開闢鴻蒙……」方歌了一句，警幻便說道：「此曲不比塵世中所填傳奇之曲，必有生旦淨末之則，又有南北九宮之限。此或詠歎一人，或感懷一事，偶成一曲，即可譜入管弦。若非個中人，不知其中之妙。料爾亦未必深明此調。若不先閱其稿，後聽其歌，反成嚼蠟[8]矣。」說畢，回頭命小丫鬟取了《紅樓夢》原稿來，遞與寶玉。寶玉接來，一面目視其文，一面耳聆其歌曰：

〔紅樓夢引子〕開闢鴻蒙，誰為情種？都只為風月情濃。奈何天，傷懷日，寂寥時，試遣愚衷。因此上演出這悲金悼玉的《紅樓夢》。

〔終身誤〕都道是金玉良緣，俺只念木石前盟。空對着，山中高士晶瑩雪；終不忘，世外仙姝寂寞林。歎人間，美中不足今方信。縱然是齊眉舉案，到底意難平。

〔枉凝眉〕一個是閬苑仙葩，一個是美玉無瑕。若說沒奇緣，今生偏又遇着他；若說有奇緣，如何心事終虛化？一個枉自嗟呀，一個空勞牽掛。一個是水中月，一個是鏡中花。想眼中能有多少淚珠兒，怎經得秋流到冬，春流到夏！

寶玉聽了此曲，散漫無稽，不見有甚好處；但其聲韻淒惋，竟能銷魂醉魄。因此也不察其原委，問其來歷，就暫以此釋悶而已。因又看下面道：

點評

● 這兩支曲子為寶玉、黛玉、寶釵三人未來的悲劇愛情故事做了鋪墊。

---

8)　嚼蠟：形容無味。

〔恨無常〕喜榮華正好，恨無常又到。眼睜睜，把萬事全拋。蕩悠悠，芳魂消耗。望家鄉，路遠山高。故向爹娘夢裏相尋告：兒命已入黃泉，天倫呵，須要退步抽身早！

〔分骨肉〕一帆風雨路三千，把骨肉家園齊來拋閃。恐哭損殘年，告爹娘，休把兒懸念。自古窮通皆有定，離合豈無緣？從今分兩地，各自保平安。奴去也，莫牽連。

〔樂中悲〕繈褓中，父母歎雙亡。縱居那綺羅叢，誰知嬌養？幸生來，英豪闊大寬宏量，從未將兒女私情，略縈心上。好一似，霽月光風耀玉堂。廝配得才貌仙郎，博得個地久天長，准折得幼年時坎坷形狀。終久是雲散高唐，水涸湘江。這是塵寰中消長數應當，何必枉悲傷！

〔世難容〕氣質美如蘭，才華馥比仙。天生成孤癖人皆罕。你道是，啖肉食腥膻，視綺羅俗厭；卻不知太高人越妒，過潔世同嫌。可歎這，青燈古殿人將老；辜負了，紅粉朱樓春色闌。到頭來，依舊是風塵骯髒違心願。好一似，無瑕白玉遭泥陷；又何須，王孫公子歎無緣。

〔喜冤家〕中山狼，無情獸，全不念當日根由。一味的驕奢淫蕩貪歡媾。覷着那，侯門豔質同蒲柳；作踐的，公府千金似下流。歎芳魂豔魄，一載蕩悠悠。

〔虛花悟〕將那三春看破，桃紅柳綠待如何？把這韶華打滅，覓那清淡天和。說甚麼，天上夭桃盛，雲中香蕊多。到頭來，誰把秋捱過？則看那，白楊村裏人嗚咽，青楓林下鬼吟哦。更兼着，連天衰草遮墳墓。這的是，昨貧今富人勞碌，春榮秋謝花折磨。似這般，生關死劫誰能躲？聞說道，西方寶樹喚婆娑，上結着長生果。

〔聰明累〕機關算盡太聰明，反送了卿卿性命。生前心已碎，死後性空靈。家富人寧，終有個家亡人散各奔騰。枉費了，意懸懸半世心；好一似，蕩悠悠三更夢。忽喇喇似大廈傾，昏慘慘似燈將盡。呀！一聲歡喜忽悲辛。歎人世，終難定！

〔留餘慶〕留餘慶，留餘慶，忽遇恩人；幸娘親，幸娘親，積得陰功。勸人生，濟困扶窮，休似俺那愛銀錢忘骨肉的狠舅奸兄！正是乘除加減，上有蒼穹。

〔晚韶華〕鏡裏恩情，更那堪夢裏功名！那美韶華去之何迅！再休提繡帳鴛衾。只這戴珠冠，披鳳襖，也抵不了無常性命。雖說是，人生莫受老來貧，也須要陰騭積兒孫。氣昂昂頭戴簪纓；光燦燦腰懸金印；威赫赫爵祿高登；昏慘慘黃泉路近。問古來將相可還存？也只是虛名兒與後人欽敬。

〔好事終〕畫樑春盡落香塵。擅風情，秉月貌，便是敗家的根本。箕裘頹墮皆從敬，家事消亡首罪寧。宿孽總因情。

〔飛鳥各投林〕為官的，家業凋零；富貴的，金銀散盡；有恩的，死裏逃生；無情的，分明報應。欠命的，命已還；欠淚的，淚已盡。冤冤相報實非輕，分離聚合皆前定。欲知命短問前生，老來富貴也真僥倖。看破的，遁入空門；痴迷的，枉送了性命。好一似食盡鳥投林，落了片白茫茫大地真乾淨！

歌畢，還又歌副曲。警幻見寶玉甚無趣味，因歎：「痴兒竟尚未悟！」那寶玉忙止歌姬不必再唱，自覺朦朧恍惚，告辭求臥。警幻便命撤去殘席，送寶玉至一香閨繡閣之中，其間鋪陳之盛，乃素所未見之物。更可駭者，早有一位女子在內，其鮮豔嫵媚，有似乎寶釵，風流嫋娜，則又如黛玉。正不知何意，忽警幻道：「塵世中多少富貴之家，那些綠窗風月，繡閣煙霞，皆被淫污紈絝與那些流蕩女子悉皆玷辱。更可恨者，自古來多少輕薄浪子，皆以『好色不淫』為飾，又以『情而不淫』作案，此皆飾非掩醜之語也。好色即淫，知情更淫。是以巫山之會，雲雨之歡，皆由既悅其色，復戀其情所致也，吾所愛汝者，乃天下古今第一淫人也。」

寶玉聽了，唬的慌忙答道：「仙姑差了。我因懶於讀書，家父母尚每垂訓飭，豈敢再冒『淫』字？況且年紀尚

小，不知『淫』字為何物。」警幻道：「非也。淫雖一理，意則有別。如世之好淫者，不過悅容貌，喜歌舞，調笑無厭，雲雨無時，恨不能盡天下之美女供我片時之興趣，此皆皮膚淫濫之蠢物耳。如爾則天分中生成一段痴情，吾輩推之為『意淫』。『意淫』二字，可心領而不可口傳，可神會而不可語達。汝今獨得此二字，在閨閣中固可為良友，然於世道中未免迂闊怪詭，百口嘲謗，萬目睚眥。今遇令祖寧榮二公剖腹深囑，吾不忍君獨為我閨閣增光，見棄於世道，是以特引前來，醉以靈酒，沁以仙茗，警以妙曲，再將吾妹一人，乳名兼美字可卿者，許配與汝。今夕良時，即可成姻。不過令汝領略此仙閨幻境之風光尚如此，何況塵境之情景哉？而今後萬萬解釋，改悟前情，留意於孔孟之間，委身於經濟⁹之道。」說畢便授以雲雨之事，推寶玉入房，將門掩上自去。

　　那寶玉恍恍惚惚，依警幻所囑之言，未免有兒女之事，難以盡述。至次日，便柔情繾綣，軟語溫存，與可卿難解難分。因二人攜手出去遊頑之時，忽至一個所在，但見荊榛遍地，狼虎同羣，迎面一道黑溪阻路，並無橋樑可通。正在猶豫之間，忽見警幻後面追來，告道：「快休前進，作速回頭要緊！」寶玉忙止步問道：「此係何處？」警幻道：「此即迷津也。深有萬丈，遙亙千里，中無舟楫可通，只有一個木筏，乃木居士掌舵，灰侍者撐篙，不受金銀之謝，但遇有緣者渡之。爾今偶遊至此溪，設如墮落其中，則深負我從前諄諄警戒之語矣。」話猶未了，只聽迷津內水響如雷，竟有許多夜叉海鬼將寶玉拖將下去。嚇得寶玉汗下如雨，一面失聲喊叫：「可卿救我！」嚇得襲人輩眾丫鬟忙上來攙住，叫：「寶玉別怕，我們在這裏！」

---

9)　　經濟：「經邦濟世」之省，指所謂「辦理國計民生大事」。與近代指財政經濟的含義不同。

卻說秦氏正在房外囑咐小丫頭們好生看着貓兒狗兒打架，忽聽寶玉在夢中喚他的小名，因納悶道：「我的小名這裏從無人知道的，他如何知道，在夢裏叫出來？」正是：夢同誰訴離愁恨，千古情人獨我痴。

💡 精華賞析

十二首判詞和十二支《紅樓夢》曲（另有「引子」和「尾聲」兩支）在全書中意義重大。它們以神話的方式提前交代了主要人物的命運結局，為後文埋下伏筆，引起讀者的遐想，構成懸念，突出了人物生不逢時的「薄命」之歎。這些判詞分別對應着書中一個重要女性人物，而曲子分別對應着重要情節。請你在閱讀下文時找出這些對應關係。

《第六回》

賈寶玉初試雲雨情
劉姥姥一進榮國府

這時從鄉下來了位劉姥姥。她家中貧寒，因為與賈府有點沾親帶故，便前來求助了。

題曰：

> 朝叩富兒門，富兒猶未足。
>
> 雖無千金酬，嗟彼勝骨肉。

卻說秦氏因聽見寶玉從夢中喚他的乳名，心中自是納悶，又不好細問。

彼時寶玉迷迷惑惑，若有所失。眾人忙端上桂圓湯來，呷了兩口，遂起身整衣。襲人伸手與他繫褲帶時，不覺伸手至大腿處，只覺冰涼一片粘濕，唬的忙退出手來，問是怎麼了？寶玉紅漲了臉，把他的手一捻。襲人本是個聰明女子，年紀本又比寶玉大兩歲，近來也漸通人事，今見寶玉如此光景，心中便覺察一半了，不覺也羞的紅漲了臉面，不敢再問。仍舊理好衣裳，隨至賈母處來，胡亂吃畢晚飯，過這邊來。

襲人忙趁眾奶娘丫鬟不在旁時，另取出一件中衣來與寶玉換上。寶玉含羞央告道：「好姐姐，千萬別告訴人。」襲人亦含羞笑問道：「你夢見甚麼故事了？是那裏流出來的那些髒東西？」說着寶玉便把夢中之事細說與襲人聽了。然後說至警幻所授雲雨之事，羞的襲人掩面伏身而笑。寶玉亦素喜襲人柔媚嬌俏，遂強襲人同領警幻所訓雲雨之情。襲人素知賈母已將自己與了寶玉的，今便如此，亦不為越禮，遂和寶玉偷試一番，幸得無人撞見。自此寶

玉視襲人更比別個不同，襲人待寶玉更為盡心。暫且別無話說。

　　按榮府一宅中合算起來，人口雖不多，從上至下也有三四百個；雖事不多，一天也有一二十件，竟如亂麻一般，並無個頭緒可作綱領。正尋思從那一件事自那一個人寫起方妙。恰好忽從千里之外，芥豆之微，小小一個人家，因與榮府略有些瓜葛¹，這日正往榮府中來，因此便就此一家說來，倒還是頭緒。你道這一家姓甚名誰？又與榮府有甚瓜葛？且聽細講。

　　原來這小小之家，姓王，乃本地人氏，祖上曾作過小小的一個京官，昔年與鳳姐之祖、王夫人之父認識。因貪王家的勢利便連了宗，認作姪兒。那時只有王夫人之大兄、鳳姐之父與王夫人隨在京中的，得知有此一門連宗之族，餘者皆不認識。目今其祖已故，只有一個兒子，名喚王成，因家業蕭條，仍搬出城外原鄉中住去了。

　　王成新近亦因病故，只有其子，小名狗兒。狗兒亦生一子，小名板兒，嫡妻劉氏，又生一女，名喚青兒。一家四口，仍以務農為業。因狗兒白日間又作些生計，劉氏又操井臼等事，青板姊弟兩個無人看管，狗兒遂將岳母劉姥姥²接來一處過活。這劉姥姥乃是個積年的老寡婦，下又無兒女，只靠兩畝薄田度日。今者女婿接來養活，豈不願意？遂一心一計，幫趁着女兒女婿過活起來。因這年秋盡冬初，天氣冷將上來，家中冬事未辦，狗兒未免心中煩慮，吃了幾杯悶酒，在家閑尋氣惱，劉氏也不敢頂撞。因此劉姥姥看不過，乃勸道：「姑爺，你別嗔着我多嘴。咱們村莊人，那一個不是老老誠誠的，守多大碗兒吃多大的飯。你皆因年小的時候，託着你那老人家的福，吃喝慣了，如今所以把持不住。有了錢就顧頭不顧尾，沒了錢就瞎生氣，成個甚麼男子漢大丈夫呢？如今咱們雖離城住着，終是天子腳下。這長安城中，遍地都是錢，只可惜沒人會拿去罷了。在家跳蹋³會子也不中用。」狗兒聽說，便急道：「你老只會炕頭兒上混說，難道叫我打劫偷去不成？」

---

1)　　瓜葛：指有一定的親戚關係，但不是近親。

2)　　姥姥：北方人的習慣，外孫對外祖母稱「姥姥」，對外祖父稱「姥爺」。這兩個詞都是上一字重讀，下一字輕讀。人們常以子女對某人的稱呼作為對這個人「公稱」。所以板兒對姥姥的稱呼便成為王家、賈家對她的共同稱呼了。

3)　　跳蹋（tiào ta）：頓足，跳腳。引申來形容着急、發怒、沒辦法的狀態。

劉姥姥道：「誰叫你偷去呢？也到底大家想方法兒裁度，不然那銀子錢自己跑到咱家來不成？」狗兒冷笑道：「有法兒還等不到這會子呢。我又沒有收稅的親戚，作官的朋友，有甚麼可想的？便有，也只怕他們未必來理我們呢！」

劉姥姥道：「這倒不然。謀事在人，成事在天。咱們謀到了，靠菩薩的保佑，有些機會，也未可知。我倒替你們想出一個機會來。當日你們原是和金陵王家連過宗的，二十年前，他們看承你們還好；如今自然是你們拉硬屎[4]，不肯去親近他，故疏遠起來。想當初我和女兒還去過一遭。他們家的二小姐着實爽快，會待人，倒不拿大[5]。如今現是榮國府賈二老爺的夫人。聽得說如今上了年紀，越發憐貧恤老，最愛齋僧敬道，捨米捨錢的。如今王府雖升了邊任，只怕這二姑太太還認得咱們。你何不去走動走動，或者他念舊，有些好處，也未可知。要是他發一點好心，拔一根寒毛比咱們的腰還粗呢。」劉氏一旁接口道：「你老雖說的是，但只為我這樣個嘴臉，怎麼好到他門上去？先不先，他們那些門上的人也未必肯去通信。沒的[6]去打嘴現世。」

誰知狗兒心裏最靈，聽如此一說，心下便有些活動起來，又聽他妻子這番話，便笑接着道：「姥姥既如此說，況且當年你又見過這姑太太一次，何不你老人家明日就走一趟，先試試風頭再說。」劉姥姥道：「噯喲喲！可是說的啊，人云『侯門深似海』，我是個甚麼東西，他家人又不認得我，我去了也是白去的。」

狗兒笑道：「不妨，我教你老人家一個法子：你竟帶了外孫子板兒，先去找陪房[7]周瑞，若見了他，就有些意思了。這周瑞先時曾和我父親交過一件事，我們極好的。」劉姥姥道：「我也知道他的。只是許多時不走動，知道他如今是怎樣？這也說不得了，你又是個男人，又這樣個嘴臉，自然去不得；我們姑娘年輕媳婦子，也難賣頭賣腳[8]去，倒還是捨着我這副老臉去碰一碰。

---

4)　　拉硬屎：強裝有理，裝硬，不認錯。這裏有自恃清高的含義。

5)　　拿大：自大，擺架子。

6)　　沒的：無端地，沒來由或無緣無故地。

7)　　陪房：女子結婚時從娘家帶去的僕人，叫做陪房。

8)　　賣頭賣腳：指和人見面。封建禮教是不允許婦女拋頭露面的。

果然有些好處，大家都有益；便是沒銀子來，我也到那公府侯門見一見世面，也不枉我一生。」說畢，大家笑了一回，當晚計議已定。

次日天未明，劉姥姥便起來梳洗了，又將板兒教訓了幾句。那板兒才五六歲的孩子，一無所知，聽見帶他進城逛去，便喜的無不應承。於是劉姥姥帶他進城，打至寧榮街來。至榮府大門石獅子前，只見簇簇的轎馬，劉姥姥便不敢過去，且撣了撣衣服，又教了板兒幾句話，然後蹭到角門前。只見幾個挺胸疊肚指手畫腳的人，坐在大板凳上，說東談西呢。劉姥姥只得蹭上來問：「太爺們納福。」眾人打量了他一會，便問：「那裏來的？」劉姥姥陪笑道：「我找太太的陪房周大爺的，煩那位太爺替我請他老出來。」那些人聽了，都不瞅睬，半日方說道：「你遠遠的在那牆角下等着，一會子他們家有人就出來的。」內中有一老年人說道：「不要誤他的事，何苦要他。」因向劉姥姥道：「那周大爺已往南邊去了。他在後一帶住着，他娘子卻在家。你要找時，從這邊繞到後街上後門上去問就是了。」

劉姥姥聽了謝過，遂攜了板兒，繞到後門上。只見門前歇着些生意擔子，也有賣吃的，也有賣玩耍物件的，鬧吵吵三二十個小孩子在那裏廝鬧。劉姥姥便拉住一個道：「我問哥兒一聲，有個周大娘可在家麼？」孩子們道：「那個周大娘？我們這裏周大娘有三個呢，還有兩個周奶奶，不知是那一行當[9]上的？」劉姥姥道：「是太太的陪房周瑞之妻。」孩子道：「這個容易，你跟我來。」說着，跳跳躥躥的引着劉姥姥進了院門，至一院牆邊，指與劉姥姥道：「這就是他家。」又叫道：「周大娘，有個老奶奶來找你呢，我帶了來了。」

周瑞家的在內聽說，忙迎了出來，問：「是那位？」劉姥姥忙迎上來問道「好呀，周嫂子！」周瑞家的認了半日，方笑道：「劉姥姥，你好呀！你說說，能幾年，我就忘了。請家裏來坐罷。」劉姥姥一壁裏走，一壁裏笑說道：「你老是貴人多忘事，那裏還記得我們了？」說着，來至房中。周瑞家的命僱的小丫頭倒上茶來吃着。周瑞家的又問板兒道：「你都長這麼大了。」又問些別後閑話。又問劉姥姥：「今日還是路過，還是特來的？」劉姥姥便說：「原是特來瞧瞧嫂子，二則也請請姑太太的安。若可以領我見一見更好，若不能，便借

---

9)　行當：一般指行業，這裏指所任職務的類別。

重嫂子轉致意罷了。」

　　周瑞家的聽了，便已猜着幾分來意。只因昔年他丈夫周瑞爭買田地一事，其中多得狗兒之力，今見劉姥姥如此而來，心中難卻其意；二則也要顯弄自己的體面。聽如此說，便笑說道：「姥姥你放心。大遠的誠心誠意來了，豈有個不教你見個真佛去的呢。論理，人來客至回話，卻不與我相干。我們這裏都是各佔一樣兒：我們男的只管春秋兩季地租子，閑時只帶着小爺們出門子就完了；我只管跟太太奶奶們出門的事。皆因你原是太太的親戚，又拿我當個人，投奔了我來，我就破個例，給你通個信去。但只一件，姥姥有所不知，我們這裏又不比五年前了。如今太太竟不大管事，都是璉二奶奶管家了。你道這璉二奶奶是誰？就是太太的內姪女，當日大舅老爺的女兒，小名鳳哥的。」

　　劉姥姥聽了，罕問道：「原來是他！怪道呢，我當日就說他不錯呢。這等說來，我今兒還得見他了？」周瑞家的道：「這個自然的。如今太太事多心煩，有客來了，略可推得去的就推過去了，都是鳳姑娘周旋款待。今兒寧可不會太太，倒要見他一面，才不枉這裏來一遭。」劉姥姥道：「阿彌陀佛！全仗嫂子方便了。」周瑞家的道：「說那裏話。俗語說的：『與人方便，自己方便。』不過用我說一句話罷了，礙着我甚麼。」說着，便叫小丫頭到倒廳 [10] 上悄悄的打聽打聽，老太太屋裏擺了飯了沒有。小丫頭去了。這裏二人又說些閑話。

　　劉姥姥因說：「這鳳姑娘今年大不過二十歲罷了，就這等有本事，當這樣的家，可是難得的。」周瑞家的聽了道：「我的姥姥，告訴不得你呢。這位鳳姑娘年紀雖小，行事卻比是 [11] 人都大呢。如今出挑 [12] 的美人一樣的模樣兒，少說些有一萬個心眼子。再要賭口齒，十個會說話的男人也說他不過。回來你見了就知道了。就只一件，待下人未免太嚴了些。」說着，只見小丫頭回來說：「老太太屋裏已擺完了飯了，二奶奶在太太屋裏呢。」周瑞家的聽了連忙

---

10)　倒廳：大廳多數朝向南，那些坐南向北的廳房和有些前層廳房後面向後院開門的附屬部分，都　　　叫倒廳。

11)　是：這裏如同說任何，無論哪一個。是字作重讀。參看第一百十三回「見是門神都糊了」注。

12)　出挑：年齡漸長，體貌改變。也說出落，出息。

起身，催着劉姥姥說：「快走，快走。這一下來他吃飯是個空兒，咱們先趕着去，若遲一步，回事的人也多了，難說話。再歇了晌覺，越發沒了時候了。」說着一齊下了炕，打掃打掃衣服，又教了板兒幾句話，隨着周瑞家的，逶迤往賈璉的住處來。

　　先到了倒廳，周瑞家的道：「劉姥姥在那裏略等一等。」自己先過了影壁，進了院門，知鳳姐未下來，先找着鳳姐的一個心腹通房大丫頭[13]名喚平兒的。周瑞家的先將劉姥姥起初來歷說明，又說：「今日大遠的特來請安。當日太太是常會的，今日不可不見，所以我帶了他進來了。等奶奶下來，我細細回明，奶奶想也不責備我莽撞的。」平兒聽了，便作了主意：「叫他們進來，先在這裏坐着就是了。」

　　周瑞家的聽了，方出去引他兩個進入院來。上了正房台階，小丫頭打起猩紅氈簾，方入堂屋，只聞一陣香撲了臉來，竟不辨是何氣味，身子如在雲端裏一般，滿屋中之物都耀眼爭光，使人頭暈目眩。劉姥姥此時唯點頭咂嘴唸佛而已。於是來至東邊這間屋內，乃是賈璉的女兒大姐兒睡覺之所。平兒站在炕沿邊，打量了劉姥姥兩眼，只得問個好讓坐。劉姥姥見平兒遍身綾羅，插金帶銀，花容玉貌的，便當是鳳姐兒了。才待叫姑奶奶，忽見周瑞家的稱他是平姑娘，又見平兒趕着周瑞家的稱周大娘，方知是個有些體面的丫頭子。於是讓劉姥姥和板兒上了炕，平兒和周瑞家的對面坐在炕沿上，小丫頭子們斟了茶來吃茶。

　　劉姥姥只聽見咯當咯當的響聲，大有似乎打籮櫃篩麵的一般，不免東瞧西望的。忽見堂屋中柱子上掛着一個匣子，底下又墜着一個秤砣般一物[14]，卻不住的亂晃。劉姥姥心中想着：「這是甚麼愛物兒？有煞[15]用呢？」正呆時，只聽得當的一聲，猶如金鐘銅磬一般，不防倒唬的一展眼，接着又是一連八九下。方欲問時，只見小丫頭子們齊亂跑，說：「奶奶下來了。」周瑞家的與平兒忙起身，命劉姥姥：「只管等着，是時候我們來請你呢。」說着，都迎出去了。劉姥姥只屏聲側耳默候。只聽遠遠有人笑聲，約有一二十婦人，衣

---

13)　通房大丫頭：指陪女主人一起嫁到夫家的陪嫁丫鬟。

14)　秤砣般的一物：鐘擺像秤砣一般。指劉姥姥不識大座鐘的「掛擺」。

15)　煞（shà）：甚麼。現在習慣寫作「啥」。這裏和作「特別」「殺害」等義用的「煞」字不同。

裙窸窣，漸入堂屋，往那邊屋內去了。又見兩三個婦人，都捧着大漆捧盒，進這邊來等候。聽得那邊說了聲「擺飯」，漸漸的人才散出，只有伺候端菜的幾個人。半日鴉雀不聞之後，忽見二人抬了一張炕桌來，放在這邊炕上，桌上碗盤森列，仍是滿滿的魚肉在內，不過略動了幾樣。板兒一見了，便吵着要肉吃，劉姥姥一巴掌打了他去。忽見周瑞家的笑嘻嘻走過來，招手兒叫他。劉姥姥會意，於是攜了板兒下炕，至堂屋中，周瑞家的又和他唧咕了一會，方過這邊屋裏來。

　　只見門外鏨銅鈎上懸着大紅撒花軟簾，南窗下是炕，炕上大紅氈條，靠東邊板壁立着一個鎖子錦[16]靠背與一個引枕，鋪着金心綠閃緞大坐褥，旁邊有銀唾盒。那鳳姐兒家常帶着秋板貂鼠昭君套[17]，圍着攢珠勒子[18]，穿着桃紅撒花襖，石青刻絲灰鼠披風[19]，大紅洋縐銀鼠皮裙，粉光脂豔，端端正正坐在那裏，手內拿着小銅火箸兒撥手爐內的灰。平兒站在炕沿邊，捧着小小的一個填漆[20]茶盤，盤內一個小蓋鍾。鳳姐也不接茶，也不抬頭，只管撥手爐內的灰，慢慢的問道：「怎麼還不請進來？」一面說，一面抬身要茶時，只見周瑞家的已帶了兩個人在地下站着呢。這才忙欲起身、猶未起身時，滿面春風的問好，又嗔着周瑞家的怎麼不早說。劉姥姥在地下已是拜了數拜，問姑奶奶安。鳳姐忙說：「周姐姐，快些扶起來，別拜罷，請坐。我年輕，不大認得，可也不知是甚麼輩數，不敢稱呼。」周瑞家的忙回道：「這就是我才回的那劉姥姥了。」鳳姐點頭。劉姥姥已在炕沿上坐下了。板兒便躲在背後，百般的哄他出來作揖，他死也不肯。鳳姐兒笑道：「親戚們不大走動，都疏遠了。知道的呢，說你們棄厭我們，不肯常來；不知道的那起小人，還只當我們眼裏沒人似的。」劉姥姥忙唸佛道：「我們家道艱難，走不起，來了這裏，沒得給姑奶奶打嘴，就是管家爺們看着也不像。」鳳姐兒笑道：「這話沒的叫人噁心。不過藉賴着祖父虛名，作個窮官兒，誰家有甚麼，不過是個舊日的空架子。

---

16)　　鎖子錦：用金線織成鎖鏈形圖案的錦緞。

17)　　昭君套：如同圖畫上漢代王昭君所戴式樣的帽罩。

18)　　勒（lēi）子：珍珠寶石穿成的帽絆和錦緞做的帽箍都稱為「勒子」。

19)　　披風：即斗篷。

20)　　填漆：雕花填彩的漆器。

俗語說，『朝廷還有三門子窮親戚』，何況你我？」說着，又問周瑞家的回了太太了沒有。周瑞家的道：「如今等奶奶的示下。」鳳姐道：「你去瞧瞧，要是有人有事就罷，得閑兒呢就回，看怎麼說。」周瑞家的答應着去了。

這裏鳳姐叫人抓些果子與板兒吃，剛問些閑話時，就有家下許多媳婦管事的來回話。平兒回了，鳳姐道：我這裏陪客呢，晚上再來回。若有很要緊的，你就帶進來現辦。」平兒出去了，一會進來說：「我都問了，沒甚麼緊事，我就叫他們散了。」鳳姐點頭。只見周瑞家的回來，向鳳姐道：「太太說了，今日不得閑，二奶奶陪着便是一樣。多謝費心想着。白來逛逛呢便罷；若有甚說的，只管告訴二奶奶，都是一樣。」

劉姥姥道：「也沒甚說的，不過是來瞧瞧姑太太、姑奶奶，也是親戚們的情分。」周瑞家的道：「沒甚說的便罷；若有話，只管回二奶奶，是和太太一樣的。」一面說，一面遞眼色與劉姥姥。劉姥姥會意，未語先飛紅的臉，欲待不說，今日又所為何來？只得忍恥說道：「論理今兒初次見姑奶奶，卻不該說，只是大遠的奔了你老這裏來，也少不得說了。」剛說到這裏，只聽二門上小廝們回說：「東府裏的小大爺進來了。」鳳姐忙止劉姥姥：「不必說了。」一面便問：「你蓉大爺在那裏呢？」只聽一路靴子腳響，進來了一個十七八歲的少年，面目清秀，身材俊俏，輕裘寶帶，美服華冠。劉姥姥此時坐不是，立不是，藏沒處藏。鳳姐笑道：「你只管坐着，這是我姪兒。」劉姥姥方扭扭捏捏在炕沿上坐了。

賈蓉笑道：「我父親打發我來求嬸子，說上回老舅太太給嬸子的那架玻璃炕屏[21]，明日請一個要緊的客，借了略擺一擺就送過來。」鳳姐道：「說遲了一日，昨兒已經給了人了。」賈蓉聽着，嘻嘻的笑着，在炕沿上半跪道：「嬸子若不借，又說我不會說話了，又挨一頓好打呢。嬸子只當可憐姪兒罷。」鳳姐笑道：「也沒見你們，王家的東西都是好的不成？你們那裏放着那些好東西，只是看不見，偏我的就是好的。」賈蓉笑道：「那裏有這個好呢！只求開恩罷。」鳳姐道：「要碰一點兒，你可仔細你的皮！」因命平兒去拿了樓房鑰匙，傳幾個妥當人來抬去。賈蓉喜的眉開眼笑，說：「我親自帶了人拿去，別由他

---

21)　炕屏：炕上陳設的木器，都比較矮小。所以炕上的屏、几、桌名上都加炕字。

們亂碰。」說着便起身出去了。

　　這裏鳳姐忽又想起一事來，便向窗外叫：「蓉哥回來。」外面幾個人接聲說：「蓉大爺快回來。」賈蓉忙復身轉來，垂手侍立，聽何指示。那鳳姐只管慢慢的吃茶，出了半日的神，又笑道：「罷了，你且去罷。晚飯後你來再說罷。這會子有人，我也沒精神了。」賈蓉應了一聲，方慢慢的退去。

　　這裏劉姥姥心神方定，才又說道：「今日我帶了你姪兒來，也不為別的，只因他老子娘在家裏，連吃的都沒有。如今天又冷了，越想沒個派頭兒，只得帶了你姪兒奔了你老來。」說着又推板兒道：「你那爹在家怎麼教你來？打發咱們作煞事來？只顧吃果子咧。」鳳姐早已明白了，聽他不會說話，因笑止道：「不必說了，我知道了。」因問周瑞家的：「這姥姥不知可用早飯沒有？」劉姥姥忙說道：「一早就往這裏趕咧，那裏還有吃飯的工夫。」鳳姐聽說，忙命快傳飯來。

　　一時周瑞家的傳了一桌客飯來，擺在東邊屋內，過來帶了劉姥姥和板兒過去吃飯。鳳姐說道：「周姐姐，好生讓着些兒，我不能陪了。」於是過東邊房裏來。又叫過周瑞家的，去問他才回了太太，說了些甚麼？周瑞家的道：「太太說，他們家原不是一家子，不過因出一姓，當年又與太老爺在一處做官，偶然連了宗的。這幾年來也不大走動。當時他們來一遭，卻也沒空了他們。今兒既來了瞧瞧我們，是他的好意，也不可簡慢了他。便是有甚麼說的，叫奶奶裁奪就是了。」鳳姐聽了說道：「我說呢，既是一家子，我如何連影兒也不知道。」

　　說話時，劉姥姥已吃畢了飯，拉了板兒過來，䑛舌咂嘴的道謝。鳳姐笑道：「且請坐下，聽我告訴你老人家。方才的意思，我已知道了。若論親戚之間，原該不等上門來就該照應才是。但如今家內雜事太煩，太太漸上了年紀，一時想不到也是有的。況是我近來接着管些事，都不大知道這些親戚。二則外頭看着這裏烈烈轟轟，殊不知大有大的艱難去處，說與人也未必信罷。今兒你既老遠的來了，又是頭一次見我張口，怎好叫你空回去呢？可巧昨兒太太給我的丫頭們做衣裳的二十兩銀子，我還沒動呢，你若不嫌少，就暫且先拿了去罷。」

　　那劉姥姥先聽告艱難，只道是沒有，心裏便突突的；後來聽見給他二十兩，喜的又渾身發癢起來，說道：「咳，我也是知道艱難的。但俗語說的：

『瘦死的駱駝比馬大』，憑他怎樣，你老拔根寒毛比我們的腰還粗呢！」

　　周瑞家的見他說的粗鄙，只管使眼色止他。鳳姐看見，笑中不睬，只命平兒把昨日那包銀子拿來，再拿一吊錢來，都送到劉姥姥的跟前。鳳姐乃道：「這是二十兩銀子，暫且給這孩子做件冬衣罷。若不拿着，就真是怪我了。這錢僱車坐罷。改日無事，只管來逛逛，方是親戚們的意思。天也晚了，也不虛留你們了，到家裏該問好的問個好兒罷。」一面說，一面就站了起來。

　　劉姥姥只管千恩萬謝的，拿了銀子錢，隨了周瑞家的來至外頭。周瑞家的道：「我的娘啊！你見了他怎麼倒不會說了？開口就是『你姪兒』。我說句不怕你惱的話，便是親姪兒，也要說和軟些。蓉大爺才是他的正經姪兒呢，他怎麼又跑出這麼一個姪兒來了？」劉姥姥笑道：「我的嫂子，我見了他，心眼兒裏愛還愛不過來，那裏還說的上話來呢。」二人說着，又到周瑞家坐了半時，劉姥姥便要留下一塊銀子與周家的孩子們買果子吃，周瑞家的如何放在眼裏？執意不肯。劉姥姥感謝不盡，仍從後門去了。正是：得意濃時易接濟，受恩深處勝親朋。

精華賞析

王熙鳳為劉姥姥提供了幫助，不管是真心還是假意，她這二十兩銀子救了劉姥姥全家。這為後文埋下了伏筆。

知識拓展

自鳴鐘

　　鳳姐屋裏擺設的自鳴鐘是一種按照機械原理製成的計時器，時針自動運行時發出機械的滴答聲，到整點時就響起鐘聲。

　　中國古代很早就有了日晷、沙漏、銅壺等計時器，12世紀後，中國的計時技術傳入歐洲。但能擺放在桌子上的鐘直到16世紀中期才在德國出現。

《第七回》

送宮花賈璉戲熙鳳
宴寧府寶玉會秦鐘

　　賈寶玉在寧國府遇到了秦鐘，兩人十分投緣，還約好一起去上學。難道他是真的轉變性情了？

　　話說周瑞家的送了劉姥姥去後，便上來回王夫人話。誰知王夫人不在上房，問丫鬟們時，方知往薛姨媽那邊閑話去了。周瑞家的聽說，便轉出東角門至東院，往梨香院來。剛至院門前，只見王夫人的丫鬟名金釧兒，和一個才留了頭[1]的小女孩兒站在台階坡兒上玩。見周瑞家的來了，便知有話回，因向內努嘴兒。周瑞家的輕輕掀簾進去，只見王夫人和薛姨媽長篇大套的說些家務人情等語。

　　周瑞家的不敢驚動，遂進裏間來。只見薛寶釵穿着家常衣服，頭上只散挽着纂兒，坐在炕裏邊，伏在小炕桌上同丫鬟鶯兒正描花樣子呢。見他進來，寶釵才放下筆，轉過身來，滿面堆笑讓：「周姐姐坐。」周瑞家的也忙陪笑問：「姑娘好？」一面炕沿邊坐了，因說：「這有兩三天也沒見姑娘到那邊逛逛去，只怕是你寶玉兄弟衝撞了你不成？」寶釵笑道：「那裏的話。只因我那種病又發了，所以這兩天沒出屋子。」周瑞家的道：「正是呢，姑娘到底有甚麼病根兒，也該趁早兒請個大夫來，好生開個方子，認真吃幾劑藥，一勢兒除了根才是。小小年紀倒作下個病根兒，也不是玩的。」

　　寶釵聽了便笑道：「再不要提吃藥。為這病請大夫吃藥，也不知白花了多

---

1)　　留了頭：女孩幼年剃髮，隨着年齡漸長，先蓄頂心頭髮，再蓄全部頭髮。這種全部蓄髮叫做留頭，又叫留滿頭。

少銀子錢呢。憑你甚麼名醫仙藥，從不見一點兒效。後來還虧了一個禿頭和尚，說專治無名之症，因請他看了。他說我這是從胎裏帶來的一股熱毒，幸而先天壯，還不相干；若吃尋常藥，是不中用的。他就說了一個海上仙方，又給了一包藥末子作引子，異香異氣的，不知是那裏弄了來的。他說發了時吃一丸就好。倒也奇怪，吃他的藥倒效驗些。」

周瑞家的因問：「不知是個甚麼仙方兒？姑娘說了，我們也記着，說與人知道，倘遇見這樣病，也是行好的事。」

寶釵見問，乃笑道：「不問這方兒還好，若問起這藥方兒，真真把人瑣碎死。東西藥料一概都不限，只難得『可巧』二字：要春天開的白牡丹花蕊十二兩，夏天開的白荷花蕊十二兩，秋天的白芙蓉花蕊十二兩，冬天的白梅花蕊十二兩。將這四樣花蕊於次年春分這日曬乾，和在藥末子一處，一齊研好。又要雨水這日的雨水十二錢，……」周瑞家的忙道：「噯喲！這麼說來，這就得三年的工夫。倘或雨水這日不下雨，可又怎處呢？」寶釵笑道：「所以說，那裏有這樣可巧的雨，便沒雨也只好再等罷了。還要白露這一日的露水十二錢，霜降這一日的霜十二錢，小雪這一日的雪十二錢，把這四樣水調勻，和了藥，再加十二錢蜂蜜，十二錢白糖，丸成龍眼大的丸子，盛在舊磁罈內，埋在花根底下。若發了病時，拿出來吃一丸，用十二分黃柏煎湯送下。」

周瑞家的聽了笑道：「阿彌陀佛，真巧死人的事兒！等十年也未必都這樣巧的呢。」寶釵道：「竟好，自他說了去後，一二年間可巧都得了，好容易配成一料。如今從南帶至此，現今埋在梨花樹底下呢。」周瑞家的又道：「這藥可有名字沒有呢？」寶釵道：「有。這也是那癩頭和尚說下的，叫作『冷香丸』。」周瑞家的聽了點頭兒，因又說：「這病發了時到底覺怎樣着？」寶釵道：「也不覺甚麼，只不過喘嗽些，吃一丸藥下去也就罷了。」

周瑞家的還欲說話時，忽聽王夫人問：「誰在裏頭說話？」周瑞家的忙出去答應了，趁便回了劉姥姥之事。略待半刻兒，見王夫人無語，方欲退出，薛姨媽忽又笑道：「你且站住。我有一宗東西，你帶了去罷。」說着便叫香菱。簾櫳響處，方才和金釧頑的那個小女孩子進來了，問：「奶奶叫我作甚麼？」薛姨媽道：「把那匣子裏的花兒拿來。」香菱答應了，向那邊捧了個小錦匣來。

薛姨媽道：「這是宮裏頭作的新樣法堆紗的花[2]十二支，昨兒我想起來，白放着可惜了兒的，何不給他們姊妹們戴去。昨兒要送去，偏又忘了。你今兒來的巧，就帶了去罷。你家的三位姑娘，每人一對，剩下的六枝，送林姑娘兩枝，那四枝給了鳳姐罷。」王夫人道：「留着給寶丫頭戴罷了，又想着他們。」薛姨媽道：「姨娘不知道，寶丫頭古怪着呢，他從來不愛這些花兒粉兒的。」

說着，周瑞家的拿了匣子，走出房門，見金釧兒仍在那裏曬日頭兒呢。周瑞家的因問他道：「那香菱小丫頭子，可就是常說臨上京時買的、為他打人命官司的那個小丫麼？」金釧道：「可不就是。」正說着，只見香菱笑嘻嘻的走來。周瑞家的便拉了他的手，細細的看了一會，因向金釧兒笑道：「好個模樣兒，竟有些像咱們東府裏蓉大奶奶的品格兒。」金釧兒笑道：「我也是這麼說呢。」周瑞家的又問香菱：「你幾歲投身到這裏？」又問：「你父母今在何處？今年十幾歲了？本處是那裏人？」香菱聽問，都搖頭說：「不記得了。」周瑞家的和金釧兒聽了，倒反為歎息傷感一回。

一時間周瑞家的攜花至王夫人正房後頭來。

原來近日賈母說孫女兒們太多了，一處擠着倒不便宜，只留寶玉黛玉二人這邊解悶，卻將迎、探、惜三人移到王夫人這邊房後三間小抱廈內居住，令李紈陪伴照管。

如今周瑞家的故順路先往這裏來，只見幾個小丫頭子都在抱廈內聽呼喚呢。只見迎春的丫鬟司棋與探春的丫鬟侍書二人正掀簾子出來，手裏都捧茶鍾，周瑞家的便知他們姊妹在一處坐着呢，遂進入內房只見迎春探春二人正在下棋。周瑞家的將花送上，說明緣故。二人忙住了棋，都欠身道謝，命丫鬟們收了。

周瑞家的答應了，因說：「四姑娘不在房裏，只怕在老太太那邊呢。」丫鬟們道：「那屋裏不是四姑娘！」周瑞家的聽了，便往這邊屋內來。只見惜春正同水月庵的小姑子智能兒一處玩耍呢，見周瑞家的進來，惜春便問他何事。周瑞家的便將花匣打開，說明原故。惜春笑道：「我這裏正和智能兒說，我明兒也剃了頭同他作姑子去呢，可巧又送了花兒來；若剃了頭，可把這花

---

2)　　堆紗的花：指用紗堆縫製成的簪飾花朵。

兒戴在那裏呢？」說着，大家取笑一回，惜春命丫鬟入畫來收了。

周瑞家的因問智能兒：「你是甚麼時候來的？你師父那禿歪剌³往那裏去了？」智能兒道：「我們一早就來了。我師父見了太太，就往于老爺府內去了，叫我在這裏等他呢。」周瑞家的又道：「十五的月例香供銀子可曾得了沒有？」智能兒搖頭說：「我不知道。」惜春聽說，便問周瑞家的：「如今各廟裏月例銀子是誰管着？」周瑞家的道：「余信管着。」惜春聽了笑道：「這就是了。他師父一來，余信家的就趕上來，和他師父咕唧了半日，想是就為這一事了。」

那周瑞家的又和智能兒嘮叨了一會，便往鳳姐兒處來。穿夾道從李紈後窗下過，隔着玻璃窗戶，見李紈在炕上歪着睡覺呢，遂越西花牆，出西角門進入鳳姐院中。走至堂屋，只見小丫頭豐兒坐在鳳姐的房門檻上，見周瑞家的來了，連忙擺手兒往東屋裏去。周瑞家的會意，忙的躡手躡足往東邊房裏，只見奶子正拍着大姐兒睡覺呢。周瑞家的悄問奶子道：「姐兒睡中覺呢？也該清醒了。」奶子搖頭兒。正問着，只聽那邊一陣笑聲，卻有賈璉的聲音。接着房門響處，平兒拿着大銅盆出來，叫豐兒舀水進去。平兒便到這邊來，一見了周瑞家的便問：「你老人家又跑了來作甚麼？」周瑞家的忙起身，拿匣子與他，說送花兒一事。平兒聽了，便打開匣子，拿了四枝，轉身去了。半刻工夫，手裏又拿出兩枝來，先叫彩明來吩咐道：「送到那邊府裏給小蓉大奶奶戴去。」次後方命周瑞家的回去道謝。

周瑞家的這才往賈母這邊來。穿過穿堂，頂頭忽見他女兒打扮着才從他婆家來。周瑞家的忙問：「你這會子跑來作甚麼？」他女兒笑道：「媽一向身上好？我在家裏等了這半日，媽竟不出去，甚麼事情忙的這樣不回家？我等煩了，自己到了老太太跟前請了安了，這會子請太太的安去。媽還有不了的甚麼差事，手裏是甚麼東西？」周瑞家的笑道：「噯！今兒偏偏的來了個劉姥姥，我自己多事，為他跑了半日；這會子又被姨太太看見了，叫送這個花兒與姑娘奶奶們。這會子還沒送清楚呢。你這會子跑來，一定有甚麼事情。」他女兒笑道：「你老人家倒會猜。實對你老人家說，你女婿前兒因多吃了兩杯

---

3)　　禿歪剌：禿，指光頭。歪剌，也說歪剌骨，歪剌貨，是罵人的話。也作歪拉、歪辣。

酒，和人分爭，不知怎的被人放了一把邪火⁴，說他來歷不明，告到衙門裏，要遞解他還鄉。所以我來和你老人家商議商議，這個情分，求那一個可以了事。」周瑞家的聽了道：「我就知道了。這有甚麼大不了事！你且家去等我送了林姑娘的花兒去就回家去。此時太太二奶奶都不得閑兒，你回去等我。這有甚麼忙的。」他女兒聽如此說，便回去了，還說：「媽，好歹快來。」周瑞家的道：「是了。小人兒家沒經過甚麼事，就急得你這樣了。」說着，便往黛玉房中去了。

誰知此時黛玉不在自己房中，卻在寶玉房中大家解九連環⁵玩呢。周瑞家的進來笑道：「林姑娘，姨太太着我送花來與姑娘戴。」寶玉聽說，先便說：「甚麼花兒？拿來給我看看。」一面早伸手接過來了。開匣看時，原來是宮製堆紗新巧的假花兒。黛玉只就寶玉手中看了一看，便問道：「還是單送我一個人的，還是別的姑娘們都有呢？」周瑞道：「各位都有了，這兩枝是姑娘的了。」黛玉冷笑道：「我就知道，別人不挑剩下的也不給我。」周瑞家的聽了，一聲兒不言語。寶玉便問道：「周姐姐，你作甚麼呢到那邊去了？」周瑞家的因說：「太太在那裏，因向那邊回話去了，姨太太就順便叫我帶來了。」寶玉道：「寶姐姐在家作甚麼呢？怎的這幾日也不過來？」周瑞家的道：「身上不大好呢。」寶玉聽了，便和丫頭說：「誰去瞧瞧。就說我和林姑娘打發來，請姨娘姐姐安，問姐姐是甚麼病，現吃甚麼藥。論理我該親自來看的，就說才從學裏回來，也着了些涼，異日再親自來看罷了。」說着，茜雪便答應去了。周瑞家的自去。無話。

原來這周瑞的女婿，便是雨村的好友冷子興，近因賣古董和人打官司，故教女人來討情分。周瑞家的仗着主子的勢利，把這些事也不放在心上，晚間只求鳳姐兒便完了。

至掌燈時分，鳳姐已卸了妝，來見王夫人回話：「今兒甄家送了來的東

---

4)　放了一把邪火：從旁挑撥，使人發怒。

5)　九連環：一種玩物，用鐵絲、銅絲或銀絲製成。一個長弧圈，一端是柄，中間套九個圓環，下面是一個橫條，將每個環相連，可以從長弧圈上摘下，還可以套上。這一過程需要動腦筋才能完成。

西，我已收了。咱們送他的，趁着他家有年下進鮮[6]的船回去，一併都交給他們帶了去了。」王夫人點頭。鳳姐又道：「臨安伯老太太生日的禮已經打點了，派誰送去呢？」王夫人道：「你瞧誰閑着，不管打發着那四個女人去就是了，又來當甚麼正經事問我。」鳳姐又笑道：「今日珍大嫂子來，請我明日過去逛逛，明日倒沒有甚麼事情。」王夫人道：「沒事有事都礙不着甚麼。每常他來請，有我們，你自然不便意；他既不請我們，單請你，可知是他誠心叫你散淡散淡，別辜負了他的心，便有事也該過去才是。」鳳姐答應了。當下李紈、迎、探等姐妹們亦來定省畢，各自歸房，無話。

次日，鳳姐梳洗了，先回王夫人畢，方來辭賈母。寶玉聽了，也要跟了逛去。鳳姐只得答應，立等着換了衣服，姐兒兩個坐了車，一時進入寧府。早有賈珍之妻尤氏與賈蓉之妻秦氏婆媳兩個，引了多少姬妾丫鬟媳婦等接出儀門。那尤氏一見了鳳姐，必先嘲笑一陣，一手攜了寶玉同入上房來歸坐。秦氏獻茶畢，鳳姐因說：「你們請我來作甚麼？有甚麼好東西孝敬，就獻上來，我還有事呢。」尤氏未及答話，地下幾個姬妾先就笑說：「二奶奶今兒不來就罷，既來了就依不得二奶奶了。」正說着，只見賈蓉進來請安。寶玉因問：「大哥哥今日不在家麼？」尤氏道：「出城與老爺請安去了。可是你怪悶的，坐在這裏作甚麼？何不也去逛逛？」

秦氏笑道：「今兒巧，上回寶叔叔要見見我那兄弟，他今兒也在這裏，想在書房裏呢，寶叔何不去瞧一瞧？」寶玉聽了，即便下炕要走。尤氏鳳姐都忙說：「好生着，忙甚麼？」一面便吩咐人好生小心跟着，別委曲他，倒比不得跟了老太太過來就罷了。鳳姐說道：「既這麼着，何不請進這秦小爺來，我也瞧一瞧。難道我見不得他不成？」尤氏笑道：「罷，罷！可以不必見他，比不得咱們家的孩子們，胡打海摔[7]的慣了。人家的孩子都是斯斯文文的慣了，乍見了你這破落戶，還被人笑話死了呢。」鳳姐笑道：「普天下的人，我不笑話就罷了，竟叫這小孩子笑話不成？」賈蓉笑道：「不是這話，他生的腼腆，沒見過大陣仗兒，嬸子見了，沒的生氣。」鳳姐道：「他是哪吒，我也要見一見！

---

6)　進鮮：購買有季節性的新鮮食品，例如應時的水果、魚蝦等。

7)　胡打海摔：慣經磕碰，不嬌貴。

別放你娘的屁了。再不帶去，看給你一頓好嘴巴子。」賈蓉笑嘻嘻的說：「我不敢強扭着，就帶他來。」

說着，果然出去帶進一個小後生來，較寶玉略瘦些，清眉秀目，粉面朱唇，身材俊俏，舉止風流，似在寶玉之上，只怯怯羞羞，有女兒之態，腼腆含糊，慢向鳳姐作揖問好。鳳姐喜的先推寶玉，笑道：「比下去了！」便欠身一把攜了這孩子的手，就命他身旁坐了，慢慢的問他年紀、讀書等事，方知學名喚秦鐘，早有鳳姐的丫鬟媳婦們見鳳姐初會秦鐘，並未備得表禮[8]來，遂忙過那邊去告訴平兒。平兒知道鳳姐與秦氏厚密，雖是小後生家，亦不可太儉，遂自作主意，拿了一匹尺頭、兩個「狀元及第」[9]的小金錁子，交付與來人送過去。鳳姐猶笑說：「太簡薄」等語。秦氏等謝過，一時吃畢飯，尤氏、鳳姐、秦氏等抹骨牌[10]，不在話下。

那寶玉自一見秦鐘人品，心中便有所失，痴了半日，自己心中又起了呆意，自思道：「天下竟有這等人物！如今看來，我就成了泥豬癩狗了。可恨我為甚麼生在這侯門公府之中，若也生在寒門薄宦之家，早得與他交接，也不枉生了一世。我雖如此比他尊貴，可知錦繡紗羅，也不過裹了我這根死木頭；美酒羊羔，也不過填了我這糞窟泥溝。『富貴』二字，不料遭我荼毒了！」秦鐘自見了寶玉形容出眾，舉止不凡，更兼金冠繡服，嬌婢侈童，心中亦自思道：「果然這寶玉怨不得人溺愛他，可恨我偏生於清寒之家，不能與他耳鬢交接，可知『貧寒』二字限人，亦世間之大不快事。」二人一樣的胡思亂想。忽然寶玉問他讀甚麼書。秦鐘見問，便實而答之。二人你言我語，十來句後，越發親密起來。

一時擺上茶果，寶玉便說：「我兩個又不吃酒，把果子擺在裏間小炕上，

8)　　表禮：又作表裏，指做禮物的衣料，又稱尺頭。第六十八回「上色尺頭」即指上等的衣料。

9)　　狀元及第：這裏指一種吉祥圖案，有的作騎馬、戴金花狀元及第的形狀，也有用狀元及第四字的。這類吉祥圖案還有：流雲百蝠，用雲彩和蝙蝠構成，表示幸福多多（見第十七回、第十八回）。事事如意，用雙柿和如意構成。歲歲平安，用穀穗、瓶子、鵪鶉構成（見第二十九回）。筆、銀錠、如意為必定如意（見第四十二回）。雲龍捧壽，是用雲龍和壽字作圖案；松、竹、梅為歲寒三友；玉蘭、海棠、牡丹為玉堂富貴；雜樣花卉為八寶聯春（見第五十三回）。所有這些多半是諧音的祝頌詞句。

10)　骨牌：用骰子點從幺到六錯綜配合，每兩組點配成一張牌，共成三十二張。又名牙牌或牛兒牌，有各種玩法。這裏抹（摸）骨牌，即指用骨牌遊戲或賭博。

我們那裏坐去，省得鬧你們。」於是二人進裏間來吃茶。秦氏一面張羅與鳳姐擺酒果，一面忙進來囑寶玉道：「寶叔，你姪兒倘或言語不防頭[11]，你千萬看着我，不要理他。他雖腼腆，卻性子左強[12]，不大隨和些是有的。」寶玉笑道：「你去罷，我知道了。」秦氏又囑了兄弟一回，方去陪鳳姐。

一時鳳姐尤氏又打發人來問寶玉：「要吃甚麼，外面有，只管要去。」寶玉只答應着，也無心在飲食上，只問秦鐘近日家務等事。秦鐘因說：「業師於去年病故，家父又年紀老邁，殘病在身，公務繁冗，因此尚未議及延師一事，目下不過在家溫習舊課而已。再讀書一事，必須有一二知己為伴，時常大家討論，才能進益。」寶玉不待說完，便答道：「正是呢，我們卻有個家塾，合族中有不能延師的，便可入塾讀書，子弟們中亦有親戚在內可以附讀。我因業師上年回家去了，也現荒廢着呢，家父之意，亦欲暫送我去且溫習舊書，待明年業師上來，再各自在家裏讀。家祖母因說：一則家學裏子弟太多，生恐大家淘氣，反不好；二則也因我病了幾天，遂暫且耽擱着。如此說來，尊翁如今也為此事懸心。今日回去，何不稟明，就往我們敝塾中來，我亦相伴，彼此有益，豈不是好事？」秦鐘笑道：「家父前日在家提起延師一事，也曾提起這裏的義學倒好，原要來和這裏的親翁商議引薦。因這裏事忙，不便為這點小事來聒絮的。寶叔果然度小姪或可磨墨滌硯，何不速速的作成，又彼此不致荒廢，又可以常相談聚，又可以慰父母之心，又可以得朋友之樂，豈不是美事？」寶玉道：「放心，放心。咱們回來先告訴你姐夫姐姐和璉二嫂子。你今日回家亦稟明令尊，我回去再稟明家祖母，無不速成之理的。」二人計議已定。那天氣已是掌燈時候，出來又看他們玩了一回牌。算賬時，卻又是秦氏尤氏二人輸了戲酒的東道，言定後日吃這東道。一面就吃飯。

吃畢晚飯，因天黑了，尤氏因說：「先派兩個小子送了這秦相公家去。」媳婦們傳出，半日秦鐘告辭起身。尤氏問：「派了誰送去？」媳婦們回說：「外頭派了焦大，誰知焦大醉了，又罵呢。」尤氏秦氏都說：「偏又派他做甚麼？放着這些小子們，那一個派不得？偏要惹他去。」鳳姐道：「我成日家說你太

---

11)　不防頭：冒失、粗心沒顧忌。

12)　左強：倔強、認死理兒。

軟弱了，縱的家裏人這樣，還了得呢。」尤氏歎道：「你難道不知這焦大的？連老爺都不理他的，你珍大哥哥也不理他。只因他從小兒跟着太爺出過三四回兵，從死人堆裏把太爺背了出來，得了命；自己挨着餓，卻偷了東西來給主子吃；兩日沒得水，得了半碗水給主子喝，他自己喝馬溺。不過仗着這些功勞情分，有祖宗時都另眼相待，如今誰肯難為他？他自己又老了，又不顧體面，一味的吃酒，吃醉了，無人不罵。我常說管事的，不要派他差事，全當一個死的就完了。今兒又派了他。」鳳姐道：「我何嘗不知這焦大。倒是你們沒主意，有這樣的，何不打發他遠遠的莊子上去就完了。」說着因問：「我們的車子可齊備了？」地下眾人都應道：「伺候齊了。」

鳳姐起身告辭，和寶玉攜手同行。尤氏等送至大廳，只見燈燭輝煌，眾小廝都在丹墀下侍立。那焦大又仗賈珍不在家，即在家亦不好怎樣，更可以恣意灑落灑落。因趁着酒興，先罵大總管賴二，說他不公道，欺軟怕硬，「有了好差事就派別人，像這樣黑更半夜送人的事，就派我。沒良心的王八羔子！瞎充管家！你也不想想，焦大太爺蹺蹺腳，比你頭還高呢。二十年頭裏的焦大太爺眼裏有誰？別說你們這一起子雜種王八羔子們！」

正罵的興頭上，賈蓉送鳳姐的車出來，眾人喝他不聽，賈蓉忍不得，便罵了他兩句，使人捆起來，「等明日酒醒了，問他還尋死不尋死了！」那焦大那裏把賈蓉放在眼裏，反大叫起來，趕着賈蓉叫：「蓉哥兒，你別在焦大跟前使主子性兒。別說你這樣兒的，就是你爹，你爺爺，也不敢和焦大挺腰子呢！不是焦大一個人，你們就做官兒享榮華受富貴？你祖宗九死一生掙下這個家業，到如今，不報我的恩，反和我充起主子來了。不和我說別的還可，若再說別的，咱們紅刀子進去白刀子出來！」鳳姐在車上說與賈蓉道：「以後還不早打發了這個沒王法的東西！留在這裏豈不是禍害？倘或親友知道了，豈不笑話咱們這樣的人家，連個王法規矩都沒有。」賈蓉答應「是」。

眾小廝見他太撒野了，只得上去幾個，揪翻捆倒，拖往馬圈裏去。焦大越發連賈珍都說出來，亂嚷亂叫說：「我要往祠堂裏哭太爺去。那裏承望到如今生下這些畜牲來！每日家偷狗戲雞，爬灰[13] 的爬灰，養小叔子的養小叔子。

---

13)　　爬灰：公公和兒媳通姦被罵作爬灰。

我甚麼不知道？咱們『胳膊折了往袖子裏藏』！」眾小廝聽他說出沒天日[14]的話來，唬的魂飛魄散，也不顧別的了，便把他捆起來，用土和馬糞滿滿填了他一嘴。鳳姐和賈蓉等也遙遙的聞得，便都裝作沒聽見。寶玉在車上見這般醉鬧，倒也有趣，因問鳳姐道：「姐姐，你聽他說『爬灰的爬灰』，甚麼是『爬灰』？」鳳姐聽了，連忙立眉瞋目斷喝道：「少胡說！那是醉漢嘴裏混唚[15]，你是甚樣的人，不說不聽見，還倒細問！等我回去回了太太，仔細捶你不捶你！」唬的寶玉連忙央告道：「好姐姐，我再不敢了。」鳳姐道：「這才是呢。等回去，咱們回了老太太，打發你同你秦家姪兒學裏唸書去要緊。」說着，自回往榮府而來。正是：不因俊俏為朋友，正為風流始讀書。

 精華賞析

....

　　從送宮花一事可以看出黛玉極重視別人對自己的態度，她因為自己最後一個得到宮花而不滿。

─────────────

14)　沒天日：毫無畏懼和顧忌。

15)　混唚（qìn）：畜類嘔吐叫做唚，混唚比罵人胡說更重。

《第八回》

精讀 比通靈金鶯微露意
探寶釵黛玉半含酸

> 寶玉和黛玉不約而同去看望寶釵，因為寶玉與寶釵有金玉相配，而引起了黛玉的心酸。她說了不少譏諷話，發泄心中的不滿。

　　話說鳳姐和寶玉回家，見過眾人。寶玉先便回明賈母秦鐘要上家塾之事，自己也有了個伴讀的朋友，正好發奮[1]；又着實的稱讚秦鐘的人品行事，最使人憐愛。鳳姐又在一旁幫着說「過日他還來拜見老祖宗」等語，說的賈母喜悅起來。鳳姐又趁勢請賈母後日過去看戲。賈母雖年高，卻極有興頭。至後日，又有尤氏來請，遂攜了王夫人、林黛玉、寶玉等過去看戲。到晌午，賈母便回來歇息了。王夫人本是好清淨的，見賈母回來，也就回來了。然後鳳姐坐了首席，盡歡至晚無話。

　　卻說寶玉因送賈母回來，待賈母歇息了中覺，意欲還去看戲取樂，又恐擾的秦氏等人不便，因想起近日薛寶釵在家養病，未去親候，意欲去望他一望。若從上房後角門過來，又恐遇見別事纏繞，再或可巧見他父親，更為不妥，寧可繞遠路罷了。當下眾嬤嬤丫鬟伺候他換衣服，見他不換，仍出二門去了，眾嬤嬤小丫鬟只得跟隨出來，還只當他去那府中看戲。誰知到了穿堂，便向東向北繞廳後而去。偏

---

1)　　發奮：這裏指發奮用功讀書。

頂頭遇見了門下清客相公 [2] 詹光、單聘仁二人走來，一見了寶玉，便都笑着趕上來，一個抱住腰，一個攜着手，都道：「我的菩薩哥兒，我說作了好夢呢，好容易今兒見了你。」說着，請了安，又問好，嘮叨了半日，方才走開。老嬤嬤叫住，因問：「二位是從老爺跟前來的不是？」他二人點頭道：「老爺在夢坡齋小書房裏歇中覺呢，不妨事的。」一面說，一面走了。說的寶玉也笑了。於是轉彎向北奔梨香院來。可巧銀庫房的總管名喚吳新登與倉上的頭目名戴良的，還有幾個管事的頭目，共有七八人賬房裏出來，一見了寶玉趕去，都一齊垂手站立。獨有一個買辦名喚錢華的，因他多日來見寶玉，忙上來打千兒請安，寶玉忙含笑攙他起來。眾人都笑說：「前兒在一處看見二爺寫的斗方兒 [3]，字法越發好了，多早晚賞我們幾張貼貼。」寶玉笑道：「在那裏看見了？」眾人道：「好幾處都有，都誇得了不得，還和我們尋呢。」寶玉笑道：「不值甚麼，你們說給我的小么兒 [4] 們就是了。」一面說，一面前走，眾人待他過去，方都各自散了。閑言少述。

　　且說寶玉來至梨香院中，先入薛姨媽室中來，正見薛姨媽打點針黹與丫鬟們呢。寶玉忙請了安，薛姨媽忙一把拉了他，抱入懷內，笑說：「這麼冷天，我的兒，難為你想着來，快上炕來坐着罷。」命人倒滾滾的茶來。寶玉因問：「哥哥不在家？」薛姨媽歎道：「他是沒籠頭的馬，天天逛不了，那裏肯在這一日。」寶玉道：「姐姐可大安了？」薛姨媽道：「可是呢，你前兒又想着打發人來瞧他。他在裏間不是，你去瞧瞧他去，裏間比這裏暖和，你那裏坐着，我收拾收拾就

<hr />

2)　　清客相公：專門陪着大官僚們談論文藝玩樂的無聊文人被稱為清客。相公是類似老爺、先生的稱呼。

3)　　斗方兒：門屏槅扇上貼的方幅紙塊，上書吉語，叫做斗方，也指一般方幅詩箋、畫冊。

4)　　小么兒：小廝、僕人、小聽差。

點評

● 通過寶玉的觀察，作者描繪了寶釵的容貌、裝扮和性情，突出了寶釵的安靜、素樸、淡雅的天然之美，與黛玉具有了不同特點。

進去和你說話兒。」寶玉聽說，忙下炕來至裏間門前，只見吊着半舊的紅紬軟簾。寶玉掀簾一跨步進去，先就看見薛寶釵坐在炕上作針線，頭上挽着漆黑油光的纂兒，穿蜜合色棉襖，玫瑰紫二色金銀鼠比肩褂，蔥黃綾棉裙，一色半新不舊，看去不覺奢華。唇不點而紅，眉不畫而翠，臉若銀盆，眼如水杏。罕言寡語，人謂藏愚；安分隨時，自云守拙。寶玉一面看，一面問：「姐姐可大癒了？」寶釵抬頭只見寶玉進來，連忙起身含笑答說：「已經大好了，倒多謝記掛着。」說着，讓他在炕上坐了，即命鶯兒斟茶來。一面又問老太太姨娘安，別的姐妹們都好。一面看寶玉頭上戴着纍絲嵌寶紫金冠，額上勒着二龍搶珠金抹額，身上穿着秋香色立蟒白狐腋箭袖，腰繫五色蝴蝶鸞絛，項上掛着長命鎖、記名符，另外有那一塊落草時銜下來的寶玉。寶釵因笑說道：「成日家說你這玉，究竟未曾細細的賞鑒，我今兒倒要瞧瞧。」說着便挪近前來。寶玉亦湊了上去，從項上摘了下來，遞在寶釵手內。寶釵托於掌上，只見大如雀卵，燦若明霞，瑩潤如酥，五色花紋纏護。這就是大荒山中青埂峯下的那塊補天剩下的頑石的幻相。後人曾有詩嘲云：「女媧煉石已荒唐，又向荒唐演大荒。失去幽靈真境界，幻來新就臭皮囊。好知運敗金無彩，堪歎時乖玉不光。白骨如山忘姓氏，無非公子與紅妝。」那頑石亦曾記下他這幻相並癩僧所鐫的篆文，今亦按圖畫於上。但其真體最小，方能從胎中小兒口內銜下。今若按其體畫，恐字跡過於微細，使觀者大廢眼光，亦非暢事。故今只按其形，無非略展放些規矩，使觀者便於燈下醉中可閱。今注明此故，方無胎中之兒口有多大，怎得銜此狼犺 [5] 蠢大之物等語之謗。

---

5)　　狼犺（láng kāng）：笨重。

通靈寶玉正面　　　　通靈寶玉反面

寶釵看畢，又從新翻過正面來細看，口中唸着：「莫失莫忘，仙壽恆昌。」唸了兩遍，乃回向鶯兒笑道：「你還不倒茶去，也在這裏發呆作甚麼？」鶯兒嘻嘻笑道：「我聽這兩句話，倒像和姑娘的項圈上的兩句話是一對兒。」寶玉聽了，忙笑道：「原來姐姐那項圈上也有八個字，我也賞鑒賞鑒。」寶釵道：「你別信他的話，沒有甚麼字。」寶玉笑央：「好姐姐，你怎麼瞧我的了呢？」寶釵被纏不過，因說道：「也是個人給了兩句吉利話兒，所以鏨上了，叫天天帶着；不然，沉甸甸的有甚麼趣兒？」一面說，一面解了排扣，從裏面大紅襖上將那珠寶晶瑩黃金燦爛的瓔珞掏將出來。寶玉忙托了鎖看時，果然一面有四個篆字，兩面八字，共成兩句吉讖。亦曾按式畫下形相。

● 這是作者為後來寶玉與寶釵的姻緣做鋪墊。在傳統意識裏，婚姻乃天意姻緣。

金鎖正面　　　　　　金鎖反面

寶玉看了，也唸了兩遍，又唸自己的兩遍，因笑問：「姐姐這八個字倒與我的是一對。」鶯兒笑道：「是個癩頭和尚送的，他說必須鏨在金器上……」寶釵不待說完，便嗔他不去倒茶，一面又問寶玉從那裏來。

寶玉此時與寶釵就近，只聞一陣陣涼森森甜絲絲的幽

香，竟不知從何處來的，遂問：「姐姐熏的是甚麼香？我竟從未聞見過這味兒。」寶釵笑道：「我最怕熏香，好好的衣服，熏的煙燎火氣作甚麼呢？」寶玉道：「既如此，這是甚麼香？」寶釵想了一想，笑道：「是了，是我早起吃了丸藥的香氣未散呢。」寶玉笑道：「甚麼丸藥這麼香得好聞？姐姐，給我一丸嘗嘗。」寶釵笑道：「又混鬧了，一個丸藥也是混吃的？」

一語未了，忽聽外面人說：「林姑娘來了。」說猶未了，林黛玉已搖搖擺擺的走了進來，一見了寶玉，便笑道：「嗳喲，我來的不巧了！」寶玉等忙起身笑讓坐。寶釵因笑道：「這話怎麼說？」黛玉笑道：「早知他來，我就不來了。」寶釵道：「我更不解這意。」黛玉笑道：「要來時一羣都來，要不來一個也不來；今兒他來了，明兒我再來，如此間錯開了來着，豈不天天有人來了？也不至於太冷落，也不至於太熱鬧了。姐姐如何不解這意思？」

寶玉因見他外面罩着大紅羽緞對襟褂子[6]，因問：「下雪了麼？」地下婆娘們道：「下了這半日雪珠兒了。」寶玉道：「取了我的斗篷來不曾？」黛玉便道：「是不是，我來了他就該去了。」寶玉笑道：「我多早晚兒說要去了？不過拿來預備着。」寶玉的奶母李嬤嬤因說道：「天又下雪了，也好早晚的了，就在這裏同姐姐妹妹一處玩玩罷。姨媽那裏擺茶果子呢。我叫丫頭去取了斗篷來，說給小么兒們散了罷。」寶玉應允。李嬤嬤出去，命小廝們都各散去不提。

這裏薛姨媽已擺了幾樣細巧茶果來留他們吃茶。寶玉因誇前日在東府裏珍大嫂子的好鵝掌鴨信。薛姨媽聽了，忙也把自己糟的取了些來與他嘗。寶玉笑道：「這個須得就酒才好。」薛姨媽便令人去灌了最上等的酒來。李嬤嬤便上來

---

6)　　大紅羽緞對襟褂子：羽緞，一種毛製的衣料，不受水濕，用做褂子或斗篷，可防雨雪。第四十九回的「羽紗」也是這種性質的衣料。

道：「姨太太，酒倒罷了。」寶玉笑央道：「媽媽，我只喝一
盅。」李嬤嬤道：「不中用！當着老太太、太太，那怕你吃
一罈呢。想那日我眼錯不見[7]一會子，不知是那一個沒調教
的，圖討你的好兒，不管別人死活，給了你一口酒吃，葬送
的我挨了兩日罵。姨太太不知道，他性子又可惡，吃了酒更
弄性。有一日老太太高興了，又盡着他吃，甚麼日子又不許
他吃。何苦我白賠在裏頭受氣。」薛姨媽笑道：「老貨，你
只放心吃你的去，我也不許他吃多了，便是老太太問，有我
呢。」一面令小丫鬟：「來，讓你奶奶們去，也吃杯搪搪雪
氣。」那李嬤嬤聽如此說，只得和眾人且去吃些酒水。這裏
寶玉又說：「不必溫熱了，我只愛吃冷的。」薛姨媽忙道：「這
可使不得，吃了冷酒，寫字手要打顫兒。」寶釵笑道：「寶
兄弟，虧你每日家雜學旁收的，難道就不知道酒性最熱，若
熱吃下去，發散的就快；若冷吃下去，便凝結在內，以五臟
去暖他，豈不受害？從此快不要吃那冷酒了。」寶玉聽這話
有情理，便放下冷酒，命暖來方飲。

　　黛玉磕着瓜子兒，只抿着嘴笑。可巧黛玉的小丫鬟雪
雁走來與黛玉送小手爐，黛玉因含笑問他：「誰叫你送來
的？難為他費心，那裏就凍死了我！」雪雁道：「紫鵑姐姐
怕姑娘冷，叫我送來的。」黛玉一面接了，抱在懷中，笑
道：「也虧你倒聽他的話。我平日和你說的，全當耳旁風；
怎麼他說了你就依他，比聖旨還遵些！」寶玉聽這話，知是
黛玉藉此奚落他，也無回覆之詞，只嘻嘻的笑兩陣罷了。寶
釵素知黛玉是如此慣了的，也不去睬他。薛姨媽因道：「你
素日身子弱，禁不得冷的，他們記掛着你倒不好？」黛玉笑
道：「姨媽不知道。幸虧是姨媽這裏，倘或在別人家，人家
豈不惱？就看的人家連個手爐也沒有，巴巴的從家裏送個

----

7)　　眼錯不見：一眨眼的時間沒注意到，刹那間。

● 多心也正說明了黛玉的謹慎。在門第觀念森嚴的封建社會裏，賈、薛兩家門戶相當，而黛玉雖然得到外祖母的庇護，卻時常自卑，格外在意別人對自己的態度。

來。不說丫鬟們太小心過了，還只當我素日是這等輕狂慣了呢。」薛姨媽道：「你是個多心的，有這想頭，我就沒這樣心了。」

說話時，寶玉已是三杯過去了。李嬤嬤又上來攔阻。寶玉正在高興之時，和寶黛姊妹說說笑笑的，那肯不吃。寶玉只得屈意央告：「好媽媽，我再吃兩盅就不吃了。」李嬤嬤道：「你可仔細，老爺今兒在家呢，提防問你的書！」寶玉聽了這話，便心中大不自在，慢慢的放下酒杯，垂了頭。黛玉先忙說道：「別掃大家的興！舅舅若叫你，只說姨媽留着呢。這個媽媽，他吃了酒，又拿我們來醒脾[8]了！」一面悄推寶玉，使他賭氣；一面悄悄的咕噥[9]說：「別理那老貨，咱們只管樂咱們的。」那李嬤嬤不知黛玉的意，因說道：「林姐兒，你不要助着他了。你倒勸勸他，只怕他還聽些。」林黛玉冷笑道：「我為甚麼助他？我也不犯着助他，我也不犯着勸他。你這媽媽太小心了，往常老太太又給他酒吃，如今在姨媽這裏多吃一口，料也不妨事。必定姨媽這裏是外人，不當在這裏的也未可知？」李嬤嬤聽了，又是急，又是笑，說道：「真真這林姐兒，說出一句話來，比刀子還尖呢。你這算甚麼！」寶釵也忍不住笑着，把黛玉腮上一擰，說道：「真真這個顰丫頭的一張嘴，叫人惱不是，喜歡又不是。」薛姨媽一面又說：「別怕，別怕，我的兒！來了這裏沒好的給你吃，別把這點子東西嗃的存在心裏，倒叫我不安。只管放心吃，都有我呢。越發吃了晚飯去，便醉了，就跟着我睡罷。」因命：「再燙熱酒來！姨媽陪你吃兩杯，可就吃飯罷。」寶玉聽了，方又鼓起興來。

李嬤嬤因吩咐小丫頭子們：「你們在這裏小心着，我家

8)　醒脾：開心的意思。

9)　咕噥：和嘟囔的意思相同，噘着嘴含混地自言自語。指低聲私語。

去換了衣服就來。」悄悄的回姨太太：「別由他的性，多給
他吃。」說着便家去了。這裏雖還有三兩個婆子，都是不關
痛癢的，見李嬤嬤走了，也都悄悄去尋方便去了。只剩下兩
個小丫頭子，樂得討寶玉的歡喜。幸而薛姨媽千哄萬哄的，
只容他吃了幾杯，就收過了。作了酸筍雞皮湯來，寶玉痛喝
了兩碗，又吃了半碗碧粳粥。一時薛林二人也吃完了飯，又
釅釅的沏上茶來大家吃了，薛姨媽方放了心。雪雁等三四個
丫頭已吃了飯，進來伺候。黛玉因問寶玉道：「你走不走？」
寶玉乜斜[10]倦眼道：「你要走，我和你一同走。」黛玉聽說，
遂起身道：「咱們來了這一日，也該回去了。還不知那邊怎
麼找咱們呢。」說着，二人便告辭。

　　小丫頭忙捧過那一件斗笠來，寶玉便把頭略低一低，
命他戴上。那丫頭便將着大紅猩氈斗笠一抖，才往寶玉頭上
一合，寶玉便說：「罷，罷！好蠢東西，你也輕些兒！難道
沒見過別人戴過的？讓我自己戴罷。」黛玉站在炕沿上道：
「囉唆甚麼，過來，我瞧瞧罷。」寶玉忙就近前來。黛玉用
手整理，輕輕籠住束髮冠，將笠沿拽在抹額之上，將那一顆
核桃大的絳絨簪纓扶起，顫巍巍露於笠外。整理已畢，端相
了端相，說道：「好了，披上斗篷罷。」寶玉聽了，方要了
斗篷披上。薛姨媽忙道：「跟你們的媽媽還都沒來呢，且略
等等不遲。」寶玉道：「我們倒去等他們，有丫頭們跟着也
夠了。」薛姨媽不放心，到底命兩個婦女跟隨他兄妹方罷。
他二人道了擾，一徑回至賈母房中。

● 詳細的動作描寫，
刻畫出黛玉的細心。

　　賈母尚未用晚飯，知是薛姨媽處來，吃了飯了，更加
歡喜。因見寶玉吃了酒，遂命他自回房去歇着，不許再出來
了。因命人好生看待着。忽想起跟寶玉的人來，遂問眾人：
「李奶子怎麼不見？」眾人不敢直說家去了，只說：「才進來

10)　　乜斜（miē xie）：眼睛眯成一條縫，斜着眼看人。

的，想是有事出去了。」寶玉跟蹌回頭道：「他比老太太還受用呢，問他作甚麼！沒有他只怕我還多活兩日。」一面說，一面來至自己臥室。只見筆墨在案，晴雯先接出來，笑說道：「好，好，叫我研了那些墨，早起高興，只寫了三個字，丟下筆就走了，哄的我們等了一日。快來與我寫完這些墨才罷！」寶玉忽然想起早起的事來，因笑道：「我寫的那三個字在那裏呢？」晴雯笑道：「這個人可醉了。你頭裏過那府裏去，就囑咐我貼在這門斗上，這會子又這麼問。我生怕別人貼壞了，我親自爬高上梯的貼上，這會子還凍的手冰冷的呢。」寶玉聽了，笑道：「我忘了。你的手冷，我替你握着。」說着便伸手攜了晴雯的手，同仰首看門斗上新書的三個字。

一時黛玉來了，寶玉笑道：「妹妹，你別撒謊，你看這三個字那一個好？」黛玉仰頭看裏間門斗上新貼了三個字，寫着「絳芸軒」。黛玉笑道：「這個個都好。怎麼寫的這麼好了？明兒也與我寫一個匾。」寶玉嘻嘻的笑道：「又哄我呢。」說着又問：「襲人姐姐呢？」晴雯向裏間炕上努嘴。寶玉一看，只見襲人和衣睡着在那裏。寶玉笑道：「好，太焐早了些。」因又問晴雯道：「今兒我在那府裏吃早飯，有一碟子豆腐皮的包子，我想着你愛吃，和珍大奶奶說了，只說我留着晚上吃，叫人送過來的，你可吃了？」晴雯道：「快別提。一送了來，我便知道是我的，偏我才吃了飯，就擱在那裏。後來李奶奶來了看見，說：『寶玉未必吃了，拿了給我孫子吃去罷。』他就叫人拿了家去了。」接着茜雪捧上茶來。寶玉因讓「林妹妹吃茶」。眾人笑說：「林妹妹早走了，還讓呢。」

寶玉吃了半碗茶，忽又想起早起的茶來，因問茜雪道：「早起沏了一碗楓露茶，我說過，那茶是三四次後才出色的，這會子怎麼又沏了這個來？」茜雪道：「我原是留着的，那會子李奶奶來了，他要嘗嘗，就給他吃了。」寶玉聽

了，將手中的茶杯只順手往地下一擲，豁啷一聲，打了個粉碎，潑了茜雪一裙子的茶。又跳起來問着茜雪道：「他是你那一門子的奶奶，你們這麼孝敬他？不過是仗着我小時候吃過他幾日奶罷了。如今逞[11]的他比祖宗還大了。如今我又吃不着奶了，白白的養着這個祖宗作甚麼！快攆了出去，大家乾淨！」說着便要去立刻回賈母，攆他乳母。

原來襲人實未睡着，不過故意裝睡，引寶玉來慪[12]他玩耍。先聞得說字，問包子等事，也還可以不必起來；後來摔了茶盅，動了氣，逐連忙起來解釋勸阻。早有賈母遣人來問是怎麼了。襲人忙道：「我才倒茶來，被雪滑倒了，失手砸了盅子。」一面又安慰寶玉道：「你立意要攆他也好，我們也都願意出去，不如趁勢連我們一齊攆了，我們也好，你也不愁，再有好的來伏侍你。」寶玉聽了這話，方無了言語，被襲人等扶至炕上，脫換了衣服。不知寶玉口內還說些甚麼，只覺口齒纏綿，眼眉愈加餳澀，忙伏侍他睡下。襲人伸手從他項上摘下那通靈玉來，用自己的手帕包好，塞在褥子底下，次日帶時便冰不着脖子。那寶玉就枕便睡着了。彼時李嬤嬤等已進來了，聽見醉了，不敢前來再加觸犯，只悄悄的打聽睡了，方放心散去。

次日醒來，就有人回：「那邊小蓉大爺帶了秦相公來拜。」寶玉忙接了出去，領了拜見賈母。賈母見秦鐘形容標緻，舉止溫柔，堪陪寶玉讀書，心中十分歡喜，便留茶留飯，又命人帶去見王夫人等。眾人因素愛秦氏，今見了秦鐘是這般的人品，也都歡喜，臨去時都有表禮。賈母又與了一

---

11)　　逞：帶有鼓勵作用的縱任。

12)　　慪（òu）：又寫作嘔，故意引逗人。惹人發笑叫做慪人笑。相互吵嘴、鬧意見、鬥氣，叫做慪氣。

個荷包並一個金魁星 [13]，取「文星合璧」之意。又囑咐他道：
「你家住的遠，或有一時寒熱飢飽不便，只管住在這裏，不
必限定了。只和你寶叔在一處，別跟着那些不長進的東西們
學。」秦鐘一一的答應，回去稟知他父親秦業。

　　這秦業現任工部營繕郎，年近七十，夫人早亡。因當
年無兒女，便向養生堂抱了一個兒子並一個女兒。誰知兒
子又死了，只剩女兒，小名喚可兒，長大時，生的形容嫋
娜，性格風流。因素與賈家有些瓜葛，故結了親，許與賈
蓉為妻。那秦業至五旬之上方得了秦鐘。因去歲業師亡故，
未暇延請高明之士，只得暫時在家溫習舊課。正思要和親家
去商議送往他家塾中，暫且不致荒廢，可巧遇見了寶玉這個
機會。又知賈家塾中現今司塾的是賈代儒，乃當今之老儒，
秦鐘此去，學業料必進益，成名可望，因此十分喜悅。只是
宦囊羞澀，那賈家上上下下都是一雙富貴眼睛，容易拿不出
來，為兒子的終身大事，說不得東拼西湊的恭恭敬敬封了
二十四兩贄見禮，親自帶了秦鐘，來代儒家拜見了，然後聽
寶玉上學之日，好一同入塾。正是：早知日後閑爭氣，豈肯
今朝錯讀書。

---

13)　　荷包、金魁星：荷包是二寸餘扁圓形的抽口繡花小袋，是裝藥品、檳榔
　　　　及細小物件的。金魁星是披髮、短衣、左手持斗、右手持筆的神怪形狀
　　　　的魁星像。魁星是號稱主管科舉的文星。佩帶這種金製小像，具有祝頌
　　　　科舉功名順利的意思。

《 第九回 》

戀風流情友入家塾
起嫌疑頑童鬧學堂

寶玉和秦鐘興致勃勃地去了學堂。學堂雖然是家學，卻與賈府中不同，其他學生不會因為寶玉的身份而遷就他，更不會因為秦鐘與寶二爺有交情，就厚待秦鐘。這不，沒多長時間學生們就發生了口角，再加上有個心存不善的賈瑞，事情可就鬧大了！

　　話說秦業父子專候賈家的人來送上學擇日之信。原來寶玉急於要和秦鐘相遇，卻顧不得別的，遂擇了後日一定上學。「後日一早請秦相公到我這裏，會齊了，一同前去。」打發了人送了信。

　　到了這天，寶玉起來時，襲人早把書筆文物包好，收拾得停停妥妥，坐在床沿上發悶。見寶玉醒來，只得伏侍他梳洗。寶玉見他悶悶的，因笑問道：「好姐姐，你怎麼又不自在了？難道怪我上學去丟的你們冷清了？」襲人笑道：「這是那裏話。讀書是極好的事，不然就潦倒一輩子，終久怎麼樣呢？但只一件：只是唸書的時節想着書，不唸的時節想着家些。別和他們一處玩鬧，碰見老爺不是玩的。雖說是奮志要強，那功課寧可少些，一則貪多嚼不爛，二則身子也要保重。這就是我的意思，你可要體諒。」襲人說一句，寶玉應一句。襲人又道：「大毛 [1] 衣服我也包好了，交出給小子們去了。學裏冷，好歹想着添換，比不得家裏有人照看。腳爐手爐炭也交出去了，你可着他們添。那一起懶賊，你不說，他們樂得不動，白凍壞了你。」寶玉道：「你放心，出外頭我自己都會調停。你們也別悶死在這屋裏，長和林妹妹一處去玩笑着

---

1)　　大毛：直毛的皮筒子，如狐皮、貂皮、猞猁皮等都可以叫大毛。但習慣多指白狐皮。

才好。」說着，俱已穿戴齊備，襲人催他去見賈母、賈政、王夫人等。寶玉卻又囑咐了晴雯麝月等幾句，方出來見賈母。賈母也未免有幾句囑咐的話。然後去見王夫人，又出來書房中見賈政。

　　偏生這日賈政回家早些，正在書房中與相公清客們閑談。忽見寶玉進來請安，回說上學裏去，賈政冷笑道：「你如果再提『上學』兩個字，連我也羞死了。依我說，你竟玩你的去是正理。仔細看站髒了我這地，靠髒了我的門！」眾清客相公們都立起身笑道：「老世翁何必又如此。今日世兄一去，三二年就可顯身成名的了，斷不似往年仍作小兒態了。天也將飯時了，世兄竟快請罷。」說着便有兩個年老的攜了寶玉出去。

　　賈政因問：「跟寶玉的是誰？」只聽外面答應了兩聲，早進來三四個大漢，打千兒請安。賈政看時，認得是寶玉的奶母之子，名喚李貴。因向他道：「你們成日家跟他上學，他到底唸了些甚麼書！倒唸了些流言混語在肚子裏，學了些精緻的淘氣。等我閑一閑，先揭了你的皮，再和那不長進的算賬！」嚇的李貴忙雙膝跪下，摘了帽子，碰頭有聲，連連答應「是」，又回說：「哥兒已唸到第三本《詩經》，甚麼『呦呦鹿鳴，荷葉浮萍』[2]，小的不敢撒謊。」說的滿座哄然大笑起來。賈政也掌不住[3]笑了。因說道：「那怕再唸三十本《詩經》，也都是掩耳盜鈴[4]，哄人而已。你去請學裏太爺的安，就說我說了『甚麼《詩經》古文，一概不用虛應故事，只是先把《四書》一齊講明背熟，是最要緊的。」李貴忙答應「是」。見賈政無話，方退了出去。

　　此時寶玉獨站在院外，避貓鼠兒似的屏氣靜候，待他們出來，便忙忙的走了。李貴等一面撣衣服，一面說道：「哥兒聽見了不曾？先要揭我們的皮呢！人家的奴才跟主子賺些好體面，我們這等奴才白陪着挨打受罵的。從此後也可憐見些才好。」寶玉笑道：「好哥哥，你別委曲，我明兒請你。」李貴道：「小祖宗，誰敢望你請，只求聽一句半句話就有了。」

　　說着，又至賈母這邊，秦鐘已早來等候着了，賈母正和他說話兒呢。於

---

2)　　呦呦鹿鳴，荷葉浮萍：《詩經·小雅》：「呦呦鹿鳴，食野之蘋」。這裏是不懂《詩經》誤聽原文的笑柄。

3)　　掌不住：保持不住嚴肅的態度。掌也作「撐」。

4)　　掩耳盜鈴：對於自欺欺人行動的比喻。

是二人見過，辭了賈母。寶玉忽想起未辭黛玉，因又忙至黛玉房中來作辭。彼時黛玉才在窗下對鏡理妝，聽寶玉說上學去，因笑道：「好，這一去，可定是『蟾宮折桂』了。我不能送你了。」寶玉道：「好妹妹，等我下了學再吃晚飯。和胭脂膏子也等我來製。」嘮叨了半日，方起身要出去。黛玉又叫住問道：「你怎麼不去辭辭你寶姐姐來？」寶玉笑而不答，一徑同秦鐘上學去了。

原來這賈家義學，離此不遠，不過一里之遙，原係始祖所立，恐族中子弟有貧窮不能請師者，即入此中肄業。凡族中有官爵之人，皆供給銀兩，按俸之多寡幫助，為學中之費。特共舉年高有德之人為塾掌，專為訓課子弟。如今寶秦二人來了，一一的都互相拜見過，讀起書來。

自此以後，他二人同來同往，同坐同起，愈加親密。又兼賈母愛惜，也時常的留下秦鐘，住上三天五日，與自己的重孫一般疼愛。因見秦鐘不甚寬裕，更又助他些衣履等物，不上一月工夫，秦鐘在榮府便熟了。

寶玉終是不能安分守理的人，一味隨心所欲，因此又發了癖性，又特向秦鐘悄說道：「咱們倆個人一樣的年紀，況又是同窗，以後不必論叔姪，只論弟兄朋友就是了。」先是秦鐘不肯，當不得寶玉不依，只叫他「兄弟」，或叫他的表字「鯨卿」，秦鐘也只得混着亂叫起來。

原來這學中雖都是本族人丁與些親戚的子弟，俗語說的好：「一龍生九種，種種各別。」未免人多了，就有龍蛇混雜，下流人物在內。自寶、秦二人來了，都生的花朵兒一般的模樣，又見秦鐘腼腆溫柔，未語面先紅，怯怯羞羞，有女兒之風；寶玉又是天生成慣能作小服低，賠身下氣，性情體貼，話語綿纏，因此二人更加親厚，也怨不得那起同窗人起了嫌疑，背地裏你言我語，詬誶謠諑，佈滿書房內外。

原來薛蟠自來王夫人處住後，便知有一家學，學中廣有青年子弟，不免偶動了龍陽[5]之興，因此也假來上學讀書，不過是三日打魚，兩日曬網，白送些束脩[6]禮物與賈代儒，卻不曾有一些兒進益，只圖結交些契弟。誰想這學內就有好幾個小學生，圖了薛蟠的銀錢吃穿，被他哄上手的，也不消多記。更

---

5)　　龍陽：指龍陽君，是戰國時魏王的嬖臣，是男子而以色事人。

6)　　束脩：原意是一捆乾肉，一般用來送給塾師的學費。

又有兩個多情的小學生，亦不知是那一房的親眷，亦未考其名姓，只因生得
嫵媚風流，滿學中都送了他兩個外號，一號「香憐」，一號「玉愛」。雖都
有羨慕之意，將不利於孺子之心，只是都懼薛蟠的威勢，不敢來沾惹。如今
寶、秦二人一來，見了他兩個，也不免繾綣羨慕，亦因知係薛蟠相知，故未
敢輕舉妄動。香、玉二人心中，也一般的留情與寶、秦。因此四人心中雖有
情意，只未發跡。每日一入學中，四處各坐，卻八目勾留，或設言託意，或
詠桑寓柳，遙以心照，卻外面自為避人眼目。不意偏又有幾個滑賊看出形景
來，都在背後擠眉弄眼，或咳嗽揚聲，這也非止一日。

　　可巧這日代儒有事，早已回家去了，只留下一句七言對聯，命學生對
了，明日再來上書[7]；將學中之事，又命賈瑞暫且管理。妙在薛蟠如今不大來
學中應卯[8]了，因此秦鐘趁此和香憐擠眉弄眼，遞暗號兒，二人假裝出小恭，
走至後院說體己話。秦鐘先問他：「家裏的大人可管你交朋友不管？」一語未
了，只聽背後咳嗽了一聲。二人唬的忙回頭看時，原來是窗友名金榮者。香
憐本有些性急，羞怒相激，問他道：「你咳嗽甚麼？難道不許我說話不成？」
金榮笑道：「許你們說話，難道不許我咳嗽不成？我只問你們：有話不明說，
許你們這樣鬼鬼祟祟的幹甚麼故事？我可也拿住了，還賴甚麼？先得讓我抽
個頭兒，咱們一聲兒不言語，不然就大家翻起來。」秦、香二人急的飛紅的
臉，便問道：「你拿住甚麼了？」金榮笑道：「我現拿住了是真的。」說着，又
拍着手笑嚷道：「貼的好燒餅！你們都不買一個吃去？」秦鐘香憐二人又氣又
急，忙進來向賈瑞前告金榮，說金榮無故欺負他兩個。

　　原來這賈瑞最是個圖便宜沒行止的人，每在學中以公報私，勒索子弟
們請他；後又附助着薛蟠圖些錢鈔酒肉，一任薛蟠橫行霸道，他不但不去管
約，反助紂為虐[9]討好兒。偏那薛蟠本是浮萍心性，今日愛東，明日愛西，近
來又有了新朋友，把香、玉二人又丟開一邊。就連金榮亦是當日的好朋友，
自有了香、玉二人，便棄了金榮。近日連香、玉亦已見棄。故賈瑞也無了提

---

7)　　上書：這裏「上」指增讀，「書」指課文，上書即增讀新課文。

8)　　應卯：古代軍營、官府點名都在卯時（上午五時至七時），所以又稱點卯。應卯本義是應名到
　　　　班，這裏是「到一次敷衍一下便走」的意思。

9)　　助紂為虐：商代紂王是歷史上的暴君，這個成語是指幫助壞人做壞事的行為。

攜幫襯之人，不說薛蟠得新棄舊，只怨香、玉二人不在薛蟠前提攜幫補他，因此賈瑞金榮等一干人，也正在醋妒他兩個。今見秦、香二人來告金榮，賈瑞心中便更不自在起來，雖不好呵叱秦鐘，卻拿着香憐作法，反說他多事，着實搶白了幾句。香憐反討了沒趣，連秦鐘也訕訕的各歸坐位去了。金榮越發得了意，搖頭咂嘴的，口內還說許多閑話，玉愛偏又聽了不忿，兩個人隔座咕咕唧唧的鬥起口來。金榮只一口咬定說：「方才明明的撞見他兩個在後院子裏親嘴摸屁股，兩個商議定了，一對一肏，撅草根兒抽長短，誰長誰先幹。」金榮只顧得意亂說，卻不防還有別人。誰知早又觸怒了一個，你道這個是誰？

原來是賈薔，亦係寧府中之正派玄孫，父母早亡，從小兒跟着賈珍過活，如今長了十六歲，比賈蓉生的還風流俊俏。他弟兄二人最相親厚，常相共處。寧府人多口雜，那些不得志的奴僕們，專能造言誹謗主人，因此不知又有甚麼小人詬誶謠諑之詞。賈珍想亦風聞得些口聲不大好，自己也要避些嫌疑，如今竟分與房舍，命賈薔搬出寧府，自去立門戶過活去了。這賈薔外相既美，內性又聰明，雖然應名來上學，亦不過虛掩眼目而已，仍是鬥雞走狗、賞花玩柳為事。上有賈珍溺愛，下有賈蓉匡助，因此族人誰敢來觸逆於他？他既和賈蓉最好，今見有人欺負秦鐘，如何肯依？如今自己要挺身出來報不平，心中卻忖度一番，想道：「金榮賈瑞一干人，都是薛大叔的相知，向日我又與薛大叔相好，倘或我一出頭，他們告訴了老薛，我們豈不傷和氣？待要不管，如此謠言，說的大家沒趣。如今何不用計制伏，又止息口聲，又傷不了臉面。」想畢，也裝作出小恭，走至外面，悄悄的把跟寶玉的書童名喚茗煙者喚到身邊，如此這般，調撥他幾句。

這茗煙乃是寶玉第一個得用的，且又年輕不諳世事，如今聽賈薔說金榮如此欺負秦鐘，連他爺寶玉都干連在內，不給他個利害，下次越發狂縱難制了。這茗煙無故就要欺壓人的，如今得了這個信，又有賈薔助着，便一頭進來找金榮，也不叫金相公了，只說：「姓金的，你是甚麼東西！」賈薔遂跺一跺靴子，故意整整衣服，看看日影兒說：「是時候了。」遂先向賈瑞說有事要早走一步。賈瑞不敢強他，只得隨他去了。這裏茗煙先一把揪住金榮，問道：「我們肏屁股不肏屁股，管你乸屄相干，橫豎沒肏你爹去就罷了！你是好小子，出來動一動你茗大爺！」唬的滿屋中子弟都怔怔的痴望。賈瑞忙吆喝：

「茗煙不得撒野！」金榮氣黃了臉，說：「反了！奴才小子都敢如此，我只和你主子說。」便奪手要去抓打寶玉秦鐘。尚未去時，從腦後颼的一聲，早見一方硯瓦飛來，並不知係何人打來的，幸未打着，卻又打在旁人的座上，這座上乃是賈蘭賈菌。

這賈菌亦係榮國府近派的重孫，其母亦少寡，獨守着賈菌。這賈菌與賈蘭最好，所以二人同桌而坐。誰知賈菌年紀雖小，志氣最大，極是淘氣不怕人的。他在座上冷眼看見金榮的朋友暗助金榮，飛硯來打茗煙，偏沒打着茗煙，便落在他桌上，正打在面前，將一個磁硯水壺打了個粉碎，濺了一書墨水。賈菌如何依得？便罵：「好囚攘的們，這不都動了手了麼？」罵着，也便抓起硯磚來要打回去。賈蘭是個省事的，忙按住硯，極口勸道：「好兄弟，不與咱們相干。」賈菌如何忍得住？便兩手抱起書匣子來，照那邊掄了去。終是身小力薄，卻掄不到那裏，剛到寶玉秦鐘桌案上就落了下來。只聽嘩啷啷一聲，砸在桌上，書本紙片等至於筆硯之物撒了一桌，又把寶玉的一碗茶也砸得碗碎茶流。賈菌便跳出來，要揪打那一個飛硯的。金榮此時隨手抓了一根毛竹大板在手，地狹人多，那裏經得舞動長板？茗煙早吃了一下，亂嚷：「你們還不來動手！」寶玉還有三個小廝：一名鋤藥，一名掃紅，一名墨雨。這三個豈有不淘氣的，一齊亂嚷：「小婦養的！動了兵器了！」墨雨遂掇起一根門閂，掃紅鋤藥手中都是馬鞭子，蜂擁而上。賈瑞急的攔一回這個，勸一回那個，誰聽他的話，肆行大鬧。眾頑童也有趁勢幫着打太平拳[10]助樂的，也有膽小藏在一邊的，也有直立在桌上拍着手兒亂笑、喝着聲兒叫打的，頓時間鼎沸起來。

外邊李貴等幾個大僕人聽見裏邊作反起來，忙都進來一齊喝住。問是何緣故，眾聲不一，這一個如此說，那一個又如彼說。李貴且喝罵了茗煙四個一頓，攆了出去。秦鐘的頭早撞在金榮的板上，打起一層油皮，寶玉正拿褂襟子替他揉呢，見喝住了眾人，便命：「李貴，收書！拉馬來，我去回太爺去！我們被人欺負了，不敢說別的，守禮來告訴瑞大爺，瑞大爺反倒派我們不是，聽着人家罵我們，反調唆他們打我們。茗煙見人欺負我，他豈不為我

---

10)　　太平拳：別人相打時，在旁趁機打幾下冷拳。因為很安全，所以叫太平拳。

的？他們反打夥兒打了茗煙，連秦鐘的頭也打破。還在這裏唸甚麼書？」

李貴勸道：「哥兒不要性急。太爺既有事回家去了，這會子為這點子事去聒噪他老人家，倒顯的咱們沒禮。依我的主意，那裏事情那裏了結，何必去驚動他老人家？這都是瑞大爺的不是，太爺不在這裏，你老人家就是這學裏的頭腦了，眾人看着你行事。眾人有了不是，該打的打，該罰的罰，如何等鬧到這步田地還不管？」賈瑞道：「我吆喝着都不聽。」李貴笑道：「不怕你老人家惱我，素日你老人家到底有些不正經，所以這些兄弟才不聽。就鬧到太爺跟前去，連你老人家也是脫不過的。還不快作主意撕羅¹¹開了罷！」寶玉道：「撕羅甚麼？我必是回去的！」秦鐘哭道：「有金榮，我是不在這裏唸書的。」寶玉道：「這是為甚麼？難道有人家來的，咱們倒來不得？我必回明白眾人，攆了金榮去。」又問李貴：「金榮是那一房的親戚？」李貴想了一想道：「也不用問了。若問起那一房的親戚，更傷了兄弟們的和氣。」

茗煙在窗外道：「他是東胡同子裏璜大奶奶的姪兒。那是甚麼硬正仗腰子的¹²親戚，也來唬我們。璜大奶奶是他姑娘。你那姑媽只會打旋磨子¹³，給我們璉二奶奶跪着借當頭。我眼裏就看不起他那樣的主子奶奶！」李貴忙斷喝不止，說：「偏你這小狗肏的知道，有這些蛆嚼！¹⁴」寶玉冷笑道：「我只當是誰的親戚，原來是璜嫂子的姪兒，我就去問問他來！」說着便要走，叫茗煙進來包書。茗煙包着書，又得意道：「爺也不用自己去見，等我到他家，就說老太太有話問他呢，僱上一輛車拉進去，當着老太太問他，豈不省事。」李貴忙喝道：「你要死！仔細回去我好不好先捶了你，然後再回老爺太太，就說寶玉全是你調唆的。我這裏好容易勸哄的好了一半了，你又來生個新法子。你鬧了學堂，不說變法兒壓息了才是，倒要往大裏鬧！」茗煙方不敢作聲兒了。

此時賈瑞也怕鬧大了，自己也不乾淨，只得委曲着來央告秦鐘，又央告寶玉。先是他二人不肯。後來寶玉說：「不回去也罷了，只叫金榮賠不是便罷。」金榮先是不肯，後來當不得賈瑞也來逼他去賠不是，李貴等又從旁再三好勸金

榮說：「原是你起的禍端，你不這樣，怎得了局？」金榮強不得，只得與秦鐘作了揖。寶玉還不依，偏定要磕頭。賈瑞只要暫息此事，又悄悄的勸金榮說：「俗語說的好：『殺人不過頭點地。』你既惹出事來，少不得下點氣兒，磕個頭就完事了。」金榮無奈，只得進前來與秦鐘磕頭。且聽下回分解。

💡 **精華賞析**

　　學堂裏的狀況展現出了人情世故。有人依附有錢有勢的薛蟠，有人因為被權貴冷落而不滿，挑起事端。雖然這些學生都還是孩子，但長期耳濡目染，他們已經沾染了社會惡習。

《第十回》

金寡婦貪利權受辱
張太醫論病細窮源

孩子們的矛盾蔓延到家長身上，金榮在學堂受了委屈，回到家裏添油加醋地把事情說了一遍。家長們會怎樣處理呢？

　　話說金榮因人多勢眾，又兼賈瑞勒令，賠了不是，給秦鐘磕了頭，寶玉方才不吵鬧了。大家散了學，金榮回到家中，越想越氣，說：「秦鐘不過是賈蓉的小舅子，又不是賈家的子孫，附學讀書，也不過和我一樣。他因仗着寶玉和他好，就目中無人。他既是這樣，就該行些正經事，人也沒的說。他素日又和寶玉鬼鬼祟祟的，只當人都是瞎子，看不見。今日他又去勾搭人，偏偏的撞在我眼睛裏。就是鬧出事來，我還怕甚麼不成？」

　　他母親胡氏聽見他咕咕唧唧的說，因問道：「你又要管甚麼閑事？好容易我望你姑媽說了，你姑媽千方百計的才向他們西府裏的璉二奶奶跟前說了，你才得了這個唸書的地方。若不是仗着人家，咱們家裏還有力量請先生嗎？況且人家學裏，茶也有，飯也有。你這二年在那裏唸書，家裏也省得好大的嚼用呢。省出來的，你又愛穿件鮮明衣服。再者，不是因你在那裏唸書，你就認得甚麼薛大爺了？那薛大爺一年不給不給，這二年也幫了咱們有七八十兩銀子。你如今要鬧出了這個學房，再要找這麼個地方，我告訴你說罷，比登天還難呢！你給我老老實實的玩一會子睡你的覺去，好多着呢。」於是金榮忍氣吞聲，不多一時自去睡了。次日仍舊上學去了，不在話下。

　　且說他姑娘，原聘給的是賈家玉字輩的嫡派，名喚賈璜。但其族人眾，那裏皆能像寧榮二府的富勢，原不用細說。這賈璜夫妻守着些小的產業，又時常到寧榮二府裏去請請安，又會奉承鳳姐兒並尤氏，所以鳳姐兒尤氏也時

常資助資助他，方能如此度日。今日正遇天氣晴明，又值家中無事，遂帶了一個婆子，坐上車，來家裏走走，瞧瞧寡嫂並姪兒。

閑話之間，金榮的母親便提起昨日賈家學房裏的那事，從頭至尾，一五一十都向他小姑子說了。這璜大奶奶不聽則已，聽了，一時怒從心上起，說道：「這秦鐘小崽子是賈門的親戚，難道榮兒不是賈門的親戚？人都別特勢利了，況且都作的是甚麼有臉的好事？就是寶玉，也犯不上向着他到這個田地。等我去到東府瞧瞧我們珍大奶奶，再向秦鐘他姐姐說說，叫他評評這個理。」金榮的母親聽了這話，急的了不得，忙說道：「這都是我的嘴快，告訴了姑奶奶了，求姑奶奶別去說去，別管他們誰是誰非。倘或鬧起來，怎麼在那裏站得住？若是站不住，家裏不但不能請先生，反倒在他身上添出許多嚼用來呢。」璜大奶奶聽了，說道：「那裏管得許多，你等我說了，看是怎麼樣！」也不容他嫂子勸，一面叫老婆子瞧了車，就坐上往寧府裏來。

到了寧府，進了大門，到了東邊小角門前下了車，進去見了賈珍之妻尤氏。也未敢氣高，殷殷勤勤敍過寒溫，說了些閑話，方問道：「今日怎麼沒見蓉大奶奶？」尤氏說道：「他這些日子不知怎麼着，經期有兩個多月沒來。叫大夫瞧了，又說並不是喜。那兩日，到了下半天就懶待動，話也懶待說，眼神也發眩[1]。我說他：『你且不必拘禮，早晚不必照例上來，你就好生養養罷。就是有親戚一家兒來，有我呢。就有長輩們怪你，等我替你告訴。』連蓉哥我都囑咐了，我說：『你不許累掯[2]他，不許招他生氣，叫他靜靜的養養就好了。他要想甚麼吃，只管到我這裏取來。倘或我這裏沒有，只管望你璉二嬸子那裏要去。倘或他有個好歹，你再要娶這麼個媳婦，這麼個模樣兒，這麼個性情的人兒，打着燈籠也沒地方找去。』他這為人行事，那個親戚，那個一家的長輩不喜歡他？所以我這兩日好不煩心，焦的我了不得。偏偏今日早晨他兄弟來瞧他，誰知那小孩子家不知好歹，看見他姐姐身上不大爽快，就有事也不該告訴他，別說是這麼一點子小事；就是你受了一萬分的委曲，也不該向他說才是。誰知他們昨兒學房裏打架，不知是那裏附學來的一個人欺侮了

---

1)　　眩：眼睛昏花。

2)　　累掯：煩人勞動的意思。也作累慁。第二十二回王熙鳳說賈母「勒掯我們」音、義都另和「勒克」相同。

他了。裏頭還有些不乾不淨的話，都告訴了他姐姐。嬸子，你是知道那媳婦的：雖則見了人有說有笑，會行事兒，他可心細，又心重，不拘聽見個甚麼話兒，都要度量個三日五夜才罷。這病就是打這個秉性上頭思慮出來的。今兒聽見有人欺負了他兄弟，又是惱，又是氣。惱的是那羣混賬狐朋狗友的扯是搬非、調三惑四[3]的那些人；氣的是他兄弟不學好，不上心讀書，以致如此學裏吵鬧。他聽了這事，今日索性連早飯也沒吃。我聽見了，我方到他那邊安慰了他一會子，又勸解了他兄弟一會子。我叫他兄弟到那邊府裏找寶玉去了，我才看着他吃了半盞燕窩粥，我才過來了。嬸子，你說我心焦不心焦？況且如今又沒個好大夫，我想到他這病上，我心裏倒像針扎似的。你們知道有甚麼好大夫沒有？」

金氏聽了這半日話，把方才在他嫂子家的那一團要向秦氏理論的盛氣，早嚇的丟在爪窪國[4]去了。聽見尤氏問他有知道好大夫的話，連忙答道：「我們這麼聽着，實在也沒見人說個好大夫。如今聽起大奶奶這個病來，定不得還是喜呢，嫂子倒別教人混治。倘或認錯了，這可是了不得的。」尤氏道：「可不是呢。」正是說話間，賈珍從外進來，見了金氏，便向尤氏問道：「這不是璜大奶奶麼？」金氏向前給賈珍請了安。賈珍向尤氏說道：「讓這大妹妹吃了飯去。」賈珍說着話兒，就往那屋裏去了。金氏此來，原要向秦氏說說秦鐘欺負了他姪兒的事，聽見秦氏有病，不但不能說，亦且不敢提了。況且賈珍尤氏又待的很好，反轉怒為喜，又說了一會子話兒，方家去了。

金氏去後，賈珍方過來坐下，問尤氏道：「今日他來，有甚麼說的事情麼？」尤氏答道：「倒沒說甚麼。一進來的時候，臉上倒像着惱的氣色似的，及說了半天話，又提起媳婦這麼病，他倒漸漸的氣色平定了。你又叫讓他吃飯，他聽見媳婦這麼病，也不好意思只管坐着，又說了幾句閑話兒就去了，倒沒求甚麼事。如今且說媳婦這病，你到那裏尋一個好大夫來與他瞧瞧要緊，可別耽誤了。現今咱們家走的這羣大夫，那裏要得，一個個都是聽着人的口氣兒，人怎麼說，他也添幾句文話兒說一遍。可倒殷勤的很，三四個人

---

3)　　調三惑四：挑撥。

4)　　爪窪國：古代南洋一個國名，常被代表遠方的外國。

一日輪流着倒有四五遍來看脈。他們大家商量着立個方子，吃了也不見效，倒弄得一日換四五遍衣裳，坐起來見大夫，其實於病人無益。」

　　賈珍說道：「可是。這孩子也糊塗，何必脫脫換換的，倘再着了凉，更添一層病，那還了得。衣裳任憑是甚麼好的，可又值甚麼呢？孩子的身子要緊，就是一天穿一套新的，也不值甚麼。我正要進來告訴你：方才馮紫英來看我，他見我有些抑鬱之色，問我是怎麼了。我才告訴他說，媳婦忽然身子有好大的不爽快，因為不得個好大夫，斷不透是喜是病，又不知有妨礙無妨礙，所以我這兩日心裏着實着急。馮紫英因說起他有一個幼時從學的先生，姓張名友士，學問最淵博的，更兼醫理極深，且能斷人的生死。今年是上京給他兒子來捐官[5]，現在他家住着呢。這麼看來，竟是合該媳婦的病在他手裏除災亦未可知。我即刻差人拿我的名帖請去了。今日倘或天晚了不能來，明日想必一定來。況且馮紫英又即刻回家親自去求他，務必叫他來瞧瞧。等這個張先生來瞧瞧再說罷。」

　　尤氏聽了，心中甚喜，因說道：「後日是太爺的壽日，到底怎麼樣辦？」賈珍說道：「我方才到了太爺那裏去請安，兼請太爺來家來受一受一家子的禮。太爺說：『我是清淨慣了的，我不願意望你們那空排場熱鬧處去。你們必定說是我的生日，要叫我去受眾人些頭，莫若你把我從前注的《陰騭文》[6]給我令人好好的寫出來刊了，比叫我無故受眾人的頭還強百倍呢。倘或明日後日這兩日一家子要來，你就在家裏好好的款待他們就是了。也不必給我送甚麼東西來，連你後日也不必來；你要心中不安，你今日就給我磕了頭去。倘或後日你要來，又跟隨多少人來鬧我，我必和你不依。』如此說了又說，後日我是再不敢去的了。且叫來升來，吩咐他預備兩日的筵席。」尤氏因叫人叫了賈蓉來：「吩咐來升照舊例預備兩日的筵席，要豐豐富富的。你再親自到西府裏去請老太太、大太太、二太太和你璉二嬸子來逛逛。你父親今日又聽見一個好大夫，業已打發人請去了，想必明日必來。你可將他這些日子的病症細細的告訴他。」

---

5)　　捐官：自漢代以後，朝廷常公開出賣官職，按錢數多少定官職大小，叫捐納，捐納得官叫捐官。

6)　　陰騭文：《文昌帝君陰騭文》是舊時一種勸善書，賈敬來注解、刊印流傳是為了積累功德。

賈蓉一一的答應着出去了。正遇着方才去馮紫英家請那先生的小子回來了，因回道：「奴才方才到了馮大爺家，拿了老爺的名帖請那先生去。那先生說道：『方才這裏大爺也向我說了。但是今日拜了一天的客，才回到家，此時精神實在不能支持，就是去到府上也不能看脈。』他說等調息一夜，明日務必到府。他又說，他『醫學淺薄，本不敢當此重薦，因我們馮大爺和府上的大人既已如此說了，又不得不去。你先替我回明大人就是了。大人的名帖實不敢當』，仍叫奴才拿回來了。哥兒替奴才回一聲兒罷。」賈蓉轉身復進去，回了賈珍尤氏的話，方出來叫了來升來，吩咐他預備兩日的筵席的話。來升聽畢，自去照例料理。不在話下。

且說次日午間，人回道：「請的那張先生來了。」賈珍遂延入大廳坐下。茶畢，方開言道：「昨承馮大爺示知老先生人品學問，又兼深通醫學，小弟不勝欽敬。」張先生道：「晚生粗鄙下士，本知見淺陋，昨因馮大爺示知，大人家第謙恭下士，又承呼喚，敢不奉命。但毫無實學，實增汗顏。」賈珍道：「先生不必過謙。就請先生進去看看兒婦，仰仗高明，以釋下懷。」

於是，賈蓉同了進去。到了內室，見了秦氏，向賈蓉說道：「這就是尊夫人了？」賈蓉道：「正是。請先生坐下，讓我把賤內的病症說一說再看脈何如？」那先生道：「依小弟意下，竟先看脈再請教病源為是。我是初造尊府的，本也不曉得甚麼，但是我們馮大爺務必叫小弟過來看看，小弟所以不得不來。如今看了脈息，看小弟說的是不是，再將這些日子的病勢講一講，大家斟酌一個方兒，可用不可用，那時大爺再定奪就是了。」賈蓉道：「先生實在高明，如今恨相見之晚。就請先生看一看脈息，可治不可治，以便使家父母放心。」於是家下媳婦們捧過大迎枕來，一面給秦氏靠着，一面給秦氏拉着袖口，露出手脈來。先生方伸手按在右手脈上，調息了至數[7]，凝神細診了半刻工夫，換過左手，亦復如是。診畢脈息，說道：「我們外邊坐罷。」

賈蓉於是同先生到外邊屋裏炕上坐了，一個婆子端了茶來。賈蓉道：「先

---

7)　　調息至數：中醫診脈，先穩定自己的呼吸，叫作調息，這裏是作「珍視」的動詞用。病人脈搏在呼吸間跳動的次數叫至數。快的叫數，慢的叫遲。不同情況的浮動和低沉也有各種術語，像這裏的「浮」「虛」「沉」「伏」「細」等。用三指診脈，靠近病人手的一指部分叫寸，中間一指部分叫關，末一指部分叫尺。中醫學說又將臟腑器官各用五行之一作標誌，來表示它們相互間的生、克關係。稱臟腑器官說「經」或說「家」，如「肝家」「肺經」。

生請茶。」於是陪先生吃了茶，遂問道：「先生看這脈息，還治得治不得？」
先生道：「看得尊夫人脈息：左寸沉數，左關沉伏；右寸細而無力，右關虛
而無神。其左寸沉數者，乃心氣虛而生火；左關沉伏者，乃肝家氣滯血瘀。
右寸細而無力者，乃肺經氣分太虛；右關虛而無神者，乃脾土被肝木克制。
心氣虛而生火者，應現今經期不調，夜間不寐。肝家血瘀氣滯者，應肋下疼
脹，月信過期，心中發熱。肺經氣分太虛者，頭目不時眩暈，寅卯之間必然
自汗，如坐舟中。脾土被肝木克制者，必定不思飲食，精神倦怠，四肢痠
軟。據我看這脈息，應當有這些症候才對。或以這個脈為喜脈，則小弟不敢
聞命矣。」旁邊一個貼身伏侍的婆子道：「何嘗不是這樣呢。真正先生說得如
神，倒不用我們說的了。如今我們家裏現有好幾位太醫老爺瞧着呢，都不能
說的這樣真切。有的說道是喜，有的說道是病，這位說不相干，這位又說怕
冬至前後，總沒有個真着話兒。求老爺明白指示指示。」

那先生笑道：「大奶奶這個症候，可是那眾位耽擱了。要在初次行經的
日期就用藥治起來，只怕此時已全癒了。如今既是把病耽誤到這地位，也是
應有此災。依我看來，這病尚有三分治得。吃了我的藥看，若是夜裏睡的着
覺，那時又添了二分拿手了。據我看這脈息：大奶奶是個心性高強聰明不過
的人；但聰明太過，則不如意事常有；不如意事常有，則思慮太過。此病是
憂慮傷脾，肝木忒旺，經血所以不能按時而至。大奶奶從前的行經的日子問
一問，斷不是常縮，必是常長的。是不是？」這婆子答道：「可不是，從沒有
縮過，或是長兩日三日，以至十日不等都長過的。」先生聽了道：「妙啊！這
就是病源了。從前若能夠以養心調經之藥服之，何至於此！這如今明顯出一
個水虧火旺的症候來。待用藥看看。」於是寫了方子，遞與賈蓉，上寫的是：

益氣養榮補脾和肝湯

人參二錢　白術二錢　土炒雲苓三錢　熟地四錢　歸身二錢　白芍二錢　川芎錢
半　黃芪三錢　香附米二錢　醋柴胡八分　懷山藥二錢　炒真阿膠二錢　蛤粉炒延胡
索錢半　酒炒灸甘草八分　引用建蓮子七粒　去心紅棗二枚

賈蓉看了，說：「高明的很。還要請教先生，這病與性命終久有妨無
妨？」先生笑道：「大爺是最高明的人。人病到這個地位，非一朝一夕的症

候,吃了這藥也要看醫緣了。依小弟看來,今年一冬是不相干的。總是過了春分,就可望全癒了。」賈蓉也是個聰明人,也不往下細問了。

於是賈蓉送了先生去了,方將這藥方子並脈案都給賈珍看了,說的話也都回了賈珍並尤氏了。尤氏向賈珍說道:「從來大夫不像他說的這麼痛快,想必用的藥也不錯。」賈珍道:「人家原不是混飯吃久慣行醫的人。因為馮紫英我們相好,他好容易求了他來了。既有這個人,媳婦的病或者就能好了。他那方子上有人參,就用前日買的那一斤好的罷。」賈蓉聽畢話,方出來叫人抓藥去煎給秦氏吃。不知秦氏服了此藥病勢如何,下回分解。

💡 **精華賞析**

··

　　作者構思巧妙,從學堂裏的矛盾和搬弄是非開始,把故事引向家長的不滿,再引回寧國府,簡述秦可卿的病情。看似隨口道來,但邏輯緊密環環相扣。

《第十一回》

精讀 慶壽辰寧府排家宴
見熙鳳賈瑞起淫心

寧國府的大家長賈敬過生日，雖然他並不在府裏，家裏人還是要藉這個名頭熱鬧一番。學堂裏的那個賈瑞這次更加厚顏無恥，他竟然貪戀鳳姐的美色，手段高明的璉二奶奶怎能不好好教訓他！

話說是日賈敬的壽辰，賈珍先將上等可吃的東西、稀奇些的果品，裝了十六大捧盒，着賈蓉帶領家下人等與賈敬送去，向賈蓉說道：「你留神看太爺喜歡不喜歡，你就行了禮起來，說『父親遵太爺的話不敢前來，在家裏率領合家都朝上行了禮了』。」賈蓉聽罷，即率領家人去了。

這裏漸漸的就有人來。先是賈璉、賈薔到來看了各處的座位，並問：「有甚麼玩意兒沒有？」家人答道：「我們爺原算計本來請太爺今日來家，所以並未敢預備玩意兒。前日聽見太爺不來了，現叫奴才們找了一班小戲兒並一檔子打十番[1]的，都在園子裏戲台上預備着呢。」

次後邢夫人、王夫人、鳳姐兒、寶玉都來了，賈珍並尤氏接了進去。尤氏的母親已先在這裏。大家見過了，彼此讓了坐。賈珍尤氏二人遞了茶，因說道：「老太太原是老祖

---

1)　　十番：合奏音樂名。有兩種：純用打擊樂器，鈸、大鑼、堂鼓、小鑼、木魚、板、碰鐘、堂鑼、撲鈸、小鼓等十種樂器的叫「素十番」；加用絲、竹樂器的叫「渾十番 / 葷十番」。

宗，我父親又是姪兒，這樣日子，原不敢請他老人家來；但是這個時候，天氣又涼爽，滿園的菊花盛開，請老祖宗過來散散悶，看着眾兒孫熱熱鬧鬧的，是這個意思。誰知老祖宗又不賞臉。」鳳姐兒未等王夫人開口，先說道：「老太太昨日還說要來呢，因為晚上看見寶兄弟他們吃桃兒，他老人家又嘴饞了，吃了有大半個，五更天時候就一連起來了兩次，今日早晨略覺身子倦些。因叫我回大爺，今日斷不能來了，說有好吃的要幾樣，還要很爛的呢。」賈珍聽了笑道：「我說老祖宗是愛熱鬧的，今日不來，必定有個原故，若是這麼着就是了。」

王夫人道：「前日聽見你大妹妹說，蓉哥媳婦身上有些不大好，到底是怎麼樣？」尤氏道：「他這個病得的也奇。上月中秋還跟着老太太、太太們玩了半夜，回家來好好的。到了二十以後，一日比一日覺懶了，又懶得吃東西，這將近有半個多月。經期又有兩個月沒來。」邢夫人接着說道：「別是喜罷？」

正說着，外頭人回道：「大老爺、二老爺並一家的爺們都來了，在廳上呢。」賈珍連忙出去了。

這裏尤氏復說：「從前大夫也有說是喜的。昨日馮紫英薦了他幼時從學過的一個先生，醫道很好，瞧了說不是喜，竟是一個大症候。昨日開了方子，吃了一劑藥，今日頭眩的略好些，別的仍不見怎麼樣大見效。」

鳳姐兒道：「我說他不是十分支持不住，今日這樣的日子，再也不肯不扎掙着上來。」尤氏道：「你是初三日在這裏見他的，他強扎掙了半天，也是因你們娘兒兩個好的上頭，他才戀戀的捨不得去。」鳳姐兒聽了，眼圈兒紅了一會子，方說道：「『天有不測風雲，人有旦夕禍福』，這點年紀，倘或因這病上有個長短，人生在世有甚麼趣兒？」

正說着，賈蓉進來，給邢夫人、王夫人、鳳姐兒都請了安，方回尤氏道：「方才我去給太爺送吃食去，並回說我

父親在家中伺候老爺們，款待一家子的爺們，遵太爺的話並不敢來。太爺聽了甚喜歡，說：『這才是。』叫告訴父親母親好生伺候太爺太太們，叫我好生伺候叔叔嬸子們並哥哥們。還說那《陰騭文》叫他們急急刻出來，印一萬張散人。我將此話都回了我父親了。我這會子還得快出去打發太爺們並合家爺們吃飯。」鳳姐兒說：「蓉哥兒，你且站着。你媳婦今日到底是怎麼着？」賈蓉皺皺眉兒說道：「不好麼！嬸子回頭瞧瞧去就知道了。」於是賈蓉出去了。

這裏尤氏向邢夫人、王夫人道：「太太們在這裏吃飯，還是在園子裏吃去？有小戲兒在園子裏預備着呢。」王夫人向邢夫人道：「這裏很好。」尤氏就吩咐媳婦婆子們：「快擺飯來。」門外一齊答應了一聲，都各人端各人的去了。不多一時，擺上了飯。尤氏讓邢夫人、王夫人並他母親都上坐了，他與鳳姐兒、寶玉側席坐了。邢夫人、王夫人道：「我們來原為給大老爺拜壽，這豈不是我們來過生日[2]來了麼？」鳳姐兒說道：「大老爺原是好養靜的，已經修煉成了，也算得是神仙了。太太們這麼一說，這就叫作『心到神知』了。」一句話說的滿屋裏的人都笑起來。

尤氏的母親並邢夫人、王夫人、鳳姐兒都吃畢飯，漱了口，淨了手；才說要往園子裏去，賈蓉進來向尤氏說道：「老爺們並眾位叔叔哥哥兄弟們也都吃了飯了。大老爺說家裏有事，二老爺是不愛聽戲又怕人鬧的慌，都才去了。別的一家子爺們都被璉二叔並薔兄弟讓過去聽戲去了。方才南安郡王、東平郡王、西寧郡王、北靜郡王四家王爺，並鎮國公牛府等六家，忠靖侯史府等八家，都差人持名帖送壽禮來，俱回了我父親，先收在賬房裏，禮單都上了檔子[3]了。老爺

---

2)　　過生日：一般用豐盛的酒食來慶祝生日，稱過生日。這裏王夫人是客氣地說：原是為拜壽，反倒成了來享受筵席了。

3)　　檔子：檔案，記錄賬簿。

的領謝的名帖都交給各來人了，各來人也各照舊例賞過，都讓吃了飯才去了。母親該請二位太太、老娘、嬸子都過園子裏去坐着罷。」尤氏道：「也是才吃完了飯，就要過去了。」

鳳姐兒說：「我回太太，我先瞧瞧蓉哥兒媳婦去，我再過去。」王夫人道：「很是。我們都要去瞧瞧他，倒怕他嫌我們鬧的慌，說我們問他好罷。」尤氏道：「好妹妹，媳婦聽你的話，你去開導開導他，我也放心。你就快些過園子裏來。」寶玉也要跟了鳳姐兒去瞧秦氏去，王夫人道：「你看看就過去罷，那是姪兒媳婦。」於是尤氏請了邢夫人、王夫人並他母親都過會芳園去了。

鳳姐兒、寶玉方和賈蓉到秦氏這邊來。進了房門，悄悄的走到裏間房門，秦氏見了，要站起來，鳳姐兒說：「快別起來，看頭暈。」於是鳳姐兒就緊行了兩步，拉住秦氏的手，說道：「我的奶奶！怎麼幾日不見，就瘦的這樣了？」於是就坐在秦氏坐的褥子上。寶玉也問了好，在對面椅子上坐了。賈蓉叫：「快倒茶來，嬸子和二叔在上房還未喝茶呢。」

秦氏拉着鳳姐兒的手，強笑道：「這都是我沒福。這樣人家，公公婆婆當自己的女孩兒似的待。嬸娘，你姪兒雖說年輕，卻也是他敬我，我敬他，從來沒有紅過臉兒。就是一家子的長輩同輩之中，除了嬸子倒不用說了，別人也從無不和我好的，這如今得了這個病，把我那要強的心一分也沒了。公婆面前未得孝順一天兒；就是嬸娘這樣疼我，我就有十分孝順的心，如今也不能夠了。我自想着，未必熬的過年去呢。」

寶玉正眼瞅着那《海棠春睡圖》並那秦太虛寫的「嫩寒鎖夢因春冷，芳氣襲人是酒香」的對聯，不覺想起在這裏睡夢到「太虛幻境」的事。正自出神，聽得秦氏說了這些話，如萬箭攢心，那眼淚不知不覺就流下來了。

鳳姐兒心中雖十分難過，但恐怕病人見了反添心酸，倒不是來開導勸解的意思了。見寶玉這個樣子，因說道：

「寶玉兄弟，你特婆婆媽媽的了。他病人不過是這麼說，那裏就到得這個田地了？況且能多大年紀的人，略病病兒，就這麼想那麼想的，這不是自己倒給自己添病了麼？」

賈蓉道：「他這病也不用別的，只是吃得些飲食就不怕了。」

鳳姐兒道：「寶玉兄弟，太太叫你快過去呢。你別在這裏只管這麼着，倒招的媳婦也心裏不好。太太那裏又等着你。」因向賈蓉說道：「你先同你寶叔過去罷，我還略坐一坐。」賈蓉聽說，即同寶玉過會芳園來了。

這裏鳳姐兒又勸解了秦氏一番，說了許多衷腸話兒。尤氏打發人請了兩三遍，鳳姐兒才向秦氏說道：「你好生養着罷，我再來看你。合該⁴你這病要好，所以前日就有人薦了這個好大夫，再也是不怕的了。」秦氏笑道：「任憑是神仙也罷，治得病治不得命。嬸子，我知道我這病不過是挨日子。」鳳姐兒說道：「你只管這麼想，病那裏能好呢？總要想開了才是。況且聽得大夫說，若是不治，怕的是春天不好呢。如今才九月半，還有四五個月的工夫，甚麼病治不好呢？咱們若是不能吃人參的人家，這也難說了；你公公婆婆聽見治得好，別說一日二錢人參，就是二斤也能夠吃的起。好生養着罷，我過園子裏去了。」秦氏又道：「嬸子，恕我不能跟過去了。閑了時候還求嬸子常過來瞧瞧我，咱們娘兒們坐坐，多說幾遭話兒。」鳳姐兒聽了，不覺又眼圈兒一紅，遂說道：「我得了閑兒必常來看你。」

於是鳳姐兒帶領跟來的婆子丫頭並寧府的媳婦婆子們，從裏頭繞進園子的便門來。但見：黃花滿地，白柳橫坡。小橋通若耶之溪，曲徑接天台之路。石中清流激湍，籬落飄香；樹頭紅葉翩翻，疏林如畫。西風乍緊，初罷鶯啼；

---

4)　　　合該：一般讀作活該，機會巧合。又有指「責任自負」「不足同情」的意思。如下文「這畜生合該作死」。

暖日當暄，又添蜜語。遙望東南，建幾處依山之樹；縱觀西北，結三間臨水之軒。笙簧盈耳，別有幽情；羅綺穿林，倍添韻致。

鳳姐兒正自看園中的景致，一步步行來讚賞。猛然從假山石後走過一個人來，向前對鳳姐兒說道：「請嫂子安。」鳳姐兒猛然見了，將身子望後一退，說道：「這是瑞大爺不是？」賈瑞說道：「嫂子連我也不認得了？不是我是誰！」鳳姐兒道：「不是不認得，猛然一見，不想倒是大爺到這裏來。」賈瑞道：「也是合該我與嫂子有緣。我方才偷出了席，在這個清淨地方略散一散，不想就遇見嫂子也從這裏來。這不是有緣麼？」一面說着，一面拿眼睛不住的覷看鳳姐兒。

鳳姐兒是個聰明人，見他這個光景，如何不猜透八九分呢？因向賈瑞假意含笑道：「怨不得你哥哥時常提你，說你很好。今日見了，聽你說這幾句話兒，就知道你是個聰明和氣的人了。這會子我要到太太們那裏去，不得和你說話兒，等閑了咱們再說話兒罷。」賈瑞道：「我要到嫂子家裏去請安，又恐怕嫂子年輕，不肯輕易見人。」鳳姐兒假意笑道：「一家子骨肉，說甚麼年輕不年輕的話。」賈瑞聽了這話，再不想到今日得這個奇遇，那神情光景亦發不堪的難看。鳳姐兒說道：「你快入席去罷，看他們拿住罰酒。」賈瑞聽了，身上已木了半截，慢慢的一面走着，一面回過頭來看。

鳳姐兒故意的把腳步放遲了些兒，見他去遠了，心裏暗忖道：「這才是知人知面不知心呢，那裏有這樣禽獸似的人呢。他果如此，等幾時叫他死在我的手裏，他才知道我的手段！」

於是鳳姐兒方移步前來。將轉過了一重山坡，見兩三個婆子慌慌張張的走來，見了鳳姐兒，笑說道：「我們奶奶見二奶奶只是不來，急的了不得，叫奴才們又來請奶奶來了。」鳳姐兒說道：「你們奶奶就是這麼急腳鬼似的。」鳳姐兒慢慢的走着，問：「戲唱了幾齣了？」那婆子回道：「有

點評

● 王熙鳳十分機智，這樣應對既不失禮數，也不得罪人。

八九齣了。」

　　說話之間，已來到了天香樓的後門，見寶玉和一羣丫頭在那裏玩呢。鳳姐兒說道：「寶兄弟，別特淘氣了。」一個丫頭說道：「太太們都在樓上坐着呢，請奶奶就從這邊上去罷。」

　　鳳姐兒聽了，款步提衣上了樓，見尤氏已在樓梯口等着呢。尤氏笑說道：「你們娘兒兩個特好了，見了面總捨不得來了。你明日搬來和他住着罷。你坐下，我先敬你一杯。」於是鳳姐兒在邢王二夫人前告了坐，又在尤氏的母親前周旋了一遍，仍同尤氏坐在一桌上吃酒聽戲。

　　尤氏叫拿戲單來，讓鳳姐兒點戲，鳳姐兒說道：「親家太太和太太們在這裏，我如何敢點。」邢夫人王夫人說道：「我們和親家太太都點了好幾齣了，你點兩齣好的我們聽。」鳳姐兒立起身來答應了一聲，方接過戲單，從頭一看，點了一齣《還魂》，一齣《彈詞》，遞過戲單去說：「現在唱的這《雙官誥》，唱完了，再唱這兩齣，也就是時候了。」

　　王夫人道：「可不是呢，也該趁早叫你哥哥嫂子歇歇，他們又心裏不靜。」尤氏說道：「太太們又不常過來，娘兒們多坐一會子去，才有趣兒，天還早呢。」

　　鳳姐兒立起身來望樓下一看，說：「爺們都往那裏去了？」旁邊一個婆子道：「爺們才到凝曦軒，帶了打十番的那裏吃酒去了。」鳳姐兒說道：「在這裏不便宜，背地裏又不知幹甚麼去了！」尤氏笑道：「那裏都像你這正經人呢。」

　　於是說說笑笑，點的戲都唱完了，方才撤下酒席，擺上飯來。吃畢，大家才出園子來，到上房坐下，吃了茶，方才叫預備車，向尤氏的母親告了辭。尤氏率同眾姬妾並家下婆子媳婦們方送出來；賈珍率領眾子姪都在車旁侍立，等候着呢，見了邢夫人、王夫人說道：「二位嬸子明日還過來逛逛。」王夫人道：「罷了，我們今日整坐了一日，也乏了，明日歇歇罷。」於是都上車去了。賈瑞猶不時拿眼睛覷鳳姐兒。賈珍等都進去了後，李貴才拉過馬來，寶玉騎上，隨王夫人去

了。這裏賈珍同一家子的弟兄子姪吃過了晚飯，方大家散了。

次日，仍是眾族人等鬧了一日，不必細說。

此後鳳姐兒不時來看秦氏。秦氏也有幾日好些，也有幾日仍是那樣。賈珍、尤氏、賈蓉好不焦心。

且說賈瑞到榮府來了幾次，偏都遇見鳳姐兒往寧府那邊去了。這年正是十一月三十日冬至，到交節的那幾日，賈母、王夫人、鳳姐兒天天着人去看秦氏，回來的人都說：「這幾日也沒見添病，也不見甚好。」王夫人向賈母說：「這個症候，遇着這樣的大節不添病，就有好大的指望了。」賈母說：「可是呢，好個孩子，要是有些原故，可不叫人疼死。」說着，一陣心酸，向鳳姐兒說道：「你們娘兒兩個也好了一場，明日大初一，過了明日，後日再看看他去。細細的瞧瞧他那光景，倘或好些兒，你回來告訴我，我也喜歡喜歡。那孩子素日愛吃的，你也常叫人做些給他送過去。」鳳姐兒一一的答應了。

到了初二日，吃了早飯，來到寧府，看見秦氏的光景，雖未甚添病，但是那臉上身上的肉全瘦盡了。於是和秦氏坐了半日，說了些閑話兒，又將這病無妨的話開導了一番。秦氏說道：「好不好，春天就知道了。如今現過了冬至，又沒怎麼樣，或者好的了也未可知。嬸子回老太太、太太放心罷。昨日老太太賞的那棗泥餡的山藥糕，我倒吃了兩塊，倒像克化的動似的。」鳳姐兒說道：「明日再給你送來。我到你婆婆那裏瞧瞧，就要趕着回去回老太太的話去。」秦氏道：「嬸子替我請老太太、太太安罷。」

鳳姐兒答應着就出來了，到了尤氏上房坐下。尤氏道：「你冷眼瞧媳婦是怎麼樣？」鳳姐兒低了半日頭，說道：「這實在沒法兒了。你也該將一應的後事給他料理料理，沖[5]一沖

---

5)　沖：迷信思想，以為用某種行動可以沖破災禍。例如這裏用製造喪事，用物以及後文寶玉病中用結婚等來破除病患。

也好。」尤氏道：「我也暗暗的預備了。就是那件東西不得好木頭，暫且慢慢的辦罷。」於是鳳姐兒吃了茶，說了一會子話兒，說道：「我要快回去回老太太的話去呢。」尤氏道：「你可慢慢的說，別嚇着老人家。」鳳姐兒道：「我知道。」

於是鳳姐兒回來，見了賈母，說：「蓉哥兒媳婦請老太太安，給老太太磕頭，說他好了些了，求老祖宗放心。他再略好些，還要給老祖宗請安來呢。」賈母道：「你看他是怎麼樣？」鳳姐兒說：「暫且無妨，精神還好呢。」賈母聽了，沉吟了半日，因向鳳姐兒說：「你換換衣服歇歇去罷。」

鳳姐兒答應着出來，見過了王夫人，到了家中，平兒將換的家常的衣服給鳳姐兒換了。鳳姐兒方坐下，問道：「家裏沒甚麼事麼？」平兒方端了茶來，遞了過去，說道：「沒有甚麼事。就是那三百銀子的利銀，旺兒媳婦送進來，我收了。再有瑞大爺使人來打聽奶奶在家沒有，他要來請安說話。」

鳳姐兒聽了，哼了一聲，說道：「這畜生合該作死，看他來了怎麼樣！」平兒因問道：「這瑞大爺是為甚麼只管來？」鳳姐兒遂將九月裏寧府園子裏遇見他的光景，並他說的話，都告訴平兒。平兒說道：「癩蛤蟆想吃天鵝肉，沒人倫的混賬東西，起這個念頭，叫他不得好死！」鳳姐兒道：「等他來了，我自有道理。」不知賈瑞來時作何光景，且聽下回分解。

💡 **精華賞析**

秦可卿的病情並沒有好轉，不過能看出來她的公公婆婆和全府上下對她都格外關心，連王熙鳳都親自來看她。按輩分講，她是寧國府的孫媳婦，看出身，她來自小門小戶，為何這個秦可卿竟被如此重視？

《第十二回》

精讀💬 王熙鳳毒設相思局
賈天祥正照風月鑒

> 賈瑞惦記鳳姐的美貌，不肯善罷甘休，鳳姐到底會怎麼收拾這個傢伙呢？

　　話說鳳姐正與平兒說話，只見有人回說：「瑞大爺來了。」鳳姐急命：「快請進來！」賈瑞見往裏讓，心中喜出望外，急忙進來，見了鳳姐兒，滿面陪笑，連連問好。鳳姐兒也假意殷勤，讓茶讓坐。

　　賈瑞見鳳姐如此打扮，亦發酥倒，因餳了眼問道：「二哥哥怎麼還不回來？」鳳姐道：「不知甚麼緣故。」賈瑞笑道：「別是路上有人絆住了腳，捨不得回來也未可知。」鳳姐道：「可知男人家見一個愛一個也是有的。」賈瑞笑道：「嫂子這話說錯了，我就不這樣。」鳳姐笑道：「像你這樣的人能有幾個呢，十個裏也挑不出一個來。」賈瑞聽了，喜的抓耳撓腮，又道：「嫂子天天也悶得很。」鳳姐道：「正是呢，只盼個人來說話解解悶兒。」賈瑞笑道：「我倒天天閑着，天天過來替嫂子解解悶，可好不好？」鳳姐笑道：「你哄我呢，你那裏肯往我這裏來？」賈瑞道：「我在嫂子跟前，若有一點謊話，天打雷劈！只因素日聞得人說，嫂子是個利害人，在你跟前一點也錯不得，所以唬住了我。如今見嫂子最是有說有笑極疼人的，我怎麼不來？死了也願的！」鳳姐笑道：「果然你是明白人，比蓉兒兄弟兩個強遠了。我看他

點評

● 鳳姐第一次設下圈套，也留下懸念。如果賈瑞良心發現不來赴約，他就不會上當；如果來赴約，又會被怎樣算計呢？

● 賈瑞終於嘗到了苦頭，然而這還只是開始。

那樣清秀，只當他們心裏明白，誰知竟是兩個糊塗蟲，一點不知人心。」

賈瑞聽了這話，越發撞在心坎上，由不得又往前湊了一湊，覷眼看鳳姐兒的荷包，然後又問帶的甚麼戒指。鳳姐悄悄道：「放尊重些，別叫丫頭們看見笑話。」賈瑞如聽綸音佛語一般，忙往後退。鳳姐笑道：「你該去了。」賈瑞說：「我再坐一坐兒。——好狠心的嫂子。」鳳姐又悄悄的道：「大天白日，人來人往，你就在這裏也不方便。你且去，等着晚上起了更你來，悄悄的在西邊穿堂兒裏等我。」賈瑞聽了，如得珍寶，忙問道：「你別哄我。但只是那裏人過的多，怎麼好躲的？」鳳姐道：「你只管放心。我把上夜的小廝們都放了假，兩邊門一關，再沒別人了。」賈瑞聽了，喜之不盡，忙忙的告辭而去，心內以為得手。

盼到晚上，果然黑地裏摸入榮府，趁掩門時，鑽入穿堂。果見魆黑無人，往賈母那邊去的門戶已鎖，倒只有向東的門未關。賈瑞聽着，半日不見人來，忽聽咯噔一聲，東邊的門也關了。賈瑞急的也不敢則聲，只得悄悄的出來，將門撼了撼，關的鐵桶一般。此時要求出去亦不能夠，南北皆是大房牆，要跳亦無攀援。這屋內又是過堂風，空落落；現是臘月天氣，夜又長，朔風凜凜，侵肌裂骨，一夜幾乎不曾凍死。好容易盼到早晨，只見一個老婆子先將東門開了進來，去叫西門。賈瑞瞅他背着臉，一溜煙抱着肩跑了出來，幸而天氣尚早，人都未起，從後門一徑跑回家去。

原來賈瑞父母早亡，只有他祖父代儒教養。那代儒素日教訓最嚴，不許賈瑞多走一步，生怕他在外吃酒賭錢，有誤學業。今忽見他一夜不歸，只料定他在外非飲即賭，嫖娼宿妓，那裏想到這段公案，因此氣了一夜。賈瑞也撚着一把汗，少不得回來撒謊，只說：「往舅舅家去了，天黑了，留我住了一夜。」代儒道：「自來出門，非稟我不敢擅出，如何昨日私自去了？據此亦該打，何況是撒謊。」因此，發狠

到底打了三四十板，還不許吃早飯，令他跪在院內讀文章，定要補出十天的工課來方罷。賈瑞直凍了一夜，今又遭了苦打，且餓着肚子，跪着在風地裏讀文章，其苦萬狀。

此時賈瑞前心猶未改，再想不到是鳳姐兒捉弄他的。過後兩日，得了空，仍來找鳳姐兒。鳳姐兒故意抱怨他失信，賈瑞急的賭神罰咒。鳳姐兒因見他自投羅網，少不得再尋別計令他知改，故又約他道：「今日晚上，你別在那裏了。你在我這房後小過道子裏那間空屋裏等我，可別冒失了。」賈瑞道：「果然？」鳳姐道：「誰可哄你，你不信就別來。」賈瑞道：「來，來，來，就死也要來！」鳳姐道：「這會子你先去罷。」賈瑞料定晚間必妥，此時先去了。鳳姐兒在這裏便點兵派將，設下圈套。

那賈瑞只盼不到晚上，偏生家裏又有親戚來了，直吃了晚飯才去，那天已有掌燈時分。又等他祖父安歇了，方溜進榮府，直往那夾道中屋子裏來等着，就像那熱鍋上的螞蟻一般。只是乾轉，左等不見人影，右聽也沒個聲音，心下自思道：「別是又不來了，又凍我一夜不成？」正自胡猜，只見黑魆魆的來了一個人，賈瑞便想定是鳳姐兒，不管青紅皂白，等那人剛至門前，便如餓虎撲食、貓兒捕鼠的一般，抱住叫道：「我的親嫂子，等死我了。」說着，抱到屋裏炕上就親嘴扯褲子，滿口裏「親娘」「親爹」的亂叫起來。那人只不作聲。賈瑞拉了自己褲子，硬幫幫的就想頂入。忽見燈光一閃，只見賈薔舉着個火紙撚子照道：「誰在屋裏？」只見炕上那人笑道：「瑞大叔要肏我呢。」賈瑞一見，卻是賈蓉，直臊[1]得無地可入，不知要怎麼樣才好，回身就要跑，被賈薔一把揪住道：「別走！如今璉二嬸已經告到太太跟前，說你無故調戲他。他暫用了個脫身計，哄你在這邊等

1)　　臊（sào）：羞。

點評

● 賈瑞賊心不死。

● 鳳姐第二次設下圈套。

● 賈瑞第二次上當。

着，太太氣死過去，因此叫我來拿你。剛才你又攔住他，沒的說，跟我去見太太！」

賈瑞聽了，魂不附體，只說：「好姪兒，只說沒有見我，明日我重重的謝你。」賈薔道：「你若謝我，放你不值甚麼，只不知你謝我多少？況且口說無憑，寫一文契來。」賈瑞道：「這如何落紙呢？」賈薔道：「這也不妨，寫一個賭錢輸了外人賬目，借頭家銀若干兩便罷。」賈瑞道：「這也容易。只是此時無紙筆。」賈薔道：「這也容易。」說畢，翻身出來，紙筆現成，拿來命賈瑞寫。他兩做好做歹，只寫了五十兩，然後畫了押，賈薔收起來。

然後撕羅賈蓉。賈蓉先咬定牙不依，只說：「明日告訴族中的人評評理。」賈瑞急的至於叩頭。賈薔做好做歹的，也寫了一張五十兩欠契才罷。賈薔又道：「如今要放你，我就擔着不是。老太太那邊的門早已關了，老爺正在廳上看南京的東西，那一條路定難過去，如今只好走後門。若這一走，倘或遇見了人，連我也完了。等我們先去哨探哨探，再來領你。這屋你還藏不得，少時就來堆東西。等我尋個地方。」說畢，拉着賈瑞，仍熄了火，出至院外，摸着大台階底下，說道：「這窩兒裏好，你只蹲着，別哼一聲，等我們來再動。」說畢二人去了。

賈瑞此時身不由己，只得蹲在那裏。心下正盤算，只聽頭頂上一聲響，嘩拉拉一淨桶尿糞從上面直潑下來，可巧澆了他一頭一身。賈瑞掌不住噯喲了一聲，忙又掩住口，不敢聲張，滿頭滿臉渾身皆是尿糞，冰冷打戰。只見賈薔跑來叫：「快走，快走！」賈瑞如得了命，三步兩步從後門跑到家裏，天已三更，只得叫門。開門人見他這般景況，問是怎的了？少不得扯謊說：「黑了，失腳掉在茅廁裏了。」一面到了自己房中更衣洗濯，心下方想到是鳳姐玩他，因此發一回恨；再想想鳳姐的模樣兒，又恨不得一時摟在懷內，一夜竟不曾合眼。

　　自此滿心想鳳姐，只不敢往榮府去了。賈蓉兩個常常的來索銀子，他又怕祖父知道，正是相思尚且難禁，更又添了債務；日間工課又緊，他二十來歲人，尚未娶親，還來想着鳳姐，未免有那「指頭告了消乏」等事；更兼兩回凍惱奔波，因此三五下裏夾攻，不覺就得了一病：心內發膨脹，口中無滋味，腳下如綿，眼中似醋，黑夜作燒，白晝常倦，下溺連精，嗽痰帶血。諸如此症，不上一年都添全了。於是不能支持，一頭睡倒，合上眼還只夢魂顛倒，滿口亂說胡話，驚怖異常。百般請醫療治，諸如肉桂、附子、鱉甲、麥冬、玉竹等藥，吃了有幾十斤下去，也不見個動靜。

　　倏又臘盡春回，這病更又沉重。代儒也着了忙，各處請醫療治，皆不見效。因後來吃「獨參湯」，代儒如何有這力量，只得往榮府來尋。王夫人命鳳姐秤二兩給他，鳳姐回說：「前兒新近都替老太太配了藥，那整的太太又說留着送楊提督的太太配藥，偏生昨兒我已送了去了。」王夫人道：「就是咱們這邊沒了，你打發個人往你婆婆那邊問問，或是你珍大哥哥那府裏再尋些來，湊着給人家。吃好了，救人一命，也是你的好處。」鳳姐聽了，也不遣人去尋，只得將些渣末泡鬚湊了幾錢，命人送去，只說：「太太送來的，再也沒了。」然後回王夫人，只說：「都尋了來，共湊了有二兩送去。」

　　那賈瑞此時要命心甚切，無藥不吃，只是白花錢，不見效。

　　忽然這日有個跛足道人來化齋，口稱專治冤業之症。賈瑞偏生在內聽見了，直着聲叫喊說：「快請進那位菩薩來救我！」一面叫，一面在枕上叩首。眾人只得帶了那道士進來。賈瑞一把拉住，連叫：「菩薩救我」。那道士歎道：「你這病非藥可醫。我有個寶貝與你，你天天看時，此命可保矣。」說畢，從褡褳中取出一面鏡子來，兩面皆可照人，鏡把上面鏨着「風月寶鑒」四字，遞與賈瑞道：「這物出自太

● 鳳姐第三次對賈瑞使手段，擺明了不想救人。雖然鳳姐心狠，但若不是賈瑞邪念不散，不肯知難而退也不會落得如此下場。

● 引起人慾望的東西
通常表面美麗無比，
背後卻是害人的。

虛幻境空靈殿上，警幻仙子所製，專治邪思妄動之症，有濟
世保生之功。所以帶他到世上，單與那些聰明傑俊、風雅王
孫等看照。千萬不可照正面，只照他的背面，要緊，要緊！
三日後吾來收取，管叫你好了。」說畢，揚長而去，眾人苦
留不住。

　　賈瑞收了鏡子，想道：「這道士倒有意思，我何不照一
照試試。」想畢，拿起「風月寶鑒」來，向反面一照，只見
一個骷髏立在裏面，唬得賈瑞連忙掩了，罵：「道士混賬，
如何唬我！我倒再照照正面是甚麼。」想着，又將正面一
照，只見鳳姐站在裏面招手叫他。賈瑞心中一喜，蕩悠悠的
覺得進了鏡子，與鳳姐雲雨一番，鳳姐仍送他出來。到了床
上，噯喲了一聲，一睜眼，鏡子從手裏掉過來，仍是反面立
着一個骷髏。賈瑞自覺汗津津的底下已遺了一灘精。心中到
底不足，又翻過正面來，只見鳳姐還招手叫他，他又進去。
如此三四次。到了這次，剛要出鏡子來，只見兩個人走來，
拿鐵鎖把他套住，拉了就走。賈瑞叫道：「讓我拿了鏡子再
走。」只說了這句，就再不能說話了。

　　旁邊伏待賈瑞的眾人，只見他先還拿着鏡子照，落下
來，仍睜開眼拾在手內，末後鏡子落下來便不動了。眾人上
來看時，已沒了氣了，身子底下冰涼漬濕一大灘精，這才忙
着穿衣抬床。

　　代儒夫婦哭的死去活來，大罵道士，「是何妖鏡！若
不早毀此物，遺害於世不小。」遂命架火來燒，只聽鏡內
哭道：「誰叫你們瞧正面了？你每自己以假為真，何苦來燒
我！」正哭着，只見那跛足道人從外跑來，喊道：「誰敢毀
『風月寶鑒』，吾來救也！」說着，直入中堂，搶入手內，
飄然去了。

　　當下，代儒料理喪事，各處去報喪。三日起經，七日
發引，寄靈於鐵檻寺，日後帶回原籍。當下賈家眾人齊來弔
問，榮國府賈赦贈銀二十兩，賈政亦是二十兩，寧國府賈珍

亦有二十兩，別者族中人貧富不一，或三兩或五兩，不可勝數。另有各同窗家分資，也湊了二三十兩。代儒家道雖然淡薄，倒也豐豐富富完了此事。

誰知這年冬底，林如海的書信寄來，卻為身染重疾，寫書特來接林黛玉回去。賈母聽了，未免又加憂悶，只得忙忙的打點黛玉起身。寶玉大不自在，怎奈父女之情，也不好攔阻的。於是賈母定要賈璉送他去，仍叫帶回來。一應土儀盤費，不消煩說，自然要妥貼。作速擇了日期，賈璉與林黛玉辭別了賈母等，帶領僕從，登舟往揚州去了。要知端的，且聽下回分解。

💡 精華賞析

這一回中，鳳姐對賈瑞使了三次手段。第一次只是警告式的，可謂小懲大誠，第二次是讓他受罪又賠錢，第三次就要了他的性命。上一回鳳姐與賈瑞初遇，鳳姐只是巧妙地避開了。但賈瑞仍然糾纏不休，這才引得鳳姐出手算計。開始兩次鳳姐設下圈套，我們能感受到她算計不過是想懲罰賈瑞的非分之想，告訴他不合禮數的行為不會有好下場。但賈瑞執迷不悟，從結尾處我們明白地看到，讓賈瑞喪命的不是鳳姐，而是他得不到滿足的慾望。

《第十三回》

精讀 秦可卿死封龍禁尉
王熙鳳協理寧國府

秦可卿去世，鳳姐得到了一次在寧國府施展威風的機會。諸多雜務都被她處理得井井有條，着實讓人佩服呀！

話說鳳姐兒自賈璉送黛玉往揚州去後，心中實在無趣，每到晚間，不過和平兒說笑一回，就胡亂睡了。

這日夜間，正和平兒燈下擁爐，早命濃熏繡被，二人睡下，屈指算行程該到何處，不知不覺已交三鼓。平兒已睡熟了。鳳姐方覺星眼微朦，恍惚只見秦氏從外走了進來，說道：「嬸子好睡！我今日回去，你也不送我一程。因娘兒們素日相好，我捨不得嬸嬸，故來別你一別。還有一件心事未了，非告訴嬸嬸，別人未必中用。」

鳳姐聽了，恍惚問道：「有何心事？你只管託我就是了。」秦氏道：「嬸嬸，你是個脂粉隊裏的英雄，連那些束帶頂冠的男子也不能及你，你如何連兩句俗語也不曉得？常言『月滿則虧，水滿則溢』；又道是『登高必跌重』。如今我們家赫赫揚揚，已將百載，一日倘或樂極悲生，若應那句『樹倒猢猻散』的俗語，豈不虛稱了一世的詩書舊族了？」鳳姐聽了此話，心胸大快，十分敬畏，忙問道：「這話慮的極是，但有何法可以永保無虞？」秦氏冷笑道：「嬸嬸好痴也。否極泰來，榮辱自古周而復始，豈人力能可保常的？但如今能於榮時籌畫下將來衰時的世業，亦可能常保永全了。

即如今日諸事都妥，只有兩件未妥，若把此事如此一行，則後日可保永全了。」

鳳姐便問何事。秦氏道：「目今祖塋雖四時祭祀，只是無一定錢糧；第二，家塾雖立，無一定供給。依我想來，如今盛時固不缺祭祀供給，但將來敗落之時，此二項有何出處？莫若依我定見，趁今日富貴，將祖塋附近多置田莊房舍地畝，以備祭祀供給之費皆出自此，將家塾亦設於此。會同族中長幼，大家定了則例，日後按房掌管這一年的地畝、錢糧、祭祀、供給之事。如此周流，又無爭競，亦沒有典賣等弊。便是有了罪，凡物皆可入官，這祭祀產業[1]連官也不入的。便敗落下來，子孫回家讀書務農，也有個退步，祭祀又可永繼。若目今以為榮華不絕，不思後日，終非長策。眼見不日又有一件非常喜事，真是烈火烹油、鮮花着錦之盛。要知道，也不過是瞬息的繁華，一時的歡樂，萬不可忘了那『盛筵必散』的俗語。此時若不早為後慮，臨期只恐後悔無益了。」鳳姐忙問：「有何喜事？」秦氏道：「天機不可泄漏。只是我與嬸嬸好了一場，臨別贈你兩句話，須要記着。」因唸道：「三春去後諸芳盡，各自須尋各自門。」鳳姐還欲問時，只聽二門上傳事的雲板連叩四下[2]，正是喪音，將鳳姐驚醒。人回說：「東府蓉大奶奶沒了。」鳳姐聞聽，唬了一身冷汗，出了一回神，只得忙忙的穿衣，往王夫人處來。

彼時合家皆知，無不納罕，都有些疑心。那長一輩的想他素日孝順，平一輩的想他素日和睦親密，下一輩的想他素日慈愛，以及家中僕從老小想他素日憐貧惜賤、慈老愛幼

點 評

● 秦可卿的話真是未雨綢繆，安樂時應為憂患做打算。

---

1) 祭祀產業：官僚、地主家的「祭田」之類的產業，租稅或利息專做祭祀之用。

2) 傳事雲板連叩四下：舊日的習俗，祭神和一般吉禮叩頭次數、祭品數目常用「三」，喪禮常用「四」，故有「神三鬼四」的諺語。所以這裏傳點四下，知道是報喪的信號。

之恩，莫不悲嚎痛哭者。

　　閑言少敍，卻說寶玉因近日林黛玉回去，剩得自己孤恓，也不和人頑耍，每到晚間便索然睡了。如今從夢中聽見說秦氏死了，連忙翻身爬起來，只覺心中似戳了一刀的，忍不住哇的一聲，直噴出一口血來。襲人等慌了，忙上來攙扶，問是怎麼樣了，又要回賈母來請大夫。寶玉道：「不用忙，不相干，這是急火攻心，血不歸經。」說着便爬起來，要衣服換了，來見賈母，即時要過去。襲人見他如此，心中雖放不下，又不敢攔，只是由他罷了。賈母見他要去，因說：「才嚥氣的人，那裏不乾淨；二則夜裏風大，等明早再去不遲。」寶玉那裏肯依？賈母命人備車，多派跟隨人役，擁護前來。

　　一直到了寧國府前，只見府門大開，兩邊燈籠照如白晝，亂烘烘人來人往，裏面哭聲搖山振嶽。寶玉下了車，忙忙奔至停靈之室，痛哭一番，然後見過尤氏。誰知尤氏正犯了胃疼舊疾，睡在床上，然後出來見賈珍。彼時賈代儒、賈代修、賈敕、賈效、賈敦、賈赦、賈政、賈琮、賈珝、賈珩、賈玠、賈琛、賈瓊、賈璘、賈薔、賈菖、賈菱、賈芸、賈芹、賈萁、賈萍、賈藻、賈蘅、賈芬、賈芳、賈蘭、賈菌、賈芝等都來了。賈珍哭的淚人一般，正和賈代儒等說道：「合家大小，遠近親友，誰不知我這媳婦比兒子還強十倍？如今伸腿去了，可見這長房內絕滅無人了。」說着又哭起來。眾人忙勸道：「人已辭世，哭也無益，且商議如何料理要緊。」賈珍拍手道：「如何料理？不過盡我所有罷了！」

　　正說着，只見秦業、秦鐘並尤氏的幾個眷屬尤氏姊妹也都來了。賈珍便命賈瓊、賈琛、賈璘、賈薔四個人去陪客，一面吩咐去請欽天監陰陽司來擇日。擇準停靈七七四十九日，三日後開喪送訃聞。這四十九日，單請一百單八眾禪僧在大廳上拜大悲懺，超度前亡後死諸魂，以免亡者之罪；另設一壇於天香樓上，是九十九位全真道士，打

四十九日解冤洗業醮。然後停靈於會芳園中，靈前另外五十
眾高僧、五十位高道，對壇按七做好事。那賈敬聞得長孫媳
死了，因自為早晚就要飛升，如何肯又回家染了紅塵，將前
功盡棄呢？因此並不在意，只憑賈珍料理。

　　賈珍見父親不管，亦發恣意奢華。看板時，幾副杉木
板皆不中用。可巧薛蟠來弔問，因見賈珍尋好板，便說道：
「我們木店裏有一副板，叫作甚麼檣木，出在潢海鐵網山
上，作了棺材，萬年不壞。這還是當年先父帶來，原係義
忠親王老千歲要的，因他壞了事[3]，就不曾拿去。現在還封在
店內，也沒有人出價敢買。你若要，就抬來使罷。」賈珍聽
說，喜之不盡，即命人抬來。大家看時，只見幫底皆厚八
寸，紋若檳榔，味若檀麝，以手扣之，叮噹如金玉。大家都
奇異稱賞。賈珍笑問：「價值多少？」薛蟠笑道：「拿一千兩
銀子來，只怕也沒處買去。甚麼價不價，賞他們幾兩工錢就
是了。」賈珍聽說，忙謝不盡，即命解鋸糊漆。賈政勸道：
「此物恐非常人可享者，殮以上等杉木也就是了。」此時賈
珍恨不能代秦氏之死，這話如何肯聽得？

　　忽又聽得秦氏之丫鬟名喚瑞珠者，見秦氏死了，他也
觸柱而亡。此事可罕，合族人也都稱歎。賈珍遂以孫女之禮
殮殯，一併停靈於會芳園中之登仙閣內。又一小丫鬟名寶珠
者，因見秦氏身無所出，乃甘心願為義女，誓任摔喪駕靈[4]
之任。賈珍喜之不盡，即時傳下，從此皆呼寶珠為小姐。那
寶珠按未嫁女之喪，在靈前哀哀欲絕。於是，合族人丁並家
下諸人，都各遵舊制行事，自不得紊亂。

　　賈珍因想着賈蓉不過是個鬢門監生，靈幡經榜上寫時

---

3)　　壞了事：這裏指獲罪、革職一類情況。

4)　　摔喪駕靈：舊時喪禮，靈柩出殯時，主喪的孝子摔一瓦盆，然後起杠，
　　　就是將靈柩抬起，摔瓦盆就是摔喪。主喪的孝子在靈柩前領路稱為駕靈。

點評

● 買官賣官之事對賈府來說實在是平常之事，官職對達官貴人來說就是一個面子而已。

不好看，便是執事[5]也不多，因此心中甚不自在。可巧這日正是首七第四日，早有大明宮掌宮內相[6]戴權，先備了祭禮遣人來，次後坐了大轎，打傘鳴鑼，親來上祭。賈珍忙接着，讓至逗蜂軒獻茶。賈珍心中打算定了主意，因而趁便就說要與賈蓉捐個前程的話。戴權會意，因笑道：「想是為喪禮上風光些？」賈珍忙笑道：「老內相所見不差。」戴權道：「事倒湊巧，正有個美缺。如今三百員龍禁尉短了兩員，昨兒襄陽侯的兄弟老三來求我，現拿了一千五百兩銀子送到我家裏。到底咱們都是老相與，不拘怎麼樣，看着他爺爺的分上，胡亂應了。還剩了一個缺，誰知永興節度使馮胖子來求我，要與他孩子捐，我就沒工夫應他。既是咱們的孩子要捐，快寫個履歷來。」賈珍聽說，忙吩咐：「快命書房裏人恭恭敬敬寫了大爺的履歷來。」小廝不敢怠慢，去了一刻，便拿了一張紅紙來與賈珍。賈珍看了，忙送與戴權。看時，上面寫道：「江寧府江寧縣監生賈蓉，年二十歲。曾祖，原任京營節度使世襲一等神威將軍賈代化；祖，乙卯科進士賈敬；父，世襲三品爵威烈將軍賈珍。」

戴權看了，回手便遞與一個貼身的小廝收了，說道：「回來送與戶部堂官[7]老趙，說我拜上他，起一張五品龍禁尉的票[8]，再給個執照，就把這履歷填上，明兒我來兌銀子送去。」小廝答應了，戴權也就告辭了。賈珍十分款留不住，只得送出府門。臨上轎，賈珍因問：「銀子還是我到部兌，還是一併送上老內相府中？」戴權道：「若到部裏，你又吃虧了。不如平準一千二百銀子，送到我家就完了。」賈珍感

---

5)　執事：官員和他們的夫人出門時所排列的儀仗，例如旗、傘、官銜牌等。第二十九回說「全副執事」，「全副」是指按官職規定的所應有的數目。

6)　內相：宮廷又稱大內、內府、內廷，所以宦官、太監又稱為內相、內監。

7)　堂官：明、清衙門的正副長官，辦公坐位在大堂上，所以稱為堂官。

8)　票：執照。

謝不盡，說：「待服滿後，親帶小兒到府叩謝。」於是作別。

接着又聽喝道之聲，原來是忠靖侯史鼎的夫人來了。王夫人、邢夫人、鳳姐等剛迎入上房，又見錦鄉侯、川寧侯、壽山伯三家祭禮擺在靈前。少時，三人下轎，賈珍等忙接上大廳。如此親朋你來我去，也不能勝數。只這四十九日，寧國府街上一條白漫漫人來人往，花簇簇官去官來。

賈珍命賈蓉次日換了吉服，領憑回來。靈前供用執事等物，俱按五品職例。靈牌疏上皆寫「天朝誥授賈門秦氏恭人之靈位」。會芳園臨街大門大開，在兩邊起了鼓樂廳，兩班青衣按時奏樂，一對對執事擺的刀斬斧齊。更有兩面朱紅銷金大字牌[9]豎在門外，上面大書道：「防護內廷紫禁道御前侍衛龍禁尉」。對面高起着宣壇，僧道對壇榜文，上大書「世襲寧國公塚孫婦、防護內廷御前侍衛龍禁尉賈門秦氏恭人之喪。四大部州至中之地、奉天永運太平之國、總理虛無寂靜教門僧錄司正堂萬虛、總理元始正一教門道紀司正堂葉生等，敬謹修齋，朝天叩佛」，以及「恭請諸伽藍、揭諦、功曹等神，聖恩普錫，神威遠鎮，四十九日消災洗業平安水陸道場」等語，亦不消繁記。

只是賈珍雖然此時心意滿足，但裏面尤氏又犯了舊疾，不能料理事務，唯恐各誥命[10]來往，虧了禮數，怕人笑話，因此心中不自在。當下正憂慮時，因寶玉在側問道：「事事都算安貼了，大哥哥還愁甚麼？」賈珍見問，便將裏面無人的話說了出來。寶玉聽說笑道：「這有何難？我薦一個人與你，權理這一個月的事，管必妥當。」賈珍忙問：「是誰？」寶玉見座間還有許多親友，不便明言，走至賈珍耳邊說了兩句。賈珍聽了喜不自禁，連忙起身笑道：「果然妥

---

9)　　朱紅銷金大字牌：即官銜牌，木質朱漆，用金字或黑字書寫官銜。

10)　　誥命：原指皇帝封官的命令公文。習慣借指受封的官員夫人們。

貼，如今就去。」說着拉了寶玉，辭了眾人，便往上房裏來。

可巧這日非正經 [11] 日期，親友來的少，裏面不過幾位近親堂客，邢夫人、王夫人、鳳姐並合族中的內眷陪坐。聞人報：「大爺進來了。」唬的眾婆娘唿的一聲，往後藏之不迭，獨鳳姐款款的站了起來。賈珍此時也有些病症在身，二則過於悲痛了，因拄了拐跛了進來。邢夫人等因說道：「你身上不好，又連日事多，該歇歇才是，又進來做甚麼？」賈珍一面扶拐，扎掙着要蹲身跪下請安道乏。邢夫人等忙叫寶玉攙住，命人挪椅子來與他坐。

賈珍斷不肯坐，因勉強陪笑道：「姪兒進來有一件事要求二位嬸娘並大妹妹。」邢夫人等忙問：「甚麼事？」賈珍忙笑道：「嬸娘自然知道，如今孫子媳婦沒了，姪兒媳婦偏又病倒，我看裏頭着實不成個體統。怎麼屈尊大妹妹一個月，在這裏料理料理，我就放心了。」邢夫人笑道：「原來為這個。你大妹妹現在你二嬸嬸家，只和你二嬸嬸說就是了。」王夫人忙道：「他一個小孩子家，何曾經過這些事？倘或料理不清，反叫人笑話，倒是再煩別人好。」賈珍笑道：「嬸娘的意思姪兒猜着了，是怕大妹妹勞苦了。若說料理不開，我管保必料理的開，便是錯一點兒，別人看着還不錯的。從小兒大妹妹玩笑着就有殺伐決斷，如今出了閣，又在那府裏辦事，越發歷練老成了。我想了這幾日，除了大妹妹再無人了。嬸娘不看姪兒、姪兒媳婦的分上，只看死了的分上罷！」說着滾下淚來。

王夫人心中怕的是鳳姐兒未經過喪事，怕他料理不清，惹人恥笑。今見賈珍苦苦的說到這步田地，心中已應了幾分，卻又眼看着鳳姐出神。那鳳姐素日最喜攬事辦，好賣弄才幹，雖然當家妥當，也因未辦過婚喪大事，恐人還不

11)　　正經：經指誦經，即喪禮中所做的宗教道場。正經是指若干次誦經中正式或主要接受弔祭的日子。

服，巴不得遇見這事。今見賈珍如此一來，他心中早已歡喜。先見王夫人不允，後見賈珍說的情真，王夫人有活動之意，便向王夫人道：「大哥哥說的如此懇切，太太就依了罷。」王夫人悄悄的道：「你可能麼？」鳳姐道：「有甚麼不能的。外面的大事已經大哥哥料理清了，不過是裏頭照管照管，便是我有不知道的，問問太太就是了。」王夫人見說的有理，便不作聲。賈珍見鳳姐允了，又陪笑道：「也管不得許多了，橫豎要求大妹妹辛苦辛苦。我這裏先與妹妹行禮，等事完了，我再到那邊府裏去謝。」說着，就作揖下去，鳳姐兒還禮不迭。

賈珍便忙向袖中取了寧國府對牌[12]出來，命寶玉送與鳳姐，又說：「妹妹愛怎樣就怎樣，要甚麼只管拿這個取去，也不必問我。只求別存心替我省錢，只要好看為上；二則也要同那府裏待人一樣才好，不要存心怕人抱怨。只這兩件外，我再沒不放心的了。」鳳姐不敢就接牌，只看着王夫人。王夫人道：「你哥哥既這麼說，你就照看照看罷了。只是別自作主意，有了事，打發人問你哥哥、嫂子要緊。」寶玉早向賈珍手裏接過對牌來，強遞與鳳姐了。又問：「妹妹還是住在這裏，還是天天來呢？若是天天來，越發辛苦了。不如我這裏趕着收拾出一個院落來，妹妹住過這幾日倒安穩。」鳳姐道：「不用。那邊也離不得我，倒是天天來的好。」賈珍聽說，只得罷了。然後又說了一回閑話，方才出去。

一時女眷散後，王夫人因問鳳姐：「你今兒怎麼樣？」鳳姐兒道：「太太只管請回，我須得先理出一個頭緒來，才回去得呢。」王夫人聽說，便先同邢夫人等回去。

這裏鳳姐兒來至三間一所抱廈內坐了，因想：頭一件是人口混雜，遺失東西；第二件，事無專責，臨期推委；第

---

12)　對牌：即對號牌。用竹、木等製成，上寫號碼，中劈兩半，作為一種信物。

點評

● 初步顯示出鳳姐的辦事才能，真是有條有理。

三件，需用過費，濫支冒領；第四件，事無大小，苦樂不均；第五件，家人豪縱，有臉者不服約束，無臉者不能上進。此五件實是寧國府中風俗，不知鳳姐如何處治，且聽下文。正是：金紫萬千誰治國，裙釵一二可齊家。

💡 精華賞析

弔唁死者是對生者的安慰，可是戴權沒有忘記在喪禮中用官爵換銀子。在賈珍眼裏，官職要比死者重要得多。這些人，包括王熙鳳對秦可卿所說的「月滿則虧，水滿則溢」都是聽不進去的，非到了大勢已去的那天他們才能清醒。

《第十四回》

精讀　林如海捐館揚州城
賈寶玉路謁北靜王

王熙鳳主持喪事以來，先是抖抖威風，然後把每件事佈置得井井有條，顯示出她管家的能力。她出門時氣派十足，威風凜凜，處理各項事務乾淨利落。

　　話說寧國府中都總管來升聞得裏面委請了鳳姐，因傳齊了同事人等說道：「如今請了西府裏璉二奶奶管理內事，倘或他來支取東西，或是說話，我們須要比往日小心些。每日大家早來晚散，寧可辛苦這一個月，過後再歇着，不要把老臉丟了。那是個有名的烈貨，臉酸心硬，一時惱了，不認得人的。」眾人都道：「有理。」又有一個道：「論理，我們裏面也須得他來整治整治，都忒不像了。」正說着，只見來旺媳婦拿了對牌來領取呈文京榜紙札，票上批着數目。眾人連忙讓坐倒茶，一面命人按數取紙來抱着，同來旺媳婦一路來至儀門口，方交與來旺媳婦自己抱進去了。

　　鳳姐即命彩明訂造簿冊。即時傳來升媳婦，兼要家口花名冊來查看，又限於明日一早傳齊家人媳婦進來聽差等語。大概點了一點數目單冊，問了來升媳婦幾句話，便坐車回家。一宿無話。

　　至次日，卯正二刻便過來了，那寧國府中婆娘媳婦聞得到齊，只見鳳姐正與來升媳婦分派，眾人不敢擅入，只在窗外聽覷。只聽鳳姐和來升媳婦說道：「既託了我，我就說

點評

● 王熙鳳對眾人先來個下馬威，顯示一下自己的威風。

不得要討你們嫌了。我可比不得你們奶奶好性兒，由着你們去。再不要說你們『這府裏原是這樣』的話，如今可要依着我行，錯我半點兒，管不得誰是有臉的，誰是沒臉的，一例現清白處治。」說着，便吩咐彩明唸花名冊，按名一個一個的喚進來看視。

一時看完，便又吩咐道：「這二十個分作兩班，一班十個，每日在裏頭單管人客來往倒茶，別的事不用他們管。這二十個也分作兩班，每日單管本家親戚茶飯，別的事也不用他們管。這四十個人也分作兩班，單在靈前上香添油，掛幔守靈，供茶供飯，隨起舉哀，別的事也不與他們相干。這四個人單在內茶房收管杯碟茶器，若少一件，便叫他四個攤賠。這四個人單管酒飯器皿，少一件，也是他四個攤賠。這八個人單管監收祭禮。這八個人單管各處燈油、蠟燭、紙札¹，我總支了來，交與你八人，然後按我的定數再往各處去分派。這三十個每日輪流各處上夜，照管門戶，監察火燭，打掃地方。這下剩的按着房屋分開，某人守某處，某處所有桌椅古董起，至於痰盒撣帚，一草一苗，或丟或壞，就和守這處的人算賬攤賠。來升家的每日總理查看，或有偷懶的，賭錢吃酒的，打架拌嘴的，立刻來回我。你要徇情，經我查出，三四輩子的老臉就顧不成了。如今都有定規，以後那一行亂了，只和那一行說話。素日跟我的人，隨身自有鐘錶，不論大小事，我是皆有一定的時辰，橫豎你們上房裏也有時辰鐘。卯正二刻我來點卯，巳正吃早飯，凡有領牌回事的，只在午初。戌初燒過黃昏紙，我親到各處查一遍，回來上夜的交明鑰匙。第二日仍是卯正二刻過來。說不得咱們大家辛苦這幾日罷，事完了，你們家大爺自然賞你們。」

說罷，又吩咐按數發與茶葉、油燭、雞毛撣子、笤帚

---

1) 紙札：成疊的剪刻有錢形的燒紙。紙糊的車、馬、樓、庫等焚燒的冥器，稱為紙札，也可寫作紙劄。

等物。一面又搬取傢夥：桌圍、椅搭、坐褥、氈席、痰盒、腳踏之類。一面交發，一面提筆登記，某人管某處，某人領某物，開得十分清楚。眾人領了去，也都有了投奔，不似先時只揀便宜的做，剩下的苦差沒個招攬。各房中也不能趁亂失迷東西。便是人來客往，也都安靜了，不比先前一個正擺茶，又去端飯，正陪舉哀，又顧接客，如這些無頭緒、荒亂、推託、偷閑、竊取等弊，次日一概都蠲了。

鳳姐兒見自己威重令行，心中十分得意。因見尤氏犯病，賈珍又過於悲哀，不大進飲食，自己每日從那府中做了各樣細粥、精緻小菜，命人送來勸食。賈珍也另外吩咐每日送上等菜到抱廈內，單與鳳姐。那鳳姐不畏勤勞，天天於卯正二刻就過來點卯理事，獨在抱廈內起坐，不與眾妯娌合羣，便有堂客來往，也不迎會。這日乃五七正五日上，那應佛僧正開方破獄，傳燈照亡，參閻君，拘都鬼，延請地藏王，開金橋，引幢幡；那道士們正伏章申表，朝三清，叩玉帝；禪僧們行香，放焰口，拜水懺；又有十二眾青年尼僧，搭繡衣，靸紅鞋，在靈前默誦接引諸咒，十分熱鬧。

那鳳姐料定今日人客不少，在家中歇宿一夜，至寅正，平兒便請起來梳洗。及收拾完備，更衣盥手，吃了兩口奶子糖粳米粥，漱口已畢，已是卯正二刻了。來旺媳婦率領諸人伺候已久。鳳姐出至廳前，上了車，前面打了一對明角燈，大書「榮國府」三個大字，款款來至寧府。大門上只見門燈朗掛，兩邊燈照如白晝，白汪汪穿孝僕從兩邊侍立。請車至正門上，小廝等退去，眾媳婦上來揭起車簾。鳳姐下了車，一手扶着豐兒，兩個媳婦執着手把燈照着，簇擁着鳳姐進來。寧府諸媳婦迎來請安接待。鳳姐緩緩走入會芳園中登仙閣靈前，一見了棺材，那眼淚恰似斷線之珠，滾將下來。院中許多小廝伺候燒紙。鳳姐吩咐得一聲：「供茶燒紙。」只聽一棒鑼鳴，諸樂齊奏，早有人端過一張大圈椅來，放在靈前，鳳姐坐了，放聲大哭。於是裏外男女上下，見鳳姐出

● 守喪盡哀是古時喪禮的重要內容之一。

聲，都忙忙接聲嚎哭。一時賈珍尤氏遣人來勸，鳳姐方才止住。來旺媳婦獻茶漱口畢，鳳姐方起身，別過族中諸人，自入抱廈內來。按名查點，各項人數都已到齊，只有迎送親客上的一人未到。即命傳到，那人已張惶愧懼。鳳姐冷笑道：「我說是誰誤了，原來是你！你原比他們有體面，所以才不聽我的話。」那人道：「小的天天都來的早，只有今兒，醒了覺得早些，因又睡迷了，來遲了一步，求奶奶饒過這次。」正說着，只見榮國府中的王興媳婦來了，在前探頭。

鳳姐且不發放這人，卻先問：「王興媳婦做甚麼？」王興媳婦巴不得先問他完了事，連忙進去說：「領牌取線，打車轎網絡[2]。」說着，將個帖兒遞上去。鳳姐命彩明唸道：「大轎兩頂，小轎四頂，車四輛，共用大小絡子若干根，用珠兒線若干斤。」鳳姐聽了，數目相合，便命彩明登記，取榮國府對牌擲下。王興家的去了。

鳳姐方欲說話時，見榮國府的四個執事人進來，都是要支取東西領牌來的。鳳姐命他們要了帖唸過，聽了一共四件，指兩件說道：「這兩件開銷錯了，再算清了來取。」說着擲下帖子來。那二人掃興而去。

鳳姐因見張材家的在旁，因問：「你有甚麼事？」張材家的忙取帖兒回說：「就是方才車轎圍做成，領取裁縫工銀若干兩。」鳳姐聽了，便收了帖子，命彩明登記。待王興家的交過牌，得了買辦的回押相符，然後方與張材家的去領。一面又命唸那一個，是為寶玉外書房完竣，支買紙料糊裱。鳳姐聽了，即命收帖兒登記，待張材家的繳清，又發與這人去了。

鳳姐便說道：「明日他也睡迷了，後日我也睡迷了，將來都沒了人了。本來要饒你，只是我頭一次寬了，下次人就

---

2)　　車轎網絡：放車上和轎子上的線織的網絡，是一種裝飾物。

難管，不如現開發的好。」登時放下臉來，喝命：「帶出去，打二十板子！」一面又擲下寧國府對牌：「出去說與來升，革他一月銀米！」眾人聽說，不敢怠慢，拖人的出去拖人，執牌傳諭的忙去傳諭。那人身不由己，已拖出去挨了二十大板，還要進來叩謝。鳳姐道：「明日再有誤的，打四十，後日的六十，有要挨打的，只管誤！」說着，吩咐：「散了罷。」窗外眾人聽說，方各自執事去了。彼時寧國榮國兩處執事領牌交牌的，人來人往不絕，那抱愧被打之人含羞去了。這才知道鳳姐利害。眾人不敢偷安，自此兢兢業業，執事保全。不在話下。

如今且說寶玉因見今日人眾，恐秦鐘受了委曲，因默與他商議，要同他往鳳姐處來坐。秦鐘道：「他的事多，況且不喜人去，咱們去了，他豈不煩膩？」寶玉道：「他怎煩我們？不相干，只管跟我來。」說着，便拉了秦鐘，直至抱廈內。鳳姐才吃飯，見他們來了，便笑道：「好長腿子，快上來罷。[3]」寶玉道：「我們偏[4]了。」鳳姐道：「在這邊吃的，還是那邊吃的？」寶玉道：「同那些渾人吃甚麼？原是那邊，我兩個同老太太吃的。」一面歸坐。

鳳姐吃畢飯，就有寧國府的一個媳婦來領牌，為支取香燭事。鳳姐笑道：「我算着你們今兒該來支取，總不見來，想是忘了。這會子到底來取，要忘了，自然是你們包出來，都便宜了我。」那媳婦笑道：「何嘗不是忘了，方才想起來，再遲一步，也領不成了。」說罷，領牌而去。

一時登記交牌。秦鐘因笑道：「你們兩府裏都是這牌，倘或別人私弄一個，支了銀子跑了，怎樣？」鳳姐笑道：「依你說，都沒王法了。」寶玉因道：「怎麼咱們家沒人領牌子

● 儘管平時賈寶玉對待下人平和，但是在他的思想中，尊卑觀念還是根深蒂固。

---

3)　好長腿子，快上來吧：這裏是戲說寶玉腿快，聞風趕來吃飯。「上來」指到炕上入座。

4)　偏：客氣話，表示沒有等待共同享受，自己已經先得到了。

做東西？」鳳姐道：「人家來領的時候，你還做夢呢。我且問你，你們這夜書多早晚才唸呢？」寶玉道：「巴不得這如今就唸才好，他們只是不快收拾出書房來，這也無法。」鳳姐笑道：「你請我一請，包管就快了。」寶玉道：「你要快也不中用，他們該做到那裏的，自然就有了。」鳳姐笑道：「便是他們做，也得要東西，擱不住我不給對牌是難的。」寶玉聽說，便猴⁵向鳳姐身上立刻要牌，說：「好姐姐，給出牌子來，叫他們要東西去。」鳳姐道：「我乏的身子上生疼，還擱的住你揉搓？你放心罷，今兒才領了紙褙糊去了，他們該要的還等叫去呢，可不傻了？」寶玉不信，鳳姐便叫彩明查冊子與寶玉看了。

　正鬧着，人回：「蘇州去的人昭兒來了。」鳳姐急命喚進來。昭兒打千兒請安。鳳姐便問：「回來做甚麼？」昭兒道：「二爺打發回來的。林姑老爺是九月初三巳時沒的。二爺帶了林姑娘同送林姑老爺靈到蘇州去，大約趕年底就回來了。二爺打發小的來報個信請安，討老太太的示下，還瞧瞧奶奶，叫把大毛衣服帶幾件去。」鳳姐道：「你見過別人了沒有？」昭兒道：「都見過了。」說畢，連忙退出。鳳姐向寶玉笑道：「你林妹妹可在咱們家住長了。」寶玉道：「了不得，想來這幾日他不知哭的怎樣呢。」說着，皺眉長歎。

　鳳姐見昭兒回來，因當着人未及細問賈璉，心中自是記掛，待要回去，爭奈事情繁雜，一時去了，恐有延遲失誤，惹人笑話。少不得耐到晚上回來，復令昭兒進來，細問一路平安信息。連夜打點大毛衣服，和平兒親自檢點包裹，再細細追想所需何物，一併包藏交付昭兒。又細細吩咐昭兒「在外好生小心伏侍，不要惹你二爺生氣；時時勸他少吃酒，別勾引他認得混賬女人，我知道了，回來打折你的腿」

---

5)　　猴：這裏是屈身攀援，糾纏不放的意思。第十五回「猴在馬上」義同。

等話。趕亂完了，天已四更將盡，才睡下，不覺又是天明雞唱，忙梳洗了過寧府中來。

那賈珍因見發引[6]日近，親自坐車，帶了陰陽司吏，往鐵檻寺來踏看寄靈所在。又一一囑咐住持色空，好生預備新鮮陳設，多請名僧，以備接靈使用。色空忙看晚齋。賈珍也無心茶飯，因天晚不得進城，就在淨空房中胡亂歇了一夜。次日一早，便進城來料理出殯之事，一面又派人先往鐵檻寺，連夜修飾停靈之處，並廚茶等項接靈人口。

鳳姐見日期在近，也預先逐細分派料理，一面又派榮府中車轎人從跟王夫人送殯，又顧自己送殯去佔下處[7]。目今正值繕國公誥命亡故，邢王二夫人又去打祭送殯；西安郡王王妃華誕，送壽禮；鎮國公誥命生了長男，預備賀禮；又有胞兄王仁連家眷回南，一面寫家信稟叩父母並帶往之物；又有迎春染病，每日請醫服藥等事，亦難盡述。又兼發引在近，因此忙的鳳姐茶飯也沒工夫吃，坐臥不得清淨。剛到了寧府，榮府的人又跟到寧府；既回到榮府，寧府的人又找到榮府。鳳姐見如此，心中倒十分歡喜，並不偷安推委，恐落人褒貶，因此日夜不暇，籌畫得十分的整齊。於是合族上下無不稱歎者。

這日伴宿之夕，裏面兩班小戲並耍百戲的與親朋堂客伴宿。尤氏猶臥於內室，一應張羅款待，獨是鳳姐一人周全承應。合族中雖有許多妯娌，但或有羞口的，或有羞腳的，或有不慣見人的，或有懼貴怯官的，種種不一，俱不及鳳姐舉止舒徐，言語慷慨，珍貴寬大；因此也不把眾人放在眼裏，揮喝指示，任其所為。那一夜中燈明火彩，客送官迎，百般熱鬧，自不用說。至天明，吉時已到，一般六十四名青

● 顯示出王熙鳳優秀的管理能力，辦事乾淨利索，不拖泥帶水，雖然十分辛苦卻樂此不疲。

---

6)　發引：靈柩出門稱為「出殯」，又稱「發引」。前一日稱「伴宿」，又稱「坐夜」。

7)　下處：指休息的地方。

衣請靈，前面銘旌上大書：「奉天洪建兆年不易之朝誥封一
等寧國公塚孫婦防護內廷紫禁道御前侍衛龍禁尉享強壽賈
門秦氏恭人之靈柩」。一應執事陳設，皆係現趕着新做出來
的，一色光豔奪目。寶珠自行未嫁女之禮，摔喪駕靈，十分
哀苦。

　　那時官客送殯的，有鎮國公牛清之孫現襲一等伯牛繼
宗，理國公柳彪之孫現襲一等子柳芳，齊國公陳翼之孫世襲
三品威鎮將軍陳瑞文，治國公馬魁之孫世襲三品威遠將軍馬
尚，修國公侯曉明之孫世襲一等子侯孝康；繕國公誥命亡
故，故其孫石光珠守孝未曾來得。這六家與寧榮二家，當日
所稱「八公」的便是。餘者更有南安郡王之孫，西寧郡王之
孫，忠靖侯史鼎，平原侯之孫世襲二等男蔣子寧，定城侯之
孫世襲二等男兼京營游擊謝鯨，襄陽侯之孫世襲二等男戚建
輝，景田侯之孫五城兵馬司裘良，餘者錦鄉伯公子韓奇，神
武將軍公子馮紫英，陳也俊、衛若蘭等諸王孫公子，不可枚
數。堂客算來亦有十來頂大轎，小轎三四十頂，連家下大小
轎車輛，不下百餘乘。連前面各色執事、陳設、百耍，浩浩
蕩蕩，一對對擺出三四里遠。

　　走不多時，路旁彩棚高搭，設席張筵，和音奏樂，俱
是各家路祭：第一座是東平王府祭棚，第二座是南安郡王祭
棚，第三座是西寧郡王的，第四便是北靜郡王的。原來這四
王，當日唯北靜王功高，及今子孫猶襲王爵。現今北靜王水
溶年未弱冠，生得形容秀美，情性謙和。近聞寧國公塚孫
媳告殂，因想當日彼此祖父相與之情，同難同榮，未以異姓
相視，因此不以王位自居，上日也曾探喪上祭，如今又設路
奠，命麾下各官在此伺候。自己五更入朝，公事已畢，便換
了素服，坐大轎鳴鑼張傘而來，至棚前落轎。手下各官兩旁
擁侍，軍民人眾不得往還。

　　一時只見寧府大殯浩浩蕩蕩、壓地銀山一般從北而
至。早有寧府開路傳事人看見，連忙回去報與賈珍。賈珍急

命前面駐扎，同賈赦賈政三人連忙迎來，以國禮相見。水溶在轎內欠身含笑答禮，仍以世交稱呼接待，並不妄自尊大。賈珍道：「犬婦之喪，累蒙郡駕下臨，蔭生輩何以克當？」水溶笑道：「世交之誼，何出此言。」遂回頭命長府官主祭代奠。賈赦等一旁還禮畢，復身又來謝恩。水溶十分謙遜，因問賈政道：「那一位是銜寶而誕者？幾次要見一見，都為雜冗所阻，想今日是來的，何不請來一會？」賈政聽說，忙回去，急命寶玉脫去孝服，領他前來。那寶玉素日就曾聽得父兄親友人等說閑話時，讚水溶是個賢王，且生得才貌雙全，風流瀟灑，每不以官格國體所縛。每思相會，只是父親拘束嚴密，無由得會，今見反來叫他，自是歡喜。一面走，一面早瞥見那水溶坐在轎內，好個儀表人材。不知近看如何，且聽下回分解。

💬 延伸思考

秦可卿的葬禮隆重，送葬的隊伍浩蕩，而林姑老爺的去世卻無人問津，這是為甚麼？

💡 精華賞析

秦可卿的喪禮隆重異常，從使用的棺木到參加祭奠的人都很不一般。賈府孫媳婦的喪禮都如此奢華，其勢力和富貴由此可見一斑。

《第十五回》

王鳳姐弄權鐵檻寺
秦鯨卿得趣饅頭庵

> 秦可卿的喪禮，連北靜王都來路祭，寧國府的面子可真是不小！

　　話說寶玉舉目見北靜王水溶頭上戴着潔白簪纓銀翅王帽，穿着江牙海水[1]五爪坐龍白蟒袍，繫着碧玉紅鞓帶，面如美玉，目似明星，真好秀麗人物。寶玉忙搶上來參見，水溶連忙從轎內伸出手來挽住。見寶玉戴着束髮銀冠，勒着雙龍出海抹額，穿着白蟒箭袖，圍着攢珠銀帶，面若春花，目如點漆。水溶笑道：「名不虛傳，果然如『寶』似『玉』。」因問：「銜的那寶玉在那裏？」寶玉見問，連忙從衣內取了遞過去。水溶細細的看了，又唸了那上頭的字，因問：「果靈驗否？」賈政忙道：「雖如此說，只是未曾試過。」水溶一面極口稱奇道異，一面理好彩條，親自與寶玉帶上，又攜手問寶玉幾歲，讀何書。寶玉一一的答應。

　　水溶見他語言清楚，談吐有致，一面又向賈政笑道：「令郎真乃龍駒鳳雛，非小王在世翁前唐突，將來『雛鳳清於老鳳聲』，未可量也。」賈政忙陪笑道：「犬子豈敢謬承金獎？賴藩郡餘楨，果如是言，亦蔭生輩之幸矣。」水溶又道：「只是一件，令郎如是資質，想老太夫人、夫人輩自然鍾愛極矣；但吾輩後生，甚不宜鍾溺，鍾溺則未免荒失學業。昔小王曾蹈此轍，想令郎亦未必不如是也。若令郎在家難以用功，不妨常到寒第[2]。小王雖不才，卻多蒙

---

1)　　江牙海水：指袍子下擺處所繡波濤和人字形五色花紋圖案。

2)　　寒第：「第」通「邸」，古代貴爵和高級官員的住宅稱為「邸」。這裏是北靜王指自己住宅的謙詞。

海上眾名士凡在都者，未有不另垂青，是以寒第高人頗聚。令郎常去談談會會，則學問可以日進矣。」賈政忙躬身答應。

水溶又將腕上一串念珠卸了下來，遞與寶玉道：「今日初會，倉促竟無敬賀之物，此係前日聖上親賜鶺鴒香念珠一串，權為賀敬之禮。」寶玉連忙接了，回身奉與賈政。賈政與寶玉一齊謝過。於是賈赦、賈珍等一齊上來請回輿，水溶道：「逝者已登仙界，非碌碌你我塵寰中之人也。小王雖上叨天恩，虛邀郡襲，豈可越仙輀[3]而進也？」賈赦等見執意不從，只得告辭謝恩回來，命手下掩樂停音[4]，滔滔然將殯過完，方讓水溶回輿去了。不在話下。

且說寧府送殯，一路熱鬧非常。剛至城門前，又有賈赦、賈政、賈珍等諸同僚屬下各家祭棚接祭，一一的謝過，然後出城，竟奔鐵檻寺大路行來。彼時賈珍帶賈蓉來到諸長輩前，讓坐轎上馬，因而賈赦一輩的各自上了車轎，賈珍一輩的也將要上馬。鳳姐兒因記掛着寶玉，怕他在郊外縱性逞強，不服家人的話，賈政管不着這些小事，唯恐有個失閃，難見賈母，因此便命小廝來喚他。寶玉只得來到他車前。鳳姐笑道：「好兄弟，你是個尊貴人，女孩兒一樣的人品，別學他們猴在馬上。下來，咱們姐兒兩個坐車，豈不好？」寶玉聽說，便忙下了馬，爬入鳳姐車上，二人說笑前來。

不一時，只見從那邊兩騎馬壓地飛來，離鳳姐車不遠，一齊躧下來，扶車回說：「這裏有下處，奶奶請歇更衣。」鳳姐急命請邢夫人王夫人的示下，那人回來說：「太太們說不用歇了，叫奶奶自便罷。」鳳姐聽了，便命歇了再走。眾小廝聽了，一帶轅馬，岔出人羣，往北飛走。寶玉在車內急命請秦相公。那時秦鐘正騎馬隨着他父親的轎，忽見寶玉的小廝跑來，請他去打尖。秦鐘看時，只見鳳姐兒的車往北而去，後面拉着寶玉的馬，搭着鞍籠，便知寶玉同鳳姐坐車，自己也便帶馬趕上來，同入一莊門內。早有家人將眾莊漢撐盡。那莊村人家，無多房舍，婆娘們無處回避，只得由他們去了。那些村姑莊婦見了鳳姐、寶玉、秦鐘的人品衣服，禮數款段，豈有不愛看的？

一時鳳姐進入茅堂，因命寶玉等先出去玩玩。寶玉等會意，因同秦鐘出

---

3) 　仙輀（ér）：輀是車。這裏借用仙車來稱抬靈柩的杠。

4) 　掩樂停音：舊時出喪，沿途奏樂。這裏表示尊敬北靜工，不敢在他面前炫耀威儀。

來，帶着小廝們各處遊玩。凡農家動用之物，皆不曾見過。寶玉一見了鍬、钁、鋤、犁等物，皆以為奇，不知何項所使，其名為何。小廝在旁一一告訴了名色，說明原委。寶玉聽了，因點頭歎道：「怪道古人詩上說，『誰知盤中餐，粒粒皆辛苦』，正為此也。」一面說，一面又至一間房前，只見炕上有個紡車，寶玉又問小廝們：「這又是甚麼？」小廝們又告訴他原委。寶玉聽說，便上來擰轉作耍，自為有趣。只見一個約有十七八歲的村莊丫頭跑了來亂嚷：「別動壞了！」眾小廝忙斷喝攔阻。寶玉忙丟開手，陪笑說道：「我因為沒見過這個，所以試他一試。」那丫頭道：「你們那裏會弄這個，站開了，我紡與你瞧。」秦鐘暗拉寶玉笑道：「此卿大有意趣。」寶玉一把推開，笑道：「該死的！再胡說，我就打了。」說着，只見那丫頭紡起線來。寶玉正要說話時，只聽那邊老婆子叫道：「二丫頭，快過來！」那丫頭聽見，丟下紡車，一徑去了。

寶玉悵然無趣。只見鳳姐兒打發人來叫他兩個進去。鳳姐洗了手，換衣服抖灰，問他們換不換。寶玉不換，只得罷了。家下僕婦們將帶着行路的茶壺茶杯、十錦盒、各樣小食端來，鳳姐等吃過茶，待他們收拾完備，便起身上車。外面旺兒預備下賞封，賞了本村主人。莊婦等來叩賞。鳳姐並不在意，寶玉卻留心看時，內中並無二丫頭。一時上了車，出來走不多遠，只見迎頭二丫頭懷裏抱着他小兄弟，同着幾個小女孩子說笑而來。寶玉恨不得下車跟了他去，料是眾人不依的，少不得以目相送，爭奈車輕馬快，一時展眼無蹤。

走不多時，仍又跟上大殯了。早有前面法鼓金鐃，幢幡寶蓋，鐵檻寺接靈眾僧齊至。少時到入寺中，另演佛事，重設香壇。安靈於內殿偏室之中，寶珠安理寢室相伴。外面賈珍款待一應親友，也有擾飯的，也有不吃飯而辭的，一應謝過乏[5]，從公侯伯子男一起一起的散去，至未末時分方才散盡了。裏面的堂客皆是鳳姐張羅接待，先從顯官誥命散起，也到晌午大錯時方散盡了。只有幾個親戚是至近的，等做過三日安靈道場方去。那時邢、王二夫人知鳳姐必不能來家，也便就要進城。王夫人要帶寶玉去，寶玉乍到郊外，那裏肯回去？只要跟鳳姐住着。王夫人無法，只得交與鳳姐，便回去了。

---

5)　　　謝過乏：對客人答謝勞乏。

　　原來這鐵檻寺原是寧榮二公當日修造，現今還是有香火地畝佈施，以備京中老⁶了人口，在此便宜寄放。其中陰陽兩宅⁷俱已預備妥貼，好為送靈人口寄居。不想如今後人繁盛，其中貧富不一，或性情參商⁸；有那家業艱難安分的，便住在這裏了；有那尚排場有錢勢的，只說這裏不方便，一定另外或村莊或尼庵尋個下處，為事畢宴退之所。即今秦氏之喪，族中諸人此日皆權在鐵檻寺下榻，獨有鳳姐嫌不方便，因而早遣人來和饅頭庵的姑子淨虛說了，騰出兩間房子來作下處。

　　原來這饅頭庵就是水月庵，因他廟裏做的饅頭好，就起了這個渾號，離鐵檻寺不遠。當下和尚工課已完，奠過晚茶，賈珍便命賈蓉請鳳姐歇息。鳳姐見還有幾個妯娌陪着女親，自己便辭了眾人，帶了寶玉、秦鐘往水月庵來。原來秦業年邁多病，不能在此，只命秦鐘等待安靈罷了。那秦鐘便只跟着鳳姐、寶玉，一時到了水月庵，淨虛帶領智善、智能兩個徒弟出來迎接，大家見過。鳳姐等來至淨室更衣淨手畢，因見智能兒越發長高了，模樣兒越發出息了，因說道：「你們師徒怎麼這些日子也不往我們那裏去？」淨虛道：「可是這幾天都沒工夫，因胡老爺府裏產了公子，太太送了十兩銀子來，叫我這裏請幾位師爺唸三日《血盆經》，忙的沒個空兒，就沒去請奶奶的安。」

　　不言老尼陪着鳳姐。且說秦鐘、寶玉二人正在殿上玩耍，因見智能過來，寶玉笑道：「能兒來了。」秦鐘道：「理那東西作甚麼？」寶玉笑道：「你別弄鬼，那一日在老太太屋裏，一個人沒有，你摟着他作甚麼來？這會子還哄我。」秦鐘笑道：「這可是沒有的話。」寶玉笑道：「有沒有也不管你，你只叫住他倒碗茶來我吃，就丟開手。」秦鐘笑道：「這又奇了，你叫他倒去，還怕他不倒？何必要我說呢。」寶玉道：「我叫他倒的是無情趣的，不及你叫他倒的是有情趣的。」秦鐘只得說道：「能兒，倒碗茶來給我。」那智能兒自幼在榮府走動，無人不識，因常與寶玉秦鐘玩耍。他如今大了，漸知風月⁹，

---

6)　　老：忌諱說死，用「老」字代替。

7)　　陰陽兩宅：墳地稱為陰宅，相對的人住的房子稱為陽宅。

8)　　參（shēn）商：參、商，兩個星宿名，一個在西，一個在東，互不相遇。古人拿來比喻人的離別或意見的距離。

9)　　風月：指男女愛情的事。

便看上了秦鐘人物風流。那秦鐘極愛他妍媚，二人雖未上手，卻已情投意合了。今智能見了秦鐘，心眼俱開，走去倒了茶來。秦鐘笑說：「給我。」寶玉叫：「給我！」智能兒抿嘴笑道：「一碗茶也爭，我難道手裏有蜜！」寶玉先搶得了，吃着，方要問話，只見智善來叫智能去擺茶碟子。一時，來請他兩個去吃茶果點心。他兩個那裏吃這些東西？坐一坐仍出來玩耍。

鳳姐也略坐片時，便回至淨室歇息，老尼相送。

此時眾婆娘媳婦見無事，都陸續散了，自去歇息，跟前不過幾個心腹常侍小婢。老尼便趁機說道：「我正有一事，要到府裏求太太，先請奶奶一個示下。」鳳姐因問何事。老尼道：「阿彌陀佛！只因當日我先在長安縣內善才庵內出家的時節，那時有個施主姓張，是大財主。他有個女兒小名金哥，那年都往我廟裏來進香，不想遇見了長安府府太爺的小舅子李衙內。那李衙內一心看上，要娶金哥，打發人來求親，不想金哥已受了原任長安守備的公子之聘。張家要退親，又怕守備不依，因此說已有了人家。誰知李公子執意不依，定要娶他女兒，張家正無計策，兩處為難。不想守備家聽了此信，也不管青紅皂白，便來作踐辱罵，說一個女兒許幾家，偏不許退定禮，就打官司告狀起來。那張家急了，只得着人上京來尋門路，賭氣偏要退定禮。我想如今長安節度雲老爺與府上最契，可以求太太與老爺說聲，打發一封書去，求雲老爺和那守備說一聲，不怕那守備不依。若是肯行，張家連傾家孝順也都情願。」

鳳姐聽了笑道：「這事倒不大，只是太太再不管這樣的事。」老尼道：「太太不管，奶奶也可以主張了。」鳳姐聽說笑道：「我也不等銀子使，也不做這樣的事。」淨虛聽了，打去妄想，半晌歎道：「雖如此說，只是張家已知我來求府裏，如今不管這事，張家不知道沒工夫管這事，不希罕他的謝禮，倒像府裏連這點子手段也沒有的一般。」

鳳姐聽了這話，便發了興頭，說道：「你是素日知道我的，從來不信甚麼陰司地獄報應的，憑是甚麼事，我說要行就行。你叫他拿三千兩銀子來，我就替他出這口氣。」老尼聽說，喜不自禁，忙說：「有，有！這個不難。」鳳姐又道：「我比不得他們拉篷扯縴[10]的圖銀子。這三千兩銀子，不過是給打

---

10)　　拉篷扯縴：指不正當的介紹撮合，以至於關說人情，從中牟利的行為。

發說去的小廝做盤纏，使他賺幾個辛苦錢，我一個錢也不要他的。便是三萬兩，我此刻也拿的出來。」老尼連忙答應，又說道：「既如此，奶奶明日就開恩也罷了。」鳳姐道：「你瞧瞧我忙的，那一處少了我？既應了你，自然快快的了結。」老尼道：「這點子事，在別人的跟前就忙的不知怎麼樣，若是奶奶的跟前，再添上些也不夠奶奶一發揮的。只是俗語說的，『能者多勞』，太太因大小事見奶奶妥貼，越性都推給奶奶了，奶奶也要保重金體才是。」一路話奉承的鳳姐越發受用，也不顧勞乏，更攀談起來。

　　誰想秦鐘趁黑無人，來尋智能。剛至後面房中，只見智能獨在房中洗茶碗，秦鐘跑來便摟着親嘴。智能急的跺腳說：「這算甚麼！再這麼我就叫喚了。」秦鐘求道：「好人，我已急死了。你今兒再不依，我就死在這裏。」智能道：「你想怎麼樣？除非我出了這牢坑[11]，離了這些人，才依你。」秦鐘道：「這也容易，只是遠水救不得近渴。」說着，一口吹了燈，滿屋漆黑，將智能抱到炕上，就雲雨起來。那智能百般掙扎不起，又不好叫的，少不得依他了。正在得趣，只見一人進來，將他二人按住，也不則聲。二人不知是誰，唬的不敢動一動。只聽那人嗤的一聲，掌不住笑了，二人聽聲方知是寶玉。秦鐘連忙起來，抱怨道：「這算甚麼？」寶玉笑道：「你倒不依，咱們就叫喊起來。」羞的智能趁黑地跑了。寶玉拉了秦鐘出來道：「你可還和我強嘴？」秦鐘笑道：「好親人，你只別嚷的眾人知道了，你要怎樣我都依你。」寶玉笑道：「這會子也不用說，等一會睡下，再細細的算賬。」

　　一時寬衣安歇的時節，鳳姐在裏間，秦鐘寶玉在外間，滿地下皆是家下婆子，打鋪坐更。鳳姐因怕通靈玉失落，便等寶玉睡下，命人拿來在自己枕邊。寶玉不知與秦鐘算何賬目，未見真切，未曾記得，此係疑案，不敢創纂，一宿無話。

　　至次日一早，便有賈母王夫人打發了人來看寶玉，又命多穿兩件衣服，無事寧可回去。寶玉那裏肯回去？又有秦鐘戀着智能，調唆寶玉求鳳姐再住一天。鳳姐想了一想：喪儀大事雖妥，還有一半點小事未曾安插，可以借此再住一日，豈不又在賈珍跟前送了滿情？二則又可以完淨虛那事；三則順了

---

11)　牢坑：這裏把所處的環境比作監牢。

寶玉的心，買母聽見，豈不歡喜？因有此三益，便向寶玉道：「我的事都完了，你要在這裏逛，少不得索性辛苦一日罷了，明兒可是定要走的了。」寶玉聽說，千姐姐萬姐姐的央求：「只住一日，明兒必回去的。」於是又住了一夜。

鳳姐便命悄悄將昨日老尼之事，說與來旺兒。來旺兒心中俱已明白，急忙進城找着主文的相公[12]，假託賈璉所囑，修書一封，連夜往長安縣來，不過百里路程，兩日工夫俱已妥協。那節度使名喚雲光，久受賈府之情，這點小事，豈有不允之理？給了回書，旺兒回來，且不在話下。

卻說鳳姐等又過一日，次日方別了老尼，着他三日後往府裏去討信。那秦鐘與智能百般不忍分離，背地裏多少幽期密約，俱不用細述，只得含恨而別。鳳姐又到鐵檻寺中照望一番，然後眾人都回家。寶珠執意不肯回家，賈珍只得派婦女相伴。要知端的，再聽下回分解。

💡 精華賞析

鳳姐住在饅頭庵中，為了炫耀自己的權勢而介入了張李兩家的婚姻糾紛。這一情節看上去不過是一件小事，但有效渲染了鳳姐的性格。一開始她並不想管，覺得這些小事不值得她出手，但老尼姑一番話正好說中其要害，鳳姐最怕被人小瞧，況且既能顯示自己的本事又能趁機獲利，她何樂而不為呢！

---

12)　　主文相公：管文書的幕賓。第十七回、第十八回的「書啟相公」義同。

《第十六回》

賈元春才選鳳藻宮
秦鯨卿夭逝黃泉路

> 秦可卿剛剛死去，賈元妃就要回家省親了，賈府上下一片歡喜。可惜可卿的弟弟秦鐘也要一命嗚呼了。

　　話說寶玉見收拾了外書房，約定與秦鐘讀夜書。偏那秦鐘稟賦最弱，因在郊外受了些風霜，又與智能兒偷期繾綣，未免失於調養，回來時便咳嗽傷風，懶進飲食，大有不勝[1]之態，遂不敢出門，只在家中養息。寶玉便掃了興頭，只得付於無可奈何，且自靜候大癒時再約。

　　那鳳姐兒已是得了雲光的回信，俱已妥協。老尼達知張家，果然那守備忍氣吞聲的受了前聘之物。誰知那張家父母如此愛勢貪財，卻養了一個知義多情的女兒，聞得父母退了前夫，他便一條麻繩悄悄的自縊了。那守備之子聞得金哥自縊，他也是個極多情的，遂也投河而死，不負妻義。張李兩家沒趣，真是人財兩空。這裏鳳姐卻坐享了三千兩，王夫人等連一點消息都不知道。自此鳳姐膽識愈壯，以後有了這樣的事，便恣意的作為起來，也不消多記。

　　一日正是賈政的生辰，寧榮二處人丁都齊集慶賀，鬧熱非常。忽有門吏忙忙進來，至席前報說：「有六宮都太監夏老爺來降旨。」唬的賈赦賈政等一干人不知是何消息，忙止了戲文，撤去酒席，擺了香案，啟中門跪接。早見六宮都太監夏守忠乘馬而至，前後左右又有許多內監跟從。那夏守忠也並不曾負詔捧敕，至簷前下馬，滿面笑容，走至廳上，南面而立，口內說：「特

---

1)　　不勝（shēng）：受不了，不能擔任。這裏指身體柔弱的狀態。

旨：立刻宣賈政入朝，在臨敬殿上陛見[2]。」說畢，也不及吃茶，便乘馬去了。賈赦等不知是何兆頭，只得急忙更衣入朝。

賈母等合家人等心中皆惶恐不定，不住的使人飛馬來往報信。有兩個時辰工夫，忽見賴大等三四個管家喘吁吁跑進儀門報喜，又說：「奉老爺命，速請老太太帶領太太等進朝謝恩。」

那時賈母正心神不定，在大堂廊下佇立，那邢夫人、王夫人、尤氏、李紈、鳳姐、迎春姊妹以及薛姨媽等皆在一處，聽如此信，賈母便喚進賴大來細問端的。賴大稟道：「小的們只在臨敬門外伺候，裏頭的信息一概不能得知。後來還是夏太監出來道喜，說咱們家大小姐晉封為鳳藻宮尚書，加封賢德妃。後來老爺出來亦如此說。如今老爺又往東宮去了，速請老太太領着太太們去謝恩。」

賈母等聽了方心神安定，不免又喜氣盈腮。於是都按品大妝起來。賈母帶領邢夫人、王夫人、尤氏，一共四乘大轎入朝。賈赦、賈珍亦換了朝服，帶領賈蓉、賈薔奉侍賈母大轎前往。

於是寧榮兩處上下裏外，莫不欣然踴躍，個個面上皆有得意之狀，言笑鼎沸不絕。

誰知近日水月庵的智能私逃進城，找至秦鐘家下看視秦鐘，不意被秦業知覺，將智能逐出，將秦鐘打了一頓，自己氣的老病發作，三五日光景嗚呼死了。秦鐘本自怯弱，又帶病未癒，受了笞杖，今見老父氣死，此時悔痛無及，更又添了許多症候。因此寶玉心中悵然如有所失。雖聞得元春晉封之事，亦未解得愁悶。賈母等如何謝恩，如何回家，親朋如何來慶賀，寧榮兩處近日如何熱鬧，眾人如何得意，獨他一個皆視有如無，毫不介意。因此眾人嘲他越發呆了。

且喜賈璉與黛玉回來，先遣人來報信，明日就可到家，寶玉聽了，方略有些喜意。細問原由，方知賈雨村亦進京陛見，皆由王子騰累上保本[3]，此來候補京缺，與賈璉是同宗弟兄，又與黛玉有師徒之誼，故同路作伴而來。林

───────────────

2)　　陛見：面見皇帝。

3)　　保本：指保舉人才的本章。「本」指向皇帝奏事的本章。將所奏之事寫入本章稱為題奏，也稱題本，見第十七回、第十八回。

如海已葬入祖墳了，諸事停妥，賈璉方進京的。本該出月到家，因聞得元春喜信，遂晝夜兼程而進，一路俱各平安。寶玉只問得黛玉「平安」二字，餘者也就不在意了。

好容易盼至明日午錯⁴，果報：「璉二爺和林姑娘進府了。」見面時彼此悲喜交加，未免又大哭一陣，後又致喜慶之詞。寶玉心中品度黛玉，越發出落的超逸了。黛玉又帶了許多書籍來，忙着打掃臥室，安插器具，又將些紙筆等物分送寶釵、迎春、寶玉等人。寶玉又將北靜王所贈鶺鴒香串珍重取出來，轉贈黛玉。黛玉說：「甚麼臭男人拿過的！我不要他。」遂擲而不取。寶玉只得收回。暫且無話。

且說賈璉自回家參見過眾人，回至房中。正值鳳姐近日多事之時，無片刻閑暇之空，見賈璉遠路歸來，少不得撥冗接待，房內無外人，便笑道：「國舅老爺大喜！國舅老爺一路風塵辛苦。小的聽見昨日的頭起報馬來報，說今日大駕歸府，略預備了一杯水酒撣塵，不知賜光謬領否？」賈璉笑道：「豈敢豈敢，多承多承。」一面平兒與眾丫鬟參拜畢，獻茶。賈璉遂問別後家中的諸事，又謝鳳姐的操持勞碌。

鳳姐道：「我那裏照管得這些事！見識又淺，口角又笨，心腸又直率，人家給個棒槌，我就認作針。臉又軟，攔不住人給兩句好話，心裏就慈悲了。況且又沒經歷過大事，膽子又小，太太略有些不自在，就嚇的我連覺也睡不着了。我苦辭了幾回，太太又不允，反說我圖受用，不肯習學了。殊不知我是撚着一把汗兒呢。一句也不敢多說，一步也不敢多走。你是知道的，咱們家所有的這些管家奶奶們，那一位是好纏的？錯一點兒他們就笑話打趣，偏一點兒他們就指桑說槐的報怨。『坐山看虎鬥』『借劍殺人』『引風吹火』『站乾岸兒』『推倒油瓶不扶』，都是全掛子的武藝。況且我年紀輕，頭等不壓眾，怨不得不放我在眼裏。更可笑那府裏忽然蓉兒媳婦死了，珍大哥又再三再四的在太太跟前跪着討情，只要請我幫他幾日；我是再四推辭，太太斷不依，只得從命。依舊被我鬧過去了，不過不成體統，至今珍大哥哥還抱怨後悔呢。你這一來了，明兒你見了他，好歹描補描補，就說我年紀小，原沒見

過世面，誰叫大爺錯委了他呢。」

　　正說着，只聽外間有人說話，鳳姐便問：「是誰？」平兒進來回道：「姨太太打發了香菱妹子來問我一句話，我已經說了，打發他回去了。」賈璉笑道：「正是呢，方才我見姨媽去，不防和一個年輕的小媳婦子撞了個對面，生的好齊整模樣。我疑惑咱們家並無此人，說話時因問姨媽，誰知就是上京來買的那小丫頭，名叫香菱的，竟與薛大傻子作了屋裏人[5]，開了臉[6]，越發出挑的標緻了。那薛大傻子真玷辱了他。」

　　鳳姐把嘴一撇，道：「哎！往蘇杭去了一趟回來，也該見些世面了，還是這麼眼饞肚飽的。你要愛他，不值甚麼，我拿平兒去換了他來如何？那薛老大也是吃着碗裏看着鍋裏的，這一年來的光景，他為要香菱不能到手，和姨媽打了多少饑荒[7]。也因姨媽看着香菱模樣兒好還是末則，其為人行事，卻又比別的女孩子不同，溫柔安靜，差不多的主子姑娘也跟他不上呢，故此擺酒請客的費事，明堂正道的與他做了屋裏人。過了沒半月，也看的馬棚風一般了，我倒心裏可惜了的。」一語未了，二門上小廝傳報：「老爺在大書房等二爺呢。」賈璉聽了，忙忙整衣出去。

　　這裏鳳姐乃問平兒：「方才姨媽有甚麼事，巴巴兒的打發了香菱來？」平兒笑道：「那裏來的香菱，是我借他暫撒個謊。奶奶說說，旺兒嫂子越發連個承算也沒有了。」說着，又走至鳳姐身邊，悄悄的說道：「奶奶的那利錢銀子，遲不送來，早不送來，這會子二爺在家，他且送這個來了。幸虧我在堂屋裏撞見，不然時，走了來回奶奶，二爺倘或問奶奶是甚麼利錢，奶奶自然不肯瞞二爺的，少不得照實告訴二爺。我們二爺那脾氣，油鍋裏的錢還要找出來花呢，聽見奶奶有了這個體己[8]，他還不放心的花？所以我趕着接了過來，叫我說了他兩句，誰知奶奶偏聽見了問，我就撒謊說香菱來了。」鳳姐聽了笑道：「你說呢，姨媽知道你二爺來了，忽刺巴兒[9]的打發個房裏人來？原來是你

5)　　屋裏人：指被收房的丫頭。

6)　　開臉：封建習俗，女子結婚後才開始絞除臉上汗毛，描畫眉毛和鬢角，叫做開臉。

7)　　饑荒：這裏指矛盾、爭吵。第三十九回作困難、禍患講。

8)　　體己：個人切身私有的。例如心腹人、內心私話或自己特別獨有的財物等。又寫作梯己、梯息等。

9)　　忽刺巴的：無端地、憑空地。

這蹄子調鬼。」說話時賈璉已進來，鳳姐便命擺上酒饌來，夫妻對坐。鳳姐雖善飲，卻不敢任興，只陪侍着賈璉。一時賈璉的乳母趙嬤嬤走來，賈璉鳳姐忙讓吃酒，令其上炕去。趙嬤嬤執意不肯。平兒等早於炕沿下設下一杌，又有一小腳踏，趙嬤嬤在腳踏上坐了。賈璉向桌上揀兩色餚饌與他放在杌上自吃。鳳姐又道：「媽媽很嚼不動那個，沒的硌[10]了他的牙。」因向平兒道：「早起我說那一碗火腿燉的很爛，正好給媽媽吃，你怎麼不拿了去叫他們熱了來？」又道：「媽媽，你嘗一嘗你兒子帶來的惠泉酒。」趙嬤嬤道：「我喝呢，奶奶也喝一盅，怕甚麼？只不要過多了就是了。我這會子跑了來，倒也不為酒飯，倒有一件正經事，奶奶好歹記在心裏，疼顧我些罷。我們這爺，只是口裏說的好，到了跟前就忘了我們。幸虧我從小兒奶了你這麼大。我也老了，有的是我那兩個兒子，你就另眼照看他們些，別人也不敢呲牙兒[11]。我還再四的求了你幾遍，你答應的倒好，到如今還是燥屎。這如今又從天上跑出這一件大喜事來，那裏用不着人呢？所以倒是來和奶奶說是正經，靠着我們爺，只怕我還餓死呢。」

鳳姐笑道：「媽媽你放心，兩個奶哥哥都交給我。你從小兒奶的兒子，你還有甚麼不知他那脾氣的？拿着皮肉倒往那不相干的外人身上貼。可是現放着奶哥哥，那一個不比人強？你疼顧照看他們，誰敢說個『不』字兒？沒的白便宜外人。我這話也說錯了，我們看着是『外人』，你卻看着『內人[12]』一樣呢。」說的滿屋裏人都笑了。趙嬤嬤也笑個不住，又唸佛道：「可是屋子裏跑出青天來了。若說『內人外人』這些混賬原故，我們爺是沒有，不過是臉軟心慈，攔不住人求兩句罷了。」鳳姐笑道：「可不是呢，有『內人』的他才慈軟呢，他在咱們娘兒們跟前才是剛硬呢！」趙嬤嬤笑道：「奶奶說的太盡情了，我也樂了，再吃一杯好酒。從此我們奶奶作了主，我就沒的愁了。」

賈璉此時沒好意思，只是訕笑吃酒，說「胡說」二字，「快盛飯來吃，吃完了還要往珍大爺那邊去商議事呢。」鳳姐道：「可是別誤了正事。才剛老爺

---

10)　硌（gàng）：東西局部受了硬物的壓、擠、墊等而受損傷叫做硌。

11)　呲（cī）牙兒：掀唇露齒的樣子，引申為開口發言。這裏是說旁人不敢因不滿意而發議論。

12)　內人：舊時男子對外人稱自己的妻子為內人。這裏借用作自己人，和外人在字面上相對，所以可笑。

叫你作甚麼？」賈璉道：「就為省親。」鳳姐忙問道：「省親的事竟准了不成？」
賈璉笑道：「雖不十分準，也有八分成了。」鳳姐笑道：「可見當今 [13] 的隆恩。
歷來聽書看戲，古時從未有的。」趙嬤嬤又接口道：「可是呢，我也老糊塗了。
我聽見上上下下吵嚷了這些日子，甚麼省親不省親，我也不理論他；如今又
說省親，到底是怎麼個原故？」賈璉道：「如今當今體貼萬人之心，世上至大
莫如『孝』字，想來父母兒女之情，皆是一理，不是貴賤分別的。當今自己
日夜侍奉太上皇、皇太后，尚不能略盡孝意，因見宮裏嬪妃才人等皆是入宮
多年，拋離父母音容，豈有不思想之理？在兒女思想父母，是分所當然的。
若是父母在家只管思念兒女，竟不能一見，倘因此成疾致病，甚至死亡，皆
由朕躬禁錮，不能使其遂天倫之願，亦大傷天和之事。故啟奏太上皇、皇太
后，每月逢二六日期，准其椒房 [14] 眷屬入宮請安看視。於是太上皇、皇太后大
喜，深讚當今至孝純仁，體天格物。因此二位老聖人又下旨意，說椒房眷屬
入宮，未免有央國體儀制，母女尚不能愜懷。竟大開方便之恩，特降諭諸椒
房貴戚，除二六日入宮之恩外，凡有重宇別院之家，可以駐蹕關防 [15] 之處，不
妨啟請內廷鑾輿入其私第，庶可略盡骨肉私情、天倫中之至性。此旨一下，
誰不踴躍感戴？現今周貴人的父親已在家裏動了工了，修蓋省親別院呢。又
有吳貴妃的父親吳天祐家，也往城外踏看地方去了。這豈不有八九分了？」

　　趙嬤嬤道：「阿彌陀佛！原來如此。這樣說，咱們家也要預備接咱們大小
姐了？」賈璉道：「這何用說呢！不然，這會子忙的是甚麼？」

　　鳳姐笑道：「若果如此，我可也見個大世面了。可恨我小幾歲年紀，若早
生二三十年，如今這些老人家也不薄我沒見世面了。說起當年太祖皇帝仿舜
巡狩的故事，比一部書還熱鬧，我偏沒造化趕上。」

　　趙嬤嬤道：「噯喲喲，那可是千載希逢的！那時候我才記事兒，咱們賈府
正在姑蘇揚州一帶監造海舫，修理海塘，只預備接駕一次，把銀子都花的淌
海水似的……」鳳姐忙接道：「我們王府也預備過一次。那時我爺爺單管各國

---

13)　　當今：臣僚們指稱當時的皇帝為今上，又稱當今。

14)　　椒房：古代后妃住的房子，用花椒類的香料和泥塗牆壁。花椒果實結得很多，又表示「多子」
　　　　的吉利。後來就用椒房代表后妃。

15)　　駐蹕關防：皇帝和后妃臨時停留稱為「駐蹕」，為了安全和禮貌加以防衛，叫做關防。

進貢朝賀的事，凡有的外國人來，都是我們家養活。粵、閩、滇、浙所有的洋船貨物都是我家的。」

趙嬤嬤道：「那是誰不知道的？如今還有個口號兒呢，說『東海少了白玉床，龍王來請金陵王』，這說的就是奶奶府上了。還有如今現在江南的甄家，噯喲喲，好勢派！獨他家接駕四次，若不是我們親眼看見，告訴誰誰也不信的。別講銀子成了土泥，憑是世上所有的，沒有不是堆山塞海的，『罪過可惜』四個字竟顧不得了。」

鳳姐道：「常聽見我們太爺們也這樣說，豈有不信的。只納罕他家怎麼就這麼富貴呢？」趙嬤嬤道：「告訴奶奶一句話，也不過是拿着皇帝家的銀子往皇帝身上使罷了！誰家有那些錢買這個虛熱鬧去？」

正說的熱鬧，王夫人又打發人來瞧鳳姐吃了飯不曾。鳳姐便知有事等他，忙忙的吃了半碗飯，漱口要走，又有二門上小廝們回：「東府裏蓉、薔二位哥兒來了。」賈璉才漱了口，平兒捧着盆洗手，見他二人來了，便問：「甚麼話？快說。」鳳姐聞得，便止步聽他二人回些甚麼。賈蓉先回說：「我父親打發我來回叔叔：老爺們已經議定了，從東邊一帶，接着東府裏花園起，轉至北邊，丈量準了，一共三里半大，可以蓋造省親別院了。已經傳人畫圖樣去了，明日就得。叔叔才回家，未免勞乏，不用過我們那邊去了，有話明日一早再請過去說罷。」賈璉笑着忙說道：「多謝大爺費心體諒，我就從命不過去了。正經是這個主意才省事，蓋的也容易；若採置別處地方去，那更費事，且倒不成體統。你回去說這樣很好，若老爺們再要改時，全仗大爺諫阻，萬不可另尋地方。明日一早我給大爺請安去，再細說罷。」賈蓉忙應幾個「是」。

賈薔又近前回說：「下姑蘇請聘教習，採買女孩子，置辦樂器行頭等事，大爺派了姪兒，帶領着來管家兩個兒子，還有單聘仁、卜固修兩個清客相公，一同前往，所以命我來見叔叔。」賈璉聽了，將賈薔打諒了打諒，笑道：「你能在這一行？這個事雖不算甚大，裏頭大有藏掖[16]的。」賈薔笑道：「只好學習着辦罷了。」

---

16)　藏掖：夾帶、隱匿。這裏指有可貪污的機會。

　　賈蓉在身旁燈影下悄拉鳳姐的衣襟，鳳姐會意，因笑道：「你也太操心了，難道大爺比咱們還不會用人？偏你又怕他不在行了。誰都是在行的？孩子們已長的這麼大了，『沒吃過豬肉，也看見過豬跑』。大爺派他去，原不過是個坐纛旗兒[17]，難道認真的叫他去講價錢會經紀去呢！依我說，就很好。」賈璉道：「自然是這樣。並不是我駁回，少不得替他算計算計。」因問：「這一項銀子動那一處的？」賈薔道：「才也議到這裏，賴爺爺說，不用從京裏帶下去，江南甄家還收着我們五萬銀子。明日寫一封書信會票[18]我們帶去，先支三萬，下剩二萬存着，等置辦花燭彩燈並各色簾櫳帳幔的使費。」賈璉點頭道：「這個主意好。」

　　鳳姐忙向賈薔道：「既這樣，我有兩個在行妥當人，你就帶他們去辦，這個便宜了你呢。」賈薔忙陪笑說：「正要和嬸嬸討兩個人呢，這可巧了。」因問名字，鳳姐便問趙嬤嬤。彼時趙嬤嬤已聽呆了話，平兒忙笑推他，他才醒悟過來，忙說：「一個叫趙天樑，一個叫趙天棟。」鳳姐道：「可別忘了。我可幹我的去了。」說着便出去了。

　　賈蓉忙送出來，又悄悄的向鳳姐道：「嬸子要甚麼東西，吩咐我開個賬給薔兄弟帶了去。叫他按賬置辦了來。」鳳姐笑道：「別放你娘的屁！我的東西還沒處擺呢，希罕你們的鬼鬼祟祟的？」說着一徑去了。

　　這裏賈薔也悄問賈璉：「要甚麼東西，順便帶來孝敬。」賈璉笑道：「你別興頭。才學着辦事，倒先學會了這把戲。我短了甚麼，少不得寫信來告訴你。且不要論着這裏。」說畢，打發他二人去了。

　　接着回事的人來，不止三四次，賈璉害乏，便傳與二門上，一應不許傳報，俱等明日料理。鳳姐至三更時分方下來安歇。一宿無話。

　　次早賈璉起來，見過賈赦賈政，便往寧府中來，合同老管事人等，並幾位世交門下清客相公，審察兩府地方，繕畫省親殿宇，一面參度辦理人丁。

　　自此後，各行匠役齊集，金銀銅錫以及土木磚瓦之物，搬運移送不歇。先令匠人拆寧府會芳園牆垣樓閣，直接入榮府東大院中。榮府東邊所有下人一帶

<hr />

17)　坐纛（dào）旗兒：纛旗是軍中的帥旗。坐纛旗兒是比喻一個領袖、指揮者，身為主宰、辦事自有主張。

18)　會票：今天稱為匯票，寄兌銀錢的憑證。

輋房盡已拆去。當日寧榮二宅，雖有一小巷界斷不通，然這小巷亦係私地，並非官道，故可以連屬。會芳園本是從北角牆下引來一股活水，今亦無煩再引。其山石樹木雖不敷用，賈赦住的乃是榮府舊園，其中竹樹山石以及亭榭欄杆等物，皆挪就前來。如此兩處又甚近，湊來一處，省得許多財力，縱亦不敷用，所添亦有限。全虧一個胡老明公，號山子野 [19] 者，一一籌畫起造。

賈政不慣於俗務，只憑賈赦、賈珍、賈璉、賴大、來升、林之孝、吳新登、詹光、程日興等九人安插擺佈；凡堆山鑿池，起樓豎閣，種竹栽花，一應點景等事，又有山子野調度。賈政下朝閑暇，不過各處看望看望。最要緊處和賈赦等商議商議便罷了。賈赦只在家高臥，有芥豆之事，賈珍等或自去回明，或寫略節；或有話說，便傳呼賈璉、賴大等領命。賈蓉單管打造金銀器皿。賈薔已起身前往姑蘇去了。賈珍、賴大等又點人丁，開冊籍，監工等事，一筆不能寫到，不過是喧闐熱鬧非常而已。暫且無話。

且說寶玉近因家中有這等大事，賈政不來問他的書，心中是件暢事；無奈秦鐘之病日重一日，也着實懸心，不能樂業。這一日早起來，才梳洗完畢，意欲回了賈母去望候秦鐘，忽見茗煙在二門照壁前探頭縮腦，寶玉忙出來問他：「作甚麼？」茗煙道：「秦相公不中用了！」寶玉聽說，嚇了一跳，忙問道：「我昨日才瞧了他來，還明明白白，怎麼今日就不中用了？」茗煙道：「我也不知道，才剛是他家的老頭子來特告訴我的。」寶玉聽了，忙轉身回明賈母。賈母吩咐：「好生派妥當人跟去，到那裏去望望秦鐘，盡一盡同窗之情就回來，不許多耽擱了。」寶玉聽了，忙忙的更衣出來，車猶未備，急的滿庭亂轉。一時催促的車到，忙上了車，李貴、茗煙等跟隨，來至秦鐘門首，悄無一人，遂蜂擁至內室，唬的秦鐘的兩個遠房嬸母並幾個弟兄都藏之不迭。

此時秦鐘已發過兩三次昏了，移床易簣多時矣。寶玉一見，便不禁失聲。李貴忙勸道：「不可不可，秦相公是弱症，未免炕上挺扛的骨頭不受用，所以暫且挪下來鬆散些。哥兒如此，豈不反添了他的病？」寶玉聽了，方忍住，近前看見秦鐘面如白蠟，合目呼吸於枕上。寶玉忙叫道：「鯨兄！寶玉來了。」連叫兩三聲，秦鐘不睬。寶玉又道：「寶玉來了。」

---

19)　山子野：山子指花園中的假山。這裏的山子野是指一個擅長設計堆製假山的人的綽號。

　　那秦鐘早已魂魄離身，只剩得一口悠悠餘氣在胸，正見許多鬼判持牌提索來捉他。那秦鐘魂魄那裏肯去？又記掛着家中無人掌管家務，又記掛着父親還有留積下的三四千兩銀子，又記掛着智能尚無下落，因此百般求告鬼判。無奈這些鬼判都不肯徇私，反叱咤秦鐘道：「虧你還是讀書的人，豈不知俗語說的：『閻王叫你三更死，誰敢留人到五更。』我們陰間上下都是鐵面無私的，不比你們陽間瞻情顧面，有許多的關礙處。」

　　正鬧着，那秦鐘魂魄聽見「寶玉來了」四字，便忙又央求道：「列位神差，略發慈悲，讓我回去，和這一個好朋友說一句話就來。」眾鬼道：「又是甚麼好朋友？」秦鐘道：「不瞞列位，就是榮國公的孫子，小名寶玉兒。」那判官聽了，先就唬的慌張起來，忙喝罵鬼使道：「我說你們放了他回去走走，你們斷不依我的話，如今只等他請出運旺時盛的人來才罷。」眾鬼見都判如此，也都忙了手腳，一面又報怨道：「你老人家先是那等雷霆電雹，原來見不得『寶玉』二字。依我們愚見，他是陽，我們是陰，怕他們也無益，不如拿了秦鐘一走完事。」判官聞聽，連喝不可，於是將秦鐘魂魄放回，甦醒過來。睜眼見寶玉在旁，無奈痰堵咽喉，不能出語，只翻眼將寶玉看了一看，頭搖一搖，聽喉內哼了一聲，遂瞑然而逝。且聽下回分解。

💡 精華賞析

　　為準備元妃省親的事宜，賈府大肆鋪張，極盡奢侈。從鳳姐的言談中我們了解到，甄家曾經接待皇駕四次，金錢花得如流水一般。但皇帝到時的賞賜會比花銷還要多，而這些賞賜都來自民間稅負。這些上層官僚拿着百姓的血汗錢做排場，還引以為自豪，這才是社會發展中的「碩鼠」。

《第十七回》

大觀園試才題對額
賈寶玉機敏動諸賓

為元妃省親準備的園子已經竣工了，各處的牌匾需要題字。
賈政借這個機會認真試了試寶玉的才情。

詩曰：

豪華雖足羨，離別卻難堪；
博得虛名在，誰人識苦甘。

話說秦鐘既死，寶玉痛哭不已，李貴等好容易勸解半日方住，歸時猶是淒惻哀痛。賈母幫了幾十兩銀子，外又另備奠儀，寶玉去弔紙。七日後便送殯掩埋了，別無述記。只有寶玉日日思慕感悼，然亦無可如何了。

又不知歷過幾時。

這日賈珍等來回賈政：「園內工程俱已告竣，大老爺已瞧過了，只等老爺瞧了，或有不妥之處，再行改造，好題匾額對聯。」賈政聽了，沉思一回，說道：「這匾額對聯倒是一件難事。論理該請貴妃賜題才是，然貴妃若不親睹其景，大約亦必不肯妄擬；若直待貴妃遊幸過再請題，偌大景致，若干亭榭，無字標題，也覺寥落無趣，縱有花柳山水，也斷不能生色。」眾清客在旁笑答道：「老世翁所見極是。如今我們有個愚見：各處匾額對聯斷不可少，亦斷不可定名。如今且按其景致，或兩字、三字、四字，虛合其意，擬了出來，暫且做燈匾對聯懸了。待貴妃遊幸時，再請定名，豈不兩全？」賈政等聽了道：「所見不差。我們今日且看看去，只管題了，若妥當便用；不妥當時，然後將

雨村請來，令他再擬。」眾人笑道：「老爺今日一擬定佳，何必又待雨村？」賈政笑道：「你們不知，我自幼於花鳥山水題詠上就平平；如今上了年紀，且案牘勞煩，於這怡情悅性文章上更生疏。縱擬了出來，不免迂腐古板，反不能使花柳園亭生色，倘不妥協，反沒意思。」眾清客笑道：「這也無妨。我們大家看了公擬，各舉其長，優則存之，劣則刪之，未為不可。」賈政道：「此論極是。且喜今日天氣和暖，大家去逛逛。」說着起身，引眾人前往。

賈珍先去園中知會眾人。可巧近日寶玉因思念秦鐘，憂感不盡，賈母常命人帶他到園中去戲耍。此時亦才進來，忽見賈珍走來，向他笑道：「你還不出去，老爺一會就來了。」寶玉聽了，帶着奶娘小廝們，一溜煙就出園來。方轉過彎，頂頭賈政引着眾客來了，躲之不及，只得一邊站了。賈政近因聞得塾師嘗稱讚寶玉專能對對聯，雖不喜讀書，偏倒有些歪對才情，今日偶然撞見這機會，便命他跟來。寶玉只得隨往，尚不知何意。

賈政剛至園門前，只見賈珍帶領許多執事人來，一旁侍立。賈政道：「你且把園門都關上，我們先瞧了外面再進去。」賈珍聽說，命人將門關了。賈政先秉正看門。只見正門五間，上面桶瓦泥鰍脊[1]；那門欄窗槅，皆是細雕新鮮花樣，並無朱粉塗飾；一色水磨羣牆，下面白石台磯，鑿成西番草花樣。左右一望，皆雪白粉牆，下面虎皮石，隨勢砌去，果然不落富麗俗套，自是歡喜。遂命開門，只見迎面一帶翠嶂擋在前面。眾清客都道：「好山，好山！」賈政道：「非此一山，一進來園中所有之景悉入目中，則有何趣？」眾人都道：「極是。非胸中大有丘壑，焉想及此。」說着，往前一望，見白石崚嶒，或如鬼怪，或如猛獸，縱橫拱立，上面苔蘚成斑，藤蘿掩映，其中微露羊腸小徑。賈政道：「我們就從此小徑遊去，回來由那一邊出去，方可遍覽。」

說畢，命賈珍引導，自己扶了寶玉，逶迤進入山口。抬頭忽見山上有鏡面白石一塊，正是迎面留題處。賈政回頭笑道：「諸公請看，此處題以何名方妙？」眾人聽說，也有說該題「疊翠」二字妙的，也有說該題「錦嶂」的，又有說「賽香爐」的，又有說「小終南」的，種種名色，不止幾十個。原來眾客心中早知賈政要試寶玉的功業進益如何，只將些俗套來敷衍。寶玉亦料定此

---

1)　　桶瓦泥鰍脊：桶瓦是圓筒狀的屋瓦；泥鰍脊是圓背的屋脊。這種建築方式在當時必須具有一定等級地位的貴族才能用。

意。賈政聽了，便回頭命寶玉擬來。寶玉道：「嘗聞古人有云：『編新不如述舊，刻古終勝雕今。』況此處並非主山正景，原無可題之處，不過是探景一進步耳。莫若直書『曲徑通幽處』這句舊詩在上，倒還大方氣派。」眾人聽了，都讚道：「是極！二世兄天分高，才情遠，不似我們讀腐了書的。」賈政笑道：「不可謬獎。他年小，不過以一知充十用，取笑罷了。再俟選擬。」

　　說着，進入石洞來。只見佳木蘢蔥，奇花熌灼，一帶清流，從花木深處曲折瀉於石隙之下。再進數步，漸向北邊，平坦寬豁，兩邊飛樓插空，雕薨繡檻，皆隱於山坳樹杪之間。俯而視之，則清溪瀉雪，石磴穿雲，白石為欄，環抱池沼，石橋三港，獸面銜吐。橋上有亭，賈政與諸人上了亭子，倚欄坐了，因問：「諸公以何題此？」諸人都道：「當日歐陽公《醉翁亭記》[2]有云：『有亭翼然』，就名『翼然』。」賈政笑道：「『翼然』雖佳，但此亭壓水而成，還須偏於水題方稱。依我拙裁，歐陽公之『瀉出於兩峯之間』，竟用他這一個『瀉』字。」有一客道：「是極，是極。竟是『瀉玉』二字妙。」賈政拈髯尋思，因抬頭見寶玉侍側，便笑命他也擬一個來。寶玉聽說，連忙回道：「老爺方才所議已是。但是如今追究了去，似乎當日歐陽公題釀泉用一『瀉』字則妥，今日此泉若亦用『瀉』字，則覺不妥。況此處雖云省親駐蹕別墅，亦當入於應制之例，用此等字眼，亦覺粗陋不雅。求再擬較此蘊藉含蓄者。」賈政笑道：「諸公聽此論若何？方才眾人編新，你又說不如述古；如今我們述古，你又說粗陋不妥。你且說你的來我聽。」寶玉道：「有用『瀉玉』二字，則莫若『沁芳』二字，豈不新雅？」賈政拈髯點頭不語。眾人都忙迎合，讚寶玉才情不凡。賈政道：「匾上二字容易。再作一副七言對聯來。」寶玉聽說，立於亭上，四顧一望，便機上心來，乃唸道：「繞堤柳借三篙翠，隔岸花分一脈香。」賈政聽了，點頭微笑：眾人先稱讚不已。

　　於是出亭過池，一山一石，一花一木，莫不着意觀覽。忽抬頭看見前面一帶粉垣，裏面數楹修舍，有千百竿翠竹遮映。眾人都道：「好個所在！」於是大家進來，只見入門便是曲折遊廊，階下石子漫成甬路。上面小小三間房

---

2)　　《醉翁亭記》：北宋歐陽修記述滁州名勝和自己生活的一篇文章。

舍，一明兩暗，裏面都是合着地步[3]打就的床几椅案。從裏間房內又得一小門，出去則是後院，有一大株梨花兼着芭蕉，又有兩間小小退步。後院牆下忽開一隙，得泉一派，開溝僅尺許，灌入牆內，繞階緣屋至前院，盤旋竹下而出。

　　賈政笑道：「這一處倒還罷了。若能月夜坐此窗下讀書，不枉虛生一世。」說畢看着寶玉，唬的寶玉忙垂了頭。眾客忙用話開釋，又說道：「此處的匾該題四個字。」賈政笑問：「那四字？」一個道是「淇水遺風」。賈政道：「俗。」又一個是「睢園雅跡」。賈政道：「也俗。」賈珍笑道：「還是寶兄弟擬一個來。」賈政道：「他未曾作，先要議論人家的好歹，可見就是個輕薄人。」眾客道：「議論的極是，其奈他何？」賈政忙道：「休如此縱了他。」因命他道：「今日任你狂為亂道，先設議論來，然後方許你作。方才眾人說的，可有使得的？」寶玉見問，答道：「都似不妥。」賈政冷笑道：「怎麼不妥？」寶玉道：「這是第一處行幸之處，必須頌聖方可。若用四字的匾，又有古人現成的，何必再作？」賈政道：「難道『淇水』『睢園』不是古人的事？」寶玉道：「這太板腐了。莫若『有鳳來儀』四字。」眾人都哄然叫妙。賈政點頭道：「畜生，畜生，可謂『管窺蠡測[4]』矣。」因命：「再題一聯來。」寶玉便唸道：「寶鼎茶閑煙尚綠，幽窗棋罷指猶涼。」賈政搖頭說道：「也未見長。」說畢，引眾人出來。

　　方欲走時，忽又想起一事來，因問賈珍道：「這些院落房宇並几案桌椅都算有了，還有那些帳幔簾子並陳設玩器古董，可也都是一處一處合式配就的？」賈珍回道：「那陳設的東西早已添了許多，自然臨期合式陳設。帳幔簾子，昨日聽見璉兄弟說，還不全。那原是一起工程之時就畫了各處的圖樣，量準尺寸，就打發人辦去的。想必昨日得了一半。」賈政聽了，便知此事不是賈珍的首尾，便命人去喚賈璉。

　　一時，賈璉趕來，賈政問他共有幾種，現今得了幾種，尚欠幾種。賈璉見問，忙向靴桶取靴掖[5]內裝的一個紙折略節來，看了一看，回道：「妝、

---

3)　地步：建築用語，即位置。

4)　管窺蠡測：用管窺天，用蠡測海，言其見識短小、淺薄。蠡，瓠瓢。

5)　靴掖：綢緞或皮製的能折疊的夾子，用來裝名帖、錢票、文件等物，可塞藏在靴筒內，所以叫靴掖。

蟒、繡、堆、刻絲、彈墨[6]並各色綢綾大小幔子一百二十架，昨日得了八十架，下欠四十架。簾子二百掛，昨日俱得了。外有猩猩氈簾子二百掛，湘妃竹簾子二百掛，金絲藤紅漆竹簾子二百掛，墨漆竹簾子二百掛，五彩線絡盤花簾子二百掛，每樣得了一半，也不過秋天都全了。椅搭、桌圍、床裙、桌套，每分一千二百件，也有了。」

一面走，一面說，倏爾青山斜阻。轉過山懷中，隱隱露出一帶黃泥築就矮牆，牆頭皆用稻莖掩護。有幾百株杏花，如噴火蒸霞一般。裏面數楹茅屋，外面卻是桑、榆、槿、柘各色樹稚新條，隨其曲折，編就兩溜青籬。籬外山坡之下，有一土井，旁有桔槔轆轤之屬。下面分畦列畝，佳蔬菜花，漫然無際。

賈政笑道：「倒是此處有些道理。固然係人力穿鑿，此時一見，未免勾引起我歸農之意。我們且進去歇息歇息。」說畢，方欲進籬門去，忽見路旁有一石碣，亦為留題之備。眾人笑道：「更妙，更妙！此處若懸匾待題，則田舍家風一洗盡矣。立此一碣，又覺生色許多，非范石湖田家之詠不足以盡其妙。」賈政道：「諸公請題。」眾人道：「方才世兄有云，『編新不如述舊』，此處古人已道盡矣，莫若直書『杏花村』妙極。」賈政聽了，笑向賈珍道：「正虧提醒了我。此處妙極，只是還少一個酒幌。明日竟作一個，不必華麗，就依外面村莊的式樣作來，用竹竿挑在樹梢。」賈珍答應了，又回道：「此處竟還不可養別的雀鳥，只是買些鵝鴨雞養着，才都相稱。」賈政與眾人都道：「更妙。」賈政又向眾人道：「『杏花村』固佳，只是犯了正村名，直待請名方可。」眾客都道：「是呀。如今虛的，便是甚麼字樣好？」

大家想着，寶玉卻等不得了，也不等賈政的命，便說道：「舊詩有云：『紅杏梢頭掛酒旗』。如今莫若『杏簾在望』四字。」眾人都道：「好個『在望』！又暗合『杏花村』意。」寶玉冷笑道：「村名若用『杏花』二字，則俗陋不堪了。又有古人詩云：『柴門臨水稻花香』，何不就用『稻香村』的妙？」眾人聽了，亦發哄聲拍手道：「妙！」賈政一聲斷喝：「無知的業障！你能知道幾個古人？

---

6)　妝、蟒、繡、堆、刻絲、彈墨：妝指妝緞，織成花卉等妝飾圖案的緞子。蟒指蟒緞，見第三回「金錢蟒」條。繡指繡花的綢緞。堆指堆花，是用各色綾緞剪成花、葉或各種圖案，拼合堆縫，代替織繡。刻絲見第三回「刻絲」條。彈墨指夾有黑線衲成行線或簡單圖案的裝飾。

能記得幾首熟詩？也敢在老先生前賣弄！你方才那些胡說的，不過是試你的清濁，取笑而已，你就認真了！」

　　說着，引人步入茆堂，裏面紙窗木榻，富貴氣象一洗皆盡。賈政心中實是歡喜，卻瞅寶玉道：「此處如何？」眾人見問，都忙悄悄的推寶玉，教他說好。寶玉不聽人言，便應聲道：「不及『有鳳來儀』多矣。」賈政聽了道：「無知的蠢物！你只知朱樓畫棟、惡賴富麗為佳，那裏知道這清幽氣象？終是不讀書之過！」寶玉忙答道：「老爺教訓的固是，但古人常云『天然』二字，不知何意？」

　　眾人見寶玉牛心[7]，都怪他呆痴不改。今見問「天然」二字，眾人忙道：「別的都明白，為何連『天然』不知？『天然』者，天之自然而有，非人力之所成也。」寶玉道：「卻又來！此處置一田莊，分明見得人力穿鑿扭捏而成。遠無鄰村，近不負郭，背山山無脈，臨水水無源，高無隱寺之塔，下無通市之橋，峭然孤出，似非大觀。爭似先處有自然之理，得自然之氣，雖種竹引泉，亦不傷於穿鑿。古人云『天然圖畫』四字，正畏非其地而強為地，非其山而強為山，雖百般精巧而終不相宜⋯⋯」未及說完，賈政氣的喝命：「又出去！」剛出去，又喝命：「回來！」命再題一聯：「若不通，一併打嘴！」寶玉只得唸道：「新漲綠添浣葛處，好雲香護採芹人。」

　　賈政聽了，搖頭說：「更不好。」一面引人出來，轉過山坡，穿花度柳，撫石依泉，過了荼蘼架，再入木香棚，越牡丹亭，度芍藥圃，入薔薇院，出芭蕉塢，盤旋曲折。忽聞水聲潺湲，瀉出石洞，上則蘿薜倒垂，下則落花浮蕩。眾人都道：「好景，好景！」賈政道：「諸公題以何名？」眾人道：「再不必擬了，恰恰乎是『武陵源』三個字。」賈政笑道：「又落實了，而且陳舊。」眾人笑道：「不然就用『秦人舊舍』四字也罷了。」寶玉道：「這越發過露了。『秦人舊舍』說避亂之意[8]，如何使得？莫若『蓼汀花漵』四字。」賈政聽了，便批「胡說」。

---

7)　牛心：固執，死心眼。第一百十七回「牛着他」的牛是執拗、蹩扭、不順着的意思。與第二十二回「牛心古怪」義同。

8)　秦人舊舍說避亂之意：這和上文「武陵源」是同一種意思。陶淵明《桃花源記》說先世避秦時亂。意在此。

　　於是要進港洞時，又想起有船無船。賈珍道：「採蓮船共四隻，座船一隻，如今尚未造成。」賈政笑道：「可惜不得入了。」賈珍道：「從山上盤道亦可以進去。」說畢，在前導引，大家攀藤撫樹過去。只見水上落花愈多，其水愈清，溶溶蕩蕩，曲折縈紆。池邊兩行垂柳，雜着桃杏，遮天蔽日，真無一些塵土。忽見柳陰中又露出一個折帶朱欄板橋來，度過橋去，諸路可通，便見一所清涼瓦舍，一色水磨磚牆，清瓦花堵。那大主山所分之脈，皆穿牆而過。

　　賈政道：「此處這一所房子，無味的很。」因而步入門時，忽迎面突出插天的大玲瓏山石來，四面羣繞各式石塊，竟把裏面所有房屋悉皆遮住，且一株花木也無。只見許多異草：或有牽藤的，或有引蔓的，或垂山巔，或穿石隙，甚至垂簷繞柱，縈砌盤階，或如翠帶飄飄，或如金繩盤屈，或實若丹砂，或花如金桂，味芬氣馥，非花香之可比。賈政不禁笑道：「有趣！只是不大認識。」有的說：「是薜荔藤蘿。」賈政道：「薜荔藤蘿不得如此異香。」寶玉道：「果然不是。這些之中也有藤蘿薜荔，那香的是杜若蘅蕪，那一種大約是茝蘭，這一種大約是清葛，那一種是金登草，這一種是玉蕗藤，紅的自然是紫芸，綠的定是青芷。想來《離騷》《文選》等書上所有的那些異草，也有叫作甚麼藿蒳薑蕁的，也有叫作甚麼綸組紫絳的，還有石帆、水松、扶留等樣的，又有叫甚麼綠荑的，還有甚麼丹椒、蘼蕪、風蓮的。如今年深歲改，人不能識，故皆象形奪名，漸漸的喚差了，也是有的。」未及說完，賈政喝道：「誰問你來！」嚇的寶玉倒退，不敢再說。

　　賈政因見兩邊俱是抄手遊廊，便順着遊廊步入。只見上面五間清廈連着捲棚，四面出廊，綠窗油壁，更比前幾處清雅不同。賈政歎道：「此軒中煮茶操琴，亦不必再焚名香矣。此造已出意外，諸公必有佳作新題以顏其額，方不負此。」眾人笑道：「再莫若『蘭風蕙露』貼切了。」賈政道：「也只好用這四字。其聯若何？」一人道：「我倒想了一對，大家批削改正。」唸道是：「麝蘭芳靄斜陽院，杜若香飄明月洲。」

　　眾人道：「妙則妙矣，只是『斜陽』二字不妥。」那人道：「古人詩云『蘼蕪滿手泣斜暉』。」眾人道：「頹喪，頹喪。」又一人道：「我也有一聯，諸公評閱評閱。」因唸道：「三徑香風飄玉蕙，一庭明月照金蘭。」

　　賈政拈髯沉吟，意欲也題一聯。忽抬頭見寶玉在旁不敢則聲，因喝道：「怎麼你應說話時又不說了？還要等人請教你不成！」寶玉聽說，便回道：「此

處並沒有甚麼『蘭麝』『明月』『洲渚』之類，若要這樣着跡說起來，就題二百聯也不能完。」賈政道：「誰按着你的頭，叫你必定說這些字樣呢？」寶玉道：「如此說，匾上則莫若『蘅芷清芬』四字。對聯則是：『吟成荳蔻才猶豔，睡足荼蘼夢也香。』」

賈政笑道：「這是套的『書成蕉葉文猶綠』，不足為奇。」眾客道：「李太白《鳳凰台》之作，全套《黃鶴樓》，只要套得妙。如今細評起來，方才這一聯，竟比『書成蕉葉』猶覺幽雅活潑。視『書成』之句，竟似套此而來。」賈政笑說：「豈有此理！」

說着，大家出來。行不多遠，則見崇閣巍峨，層樓高起，面面琳宮合抱，迢迢複道縈紆，青松拂簷，玉欄繞砌，金輝獸面，彩煥螭頭。賈政道：「這是正殿了，只是太富麗了些。」眾人都道：「要如此方是。雖然貴妃崇節尚儉，天性惡繁悅樸，然今日之尊，禮儀如此，不為過也。」一面說，一面走，只見正面現出一座玉石牌坊來，上面龍蟠螭護，玲瓏鑿就。賈政道：「此處書以何文？」眾人道：「必是『蓬萊仙境』方妙。」賈政搖頭不語。寶玉見了這個所在，心中忽有所動，尋思起來，倒像那裏曾見過的一般，卻一時想不起那年月日的事。賈政又命他作題，寶玉只顧細思前景，全無心於此了。眾人不知其意，只當他受了這半日的折磨，精神耗散，才盡辭窮了；再要考難逼迫，着了急，或生出事來，倒不便。遂忙都勸賈政：「罷，罷，明日再題罷了。」賈政心中也怕賈母不放心，遂冷笑道：「你這畜生，也竟有不能之時了。也罷，限你一日，明日若再不能，我定不饒。這是要緊一處，更要好生作來！」

說着，引人出來，再一觀望，原來自進門起，所行至此，才遊了十之五六。又值人來回，有雨村處遣人來回話。賈政笑道：「此數處不能遊了。雖如此，到底從那一邊出去，縱不能細觀，也可稍覽。」說着，引客行來，至一大橋前，見水如晶簾一般奔入。原來這橋便是通外河之閘，引泉而入者。賈政因問：「此閘何名？」寶玉道：「此乃沁芳泉之正源，就名『沁芳閘』。」賈政道：「胡說，偏不用『沁芳』二字。」

於是一路行來，或清堂茅舍，或堆石為垣，或編花為牖，或山下得幽尼佛寺，或林中藏女道丹房，或長廊曲洞，或方廈圓亭，賈政皆不及進去。因說半日腿痠，未嘗歇息，忽又見前面又露出一所院落來，賈政笑道：「到此可

要進去歇息歇息了。」說着，一徑引入，繞着碧桃花，穿過一層竹籬花障[9]編就的月洞門，俄見粉牆環護，綠柳周垂。賈政與眾人進去，一入門，兩邊都是遊廊相接。院中點襯幾塊山石，一邊種着數本芭蕉；那一邊乃是一棵西府海棠，其勢若傘，絲垂碧縷，葩吐丹砂。眾人讚道：「好花，好花！從來也見過許多海棠，那裏有這樣妙的？」賈政道：「這叫作『女兒棠』，乃是外國之種。俗傳係出『女兒國』中，云彼國此種最盛，亦荒唐不經之說罷了。」眾人笑道：「然雖不經，如何此名傳久了？」寶玉道：「大約騷人詠士，以此花之名色紅暈若施脂，輕弱似扶病，大近乎閨閣風度，所以以『女兒』命名。想因被世間俗惡聽了，他便以野史纂入為證，以俗傳俗，以訛傳訛，都認真了。」眾人都搖身讚妙。

一面說話，一面都在廊外抱廈下打就的榻上坐了。賈政因問：「想幾個甚麼新鮮字來題此？」一客道：「『蕉鶴』二字最妙。」又一個道：「『崇光泛彩』方妙。」賈政與眾人都道：「好個『崇光泛彩』！」寶玉也道：「妙極。」又歎：「只是可惜了。」眾人問：「如何可惜？」寶玉道：「此處蕉棠兩植，其意暗蓄『紅』『綠』二字在內。若只說蕉，則棠無着落；若只說棠，蕉亦無着落。固有蕉無棠不可，有棠無蕉更不可。」賈政道：「依你如何？」寶玉道：「依我，題『紅香綠玉』四字，方兩全其妙。」賈政搖頭道：「不好，不好！」

說着，引人進入房內。只見這幾間房內收拾的與別處不同，竟分不出間隔來的。原來四面皆是雕空玲瓏木板，或「流雲百蝠」，或「歲寒三友」，或山水人物，或翎毛花卉，或集錦，或博古，或萬福萬壽各種花樣，皆是名手雕鏤，五彩銷金嵌寶的。一槅一槅，或有貯書處，或有設鼎處，或安置筆硯處，或供花設瓶、安放盆景處。其槅各式各樣，或天圓地方，或葵花蕉葉，或連環半壁。真是花團錦簇，剔透玲瓏。條爾五色紗糊就，竟係小窗；條爾彩綾輕覆，竟係幽戶。且滿牆滿壁，皆係隨依古董玩器之形摳成的槽子。諸如琴、劍、懸瓶、桌屏之類，雖懸於壁，卻都是與壁相平的。眾人都讚：「好精緻想頭！難為怎麼想來！」

原來賈政等走了進來，未進兩層，便都迷了舊路，左瞧也有門可通，右

瞧又有窗暫隔，及到了跟前，又被一架書擋住。回頭再走，又有窗紗明透，門徑可行；及至門前，忽見迎面也進來了一羣人，都與自己形相一樣，——卻是一架玻璃大鏡相照。及轉過鏡去，越發見門子多了。賈珍笑道：「老爺隨我來。從這門出去，便是後院，從後院出去，倒比先近了。」說着，又轉了兩層紗廚錦槅，果得一門出去，院中滿架薔薇馥鬱。轉過花障，則見青溪前阻。眾人詫異：「這股水又是從何而來？」賈珍遙指道：「原從那閘起流至那洞口，從東北山坳裏引到那村莊裏，又開一道岔口，引到西南上，共總流到這裏，仍舊合在一處，從那牆下出去。」眾人聽了，都道：「神妙之極！」說着，忽見大山阻路。眾人都道：「迷了路了。」賈珍笑道：「隨我來。」仍在前導引，眾人隨他，直由山腳邊忽一轉，便是平坦寬闊大路，豁然大門現於面前。眾人都道：「有趣，有趣，真搜神奪巧之至！」於是大家出來。

　　那寶玉一心只記掛着裏邊，又不見賈政吩咐，少不得跟到書房。賈政忽想起他來，方喝道：「你還不去？難道還逛不足？也不想逛了這半日，老太太必懸掛着。還不快進去，疼你也白疼了。」寶玉聽說，方退了出來。再聽下回分解。

💡 **精華賞析**

　　　　從寶玉作的對聯和詩詞不難看出他的才情不淺，卻還被賈政訓斥，無外乎是因為他不願順從封建禮教，不願走仕途之路，故被認為不務正業，沒有出息。

《第十八回》

精讀 **林黛玉誤剪香囊袋**
賈元春歸省慶元宵

賈元妃回家省親，全家上下大張旗鼓地接待，真是風光無限！

點評

話說寶玉至院外，就有跟賈政的幾個小廝上來攔腰抱住，都說：「今兒虧我們，老爺才喜歡，老太太打發人出來問了幾遍，都虧我們回說喜歡；不然，若老太太叫你進去，就不得展了。人人都說，你才那些詩比世人的都強。今日得了這樣的彩頭，該賞我們了。」寶玉笑道：「每人一吊錢。」眾人道：「誰沒見那一吊錢！把這荷包賞了罷。」說着，一個上來解荷包，那一個就解扇囊，不容分說，將寶玉所佩之物盡行解去。又道：「好生送上去罷。」一個抱了起來，幾個圍繞，送至賈母二門前。那時賈母已命人看了幾次。眾奶娘丫鬟跟上來，見過賈母，知不曾難為着他，心中自是歡喜。

少時襲人倒了茶來，見身邊佩物一件無存，因笑道：「帶的東西又是那起沒臉的東西們解了去了。」林黛玉聽說，走來瞧瞧，果然一件無存，因向寶玉道：「我給的那個荷包也給他們了？你明兒再想我的東西，可不能夠了！」說畢，賭氣回房，將前日寶玉所煩他作的那個香袋兒[1]——才做了一半，賭氣拿過來就鉸。寶玉見他生氣，便知不妥，忙趕過

● 黛玉對此事反應這麼大，反映了她怎樣的心理活動和性格特點？

---

1) 香袋兒：一種佩帶的飾物。用綢緞做成一二寸大各種形狀的繡花小袋，填滿香料粉末，綴有絲線穗子。

來，早剪破了。寶玉已見過這香囊：雖尚未完，卻十分精巧，費了許多工夫。今見無故剪了，卻也可氣。因忙把衣領解了，從裏面紅襖襟上將黛玉所給的那荷包解了下來，遞與黛玉瞧道：「你瞧瞧，這是甚麼？我那一回把你的東西給人了？」林黛玉見他如此珍重，帶在裏面，可知是怕人拿去之意，因此又自悔莽撞，未見皂白，就剪了香袋。因此又愧又氣，低頭一言不發。

寶玉道：「你也不用剪，我知道你是懶待給我東西。我連這荷包奉還，何如？」說着，擲他懷中便走。黛玉見如此，越發氣起來，聲咽氣堵，又汪汪的滾下淚來，拿起荷包來又剪。寶玉見他如此，忙回身搶住，笑道：「好妹妹，饒了他罷！」黛玉將剪子一摔，拭淚說道：「你不用同我好一陣歹一陣的，要惱，就撂開手。這當了甚麼呢？」說着，賭氣上床，面向裏倒下拭淚。禁不住寶玉上來「好妹妹」長「好妹妹」短賠不是。

前面賈母一片聲找寶玉。眾奶娘丫鬟們忙回說：「在林姑娘房裏呢。」賈母聽說道：「好，好，好！讓他姊妹們一處玩玩罷。才他老子拘了他半天，讓他開心一會子罷。只別叫他們拌嘴，不許牛了他。」眾人答應着。

黛玉被寶玉纏不過，只得起來道：「你的意思不叫我安生，我就離了你。」說着往外就走。寶玉笑道：「你到那裏，我跟到那裏。」一面仍拿起荷包來帶上。黛玉伸手搶道：「你說不要了，這會子又帶上，我也替你怪臊的！」說着，「嗤」的一聲又笑了。寶玉道：「好妹妹，明兒另替我作個香袋兒罷。」黛玉道：「那也只瞧我高興罷了。」一面說，一面二人出房，到王夫人上房中去了，可巧，寶釵亦在那裏。

此時王夫人那邊熱鬧非常。原來賈薔已從姑蘇採買了

● 有錢有勢的賈府把人當做貨物一樣買賣。

十二個女孩子，並聘了教習，以及行頭[2]等事來了。那時薛姨媽另遷了東北上一所幽靜房舍居住，將梨香院早已騰挪出來，另行修理了，就令教習在此教演女戲。又另派家中舊有曾演學過歌唱的女人們，如今皆已皤然老嫗矣，着他們帶領管理。就令賈薔總理其日用出入銀錢等事，以及諸凡大小所需之物料賬目。

又有林之孝來回：「採訪聘買的十個小尼姑、小道姑都有了，連新做的二十份道袍也有了。外有一個帶髮修行的，本是蘇州人氏，祖上也是讀書仕宦之家。因生了這位姑娘自小多病，買了許多替身[3]兒皆不中用，到底這姑娘親自入了空門，方才好了，所以帶髮修行，今年才十八歲，法名妙玉。如今父母俱已亡故，身邊只有兩個老嬤嬤、一個小丫頭伏侍。文墨也極通，經文也不用學了，模樣兒又極好。因聽見『長安』都中有觀音遺跡並貝葉遺文，昨歲隨了師父上來，現在西門外牟尼院住着。他師父極精演先天神數，於去冬圓寂了。妙玉本欲扶靈回鄉的，他師父臨寂遺言，說他『衣食起居不宜回鄉，在此靜居，後來自然有你的結果』。所以他竟未回去。」王夫人不等回完，便說：「既這樣，我們何不接了他來。」林之孝家的回道：「請他，他說：『侯門公府，必以貴勢壓人，我再不去的。』」王夫人笑道：「他既是官宦小姐，自然驕傲些，就下個帖子請他何妨？」林之孝家的答應了出去，命書啟相公寫請帖去請妙玉。次日遣人備車轎去接。等後話再表，暫且擱過。

● 一聽説妙玉出身官宦人家，王夫人的態度立刻就轉變了。

當下又有人回，工程上等着糊東西的紗綾，請鳳姐去開樓揀紗綾；又有人來回，請鳳姐開庫，收金銀器皿。連王

---

2)　　行（xíng）頭：一般指演戲的服裝道具等，第一百十二回「置辦些買賣行頭」是指那次化妝逃跑所用的商人行裝。

3)　　替身：舊時迷信認為命中有災難的人應該捨身出家做僧、道，有錢的人買窮人家子女代替出家叫做替身。

點評

夫人並上房丫鬟等，皆一時不得空閒。

寶釵便說：「咱們別在這裏礙手礙腳，找探丫頭去。」說着，同寶玉黛玉往迎春等房中來閑玩，無話。

王夫人等日日忙亂，直到十月將盡，幸皆全備：各處監管都交清賬目；各處古董文玩，皆已陳設齊備；採辦鳥雀的，自仙鶴、孔雀以及鹿、兔、雞、鵝等類，悉已買全，交於園中各處像景飼養；賈薔那邊也演出二十齣雜戲來；小尼姑、道姑也都學會了唸幾卷經咒。賈政方略覺心意寬暢，又請賈母等進園，色色斟酌，點綴妥當，再無一些遺漏不當之處。於是賈政方擇日題本。本上之日，奉朱批准奏：次年正月十五上元之日，恩准賈妃省親。賈府領了此恩旨，益發晝夜不閑，年也不曾好生過。

展眼元宵在邇，自正月初八日，就有太監出來先看方向：何處更衣，何處燕坐，何處受禮，何處開宴，何處退息。又有巡察地方總理關防太監等，帶了許多小太監出來，各處關防，擋圍幕[4]；指示賈宅人員何處退，何處跪，何處進膳，何處啟事，種種儀注不同。外面又有工部官員並五城兵備道打掃街道，攆逐閑人。賈赦等督率匠人紮花燈煙火之類，至十四日，俱已停妥。這一夜，上下通不曾睡覺。

至十五日五鼓，自賈母等有爵者，皆按品服大妝起來。園內各處，帳舞蟠龍，簾飛彩鳳，金銀煥彩，珠寶爭輝，鼎焚百合之香，瓶插長春之蕊，靜悄無人咳嗽。賈赦等在西街門外，賈母等在榮府大門外。街頭巷口，俱繫幕擋嚴。正等的不耐煩，忽一太監坐大馬而來，賈母忙接入，問其消息。太監道：「早多着呢！未初刻用過晚膳，未正二刻還到寶靈宮拜佛，酉初刻進大明宮領宴看燈方請旨，只怕戌刻才起身呢。」鳳姐聽了道：「既是這麼着，老太太、太太

● 妃子省親是大事，所以賈家不能怠慢，忙得晝夜不閑。這正反映了封建社會殘酷的一面，一個女子一旦成為地位尊貴的妃子，就得斷絕和自己家裏的親情關係，甚至終身不能再見面。所以，這樣省親的機會，對元妃和賈府來講，都十分珍貴。

● 古代的官宦女子也有品級之分，就像朝堂上的官員一樣。凡有重大節慶須要接待公侯貴族，或者要進宮拜見皇家人時，命婦們須按自己的品級進行裝扮。

---

4) 擋圍幕：用布幔幃圍繞遮蔽。也說撒圍幕。

且請回房，等是時候再來也不遲。」於是賈母等暫且自便，園中悉賴鳳姐照理。又命執事人帶領太監們去吃酒飯。

　　一面傳人一擔一擔的挑進蠟燭來，各處點燈。方點完時，忽聽外邊馬跑之聲。一時，有十來個太監，喘吁吁跑來拍手兒。這些太監都會意，知道是「來了」，各按方向站住。賈赦領合族子姪在西街門外，賈母領合族女眷在大門外迎接。半日靜悄悄的。忽見一對紅衣太監騎馬緩緩的走來，至西街門下馬，將馬趕出圍幕之外，便垂手面西站住。半日又是一對，亦是如此。少時便來了十來對，方聞得隱隱細樂之聲。一對對龍旌鳳翣，雉羽夔頭，又有銷金提爐焚着御香；然後一把曲柄七鳳黃金傘過來，便是冠袍帶履。又有值事太監捧着香珠、繡帕、漱盂、拂塵等類。一對對過完，後面方是八個太監抬着一頂金頂金黃繡鳳鸞輿，緩緩行來。賈母等連忙路旁跪下。早飛跑過幾個太監來，扶起賈母、邢夫人、王夫人來。那鸞輿抬進大門，入儀門往東去，到一所院落門前，有執拂太監跪請下輿更衣。於是抬輿入門，太監等散去，只有昭容、彩嬪[5]等引領元春下輿。只見院內各色花燈爛灼，皆係紗綾紮成，精緻非常。上面有一匾燈，寫着「體仁沐德」四字。元春入室，更衣畢復出，上輿進園。只見園中香煙繚繞，花彩繽紛，處處燈光相映，時時細樂聲喧，說不盡這太平氣象，富貴風流。

　　那賈妃在輿內看此園內外如此豪華，因默默歎息奢華過費。忽又見執拂太監跪請登舟，賈妃乃下輿。只見清流一帶，勢如游龍，兩邊石欄上，皆係水晶玻璃各色風燈，點的如銀光雪朗；上面柳杏諸樹雖無花葉，然皆用通草綢綾紙絹依勢作成，粘於枝上，每一株懸燈數盞；更兼池中荷荇鳧鷺之屬，亦皆係螺蚌羽毛之類作就的。諸燈上下爭輝，真係

5)　　昭容彩嬪：古代宮廷中女官的名稱。

玻璃世界，珠寶乾坤。船上亦係各種精緻盆景諸燈，珠簾繡幕，桂楫蘭橈，自不必說。已而入一石港，港上一面匾燈，明現着「蓼汀花漵」四字。

按此四字並「有鳳來儀」等處，皆係上回賈政偶然一試寶玉之課藝才情耳，何今日認真用此匾聯？況賈政世代詩書，來往諸客屏侍座陪者，悉皆才技之流，豈無一名手題撰，竟用小兒一戲之辭苟且搪塞？真似暴發新榮之家，濫使銀錢，一味抹油塗朱，畢則大書「前門綠柳垂金鎖，後戶青山列錦屏」之類，則以為大雅可觀，豈《石頭記》中通部所表之寧榮賈府所為哉！據此論之，竟大相矛盾了。諸公不知，待蠢物將原委說明，大家方知。

當日這賈妃未入宮時，自幼亦係賈母教養。後來添了寶玉，賈妃乃長姊，寶玉為弱弟，賈妃之心上念父母年將邁，始得此弟，是以憐愛寶玉，與諸弟不同。且同隨祖母，刻未暫離。那寶玉未入學堂之先，三四歲時，已得賈妃手引口傳，教授了幾本書、數千字在腹內了。其名分雖係姊弟，其情狀有如母子。自入宮後，時時帶信出來與父母說：「千萬好生扶養，不嚴不能成器，過嚴恐生不虞，且致父母之憂。」眷念切愛之心，時刻未能忘。前日賈政聞塾師背後讚寶玉偏才盡有，賈政未信，適巧遇園已落成，令其題撰，聊一試其情思之清濁。其所擬之匾聯雖非妙句，在幼童為之，亦或可取。即另使名公大筆為之，固不費難，然想來倒不如這本家風味有趣。更使賈妃見之，知係其愛弟所為，亦或不負其素日切望之意。因有這段原委，故此竟用了寶玉所題之聯額。那日雖未曾題完，後來亦曾補擬。

閑文少述，且說賈妃看了四字，笑道：「『花漵』二字便妥，何必『蓼汀』？」侍座太監聽了，忙下小舟登岸，飛傳與賈政。賈政聽了，即忙移換。一時，舟臨內岸，復棄舟上輿，便見琳宮綽約，桂殿巍峨。石牌坊上明顯「天仙寶鏡」四個大字，賈妃忙命換「省親別墅」四字。於是進入行

宮，但見庭燎燒空，香屑佈地，火樹琪花，金窗玉檻。說不盡簾捲蝦鬚，毯鋪魚獺，鼎飄麝腦之香，屏列雉尾之扇。真是：金門玉戶神仙府，桂殿蘭宮妃子家。賈妃乃問：「此殿何無匾額？」隨侍太監跪啟曰：「此係正殿，外臣未敢擅擬。」賈妃點頭不語。禮儀太監跪請升座受禮，兩陛樂起。禮儀太監二人引賈赦、賈政等於月台下排班，殿上昭容傳諭曰：「免。」太監引賈赦等退出。又有太監引榮國太君及女眷等自東階升月台上排班，昭容再諭曰：「免。」於是引退。

茶已三獻，賈妃降座，樂止。退入側殿更衣，方備省親車駕出園。至賈母正室，欲行家禮，賈母等俱跪止不迭。賈妃滿眼垂淚，方彼此上前廝見，一手挽賈母，一手挽王夫人，三個人滿心裏皆有許多話，只是俱說不出來，只管嗚咽對泣。邢夫人、李紈、王熙鳳、迎、探、惜三姊妹等，俱在旁圍繞，垂淚無言。半日，賈妃方忍悲強笑，安慰賈母、王夫人道：「當日既送我到那不得見人的地方，好容易今日回家，娘兒們不說說笑笑，反倒哭起來。一會子我去了，又不知多早晚才來！」說到這句，不覺又哽咽起來。邢夫人等忙上來解勸。賈母等讓賈妃歸座，逐次一一見過，又不免哭泣一番。然後東西兩府掌家執事人丁在廳外行禮，及兩府掌家執事媳婦領丫鬟等行禮畢。賈妃因問：「薛姨媽、寶釵、黛玉因何不見？」王夫人啟曰：「外眷無職，未敢擅入。」賈妃聽了，忙命快請。一時，薛姨媽等進來，欲行國禮，亦命免過，上前各敘闊別寒溫。又有賈妃原帶進宮去的丫鬟抱琴等上來叩見，賈母等連忙扶起，命人別室款待。執事太監及彩嬪、昭容各侍從人等，寧國府及賈赦那宅兩處自有人款待，只留三四個小太監答應。母女姊妹深敘些離別情景，及家務私情。

又有賈政至簾外問安，賈妃垂簾行參等事。又隔簾含淚謂其父曰：「田舍之家，雖齏鹽布帛，終能聚天倫之樂；今雖富貴已極，骨肉各方，然終無意趣！」賈政亦含淚啟

道：「臣，草莽寒門，鳩羣鴉屬之中，豈意得鳳鸞之瑞。今貴人上錫天恩，下昭祖德，此皆山川日月之精奇、祖宗之遠德鍾於一人，幸及政夫婦。且今上啟天地生物之大德，垂古今未有之曠恩，雖肝腦塗地，臣子豈能得報於萬一！唯朝乾夕惕，忠於厥職外，願我君萬歲千秋，乃天下蒼生之同幸也。貴妃切勿以政夫婦殘年為念，懣慎金懷，更祈自加珍愛。唯業業兢兢，勤慎恭肅以侍上，庶不負上體貼眷愛如此之隆恩也。」賈妃亦囑「只以國事為重，暇時保養，切勿記念」等語。賈政又啟：「園中所有亭台軒館，皆係寶玉所題；如果有一二稍可寓目者，請別賜名為幸。」

元妃聽了寶玉能題，便含笑說：「果進益了。」賈政退出。賈妃見寶、林二人越發如花，比別姊妹不同，真是姣花軟玉一般。因問：「寶玉為何不進見？」賈母乃啟：「無諭，外男不敢擅入。」元妃命快引進來。小太監出去引寶玉進來，先行國禮畢，元妃命他進前，攜手攔於懷內，又撫其頭頸笑道：「比先竟長了好些⋯⋯」一語未終，淚如雨下。

尤氏、鳳姐等上來啟道：「筵宴齊備，請貴妃遊幸。」元妃等起身，命寶玉導引，遂同諸人步至園門前。早見燈光火樹之中，諸般羅列非常。進園來先從「有鳳來儀」「紅香綠玉」「杏簾在望」「蘅芷清芬」等處，登樓步閣，涉水緣山，百般眺覽徘徊。一處處鋪陳不一，一樁樁點綴新奇。賈妃極加獎讚，又勸：「以後不可太奢，此皆過分之極。」已而至正殿，諭免禮歸座，大開筵宴。賈母等在下相陪，尤氏、李紈、鳳姐等親捧羹把盞。

元妃乃命傳筆硯侍候，親搦湘管，擇其幾處最喜者賜名。按其書云：

「顧恩思義（匾額）

天地啟宏慈，赤子蒼頭同感戴；

古今垂曠典，九州萬國被恩榮。」

（此一匾一聯書於正殿）

● 姐弟之情溢於言表，元妃對寶玉的態度比對其他人更加親近，從側面表現了寶玉的特殊地位。

「大觀園」（園之名）

「有鳳來儀」賜名曰「瀟湘館」

「紅香綠玉」改作「怡紅快綠」（即名曰怡紅院）

「蘅芷清芬」賜名曰「蘅蕪苑」

「杏簾在望」賜名曰「浣葛山莊」

正樓曰「大觀樓」，東面飛樓曰「綴錦閣」，西面斜樓曰「含芳閣」；更有「蓼風軒」「藕香榭」「紫菱洲」「荇葉渚」等名；又有四字的匾額十數個，諸如「梨花春雨」「桐剪秋風」「荻蘆夜雪」等名，此時悉難全記。又命舊有匾聯俱不必摘去。於是先題一絕云：「銜山抱水建來精，多少工夫築始成。天上人間諸景備，芳園應賜大觀名。」

寫畢，向諸姊妹笑道：「我素乏捷才，且不長於吟詠，妹輩素所深知。今夜聊以塞責，不負斯景而已。異日少暇，必補撰《大觀園記》並《省親頌》等文，以記今日之事。妹輩亦各題一匾一詩，隨才之長短，亦暫吟成，不可因我微才所縛。且喜寶玉竟知題詠，是我意外之想。此中『瀟湘館』『蘅蕪苑』二處，我所極愛，次之『怡紅院』『浣葛山莊』，此四大處，必得別有章句題詠方妙。前所題聯雖佳，如今再各賦五言律一首，使我當面試過，方不負我自幼教授之苦心。」寶玉只得答應了，下來自去構思。

迎、探、惜三人之中，要算探春又出於姊妹之上；然自忖亦難與薛林爭衡，只得勉強隨眾塞責而已。李紈也勉強湊成一律。賈妃先挨次看姊妹們的，寫道是：

曠性怡情（匾額）

園成景備特精奇，奉命羞題額曠怡。誰信世間有此境，遊來寧不暢神思？（迎春）

萬象爭輝（匾額）

名園築出勢巍巍，奉命何慚學淺微。精妙一時言不出，果然萬物生光輝。（探春）

點評

　　　　　　　　文章造化（匾額）

　　山水橫拖千里外，樓台高起五雲中。園修日月光輝裏，
景奪文章造化功。（惜春）

　　　　　　　　文采風流（匾額）

　　秀水明山抱復回，風流文采勝蓬萊。綠裁歌扇迷芳草，
紅襯湘裙舞落梅。珠玉自應傳盛世，神仙何幸下瑤台。名園
一自邀遊賞，未許凡人到此來。（李紈）

　　　　　　　　凝暉鍾瑞（匾額）

　　芳園築向帝城西，華日祥雲籠罩奇。高柳喜遷鶯出谷，
修篁時待鳳來儀。文風已著宸遊夕，孝化應隆歸省時。睿藻
仙才盈彩筆，自慚何敢再為辭。（薛寶釵）

　　　　　　　　世外仙源（匾額）

　　名園築何處，仙境別紅塵。借得山川秀，添來景物新。
香融金谷酒，花媚玉堂人。何幸邀恩寵，宮車過往頻。（林
黛玉）

　　賈妃看畢，稱賞一番，又笑道：「終是薛林二妹之作與
眾不同，非愚姊妹可同列者。」原來林黛玉安心今夜大展奇
才，將眾人壓倒，不想賈妃只命一匾一詠，倒不好違諭多
作，只胡亂作一首五言律應景罷了。

　　彼時寶玉尚未作完，只剛作了「瀟湘館」與「蘅蕪苑」
二首，正作「怡紅院」一首，起草內有「綠玉春猶捲」一句。
寶釵轉眼瞥見，便趁眾人不理論，急忙回身悄推他道：「他
因不喜『紅香綠玉』四字，改了『怡紅快綠』；你這會子偏
用『綠玉』二字，豈不是有意和他爭馳了？況且蕉葉之說也
頗多，再想一個字改了罷。」

　　寶玉見寶釵如此說，便拭汗說道：「我這會子總想不起
甚麼典故出處來。」寶釵笑道：「你只把『綠玉』的『玉』
字改作『蠟』字就是了。」寶玉道：「『綠蠟』可有出處？」
寶釵見問，悄悄的咂嘴點頭道：「虧你今夜不過如此，將來

● 體現出寶釵心思縝
密。

金殿對策，你大約連『趙錢孫李』都忘了不成？唐錢珝詠芭
蕉詩頭一句『冷燭無煙綠蠟乾』，你都忘了麼？」寶玉聽了，
不覺洞開心臆，笑道：「該死，該死！現成眼前之物偏倒想
不起來了，真可謂『一字師』了。從此後我只叫你師父，再
不叫姐姐了。」寶釵亦悄悄的笑道：「還不快作上去，只管
姐姐妹妹的。誰是你姐姐？那上頭穿黃袍的才是你姐姐，你
又認我這姐姐來了。」一面說笑，因說笑又怕他耽延工夫，
遂抽身走開了。寶玉只得續成，共有了三首。

　　此時林黛玉未得展其才，自是不快。因見寶玉獨作四
律，大費神思，何不代他作兩首，也省他些精神不到之處。
想着，便也走至寶玉案旁，悄問：「可都有了？」寶玉道：
「才有了三首，只少『杏簾在望』一首了。」黛玉道：「既如
此，你只抄錄前三首罷。趁你寫完那三首，我也替你作出
這首來了。」說畢，低頭一想，早已吟成一律，便寫在紙條
上，搓成個團子，擲在他跟前。寶玉打開一看，只見此首比
自己所作的三首高過十倍，真是喜出望外，遂忙恭楷呈上。
賈妃看道：

有鳳來儀　臣寶玉謹題

　　秀玉初成實，堪宜待鳳凰。竿竿青欲滴，個個綠生涼。
迸砌防階水，穿簾礙鼎香。莫搖清碎影，好夢晝初長。

蘅芷清芬

　　蘅蕪滿淨苑，蘿薜助芬芳。軟襯三春草，柔拖一縷香。
輕煙迷曲徑，冷翠滴迴廊。誰謂池塘曲，謝家幽夢長。

怡紅快綠

　　深庭長日靜，兩兩出嬋娟。綠蠟春猶捲，紅妝夜未眠。
憑欄垂絳袖，倚石護青煙。對立東風裏，主人應解憐。

杏簾在望

　　杏簾招客飲，在望有山莊。菱荇鵝兒水，桑榆燕子樑。
一畦春韭綠，十里稻花香。盛世無饑餒，何須耕織忙。

　　賈妃看畢，喜之不盡，說：「果然進益了！」又指「杏簾」一首為前三首之冠，遂將「浣葛山莊」改為「稻香村」。又命探春另以彩箋謄錄出方才一共十數首詩，出令太監傳與外廂。賈政等看了，都稱頌不已。賈政又進《歸省頌》。元春又命以瓊酥金膾等物，賜與寶玉並賈蘭。

　　此時賈蘭極幼，未達諸事，只不過隨母依叔行禮，故無別傳。賈環從年內染病未痊，自有閑處調養，故亦無傳。

　　那時賈薔帶領十二個女戲，在樓下正等的不耐煩，只見一太監飛來說：「作完了詩了，快拿戲單來！」賈薔急將錦冊呈上，並十二人花名單子。少時，太監出來，只點了四齣戲：第一齣，《豪宴》[6]；第二齣，《乞巧》；第三齣，《仙緣》；第四齣，《離魂》。

　　賈薔忙令妝扮演起來。一個個歌欺裂石之音，舞有天魔之態。雖是妝演的形容，卻作盡悲歡情狀。剛演完了，一太監執一金盤糕點之屬進來；問：「誰是齡官？」賈薔便知是賜齡官之物，喜的忙接了，命齡官叩頭。太監又道：「貴妃有諭，說『齡官極好，再作兩齣戲，不拘那兩齣就是了』。」賈薔忙答應了，因命齡官作《遊園》《驚夢》二齣。齡官自為此二齣原非本角之戲，執意不作，定要作《相約》《相罵》二齣。賈薔扭他不過，只得依他作了。賈妃甚喜，命「不可難為了這女孩子，好生教習」，額外賞了兩匹宮緞、兩個荷包並金銀錁子、食物之類。然後撤筵，將未到之處復又遊玩。忽見山環佛寺，忙盥手進去焚香拜佛，又題一匾云：「苦海慈航」。又額外加恩與一般幽尼女道。

　　少時，太監跪啟：「賜物俱齊，請驗等例。」乃呈上略

6)　豪宴等劇目：《豪宴》是《一捧雪》的一齣；《乞巧》是《長生殿》的一齣，即《密誓》；《仙緣》是《邯鄲夢》的一齣，通作《仙圓》；《離魂》是《牡丹亭》的一齣。下文《遊園》《驚夢》也是《牡丹亭》的劇目。《相約》《相罵》是《釵釧記》的兩齣，寫一個丫鬟跟老夫人拌嘴。

節。賈妃從頭看了，俱甚妥協，即命照此遵行。太監聽了，下來一一發放。原來賈母的是金玉如意各一柄，沉香拐杖一根，伽楠念珠一串，「富貴長春」宮緞四匹，「福壽綿長」宮綢四匹，紫金「筆錠如意」錁十錠，「吉慶有餘」銀錁十錠。邢夫人、王夫人二分，只減了如意、拐杖、念珠四件。賈敬、賈赦、賈政等，每分御製新書二部，寶墨二匣，金、銀爵各二支，表禮按前。寶釵、黛玉諸姊妹等，每人新書一部，寶硯一方，新樣格式金銀錁二對。寶玉亦同此。賈蘭則是金銀項圈二個，金銀錁二對。尤氏、李紈、鳳姐等，皆金銀錁四錠，表禮四端。外表禮二十四端，清錢一百串，是賜與賈母、邢王二夫人及諸姊妹房中奶娘眾丫鬟的。賈珍、賈璉、賈環、賈蓉等，皆是表禮一分，金錁一雙。其餘彩緞百端，金銀千兩，御酒華筵，是賜東西兩府凡園中管理工程、陳設、答應及司戲、掌燈諸人的。外有清錢五百串，是賜廚役、優伶、百戲、雜行人丁的。

　　眾人謝恩已畢，執事太監啟道：「時已丑正三刻，請駕回鑾。」賈妃聽了，不由的滿眼又滾下淚來。卻又勉強堆笑，拉住賈母、王夫人的手，緊緊的不忍釋放，再四叮嚀：「不須掛念，好生自養。如今天恩浩蕩，一月許進內省視一次，見面是盡有的，何必傷慘？倘明歲天恩仍許歸省，萬不可如此奢華靡費了！」賈母等已哭的哽噎難言了。賈妃雖不忍別，怎奈皇家規範，違錯不得，只得上輿去了。這裏諸人好容易將賈母、王夫人安慰解勸，攙扶出園去了。且聽下回分解。

💡 精華賞析

　　妙玉的名字第一次被提到，我們就已經了解到她雖為尼姑卻出身不凡。鳳姐為妙玉特地留了一個住處，王夫人也同意下帖邀請，為後文留下懸念。

《第十九回》

情切切良宵花解語
意綿綿靜日玉生香

> 寶玉想出門散心，哪裏都不去，卻偏偏要去襲人家，還因為給襲人留的一碗酥酪而引得李嬤嬤大發脾氣。由此看來寶玉和襲人的關係也很不同尋常。

　　話說賈妃回宮，次日見駕謝恩，並回奏歸省之事，龍顏甚悅。又發內帑彩緞金銀等物，以賜賈政及各椒房等員，不必細說。

　　且說榮寧二府中連日用盡心力，真是人人力倦，個個神疲，又將園中一應陳設動用之物收拾了兩三天方完。第一個鳳姐事多任重，別人或可偷安躲靜，獨他是不能脫得的；二則本性要強，不肯落人褒貶，只扎掙着與無事的人一樣。第一個寶玉是極無事最閑暇的。偏這一早，襲人的母親又親來回過賈母，接襲人家去吃年茶，晚上才得回來。因此，寶玉只和眾丫頭們擲骰子趕圍棋作戲。正在房內玩的沒興頭，忽見丫頭們來回說：「東府珍大爺來請過去看戲、放花燈。」寶玉聽了，便命換衣裳。才要去時，忽又有賈妃賜出糖蒸酥酪來；寶玉想上次襲人喜吃此物，便命留與襲人了。自己回過賈母，過去看戲。

　　誰想賈珍這邊唱的是《丁郎認父》《黃伯央大擺陰魂陣》，更有《孫行者大鬧天宮》《姜子牙斬將封神》等類的戲文，倏爾神鬼亂出，忽又妖魔畢露，甚至於揚幡過會，號佛行香，鑼鼓喊叫之聲遠聞巷外。弟兄子姪，互為獻酬，姊妹婢妾，共相笑語。獨有寶玉見那繁華熱鬧到如此不堪的田地，只略坐了一坐，便走開各處閑耍。先是進內去和尤氏並丫鬟姬妾鬼混了一回，便出二門來。尤氏等仍料他出來看戲，遂也不曾照管。賈珍、賈璉、薛蟠等只

顧猜枚行令，百般作樂，縱一時不見他在座，只道在裏邊去了，也不理論。至於跟寶玉的小廝們，那年紀大些的，知寶玉這一來了，必是晚間才散，因此得空兒也有會賭去的，也有往親友家去的，或賭或飲，都私自散了，待晚間再來；那小些的，都鑽進戲房裏瞧熱鬧去了。

寶玉見一個人沒有，因想：「素日這裏有個小書房，內曾掛着一軸美人，畫的很得神。今日這般熱鬧，想那裏自然無人，那美人也自然是寂寞的，須得我去望慰他一回。」想着，便往書房裏來。剛到窗前，聞得屋裏一片喘息之聲。寶玉倒唬了一跳：心想美人活了不成？乃大着膽子，舐破窗紙，向內一看，那軸美人卻不曾活，卻是茗煙按着一個女孩子，也幹那警幻所訓之事。寶玉禁不住大叫：「了不得！」一腳踹進門去，將那兩個唬的抖衣而顫。

茗煙見是寶玉，忙跪下哀求。寶玉道：「青天白日，這是怎麼說！珍大爺知道了，你是死是活？」一面看那丫頭，倒也白白淨淨有些動人心處，在那裏羞的臉紅耳赤，低首無言。寶玉跺腳道：「還不快跑！」一語提醒了，那丫頭飛跑去了。寶玉又趕出去，叫道：「你別怕，我是不告訴人的。」急的茗煙在後叫：「祖宗，這是分明告訴人了！」寶玉因問：「那丫頭十幾歲了？」茗煙道：「大不過十六七歲了。」寶玉道：「連他的歲數也不問問，就作這個事，可見他白認得你了！可憐，可憐！」又問：「名字叫甚麼？」茗煙大笑道：「若說出名字來話長，真真新鮮奇文，竟是寫不出來的。據他說，他母親養他的時節做了個夢，夢見得了一匹錦，上面是五色富貴不斷頭萬字的花樣，所以他的名字叫做萬兒。」寶玉聽了笑道：「想必他將來有些造化。等我明兒說給你作媳婦好不好？」

茗煙也笑了，因問：「二爺為何不看這樣的好戲？」寶玉道：「看了半日，怪煩的，出來逛逛，就遇見你們了。這會子作甚麼呢？」茗煙笑道：「這會子沒人知道，我悄悄的引二爺往城外逛逛去，一會子再往這裏來，他們就不知道了。」寶玉道：「不好，仔細花子拐了去。便是他們知道了，又鬧大了，不如往熟近些的地方去，還可就來。」茗煙道：「熟近地方，誰家可去？這卻難了。」寶玉笑道：「依我的主意，咱們竟找你花大姐姐去，瞧他在家做甚麼呢。」茗煙笑道：「好，好！倒忘了他家。」又道：「若他們知道了，說我引着二爺胡走，要打我呢？」寶玉道：「有我呢。」茗煙聽說，拉了馬，二人從後門就走了。

　　幸而襲人家不遠，不過一半里路程，轉眼已到門前。茗煙先進去叫襲人之兄花自芳。此時襲人之母接了襲人與幾個外甥女兒、幾個姪女兒來家，正吃果茶。聽見外面有人叫「花大哥」，花自芳忙出去看時，見他主僕兩個，唬的驚疑不定，連忙抱下寶玉，來至院內嚷道：「寶二爺來了！」別人聽見還可，襲人聽了，也不知為何，忙跑出來迎着寶玉，一把拉着問：「你怎麼來了？」寶玉笑道：「我怪悶的，來瞧瞧你作甚麼呢。」襲人聽了，才放下心來，啐了一聲，笑道：「你也忒胡鬧了，可作甚麼來呢！」一面又問茗煙：「還有誰跟來？」茗煙笑道：「別人都不知。」襲人聽了，復又驚慌，道：「這還了得！倘或碰見了人，或是遇見了老爺，街上人擠車碰，有個閃失，這也是玩的嗎？你們的膽子比斗還大呢！都是茗煙調唆的，等回去我定告訴嬤嬤們，一定打你一個賊死！」茗煙撅了嘴道：「二爺罵着打着叫我帶了來的，這會子推到我身上。我說別來罷！要不，我們回去罷。」花自芳忙勸：「罷了，已是來了，也不用多說了。只是茅簷草舍，又窄又不乾淨，爺怎麼坐呢？」

　　襲人之母也早迎了出來。襲人拉着寶玉進去。寶玉見房中三五個女孩兒，見他進來，都低了頭，羞的臉上通紅。花自芳母子兩個恐怕寶玉冷，又讓他上炕，又忙另擺果桌，又忙倒好茶。襲人笑道：「你們不用白忙，我自然知道，不敢亂給東西吃。」一面說，一面將自己的坐褥拿了鋪在一個杌子上，扶着寶玉坐了；又用自己的腳爐墊了腳；向荷包內取出兩個梅花香餅兒來，又將自己的手爐掀開焚上，仍蓋好，放在寶玉懷內；然後將自己的茶杯斟了茶，送與寶玉。彼時他母兄已是忙着齊齊整整擺上一桌子果品來。襲人見總無可吃之物，因笑道：「既來了，沒有空去之理，好歹嘗一點兒，也是來我家一趟。」說着，便拈了幾個松瓤，吹去細皮，用手帕托着送與寶玉。

　　寶玉看見襲人兩眼微紅，粉光融滑，因悄問襲人：「好好的哭甚麼？」襲人笑道：「誰哭來着？才迷了眼揉的。」因此便遮掩過了。因見寶玉穿着大紅金蟒狐腋箭袖，外罩石青貂裘排穗褂。襲人道：「你特為往這裏來又換新服，他們就不問你那裏去嗎？」寶玉道：「原是珍大爺請過去看戲換的。」襲人點頭。又道：「坐一坐就回去罷，這個地方不是你來得的。」寶玉笑道：「你就家去才好呢，我還替你留着好東西呢。」襲人悄笑道：「悄悄兒的罷，叫他們聽着作甚麼？」一面又伸手從寶玉項上將通靈玉摘了下來，向他姊妹們笑道：「你們見識見識。時常說起來都當希罕，恨不能一見，今兒可盡力兒瞧瞧。再

瞧甚麼希罕物兒，也不過是這麼着了。」說畢，遞與他們傳看了一遍，仍與寶玉掛好。又命他哥哥去僱一乾乾淨淨、嚴嚴緊緊的車，送寶玉回去。花自芳道：「有我送去，騎馬也不妨的。」襲人道：「不為不妨，為的是碰見人。」花自芳忙去僱了一輛車來，眾人也不好相留，只得送寶玉出去。襲人又抓果子與茗煙，又把些錢與他買花炮放，教他：「不可告訴人，連你也有不是。」一直送寶玉至門前，看着上轎，放下車簾。花茗二人牽馬跟隨。來至寧府街，茗煙命住車，向花自芳道：「須等我同二爺還到東府裏混一混，才好過去的，不然人家就疑惑了。」花自芳聽說有理，忙將寶玉抱下車來，送上馬去。寶玉笑說：「倒難為你了。」於是仍進後門來，俱不在話下。

　　卻說寶玉自出了門，他房中這些丫鬟們都越性恣意的玩笑，也有趕圍棋的，也有擲骰抹牌的，磕了一地瓜子皮兒。偏奶母李嬤嬤拄拐進來請安，瞧瞧寶玉，見寶玉不在家，丫頭們只顧玩鬧，十分看不過。因歎道：「只從我出去了，不大進來，你們越發沒個樣兒了，別的媽媽們越不敢說你們了。那寶玉是個丈八的燈台——照見人家，照不見自家的。只知嫌人家髒，這是他的屋子，由着你們糟蹋，越不成體統了。」這些丫頭們明知寶玉不講究這些，二則李嬤嬤已是告老解事出去的了，如今管他們不着，因此只顧玩，並不理他。那李嬤嬤還只管問「寶玉如今一頓吃多少飯」「甚麼時辰睡覺」等語。丫頭們總胡亂答應。有的說：「好一個討厭的老貨！」

　　李嬤嬤又問道：「這蓋碗裏是酥酪，怎不送給我去？」說畢，拿匙就吃。一個丫頭道：「快別動！那是說了給襲人留着的，回來又惹氣了。你老人家自己承認，別帶累我們受氣。」李嬤嬤聽了，又氣又愧，便說道：「我不信他這樣壞了腸子。別說我吃了一碗牛奶，就是再比這個值錢的，也是應該的。難道待襲人比我還重？難道他不想想怎麼長大了？我的血變了奶，吃的長這麼大，如今我吃他一碗牛奶，他就生氣了？我偏吃了，看怎麼着！你們看襲人不知怎麼樣，那是我手裏調理出來的毛丫頭，甚麼阿物兒[1]！」一面說，一面賭氣將酥酪吃盡。又一丫頭笑道：「他們不會說話，怨不得你老人家生氣。寶玉還時常送東西孝敬你老去，豈有為這個不自在的。」李嬤嬤道：「你們也不

---

1)　　甚麼阿物兒：如同說甚麼東西，是鄙視的口氣。

必妝狐媚子哄我，打量上次為茶攆茜雪的事我不知道呢。明兒有了不是，我再來領！」說着，賭氣去了。

　　少時，寶玉回來，命人去接襲人。只見晴雯躺在床上不動，寶玉因問：「敢是病了？再不然輸了？」秋紋道：「他倒是贏的。誰知李老太太來了，混輸了，他氣的睡去了。」寶玉笑道：「你別和他一般見識，由他去就是了。」說着，襲人已來，彼此相見。襲人又問寶玉何處吃飯，多早晚回來，又代母妹問諸同伴姊妹好。一時換衣卸妝。寶玉命取酥酪來，丫鬟們回說：「李奶奶吃了。」寶玉才要說話，襲人便忙笑道：「原來是留的這個，多謝費心。前兒我因為好吃，吃多了好肚子疼，足鬧的吐了才好了。他吃了倒好，擱在這裏倒白糟蹋了。我只想風乾栗子吃，你替我剝栗子，我去鋪床。」寶玉聽了信以為真，方把酥酪丟開，取栗子來，自向燈前檢剝。一面見眾人不在房中，乃笑問襲人道：「今兒那個穿紅的是你甚麼人？」襲人道：「那是我兩姨姐姐。」寶玉聽了，讚歎了兩聲。襲人道：「歎甚麼？我知道你心裏的緣故，想是說他那裏配紅的。」寶玉笑道：「不是，不是。那樣的不配穿紅的，誰還敢穿？我因為見他實在好的很，怎麼也得他在咱們家就好了。」襲人冷笑道：「我一個人是奴才命罷了，難道連我的親戚都是奴才命不成？定還要揀實在好的丫頭才往你家來？」寶玉聽了，忙笑道：「你又多心了。我說往咱們家來，必定是奴才不成？說親戚就使不得？」襲人道：「那也搬配不上。」寶玉便不肯再說，只是剝栗子。襲人笑道：「怎麼不言語了？想是我才冒撞沖犯了你，明兒賭氣花幾兩銀子買他們進來就是了。」寶玉笑道：「你說的話，怎麼叫我答言呢。我不過是讚他好，正配生在這深堂大院裏，沒的我們這種濁物倒生在這裏。」襲人道：「他雖沒這樣造化，倒也是嬌生慣養的，我姨爹姨娘的寶貝兒似的。如今十七歲，各樣的嫁妝都齊備了，明年就出嫁。」

　　寶玉聽了「出嫁」二字，不禁又唉了兩聲。正是不自在，又聽襲人歎道：「只從我來這幾年，姊妹們都不得在一處。如今我要回去了，他們又都去了。」寶玉聽這話內有文章，不禁吃一驚，忙丟下栗子，問道：「怎麼，你如今要回去？」襲人道：「我今兒聽見我媽和哥哥商議，教我再耐煩一年，明年他們上來，就贖我出去的呢。」寶玉聽了這話，怔了半日，因問：「為甚麼要

贖你呢？」襲人道：「這話奇了！我又比不得是你這裏的家生子兒[2]，我們一家子都在別處，獨我一個人在這裏，怎麼是個了局呢？」寶玉道：「我不放你去也難。」襲人道：「從來沒這個理。便是朝廷宮裏，也有定例，或幾年一選，幾年一放，也沒有個長遠留下人的理，別說你們家！」寶玉想了一想，果然有理。又道：「老太太不放你也難。」襲人道：「為甚麼不放？我果然是個最難得的，或者感動了老太太，老太太必不肯放我出去的，再多給我們家幾兩銀子，留下也還有的；其實我也不過是個平常的人，比我強的多而且多。自我從小跟着老太太，先伏侍了史大姑娘幾年，這會子又伏侍了你幾年。我們家要來贖我，正是該叫我去的，只怕連身價也不要，就開恩叫我去呢。若說為伏侍的你好，不叫我去，斷然沒有的事。那伏侍的好，是分內應當的，不是甚麼奇功。我去了，仍舊有好的來了，不是沒了我就不成事。」寶玉聽了這些話，竟是有去的理，無留的理，心內越發急了，因又道：「雖然如此說，我只一心留下你，不怕老太太不和你母親說。多多給你母親些銀子，他也不好意思接你了。」襲人道：「我媽自然不敢強。且慢說和他好說，又多給銀子；就便不好和他說，一個錢也不給，安心要強留下我，他也不敢不依。但只是咱們家從沒幹過這倚勢仗貴霸道的事。這比不得別的東西，因為你喜歡，加十倍利弄了來給你，那賣的人不吃虧，可以行得的。如今無故平空留下我，於你又無益，反叫我們骨肉分離，這件事，老太太、太太肯行嗎？」寶玉聽了，思忖半晌，乃說道：「依你說來說去，是去定了？」襲人道：「去定了。」寶玉聽了，自思道：「誰知這樣一個人，這樣薄情無義呢。」乃歎道：「早知道都是要去的，我就不該弄了來，臨了剩了我一個孤鬼兒。」說着，便賭氣上床睡了。

原來襲人在家，聽見他母兄要贖他回去，他就說至死也不回去的。又說：「當日原是你們沒飯吃，就剩了我還值幾兩銀子，要不叫你們賣，沒有個看着老子娘餓死的理。如今幸而賣到這個地方兒，吃穿和主子一樣，又不朝打暮罵。況且如今爹雖沒了，你們卻又整理的家成業就，復了元氣。若果然還艱難，把我贖出來，再多掏摸幾個錢，也還罷了，其實又不難了。這會子又贖我作甚麼？權當我死了，再不必起贖我的念頭！」因此哭鬧了一陣。

---

2)　　家生子兒：奴僕的子孫，仍須世代在主家做奴僕，當時稱之為家生子。

他母兒見他這般堅執，自然必不出來的了。況且原是賣倒的死契[3]，明仗着買宅是慈善寬厚之家，不過求一求，只怕身價銀一併賞了這是有的事呢。二則，賈府中從不曾作踐下人，只有恩多威少的。且凡老少房中所有親侍的女孩子們，更比待家下眾人不同，平常寒薄人家的女孩兒，也不能那樣尊重。因此，他母子兩個也就死心不贖了。次後忽然寶玉去了，他兩個又是那般光景兒，他母子二人心下更明白了，越發一塊石頭落了地，而且是意外之想，彼此放心，再無別意了。

且說襲人自幼見寶玉性格異常，其淘氣憨頑自是出於眾小兒之外，更有幾件千奇百怪口不能言的毛病兒。近來仗着祖母溺愛，父母又不能十分嚴緊拘管，更覺放蕩弛縱，任性恣情，最不喜務正。每欲勸時，料不能聽，今日可巧有贖身之論，故先用騙詞，以探其情，以壓其氣，然後好下箴規。今見他默默睡去了，知其情有不忍，氣已餒墮。自己原不想栗子吃，只因怕為酥酪生事，又像那茜雪之茶，是以假要栗子為由，混過寶玉不提就完了。於是命小丫頭子們將栗子拿去吃了，自己來推寶玉。只見寶玉淚痕滿面，襲人便笑道：「這有甚麼傷心的，你果然留我，我自然不肯出去。」寶玉見這話頭兒活動了，便道：「你倒說說，我還要怎麼留你，我自己也難說了。」襲人笑道：「咱們兩個的好，是不用說了。但你安心留我，不在這上頭。我另說出兩三件事來，你果然依了我，那就是你真心留我了，刀擱在脖子上，我也不出去了。」

寶玉忙笑道：「你說，那幾件？我都依你。好姐姐，好親姐姐，別說兩三件，就是兩三百件，我也依的。只求你們同看守着我，等我有一日化成了飛灰，飛灰還不好，灰還有形有跡，還有知識。等我化成一股輕煙，風一吹就散了的時候，你們也管不得我，我也顧不得你們了，憑你們愛那裏去那裏去就完了。」急的襲人忙握他的嘴，說：「好好的，正為勸你這些，倒更說的狠了。」寶玉忙說道：「再不說這話了。」襲人道：「這是頭一件要改的。」寶玉道：「改了，再要說，你就擰嘴。還有甚麼？」

襲人道：「第二件，你真愛讀書也罷，假愛也罷，只是在老爺跟前或在別人跟前，你別只管嘴裏混批，只作出個愛唸書的樣子來，也教老爺少生些

---

3)　　賣倒的死契：舊時婦女被買做婢妾有死門、活門之分，死門是和娘家斷絕一切關係；活門是與娘家可以往來或還可以贖回的。

氣，在人跟前也好說嘴。老爺心裏想着，我家代代唸書，只從有了你，不承望不但不愛讀書，已經他心裏又氣又惱了。而且背前背後亂說那些混話，凡讀書上進的人，你就起個外號兒叫人家『祿蠹』；又說只除了甚麼『明明德』外就沒有書了，都是前人自己混編纂出來的。這些話，你怎麼怨得老爺不氣，不時時刻刻的要打你呢？」寶玉笑道：「再不說了。那原是那小時不知天高地厚，信口胡說，如今再不敢說了。還有甚麼？」

襲人道：「再不可毀僧謗道的了。還有更要緊的一件事，再不許吃人嘴上擦的胭脂，與那愛紅的毛病兒了。」寶玉道：「都改，都改。再有甚麼，快說。」襲人笑道：「再也沒有了。只是百事檢點些，不任意任性的就是了。你若果都依了，就拿八人轎也抬不出我去了。」寶玉笑道：「你在這裏長遠了，不怕沒八人轎你坐。」襲人冷笑道：「這我可不希罕的。有那個福氣，沒有那個道理。縱坐了，也沒甚趣。」

二人正說着，只見秋紋走進來。說：「快三更了，該睡了。方才老太太打發嬤嬤來問，我答應睡了。」寶玉命取錶來看時，果然針已指到子初二刻了，方從新盥漱，寬衣安歇，不在話下。

至次日清晨，襲人起來，便覺身體發重，頭疼目脹，四肢火熱。先時還掙扎的住，次後捱不住，只要睡着，因而和衣躺在炕上。寶玉忙回了賈母，傳醫診視，說道：「不過偶感風寒，吃一兩劑藥疏散疏散就好了。」開方去後，令人取藥來煎好。剛服下去，命他蓋上被渥汗，寶玉自去黛玉房中來看視。

彼時黛玉自在床上歇午覺，丫鬟們皆出去自便，滿屋內靜悄悄的。寶玉揭起繡線軟簾，進入裏間，只見黛玉睡在那裏，忙走上來推他道：「好妹妹，才吃了飯，又睡覺。」將黛玉喚醒。黛玉見是寶玉，因說道：「你且出去逛逛。我前兒鬧了一夜，今兒還沒有歇過來，渾身痠疼。」寶玉道：「痠疼事小，睡出來的病大。我替你解悶兒，混過困去就好了。」黛玉只合着眼，說道：「我不睏，只略歇歇兒，你且別處去鬧會子再來。」寶玉推他道：「我往那去呢，見了別人就怪膩的。」

黛玉聽了，嗤的一聲笑道：「你既要在這裏，那邊去老老實實的坐着，咱們說話兒。」寶玉道：「我也歪着。」黛玉道：「你就歪着。」寶玉道：「沒有枕頭，咱們在一個枕頭上罷。」黛玉道：「放屁！外頭不是枕頭？拿一個來枕着。」寶玉出至外間，看了一看，回來笑道：「那個我不要，也不知是那個

腌臢老婆子的。」黛玉聽了，睜開眼，起身笑道：「真真你就是我命中的『魔星』！請枕這一個！」說着，將自己枕的推與寶玉，又起身將自己的又拿了一個來枕上，二人對着臉兒躺下。

黛玉因看見寶玉左邊腮上有鈕扣大小的一塊血漬，便欠身湊近前來，以手撫之細看，又道：「這又是誰的指甲刮破了？」寶玉側身，一面躲，一面笑道：「不是刮的，只怕是才剛替他們淘澄胭脂膏子，濺上了一點兒。」說着，便找絹子要擦。黛玉便用自己的絹子替他擦了，口內說道：「你又幹這些事了。幹也罷了，必定還要帶出幌子來。便是舅舅看不見，別人看見了，又當作奇怪事新鮮話兒去學舌討好兒，吹到舅舅耳朵裏，又該大家不得心淨了。」

寶玉總未聽見這些話，只聞得一股幽香，卻是從黛玉袖中發出，聞之令人醉魂酥骨。寶玉一把便將黛玉的袖子拉住，要瞧籠着何物。黛玉笑道：「冬寒十月，誰帶甚麼香呢？」寶玉笑道：「既然如此，這香是那裏來的？」黛玉道：「連我也不知道。想必是櫃子裏頭的香氣，衣服上熏染的也未可知。」寶玉搖頭道：「未必。這香的氣味奇怪，不是那些香餅子、香球子、香袋子的香。」黛玉冷笑道：「難道我也有甚麼『羅漢真人』給我些香不成？便是得了奇香，也沒有親哥哥親兄弟弄了花兒、朵兒、霜兒、雪兒替我炮製。我有的是那些俗香罷了。」

寶玉笑道：「凡我說一句，你就拉上這麼些，不給你個利害，也不知道，從今兒可不饒你了。」說着翻身起來，將兩隻手呵了兩口，便伸手向黛玉膈肢窩內兩肋下亂撓。黛玉素性觸癢不禁，寶玉兩手伸來亂撓，便笑的喘不過氣來，口裏說：「寶玉！你再鬧，我就惱了。」寶玉方住了手，笑問道：「你還說這些不說了？」黛玉笑道：「再不敢了。」一面理鬢笑道：「我有奇香，你有『暖香』沒有？」

寶玉見問，一時解不來，因問：「甚麼『暖香』？」黛玉點頭笑歎道：「蠢才，蠢才！你有玉，人家就有金來配你；人家有『冷香』，你就沒有『暖香』去配？」寶玉方聽出來。寶玉笑道：「方才求饒，如今更說狠了。」說着，又去伸手。黛玉忙笑道：「好哥哥，我可不敢了。」寶玉笑道：「饒你不難，只把袖子我聞一聞。」說着，便拉了袖子籠在面上，聞個不住。黛玉奪了手道：「這可該去了。」寶玉笑道：「要去，不能。咱們斯斯文文的躺着說話兒。」說着，復又躺下。黛玉也躺下，用手帕子蓋上臉。寶玉有一搭沒一搭的說些鬼話，

黛玉只不理。寶玉問他幾歲上京，路上見何景致古蹟，揚州有何遺跡故事，土俗民風。黛玉總不答。

　　寶玉只怕他睡出病來，便哄他道：「嗳喲！你們揚州衙門裏有一件大故事，你可知道麼？」黛玉見他說的鄭重，且又正言厲色，只當是真事，因問：「甚麼事？」寶玉見問，便忍着笑順口謅道：「揚州有一座黛山，山上有個林子洞。」黛玉笑道：「就是扯謊，自來也沒聽見這山。」寶玉道：「天下山水多着呢，你那裏知道？等我說完了，你再批評。」黛玉道：「你且說。」寶玉又謅道：「林子洞裏原來有羣耗子精。那一年臘月初七日，老耗子升座議事，因說：『明日乃是臘八，世上人都熬臘八粥。如今我們洞中果品短少，須得趁此打劫些來才好。』乃拔令箭一枝，遣了個能幹的小耗子前去打聽。小耗子回報：『各處都打聽了，唯有山下廟裏果米最多。』老耗子問：『米有幾種？果有幾品？』小耗子道：『米豆成倉，果品卻只有五種：一是紅棗，二是栗子，三是落花生，四是菱角，五是香芋。』老耗子聽了大喜，即時拔了一枝令箭問：『誰去偷米？』一個耗子便接令去偷米。又拔令箭問：『誰去偷豆？』又一個耗子接令去偷豆。然後一一的都各領令去了。又拔令箭問：『誰去偷香芋？』只見一個極小極弱的小耗子應道：『我願去偷香芋。』老耗子和眾耗子見他這樣，恐不諳練，怯懦無力，不准他去。小耗子道：『我雖年小身弱，卻是法術無邊，口齒伶俐，機謀深遠。此去管比他們偷的還巧呢。』眾耗子忙問：『怎麼比他們巧呢？』小耗子道：『我不學他們直偷。我只搖身一變，也變成個香芋，滾在香芋堆裏，叫人看不出來，卻暗暗兒的搬運，漸漸的就搬運盡了。豈不比直偷硬取的巧些？』眾耗子聽了，都道：『妙卻妙，只是不知怎麼變？你先變個我們瞧瞧。』小耗子聽了，笑道：『這個不難，等我變來。』說畢，搖身說『變』，竟變了一個最標緻美貌的一位小姐。眾耗子笑道：『變錯了，變錯了。原說變果子的，怎麼變出小姐來了？』小耗子現了原形笑道：『我說你們沒見世面，只認得這果子是香芋，卻不知鹽課林老爺的小姐才是真正的香玉呢。』」

　　黛玉聽了，翻身爬起來，按着寶玉笑道：「我把你這個爛了嘴的！就知道你是編派⁴我呢。」說着，便擰的寶玉連連央告，說：「好妹妹，饒我罷，再不

---

4)　　編派：背地裏捏造壞話，把別人的行動、狀態作為譏誚。比誣蔑的意思要輕些。

敢了！我因為聞見你的香氣，忽然想起這個故典來。」黛玉笑道：「饒罵了人，還說是故典呢。」

　　一語未了，只見寶釵走來，笑問：「誰說故典呢？我也聽聽。」黛玉忙讓坐，笑道：「你瞧瞧，有誰！他饒罵了人，還說是故典。」寶釵笑道：「原來是寶兄弟，怪不得他，他肚子裏的故典本來多。就只是可惜一件，該用故典，他偏忘了。有今日記得的，前兒夜裏的芭蕉詩就該記得呀。眼面前兒的倒想不起來，別人冷的了不得，他只是出汗。這會子偏又有了記性了。」黛玉聽了笑道：「阿彌陀佛！到底是我的好姐姐，你一般也遇見對頭了⁵。可知一還一報，不爽不錯的。」剛說到這裏，只聽寶玉房中一片聲吵嚷起來。未知何事，下回分解。

💬 延伸思考

這一回結尾處，寶玉黛玉正在嬉笑逗趣，寶釵突然來到。這一處着筆對人物關係的塑造有甚麼作用？

💡 精華賞析

　　寶玉和黛玉之間的生活細節突出了兩人非比尋常的親密。黛玉對寶釵的心結在別人面前還能隱藏和收斂，但在寶玉面前卻毫不掩飾，時而嗔怪，時而譏諷。

---

5)　　對頭：這裏指對手。

《第二十回》

精讀 王熙鳳正言彈妒意
林黛玉俏語謔嬌音

> 　　史湘雲到來，本來大家相聚是快樂的事情，可黛玉心中卻有些不愉快。這到底又是為甚麼呢？

點評

　　話說寶玉在林黛玉房中說「耗子精」，寶釵撞來，諷刺寶玉元宵不知「綠蠟」之典，三人正在房中互相譏刺取笑。那寶玉正恐黛玉飯後貪眠，一時存了食，或夜間走了睏，皆非保養身體之法；幸而寶釵走來，大家談笑，那林黛玉方不欲睡，自己才放了心。忽聽他房中嚷起來，大家側耳聽了一聽，林黛玉先笑道：「這是你媽媽和襲人叫嚷呢。那襲人也罷了，你媽媽再要認真排揎¹他，可見老背晦²了。」

　　寶玉忙要趕過來，寶釵忙一把拉住道：「你別和你媽媽吵才是，他老糊塗了，倒要讓他一步為是。」寶玉道：「我知道了。」說畢走來，只見李嬤嬤拄着拐棍，在當地罵襲人：「忘了本的小娼婦！我抬舉起你來，這會子我來了，你大模大樣的躺在炕上，見我來也不理一理。一心只想妝狐媚子哄寶玉，哄的寶玉不理我，只聽你們的話。你不過是幾兩臭銀子買來的毛丫頭罷咧，這屋裏你就作耗³起來了，好

● 李嬤嬤也是下層人民，她被官宦貴族驅使，地位也比襲人高不了多少，卻仗着自己是寶玉乳母的身份欺壓起別人。

---

1)　　排揎：指高壓下的批評。

2)　　背晦：指年老的人神志糊塗。

3)　　作耗：製造禍端，有意的搞亂或生事、胡鬧。

不好的拉出去配一個小子，看你還妖精似的哄人不哄人？」
襲人先只道李嬤嬤不過為他躺着生氣，少不得分辨說：「病
了，才出汗，蒙着頭，原沒看見你老人家。」後來只管聽他
說「哄寶玉」，又說「配小子」，由不得又愧又委屈，禁不
住哭起來。

　　寶玉雖聽了這些話，也不好怎樣，少不得替襲人分辨
說：「病了，吃藥……」又說：「你不信，只問別的丫頭們。」
李嬤嬤聽了這話，越發氣起來了，說道：「你只護着那起狐
狸，那裏還認得我了？叫我問誰去？誰不幫着你呢？誰不是
襲人拿下馬來[4]的？我都知道那些事。我只和你在老太太、
太太跟前去講了。把你奶了這麼大，到如今吃不着奶了，把
我丟在一旁，逗着丫頭們要我的強。」一面說，一面也哭起
來。彼時黛玉寶釵等也走過來勸說：「媽媽，你老人家擔待
他們一點子就完了。」李嬤嬤見他二人來了，便拉住訴委
屈，將當日吃茶，茜雪出去，與昨日酥酪等事，嘮嘮叨叨說
個不清。

　　可巧鳳姐正在上房算完了輸贏賬，聽得後面一片聲
嚷，便知是李嬤嬤老病發了，又值他今兒輸了錢，遷怒於
人，排揎寶玉的丫頭。便連忙趕過來，拉了李嬤嬤，笑道：
「好媽媽，別生氣。大節下，老太太才喜歡了一日，你是個
老人家，別人高聲，你還要管他們呢；難道你反不知道規
矩，在這裏嚷起來，叫老太太生氣不成？你只說誰不好，
我替你打他。我家裏燒的滾熱的野雞，快來跟我吃酒去。」
一面說，一面拉着走，又叫：「豐兒，替你李奶奶拿着拐棍
子，擦眼淚的手帕子。」那李嬤嬤腳不沾地跟了鳳姐走了，
一面還說：「我也不要這老命了，索性今兒沒了規矩，鬧一
場子，討個沒臉，強如受那娼婦蹄子的氣！」後面寶釵黛玉

● 鳳姐對李嬤嬤曉之
以理動之以情，連拉
帶哄，這樣嘻嘻哈哈
地把事情了結。她的
處事能力真是不簡單。

────────────

4)　　拿下馬來：降服的意思。

見鳳姐兒這般，都拍手笑道：「虧這一陣風來，把個老婆子撮了去了。」

　　寶玉點頭歎道：「這又不知是那裏的賬，只揀軟的排揎。昨兒又不知是那個姑娘得罪了，上在他賬上。」一句未了，晴雯在旁笑道：「誰又瘋了，得罪他作甚麼？便得罪了他，就有本事承任，不犯帶累別人！」襲人一面哭，一面拉寶玉道：「為我得罪了一個老奶奶，你這會子又為我得罪這些人，這還不夠我受的，還只是拉別人。」寶玉見他這般病勢，又添了這些煩惱，連忙忍氣吞聲，安慰他仍舊睡下出汗。又見他湯燒火熱，自己守着他，歪在旁邊，勸他只養着病，別想着些沒要緊的事生氣。襲人冷笑道：「要為這些事生氣，這屋裏一刻還站不得了。但只是天長日久，盡着這樣鬧，可叫人怎麼樣過呢？你只顧一時為我得罪了人，他們都記在心裏，遇着坎兒，說的好說不好聽的，大家甚麼意思。」一面說，一面禁不住流淚，又怕寶玉煩惱，只得又勉強忍着。

　　一時雜使的老婆子煎了二和藥[5]來。寶玉見他才有汗意，不肯叫他起來，自己便端着就枕與他吃了，即命小丫頭子們鋪炕。襲人道：「你吃飯不吃飯，到底老太太、太太跟前坐一會子，和姑娘們玩一會子再回來。我就靜靜的躺一躺也好。」寶玉聽說，只得替他去了簪環，看他躺下，自往上房來。同賈母吃畢飯，賈母猶欲同那幾個老管家嬤嬤鬥牌解悶，寶玉惦記着襲人，便回至房中，見襲人朦朧睡去。自己要睡，天氣尚早。彼時晴雯、綺霞、秋紋、碧痕都尋熱鬧，找鴛鴦琥珀等耍戲去了，獨見麝月一個人在外間房裏燈下抹骨牌。寶玉笑問道：「你怎不同他們玩去？」麝月道：「沒有

● 描繪了麝月的人物形象：成熟、幹練、明事理。

5)　　二和（huò）藥：中藥的煎法。第一次煎出的中藥湯為頭煎藥或頭和藥，先服；再煎出的藥湯為二煎藥，或二和藥，續服。一副中藥只能煎三次，也就是第三和藥。

錢。」寶玉道：「床底下堆着那麼些，還不夠你輸的？」麝月道：「都玩去了，這屋裏交給誰呢？那一個又病了，滿屋裏上頭是燈，地下是火。那些老媽媽子們，老天拔地，伏侍一天，也該叫他們歇歇；小丫頭子們也是伏侍了一天，這會子還不叫他們玩玩去。所以讓他們都去罷，我在這裏看着。」

寶玉聽了這個話，公然又是一個襲人。因笑道：「我在這裏坐着，你放心去罷。」麝月道：「你既在這裏，越發不用去了，咱們兩個說話玩笑豈不好？」寶玉笑道：「咱兩個作甚麼呢？怪沒意思的。也罷了，早上你說頭癢，這會子沒甚麼事，我替你篦頭罷。」麝月聽了便道：「就是這樣。」說着，將文具鏡匣搬來，卸去釵釧，打開頭髮，寶玉拿了篦子替他一一的梳篦。只篦了三五下，只見晴雯忙忙走進來取錢。一見了他兩個，便冷笑道：「哦，交杯盞還沒吃，倒上頭了[6]！」寶玉笑道：「你來，我也替你篦一篦。」晴雯道：「我沒那麼大福。」說着，拿了錢，便摔簾子出去了。

寶玉在麝月身後，麝月對鏡，二人在鏡內相視。寶玉便向鏡內笑道：「滿屋裏就只是他磨牙。」麝月聽說，忙向鏡中擺手，寶玉會意。忽聽唿一聲簾子響，晴雯又跑進來問道：「我怎麼磨牙了？咱們倒得說說。」麝月笑道：「你去你的罷，又來問人了。」晴雯也笑道：「你又護着。你們那瞞神弄鬼的，我都知道等我撈回本兒來再說話。」說着，一徑出去了。這裏寶玉通了頭，命麝月悄悄的伏侍他睡下，不肯驚動襲人。一宿無話。

至次日清晨起來，襲人已是夜間發了汗，覺得輕省了些，只吃些米湯靜養。寶玉放了心，因飯後走到薛姨媽這邊來閑逛。彼時正月內，學房中放年學，閨閣中忌針指，卻都

---

6)　交杯盞還沒吃，倒上頭了：古時婚禮，新郎新娘飲酒時交換酒杯飲酒，叫做交杯。新郎為新娘改梳髮髻和加簪飾物叫做上頭。下文的通頭是指梳通頭髮。

是閑時：賈環也過來玩，正遇見寶釵、香菱、鶯兒三個趕圍
棋作耍。賈環見了也要玩。寶釵素習看他亦如寶玉，並沒他
意。今兒聽他要玩，讓他上來坐了一處：一注十個錢，頭一
回自己贏了，心中十分歡喜。後來接連輸了幾盤，便有些着
急。趕着這盤正該自己擲骰子，若擲個七點便贏，若擲個六
點也該贏，擲個三點就輸了。因拿起骰子來，狠命一擲，一
個作定了二，那一個亂轉。鶯兒拍着手只叫「么」，賈環便
瞪着眼，「六——七——八」混叫。那骰子偏生轉出么來。
賈環急了，伸手便抓起骰子來，然後就拿錢，說是個六點。
鶯兒便說：「分明是個么！」寶釵見賈環急了，便瞅鶯兒說
道：「越大越沒規矩，難道爺們還賴你？還不放下錢來呢！」

　　鶯兒滿心委曲，見寶釵說，不敢則聲，只得放下錢
來，口內嘟囔說：「一個作爺的，還賴我們這幾個錢，連
我也不放在眼裏。前兒我和寶二爺玩，他輸了那些，也沒
着急。下剩的錢，還是幾個小丫頭子們一搶，他一笑就罷
了。」寶釵不等說完，連忙斷喝。賈環道：「我拿甚麼比寶
玉呢？你們怕他，都和他好，都欺負我不是太太養的。」說
着，便哭了。寶釵忙勸他：「好兄弟，快別說這話，人家笑
話你。」又罵鶯兒。

　　正值寶玉走來，見了這般形況，問是怎麼了。賈環不
敢則聲。寶釵素知他家規矩，凡作兄弟的，都怕哥哥。卻不
知那寶玉是不要人怕他的。他想着：「弟兄們一併都有父母
教訓，何必我多事，反生疏了。況且我是正出，他是庶出，
饒這樣還有人背後談論，還禁得轄治他了？」更有個呆意思
存在心裏。你道是何呆意？因他自幼姊妹叢中長大，親姊妹
有元春、探春，伯叔的有迎春、惜春，親戚中又有史湘雲、
林黛玉、薛寶釵等諸人。他便料定，天地間靈淑之氣只鍾於
女子，男兒們不過是些渣滓濁沫而已。因此把一切男子都看
成混沌濁物，可有可無。只是父親叔伯兄弟之倫，因是聖人
遺訓，不可違忤，所以，弟兄之間不過盡其大概的情理就罷

點評

● 展現了賈環的賴皮
性格。這既與他在賈
府的地位、別人對他
的態度等客觀因素有
關，更與他紈綺子弟
的自以為是有關。

點評

了，並不想自己是男子，須要為子弟之表率。是以賈環等都不怕他，只因怕賈母不依，才讓他三分。如今寶釵恐怕寶玉教訓他，倒沒意思，便連忙替賈環掩飾。寶玉道：「大正月裏哭甚麼？這裏不好，你到別處玩去。你天天唸書，倒唸糊塗了。比如這件東西不好，橫豎那一件好，就捨了這一件取那一件。難道你守着這個東西哭一會子就好了不成？你原是取樂兒，倒招的自己煩惱。還不快去呢。」賈環聽了，只得回來。

趙姨娘見他這般，因問：「又是那裏墊了踹窩⁷來了？」賈環便說：「同寶姐姐玩的，鶯兒欺負我，賴我的錢，寶玉哥哥攆了我來了。」趙姨娘啐道：「誰叫你上高台盤去了？下流沒臉的東西！那裏玩不得？誰叫你跑了去討這沒意思！」

● 賈環的性格當然也和趙姨娘的影響分不開。

● 鳳姐指桑罵槐地一通數落，言語之中流露出她對趙姨娘的不屑。

正說着，可巧鳳姐在窗外過，都聽到耳內。便隔着窗戶說道：「大正月裏，怎麼了？兄弟們小孩子家，一點半點兒錯了，你只教導他，說這樣話作甚麼？憑他怎麼着，還有老爺太太管他呢，就大口啐他？他現是主子，不好橫豎有教導他的人，與你甚麼相干？環兄弟，出來，跟我玩去。」

賈環素日怕鳳姐比怕王夫人更甚，聽見叫他，忙唯唯的出來。趙姨娘也不敢則聲。

鳳姐向賈環道：「你也是個沒氣性的東西！時常說給你：要吃，要喝，要玩，要笑，只愛同那一個姐姐妹妹哥哥嫂子玩，就同那個玩。你總不聽我的話，反叫這些人教的你歪心邪意，狐媚子魘道的。自己又不尊重，要往下流走，安着壞心，還只怨人家偏心呢。輸了幾個錢？就這麼個樣兒！」因問賈環：「你輸了多少錢？」賈環見問，只得諾諾的回說：「輸了一二百錢。」鳳姐啐道：「虧了你還是個爺，

---

7)　　墊踹窩：又作墊喘兒，也說替人墊背。意思是替人犧牲，代人受過。

輸了一二百錢就這樣！」回頭叫豐兒：「去取一吊錢來，姑娘們都在後頭玩呢，把他送了玩去。你明兒再這麼狐媚子，我先打了你，再叫人告訴學裏，皮不揭了你的！為你這不尊重，你哥哥恨的牙根癢癢，不是我攔着，窩心腳把你的腸子窩出來呢。」喝命：「去罷！」買環諾諾的跟了豐兒，得了錢，自己和迎春等玩去。不在話下。

　　且說寶玉正和寶釵玩笑，忽見人說：「史大姑娘來了。」寶玉聽了，抬身就走。寶釵笑道：「等着，咱們兩個一齊走，瞧瞧他去。」說着，下了炕，同寶玉來至買母這邊。只見史湘雲大笑大說的，見他兩個，忙站起來問好。正值林黛玉在旁，因問寶玉在那裏的？寶玉便說：「在寶姐姐那裏來。」黛玉冷笑道：「我說呢，虧了絆住，不然早就飛了來了。」寶玉道：「只許和你玩，替你解悶兒。不過偶然去他那裏，就說這些閑話。」林黛玉道：「好沒意思的話！去不去管我甚麼事，我又沒叫你替我解悶兒。可許你從此不理我呢！」說着，便賭氣回房去了。

　　寶玉忙跟了來，問道：「好好的又生氣了？就是我說錯了，你到底也還坐坐兒，和別人說笑一會子啊。」林黛玉道：「你管我呢！」寶玉笑道：「我自然不敢管你，只是你自己糟踏壞了身子呢。」林黛玉道：「我作踐壞了身子，我死我的，與你何干！」寶玉道：「何苦來，大正月裏，死了活了的。」林黛玉道：「偏說死！我這會子就死！你怕死，你長命百歲的，如何？」寶玉笑道：「要像只管這樣鬧，我還怕死嗎？倒不如死了乾淨。」黛玉忙道：「正是了，要是這樣鬧，不如死了乾淨。」寶玉道：「我說我自己死了乾淨，別聽錯了話賴人。」正說着，寶釵走來道：「史大妹妹等你呢。」說着，便推寶玉走了。這裏黛玉越發氣悶，只向窗前流淚。

　　沒兩盞茶的工夫，寶玉仍來了。林黛玉見了，越發抽抽噎噎的哭個不住。寶玉見了這樣，知難挽回，打疊起千百

點評

● 黛玉生氣的關鍵還是因為寶玉和寶釵走的近。

點評

樣的款語温言來勸慰。不料自己沒張口，只見黛玉先說道：「你又來作甚麼？死活憑我去罷了，橫豎如今有人和你玩，比我又會唸，又會作，又會寫，又會說笑，又怕你生氣，拉了你去哄着你，你又來作甚麼呢？」寶玉聽了，忙上來悄悄的說道：「你這麼個明白人，難道連『親不間疏；後不僭先』也不知道？我雖糊塗，卻明白這兩句話。頭一件，咱們是姑舅姊妹，寶姐姐是兩姨姊妹，論親戚，他比你疏。第二件，你先來，咱們兩個一桌吃，一床睡，從小兒一處長大的，他是才來的，豈有個為他疏你的？」林黛玉啐道：「我難道叫你疏他？我成了個甚麼人了呢？我為的是我的心。」寶玉道：「我也是為的是我的心。你難道就知你的心，不知我的心不成？」

林黛玉聽了，低頭一語不發，半日說道：「你只怨人行動嗔怪了你，你再不知道你自己惱人難受。就拿今日天氣比，分明冷些，你怎麼倒脫了青膔披風呢？」寶玉笑道：「何嘗不穿，見你一惱，我一暴燥就脫了。」林黛玉歎道：「回來傷了風，又該訛着吵吃的了。」

二人正說着，只見湘雲走來，笑道：「二哥哥，林姐姐，你們天天一處玩，我好容易來了，也不理我一理兒。」黛玉笑道：「偏是咬舌子愛說話，連個『二』哥哥也叫不出來，只是『愛』哥哥『愛』哥哥的。回來趕圍棋兒，又該你鬧『么愛三』了。」寶玉笑道：「你學慣了他，明兒連你還咬起來呢。」史湘雲道：「他再不放人一點兒，專會挑人。就算你比世人好，也不犯着見一個打趣一個。我指出一個人來，你敢挑他，我就伏你。」黛玉忙問是誰。湘雲道：「你敢挑寶姐姐的短處，就算你是好的。」黛玉聽了，冷笑道：「我當是誰，原來是他！我那裏敢挑他呢。」寶玉不等說完，忙用話岔開。

湘雲笑道：「這一輩子我自然比不上你。我只保佑着明兒得一個咬舌的林姐夫，時時刻刻你可聽『愛』『厄』的去。

● 湘雲的話對故事情節的發展起到兩個作用。一是觸動黛玉的情腸，引起進一步的矛盾衝突；二是側面寫出了寶釵為人周到、小心謹慎的特點。

阿彌陀佛，那才現在我眼裏！」說的眾人一笑，湘雲忙回身
跑了。要知端的，下回分解。

💬 延伸思考

你對林黛玉的自卑感是怎麼看的？

《第二十一回》

賢襲人嬌嗔箴寶玉
俏平兒軟語救賈璉

> 寶玉不諳仕途，痴頑成性，大概也只有襲人能勸他。這勸告到底會有用嗎？

話說史湘雲跑了出來，怕林黛玉趕上，寶玉在後忙說：「仔細絆跌了！那裏就趕上了？」林黛玉趕到門前，被寶玉叉手在門框上攔住，笑勸道：「饒他這一遭罷。」林黛玉搬着手說道：「我若饒過雲兒，再不活着！」湘雲見寶玉攔住門，料黛玉不能出來，便立住腳笑道：「好姐姐，饒我這一遭兒罷。」卻值寶釵來在湘雲身背後，也笑道：「我勸你兩個看寶兄弟分上，都丟開手罷。」黛玉道：「我不依。你們是一氣的，都戲弄我不成！」寶玉勸道：「誰敢戲弄你？你不打趣他，他為敢說你！」

四人正難分解，有人來請吃飯，方往前邊來。那天早又掌燈時分，王夫人、李紈、鳳姐、迎、探、惜等都往賈母這邊來，大家閑話了一回，各自歸寢。湘雲仍往黛玉房中安歇。

寶玉送他二人到房，那天已二更多時，襲人來催了幾次，方回自己房中來睡。次日天明時，便披衣趿[1]鞋往黛玉房中來，不見紫鵑、翠縷二人，只見他姊妹兩個尚臥在衾內。那林黛玉嚴嚴密密裹着一幅杏子紅綾被，安穩合目而睡。那史湘雲卻一把青絲拖於枕畔，被只齊胸，一彎雪白的膀子撂於被外，又帶着兩個金鐲子。寶玉見了，歎道：「睡覺還是不老實！回來風吹了，

---

1)　趿（tā）：本音 sǎ，原是一種古代搔頭的草履名。這裏借作動詞「穿着」。第二十五回「趿了鞋」是指拖着。

又嚷肩窩疼了。」一面說，一面輕輕的替他蓋上。林黛玉早已醒了，覺得有人，就猜着定是寶玉，因翻身一看，果不出所料。因說道：「這早晚就跑過來作甚麼？」寶玉說道：「這還早呢！你起來瞧瞧。」黛玉道：「你先出去，讓我們起來。」寶玉聽了，轉身出至外邊。

黛玉起來叫醒湘雲，二人都穿了衣裳。寶玉復又進來。坐在鏡台旁邊，只見紫鵑、雪雁進來伏侍梳洗。湘雲洗了臉，翠縷便拿殘水要潑，寶玉道：「站着，我趁勢洗了就完了，省得又過去費事。」說着便走過來，彎腰洗了兩把。紫鵑遞過香皂去，寶玉道：「這盆裏的就不少，不用搓了。」再洗了兩把，便要手巾。翠縷道：「還是這個毛病兒，多早晚才改呢。」寶玉也不理，忙忙的要過青鹽擦了牙，漱了口。

完畢，見湘雲已梳完了頭，便走過來笑道：「好妹妹，替我梳上頭罷。」湘雲道：「這可不能了。」寶玉笑道：「好妹妹，你先時怎麼替我梳了呢？」湘雲道：「如今我忘了，怎麼梳呢？」寶玉道：「橫豎我不出門，又不戴冠子勒子，不過打幾根散辮子就完了。」說着，又千妹妹萬妹妹的央告。湘雲只得扶他的頭過來，一一梳篦。在家不戴冠，並不總角，只將四圍短髮編成小辮，往頂心髮上歸了總，編一根大辮，紅條結住。自髮頂至辮梢，一路四顆珍珠，下面有金墜腳。湘雲一面編着，一面說道：「這珠子只三顆了，這一顆不是一色的。我記得都是一樣的，怎麼少了一顆？寶玉道：「丟了一顆。」湘雲道：「必定是外頭去弄丟了，被人揀了去，倒便宜他。」

黛玉一旁盥手，冷笑道：「也不知是真丟了，也不知是給了人鑲甚麼戴去了！」寶玉不答，因鏡台兩邊俱是妝奩等物，順手拿起來賞玩，不覺又順手拈了胭脂，意欲要往口邊送，因又怕史湘雲說。正猶豫間，湘雲果在身後看見，一手掠着辮子，便伸手來「拍」的一下，將胭脂從他手中打落，說道：「這不長進的毛病兒，多早晚才改過！」

一語未了，只見襲人進來，看見這般光景，知是梳洗過了，只得回來自己梳洗。忽見寶釵走來，因問：「寶兄弟那去了？」襲人含笑道：「寶兄弟那裏還有在家裏的工夫！」寶釵聽說，心中明白。又聽襲人歎道：「姊妹們和氣，也有個分寸禮節，也沒個黑家白日鬧的！憑人怎麼勸，都是耳旁風。」寶釵聽了，心中暗忖道：「倒別看錯了這個丫頭，聽他說話，倒有些識見。」寶釵便在炕上坐了，慢慢的閑言中套問他年紀家鄉等語，留神窺察，其言語志量深

可敬愛。

　　一時寶玉來了，寶釵方出去。寶玉便問襲人道：「怎麼寶姐姐和你說的這麼熱鬧，見我進來就跑了？」問一聲不答，再問時，襲人方道：「你問我麼？我那裏知道你們的原故。」寶玉聽了這話，見他臉上氣色非往日可比，便笑道：「怎麼動了真氣了？」襲人冷笑道：「我那裏敢動氣！只是從今以後別進這屋子了。橫豎有人伏侍你，再別來支使我。我仍舊還伏侍老太太去。」一面說，一面便在炕上合眼倒下。寶玉見了這般景況，深為駭異，禁不住趕來勸慰。那襲人只管合了眼不理。寶玉無了主意，因見麝月進來，便問道：「你姐姐怎麼了？」麝月道：「我知道麼？問你自己便明白了。」寶玉聽說，呆了一回，自覺無趣，便起身歎道：「不理我罷，我也睡去。」說着，便起身下炕，到自己床上歪下。

　　襲人聽他半日無動靜，微微的打鼾，料他睡着，便起身拿一領斗篷來，替他剛壓上，只聽「忽」的一聲，寶玉便掀過去，也仍合目裝睡。襲人明知其意，便點頭冷笑道：「你也不用生氣，從此後我只當啞子，再不說你一聲兒，如何？」寶玉禁不住起身問道：「我又怎麼了？你又勸我。你勸我也罷了，才剛又沒見你勸我，一進來你就不理我，賭氣睡了。我還摸不着是為甚麼，這會子你又說我惱了。我何嘗聽見你勸我甚麼話了？」襲人道：「你心裏還不明白，還等我說呢！」

　　正鬧着，賈母遣人來叫他吃飯，方往前邊來，胡亂吃了半碗飯，仍回至自己房中。只見襲人睡在外頭炕上，麝月在旁邊抹骨牌。寶玉素知麝月與襲人親厚，一併連麝月也不理，揭起軟簾自往裏間來。麝月只得跟進來，寶玉便推他出去，說：「不敢驚動你們。」麝月只得笑着出來，喚了兩個小丫頭進來。寶玉拿一本書，歪着看了半天，因要茶，抬頭只見兩個小丫頭在地下站着。一個大些兒的生得十分水秀，寶玉便問：「你叫甚麼名字？」那丫頭便說：「叫蕙香。」寶玉又問：「是誰起的？」蕙香道：「我原叫芸香的，是花大姐姐改了蕙香。」寶玉道：「正經該叫『晦氣』罷咧，甚麼蕙香呢！」又問：「你姊妹幾個？」蕙香道：「四個。」寶玉道：「你第幾？」蕙香道：「第四。」寶玉道：「明兒就叫『四兒』，不必甚麼『蕙香蘭氣』的。那一個配比這些花，沒的玷辱了好名好姓的。」一面說，一面命他倒了茶來吃。襲人和麝月在外間聽了半日，抿嘴而笑。

這一日，寶玉也不大出房，也不和姊妹丫頭等廝鬧，自己悶悶的，只不過拿書解悶，或弄筆墨；也不使喚眾人，只叫四兒答應。誰知四兒是個聰敏乖巧不過的丫頭，見寶玉用他，他變盡方法籠絡寶玉。至晚飯後，寶玉因吃了兩杯酒，眼餳耳熱之際，若往日則有襲人等大家喜笑有興，今日卻冷清清的一人對燈，好沒興趣。待要趕了他們去，又怕他們得了意，以後越發來勸；若拿出做上的規矩來鎮唬他們，似乎無情太甚。說不得橫心只當他們死了，橫豎自家也要過的。便權當他們死了，毫無牽掛，反能怡然自悅。因命四兒剪燈烹茶，自己看了一回《南華經》[2]。正看至《外篇‧胠篋》一則，其文曰：

故絕聖棄知，大盜乃止；擿玉毀珠，小盜不起；焚符破璽，而民樸鄙；剖斗折衡，而民不爭；殫殘天下之聖法，而民始可與論議。擢亂六律，鑠絕竽瑟，塞瞽曠之耳，而天下始人含其聰矣；滅文章，散五采，膠離朱之目，而天下始人含其明矣；毀絕鉤繩而棄規矩，攦工倕之指，而天下始人有其巧矣。

看至此，意趣洋洋，趁着酒興，不禁提筆續曰：

焚花散麝，而閨閣始人含其勸矣；戕寶釵之仙姿，灰黛玉之靈竅，喪滅情意，而閨閣之美惡始相類矣。彼含其勸，則無參商之虞矣；戕其仙姿，無戀愛之心矣；灰其靈竅，無才思之情矣。彼釵、玉、花、麝者，皆張其羅而穴其隧，所以迷眩纏陷天下者也。

續畢，擲筆就寢。頭剛着枕便安然睡去，一夜竟不知所之，直至天明方醒。翻身看時，只見襲人和衣睡在衾上。寶玉將昨日的事已付與度外，便推他說道：「起來好生睡，看凍着了。」

原來襲人見他無曉夜和姊妹們廝鬧，若直勸他，料不能改，故用柔情以警之，料他不過半日片刻仍復好了。不想寶玉一日夜竟不回轉，自己反不得主意，直一夜沒好生睡得。今忽見寶玉如此，料他心意回轉，便越性不睬他。寶玉見他不應，便伸手替他解衣，剛解開了鈕子，被襲人將手推開，又自扣了。寶玉無法，只得拉他的手笑道：「你到底怎麼了？」連問幾聲，襲人睜眼說道：「我也不怎麼。你睡醒了，你自過那邊房裏去梳洗，再遲了就趕不上。」寶玉道：「我過那裏去？」襲人冷笑道：「你問我，我知道？你愛往那裏

<hr />

2)　　南華經：戰國時莊周著的書，名《莊子》，又稱《南華經》，是道家的主要書籍之一。

去，就往那裏去。從今咱們兩個丟開手，省得雞生鵝鬥，叫別人笑。橫豎那邊膩了過來，這邊又有個甚麼『四兒』『五兒』伏侍。我們這起東西，可是白『玷辱了好名好姓』的。」寶玉笑道：「你今兒還記着呢！」襲人道：「一百年還記着呢！比不得你，拿着我的話當耳旁風，夜裏說了，早起就忘了。」寶玉見他嬌嗔滿面，情不可禁，便向枕邊拿起一根玉簪來，一跌兩段，說道：我再不聽你說，就同這個一樣。」襲人忙的拾了簪子，說道：「大清早起，這是何苦來！聽不聽甚麼要緊，也值得這種樣子。」寶玉道：「你那裏知道我心裏急！」襲人笑道：「你也知道着急麼！可知我心裏怎麼樣？快起來洗臉去罷。」說着，二人方起來梳洗。

　　寶玉往上房去後，誰知黛玉走來，見寶玉不在房中，因翻弄案上書看，可巧翻出昨日的《莊子》來。看至所續之處，不覺又氣又笑，不禁也提筆續書一絕云：「無端弄筆是何人？剿襲南華莊子文。不悔自己無見識，卻將醜語怪他人！」寫畢，也往上房來見賈母，後往王夫人處來。

　　誰知鳳姐之女大姐病了，正亂着請大夫來診脈。大夫便說：「替夫人奶奶們道喜，姐兒發熱是見喜[3]了，並非別症。」王夫人鳳姐聽了，忙遣人問：「好不好？」醫生回道：「病雖險，卻順，倒還不妨。預備桑蟲豬尾要緊，」鳳姐聽了，登時忙將起來：一面打掃房屋供奉痘疹娘娘，一面傳與家人忌煎炒等物，一面命平兒打點鋪蓋衣服與賈璉隔房，一面又拿大紅尺頭與奶子丫頭親近人等裁衣。外面又打掃淨室，款留兩個醫生，輪流斟酌診脈下藥，十二日不放家去；賈璉只得搬出外書房來安歇，鳳姐與平兒都隨着王夫人日日供奉娘娘。

　　那個賈璉，只離了鳳姐便要尋事，獨寢了兩夜，便十分難熬，只得暫將小廝們內清秀的選來出火。不想榮國府內有一個極不成器破爛酒頭廚子，名喚多官兒，人見他軟弱無能，又都喚他作「多渾蟲」。二年前他父親替他娶了一個媳婦，今年方二十來歲年紀，生得有幾分人才，見者無不羨愛。他生性輕浮，最喜拈花惹草，多渾蟲又不理論，只是有酒有肉有錢，便諸事不管了，所以榮寧二府之人都得入手：因這個媳婦妖調異常，輕浮無比，眾人都

---

3)　見喜：當時對於天花症由懼怕而忌諱，又以痘既發出便可平安了，所以稱為見喜。同時家庭間還夾雜迷信的行為，這裏所寫的是這事的闊綽排場。

呼他作「多姑娘兒」。如今賈璉在外熬煎，往日也曾見過這媳婦，垂涎久了，只是內懼嬌妻，外懼孌妾，不曾下得手。那多姑娘兒也曾有意於賈璉，只恨沒空。今聞賈璉挪在外書房來，他便沒事也要走兩趟去招惹。招惹的賈璉似飢鼠一般，少不得和心腹的小廝們計議，合同遮掩謀求，多以金帛相許。小廝們焉有不允之理，況都和這媳婦是舊交，一說便成。是夜二鼓人定，多渾蟲醉昏在炕，賈璉便溜了來相會。進門一見面，早已神魂失據，也不用情談款敘，便寬衣動作起來。誰知這媳婦有天生的奇趣，一經男子挨身，便覺遍身筋骨癱軟，使男子如臥綿上；更兼淫態浪言，壓倒娼妓。賈璉此時恨不得化在他身上。那媳婦故作浪語，在下說道：「你們姐兒出花兒，供着娘娘，你也該忌兩日，倒為我髒了身子，快離了我這裏罷。」賈璉一面大動，一面喘吁吁答道：「你就是娘娘！我那裏管甚麼娘娘呢！」那媳婦越浪，賈璉越醜態畢露，一時事畢，兩個又海誓山盟，難分難捨。此後遂成相契。

一日大姐毒盡癍回，十二日後送了娘娘，合家祭天祀祖，還願焚香，慶賀放賞已畢。賈璉仍復搬進臥室，見了鳳姐，正是俗語云「新婚不如遠別」，更有無限恩愛，自不必說。

次日早起，鳳姐往上屋去後，平兒收拾外邊拿進來的衣服鋪蓋，不承望枕套中抖出一絡青絲來。平兒會意，忙揣在袖內，便走至這邊房內來，拿出頭髮來，向賈璉笑道：「這是甚麼東西？」賈璉看見着了忙，趕上來要搶。平兒便跑，被賈璉一把揪住，按在炕上，從手中來奪，口內笑道：「小蹄子，你不趁早拿出來，我把你膀子撅折了。」平兒笑道：「你就是個沒良心的。我好意瞞着他來問你，你倒賭狠！等他回來我告訴了，看你怎麼着。」賈璉聽說，忙陪笑央求道：「好親人兒，賞我罷，我再不賭狠了。」

一語未了，只聽鳳姐聲音進來。賈璉此時鬆了手不是，搶又不是，只叫「好人，別叫他知道」。平兒剛起身，鳳姐已走進來，命平兒快開匣子，替太太找樣子。平兒忙答應了找時，鳳姐見了賈璉，忽然想起來，便問平兒：「拿出去的東西都收進來了麼？」平兒道：「收進來了。」鳳姐道：「少甚麼不少？」平兒道：「細細的查了查，沒少一件兒。」鳳姐道：「不少就好，只是別多出來罷？」平兒笑道：「不少就罷了，那裏有多出來的分兒？」鳳姐冷笑道：「這半個月難保乾淨，或者有相厚的丟下的甚麼戒指、汗巾、香袋兒，也未可定。」

一席話，說的賈璉臉都黃了。賈璉在鳳姐身後，只望着平兒殺雞抹脖子[4]的使眼色兒，求他遮蓋。平兒只裝看不見，因笑道：「怎麼我的心就和奶奶的心一樣！我就怕有緣故，留神搜了一搜，竟一點破綻也沒有。奶奶不信時，那些東西我還沒收呢，奶奶親自翻尋一遍去。」鳳姐笑道：「傻丫頭，他便有這些東西，那裏肯叫咱們翻着了？」說着，尋了樣子出去了。

平兒指着鼻子，晃着頭笑道：「這件事怎麼回謝我呢？」喜的個賈璉身癢難撓，跑上來摟着，「心肝腸肉」亂叫亂謝。平兒仍拿了頭髮笑道：「這是我一生的把柄了。好就好，不好就抖露出這事來。」賈璉笑道：「你只好生收着罷，千萬別叫他知道。」口裏說着，瞅他不防，便搶了過來，笑道：「你拿着終是禍患，不如我燒了他完事了。」一面說着，一面便塞於靴掖內。平兒咬牙道：「沒良心的東西，過了河就拆橋，明兒還想我替你撒謊！」賈璉見他嬌俏動情，便摟着求歡，被平兒奪手跑了，急的賈璉彎着腰恨道：「死促狹[5]小淫婦兒！一定浪上人的火來，他又跑了。」平兒在窗外笑道：「我浪我的，誰叫你動火了？難道圖你受用一回，叫他知道了，又不待見[6]我呀！」賈璉道：「你不用怕他，等我性子上來，把這醋罐打個稀爛，他才認得我呢！他防我像防賊似的，只許他同男人說話，不許我和女人說話；我和女人略近些，他就疑惑，他不論小叔子姪兒，大的小的，說說笑笑，就都使得。以後我也不許他見人！」平兒道：「他防你使得，你醋他使不得。他原行的正走的正；你行動便有個壞心，連我也不放心，別說是他。」賈璉道：「哦！也罷了。都是你們行的是，我凡行動都存壞心。多早晚都死在我手裏呢！」

一句未了，鳳姐走進院來，因見平兒在窗外，就問道：「要說話兩個人不在屋裏說，怎麼跑出一個來，隔着窗子，是甚麼意思？」賈璉在窗內接道：「你可問他，倒像屋裏有老虎吃他呢。」平兒道：「屋裏一個人沒有，我在他跟前作甚麼？」鳳姐兒笑道：「正是沒人才好呢。」平兒聽說，便道：「這話是說我麼？」鳳姐笑道：「不說你說誰？」平兒道：「別叫我說出好話來了。」說着，也不打簾子，賭氣往那邊去了。鳳姐自掀簾子進來，說道：「平兒瘋魔了。這

---

4)　　殺雞抹脖：形容打手勢賭誓的急迫狀態。

5)　　促狹：指不太嚴重的刻薄、陰狠的行為。

6)　　不待見：不喜歡，含有憎厭的意思。

蹄子認真要降伏我了，仔細你的皮！」賈璉聽了，倒在炕上，拍手笑道：「我竟不知平兒這麼利害，從此倒服他了。」鳳姐道：「都是你慣的他，我只和你算賬就完了！」賈璉聽說忙道：「你兩個不和，又拿我來墊喘兒了。我躲開你們。」鳳姐道：「我看你躲到那裏去。」賈璉道：「我自然有去處。」說着就走。鳳姐道：「你別走，我有話和你商量。」不知商量何事，且聽下回分解。

💡 精華賞析

　　襲人本想勸導寶玉，讓他走仕途正路，沒想到寶玉竟然有了心結，寫了些參悟的禪語。這個心結又成為下面故事裏亟待解決的問題。

《第二十二回》

精讀

聽曲文寶玉悟禪機
製燈謎賈政悲讖語

薛寶釵過生日，連賈母都親自出錢為她慶生，當然就會比黛玉的生日更加隆重，黛玉的心裏當然也就不痛快了。

點評

話說賈璉聽鳳姐兒說有話商量，因止步問是何話。鳳姐道：「二十一是薛妹妹的生日，你到底怎麼樣呢？」賈璉道：「我知道怎麼樣？你連多少大生日都料理過了，這會子倒沒了主意了？」鳳姐道：「大生日是有一定的則例。如今他這生日，大又不是，小又不是，所以和你商量。」賈璉聽了，低頭想了半日道：「你竟糊塗了。現有比例！那林妹妹就是例。往年怎麼給林妹妹做的，如今也照樣給薛妹妹過就是了。」鳳姐聽了，冷笑道：「我難道連這個也不知道？我原也這麼想來着。但昨兒聽見老太太說，問起大家的年紀生日來，聽見薛大妹妹今年十五歲，雖不是整生日，也算得將笄[1]的年分兒了。老太太說要替他做生日，自然和往年給林妹妹做的不同了。」賈璉道：「這麼着，就比林妹妹的多增些。」鳳姐道：「我也這麼想着，所以討你的口氣兒。我私自添了，你又怪我不告訴明白你了。」賈璉笑道：「罷，罷，這空頭情我不領。你不盤察我就夠了，我還怪你！」說着，一徑去了，不在話下。

● 全家的活動安排都要看賈母的臉色，連鳳姐也不例外。

---

1)　笄（jī）：一種簪類的首飾，古代女子十五歲或訂婚時才開始戴簪。後來便成為稱女子成年的一個代用詞彙。

且說史湘雲住了兩日，便要回去。賈母因說：「等過了你寶姐姐的生日，看了戲再回去。」史湘雲聽了，只得住下。又一面遣人回去，將自己舊日作的兩色針線活計取來，為寶釵生辰之儀。

誰想賈母自見寶釵來了，喜他穩重和平，正值他才過第一個生辰，便自己捐資二十兩，喚了鳳姐來，交與他置酒戲。鳳姐湊趣笑道：「一個老祖宗給孩子們做生日，不拘怎樣，誰還敢爭？又辦甚麼酒戲呢？既高興，要熱鬧，就說不得自己花費幾兩老庫裏的體己。這早晚找出這霉爛的二十兩銀子來做東道，意思還叫我賠上。果然拿不出來也罷了，金的、銀的、圓的、扁的，壓塌了箱子底，只是勒掯我們。舉眼看看，誰不是兒女？難道將來只有寶兄弟頂了你老人家上五台山²不成？那些東西只留給他，我們如今雖不配使，也別太苦了我們。這個夠酒的，夠戲的呢？」說的滿屋裏都笑起來。賈母亦笑道：「你們聽聽這嘴！我也算會說的，怎麼說不過這猴兒。你婆婆也不敢強嘴，你和我啊³的。」鳳姐笑道：「我婆婆也是一樣的疼寶玉，我也沒處去訴冤，倒說我強嘴。」說着，又引着賈母笑了一回，賈母十分喜悅。

到晚間，眾人都在賈母前，定省之餘，大家娘兒們說笑時，賈母因問寶釵愛聽何戲，愛吃何物。寶釵深知賈母年老之人，喜熱鬧戲文，愛吃甜爛之食，便總依賈母往日素喜者說了一遍。賈母更加喜歡。次日便先送過衣服玩物去，王夫人、鳳姐、黛玉等諸人皆有隨分不一，不須細說。

至二十一日，賈母內院中搭了家常小巧戲台，定了一班新出的小戲，崑弋兩腔俱有。就在賈母上房擺了幾席家宴酒席，並無一個外客，只有薛姨媽、史湘雲、寶釵是客，餘

---

2) 頂了你老人家上五台山：出殯時，主喪的孝子在靈前領路叫做頂喪駕靈。這裏的「頂」字就是頂喪的意思。五台山是佛教的聖地，不敢直說到墓地，所以用到五台山成佛來比喻。

3) 啊的：指聲音響亮輕快。這裏用來形容人的口齒伶俐清脆，能說敢道。

點評

者皆是自己人。這日早起，寶玉因不見林黛玉，便到他房中來尋，只見林黛玉歪在炕上。寶玉笑道：「起來吃飯去，就開戲了。你愛看那一齣？我好點。」林黛玉冷笑道：「你既這麼說，你就特叫一班戲來，揀我愛的唱給我聽。這會子犯不上借着光兒問我。」寶玉笑道：「這有甚麼難的？明兒就叫一班子，也叫他們借咱們的光兒。」一面說，一面拉起他來，攜手出去。

吃了飯點戲時，賈母一定先叫寶釵點。寶釵推讓一遍，無法，只得點了一齣《西遊記》。賈母自是歡喜，又讓薛姨媽，薛姨媽見寶釵點了，不肯再點。賈母便特命鳳姐點。鳳姐雖有邢王二夫人在前，但因賈母之命不敢違拗，且知賈母喜熱鬧，更喜謔笑科諢，便點了一齣，便是《劉二當衣》。賈母果真更喜歡，然後便命黛玉點。黛玉又讓王夫人等先點，賈母道：「今日原是我特帶着你們取笑，咱們只管咱們的，別理他們。我巴巴的唱戲擺酒，為他們不成？他們在這裏白聽白吃，已經便宜了，還讓他們點呢！」說着，大家都笑了。黛玉方點了一齣。然後寶玉、史湘雲、迎、探、惜、李紈等俱各點了。按齣扮演。

至上酒席時，賈母又命寶釵點。寶釵點了一齣《山門》。寶玉道：「你只好點這些戲。」寶釵道：「你白聽了這幾年戲，那裏知道這齣戲排場詞藻都好呢。」寶玉道：「我從來怕這些熱鬧戲。」寶釵笑道：「要說這一齣熱鬧，你更算不知戲了，你過來，我告訴你，這一齣戲是一套北《點絳唇》，鏗鏘頓挫，韻律不用說是好了；那詞藻中有一支《寄生草》極妙，你何曾知道。」寶玉見說的這般好，便湊近來央告：「好姐姐，唸與我聽聽。」寶釵便唸給他聽道：「漫揾英雄淚，相離處士家。謝慈悲，剃度在蓮台下。沒緣法，轉眼分離乍。赤條條，來去無牽掛。那裏討，煙蓑雨笠捲單行？一任俺，芒鞋破缽隨緣化！」

寶玉聽了，喜的拍膝搖頭，稱賞不已，又讚寶釵無書

● 既滿足賈母又不讓寶玉失望，顧全大局正是寶釵的一大特點。

不知。林黛玉道：「安靜看戲罷，還沒唱《山門》，你倒《妝瘋》⁴了。」說的湘雲也笑了。於是大家看戲，到晚方散。

賈母深愛那做小旦的和那做小丑的，因命人帶進來，細看時益發可憐見的。因問他年紀，那小旦才十一歲，小丑才九歲，大家歎息了一回。賈母令人另拿些肉果給他兩個，又另賞錢。鳳姐笑道：「這個孩子扮上活像一個人，你們再看不出來。」寶釵心裏也知道，便只一笑不肯說。寶玉也猜着了，亦不敢說。史湘雲接口道：「倒像林妹妹的模樣兒。」寶玉聽了，忙把湘雲瞅了一眼。眾人聽了，留神細看，都笑起來了，說果然像他。一時散了。

晚間，湘雲更衣時，便命翠縷把衣包收拾了。翠縷道：「忙甚麼，等去的時候包也不遲。」湘雲道：「明早就走。還在這裏做甚麼？──看人家的臉子⁵！」

寶玉聽了這話，忙趕近前說道：「好妹妹，你錯怪了我。林妹妹是個多心的人。別人分明知道，不肯說出來，也皆因怕他惱。誰知你不防頭就說了出來，他豈不惱呢？我是怕你得罪了人，所以才使眼色。你這會子惱我，豈不辜負了我？要是別人，那怕他得罪了人，與我何干呢？」湘雲摔手道：「你那花言巧語，別望着我說。我原不及你林妹妹，別人拿他笑兒都使得，我說了就有不是。我本也不配和他說話。他是小姐主子姑娘。我是奴才丫頭麼！」寶玉急的說道：「我倒是為你，為出不是來了。要有壞心，立刻就化成灰，叫萬人拿腳踹！」湘雲道：「大正月裏，少信着嘴胡說這些沒要緊的歪話！你要說，你說給那些小性兒、行動愛惱人、會轄治你的人聽去！別叫我啐你。」說着，進賈母裏間屋裏，氣忿忿的躺着去了。

---

4)　《山門》《妝瘋》：《山門》指《水滸》魯智深在五台山出家後醉打山門的故事；《妝瘋》指唐尉遲敬德裝瘋的故事。黛玉用《妝瘋》戲名作諷刺。

5)　看人家的臉子：這裏說看人家不好的臉色。

點 評

寶玉沒趣，只得又來找黛玉。誰知才進門，便被黛玉推出來了，將門關上。寶玉又不解何故，在窗外只是低聲叫「好妹妹」「好妹妹」。黛玉總不理他。寶玉悶悶垂頭不語。

紫鵑卻知端的，當此時料不能勸。那寶玉只呆呆的站着，黛玉只當他回去，卻開了門，只見寶玉還站在那裏。黛玉不好再閉門，寶玉因跟進來，問道：「凡事都有個原故，說出來，人也不委曲。好好的就惱，到底為甚麼呢？」林黛玉冷笑道：「問我呢，我也不知為甚麼。我原是給你們取笑兒的。拿着我比戲子。」寶玉道：「我並沒有比你，也並沒有笑你，為甚麼惱我呢？」黛玉道：「你還要比？你還要笑？你不比不笑，比人家比了笑了的還利害呢！」寶玉聽說，無可分辯。

黛玉又道：「這還可恕。你為甚麼又和雲兒使眼色？這安的是甚麼心？莫不是他和我玩，他就自輕自賤了？他是公侯的小姐，我原是民間的丫頭，他和我玩，設若我回了口，那不是他自惹輕賤？你是這主意不是？你卻也是好心，只是那一個不領你的情，一般也惱了。你又拿我作情，倒說我小性兒，行動肯惱人。你又怕他得罪了我。我惱他，與你何干？他得罪了我，又與你何干呢？」

寶玉聽了，方知才和湘雲私談，他也聽見了。細想自己原為怕他二人惱了，故在中間調停，不料自己反落了兩處的數落[6]，正合着前日所看《南華經》內：「巧者勞而智者憂，無能者無所求，蔬食而遨遊，泛若不繫之舟」；又曰「山木自寇，源泉自盜」等句，因此越想越無趣。再細想來，如今不過這幾個人，尚不能應酬妥協，將來猶欲為何？想到其間，也不分辯，自己轉身回房來。林黛玉見他去了，便知回思無趣，賭氣去的，一言也不發，不禁自己越發添了氣，便說：「這一去，一輩子也別來了，也別說話！」

寶玉不理，竟回來躺在床上，只是悶悶的。襲人雖深

● 黛玉對寶釵和湘雲的不滿其實都源自寶玉，當然也要拿寶玉當出氣筒。

---

6)　　　數落：這裏是責備的意思。

知原委，不敢就說，只得以別事來解釋，因笑道：「今兒看了戲，又勾出幾天戲來。寶姑娘一定要還席的。」寶玉冷笑道：「他還不還，管我甚麼相干？」襲人見這話不是往日，因又笑道：「這是怎麼說呢？好好兒的大正月裏，娘兒們姐兒們都喜喜歡歡的，你又怎麼這個樣兒了？」寶玉冷笑道：「他們娘兒們姐兒們歡喜不歡喜，也與我無干。」襲人笑道：「大家隨和兒，你也隨點和兒，不好？」寶玉道：「甚麼『大家彼此』！他們有『大家彼此』，我只是『赤條條無牽掛』的。」說到這句，不覺淚下。襲人見此光景，不肯再說。寶玉細想這句意味，不禁大哭起來，翻身起來至案邊，提筆立占一偈云：「你證我證，心證意證。是無有證，斯可云證。無可云證，是立足境。」

寫畢，自己雖解悟，又恐人看了不解，因又填一支《寄生草》，寫在偈後，又唸了一遍，自覺心中無有掛礙，便上床睡了。

誰知黛玉見寶玉此番果斷而去，假以尋襲人為由，來看動靜。襲人回道：「已經睡了。」黛玉聽說，就欲回去。襲人笑道：「姑娘請站着，有一個字帖兒，瞧瞧寫的是甚麼話。」便將寶玉方才所寫的拿給黛玉看。黛玉看了，知是寶玉為一時感忿而作，不覺又可笑又可歎，便向襲人道：「作的是個玩意兒，無甚關係。」說畢，便拿了回房去，次日和寶釵、湘雲同看。寶釵唸其詞曰：「無我原非你，從他不解伊。肆行無礙憑來去。茫茫着甚悲愁喜，紛紛說甚親疏密。從前碌碌卻因何？到如今，回頭試想真無趣！」

看畢，又看那偈語，因笑道：「這是我的不是了，我昨兒一支曲子把他這個話惹出來的。這些道書機鋒最能移性的。明兒認真說起這些瘋話，存了這個念頭，豈不是從我這支曲子起的呢？我成了個罪魁了。」說着，便撕了個粉碎，遞與丫頭們，叫快燒了。黛玉笑道：「不該撕了，等我問他。你們跟我來，包管叫他收了這個念頭。」

　　三人說着過來，見了寶玉，黛玉先笑道：「寶玉，我問你：至貴者『寶』，至堅者『玉』。爾有何貴？爾有何堅？」寶玉竟不能答。二人拍手笑道：「這樣鈍愚，還參禪呢。」湘雲也拍手笑道：「寶哥哥可輸了。」黛玉又道：「你道『無可云證，是立足境』，固然好了，只是據我看來，還未盡善。我還續兩句云：『無立足境，方是乾淨。』」寶釵道：「實在這方悟徹。當日南宗六祖惠能，初尋師至韶州，聞五祖弘忍在黃梅，他便充作火頭僧。五祖欲求法嗣，令諸僧各出一偈。上座神秀說道：『身是菩提樹，心如明鏡台，時時勤拂拭，莫使有塵埃。』惠能在廚房春米，聽了道：『美則美矣，了則未了。』因自唸一偈曰：『菩提本非樹，明鏡亦非台，本來無一物，何處染塵埃？』五祖便將衣缽傳給了他。今兒這偈語，亦同此意了。只是方才這句機鋒，尚未完全了結，這便丟開手不成？」黛玉笑道：「彼時不能答，就算輸了，這會子答上了，也不為出奇。只是以後再不許談禪了。連我們兩個所知所能的，你還不知不能，還去參甚麼禪呢？」寶玉自己以為覺悟，不想忽被黛玉一問，便不能答；寶釵又比出「語錄[7]」來，此皆素不見他們能的。自己想了一想：「原來他們比我的知覺在先，尚未解悟，我如今何必自尋苦惱？」想畢，便笑道：「誰又參禪，不過是一時的玩意話兒罷了。」說着，四人仍復如舊。

　　忽然人報：「娘娘差人送出一個燈謎來，命你們大家去猜，猜後每人也作一個送進去。」四人聽說忙出來，至賈母上房。只見一個小太監，拿了一盞四角平頭白紗燈，專為燈謎而製，上面已有了一個，眾人都爭看亂猜。小太監又下諭道：「眾小姐猜着，不要說出來，每人只暗暗的寫了，一齊封進宮去，娘娘自驗是否。」寶釵聽了，近前一看，是一首七言絕句，並無新奇，口中少不得稱讚，只說難猜，故意尋

7)　　語錄：指佛教禪宗僧人記錄他們思想言論的書。

思，其實一見早猜着了。寶玉、黛玉、湘雲、探春四個人也都解了，各自暗暗寫了。一併將賈環、賈蘭等傳來，一齊各揣機心猜了，寫在紙上。然後各人拈一物作成一謎，恭楷寫了，掛在燈上。

太監去了，至晚出來，傳諭道：「前日娘娘所製，俱已猜着，唯二小姐與三爺猜的不是。小姐們作的也都猜了，不知是否。」說着，也將寫的拿出來。也有猜着的，也有猜不着的，都胡亂說猜了。太監又將頒賜之物送與猜着之人，每人一個宮製詩筒[8]，一柄茶筅，獨迎春、賈環二人未得。迎春自為玩笑小事，並不介意，賈環便覺得沒趣。且又聽太監說：「三爺作這個不通，娘娘也沒猜，叫我帶回問三爺是個甚麼。」眾人聽了，都來看他作的是甚麼，寫道：「大哥有角只八個，二哥有角只兩根。大哥只在床上坐，二哥愛在房上蹲。」

眾人看了，大發一笑。賈環只得告訴太監說：「是一個枕頭，一個獸頭。」太監記了，領茶而去。

賈母見元春這般有興，自己一發喜歡，便命速作一架小巧精緻圍屏燈來，設於當屋，命他姊妹各自暗暗的作了，寫出來粘在屏上，然後預備下香茶細果以及各色玩物，為猜着之賀。賈政朝罷，見賈母高興，況在節間，晚上也來承歡取樂。上面賈母、賈政、寶玉一席，下面王夫人、寶釵、黛玉、湘雲又一席，迎春、探春、惜春三人又一席，俱在下面。地下婆娘丫鬟站滿。李宮裁、王熙鳳二人在裏間又一席。賈政因不見賈蘭，便問：「怎麼不見蘭哥兒？」地下婆娘忙進裏間問李氏，李氏起身笑着回道：「他說方才老爺並沒叫他去，他不肯來。」婆娘回覆了賈政。眾人都笑說：「天生的牛心拐孤。」賈政忙遣賈環與兩個婆娘將賈蘭喚來。賈母命他在身旁坐了，抓果品給他吃。大家說笑取樂。

---

8)　詩筒、茶筅：詩筒指宮製詩筒，指宮廷所製詩箋的封筒。茶筅，烹茶時攪打茶湯的一種器具。這都是不太珍貴而比較雅緻的東西，所以用作猜謎的獎品。

　　往常間只有寶玉長談闊論，今日賈政在這裏，便唯唯而已。餘者湘雲雖係閨閣弱質，卻素喜談論，今日賈政在席，也自拑口禁語。黛玉本性嬌懶，不肯多話。寶釵原不妄言輕動，便此時亦是坦然自若。故此一席雖是家常取樂，反見拘束。賈母亦知因賈政一人在此所致，酒過三巡，便攆賈政去歇息。賈政亦知賈母之意，攆了他去，好讓他們姊妹兄弟取樂。因陪笑道：「今日原聽見老太太這裏大設春燈雅謎，故也備了彩禮酒席，特來入會，何疼孫子孫女之心，便不略賜與兒子半點？」賈母笑道：「你在這裏，他們都不敢說笑，沒的倒叫我悶的慌。你要猜謎兒，我便說一個你猜，猜不着是要罰的。」賈政忙笑道：「自然要罰。若猜着了，也是要領賞的呢。」賈母道：「這個自然。」說着便唸道：

　　　「猴子身輕站樹梢。——打一果名。」

　　賈政已知是荔枝，便故意亂猜別的，罰了許多東西；然後方猜着了，也得了賈母的東西。然後也唸一個與賈母猜，唸道：

　　　「身自端方，體自堅硬。雖不能言，有言必應。——打一用物。」

　　說畢，便悄悄的說與寶玉。寶玉會意，又悄悄的告訴了賈母。賈母想了想，果然不差，便說：「是硯台。」賈政笑道：「到底是老太太，一猜就是。」回頭說：「快把賀彩送上來。」地下婦女答應一聲，大盤小盤一齊捧上。賈母逐件看去，都是燈節下所用所玩新巧之物，甚喜，遂命：「給你老爺斟酒。」寶玉執壺，迎春送酒。賈母因說：「你瞧瞧那屏上，都是他姊妹們做的，再猜一猜我聽。」

　　賈政答應，起身走至屏前，只見第一個是元妃的，寫着道：

「能使妖魔膽盡摧，身如束帛氣如雷。一聲震得人方恐，回首相看已化灰。——打一玩物。」

賈政道：「這是爆竹嗎？」寶玉答道：「是。」賈政又看迎春的道：

「天運人功理不窮，有功無運也難逢。因何鎮日紛紛亂，只為陰陽數不通。——打一用物。」

賈政道：「是算盤。」迎春笑道：「是。」又往下看是探春的，道：

「階下兒童仰面時，清明妝點最堪宜。游絲一斷渾無力，莫向東風怨別離。——打一玩物。」

賈政道：「好像是風箏。」探春笑道：「是。」賈政再往下看是黛玉的，道：

「朝罷誰攜兩袖煙？琴邊衾裏兩無緣。曉籌不用雞人報，五夜無煩侍女添。焦首朝朝還暮暮，煎心日日復年年。光陰荏苒須當惜，風雨陰晴任變遷。——打一用物。」

賈政道：「這個莫非是更香？」寶玉代言道：「是。」賈政又看道：

「南面而坐，北面而朝。像憂亦憂，像喜亦喜。——打一用物。」

賈政道：「好！好！如猜鏡子，妙極。」寶玉笑回道：「是。」賈政道：「這個卻無名字，是誰做的？」賈母道：「這個大約是寶玉做的。」賈政就不言語，往下再看寶釵的，道是：

「有眼無珠腹內空，荷花出水喜相逢。梧桐葉落分離別，恩愛夫妻不到冬。——打一用物。」

賈政看完，心內自忖道：「此物還倒有限。只是小小年紀作此等言語，更覺不祥，皆非永遠福壽之輩。」想到此處，愈覺煩悶，大有悲戚之狀，只是垂頭沉思。

賈母見賈政如此光景，想到他身體勞乏，又恐拘束了他眾姊妹不得高興玩耍，便對賈政道：「你竟不必猜了，安歇着去罷。讓我們再坐一會子，也就散了。」賈政一聞此言，連忙答應幾個「是」字，又勉強勸了賈母一回酒，方才退出去了。回至房中只是思索，翻來覆去，甚覺淒惋。

這裏賈母見賈政去了，便道：「你們樂一樂罷。」一言未了，只見寶玉跑至圍屏燈前，指手畫腳，信口批評，這個這一句不好，那一個破的不恰當，如同開了鎖的猴兒一般。黛玉便道：「還像方才大家坐着，說說笑笑，豈不斯文些兒。」鳳姐自裏間屋裏忙出來插口說道：「你這個人，就該老爺每日合你寸步不離才好。剛才我忘了，為甚麼不當着老爺，攛掇着叫你也作詩謎兒。這會子不怕你不出汗呢。」說的寶玉急了，扯着鳳姐兒廝纏了一會。賈母又和李宮裁並眾姊妹等說笑了一會，也覺有些睏倦。聽了聽已交四鼓了，因命將食物撤去，賞給眾人，隨起身道：「我們安歇罷。明日還是節呢，該當早些起來。明日晚上再玩罷。」於是眾人方慢慢的散去。未知次日如何，且聽下回分解。

💡 精華賞析

賈母與寶釵本身並沒有血緣關係，她為寶釵出錢過生日是因為王夫人和薛姨媽的關係，也因為寶釵的行事很有大家風範，沉穩、寬厚、懂得逢迎長輩。官宦人家重視門戶地位，由此可見一斑。

《第二十三回》

精讀 西廂記妙詞通戲語
牡丹亭豔曲警芳心

> 為元妃省親而建造的大觀園風景優美，被元妃遊幸過以後就閒置着未免太可惜了。所以元妃特許賈府中的姐妹和寶玉一起住進大觀園，每人挑選一處住所。既有美麗的景色，又能躲開家長們的管束，這些少男少女怎能不開心！

話說賈母次日仍領眾人過節。那元妃卻自幸大觀園回宮去後，便命將那日所有的題詠，命探春依次抄錄妥協，自己編次優劣，又命在大觀園勒石，為千古風流雅事。因此，賈政命人各處選拔精工名匠，在大觀園磨石鑴字，賈珍率領賈蓉、賈薔等監工。因賈薔又管理着文官等十二個女戲子並行頭等事，不大得閑，因此賈珍又將賈菖、賈菱、賈萍喚來監工。一日，湯蠟釘朱，動起手來。這也不在話下。

且說那個玉皇廟並達摩庵兩處，一班的十二個小沙彌並十二個小道士，如今挪出大觀園來，賈政正想發到各廟去分住。不想後街上住的賈芹之母周氏，正盤算着也要到賈政這邊謀一個大小事務與兒子管管，也好弄些銀錢使用，可巧聽見這件事出來，便坐轎子來求鳳姐。鳳姐因他素日嘴頭兒乖滑便依允了，想了幾句話便回王夫人說：「這些小和尚道士萬不可打發到別處去，一時娘娘出來就要承應。倘或散了，若再用時，可是又費事。依我的主意，不如將他們竟送到咱們家廟裏鐵檻寺去，月間不過派一個人拿幾兩銀子去買

柴米就是了，說聲用，走去叫一聲就來，一點兒不費事。」
王夫人聽了，便商之於賈政。賈政聽了笑道：「倒是提醒了
我，就是這樣。」即時喚賈璉來。當下賈璉正同鳳姐吃飯，
一聞呼喚，不知何事，放下飯便走。鳳姐一把拉住，笑道：
「你且站住，聽我說話。若是別的事我不管，若是為小和尚
們的事，好歹依我這麼着。」如此這般教了一套話。賈璉搖
頭笑道：「我不管，你有本事你說去。」鳳姐聽了，把頭一
梗，把筷子一放，腮上帶笑不笑的瞅着賈璉道：「你當真，
是玩話？」賈璉笑道：「西廊下 1 五嫂子的兒子芸兒來求了我
兩三遭，要件事情管管。我應了，叫他等着。好容易出來這
件事，你又奪了去。」鳳姐兒笑道：「你放心。園子東北角
子上，娘娘說了，還叫多多的種松柏樹，樓底下還叫種些花
草。等這件事出來，我管保叫芸兒管這工程就是了。」賈璉
道：「果這樣也罷了。」因又悄悄的笑道：「我問你，我昨兒
晚上不過是要改個樣兒，你為甚麼就那樣扭手扭腳的呢？」
鳳姐兒聽了，把臉飛紅，「嗤」的一聲笑了，向賈璉啐了一
口，依舊低下頭便吃飯。

　　賈璉已經笑着去了，走到前面見了賈政，果然為小和
尚的事。賈璉便依了鳳姐主意，說道：「如今看來，芹兒倒
出息了，這件事竟交給他去管。橫豎照頭裏的規例，每月叫
芹兒支領就是了。」賈政原不大理論這些事，聽賈璉如此
說，便依了。賈璉回到房中告訴鳳姐，鳳姐即命人去告訴了
周氏。賈芹便來見賈璉夫妻兩個，感謝不盡。鳳姐又作情央
賈璉先支三個月的費用，叫他寫了領字，賈璉批票畫了押，
登時發了對牌出去。銀庫上按數發出三個月的供給來，白花
花二三百兩。賈芹隨手拈了一塊，撂與掌秤的人，叫他們吃
茶果。於是命小廝拿回家，與母親商議。登時僱車坐上；又

---

1)　　廊下：指正宅之外兩旁的羣房。也說廊上。

催了幾輛車，至榮國府角門，喚出二十四個人來，坐上車，一徑往城外鐵檻寺去了。當下無話。

如今且說那元妃在宮中編次《大觀園題詠》之後，忽想起那大觀園中景致，自己幸過之後，賈政必定敬謹封鎖，不叫人進去，豈不辜負此園？況家中現有幾個能詩會賦的姊妹，何不命他們進去居住，也不使佳人落魄，花柳無顏。卻又想到寶玉自幼在姊妹叢中長大，不比別的兄弟，若不命他進去，只怕冷落了他，未免賈母王夫人心上不喜，須得也命他進園居住方妥。想畢，遂命太監夏守忠到榮國府來下一道諭，命寶釵等只管在園中居住，不可禁約封鎖，命寶玉也隨進去讀書。賈政、王夫人接了這諭，待夏守忠去後，便來回明賈母，遣人進去各處收拾打掃，安設簾幔床帳。別人聽了還自猶可，唯寶玉聽了這諭，喜之不勝。正和賈母盤算要這個，要那個，忽見丫鬟來說：「老爺叫寶玉。」寶玉聽了，好似打了個焦雷，登時掃去興頭，臉上轉了顏色，便拉着賈母扭的好似扭股兒糖[2]似的，死也不敢去。賈母只得安慰他道：「好寶貝，你只管去，有我呢，他不敢委曲了你。況你作了這篇好文章。想是娘娘叫你進園去住，他吩咐你幾句，不過不教你在裏頭淘氣。他說甚麼，你只好生答應着就是了。」一面安慰，一面喚了兩個老嬤嬤來，吩咐「好生帶了寶玉去，別叫他老子唬着他」。老嬤嬤答應了。

寶玉只得前去，一步挪不了三寸，蹭到這邊來。可巧賈政在王夫人房中商議事情。金釧兒、彩雲、彩霞、繡鸞、繡鳳等眾丫鬟都在廊簷底下站着呢，一見寶玉來，都抿着嘴笑。金釧一把拉住寶玉，悄悄的笑道：「我這嘴上是才擦的香浸胭脂，你這會子可吃不吃了？」彩雲一把推開金釧，笑道：「人家正心裏發虛，你還慪他。趁這會子喜歡，快進去

---

2)　　扭股兒糖：一種兩三股扭在一起的糖糖，這裏是用來形容撒嬌時或害羞時身形扭捏的情態。

● 賈政心中對寶玉的嫌惡主要是因他「不務正業」，但與賈環相比，寶玉從外貌到才情都勝出不少，頓時勾起賈政的慈父情懷。

罷。」寶玉只得捱進門去。原來賈政和王夫人都在裏間呢。趙姨娘打起簾子，寶玉挨身而入。只見賈政和王夫人對面坐在炕上說話，地下一溜椅子，迎春、探春、惜春、賈環四個人都坐在那裏。一見他進來，唯有探春和惜春、賈環站了起來。

賈政一舉目，見寶玉站在跟前，神彩飄逸，秀色奪人；又看看賈環，人物委瑣，舉止粗糙；忽又想起賈珠來，再看看王夫人只有這一個親生的兒子，素愛如珍，自己的鬍鬚將已蒼白。因這幾件上，把素日嫌惡寶玉之心不覺減了八九。半晌說道：「娘娘吩咐說，你日日外頭嬉遊，漸次疏懶了，如今叫禁管，同你姊妹在園裏讀書寫字。你可好生用心習學，再如不守分安常，你可仔細着！」寶玉連連的答應了幾個「是」。王夫人便拉他在身旁坐下。他姊弟三人依舊坐下。

王夫人摸挲着寶玉的脖項說道：「前兒的丸藥都吃完了沒有？」寶玉答道：「還有一丸。」王夫人道：「明兒再取十丸來，天天臨睡的時候，叫襲人伏侍你吃了再睡。」寶玉道：「從太太吩咐了，襲人天天臨睡打發我吃。」賈政問道：「襲人是何人？」王夫人道：「是個丫頭。」賈政道：「丫頭不管叫個甚麼罷了，是誰這樣刁鑽，起這樣的名字？」王夫人見賈政不喜歡了，便替寶玉掩飾道：「是老太太起的。」賈政道：「老太太如何知道這話，一定是寶玉。」寶玉見瞞不過，只得起身回道：「因素日讀詩，曾記古人有一句詩云『花氣襲人知晝暖』，因這個丫頭姓花，便隨口起了這個名字。」王夫人忙又道：「寶玉，你回去改了罷。老爺也不用為這小事動氣。」賈政道：「其實無妨礙，又何用改？只可見寶玉不務正，專在這些濃詞豔賦上做工夫。」說畢，斷喝了一聲：「作業的畜生，還不出去！」王夫人也忙道：「去罷，只怕老太太等你吃飯呢。」寶玉答應了，慢慢的退出去，向金釧兒笑着伸伸舌頭，帶着兩個嬤嬤一溜煙去了。

剛至穿堂門前，只見襲人倚門立在那裏，一見寶玉平

安回來，堆下笑來問道：「叫你作甚麼？」寶玉告訴他：「沒有甚麼，不過怕我進園去淘氣，吩咐吩咐。」一面說，一面回至賈母跟前，回明原委。

只見黛玉在那裏，寶玉便問他：「你住在那一處好？」黛玉正心裏盤算這事，忽見寶玉問他，便笑道：「我心裏想着瀟湘館好，愛那幾竿竹子隱着一道曲欄，比別處更覺幽靜些。」寶玉聽了拍手笑道：「正和我的主意，我也要叫你住那裏。我就住怡紅院，咱們兩個又近，又都清幽。」

二人正計較，就有賈政遣人來回賈母說：「二月二十二日子好，哥兒姐兒們就搬進去罷。這幾日內遣人進去分派收拾。」寶釵住了蘅蕪苑，黛玉住了瀟湘館，賈迎春住了綴錦樓，探春住了秋爽齋，惜春住了蓼風軒，李氏住了稻香村，寶玉住了怡紅院。每一處添兩個老嬤嬤，四個丫頭，除各人奶娘親隨丫鬟不算外，另有專管收拾打掃的。至二十二日，一齊進去，登時園內花招繡帶，柳拂香風，不似前番那等寂寞了。

閑言少敍。且說寶玉自進花園以來，心滿意足，再無別項可生貪求之心了。每日只和姊妹丫頭們一處，或讀書，或寫字，或彈琴下棋，作畫吟詩，以至描鸞刺鳳，鬥草簪花，低吟悄唱，拆字猜枚，無所不至，倒也十分快樂。他曾有幾首四時即事詩，雖不算好，卻倒是真情真景。

春夜即事

霞綃雲幄任鋪陳，隔巷蛙更聽未真。枕上輕寒窗外雨，眼前春色夢中人。盈盈燭淚因誰泣，點點花愁為我嗔。自是小鬟嬌懶慣，擁衾不耐笑言頻。

夏夜即事

倦繡佳人幽夢長，金籠鸚鵡喚茶湯。窗明麝月開宮鏡，室靄檀雲品御香。琥珀杯傾荷露滑，玻璃檻納柳風涼。水亭處處齊紈動，簾捲朱樓罷晚妝。

秋夜即事

絳芸軒裏絕喧嘩，桂魄流光浸茜紗。苔鎖石紋容睡鶴，
井飄桐露濕棲鴉。抱衾婢至舒金鳳，倚檻人歸落翠花。靜夜
不眠因酒渴，沉煙重撥索烹茶。

冬夜即事

梅魂竹夢已三更，錦罽鸚衾睡未成。松影一庭唯見鶴，
梨花滿地不聞鶯，女兒翠袖詩懷冷，公子金貂酒力輕。卻喜
侍兒知試茗，掃將新雪及時烹。

　　不說寶玉閑吟，且說這幾首詩，當時有一等勢利人，
見是榮國府十二三歲的公子作的，抄錄出來各處稱頌；再有
一等輕浮子弟，愛上那風騷妖豔之句，也寫在扇頭壁上，不
時吟哦賞讚。因此竟有人來尋詩覓字，倩畫求題的。寶玉一
發得了意，鎮日家做這些外務。

　　誰想靜中生煩惱，忽一日不自在起來，這也不好，那
也不好，出來進去只是發悶。園中那些女孩兒，正在混沌世
界，天真爛熳之時，坐臥不避，嬉笑無心，那裏知寶玉此時
的心事。那寶玉心內不自在，便懶在園內，只在外頭鬼混，
卻痴痴的，又說不出甚麼滋味來。

　　茗煙見他這樣，因想與他開心，左思右想，皆是寶玉
玩煩了的，唯有這件，寶玉不曾見過。想畢，便走去到書坊
內，把那古今小說並那飛燕、合德、武則天、楊貴妃的外傳
與那傳奇的腳本[3]買了許多來，孝敬寶玉。寶玉一見，如得
珍寶。茗煙又囑咐他不可拿進園去，「若叫人知道了，我就
吃不了兜着走[4]了」。寶玉那裏捨的不拿進去？踟躕再三，單
把那文理雅道些的，檢了幾套進去，放在床頭上，無人時方

---

3)　　傳奇腳本：指劇本。

4)　　吃不了兜着走：吃不消。

看。那粗俗過露的，都藏在外面書房裏。

那一日正當三月中浣[5]，早飯後，寶玉攜了一套《會真記》[6]，走到沁芳閘橋邊桃花樹下一塊石上坐着，展開《會真記》從頭細看。正看到「落紅成陣」，只見一陣風過，把樹頭上桃花吹下一大半來，落的滿身滿書滿地皆是。寶玉要抖將下來，恐怕腳步踐踏了，只得兜了那花瓣來至池邊，抖在池內。那花瓣浮在水面，飄飄蕩蕩，竟流出沁芳閘去了。

回來只見地下還有許多花瓣，寶玉正踟躕間，只聽背後有人說道：「你在這裏做甚麼？」寶玉一回頭，卻是林黛玉來了，肩上擔着花鋤，鋤上掛着花囊，手內拿着花帚。寶玉笑道：「來得正好，你把這些花瓣都掃起來，撂在那水裏去罷。我才撂了好些在那裏呢。」林黛玉道：「撂在水裏不好。你看這裏的水乾淨，只一流出去，有人家的地方兒，甚麼沒有？仍舊把花糟蹋了。那畸角上我有一個花塚，如今把他掃了，裝在這絹袋裏，拿土埋上，日久不過隨土化了，豈不乾淨？」

寶玉聽了喜不自勝，笑道：「待我放下書，幫你來收拾。」黛玉道：「甚麼書？」寶玉見問，慌的藏了，便說道：「不過是《中庸》《大學》。」黛玉笑道：「你又在我跟前弄鬼。趁早兒給我瞧，好多着呢。」寶玉道：「好妹妹，要論你，我是不怕的。你看了，好歹別告訴別人去。真是好文章！你要看了，連飯也不想吃呢。」一面說，一面遞了過去。林黛玉把花具且都放下，接書來瞧，從頭看去，越看越愛看，不到一頓飯工夫，將十六齣俱已看完，自覺詞藻警人，餘香滿

點評

●「黛玉葬花」是《紅樓夢》裏非常著名的典故之一。黛玉常以花自喻，落花更是離開了生長的枝幹獨自飄零，最後墮入泥土。這正像是黛玉的命運，「葬花」便是她自傷命運的一種方式，也體現了其性格特點。

---

5)　中浣：古代每十天有一次浣濯沐浴休假的日子。引申出每月前十天為上浣、中十天為中浣、後十天為下浣。

6)　會真記：唐元稹所作傳奇，名《鶯鶯傳》，又名《會真記》。後來金元人把這故事演為諸宮調和雜劇，稱為《西廂記》。也有仍借用唐傳奇《會真記》舊名去稱雜劇劇本的。

口。雖看完了書，卻只管出神，心內還默默的記誦。

寶玉道：「妹妹，你說好不好？」林黛玉笑着點頭兒。寶玉笑道：「我就是個『多愁多病』的身，你就是那『傾國傾城』的貌。[7]」林黛玉聽了，不覺帶腮連耳通紅，登時直豎起兩道似蹙非蹙的眉，瞪了一雙似睜非睜的眼，微腮帶怒，薄面含嗔，指寶玉道：「你這該死的胡說！好好兒的把這淫詞艷曲弄了來，說這些混話欺負我。我告訴舅舅舅母去。」說到「欺負」兩個字上，早又把眼睛圈兒紅了，轉身就走。寶玉着了急，向前攔住說道：「好妹妹，千萬饒我這一遭，原是我說錯了。若有心欺負你，明兒我掉在池子裏，教個癩頭黿吞了去，變個大忘八，等你明兒做了『一品夫人』病老歸西的時候，我往你墳上替你駄一輩子的碑去。」說的林黛玉「嗤」的一聲笑了，揉着眼睛，一面笑道：「一般也唬的這麼個樣兒，還只管胡說。『呸，原來是苗而不秀，是個銀樣鑞槍頭。[8]』」寶玉聽了，笑道：「你這個呢？我也告訴去。」林黛玉笑道：「你說你會過目成誦，難道我就不能一目十行麼？」

寶玉一面收書，一面笑道：「正經快把花兒埋了罷，別提那些個了。」二人便收拾落花，正才掩埋妥協，只見襲人走來，說道：「那裏沒找到，卻在這裏來了。那邊大老爺身上不好，姑娘們都過去請安，老太太叫打發你去呢。快回去換衣裳去罷。」寶玉聽了，忙拿了書，別了黛玉，同襲人回房換衣不提。

這裏林黛玉見寶玉去了，又聽見眾姊妹也不在房，自己悶悶的。正欲回房，剛走到梨香院牆角上，只聽牆內笛韻

---

7)　多愁多病的身，傾國傾城的貌：指《西廂記》中的詞句，張生是「多愁多病身」，鶯鶯是「傾國傾城貌」。

8)　銀樣鑞槍頭：指中看不中用的意思。鑞，是一種錫鉛的合金，都指冒充銀子。黛玉也用了《西廂記》的詞句。

悠揚，歌聲婉轉。林黛玉便知是那十二個女孩子演習戲文呢。雖未留心去聽，偶然兩句吹到耳內，明明白白，一字不落，唱道：「原來姹紫嫣紅開遍，似這般都付與斷井頹垣。」林黛玉聽了，倒也十分感慨纏綿，便止住步側耳細聽，又聽唱道：「良辰美景奈何天，賞心樂事誰家院。」聽了這兩句，不覺點頭自歎，心下自思道：「原來戲上也有好文章。可惜世人只知看戲，未能領略這其中的趣味。」想畢，又後悔不該胡想，耽擱了聽曲子。又側耳時，只聽唱道：「則為你如花美眷，似水流年[9]……」林黛玉聽了這兩句，不覺心動神搖。又聽道「你在幽閨自憐」等句，亦發如醉如痴，站立不住，便一蹲身坐在一塊山子石上，細嚼「如花美眷，似水流年」八個字的滋味。忽又想起前日見古人詩中有「水流花謝兩無情」之句，再詞中又有「流水落花春去也，天上人間」之句，又有方才所見《西廂記》中「花落水流紅，閑愁萬種」之句，都一時想起來，湊聚在一處。仔細忖度，不覺心痛神馳，眼中落淚。正沒個開交處，忽覺身背後有人拍了一下，及回頭看時，不知是誰，下回分解。

 精華賞析

　　閱讀後文時請注意找出黛玉因自己命運多舛而感傷的描寫。

---

9)　　如花美眷，似水流年：《牡丹亭》中寫杜麗娘傷春的詞句。

《第二十四回》

醉金剛輕財尚義俠
痴女兒遺帕染相思

> 　　賈府的親眷也不是都有權有勢，但他們都想依附寧、榮兩府。正好，後廊上住的賈芸就託關係送禮來找鳳姐，想圖個掙錢的差事。這次他運氣不錯，不僅謀到了差事，還遇到了心儀的女子——小紅。

　　話說林黛玉正自情思縈逗、纏綿固結之時，忽有人從背後拍了一下，說道：「你做甚麼一個人在這裏？」林黛玉倒唬了一跳，回頭看時，不是別人，卻是香菱。林黛玉道：「你這個傻丫頭，冒冒失失的唬我一跳。你這會子打那裏來？」香菱嘻嘻的笑道：「我來找我們的姑娘的，總找不着。你們紫鵑也找你呢，說璉二奶奶送了甚麼茶葉來了。回家去坐着罷。」一面說着，一面拉着黛玉的手回瀟湘館來。果然鳳姐兒送了兩小瓶上用新茶來。林黛玉和香菱坐了，談講些這一個繡的好，那一個刺的精，又下一回棋，看兩句書，香菱便走了，不在話下。

　　且說寶玉因被襲人找回房去，只見鴛鴦歪在床上看襲人的針線呢，見寶玉來了，便說道：「你往那裏去了？老太太等着你呢，叫你過那邊請大老爺的安去。還不快換了衣服走呢！」襲人便進房去取衣服。寶玉坐在床沿上，脫了鞋等靴子穿的工夫，回頭見鴛鴦穿着水紅綾子襖兒，青緞子坎肩兒，下面露着玉色綢襪，大紅繡鞋，向那邊低着頭看針線，脖子上戴着扎花領子。寶玉便把臉湊在他脖項上，聞那香油氣，不住用手摩挲，其白膩不在襲人之下，便猴上身去涎皮笑道：「好姐姐，把你嘴上的胭脂賞我吃了罷。」一面說着，一面扭股糖似的粘在身上。鴛鴦便叫道：「襲人，你出來瞧瞧。你跟了他一輩

子，也不勸勸，還是這麼着。」襲人抱了衣服出來，向寶玉道：「左勸也不改，右勸也不改，你到底是怎麼樣？你再這麼着，這個地方可就難住了。」一邊說，一邊催他穿了衣服，同鴛鴦往前面來見賈母。

見過賈母，出至外面，人馬俱已齊備。剛欲上馬，只見賈璉請安回來了，正下馬，二人對面，彼此問了兩句話。只見旁邊轉出一個人來，「請寶叔安」。寶玉看時，只見這人容長臉兒[1]，長挑身材，年紀只有十八九歲，生得着實斯文清秀，倒也十分面善，只是想不起是那一房的，叫甚麼名字，賈璉笑道：「你怎麼發呆，連他也不認得？他是後廊上住的五嫂子的兒子芸兒。」寶玉笑道：「是了，是了，我怎麼就忘了。」因問他母親好，這會子甚麼勾當[2]？賈芸指着賈璉道：「找二叔說句話。」寶玉笑道：「你倒比先越發出息了，倒像我的兒子。」賈璉笑道：「好不害臊！人家比你大四五歲呢，就替你做兒子了？」寶玉笑道：「你今年十幾歲了？」賈芸道：「十八了。」

原來這賈芸最伶俐乖巧的，聽寶玉這樣說像他的兒子，便笑道：「俗語說的，『搖車裏的爺爺，拄拐兒的孫孫』。雖然歲數大，山高遮不住太陽。只從我父親沒了，這幾年也無人照管教導。如若寶叔不嫌姪兒蠢笨，認作兒子，就是我的造化了。」賈璉笑道：「你聽見了？認兒子不是好開交的呢。」說着就進去了。寶玉笑道：「明兒你閑了，只管來找我，別和他們鬼鬼祟祟的。這會子我不得閑兒。明兒你到書房裏來，和你說天話兒，我帶你園裏玩去。」說着扳鞍上馬，眾小廝圍隨往賈赦這邊來。

見了賈赦，不過是偶感些風寒，先述了賈母問的話，然後自己請了安。賈赦先站起來回了賈母話，次後便喚人來：「帶哥兒進去太太屋裏坐着。」寶玉退出，來至後面，進入上房。邢夫人見了他來，先倒站了起來，請過賈母安，寶玉方請安。邢夫人拉他上炕坐了，方問別人好，又命人倒茶來。一盅茶未吃完，只見賈琮來問寶玉好。邢夫人道：「那裏找活猴兒去！你那奶媽子死絕了，也不收拾收拾你，弄的黑眉烏嘴的，那裏像大家子唸書的孩子！」

正說着，只見賈環、賈蘭小叔姪兩個也來了，請過安，邢夫人便叫他兩

---

1)　　容長臉：美觀的長形臉。以區別於過長、過瘦等不美觀的長形臉。

2)　　勾當：辦事。引申指所辦的事。

個椅子上坐了。賈環見寶玉同邢夫人坐在一個坐褥上，邢夫人又百般摩挲撫弄他，早已心中不自在了，坐不多時，便和賈蘭使眼色兒要走。賈蘭只得依他，一同起身告辭。寶玉見他們要走，自己也就起身，要一同回去。邢夫人笑道：「你且坐着，我還和你說話呢。」寶玉只得坐了。邢夫人向他兩個道：「你們回去，各人替我問你們各人母親好罷。你們姑娘姐妹們都在這裏呢，鬧的我頭暈，今兒不留你們吃飯了。」賈環等答應着，便出來回家去了。

　　寶玉笑道：「可是姐姐們都過來了，怎麼不見？」邢夫人道：「他們坐了一會子，都往後頭不知那屋裏去了。」寶玉道：「大娘方才說有話說，不知是甚麼話？」邢夫人笑道：「那裏有甚麼話，不過是叫你等着，同你姊妹們吃了飯去。還有一個好玩的東西給你帶回去玩。」娘兒兩個說話，不覺又晚飯時候。調開桌椅，羅列杯盤，母女姊妹們吃畢了飯。寶玉去辭賈赦，同姊妹們一同回家，見過賈母、王夫人等，各自回房安息。不在話下。

　　且說賈芸進去見了賈璉，因打聽可有甚麼事情。賈璉告訴他：「前兒倒有一件事情出來，偏生你嬸子再三求了我，給了賈芹了。他許了我，說明兒園裏還有幾處要栽花木的地方，等這個工程出來，一定給你就是了。」賈芸聽了，半响說道：「既是這樣，我就等着罷。叔叔也不必先在嬸子跟前提我今兒來打聽的話，到跟前再說也不遲。」賈璉道：「提他做甚麼，我那裏有這些工夫說閑話兒呢。明兒一個五更，還要到興邑去走一趟，須得當日趕回來才好。你先去等着，後日起更以後你來討信兒，來早了我不得閑。」說着便回後面換衣服去了。

　　賈芸出了榮國府回家，一路思量，想出一個主意來，便一徑往他母舅卜世仁家來。原來，世仁現開香料鋪，方才從鋪子裏來，忽見賈芸進來，彼此見過了，因問他這早晚甚麼事跑了來。賈芸笑道：「有件事求舅舅幫襯幫襯。我有一件要緊事，用些冰片麝香使用，好歹舅舅每樣賒四兩給我，八月裏按數送了銀子來。」卜世仁冷笑道：「再休提賒欠一事。前兒也是我們鋪子裏一個夥計，替他的親戚賒了幾兩銀子的貨，至今總未還上。因此我們大家賠上，立了合同，再不許替親友賒欠。誰要賒欠，就要罰他二十兩銀子的東道，還趕出鋪子去。況且如今這個貨也短，你就拿現銀子到我們這不三不四

的小鋪子裏來買，也還沒有這些，只好倒扁兒³去，這是一。二則你那裏有正經事，不過賒了去又是胡鬧。你只說舅舅見你一遭兒就派你一遭兒不是。你小人兒家很不知好歹，也到底立個主見，賺幾個錢，弄得穿是穿吃是吃的，我看着也喜歡。」

賈芸笑道：「舅舅說的倒乾淨。我父親沒的時節，我年紀又小，不知事。後來聽見我母親說，都還虧舅舅們在我們家出主意，料理的喪事。難道舅舅就不知道的，還是有一畝地兩間房子，是我不成器，花了不成？巧媳婦做不出沒米的粥來，叫我怎麼樣呢？還虧是我呢，要是別個，死皮賴臉三日兩頭兒來纏着舅舅，要三升米二升豆子的，舅舅也就沒有法呢。」

卜世仁道：「我的兒，舅舅要有，還不是該的。我天天和你舅母說，只愁你沒算計兒。你但凡立的起來，到你大房裏，就是他們爺兒們見不着，便下個氣，和他們的管家管事的人們嬉嬉和和，也弄個事兒管管。前兒我出城去，碰見了你們三房裏的老四，坐着好體面車，又帶着四五輛車，有四五十和尚道士，往家廟裏去了。他那不虧能幹，就有這樣的好事兒到他身上了？」

賈芸聽他嘮叨的不堪，便起身告辭。卜世仁道：「怎麼這麼忙？你吃了飯再去罷。」一句話尚未說完，只見他娘子說道：「你又糊塗了。說着沒有米，這裏買了半斤麵來下給你吃，這會子還裝胖呢。留下外甥挨餓不成？」卜世仁說：「再買半斤來添上就是了。」他娘子便叫女孩兒：「銀姐，往對門王奶奶家去問，有錢借二三十個，明兒就送過來。」夫妻兩個說話，那賈芸早說了幾個「不用費事」，去的無影無蹤了。

不言卜家夫婦，且說賈芸賭氣離了母舅家門，一徑回歸舊路。心下正自煩惱，一邊想，一邊低頭只管走，不想一頭就碰在一個醉漢身上，把賈芸一把抓住，罵道：「你瞎了眼，碰起我來了。」賈芸聽聲音像是熟人，仔細一看，原來是緊鄰倪二。這倪二是個潑皮，專放重利債，在賭博場中吃飯，專愛吃酒打架。此時正從欠錢人家索了利錢，吃醉回來，不想被賈芸碰了一頭，就要動手。賈芸叫道：「老二住手！是我衝撞了你。」倪二聽見是熟人的語音，將醉眼睜開看時，見是賈芸，忙把手鬆了，趔趄⁴着笑道：「原來是賈二爺，

---

3)　　倒扁兒：即倒揹。這裏指無貨可買，把銀子倒揹回去。臨時借貸也說「倒扁兒」。

4)　　趔趄（liè qie）：腳步歪斜，站不穩要摔倒的樣子。

我該死，我該死。這會子往那裏去？」賈芸道：「告訴不得你，平白的又討了
個沒趣兒。」倪二道：「不妨不妨，有甚麼不平的事，告訴我，替你出氣。這
三街六巷，憑他是誰，有人得罪了我醉金剛倪二的街坊[5]，管叫他人離家散！」

　　賈芸道：「老二，你且別氣，聽我告訴你這原故。」說着，便把卜世仁
一段事告訴了倪二。倪二聽了大怒，「要不是二爺的親戚，我便罵出好話來，
真真氣死我倪二。也罷，你也不用愁，我這裏現有幾兩銀子，你要用只管拿
去。我們好街坊，這銀子我是不要利錢的。」一面說，一面從搭包[6]裏掏出
一卷銀子來。

　　賈芸心下自思：「倪二素日雖然是潑皮，卻因人而施，頗有義俠之名。若
今日不領他這情，怕他臊了，反為不美。不如借了他的，改日加倍還他也倒
罷了。」因笑道：「老二，你果然是個好漢，既蒙高情，怎敢不領？回家按例
寫了文約送過來便是了。」倪二大笑道：「這不過是十五兩三錢銀子，若要寫
文約，我就不借了。」賈芸聽了，一面接了銀子，一面笑道：「我遵命就是了，
何必着急。」倪二笑道：「這才是呢。天氣黑了，我還有點事兒，你竟請回罷。
我還求你帶個信兒給我們家，叫他們早些關門睡罷，我不回家去了；倘或有
要緊事兒，叫我們女兒明兒一早到馬販子王短腿家來找我。」一面說，一面趔
趄着腳兒去了。

　　且說賈芸偶然碰了這件事，心中也十分罕異，想那倪二倒果然有些意思，
只是還怕他一時醉中慷慨，到明日加倍的要起來，便怎麼好呢？又想道：「不
妨，等那件事成了，也可加倍還的起他。」他逐走到一個錢鋪裏，將那銀子稱
了稱，分兩不錯，心下越發歡喜。先將倪二的話捎給他娘子知道，方回家來。
見他母親自在炕上拈線，見他進來，便問那裏去了一天。賈芸恐他母親生氣，
便不提卜世仁的事來，只說在西府裏等璉二叔的，問他母親吃了飯不曾。他母
親已吃過了，說：「留的飯在那裏，叫小丫頭子拿過來與你吃罷。」

　　那天已是掌燈時候，賈芸吃了飯收拾歇息，一宿無話。次日一早起來，
洗了臉，便出南門，大香鋪裏買了冰麝，便往榮國府來。打聽賈璉出了門，

---

5)　　街坊：鄰居。

6)　　搭包：又作搭膊，較寬的綢、布所製的腰帶，裏邊也可裹繫錢物等。古代又有把褡褳通稱搭包
　　　的。

賈芸便往後面來。到賈璉院門前，只見幾個小廝拿着大高笤帚在那裏掃院子呢。忽見周瑞家的從門裏出來叫小廝們：「先別掃，奶奶出來了。」賈芸忙上前笑問：「二嬸嬸那去？」周瑞家的道：「老太太叫，想必是裁甚麼尺頭。」

正說着，只見一羣人簇着，鳳姐出來了。賈芸深知鳳姐是喜奉承尚排場的，忙把手逼着，恭恭敬敬搶上來請安。鳳姐連正眼也不看，仍往前走着，只問他母親好，「怎麼不來我們這裏逛逛？」賈芸道：「只是身上不大好，倒時常記掛着嬸子，要來瞧瞧，又不能來。」鳳姐笑道：「可是你會撒謊，不是我提起他來，你就不說他想我了。」賈芸笑道：「姪兒不怕雷打了，就敢在長輩前撒謊。昨兒晚上還提起嬸子來，說嬸子身子生的單弱，事情又多，虧嬸子好大精神，竟料理的周周全全；要是差一點兒的，早累的不知怎麼樣呢。」

鳳姐聽了滿臉是笑。不由的便止了步，問道：「怎麼好好的你娘兒們在背地裏嚼起我來？」賈芸道：「有個原故，只因我有個朋友，家裏有幾個錢，現開香鋪。只因他身上捐着個通判，前兒選着了雲南不知那一府，連家眷一齊去，他便收了香鋪不開了。把賬物攢了一攢，該給人的給人，該賤發[7]的賤發了，像這貴重的，都分送了親朋。所以我得了些冰片、麝香。我就和我母親商量，賤賣了可惜，要送人，也沒有人家兒配使這些香料，因想起嬸娘來。往年間還拿大包的銀子買這些東西呢，別說今年貴妃宮中，就是這個端陽節，所用也一定比往常要加上十倍。所以拿來孝敬嬸娘。」一面將一個錦匣遞過去。

鳳姐正是要辦端陽的節禮，採買香料，便笑了笑，命豐兒：「接過芸哥兒的來，送了家去，交給平兒。」因又說道：「看着你這樣知好歹，怪不得你叔叔常提起你，說你好，說話兒也明白，心裏有見識。」

賈芸聽這話入了港，便打進一步來，故意問道：「原來叔叔也常提我？」鳳姐見問，便要告訴給他事情管的話，一想，又恐他看輕了，只說得了這點兒香料，便許他管事了。因且把派他種花木的事，一字不提，隨口說了兩句淡話，便往賈母那裏去了。賈芸也不好提的，只得回來。

因昨日見了寶玉，叫他到外書房等着，賈芸吃了飯便又進來，到賈母那

---

7)　　賤發：賤價發賣。

邊儀門外綺霰齋書房裏來。只見茗煙在那裏掏小雀兒玩，賈芸在他身後把腳一跺，道：「小猴兒又淘氣了。」茗煙回頭見是賈芸，便笑道：「何苦二爺唬我這麼一跳。」因又笑說：「我不叫『茗煙』了，我們寶二爺嫌『煙』字不好，改了叫『焙茗』了，二爺明日只叫我焙茗罷。」賈芸點頭笑着同進書房，便坐下問：「寶二爺下來沒有？」焙茗道：「今兒總沒下來。二爺說甚麼，我替你哨探哨探去。」說着，便去了。

這裏賈芸便看字畫古玩，有一頓飯工夫還不見來，再看看別的小廝，都玩去了。正是煩悶，只聽門前嬌聲嫩語的叫了一聲「哥哥」。賈芸往外瞧時，看是一個十五六歲的丫頭，生的倒甚齊整，兩隻眼兒水靈靈的，見了賈芸，便抽身要躲。恰值焙茗走來，見那丫頭在門前，便說道：「好，好，正抓不着個信兒。」賈芸見了焙茗，也就趕出來，問怎麼樣了，焙茗道：「等了半日，也沒個人兒出來。這就是寶二爺房裏的。」因說道：「好姑娘，你進去帶個信兒，就說廊上的二爺來了。」

那丫頭聽說，方知是本家的爺們，便不似先前那等回避，下死眼把賈芸盯了兩眼。聽那賈芸說道：「甚麼是廊上廊下的，你只說是芸兒就是了。」半晌，那丫頭似笑不笑的說道：「依我說，二爺竟請回家去，有甚麼話明兒再來。今兒晚上得空兒我替回罷。」焙茗道：「這是怎麼說？」那丫頭道：「他今兒也沒睡中覺，自然吃的晚飯早。晚上他又不下來，難道只是叫二爺在這裏等着挨餓不成？不如家去，明兒來是正經。就便回來，有人帶信，也不過嘴裏答應着罷咧。」賈芸聽這丫頭說話簡便俏麗，待要問他的名字，因是寶玉房裏的，又不便問，只得說道：「這話倒是，我明兒再來。」說着便往外走。焙茗道：「我倒茶去，二爺吃了茶再去。」賈芸一面走，一面回頭說：「不吃茶，我還有事呢。」口裏說話，眼睛瞧那丫頭還站在那裏呢。

那賈芸一徑回家。至次日來至大門前，可巧遇見鳳姐往那邊去請安，才上了車，見賈芸來，便命人叫住，隔窗子笑道：「芸兒，你竟有膽子在我的跟前弄鬼。怪道你送東西給我，原來你有事求我。昨兒你叔叔才告訴我說你求他。」賈芸笑道：「求叔叔這事，嬸娘休提，我這裏正後悔呢。早知這樣，我一起頭兒就求嬸娘，這會子也早完了，誰承望叔叔竟不能的。」鳳姐笑道：「哦，你那裏沒成兒，昨兒又來尋我了。」賈芸道：「嬸娘辜負了我的孝心，我並沒有這個意思。若有這個意思，昨兒還不求嬸娘嗎？如今嬸娘既知道了，

我倒要把叔叔丟下，少不得求嬸娘好歹疼我一點兒。」

　　鳳姐冷笑道：「你們要揀遠路兒走呢。早告訴我一聲兒，有多大點子事，還值得耽誤到這會子。那園子裏還要種樹種花，我正想不出一個人來，你早來不早完了？」賈芸笑道：「既這樣，嬸娘明兒就派我罷。」鳳姐半晌道：「這個我看着不大好。等明年正月裏煙火燈燭那個大宗兒下來，再派你罷。」賈芸道：「好嬸娘，先把這個派了我，果然這個辦的好，再派我那個罷。」鳳姐笑道：「你倒會拉長線兒[8]。罷了，要不是你叔叔說，我不管你的事。我也不過吃了飯就過來，你到午錯的時候來領銀子，後兒就進去種花樹。」說畢，令人駕起香車，一徑去了。

　　賈芸喜不自禁，來至綺霰齋打聽寶玉，誰知寶玉一早便往北靜王府裏去了。賈芸便呆呆的坐到晌午，打聽鳳姐回來，便寫個領票來領對牌。至院外，命人通報了，彩明走了出來，單要了領票進去，批了銀數年月，一併連對牌交與了賈芸。賈芸接了，看那批上銀數批了二百兩，心中喜悅，翻身走到銀庫上，領了銀子，回家告訴母親，自是母子俱各歡喜。次日一個五鼓，賈芸先找了倪二，將前銀按數還他。又拿了五十兩銀子，出西門找到花兒匠方椿家裏去買樹。不在話下。

　　且說寶玉，自那日見了賈芸，曾說着他明日進來說話。這原是富貴公子的口角，那裏還記在心上，因而便忘懷了。這日晚上，從北靜王府裏回來，見過賈母、王夫人等，回至園內，換了衣服，正要洗澡。襲人因被薛寶釵煩了去打結子；秋紋、碧痕兩個去催水；晴雯又因他母親的生日接出去了；麝月又現在家中養病；雖還有幾個作粗活聽喚的丫頭，料是叫不着他們，都出去玩去了。不想這一刻工夫，只剩了寶玉在屋裏，偏生要喝茶，一連叫了兩三聲，方見兩三個老嬤嬤走進來。寶玉見了他們，連忙搖手兒說：「罷，罷，不用了。」老婆子們只得退出來。

　　寶玉見沒丫頭們，只得自己下來，拿了碗向茶壺去倒茶。只聽背後有人說道：「二爺仔細着燙了手，讓我來倒罷。」一面說，一面走上來，接了碗過去。寶玉倒唬了一跳，問：「你在那裏來着？忽然來了，唬我一跳。」那丫頭

---

8)　　拉長線兒：為更大的長遠的利益預作安排。諺語：「放長線，釣大魚」。

一面遞茶，一面笑着回說：「我在後院子裏，才從裏間後門進來，難道二爺就沒聽見腳步響麼？」寶玉一面吃茶，一面仔細打量那丫頭：穿着幾件半新不舊的衣裳，倒是一頭黑鴉鴉的好頭髮，挽着個纂兒，容長臉面，細挑身材，卻十分俏麗甜淨。

寶玉便笑問道：「你也是我這屋裏的人麼？」那丫頭笑應道：「是的。」寶玉道：「既是這屋裏的，我怎麼不認得？」那丫頭聽說，便冷笑了一聲道：「認不得的也多呢，豈只我一個？從來我又不遞茶遞水，拿東拿西，眼面前的事一件也做不着，那裏認得呢？」寶玉道：「你為甚麼不作那眼面前的事？」那丫頭道：「這話我也難說。只是有一句話回二爺：昨兒有個甚麼芸兒來找二爺。我想二爺不得空兒，便叫焙茗回他，叫他今日早起來，不想二爺又上北府裏去了。」

剛說到這句話，只見秋紋、碧痕嘻嘻哈哈的說笑着進來，兩個人共提着一桶水，一手撩衣裳，趔趔趄趄，潑潑撒撒的。那丫頭便忙迎去接。那秋紋、碧痕一個抱怨，「你濕了我的裙子」，一個又說「你踹了我的鞋」。忽見走出一個人來接水，二人看時，不是別人，原來是小紅。二人便都詫異，將水放下，忙進房來東瞧西望，並沒個別人，只有寶玉，便心中大不自在。只得且預備下洗澡之物，待寶玉脫了衣裳，二人便帶上門出來，走到那邊房內便找小紅，問他方才在屋裏做甚麼。小紅道：「我何曾在屋裏呢？只因我的手帕子不見了，往後頭找去。不想二爺要茶喝，叫姐姐們一個兒也沒有，我趕着進去倒了碗茶，姐姐們便來了。」

秋紋聽了，兜臉啐了一口，罵道：「沒臉的下流東西！正經叫你提水，你說有事，倒叫我們去，你可搶這個巧宗兒。一里一里的，這不上來了？難道我們倒跟不上你麼？你也拿鏡子照照，配遞茶遞水不配！」碧痕道：「明兒我說給他們，凡要茶要水送東送西的事，咱們都別動，只叫他去就完了。」秋紋道：「這麼說，不如我們散了，單讓他在這屋裏呢。」二人你一句，我一句，正鬧着，只見有個老嬤嬤進來傳鳳姐的話說：「明日有人帶花兒匠來種樹，叫你們嚴禁些，衣服裙子別混曬混晾。那土山上一溜都攔着幃幙，可別混跑。」秋紋便問：「明兒不知是誰帶進匠人來監工？」那婆子道：「是甚麼後廊上的芸二爺。」秋紋、碧痕俱不知道，只管混問別的話，那小紅心內明白，知是昨兒外書房見的那人了。

　　原來這小紅本姓林，小名紅玉，只因「玉」字犯了寶黛二人的名字，便改叫他「小紅」。原是府中世僕，他父母現在收管各處房田事務。這紅玉年方十四歲，進府當差把他派在怡紅院中，倒也清幽雅靜。不想後來命姊妹及寶玉等進大觀園居住，偏生這一所兒，又被寶玉點了。這小紅雖然是個不諳事體的丫頭，因他原有幾分容貌，心內便想向上攀高，每每要在寶玉面前現弄現弄。只是寶玉身邊一干人，都是伶牙俐齒的，那裏插的下手去？不想今兒才有些消息，又遭秋紋等一場惡話，心內早灰了一半。正沒好氣，忽然聽見老嬤嬤說起賈芸來，不覺心中一動，便悶悶的回房，睡在床上暗暗思量，翻來覆去，沒情沒趣。忽聽窗外低低的叫道：「紅兒，你的絹子我拾在這裏呢。」小紅聽了，忙走出來看，不是別人，正是賈芸。小紅不覺的粉面含羞，問道：「二爺在那裏拾着的？」那賈芸笑道：「你過來，我告訴你。」一面說，一面就上來拉他的衣裳。那小紅臊的轉身一跑，卻被門檻子絆倒。要知端的，下回分解。

💡 精華賞析

　　賈芸找自己的母舅幫忙卻毫無結果，雖然他也是賈家人，但沒錢、沒勢力，連母舅都看不起自己。這是對封建社會人情關係的極度諷刺。

《第二十五回》

精讀　**魘魔法叔嫂逢五鬼**
紅樓夢通靈遇雙真

> 趙姨娘恨透了鳳姐和寶玉，找了馬道婆來詛咒這兩人。沒想到還真應驗了！

　　話說小紅心神恍惚，情思纏綿，忽朦朧睡去，遇見賈芸要拉他，卻回身一跑，被門檻絆了一跤，唬醒過來，方知是夢。因此翻來覆去，一夜無眠。至次日天明，方才起來，有幾個丫頭子來會他去打掃房屋，提洗臉水。這小紅也不梳洗，向鏡中胡亂挽了一挽頭髮，洗了洗手，腰內束了一條汗巾子，便來打掃房屋。

　　誰知寶玉昨兒見了小紅，也就留了心。想着指名喚他來使用，一則怕襲人等多心；二則又不知他是怎麼個情性，因此納悶。早起來也不梳洗，只坐着出神。一時下了紙窗，隔着紗屜子[1]，向外看的真切，只見好幾個丫頭在那裏掃地，都擦胭抹粉，簪花插柳的，獨不見昨兒那一個。寶玉便趿拉着鞋走出了房門，只裝着看花兒，東瞧西望，一抬頭，只見西南角上遊廊底下欄杆上有一個人倚在那裏，卻為一株海棠花所遮，看不真切。只得又轉了一步，仔細一看，正是昨日那個丫頭在那裏出神。寶玉要迎上去，又不好意思。正想

---

1)　　窗子、紗屜子：這裏窗子指木櫺糊紙的護窗，護窗也有用木板做的，都是晚間擋上，早晨卸下。窗口木屜糊紗，可以透明、透風，稱為紗屜子。

着，忽見碧痕來催他洗臉，只得進去了。

卻說小紅正自出神，忽見襲人招手叫他，只得走上前來。襲人笑道：「咱們的噴壺壞了，你到林姑娘那邊去借來使使。」小紅答應了，便往瀟湘館去。正走上翠煙橋，抬頭一望，只見山坡上高處都攔着幃幔，方想起今日有匠役在此種樹。因轉身一望，只見那邊遠遠一簇人在那裏掘土，賈芸正坐在那山子石上監工。小紅待要過去，又不敢過去，只得悶悶的向瀟湘館取了噴壺回來，無精打采自向房內躺着。眾人只說他一時身上不爽快，都不理論。

過了一日，原來次日就是王子騰夫人的壽誕，那裏原打發人來請賈母王夫人，王夫人見賈母不去，便也不去了。倒是薛姨媽同着鳳姐兒並賈家三個姊妹、寶釵、寶玉一齊都去了，至晚方回。

王夫人正過薛姨媽院裏坐着，見賈環下了學，便命他去抄《金剛經咒》唪誦。那賈環便來王夫人炕上坐着，命人點了蠟燭，拿腔作勢的抄寫。一時又叫彩雲倒杯茶來，一時又叫玉釧兒來剪剪蠟花，一時又說金釧兒擋了燈影。眾丫鬟們素日厭惡他，都不答理。只有彩霞還和他合的來，倒了一盅茶來遞與他。因見王夫人和人說話兒，他便悄悄的向賈環說道：「你安些分罷，何苦討這個厭那個厭的。」賈環把眼一瞅道：「我也知道了，你別哄我。如今你和寶玉好，把我不答理，我也看出來了，」彩霞咬着牙，向賈環頭上戳了一指頭道：「沒良心的！狗咬呂洞賓，不識好人心。」

兩人正說着，只見鳳姐跟着王夫人都過來了，王夫人便一長一短的問他，今兒是那幾位堂客，戲文好歹，酒席如何。不多時，寶玉也來了，進門見了王夫人，也規規矩矩說了幾句話，便命人除去抹額，脫了袍服，拉了靴子，便一頭滾在王夫人懷裏。王夫人便用手滿身滿臉摩挲撫弄他，寶玉也搬着王夫人的脖子說長道短。王夫人道：「我的兒，你又吃多了酒，臉上滾熱的。你還只是揉搓，一會鬧上酒來。還

不在那裏靜靜的倒一會子呢。」說着，便叫人拿個枕頭來。寶玉聽說便下來，在王夫人身後倒下，又叫彩霞來替他拍着。寶玉便和彩霞說笑，只見彩霞淡淡的不大答理，兩眼睛只向賈環處看：寶玉便拉他的手笑道：「好姐姐，你也理我理兒呢。」一面說，一面拉他的手，彩霞奪手不肯，便說：「再鬧，我就嚷了。」

　　二人正鬧着，原來賈環聽見了，素日原恨寶玉，今見他和彩霞玩耍，心中越發按不下這口氣。因一沉思，計上心來，故作失手，將那一盞油汪汪的蠟燭向寶玉臉上只一推，只聽寶玉「噯喲」了一聲。滿屋裏眾人都唬了一跳。連忙將地下的桌燈移過來一照，只見寶玉滿臉滿身都是油。王夫人又急又氣，一面命人來替寶玉擦洗，一面又罵賈環。鳳姐三步兩步的上炕去替寶玉收拾着，一面笑道：「老三還是這麼慌腳雞似的[2]。我說你上不得高台盤。趙姨娘平時也該教導教導他。」一句話提醒了王夫人，便叫過趙姨娘來罵道：「養出這樣黑心種子來，也不教訓教訓！幾番幾次我都不理論，你們得了意了，越發上來了！」

　　那趙姨娘只得忍氣吞聲，也上去幫着他們替寶玉收拾。只見寶玉左邊臉上燙了一溜燎泡，幸而沒傷眼睛。王夫人看了，又心疼，又怕明日賈母問時難以回答，急的又把趙姨娘數落一頓。又安慰了寶玉一回，一面取敗毒消腫藥來敷上。寶玉道：「雖然有些疼，還不妨事。明兒老太太問，只說是我自己燙的罷了。」鳳姐笑道：「就說是自己燙的，也要罵人不小心。橫豎有一場氣生。」王夫人命人好生送了寶玉回房去後，襲人等見了，都慌的了不得。

　　林黛玉見寶玉出了一天門，就覺悶悶的。晚間打發人來問了兩三遍，知道燙了，便親自趕過來瞧，只見寶玉自己

● 寶玉的存在奪走了賈環應得到的關注和疼愛。賈環也是賈府的少爺，卻因為是庶出而地位低下，這次的事情是長期積怨的結果。

---

2)　　慌腳雞似的：做事毛糙、粗率、輕躁。

拿鏡子照呢。左邊臉上滿滿的敷了一臉的藥。黛玉只當燙的十分利害，忙近前瞧瞧。寶玉把臉遮着，搖手叫他出去：知他素性好潔，故不肯叫他看。黛玉也便罷了，問他疼的怎麼樣。寶玉道：「也不很疼。養一兩日就好了。」林黛玉坐了一回，回去了。

次日，寶玉見了賈母，雖然自己承認是自己燙的，賈母免不得又把跟從的人罵一頓。

過了一日，有寶玉寄名的乾娘馬道婆進府來，見了寶玉，唬一大跳，問起原由，說是燙的，便點頭歎息一回，向寶玉臉上用指頭畫了一畫，口內嘟嘟曩曩的又咒誦了一回，說道：「管保就好了，這不過是一時飛災。」又向賈母道：「祖宗老菩薩那裏知道，那佛經上說的利害，大凡那王公卿相人家的子弟，只一生長下來，暗裏便有許多促狹鬼跟着他，得空便撞他一下，或掐他一下，或吃飯時打下他的飯碗來，或走着推他一跤，所以往往的那些大家子孫多有長不大的。」

賈母聽如此說，便趕着問：「這有甚麼法兒解釋沒有呢？」馬道婆便說道：「這個容易，只是替他多做些因果善事也就罷了。再那經上還說，西方有位大光明普照菩薩，專管照耀陰暗邪祟，若有善男信女虔心供奉者，可以永佑兒孫康寧，再無撞客³邪祟之災。」賈母道：「倒不知怎麼供奉這位菩薩？」馬道婆道：「也不值些甚麼，不過除香燭供養之外，一天多添幾斤香油，點上個大海燈。這海燈，便是菩薩現身法像，晝夜不敢息的。」賈母道：「一天一夜也得多少油？我也做個好事。」馬道婆說：「這也不拘多少，隨施主願心。像我們家裏，就有好幾處的王妃誥命供奉着呢：南安郡王府裏的太妃，他許的願心大，一天是四十八斤油，一

---

3)　　撞客：精神失常，迷信說法以為鬼魂附體，稱作撞客。

斤燈草,那海燈也只比缸略小些;錦田侯的誥命次一等,一天不過二十四斤油;再還有幾家也有五斤的、三斤的、一斤二斤的,都不拘數。少不得替他點。」賈母聽了,點頭思忖。馬道婆又道:「還有一件,若是為父母尊親長上的,多捨些不妨;若是像老祖宗如今為寶玉,若捨多了,怕哥兒禁不起,反折了福氣了。要捨,大則七斤,小則五斤,也就是了。」賈母說:「既這麼樣,就一日五斤,每月打躉來關了去。」馬道婆唸了一聲「阿彌陀佛慈悲大菩薩」。賈母又命人來吩咐:「以後大凡寶玉出門的日子,拿幾串錢交給他的小子們,一路施捨給僧道窮苦之人。」

說畢,那道婆便又往各房間安閑逛去了。一時來至趙姨娘房裏,二人見過,趙姨娘命小丫頭倒了茶給他吃。趙姨娘正粘鞋呢,馬道婆見炕上堆着些零碎綢緞,因說道:「可是我正沒了鞋面子。姨奶奶你有零碎綢子緞子,不拘顏色,做一雙鞋穿罷。」趙姨娘歎口氣道:「你瞧瞧那裏頭,還有那一塊是成樣的?有東西也到不了我這裏!你不嫌不好,挑兩塊去就是了。」馬道婆見說,果真便挑了兩塊,掖在袖裏。

趙姨娘問道:「前日我打發人送了五百錢去,你可在藥王跟前上了供沒有?」馬道婆道:「早已替你上了供了。」趙姨娘歎氣道:「阿彌陀佛!我手裏但凡從容些,也時常的上個供,只是心有餘而力不足。」馬道婆道:「你只管放心,將來熬的環哥兒大了,得個一官半職,那時你要做多大的功德,還怕不能麼?」趙姨娘聽了笑道:「罷,罷,再別提起。如今就是榜樣。我們娘兒們跟的上這屋裏那一個兒?寶玉還是小孩子家,長的得人意兒,大人偏疼他些兒,也還罷了;我只不伏這個主兒。」一面說,一面伸出兩個指頭兒來。馬道婆會意,便問道:「可是璉二奶奶?」趙姨娘唬的忙搖手兒,起身掀簾子一看,見無人,方回身向馬道婆說:「了不得,了不得!提起這個主兒,這一分家私要不都叫他搬了娘家去,我也不是個人!」

　　馬道婆見如此說，便探他口氣道：「我還用你說？難道看不出來的！也虧你們心裏不理論，只憑他去。倒也好。」趙姨娘道：「我的娘，不憑他去，難道誰還敢把他怎麼樣嗎？」馬道婆道：「不是我說句造孽的話，你們沒有本事！也難怪別人。明裏不敢罷咧，暗裏也算計了，還等到如今！」趙姨娘聽這話裏有話，心內暗暗的歡喜，便說道：「怎麼暗裏算計？我倒有這個心，只是沒這樣的能幹人。你若教給我這個法子，我大大的謝你。」

　　馬道婆聽說這話拿攏了一處，便又故意說道：「阿彌陀佛！你快休問我，我那裏知道這些事？罪罪過過的。」趙姨娘道：「你又來了。你是最肯濟困扶危的人，難道就眼睜睜的看人家來擺佈死了我們娘兒兩個不成？難道還怕我不謝你？」馬道婆聽說如此，便笑道：「若說我不忍叫你娘兒們受人委曲，還猶可，若說謝我，那我可是不想的呀。」趙姨娘聽這話口氣鬆動了，便說：「你這麼個明白人，怎麼糊塗起來了？果然法子靈驗，把他兩個絕了，明日這家私不怕不是我環兒的？那時你要甚麼不得呢？」馬道婆聽了，低了頭，半晌說道：「那時候事情妥了，又無憑據，你還理我呢！」趙姨娘道：「這又何難。我攢了幾兩體己，還有幾件衣服簪子，你先拿幾樣去。我再寫個欠契給你，那時候兒我照數還你。」馬道婆想了一回道：「也罷了！我少不得先墊上了。」趙姨娘不及再問，忙將一個小丫頭也支開，趕着開了箱子，將首飾拿了些出來，並體己散碎銀子，又寫了五十兩欠約，遞與馬道婆道：「你先拿去作供養。」

　　馬道婆見了這些東西，又有欠字，遂滿口應承，伸手先將銀子拿了，然後收了欠契。向趙姨娘要了張紙，拿剪子鉸了兩個紙人兒，問了他二人的年庚[4]，寫在上面，又找了一

---

4)　年庚：指人誕生的年月日時。古時迷信說法，認為用巫術詛咒人，須用被咒者出生的年月日時來作標誌。

張藍紙，鉸了五個青面鬼，叫並在一處，拿針釘了：「回去我再作法，自有效驗的。」忽見王夫人的丫頭進來道：「姨奶奶在屋裏呢？太太等你呢。」於是二人方散了，馬道婆自去。

　　卻說林黛玉因見寶玉燙了臉，總不出門，倒常在一處說說話兒。這日飯後看了兩篇書，又和紫鵑雪雁做了一回針線，總悶悶不舒，便出來看庭前新迸出的稚筍，不覺出了院門，來到園中，四顧無人，唯見花光鳥語，信步便往怡紅院中來。只見幾個丫頭舀水，都在迴廊上圍着看畫眉洗澡呢。聽見房內笑聲，原來是李宮裁、鳳姐、寶釵都在這裏。一見他進來都笑道：「這不又來了一個？」林黛玉笑道：「今兒齊全，誰下帖子請來的？」鳳姐道：「前兒我打發了丫頭送了兩瓶茶葉給姑娘，可還好嗎？」林黛玉笑道：「我正忘了，多謝你想着。」寶玉道：「我嘗了不好，也不知別人嘗着怎麼樣。」寶釵道：「口頭也還好。」鳳姐道：「那是暹羅國進貢的。我嘗着沒甚麼趣兒，還不如我們每常喝的呢。」黛玉道：「我吃着卻好。不知你們脾胃怎麼樣？」寶玉道：「你說好，把我的都拿了吃去罷。」鳳姐道：「我那裏還多着呢。」黛玉道：「我叫丫頭取去。」鳳姐道：「不用，我打發人送來。我明兒還有一件事求你，一同打發人送來罷。」

　　黛玉聽了笑道：「你們聽聽，這是吃了他們家一點子茶葉，就來使喚人了。」鳳姐笑道：「你既吃了我們家的茶，怎麼還不給我們家作媳婦兒？」眾人都大笑起來。黛玉漲紅了臉，回過頭去，一聲兒不言語。李宮裁笑向寶釵道：「真真我們二嬸子的詼諧是好的。」黛玉道：「甚麼詼諧，不過是貪嘴賤舌討人厭罷了。」說着便啐了一口。鳳姐笑道：「你別作夢！你給我們家作了媳婦，還虧負你麼？」指寶玉道：「你瞧瞧，人物兒配不上？門第兒配不上？根基兒家私兒配不上？那一點還玷辱了你？」黛玉抬身就走。寶釵便叫：「顰兒急了，還不回來坐着。走了倒沒意思。」說着便站起來拉住。

　　才到房門，只見趙姨娘和周姨娘兩個人進來瞧寶玉。

寶玉和眾人都起身讓坐，獨鳳姐不理。寶釵正欲說話時，只見王夫人房內的丫頭來說：「舅太太來了，請奶奶姑娘們過去呢。」李宮裁聽了，連忙叫着鳳姐等走了。趙、周兩人也都出去了。寶玉道：「我也不能出去，你們好歹別叫舅母進來。」又道：「林妹妹，你略站一站，我說一句話。」鳳姐聽了，回頭向黛玉笑道：「有人叫你說話呢，回去罷。」便把黛玉往裏一推，和李紈笑着去了。

這裏寶玉拉住黛玉的手，只是嘻嘻的笑，又不說話。黛玉不覺又紅了臉，掙着要走。寶玉道：「嗳喲！好頭疼！」黛玉道：「該，阿彌陀佛！」寶玉大叫一聲，將身一跳，離地跳有三四尺高，口內亂嚷，盡是胡話。

黛玉並丫頭們都唬慌了，忙去報知王夫人與賈母。此時王子騰的夫人也在這裏，都一齊來時，寶玉益發拿刀弄杖，尋死覓活的，鬧得天翻地覆。賈母、王夫人見了，唬的抖衣亂顫，「兒」一聲「肉」一聲放聲大哭。於是驚動眾人，連賈赦、邢夫人、賈珍、賈政、賈璉、賈蓉、賈芸、賈萍、薛姨媽、薛蟠並周瑞家的一干家中上上下下裏裏外外眾媳婦丫頭等，都來園內看視。

登時亂麻一般。正沒個主見，只見鳳姐手持一把明晃晃鋼刀砍進園來，見雞殺雞，見狗殺狗，見人就要殺人。眾人越發慌了。周瑞媳婦帶着幾個有力量的膽壯的婆娘上去抱住，奪下刀來，抬回房去。平兒、豐兒等哭的哀天叫地。賈政等心中也着忙。當下眾人七言八語，有的說送祟 [5] 的，有的說跳神 [6] 的，有薦玉皇閣的張道士捉怪的，整鬧了半日，祈求禱告，百般醫治，並不見好。日落後，王子騰夫人告辭去了。次日王子騰也來瞧問。接着小史侯家、邢夫人弟兄輩

---

5)　送祟：指迷信者焚燒紙錢等物送走鬼祟的儀式。

6)　跳神：巫人用歌舞祭神，稱神來附體，以此來祈禳或治病，這種行為叫跳神。

並各親戚眷屬都來瞧看，也有送符水的，也有薦僧道的，也有薦醫的。他叔嫂二人愈發糊塗，不省人事，身熱如火，在床上亂說，到夜間更甚。因此那些婆娘媳婦丫頭們都不敢上前，故將他二人都抬到王夫人的上房內，派人輪班看守。賈母、王夫人、邢夫人、薛姨媽等寸步不離，只圍着哭。

此時賈赦、賈政又恐哭壞了賈母，日夜熬油費火，鬧的人口不安。賈赦還各處去尋僧覓道。賈政見不靈效，着實懊惱，因阻賈赦道：「兒女之數，皆由天命，非人力可強者。他二人之病出於不意，百般醫治不效，想天意該如此，也只好由他們去罷。」賈赦也不理此話，仍是百般忙亂。看看三日光陰，鳳姐寶玉躺在床上，連氣息都微了。合家都說沒了指望了，忙將他二人的後事衣履都治備下了。賈母、王夫人、賈璉、平兒、襲人等更哭的死去活來。只有趙姨娘外面假作憂悲，心中稱願。

到了第四日早晨，寶玉忽睜開眼向賈母說道：「從今以後，我可不在你家了！快打發我走罷。」賈母聽了這話，如同摘心去肝一般。

趙姨娘在旁勸道：「老太太也不必過於悲痛。哥兒已是不中用了，不如把哥兒的衣服穿好，讓他早些回去，也免他些苦；只管捨不得他，這口氣不斷，他在那裏也受罪不安生……」這些話沒說完，被賈母照臉啐了一口，罵道：「爛了舌頭的混賬老婆，怎麼見得不中用了？你願意他死了，有甚麼好處？你別做夢！他死了，我只和你們要命。都是你們素日調唆着逼他寫字唸書，把膽子嚇破了，見了他老子就像個避貓鼠兒一樣，都不是你們這起淫婦調唆的？這會子逼死了他，你們遂了心，我饒那一個！」一面罵，一面哭。賈政在旁聽見這些話，心裏越發着急，忙喝退了趙姨娘，委婉解勸了一番。

● 賈母無意中說出了實情。

一時忽有人來回說：「兩口棺材都做齊了。」賈母聞之，如刀刺心，一發哭着大罵：「是誰叫做的棺材？快把做棺材

的人拿來打死！」

正鬧的天翻地覆，忽聽見空中隱隱有木魚聲，唸了一句：「南無解冤解結菩薩！有那人口不利、家宅不安、中邪祟逢凶險的，找我們醫治。」賈母、王夫人都聽見了，便命人向街上找尋去。原來是一個癩頭和尚同一個跛足道人。只見那和尚：鼻如懸膽兩眉長，目似明星蓄寶光；破衲芒鞋無住跡，腌臢更有一頭瘡，

那道人是何模樣？看他時，一足高來一足低，渾身帶水又拖泥；相逢若問家何處，卻在蓬萊弱水西。

賈政因命人請進來，問他二人：「在何山修道？」那僧笑道：「長官不須多話。因聞得府上人口欠安，故特來醫治。」賈政道：「有兩個人中了邪，不知有何仙方可治？」那道人笑道：「你家現有希世奇珍，可治此病，何須問方？」賈政心中便動了，因道：「小兒落草時雖帶了一塊寶玉下來，上面刻着『能除邪祟』，然亦未見靈驗。」那僧道：「長官有所不知，那『寶玉』原是靈的。只因為聲色貨利所迷，故此不靈驗了。今將此寶取出來，待我們持頌持頌，自然依舊靈了，」

賈政聽說，便向寶玉項上取下那玉來遞與他二人。那和尚擎在掌上，長歎一聲道：「青埂峯一別，展眼已過十三載矣！人世光陰，如此迅速，塵緣未斷，奈何奈何！可羨你當時的那段好處：天不拘兮地不羈，心頭無喜亦無悲；卻因鍛煉通靈後，便向人間覓是非。可歎你今日這番經歷：粉漬脂痕污寶光，房櫳晝夜困鴛鴦。沉酣一夢終須醒，冤孽償清好散場！」

唸畢，又摩弄一回，說了些瘋話，遞與賈政道：「此物已靈，不可褻瀆，懸於臥室上檻，將他二人安在一室之內，除自己親人外，不可使陰人沖犯。三十三日之後，包管身安病退，復舊如初。」賈政忙命人讓茶，他二人已經走了，只得依言而行。

● 呼應小說開頭通靈寶玉的神話。

鳳姐寶玉果一日好似一日的，漸漸醒來，知道餓了，賈母、王夫人才放了心。眾姊妹都在外間聽消息，林黛玉先唸了一聲「阿彌陀佛」，薛寶釵笑而不言，惜春道：「寶姐姐笑甚麼？」寶釵道：「我笑如來佛比人還忙：又要講經說法，又要普渡眾生；又要保佑人家病痛，都叫他速好；又要管人家的婚姻，叫他成就。你說可忙不忙？可好笑不好笑？」一時黛玉紅了臉，啐了一口道：「你們都不是好人，再不跟着好人學，只跟着鳳丫頭學得貧嘴爛舌的。」一面說，一面摔簾子出去了。欲知端詳，下回分解。

💬 延伸思考

請分析趙姨娘的性格。

💡 精華賞析

賈環對寶玉一直懷恨在心，他的母親趙姨娘更是對他恨之入骨，只是表面上顯得逆來順受。從她與馬道婆的談話中就可以知道她的心思多麼地狠毒。其實這都是封建社會的禍根「一夫多妻制」造成的，多妻的家庭不可能和睦，為了地位、財產相互算計、攻擊，一旦有了機會就伺機下手，就像趙姨娘這樣。

蘅蕪苑設言傳密語
瀟湘館春睏發幽情

黛玉和寶玉正發生口角，忽然賈政派人來叫寶玉出去。真是賈政在叫寶玉嗎？還是有其他名堂？

話說寶玉養過了三十三天之後，不但身體強壯，亦且連臉上瘡痕平復，仍回大觀園去。這也不在話下。

且說近日寶玉病的時節，賈芸帶着家下小廝坐更看守，晝夜在這裏，那小紅同眾丫鬟也在這裏守着寶玉，彼此相見日多，漸漸混熟了。那小紅見賈芸手裏拿塊絹子，倒像是自己從前掉的，待要問他，又不好問。不料那和尚道士來過，用不着一切男人，賈芸仍種樹去了。這件事待要放下又放不下，待要問去，又怕人猜疑，正是猶豫不決神魂不定之際，忽聽窗外問道：「姐姐在屋裏沒有？」小紅聞聽，在窗眼內望外一看，原來是本院的個小丫頭佳蕙，因答說：「在家裏呢，你進來罷。」佳蕙聽了跑進來，就坐在床上，笑道：「我好造化！才剛在院子裏洗東西，寶玉叫往林姑娘那裏送茶葉，花大姐姐交給我送去。可巧老太太那裏給林姑娘送錢來，正分給他們的丫頭們呢。見我去了，林姑娘就抓了兩把給我，也不知多少，你替我收着。」便把手絹子打開，把錢倒了出來，交給小紅，小紅就替他一五一十的數了收起。

佳蕙道：「你這兩月心裏到底覺怎麼樣？依我說，你竟家去住兩日，請一個大夫來瞧瞧，吃兩劑藥，就好了。」小紅道：「那裏的話？好好兒的，家去作甚麼？」佳蕙道：「我想起來了。林姑娘生的弱，時常他吃藥，你就和他要些來吃，也是一樣。」小紅道：「胡說！藥也是混吃的？」佳蕙道：「你這也不是個長法兒，又懶吃懶喝的，終久怎麼樣？」小紅道：「怕甚麼？還不如早些

兒死了倒乾淨！」佳蕙道：「好好的，怎麼說這些話？」小紅道：「你那裏知道我心裏的事？」

佳蕙點頭想了一會，道：「可也怨不得，這個地方難站。就像昨日老太太因寶玉病了這些日子，說伏侍的人都辛苦了，如今身上好了，各處還完了願，叫把跟的人都按着等兒賞他們。我們算年紀小，上不去，我也不抱怨；像你怎麼也不算在裏頭？我心裏就不服。襲人那怕他得十分兒，也不惱他，原該的。說良心話，誰還敢比他呢？別說他素日殷勤小心，就是不殷勤小心，也拚不得。可氣晴雯、綺霞他們這幾個，都算在上等裏去，仗着寶玉疼他們，眾人就捧着他們。你說可氣不可氣？」小紅道：「也犯不着氣他們。俗語說的好，『千里搭長棚，沒有個不散的筵席』，誰守誰一輩子呢？不過三年五載，各人幹各人的去了。那時誰還管誰呢？」這兩句話不覺感動了佳蕙的心腸，由不得眼睛紅了，又不好意思無端的哭，只得勉強笑道：「你這話說的卻是。昨兒寶玉還說，明兒怎麼樣收拾房子，怎麼樣做衣裳，倒像有幾萬年的熬煎。」

小紅聽了冷笑了兩聲，方要說話，只見一個未留頭的小丫頭子走進來，手裏拿着些花樣子並兩張紙，說道：「這是兩個花樣子，叫你描出來呢。」說着向小紅擲下，回身就跑了。小紅向外問道：「到底是誰的？也等不得說完就跑，誰蒸下饅頭等着你，怕冷了不成！」那小丫頭在窗外只說得一聲：「是綺大姐姐的。」抬起腳來咕咚咕咚又跑了。小紅便賭氣把那樣子擲在一邊，向抽屜內找筆，找了半天都是禿的，因說道：「前兒一枝新筆，放在那裏了？怎麼想不起來。」一面說着，一面出神，想了一會方笑道：「是了，前兒晚上鶯兒拿了去了。」便向佳蕙道：「你替我取了來。」佳蕙道：「花大姐姐還等着我替他抬箱子呢，你自己取去罷。」小紅道：「他等着你，你還坐着閒磕牙兒？我不叫你取去，他也不等着你了。壞透了的小蹄子！」說着，自己便出房來，出了怡紅院，一徑往寶釵院內來。

剛至沁芳亭畔，只見寶玉的奶娘李嬤嬤從那邊走來。小紅立住笑問道：「李奶奶，你老人家那去了？怎打這裏來？」李嬤嬤站住將手一拍道：「你說說，好好的又看上了那個種樹的甚麼雲哥兒雨哥兒的，這會子逼着我叫了他來，明兒叫上房裏聽見，可又是不好。」小紅笑道：「你老人家當真的就依了他去叫麼？」李嬤嬤道：「可怎麼樣呢？」小紅笑道：「那一個要是知道好歹，

就不進來才是。」李嬤嬤道：「他又不痴，為甚麼不進來？」小紅道：「既是進來，你老人家該別和他一塊兒來，回來叫他一個人亂碰，看他怎麼樣！」李嬤嬤道：「我有那樣工夫和他走？不過告訴了他，回來打發個小丫頭子或是老婆子，帶進他來就完了。」說着，拄着拐杖一徑去了。小紅聽說，便站着出神，且不去取筆。

不多時，只見一個小丫頭跑來，見小紅站在那裏，便問道：「林姐姐，你在這裏作甚麼呢？」小紅抬頭見是小丫頭墜兒。小紅道：「那去？」墜兒道：「叫我帶進芸二爺來。」說着一徑跑了。這裏小紅剛走到蘅蕪苑門前，只見那邊墜兒引着賈芸來了。那賈芸一面走，一面拿眼把小紅一溜；那小紅只裝着和墜兒說話，也把眼去一溜賈芸：四目相對時，小紅不覺臉紅了，一扭身往蘅蕪苑去了。

這裏賈芸隨着墜兒，逶迤來至怡紅院中。墜兒先進去回明了，然後方領賈芸進去。賈芸看時，只見院內略有幾點山石，種着芭蕉，那邊有兩隻仙鶴在松樹下剔翎。一溜迴廊上吊着各色籠子，籠着仙禽異鳥。上面小小五間抱廈，一色雕鏤新鮮花樣隔扇，上面懸着一個匾額，四個大字，題道是「怡紅快綠」。賈芸想道：「怪道叫『怡紅院』，原來匾上是這四個字。」正想着，只聽裏面隔着紗窗子笑說道：「快進來罷。我怎麼就忘了你兩三個月！」賈芸聽得是寶玉的聲音，連忙進入房內。抬頭一看，只見金碧輝煌，文章閃灼，卻看不見寶玉在那裏。一回頭，只見左邊立着一架大穿衣鏡，從鏡後轉出兩個一般大的十五六歲的丫頭來說：「請二爺裏頭屋裏坐。」賈芸連正眼也不敢看，連忙答應了。又進一道碧紗廚，只見小小一張填漆床上，懸着大紅銷金撒花帳子。寶玉穿着家常衣服，靸着鞋，倚在床上拿着一本書，看見他進來，將書擲下，早帶笑立起身來。賈芸忙上前請了安。寶玉讓坐，便在下面一張椅子上坐了。寶玉笑道：「自從那個月見了你，我叫你往書房裏來，誰知接接連連許多事情，就把你忘了。」賈芸笑道：「總是我沒造化，偏又遇着叔叔身上欠安。叔叔如今可大安了？」寶玉道：「大好了。我倒聽見說你辛苦了好幾天。」賈芸道：「辛苦也是該當的。叔叔大安了，也是我們一家子的造化。」

說着，只見有個丫鬟端了茶來與他。那賈芸嘴裏和寶玉說話，眼睛卻瞅那丫鬟：細挑身材，容長臉兒，穿着銀紅襖兒，青緞子背心，白綾細折裙。賈芸自從寶玉病了，他在裏頭混了兩天，都把有名人口記了一半。他看見這

丫鬟，知道是襲人，在寶玉房中比別個不同，如今他端了茶來，寶玉又在旁邊坐着，便忙站起來笑道：「姐姐怎麼替我倒起茶來？我來到叔叔這裏，又不是客，讓我自己倒罷了。」寶玉道：「你只管坐着罷。丫頭們跟前也是這麼着。」賈芸笑道：「雖如此說，叔叔房裏的姐姐們，我怎麼敢放肆呢。」一面說，一面坐下吃茶。

那寶玉便和他說些沒要緊的散話。又說道誰家的戲子好，誰家的花園好；又告訴他誰家的丫頭標緻，誰家的酒席豐盛；又是誰家有奇貨，誰家有異物。那賈芸口裏只得順着他說，說了一會，見寶玉有些懶懶的了，便起身告辭。寶玉也不甚留，只說：「你明兒閑了，只管來。」仍命小丫頭子墜兒送他出去。

賈芸出了怡紅院，見四顧無人，便慢慢停着些走，口裏一長一短和墜兒說話，先問他：「幾歲了？名字叫甚麼？你父母在那一行當上？在寶叔房內幾年了？一個月多少錢？共總寶叔房內有幾個女孩子？」那墜兒見問，便一樁樁的都告訴他了。賈芸又道：「才剛那個與你說話的，他可是叫小紅？」墜兒笑道：「你問他作甚麼？」賈芸道：「方才他問你甚麼絹子，我倒揀了一塊。」墜兒聽了笑道：「他問了我好幾遍，可有看見他的絹子的，我有那麼大工夫管這些事？今兒他又問我，他說我替他找着了，他還謝我呢。才在蘅蕪苑門口說的，二爺也聽見了，不是我撒謊。好二爺，你既揀了，給我罷。我看他拿甚麼謝我。」

原來上月賈芸進來種樹之時，便揀了一塊羅帕，便知是園內的人失落的，但不知是那一個人的，故不敢造次。今聽見小紅問墜兒，便知是小紅的，心內不勝喜幸。又見墜兒追索，心中早得了主意，便向袖內將自己的一塊取出來，向墜兒笑道：「我給是給你，你若得了他的謝禮，可不許瞞着我。」墜兒滿口裏答應了，接了絹子，送出賈芸，回來找小紅，不提。

如今且說寶玉打發了賈芸去後，意思懶懶的歪在床上，似有朦朧之態。襲人便走上來，坐在床沿上推他，說道：「怎麼又要睡覺？你悶的很，出去逛逛不好？」寶玉見說，便拉他的手笑道：「我要去，只是捨不得你。」襲人笑道：「你別沒的說了！」一面說，一面拉了寶玉起來。寶玉道：「可往那去呢？怪膩膩煩煩的。」襲人道：「你出去就好了。只管這麼葳蕤，心裏越發煩膩了。」

　　寶玉無精打采的，只得依他。晃出了房門，在迴廊上調弄了一回雀兒；出至院外，順着沁芳溪看了一回金魚。只見那邊山坡上兩隻小鹿箭也似的跑來，寶玉不解是何意。正自納悶，只見賈蘭在後面拿着一張小弓兒趕來，一見寶玉在前面，便站住了，笑道：「二叔叔在家裏呢，我只當出門去了。」寶玉道：「你又淘氣了。好好的射他作甚麼？」賈蘭笑道：「這會子不唸書，閑着作甚麼？所以演習演習騎射。」寶玉道：「磕牙，那時才不演呢。」

　　說着，順着腳一徑來至一個院門前，只見鳳尾森森，龍吟細細[1]，正是瀟湘館。寶玉信步走入，只見湘簾垂地，悄無人聲。走至窗前，覺得一縷幽香從碧紗窗中暗暗透出。寶玉便將臉貼在紗窗上，看時，耳內忽聽得細細的長歎了一聲道：「『每日家情思睡昏昏。』」寶玉聽了，不覺心內癢將起來，再看時，只見黛玉在床上伸懶腰。寶玉在窗外笑道：「為甚麼『每日家情思睡昏昏』？」一面說，一面掀簾子進來了。

　　林黛玉自覺忘情，不覺紅了臉，拿袖子遮了臉，翻身向裏裝睡着了。寶玉才走上來要搬他的身子，只見黛玉的奶娘並兩個婆子卻跟了進來說：「妹妹睡覺呢，等醒了再請來。」剛說着，黛玉便翻身坐了起來，笑道：「誰睡覺呢。」那兩三個婆子見黛玉起來，便笑道：「我們只當姑娘睡着了。」說着，便叫紫鵑說：「姑娘醒了，進來伺候。」一面說，一面都去了。

　　黛玉坐在床上，一面抬手整理鬢髮，一面笑向寶玉道：「人家睡覺，你進來作甚麼？」寶玉見他星眼微餳，香腮帶赤，不覺神魂早蕩，一歪身坐在椅子上，笑道：「你才說甚麼來？」黛玉道：「我沒說甚麼？」寶玉笑道：「給你個榧子[2]吃呢！我都聽見了。」

　　二人正說話，只見紫鵑進來。寶玉笑道：「紫鵑，把你們的好茶倒碗我喝。」紫鵑道：「那裏有好的呢？要好的，只是等襲人來。」黛玉道：「別理他，你先給我舀水去罷。」紫鵑笑道：「他是客，自然先倒了茶來再舀水去。」說

---

1)　　鳳尾森森，龍吟細細：古人曾用鳳尾來比喻美觀的竹葉，用龍吟來比竹管所做音調好聽的笛子。這裏用來形容一片竹林。

2)　　榧子：用拇指和其他指肚相拈，發出清脆的聲音，是向人調笑的一種動作。一說：拈指聲音和剝開硬殼果核類食品榧子聲音相近，假做剝果實聲音給人吃的戲弄行為。又一說：拈指只是代替彈擊。總之從前常用作打情罵俏的行為。

着倒茶去了。寶玉笑道:「好丫頭,『若共你多情小姐同鴛帳,怎捨得疊被鋪床?[3]』」林黛玉登時摺下臉來,說道:「你說甚麼?」寶玉笑道:「我何嘗說甚麼?」黛玉便哭道:「如今新興的,外頭聽了村話來,也說給我聽;看了混賬書,也來拿我取笑兒。我成了替爺們解悶的了。」一面哭着,一面下床來往外就走。寶玉不知要怎樣,心下慌了,忙趕上來,「好妹妹,我一時該死,你好歹別告訴去。我再要說這些話,嘴上就長個疔,爛了舌頭。」

正說着,只見襲人走來說道:「快回去穿衣服,老爺叫你呢。」寶玉聽了,不覺打了個焦雷似的,也顧不得別的,疾忙回來,穿了衣服,出園來,只見焙茗在二門前等着,寶玉便問道:「你可知道叫我是為甚麼?」焙茗道:「爺快出來罷,橫豎是見去的,到那裏就知道了。」一面說,一面催着寶玉。

轉過大廳,寶玉正自狐疑,只聽牆角邊一陣呵呵大笑,回頭見薛蟠拍着手跳出來,笑道:「要不說姨爹叫你,你那裏肯出來的這麼快?」焙茗也笑道:「爺別怪我。」忙跪下了。寶玉怔了半天,方解過來,是薛蟠哄他出來的。薛蟠連忙打恭作揖陪不是,又求「不要難為了小子,都是我逼他去的」。寶玉也無法了,只好笑問道:「你哄我也罷了,怎麼說我父親呢?我告訴姨娘去,評評這個理,可使得麼?」薛蟠忙道:「好兄弟,我原為求你快些出來,就忘了忌諱這句話。改日你也哄我,說我的父親就完了。」寶玉道:「阿唷,越發該死了!」又向焙茗道:「反叛雜種,還跪着作甚麼?」焙茗連忙叩頭起來。

薛蟠道:「要不是,我也不敢驚動:只因明兒五月初三日,是我的生日,誰知老胡和老程他們,他不知那裏尋了來的這麼粗這麼長粉脆的鮮藕,這麼大的大西瓜,這麼長一尾新鮮的鱘魚,這麼大的一個暹羅國進貢的靈柏香熏的暹豬。你說,他這四樣禮,可難得不難得?那魚、豬不過貴而難得,這藕和瓜虧他怎麼種出來的。我連忙孝敬了母親,趕着給你們老太太、姨母送了些去。如今留了些,我要自己吃,恐怕折福,左思右想,除我之外,唯有你還配吃,所以特請你來。可巧唱曲兒的小么兒又來了,我和你樂一天何如?」

一面說,一面來至他書房裏。只見詹光、程日興、胡斯來、單聘仁等並唱曲兒的都在這裏,見他進來,請安的,問好的,都彼此見過了。吃畢茶,

---

3) 若共你多情小姐同鴛帳,怎捨得疊被鋪床:這是《西廂記》中的詞句,在這裏寶玉自比張生,把紫鵑比作紅娘,也就是把黛玉比作鶯鶯。

薛蟠即命人擺酒來。說猶未了，眾小廝七手八腳擺了半天，方才停當歸坐。寶玉果見瓜藕新異，因笑道：「我的壽禮還未送來，倒先擾了。」薛蟠道：「可是呢，你明兒來拜壽，打算送我甚麼新鮮物兒？」寶玉道：「我可有甚麼可送的？若論銀錢吃的穿的東西，究竟還不是我的，唯有我寫一張字，或畫一張畫，這才是我的。」

薛蟠笑道：「你提畫兒，我才想起來了。昨兒我看見人家一卷春宮，畫的着實好。上面還有許多的字，也沒細看，只看落的款，原來是甚麼『庚黃』畫的。真真的好的了不得！」寶玉聽說，心下猜疑道：「古今字畫也都見過些，那裏有個『庚黃』？」想了半天，不覺笑將起來，命人取過筆來，在手心裏寫了兩個字，又問薛蟠道：「你看真了是『庚黃』？」薛蟠道：「怎麼沒看真！」寶玉將手一撒，與他看道：「別是這兩字罷？其實和『庚黃』相去不遠。」眾人都看時，原來是「唐寅」[4] 兩個字，都笑道：「想必是這兩字，大爺一時眼花了也未可知。」薛蟠只覺沒意思，笑道：「誰知他是『糖銀』是『果銀』的。」

正說着，小廝來回「馮大爺來了」。寶玉便知是神武將軍馮唐之子馮紫英來了。薛蟠等一齊都叫「快請」。說猶未了，只見馮紫英一路說笑，已進來了。眾人忙起席讓坐。馮紫英笑道：「好呀！也不出門了，在家裏高樂。」寶玉薛蟠都笑道：「一向少會，老世伯身上康健？」紫英答道：「家父倒也託庇康健。近來家母偶着了些風寒，不好了兩天。」薛蟠見他面上有些青傷，笑道：「這臉上又和誰揮拳來？掛了幌子了。」馮紫英笑道：「從那一遭把仇都尉的兒子打傷了，我就記了，再不和人慪氣，如何又揮拳？這臉上，是前日打圍，在鐵網山被兔鶻[5] 捎了一翅膀。」寶玉道：「幾時的話？」紫英道：「三月二十八日去的，前兒初六才回。」寶玉道：「怪道前兒初三四兒，我在沈世兄家赴席不見你呢。我要問，不知怎麼就忘了。單你去了，還是老世伯也去了？」紫英道：「可不是家父去，我沒法兒，去罷了。難道我閑瘋了，咱們幾個人吃酒聽唱的不樂，尋那個苦惱去？這一次，大不幸之中卻有大幸。」

薛蟠眾人見他吃完了茶，都說道：「請入席，有話慢慢的說。」馮紫英聽

---

4) 　唐寅：明代著名畫家，擅長畫山水人物和花鳥等。傳說他有過很多的風流故事。

5) 　兔鶻：這裏指一種局部羽毛帶赭色的白鷹。

說，便立起身來說道：「論理，我該陪飲幾杯才是，只是今兒有一件很要緊的事，回去還要見家父面回，實不敢領。」薛蟠寶玉眾人那裏肯依，死拉着不放。馮紫英笑道：「這又奇了。你我這些年，那回兒有這個道理的？果然不能遵命。若必定叫我喝，拿大杯來，我領兩杯就是了。」眾人聽說，只得罷了，薛蟠執壺，寶玉把盞，斟了兩大海[6]。那馮紫英站着，一氣而盡。寶玉道：「你到底把這個『不幸之幸』說完了再走。」馮紫英笑道：「今日說的也不盡興。我為這個，還要特治一個東兒，請你們去細談一談；二則還有所懇之處。」說着，撒手就走。薛蟠道：「越發說的人熱刺刺的丟不下。多早晚才請我們，告訴了，也免的人猶疑。」馮紫英道：「多則十日，少則八天。」一面說，一面出門上馬去了。眾人回來，依席又飲了一回方散。

　　寶玉回至園中，襲人正惦記着他去見賈政，不知是禍是福；只見寶玉醉醺醺的回來，問其原故，寶玉一一向他說了。襲人道：「人家牽腸掛肚的等着，你且高樂去，也到底打發人來給個信兒。」寶玉道：「我何嘗不要送信兒？只因馮世兄來了，就混忘了。」正說着，只見寶釵走進來笑道：「偏了我們新鮮東西了。」寶玉笑道：「姐姐家的東西，自然先偏了我們了。」寶釵搖頭笑道：「昨兒哥哥倒特特的請我吃，我不吃，叫他留着請人送人罷。我知道我的命小福薄，不配吃那個。」說着，丫鬟倒了茶來，吃茶說閑話兒，不在話下。

　　卻說那林黛玉聽見賈政叫了寶玉去了，一日不回來，心中也替他憂慮。至晚飯後，聞得寶玉來了，心裏要找他問問是怎麼樣了。一步步行來，見寶釵進寶玉的院內去了，自己也便隨後走來。剛到了沁芳橋，只見各色水禽都在池中浴水，也認不出名色來，但見一個個文彩炫耀，好看異常，因而站住看了一會，再往怡紅院來。門已關了，黛玉即便扣門。

　　誰知晴雯碧痕正拌了嘴，沒好氣，忽見寶釵來，那晴雯正把氣移在寶釵身上，偷着在院內抱怨說：「有事沒事跑了來坐着，叫我們三更半夜的也不得睡覺！」忽聽又有人叫門，晴雯越發動了氣，也並不問是誰，便說道：「都睡下了，明兒再來罷！」林黛玉素知丫頭們的情性，他們彼此玩耍慣了，恐怕院內的丫頭沒聽真是他的聲音，只當是別的丫頭們來了，所以不開門，因而

---

6)　　大海：指特大的酒杯。

又高聲說道：「是我，還不開門麼？」晴雯偏又沒聽出來，便使性子說道：「憑你是誰，二爺吩咐的，一概不許放人進來呢！」林黛玉聽了，不覺氣怔在門外，待要高聲問他，鬥起氣來，自己又回思一番：「雖說是舅母家如同自己家一樣，到底是客邊。如今父母雙亡，無依無靠，現在他家依棲。如此認真慪氣，也覺無趣。」一面想，一面又滾下淚來。真是回去不是，站着不是，正沒主意，只聽裏面一陣笑語之聲，細聽一聽，竟是寶玉、寶釵二人。林黛玉心中越發動了氣，左思右想，忽然想起了早起的事來：「必定是寶玉惱我要告他的原故。但只我何嘗告去了？你也打聽打聽，就惱我到這步田地！你今兒不叫我進來，難道明兒就不見面了？」越想越傷感起來，也不顧蒼苔露冷，花徑風寒，獨立牆角邊花陰之下，悲悲戚戚嗚咽起來。

原來這林黛玉秉絕代之姿容，具希世之俊美，不期這一哭，那附近柳枝花朵上的宿鳥棲鴉一聞此聲，俱忒楞楞飛起遠避，不忍再聽。正是：花魂點點無情緒，鳥夢痴痴何處驚。因有一首詩道：「顰兒才貌世應稀，獨抱幽芳出繡闈；嗚咽一聲猶未了，落花滿地鳥驚飛。」

那林黛玉正自啼哭，忽聽「吱嘍」一聲，院門開處，不知是那一個出來。要知端的，下回分解。

💡 精華賞析

因為寶玉的丫頭不給開門，黛玉着實傷心。她以為大家對寶釵的態度勝過自己，而事實上不過是丫頭嫌寶釵呆得晚了，無端發牢騷罷了。這個小誤會正是推進故事發展的動力，曹雪芹設計得十分巧妙。

《第二十七回》

精讀 滴翠亭楊妃戲彩蝶
埋香塚飛燕泣殘紅

> 寶釵的精明遠遠超過了大觀園裏其他姑娘。這一回裏她有不少表現機會，我們一起來看看吧。

點評

話說林黛玉正自悲泣，忽聽院門響處，只見寶釵出來了，寶玉襲人一羣人送了出來。待要上去問着寶玉，又恐當着眾人問羞了寶玉不便，因而閃過一旁，讓寶釵去了，寶玉等進去關了門，方轉過來，猶望着門灑了幾點淚。自覺無味，方轉身回自己房中來，無精打采的卸了殘妝。

● 黛玉平時自憐自傷的情景。

紫鵑雪雁素日知道林黛玉的情性：無事悶坐，不是愁眉，便是長歎，且好端端的不知為着甚麼，常常的便自淚不乾。先時還有人解勸，或怕他思父母，想家鄉，受委曲，得用話來寬慰。誰知後來一年一月的竟常常的如此，把這個樣兒看慣了，也都不理論了。所以也沒人去理他，由他悶坐，只管外間自便去了。那林黛玉倚着床欄杆，兩手抱膝，眼睛含淚，好似木雕泥塑的一般，直坐到二更多天方才睡了。

至次日乃是四月二十六日，原來這日未時交芒種節。尚古風俗：凡交芒種節的，這日都要設擺各色禮物，祭餞花神，言芒種一過，便是夏日了，眾花皆卸，花神退位，須要餞行。閨中更興這個風俗，所以大觀園中之人都早起來了。那些女孩子們，或用花瓣柳枝編成轎馬的，或用綾錦紗羅疊成杆旄旌幢的，都用彩線繫了。每一顆樹每一枝花上，都繫了這些物事。滿園裏繡帶飄飄，花枝招展，更兼這些人打扮

得桃羞杏讓，燕妒鶯慚，一時也道不盡。

　　且說寶釵、迎春、探春、惜春、李紈、鳳姐等並大姐、香菱與眾丫鬟們在園內玩耍，獨不見林黛玉。迎春因說道：「林妹妹怎麼不見？好個懶丫頭！這會子還睡覺不成？」寶釵道：「你們等着，等我鬧了他來。」說着便一直往瀟湘館來。正走着，只見文官等十二個女孩子也來了，上來問了好，說了一回閑話兒，才走開。寶釵回身指道：「他們都在那裏呢，你們找他們去罷。我叫林姑娘去就來。」說着便逶迤往瀟湘館來。忽然抬頭見寶玉進去了，寶釵便站住低頭想了想：寶玉和黛玉是從小兒一處長大的，他兄妹間多有不避嫌疑之處，嘲笑無忌，喜怒無常；況且黛玉素多猜忌，好弄小性兒的；此刻自己也跟了進去，一則寶玉不便，二則黛玉嫌疑，倒是回去的妙。想畢抽身回來。

　　剛要尋別的姊妹去，忽見前面一雙玉色蝴蝶，大如團扇，一上一下迎風翩躚，十分有趣。寶釵意欲撲了來玩耍，遂向袖中取出扇子來，向草地下來撲。只見那一雙蝴蝶忽起忽落，來來往往，將欲過河去了，引的寶釵躡手躡腳的一直跟到池中滴翠亭上，香汗淋漓，嬌喘細細。寶釵也無心撲了，剛欲回來，只聽滴翠亭裏邊嘁嘁喳喳有人說話。原來這亭子四面俱是遊廊，蓋在池中水上，四面雕鏤槅子，糊着紙。

　　寶釵在亭外聽見說話，便煞住腳往裏細聽，只聽說道：「你瞧瞧這絹子，果然是你丟的那塊，你就拿着；要不是，就還芸二爺去。」又有一人說：「可不是我那塊！拿來給我罷。」又聽道：「你拿甚麼謝我呢？難道白尋了來不成？」又答道：「我已經許了謝你，自然是不哄你的。」又聽說道：「我尋了來給你，自然謝我；但只是揀的人，你就不謝他麼？」那一個又說道：「你別胡說。他是個爺們[1]家，

點　評

● 這一段心理描寫正體現了寶釵的聰慧。她平時善於察言觀色，能體察別人的想法。

---

1)　爺們：爺們一詞有三個意義。一是泛指男子，二是指丈夫，三是指男主人們。這裏是第三個意思。

點評

● 封建禮教何其嚴酷，少男少女互贈禮物都是觸犯道德的事情。寶釵深受封建禮教薰陶，也覺得此事是「雞鳴狗盜」。

揀了我們的東西，自然該還的。叫我拿甚麼謝他呢？」又聽說道：「你不謝他，我怎麼回他話呢？況且他再三再四的和我說了，若沒謝的，不許我給你呢。」半晌，又聽說道：「也罷，拿我這個給他，算謝他的罷。——你要告訴別人呢？須起個誓來。」又聽說道：「我要告訴一個人，嘴上就長一個疔，日後不得好死！」又聽說道：「嗳呀！咱們只顧說話，恐怕有人來悄悄在外頭聽見。不如把這槅子都推開了，便是有人來，見咱們在這裏，他們只當我們說閑話兒呢。若走到跟前，咱們也看的見，就別說了。」

寶釵在外面聽見這話，心中吃驚，想道：「怪道從古至今那些姦淫狗盜的人，心機都不錯。這一開了槅子，見我在這裏，他們豈不臊了？況且才說話的聲音，大似寶玉房裏的紅兒的言語。他素昔眼空心大，是個頭等刁鑽古怪的東西。今兒我聽了他的短兒，一時人急造反，狗急跳牆，不但生事，而且我還沒趣。如今趕着躲了，料也躲不及，少不得要使個『金蟬脫殼』的法子。」正想着，只聽「咯吱」一聲，寶釵便故意放重了腳步，笑着叫道：「顰兒，我看你往那裏藏？」一面說，一面故意往前趕。那亭內的小紅墜兒剛一推窗，只聽寶釵如此說着又往前趕，兩個人都唬怔了。寶釵反向他二人笑道：「你們把林姑娘藏在那裏了？」墜兒道：「何曾見林姑娘來？」寶釵道：「我才在河那邊看着林姑娘在這裏蹲着弄水玩呢。我要悄悄的唬他一跳，還沒有走到跟前，他倒看見我了，朝東一繞就不見了。別是藏在裏頭了？」一面說，一面故意進去尋了一尋，抽身就走，口內說道：「一定是又鑽在山子洞裏去了。遇見蛇，咬一口也罷了。」一面說一面走，心中又好笑：這件事算遮過去了，不知他二人是怎樣？

誰知小紅聽了寶釵的話，便信以為真，讓寶釵去遠，便拉墜兒道：「了不得了！林姑娘蹲在這裏，一定聽了話去了！」墜兒聽說，也半日不言語。小紅又道：「這可怎麼樣

呢？」墜兒道：「便聽見了，管誰筋疼[2]，各人幹各人的就完了。」小紅道：「若是寶姑娘聽見，還倒罷了。那林姑娘嘴裏又愛刻薄人，心裏又細，他一聽見了，倘或走漏了，可怎麼樣呢？」二人正說着，只見文官、香菱、司棋、侍書等上亭子來了。二人只得掩住這話，且和他們玩笑。

只見鳳姐站在山坡上招手兒，小紅連忙撇了眾人，跑到鳳姐跟前，堆着笑問：「奶奶使喚我做甚麼事？」鳳姐打諒了一回，見他生的乾淨俏麗，說話知趣，因笑道：「我的丫頭們今日沒跟進來。我這會子想起一件事來，要使喚個人出去，不知你能幹不能幹？說的齊全不齊全？」小紅笑道：「奶奶有甚麼話，只管吩咐我說去。要說的不齊全，誤了奶奶的事，憑奶奶責罰奴才就是了。」鳳姐笑道：「你是那位姑娘屋裏的？我使你出去，他回來找你，我好替你說。」小紅道：「我是寶二爺屋裏的。」鳳姐聽了笑道：「嗳喲！你原來是寶玉屋裏的，怪道呢。也罷了，等他問，我替你說。你到我們家，告訴你平姐姐：外頭屋裏桌子上汝窯盤子架兒底下放着一卷銀子，那是一百二十兩，給繡匠的工價，等張材家的來要，當面稱給他瞧了，再給他拿去。還有一件，裏頭床頭兒上有一個小荷包兒，拿了來。」

小紅聽說，撤身去了，不多時回來，只見鳳姐不在山坡上了。因見司棋從山洞裏出來，站着繫裙子，便趕上來問道：「姐姐，不知道二奶奶往那裏去了？」司棋道：「沒理論[3]。」小紅聽了，回身又往四下裏一看，只見那邊探春寶釵在池邊看魚。小紅上來陪笑問道：「姑娘們可知道二奶奶那去了？」探春道：「往你大奶奶院裏找去。」小紅聽了，才往稻香村來，頂頭只見晴雯、綺霞、碧痕、紫綃、麝月、侍書、入畫、鶯兒等一羣人來了。晴雯一見了小紅，便說

---

2)　管誰筋疼：不相干，不關痛癢。

3)　沒理論：這裏如同說不知道、沒打聽或沒談到。

道：「你只是瘋⁴罷！院子裏花兒也不澆，雀兒也不餵，茶爐子也不弄，就在外頭逛。」小紅道：「昨兒二爺說了，今兒不用澆花，過一日澆一回罷。我餵雀兒的時候，姐姐還睡覺呢。」碧痕道：「茶爐子呢？」小紅道：「今兒不該我的班兒，有茶沒茶別問我。」綺霞道：「你聽聽他的嘴！你們別說了，讓他逛去罷。」小紅道：「你們再問問，我逛了沒有？二奶奶使喚我說話取東西來。」說着將荷包舉給他們看，方沒言語了，大家分路走開。晴雯冷笑道：「怪道呢！原來爬上高枝兒去了，就不服我們說了。不知說了一句話半句話，名兒姓兒知道了沒有，就把他興頭的這樣！這一遭半遭兒的也算不得甚麼，過了後兒還得聽呵！有本事從今兒出了這園子，長長遠遠的在高枝兒上才算好的呢。」一面說着去了。

這裏小紅聽了，不便分證，只得忍着氣來找鳳姐。到了李氏房中，果見鳳姐兒在這裏和李氏說話。小紅上來回道：「平姐姐說，奶奶剛出來了，他就把銀子收了起來，才張材家的來取，當面稱了給他拿了去了。」說着將荷包遞了上去。又道：「平姐姐教我來回奶奶：才旺兒進來討奶奶的示下，好往那家子去。平姐姐就把那話按着奶奶的主意打發他去了。」鳳姐笑道：「他怎麼按我的主意打發他去了呢？」小紅道：「平姐姐說：我們奶奶問這裏奶奶好。我們二爺沒在家，雖然遲了兩天，只管請奶奶放心。等五奶奶好些，我們奶奶還會了五奶奶來瞧奶奶呢。五奶奶前兒打發了人來說，舅奶奶帶了信來了，問奶奶好，還要和這裏的姑奶奶尋兩丸延年神驗萬全丹。若有了，奶奶打發人來，只管送在我們奶奶這裏。明兒有人去，就順路給那邊舅奶奶帶去的。」

小紅還未說完，李氏笑道：「噯喲喲！這些話我就不懂了。甚麼『奶奶』『爺爺』的一大堆。」鳳姐笑道：「怨不得你不懂，這是四五門子的話呢。」說着，又向小紅笑道：「好

---

4)　　瘋：對女孩子們自由放縱行動的用語，引申為亂跑。

孩子，難為你說的齊全。不像他們扭扭捏捏的蚊子似的。嫂子你不知道，如今除了我隨手使的這幾個丫頭老婆子之外，我就怕和別人說話。他們必定把一句話拉長了作兩三截兒，咬文嚼字，拿着腔兒，哼哼唧唧的，急的我冒火，他們那裏知道！先時我們平兒也是這麼着，我就問着他：難道必定裝蚊子哼哼就算美人了？說了幾遭才好些兒了。」李宮裁笑道：「都像你潑辣貨才好。」鳳姐又道：「這個丫頭就好。剛才這兩遭，說話雖不多，口角兒就很剪斷。」說着又向小紅笑道：「你明兒伏侍我去罷。我認你做女兒，我一調理你就出息了。」

　　小紅聽了，撲哧一笑。鳳姐道：「你怎麼笑？你說我年輕，比你能大幾歲，就做你的媽了？你作春夢呢！你打聽打聽，這些人裏頭比你大的，趕着我叫媽，我還不理呢。今兒抬舉了你了！」小紅笑道：「我不是笑這個，我笑奶奶認錯了輩數了。我媽是奶奶的女兒，這會子又認我做女兒。」鳳姐道：「誰是你媽？」李宮裁笑道：「你原來不認得他？他是林之孝的女孩兒。」鳳姐聽了十分詫異，說道：「哦！原來是他的丫頭。」又笑道：「林之孝兩口子都是錐子扎不出一聲兒來[5]的。我成日家說，他們倒是配就了的一對夫妻，一個天聾，一個地啞。那裏承望養出這麼個伶俐丫頭來？你十幾歲了？」小紅道：「十七歲了。」又問名字，小紅道：「原叫紅玉的，因為重了寶二爺，如今只叫紅兒了。」

　　鳳姐聽說將眉一皺，把頭一回，說道：「討人嫌的很！得了玉的便宜似的，你也玉，我也玉。」因說道：「嫂子不知道，上月我還和他媽說：『賴大家的如今事多，也不知這府裏誰是誰的人，你替我好好的挑兩個丫頭我使』，他只管答應着，他饒[6]不挑，倒把他的女孩子送往別處去。難道跟我必定不好？」李氏笑道：「你可是又多心了。他進來在先，

---

5)　　錐子扎不出一聲兒來：比喻人的性格柔韌、沉默。

6)　　饒：這裏和「不但」同義。

你說話在後，怎麼怨的他媽？」鳳姐道：「既這麼着，明兒我和寶玉說，叫他再要人，叫這丫頭跟我。可不知本人願意不願意？」小紅笑道：「願意不願意，我們也不敢說。只是跟着奶奶，我們也學些眉眼高低，出入上下，大小的事也得見識見識。」剛說着，只見王夫人的丫頭來請，鳳姐便辭了李宮裁去了。小紅回怡紅院去，不在話下。

且說林黛玉因夜間失寐，次日起來遲了，聞得眾姊妹都在園中作餞花會，恐人笑他痴懶，連忙梳洗了出來。剛到了院中，只見寶玉進門來了，笑道：「好妹妹，你昨兒可告我了沒有？教我懸了一夜心。」林黛玉便回頭叫紫鵑道：「把屋子收拾了，下一扇紗屜子；看那大燕子回來，把簾子放下來，拿獅子[7]倚住；燒了香就把爐罩上。」說着就往外走。

寶玉見他這樣，還認作是昨日中晌的事，那知晚間的這件公案？還打恭作揖的。林黛玉正眼也不看，各自出了院門，一直找別的姊妹去了。寶玉心中納悶，自己猜疑：看起這個光景來，不像是為昨日的事；但只昨日我回來的晚了，又沒有見他，再沒有衝撞了他的去處。一面想，一面由不得隨後追了來。

只見寶釵探春正在那邊看鶴舞，見黛玉去了，三個一同站着說話兒。又見寶玉來了，探春便笑道：「二哥哥，身上好？我整整的三天沒見你了。」寶玉笑道：「妹妹身上好？我前兒還在大嫂子跟前問你呢。」探春道：「二哥哥，你往這裏來，我和你說句話。」寶玉聽說，便跟了他，離了釵、玉兩個，到了一棵石榴樹下。探春因說道：「這幾天老爺可曾叫你？」寶玉笑道：「沒有叫。」探春說：「昨兒我恍惚聽見說老爺叫你出去的。」寶玉笑道：「那想是別人聽錯了，並沒叫我。」探春又笑道：「這幾個月，我又攢下有十來吊錢了。你還拿了去，明兒出門逛去的時候，或是好字畫，好

---

7)　　　獅子：帶座的石雕小獅子，做頂門壓簾等用的。

輕巧玩意兒，替我帶幾樣來。」寶玉道：「我這麼城裏城外、大廊小廟的逛，也沒見個新奇精緻東西，左不過是那些金玉銅瓷沒處摺的古董兒，再就是綢緞吃食衣服了。」探春道：「誰要這些？怎麼像你上回買的那柳枝兒編的小籃子，整竹子根挖的香盒兒，膠泥垛的風爐兒，這就好了。我喜歡的了不得，誰知他們都愛上了，都當寶貝兒似的搶了去了。」寶玉笑道：「原來要這個。這不值甚麼，拿幾吊錢出去給小子們，管拉兩車來。」探春道：「小子們知道甚麼。你揀那有意思兒又不俗氣的東西，多多的替我帶幾件來。我還像上回的鞋做一雙你穿，比那一雙還加工夫，如何呢？」

寶玉笑道：「你提起鞋來，我想起個故事：那一回我穿着，可巧遇見老爺，就不受用，問是誰做的。我那裏敢提三妹妹，我就回說是前日我生日，是舅母給的。老爺聽了，不好說甚麼，半日還說：『何苦來！虛耗人力，作踐綾羅，做這樣的東西。』我回來告訴了襲人，襲人說這還罷了，趙姨娘氣的抱怨的了不得：『正經環兄弟，鞋搭拉襪搭拉的沒人看的見，且作這些東西！』」探春聽說，登時沉下臉來，道：「你說，這話糊塗到甚麼田地？怎麼我是該作鞋的人麼？環兒難道沒有分例的？衣裳是衣裳，鞋襪是鞋襪，丫頭老婆一屋子，怎麼抱怨這些話，給誰聽呢？我不過是閑着沒事兒，做一雙半雙，愛給那個哥哥兄弟，隨我的心。誰敢管我不成！這也是他瞎氣的？」寶玉聽了，點頭笑道：「你不知道，他心裏自然又有個想頭了。」

探春聽說，一發動了氣，將頭一扭，說道：「連你也糊塗了！他那想頭自然是有的，不過是那陰微下賤的見識。他只管這麼想，我只管認得老爺太太兩個人，別人我一概不管。就是姊妹弟兄跟前，誰和我好，我就和誰好，甚麼偏的庶的，我也一概不知道。論理我不該說他，但忒昏慣的不像了！還有笑話兒呢：就是上回我給你那錢，替我帶那玩的東西。過了兩天，他見了我，也是說沒錢使，怎麼苦，怎麼

難過，我也不理論。誰知後來丫頭們出去了，他就抱怨起我來，說我攢的錢為甚麼給你使，倒不給環兒使呢。我聽見這話，又好笑又好氣，我就出來往太太跟前去了。」

正說着，只見寶釵那邊笑道：「說完了，來罷。顯見的是哥哥妹妹了，丟下別人，且說體己去。我們聽一句兒就使不得了？」說着，探春寶玉二人方笑着來了。

寶玉因不見了黛玉，便知他是躲了別處去了，想了一想，索性遲兩日，等他的氣消一消再去也罷了。因低頭看見許多鳳仙石榴等各色落花，錦重重的落了一地，因歎道：「這是他心裏生了氣，也不收拾這花兒來了。等我送了去，明日再問他。」說着，只見寶釵約着他們往外頭去。寶玉道：「我就來。」說畢，等他二人去遠了，便把那花兜了起來，登山渡水，過樹穿花，一直奔了那日同林黛玉葬桃花的去處來。將已到了花塚，猶未轉過山坡，只聽山坡那邊有嗚咽之聲，一行數落着，哭的好不傷感。寶玉心下想道：「這不知是那房裏的丫頭，受了委曲，跑到這個地方來哭？」一面想，一面煞住腳步，聽他哭道是：

> 花謝花飛花滿天，紅消香斷有誰憐？
> 游絲軟繫飄春榭，落絮輕沾撲繡簾。
> 閨中女兒惜春暮，愁緒滿懷無處訴。
> 手把花鋤出繡簾，忍踏落花來復去。
> 柳絲榆莢自芳菲，不管桃飄與李飛。
> 桃李明年能再發，明年閨中知有誰？
> 三月香巢已壘成，樑間燕子太無情！
> 明年花發雖可啄，卻不道人去樑空巢也傾。
> 一年三百六十日，風刀霜劍嚴相逼。
> 明媚鮮妍能幾時，一朝飄泊難尋覓。
> 花開易見落難尋，階前悶殺葬花人。
> 獨把花鋤偷灑淚，灑上空枝見血痕。

杜鵑無語正黃昏，荷鋤歸去掩重門。
青燈照壁人初睡，冷雨敲窗被未溫。
怪儂底事倍傷神，半為憐春半惱春。
憐春忽至惱忽去，至又無言去不聞。
昨宵庭外悲歌發，知是花魂與鳥魂？
花魂鳥魂總難留，鳥自無言花自羞。
願儂此日生雙翼，隨花飛到天盡頭。
　　　天盡頭，何處有香丘？
未若錦囊收豔骨，一抔淨土掩風流。
質本潔來還潔去，強於污淖陷渠溝。
爾今死去儂收葬，未卜儂身何日喪？
儂今葬花人笑痴，他年葬儂知是誰？
試看春殘花漸落，便是紅顏老死時。
一朝春盡紅顏老，花落人亡兩不知！

　　正是一面低吟，一面哽咽，那邊哭的已傷心，卻不道
這邊寶玉聽了早已痴倒。要知端的，下回分解。

💬 延伸思考

這一回中有幾處顯示出寶釵的聰慧，請畫出來。

💡 精華賞析

　　小紅在寶玉跟前得不到重視，被麝月、晴雯等大丫鬟瞧不起，
但憑着她的聰慧和辦事能力得到了鳳姐的賞識。

《第二十八回》

蔣玉菡情贈茜香羅
薛寶釵羞籠紅麝串

在薛蟠的宴會上，寶玉認識了一個有名的戲子蔣玉菡，兩人算是情投意合，還互贈汗巾留念。

　　話說林黛玉只因昨夜晴雯不開門一事，錯疑在寶玉身上。至次日又可巧遇見餞花之期，正是一腔無明[1]正未發泄，又勾起傷春愁思，因把些殘花落瓣去掩埋，由不得感花傷己，哭了幾聲，便隨口唸了幾句。不想寶玉在山坡上聽見，先不過點頭感歎；次後聽到「儂今葬花人笑痴，他年葬儂知是誰」「一朝春盡紅顏老，花落人亡兩不知」等句，不覺慟倒山坡之上，懷裏兜的落花撒了一地。試想林黛玉的花顏月貌，將來亦到無可尋覓之時，寧不心碎腸斷！既黛玉終歸無可尋覓之時，推之於他人，如寶釵、香菱、襲人等，亦可以到無可尋覓之時矣。寶釵等終歸無可尋覓之時，則自己又安在哉？且自身尚不知何在何往，則斯處、斯園、斯花、斯柳，又不知當屬誰姓矣！因此一而二，二而三，反覆推求了去，真不知此時此際，如何解釋這段悲傷。正是花影不離身左右，鳥聲只在耳東西。

　　那黛玉正自傷感，忽聽山坡上也有悲聲，心下想道：「人人都笑我有些痴病，難道還有一個痴子不成？」想着，抬頭一看，只見是寶玉坐在山坡上哭呢。黛玉看見，便啐道：「呸！我打諒是誰，原來是這個狠心短命的……」剛說到「短命」二字，又把口掩住，長歎了一聲，自己抽身便走。

　　這裏寶玉痛哭了一回，忽然抬頭不見了黛玉，便知黛玉看見他躲開了，

---

1)　　無明：憤怒。

自己也覺無味，抖抖土起來，下山尋歸舊路，往怡紅院來。可巧看見黛玉在前頭走，連忙趕上去說道：「你且站着。我知道你不理我，我只說一句話，從今以後撂開手。」黛玉回頭看見是寶玉，待要不理他，聽他說「只說一句話」，便說「請說」。寶玉笑道：「兩句話，說了你聽不聽呢？」黛玉聽說，回頭就走。

　　寶玉在後面歎道：「既有今日，何必當初！」林黛玉聽見這話，由不得站住，回頭道：「當初怎麼樣？今日怎麼樣？」寶玉歎道：「當初姑娘來了，那不是我陪着玩笑？憑我心愛的，姑娘要，就拿去；我愛吃的，聽見姑娘也愛吃，連忙乾乾淨淨收着，等着姑娘回來。一個桌子上吃飯，一個床兒上睡覺，丫頭們想不到的，我怕姑娘生氣，我替丫頭們想到了。我想着姊妹們從小兒長大，親也罷，熱也罷，和氣到頭兒，才見得比人好。如今誰承望姑娘人大心大，不把我放在眼裏，三日不理四日不見的，倒把外四路的甚麼寶姐姐鳳姐姐的放在心坎兒上。我又沒個親兄弟親姊妹。──雖然有兩個，你難道不知道是和我隔母的？我也和你是獨出，只怕我和你的心一樣。誰知我是白操了這番心，有冤無處訴！」說着不覺哭起來。

　　那時黛玉耳內聽了這話，眼內見了這形景，心內不覺灰了大半，也不覺滴下淚來，低頭不語。寶玉見他這般形景，遂又說道：「我也知道我如今不好了，但只憑我怎麼不好，萬不敢在妹妹跟前有錯處。便有一二分錯處，你倒是或教導我，戒我下次，或罵我兩句，打我兩下，我都不灰心。誰知你總不理我，叫我摸不着頭腦，少魂失魄，不知怎麼樣才是。就是死了，也是個屈死鬼，任憑高僧高道懺悔也不能超生，還得你申明了緣故，我才得託生呢！」

　　黛玉聽了這個話，不覺將昨晚的事都忘在九霄雲外了，便說道：「你既這麼說，為甚麼昨日我去了，你不叫丫頭開門呢？」寶玉詫異道：「這話從那裏說起？我要是這麼樣，立刻就死了！」林黛玉啐道：「大清早起死呀活的，也不忌諱。你說有呢就有，沒有就沒有，起甚麼誓呢？」寶玉道：「實在沒有見你去。就是寶姐姐坐了一坐，就出來了。」林黛玉想了一想，笑道：「是了。想必是你的丫頭們懶待動，喪聲惡氣的也是有的。」寶玉道：「想必是這個原故。等我回去問了是誰，教訓教訓他們就好了。」黛玉道：「你的那些姑娘們也該教訓教訓，只是論理不該我說。今兒得罪了我的事小，倘或明兒寶姑娘來，甚麼貝姑娘來，也得罪了，事情可就大了。」說着抿着嘴兒笑。寶玉聽了，又是咬牙，又是笑。

　　二人正說話，只見丫頭來請吃飯，遂都往前頭去了。王夫人見了黛玉，因問道：「大姑娘，你吃那鮑太醫的藥可好些？」黛玉道：「也不過這麼着。老太太還叫我吃王大夫的藥呢。」寶玉道：「太太不知道，林妹妹是內症，先天生的弱，所以禁不住一點風寒，不過吃兩劑煎藥就好了，散了風寒，還是吃丸藥的好。」王夫人道：「前兒大夫說了個丸藥的名字，我也忘了。」寶玉道：「我知道那些丸藥，不過叫他吃甚麼人參養榮丸。」王夫人道：「不是。」寶玉又道：「八珍益母丸？左歸？右歸²？再不，就是八味地黃丸。」王夫人道：「都不是。我只記得有個『金剛』兩個字的。」寶玉拍手笑道：「從來沒聽見有個甚麼『金剛丸』。若有了『金剛丸』，自然有『菩薩散』了！」說的滿屋裏人都笑了。寶釵抿嘴笑道：「想是天王補心丹。」王夫人笑道：「是這個名兒。如今我也糊塗了。」寶玉道：「太太倒不糊塗，都是叫『金剛』『菩薩』支使糊塗了。」王夫人道：「扯你娘的臊！又欠你老子捶你了。」寶玉笑道：「我老子再不為這個捶我的。」

　　王夫人又道：「既有這個名兒，明兒就叫人買些來吃。」寶玉笑道：「這些藥都是不中用的。太太給我三百六十兩銀子，我替妹妹配一料丸藥，包管一料不完就好了。」王夫人道：「放屁！甚麼藥就這麼貴？」寶玉笑道：「當真的呢，我這個方子比別的不同。那個藥名兒也古怪，一時也說不清。只講那頭胎紫河車，人形帶葉參，三百六十兩不足，龜大的何首烏，千年松根茯苓膽，諸如此類的藥都不算為奇，只在羣藥裏算，那為君的藥，說起來唬人一跳。前兒薛大哥哥求了我一二年，我才給了他這方子。他拿了方子去又尋了二三年，花了有上千的銀子，才配成了。太太不信，只問寶姐姐。」寶釵聽說，笑着搖手兒說：「我不知道，也沒聽見。你別叫姨娘問我。」王夫人笑道：「到底是寶丫頭，好孩子，不撒謊。」寶玉站在當地，聽見如此說，一回身把手一拍，說道：「我說的倒是真話呢，倒說我撒謊。」口裏說着，忽一回身，只見林黛玉坐在寶釵身後抿着嘴笑，用手指頭在臉上畫着羞他。

　　鳳姐因在裏間屋裏看人放桌子，聽如此說，便走來笑道：「寶兄弟不是撒謊，這倒是有的。上日薛大哥親自和我來尋珍珠，我問他做甚麼，他說配藥。他還抱怨說，不配也罷了，如今那裏知道這麼費事。我問他甚麼藥，他

2)　　左歸右歸：左歸丸、右歸丸。兩種治氣血的丸藥名。

說：『是寶兄弟說的方子，說了多少藥，我也不記得。』他說：『不然我也買幾顆珍珠了，只是定要頭上帶過的，所以來和我尋。妹妹就沒散的花兒，那頭上下來的也使得。過後兒我揀好的再給妹妹穿了來。』我沒法兒，把兩枝珠花兒現拆了給他。還要一塊三尺長、上用的大紅紗，罩那乳缽面子呢。」鳳姐說一句，那寶玉唸一句佛，說：「太陽照在屋子裏呢！」鳳姐說完了，寶玉又道：「太太打量怎麼着？這不過也是將就罷咧。正經按那方子，這珍珠寶石定要在古墳裏的，有那古時富貴人家裝裹的頭面[3]，拿了來才好。如今那裏為這個去刨墳掘墓？所以只是活人帶過的，也可以使得。」王夫人道：「阿彌陀佛，不當家花拉的[4]！就是墳裏有，人家死了幾百年，這會子翻屍盜骨的，作了藥也不靈啊！」

寶玉因向黛玉說道：「你聽見了沒有？難道二姐姐也跟着我撒謊不成？」臉望着黛玉說話，卻拿眼睛瞟着寶釵。黛玉便拉王夫人道：「舅母聽聽，寶姐姐不替他圓謊，他只問着我。」王夫人也道：「寶玉，你很會欺負你妹妹。」寶玉笑道：「太太不知道這原故。寶姐姐先在家裏住着，那薛大哥哥的事，他也不知道，何況如今在裏頭住着呢，自然是越發不知道了。林妹妹才在背後羞我，打諒我撒謊呢。」

正說着，只見賈母房裏的丫頭找寶玉和黛玉去吃飯。黛玉也不叫寶玉，便起身拉了那丫頭就走。那丫頭說：「等着寶二爺一塊兒去。」黛玉道：「他不吃飯，不和咱們走。咱們走，我們先走了。」說着便出去了。寶玉道：「我今兒還跟着太太吃罷。」王夫人道：「罷，罷，我今兒吃齋，你正經吃你的去罷。」寶玉道：「我也跟着吃齋。」說着便叫那丫頭「去罷」，自己先跑到桌子上坐了。王夫人向寶釵等笑道：「你們只管吃你們的，由他去罷。」寶釵因笑道：「你正經去罷。吃不吃，陪着林妹妹走一趟，他心裏正不自在呢。」寶玉道：「理他呢，過一會子就好了。」

一時吃過飯，寶玉一則怕賈母記掛，二則也想着林黛玉，忙忙的要茶漱

---

3)　裝裹的頭面：殯葬的服裝稱為裝裹；頭面指首飾。

4)　不當家花拉的：也作不當家花拉子；不當家化化的。不應該、不應當、不敢當的意思。明代劉侗《帝京景物略》：「不當家花拉的，如吳語云罪過。」家或做價，係詞尾，花花的為附加詞，增加語氣成份。

口。探春惜春都笑道：「二哥哥，你成日家忙的是甚麼？吃飯吃茶也是這麼忙碌碌的。」寶釵笑道：「你叫他快吃了瞧他林妹妹去罷，叫他在這裏胡鬧些甚麼呢？」寶玉吃了茶，便出來，一直往西院來。

可巧走到鳳姐兒院門前，只見鳳姐在門前站着，蹬着門檻子，拿耳挖子剔牙，看着十來個小廝們挪花盆呢。見寶玉來了，笑道：「你來的好。進來，進來，替我寫幾個字兒。」寶玉只得跟了進來。到了屋裏，鳳姐命人取過筆硯紙來，向寶玉道：「大紅妝緞四十匹，蟒緞四十匹，上用紗各色一百匹，金項圈四個。」寶玉道：「這算甚麼？又不是賬，又不是禮物，怎麼個寫法兒？」鳳姐兒道：「你只管寫上，橫豎我自己明白就罷了。」寶玉聽說，只得寫了。鳳姐一面收起來，一面笑道：「還有句話告訴你，不知你依不依？你屋裏有個丫頭叫小紅，我要叫了來使喚，明兒我再替你挑一個，可使得？」寶玉道：「我屋裏的人也多得很，姐姐喜歡誰，只管叫了來，何必問我？」鳳姐笑道：「既這麼着，我就叫人帶他去了。」寶玉道：「只管帶去。」說着便要走。鳳姐兒道：「你回來，我還有一句話呢。」寶玉道：「老太太叫我呢，有話等我回來罷。」

說着便來至賈母這邊，只見都已吃完了飯了。賈母因問他：「跟着你娘吃了甚麼好的？」寶玉笑道：「也沒甚麼好的，我倒多吃了一碗飯。」因問：「林妹妹在那裏？」賈母道：「裏頭屋裏呢。」

寶玉進來，只見地下一個丫頭吹熨斗，炕上兩個丫頭打粉線，黛玉彎着腰拿着剪子裁甚麼呢。寶玉走進來，笑道：「哦，這是作甚麼呢？才吃了飯，這麼控着頭，一會子又頭疼了。」黛玉並不理，只管裁他的。有一個丫頭說道：「那塊綢子角兒還不好呢，再熨熨罷。」黛玉便把剪子一撂，說道：「理他呢，過一會子就好了。」寶玉聽了，自是納悶。

只見寶釵探春等也來了，和賈母說了一回話。寶釵也進來問：「林妹妹做甚麼呢？」因見黛玉裁剪，笑道：「妹妹越發能幹了，連裁剪都會了。」黛玉笑道：「這也不過是撒謊哄人罷了。」寶釵笑道：「我告訴你個笑話兒，才剛為那個藥，我說了個不知道，寶兄弟心裏不受用了。」林黛玉道：「理他呢，過會子就好了。」寶玉向寶釵道：「老太太要抹骨牌，正沒人呢，你玩骨牌去罷。」寶釵聽說，便笑道：「我是為抹骨牌才來麼？」說着便走了。林黛玉道：「你倒是去罷，這裏有老虎，看吃了你！」說着又裁。寶玉見他不理，只得還陪笑說道：「你也出去逛逛再裁不遲。」林黛玉總不理。寶玉便問丫頭們：「這

是誰叫裁的？」林黛玉見問丫頭們，便說道：「憑他誰叫我裁，也不管二爺的事！」寶玉方欲說話，只見有人進來回說「外頭有人請」。寶玉聽了，忙撤身出來。黛玉向外頭說道：「阿彌陀佛！趕你回來，我死了也罷了。」

　　寶玉來到外面，只見焙茗說道：「馮大爺家請。」寶玉聽了，知道是昨日的話，便說：「要衣裳去。」就自己便往書房裏來。焙茗一直到了二門前等人，只見出來了一個老婆子，焙茗上去說道：「寶二爺在書房裏等出門的衣裳，你老人家進去帶個信兒。」那婆子啐道：「放你娘的屁！寶二爺如今在園裏住着，跟他的人都在園裏，你又跑了這裏來帶信兒來了！」焙茗聽了，笑道：「罵的是，我也糊塗了。」說着一徑往東邊二門前來。可巧門上小廝在甬路底下踢球，焙茗將緣故說了。有個小廝跑了進去，半日才抱了一個包袱出來，遞與焙茗。回到書房裏，寶玉換了，命人備馬，只帶着焙茗、鋤藥、雙瑞、雙壽四個小廝去了。

　　一徑到了馮紫英家門口，有人報與了馮紫英，出來迎接進去。只見薛蟠早已在那裏久候了，還有許多唱曲兒的小廝並唱小旦的蔣玉菡、錦香院的妓女雲兒。大家都見過了，然後吃茶。寶玉擎茶笑道：「前兒所言幸與不幸之事，我晝夜懸想，今日一聞呼喚即至。」馮紫英笑道：「你們令表兄弟倒都心實。前日不過是我的設辭，誠心請你們喝一杯酒，恐又推託，故說下這句話。今日一邀即至，誰知都信真了。」說畢大家一笑，然後擺上酒來，依次坐定。馮紫英先命唱曲兒的小廝過來敬酒，然後命雲兒也來敬三盅。

　　那薛蟠三杯下肚，不覺忘了情，拉着雲兒的手笑道：「你把那體己新樣兒的曲子唱個我聽，我吃一罈如何？」雲兒聽說，只得拿起琵琶來，唱道：「兩個冤家，都難丟下，想着你來又惦記着他。兩個人形容俊俏，都難描畫，想昨宵幽期私訂在荼蘼架。一個偷情，一個尋拿，拿住了三曹對案，我也無回話。」唱畢笑道：「你喝一罈子罷了。」薛蟠聽說，笑道：「不值一罈，再唱好的來。」

　　寶玉笑道：「聽我說罷：這麼濫飲，易醉而無味。我先喝一大海，發一新令，有不遵者，連罰十大海，逐出席外與人斟酒。」馮紫英蔣玉菡等都道：「有理。」寶玉拿起海來一氣飲乾，說道：「如今要說悲、愁、喜、樂四個字，卻要說出女兒來，還要注明這四字的原故。說完了，喝門杯。酒面要唱一個新鮮時樣曲兒；酒底要席上生風一樣東西，或古詩舊對、《四書》《五經》成語。」

　　薛蟠不等說完，先站起來攔道：「我不來，別算我。這竟是捉弄我呢！」

雲兒也站起來，推他坐下，笑道：「怕甚麼？這還虧你天天吃酒呢，難道你連我也不如？回來我還說呢。說是了，罷；不是了，不過罰上幾杯，那裏就醉死了？你如今一亂令，倒喝十大海，下去斟酒不成？」眾人都拍手道妙。薛蟠聽說無法，只得坐了。聽寶玉說道：「女兒悲，青春已大守空閨。女兒愁，悔教夫婿覓封侯。女兒喜，對鏡晨妝顏色美。女兒樂，秋千架上春衫薄。」

眾人聽了，都說好，獨有薛蟠揚臉搖頭說：「不好，該罰！」眾人問：「如何該罰？」薛蟠道：「他說的我全不懂，怎麼不該罰？」雲兒便擰他一把，笑道：「你悄悄的想你的罷。回來說不出，又該罰了。」於是拿琵琶，聽寶玉唱道：「滴不盡相思血淚拋紅豆，開不完春柳春花滿畫樓，睡不穩紗窗風雨黃昏後，忘不了新愁與舊愁，嚥不下玉粒金蓴噎滿喉，照不見菱花鏡裏形容瘦。展不開的眉頭，捱不明的更漏。呀！恰便似遮不住的青山隱隱，流不斷的綠水悠悠。」

唱完，大家齊聲喝彩，獨薛蟠說沒板兒。寶玉飲了門杯，便拈起一片梨來，說道：「雨打梨花深閉門。」完了令。

下該馮紫英，說道：「女兒悲，兒夫染病在垂危。女兒愁，大風吹倒梳妝樓。女兒喜，頭胎養了雙生子。女兒樂，私向花園掏蟋蟀。」說畢，唱道：「你是個可人，你是個多情，你是個刁鑽古怪鬼靈精，你是個神仙也不靈。我說的話兒你全不信，只叫你去背地裏細打聽，才知道我疼你不疼！」

唱完，飲了門杯，說道：「雞聲茅店月」。令完，下該雲兒。

雲兒便說道：「女兒悲，將來終身指靠誰？」薛蟠歎道：「我的兒，有你薛大爺在，你怕甚麼？」眾人都道：「別混他，別混他！」雲兒又道：「女兒愁，媽媽打罵何時休？」薛蟠道：「前兒我見了你媽，還吩咐他不叫他打你呢。」眾人都道：「再多言者罰酒十杯。」薛蟠連忙自己打了一個嘴巴子，說道：「沒耳性，再不許說了。」雲兒又道：「女兒喜，情郎不捨還家裏。女兒樂，住了簫管弄弦索。」說完，便唱道：「豆蔻開花三月三，一個蟲兒往裏鑽。鑽了半日不得進去，爬到花上打秋千。肉兒小心肝，我不開時你怎麼鑽？」

唱畢，飲了門杯，說道：「桃之夭夭。」令完了，下該薛蟠。

薛蟠道：「我可要說了：女兒悲……」說了半日，不見說底下的。馮紫英笑道：「悲甚麼？快說。」薛蟠登時急的眼睛鈴鐺一般，便說道：「女兒悲……」又咳嗽了兩聲，方說道：「女兒悲，嫁了個男人是烏龜。」眾人聽了都大笑起

來。薛蟠道：「笑甚麼？難道我說的不是？一個女兒嫁了漢子，要做王八，他怎麼不傷心呢？」眾人笑的彎腰說道：「你說的是，快說底下的罷。」薛蟠瞪了瞪眼，又說道：「女兒愁……」說了這句，又不言語了。眾人道：「怎麼愁？」薛蟠道：「繡房鑽出個大馬猴。」眾人呵呵笑道：「該罰，該罰！先還可恕，這句更不通了。」說着便要斟酒。寶玉笑道：「押韻就好。」薛蟠道：「令官都准了，你們鬧甚麼？」眾人聽說，方罷了。雲兒笑道：「下兩句越發難說了，我替你說罷。」薛蟠道：「胡說！當真我就沒好的了！聽我說罷：女兒喜，洞房花燭朝慵起。」眾人聽了，都詫異道：「這句何其太雅？」薛蟠又道：「女兒樂，一根毡毱往裏戳。」眾人聽了，都扭着臉說道：「該死，該死！快唱了罷。」薛蟠便唱道：「一個蚊子哼哼哼。」眾人都怔了，說：「這是個甚麼曲兒？」薛蟠還唱道：「兩個蒼蠅嗡嗡嗡。」眾人都道：「罷，罷，罷！」薛蟠道：「愛聽不聽！這是新鮮曲兒，叫作哼哼韻兒。你們要懶待聽，連酒底都免了，我就不唱。」眾人都道：「免了罷，免了罷，倒別耽誤了別人家。」

於是蔣玉菡說道：「女兒悲，丈夫一去不回歸。女兒愁，無錢去打桂花油。女兒喜，燈花並頭結雙蕊。女兒樂，夫唱婦隨真和合。」說畢，唱道：「可喜你天生成百媚嬌，恰便似活神仙離碧霄。度青春，年正小；配鸞鳳，真也巧。呀！看天河正高，聽譙樓鼓敲，剔銀燈同入鴛幃悄。」

唱畢，飲了門杯，笑道：「這詩詞上我倒有限。幸而昨日見了一副對子，可巧只記得這句，幸而席上還有這件東西。」說畢，便乾了酒，拿起一朵木樨來，唸道：「花氣襲人知晝暖。」

眾人倒都依了，完令。薛蟠又跳了出來，喧嚷道：「了不得，了不得！該罰，該罰！這席上又沒有寶貝，你怎麼唸起寶貝來了？」蔣玉菡怔了，說道：「何曾有寶貝？」薛蟠道：「你還賴呢！你再唸來。」蔣玉菡只得又唸了一遍。薛蟠道：「襲人可不是寶貝是甚麼？你們不信，只問他。」說畢，指着寶玉。寶玉沒好意思起來，說：「薛大哥，你該罰多少？」薛蟠道：「該罰，該罰！」說着拿起酒來，一飲而盡。馮紫英與蔣玉菡等不知原故，雲兒便告訴了出來。蔣玉菡忙起身陪罪。眾人都道：「不知者不作罪。」

少刻，寶玉出席解手，蔣玉菡便隨了出來。二人站在廊簷下，蔣玉菡又陪不是。寶玉見他嫵媚溫柔，心中十分留戀，便緊緊的搭着他的手，叫他：「閑了往我們那裏去。還有一句話借問，也是你們貴班中，有一個叫琪官的，

他在那裏？如今名馳天下，我獨無緣一見。」蔣玉菡笑道：「就是我的小名兒。」寶玉聽說，不覺欣然跌足笑道：「有幸，有幸！果然名不虛傳。今兒初會，便怎麼樣呢？」想了一想，向袖中取出扇子，將一個玉玦扇墜解下來，遞與琪官，道：「微物不堪，略表今日之誼。」琪官接了，笑道：「無功受祿，何以克當？也罷，我這裏得了一件奇物，今日早起方繫上，還是簇新的，聊可表我一點親熱之意。」說畢撩衣，將繫小衣兒一條大紅汗巾子解了下來，遞與寶玉，道：「這汗巾子是茜香國女國王所貢之物，夏天繫着，肌膚生香，不生汗漬。昨日北靜王給我的，今日才上身。若是別人，我斷不肯相贈。二爺請把自己繫的解下來，給我繫着。」寶玉聽說，喜不自禁，連忙接了，將自己一條松花綠的汗巾[5]解了下來，遞與琪官。

　　二人方束好，只聽一聲大叫：「我可拿住了！」只見薛蟠跳了出來，拉着二人道：「放着酒不吃，兩個人逃席出來幹甚麼？快拿出來我瞧瞧。」二人都道：「沒有甚麼。」薛蟠那裏肯依，還是馮紫英出來才解開了。於是復又歸坐飲酒，至晚方散。

　　寶玉回至園中，寬衣吃茶。襲人見扇子上的墜兒沒了，便問道：「往那裏去了？」寶玉道：「馬上丟了。」襲人也不理論，及睡時，見他腰裏繫一條血點似的大紅汗巾子，襲人便猜了八九分，因說道：「你有了好的繫褲子，把我的那條還我罷。」寶玉聽說，方想起那條汗巾子原是襲人的，不該給人，心裏後悔，口裏說不出來，只得笑道：「我賠你一條罷。」襲人聽了，點頭歎道：「我就知道，你又幹這些事了，也不該拿着我的東西給那起混賬人哪。也難為你，心裏沒個算計兒。」還要說幾句，又恐惱上他的酒來，少不得也睡了。

　　至次日天明方醒，只見寶玉笑道：「夜裏失了盜也不知道，你瞧瞧褲子上。」襲人低頭一看，只見昨日寶玉繫的那條汗巾子繫在自己腰裏了，便知是寶玉夜間換了，忙一頓解下來，說道：「我不希罕這行子，趁早兒拿了去！」寶玉見他如此，只得委婉解勸了一回。襲人無法，暫且繫上。過後寶玉出去，終久解下來擲在個空箱子裏，自己又換了一條繫着。

　　寶玉並未理論，因問起昨日可有甚麼事情，襲人便回說：「二奶奶打發

---

5)　　松花綠的汗巾：松花綠是顏色，也叫做松花色。汗巾，指褲腰帶，也說汗巾子。

人叫了小紅去了。他原要等爺來着，我想甚麼要緊，我就作了主，打發他去了。」寶玉道：「很是。我已知道了，何必等我？」襲人又道：「昨兒貴妃打發夏太監出來，送了一百二十兩銀子，叫在清虛觀初一到初三打三天平安醮[6]，唱戲獻供，叫珍大爺領着眾位爺們跪香拜佛呢。還有端午兒的節禮也賞了。」說着命小丫頭子來，將昨日娘娘所賜之物取了出來，只見上等宮扇兩柄，紅麝香珠二串，鳳尾羅二端，芙蓉簟一領。寶玉見了，喜不自勝，因問道：「別人的也都是一樣嗎？」襲人道：「老太太的多着一個香如意，一個瑪瑙枕。太太、老爺、姨太太的只多着一個如意。你的同寶姑娘的一樣。林姑娘同我們三位姑娘只單有扇子同數珠兒，別人都沒了。大奶奶、二奶奶他兩個是每人兩匹紗，兩匹羅，兩個香袋兒，兩個錠子藥[7]。」

寶玉聽了道：「這是怎麼個原故？怎麼林姑娘的倒不和我的一樣，倒是寶姐姐的和我一樣？別是傳錯了罷？」襲人道：「昨兒拿出來，都是一份一份的寫着簽子，怎麼會錯了？你的是在老太太屋裏的，我去拿來的。老太太說了，明兒叫你一個五更天進去謝恩呢。」寶玉道：「自然要走一趟。」說着便叫紫鵑來：「拿了這個到你們姑娘那裏去，就說是昨兒我得的，愛甚麼留下甚麼。」紫鵑答應了，拿了去，不一時回來說：「林姑娘說了，昨兒也得了，二爺留着罷。」寶玉聽說，便命人收了。剛洗了臉出來，要往賈母那裏請安去，只見黛玉頂頭來了。寶玉趕上去笑道：「我的東西叫你揀，你怎麼不揀？」黛玉昨日所惱寶玉的心事早又丟開，只顧今日的事了，因說道：「我沒這麼大福氣禁受，比不得寶姑娘，甚麼金甚麼玉的，我們不過是草木人兒罷了！」寶玉聽他提出「金玉」二字來，不覺心裏疑猜，便說道：「除了別人說甚麼金甚麼玉，我心裏要有這個想頭，天誅地滅，萬世不得人身！」林黛玉聽他這話，便知他心裏動了疑，忙又笑道：「好沒意思，白白的起甚麼誓？管你甚麼金甚麼玉的呢？」寶玉道：「我心裏的事也難對你說，日後自然明白。除了老太太、老爺、太太這三個人，第四個就是妹妹了。要有第五個人，我也說個誓。」林黛玉道：「你也不用說誓，我很知道你心裏有『妹妹』，但只是見了『姐姐』，

6)　平安醮：醮是道教誦經祈禱的儀式。非喪事的平常祈福誦經，稱為平安醮。

7)　錠子藥：中藥做成錠子的都可稱錠子藥。這裏專指紫金錠一類暑藥。有時做成各種形狀的小玩物。做成十八子念珠的叫做香串子夏天佩帶，既有香氣，又可隨時搗碎服食治病。

就把『妹妹』忘了。」寶玉道：「那是你多心，我再不是這麼樣的。」林黛玉道：「昨兒寶丫頭不替你圓謊，為甚麼問着我呢？那要是我，你又不知怎麼樣了。」正說着，只見寶釵從那邊來了，二人便走開了。

寶釵分明看見，只裝看不見，低頭過去了，到了王夫人那裏，坐了一回，然後到了賈母這邊，只見寶玉在這裏呢。寶釵因往日母親對王夫人等曾提過「金鎖是個和尚給的，等日後有玉的方可結為婚姻」等語，所以總遠着寶玉。昨兒見元春所賜的東西，獨他與寶玉一樣，心裏越發沒意思起來，幸虧寶玉被一個黛玉纏綿住了，心心念念只惦記着黛玉，並不理論這事。此刻忽見寶玉笑問道：「寶姐姐，我瞧瞧你的那香串子呢。」可巧寶釵左腕上籠着一串，見寶玉問他，少不得褪了下來。寶釵生的肌膚豐澤，一時褪不下來。寶玉在旁看着雪白臂膊，不覺動了羨慕之心，暗暗想道：「這個膀子若長在林妹妹身上，或者還得摸一摸，偏生長在他身上。」正是恨沒福，忽然想起「金玉」一事來，再看看寶釵的形容，只見臉若銀盆，眼同水杏，唇不點而含丹，眉不畫而橫翠，比黛玉另具一種嫵媚風流，不覺又呆了，寶釵褪了串子來遞給他，他也忘了接。

寶釵見他呆呆的，自己倒不好意思起來，丟下串子，回身才要走，只見黛玉蹬着門檻子，嘴裏咬着絹子笑呢。寶釵道：「你又禁不得風吹，怎麼又站在那風口裏？」黛玉笑道：「何曾不是在屋裏來着。只因聽見天上一聲叫，出來瞧了瞧，原來是個呆雁[8]。」薛寶釵道：「呆雁在那裏呢？我也瞧一瞧。」黛玉道：「我才出來，他就『忒兒』一聲的飛了。」口裏說着，將手裏的絹子一甩，向寶玉臉上甩來。寶玉不防，正打在眼上，「嗳喲」了一聲。要知端的，下回分解。

---

8)　　呆雁：諷刺人們痴呆，如同說傻子、呆子。這裏把雁字具體化，故意引到天邊飛雁，作為戲謔。

💬 延伸思考

分析：元妃所賜串珠為甚麼寶玉和寶釵的一樣？而黛玉和寶釵為甚麼不一樣？她們都是元春的妹妹，元春為甚麼不一視同仁？

💡 精華賞析

元妃賜給賈府眾人的禮品只有寶玉和寶釵得到的東西一樣。這一情節暗示了元妃的心意，也為寶玉和黛玉的愛情增加了一重障礙。

《第二十九回》

享福人福深還禱福
痴情女情重愈重情

> 賈府眾人到清虛觀看戲，排場盛大。不過在神前選的戲文卻不大吉利，賈母心裏多少有點不痛快。

　　話說寶玉正自發怔，不想黛玉將手帕子甩了來，正碰在眼睛上，倒唬了一跳，問這是誰。黛玉搖着頭兒笑道：「不敢，是我失了手。因為寶姐姐要看呆雁，我比給他看，不想失了手。」寶玉揉着眼睛，待要說甚麼，又不好說的。

　　一時，鳳姐兒來了，因說起初一日在清虛觀打醮的事來，約着寶釵、寶玉、黛玉等看戲去。寶釵笑道：「罷，罷，怪熱的。甚麼沒看過的戲，我不去。」鳳姐兒道：「他們那裏涼快，兩邊又有樓。咱們要去，我頭幾天先打發人去，把那些道士都趕出去，把樓上打掃乾淨，掛起簾子來，一個閑人不許放進廟去，才是好呢。我已經回了太太了，你們不去，我自家去。這些日子也悶的很了。家裏唱動戲¹，我又不得舒舒服服的看。」

　　賈母聽說，笑道：「既這麼着，我同你去。」鳳姐聽說，笑道：「老祖宗也去，敢情²好！可就是我又不得受用了。」賈母道：「到明兒，我在正面樓上，你們在旁邊樓上，你也不用到我這邊來立規矩³，好不好？」鳳姐兒笑道：

---

1)　　唱動戲：指唱一次戲不是輕易的，是比較繁瑣的。唱戲的行動次數常用動來表示。動通「通」，一次、一遍。

2)　　敢情：指原是、當然，有求之不得的意思。

3)　　立規矩：指按規矩地肅立伺候。

「這就是老祖宗疼我了。」賈母因又向寶釵道：「你也去，連你母親也去。長天老日的，在家裏也是睡覺。」寶釵只得答應着。

賈母又打發人去請了薛姨媽，順路告訴王夫人，要帶了他們姊妹去。王夫人因一則身上不好，二則預備着元春有人出來，早已回了不去的；聽賈母如今這樣說，笑道：「還是這麼高興。」因打發人去到園子裏告訴：「有要逛去的，只管初一跟了老太太逛去。」這句話一傳開了，別人還可以，只是那些丫頭們天天不得出門檻兒，聽了這話，誰不愛去？便是各人的主子懶怠去，他也百般的攛掇了去，因此李紈等都說去。賈母心中越發喜歡，早已吩咐人去打掃安置，不必細說。

單表到了初一這一日，榮國府門前車輛紛紛，人馬簇簇。那底下凡執事人等，聞得是貴妃作好事，賈母親去拈香，正是初一日乃月之首日，況是端陽節間，因此凡動用的什物，一色都是齊全的，不同往日。少時，賈母等出來。賈母坐一乘八人大轎，李氏、鳳姐兒、薛姨媽每人一乘四人轎，寶釵、黛玉二人共坐一輛翠蓋珠纓八寶車，迎春、探春、惜春三人共坐一輛朱輪華蓋車。然後賈母的丫頭鴛鴦、鸚鵡、琥珀、珍珠，林黛玉的丫頭紫鵑、雪雁、春纖，寶釵的丫頭鶯兒、文杏，迎春的丫頭司棋、繡橘，探春的丫頭侍書、翠墨，惜春的丫頭入畫、彩屏，薛姨媽的丫頭同喜、同貴，外帶着香菱、香菱的丫頭臻兒，李氏的丫頭素雲、碧月，鳳姐兒的丫頭平兒、豐兒、小紅，並王夫人兩個丫頭也要跟了鳳姐兒去的是金釧、彩雲，奶子抱着大姐兒另在一輛車上，還有幾個粗使的丫頭，一共又連上各房的老嬤嬤奶子並跟出門的家人媳婦子們，黑壓壓的站了一街的車。

那街上的人見是賈府去燒香，都站在兩邊觀看。那些小門小戶的婦女，也都開了門在門口站着，七言八語，指手畫腳，就像看那過廟會的一般。只見前頭的全副執事擺開，一位青年公子騎着銀鞍白馬，彩轡朱纓，在那八人轎前領着那些車輛人馬，浩浩蕩蕩，一片錦繡香煙，遮天壓地而來。卻是鴉雀無聞，只有車輪馬蹄之聲。不多時，已到了清虛觀門口。只聽鐘鳴鼓響，早有張法官執笏披衣，帶領眾道士在路旁迎接。寶玉下了馬，賈母的轎剛至山門以內，因看見有守門大帥並千里眼、順風耳、本境城隍土地各位泥胎聖像，便命住轎。賈珍帶領各子姪來迎接。鳳姐兒的轎子卻趕在頭裏先到了，帶着鴛鴦等迎接上來。見賈母下了轎，忙來攙扶。可巧有個十二三歲的小道

士兒，拿着個剪筒，照管各處剪蠟花，正欲得便且藏出去，不想一頭撞在鳳姐兒懷裏。鳳姐便一揚手，照臉打了個嘴巴，把那小孩子打了一個筋斗，罵道：「小野雜種，往那裏跑？」那小道士也不顧拾燭剪，爬起來往外還要跑。正值寶釵等下車，眾婆娘媳婦正圍隨的風雨不透，但見一個小道士滾了出來，都喝聲叫「拿，拿，拿！打，打，打！」

　　賈母聽了忙問：「是怎麼了？」賈珍忙出來問。鳳姐上去攙住賈母，就回說：「一個小道士兒，剪燈花的，沒躲出去，這會子混鑽呢。」賈母聽說，忙道：「快帶了那孩子來，別嚇着他。小門小戶的孩子，都是嬌生慣養的，那裏見的這個勢派。倘或嚇着他，倒怪可憐見的，他老子娘豈不疼的慌？」說着，便叫賈珍去好生帶了來。賈珍只得去拉了那孩子來。那孩子還一手拿着蠟剪，跪在地下亂顫。賈母命賈珍拉起來，叫他不要怕。問他幾歲了。那孩子總說不出話來。賈母還說「可憐見兒的」，又向賈珍道：「珍哥兒，帶他去罷。給他些錢買果子吃，別叫人難為了他。」賈珍答應，領他去了。這裏賈母帶着眾人，一層一層的瞻拜觀玩。外面小廝們見賈母等進入二層山門，忽見賈珍領了一個小道士出來，叫人來帶去，給他幾百錢，不要難為了他。家人聽說，忙上來領了下去。

　　賈珍站在台階上，因問：「管家在那裏？」底下站的小廝們見問，都一齊喝聲說：「叫管家！」登時林之孝一手扣着帽絆跑了來，到賈珍跟前。賈珍道：「雖說這裏地方大，今兒不承望來這麼些人。你使的人，你就帶了在這院子裏罷；使不着的，打發到那院裏去。把小么兒們多挑幾個在這二層門上同兩邊的角門上，伺候着要東西傳話。你可知道不知道，今兒姑娘奶奶們都出來了，一個閑人也不許到這裏來！」林之孝忙答應「知道」，又說了幾個「是」。賈珍道：「去罷。」又問：「怎麼不見蓉兒？」一聲未了，只見賈蓉從鐘樓裏跑了出來。賈珍道：「你瞧瞧他，我這裏也還沒敢說熱，他倒乘涼去了！」喝命家人啐他。那小廝們都知道賈珍素日的性子，違拗不得，有個小廝便上來向賈蓉臉上啐了一口。賈珍又道：「問着他！」那小廝便問賈蓉道：「爺還不怕熱，哥兒怎麼先乘涼去了？」賈蓉垂着手，一聲不敢說。那賈芸、賈萍、賈芹等聽見了，不但他們慌了，亦且連賈璜、賈琂、賈瓊等也都忙了，一個一個從牆根兒底下慢慢的溜上來。

　　賈珍又向賈蓉道：「你站着作甚麼？還不騎了馬跑回家去告訴你娘母子⁴去！老太太同姑娘們都來了，叫他們快來伺候。」賈蓉聽說，忙跑了出來，一疊聲要馬，一面抱怨道：「早都不知做甚麼的，這會子尋趁⁵我。」一面又罵小子們：「捆着手呢？馬也拉不來。」要打發小子去，又恐後來對出來，說不得親自走一趟，騎馬去了。

　　且說賈珍方要抽身進去，只見張道士站在旁邊陪笑說道：「論理我不比別人，應該裏頭伺候。只因天氣炎熱，眾位千金都出來了，法官不敢擅入，請爺示下。恐老太太問，或要隨喜那裏，我只在這裏伺候罷了。」賈珍知道這張道士雖然是當日榮國府國公的替身，曾經先皇御口親呼為「大幻仙人」，如今現掌「道錄司」印，又是當今封為「終了真人」，現今王公藩鎮都稱他為「神仙」，所以不敢輕慢。二則他又常往兩個府裏去，凡夫人小姐都是見的。今見他如此說，便笑道：「咱們自己，你又說起這話來。再多說，我把你這鬍子還揪了你的呢！還不跟我進來。」那張道士呵呵的笑着，跟了賈珍進來。

　　賈珍到賈母跟前，控身陪笑說：「這張爺爺進來請安。」賈母聽了，忙道：「攙他來。」賈珍忙去攙了過來。那張道士先呵呵笑道：「無量壽佛！老祖宗一向福壽康寧？眾位奶奶姑娘們納福？一向沒到府裏請安，老太太氣色越發好了。」賈母笑道：「老神仙，你好？」張道士笑道：「託老太太萬福，小道也還康健。別的倒罷了，只記掛着哥兒，一向身上好？前日四月二十六日，我這裏做遮天大王聖誕，人也來的少，東西也很乾淨，我說請哥兒來逛逛，怎麼說不在家？」賈母說道：「果真不在家。」一面回頭叫寶玉。誰知寶玉解手去了才來，忙上前問：「張爺爺好？」張道士忙抱住問了好，又向賈母笑道：「哥兒越發發福⁶了。」賈母道：「他外頭好，裏頭弱。又搭着他老子逼着他唸書，生生的把個孩子逼出病來了。」張道士道：「前日我在好幾處看見哥兒寫的字，作的詩，都好的了不得，怎麼老爺還抱怨說哥兒不大喜歡唸書呢？依小道看來，也就罷了。」又歎道：「我看見哥兒的這個形容身段，言

---

4)　　娘母子：母子們，母女們，婆媳們。

5)　　尋趁：尋找毛病。

6)　　發福：福指胖，是世俗客氣的話。

談舉動，怎麼就同當日國公爺一個稿子[7]？」說着兩眼流下淚來。賈母聽說，也由不得滿臉淚痕，說道：「正是呢，我養這些兒子孫子，也沒一個像他爺爺的，就只這玉兒還像他爺爺。」

那張道士又向賈珍道：「當日國公爺的模樣兒，爺們一輩的不用說，自然沒趕上，大約連大老爺、二老爺也記不清楚了。」說畢又呵呵大笑道：「前日在一個人家看見一位小姐，今年十五歲了，長的倒也好個模樣兒。我想着哥兒也該提親了。若論這小姐的模樣兒，聰明智慧，根基家當，倒也配的過。但不知老太太怎麼樣？小道也不敢造次。等請了老太太的示下，才敢向人去說。」賈母道：「上回有個和尚說了，這孩子命裏不該早娶，等再大一大兒再定罷。你可如今也打聽着，不管他根基富貴，只要模樣兒配的上就來告訴我。便是那家子窮，也不過幫他幾兩銀子就完了。只是模樣性格兒難得好的。」

說畢，只見鳳姐兒笑道：「張爺爺，我們丫頭的寄名符兒你也不換去。前兒虧你還有那麼大臉，打發人和我要鵝黃緞子去！要不給你，又恐怕你那老臉上下不來。」張道士呵呵大笑道：「你瞧，我眼花了，也沒看見奶奶在這裏，也沒道謝。寄名符早已有了，前日原想送去，不承望娘娘來作好事，就混忘了，還在佛前鎮着呢。待我取來。」說着跑到大殿上去，一時拿了一個茶盤，搭着大紅蟒緞經袱子[8]，托出符來。大姐兒的奶子接了符。張道士方欲抱過大姐兒來，只見鳳姐笑道：「你就手裏拿出來罷了，又用個盤子托着。」張道士道：「手裏不乾不淨的，怎麼拿？用盤子潔淨些。」鳳姐兒笑道：「你只顧拿出盤子來，倒唬我一跳呢。我不說你是為送符，倒像是和我們化佈施來了。」眾人聽說，哄然一笑，連賈珍也掌不住笑了。賈母回頭道：「猴兒猴兒，你不怕割舌頭下地獄？」鳳姐兒笑道：「我們爺兒們不相干。他怎麼常常的說我該積陰騭，遲了就短命呢？」

張道士也笑道：「我拿出盤子來一舉兩用，卻不為化佈施，倒要將哥兒的這塊玉請了下來，托出去給那些遠來的道友並徒子徒孫們見識見識。」賈母道：「既這麼着，你老人家老天拔地的跑甚麼呢？就帶他去瞧了，叫他進來，

---

7)　一個稿子：這裏指一樣的相貌。

8)　經袱子：一種用錦緞等做成包裹書卷的小包袱，古代叫做袱，僧道用來包裹經卷，所以稱為經袱子。

豈不省事？」張道士道：「老太太不知道，看着小道是八十多歲的人，託老太太的福倒也健朗；只是外面的人多，氣味難聞，況且大暑熱的天，哥兒受不慣，倘或哥兒受了腌臢氣味，倒值多了。」賈母聽說，便命寶玉摘下通靈玉來，放在盤內。那張道士兢兢業業的用蟒袱子墊着，捧了出去。

這裏賈母與眾人各處遊玩了一回，方去上樓。只見賈珍回說：「張爺爺送了玉來了。」剛說着，只見張道士捧了盤子，走到跟前笑道：「眾人託小道的福，見了哥兒的玉，實在稀罕。都沒甚麼敬賀之物，這是他們各人傳道的法器，都願意為敬賀之禮。哥兒便不希罕，只留着玩耍賞人罷。」賈母聽說，向盤內看時，只見也有金璜，也有玉玦，或有事事如意，或有歲歲平安，皆是珠穿寶嵌，玉琢金鏤，共有三五十件。因說道：「你也胡鬧。他們出家人是那裏來的，何必這樣？這斷斷不能收的！」張道士笑道：「這是他們一點敬意，小道也不能阻擋。老太太若不留下，倒叫他們看着小道平常，不像是門下出身了。」賈母聽如此說，方命人接了。寶玉笑道：「老太太，張爺爺既這麼說，又推辭不得，我要這個也無用，不如叫小子們捧了這個，跟着我出去散給窮人罷。」賈母笑道：「這話說的也是。」張道士又忙攔道：「哥兒雖要行好，但這些東西雖說不甚希奇，到底也是幾件器皿。若給了窮人，一則與他們也無益，二則反倒糟蹋了這些東西。要捨給窮人，何不就散錢與他們？」寶玉聽說，便命收下，等晚間拿錢施捨罷了。說畢，張道士方退出去。

這裏賈母和眾人上了樓。賈母在正面樓上坐了，鳳姐等佔了東樓，眾丫頭等在西樓，輪流伺候。賈珍一時來回：「神前拈了戲，頭一本是《白蛇記》。」賈母便問「是甚麼故事？」賈珍道：「是漢高祖斬蛇起首的故事。第二本是《滿床笏》[9]。」賈母點頭笑道：「倒是第二本也罷了。神佛既這樣，也只得如此。」又問第三本，賈珍道：「第三本是《南柯夢》。」賈母聽了便不言語。賈珍退了下來，走至外邊，預備着申表、焚錢糧[10]、開戲，不在話下。

且說寶玉在樓上，坐在賈母旁邊，因叫個小丫頭子捧着方才那一盤子賀物，將自己的玉帶上，用手翻弄尋撥，一件一件的挑與賈母看。賈母因看見

---

9)　《滿床笏》：唐代郭子儀「七子八婿，富貴壽考」的故事。

10)　申表、焚錢糧：申表是在神前焚燒申奏的表章；焚錢糧是焚燒紙錢和金銀紙錠等一類東西的總稱。

有個赤金點翠[11]的麒麟,便伸手拿了起來,笑道:「這件東西像是我看見誰家的孩子也帶着這麼一個。」寶釵笑道:「史大妹妹有一個,比這個小些。」賈母道:「原來是雲兒有這個。」寶玉道:「他這麼往我們家去住着,我也沒看見。」探春笑道:「寶姐姐有心,不管甚麼他都記得。」黛玉冷笑道:「他在別的上頭心還有限,唯有這些人帶的東西上,他才是留心呢。」寶釵聽說,便回頭裝沒聽見。

　　寶玉聽見史湘雲有這件東西,自己便將那麒麟忙拿起來揣在懷裏。一面心裏又想到怕人看見他聽見史湘雲有了,他就留這件,因此手裏揣着,卻拿眼睛瞟人。只見眾人倒不理論,唯有黛玉瞅着他點頭兒,似有讚歎之意。寶玉心裏不覺沒好意思起來,又掏了出來,向黛玉笑道:「這個東西倒好玩,我替你留着,到了家穿上個穗子你帶好不好?」黛玉將頭一扭道:「我不希罕。」寶玉笑道:「你既然不希罕,我可就拿着了。」說着又揣了起來。

　　剛要說話,只見賈珍之妻尤氏和賈蓉續娶的媳婦胡氏婆媳兩個來了,見過賈母,賈母道:「你們又來做甚麼?我不過沒事來逛逛。」一句話沒說了,只見人報:「馮將軍家有人來了。」原來馮紫英家聽見賈府在廟裏打醮,連忙預備了豬羊香燭茶食之類趕來送禮。鳳姐兒聽了,忙趕過正樓來,拍手笑道:「噯呀!我就不防這個。只說咱們娘兒們來閑逛逛,人家一當咱們大擺齋壇的來送禮。都是老太太鬧的。這又不得不預備賞封兒。」剛說了,只見馮家的兩個管家女人上樓來了。

　　馮家兩個未去,接着趙侍郎也有禮來了。於是接二連三,都聽見賈府打醮,女眷都在廟裏,凡一應遠親近友、世家相與都來送禮。賈母才後悔起來,說:「又不是甚麼正經齋事,我們不過閑逛逛,沒的驚動了人家。」因此雖看了一天戲,至下午便回來,次日便懶怠去。鳳姐又說:「打牆也是動土[12],已經驚動了人,今兒樂得還去逛逛。」那賈母因昨日張道士提起寶玉說親的事來,誰知寶玉一日心中不自在,回家來生氣,嗔着張道士與他說了親,口口聲聲說從今以後不再見張道士了,別人也並不知為甚麼原故;二則黛玉昨日

---

11)　　點翠:剪裁翡翠鳥的毛,平貼在金首飾上,構成圖案的一部分,叫做點翠。

12)　　打牆也是動土:舊時的迷信,在開始作土木工程時,必先祭告土神,叫做動土。這個諺語的意思是說:為小事費了大手續,不如索性做起大事來。

回家又中了暑；因此二事，賈母便執意不去了。鳳姐兒見不去，自己帶了人去了，也不在話下。

　　且說寶玉因見黛玉病了，心裏放不下，飯也懶待吃，不時來問。只怕他有個好歹。黛玉因說道：「你只管看你的戲去罷，在家裏做甚麼？」寶玉因昨日張道士提親之事，心中大不受用，今聽見林黛玉如此說，心裏因想道：「別人不知道我的心還可恕，連他也奚落起我來。」因此心中更比往日的煩惱加了百倍。只是別人跟前，斷不能動這肝火，只是林黛玉說了這話，又比往日別人說這話不同，由不得立刻沉下臉來，說道：「我白認得了你罷了！」林黛玉聽說，便冷笑了兩聲道：「你白認得了我嗎？我那裏能夠像人家有甚麼配的上你的？」寶玉聽了，便走來直問到臉上：「你這麼說，是安心咒我天誅地滅？」林黛玉一時解不過這個話來。寶玉又道：「昨兒還為這個賭了幾回咒，今兒你到底又重我一句。我便天誅地滅，你又有甚麼益處？」黛玉一聞此言，方想起昨日的話來。今日原是自己說錯了，又是急，又是愧，便抽抽搭搭的哭起來說：「我要安心咒你，我也天誅地滅。何苦來呢！我知道，昨日張道士說親，你怕擋了你的好姻緣，你心裏生氣，來拿我煞性子。」

　　原來那寶玉自幼生成有一種下流痴病，況從幼時和黛玉耳鬢廝磨，心情相對；及如今稍知時事，又看了那些邪書僻傳，凡遠親近友之家所見的那些閨英闈秀，皆未有稍及林黛玉者，所以早存了一段心事，只不好說出來，故每每或喜或怒，變盡法子暗中試探。那黛玉偏生他也是個有些痴病的，也每用假情試探。因你也將真心真意瞞了起來，只用假意，我也將真心真意瞞了起來，都只用假意，如此兩假相逢，終有一真。其間瑣瑣碎碎，難保不有口角之事。即如此刻，寶玉的心內想的是：「別人不知我的心還可恕，難道你就不想我的心裏眼裏只有你？你不能為我解煩惱，反來拿這話堵噎我。可見我心裏時時刻刻白有了你，你心裏竟沒我。」寶玉心裏是這意思，只是口裏說不出來。那黛玉心裏想着：「你心裏自然有我，雖有『金玉相對』之說，你豈是重這邪說不重人的。我便時常提這『金玉』，你只管了然自若無聞的，方見得是待我重，而無毫髮私心了。怎麼我只一提『金玉』的事，你就着急，可知你心裏時時有『金玉』，見我一提，你又怕我多心，故意着急，安心哄我。」

　　那寶玉心中又想着：「我不管怎麼樣都好，只要你隨意，我便立刻因你死了也是情願的。你知也罷，不知也罷，只由我的心，那才是你和我近，不和

我遠。」黛玉心裏又想着：「你只管你就是了，你好我自好。要把自己丟開，只管周旋我，是你不叫我近你，竟叫我遠了。」看官，你道兩個人原是一個心，如此看來，卻都是多生了枝葉，將那求近之心，反弄成疏遠之意了。此皆他二人素習所存私心，難以備述。

　　如今只述他們外面的形容。那寶玉又聽見他說「好姻緣」三個字，越發逆了己意，心裏乾噎，口裏說不出話來，便賭氣向頸上抓下通靈寶玉，咬咬牙，恨命往地下一摔，道：「甚麼勞什子，我砸了你，就完了事了！」偏生那玉堅硬非常，摔了一下，竟文風沒動。寶玉見不破，便回身找東西來砸。林黛玉見他如此，早已哭起來，說道：「何苦來，你摔砸那啞巴東西？有砸他的，不如來砸我！」二人鬧着，紫鵑雪雁等忙來解勸。後來見寶玉下死力砸玉，忙上來奪，又奪不下來，見比往日鬧的大了，少不得去叫襲人。襲人忙趕了來，才奪了下來。寶玉冷笑道：「我砸我的東西，與你們甚麼相干！」

　　襲人見他臉都氣黃了，眼眉都變了，從來沒氣的這麼樣，便拉着他的手，笑道：「你合妹妹拌嘴，不犯着砸他；倘或砸壞了，叫他心裏臉上怎麼過的去？」黛玉一行哭着，一行聽了這話說到自己心坎兒上來，可見寶玉連襲人不如，越發傷心大哭起來。心裏一煩惱，把方才吃的香薷飲解暑湯便承受不住，「哇」的一聲都吐出來了。紫鵑忙上來用絹子接住，登時一口一口的把塊絹子吐濕了。雪雁忙上來捶揉。紫鵑道：「雖然生氣，姑娘到底也該保重些。才吃了藥好些兒，這會子因和寶二爺拌嘴，又吐了出來。倘或犯了病，寶二爺怎麼過的去呢？」寶玉聽了這話，說到自己心坎兒上來，可見黛玉不如紫鵑呢。又見黛玉臉紅頭脹，一行啼哭，一行氣湊，一行是淚，一行是汗，不勝怯弱。寶玉見了這般，又自己後悔方才不該同他較證，這會子他這樣光景，我又替不了他。心裏想着，也不由的滴下淚來。

　　襲人見他兩個哭的悲痛，也心酸起來，又摸着寶玉的手冰涼，待要勸寶玉不哭罷，一則又恐寶玉有甚麼委曲悶在心裏，二則又恐薄了黛玉，兩頭兒為難。正是女兒家的心性，不覺也流下淚來。紫鵑一面收拾了吐的藥，一面拿扇子替黛玉輕輕的扇着，見三個人都鴉雀無聲，各人哭各人的，也由不得傷心起來，也拿絹子擦淚。

　　四個人都無言對泣。

　　還是襲人勉強笑向寶玉道：「你不看別的，你看看這玉上穿的穗子，也不

該同林姑娘拌嘴。」林黛玉聽了，也不顧病，趕來奪過去，順手抓起一把剪子來就鉸。襲人紫鵑忙要奪時，已經剪了好幾段。黛玉哭道：「我也是白效力，他也不希罕，自有別人替他再穿好的去。」襲人忙接了玉道：「何苦來，這是我才多嘴的不是了。」寶玉向黛玉道：「你只管鉸，我橫豎不帶他，也沒有甚麼。」

　　只顧裏頭鬧，誰知那些老婆子們見黛玉大哭大吐，寶玉又砸玉，不知道要鬧到甚麼田地兒，便連忙的一齊往前頭去回了賈母王夫人知道，好不至於連累了他們。那賈母王夫人見他們忙忙的作一件正經事來告訴，也都不知有了甚麼緣故，便一齊進園來瞧。急的襲人抱怨紫鵑為甚麼驚動了老太太、太太；紫鵑又只當是襲人去告訴的，也抱怨襲人。那賈母、王夫人進來，見寶玉也無言，林黛玉也無話，問起來又沒為甚麼事，便將這禍移到襲人紫鵑兩個人身上，說：「為甚麼你們不小心伏侍？這會子鬧起來都不管了！」因此將他二人連罵帶說教訓了一頓。二人都沒的說，只得聽着。還是賈母帶出寶玉去了，方才平服。

　　過了一日，至初三日，乃是薛蟠生日，家裏擺酒唱戲，賈府諸人都去了。寶玉因得罪了黛玉，二人總未見面，心中正自後悔，無精打采，那裏還有心腸去看戲？因而推病不去。黛玉不過前日中了些暑溽之氣，本無甚大病，聽見他不去，心裏想：「他是好吃酒聽戲的，今日反不去，自然是因為昨兒氣着了。再不然，他見我不去，他也沒心腸去。只是昨兒千不該萬不該鉸了那玉上的穗子。管定他再不帶了，還得我穿了他才帶。」因而心中十分後悔。

　　那賈母見他兩個都生了氣，只說趁今兒那邊看戲，他兩個見了也就完了，不想又都不去。老人家急的抱怨說：「我這老冤家是那世裏造下的孽障，偏生遇見了這麼兩個不省事的小冤家，沒有一天不叫我操心。真真是俗語說的，『不是冤家不聚頭』了。幾時我閉了這眼，斷了這口氣，憑着你們兩個冤家鬧上天去，我眼不見心不煩，也就罷了：偏他娘的又不嚥這口氣！」自己抱怨着也哭了。這話傳入寶林二人耳內，原來他二人竟是從未聽見過「不是冤家不聚頭」的這句俗語，如今忽然得了這句話，好似參禪的一般，都低頭細嚼這句話的滋味，都不覺潸然淚下。雖不曾會面，然一個在瀟湘館臨風灑淚，一個在怡紅院對月長吁，卻是人居兩地，情發一心了。

　　襲人因勸寶玉道：「千萬不是，都是你的不是。往日家裏小廝們和他們的姊妹拌嘴，或是兩口子分爭，你聽見了，你還罵那些小子們蠢，不能體貼女

孩兒們的心腸。今兒怎麼你也這麼着了？明兒初五，大節下，你們兩個再這麼仇人似的，老太太越發要生氣，一定弄的大家不安生。依我勸，你正經下個氣，陪個不是，大家還是照常一樣兒的，這麼着不好嗎？」寶玉聽見了，不知依與不依？且聽下回分解。

💡 **精華賞析**

．．．

張道士一句要給寶玉提親的話不僅引起寶玉的不快，還惹得黛玉發了脾氣，二人因此又吵鬧起來。如果前面二人爭執的原因還算含蓄，那麼這一次更加擺明了是因為婚姻之事。這也是作者一種循序漸進的寫法，兩人的感情和情緒都在不知不覺中醞釀和深化。

《第三十回》

精讀 **寶釵借扇機帶雙敲
齡官畫薔痴及局外**

寶玉和黛玉吵架之後，在襲人和紫鵑的共同勸說下和好了。但寶玉還記得因為丫頭不給黛玉開門而引起矛盾一事，這次他冒雨回來，也被自己的丫頭避之門外，一怒之下狠狠踹了襲人一腳。

話說林黛玉與寶玉口角後，也自後悔，但又無去就他之理，因此日夜悶悶，如有所失。紫鵑也看出八九分，便道：「論前兒的事，竟是姑娘太浮躁了些。別人不知寶玉的脾氣，難道咱們也不知道的？為那玉也不是鬧了一遭兩遭了。」黛玉啐道：「你倒來替人派我的不是。我怎麼浮躁了？」紫鵑笑道：「好好兒的，為甚麼又鉸了那穗子？不是寶玉只有三分不是，姑娘倒有七分不是了？我看他素日在姑娘身上就好，皆因姑娘小性兒，常要歪派他，才這麼樣。」

黛玉正欲答話，只聽院外叫門。紫鵑聽了一聽，笑道：「這是寶玉的聲音，想必是來賠不是了。」林黛玉聽了說：「不許開門！」紫鵑道：「姑娘又不是了。這麼熱天毒日頭地下，曬壞了他，如何使得呢？」口裏說着，便出去開門，果然是寶玉。一面讓他進來，一面笑道：「我只當是寶二爺再不上我們的門了，誰知這會子又來了。」寶玉笑道：「你們把極小的事倒說大了。好好的，為甚麼不來？我便死了，魂也要一日來一百遭。妹妹可大好了？」紫鵑道：「身上病好了，只是心裏氣不大好。」寶玉笑道：「我知道了，有甚

麼氣呢。」一面說着，一面進來，只見黛玉又在床上哭呢。

那黛玉本不曾哭，聽見寶玉來，由不得傷心，止不住滾下淚來。寶玉笑着走近床來，道：「妹妹身上可大好了？」黛玉只顧拭淚，並不答應。寶玉因便挨在床沿上坐了，一面笑道：「我知道妹妹不惱我。但只是我不來，叫旁人看着，倒像是咱們又拌了嘴的似的。若等他們來勸咱們，那時候兒豈不咱們倒覺生分[1]了？不如這會子，你要打要罵，憑着你怎麼樣，千萬別不理我。」說着，又把「好妹妹」叫了幾萬聲。黛玉心裏原是再不理寶玉的，這會子見寶玉說「別叫人知道他們拌了嘴就生分了似的」這一句話，又可見得比別人原親近，因又掌不住哭道：「你也不用哄我。從今以後，我也不敢親近二爺，二爺也全當我去了。」寶玉聽了笑道：「你往那去呢？」黛玉道：「我回家去。」寶玉笑道：「我跟了你去。」黛玉道：「我死了。」寶玉道：「你死了，我做和尚！」黛玉一聞此言，登時將臉放下來，問道：「想是你要死了，胡說的是甚麼！你們家倒有幾個親姐姐親妹妹呢，明兒都死了，你幾個身子去作和尚去呢？等我倒把這話告訴人去評評理。」

寶玉自知這話說的造次了，後悔不來，登時臉上紅漲，低了頭不敢作一聲。幸而屋裏沒人。林黛玉直瞪瞪的瞅了他半天，氣的一聲兒也說不出來。見寶玉憋的臉上紫漲，便咬着牙用指頭狠命的在他額顱上戳了一下，哼了一聲，咬牙說道：「你這個……」剛說了三個字，便又歎了一口氣，仍拿起手帕子來擦眼淚。寶玉心裏原有無限的心事，又兼說錯了話，正自後悔，又見黛玉戳他一下，要說又說不出來，自歎自泣，因此自己也有所感，不覺滾下淚來。要用帕子揩拭，不想又忘了帶來，便用衫袖去擦。

黛玉雖然哭着，卻一眼看見，他穿着簇新藕合紗衫，

● 誇張的修辭方法。

● 寶玉的賭咒發誓說明他待黛玉之心與對其他姐妹是不同的。黛玉言語上雖嗔怪，但從她如此敏感而激烈的反應來看，她對這番話十分上心。

---

1)　　生分：感情疏遠。

竟去拭淚，便一面自己拭着淚，一面回身將枕邊搭的一方綃帕子拿起來，向寶玉懷裏一摔，一語不發，仍掩面而泣。寶玉見他摔了帕子來，忙接住拭了淚，又挨近前些，伸手拉了黛玉一隻手，笑道：「我的五臟都揉碎了，你還只是哭。走罷，我同你往老太太那裏去罷。」黛玉將手一摔道：「誰同你拉拉扯扯的。一天大似一天，還是這麼涎皮賴臉的，連個道理也不知道。」

一句沒說完，只聽喊道：「好了！」寶林二人不防，都唬了一跳，回頭看時，只見鳳姐兒跑了進來，笑道：「老太太在那裏抱怨天抱怨地，只叫我來瞧瞧你們好了沒有。我說不用瞧，過不了三天，他們自己就好了。老太太罵我，說我懶，我來了，果然應了我的話了。也沒見你們兩個人有些甚麼可拌的，三日好了，兩日惱了，越大越成了孩子了！有這會子拉着手哭的，昨兒為甚麼又成了烏眼雞[2]似的呢？還不跟我走，到老太太跟前，叫老人家也放些心呢。」說着拉了黛玉起來。黛玉回頭叫丫頭們，一個也沒有。鳳姐道：「又叫他們作甚麼？有我伏侍你呢。」一面說，一面拉了就走。寶玉在後面跟着出了園門。

到了賈母跟前，鳳姐笑道：「我說他們不用人費心，自己就會好的。老祖宗不信，一定叫我去說合。趕我到那裏要說合，誰知兩個人在一塊兒對賠不是了。對笑對訴，倒像『黃鷹抓住了鷂子的腳』，兩個都扣了環了[3]，那裏還要人去說合呢。」說的滿屋裏都笑起來。

此時寶釵正在這裏。那黛玉只一言不發，挨着賈母坐下。寶玉沒甚說的，便向寶釵笑道：「大哥哥好日子，偏生

---

2)　烏眼雞：拿鬥雞瞪着眼珠子的神態來形容人意見不合時怒目相視的狀態。

3)　扣了環了：鷹抓雀、兔子等，爪距相對扣緊，不能輕易撒開，叫做扣環。兩人打架不鬆手也拿扣環相比。這裏是反喻親密得不肯分手。

點評

我又不好了，沒別的禮送，連個頭也不得磕去。大哥哥不知我病，倒像我推故不去似的。倘或明日閑了，姐姐替我分辨分辨。」寶釵笑道：「這也多事。你便要去也不敢驚動，何況身上不好？弟兄們日日一處，要存這個心倒生分了。」寶玉又笑道：「姐姐知道體諒我就好了。」又道：「姐姐怎麼不聽戲去？」寶釵道：「我怕熱，看了兩齣，熱的很。要走，客又不散。我少不得推身上不好，就來了。」

寶玉聽說，自己由不得臉上沒意思，只得又搭訕笑道：「怪不得他們拿姐姐比楊妃，原來也體豐怯熱。」寶釵聽說，頓時紅了臉，待要發作，又不好怎麼樣。回思了一回，臉越下不來，便冷笑了兩聲，說道：「我倒像楊妃，只是沒一個好哥哥好兄弟可以作得楊國忠的！」正說着，可巧小丫頭靚兒因不見了扇子，和寶釵笑道：「必是寶姑娘藏了我的。好姑娘，賞我罷。」寶釵指他厲聲說道：「你要仔細！你見我和誰玩過！有和你素日嘻皮笑臉的那些姑娘們，你該問他們去！」說的個靚兒跑了。寶玉自知又把話說造次了，當着許多人，比才在黛玉跟前更不好意思，便急回身又同別人搭訕去了。

● 可見寶釵平時的嚴肅。

黛玉聽見寶玉奚落寶釵，心中着實得意，才要搭言也趁勢兒取個笑兒，不想靚兒因找扇子，寶釵又發了兩句話，他便改口說道：「寶姐姐，你聽了兩齣甚麼戲？」寶釵因見黛玉面上有得意之態，一定是聽了寶玉方才奚落之言，遂了他的心願，忽又見問他這話，便笑道：「我看的是李逵罵了宋江，後來又賠不是。」寶玉便笑道：「姐姐通今博古，色色都知道，怎麼連這一齣戲的名字也不知道，就說了這麼一套？這叫做《負荊請罪》。」寶釵笑道：「原來這叫《負荊請罪》！你們通今博古，才知道『負荊請罪』，我不知道甚麼是『負荊請罪』！」

一句話還未說完，寶玉黛玉二人心裏有病，聽了這話，早把臉羞紅了。鳳姐於這些上雖不通達，但只見他三

人形景，便知其意，便也笑着問道：「這麼大暑天，誰還吃生薑呢？」眾人不解其意，便說道：「沒有吃生薑。」鳳姐故意用手摸着腮，詫異道：「既沒人吃生薑，怎麼這麼辣辣的？」寶玉黛玉二人聽了這話，越發不好意思了。寶釵再欲說話，見寶玉十分羞愧，形景改變，也就不好再說，只得一笑收住。別人總未解得他們四個人的話來，因此付之一笑。

一時寶釵鳳姐去了，黛玉笑向寶玉道：「你也試着比我利害的人了。誰都像我心拙口笨的，由着人說呢。」寶玉正因寶釵多心，自己沒趣，又見黛玉來問着他，越發沒好氣起來。欲待要說兩句，又恐黛玉多心，說不得忍着氣，無精打采一直出來。

誰知目今盛暑之際，又當早飯已過，各處主僕人等多半都因日長神倦之時，寶玉背着手，到一處，一處鴉雀無聲。從賈母這裏出來，往西走過了穿堂，便是鳳姐的院落。到他們院門前，只見院門掩着。知道鳳姐素日的規矩，每到天熱，午間要歇一個時辰，進去不便，遂進角門，來到王夫人的上房裏。只見幾個丫頭手裏拿着針線，卻打盹呢。王夫人在裏間涼榻上睡着，金釧兒坐在旁邊捶腿，也乜斜着眼亂恍。

寶玉輕輕的走到跟前，把他耳朵上墜子一摘，金釧兒睜開眼，見是寶玉。寶玉便悄悄的笑道：「就睏的這麼着？」金釧抿嘴兒一笑，擺手令他出去，仍合上眼。寶玉見了他，就有些戀戀不捨的，悄悄的探頭瞧瞧王夫人合着眼，便自己向身邊荷包裏帶的香雪潤津丹掏出一丸來，便向金釧兒嘴裏一送。金釧兒並不睜眼，只管噙了。寶玉上來便拉着手，悄悄的笑道：「我和太太討了你，咱們在一處罷。」金釧兒不答。寶玉又道：「等太太醒了，我就說。」金釧兒睜開眼，將寶玉一推，笑道：「你忙甚麼！『金簪子掉在井裏頭，有你的只是有你的』，連這句話語難道也不明白？我倒告訴你個巧宗兒，你往東小院兒裏頭拿環哥兒同彩雲去。」寶玉笑道：「誰管他們的事，咱們只說咱們的。」只見王夫人翻身

點評

● 事端由寶玉挑起，而一旦事發寶玉便溜之大吉。這裏反映出寶玉性格的另一面，他遇事沒有擔當，只顧自己享樂卻不能承擔後果。

起來，照金釧兒臉上就打了個嘴巴子，指着罵道：「下作⁴小娼婦，好好的爺們，都叫你教壞了。」寶玉見王夫人起來，早一溜煙跑了。

這裏金釧兒臉半邊火熱，一聲不敢言語，登時眾丫頭聽見王夫人醒了，都忙進來。王夫人便叫玉釧兒：「把你媽叫來，帶出你姐姐去。」金釧兒聽說，忙跪下哭道：「我再不敢了。太太要打罵，只管發落，別叫奴才出去就是天恩了。我跟了太太十來年，這會子攆出去，我還見人不見人了？」王夫人固然是個寬仁慈厚的人，從來不曾打過丫頭們一下，今忽見金釧兒行此無恥之事，這是生平最恨的，所以氣忿不過，打了一下，罵了幾句。雖金釧兒苦求，亦不肯收留，到底喚了金釧兒的母親白老媳婦兒領出去了。那金釧兒含羞忍辱的出去了，不在話下。

且說寶玉見王夫人醒來，自己沒趣，忙進大觀園來。只見赤日當空，樹蔭匝地，滿耳蟬聲，靜無人語。剛到了薔薇花架，只聽有人哽噎之聲。寶玉心中疑惑，便站住細聽，果然那邊架下有人。此時正是五月，那薔薇花葉茂盛之際，寶玉便悄悄的隔着籬笆洞兒一看，只見一個女孩子蹲在花下，手裏拿着根別頭的簪子在地下摳土，一面悄悄的流淚。寶玉心中想道：「難道這也是個痴丫頭，又像顰兒來葬花不成？」因又自笑道：「若真也葬花，可謂『東施效顰⁵』了，不但不為新奇，且更可厭了。」想畢，便要叫那女子，說：「你不用跟着林姑娘學了。」話未出口，幸而再看時，這女孩子面生，不是個侍兒，倒像那十二個學戲的女孩子裏頭的一個，卻辨不出他是生旦淨丑那一個腳色來。寶玉忙把舌頭一伸，將口掩住，自己想道：「幸而不曾造次。上兩回皆因

---

4) 　下作：下流、無恥。

5) 　東施效顰：顰是皺眉。古代美女西施常因病捧心和皺眉，她的東鄰女子勉強學她的動作，被人恥笑。後世用來比喻無聊的模仿行為。

造次了。顰兒也生氣，寶釵也多心，如今再得罪了他們，越發沒意思了。」

一面想，一面又恨認不得這個是誰。再留神細看，只見這女孩子眉蹙春山，眼顰秋水，面薄腰纖，嫋嫋婷婷，大有林黛玉之態。寶玉早又不忍棄他而去，只管呆看。只見他雖然用金簪畫地，並不是掘土埋花，竟是向土上畫字。寶玉用眼隨着簪子的起落，一直一畫一點一勾的看了去，數一數，十八筆。自己又在手心裏用指頭仿着他方才下筆的規矩寫了，猜是個甚麼字。寫成一想，原來就是薔薇花的「薔」字。寶玉想道：「一定是他也要作詩填詞。這會子見了這花，因有所感，或者偶成了兩句，一時興至怕忘了，在地下畫着推敲，也未可知。且看他底下再寫甚麼？」一面想，一面又看，只見那女孩子還在那裏畫呢，畫來畫去，還是個「薔」字。再看，還是個「薔」字。裏面的原是早已痴了，畫完一個又畫一個，已經畫了有幾十個「薔」。外面的不覺也看痴了，兩個眼睛珠兒只管隨着簪子動，心裏卻想：「這女孩子一定有甚麼話說不出來的心事，才這麼個樣兒。外面既是這個樣兒，心裏不知怎麼熬煎呢。看他的模樣兒這麼單薄，心裏那裏還擱的住熬煎？可恨我不能替你分些過來。」

卻說伏中陰晴不定，片雲可以致雨，忽一陣涼風過了，唰唰的落下一陣雨來。寶玉看着那女子頭上往下滴水，把衣裳登時濕了。寶玉想道：「這是下雨了。他這個身子，如何禁得驟雨一激！」因此禁不住便說道：「不用寫了。你看下大雨，身上都濕了。」那女孩子聽說倒唬了一跳，抬頭一看，只見花外一個人叫他「不要寫了」，一則寶玉臉面俊秀；二則花葉繁茂，上下俱被枝葉隱住，剛露着半邊臉兒。那女孩子只當是個丫頭，再不想是寶玉，因笑道：「多謝姐姐提醒了我。難道姐姐在外頭有甚麼遮雨的？」一句提醒了寶玉，「噯喲」了一聲，才覺得渾身冰涼。低頭一看，自己身上也都濕了。說聲「不好」，只得一氣跑回怡紅院去了，

心裏卻還記掛着那女孩子沒處避雨。

　　原來明日是端陽節，那文官等十二個女子都放了學，進園來各處玩耍。可巧小生寶官、正旦玉官兩個女孩子，正在怡紅院和襲人玩笑，被大雨阻住。大家把溝堵了，水積在院內，把些綠頭鴨、花灠鷁、彩鴛鴦，捉的捉，趕的趕，縫了翅膀，放在院內玩耍，將院門關了。襲人等都在遊廊上嘻笑。

　　寶玉見關着門，便用手扣門，裏面諸人只顧笑，那裏聽見？叫了半日，拍的門山響，裏面方聽見了，估料着寶玉這會子再不回來的。襲人笑道：「誰這會子叫門，沒人開去。」寶玉道：「是我。」麝月道：「是寶姑娘的聲音。」晴雯道：「胡說！寶姑娘這會子做甚麼來？」襲人道：「讓我隔着門縫兒瞧瞧，可開就開，別叫他淋着回去。」說着，便順着遊廊到門前，往外一瞧，只見寶玉淋的雨打雞一般。襲人見了又是着忙又是好笑，忙開了門，笑的彎腰拍手道：「那裏知道是爺回來了，你這麼大雨裏跑了來？」

　　寶玉一肚子沒好氣，滿心裏要把開門的踢幾腳，方開了門，並不看真是誰，還只當是那些小丫頭子們，便一腳踢在肋上。襲人「噯喲」了一聲。寶玉還罵道：「下流東西們！我素日擔待你們得了意，一點兒也不怕，越發拿我取笑兒了。」口裏說着，低頭見是襲人哭了，方知踢錯了，忙笑道：「噯喲，是你來了！踢在那裏了？」襲人從來不曾受過一句大話的，今兒忽見寶玉生氣踢他一下，又當着許多人，又是羞，又是氣，又是疼，真一時置身無地。待要怎麼樣，料着寶玉未必是安心踢他，少不得忍着說道：「沒有踢着。還不換衣裳去呢。」

　　寶玉一面進房來解衣，一面笑道：「我長了這麼大，今日是頭一遭兒生氣打人，不想就偏碰見了你！」襲人一面忍痛換衣裳，一面笑道：「我是個起頭兒的人，不論事大事小是好是歹，自然也該從我起。但只是別說打了我，明兒順了手也只管打起別人來。」寶玉道：「我才也不是安心。」襲

點評

● 封建等級制度在寶玉心裏根深蒂固，他平時對身邊的大丫頭很好，但這時以為只是一個小丫頭，就動腳踢了過去。

人道：「誰說是安心呢？素日開門關門，都是那起小丫頭們的事。他們是憨皮慣了的，早已恨的人牙癢癢，他們也沒個怕懼兒。要是他們，踢一下子，唬唬他們也好些。才剛是我淘氣，不叫開門的。」

說着，那雨已住了，寶官、玉官也早去了。襲人只覺肋下疼的心裏發鬧，晚飯也不曾吃。至晚間洗澡時脫了衣服，只見肋上青了碗大的一塊，自己倒唬了一跳，又不好聲張。一時睡下，夢中作痛，由不得「嚎喲」之聲從睡夢中哼出。寶玉雖說不是安心，因見襲人懶懶的，心裏也不安穩。半夜裏聽見襲人「嚎喲」，便知踢重了，自己下床來悄悄的秉燈來照。剛到床前，只見襲人嗽了兩聲，吐出一口痰來，「嚎喲」一聲，睜眼見了寶玉，倒唬了一跳道：「作甚麼？」寶玉道：「你夢裏『嚎喲』，必定踢重了。我瞧瞧。」襲人道：「我頭上發暈，嗓子裏又腥又甜，你倒照一照地下罷。」寶玉聽了，果然持燈向地下一照，只見一口鮮血在地。寶玉慌了，只說：「了不得了！」襲人見了，也就心冷了半截。要知端的，下回分解。

💬 **延伸思考**

你對金釧被打，寶玉溜走了是怎麼看的？分析王夫人的性格。

💡 精華賞析

　　賈寶玉有善良的一面，他同情下人，特別是跟他在一起玩的那些人。然而他的另一面就是他作為封建統治階級骨子裏的東西：殘忍。如果屋裏有黛玉、寶釵或者史湘雲，他還能這樣做嗎？絕對不會，就因為襲人她們都是下人，都是服侍他的人，所以他沒有任何顧忌。尤其是金釧被打，本來是他的過錯，他非但沒有在母親面前替金釧說情、辯解，反而悄無聲息地逃之夭夭。封建專制意識跟他的老子沒甚麼兩樣。

《第三十一回》

撕扇子公子追歡笑
拾麒麟侍兒論陰陽

寶玉在張道士那裏得到一個金麒麟，就偷偷留給了湘雲。誰知道湘雲來的時候，寶玉卻弄丟了金麒麟。好在湘雲自己在園子裏撿到了，不然多可惜啊！

話說襲人見了自己吐的鮮血在地，也就冷了半截，想着往日常聽人說，「少年吐血，年月不保，縱然命長，終是廢人了。」想起此言，不覺將素日想着後來爭榮誇耀之心盡皆灰了，眼中不覺的流下淚來。寶玉見他哭了，也不覺心酸起來，因問道：「你心裏覺的怎麼樣？」襲人勉強笑道：「好好的，覺怎麼樣呢？」寶玉的意思即刻便要叫人燙黃酒，要山羊血、黎洞丸來。襲人拉了他的手，笑道：「你這一鬧不大緊，鬧起多少人來，倒抱怨我輕狂。分明人不知道，倒鬧的人知道了，你也不好，我也不好。正經明兒你打發小子問問王太醫去，弄點藥吃吃就好了。人不知鬼不覺的可不好？」寶玉聽了有理，也只得罷了，向案上斟了茶來，給襲人漱了口。襲人知寶玉心內是不安穩的，待要不叫他伏侍，他又必不依；二則定要驚動別人，不如由他去罷；因此只在榻上由寶玉去伏侍。那天剛亮，寶玉也顧不得梳洗，忙穿衣出來，將王濟仁叫來，親自確問。王濟仁問其原故，不過是傷損，便說了個丸藥的名字，怎麼吃，怎麼敷。寶玉記了，回園依方調治，不在話下。

這日正是端陽佳節，蒲艾簪門，虎符繫臂。午間，王夫人治了酒席，請薛家母女等過節。寶玉見寶釵淡淡的，也不和他說話，自知是昨兒的原故。王夫人見寶玉沒精打采，也只當是昨晚金釧兒之事，他不好意思的，越發不理他。黛玉見寶玉懶懶的，只當是他為得罪了寶釵的原故，心中不自在，形

容也就懶懶的。鳳姐昨日晚上王夫人就告訴了他寶玉金釧兒的事，知道王夫人不喜歡，自己如何敢說笑？也就隨着王夫人的氣色行事，更覺淡淡的。迎春姊妹見眾人沒意思，也都沒意思了。因此，大家坐了一坐就散了。

那黛玉天性喜散不喜聚。他想的也有個道理，他說：「人有聚就有散，聚時歡喜，到散時豈不清冷？既清冷則生傷感，所以不如倒是不聚的好。比如那花開的時候兒叫人愛，到謝的時候兒便增了許多惆悵，所以倒是不開的好。」故此人以為歡喜之時，他反以為悲慟。那寶玉的情性只願常聚不散，花常開不謝，及到筵散花謝，雖有萬種悲傷，也就沒奈何了。因此，今日之筵，大家無興散了，林黛玉還不覺怎麼着，倒是寶玉心中悶悶不樂，回至房中，長吁短歎。

偏偏晴雯上來換衣裳，不防又把扇子失了手跌在地下，將骨子跌折。寶玉因歎道：「蠢才，蠢才！將來怎麼樣？明兒你自己當家立業，難道也是這麼顧前不顧後的？」晴雯冷笑道：「二爺近來氣大的很，行動[1]就給臉子瞧。前兒連襲人都打了，今兒又來尋我的不是，要踢要打憑爺去。就是跌了扇子，也算不得甚麼大事。先時連那麼樣的玻璃缸、瑪瑙碗不知弄壞了多少，也沒見個大氣兒，這會子一把扇子就這麼着了，何苦來呢！要嫌我們就打發了我們，再挑好的使。好離好散的，倒不好？」寶玉聽了這些話，氣的渾身亂戰，因說道：「你不用忙，將來橫豎有散的日子！」

襲人在那邊早已聽見，忙趕過來向寶玉道：「好好的，又怎麼了？可是我說的『一時我不到，就有事故兒』。」晴雯聽了冷笑道：「姐姐既會說，就該早來，也省了我們惹的爺生氣。自古以來，就是你一個人會伏侍，我們原沒伏侍過。因為你伏侍的好，昨日才挨窩心腳；我們不會伏侍的，到明兒還不知犯甚麼罪呢！」襲人聽了這話，又是惱，又是愧，待要說幾句話，又見寶玉已經氣的黃了臉，少不得自己忍了性子道：「好妹妹，你出去逛逛兒，原是我們的不是。」晴雯聽他說「我們」兩字，自然是他和寶玉了，不覺又添了醋意，冷笑幾聲，道：「我倒不知道你們是誰，別教我替你們害臊了！你們鬼鬼祟祟幹的那些事兒，也瞞不過我去。不是我說：正經明公正道的，連個姑娘

---

1)　　　行動：這裏是動不動的意思。

還沒掙上去呢，也不過和我似的，那裏就稱上『我們』來了！」襲人羞的臉紫漲起來，想一想原來是自己把話說錯了。

　　寶玉一面說道：「你們氣不忿，我明兒偏抬舉他。」襲人忙拉了寶玉的手道：「他一個糊塗人，你和他分證甚麼？況且你素日又是有擔待的，比這大的過去了多少，今兒是怎麼了？」晴雯冷笑道：「我原是糊塗人，那裏配和你說話？我不過奴才罷咧。」襲人聽說道：「姑娘到底是和我拌嘴，是和二爺拌嘴呢？要是心裏惱我，你只和我說，不犯着當着二爺吵；要是惱二爺，不該這麼吵的萬人知道。我才也不過為了事，進來勸開了，大家保重。姑娘倒尋上我的晦氣。又不像是惱我，又不像是惱二爺，夾槍帶棒²，終久是個甚麼主意？我就不說，讓你說去。」說着便往外走。

　　寶玉向晴雯道：「你也不用生氣，我也猜着你的心事了。我回太太去，你大了，打發你出去可好不好？」晴雯聽了這話，不覺越傷起心來，含淚說道：「我為甚麼出去？要嫌我，變着法兒打發我出去，也不能夠的！」寶玉道：「我何曾經過這樣吵鬧？一定是你要出去了。不如回太太，打發你去罷。」說着，站起來就要走。襲人忙回身攔住，笑道：「往那裏去？」寶玉道：「回太太去。」襲人笑道：「好沒意思！認真的去回，你也不怕臊了他？便是他認真的要去，也等把這氣下去了，等無事中說話兒回了太太也不遲。這會子急急的當一件正經事去回，豈不叫太太犯疑？」寶玉道：「太太必不犯疑，我只明說是他鬧着要去的。」晴雯哭道：「我多早晚鬧着要去了？饒生了氣，還拿話壓派我。只管去回，我一頭碰死了也不出這門兒。」寶玉道：「這也奇。你又不去，你又鬧些甚麼？我經不起這吵，不如去了倒乾淨。」說着一定要去回。襲人見攔不住，只得跪下了。碧痕、秋紋、麝月等眾丫鬟見吵鬧，都鴉雀無聞的在外頭聽消息，這會子聽見襲人跪下央求，便一齊進來都跪下了。

　　寶玉忙把襲人拉起來，歎了一聲，在床上坐下，叫眾人起去，向襲人道：「叫我怎麼樣才好？這個心使碎了也沒人知道。」說着不覺滴下淚來。襲人見寶玉流淚，自己也就哭了。

　　晴雯在旁哭着，方欲說話，只見黛玉進來，便出去了。黛玉笑道：「大

---

2)　　夾槍帶棒：這裏指說的話內容複雜，含有譏誚，牽涉旁人。

節下怎麼好好的哭起來？難道是為爭粽子吃爭惱了不成？」寶玉和襲人都噗嗤的一笑。黛玉道：「二哥哥不告訴我，我問你就知道了。」一面說，一面拍着襲人的肩膀，笑道：「好嫂子，你告訴我，必定是你兩口兒拌了嘴了？告訴妹妹，替你們和息和息。」襲人推他道：「林姑娘你鬧甚麼？我們一個丫頭，姑娘只是混說。」黛玉笑道：「你說你是個丫頭，我只拿你當嫂子待。」寶玉道：「你何苦來替他招罵名兒。饒這麼着，還有人說閑話，還攔的住你來說這些個？」襲人笑道：「林姑娘，你不知道我的心事，除非一口氣不來，死了倒也罷了。」黛玉笑道：「你死了，別人不知怎麼樣，我先就哭死了。」寶玉笑道：「你死了，我作和尚去。」襲人笑道：「你老實些罷，何苦還混說。」黛玉把兩個指頭一伸，抿着嘴兒笑道：「作了兩個和尚了。我從今以後都記着你作和尚的遭數兒。」寶玉聽得，知道是他點前兒的話，自己一笑也就罷了。

　　一時黛玉去後，就有人說「薛大爺請」，寶玉只得去了。原來是吃酒，不能推辭，只得盡席而散。晚間回來，已帶了幾分酒，跟蹌來至自己院內，只見院中早把乘涼枕榻設下，榻上有個人睡着。寶玉只當是襲人，一面在榻沿上坐下，一面推他，問道：「疼的好些了？」只見那人翻身起來說：「何苦來，又招我！」寶玉一看，原來不是襲人，卻是晴雯。寶玉將他一拉，拉在身旁坐下，笑道：「你的性子越發慣嬌了。早起就是跌了扇子，我不過說了那兩句，你就說上那些話。說我也罷了，襲人好意來勸，你又刮拉[3]他，你自己想想，該不該？」晴雯道：「怪熱的，拉拉扯扯做甚麼？叫人來看見像甚麼？我這身子也不配坐在這裏。」寶玉笑道：「你既知道不配，為甚麼睡着呢？」晴雯沒的說，嗤的又笑了，說：「你不來便使得，你來了就不配了。起來，讓我洗澡去。襲人麝月都洗了澡，我叫了他們來。」

　　寶玉笑道：「我才又吃了好些酒，還得洗一洗。你既沒有洗，拿了水來咱們兩個洗。」晴雯搖手笑道：「罷，罷，我不敢惹爺。還記得碧痕打發你洗澡，足有兩三個時辰，也不知道做甚麼呢。我們也不好進去的。後來洗完了，進去瞧瞧，地下的水淹着床腿子，連席子上都汪着水，也不知是怎麼洗的，笑了幾天。我也沒那工夫收拾水，你也不用和我一塊兒洗。今兒也涼快，我也

---

3)　　刮拉：牽連、拖累。

不洗了。我倒舀一盆水來，你洗洗臉，篦篦頭。才鴛鴦送了好些果子來，都湃⁴在那水晶缸裏呢，叫他們打發你吃不好嗎？」寶玉笑道：「既這麼着，你也不許洗去，只洗洗手來，給我拿果子來吃罷。」晴雯笑道：「可是說的，我一個蠢才連扇子還跌折了，那裏還配打發吃果子呢？倘或再砸了盤子，更了不得了。」

寶玉笑道：「你愛砸就砸，這些東西原不過是待人所用，你愛這樣，我愛那樣，各有性情。比如那扇子原是搧的，你要撕着玩兒也可以使得，只是別生氣時拿他出氣。就如杯盤，原是盛東西的，你喜聽那一聲響，就故意砸了也是使得的，只別在氣頭上拿他出氣。這就是愛物了。」晴雯聽了，笑道：「既這麼說，你就拿了扇子來我撕。我最喜歡撕的聲兒。」寶玉聽了，便笑着遞與他。晴雯果然接過來，嗤的一聲，撕了兩半，接着又聽嗤嗤幾聲。寶玉在旁笑着說：「響的好，再撕響些！」正說着，只見麝月走過來，瞪了一眼，啐道：「少作些孽罷！」寶玉趕上來，一把將他手裏的扇子也奪了遞與晴雯。晴雯接了，也撕作幾半了，二人都大笑起來。麝月道：「這是怎麼說？拿我的東西開心兒？」寶玉笑道：「你打開扇子匣子揀去，甚麼好東西！」麝月道：「既這麼說，就把扇匣子搬出來，讓他盡力的撕，不好嗎？」寶玉笑道：「你就搬去。」麝月道：「我可不造這樣孽。他沒折了手，叫他自己搬去。」晴雯笑着，便倚在床上說道：「我也乏了，明兒再撕罷。」寶玉笑道：「古人云，『千金難買一笑』，幾把扇子能值幾何？」一面說着，一面叫襲人。襲人才換了衣服走出來，小丫頭佳蕙過來拾去破扇，大家乘涼，不消細說。

至次日午間，王夫人、寶釵、黛玉眾姊妹正在賈母房中坐着，有人回道：「史大姑娘來了。」一時果見史湘雲帶領眾多丫鬟媳婦走進院來。寶釵黛玉等忙迎至階下相見。青年姊妹經月不見，一旦相逢，自然是親密的。一時進入房中，請安問好，都見過了。賈母因說：「天熱，把外頭的衣服脫了罷。」史湘雲忙起身寬衣。王夫人因笑道：「也沒見穿上這些做甚麼？」史湘雲笑道：「都是二嬸嬸叫穿的，誰願意穿這些？」

寶釵一旁笑道：「姨媽不知道，他穿衣裳，還更愛穿別人的。可記得舊

---

4)　　湃：這裏讀湃（bá），用冰鎮或用冷水浸，使東西變冷叫湃。

年三四月裏，他在這裏住着，把寶兄弟的袍子穿上，靴子也穿上，額子也勒上，猛一瞧，活像是寶兄弟，就是多兩個墜子。他站在那椅子背後，哄的老太太只是叫：『寶玉，你過來，仔細那上頭掛的燈穗子搖下灰來迷了眼。』他只是笑，也不過去。後來大家掌不住笑了，老太太才笑了，還說：『扮作小子樣兒，更好看了。』」

林黛玉道：「這算甚麼。唯有前年正月裏接了他來，住兩日下起雪來，老太太和舅母那日想是才拜了影[5]回來，老太太的一件新大紅猩猩氈的斗篷放在那裏，誰知眼不見他就披上了，又大又長，他就拿了條汗巾子攔腰繫上，和丫頭們在後院子撲雪人兒玩，一跤栽倒了，弄了一身泥。」說着，大家想來，都笑了。寶釵笑向那周奶媽道：「周媽，你們姑娘還是那麼淘氣不淘氣了？」周奶娘也笑了。迎春笑道：「淘氣也罷了，我就嫌他愛說話。也沒見睡在那裏還是咭咭呱呱，笑一陣，說一陣，也不知是那裏來的那些話！」王夫人道：「只怕如今好了。前日有人家來相看，眼前有婆婆家了，還是那麼着？」

賈母因問：「今兒還是住着，還是家去呢？」周奶娘笑道：「老太太沒有看見衣服都帶了來，可不住兩天？」湘雲問道：「寶玉哥哥不在家麼？」寶釵笑道：「他再不想着別人，只想寶兄弟，兩個人好玩笑。這可見還沒改了淘氣。」賈母道：「如今你們大了，別提小名兒了。」

剛說着，只見寶玉來了，笑道：「雲妹妹來了。前兒打發人接你去，怎麼不來？」王夫人道：「這裏老太太才說這一個，他又來提名道姓的了。」黛玉道：「你哥哥有好東西，等着給你呢。」湘雲道：「甚麼好東西？」寶玉笑道：「你信他。幾日不見，越發高了。」湘雲笑道：「襲人姐姐好？」寶玉道：「多謝你想着。」湘雲道：「我給他帶了好東西來了。」說着，拿出絹子來，挽着一個疙瘩。寶玉道：「又是甚麼好物兒？你倒不如把前兒送來的那絳紋石戒指兒帶兩個給他。」湘雲笑道：「這是甚麼？」說着便打開。眾人看時，果然就是上次送來的那絳紋石戒指，一包四個。黛玉笑道：「你們瞧瞧他這個人。前兒一般的打發人給我們送了來，你就把他的也帶來，豈不省事？今兒巴巴的自己帶了來，我打量又是甚麼新奇東西，原來還是他。真真你是個糊塗人。」

---

5)　　拜了影：舊時供奉祖先，除木製神主（又稱牌位）外，還有畫像，叫做影像，簡稱影。到了新年或特定時期懸掛，叫子孫叩拜。

湘雲笑道：「你才糊塗呢！我把這理說出來，大家評一評誰糊塗？給你們送東西，就是使的人不用說話，拿進來一看，自然就知道是送姑娘們的了；要帶他們的來，須得我先告訴來人，這是那一個女孩兒的，那是那一個女孩兒的，那使來的人明白還好，再糊塗些，他們的名字多了，記不清楚，混鬧胡說的，反連你們的都攪混了。要是打發個女人素日知道的還罷了，偏生前兒又打發小子來，可怎麼說女孩兒們的名字呢？還是我來給他們帶了來，豈不清白？」說着，把四個戒指放下，說道：「襲人姐姐一個，鴛鴦姐姐一個，金釧兒姐姐一個，平兒姐姐一個：這倒是四個人的，難道小子們也記得這麼清楚？」眾人聽了都笑道：「果然明白。」

寶玉笑道：「還是這麼會說話，不讓人。」黛玉聽了，冷笑道：「他不會說話，就配帶金麒麟了。」一面說着，便起身走了。幸而諸人都不曾聽見，只有寶釵抿着嘴兒一笑。寶玉聽見了，倒自己後悔又說錯了話，忽見寶釵一笑，由不得也笑了。寶釵見寶玉笑了，忙起身走開，找了黛玉說笑去了。

賈母向湘雲道：「吃了茶歇歇兒，瞧瞧你嫂子們去罷。園裏也涼快，同你姐姐們去逛逛。」湘雲答應，因將三個戒指兒包上，歇了一歇，便起身要瞧鳳姐等人去。眾奶娘丫頭跟着，到了鳳姐那裏，說笑了一回，出來便往大觀園來，見過了李宮裁，少坐片時，便往怡紅院來找襲人。因回頭說道：「你們不必跟着，只管瞧你們的朋友親戚去，留下翠縷伏侍就是了。」眾人應了，自去尋姑覓嫂，單剩下湘雲翠縷兩個人。

翠縷道：「這荷花怎麼還不開？」史湘雲道：「時候兒還沒到。」翠縷道：「這也和咱們家池子裏的一樣，也是樓子花？」湘雲道：「他們這個還不如咱們的。」翠縷道：「他們那邊有棵石榴，接連四五枝，真是樓子上起樓子，這也難為他長。」史湘雲道：「花草也是同人一樣，氣脈充足，長的就好。」翠縷把臉一扭，說道：「我不信這話。要說同人一樣，我怎麼沒見過頭上又長出一個頭來的人呢？」湘雲聽了由不得一笑，說道：「我說你不用說話，你偏好說。這叫人怎麼好答言呢？天地間都賦陰陽二氣所生，或正或邪，或奇或怪，千變萬化，都是陰陽順逆。就是一生出來，人人罕見的，究竟道理還是一樣。」

翠縷道：「這麼說起來，從古至今，開天闢地，都是些陰陽了？」湘雲笑道：「糊塗東西，越說越放屁。甚麼『都是些陰陽』！況且『陰』『陽』兩個字，

還只是一個字：陽盡了就成陰，陰盡了就成陽，不是陰盡了又有一個陽生出來，陽盡了又有個陰生出來。」翠縷道：「這糊塗死我了！甚麼是個陰陽，沒影沒形的。我只問姑娘，這陰陽是怎麼個樣兒？」湘雲道：「陰陽可有甚麼樣兒，不過是個氣，器物賦了成形質。譬如天是陽，地就是陰；水是陰，火就是陽；日是陽，月就是陰。」翠縷聽了，笑道：「是了，是了，我今兒可明白了。怪道人都管着日頭叫『太陽』呢，算命的管着月亮叫甚麼『太陰星』，就是這理了。」湘雲笑道：「阿彌陀佛！剛剛的明白了。」翠縷道：「這些大東西有陰陽也罷了，難道那些蚊子、虼蚤、蠓蟲兒、花兒、草兒、瓦片兒、磚頭兒也有陰陽不成？」湘雲道：「怎麼沒有呢？比如那一個樹葉兒還分陰陽呢，那邊向上朝陽的便是陽，這邊背陰覆下的便是陰了。」

　　翠縷聽了，點頭笑道：「原來這樣，我可明白了。只是咱們這手裏的扇子，怎麼是陽，怎麼是陰呢？」湘雲道：「這邊正面就為陽，那邊反面就為陰。」翠縷又點頭笑了，還要拿幾件東西問，因想不起個甚麼來，猛低頭看見湘雲宮條上的金麒麟，便提起來笑道：「姑娘，這個難道也有陰陽？」湘雲道：「走獸飛禽，雄為陽，雌為陰；牝為陰，牡為陽。怎麼沒有呢？」翠縷道：「這是公的，還是母的呢？」湘雲道：「這連我也不知道。」翠縷道：「這也罷了，怎麼東西都有陰陽，咱們人倒沒有陰陽呢？」湘雲沉了臉說道：「下流東西，好生走罷！越問越說出好的來了！」翠縷笑道：「這有甚麼不告訴我的呢？我也知道了，不用難我。」湘雲笑道：「你知道甚麼？」翠縷道：「姑娘是陽，我就是陰。」說着，湘雲拿絹子掩着嘴，呵呵的笑起來。翠縷道：「說是了，就笑的這樣子。」湘雲道：「很是，很是。」翠縷道：「人家說主子為陽，奴才為陰。我連這個大道理也不懂得？」湘雲笑道：「你很懂得。」

　　正說着，薔薇架下金晃晃的一件東西，湘雲指着問道：「你看那是甚麼？」翠縷聽了，忙趕去拾起，看着笑道：「可分出陰陽來了。」說着，先拿史湘雲的麒麟瞧。湘雲要把他揀的瞧瞧，翠縷只管不放手，笑道：「是件寶貝，姑娘瞧不得。這是從那裏來的？好奇怪！我只從來在這裏沒見有人有這個。」湘雲道：「拿來我看。」翠縷將手一撒，笑道：「姑娘請看！」湘雲舉目一驗，卻是文彩輝煌的一個金麒麟，比自己佩的又大又有文彩。湘雲伸手擎在掌上，心裏只是一動，似有所感。忽見寶玉從那邊來了，笑問道：「你兩個在這日頭地下做甚麼呢？怎麼不找襲人去？」湘雲連忙將那麒麟藏起來道：

「正要去呢。咱們一處走。」說着，大家進入怡紅院來。

　　襲人正在階下倚檻迎風，忽見湘雲來了，連忙迎下來，攜手笑說一向別情，一面進來讓坐。寶玉因笑道：「你該早來，我得了一件好東西，專等你呢。」說着，一面在身上摸掏，掏了半天，呵呀了一聲，便問襲人：「那個東西你收起來了麼？」襲人道：「甚麼東西？」寶玉道：「前兒得的麒麟。」襲人道：「你天天帶在身上的，怎麼問我？」寶玉聽了，將手一拍道：「這可丟了，往那裏找去！」就要起身自己尋去。湘雲聽了，方知是他遺落的，便笑問道：「你幾時又有個麒麟了？」寶玉道：「前兒好容易得的呢！不知多早晚丟了，我也糊塗了。」湘雲笑道：「幸而是玩的東西，還是這麼慌張。」說着，將手一撒，「你瞧瞧，是這個不是？」寶玉一見由不得歡喜非常。要知後事，且聽下回分解。

💡 **精華賞析**

　　這一回中小說第一次集中塑造晴雯的形象，她言語犀利、性格火辣、直率爽利、不拘小節，但也細緻敏感、容易發脾氣。

《第三十二回》

精讀 訴肺腑心迷活寶玉
含恥辱情烈死金釧

湘雲藉着寶玉丟麒麟一事提起仕途經濟的事來。這下可把寶玉惹惱了，還無意中引起黛玉的一番痴心，使寶玉一述衷腸。

話說寶玉見那麒麟，心中甚是歡喜，便伸手來拿，笑道：「虧你揀着了。你是那裏揀的？」史湘雲笑道：「幸而是這個，明兒倘或把印也丟了[1]，難道也就罷了不成？」寶玉笑道：「倒是丟了印平常，若丟了這個，我就該死了。」

襲人斟了茶來與史湘雲吃，一面笑道：「大姑娘，我前兒聽見你大喜呀。」史湘雲紅了臉，扭過頭去吃茶，一聲也不答。襲人笑道：「這會子又害臊了。你還記得那年前，咱們在西邊暖閣上住着，晚上你同我說的話兒？那會子不害臊，這會子怎麼又害臊了？」湘雲的臉越發紅了，勉強笑道：「你還說呢。那會子咱們那麼好，後來我們太太沒了，我家去住了一程子，怎麼就把你配給了他；我來了，你就不那麼待我了。」襲人也紅了臉笑道：「罷呦，先頭裏姐姐長姐姐短，哄着我替你梳頭洗臉，做這個弄那個，如今大了，就拿出小姐的款兒來了。你既拿款[2]，我敢親近嗎？」史湘雲

---

1) 把印也丟了：印是官員行使職權的憑據，所以做官丟印是最大的罪過，也幾乎是極少可能的笑談。

2) 拿款兒：這裏指擺出身份、架子來。

道：「阿彌陀佛，冤哉！冤哉！我要這麼着，就立刻死了。你瞧瞧，這麼大熱天，我來了，必定先瞧瞧你。不信問縷兒，我在家時時刻刻，那一會子不想念你幾句。」襲人和寶玉聽了，都笑勸道：「玩話兒，你又認真了。還是這麼性急。」

　　湘雲道：「你不說你的話噎人 ³，倒說人性急。」一面說，一面打開絹子，將戒指遞與襲人。襲人感謝不盡，因笑道：「你前兒送你姐姐們的，我已經得了；今兒你親自又送來，可見是沒忘了我。就這個，試出你來了。戒指兒能值多少？可見你的心真。」湘雲道：「是誰給你的？」襲人道：「是寶姑娘給我的。」湘雲笑道：「我只當是林姐姐給你的，原來是寶釵姐姐給了你。我天天在家裏想着，這些姐姐們再沒一個比寶姐姐好的。可惜我們不是一個娘養的。我但凡 ⁴ 有這麼個親姐姐，就是沒了父母，也是沒妨礙的。」說着，眼睛圈兒就紅了。寶玉道：「罷，罷，罷！不用提這個話了。」湘雲道：「提這個便怎麼？我知道你的心病，恐怕你的林妹妹聽見，又嗔我讚了寶姐姐了。可是為這個不是？」襲人在旁嗤的一笑，說道：「雲姑娘，你如今大了，越發心直嘴快了。」寶玉笑道：「我說你們這幾個人難說話，果然不錯。」湘雲道：「好哥哥，你不必說話教我噁心。只會在我們跟前說話，見了你林妹妹，又不知怎麼好了。」

　　襲人道：「且別說玩話，正有一件事還要求你呢。」史湘雲便問：「甚麼事？」襲人道：「有一雙鞋，摳了墊心子 ⁵。我這兩日身上不大好，不得做，你可有工夫替我做做？」史湘雲笑道：「這又奇了，你家放着這些巧人不算，還有甚麼針線上的，裁剪上的，怎麼教我做起來？你的活計叫誰做，

---

3)　　噎人：這裏指用話刺激、堵塞人。

4)　　但凡：只要可能的意思。指不可能中萬一的希望。

5)　　摳（kōu）了墊心子：挖出的意思。這裏是說將做鞋面的材料挖空，背後襯上其他顏色的材料，成為各色圖案。

誰好意思不做呢？」襲人笑道：「你又糊塗了。你難道不知道，我們這屋裏的針線，是不要那些針線上的人做的。」史湘雲聽了，便知是寶玉的鞋，因笑道：「既這麼說，我就替你做了罷。只是一件，你的我才做，別人的我可不能。」襲人笑道：「又來了，我是個甚麼，就敢煩你做鞋了？實告訴你，可不是我的。你別管是誰的，橫豎我領情就是了。」史湘雲道：「論理，你的東西也不知煩我做了多少，今兒我倒不做的原故，你必定也知道。」襲人道：「倒也不知道。」湘雲冷笑道：「前兒我聽見把我做的扇套子拿着和人家比，賭氣又鉸了。我早就聽見了，你還瞞我。這會子又叫我做，我成了你們的奴才了。」寶玉忙笑道：「前兒的那個，本不知是你做的。」

　　襲人也笑道：「他本不知是你做的。是我哄他的話，說是新近外頭有個會做活的，扎的出奇的好花兒，我叫他拿了一個扇套兒試試看好不好。他就信了，拿出去給這個瞧給那個看的。不知怎麼又惹惱了那一位，鉸了兩段。回來他還叫趕着做去，我才說了是你做的，他後悔的甚麼似的。」史湘雲道：「越發奇了。林姑娘他也犯不上生氣，他既會鉸，就叫他做。」襲人道：「他可不做呢。饒這麼着，老太太還怕他勞碌着了。大夫又說好生靜養才好，誰還肯煩他做呢？舊年好一年的工夫，做了個香袋兒；今年半年，還沒見拿針線呢。」

　　正說着，有人來回說：「興隆街的大爺來了，老爺叫二爺出去會。」寶玉聽了，便知是賈雨村來了，心中好不自在。襲人忙去拿衣服。寶玉一面蹬着靴子，一面抱怨道：「有老爺和他坐着就罷了，回回定要見我。」史湘雲一邊搖着扇子，笑道：「自然你能迎賓接客，老爺才叫你出去呢。」寶玉道：「那裏是老爺，都是他自己要請我去見的。」湘雲笑道：「主雅客來勤，自然你有些警動他的好處，他才只要會你。」寶玉道：「罷，罷！我也不過俗中又俗的一個俗人，並不願和這些人往來。」湘雲笑道：「還是這個性兒不改。

如今大了，你就不願意去考舉人進士的，也該常會會這些為官做宰的人們，談談講講那些仕途經濟，也好將來應酬世務，日後也有個正經朋友。讓你成年家只在我們隊裏，攪出些甚麼來？」寶玉聽了，大覺逆耳道：「姑娘請別的屋裏坐坐罷，我這裏仔細腌臢了你這樣知經濟的人。」襲人連忙解說道：「雲姑娘快別說他。上回也是寶姑娘也說過一回，他也不管人臉上過不去，咳[6]了一聲，拿起腳來走了。寶姑娘的話也沒說完，見他走了，登時羞的臉通紅，說又不是，不說又不是。幸而是寶姑娘，那要是林姑娘，不知又鬧的怎麼樣，哭的怎麼樣呢。提起這些話來，寶姑娘叫人敬重，自己訕了一會子去了。我倒過不去，只當他惱了。誰知過後還是照舊一樣，真真有涵養，心地寬大的。誰知這一位，反倒和他生分了。那林姑娘見他賭氣不理他，後來不知賠多少不是呢。」寶玉道：「林姑娘從來說過這些混賬話嗎？要是他也說過這些混賬話，我早和他生分了。」襲人和湘雲都點頭笑道：「這原是混賬話。」

原來黛玉知道史湘雲在這裏，寶玉又趕來，一定說麒麟的原故。因此心下忖度着，近日寶玉弄來的外傳野史，多半才子佳人都因小巧玩物上撮合，或有鴛鴦，或有鳳凰，或玉環金珮，或鮫帕鸞絛，皆因小物而遂終身之願。今忽見寶玉亦有麒麟，便恐藉此生隙，同湘雲也做出那些風流佳事來。因而悄悄走來，見機行事，以察二人之意。不想剛走來，正聽見湘雲說經濟一事，寶玉又說：「林妹妹不說這樣混賬話，若說這話，我也和他生分了。」黛玉聽了這話，不覺又喜又驚，又悲又歎。所喜者，果然自己眼力不錯，素日認他是個知己，果然是個知己。所驚者，他在人前一片私心稱揚於我，其親熱厚密，竟不避嫌疑。所歎者，你既為我之

點評

● 這裏的經濟是指活計和濟世之道等，與現在的經濟一詞意義不同。

---

6)　　咳（hāi）：作歎息口氣用，與咳嗽的咳不同。一般寫作嗨。

知己，自然我亦可為你的知己；既你我為知己，又何必有金玉之論呢？既有金玉之論，也該你我有之，則又何必來一寶釵呢？所悲者，父母早逝，雖有銘心刻骨之言，無人為我主張。況近日每覺神思恍惚，病已漸成，醫者更云氣弱血虧，恐致勞怯之症。我雖為你的知己，但恐自不能久待；你縱為我的知己，奈我薄命何！想到此間，不禁滾下淚來。待進去相見，自覺無味，便一面拭淚，一面抽身回去了。

這裏寶玉忙忙的穿了衣裳出來，見黛玉在前面慢慢的走着，似有拭淚之狀，便忙趕上來，笑道：「妹妹往那裏去？怎麼又哭了？又是誰得罪了你了？」林黛玉回頭見是寶玉，便勉強笑道：「好好的，我何曾哭了？」寶玉笑道：「你瞧瞧，眼睛上的淚珠兒未乾，還撒謊呢。」一面說，一面禁不住抬起手來替他拭淚。黛玉忙向後退了幾步，說道：「你又要死了，這麼動手動腳的！」寶玉笑道：「說話忘了情，不覺的動了手，也就顧不得死活。」黛玉道：「你死了倒不值甚麼，只是丟下了甚麼金，又是甚麼麒麟，可怎麼好呢？」一句話又把寶玉說急了，趕上來問道：「你還說這話，到底是咒我還是氣我呢？」黛玉見問，方想起前日的事來，遂自悔這話又說造次了，忙笑道：「你別着急，我原說錯了。這有甚麼的，筋都暴起來，急的一臉汗。」一面說，一面也近前伸手替他拭面上的汗。寶玉瞅了半天，方說道：「你放心。」黛玉聽了，怔了半天，說道：「我有甚麼不放心的？我不明白你這個話。你倒說說怎麼放心不放心？」

寶玉歎了一口氣，問道：「你果不明白這話？難道我素日在你身上的心都用錯了？連你的意思若體貼不着，就難怪你天天為我生氣了。」黛玉道：「我真不明白放心不放心的話。」寶玉點頭歎道：「好妹妹，你別哄我。你真不明白這話，不但我素日白用了心，且連你素日待我的心也都辜負了。你皆因總是不放心的原故，才弄了一身病了。但凡寬慰些，這病也不得一日重似一日了。」黛玉聽了這話，如轟雷

掣電，細細思之，竟比自己肺腑中掏出來的還覺懇切，竟有萬句言語，滿心要說，只是半個字也不能吐，卻怔怔的望着他。此時寶玉心中也有萬句言語，不知從那一句上說起，卻也怔怔的瞅着黛玉。兩個人怔了半天，黛玉只咳了一聲，眼中淚直流下來，回身便走。寶玉忙上前拉住，道：「好妹妹，且略站住，我說一句話再走。」黛玉一面拭淚，一面將手推開，說道：「有甚麼可說的。你的話我早知道了！」口裏說着，卻頭也不回竟去了。

　　寶玉站着，只管發起呆來。原來方才出來慌忙，不曾帶得扇子，襲人怕他熱，忙拿了扇子趕來送給他，忽抬頭看見了黛玉和他站着。一時黛玉走了，他還站着不動，因而趕上來說道：「你也不帶了扇子去，虧了我看見，趕着送來。」寶玉出了神，見襲人和他說話，並未看出是誰，只管呆着臉兒說道：「好妹妹，我的這個心事，從來也不敢說，今兒我大膽說出來，就是死了，也是甘心的！我為你也弄了一身的病，又不敢告訴人，只好挨着。只等你的病好了，只怕我的病才得好呢。睡裏夢裏也忘不了你！」襲人聽了，驚疑不止，又是怕，又是急，又是臊，忙推他道：「這是那裏的話？你是怎麼着了？還不快去嗎？」寶玉一時醒過來，方知是襲人，羞的滿面紫漲，卻仍是呆呆的，接了扇子，一句話也沒說，竟自走去。

　　這裏襲人見他去後，想他方才之言，必是因黛玉而起，如此看來，倒怕將來難免不才之事[7]，令人可驚可畏。卻是如何處治，方能免此醜禍？想到此間，也不覺呆呆的發起怔來，誰知寶釵恰從那邊走來，笑道：「大毒日頭地下，出甚麼神呢？」襲人見問，忙笑道：「我才見兩個雀兒打架，倒很有個玩意兒，我就看住了。」寶釵道：「寶兄弟才穿了衣服，忙忙的那去了？我要叫住問他呢，只見他慌慌張張的

● 襲人反應機敏，將寶玉的痴心掩蓋起來，但此事是否就此了結？

---

7)　不才之事：如同說不名譽的事。

走過去，竟像沒理會我的，所以沒問。」襲人道：「老爺叫他出去的。」寶釵聽了，忙道：「噯喲！這麼大熱的天，叫他做甚麼？別是想起甚麼來生了氣，叫他出去教訓一場。」襲人笑道：「不是這個，想是有客要會。」寶釵笑道：「這個客也沒意思，這麼熱天，不在家裏涼快，跑些甚麼？」襲人笑道：「你可說麼。」

寶釵因問：「雲丫頭在你們家做甚麼呢？」襲人笑道：「才說了一會子閑話。又瞧了我前日粘的鞋幫子，明兒還求他做去呢。」寶釵聽見這話，便兩邊回頭，見無人來往，便笑道：「你這麼個明白人，怎麼一時半刻的就不會體諒人？我近來看着雲姑娘的神情兒，風裏言風裏語的，聽起來在家裏一點兒做不得主。他們家嫌費用大，竟不用那些針線上的人，差不多的東西都是他們娘兒們動手。為甚麼這幾次他來了，他和我說話兒，見沒人在跟前，他就說家裏累的慌？我再問他兩句家常過日子的話，他就連眼圈兒都紅了，嘴裏含含糊糊，待說不說的。看他的形景兒，自然從小兒沒了父母是苦的。我看見他，也不覺的傷起心來。」

襲人見說這話，將手一拍，說：「是了。怪道上月我求他打十根蝴蝶兒結子，過了那些日子才打發人送來，還說：『這是粗打的，且在別處將就使罷；要勻淨的，等明兒來住着再好生打罷。』如今聽姑娘這話，想來我們求他他不好推辭，不知他在家裏怎麼三更半夜的做呢。可是我也糊塗了，早知是這樣，我也不該求他了。」寶釵道：「上次他告訴我，說在家裏做活做到三更天，要是替別人做一點半點兒，他家那些奶奶太太們還不受用呢。」襲人道：「偏我們那個牛心的小爺，憑着小的大的活計，一概不要家裏這些活計上的人做。我又弄不開這些。」寶釵笑道：「你理他呢！只管叫人做去就是了。」襲人道：「那裏哄的過他？他才是認得出來呢！說不得我只好慢慢的累去罷了。」寶釵笑道：「你不必忙，我替你做些就是了。」襲人笑道：「當真的？這可是我

的造化了。晚上我親自送過來……」

　　一句話未了，忽見一個老婆子忙忙走來，說道：「這是
那裏說起！金釧兒姑娘好好兒的投井死了！」襲人聽得，唬
了一跳，忙問：「那個金釧兒？」那老婆子道：「那裏還有兩
個金釧兒呢？就是太太屋裏的。前日不知為甚麼攆他出去，
在家裏哭天抹淚的，也都不理會他，誰知找他不見了。才有
打水的人說：『在那東南角上井裏打水，見一個屍首。』趕
着叫人打撈起來，誰知是他！他們還只管亂着要救，那裏中
用了呢？」寶釵道：「這也奇了！」襲人聽說，點頭讚歎，
想素日同氣之情，不覺流下淚來。寶釵聽見這話，忙向王夫
人處來。這裏襲人自回去了。

　　寶釵來至王夫人房裏，只見鴉雀無聞，獨有王夫人在
裏間房內坐着垂淚。寶釵便不好提這事，只得一旁坐了，王
夫人便問：「你打那裏來的？」寶釵道：「打園裏來。」王夫
人道：「你打園裏來，可曾見你寶兄弟？」寶釵道：「才倒看
見了他穿着衣服出去了，不知那裏去。」王夫人點頭歎道：
「你可知道一件奇事？金釧兒忽然投井死了！」寶釵見說，
道：「怎麼好好兒的投井？這也奇了。」王夫人道：「原是前
兒他把我一件東西弄壞了，我一時生氣，打了他兩下子，
攆了下去。我只說氣他兩天，還叫他上來，誰知他這麼氣性
大，就投井死了。豈不是我的罪過！」寶釵歎道：「姨娘是慈
善人，固然是這麼想。據我看來，他並不是賭氣投井，多半
他下去住着，或是在井跟前憨玩，失了腳掉下去的。他在上
頭拘束慣了，這一出去，自然要到各處去玩玩逛逛兒，豈有
這樣大氣的理？縱然有這樣大氣，也不過是個糊塗人，也不
為可惜。」王夫人點頭歎道：「雖然如此，到底我心裏不安。」

　　寶釵歎道：「姨娘也不勞關心，十分過不去，不過多賞
他幾兩銀子發送他，也就盡主僕之情了。」王夫人道：「才
剛我賞了五十兩銀子給他媽，原要還把你姊妹們的新衣裳給
他兩件裝裹。誰知可巧都沒甚麼新做的衣服，只有你林妹妹

● 可以看出寶釵多
會寬慰人，然而她對
金釧的死沒有半點同
情，反而說「也不為
可惜」。可見，下人、
丫頭的命在她眼裏不
算甚麼，花錢了事就
行了，根本不值得傷
心。這時我們不難聯
想到她哥哥薛蟠打死
人時，也是花錢了
事，其殘忍又遠在王
夫人之上。

點評

● 寶釵十分現實，不
信神鬼之說，一方面
說明了她的智慧，另
一方面也表現出她的
冷酷。

作生日的兩套。我想你林妹妹那個孩子，素日是個有心的，
況且他也三災八難的，既說了給他過生日，這會子又給人去
裝裹，豈不忌諱？因這麼着，我現叫裁縫趕着做一套給他。
要是別的丫頭，賞他幾兩銀子也就完了。金釧兒雖然是個丫
頭，素日在我跟前比我的女孩兒也差不多兒。」口裏說着，
不覺流下淚來。寶釵忙道：「姨娘這會子何用叫裁縫趕去？
我前兒倒做了兩套，拿來給他，豈不省事？況且他活的時候
兒也穿過我的舊衣服，身量又相對。」王夫人道：「雖然這
樣，難道你不忌諱？」寶釵笑道：「姨娘放心，我從來不計
較這些。」一面說，一面起身就走。王夫人忙叫了兩個人跟
寶姑娘去。

　　一時寶釵取了衣服回來，只見寶玉在王夫人旁邊坐着垂
淚。王夫人正才說他，因見寶釵來了，就掩住口不說了。寶釵
見此光景，察言觀色，早知覺了七八分，於是將衣服交明王夫
人，王夫人便將他母親叫來拿了去了。後事如何，下回分解。

💬 延伸思考

你認為金釧的死是甚麼原因造成的？寶釵為何會在金釧之死的問題
上表現出無情的一面？

💡 精華賞析

　　在姑娘們眼裏，薛寶釵溫和、善良，然而在對待金釧之死的問題
上，薛寶釵的另一面 —— 心狠、冷酷顯現出來。她非但沒有同情和
憐憫慘死的金釧，反而認為死了也沒甚麼可惜的。她是封建道德和等
級制度的忠實維護者，在她的眼裏地位和聲譽高於一切，所以她在王
夫人面前表現得很有主見，善解人意，處處站在王夫人的立場上。

《第三十三回》

精讀💬 **手足耽耽小動唇舌**
不肖種種大承笞撻

> 賈環搬弄是非，幾句話把金釧的死因添油加醋推到寶玉身上。再
> 加上寶玉私自結交戲子一事，賈政大發雷霆，把寶玉狠狠地打了一頓。

　　卻說王夫人喚他母親上來，拿幾件簪環，當面賞了，又吩咐：「請幾眾僧人唸經超度他。」金釧兒的母親，磕了頭，謝了出去。

　　原來寶玉會過雨村回來，聽見金釧兒含羞自盡，心中早已五內摧傷，進來又被王夫人數說教訓了一番，也無可回說。見寶釵進來，方得便走出，茫然不知何往，背着手，低着頭，一面感歎，一面慢慢的信步走至廳上。剛轉過屏門，不想對面來了一人，正往裏走，可巧撞了個滿懷。只聽那人喝一聲：「站住！」寶玉唬了一跳，抬頭一看，不是別人，卻是他父親，早不覺的倒抽了一口氣，只得垂手一旁站着。賈政道：「好端端的，你垂頭喪氣嗐些甚麼？方才雨村來了要見你，叫你那半天你才出來；既出來了，全無一點慷慨揮灑談吐，仍是委委瑣瑣的。我看你臉上一團私慾愁悶氣色，這會子又咳聲歎氣。你那些還不足，還不自在？無故這樣，是甚麼緣故？」寶玉素日雖是口角伶俐，只是此時一心總為金釧兒感傷，恨不得此時也身亡命殞，跟了金釧兒去。如今見了他父親說這些話，究竟不曾聽明白了，只是怔怔的站着。

　　賈政見他惶悚，應對不似往日，原本無氣的，這一來

倒生了三分氣。方欲說話，忽有回事人來回：「忠順親王府裏有人來，要見老爺。」賈政聽了，心下疑惑，暗暗思忖道：「素日並不與忠順王府來往，為甚麼今日打發人來？」一面想，一面命「快請廳上坐」。急忙進內更衣。出來接見時，卻是忠順王府長史官，一面彼此見了禮，歸坐獻茶。未及敍談，那長府官先就說道：「下官此來，並非擅造潭府，皆因奉命而來，有一件事相求。看王爺面上，敢煩老大人作主，不但王爺知情，且連下官輩亦感謝不盡。」賈政聽了這話，摸不着頭腦，忙陪笑起身問道：「大人既奉王命而來，不知有何見諭，望大人宣明，學生好遵諭承辦。」那長府官冷笑道：「也不必承辦，只用一句話就完了。我們府裏有一個做小旦的琪官，一向好好在府，如今竟三五日不見回去，各處去找，又摸不着他的道路，因此各處察訪。這一城內，十停人倒有八停人都說，他近日和銜玉的那位令郎相與甚厚。下官輩聽了，尊府不比別家，可以擅來索取，因此啟明王爺。王爺亦云：『若是別的戲子呢，一百個也罷了。只是這琪官隨機應答，謹慎老成，甚合我老人家的心，竟斷斷少不得此人。』故此來求老大人轉諭令郎，請將琪官放回，一則可慰王爺諄諄奉懇，二則下官輩也可免操勞求覓之苦。」說畢，忙打一躬。

　　賈政聽了這話，又驚又氣，即命喚寶玉來。寶玉也不知是何原故，忙趕來時，賈政便問：「該死的奴才！你在家不讀書也罷了，怎麼又做出這些無法無天的事來？那琪官現是忠順王爺駕前承奉的人，你是何等草芥[1]，無故引逗他出來，如今禍及於我？」寶玉聽了唬了一跳，忙回道：「實在不知此事。究竟連『琪官』兩個字不知為何物，豈更又加『引逗』二字？」說着便哭了。賈政未及開口，只見那長府

_____

1)　　草芥：封建時代官員們對最高統治者講話的謙詞。如同說身居草野、不夠高貴、微不足道等。

官冷笑道：「公子也不必掩飾。或隱藏在家，或知其下落，早說出來，我們也少受些個辛苦，豈不念公子之德呢！」寶玉連說：「實在不知，恐是訛傳，也未見得。」那長府官冷笑兩聲道：「現有據證，必定當着老大人說了出來，公子豈不吃虧？既云不知此人，那紅汗巾子怎麼到了公子腰裏？」

寶玉聽了這話，不覺轟去魂魄，目瞪口呆，心下自思：「這話他如何知道？他既連這樣機密事都知道了，大約別的也瞞不過他，不如打發他去了，免的再說出別的事來。」因說道：「大人既知他的底細，如何連他置買房舍這樣大事倒不曉得了？聽得說他如今在東郊離城二十里有個甚麼紫檀堡，他在那裏置了幾畝田地幾間房舍。想是在那裏也未可知。」那長府官聽了，笑道：「這樣說，一定是在那裏了。我且去找一回，若有了便罷，若沒有，還要來請教。」說着，便忙忙的告辭走了。

賈政此時氣的目瞪口歪，一面送那長府官，一面回頭命寶玉：「不許動！回來有話問你！」一直送那官員去了。才回身，忽見賈環帶着幾個小廝一陣亂跑。賈政喝令小廝：「給我快打！」賈環見了他父親，唬的骨軟筋酥，忙低頭站住。賈政便問：「你跑甚麼？帶着你的那些人都不管你，不知往那裏去了，由你野馬一般！」喝叫：「跟上學的人呢？」賈環見他父親盛怒，便乘機說道：「方才原不曾跑，只因從那井邊一過，那井裏淹死了一個丫頭，我看腦袋這麼大，身子這麼粗，泡的實在可怕，所以才趕着跑過來。」賈政聽了驚疑，問道：「好端端的，誰去跳井？我家從無這樣事情，自祖宗以來，皆是寬柔以待下人。——大約我近年於家務疏懶，自然執事人操克奪之權，致使弄出這樣暴殄輕生的禍來。若外人知道，祖宗的顏面何在？」喝命快叫賈璉、賴大、來興。

小廝們答應了一聲，方欲叫去，賈環忙上前拉住賈政的袍襟，貼膝跪下道：「父親不用生氣。此事除太太房裏的

● 賈環藉機誣陷寶玉，又一次發泄長期積怨。

人，別人一點也不知道。我聽見我母親說……」說到這句，便回頭四顧一看。賈政知其意，將眼色一丟，小廝們明白，都往兩邊後面退去。賈環便悄悄說道：「我母親告訴我說，寶玉哥哥前日在太太屋裏，拉着太太的丫頭金釧兒強姦不遂，打了一頓。那金釧兒便賭氣投井死了。」

話未說完，把個賈政氣的面如金紙，大喝：「快拿寶玉來！」一面說，一面便往裏邊書房裏去，喝命：「今日再有人勸我，我把這冠帶家私[2]一應交與他和寶玉過去！我免不得做個罪人，把這幾根煩惱鬢毛剃去，尋個乾淨去處自了，也免得上辱先人下生逆子之罪。」眾門客僕從見賈政這個形景，便知又是為寶玉了，一個個啖指咬舌，連忙退出。那賈政喘吁吁直挺挺坐在椅子上，滿面淚痕，一疊連聲：「拿寶玉來！拿大棍拿繩來！把門都關上！有人傳信到裏頭去，立刻打死！」眾小廝們只得齊齊答應着，有幾個來找寶玉。

那寶玉聽見賈政吩咐他「不許動」，早知凶多吉少，那裏知道賈環又添了許多的話？正在廳上旋轉，怎得個人往裏頭去捎信，偏偏的沒個人來，連焙茗也不知在那裏。正盼望時，只見一個老媽媽出來，寶玉如得了珍寶，便趕上來拉他，說道：「快進去告訴：老爺要打我呢！快去，快去！要緊，要緊！」寶玉一則急了，說話不明白；二則老婆子偏偏又耳聾，不曾聽見是甚麼話，把「要緊」二字只聽作「跳井」二字，便笑道：「跳井讓他跳去，二爺怕甚麼？」寶玉見是個聾子，便着急道：「你出去叫我的小廝來吧！」那婆子道：「有甚麼不了事的？老早的完了。太太又賞了衣服銀子，怎麼會不了事呢！」

寶玉急的跺腳，正沒抓尋處，只見賈政的小廝走來，逼着他出去了。賈政一見，眼都紅了，也不暇問他在外流蕩

---

2)　　冠帶家私：指官爵、財產。

優伶，表贈私物，在家荒疏學業，逼淫母婢等語，只喝命：「堵起嘴來，着實打死！」小廝們不敢違，只得將寶玉按在凳上，舉起大板打了十來下。寶玉自知不能討饒，只是嗚嗚的哭。賈政還嫌打的輕，一腳踢開掌板的，自己奪過板子來，狠命的又打了十幾下。寶玉生來未經過這樣苦楚，起先覺得打的疼不過，還亂嚷亂哭，後來漸漸氣弱聲嘶，哽咽不出。眾門客見打的不祥了，趕着上來，懇求奪勸，賈政那裏肯聽？說道：「你們問問他幹的勾當可饒不可饒！素日皆是你們這些人把他釀壞了，到這步田地還來解勸！明日釀到他弒父弒君，你們才不勸不成？」

眾人聽這話不好聽，知道氣急了，忙又退出，只得覓人進去給信。王夫人不及回賈母，便忙穿衣出來，也不顧有人沒人，忙忙扶了一個丫頭趕往書房中來，慌的眾門客小廝等避之不及。王夫人一進房來，賈政更如火上澆油，那板子越發下去的又狠又快。按寶玉的兩個小廝忙鬆了手走開，寶玉早已動彈不得了。賈政還欲打時，早被王夫人抱住板子。賈政道：「罷了，罷了！今日必定要氣死我才罷！」王夫人哭道：「寶玉雖然該打，老爺也要自重。況且炎天暑日的，老太太身上也不大好，打死寶玉事小，倘或老太太一時不自在了，豈不事大？」賈政冷笑道：「倒休提這話。我養了這不肖的孽障，我已不孝；教訓他一番，又有眾人護持；不如趁今日結果了他，以絕將來之患！」說着，便要拿繩索來勒死。王夫人連忙抱住哭道：「老爺雖然應當管教兒子，也要看夫妻分上。我如今已將五十歲的人，只有這個孽障，必定苦苦的以他為法，我也不敢深勸。今日越發要他死，豈不是有意絕我呢？既要勒死他，索性先勒死我，再勒死他。我們娘兒們不如一同死了，在陰司裏也得個依靠。」說畢，抱住寶玉放聲大哭起來。

賈政聽了此話，不覺長歎一聲，向椅上坐了，淚如雨下。王夫人抱着寶玉，只見他面白氣弱，底下穿着一條綠

● 從王夫人的一番哭訴中我們不難發現，王夫人護着寶玉並不代表就認同了寶玉的行為，而是出於母性和毫無選擇的無奈。

紗小衣皆是血漬，禁不住解下汗巾去，由腿至臀脛，或青或紫，或整或破，竟無一點好處，不覺失聲大哭起「苦命的兒」來。因哭出「苦命的兒」來，忽又想起賈珠來，便叫着賈珠哭道：「若有你活着，便死一百個我也不管了。」此時裏面的人聞得王夫人出來，那李宮裁、王熙鳳與迎春姊妹早已都出來了。王夫人哭着賈珠的名字，別人還可，唯有宮裁，禁不住也抽抽搭搭的哭起來。賈政聽了，那淚更似走珠一般滾了下來。

正沒開交處，忽聽丫鬟來說：「老太太來了。」一句話未了，只聽窗外顫巍巍的聲氣說道：「先打死我，再打死他，豈不乾淨了？」賈政見他母親來了，又急又痛，連忙迎接出來，只見賈母扶着丫頭，搖頭喘氣的走來，賈政上前躬身陪笑道：「大暑熱的天，老太太有甚麼吩咐，何必自己走來？有話只該叫了兒子進去吩咐便了。」賈母聽說，便止住步喘息一回，屬聲道：「你原來是和我說話！我倒有話吩咐，只是可憐我一生沒養個好兒子，卻教我和誰說去？」賈政聽這話不像，忙跪下含淚說道：「兒子管教他，也為的是光宗耀祖。老太太這話，兒子如何當得起？」賈母聽說，便啐了一口，道：「我說一句話，你就禁不起，你那樣下死手的板子，難道寶玉就禁得起了？你說教訓兒子是光宗耀祖，當日你父親怎麼教訓你來？」說着，也不覺淚往下流。

賈政又陪笑道：「老太太也不必傷感，都是兒子一時性急，從此以後再不打他了。」賈母冷笑幾聲道：「你也不必和我賭氣。你的兒子，自然你要打就打。想來你也厭煩我們娘兒們，不如我們早離了你，大家乾淨！」說着便命人去看轎，「我和你太太寶玉立刻回南京去！」家下人只得乾答應着。賈母又叫王夫人道：「你也不必哭了。如今寶玉年紀小，你疼他，他將來長大，為官作宰的，也未必想着你是他母親了。你如今倒是不疼他，只怕將來還少生一口氣呢。」賈政聽說，忙叩頭哭道：「母親如此說，兒子無立足之地

了。」賈母冷笑道：「你分明使我無立足之地，你反說起你來！只是我們回去了，你心裏乾淨，看有誰來不許你打？」一面說，一面只命快打點行李車轎回去。賈政直挺挺跪着，苦苦叩求認罪。

賈母一面說話，一面來看寶玉，只見今日這頓打不比往日，又是心疼，又是生氣，也抱着哭個不了。王夫人與鳳姐等解勸了一會，方漸漸的止住。早有丫鬟媳婦等上來，要攙寶玉，鳳姐便罵：「糊塗東西，也不睜開眼瞧瞧！這個樣兒，怎麼攙着走？還不快進去把那藤屜子的春凳[3]抬出來呢。」眾人聽說連忙飛跑進去，果然抬出春凳來，將寶玉放上，隨着賈母王夫人等進去，送至賈母屋裏。

彼時賈政見賈母氣未全消，不敢自便，也跟了進來。看看寶玉，果然打重了，再看看王夫人，「兒」一聲「肉」一聲的哭道：「你替珠兒早死了，留着珠兒，也免你父親生氣，我也不白操這半世的心了。這會子你倘或有個好歹，丟下我，叫我靠那一個？」數落一場，又哭「不爭氣的兒」。賈政聽了，也就灰心，自悔不該下毒手打到如此地步。先勸賈母，賈母含淚說道：「兒子不好，原是要管的，不該打到這個分兒。你不出去，還在這裏做甚麼？難道於心不足，還要眼看着他死了才算嗎？」賈政聽說，方喏喏的退出去了。

此時薛姨媽同寶釵、香菱、襲人、史湘雲也都在這裏。襲人滿心委屈，只不好十分使出來，見眾人圍着，灌水的灌水，打扇的打扇，自己插不下手去，便越性走出來到二門前，令小廝們找了焙茗來細問：「方才好端端的，為甚麼打起來？你也不早來透個信兒！」焙茗急的說：「偏我沒在跟前，打到半中間我才聽見了。忙打聽原故，卻是為琪官金釧姐姐的事。」襲人道：「老爺怎麼得知道了？」焙茗道：「那

---

3)　　春凳：比較寬大的長條凳子。

琪官的事，多半是薛大爺素日吃醋，沒法兒出氣，不知在外頭唆挑了誰來，在老爺跟前下的火。那金釧兒的事，大約是三爺說的，我也是聽見跟老爺的人說的。」襲人聽了這兩件事都對景[4]，心中也就信了八九分。然後回來，只見眾人都替寶玉療治。調停完備，賈母命「好生抬到他房裏去」。眾人答應，七手八腳，忙把寶玉送入怡紅院內自己床上臥好。又亂了半日，眾人漸漸散去，襲人方才進前來精心服侍細問。要知端底，究竟如何，且聽下回分解。

💬 **延伸思考**

分析賈環為甚麼要陷害同父異母的賈寶玉？目的是甚麼？

💡 **精華賞析**

從寶玉挨打一事上眾人的反映表現出了不同心理特徵。賈環的嫉恨、賈政的恨鐵不成鋼、王夫人的無可奈何、賈母的溺愛、鳳姐的細心，眾人的言語舉動均與其人物形象和性格特徵極其符合。

---

4)　　對景：由於情景恰巧相同，引起聯想或共鳴。

情中情因情感妹妹
錯裏錯以錯勸哥哥

襲人上回趕巧聽到了寶玉對黛玉的傾訴，雖然掩飾過去，卻時刻不曾忘記。這次她終於向王夫人開口，要求把寶玉挪出園子，離黛玉遠一點。

話說襲人見賈母王夫人等去後，便走來寶玉身邊坐下，含淚問他：「怎麼就打到這步田地？」寶玉歎口氣說道：「不過為那些事，問他做甚麼！只是下截疼的很，你瞧瞧，打壞了那裏？」襲人聽說，便輕輕的伸手去，將中衣褪下，略動一動，寶玉便咬着牙叫「噯喲」。襲人連忙停住手，如此三四次才褪下來。襲人看時，只見腿上半段青紫，都有四指寬的傷痕高了起來。襲人咬着牙說道：「我的娘，怎麼下這般的狠手！你但凡聽我一句話，也不得到這個分兒。幸而沒動筋骨，倘或打出個殘疾來，可叫人怎麼樣呢？」

正說着，只聽丫鬟們說：「寶姑娘來了。」襲人聽見，知道穿不及中衣，便拿了一床夾紗被替寶玉蓋了。只見寶釵手裏托着一丸藥走進來，向襲人說道：「晚上把這藥用酒研開，替他敷上，把那淤血的熱毒散開，可以就好了。」說畢，遞與襲人。又問道：「這會子可好些？」寶玉一面道謝說：「好些了。」又讓坐。寶釵見他睜開眼說話，不像先時，心中也寬慰了好些，便點頭歎道：「早聽人一句話，也不至有今日。別說老太太、太太心疼，就是我們看着，心裏也……」剛說了半句又忙嚥住，不覺眼圈微紅，雙腮帶赤，低頭不語了。寶玉聽得這話，如此親切，大有深意，忽見他又嚥住不往下說，紅了臉，低下頭只管弄衣帶，那一種軟怯嬌羞、輕憐痛惜之情，竟難以語言形容，越覺心中感動，將疼痛早丟在九霄雲外去了。想道：「我不過捱了幾下

打，他們就有這些憐惜之態，令人可親可敬。假若我一時別有大故，他們還不知何等悲感呢！既是他們這樣，我便一時死了，得他們如此，一生事業縱然盡付東流，也無足歎惜了。」正想着，只聽寶釵向襲人道：「怎麼好好的動了氣，就打起來了？」襲人便把焙茗的話悄悄說了。

寶玉原來還不知道賈環的話，見襲人說出方才知道。因又拉上薛蟠，唯恐寶釵存心[1]，忙又止住襲人道：「薛大哥哥從來不這樣的，你們不可混猜度。」寶釵聽說，便知道是怕他多心，用話攔襲人，因心中暗暗想道：「打的這個形象，疼還顧不過來，還是這樣細心，怕得罪了人。你既這樣用心，何不在外頭大事上做工夫，老爺也歡喜了，也不能吃這樣虧。但你固然怕我沉心，所以攔襲人的話，難道我就不知我哥哥素日恣情縱慾，毫無防範的那種心性嗎？當日為個秦鐘，還鬧的天翻地覆，自然如今比先又加利害了。」想畢，因笑道：「你們也不必怨這個，怨那個。據我想，到底寶兄弟素日肯和那些人來往，老爺才生氣。就是我哥哥說話不防頭，一時說出寶兄弟來，也不是有心挑唆：一則也是本來的實話，二則他原不理論這些防嫌小事。襲姑娘從小兒只見過寶兄弟這麼樣細心的人，何曾見過我哥哥天不怕地不怕、心裏有甚麼、口裏就說甚麼的人呢？」襲人因說出薛蟠來，見寶玉攔他的話，早已明白自己說造次了，恐寶釵沒意思，聽寶釵如此說，更覺羞愧無言。

寶玉又聽寶釵這番話，半是堂皇正大，半是體貼自己的私心，更覺比先心動神移。方欲說話時，只見寶釵起身道：「明日再來看你，好生養着罷。方才我拿的藥來交給襲人，晚上敷上管就好了。」說着便走出門去。襲人趕着送出院外，說：「姑娘倒費心了。改日二爺好了，親自謝去。」寶釵回頭笑道：「有甚麼謝處。你只勸他好生靜養，別胡思亂想的就好了。要想甚麼吃的玩的，你悄悄的往我那裏只管取去，不必驚動老太太、太太眾人，倘或吹到老爺耳朵裏，雖然彼時不怎麼樣，將來對景，終是要吃虧的。」說着，去了。襲人抽身回來，心內着實感激寶釵。進來見寶玉沉思默默似睡非睡的模樣，因而退出房外，自去櫛沐。寶玉默默的躺在床上，無奈臀上作痛，如針挑刀挖一般，更又熱如火炙，略展轉時，禁不住「噯喲」之聲。那時天色將晚，因

---

1)　　　存心：又作嗔心、吃心。懷疑別人說自己而不愉快。

見襲人去了，卻有兩三個丫鬟伺候，此時並無呼喚之聲，因說道：「你們且去梳洗，等我叫時再來。」眾人聽了，也都退出。

這裏寶玉昏昏沉沉，只見蔣玉菡走了進來，訴說忠順王府拿他之事；一時又見金釧兒進來哭說為他投井之情。寶玉半夢半醒，剛要訴前情，忽又覺有人推他，恍恍忽忽聽得悲戚之聲。寶玉從夢中驚醒，睜眼一看，不是別人，卻是林黛玉。寶玉猶恐是夢，忙又將身子欠起來，向臉上細細一認，只見兩個眼睛腫的桃兒一般，滿面淚光，不是黛玉，卻是那個？寶玉還欲看時，怎奈下半截疼痛難忍，支持不住，便「嗳喲」一聲，仍就倒下，歎了口氣，說道：「你又做甚麼來了？太陽才落，那地上還是怪熱的，倘或又受了暑，怎麼好呢？我雖然捱打了，卻也不很覺疼痛。這個樣兒是裝出來哄他們，好在外頭佈散給老爺聽，其實是假的。你別信真了。」此時黛玉雖不是嚎啕大哭，然越是這等無聲之泣，氣噎喉堵，更覺得利害。聽了寶玉這些話，心中雖然有萬句言詞，要說時卻不能說得半句。半日方抽抽噎噎的說道：「你從此可都改了罷！」寶玉聽說，便長歎一聲，道：「你放心，別說這樣話，我便為這些人死了，也是情願的！」一句話未說完，只聽院外人說：「二奶奶來了。」

黛玉便知是鳳姐來了，連忙立起身說道：「我從後院子去罷，回來再來。」寶玉一把拉住道：「這可奇了，好好的怎麼怕起他來？」林黛玉急的跺腳，悄悄的說道：「你瞧瞧我的眼睛，又該他們拿咱們取笑兒了。」寶玉聽說，趕忙的放了手。黛玉三步兩步轉過床後，剛出了後院，鳳姐從前頭已進來了。問寶玉：「可好些了？想甚麼吃，叫人往我那裏取去。」接着，薛姨媽又來了。一時賈母又打發了人來。

至掌燈時分，寶玉只喝了兩口湯，便昏昏沉沉的睡去。接着，周瑞媳婦、吳新登媳婦、鄭好時媳婦這幾個有年紀常來往的，聽見寶玉捱了打，也都進來請安。襲人忙迎出來，悄悄的笑道：「嬸嬸們略來遲了一步，二爺睡着了。」說着，一面陪他們到那邊房裏坐了，倒茶給他們吃。那幾個媳婦子都悄悄的坐了一回，向襲人道：「等二爺醒了，你替我們回罷。」

襲人答應了，送他們出去。剛要回來，只見王夫人使了個婆子來，說「太太叫一個跟二爺的人呢」。襲人見說，想了一想，便回身悄悄告訴晴雯、麝月、秋紋等人說：「太太叫人呢，你們好生在房裏，我去了就來。」說畢，同那婆子一逕出了園門，來至上房。王夫人正坐在涼榻上搖着芭蕉扇子，見

他來了，說：「你不管叫個誰來也罷了，又撂下他來了。誰伏侍他呢？」襲人見說，連忙陪笑回道：「二爺才睡安穩了，那四五個丫頭如今也好了，會伏侍二爺了，太太請放心。恐怕太太有甚麼話吩咐，打發他們來，一時聽不明白，倒耽誤了。」王夫人道：「也沒甚話，白問問，他這會子疼的怎麼樣了？」襲人道：「寶姑娘送來的藥，我給二爺敷上了，比先好些了。先疼的躺不穩，這會子都睡沉了，可見好些。」王夫人又問：「吃了甚麼沒有？」襲人道：「老太太給的一碗湯，喝了兩口，只嚷乾渴，要吃酸梅湯。我想着酸梅是個收斂的東西，才剛挨了打，又不許叫喊，自然急的那熱毒熱血未免存在心裏，倘或吃下這個去激在心裏，再弄出病來，可怎麼樣呢？因此我勸了半天才沒吃，只拿那糖醃的玫瑰鹵子和了，吃了小半碗，又嫌吃絮²了，不香甜。」王夫人道：「噯喲，你何不早來和我說。前兒有人送了兩瓶子香露來，原要給他點子，我怕他胡糟蹋了，就沒給。既是他嫌那些玫瑰膏子吃絮了，把這個拿兩瓶子去。一碗水裏只用挑一茶匙兒，就香的了不得呢。」說着就喚彩雲來，「把前兒的那幾瓶香露拿來。」襲人道：「只拿兩瓶來罷，多了也白糟蹋。等不夠再來取，也是一樣。」彩雲聽說，去了半日，果然拿了兩瓶來，付與襲人。襲人看時，只見兩個玻璃小瓶，卻有三寸大小，上面螺絲銀蓋，鵝黃綾箋上寫着「木樨清露」，那一個上寫着「玫瑰清露」。襲人笑道：「好金貴東西！這麼個小瓶兒，能有多少？」王夫人道：「那是進上的，你沒看見鵝黃箋子？你好生替他收着，別糟蹋了。」

　　襲人答應着，方要走時，王夫人又叫：「站着，我想起一句話來問你。」襲人忙又回來。王夫人見房內無人，便問道：「我恍惚聽見寶玉今兒挨打，是環兒在老爺跟前說了甚麼話。你可聽見這個話沒有？」襲人道：「我倒沒聽見這個話。只聽見說為二爺甚麼王府的戲子，人家來和老爺說了，為這個打的。」王夫人搖頭說道：「也為這個，還有別的原故。」襲人道：「別的原故實在不知道了。」又低頭遲疑了一會，說道：「我今日在太太跟前大膽說句冒撞的話。論理……」說了半截忙又嚥住。王夫人道：「你只管說。」襲人道：「太太別生氣，我才敢說。」王夫人道：「你說就是了。」襲人道：「論理，二爺也

2)　　絮：頻繁生厭的意思，或絮煩。

得老爺教訓教訓才好呢。要老爺再不管，不知將來還要做出甚麼事來呢。」

　　王夫人聽見了這話，便點頭歎息，由不得趕着襲人叫了一聲：「我的兒，你這話說的很明白，和我的心裏想的一樣。其實我何曾不知道寶玉該管，比如先時你珠大爺在，我是怎麼管他，難道我如今倒不知管兒子了？只是有個原故：如今我想，我已經快五十歲的人了，通共剩了他一個，又長的單弱，況且老太太疼的寶貝似的，若管緊了他，倘或再有個好歹兒，或是老太太氣壞了，那時上下不安，倒不好，所以就縱壞了他了。我時常掰着口兒勸一陣，說一陣，氣的罵一陣，哭一陣，彼時也好過，過後兒還是不相干，到底吃了虧才罷。設若打壞了，將來我靠誰呢？」說着，由不得滾下淚來。

　　襲人見王夫人這般悲感，自己也不覺傷了心，陪着落淚。又道：「二爺是太太養的，豈不心疼？就是我們做下人的伏侍一場，大家落個平安，也算是造化了。要這樣起來，連平安都不能了。那一日那一時不勸二爺，只是再勸不醒。偏生那些人又肯親近他，也怨不得他這樣，總是我們勸的倒不好了。今兒太太提起這話來，我還惦記着一件事，要來回太太，討太太個主意。只是我怕太太疑了心，不但我的話白說了，且連葬身之地都沒了。」王夫人聽了這話內有因，忙問道：「我的兒，你只管說。近來我因聽見眾人背前背後都誇你，我只說你不過是在寶玉身上留心，或是眾人跟前和氣，這些小意思，誰知你方才和我說的話是大道理，合我的心事。你有甚麼只管說甚麼，只別教別人知道就是了。」襲人道：「我也沒甚麼別的話。我只想着討太太一個示下，怎麼變個法兒，以後竟還教二爺搬出園外來住就好了。」

　　王夫人聽了，吃一大驚，忙拉了襲人的手問道：「寶玉難道和誰作怪了不成？」襲人連忙回道：「太太別多心，並沒有這話。這不過是我的小見識。如今二爺也大了，裏頭姑娘們也大了，況且林姑娘寶姑娘又是兩姨姑表姊妹，雖說是姊妹們，到底是男女之分，日夜一處起坐不方便，由不得叫人懸心。既蒙老太太和太太的恩典，把我派在二爺屋裏，如今跟在園中住，都是我的干係。太太想，多有無心中做出，有心人看見，當作有心事，反說壞了的，倒不如預先防着點兒。況且二爺素日的性格，太太是知道的。他又偏好在我們隊裏鬧，倘或不防，前後錯了一點半點，不論真假，人多口雜，那起小人的嘴，太太還不知道嗎？心順了，說的比菩薩還好；心不順，就沒有忌

諱了。二爺將來倘或有人說好，不過大家直過³兒；若叫人哼出一個『不』字來，我們不用說，粉身碎骨，還是平常，後來二爺一生的聲名品行豈不完了呢？那時老爺太太也白疼了，白操了心了。不如這會子防避些，似乎妥當。太太事情又多，一時固然想不到。我們想不到便罷了，既想到了，要不回明太太，罪越重了。近來我為這事日夜懸心，又恐怕太太聽着生氣，所以總沒敢言語。」

王夫人聽了這話，正觸了金釧兒之事，直呆了半晌，思前想後，心下越發感愛襲人，笑道：「我的兒，你竟有這個心胸，想的這樣周全！我何曾又不想到這裏？只是這幾次有事就混忘了。你今日這話提醒了我。難為你這樣細心。真真好孩子。罷了，你且去罷，我自有道理。只是還有一句話：你如今既說了這樣的話，我索性就把他交給你了，好歹留點心兒，別叫他糟蹋了身子才好。自然不辜負你。」

襲人低了一回頭，方道：「太太吩咐，敢不盡心嗎！」說着，慢慢的退出，回到院中，寶玉方醒。襲人回明香露之事，寶玉甚喜，即命調來吃，果然香妙非常。因心下惦着黛玉，要打發人去，只是怕襲人攔阻，便設法先使襲人往寶釵那裏去借書。

襲人去了，寶玉便命晴雯來吩咐道：「你到林姑娘那裏看看他做甚麼呢。他要問我，只說我好了。」晴雯道：「白眉赤眼⁴兒的，作甚麼去呢？到底說句話兒，也像件事啊。」寶玉道：「沒有甚麼可說的麼。」晴雯道：「或是送件東西，或是取件東西，不然，我去了，怎麼搭訕呢？」寶玉想了一想，便伸手拿了兩條舊絹子摺與晴雯，笑道：「也罷，就說我叫你送這個給他去了。」晴雯道：「這又奇了。他要這半新不舊的兩條手絹子？他又要惱了，說你打趣他。」寶玉笑道：「你放心，他自然知道。」

晴雯聽了，只得拿了絹子往瀟湘館來，只見春纖正在欄杆上晾手巾，見他進來，忙搖手兒，說：「睡下了。」晴雯走進來，滿屋漆黑，並未點燈。黛玉已睡在床上，問是誰。晴雯忙答應道：「晴雯。」黛玉道：「做甚麼？」晴雯

---

3)　　直過：僅僅沒出錯誤，過得去，但談不上功勞。

4)　　白眉赤眼：白，平白無故地。這裏是說這次行動沒個理由或藉口。

道：「二爺叫我給姑娘送絹子來了。」黛玉聽了，心中發悶，暗想：「做甚麼送絹子來給我？」因問：「這絹子是誰送他的？必是上好的，叫他留着送別人罷，我這會子不用這個。」晴雯笑道：「不是新的，就是家常舊的。」黛玉聽了，越發悶住了。細心揣度，一時方大悟過來，連忙說：「放下，去罷。」晴雯只得放下，抽身回去，一路盤算，不解何意。

這黛玉體貼出絹子的意思來，不覺神痴心醉，想到：「寶玉能領會我這一番苦意，又令我可喜。我這番苦意，不知將來可能如意不能，又令我可悲。要不是這個意思，忽然好好的送兩塊舊絹子來，竟又令我可笑了。再想到私相傳遞，又覺可懼。他既如此，我卻每每煩惱傷心，反覺可愧。」如此左思右想，一時五內沸然，由不得餘意綿纏，便命掌燈，也想不起嫌疑避諱等事，研墨蘸筆，便向那兩塊舊絹上寫道：

眼空蓄淚淚空垂，暗灑閑拋更向誰？尺幅鮫鮹勞惠贈，為君那得不傷悲！
拋珠滾玉只偷潛，鎮日無心鎮日閑；枕上袖邊難拂拭，任他點點與斑斑。
彩線難收面上珠，湘江舊跡已模糊；窗前亦有千竿竹，不識香痕漬也無？

那黛玉還要往下寫時，覺得渾身火熱，面上作燒，走至鏡台揭起錦袱一照，只見腮上通紅，真合壓倒桃花，卻不知病由此起。一時方上床睡去，猶拿着那絹子思索，不在話下。

卻說襲人來見寶釵，誰知寶釵不在園內，往他母親那裏去了。襲人不便空手回來，等至起更，寶釵方回來。

原來寶釵素知薛蟠情性，心中已有一半疑是薛蟠調唆了人來告寶玉的，誰知又聽襲人說出來，越發信了。究竟襲人是聽焙茗說的，那焙茗也是私心窺度，並未據實，大家都是一半猜度，竟認作十分真切了。

那薛蟠都因素日有這個名聲，其實這一次卻不是他幹的，被人生生的把個罪名坐定。這日正從外頭吃了酒回來，見過了母親，只見寶釵在這裏坐着，說了幾句閑話兒，忽然想起，因問道：「聽見寶兄弟挨打，是為甚麼？」薛姨媽正為這個不自在，見他問時，便咬着牙道：「不知好歹的東西，都是你鬧的，你還有臉來問！」薛蟠見說，便怔了，忙問道：「我鬧甚麼？」薛姨媽道：「你還裝腔呢！人人都知道是你說的。」薛蟠道：「人人說我殺了人，也就

信了罷？」薛姨媽道：「連你妹妹都知道是你說的，難道他也賴你不成？」寶釵忙勸道：「媽媽和哥哥且別叫喊，消消停停的，就有個青紅皂白了。」因向薛蟠道：「是你說的也罷，不是你說的也罷，事情也過去了，不必較證，倒把小事兒弄大了。我只勸你，從此以後少在外頭胡鬧，少管別人的事。天天一處大家胡逛，你是個不防頭的人，過後兒沒事就罷了，倘或有事，不是你幹的，人人都也疑惑是你幹的，不用說別人，我先就疑惑你。」

　　薛蟠本是個心直口快的人，見不得這樣藏頭露尾的事；又見寶釵勸他別再胡逛去，他母親又說他犯舌[5]，寶玉之打是他治的，早已急的亂跳，賭咒發誓的分辯。又罵眾人：「誰這樣編派我？我把那囚攮的牙敲了！分明是為打了寶玉，沒的獻勤兒，拿我來作幌子。難道寶玉是天王？他父親打他一頓，一家子定要鬧幾天。那一回為他不好，姨爹打了他兩下子，過後兒老太太不知怎麼知道了，說是珍大哥哥治的，好好兒的叫了去罵了一頓。今兒越發拉上我了！既拉上我，也不怕，索性進去把寶玉打死了，我替他償了命！」一面嚷，一面抓起一根門閂來就跑。慌的薛姨媽拉住，罵道：「作死的孽障，你打誰去？你先打我來！」薛蟠的眼急的銅鈴一般，嚷道：「何苦來！又不叫我去，為甚麼好好的賴我？將來寶玉活一日，我擔一日的口舌，不如大家死了清淨。」寶釵忙也上來勸道：「你忍耐些兒罷。媽急的這個樣兒，你不說來勸，你還反鬧的這樣。別說是媽，便是旁人來勸你，也為你好，倒把你的性子勸上來了。」

　　薛蟠道：「你這會子又說這話，都是你說的！」寶釵道：「你只怨我說，再不怨你那顧前不顧後的形景。」薛蟠道：「你只會怨我顧前不顧後，你怎麼不怨寶玉外頭招風惹草的呢？別說別的，只拿前兒琪官的事比給你們聽：那琪官兒我們見了十來次，他並未和我說一句親熱話；怎麼前兒他見了，連姓名還不知道，就把汗巾子給他了？難道這也是我說的不成？」薛姨媽和寶釵忙說道：「還提這個！可不是為這個打他呢。可見是你說的了。」薛蟠道：「真真的氣死人了！賴我說的我不惱，我只氣一個寶玉鬧的這麼天翻地覆的。」寶釵道：「誰鬧了？你先持刀動杖的鬧起來，倒說別人鬧。」

---

5)　　犯舌：惹出口舌糾紛。

　　薛蟠見寶釵說的話句句有理，難以駁正，比母親的話反難回答，因此便要設法拿話堵回他去，就無人敢攔自己的話了；也因正在氣頭上，未曾想話之輕重，便說道：「好妹妹，你不用和我鬧，我早知道你的心了。從先媽媽和我說：『你這金鎖要揀有玉的才可配』，你留了心，見寶玉有那勞什子，你自然如今行動護着他。」話未說了，把個寶釵氣怔了，拉着薛姨媽哭道：「媽媽你聽，哥哥說的是甚麼話！」薛蟠見妹妹哭了，便知自己冒撞了，便賭氣走到自己房裏安歇不提。

　　這裏薛姨媽氣的亂戰，一面又勸寶釵道：「你素日知那孽障說話沒道理，明兒我叫他給你陪不是。」寶釵滿心委屈氣忿，待要怎樣，又怕他母親不安，少不得含淚別了母親，各自回來，到屋裏整哭了一夜。次日一早起來，也無心梳洗，胡亂整理了衣裳，便出來瞧母親。可巧遇見林黛玉，獨立在花陰之下，問他那裏去，寶釵因說「家去」。口裏說着，便只管走。黛玉見他無精打采的去了，又見眼上好似有哭泣之狀，大非往日可比，便在後面笑道：「姐姐也自己保重些兒。就是哭出兩缸眼淚來，也醫不好棒瘡！」不知寶釵如何答對，且聽下回分解。

💡 精華賞析

　　寶玉挨打後，寶釵和黛玉分別來看望寶玉，兩人表現大為不同：一個是賢淑得當，還暗裏透出一絲情意；另一個是哭哭啼啼，流露出心疼和難過。這樣的描寫不僅符合人物性格，也更加突出了寶釵的藏而不露和黛玉的一往情深。

《第三十五回》

白玉釧親嘗蓮葉羹
黃金鶯巧結梅花絡

> 襲人勸王夫人把寶玉挪出大觀園，那一番話說得入情入理，讓王夫人下決心暗地裏提高了襲人的地位。

　　話說寶釵分明聽見林黛玉刻薄他，因惦記着母親哥哥，並不回頭，一徑去了。

　　這裏林黛玉仍舊立於花陰之下，遠遠的卻向怡紅院內望着，只見李紈、迎春、探春、惜春並各項人等都向怡紅院去過之後，一起一起的散盡了，只不見鳳姐兒來，心裏自己盤算說道：「如何他不來瞧寶玉？便是有事纏住了，他必定也是要來打個花胡哨¹，討老太太和太太的好兒才是。今兒這早晚不來，必定有原故。」一面猜疑，一面抬頭再看時，只見花花簇簇的一羣人又向怡紅院內來了。定睛看時，卻是賈母搭着鳳姐兒的手，後頭邢夫人王夫人跟着周姨娘並丫鬟媳婦等人都進院去了。

　　黛玉看了不覺點頭，想起有父母的人的好處來，早又淚珠滿面。少頃，只見薛姨媽寶釵等也進入去了。忽見紫鵑從背後走來，說道：「姑娘吃藥去罷，開水又冷了。」黛玉道：「你到底要怎麼樣？只是催，我吃不吃，管你甚麼相干！」紫鵑笑道：「咳嗽的才好了些，又不吃藥了。如今雖然是五月裏，天氣熱，到底也該還小心些。大清早起，在這個潮地上站了半日，也該回去歇息歇息了。」一句話提醒了黛玉，方覺得有點腿痠，呆了半日，方慢慢的扶着紫鵑，回瀟湘館來。

---

1)　　打個花胡哨：花言巧語和口頭敷衍世故的行為。

　　一進院門，只見滿地下竹影參差，苔痕濃淡，不覺又想起《西廂記》中所云「幽僻處可有人行，點蒼苔白露泠泠」二句來，因暗暗的歎道：「雙文雖然命薄，尚有孀母弱弟；今日我黛玉之薄命，一併連孀母弱弟俱無。」想到這裏，又欲滴下淚來，不防廊下的鸚哥兒見黛玉來了，嘎的一聲撲了下來，倒嚇了一跳，因說道：「作死了呢，又扇了我一頭灰。」那鸚哥又飛上架去，便叫：「雪雁，快掀簾子，姑娘來了。」黛玉便止住步，以手扣架道：「添了食水不曾？」那鸚哥便長歎一聲，竟大似黛玉素日吁嗟音韻，接着唸道：「儂今葬花人笑痴，他年葬儂知是誰？」黛玉紫鵑聽了都笑起來。

　　紫鵑笑道：「這都是素日姑娘唸的，難為他怎麼記得了！」黛玉便令將架摘下來，另掛在月洞窗戶外的鈎上，於是進了屋子，在月洞窗內坐了。吃畢藥，只見窗外竹影映入紗窗來，滿屋內陰陰翠潤，几簟生涼。黛玉無可釋悶，便隔着紗窗調逗鸚哥作戲，又將素日所喜的詩詞也教與他唸。這且不在話下。

　　且說寶釵來至家中，只見母親正在梳頭呢。看見他來，便笑着說道：「你這麼早就梳上頭了？」寶釵道：「我瞧瞧媽媽，身上好不好？昨兒我去了，不知他可又過來鬧了沒有？」一面說，一面在他母親身旁坐了，由不得哭將起來。薛姨媽見他一哭，自己掌不住，也就哭了一場，一面又勸他：「我的兒，你別委曲了。你等我處分那孽障！你要有個好歹，我指望那一個呢？」

　　薛蟠在外邊聽見，連忙的跑過來，對着寶釵，左一個揖，右一個揖，只說：「好妹妹，恕我這一次罷！原是我昨兒吃了酒，回來的晚了，路上撞客着了，來家沒醒，不知胡說了些甚麼，連自己也不知道，怨不得你生氣。」寶釵原是掩面而哭，聽如此說，由不得也好笑了，遂抬頭向地下啐了一口，說道：「你不用做這些像生兒[2]。我知道你的心裏多嫌我們娘兒們，是要變着法兒叫我們離了你，你就心淨了。」薛蟠聽說，連忙笑道：「妹妹這話從那裏說起？妹妹從來不是這樣多心說歪話的人哪。」薛姨媽忙又接着道：「你只會聽見你妹妹的歪話，難道昨兒晚上你說的那話，就使得嗎？當真是你發昏了？」

　　薛蟠道：「媽媽也不必生氣，妹妹也不用煩惱，從今以後我再不和他們一

---

2)　　像生兒：指薛蟠的滑稽行為好似表演像生兒。像生兒今作相聲。

塊兒喝酒閑逛，好不好？」寶釵笑道：「這才明白過來了！」薛姨媽道：「你要有這個橫勁³，那龍也下蛋了。」薛蟠道：「我若再和他們一處喝，妹妹聽見了只管啐我，再叫我畜生，不是人，如何？何苦來，為我一個人，娘兒兩個天天操心！媽媽為我生氣還猶可，只管叫妹妹為我操心，我更不是人了。如今父親沒了，我不能多孝順媽多疼妹妹，反教娘生氣妹妹煩惱，真連個畜生也不如了。」口裏說着，眼睛裏禁不起也滾下淚來。薛姨媽本不哭了，聽他一說又傷心起來。寶釵勉強笑道：「你鬧夠了，這會子又來招着媽媽哭了。」

薛蟠聽說，收淚笑道：「我何曾招媽媽哭來？罷，罷，扔下這個別提了。叫香菱來倒茶妹妹吃。」寶釵道：「我也不吃茶，等媽媽洗了手，我們就過去了。」薛蟠道：「妹妹的項圈我瞧瞧，只怕該炸⁴一炸去了。」寶釵道：「黃澄澄的又炸他作甚麼？」薛蟠又道：「妹妹如今也該添補些衣裳了。要甚麼顏色花樣，告訴我。」寶釵道：「連那些衣裳我還沒穿遍呢，又做甚麼？」一時薛姨媽換了衣裳，拉着寶釵進去，薛蟠方出去了。

這裏薛姨媽和寶釵進園來瞧寶玉，到了怡紅院中，只見抱廈裏外迴廊上許多丫鬟老婆站着，便知賈母等都在這裏。母女兩個進來，大家見過了，只見寶玉躺在榻上。薛姨媽問他可好些。寶玉忙欲欠身，口裏答應着「好些」。又說：「只管驚動姨娘、姐姐，我當不起。」薛姨媽忙扶他睡下，又問他：「想甚麼，只管告訴我。」寶玉笑道：「我想起來，自然和姨娘要去的。」王夫人又問：「你想甚麼吃？回來好給你送來。」寶玉笑道：「也倒不想甚麼吃，倒是那一回做的那小荷葉兒小蓮蓬兒的湯還好些。」

鳳姐一旁笑道：「都聽聽，口味倒不算高貴，只是太磨牙⁵了。巴巴兒的想這個吃。」賈母便一疊聲的叫做去。鳳姐兒笑道：「老祖宗別急，等我想一想這模子誰收着呢。」因回頭吩咐個婆子去問管廚房的要去。那婆子去了半天，來回說：「管廚房的說，四副湯模子都交上來了。」鳳姐兒聽說，想了一想，道：「我記得交給誰了，多半在茶房裏。」一面又遣人去問管茶房的，也不曾收。次後還是管金銀器皿的送了來了。

---

3)　　橫（hèng）勁：指在人面前有骨氣、不低頭、敢於硬碰硬。

4)　　炸：金器舊了，加一次工，使其重增光彩，術語叫炸。

5)　　磨牙：費唇舌，這裏指麻煩、費事。

　　薛姨媽先接過來瞧時，原來是個小匣子，裏面裝着四副銀模子，都有一尺多長，一寸見方，上面鑿着有豆子大小，也有菊花的，也有梅花的，也有蓮蓬的，也有菱角的，共有三四十樣，打的十分精巧。因笑向賈母王夫人道：「你們府上也都想絕了，吃碗湯還有這些樣子。若不說出來，我見這個也不認得這是作甚麼用的。」鳳姐兒也不等人說話，便笑道：「姨媽不知道，這是舊年備膳的時候兒他們想的法兒。不知弄些甚麼麵印出來，借點新荷葉的清香，全仗着好湯，我吃着究竟也沒甚麼意思，誰家常吃他了？那一回呈樣作了一回，他今兒怎麼想起來了。」說着接了過來，遞與個婦人，吩咐廚房裏立刻拿幾隻雞，另外添了東西，做十碗湯來。

　　王夫人道：「要這些做甚麼？」鳳姐兒笑道：「有個原故：這一宗東西家常不大做，今兒寶兄弟提起來了，單做給他吃，老太太、姨媽、太太都不吃，似乎不大好。不如就勢兒弄些大家吃吃，託賴着連我也嘗個新兒。」賈母聽了，笑道：「猴兒，把你乖的！拿着官中的錢你做人情。」說的大家笑了。鳳姐也忙笑道：「這不相干。這個小東道兒我還孝敬的起呢。」便回頭吩咐婦人，「說給廚房裏，只管好生添着做了，在我的賬上領銀子。」婦人答應着去了。

　　寶釵一旁笑道：「我來了這麼幾年，留神看起來，二嫂子憑他怎麼巧，再巧不過老太太。」賈母聽說，便答道：「我如今老了，那裏還巧甚麼？當日我像鳳丫頭這麼大年紀，比他還來得呢。他如今雖說不如我，也就算好了，比你姨娘強遠了。你姨娘可憐見的，不大說話，和木頭似的，公婆跟前就不大顯好兒。鳳兒嘴乖，怎麼怨得人疼他。」寶玉笑道：「若這麼說，不大說話的就不疼了？」賈母道：「不大說話的又有不大說話的可疼之處，嘴乖的也有一宗可嫌的，倒不如不說話的好。」寶玉笑道：「這就是了。我說大嫂子倒不大說話呢，老太太也是和鳳姐姐的一樣看待。若是單是會說話的可疼，這些姊妹裏頭也只是鳳姐姐和林妹妹可疼了。」賈母道：「提起姊妹，不是我當着姨太太的面奉承，千真萬真，從我們家四個女孩兒算起，都不如寶丫頭。」薛姨媽聽說，忙笑道：「這話老太太是說偏了。」王夫人忙又笑道：「老太太時常背地裏和我說寶丫頭好，這倒不是假話。」寶玉勾着賈母原為要讚黛玉，不想反讚起寶釵來，倒也意出望外，便看着寶釵一笑。寶釵早扭過頭去和襲人說話去了。

忽有人來請吃飯，賈母方立起身來，命寶玉好生養着，又把丫頭們囑咐了一回，方扶着鳳姐兒，讓着薛姨媽，大家出房去了。因問湯好了不曾，又問薛姨媽等：「想甚麼吃，只管告訴我，我有本事叫鳳丫頭弄了來咱們吃。」薛姨媽笑道：「老太太也會慪他。時常他弄了東西孝敬，究竟又吃不了多少。」鳳姐兒笑道：「姑媽倒別這樣說。我們老祖宗只是嫌人肉酸，若不嫌人肉酸，早已把我還吃了呢。」

一句話沒說了，引的賈母眾人都哈哈的大笑起來。寶玉在房裏也掌不住笑了。襲人笑道：「真真的二奶奶的嘴怕死人！」寶玉伸手拉着襲人笑道：「你站了這半日，可乏了？」一面說，一面拉他身旁坐了。襲人笑道：「可是又忘了。趁寶姑娘在院子裏，你和他說，煩他鶯兒來打上幾根條子。」寶玉笑道：「虧你提起來。」說着，便仰頭向窗外道：「寶姐姐，吃過飯叫鶯兒來，煩他打幾根絡子，可得閑兒？」寶釵聽見，回頭道：「是了，一會叫他來就是了。」賈母等尚未聽真，都止步問寶釵。寶釵說明了，大家方明白。賈母又說道：「好孩子，叫他來替你兄弟作幾根罷。你要人使，我那裏閑着的丫頭多着呢，你喜歡誰，只管叫了來使喚。」薛姨媽寶釵等都笑道：「只管叫他來做就是了，有甚麼使喚的去處？他天天也是閑着淘氣。」

大家說着，往前正走，忽見湘雲、平兒、香菱等在山石邊掐鳳仙花呢，見了他們走來，都迎上來了。

少頃至園外，王夫人恐賈母乏了，便欲讓至上房內坐。賈母也覺腿痠，便點頭依允。王夫人便令丫頭先去鋪設坐位。那時趙姨娘推病，只有周姨娘與眾婆娘丫頭們忙着打簾子，立靠背，鋪褥子。賈母扶着鳳姐兒進來，與薛姨媽分賓主坐下。寶釵湘雲坐在下面。王夫人親自捧了茶奉與賈母，李紈奉與薛姨媽。賈母向王夫人道：「讓他們小妯娌伏侍，你在那裏坐下，好說話兒。」王夫人方向一張小杌子上坐了，便吩咐鳳姐兒道：「老太太的飯放在這裏，添了東西來。」鳳姐兒答應出去，便令人去賈母那邊告訴，那邊的婆娘忙仕外傳了，丫頭們忙都趕過來。王夫人便命：「請姑娘們去。」請了半天，只有探春惜春兩個來了；迎春身上不耐煩，不吃飯；那黛玉自不消說，平素十頓飯只吃五頓，眾人也不着意了。少頃飯至，眾人調放了桌子。鳳姐兒用手巾裹着一把牙箸站在地下，笑道：「老祖宗和姨媽不用讓，還聽我說就是了。」賈母笑向薛姨媽道：「我們就是這樣。」薛姨媽笑着應了。於是鳳姐放了四雙

箸：上面兩雙是賈母薛姨媽，兩邊是寶釵湘雲的。王夫人李宮裁等都站在地下，看着放菜。鳳姐先忙着要乾淨傢夥來，替寶玉揀菜。

少頃，荷葉湯來，賈母看過了。王夫人回頭見玉釧兒在那邊，便令玉釧兒與寶玉送去。鳳姐道：「他一個人拿不去。」可巧鶯兒和喜兒都來了。寶釵知道他們已吃了飯，便向鶯兒道：「寶兄弟正叫你去打條子，你們兩個一同去罷。」

鶯兒答應，同着玉釧兒出來。鶯兒道：「這麼遠，怪熱的，怎麼端了去？」玉釧笑道：「你放心，我自有道理。」說着，便令一個婆子來，將湯飯等物放在一個捧盒裏，令他端了跟着，他兩個卻空着手走。

一直到了怡紅院門內，玉釧兒方接了過來，同鶯兒進入寶玉房中。襲人、麝月、秋紋三個人正和寶玉玩笑呢，見他兩個來了，都忙起來，笑道：「你兩個怎麼來的這麼碰巧，一齊來了？」一面說，一面接過來。玉釧兒便向一張杌子上坐了，鶯兒不敢坐下。襲人便忙端了個腳踏來，鶯兒還不敢坐。寶玉見鶯兒來了，卻倒十分歡喜；忽見了玉釧兒，便想到他姐姐金釧兒身上，又是傷心，又是慚愧，便把鶯兒丟下，且和玉釧兒說話。襲人見把鶯兒不理，恐鶯兒沒好意思的，又見鶯兒不肯坐，便拉了鶯兒出來，到那邊房裏去吃茶說話兒去了。

這裏麝月等預備了碗箸來伺候吃飯。寶玉只是不吃，問玉釧兒道：「你母親身子好？」玉釧兒滿臉嬌嗔，正眼也不看寶玉，半日方說了一個「好」字。寶玉便覺沒趣，半日，只得又陪笑問道：「誰叫你替我送來的？」玉釧兒道：「不過是奶奶太太們！」寶玉見他還是哭喪着臉，便知是為金釧兒的原故；待要虛心下氣哄他，又見人多，不好下氣的，因而便尋方法，將人都支出去，然後又陪笑問長問短。

那玉釧兒先雖不悅，只管見寶玉一些性子沒有，憑他怎麼喪謗[6]，還是溫存和氣，自己倒不好意思的了，臉上方有三分喜色。

寶玉便笑求他：「好姐姐，你把那湯拿了來我嘗嘗。」玉釧兒道：「我從不會餵人東西，等他們來了再喝。」寶玉笑道：「我不是要你餵我。我因為走不動，你遞給我喝了，你好趕早兒回去交代了，你好吃飯的。我只管耽誤了

---

6)　　喪謗：態度不柔和。物件的韌性不夠，例如厚布硬皮等，也說喪謗。

時候，豈不餓壞了你？你要懶怠動，我少不得忍了疼下去取去。」說着便要下床來，掙扎起來，禁不住噯喲之聲。

玉釧兒見他這般，也忍不住起身說道：「躺下罷！那世裏造的孽，這會子現世現報。教我那一個眼睛看的上！」一面說，一面哧的一聲又笑了，端過湯來。寶玉笑道：「好姐姐，你要生氣只管在這裏生罷，見了老太太、太太可和氣些着，若還這樣，你就又挨罵了。」玉釧兒道：「吃罷，吃罷！不用和我甜嘴蜜舌的了，我都知道啊！」說着，催寶玉喝了兩口湯。寶玉故意說：「不好吃。」玉釧兒撇嘴道：「阿彌陀佛！這個還不好吃，也不知甚麼好吃呢。」寶玉道：「一點味兒也沒有，你不信，嘗一嘗就知道了。」玉釧兒果真賭氣嘗了一嘗。寶玉笑道：「這可好吃了？」玉釧兒聽說，方解過意來，原是寶玉哄他喝一口，便說道：「你既說不好喝，這會子說好吃也不給你喝了。」寶玉只管央求陪笑要吃，玉釧兒又不給他，一面又叫人來打發吃飯。

丫頭們方進來時，忽有人來回話說：「傅二爺家的兩個嬤嬤來請安，來見二爺。」寶玉聽說，便知是通判傅試家的嬤嬤來了。那傅試原是賈政的門生，原來都賴賈家的名勢得意，賈政也着實看待，與別的門生不同，他那裏常遣人來走動。寶玉素昔最厭勇男蠢婦的，今日卻如何又命這兩個婆子進來？其中原來有個原故：只因那寶玉聞得傅試有個妹子，名喚秋芳，也是個瓊閨秀玉，常聽人傳說才貌俱全，雖自未親睹，然遐思遙愛之心十分誠敬，不命他們進來，恐薄了傅秋芳，因此連忙命讓進來。

那傅試原是暴發的，因傅秋芳有幾分姿色，聰明過人，那傅試安心仗着妹妹要與豪門貴族結親，不肯輕意許人，所以耽誤到如今。目今傅秋芳已二十三歲，尚未許人。怎奈那些豪門貴族又嫌他本是窮酸，根基淺薄，不肯求配。

那傅試與賈家親密，也自有一段心事。今日遣來的兩個婆子偏生是極無知識的，聞得寶玉要見，進來只剛問了好，說了沒兩句話。那玉釧見生人來，也不和寶玉廝鬧了，手裏端着湯卻只顧聽話。寶玉又只顧和婆子說話，一面吃飯，伸手去要湯。兩個人的眼睛都看着人，不想伸猛了手，便將碗撞翻，將湯潑了寶玉手上。玉釧兒倒不曾燙着，唬了一跳，忙笑了，「這是怎麼了？」慌的丫頭們忙上來接碗。寶玉自己燙了手倒不覺的，卻只管問玉釧兒：「燙了那裏了？疼不疼？」玉釧兒和眾人都笑了。玉釧兒道：「你自己燙了，

只管問我。」寶玉聽說，方覺自己燙了。眾人上來連忙收拾。寶玉也不吃飯，洗手吃茶，又和那兩個婆子說了兩句話。然後兩個婆子告辭出去，晴雯等送至橋邊方回。

那兩個婆子見沒人了，一行走，一行談論。這一個笑道：「怪道有人說他家寶玉是外像好裏頭糊塗，中看不中吃的，果然竟有些呆氣。他自己燙了手，倒問別人疼不疼，這可不是個呆子嗎？」那一個又笑道：「我前一回來，還聽見他家裏許多人說，千真萬真的有些呆氣。大雨淋的水雞兒似的，他反告訴人『下雨了，快避雨去罷』。你說可笑不可笑？時常沒人在跟前，就自哭自笑的；看見燕子，就和燕子說話；河裏看見了魚，就和魚說話；見了星星月亮，不是長吁短歎，就是咕咕噥噥的。且一點剛性兒也沒有，連那些毛丫頭的氣都受到了。愛惜起東西來，連個線頭兒都是好的；糟蹋起來，那怕值千值萬的都不管了。」兩個人一面說，一面走出園來回去，不在話下。

且說襲人見人去了，便攜了鶯兒過來，問寶玉：「打甚麼條子？」寶玉笑向鶯兒道：「才只顧說話，就忘了你。煩你來不為別的，卻為替我打幾根絡子。」鶯兒道：「裝甚麼的絡子？」寶玉見問，便笑道：「不管裝甚麼的，你都每樣打幾個罷。」鶯兒拍手笑道：「這還了得！要這樣，十年也打不完了。」寶玉笑道：「好姐姐，你閑着也沒事，都替我打了罷。」襲人笑道：「那裏一時都打得完，如今先揀要緊的打幾個罷。」鶯兒道：「甚麼要緊，不過是扇子、香墜兒、汗巾子。」寶玉道：「汗巾子就好。」鶯兒道：「汗巾子是甚麼顏色的？」寶玉道：「大紅的。」鶯兒道：「大紅的須是黑絡子才好看，或是石青的才壓的住顏色。」寶玉道：「松花色配甚麼顏色？」鶯兒道：「松花配桃紅。」寶玉笑道：「這才嬌豔，再要雅淡之中帶些嬌豔才好。」鶯兒道：「蔥綠柳黃可倒還雅緻。」寶玉道：「也罷了，也打一條桃紅，再打一條蔥綠。」鶯兒道：「甚麼花樣呢？」寶玉道：「也有幾樣花樣？」鶯兒道：「一炷香、朝天凳、象眼塊、方勝、連環、梅花、柳葉。[7]」寶玉道：「前兒你替三姑娘打的那花樣是甚麼？」鶯兒道：「那是攢心梅花。」寶玉道：「就是那樣好。」一面說，一面叫襲人拿了線來，窗外婆子說：「姑娘們的飯都有了。」寶玉道：「你們吃飯去，

---

7)　　一炷香……柳葉：指各種圖案名稱。簡單地說：一炷香是直線形；朝天凳是梯形；象眼塊是斜方形；方勝是一角相疊的兩個方形；連環是兩環套聯；梅花、柳葉都是因象形得名。

快吃了來罷。」襲人笑道:「有客在這裏,我們怎好意思去呢?」鶯兒一面理線,一面笑道:「這話又打那裏說起?正經快吃了來罷。」襲人等聽說方去了,只留了兩個小丫頭聽呼喚。

寶玉一面看鶯兒打絡子,一面說閑話,因問他:「十幾歲了?」鶯兒手裏打着,一面答話說:「十六歲了。」寶玉道:「你本姓甚麼?」鶯兒道:「姓黃。」寶玉笑道:「這個名姓倒對了,果然是個黃鶯兒。」鶯兒笑道:「我的名字本來是兩個字,叫作金鶯。姑娘嫌拗口,就單叫鶯兒,如今就叫開了。」寶玉道:「寶姐姐也算疼你了。明兒寶姐姐出閣,少不得是你跟去了。」鶯兒抿嘴一笑。寶玉笑道:「我常常和襲人說,明兒不知那一個有福的消受你們主兒兩個呢。」鶯兒笑道:「你還不知道我們姑娘有幾樣世人都沒有的好處呢,模樣兒還在其次。」寶玉見鶯兒嬌憨婉轉,語笑如痴,早不勝其情了,那堪更提起寶釵來!便問他道:「甚麼好處?好姐姐,你細細兒的告訴我聽。」鶯兒笑道:「我告訴你,你可不許又告訴他。」寶玉笑道:「這個自然的。」

正說着,只聽外頭說道:「怎麼這樣靜悄悄的!」二人回頭看時,不是別人,正是寶釵來了。寶玉忙讓坐。寶釵坐了,因問鶯兒:「打甚麼呢?」一面問,一面向他手裏去瞧,才打了半截。寶釵笑道:「這有甚麼趣兒!倒不如打個絡子,把玉絡上呢。」一句話提醒了寶玉,便拍手笑道:「倒是姐姐說得是,我就忘了。只是配個甚麼顏色才好?」寶釵道:「用鴉色斷然使不得,大紅又犯了色,黃的又不起眼,黑的太暗。依我說,竟把你的金線拿來,配着黑珠兒線,一根一根的拈上,打成絡子,那才好看。」

寶玉聽說,喜之不盡,一疊聲就叫襲人來取金線。正值襲人端了兩碗菜走進來,告訴寶玉道:「今兒奇怪,才剛太太打發人給我送了兩碗菜來。」寶玉笑道:「必定是今兒菜多,送來給你們大家吃的。」襲人道:「不是,指名給我送來的,還不叫過去磕頭。這可是奇了。」寶釵笑道:「給你的,你就吃了,這有甚麼可猜疑的?」襲人笑道:「從來沒有的事,倒叫我不好意思的。」寶釵抿嘴一笑,說道:「這就不好意思了?明兒比這個更叫你不好意思的還有呢。」襲人聽了話內有因,素知寶釵不是輕嘴薄舌奚落人的,自己方想起日王夫人的意思來,便不再提了,將菜與寶玉看了,說:「洗了手來拿線。」說畢,便一直的出去了。吃過飯,洗了手,進來拿金線與鶯兒打絡子。此時寶釵早被薛蟠遣人來請出去了。

　　這裏寶玉正看着打絡子，忽見邢夫人那邊遣了兩個丫鬟送了兩樣果子來與他吃，問他：「可走得了？若走得動，叫哥兒明兒過來散散心，太太着實記掛着呢。」寶玉忙道：「若走得了，必請太太的安去。疼的比先好些，請太太放心罷。」一面叫他兩個坐下，一面又叫秋紋來，把才拿來的那果子一半送與林姑娘去。秋紋答應了，剛欲去時，只聽黛玉在院內說話，寶玉忙叫「快請」。要知端的，且聽下回分解。

💬 **延伸思考**

....

寶玉自己被熱湯燙着，卻先關心玉釧有沒有燙着。請你針對寶玉的心理，對這一情節進行分析？

《第三十六回》

繡鴛鴦夢兆絳芸軒
識分定情悟梨香院

> 寶釵來看望寶玉，見他正在睡覺，就情不自禁地坐了下來，為寶玉趕起蚊子。這一幕正好被黛玉看在眼裏，依着黛玉的性子，當然要尋個機會打趣一番。

　　話說賈母自王夫人處回來，見寶玉一日好似一日，心中自是歡喜。因怕將來賈政又叫他，遂命人將賈政的親隨小廝頭兒喚來，吩咐他：「以後倘有會人待客諸樣的事，你老爺要叫寶玉，你不用上來傳話，就回他說我說了：一則打重了，得着實將養幾個月才走得；二則他的星宿不利，祭了星不見外人，過了八月才許出二門。」那小廝頭兒聽了，領命而去。賈母又命李嬤嬤襲人等來，將此話說與寶玉，使他放心。

　　那寶玉素日本就懶與士大夫諸男人接談，又最厭峨冠禮服賀弔往還等事，今日得了這句話，越發得了意，不但將親戚朋友一概杜絕了，而且連家庭中晨昏定省亦發都隨他的便了，日日只在園中遊臥，不過每日一早到賈母王夫人處走走就回來了，卻每每甘心為諸丫鬟充役，倒也得十分閑消日月。或如寶釵輩有時見機勸導，反生起氣來，只說：「好好的一個清淨潔白的女兒，也學的釣名沽譽，入了國賊祿鬼之流。這總是前人無故生言，原為引導後世鬚眉濁物。不想我生不幸，亦且瓊閨繡閣中亦染此風，真真有負天地鍾靈毓秀之德了。」眾人見他如此瘋顛，也都不向他說正經話了。獨有林黛玉自幼不曾勸他去立身揚名，所以深敬黛玉。

　　閑言少述。如今且說鳳姐自見金釧死後，忽見幾個家人常來孝敬他些東西，又不時的來請安奉承，自己倒生了疑惑，不知何意。這日又見人來孝敬

他東西，因晚間無人時，笑問平兒，平兒冷笑道：「奶奶連這個都想不起來了？我猜他們的女兒，都必是太太房裏的丫頭，如今太太房裏有四個大的，一個月一兩銀子的分例，下剩的都是一個月幾百錢。如今金釧兒死了，必定他們要弄這一兩銀子的窩兒呢。」鳳姐聽了，笑道：「是了，是了，倒是你想的不錯。只是這些人也太不知足。錢也賺夠了，苦事情又攤不着他們，弄個丫頭搪塞着身子也就罷了，又還想這個巧宗兒。他們幾家的錢也不是容易花到我跟前的，這可是他們自尋，送甚麼來，我就收甚麼，橫豎我有主意。」鳳姐兒安下這個心，所以只管遷延着，等那些人把東西送足了，然後乘空方回王夫人。

這日午間，薛姨媽寶釵與黛玉等正在王夫人屋裏大家吃西瓜，鳳姐兒得便回王夫人道：「自從玉釧兒的姐姐死了，太太跟前少着一個人。太太或看準了那個丫頭好，就吩咐了，下月好發放月錢。」王夫人聽了，想了一想，道：「依我說，甚麼是例，必定四個五個的？夠使就罷了，竟可以免了罷。」鳳姐笑道：「論理，太太說的也是。這原是舊例，別人屋裏還有兩個呢，太太倒不按例了。況且省下一兩銀子，也有限的。」王夫人聽了，又想一想，道：「也罷，這個分例只管關了來，不用補人，就把這一兩銀子給他妹妹玉釧兒罷。他姐姐伏侍了我一場，沒個好結果，剩下他妹妹跟着我，吃個雙分兒也不為過。」鳳姐答應着，回頭望着玉釧兒道：「大喜，大喜。」玉釧兒過來磕了頭。

王夫人問道：「正要問你，如今趙姨娘周姨娘的月例[1]多少？」鳳姐道：「那是定例，每人二兩。趙姨娘有環兄弟的二兩，共是四兩，另外四串錢。」王夫人道：「月月可都按數給他們？」鳳姐見問的奇，忙道：「怎麼不按數給呢！」王夫人道：「前兒我恍惚聽見有人抱怨，說短了一吊錢，是甚麼原故？」鳳姐忙笑道：「姨娘們的丫頭，月例原是人各一吊錢。從舊年他們外頭商議的，姨娘們每位的丫頭分例減半，人各五百錢，每位兩個丫頭，所以短了一吊錢。這事其實不在我手裏，我倒樂得給他們呢，只是外頭又扣着，這裏我不過是接手兒，怎麼來，怎麼去，由不得我做主。我倒說了兩三句，仍舊添上這兩分為是。他們說了只有這個數兒，叫我也難再說了。如今我手裏給他們，每

---

1)　　關、月例：領俸祿、領錢糧等的「領」常說關。在當時封建大家庭裏成員的每月費用，由管家發給，叫作月例。也說月錢、分例。

月連日子都不錯。先時兒在外頭關，那個月不打饑荒？何曾順順溜溜的得過一遭兒呢。」

王夫人聽說，也就罷了，半晌又問：「老太太屋裏幾個一兩的？」鳳姐道：「八個。如今只有七個，那一個是襲人。」王夫人道：「這就是了。你寶兄弟也並沒有一兩的丫頭，襲人還算是老太太房裏的人。」鳳姐笑道：「襲人原是老太太的人，不過給寶兄弟使。他這一兩銀子，還在老太太的丫頭分例上領。如今說因為襲人是寶兄弟的人，裁了這一兩銀子，斷乎使不得。若說再添一個人給老太太，這個還可以裁他的。若不裁他，須得環兒弟屋裏也添上一個才公道均勻了。就是晴雯麝月等七個大丫頭，每月每人各一吊，佳蕙等八個小丫頭們，每月每人各五百，還是老太太的話，別人也惱不得氣不得呀。」薛姨娘笑道：「你們只聽鳳丫頭的嘴，倒像倒了核桃車子[2]似的，賬也清楚，理也公道。」鳳姐笑道：「姨媽，難道我說錯了嗎？」薛姨媽笑道：「說的何嘗錯，只是你慢着些兒說，豈不省力些。」鳳姐才要笑，忙又忍住了，聽王夫人示下。

王夫人想了半日，向鳳姐兒道：「明兒挑一個好丫頭送去老太太使，補襲人，把襲人的一分裁了。把我每月的月例二十兩銀子裏，拿出二兩銀子一吊錢來給襲人。以後凡事有趙姨娘周姨娘的，也有襲人的，只是襲人的這一分都從我的分例上勻出來，不必動官中的就是了。」鳳姐一一的答應了，笑推薛姨媽道：「姨媽聽見了，我素日說的話如何？今兒果然應了我的話。」薛姨媽道：「早就該如此。模樣兒自然不用說的，他的那行事兒的大方，說話見人和氣裏頭帶着剛硬要強，這個實在難得。」王夫人含淚說道：「你們那裏知道襲人那孩子的好處？比我的寶玉強十倍呢。寶玉果然是有造化的，能夠得他長長遠遠的伏侍一輩子，也就罷了。」鳳姐道：「既這麼樣，就開了臉，明放他在屋裏豈不好？」王夫人道：「那就不好了，一則年輕，二則老爺也不許，三則那寶玉見襲人是他的丫頭，縱有放縱的事，倒能聽他的勸，如今作了跟前人[3]，那襲人該勸的也不敢十分的勸了。如今且渾着，等再過二三年再說。」

---

2)　　倒了核桃車子：用裝卸車運核桃的撞擊聲音來比喻、諷刺人的說話一氣連貫，不容旁人插話的行為。

3)　　跟前人：在身邊服侍的人，這裏指做了「妾」的「丫頭」，和「屋裏人」同義。與「跟前兒女」的意思不同。

　　說畢半日，鳳姐見無話，便轉身出來。剛至廊簷上，只見有幾個執事的媳婦子正等他回來呢，見他出來，都笑道：「奶奶今兒回甚麼事，說了這半天？可是要熱着罷。」鳳姐把袖子挽了幾挽，趷[4]着那角門的門檻子，笑道：「這裏過堂風倒涼快，吹一吹再走。」又告訴眾人道：「你們說我回了這半日的話，太太把二百年的事都想起來問我，難道我不說罷？」又冷笑道：「我從今以後倒要幹幾樣克毒事了。抱怨給太太聽，我也不怕。糊塗油蒙了心[5]，爛了舌頭，不得好死的下作娼婦們。別做娘的春夢了！明兒一裏腦子[6]扣的日子還有呢。如今裁了丫頭的錢，就抱怨了咱們。也不想想自己，也配使三個丫頭！」一面罵，一面方走了，自去挑人回賈母的話去。不在話下。

　　卻說王夫人等這裏吃畢西瓜，又說了一回閑話，各自散去。寶釵與黛玉等回至園中，寶釵要約着黛玉往藕香榭去，黛玉回說還要洗澡，便各自散了。寶釵獨自行來，順路進了怡紅院，意欲尋寶玉去閑話，以解午倦。不想一入院中，鴉雀無聞，一併連兩隻仙鶴在芭蕉下都睡着了。寶釵便順着遊廊來至房中，只見外間床上橫三豎四，都是丫頭們睡覺。轉過十錦槅子，來至寶玉的房內。寶玉在床上睡着了，襲人坐在身旁，手裏做針線，旁邊放着一柄白犀麈。寶釵走近前來，悄悄的笑道：「你也過於小心了，這個屋裏那裏有蒼蠅蚊子，還拿蠅刷子趕甚麼？」襲人不防，猛抬頭見是寶釵，忙放下針線，起身悄悄笑道：「姑娘來了，我倒不防，唬了一跳。姑娘不知道，雖然沒有蒼蠅蚊子，誰知有一種小蟲子，從這紗眼裏鑽進來，人也看不見，只睡着了，咬一口，就像螞蟻叮的。」寶釵道：「怨不得。這屋子後頭又近水，又都是香花兒，這屋子裏頭又香。這種蟲子都是花心裏長的，聞香就撲。」

　　說着，一面又瞧他手裏的針線，原來是個白綾紅裏的兜肚，上面扎着鴛鴦戲蓮的花樣，紅蓮綠葉，五色鴛鴦。寶釵道：「噯喲，好鮮亮活計！這是誰的，也值的費這麼大工夫？」襲人向床上努嘴兒。寶釵笑道：「這麼大了，還帶這個？」襲人笑道：「他原是不肯帶，所以特特的做的好了，叫他看見由

---

4)　　趷（cī）：腳尖着地，腳跟抬起，叫做趷腳。蹬在門檻上叫趷門檻，舊社會認為婦女趷門檻是輕浮的舉動。

5)　　糊塗油蒙了心：比喻人的主觀固執、不明事理、想不通。

6)　　一裏腦子：一總，一齊。也作一古腦兒。

不得不帶。如今天氣熱，睡覺都不留神，哄他帶上了，就是夜裏縱蓋不嚴些兒，也就罷了。你說這一個就用了工夫，還沒看見他身上帶的那一個呢。」寶釵笑道：「也虧你耐煩。」襲人道：「今兒做的工夫大了，脖子低的怪瘦的。」又笑道：「好姑娘，你略坐一坐，我出去走走就來。」說着便走了。寶釵只顧看着活計，便不留心，一蹲身，剛剛的也坐在襲人方才坐的所在，因又見那活計實在可愛，不由的拿起針來，就替他做起來。

不想黛玉因遇見湘雲，約他來與襲人道喜，二人來至院中。見靜悄悄的，湘雲便轉身先到廂房裏去找襲人。黛玉卻來至窗外，隔着紗窗往裏一看，只見寶玉穿着銀紅紗衫子，隨便睡着在床上，寶釵坐在身旁做針線，旁邊放着蠅刷子。黛玉見了這個景況，早已呆了，連忙把身子一躲，半日又握着嘴笑，卻不敢笑出來，招手兒叫湘雲。湘雲見他這般光景，只當有甚麼新聞，忙也來一看，才要笑，忽然想起寶釵素日待他厚道，便忙掩住口。知道黛玉不讓人，怕他取笑，便忙拉過他來道：「走罷。我想起襲人來，他說午間要到池子裏去洗衣裳，想必去了，咱們找他去罷。」黛玉心下明白，冷笑了兩聲，只得隨他走了。

這裏寶釵只剛做了兩三個花瓣，忽見寶玉在夢中喊罵說：「和尚道士的話如何信得？甚麼是金玉姻緣，我偏說是木石姻緣！」寶釵聽了這話，不覺怔了。忽見襲人走過來，笑道：「還沒醒呢。」寶釵搖頭。襲人又笑道：「我才碰見林姑娘同史大姑娘，他們進來了麼？」寶釵道：「沒見他們進來。」因向襲人笑道：「他們沒告訴你甚麼？」襲人紅了臉，笑道：「總不過是他們那些玩話，有甚麼正經說的。」寶釵笑道：「他們說的可不是玩話，我正要告訴你呢，你又忙忙的出去了。」

一句話未完，只見鳳姐兒打發人來叫襲人。寶釵笑道：「就是為那話了。」襲人只得喚起兩個丫鬟來，同着寶釵出怡紅院，自往鳳姐這裏來。果然是告訴他這話，又叫他與王夫人叩頭，且不必去見賈母，倒把襲人說的甚覺不好意思。見過王夫人急忙回來，寶玉已醒了，問起原故，襲人且含糊答應，至夜間人靜，襲人方告訴了。寶玉喜不自禁，又向他笑道：「我可看你回家去不去了！那一回往家裏走了一趟，回來就說你哥哥要贖你，又說在這裏沒着落，終久算甚麼，說那麼些無情無義的生分話唬我。從今以後，我可看誰敢來叫你去！」襲人聽了，便冷笑道：「你倒別這麼說。從此以後我是太太的人

了，我要走連你也不必告訴，只回了太太就走。」寶玉笑道：「就算我不好，你回了太太就去了，叫別人聽見說我不好，你去了你也沒意思。」襲人笑道：「有甚麼沒意思的，難道下流人，我也跟着罷。再不然，還有一個死呢。人活百歲，橫豎要死，這一口氣沒了，聽不見看不見就罷了。」寶玉聽見這話，便忙握他的嘴，說道：「罷，罷，罷，你別說這些話了。」襲人深知寶玉性情古怪，聽見奉承吉利話，又厭虛而不實，聽了這些盡情實話，又生悲感，也後悔自己說冒撞了，連忙笑着用話截開，只揀那寶玉素日喜歡的，說些春風秋月，粉淡脂紅，又說到女兒如何好，不覺又說到女兒死的上頭，襲人忙掩住口。

寶玉聽至濃快處，見他不說了，便笑道：「人誰不死，只要死的好。那些鬚眉濁物，只知道文死諫，武死戰，這二死是大丈夫的名節，便只管胡鬧起來，那裏知道有昏君方有死諫之臣，只顧他邀名，猛拼一死，將來置君於何地？必定有刀兵，方有死戰，他只顧圖汗馬之功，猛拼一死，將來置國於何地？……」襲人不等說完，便道：「古時候這些人也因出於不得已他才死啊。」寶玉道：「那武將不過仗血氣之勇，疏謀少略，他自己無能，送了性命，這難道也是不得已？那文官更不比武將了，他唸兩句書記在心裏，若朝廷少有疵瑕，他就胡彈亂諫，邀忠烈之名，倘有不合，濁氣一湧，即時拚死，這難道也是不得已？要知那朝廷是受命於天，若非聖人，那天也斷斷不把這萬几重任與他了。可知那些死的都是沽名釣譽，並不知君臣的大義。比如我此時若果有造化，趁你們都在眼前，我就死了，再能夠你們哭我的眼淚流成大河，把我的屍首漂起來，送到那鴉雀不到的幽僻之處，隨風化了，自此再不要託生為人，這就是我死的得時了。」襲人忽見說出這些瘋話來，忙說睏了，不再答言。那寶玉方合眼睡着，至次日也就丟開了。

一日，寶玉因各處遊的煩膩了，便想起《牡丹亭》曲子來，自己看了兩遍，猶不愜懷，因聞得梨香院的十二個女孩兒中有個小旦齡官最唱的好，因出了角門來找時，只見葵官藥官都在院內，見寶玉來了，都笑迎讓坐。寶玉因問：「齡官在那裏？」都告訴他說：「在他房裏呢。」寶玉忙至他屋內，只見齡官獨自躺在枕上，見他進來，動也不動。寶玉身旁坐下，因素昔與別的女孩子玩慣了的，只當齡官也同別人一樣，因近前陪笑央他起來唱一套「裊晴絲」。不想齡官見他坐下，忙抬身起來躲避，正色說道：「嗓子啞了。前兒娘娘傳進我們去，我還沒有唱呢。」寶玉見他坐正了，再一細看，原來就是那

日薔薇花下畫「薔」字的那一個。又見如此光景，從來未經過這番被人棄厭，自己便訕訕的紅了臉，只得出來了，藥官等不解何故，因問其所以。寶玉便告訴了他。藥官笑說道：「只略等一等，薔二爺來了叫他唱，是必唱的。」寶玉聽了，心下納悶，因問：「薔哥兒那去了？」葵官道：「才出去了，一定就是齡官要甚麼，他去變弄去了。」

寶玉聽了以為奇，少站片時，果見賈薔從外頭來了，手裏又提着個雀兒籠子，上面托着小戲台，並一個雀兒，興興頭頭往裏來找齡官。見了寶玉，只得站住。寶玉問他：「是個甚麼雀兒？」賈薔笑道：「是個玉頂兒，還會銜旗串戲。」寶玉道：「多少錢買的？」賈薔道：「一兩八錢銀子。」說着讓寶玉坐下，自己往齡官房裏來。寶玉此刻把聽曲子的心都沒了，且要看他和齡官是怎麼樣。只見賈薔進去笑道：「你來瞧這個玩意兒。」齡官起身問是甚麼，賈薔道：「買了雀兒給你玩，省了你天天兒發悶。我先玩個你瞧。」說着，便拿些穀子哄的那個雀兒果然在戲台上銜着鬼臉兒和旗幟亂串。眾女孩子都笑了，獨齡官冷笑兩聲，賭氣仍睡着去了。賈薔還只管陪笑，問他好不好。齡官道：「你們家把好好的人弄了來，關在這牢坑裏學這個勞什子還不算，你這會子又弄個雀兒來，也幹這個浪事。你分明弄了來打趣形容我們，還問好不好。」賈薔聽了，不覺慌起來，連忙賭誓。又道：「今兒我那裏的糊塗油蒙了心！費了一二兩銀子買他，原說解悶，就沒有想到這上頭。罷，罷，放了生，倒也免你的災。」說着，果然將雀兒放了，一頓把那籠子拆了。齡官還說：「那雀兒雖不如人，也有個老雀兒在窩裏，你拿了他來弄這個勞什子，也忍得！今日我咳嗽出兩口血來，太太打發人來找你，叫你請大夫來細問問，你且弄這個來取笑兒。偏是我這沒人管沒人理的，又偏愛害病。」賈薔聽說，連忙說道：「昨兒晚上問了大夫，他說不相干，吃兩劑藥，後兒再瞧。誰知今兒又吐了。這會子請他去。」說着，便要請去。齡官又叫：「站住，這會子大毒日頭地下，你賭氣去請了來，我也不瞧。」賈薔聽如此說，只得又站住。

寶玉見了這般景況，不覺痴了，這才領會了畫「薔」深意。自己站不住，便抽身走了。賈薔一心都在齡官身上，也不顧送，倒是別的女孩子送了出來。

那寶玉一心裁奪盤算，痴痴的回至怡紅院中，正值黛玉和襲人坐着說話兒呢。寶玉一進來，就和襲人長歎，說道：「我昨日晚上的話竟說錯了，怪道老爺說我是『管窺蠡測』。昨夜說你們的眼淚單葬我，這就錯了。看來我竟不

能全得。從此後只好各人各得眼淚罷了。」襲人昨夜不過是些玩話，已經忘了，不想寶玉今又提起來，便笑道：「你可真真有些瘋了。」寶玉默默不對，自此深悟人生情緣，各有分定，只是每每暗傷：「不知將來葬我灑淚者為誰？」

且說林黛玉當下見了寶玉如此形象，便知是又從那裏着了魔來，不便多問，因說道：「我才在舅母跟前聽見說明日是薛姨媽的生日，叫我順便來問你出去不出去。你打發人前頭說一聲去。」寶玉道：「上回連大老爺的生日我也沒去，這會子我又去，倘或碰見了人呢？我一概都不去。這麼怪熱的，又要穿衣裳，我不去姨媽也不惱。」襲人忙道：「這是甚麼話？他比不得大老爺。這裏又住的近，又是親戚，你不去豈不叫他思量。你怕熱，就清早起來到那裏磕個頭兒，吃盅茶回來，豈不好看？」

寶玉尚未說話，黛玉便先笑道：「你看看人家趕蚊子分上，也該去走走。」寶玉不解，忙問：「怎麼趕蚊子？」襲人便將昨日睡覺無人作伴，寶姑娘坐了一坐的話告訴寶玉。寶玉聽了，忙說：「不該！我怎麼睡着了？就褻瀆了他！」一面又說：「明日必去。」

正說着，忽見湘雲穿的齊齊整整的走來，說家裏打發人來接他，寶玉黛玉聽說，忙站起來讓坐。湘雲也不坐，寶林兩個只得送他至前面。那湘雲只是眼淚汪汪的，見有他家人在跟前，又不敢十分委曲。少時寶釵趕來，愈覺繾綣難捨。還是寶釵心內明白，他家裏人若回去告訴了他嬸娘，待他家去了又恐怕他受氣，因此倒催着他走了。眾人送至二門前，寶玉還要往外送，倒是湘雲攔住了。一時，回身又叫寶玉到跟前，悄悄的囑咐道：「便是老太太想不起我來，你時常提着，好等老太太打發人接我去。」寶玉連連答應了。眼看着他上車去了，大家方才進來。要知端底，且聽下回分解。

💬 **延伸思考**

黛玉明明知道襲人會被寶玉收為房裏人，但她並沒有吃醋發脾氣，而是和湘雲一起前去道喜。為何寶釵、湘雲等隱含的競爭者只要接近寶玉，黛玉就反應極大，而襲人與寶玉的關係已經擺在明面上，她卻並不十分介意？

《第三十七回》

秋爽齋偶結海棠社
蘅蕪苑夜擬菊花題

自從賈政為皇帝辦差走後，寶玉任意縱性，這裏逛逛，那裏走走，虛度着光陰。現在因為探春一個提議，大家又要結詩社，這羣飽讀詩書的女孩子要大展才華了。

話說史湘雲回家後，寶玉等仍不過在園中嬉遊吟詠，不提。

且說賈政自元妃歸省之後，居官更加勤慎，以期仰答皇恩。皇上見他人品端方，風聲清肅，雖非科第出身，卻是書香世代，因特將他點了學差，也無非是選拔真才之意。這賈政只得奉了旨，擇於八月二十日起身。是日拜別過宗祠及賈母，便起身而去。寶玉等如何送行，以及賈政出差外面諸事，不及細述。

單表寶玉自賈政起身之後，每日在園中任意縱性的逛蕩，真把光陰虛度，歲月空添。這日甚覺無聊，便往賈母王夫人處來混了一混，仍然進園來了，剛換了衣裳，只見翠墨進來，手裏拿着一副花箋送與他看。寶玉因道：「可是我忘了，才要瞧瞧三妹妹去的，你來的正好。可好些了？」翠墨道：「姑娘好了，今兒也不吃藥了，不過是涼着一點兒。」寶玉聽說，便展開花箋看時，上面寫道：

娣探謹奉

二兄文几：前夕新霽，月色如洗，因惜清景難逢，未忍就臥，時漏已三轉，猶徘徊於桐檻之下，竟為風露所欺，致獲採薪之患。昨親勞撫囑，復又數遣侍兒問切，兼以鮮荔並真卿墨跡見賜，抑何惠愛之深耶！今因伏几處默，忽

思歷來古人中處名攻利奪之場，猶置些山滴水之區，遠招近揖，投轄攀轅，務結二三同志盤恒其中，或豎詞壇，或開吟社：雖一時之偶興，遂成千古之佳談。妹雖不才，幸叨陪泉石之間，兼慕薛林雅調。風庭月榭，惜未宴集詩人；簾杏溪桃，或可醉飛吟盞。孰謂雄才蓮社，獨許鬚眉；不教雅會東山，讓余脂粉耶？若蒙造雪而來，敢請掃花以俟。謹啟。

　　寶玉看了，不覺喜的拍手笑道：「倒是三妹妹高雅，我如今就去商議。」一面說，一面就走，翠墨跟在後面。剛到了沁芳亭，只見園中後門上值日的婆子手裏拿着一個字帖兒走來，見了寶玉，便迎上去，口內說道：「芸哥兒請安，在後門只等着呢，這是叫我送來的。」寶玉打開看時，寫道是：

不肖男芸恭請

　　父親大人萬福金安。男思自蒙天恩，認於膝下，日夜思一孝順，竟無可孝順之處。前因買辦花草，上託大人洪福，竟認得許多花兒匠，並認得許多名園。因忽見有白海棠一種，不可多得。故變盡方法，只弄得兩盆。大人若視男是親男一般，便留下賞玩。因天氣暑熱，恐園中姑娘們妨礙不便，故不敢面見。謹奉書恭後，並叩台安。男芸兒跪書。

　　寶玉看了，笑道：「獨他來了，還有甚麼人？」婆子道：「還有兩盆花兒。」寶玉道：「你出去說，我知道了，難為他想着。你就把花兒送到我屋裏去就是了。」說着同翠墨往秋爽齋來，只見寶釵、黛玉、迎春、惜春已都在那裏了。

　　眾人見他進來，都笑說：「又來了一個。」探春笑道：「我不算俗，偶然起個念頭，寫了幾個帖兒試一試，誰知一招皆到。」寶玉笑道：「可惜遲了，早該起個社的。」黛玉說道：「此時還不算遲，也沒甚麼可惜，但只你們只管起社，可別算上我，我是不敢的。」迎春笑道：「你不敢誰還敢呢？」寶玉道：「這是一件正經大事，大家鼓舞起來，別你謙我讓的。各有主意只管說出來大家評論。寶姐姐也出個主意，林妹妹也說個話兒。」寶釵道：「你忙甚麼，人還不全呢。」一語未了，李紈也來了，進門笑道：「雅的很哪！要起詩社，我自舉我掌壇。前兒春天我原有這個意思的。我想了一想，我又不會作詩，瞎亂些甚麼，因而也忘了，就沒有說。既是三妹妹高興，我就幫你作興起來。」

　　黛玉道：「既然定要起詩社，咱們都是詩翁了，先把這些姐妹叔嫂的字樣改了才不俗。」李紈道：「極是。何不大家起個別號，彼此稱呼倒雅。我是定了『稻香老農』，再無人佔的。」探春笑道：「我就是『秋爽居士』罷。」寶玉道：「居士、主人到底不恰，且又累贅。這裏梧桐芭蕉盡有，或指桐蕉起個倒好。」探春笑道：「有了，我最喜芭蕉，就稱『蕉下客』罷。」眾人都道別緻有趣。黛玉笑道：「你們快牽了他去，燉了脯子吃酒。」眾人不解。黛玉笑道：「古人曾云『蕉葉覆鹿』。他自稱『蕉下客』，可不是一隻鹿了！快做了鹿脯來。」眾人聽了都笑起來。探春因笑道：「你別忙中使巧話來罵人，我已替你想了個極當的美號了。」又向眾人道：「當日娥皇女英灑淚在竹上成斑，故今斑竹又名湘妃竹。如今他住的是瀟湘館，他又愛哭，將來他想林姐夫，那些竹子也是要變成斑竹的。以後都叫他作『瀟湘妃子』就完了。」大家聽說，都拍手叫妙。林黛玉低了頭方不言語。李紈笑道：「我替薛大妹妹已早也想了個好的，也只三個字。」惜春迎春都問是甚麼。李紈道：「我是封他『蘅蕪君』，不知你們以為如何？」探春笑道：「這個封號極好。」寶玉道：「我呢？你們也替我想一個。」寶釵笑道：「你的號早有了，『無事忙』三字恰當的很。」李紈道：「你還是你的舊號『絳洞花主』就好。」寶玉笑道：「小時候幹的營生，還提他作甚麼？」寶釵道：「還得我送你個號罷。有最俗的一個號，卻於你最當。天下難得的是富貴，又難得的是閑散，這兩樣再不能兼有了，就叫你『富貴閑人』也罷了。」寶玉笑道：「當不起，當不起，倒是隨你們混叫去罷。」黛玉道：「混叫如何使得！你現住怡紅院，索性叫怡紅公子不好？」眾人道：「也好。」李紈道：「二姑娘四姑娘起個甚麼號？」迎春道：「我們又不大會詩，白起個號作甚麼？」探春道：「雖如此，也起個才是。」寶釵道：「他住的是紫菱洲，就叫他『菱洲』；四丫頭在藕香榭，就叫他『藕榭』就完了。」

　　李紈道：「就是這樣好。但序齒我大，你們都要依我的主意，管教說了，大家合意。我們七個人起社，我和二姑娘四姑娘都不會作詩，須得讓出我們三個人去。我們三個各分一件事。」探春笑道：「已有了號，還只管這樣稱呼，不如不有了。以後錯了，也要立個罰約才好。」李紈道：「立定了社，再定罰約。我那裏地方大，竟在我那裏作社。我雖不能作詩，這些詩人竟不厭俗，容我作個東道主人，我自然也清雅起來了。若是要推我作社長，我一個社長

自然不夠，必要再請兩位副社長，就請菱洲藕榭二位學究來，一位出題限韻，一位謄錄監場。亦不可拘定了我們三個人不作，若遇見容易些的題目韻腳，我們也隨便作一首。你們四個卻是要限定的。若如此便起，若不依我，我也不敢附驥了。」

迎春惜春本性懶於詩詞，又有薛林在前，聽了這話便深合己意，二人皆說「是極」。探春等也知此意，見他二人悅服，也不好強，只得依了，因笑道：「這話也罷了。只是自想好笑：好好兒的我起了個主意，反叫你們三個來管起我來了。」寶玉道：「既這樣，咱們就往稻香村去。」李紈道：「都是你忙，今日不過商議了，等我再請。」寶釵道：「也要議定幾日一會才好。」探春道：「若只管會多少，又沒趣兒了。一月之中，只可兩三次。」寶釵道：「一月只要兩次就夠了。擬定日期，風雨無阻。除這兩日外，倘有高興的，他情願加一社，或請到他那裏去，或附就了來，也使得，豈不活潑有趣？」眾人都道：「這個主意更好。」

探春道：「只原是我起的意，我須得先作個東道，方不負我這番高興。」李紈道：「既這樣說，明日你就先開一社不好嗎？」探春道：「明日不如今日，此刻就很好。你就出題，菱洲限韻，藕榭監場。」迎春道：「依我說，也不必隨一人出題限韻，竟是拈鬮兒公道。」

李紈道：「方才我來時，看見他們抬進兩盆白海棠來，倒很好。你們何不就詠起他來呢？」迎春道：「花還未賞，先倒作詩。」寶釵道：「不過是白海棠，又何必定要見了才作？古人的詩賦，也不過都是寄興寫情；若都是等見了作，如今也沒這些詩了。」迎春道：「這麼着，我就限韻了。」說着，走到書架前抽出一本詩來，隨手一揭，卻是一首七言律，遞與眾人看了，都該作七言律。迎春掩了詩，又向一個小丫頭道：「你隨口說一個字來。」那丫頭正倚門立着，便說了個『門』字。迎春笑道：「就是門字韻，『十三元』[1]了。起頭一個韻，定要這『門』字。」說着，又要了韻牌匣子[2]過來，抽出「十三元」一屜，又命那丫頭隨手拿四塊。那丫頭便拿了「盆」「魂」「痕」「昏」四塊來。

---

1) 十三元：《佩文詩韻》元字韻次序列在上平聲第十三，所以稱為十三元。後文十五刪是上平聲第十五的刪字韻，二蕭是下平聲第二的蕭字韻，一先是下平聲第一的先字韻。

2) 韻牌匣子：按詩韻各字分別刻在牌子上，以備作詩限韻時抽取和檢查韻字的方便。

寶玉道：「這『盆』『門』兩個字不大好作呢！」

　　侍書一樣預備下四份紙筆，便都悄然各自思索起來。獨黛玉或撫梧桐，或看秋色，或又和丫鬟們嘲笑。迎春又令丫鬟點了一支「夢甜香」。原來這香只有三寸來長，有燈草粗細，以其易燼，故以此為限，如香燼未成便要罰。

　　一時探春便先有了，自提筆寫出，又改抹了一回，遞與迎春。因問寶釵：「蘅蕪君，你可有了？」寶釵道：「有卻有了，只是不好。」寶玉背着手，在迴廊上踱來踱去，因向黛玉說道：「你聽，他們都有了。」黛玉道：「你別管我。」寶玉又見寶釵已謄寫出來，因說道：「了不得！香只剩了一寸了，我才有了四句。」又向黛玉道：「香就完了，只管蹲在那潮地下做甚麼？」黛玉也不理。寶玉道：「我可顧不得你了，管他好歹，寫出來罷。」說着也走在案前寫了。

　　李紈道：「我們要看詩了，若看完了還不交卷，是必罰的。」寶玉道：「稻香老農雖不善作卻善看，又最公道，你就評閱優劣，我們都服的。」眾人都道：「自然。」於是先看探春的稿子上寫道：

詠白海棠（限門盆魂痕昏）

　　斜陽寒草帶重門，苔翠盈鋪雨後盆。玉是精神難比潔，雪為肌骨易銷魂。芳心一點嬌無力，倩影三更月有痕。莫道縞仙能羽化，多情伴我詠黃昏。

　　大家看了稱讚一回，又看寶釵的道：

　　珍重芳姿晝掩門，自攜手甕灌苔盆。胭脂洗出秋階影，冰雪招來露砌魂。淡極始知花更豔，愁多焉得玉無痕。欲償白帝憑清潔，不語婷婷日又昏。

　　李紈笑道：「到底是蘅蕪君。」說着又看寶玉的，道是：

　　秋容淺淺映重門，七節攢成雪滿盆。出浴太真冰作影，捧心西子玉為魂。曉風不散愁千點，宿雨還添淚一痕。獨倚畫欄如有意，清砧怨笛送黃昏。

　　大家看了，寶玉說探春的好，李紈終要推寶釵：「這詩有身份。」因又催黛玉。黛玉道：「你們都有了。」說着提筆一揮而就，擲與眾人。李紈等看他

寫的道：「半捲湘簾半掩門，碾冰為土玉為盆。」看了這兩句，寶玉先喝起彩來，說：「從何處想來？」又看下面道：「偷來梨蕊三分白，借得梅花一縷魂。」眾人看了也都不禁叫好，說「果然比別人又是一樣心腸」。又看下面道：「月窟仙人縫縞袂，秋閨怨女拭啼痕。嬌羞默默同誰訴？倦倚西風夜已昏。」

眾人看了，都道這首為上。李紈道：「若論風流別緻，自是這首；若論含蓄渾厚，終讓蘅蕪。」探春道：「這評的有理，瀟湘妃子當居第二。」李紈道：「怡紅公子是壓尾，你服不服？」寶玉道：「我的那道原不好，這評的最公。」又笑道：「只是蘅瀟二首還要斟酌。」李紈道：「原是依我評論，不與你們相干，再有多說者必罰。」寶玉聽說，只得罷了。

李紈道：「從此後我定於每月初二、十六這兩日開社，出題限韻都要依我。這其間你們有高興的，你們只管另擇日子補開，那怕一個月每天都開社，我只不管。只是到了初二、十六這兩日，是必往我那裏去。」寶玉道：「到底要起個社名才是。」探春道：「俗了又不好，特新了，刁鑽古怪也不好。可巧才是海棠詩開端，就叫個海棠社罷。雖然俗些，因真有此事，也就不礙了。」說畢大家又商議了一回，略用些酒果，方各自散去。也有回家的，也有往賈母王夫人處去的。

且說襲人因見寶玉看了字帖兒便慌慌張張的同翠墨去了，也不知是何事。後來又見後門上婆子送了兩盆海棠花來。襲人問是那裏來的，婆子便將前一番緣故說了。襲人聽說便命他們擺好，讓他們在下房裏坐了，自己走到自己房內秤了六錢銀子封好，又拿了三百錢走來，都遞與那兩個婆子道：「這銀子賞那抬花的小夥們，這錢你們打酒喝罷。」那婆子們站起來，眉開眼笑，千恩萬謝的不肯受，見襲人執意不收，方領了。襲人又道：「後門上外頭可有該班的小子們？」婆子忙應道：「天天有四個，原預備裏面差使的。姑娘有甚麼差使，我們吩咐去。」襲人笑道：「有甚麼差使？今兒寶二爺要打發人到小侯爺家與史大姑娘送東西去，可巧你們來了，順便出去叫後門小子們僱輛車來。回來你們就往這裏拿錢，不用叫他們往前頭混碰去。」婆子答應着去了。

襲人回至房中，拿碟子盛東西與湘雲送去，卻見櫥子[3]上碟子槽兒空着。

---

3)　　櫥子：櫥子又作櫃子，是類似書架式的木器，中間分不同樣式的許多層小格，格內陳設各種器皿、玩具，名為什錦櫥子、集錦櫥子或多寶格子。

因回頭見晴雯、秋紋、麝月等都在一處做針指，襲人問道：「那一個纏絲白瑪瑙[4]碟子那去了？」眾人見問，你看我我看你，都想不起來。半日，晴雯笑道：「給三姑娘送荔枝去的，還沒送來呢。」襲人道：「家常送東西的傢夥多着呢，巴巴的拿這個去。」晴雯道：「我也這麼說。但只那碟子配上鮮荔枝才好看。我送去，三姑娘見了也說好看，叫連碟子放着，就沒帶來。你再瞧，那橱子盡上頭的一對聯珠瓶[5]還沒收來呢。」

秋紋笑道：「提起瓶來，我又想起笑話兒。我們寶二爺說聲孝心一動，也孝敬到十二分。因那日見園裏桂花開了，折了兩枝，原是自己要插瓶的，忽然想起來說，這是自己園裏的才開的新鮮花兒，不敢自己先玩，巴巴的把那一對瓶拿下來，親自灌水插好了，叫個人拿着，親自送一瓶敬老太太，又敬一瓶與太太。誰知他孝心一動，連跟的人都得了福了。可巧那日是我拿去的。老太太見了，喜的無可無不可，見人就說：『到底是寶玉孝順我，連一枝花兒也想的到。別人還只抱怨我疼他。』你們知道，老太太素日不大和我說話，有些不入他老人家的眼的。那日竟叫人拿幾百錢給我，說我可憐見兒的，生的單薄。這可是再想不到的福氣。幾百錢小事，難得這個臉面。及至到了太太那裏，太太正和二奶奶、趙姨奶奶好些人翻箱子，找太太當日年輕的顏色衣裳，不知要給那一個。一見了，連衣裳也不找了，且看花兒。又有二奶奶在旁邊湊趣兒，誇寶二爺又是怎麼孝順，又是怎樣知好歹，有的沒的說了兩車話。當着眾人，太太臉上又增了光，堵了眾人的嘴。太太越發喜歡了，現成的衣裳就賞了我兩件。衣裳也是小事，年年橫豎也得，卻不像這個彩頭[6]。」

晴雯笑道：「呸！好沒見世面的小蹄子！那是把好的給了人，挑剩下的才給你，你還充有臉呢。」秋紋道：「憑他給誰剩的，到底是太太的恩典。」晴雯道：「要是我，我就不要。若是給別人剩下的給我，也罷了。一樣這屋裏的人，難道誰又比誰高貴些？把好的給他，剩下的才給我，我寧可不要，衝撞了太太，我也不受這口軟氣。」秋紋忙問：「給這屋裏誰的？我因為前兒病了幾天，家去了，不知是給誰的來。好姐姐，你告訴我知道。」晴雯道：「我告

---

4)　　纏絲白瑪瑙：一種有絲紋的白瑪瑙，較為珍貴。

5)　　聯珠瓶：兩瓶相聯，取珠聯璧合的吉祥意思。

6)　　彩頭：這裏指比賽優勝的獎品。

訴了你，難道你這會退還太太去不成？」秋紋笑道：「胡說。我白聽了喜歡喜歡。那怕給這屋裏的狗剩下的，我只領太太的恩典，也不管別的事。」眾人聽了都笑道：「罵的巧，可不是給了那西洋花點子哈巴兒[7]了。」

襲人笑道：「你們這起爛了嘴的！得了空就拿我取笑打牙兒[8]。一個個不知怎麼死呢。」秋紋笑道：「原來是姐姐得了，我實在不知道。我賠個不是罷。」襲人笑道：「少輕狂罷。你們誰取了碟子來是正經。」麝月道：「那瓶也該得空兒收來了。老太太屋裏還罷了，太太屋裏人多手雜的。別人還可以，那個主兒的一夥子人見是這屋裏的東西，又該使黑心弄壞了才罷。太太又不大管這些，不如早些收來正經。」晴雯聽說，便放下針線道：「這話倒是，等我取去。」秋紋道：「還是我取去罷，你取你的碟子去。」晴雯笑道：「我偏取一遭兒去。是巧宗兒你們都得了，難道不許我得一遭兒嗎？」麝月笑道：「統共秋丫頭得了一遭兒衣裳，那裏今日又巧，你也遇見找衣裳不成？」晴雯冷笑道：「雖然碰不見衣裳，或者太太看見我勤謹，也把太太的公費裏一個月分出二兩銀子來給我，也定不得。」說着，又笑道：「你們別和我裝神弄鬼的，甚麼事我不知道。」一面說，一面往外跑了。秋紋也同他出來，自去探春那裏取了碟子來。

襲人打點齊備東西，叫過本處的一個老宋媽媽來，向他說道：「你先好生梳洗了，換了出門的衣裳來，回來打發你與史姑娘送東西去。」那宋嬤嬤道：「姑娘只管交給我，有話說與我，我收拾了就好一順去。」襲人聽說，便端過兩個小掐絲盒子[9]來。先揭開一個，裏面裝的是紅菱雞頭兩樣鮮果；又揭開那一個，是一碟子桂花糖蒸的新栗粉糕。又說道：「這都是今年咱們這裏園裏新結的果子，寶二爺叫送來與姑娘嘗嘗。再前日姑娘說這瑪瑙碟子好，姑娘就留下玩罷。這絹包兒裏頭是姑娘前日叫我作的活計，姑娘別嫌粗糙，能着用罷，替我們請安，替二爺問好就是了。」宋嬤嬤道：「寶二爺不知還有甚麼說的，姑娘再問問去，回來又別說忘了。」襲人因問秋紋：「方才可見在三姑娘那裏？」秋紋道：「他們都在那裏商議起甚麼詩社呢，又都作詩。想來沒話，你只去罷。」宋嬤嬤聽了，便拿了東西出去，穿戴了。襲人又囑咐他：「從後

---

7)　　哈巴兒：一種體形較小的狗，名哈巴狗，毛色種類很多。

8)　　打牙兒：鬥口齒。這裏是當作笑柄的意思。

9)　　掐絲盒子：細竹絲編成的部分加漆的盒子。

門出去，有小子和車等着呢。」宋媽去後，不在話下。

　　寶玉回來，先忙着看了一回海棠，至屋裏告訴襲人起詩社的事。襲人也把打發宋媽媽與史湘雲送東西去的話告訴了寶玉。寶玉聽了，拍手道：「偏忘了他。我只覺心裏有件事，只是想不起來，虧你提起來，正要請他去。這詩社裏若少了他還有個甚麼意思？」襲人勸道：「甚麼要緊，不過玩意兒。他比不得你們自在，家裏又作不得主。告訴他，他要來又由不得他；不來，他又牽腸掛肚的，沒的叫他不受用。」寶玉道：「不妨事，我回老太太打發人接他去。」正說着，宋媽媽已經回來，回覆道：「姑娘說『生受 10』，與花姑娘道乏。」又說：「問二爺作甚麼呢，我說和姑娘們起甚麼詩社作詩呢。史姑娘說，他們作詩也不告訴他去，急的了不得。」寶玉聽了立身便往賈母處來，立逼着叫人接去。賈母因說：「今兒天晚了，明日一早再去。」寶玉只得罷了，回來悶悶的。

　　次日一早，便又往賈母處來催逼人接去。直到午後，史湘雲才來了，寶玉方放了心。見面時就把始末原由告訴他，又要與他詩看。李紈等因說道：「且別給他詩看，先說與他韻。他後來，先罰他和了詩，若好，便請入社；若不好，還要罰他一個東道再說。」史湘雲道：「你們忘了請我，我還要罰你們呢。就拿韻來，我雖不能，只得勉強出醜。容我入社，掃地焚香我也情願。」眾人見他這般有趣，越發喜歡，都埋怨昨日怎麼忘了他呢？遂忙告訴他詩韻。史湘雲一心興頭，等不得推敲刪改，一面只管和人說着話，心內早已和成，即用隨便的紙筆錄出，先笑說道：「我卻依韻和了兩首，好歹我卻不知，不過應命而已。」說着遞與眾人。眾人道：「我們四首也算想絕了，再一首也不能了。你倒弄了兩首，那裏有許多話說，必要重了我們。」一面說，一面看時，只見那兩首詩寫道：

白海棠和韻

神仙昨日降都門，種得藍田玉一盆。自是霜娥偏愛冷，非關倩女欲離魂。秋陰捧出何方雪？雨漬添來隔宿痕。卻喜詩人吟不倦，豈令寂寞度朝昏？

---

10)　　生受：說自己的時候，是活受罪的意思；對別人說，是為難、辛苦、有勞的意思。

蘅芷階通蘿薜門，也宜牆角也宜盆。花因喜潔難尋偶，人為悲秋易斷魂。玉燭滴乾風裏淚，晶簾隔破月中痕。幽情欲向嫦娥訴，無奈虛廊月色昏。

　　眾人看一句，驚訝一句，看到了，讚到了，都說：「這個不枉作了海棠詩，真該要起海棠社了。」史湘雲道：「明日先罰我個東道，就讓我先邀一社可使得？」眾人道：「這更妙了。」因又將昨日的詩與他評論了一回。

　　至晚，寶釵將湘雲邀往蘅蕪苑去安歇。湘雲燈下計議如何設東擬題。寶釵聽他說了半日，皆不妥當，因向他說道：「既開社，便要做東。雖然是個玩意兒，也要瞻前顧後，又要自己便宜，又要不得罪了人，然後方大家有趣。你家裏你又做不得主，一個月統共那幾串錢，你還不夠使。這會子又幹這沒要緊的事，你嬸子聽見了，越發抱怨你了。況且你就都拿出來，做這個東道也是不夠。難道為這個家去要不成？還是往這裏要呢？」一席話提醒了湘雲，倒躊躕起來。寶釵道：「這個我已經有個主意了。我們當鋪裏有個夥計，他家田上出的很好的肥螃蟹，前兒送了幾個來。現在這裏的人，從老太太起連上屋裏的人，有多一半都是愛吃螃蟹的。前日姨娘還說要請老太太在園裏賞桂花吃螃蟹，因為有事還沒有請呢。你如今且把詩社別提起，只管普通一請。等他們散了，咱們有多少詩作不得呢？我和我哥哥說，要他幾簍極肥極大的螃蟹來，再往鋪子裏取上幾罈好酒，再備四五桌果碟，豈不又省事又大家熱鬧了？」湘雲聽了，心中自是感服，極讚他想的周到。寶釵又笑道：「我是一片真心為你的話。你千萬別多心，想着我小看了你，咱們兩個就白好了。你若不多心，我就好叫他們辦去。」湘雲忙笑道：「好姐姐，你這樣說，倒不是真心待我了。我憑怎麼糊塗，連個好歹也不知，還是個人了？我若不把姐姐當作親姐姐一樣看，上回那些家常話，煩難事，也不肯盡情告訴你了。」寶釵聽說，便叫一個婆子來：「出去和大爺說，照前日的大螃蟹要幾簍來，明日飯後請老太太姨娘賞桂花。你說大爺好歹別忘了，我今日已請下人了。」那婆子出去說明，回來無話。

　　這裏寶釵又向湘雲道：「詩題也別過於新巧了。你看古人詩中那些刁鑽古怪的題目和那極險的韻呢，若題目過於新巧，韻過於險，再不得有好詩，倒是小家氣。詩固然怕說熟話，更不可過於求生，頭一件只要立意清新，自然措詞就不俗了。究竟這也算不得甚麼，還是紡績針指是你我的本等。一時閑

了，倒是把那與身心有益的書看幾章，卻還是正經。」

　　湘雲只答應着，因笑道：「我如今心裏想着，昨日作了海棠詩，我如今要作個菊花詩如何？」寶釵道：「菊花倒也合景，只是前人太多了。」湘雲道：「我也是這麼想，恐怕落套。」寶釵想了一想，說道：「有了，如今以菊花為賓，以人為主，竟擬出幾個題目來，都要兩個字：一個虛字，一個實字，實字便用『菊』字，虛字就用通用門的。如此又是詠菊，又是賦事，前人雖有這麼做的，也不很落套。賦景詠物兩關着，也倒新鮮大方。」湘雲笑道：「很好。只是不知用甚麼虛字才好。你先想一個我聽聽。」寶釵想了一想，笑道：「《菊夢》就好。」湘雲笑道：「果然好。我也有一個，《菊影》可使得？」寶釵道：「也罷了。只是也有人作過，若題目多，這個也搭的上。我又有了一個。」湘雲道：「快說出來。」寶釵道：「《問菊》如何？」湘雲拍案叫妙，因接說道：「我也有了，《訪菊》好不好？」寶釵也讚有趣，因說道：「索性擬出十來個來，寫上再定。」說着，二人研墨蘸筆，湘雲便寫，寶釵便唸，一時湊了十個。湘雲看了一遍，又笑道：「十個還不成幅，索性湊成十二個就全了，也和人家的字畫冊頁一樣。」

　　寶釵聽說，又想了兩個，一共湊成十二。說道：「既這麼着，一發編出個次序來。」湘雲道：「如此更妙，竟弄成個菊譜了。」寶釵道：「起首是《憶菊》；憶之不得，故訪，第二是《訪菊》；訪之既得，便種，第三是《種菊》；種既盛開，故相對而賞，第四是《對菊》；相對而興有餘，故折來供瓶為玩，第五是《供菊》；既供而不吟，亦覺菊無彩色，第六便是《詠菊》；既入詞章，不可以不供筆墨，第七便是《畫菊》；既為菊如是碌碌，究竟不知菊有何妙處，不禁有所問，第八便是《問菊》；菊如解語，使人狂喜不禁，便越要親近他，第九便是《簪菊》；如此人事雖盡，猶有菊之可詠者，《菊影》《菊夢》二首續在第十第十一；末卷便以《殘菊》總收前題之盛。這便是三秋的妙景妙事都有了。」湘雲依說將題目錄出，又看了一回，又問：「該限何韻？」寶釵道：「我平生最不喜限韻，分明有好詩，何苦為韻所縛？咱們別學那小家派，只出題不拘韻。原為大家偶得了好句取樂，並不為此而難人。」湘雲道：「這話很是。既這樣，自然大家的詩還進一層。但只是咱們五個人，這十二個題目，難道每人作十二首不成？」寶釵道：「那也太難人了。將題目錄出，都要七言律詩，明日貼在牆上。他們看了，誰能作那一個就作那一個。有力量者，十二首都

作也可；不能的，作一首也可。高才捷足者為尊。若十二首已全，便不許他趕着又作，罰他就完了。」湘雲道：「這倒也罷了。」二人商議妥貼，方才息燈安寢。要知端的，且聽下回分解。

 精華賞析

．．

在海棠詩社的聚會中，我們進一步領略到大觀園裏的這些女子，特別是黛玉和寶釵的才情。寶釵為湘雲還席做出的一番計劃，不僅顯示出她真誠待人的一面，也展示了她的管理才能。

知識拓展

．．

一炷香的時間有多長

《紅樓夢》裏，人們做事經常以燃香計時，我們不禁要問，這香有長短粗細，一支香點完的時間到底是多長呢？原來古人用來計時的香是有講究的。古時候沒有時鐘，人們就想出很多辦法來計時，銅壺、沙漏、日晷等等都很常用，而燃香不用特殊器具，也是最常用的計時方式之一。

用來計時的香也叫香篆。唐宋以來，人們把香料搗碎，放在模子裏壓製成固定形狀，通常是柱形。人們在香篆上標出一百個刻度，因此又稱為「百刻香」。百刻香燃盡正好是一晝夜的時間，但普通家庭通常不用百刻香，而是用一種更加普遍使用的香。這種香的燃燒時間大約在一小時左右。

《第三十八回》

林瀟湘魁奪菊花詩
薛蘅蕪諷和螃蟹詠

> 　　賈府眾人又一次熱鬧團聚，說笑飲宴不亦樂乎。藕香榭的景致引起了賈母對兒時的回憶，史家的宅院裏也曾有一個類似的涼亭。賈母小時候也是生長在繁華之鄉的名門閨秀，但如今家道中落，湘雲的處境遠不及賈母當年了。

　　話說寶釵湘雲二人計議已定，一宿無話。次日湘雲便請賈母等賞桂花。賈母等都說道：「倒是他有興頭，須要擾他這雅興。」至午，果然賈母帶了王夫人鳳姐兼請薛姨媽等進園來。賈母因問：「那一處好？」王夫人道：「憑老太太愛在那一處，就在那一處。」鳳姐道：「藕香榭已經擺下了，那山坡下兩棵桂花開的又好，河裏的水又碧清，坐在河當中亭子上，不敞亮嗎？看着水，眼也清亮。」賈母聽了，說：「很好。」說着，就引了眾人往藕香榭來。原來這藕香榭蓋在池中，四面有窗，左右有迴廊，也是跨水接峯，後面又有曲折橋。

　　眾人上了竹橋，鳳姐忙上來攙着賈母，口裏說：「老祖宗只管邁大步走，不相干的，這竹子橋規矩是咯吱咯吱的。」

　　一時進入榭中，只見欄杆外另放着兩張竹案，一個上面設着杯箸酒具，一個上頭設着茶筅茶具各色盞碟。那邊有兩三個丫頭煽風爐煮茶，這一邊另外幾個丫頭也煽風爐燙酒呢。賈母忙笑問：「這茶想的很好，且是地方，東西都乾淨。」湘雲笑道：「這是寶姐姐幫着我預備的。」賈母道：「我說那個孩子細緻，凡事想的妥當。」說着又看見柱上掛的黑漆嵌蚌[1]的對子，命湘雲唸

---

1)　　嵌蚌：利用蚌殼裏面有光彩的部分，加以雕琢，拼成圖案，嵌入木器或漆器家具，作為裝飾。又名螺鈿。

道：「芙蓉影破歸蘭槳，菱藕香深瀉竹橋。」

　　賈母聽了，又抬頭看匾，因回頭向薛姨媽道：「我先小時，家裏也有這麼一個亭子，叫做甚麼『枕霞閣』。我那時也只像他們姐妹們這麼大年紀，同着幾個人天天玩去。誰知那日一下子失了腳掉下去，幾乎沒淹死，好容易救了上來，到底被那木釘把頭碰破了。如今這鬢角上那指頭頂大一個窩兒，就是那碰破的。眾人都怕經了水，又怕冒了風，都說活不得了，誰知竟好了。」

　　鳳姐不等人說，先笑道：「那時要活不得，如今這大福可叫誰享呢？可知老祖宗從小兒福壽就不小，神差鬼使碰出那個窩兒來，好盛福壽啊。壽星老兒頭上原是一個坑兒，因為萬福萬壽盛滿了，所以倒凸出些來了。」未及說完，賈母與眾人都笑軟了。賈母笑道：「這猴兒慣的了不得了，只管拿着我取起笑來了，恨的我撕你那油嘴。」鳳姐道：「回來吃螃蟹，怕存住冷在心裏，惱老祖宗笑笑兒，就是高興多吃兩個也無妨了。」賈母笑道：「明兒叫你黑家白日跟着我，我倒常笑笑兒，不許回家去。」王夫人笑道：「老太太因為喜歡他，才慣的他這樣。還這麼說，他明兒越發無禮了。」賈母笑道：「我倒喜歡他這麼着，況且他又不是那真不知高低的孩子。家常沒人，娘兒們原該說說笑笑。橫豎大禮不錯就是了，沒的倒叫他們神鬼似的作甚麼？」

　　說着，一齊進入亭子，獻過茶，鳳姐忙安放杯箸。上面一桌，賈母、薛姨媽、寶釵、黛玉、寶玉；東邊一桌，湘雲、王夫人、迎、探、惜；西邊靠門一小桌，李紈和鳳姐，虛設坐位，二人皆不敢坐，只在賈母王夫人兩桌上伺候。鳳姐吩咐：「螃蟹不可多拿來，仍舊放在蒸籠裏，拿十個來，吃了再拿。」一面又要水洗了手，站在賈母跟前剝蟹肉。頭次讓薛姨媽，薛姨媽道：「我自己掰着吃香甜，不用人讓。」鳳姐便奉與賈母。二次的便與寶玉，又說：「把酒燙的滾熱的拿來。」又命小丫頭們去取了菊花葉兒桂花蕊熏的綠豆麵子來，預備洗手。

　　史湘雲陪着吃了一個，就下座來讓人，又出至外頭，令人盛兩盤子與趙姨娘周姨娘送去。又見鳳姐走來道：「你不慣張羅，你吃你的去。我先替你張羅，等散了我再吃。」湘雲不肯，又命人在那邊廊上擺了兩桌，讓鴛鴦、琥珀、彩霞、彩雲、平兒去坐。

　　鴛鴦因向鳳姐笑道：「二奶奶在這裏伺候，我們可吃去了。」鳳姐兒道：「你們只管去，都交給我就是了。」說着，湘雲仍入了席。鳳姐和李紈也胡亂

應個景兒。鳳姐仍是下來張羅，一時出至廊上，鴛鴦等正吃的高興，見他來了，鴛鴦等站起來道：「奶奶又出來做甚麼？讓我們也受用一會子。」鳳姐笑道：「鴛鴦小蹄子越發壞了，我替你當差，倒不領情，還抱怨我。還不快斟一盅酒來我喝呢。」鴛鴦笑着忙斟了一杯酒，送至鳳姐唇邊，鳳姐一揚脖子吃了。琥珀彩霞二人也斟上一杯，送至鳳姐唇邊，那鳳姐也吃了。平兒早剔了一殼黃子送來，鳳姐道：「多倒些薑醋。」一回也吃了，笑道：「你們坐着吃罷，我可去了。」鴛鴦笑道：「好沒臉，吃我們的東西。」鳳姐兒笑道：「你和我少作怪。你知道你璉二爺愛上了你，要和老太太討了你作小老婆呢。」鴛鴦紅了臉，啐着嘴，點着頭道：「哎！這也是做奶奶說出來的話！我不拿腥手抹你一臉算不得。」說着趕來就要抹。鳳姐兒道：「好姐姐，饒我這一遭兒罷。」琥珀笑道：「鴛丫頭要去了，平丫頭還饒他？你們看看他，沒有吃了兩個螃蟹，倒喝了一碟子醋了。」平兒手裏正剝了個滿黃的螃蟹，聽如此奚落他，便拿着螃蟹照着琥珀臉上抹來，口內笑罵：「我把你這嚼舌根的小蹄子！」琥珀也笑着往旁邊一躲，平兒使空了，往前一撞，正恰恰的抹在鳳姐兒腮上。鳳姐兒正和鴛鴦嘲笑，不防唬了一跳，嗳喲了一聲。眾人掌不住都哈哈的大笑起來。鳳姐也禁不住笑罵道：「死娼婦！吃離了眼了，混抹你娘的！」平兒忙趕過來替他擦了，親自去端水。鴛鴦道：「阿彌陀佛！這才是現報呢。」

賈母那邊聽見，一疊聲問：「見了甚麼了，這麼樂？告訴我們也笑笑。」鴛鴦等忙高聲回道：「二奶奶來搶螃蟹吃，平兒惱了，抹了他主子一臉的螃蟹黃子。主子奴才打架呢。」賈母和王夫人等聽了也笑起來。賈母笑道：「你們看他可憐見兒的，把那小腿子臍子給他點子吃也就完了。」鴛鴦等笑着答應了，高聲又說道：「這滿桌子的腿子，二奶奶只管吃就是了。」鳳姐洗了臉走來，又伏侍賈母等吃了一回。黛玉獨不敢多吃，只吃了一點黃子就下來了。

賈母一時也不吃了，大家都洗了手，也有看花的，也有弄水看魚的，遊玩了一回。王夫人因回賈母說：「這裏風大，才又吃了螃蟹，老太太還是回房去歇歇罷了。若高興，明日再來逛逛。」賈母聽了，笑道：「正是呢。我怕你們高興，我走了又怕掃了你們的興。既這麼說，咱們就都去罷。」回頭囑咐湘雲：「別讓你寶哥哥多吃了。」湘雲答應着。又囑咐湘雲寶釵二人說：「你兩個也別多吃。那東西雖好吃，不是甚麼好的，吃多了肚子疼。」二人忙應着送出園外，仍舊回來，令將殘席收拾了另擺。寶玉道：「也不用擺，咱們且作

詩。把那大團圓桌就放在當中，酒菜都放着。也不必拘定坐位，有愛吃的大家去吃，大家散坐，豈不便宜？」寶釵道：「這話極是。」湘雲道：「雖如此說，還有別人。」因又命另擺一桌，揀了熱螃蟹來，請襲人、紫鵑、司棋、侍書、入畫、鶯兒、翠墨等一處共坐。山坡桂樹底下鋪下兩條花毯，命支應的婆子並小丫頭等也都坐了，只管隨意吃喝，等使喚再來。

湘雲便取了詩題，用針綰在牆上。眾人看了，都說：「新奇！只怕作不出來。」湘雲又把不限韻的原故說了一番。寶玉道：「這才是正理，我也最不喜限韻。」

林黛玉因不大吃酒，又不吃螃蟹，自命人掇了一個繡墩，倚欄杆坐着，拿着釣竿釣魚。寶釵手裏拿着一枝桂花玩了一回，俯在窗檻上，掐了桂蕊扔在水面，引的那游魚浂上來唼喋[2]。湘雲出一回神，又讓一回襲人等，又招呼山坡下的眾人只管放量吃。探春和李紈惜春立在垂柳陰中看鷗鷺。迎春又獨在花陰下拿着花針穿茉莉花。寶玉又看了一回黛玉釣魚，一回又擠在寶釵旁邊說笑兩句，一回又看襲人等吃螃蟹，自己也陪他喝兩口酒。襲人又剝一殼肉給他吃。

黛玉放下釣竿，走至座間，拿起那烏銀梅花自斟壺[3]來，揀了一個小小的海棠[4]凍石蕉葉杯。丫鬟看見，知他要飲酒，忙着走上來斟。黛玉道：「你們只管吃去，讓我自己斟，這才有趣兒。」說着便斟了半盞，看時卻是黃酒，因說道：「我吃了一點子螃蟹，覺得心口微微的疼，須得熱熱的喝口燒酒。」寶玉忙接道：「有燒酒。」便命將那合歡花浸的酒燙一壺來。黛玉也只吃了一口便放下了。

寶釵也走過來，另拿了一隻杯來，也飲了一口放下，便蘸筆至牆上把頭一個《憶菊》勾了，底下又贅一個「蘅」字。寶玉忙道：「好姐姐，第二個我已經有了四句了，你讓我作罷。」寶釵笑道：「我好容易有了一首，你就忙的

---

2)　　唼喋（shà zhá）：這裏指魚嘴開合，吞食咂水的聲音。

3)　　烏銀梅花自斟壺：烏銀，一種夾用硫磺，特殊方法熔鑄的黑色銀質。這裏所說的是用烏銀所製，上有梅花圖案、隨手自斟用的小酒壺。

4)　　海棠凍石蕉葉杯：淡紅色透明凍石做的蕉葉形淺酒杯。一說，海棠指秋海棠花形；蕉葉杯泛指淺酒杯。

這樣。」黛玉也不說話，接過筆來把第八個《問菊》勾了，接着把第十一個《菊夢》也勾了，也贅上一個「瀟」字。寶玉也拿起筆來，將第二個《訪菊》勾了，也贅上一個「怡」字。探春走來看看道：「竟沒有人作《簪菊》，讓我作。」又指着寶玉笑道：「才宣過總不許帶出閨閣字樣來，你可要留神。」說着，只見史湘雲走來，將第四第五《對菊》《供菊》一連兩個都勾了，也贅上一個「湘」字。探春道：「你也該起個號。」湘雲笑道：「我們家裏如今雖有幾處軒館，我又不住着，借了來也沒趣。」寶釵笑道：「方才老太太說，你們家也有這個水亭叫做『枕霞閣』，難道不是你的？如今雖沒了，你到底是舊主人。」眾人都道有理，寶玉不待湘雲動手，便代將「湘」字抹了，改了一個「霞」字。又有頓飯工夫，十二題已全，各自謄出來，都交與迎春，另拿了一張雪浪箋過來，一併謄錄出來，某人作的底下贅明某人的號。李紈等從頭看道：

憶菊

悵望西風抱悶思，蓼紅葦白斷腸時。
空籬舊圃秋無跡，冷月清霜夢有知。
念念心隨歸雁遠，寥寥坐聽晚砧遲。
誰憐為我黃花瘦，慰語重陽會有期。

（蘅蕪君）

訪菊

閒趁霜晴試一遊，酒杯藥盞莫淹留。
霜前月下誰家種，檻外籬邊何處秋。
蠟屐遠來情得得，冷吟不盡興悠悠。
黃花若解憐詩客，休負今朝掛杖頭。

（怡紅公子）

種菊

攜鋤秋圃自移來，籬畔庭前處處栽。
昨夜不期經雨活，今朝猶喜帶霜開。
冷冷秋色詩千首，醉酹寒香酒一杯。

泉溉泥封勤護惜，好知井徑絕塵埃。

（怡紅公子）

對菊

別圃移來貴比金，一叢淺淡一叢深。

蕭疏籬畔科頭坐，清冷香中抱膝吟。

數去更無君傲世，看來唯有我知音。

秋光荏苒休辜負，相對原宜惜寸陰。

（枕霞舊友）

供菊

彈琴酌酒喜堪儔，几案婷婷點綴幽。

隔座香分三徑露，拋書人對一枝秋。

霜清紙帳來新夢，圃冷斜陽憶舊遊。

傲世也因同氣味，春風桃李未淹留。

（枕霞舊友）

詠菊

無賴詩魔昏曉侵，繞籬欹石自沉音。

毫端蘊秀臨霜寫，口角噙香對月吟。

滿紙自憐題素怨，片言誰解訴秋心。

一從陶令平章後，千古高風說到今。

（瀟湘妃子）

畫菊

詩餘戲筆不知狂，豈是丹青費較量。

聚葉潑成千點墨，攢花染出幾痕霜。

淡濃神會風前影，跳脫秋生腕底香。

莫讓東籬閒採掇，粘屏聊以慰重陽。

（蘅蕪君）

問菊

欲訊秋情眾莫知，喃喃負手叩東籬。

孤標傲世偕誰隱，一樣花開為底遲？

圃露庭霜何寂寞，鴻歸蛩病可相思？

休言舉世無談者，解語何妨話片時。

（瀟湘妃子）

簪菊

瓶供籬栽日日忙，折來休認鏡中妝。

長安公子因花癖，彭澤先生是酒狂。

短鬢冷沾三徑露，葛巾香染九秋霜。

高情不入時人眼，拍手憑他笑路旁。

（蕉下客）

菊影

秋光疊疊復重重，潛度偷移三徑中。

窗隔疏燈描遠近，籬篩破月鎖玲瓏。

寒芳留照魂應駐，霜印傳神夢也空。

珍重暗香休踏碎，憑誰醉眼認朦朧。

（枕霞舊友）

菊夢

籬畔秋酣一覺清，和雲伴月不分明。

登仙非慕莊生蝶，憶舊還尋陶令盟。

睡去依依隨雁斷，驚回故故惱蛩鳴。

醒時幽怨同誰訴，衰草寒煙無限情。

（瀟湘妃子）

殘菊

露凝霜重漸傾欹，宴賞才過小雪時。

蒂有餘香金淡泊，枝無全葉翠離披。

半床落月蛩聲切，萬里寒雲雁陣遲。

明歲秋風知再會，暫時分手莫相思。

　　　　　　　　　　　　　　　　　（蕉下客）

　　眾人看一首，讚一首，彼此稱揚不已。李紈笑道：「等我從公評來。通篇看來，各有各人的警句。今日公評：《詠菊》第一，《問菊》第二，《菊夢》第三，題目新，詩也新，立意更新，惱不得要推瀟湘妃子為魁了；然後《簪菊》《對菊》《供菊》《畫菊》《憶菊》次之。」

　　寶玉聽說，喜的拍手叫「極是，極公道」。

　　黛玉道：「我那首也不好，到底傷於纖巧些。」李紈道：「巧的卻好，不露堆砌生硬。」黛玉道：「據我看來，頭一句好的是『圃冷斜陽憶舊遊』，這句背面傅粉。『拋書人對一枝秋』已經妙絕。將供菊說完，沒處再說，故翻回來想到未折未供之先，意思深透。」李紈笑道：「固如此說，你的『口角噙香』句也敵的過了。」探春又道：「到底要算蘅蕪君沉着，『秋無跡』『夢有知』，把個憶字竟烘染出來了。」寶釵笑道：「你的『短鬢冷沾』『葛巾香染』，也就把簪菊形容的一個縫兒也沒了。」湘雲道：「『偕誰隱』『為底遲』，真個把個菊花問的無言可對。」李紈笑道：「你的『科頭坐』『抱膝吟』，竟一時也不能別開，菊花有知，也必膩煩了。」說的大家都笑了。寶玉笑道：「這場我又落第了。難道『誰家種』『何處秋』『蠟屐遠來』『冷吟不盡』，都不是訪；『昨夜雨』『今朝露』，都不是種不成？但恨敵不上『口角噙香對月吟』『清冷香中抱膝吟』『短鬢』『葛巾』『金淡泊』『翠離披』『秋無跡』『夢有知』這幾句罷了。」又道：「明兒閑了，我一個人作出十二首來。」李紈道：「你的也好，只是不及這幾句新雅就是了。」

　　大家又評了一回，復又要了熱蟹來，就在大圓桌子上吃了一回。寶玉笑道：「今日持螯賞桂，亦不可無詩。我已吟成，誰還敢作？」說着，便忙洗了手提筆寫出。眾人看道：「持螯更喜桂陰涼，潑醋擂薑興欲狂。饕餮王孫應有酒，橫行公子卻無腸。臍間積冷饞忘忌，指上沾腥洗尚香。原為世人美口腹，坡仙曾笑一生忙。」

　　黛玉笑道：「這樣的詩，一時要一百首也有。」寶玉笑道：「你這會子才

力已盡，不說不能作了，還褒貶人家。」黛玉聽了，並不答言，也不思索，提起筆來一揮，已有了一首。眾人看道：「鐵甲長戈死未忘，堆盤色相喜先嘗。螯封嫩玉雙雙滿，殼凸紅脂塊塊香。多肉更憐卿八足，助情誰勸我千觴。對斯佳品酬佳節，桂拂清風菊帶霜。

寶玉看了正喝彩，黛玉便一把撕了，令人燒去，因笑道：「我的不及你的，我燒了他。你那個很好，比方才的菊花詩還好，你留着他給人看看。」

寶釵笑道：「我也勉強了一首，未必好，寫出來取笑兒罷。」說着也寫出來。大家看時，寫道：「桂靄桐陰坐舉觴，長安涎口盼重陽。眼前道路無經緯，皮裏春秋空黑黃！」

看到這裏，眾人不禁叫絕。寶玉道：「寫得痛快！我的詩也該燒了。」又看底下道：「酒未滌腥還用菊，性防積冷定須薑。於今落釜成何益，月浦空餘禾黍香。」

眾人看畢，都說這方是食螃蟹的絕唱，這些小題目，原要寓大意思才算是大才，只是諷刺世人太毒了些。說着，只見平兒復進園來，不知做甚麼，且聽下回分解。

💡 **精華賞析**

> 作品透過賈母的懷舊情緒間接道出了史家的興衰。賈母也正是因為經歷了這樣的起落變故才對生活看得更加通透，能夠不聞不問卻心知肚明。

《第三十九回》

精讀　村老嫗謊談承色笑
情痴子實意覓蹤跡

　　劉姥姥再次來到賈府，這次她沒有匆匆離開，而是被賈母留了下來。為了哄賈母高興，劉姥姥講了些不着邊際的故事，寶玉卻信以為真，還特地派人去尋找故事中的小廟，結果會如何呢？

　　話說眾人見平兒來了，都說：「你們奶奶做甚麼呢？怎麼不來了？」平兒笑道：「他那裏得空兒來。因為說沒有好生吃得，又不得來，所以叫我來問還有沒有，叫我要幾個拿了家去吃罷。」湘雲道：「有，多着呢。」忙令人拿盒子裝了十個極大的。平兒道：「多拿幾個團臍的。」眾人又拉平兒坐，平兒不肯。李紈拉着他笑道：「偏要你坐。」拉着他身旁坐下，端了一杯酒送到他嘴邊。平兒忙喝了一口就要走。李紈道：「偏不許你去。顯見得只有鳳丫頭，就不聽我的話了。」說着又命嬤嬤們：「先送了盒子去，就說我留下平兒了。」那婆子一時去了。拿了盒子回來說：「二奶奶說，叫奶奶和姑娘們別笑話要嘴吃。這個盒子裏是方才舅太太那裏送來的菱粉糕和雞油卷兒，給奶奶姑娘們吃的。」又向平兒道：「說使你來，你就貪住嘴不去了。叫你少喝一盅兒罷。」平兒笑道：「多喝了又把我怎麼樣？」說着只管喝，又吃螃蟹。李紈攬着他笑道：「可惜這麼個好體面模樣兒，命卻平常，只落得屋裏使喚。不知道的人，誰不拿你當作奶奶太太看。」

　　平兒一面和寶釵湘雲等吃喝着，一面回頭笑道：「奶奶，別這麼摸的我怪癢癢的。」李氏道：「嗳喲！這硬的是甚麼？」平兒道：「是鑰匙。」李氏道：「有甚麼要緊的東西怕人偷了去，卻帶在身上。我成日家和人說笑，有個唐僧取經，就有個白馬來馱他；劉智遠打天下，就有個瓜精來送盔甲；有了個鳳丫頭，就有個你。你就是你奶奶的一把總鑰匙，還要這鑰匙做甚麼？」平兒笑道：「奶奶吃了酒，又拿我來打趣着取笑兒了。」

　　寶釵笑道：「這倒是真話。我們沒事評論起來，你們這幾個都是百個裏頭挑不出一個來的，妙在各人有各人的好處。」李紈道：「大小都有個天理。比如老太太屋裏，要沒那個鴛鴦姑娘，如何使得？從太太起，那一個敢駁老太太的回？現在他敢駁回。偏老太太只聽他一個人的話。老太太那些穿戴的，別人不記得，他都記得，要不是他經管着，不知叫人誆騙了多少去呢。況且他心也公道，雖然這樣，倒常替人說好話兒，倒不倚勢欺人的。」惜春笑道：「老太太昨日還說，他比我們還強呢。」平兒道：「那原是個好的，我們那裏比的上他？」寶玉道：「太太屋裏的彩霞，是個老實人。」探春道：「可不是老實！心裏可有數兒呢。太太是那麼佛爺似的，事情上不留心，他都知道。凡一應事都是他提着太太行，連老爺在家出外去的一應大小事，他都知道。太太忘了，他背地裏告訴太太。」李紈道：「那也罷了。」指着寶玉道：「這一個小爺屋裏要不是襲人，你們度量，到個甚麼田地？鳳丫頭就是楚霸王，也得這兩隻膀子好舉千斤鼎。他不是這丫頭，就得這麼周到了？」平兒笑道：「先時陪了四個丫頭，死的死，去的去，只剩下我一個孤鬼了。」李紈道：「你倒是有造化的，鳳丫頭也是有造化的。想當初你珠大爺在日，何曾也沒兩個人？你們看我還是那容不下人的？天天只見他們不如意，所以你珠大爺一沒了，趁年輕我

都打發了。若有一個守得住，我倒有個膀臂。」說着不覺眼圈兒紅了。眾人都道：「這又何必傷心？不如散了倒好。」說着便都洗了手，大家約往賈母王夫人處問安去。

　　眾丫頭婆子打掃亭子，收拾杯盤。襲人和平兒同往前去，讓平兒到房裏坐坐，再喝一杯茶，平兒說：「不喝茶了，再來罷。」說着便要出去。襲人又叫住問道：「這個月的月錢，連老太太和太太屋裏還沒放，是為甚麼？」平兒見問，忙轉身至襲人跟前，又見無人，才悄悄說道：「你快別問，橫豎再遲兩天就放了。」襲人笑道：「這是為甚麼，唬得你這個樣兒？」平兒悄悄告訴他道：「這個月的月錢，我們奶奶早已支了，放給人使呢。等別處的利錢收了來，湊齊了才放呢。因為是你，我才告訴你，你可不許告訴一個人去。」襲人道：「他難道還短錢使，還沒個足厭？何苦還操這心。」平兒笑道：「何曾不是呢。他這幾年拿着這一項銀子，翻出有幾百來了。他的公費月例又使不着，十兩八兩零碎攢了又放出去，單他這體己利錢，一年不到，上千的銀子呢。」襲人笑道：「拿着我們的錢，你們主子奴才賺利錢，哄的我們呆等着。」平兒道：「你又說沒良心的話。你難道還少錢使？」襲人道：「我雖不少，只是我也沒處兒使去，就只預備我們那一個。」平兒道：「你若有要緊事用錢使，我那裏還有幾兩銀子，你先拿來使，明兒我扣下你的就是了。」襲人道：「此時也用不着，怕一時要用起來不夠了，我打發人取去就是了。」

　　平兒答應着，一徑出了園門，只見鳳姐那邊打發人來找平兒，說：「奶奶有事等你。」平兒道：「有甚麼事，這麼要緊？我叫大奶奶拉住說話兒，我又沒逃了，這麼連三接四的叫人來找！」那丫頭說道：「這又不是我的主意，姑娘這話自己和奶奶說去！」平兒啐道：「好了，你們越發上臉了。」說着走來。只見鳳姐兒不在房裏。忽見上回來打抽

點評

● 通過平兒和襲人的談話，作者描繪出鳳姐的貪心。

豐[1]的劉姥姥和板兒來了，坐在那邊屋裏，還有張材家的周瑞家的陪着。又有兩三個丫頭在地下倒口袋裏的棗子倭瓜並些野菜。眾人見他進來，都忙站起來。劉姥姥因上次來過，知道平兒的身份，忙跳下地來問「姑娘好」，又說：「家裏都問好。早要來請姑奶奶的安、看姑娘來的，因為莊家忙。好容易今年多打了兩石糧食，瓜果菜蔬也豐盛。這是頭一起摘下來的，並沒敢賣呢，留的尖兒[2]孝敬姑奶奶姑娘們嘗嘗。姑娘們天天山珍海味的也吃膩了，這個吃個野菜兒，也算是我們的窮心。」平兒忙道：「多謝費心。」又讓坐，自己也坐了。又讓張嬸子周大娘坐了，命小丫頭子倒茶去。周瑞張材兩家的因笑道：「姑娘今日臉上有些春色，眼圈兒都紅了。」平兒笑道：「可不是。我原不喝，大奶奶和姑娘們只是拉着死灌，不得已喝了兩盅，臉就紅了。」張材家的笑道：「我倒想着要喝呢，又沒人讓我。明兒再有人請姑娘，可帶了我去罷。」說着眾人都笑了。周瑞家的道：「早起我就看見那螃蟹了，一斤只好秤兩個。這麼兩三個大簍，想是有七八十斤呢。」周瑞家的道：「若是上上下下都吃只怕還不夠。」平兒道：「那裏夠，不過是有名兒的吃兩個子。那些散眾的，也有摸得着的，也有摸不着的。」劉姥姥道：「這樣螃蟹，今年就值五分一斤。十斤五錢，五五二兩五，三五一十五，再搭上酒菜。一共倒有二十多兩銀子。阿彌陀佛！這一頓的銀子夠我們莊家人過一年的了。」

平兒因問：「想是見過奶奶了？」劉姥姥道：「見過了，叫我們等着呢。」說着又往窗外看天氣，說：「天好早晚了，我們也去罷，別出不去城才是饑荒呢。」周瑞家的道：「等着，我替你瞧瞧去。」說着一徑去了，半日方來，笑道：

---

1)　　打抽豐：向有錢的人討點財物。意思是說從豐富之中抽取。由於字音的轉變，也寫作打秋風。

2)　　尖兒：指在同類中所選出最優等、最上品的。

「可是你老的福來了，竟投了這兩個人的緣了。」平兒問怎麼樣，周瑞家的笑道：「二奶奶在老太太的跟前呢。我原是悄悄的告訴二奶奶，『劉姥姥要家去，怕晚了趕不出城去。』二奶奶說：『大遠的，難為他扛了那些沉東西來，晚了就住一夜，明日再去。』這可不是投上二奶奶的緣了嗎？這也罷了，偏生老太太又聽見了，問劉姥姥是誰。二奶奶就回明白了。老太太說：『我正想個積古³的老人家說話兒，請了來我見見。』這可不是想不到的投上緣了？」說着，催劉姥姥下來前去。劉姥姥道：「我這生像兒，怎麼見得呢？好嫂子，你就說我去了罷。」平兒忙道：「你快去罷，不相干的。我們老太太最是惜老憐貧的，比不得那個狂三詐四的那些人。想是你怯上，我和周大娘送你去。」說着，同周瑞家的引了劉姥姥往賈母這邊來。

二門口該班的小廝們見了平兒出來，都站起來了，有兩個又跑上來，趕着平兒叫「姑娘」。平兒問：「又說甚麼？」那小廝笑道：「這會子也好早晚了，我媽病着，等着我去請大夫。好姑娘，我討半日假可使的？」平兒道：「你們倒好，都商議定了，一天一個告假，又不回奶奶，只和我胡纏。前日住兒去了，二爺偏生叫他，叫不着，我應⁴起來了，還說我做了情。你今日又來了。」周瑞家的道：「當真的他媽病了，姑娘也替他應着，放了他罷。平兒道：「明兒一早來。聽着，我還要使你呢，再睡的日頭曬着屁股再來！你這一去，帶個信兒給旺兒，就說奶奶的話，問着他那剩的利錢。明日要還不交來，奶奶也不要了，就索性送他使罷。」那小廝歡天喜地答應去了。

平兒等來至賈母房中，彼時大觀園中姊妹們都在賈母

點評

● 由此可見王熙鳳其實很重視情義。劉姥姥上次來求助時她並不熱情，因為當時劉姥姥只是來「佔便宜」的窮親戚。但這一次劉姥姥來訪是為了感謝賈府上一次的救濟，雖然她帶的禮物並不貴重，但足以證明其感恩之心。這是王熙鳳態度轉變的重要原因。

---

3)　積古：有豐富的社會經驗，知道很多古老的事情。

4)　應：承當。

點評

前承奉。劉姥姥進去，只見滿屋裏珠圍翠繞，花枝招展的，並不知都係何人。只見一張榻上獨歪着一位老婆婆，身後坐着一個紗羅裏的美人一般的一個丫鬟，在那裏捶腿，鳳姐站着底下正說笑。劉姥姥便知是賈母了，忙上來陪着笑，福了幾福，口裏說：「請老壽星安。」賈母亦欠身問好，又命周瑞家的端過椅子來讓坐。那板兒仍是怯人，不知問候。賈母道：「老親家，你今年多大年紀了？」劉姥姥忙立身答道：「我今年七十五了。」賈母向眾人道：「這麼大年紀了，還這麼健朗。比我大好幾歲呢。我要到這麼年紀，還不知怎麼動不得呢。」劉姥姥笑道：「我們生來是受苦的人，老太太生來是享福的。我們要也這麼着，那些莊家活也沒人做了。」賈母道：「眼睛牙齒還好？」劉姥姥道：「還都好，就是今年左邊的槽牙活動了。」賈母道：「我老了，都不中用了，眼也花，耳也聾，記性也沒了。你們這些老親戚，我都不記得了。親戚們來了，我怕人笑話我，我都不會，不過嚼的動的吃兩口，睏了睡一覺，悶了時和這些孫子孫女兒玩笑一回就完了。」劉姥姥笑道：「這正是老太太的福了。我們想這麼着也不能。」賈母道：「甚麼福，不過是個老廢物罷了。」說的大家都笑了。

　　賈母又笑道：「我才聽見鳳哥兒說，你帶了好些瓜菜來，我叫他快收拾去了，我正想個地裏現擷的瓜兒菜兒吃。外頭買的，不像你們地裏的好吃。」劉姥姥笑道：「這是野意兒，不過吃個新鮮。依我們倒想魚肉吃，只是吃不起。」賈母又道：「今日既認着了親，別空空的就去。不嫌我這裏，就住一兩天再去。我們也有個園子，園子裏頭也有果子，你明日也嘗嘗，帶些家去，也算是看親戚一趟。」鳳姐見賈母喜歡，也忙留道：「我們這裏雖不比你們的場院大，空屋子還有兩間。你住兩天，把你們那裏的新聞故事兒說些給我們老太太聽聽。」賈母笑道：「鳳丫頭別拿他取笑兒。

● 劉姥姥為何這樣說？她抱有怎樣的心理？

他是屯 [5] 裏人，老實，那裏擱的住你打趣。」說着，又命人去先抓果子給板兒吃。板兒見人多了，又不敢吃。賈母又命拿些錢給他，叫小么兒們帶他外頭玩去。劉姥姥吃了茶，便把些鄉村中所見所聞的事情說與賈母，賈母益發得了趣味。正說着，鳳姐兒便令人來請劉姥姥吃晚飯。賈母又將自己的菜揀了幾樣，命人送過去給劉姥姥吃。

　　鳳姐知道合了賈母的心，吃了飯便又打發過來。鴛鴦忙命老婆子帶了劉姥姥去洗了澡，自己挑了兩件隨常的衣服令給劉姥姥換上。那劉姥姥那裏見過這般行事？忙換了衣裳出來，坐在賈母榻前，又搜尋些話出來說。彼時寶玉姊妹們也都在這裏坐着，他們何曾聽見過這些話，自覺比那些瞽目先生說的書還好聽。那劉姥姥雖是個村野人，卻生來的有些見識，況且年紀老了，世情上經歷過的，見頭一件賈母高興，第二件這些哥兒姐兒們都愛聽，便沒了話也編出些話來講。因說道：「我們村莊上種地種菜，每年每日，春夏秋冬，風裏雨裏，那有個坐着的空兒，天天都是在那地頭子上作歇馬涼亭，甚麼奇奇怪怪的事不見呢。就像去年冬天，接連下了幾天雪，地下壓了三四尺深。我那日起的早，還沒出房門，只聽外頭柴草響。我想着必定是有人偷柴草來了。我爬着窗戶眼兒一瞧，卻不是我們村莊上的人。」賈母道：「必定是過路的客人們冷了，見現成的柴，抽些烤火去也是有的。」劉姥姥笑道：「也並不是客人，所以說來奇怪。老壽星打量個甚麼人？原來是一個十七八歲的極標緻的一個小姑娘，梳着溜油兒光的頭，穿着大紅襖兒，白綾子裙兒……」

　　剛說到這裏，忽聽外面人吵嚷起來，又說：「不相干的，別唬着老太太。」賈母等聽了，忙問怎麼了，丫頭們回

點評

● 劉姥姥經過生活歷練，對人情世故十分明瞭。

---

5)　　屯：北方有的地方稱村為屯。

說：「南院子馬棚裏走了水⁶了，不相干，已經救下去了。」賈母最膽小的，聽了這個話，忙起身扶了人出至廊上來瞧時，只見東南上火光猶亮。賈母唬的口內唸佛，忙命人去火神跟前燒香。王夫人等也忙都過來請安，又回說：「已經下去了，老太太請進房去罷。」賈母足足的看着火光熄了方領眾人進來。寶玉且忙着問劉姥姥：「那女孩兒大雪地做甚麼抽柴草？倘或凍出病來呢？」賈母道：「都是才說抽柴草惹出火來了，你還問呢。別說這個了，再說別的罷。」寶玉聽說，心內雖不樂，也只得罷了。

劉姥姥便又想了一篇，說道：「我們莊子東邊莊上，有個老奶奶了，今年九十多歲了。他天天吃齋唸佛，誰知就感動了觀音菩薩，夜裏來託夢說：『你這樣虔心，原來你該絕後的，如今奏了玉皇，給你個孫子。』原來這老奶奶只有一個兒子，他這兒子也只一個兒子，好容易養到十七八歲上死了，哭的甚麼似的。落後果然又養了一個，今年才十三四歲，生的粉團兒似的，聰明伶俐的了不得。可見這些神佛是有的。」這一夕話，實合了賈母王夫人的心事，連王夫人也都聽住了。

寶玉心中只惦記着抽柴的故事，因悶悶的心中籌畫。探春因問他：「昨日擾了史大妹妹，咱們回去商議着邀一社，又還了席，也請老太太賞菊花，何如？」寶玉笑道：「老太太說了，還要擺酒還史妹妹的席，叫咱們作陪呢。等着吃了老太太的，咱們再請不遲。」探春道：「越往前越冷了，老太太未必高興。」寶玉道：「老太太又喜歡下雨下雪的。不如咱們等下頭場雪，請老太太賞雪不好嗎？咱們雪下吟詩，也更有趣了。」黛玉笑道：「咱們雪下吟詩？依我說，還不如弄一捆柴火，雪下抽柴，還更有趣兒呢。」說着，寶

---

6) 　　走水：這裏是失火的意思。

釵等都笑了，寶玉瞅了他一眼，也不答話。

一時散了，背地裏寶玉到底拉了劉姥姥，細問那女孩兒是誰。劉姥姥只得編了告訴他：「那原是我們莊子北沿兒地埂子上有一個小祠堂兒供的，不是神佛，當先有個甚麼老爺。」說着又想名姓。寶玉道：「不拘甚麼名姓，你不必想了，只說原故就是了。」劉姥姥道：「這老爺沒有兒子，只有一位小姐，名叫甚麼若玉。小姐知書兒識字的，老爺太太愛的像珍珠兒。可惜這小姐長到十七歲，一病就死了。」寶玉聽了，跌足歎惜，又問後來怎麼樣。劉姥姥道：「因為老爺太太疼的心肝兒似的，便蓋了那祠堂，塑了個像兒，派了人燒香兒撥火的。如今年深日久的，人也沒了，廟也破了，那泥胎兒可就成了精咧。」寶玉忙道：「不是成精，規矩這樣人是不死的。」劉姥姥道：「阿彌陀佛！是這麼着嗎？不是哥兒說，我們還當他成了精了呢。他時常變了人出來閑逛。我才說這抽柴火的就是他了。我們村莊上的人商量着拿榔頭砸他呢。」寶玉忙道：「快別如此。要平了廟，罪過不小！」劉姥姥道：「幸虧哥兒告訴我，我明兒回去攔住他們就是了。寶玉道：「我們老太太、太太都是善人，就是合家大小也都好善喜捨，最愛修廟塑神的。我明兒做一個疏頭[7]，替你化些佈施，你就做香頭[8]，攢了錢把這廟修蓋，再裝塑了泥像，每月給你香火錢燒香好不好？」劉姥姥道：「若這樣時，我託那小姐的福，也有幾個錢使了。」寶玉又問地名莊名，來往遠近。坐落何方。劉姥姥便順口胡謅了出來。

寶玉信以為真，回至房中，盤算了一夜。次日一早，便出來給了焙茗幾百錢，按着劉姥姥說的方向地名，着焙茗去先踏看明白，回來再做主意。那焙茗去後，寶玉左等也不

---

7)　疏頭：疏，原是逐條書寫的意思，引申為書信為書疏，稱奏章為奏疏。
作為名詞時，讀去聲 shù。這裏指為修廟募化錢財的啟事文章。

8)　香頭：主管一座廟的香火的人。

來，右等也不來，急的熱地裏的蚰蜒似的。好容易等到日落時，方見焙茗興興頭頭的回來了。寶玉忙問：「可有廟了？」焙茗笑道：「爺聽的不明白，叫我好找。那地名坐落不似爺說的一樣，所以找了一日，找到東北角田埂子上才有一個破廟。」寶玉聽說，喜的眉開眼笑，忙說道：「劉姥姥有年紀的人，一時錯記了也是有的。你且說你見的。」焙茗道：「那廟門卻倒也朝南，也是稀破的。我找的正沒好氣，一見這個，我說『可好了』，連忙進去。一看泥胎。唬的我又跑出來了，活像真的一般。」寶玉喜的笑道：「他能變化人了，自然有些生氣。」焙茗拍手道：「那裏有甚麼女孩兒，竟是一位青臉紅髮的瘟神爺。」寶玉聽了，啐了一口，罵道：「真是一個無用的殺材！這點子事也幹不來。」焙茗道：「二爺又不知看了甚麼書，或者聽了誰的混話，信真了，把這件沒頭腦的事派我去碰頭，怎麼說我沒用呢？」寶玉見他急了，忙撫慰他道：「你別急。改日閑了你再找去。要是他哄我們呢，自然沒了，要真是有的，你豈不也積了陰騭呢？我必重重的賞你。」說着，只見二門上的小廝來說：「老太太房裏的姑娘們站在二門口找二爺呢。」要知何事，下回分解。

💡 精華賞析

　　這一回中突出了劉姥姥的聰敏，她善於察言觀色，雖然身為鄉下農婦，但在與貴人交往的過程中不卑不亢，既真誠以待，又講究技巧。

史太君兩宴大觀園
金鴛鴦三宣牙牌令

> 劉姥姥留宿在賈府，有幸被請進了大觀園。面對農莊上沒有的東西和風景，她會有何表現呢？

話說寶玉聽了，忙進來看時，只見琥珀站在屏風跟前說：「快去吧，立等你說話呢。」

寶玉來至上房，只見賈母正和王夫人眾姊妹商議給史湘雲還席。寶玉因說：「我有個主意。既沒有外客，吃的東西也別定了樣數，誰素日愛吃的揀樣兒做幾樣。也不要按桌席，每人跟前擺一張高几，各人愛吃的東西一兩樣，再一個什錦攢心盒子[1]，自斟壺，豈不別緻？」賈母聽了，說「很是」。即命傳與廚房：「明日就揀我們愛吃的東西做了，按着人數，再裝了盒子來。早飯也擺在園裏吃。」商議之間早又掌燈，一夕無話。

次日清早起來，可喜這日天氣清朗。李紈清晨起來，看着老婆子丫頭們掃那些落葉，並擦抹桌椅，預備茶酒器皿。只見豐兒帶了劉姥姥板兒進來，說：「大奶奶倒忙的很。」李紈笑道：「我說你昨日去不成，只忙着要去。」劉姥姥笑道：「老太太留下我，叫我也熱鬧一天去。」豐兒拿了幾把大小鑰匙，說道：「我們奶奶說了，外頭的高几恐不夠使，不如開了樓把那收着的拿下來使一天罷。奶奶原該親自來的，因和太太說話呢，請大奶奶開了，帶着人搬罷。」李氏便命素雲接了鑰匙，又命婆子出去把二門上的小廝叫幾個來。李氏站在大觀樓下，命人上去開了綴錦閣，一張一張的往下抬。小廝老婆子丫頭

---

1)　攢心盒子：一種盛菜、果的盤盒，中分許多格子，都攢向中心，所以叫攢心盒子。

一齊動手，抬了二十多張下來。李紈道：「好生着，別慌慌張張鬼趕着似的，仔細碰了牙子。」又回頭向劉姥姥笑道：「姥姥，你也上去瞧瞧。」劉姥姥聽說，巴不得一聲兒，便拉了板兒登梯上去。進裏面，只見烏壓壓的堆着些圍屏、桌椅、大小花燈之類，雖不大認得，只見五彩閃灼，各有奇妙。唸了幾聲佛，便下來了。然後鎖上門，一齊才下來。李紈道：「恐怕老太太高興，越性把船上划子、篙槳、遮陽幔子都搬下來預備着。」眾人答應，復又開了，色色的搬了下來。令小廝傳駕娘們到船塢裏撑出兩隻船來。

　　正亂着安排，只見賈母已帶了一羣人進來了。李紈忙迎上去，笑道：「老太太高興，倒進來了。我只當還沒梳頭呢，才掐了菊花要送去。」一面說，一面碧月早捧過一個大荷葉式的翡翠盤子來，裏面盛着各色的折枝菊花。賈母便揀了一朵大紅的簪於鬢上。因回頭看見了劉姥姥，忙笑道：「過來帶花兒。」一語未完，鳳姐便拉過劉姥姥來，笑道：「讓我打扮你。」說着，將一盤子花橫三豎四的插了一頭。賈母和眾人笑的了不得。劉姥姥也笑道：「我這頭也不知修了甚麼福，今兒這樣體面起來。」眾人笑道：「你還不拔下來摔到他臉上呢，把你打扮的成了個老妖精了。」劉姥姥笑道：「我雖老了，年輕時也風流，愛個花兒粉兒的，今兒索性作個老風流。」

　　說笑之間，已到沁芳亭上。丫鬟們抱個大錦褥子來，鋪在欄杆榻板上。賈母倚欄坐下，命劉姥姥也坐在旁邊，因問他：「這園子好不好？」劉姥姥唸佛說道：「我們鄉下人到了年下，都上城來買畫兒貼。閑了的時候兒，大家都說，怎麼得到畫兒上去逛逛。想着那個畫兒也不過是假的，那裏有這個真地方呢？誰知我今兒進這園裏一瞧，竟比那畫兒還強十倍。怎麼得有人也照着這個園子畫一張，我帶了家去，給他們見見，死了也得好處。」賈母聽說，指着惜春笑道：「你瞧我這個小孫女兒，他就會畫。等明兒叫他畫一張如何？」劉姥姥聽了，喜的忙跑過來，拉着惜春說道：「我的姑娘，你這麼大年紀兒，又這麼個好模樣，還有這個能幹，別是神仙託生的罷。」賈母、眾人都笑了。

　　賈母歇了歇，又領着劉姥姥都見識見識。先到了瀟湘館，一進門，只見兩邊翠竹夾路，土地下蒼苔佈滿，中間羊腸一條石子砌的甬路。劉姥姥讓出路來與賈母眾人走，自己卻走土地。琥珀拉着他說道：「姥姥，你上來走，仔細蒼苔滑倒了。」劉姥姥道：「不相干的，我們走熟了的，姑娘們只管走罷。可惜你們的那繡鞋，別沾了泥。」他只顧上頭和人說話，不防底下果踩滑了，

咕咚一跤跌倒。眾人都拍手哈哈大笑。賈母笑罵道：「小蹄子們，還不攙起他來，只站着笑。」說話時，劉姥姥已爬了起來，自己也笑了，說道：「才說嘴就打了嘴。」賈母問他：「可扭了腰了不曾？叫丫頭們捶一捶。」劉姥姥道：「那裏說的我這麼嬌嫩了？那一天不跌兩下子，都要捶起來，還不得呢。」紫鵑早打起湘簾，賈母等進來坐下。黛玉親自用小茶盤捧了一蓋碗茶來奉與賈母。王夫人道：「我們不吃茶，姑娘不用倒了。」黛玉聽說，便命一個丫頭把自己窗下常坐的一張椅子挪到下首，請王夫人坐了。劉姥姥因見窗下案上設着筆硯，又見書架上放着滿滿的書，劉姥姥道：「這必是那個哥兒的書房了。」賈母笑指黛玉道：「這是我這外孫女兒的屋子。」劉姥姥留神打量了黛玉一番，方笑道：「這那裏像個小姐的繡房，竟比那上等的書房還好呢。」賈母因問：「寶玉怎麼不見？」眾丫頭們答說：「在池子裏船上呢。」賈母道：「誰又預備下船了？」李紈忙回說：「才開樓拿高几，我想老太太高興，就預備下了。」賈母聽了方欲說話時，有人回說：「姨太太來了。」賈母等剛站起來，只見薛姨媽早進來了，一面歸坐，笑道：「今兒老太太高興，這早晚就來了。」賈母笑道：「我才說來遲了要罰他，不想姨太太就來遲了。」

說笑一會，賈母因見窗上紗的顏色舊了，便和王夫人說道：「這個紗新糊上好看，過了後來就不翠了。這個院子裏頭又沒有個桃杏樹，這竹子已是綠的，再拿這綠紗糊上不配。我記得咱們先有四五樣顏色糊窗的紗呢，明兒給他把這窗上的換了。」鳳姐兒忙道：「昨兒我開庫房，看見大板箱裏還有好些匹銀紅蟬翼紗，也有各色折枝的花樣，也有流雲百福花樣的，也有百蝶穿花花樣的，顏色又鮮，紗又輕軟，我竟沒見過這樣的。拿了兩匹出來，作兩床錦紗被，想來一定是好的。」

賈母聽了笑道：「呸，人人都說你沒有不經過不見過，連這個紗還不認得呢，明兒還說嘴。」薛姨媽等都笑說：「憑他怎麼經過見過，如何敢比老太太呢？老太太何不教導了他，我們也聽聽。」鳳姐兒也笑說：「好祖宗，教給我罷。」賈母笑向薛姨媽眾人道：「那個紗，比你們的年紀還大呢。怪不得他認作蟬翼紗，原也有些像，不知道的，都認作蟬翼紗。正經名字叫作『軟煙羅』。」鳳姐兒道：「這個名兒也好聽。只是我這麼大了，紗羅也見過幾百樣，從沒聽見過這個名色。」賈母笑道：「你能夠活了多大，見過幾樣沒處放的東西，就說嘴來了。那個軟煙羅只有四樣顏色：一樣雨過天青，一樣秋香色，

一樣松綠的，一樣就是銀紅的。若是做了帳子，糊了窗屜，遠遠的看着，就似煙霧一樣，所以叫作『軟煙羅』。那銀紅的又叫作『霞影紗』。如今上用的府紗也沒有這樣軟厚輕密的了。」

　　薛姨媽笑道：「別說鳳丫頭沒見，連我也沒聽見過。」鳳姐兒一面說話，早命人取了一匹來了。賈母說：「可不是這個！先時原不過是糊窗屜，後來我們拿這個作被作帳子，試試也竟好。明兒就找出幾匹來，拿銀紅的替他糊窗戶。」鳳姐答應着。眾人都看了，稱讚不已。劉姥姥也覷着眼看個不了，唸佛說道：「我們想他作衣裳也不能，拿着糊窗子，豈不可惜？」賈母道：「倒是做衣裳不好看。」鳳姐忙把自己身上穿的一件大紅綿紗襖的襟子拉出來，向賈母薛姨媽道：「看我的這襖兒。」賈母薛姨媽都說：「這也是上好的了，這是如今的上用內造的，竟比不上這個。」鳳姐兒道：「這個薄片子，還說是上用內造呢，竟連這個官用的也比不上了。」賈母道：「再找一找，只怕還有青的。若有時都拿出來，送這劉親家兩匹，再做一個帳子我掛，下剩的添上裏子，做些夾背心子給丫頭們穿，白收着霉壞了。」鳳姐忙答應了，仍令人送去。

　　賈母起身笑道：「這屋裏窄，再往別處逛去。」劉姥姥唸佛道：「人人都說大家子住大房。昨兒見了老太太正房，配上大箱大櫃大桌大床，果然威武。那櫃子比我們那一間房子還大還高，怪道後院子裏有個梯子。我想並不上房曬東西，要梯子作甚麼？後來我想起來，定是為開頂櫃收放東西。離了那梯子，怎麼得上去呢？如今又見了這小屋子，更比大的越發齊整了。滿屋裏的東西都只好看，都不知叫甚麼，我越看越捨不得離這裏了。」鳳姐道：「還有好的呢，我都帶你去瞧瞧。」說着一徑離了瀟湘館。

　　遠遠望見池中一簇人在那裏撐船。賈母道：「他們既預備下船，咱們就坐一回。」說着，便向紫菱洲蓼漵一帶走來。未至池前，只見幾個婆子手裏都捧着一色捏絲戧金[2]五彩大盒子走來。鳳姐忙問王夫人早飯在那裏擺。王夫人道：「問老太太，說在那裏就在那裏罷了。」賈母聽說，便回頭說：「你三妹妹那裏就好。你就帶了人擺去，我們從這裏坐了船去。」

　　鳳姐聽說，便回身同了探春、李紈、鴛鴦、琥珀帶着端飯的人等，抄着

---

2)　　戧 (qiàng) 金：器物漆地上刻劃裝飾圖案，在劃內填金，成為戧金。

近路到了秋爽齋，就在曉翠堂上調開桌椅。鴛鴦笑道：「天天咱們說外頭老爺們吃酒吃飯都有一個湊趣兒的，拿他取笑兒。咱們今兒也得了一個女清客了。」李紈是個厚道人，倒不理會。鳳姐兒卻聽着是說劉姥姥，便笑道：「咱們今兒就拿他取個笑兒。」二人便如此這般的商議。李紈笑勸道：「你們一點好事也不做，又不是個小孩兒，還這麼淘氣，仔細老太太說。」鴛鴦笑道：「很不與大奶奶相干，有我呢。」

正說着，只見賈母等來了，各自隨便坐下。先有丫頭挨人遞了茶，大家吃畢。鳳姐手裏拿着西洋布手巾，裹着一把烏木三鑲銀箸[3]，按席擺下。賈母因說：「把那一張小楠木桌子抬過來，讓劉親家近我這邊坐。」眾人聽說，忙抬了過來。鳳姐一面遞眼色與鴛鴦，鴛鴦便拉了劉姥姥出去，悄悄的囑咐了一席話，又說：「這是我們家的規矩，若錯了我們就笑話呢。」調停已畢，然後歸坐。薛姨媽是吃過飯來的，不吃，只坐在一邊吃茶。賈母帶着寶玉、湘雲、黛玉、寶釵一桌，王夫人帶着迎春姊妹三人一桌，劉姥姥挨着賈母一桌。賈母素日吃飯，皆有小丫鬟在旁邊，拿着漱盂麈尾巾帕之物。如今鴛鴦是不當這差的了，今日偏接過麈尾來拂着。丫鬟們知道他要捉弄劉姥姥，便躲開讓他。鴛鴦一面侍立，一面遞眼色。劉姥姥道：「姑娘放心。」那劉姥姥入了坐，拿起箸來，沉甸甸的不伏手[4]。原是鳳姐和鴛鴦商議定了，單拿一雙老年四楞象牙鑲金的筷子與劉姥姥。劉姥姥見了，說道：「這叉爬子比俺那裏鐵鍁[5]還沉，那裏拿的動？」他說的眾人笑起來。

只見一個媳婦端了一個盒子站在當地，一個丫鬟上來揭去盒蓋，裏面盛着兩碗菜。李紈端了一碗放在賈母桌上。鳳姐兒偏揀了一碗鴿子蛋放在劉姥姥桌上。賈母這邊說聲「請」，劉姥姥便站起身來，高聲說道：「老劉，老劉，食量大似牛，吃一個老母豬不抬頭。」說着，卻鼓着腮幫子，兩眼直視，一聲不語。眾人先是發怔，後來一聽，上上下下都一直哈哈的大笑起來。湘雲掌不住，一口飯都噴了出來；黛玉笑岔了氣，伏着桌子只叫「噯喲」；寶玉早滾

---

3) 　烏木三鑲銀箸：烏木質料堅實不易彎曲，所以常用作筷子（箸、筯）或煙袋桿等。一些奢華的筷子，除用銀包下截外，還裝飾上頂和中腰兩部分，叫做三鑲。

4) 　不伏手：不合手、不聽使。

5) 　叉爬子、鐵鍁：叉爬子，一種木製叉樣的農具；鐵鍁，就是鐵鍬，挖土工具。

到賈母懷裏，賈母笑的摟着寶玉叫「心肝」；王夫人笑的用手指着鳳姐兒，只說不出話來；薛姨媽也掌不住，口裏茶噴了探春一裙子；探春手裏的飯碗都合在迎春身上；惜春離了坐位，拉着他奶母叫揉一揉腸子。地下的無一個不彎腰屈背，也有躲出去蹲着笑去的，也有忍着笑上來替他姊妹換衣裳的。獨有鳳姐鴛鴦二人掌着，還只管讓劉姥姥。劉姥姥拿起箸來，只覺不聽使，又說道：「這裏的雞兒也俊，下的這蛋也小巧。怪俊的，我且抓得一個兒。」

眾人方住了笑，聽見這話又笑起來。賈母笑的眼淚出來，琥珀在後捶着。賈母笑道：「這定是鳳丫頭促狹鬼兒鬧的，快別信他的話了。」那劉姥姥正誇雞蛋小巧，鳳姐兒笑道：「一兩銀子一個呢，你快嘗嘗罷，冷了就不好吃了。」劉姥姥便伸箸子要夾，那裏夾的起來？滿碗裏鬧了一陣，好容易撮起一個來，才伸着脖子要吃，偏又滑下來滾在地下，忙放下箸子要親自去揀，早有地下的人揀了出去了。劉姥姥歎道：「一兩銀子，也沒聽見響聲兒就沒了。」眾人已沒心吃飯，都看着他笑。賈母又說：「這會子又把那個筷子拿了出來，又不請客擺大筵席。都是鳳丫頭支使的，還不換了呢。」地下的人原不曾預備這牙箸，本是鳳姐和鴛鴦拿了來的，聽如此說，忙收了過去，也照樣換上一雙烏木鑲銀的。劉姥姥道：「去了金的，又是銀的，到底不及俺那個伏手。」鳳姐兒道：「菜裏若有毒，這銀子下去了就試的出來。」劉姥姥道：「這個菜裏若有毒，俺們那菜都成了砒霜了。那怕毒死了也要吃盡了。」賈母見他如此有趣，吃的又香甜，把自己的也都端過來與他吃。又命一個老嬤嬤來，將各樣的菜給板兒夾在碗上。

一時吃畢，賈母等都往探春臥室中去說閑話。這裏收拾過殘桌，又放了一桌。劉姥姥看着李紈與鳳姐兒對坐着吃飯，歎道：「別的罷了，我只愛你們家這行事。怪道說『禮出大家』。」鳳姐兒忙笑道：「你可別多心，才剛不過大家取笑兒。」一言未了。鴛鴦也進來笑道：「姥姥別惱，我給你老人家賠個不是。」劉姥姥笑道：「姑娘說那裏話，咱們哄老太太開個心兒，可有甚麼惱的！你先囑咐我，我就明白了，不過人家取個笑兒。我要心裏惱，也就不說了。」鴛鴦便罵人：「為甚麼不倒茶給姥姥吃。」劉姥姥忙道：「才剛那個嫂子倒了茶來，我吃過了。姑娘也該用飯了。」鳳姐兒便拉鴛鴦：「你坐下和我們吃了罷，省的回來又鬧。」鴛鴦便坐下了。婆子們添上碗箸來，三人吃畢。

劉姥姥笑道：「我看你們這些人都只吃這一點兒就完了，虧你們也不餓。

怪道風兒都吹的倒。」鴛鴦便問：「今兒剩的菜不少，都那去了？」婆子們道：「都還沒散呢，在這裏等道一齊散與他們吃。」鴛鴦道：「他們吃不了這些，挑兩碗給二奶奶屋裏平丫頭送去。」鳳姐兒道：「他早吃了飯了，不用給他。」鴛鴦道：「他不吃了，餵你們的貓。」婆子聽了，忙揀了兩樣拿盒子送去。鴛鴦道：「素雲那去了？」李紈道：「他們都在這裏一處吃，又找他作甚麼？」鴛鴦道：「這就罷了。」鳳姐兒道：「襲人不在這裏，你倒是叫人送兩樣給他去。」鴛鴦聽說，便命人也送兩樣去後，鴛鴦又問婆子們：「回來吃酒的攢盒可裝上了？」婆子道：「想必還得一會子。」鴛鴦道：「催着些兒。」婆子應喏了。

　　鳳姐兒等來至探春房中，只見他娘兒們正說笑。探春素喜闊朗，這三間屋子並不曾隔斷。當地放着一張花梨大理石大案，案上堆着各種名人法帖，並數十方寶硯，各色筆筒，筆海內插的筆如樹林一般。那一邊設着斗大的一個汝窯花囊[6]，插着滿滿的一囊水晶球兒的白菊花。西牆上當中掛着一大幅米襄陽《煙雨圖》，左右掛着一副對聯，乃是顏魯公[7]墨跡，其聯云：「煙霞閑骨格；泉石野生涯。」案上設着大鼎。左邊紫檀架上放着一個大官窯的大盤，盤內盛着數十個嬌黃玲瓏大佛手。右邊洋漆架上懸着一個白玉比目魚磬[8]，旁邊掛着小錘。那板兒略熟了些，便要摘那錘子去擊，丫鬟們忙攔住他。他又要佛手吃，探春揀了一個與他說：「玩罷，吃不得的。」東邊便設着臥榻，拔步床[9]上懸着蔥綠雙繡花卉草蟲的紗帳。板兒又跑過來看，說「這是蟈蟈，這是螞蚱」。劉姥姥忙打了他一巴掌，罵道：「下作黃子[10]，沒乾沒淨的亂鬧。倒叫你進來瞧瞧，就上臉了。」打的板兒哭起來，眾人忙勸解方罷。賈母因隔着紗窗往後院內看了一回，說道：「這後廊簷下的梧桐也好了，就只細些。」

　　正說話，忽一陣風過，隱隱聽得鼓樂之聲。賈母問：「是誰家娶親呢？這

---

6)　汝窯花囊：汝窯，宋代一個著名的瓷窯；花囊，這裏是指一種瓷製瓶罐類的器皿，周身多孔，中間可以插花。

7)　米襄陽、顏魯公：宋代名畫家米芾，襄陽人，世稱米襄陽。唐代名書法家顏真卿，封魯國公，世稱顏魯公。他們的墨跡極為珍貴，以此表明室內裝飾的豪華。

8)　比目磬：比目魚形的掛磬，是一種案頭陳設的裝飾品。

9)　拔步床：又稱八步床，一種高腿大架的床。

10)　下作黃子：下作，見三十回；黃子即行（háng）子（第五十七回「混賬行子」，行子也說行貨子）。這裏如同說下作的東西。

裏臨街倒近。」王夫人等笑回道：「街上的那裏聽的見？這是咱們的那十幾個女孩子們演習吹打呢。」賈母便笑道：「既是他們演，何不叫他們進來演習。他們也逛一逛，咱們可又樂了。」鳳姐聽說，忙命人出去叫來，又一面吩咐擺下條桌，鋪上紅氈子。賈母道：「就鋪排在藕香榭的水亭子上，借着水音更好聽。回來咱們就在綴錦閣底下吃酒，又寬闊，又聽的近。」眾人都說那裏好。賈母向薛姨媽笑道：「咱們走罷。他們姊妹們都不大喜歡人來坐着，怕髒了屋子。咱們別沒眼色，正經坐一回子船喝酒去。」說着大家起身便走。探春笑道：「這是那裏的話，求着老太太姨媽太太來坐坐還不能呢。」賈母笑道：「我的這三丫頭卻好，只有兩個玉兒可惡。」因說：「回來吃醉了，咱們偏往他們屋裏鬧去。」

　　說着，眾人都笑了，一齊出來。走不多遠，已到了荇葉渚。那姑蘇選來的幾個駕娘早把兩隻棠木舫撐來，眾人扶了賈母、王夫人、薛姨媽、劉姥姥、鴛鴦、玉釧兒上了這一隻，落後李紈也跟上去。鳳姐兒也上去，立在船頭上，也要撐船。賈母在艙內道：「這不是玩的，雖不是河裏，也有好深的。你快不給我進來。」鳳姐兒笑道：「怕甚麼！老祖宗只管放心。」說着便一篙點開。到了池當中，船小人多，鳳姐只覺亂晃，忙把篙子遞與駕娘，方蹲下了。然後迎春姊妹等並寶玉上了那隻，隨後跟來。其餘老嬤嬤散眾丫鬟俱沿河隨行。寶玉道：「這些破荷葉可恨，怎麼還不叫人來拔去。」寶釵笑道：「今年這幾日，何曾饒了這園子閑了一閑，天天逛，那裏還有叫人來收拾的工夫呢。」黛玉道：「我最不喜歡李義山的詩，只喜他這一句：『留得殘荷聽雨聲。』偏你們又不留着殘荷了。」寶玉道：「果然好句，以後咱們就別叫人拔去了。」說着已到了花漵的蘿港之下，覺得陰森透骨，兩灘上衰草殘菱，更助秋興。

　　賈母因見岸上的清廈曠朗，便問：「這是你薛姑娘的屋子不是？」眾人道：「是。」賈母忙命攏岸，順着雲步石梯上去，一同進了蘅蕪苑，只覺異香撲鼻。那些奇草仙藤愈冷愈蒼翠，都結了實，似珊瑚豆子一般，纍垂可愛。及進了房屋，雪洞一般，一色玩器全無，案上只一個土定瓶[11]，瓶中供着數枝菊花，並兩部書，茶奩茶杯而已。床上只吊着青紗帳幔，衾褥也十分樸素。

---

11)　土定瓶：古代定州瓷窯所產的瓷器名，也說定窯。世傳有粗細二種：細的叫粉定，珍貴、價昂；粗的叫土定，較為普通。

賈母歎道：「這孩子太老實了。你沒有陳設，何妨和你姨娘要些？我也不理論，也沒想到，你們的東西自然在家裏沒帶了來。」說着，命鴛鴦去取些古董來，又嗔着鳳姐兒：「不送些玩器來與你妹妹，這樣小器。」王夫人鳳姐兒等都笑回說：「他自己不要的。我們原送了來，他都退回去了。」薛姨媽也笑說：「他在家裏也不大弄這些東西的。」賈母搖頭道：「使不得。雖然他省事，倘或來一個親戚，看着不像；二則年輕的姑娘們，屋裏這樣素淨，也忌諱。我們這老婆子，越發該住馬圈[12]去了。你們聽那些書上戲上說的小姐們的繡房，精緻的還了得呢。他們姊妹們雖不敢比那些小姐們，也別很離了格兒。有現成的東西，為甚麼不擺？若很愛素淨，少擺幾樣倒使得。我最會收拾屋子的，如今老了，沒有這些閑心了。他們姊妹們也還學着收拾的好，只怕俗氣，有好東西也擺壞了。我看他們還不俗。如今讓我替你收拾，包管又大方又素淨。我的體己兩件，收到如今，沒給寶玉看見過，若經了他的眼，也沒了。」說着叫過鴛鴦來，親吩咐道：「你把那石頭盆景兒和那架紗桌屏，還有個墨煙凍石鼎，這三樣擺在這案上就夠了。再把那水墨字畫白綾帳子拿來，把這帳子也換了。」鴛鴦答應着，笑道：「這些東西都擱在東樓上的不知那個箱子裏，還得慢慢找去，明日再拿去也罷了。」賈母道：「明日後日都使得，只別忘了。」說着，坐了一回方出來，一徑來至綴錦閣下。文官等上來請過安，問「演習何曲」。賈母道：「只揀你們熟的演習幾套罷。」文官等下來，往藕香榭去，不提。

這裏鳳姐兒已帶着人擺設整齊，上面左右兩張榻，榻上都鋪着錦裀蓉簟，每一榻前有兩張雕漆几，也有海棠式的，也有梅花式的，也有荷葉式的，也有葵花式的，也有方的，也有圓的，其式不一。一個上頭放着一分爐瓶[13]，一個攢盒。上面兩榻四几，是賈母薛姨媽；下面一榻兩几，是王夫人的，餘者都是一椅一几。東邊是劉姥姥，劉姥姥之下便是王夫人。西邊便是史湘雲，第二便是寶釵，第三便是黛玉，第四迎春、探春、惜春挨次下去，

---

12)　馬圈（juàn）：家裏養馬的地方，馬棚、馬廄。第四十七回「圈馬回來」的「圈」讀 quān，是兜轉馬頭的意思。

13)　爐瓶：爐、瓶，焚香用具。一個香爐、一個香盒、一個小瓶，瓶中插香箸、香鏟，總稱「爐瓶三事」。

寶玉在末。李紈鳳姐二人之几設於三層檻內，二層紗廚之外。攢盒式樣，亦如几之式樣。每人一把烏銀洋鏨自斟壺，一個十錦琺瑯杯。

大家坐定，賈母先笑道：「咱們先吃兩杯，今日也行一個令，才有意思。」薛姨媽等笑道：「老太太自然有好酒令，我們如何會呢，安心要我們醉了。我們都多吃兩杯就有了。」賈母笑道：「姨太太今兒也過謙起來，想是厭我老了。」薛姨媽笑道：「不是謙，只怕行不上來倒是笑話了。」王夫人忙笑道：「便說不上來，就便多吃一杯酒，醉了睡覺去，還有誰笑話咱們不成？」薛姨媽點頭笑道：「依令。老太太到底吃一杯令酒才是。」賈母笑道：「這個自然。」說着便吃了一杯。

鳳姐兒忙走至當地，笑道：「既行令，還叫鴛鴦姐姐來行更好。」眾人都知賈母所行之令必得鴛鴦提着，故聽了這話，都說「很是」。鳳姐兒便拉了鴛鴦過來。王夫人笑道：「既在令內，沒有站着的理。」回頭命小丫頭；「端一張椅子，放在你二位奶奶的席上。」鴛鴦也半推半就，謝了坐，便坐下，也吃了一盅酒，笑道：「酒令大如軍令，不論尊卑，唯我是主。違了我的話，是要受罰的。」王夫人等都笑道：「一定如此，快些說來。」鴛鴦未開口，劉姥姥便下了席，擺手道：「別這樣捉弄人家，我家去了。」眾人都笑道：「這卻使不得。」鴛鴦喝令小丫頭子們：「拉上席去！」小丫頭子們也笑着，果然拉入席中。劉姥姥只叫：「饒了我罷！」鴛鴦道：「再多言的罰一壺。」劉姥姥方住了聲。

鴛鴦道：「如今我說骨牌副兒[14]，從老太太起，順領下去，至劉姥姥止。比如我說一副兒，將這三張牌拆開，先說頭一張，次說第二張，再說第三張，說完了，合成這一副兒的名字。無論詩詞歌賦，成語俗話，比上一句，都要合韻。錯了的罰一杯。」眾人笑道：「這個令好，就說出來。」鴛鴦道：「有了一副了。左邊是張『天』。」賈母道：「頭上有青天。」眾人道：「好。」鴛鴦道：「當中是個『五合六』。」賈母道：「六橋梅花香徹骨。」鴛鴦道：「剩得一張『六合么』。」賈母道：「一輪紅日出雲霄。」鴛鴦道：「湊成便是個『蓬頭鬼』。」賈母道：「這鬼抱住鍾馗腿。」說完，大家笑說：「極妙。」賈母飲了一杯。

鴛鴦又道：「有了一副了。左邊是個『大長五』。」薛姨媽道：「梅花朵朵

---

14)　　骨牌副兒：骨牌又稱牙牌，骨牌遊戲，各種成套點色，都有名稱。下文所說即是一部分成套點色的名稱。

風前舞。」鴛鴦道：「右邊還是個『大五長』。」薛姨媽道：「十月梅花嶺上香。」鴛鴦道：「當中『二五』是雜七。」薛姨媽道：「織女牛郎會七夕。」鴛鴦道：「湊成『二郎遊五嶽』。」薛姨媽道：「世人不及神仙樂。」說完，大家稱賞，飲了酒。

鴛鴦又道：「有了一副了。左邊『長么』兩點明。」湘雲道：「雙懸日月照乾坤。」鴛鴦道：「右邊『長么』兩點明。」湘雲道：「閑花落地聽無聲。」鴛鴦道：「中間還得『么四』來。」湘雲道：「日邊紅杏倚雲栽。」鴛鴦道：「湊成一個『櫻桃九熟』。」湘雲道：「御園卻被鳥銜出。」說完飲了一杯。

鴛鴦道：「有了一副了。左邊是『長三』。」寶釵道：「雙雙燕子語樑間。」鴛鴦道：「右邊是『三長』。」寶釵道：「水荇牽風翠帶長。」鴛鴦道：「當中『三六』九點在。」寶釵道：「三山半落青天外。」鴛鴦道：「湊成『鐵鎖練孤舟』。」寶釵道：「隴水無聲凍不流。」說完飲畢。

鴛鴦又道：「左邊一個『天』。」黛玉道：「良辰美景奈何天。」寶釵聽了，回頭看着他。黛玉只顧怕罰，也不理論。鴛鴦道：「中間『錦屏』顏色俏。」黛玉道：「紗窗也沒有紅娘報。」鴛鴦道：「剩了『二六』八點齊。」黛玉道：「雙瞻玉座引朝儀。」鴛鴦道：「湊成『籃子』好採花。」黛玉道：「仙杖香挑芍藥花。」說完，飲了一口。

鴛鴦道：「左邊『四五』成花九。」迎春道：「桃花帶雨濃。」眾人道：「該罰！錯了韻，而且又不像。」迎春笑着飲了一口。

原是鳳姐兒和鴛鴦都要聽劉姥姥的笑話，故意都命說錯，都罰了。至王夫人，鴛鴦代說了一個，下便該劉姥姥。

劉姥姥道：「我們莊家人閑了，也常會幾個人弄這個，但不如說的這麼好聽。少不得我也試一試。」眾人都笑道：「容易說的。你只管說，不相干。」

鴛鴦笑道：「左邊『四四』是個人。」劉姥姥聽了，想了半日，說着：「是個莊家人罷。」眾人哄堂笑了。賈母笑道：「說的好，就是這樣說。」劉姥姥也笑道：「我們莊家人，不過是現成的本色，眾位姑娘姐姐別笑。」鴛鴦道：「中間『三四』綠配紅。」劉姥姥道：「大火燒了毛毛蟲。」眾人笑道：「這是有的，還說你的本色。」鴛鴦道：「右邊『么四』真好看。」劉姥姥道：「一個蘿蔔一頭蒜。」眾人又笑了。鴛鴦笑道：「湊成便是一枝花。」劉姥姥兩隻手比着，說道：「花兒落了結個大倭瓜。」眾人又大笑起來。要知以後，下回分解。

💡 精華賞析

　　劉姥姥以一個外人的身份參觀大觀園，鬧出不少笑話。作者以她的視角重新描繪大觀園中精美的建築，奢華的裝飾，並在遊覽過程中通過種種細節展現了人物之間的微妙關係。